本书为国家社科基金项目
"现当代英国童话小说研究"(批准号:08BWW003)最终成果

从工业革命到儿童文学革命

现当代英国童话小说研究

舒 伟 等著

中国社会科学出版社

图书在版编目（CIP）数据

从工业革命到儿童文学革命：现当代英国童话小说研究／舒伟等著．
—北京：中国社会科学出版社，2015.12
ISBN 978-7-5161-6707-6

Ⅰ.①从… Ⅱ.①舒… Ⅲ.①儿童文学—小说研究—英国—现代 Ⅳ.①I561.078

中国版本图书馆 CIP 数据核字（2015）第 166974 号

出 版 人	赵剑英
责任编辑	罗　莉
责任校对	李　林
责任印制	戴　宽

出　　版	中国社会科学出版社
社　　址	北京鼓楼西大街甲 158 号
邮　　编	100720
网　　址	http://www.csspw.cn
发 行 部	010-84083685
门 市 部	010-84029450
经　　销	新华书店及其他书店
印刷装订	三河市君旺印务有限公司
版　　次	2015 年 12 月第 1 版
印　　次	2015 年 12 月第 1 次印刷
开　　本	710×1000　1/16
印　　张	45.5
插　　页	2
字　　数	769 千字
定　　价	168.00 元

凡购买中国社会科学出版社图书，如有质量问题请与本社营销中心联系调换
电话：010-84083683
版权所有　侵权必究

课题负责人：舒　伟
课题组成员：丁素萍、潘纯琳、蒲海丰、
　　　　　　李　英、姜淑芹、张耀霖

课题组分工说明

舒　伟：负责本课题及全书总体规划，制定纲要、细目；撰写：绪论（第1章、第2章）、正文第3章、第4章、第8章、第11章、第13章、第14章、第15章、第16章、第20章、第23章、第29章、第31章、第一编综论、第二编综论、第三编综论、第四编综论、余论；负责全书各章统稿、修改、定稿；

丁素萍：第9章、第10章、第8章第9节和第10节、第13章第4节；

潘纯琳：第24章、第25章、第26章、第27章、第28章；

蒲海丰：第5章、第6章、第7章；第17章；

李　英：第18章、第21章、第22章；

姜淑芹：第30章；

张耀霖：第12章、第19章。

序 一

童话是表达思想的最好方式

王泉根

  人类文化的多元起源，决定了各主要民族文化所具有的独特性、丰富性与自足性，对于文学与儿童文学也是如此。东方亚洲儿童文学以中国为中心，尽管国内某些评论家对此还自信不足，认为中国儿童文学是从"五四"以后才出现的。但在英国伦敦的儿童剧舞台上，近年却正在激情四射地上演着中国古代经典童话《中国的灰姑娘》，这是英国剧作家根据唐代段成式《酉阳杂俎》中的"叶限故事"改编的。张天翼童话《宝葫芦的秘密》已被美国好莱坞搬上了银幕。美学家李泽厚一直认为《西游记》是了不起的世界童话经典，没有哪个孩子不喜欢孙悟空、猪八戒。

  西方欧洲儿童文学以英国为中心。英国儿童文学不但产生了约翰·罗斯金的《金河王》、刘易斯·卡罗尔的两部"爱丽丝"、王尔德的《快乐王子》、J. M. 巴里的《彼得·潘》、格雷厄姆的《柳林风声》、米尔恩的《小熊温尼·菩》、阿·波特的《兔子彼得》等享誉世界的经典童话，而且奇迹般地出现了以 J. R. R. 托尔金的《魔戒》、C. S 刘易斯的《纳尼亚传奇》、苏珊·库珀的《灰国王》与 J. K. 罗琳的《哈利·波特》为代表的系列幻想小说。可以说，欧洲儿童文学甚至世界儿童文学的每一次重要创新、变革与转型，都绕不开英国儿童文学。因而从某种意义上说，读懂了英国儿童文学的历史，就读懂了欧洲儿童文学；而读懂了欧洲儿童文学的历史，也就可以对世界儿童文学的历史"说三道四"了。

  然而遗憾的是，国内有关英国文学研究的成果可谓"汗牛充栋"，但我们至今还找不到一部由中国人撰写的学术含金量厚重、可以置于案头作为"工具书"翻阅的英国儿童文学史著。使人欣慰的是，这个空缺现在终于有人来填补了，这就是舒伟教授撰写的专著《从工业革命到儿童文学革命：现当代英国童话小说研究》。

儿童文学学科具有跨学科性与交叉性，涉及文学、语言学、心理学、教育学、阅读学、文化学等。而外国儿童文学研究，除了应有良好的外语、比较文学素养外，还要有儿童文学学科的专业素养，而且，最好是如同当年叶圣陶评价郑振铎所说"本性上酷爱着童话"。舒伟教授正是这样一位学者。舒伟本是英国文学专业背景出身，获得过中国与英国的双重硕士学位，他在英国留学的大学，恰巧是《哈利·波特》作者J. K. 罗琳的母校——埃克塞特大学，因而舒伟与罗琳可谓前后届的校友。难能可贵的是，舒伟还是一位"本性上酷爱着童话"的学者。尚在20世纪90年代初，他就已翻译出版了美国贝特尔海姆的童话研究名著《童话的魅力——童话的心理意义和价值》。在他成为教授以后，又负笈北京师范大学，获得儿童文学研究方向的博士学位。由这样一位长期研究英国文学，而又有儿童文学专业学科背景，特别热爱童话的学者来从事英国儿童文学发展历史的研究，其知识谱系、学术视野、理论功底，以及跨文化研究的视角与能力，自然使人"刮目相看"。现在，呈现在我们眼前的厚重达70多万言的《从工业革命到儿童文学革命：现当代英国童话小说研究》，正是舒伟集多年研究之功完成的一部体系庞大、内容丰富、信息密集、思想深刻的英国儿童文学发展历史的专著。

虽然，这不是一部研究英国儿童文学的"整体史"，而只是从1840年维多利亚时代以降的"断代史"；同时，这也不是一部囊括小说、童话、诗歌、散文等全文体的儿童文学"全史"，而只是选取了英国童话小说之一种的"门类史"。但我要说，舒伟选择这样的历史时段（1840年迄今）与这样的文体（童话小说）作为研究对象，实在是英国儿童文学历史的重中之重，是"牵一发而动全身"的关键期、关键词。

因为，英国儿童文学的"正史"正是从维多利亚时代开启的。舒伟的研究证明：1840—1910年从维多利亚时代中后期至爱德华时期，历经工业革命的大浪洗礼，伴以欧洲经典童话英译运动的推动，这才开创了以幻想性儿童文学为主流的英国儿童文学的第一个黄金时代；1910—1949年两次世界大战前后是英国童话小说承前启后的发展阶段，并成为英国儿童文学最重要的文类；20世纪五六十年代则是英国童话小说的第二个黄金时代，70年代以后迄今，英国童话小说呈现出多样化的艺术追求，并影响和引领着整个英国乃至欧洲的儿童文学发展趋向。因而舒伟的这部"断代史",实际上已建构起了整部英国儿童文学史的主体艺术构架与发展思潮的主脉。

关于"童话小说"的概念,国内学界似乎还有点"陌生"。舒伟是采用了当代西方新马克思主义批评家同时也是卓越的儿童文学研究家、主编过《牛津儿童文学百科全书》的杰克·齐普斯(Jack Zipes)所提出的观点。舒伟纵探源流,横诠诸说,经过反复比较、考辨,认为"童话小说"这一文体称谓比之笼统地使用"现代幻想文学"(Modern Fantasy)或儿童幻想文学(Children's Fantasy)更为准确,更能在历史和文化语境中揭示出这一独特幻想文类的本质特征。童话小说是现当代作家创作的文学童话,有别于传统童话,童话小说需要体现出作者对当代社会背景下儿童精神成长的意义和价值,而不能像一般"幻想小说"那样随心所欲;同时童话小说又充分地继承与升华了传统童话所赋予的基本特质(给予儿童"爱的礼物")、精神特质(解放心智和想象力的乌托邦精神)与艺术特质(以实写虚的叙事手法,用自然随意的方式讲述最异乎寻常的遭遇和故事)。因而童话小说的人文精神与审美表达大大高于一般幻想小说,自然也高于传统童话,这实际上是对这种服务于儿童精神成长的文体提出了更高的要求。诚如齐普斯所提出的那样:"儿童文学也应当遵循我们为当代最优秀的成人作家所设定的相同的高水平的审美标准和道德标准。"

童话、童话小说与童话文学,在欧美文化的语境中有着很高的美学地位。齐普斯甚至将童话文学比拟为整个文学:"事实上,无论在什么地方,童话故事和童话故事母题像变魔法般地层出不穷。书店里摆满了J. R. R. 托尔金、赫尔曼·黑塞、格林兄弟、夏尔·贝洛、安徒生等人的童话故事,还有数不胜数的民间故事改编,女性主义的童话故事和分解改编的童话故事,还有诸如 C. S. 刘易斯的《纳尼亚传奇》或者 J. K. 罗琳的《哈利·波特》系列这样有华丽插图装饰的幻想故事图书。"实际上,齐普斯在这里提出了一个广义的文学童话概念,他所列举的这些作品,既有以儿童与青少年为本位的童话小说,也有以成人为本位的童话文学。我猜想,齐普斯之所以如此看重童话文学,他是将其观点建立在这样一个不争的事实基础之上:童话文学已成为当今世界文化创意产业的核心产品资源与品牌来源。试看出于《哈利·波特》的哈图书、哈电影、哈动漫、哈 DVD、哈游戏等的产值已超过 60 亿美元,形成了一个巨大的文化创意产业链。风靡全球的最大文化创意产业"迪斯尼乐园"中的人物形象，又有哪一个不来自童话故事？米老鼠、唐老鸭这两个童话卡通人物，成就了全球第一个集娱乐、影视、儿童产品、零售、主题乐园于一体的创意文化产业链与跨国集团，仅靠收取艺术形象与品牌的版权费，迪士尼公司就已财源滚滚。这就是童话的魅力。童话的魔法不但征服了孩子世界，也成了拉动成人世界发展的不可或缺的引擎与杠杆。

童话的魅力自然不仅仅在于青少年及其文化，同时也在于人类的精神家园。俄裔美国作家弗拉迪米尔·纳博科夫认为："所有伟大的作品都可以称为童话，所以一个大作家是三位一体的集故事讲述者、教育家和魔法师于一身；而其中魔法师是最重要的因素，这也是他们成为大作家的重要缘由。"（纳博科夫《文学讲稿》）。C. S. 刘易斯更认为，童话故事是表达思想的最好方式。正是童话叙事将现实世界和幻想世界的最美好的东西结合了起来，具有丰富人生阅历的成人与天真烂漫的儿童之间形成了一种诗意的、微妙的默契。这种"魔法师"般的艺术形式，一方面以多种方式传递着乌托邦因素，实现了愿望的满足特别是儿童愿望的满足；另一方面，童话又具有特定的时代因素，积淀着特定时代的意识形态内容。童话故事中投射出来的人类能够凭借自己的力量实现更美好世界的乌托邦景象，就是永恒的童话精神。童话精神实际上是科学精神与人文精神的协调发展，正如 J. R. R. 托尔金所说："幻想是自然的人类活动。它绝不会破坏甚或贬损理智；它也不会使人们追求科学真理的渴望变得迟钝，使发现科学真理的洞察变得模糊。相反，理智越敏锐清晰，就能获得更好的幻想。"

童话的魅力是永远讲不完的，因而童话文学的研究也是可以从不同维度、运用不同研究方法加以探讨的一个"讲不完"的选题。舒伟在童话文学研究，尤其是在英语体系的童话与儿童文学研究方面，做出了切切实实的努力与贡献。这部专著采用发生论与认识论相结合的研究方法，史论结合，宏观与微观结合，从历史、社会、文学三方面的语境，对英国童话小说的发展历程、文学思潮、艺术流变以及代表性作家作品，进行了全景式的深入探讨；而所有这一切，都是建立于来自英语原典、原作的第一手资料基础之上，决不是"嚼人家吃过的馍"的二手、三手资料。因而这是一部有"干货"与"实货"的专著。

推进新世纪中国文学包括青少年儿童文学的发展，讲好中国故事，需要一种东西,这就是"童话精神",就是解放心智和想象力的乌托邦精神。舒伟的这部专著,无论对于幻想文学与童话小说的创作与研究,对于促进繁荣新世纪儿童文学与青少年文化创意产业,都有着实质性的重要启示和借鉴意义。

我相信,《从工业革命到儿童文学革命:现当代英国童话小说研究》的出版,将成为中国儿童文学界、读书界的一个"重要事件",这部专著将被儿童文学工作者(创作、研究、教学、出版)、爱好者所珍惜,同时也将被外国文学、比较文学研究者所重视。它既是有关英国儿童文学发展进程的"历史故事",又是有关儿童文学特别是童话、童话小说基本问题的可使人信赖的"工具书",同时也是激荡人们头脑风暴的一部儿童文学的"哲学书"。因此,阅读本书如毫无所获,则是一件不可思议的事。

2015 年 11 月 16 日晚 9:30
草毕于上海浦东·维也纳国际酒店 841 房间

序　二

曾思艺

我和舒伟兄属于那种神交已久然后一见如故的好朋友。

由于喜欢写作也常常业余写作，所以我往往在教学、科研之余，尽可能广泛地旁涉博览，以便开阔视野，广收博取，加强学养。而我创作的特点之一是不失赤子之心（用湖南诗人、评论家吴投文教授的话来说，我是一个"用童心写作的诗人"，我认为他是很有眼光的，说中了要害），于是，最富童心、最具想象力又最纯真浪漫的童话，尤其是西方的经典童话，便成为我关注的重点之一。同时，作为一个研究世界文学和比较文学的学者，我又对西方的童话理论和国内的童话研究产生了浓厚的兴趣。就这样，这些年在童话文学研究领域成果颇丰的舒伟这个名字就一再吸引了我的眼球。

2006年，天津理工大学外国语学院的青年教师蒲海丰有志于报考我的博士生并希望得到我的指点。我当即向他建议，跟着舒伟教授，翻译童话，研究童话。当时，海丰还十分年轻，壮志凌云，觉得七尺男儿去研究童话，似乎有些不合适甚至"滑稽"。我告诉他，学术研究没有对象大小，只有研究是否独到和深透，关键是能否从别人看似小的研究对象中发掘出一般人发现不了的新东西，并且具有相当的深度，比方说，陈寅恪研究柳如是、葛晓音研究宫体诗，都是人们平时不太重视甚至加以贬斥的，却都成了学术经典，关键是他们做出了真正的学问，不仅有自己独到的见解，而且做出了深度。而且源远流长的童话文学是深邃博大的，在英国更是形成了从维多利亚时期的两部"爱丽丝"小说到20世纪的"哈利·波特"系列的现当代童话小说创作主潮。此外，一个单位的科研最好能形成一个学术群体，具备自己独有的特色，而非单兵作战，这样在群体中个人成长更快，同时也将使这个学校通过群体独具的特色而在国内外学术界占有不容忽视的地位。海丰愉快地接受了我的建议，并且得到了舒伟教授的大力支持和帮助、指点。通过海丰，我就这样和舒伟兄建立了联系，双方虽因工作繁忙（主要是我当时还在湘潭大学那边上课、带研究生）长时间未能见面，但每次出版了新的学术著作，都通过海丰互相赠送给对方。

2010年5月，在不再参与湘潭大学的教学事宜、解脱出来稍有空闲以后不久，我和舒伟兄终于见面了。一见面，我们双方都感到真是一见如故，相见恨晚。我们都是南方人，都有一种直率、火热的性格（不过舒伟兄涵养比我好，处事温和）；我们也都属于那种颇为单纯、只想埋头于学问和翻译的学者；更重要的是，我们都热爱文学重视翻译，尤其喜爱童话，都希望为中国的儿童和青少年留下一些真正的翻译精品（刚好那几年，我为儿童和青少年翻译并出版了《尼基塔的童年》《屠格涅夫散文精选》等译著）和学术精品。此后，这些共同的理想和追求就成了我们经常联系的纽带和桥梁。

舒伟兄精力旺盛，且十分勤奋，每天都埋头笔耕不辍，不是写作就是翻译，甚至两者同时进行，并行不悖。他英、汉双语俱佳，视野也相当开阔，主要研究方向为英美文学、英国童话小说、西方儿童文学、西方幻想文学、文化与文学翻译。因此，近些年来，他的专著、译著源源不断地出版，在学术著述、儿童文学名著翻译、童话和科幻理论翻译三个方面都耕耘出骄人成果。学术著作主要有《中西童话研究》（2006）、《希腊罗马神话的文化鉴赏》（2010）、《走进童话奇境：中西童话文学新论》（2011）；童话名著、青少年小说方面的译著主要有：全球儿童文学典藏书系之《灰国王》（2009），童话名著之《柳林风声》（2012），传世今典·冒险小说之《威洛比城堡斗狼记》（2012），传世今典·动物小说之《雪地狂奔》《王者拉德》（均2012）、《猎狮犬》《雪地逃生》（均2013），传世今典·战争小说之《雪中宝藏》（2013），传世今典·动物小说之《军犬布鲁斯》（2013），传世今典·童话系列之《太阳以东，月亮以西》（2013）；童话、科幻理论译著则主要有：儿童文学理论名著之《童话世界与童心世界》（1991），当代西方儿童文学新论译丛之《冲破魔法符咒：探索民间故事和童话故事的激进理论》（2010），西方科幻理论经典译丛之《亿万年大狂欢：西方科幻小说史》。并且，还主持完成了国家社科基金课题"现当代英国童话小说研究"。

现在，舒伟兄在国家社科基金课题"现当代英国童话小说研究"结项后又进行过精心修改才最终定稿的专著《从工业革命到儿童文学革命：现当代英国童话小说研究》即将由中国社会科学出版社出版了，他嘱我写个序，我欣然答应了。

统观全书，涵括了19世纪40年代至20世纪末160来年间英国童话的发展历程，写得相当翔实而且有理论深度，具有以下三个突出的特点。

一 宏阔的理论视野与细致的文本分析相结合

作为一个相当成熟的中国学者，舒伟兄既有中国文化的深厚功底，又有西方文化的厚实根基（上述希腊罗马神话鉴赏就是一例）；而作为一个学者兼翻译家，舒伟兄不仅有良好的理论修养，出版过在国内影响颇大的几部关于童话研究的论著，而且还利用外语优势，及时学习和翻译外国最新童话理论，而大量的童话和青少年文学名著的翻译，更使他对童话文学理解得比一般人更为细致、深透。这些，就使他能站在一个相当的高度来综合审视英国童话的发展，从而赋予本书第一个鲜明而突出的特点：宏阔的理论视野与细致的文本分析相结合。

全书首先正本清源，在绪论部分阐析了童话研究的基本理论和相关背景问题，进而梳理了现当代童话文学和童话小说的研究状况，显示了颇为开阔的童话理论视野。接着，从宏观的角度对英国童话小说发展史进行考察，站在理论的高度纵观英国童话发展史，颇具慧眼地把从1840年维多利亚时期的两部"爱丽丝"小说至20世纪末这160来年间的英国童话小说的发展史分为四个阶段，并系统、全面、深入而又独到地概括了每个阶段童话发展的特色：从维多利亚时代中后期至爱德华时期，在工业革命的时代浪潮中，在欧洲经典童话英译运动的推动下，英国儿童幻想文学从悄然潜流到异军突起，以丰硕的成果开创了英国儿童文学的第一个黄金时代；两次世界大战前后是英国童话小说发展历程中一个承前启后的阶段，英国童话小说成为儿童文学不可或缺的重要文类，其主要创作特征更趋于童趣化；20世纪50年代和60年代是英国童话小说的第二个黄金时代，作家们通过新的表现题材、叙事方式和表述话语取得了新的丰硕厚重的成果；20世纪70年代以来，英国童话小说创作进入了一个新的历史时期，不少作家汲取了现代主义和后现代主义的文学因素，英国童话小说创作朝着多样化的方向发展，总体上呈现出杂色多彩、继往开来的格局。

全书正文主体内容共分三编，每编首先是综合考察，全面论述时代社会文化背景以找出童话发展演变的社会文化和社会心理根源，然后从国外童话的影响和童话文体随着时代的变化而变化这一本体角度探析童话小说的演变。在此基础上，每一编结合诸多重要作家、重要作品以及重要创作现象进行大量而突出的文本细读，展开细致分析，如对约翰·罗斯金《金河王》的分析，对卡罗尔·刘易斯两部"爱丽丝小说"的解读，对肯尼斯·格雷厄姆《柳林风声》的阐释，对刘易斯《纳尼亚传奇》的论述等。这样，全书就真正做到了宏阔的理论视野与细致的文本分析相结合，既全面梳理和阐述了现当代英国童话小说的发展主潮，又深入细致地呈现了众多作家千姿百态、各具特色的创作景观。

二 点面结合，史论结合

如前所述，全书主体部分共分为三编，每一编的综述及相关章节首先探讨该阶段英国童话小说崛起或演变的时代语境等，如上编首先探讨维多利亚时期英国童话小说崛起的时代语境，着重考察了工业革命和儿童文学革命这双重浪潮的影响，然后就欧洲经典童话的英译运动对英国童话小说兴起的催化作用进行了探讨；中编在整体创作格局的综述之后，对这一时期的英国童话小说创作的两种趋势（一是表现时间穿梭的题材，故事在过去与现在之间发生互动；二是历史奇幻小说的兴起）进行了分析；下编则综述20世纪70年代以来，不少作家在创作中汲取了现代主义和后现代主义的文学因素，英国童话小说创作总体上朝着多样化的方向发展，呈现出杂色多彩、继往开来的格局。在此基础上，每编都分专章较多地重点论析童话小说的代表作家及其代表作品，如上编论述了从约翰·罗斯金、查尔斯·金斯利、卡罗尔·刘易斯、伊迪丝·内斯比特、奥斯卡·王尔德等到J.M.巴里和肯尼斯·格雷厄姆等重要作家及其代表性作品；中编重点考察了C.S.刘易斯及其《纳尼亚传奇》系列，玛丽·诺顿及其《借东西的地下小人》，艾伦·加纳及其《猫头鹰恩仇录》，J.R.R.托尔金的幻想文学世界；下编则分析了罗尔德·达尔的"狂欢化"童话小说创作，彼得·迪金森探索"变幻"莫测的世界的童话小说，佩内洛普·利弗里的以"时间、历史与记忆"为特色的童话小说创作，海伦·克雷斯韦尔的童话奇幻创作的原创性与多样性特征，黛安娜·琼斯的童话奇幻创作艺术，以安吉拉·卡特为代表的成人本位的新童话叙事，苏珊·库珀代表作的传统因素与创新，J. K. 罗琳的长篇童话小说力作"哈利·波特"系列，最后还从"跨域投射与互动"的艺术视阈考察了现当代英国动物童话小说创作。这样，就形成了全书与第一个特点紧密相关的第二个显著特点：有点有面，有史有论，并且很好地做到了点面结合，史论结合，从而对现当代英国童话小说的发生与发展有了颇为全面准确的认识和把握。

三 既辨析又贯通

全书的第三个特点是既辨析又贯通。辨析指对童话文学理论的辨别与析疑，主要体现在绪论部分。这一部分是本书的亮点之一，对童话文学基本问题进行了颇为全面的梳理和阐释，既扣住童话本身的基本概念、演化、基本特征与现代童话小说的特点，如以发展的眼光论述了童话文学的演进及其基本范畴、类型，"童话"名称的由来及其意义，文学童话的艺术升华，童话文学的基本叙事特征，现代童话小说的双重性特征等问题，又跳出单纯的童话视野，视野开阔地辨析了广义的童话文学与广义的童话、"童话小说"与当代幻想小说主要类型、童话小说与科幻小说等的区别，以便消解人们对童话文学及具有现代性特征的童话小说的误解。

其中，尤为重要的是准确把握了童话文学、童话叙事和现当代童话小说的独特本质。如指出童话文学的本质特征是幻想奇迹的童趣化："童话文学在演进过程中呈现的一个重要特征是幻想奇迹的童趣化。事实上，文学童话发生的必要条件就是幻想的神奇性因素被赋予童趣化的特性。无论是闹鬼的城堡，中了魔法的宫殿和森林，充满危险的洞穴，地下的王国，等等，都不过是童话奇境的标示性地点而已。当然，那些奇异的宝物比如七里靴、隐身帽或隐身斗篷；能使人或物变形的魔杖；能产金子的动物；能随时随地变出美味佳肴的桌子；能奏出强烈的迷人效果的美妙音乐，因而具有强大力量的乐器；能制服任何人、任何动物的宝剑或棍子；具有起死回生神效的绿叶；能当即实现拥有者愿望的如意魔戒，等等，都是童话世界不可或缺的因素"；指出童趣化童话叙事的重要特征是讲述小人物的历险故事："向善的小人物拥有巨大的潜能，能够创造出平常情形下难以想象的惊人奇迹，彻底改变命运。童话的主人公，无论是公主、王子还是小裁缝、小贫民，一般多为弱小者，被欺压或被蔑视者（典型例子见于《格林童话》）。许多主人公通常受到蔑视，被人瞧不起，被叫做'小傻瓜'、'小呆子'、'灰姑娘'等，完全处于社会或家庭生活中的弱者地位；

他们之所以战胜强大的对手，本质上靠的是善良本性。当然，在此基础上，他们/她们需要得到'魔法'的帮助……魔法的作用是不可或缺的，无论是积极的建设性魔法还是负面的破坏性（禁锢性）魔法，童话奇境的至关重要的传统标志就是童趣化的魔法因素"；进而指出童话叙事的重要特征就是用自然随意的方式讲述最异乎寻常的遭遇："童话文学最善于用贴近生活，不容置疑的语气讲述那最异乎寻常的遭遇，最不可能在现实中发生的神奇怪异之事，从而形成了一种独特的以实说幻、以真写幻、幻极而真的叙事模式"；在此基础上，论定现当代童话小说具有双重性特征："童话小说是传统童话的艺术升华，具有童话文学的双重性特征。童话从起源看并非为儿童创作，但人们一旦发现童话最适宜儿童及青少年读者时，它就必然要承载人类对下一代的殷切期望和深情关爱。童话和它的现代艺术形式童话小说都必定会体现这种爱的意识，用刘易斯·卡罗尔的话说童话就是成人给予儿童的"爱的礼物"。这种儿童本位意识自然要求童话文学具有童趣性和乐观主义精神，不能随心所欲；但童话小说又具有超越一般儿童文学作品的张力和灵性。这种双重性特征首先体现在童话作者心目中有意无意预设的双重读者这一出发点上，那就是（1）为儿童写作（for children and to children）；（2）为所有具有童心的人们写作（for the childlike）。以上问题，是童话研究乃至童话创作的关键问题，搞清了这些问题，把握了童话和童话小说的本质特征，不仅对此后的童话研究很有指导意义，而且对我国当代的童话创作也有参考、启发作用。

这样，绪论部分就主要辨析了童话文学研究的若干基本问题和重要理论问题，正本清源，纲举目张，为正文的相关论述奠定了理论基础。

贯通则指中西贯通，洋为中用，主要体现在结语和余论部分。结语部分阐述了英国童话小说创作对中国儿童幻想文学创作的启迪，余论更是从"理性教育与想象力问题""关于幻想文学和童话小说的认识问题""童话小说的儿童化与双重性问题"三个方面进行了相关阐述，较为具体地指出，应该如何借鉴和吸收现当代英国童话小说主潮的创作成就及研究成果（包括在社会转型期英国童话小说的发生和发展的启示、对幻想文学类型的认识问题、幻想叙事作品的艺术形式和表现手法等）——兼收并蓄，为我所用，使我国的创作者能够结合自身的历史条件和需要，打造真正具有中国民族特色的高水平的儿童幻想文学精品，以满足当代社会对中国儿童幻想文学发展的迫切需求。"他山之石，可以攻玉"，我们学习、研究外国童话的目的,不仅是了解外国童话发展的历史,更好地阅读外国童话名著,更主要的是通过美的熏染和文化的陶养,更深入地了解外国童话和文化,吸收其优点,从而更好地完善、提高少年儿童在本民族文化传统基础上形成的人生观、价值观、文化观,进而建设、发展中国自己的童话文学和文化。因此,本书的这一特色不仅具有突出的学术意义和文化意义,而且也具有重要的社会现实意义。

上述三个特点在全书中是有机地结合在一起的,正是这三者的有机结合,使本书成为国内第一部全面、系统、深入、独特且有一定理论深度的英国现当代童话小说研究专著,它的出版,填补了国内此方面的一个空白,必将产生较大影响,受到人们的欢迎。

当然,由于篇幅等方面的原因,本书也还有某些将来再版时可以适当完善的不足:第一,英国现当代童话发展流变的规律还可总结得更鲜明突出一些;第二,两次世界大战前后的英国童话小说(1910—1949),虽然是承前启后时期,但时间长达将近四十年,而且既然已明确指出,在这一承前启后的时期,英国童话小说成为英国儿童文学不可或缺的重要文类,其主要创作特征表现为从奇崛奔放走向平缓凝重,而且更趋于童趣化,体现了自觉的儿童文学意识,同时也延续了维多利亚时代的童话小说的双重性特征,那么这一时期应该是比较重要的了,将来有条件,可以进一步扩展。

2014年5月16—17日
于天津华苑新城揽旭轩

目 录

前言 ·· (1)

绪论　基本理论问题和研究状况

第一章　关于童话文学研究的若干基本问题 ·············· (3)
　第一节　从原发到升华：童话文学的演进及其
　　　　　基本范畴、类型 ·································· (4)
　第二节　"童话"名称的由来及其意义 ····················· (6)
　第三节　文学童话的艺术升华：现当代童话小说的
　　　　　历史性崛起 ······································ (9)
　第四节　童话文学的基本叙事特征 ······················ (12)
　第五节　广义的童话文学与广义的童话之说 ············· (16)
　第六节　"童话小说"与当代幻想小说主要类型辨析 ····· (19)
　第七节　童话小说与科幻小说辨异 ······················ (21)
　第八节　现代童话小说的双重性特征 ···················· (24)
　第九节　儿童本位的童话小说与成人本位的新童话叙事 ·· (28)

第二章　关于童话文学和童话小说的研究状况 ·········· (32)
　第一节　童话的本体论研究：理论与范式 ················ (32)
　第二节　儿童图书出版史和儿童文学史对童话小说的阐述 ··· (43)
　第三节　有关童话及幻想文学研究的代表性专论 ········· (48)

第一编　异军突起　星云灿烂：维多利亚时代和爱德华时代（1840—1910）

综论 ……………………………………………………………………（65）

第三章　工业革命与儿童文学革命：维多利亚时期英国童话小说崛起的时代语境 ……………………………………………（71）
 第一节　工业革命："进步"后的动荡与迷茫 ………………（72）
 第二节　怀旧思潮与"重返童年"的两种走向 ………………（79）
 第三节　维多利亚人的精神危机与英国童话文学的兴起 ……（82）
 第四节　儿童观的改变与英国儿童文学的诞生 ………………（84）
 第五节　两极碰撞：恪守理性教诲与追求浪漫想象 …………（89）
 第六节　儿童文学革命：英国童话小说异军突起 ……………（95）

第四章　欧洲经典童话的英译与英国童话小说的崛起 …………（102）
 第一节　引言 ………………………………………………（102）
 第二节　来自意大利的声音 ………………………………（103）
 第三节　法国童话的影响 …………………………………（104）
 第四节　德国童话的影响 …………………………………（108）
 第五节　安徒生童话的影响 ………………………………（110）
 小结 …………………………………………………………（112）

第五章　约翰·罗斯金和他的《金河王》 ………………………（115）
 第一节　生平和创作简述 …………………………………（115）
 第二节　童话文学观：从狄更斯到罗斯金 ………………（118）
 第三节　《金河王》述评 …………………………………（123）

第六章　查尔斯·金斯利和他的《水孩儿》 ……………………（135）
 第一节　生平简介 …………………………………………（135）
 第二节　创作生涯 …………………………………………（136）
 第三节　叙事学视阈下的《水孩儿》 ……………………（138）

第七章 "乘着北风邀游":乔治·麦克唐纳的童话小说创作 ……………(146)
- 第一节 生平和创作生涯 ……………………………………(146)
- 第二节 想象与真理:麦克唐纳的童话文学观 ………………(148)
- 第三节 亦真亦幻,虚实共存:《在北风的背后》解析 …………(153)

第八章 徜徉在永恒的童年奇境:刘易斯·卡罗尔和他的两部"爱丽丝"小说 …………………………………………(157)
- 第一节 刘易斯·卡罗尔生平述介 ……………………………(157)
- 第二节 "爱的礼物":爱丽丝从"兔子洞"进入奇境 ……………(160)
- 第三节 心灵的激情:创作动因论 ……………………………(163)
- 第四节 历久弥新的文学奇境 …………………………………(166)
- 第五节 言说不尽的阐释奇境 …………………………………(168)
- 第六节 现代性与后现代性 ……………………………………(174)
- 第七节 童话叙事的革命性潜能 ………………………………(179)
- 第八节 充满童趣的荒诞之美 …………………………………(184)
- 第九节 梦幻叙事特征 …………………………………………(190)
- 第十节 当代语言学视阈下的"爱丽丝"小说 …………………(193)

第九章 开拓充满童趣的幻想天地:童话女作家伊迪丝·内斯比特 …(205)
- 第一节 内斯比特的生平和创作生涯 …………………………(205)
- 第二节 内斯比特的儿童幻想小说述评 ………………………(208)
- 第三节 童趣化的愿望满足性:《护符的故事》 …………………(210)
- 第四节 内斯比特的贡献 ………………………………………(216)

第十章 半壁江山 风景独好:维多利亚时代的女性童话作家及其创作 ……………………………………………………(220)
- 第一节 杰出的女性童话作家群体 ……………………………(220)
- 第二节 贝特丽克丝·波特和她的"兔子彼得"系列 ……………(233)
- 第三节 女性童话作家的贡献及创作特色 ……………………(236)

第十一章 凄美的颠覆:王尔德童话创作概论 ……………………(241)
- 第一节 生平与创作简述 ………………………………………(241)

第二节　王尔德童话综述 …………………………………… (244)
　　第三节　反讽·颠覆·创新:王尔德童话的艺术特色 ………… (250)

第十二章　追寻梦幻岛:J. M. 巴里和他的《彼得·潘》 ………… (256)
　　第一节　生平简述 …………………………………………… (256)
　　第二节　创作生涯 …………………………………………… (260)
　　第三节　作品概览 …………………………………………… (262)
　　第四节　追寻梦幻岛:"彼得·潘"系列综论 ………………… (267)
　　第五节　续写传奇:从《彼得·潘》到《重返梦幻岛》 ………… (274)
　　小结 …………………………………………………………… (276)

第十三章　黄金时代的绝响:格雷厄姆和他的《柳林风声》……… (278)
　　第一节　格雷厄姆的人生经历及其在童话叙事中的回响 …… (278)
　　第二节　吐露心曲的柳林风声:幻想与现实 ………………… (285)
　　第三节　《柳林风声》的经典性儿童文学因素 ……………… (288)
　　第四节　抒情写意的诗意笔墨:《柳林风声》的散文性 ……… (296)
　　第五节　《柳林风声》的社会寓言性 ………………………… (303)
　　第六节　《柳林风声》的神话因素 …………………………… (308)

第二编　浴火而行　承前启后:两次世界大战前后的英国童话小说(1910—1949)

综论 ……………………………………………………………… (317)

第十四章　艾伦·米尔恩与他的玩偶动物故事"小熊维尼" ……… (322)

第十五章　向善的小人物拥有巨大的潜能:托尔金的
　　　　　　纯真童话《霍比特人》 …………………………… (328)

第十六章　拓展"禽言兽语"的疆界:休·洛夫廷的
　　　　　　"杜立德医生"系列 ………………………………… (335)

第十七章　探寻神秘的"玛丽·波平丝":P. L. 特拉弗丝
作品研究 ……………………………………………………（341）

第三编　第二个收获季:20 世纪 50 年代和 60 年代

综论 ………………………………………………………………（353）

第十八章　20 世纪 50—60 年代英国童话小说创作的两种趋势 ……（357）
 第一节　时间穿梭,延续历史 …………………………………（358）
 第二节　历史奇幻叙事中的时间、历史和过去 ………………（361）
 小结 ……………………………………………………………（363）

第十九章　"童话是表达思想的最好方式":C. S. 刘易斯和他的
    "纳尼亚传奇" …………………………………………（364）
 第一节　生平简述 ………………………………………………（364）
 第二节　创作生涯 ………………………………………………（368）
 第三节　儿童文学观 ……………………………………………（371）
 第四节　"纳尼亚传奇"述评 ……………………………………（373）

第二十章　宗教情怀·神话想象·童话艺术:探寻托尔金的
    幻想文学世界 …………………………………………（380）
 第一节　从《霍比特人》到"魔戒传奇" …………………………（380）
 第二节　宗教情怀 ………………………………………………（385）
 第三节　神话想象 ………………………………………………（387）
 第四节　从神话想象到童话艺术 ………………………………（389）
 小结 ……………………………………………………………（393）

第二十一章　玛丽·诺顿和她的"借东西的地下小人"系列 ………（394）
 第一节　生平简介 ………………………………………………（394）
 第二节　"借东西的地下小人"的故事 …………………………（395）
 第三节　双重文化背景下身份构建之困境 ……………………（397）

第四节　梅太太叙述者身份的不可取代 ……………………（402）
　　第五节　叙事接受者凯特的必然存在 ………………………（405）

第二十二章　穿越历史之门：艾伦·加纳和他的
　　　　　　　《猫头鹰恩仇录》………………………………（408）
　　第一节　生平和创作述介 ……………………………………（408）
　　第二节　叙事学视阈下的《猫头鹰恩仇录》…………………（410）
　　第三节　拓扑结构与心理空间构建 …………………………（425）
　　小结 ……………………………………………………………（431）

第四编　继往开来　杂色多彩：
20世纪70年代以来

综论 ………………………………………………………………（435）

第二十三章　童年的反抗与狂欢：罗尔德·达尔的童话叙事…（442）
　　第一节　难忘的童年和少年岁月：生平述介 ………………（442）
　　第二节　达尔的主要童话小说述评 …………………………（447）
　　第三节　童年的激进反抗：狂欢化童话叙事 ………………（454）

第二十四章　探寻"变化莫测"的世界：彼得·迪金森的
　　　　　　　童话小说创作 …………………………………（459）
　　第一节　生平简述 ……………………………………………（459）
　　第二节　创作生涯 ……………………………………………（461）
　　第三节　作品整体论述 ………………………………………（464）
　　第四节　"变幻三部曲" ………………………………………（474）
　　第五节　国外彼得·迪金森研究 ……………………………（475）

第二十五章　时间、历史与记忆：佩内洛普·利弗里的
　　　　　　　童话奇幻创作 …………………………………（482）
　　第一节　生平简述 ……………………………………………（482）
　　第二节　创作生涯 ……………………………………………（488）

第三节　作品总体论述 …………………………………… （496）
　　第四节　《托马斯·肯普的幽灵》 …………………………… （508）
　　第五节　国外佩内洛普·利弗里研究 …………………… （510）

第二十六章　原创性与多样性：海伦·克雷斯韦尔的儿童
　　　　　　童话奇幻创作 ……………………………………… （519）
　　第一节　生平简述 ………………………………………… （519）
　　第二节　创作生涯 ………………………………………… （522）
　　第三节　作品总体论述 …………………………………… （529）
　　第四节　《码头上》 ………………………………………… （534）
　　第五节　国外海伦·克雷斯韦尔研究 …………………… （538）

第二十七章　"克雷斯托曼琪城堡"之旅：黛安娜·韦恩·琼斯的
　　　　　　童话奇幻创作 ……………………………………… （542）
　　第一节　生平简述 ………………………………………… （542）
　　第二节　创作生涯 ………………………………………… （544）
　　第三节　作品总体论述 …………………………………… （548）
　　第四节　《豪尔的移动城堡》 ……………………………… （553）
　　第五节　国外黛安娜·韦恩·琼斯研究 ………………… （563）

第二十八章　哥特、情色与童话：安吉拉·卡特的成人本位的
　　　　　　新童话叙事 ………………………………………… （574）
　　第一节　生平简述 ………………………………………… （576）
　　第二节　创作生涯 ………………………………………… （576）
　　第三节　作品总体论述 …………………………………… （580）
　　第四节　探寻《血淋淋的房间及其他故事》 …………… （588）
　　第五节　国外安吉拉·卡特研究 ………………………… （604）
　　第六节　安吉拉·卡特对20世纪70年代其他
　　　　　　童话作家的影响 ………………………………… （618）
　　第七节　安吉拉·卡特对20世纪70年代
　　　　　　童话批评家的影响 ……………………………… （619）
　　第八节　安吉拉·卡特在中国 …………………………… （620）

第二十九章 传统与创新：苏珊·库珀和她的《灰国王》……………（622）
- 第一节 生平和创作简述 ……………………………………（622）
- 第二节 《灰国王》的传统因素与创新 ……………………（624）

第三十章 从"9$\frac{3}{4}$站台"出发：J. K. 罗琳和她的"哈利·波特"系列小说 ……………………………（631）
- 第一节 生平介绍 ……………………………………………（631）
- 第二节 创作生涯 ……………………………………………（634）
- 第三节 当代童话叙事的长篇力作："哈利·波特"系列小说评述 …………………………………………（637）

第三十一章 跨域投射与互动：现当代英国动物童话小说概论 ……………………………………（650）
- 第一节 动物文学的基本叙事类型 …………………………（650）
- 第二节 从动物寓言《三只熊的故事》到童话小说《廷肯变形记》 ………………………………………（656）
- 第三节 重要主题：人类与动物如何相处与沟通 …………（661）
- 第四节 温馨的动物乌托邦：迪克·金-史密斯的农场动物小说 ……………………………………（664）

余论 对当代中国儿童与青少年幻想文学的启示 ……………（670）
- 一 关于理性教育与想象力问题 ……………………………（671）
- 二 关于幻想文学和童话小说的认识问题 …………………（674）
- 三 童话小说的童趣化与双重性问题 ………………………（675）

主要参考书目 ……………………………………………………（678）

后记 ………………………………………………………………（690）

前　言

现当代英国童话小说是英国文学的重要组成部分，也是英国儿童文学最重要的支柱之一。本书采用发生论与认识论相结合的视野，通过史论结合，点面结合的研究方法，综合考察现当代英国童话小说创作主潮。按照英国童话小说的发生和发展脉络，全书由绪论、第一编、第二编、第三编、第四编和余论共六大部分组成。绪论是对本书研究的基本理论和背景问题的阐述，以及对现当代童话文学和童话小说研究状况的梳理。第一编是对维多利亚时代和爱德华时代（1840—1910）的英国童话小说创作主潮的综合考察。第二编是对两次世界大战前后的英国童话小说的考察。第三编是对20世纪50年代和60年代的英国童话小说创作的综合考察。第四编是对20世纪70年代以来的英国童话小说创作主潮的综合考察。作为本书的结语，"余论"阐述了英国童话小说创作对中国儿童幻想文学创作的启迪。

从维多利亚时期的两部"爱丽丝"小说到20世纪末的"哈利·波特"小说系列，现当代英国童话小说的兴起和发展经历了四个历史时期：一是维多利亚时代和爱德华时期（1840—1910）；二是两次世界大战前后（1910—1949）；三是20世纪50年代和60年代；四是20世纪70年代以来的时期。从维多利亚时代中后期至爱德华时期，在工业革命的时代浪潮中，在欧洲经典童话英译运动的推动下，英国儿童幻想文学从悄然潜流到异军突起，以丰硕的成果开创了英国儿童文学的第一个黄金时代。两次世界大战前后是英国童话小说发展历程中一个承前启后的阶段，英国童话小说成为儿童文学不可或缺的重要文类，其主要创作特征更趋于童趣化；20世纪50年代和60年代是英国童话小说的第二个黄金时代，作家们通过新的表现题材、叙事方式和表述话语取得了新的丰硕厚重的成果；20世纪

70年代以来，英国童话小说创作进入了一个新的历史时期，不少作家汲取了现代主义和后现代主义的文学因素，英国童话小说创作朝着多样化的方向发展，总体上呈现出杂色多彩，继往开来的格局。

作为宏观审视与微观考察相结合的综合研究，本书主体内容包括现当代英国童话小说发展史论、概论和具体作家作品及重要创作现象专论这相辅相成的两大部分。如果把现当代英国童话小说创作主潮比作一座大森林，那么从历史、社会和文学这三方面的语境对各历史阶段英国童话小说的发展概况进行历时性和全景式的审视，就是对这座森林的俯瞰；而对各阶段的重要作家、重要作品以及重要创作现象进行具体探讨和阐述，就是走进这座森林内部，考察那些支撑和构成这片枝繁叶茂的林地的树木枝干。在对各阶段重要作家及其创作进行专章重点探讨时，本书也把同一时期的其他童话小说作家纳入考察的视野；同时对那些重要的创作现象进行专题研究。通过对四阶段的英国童话小说创作的全景式审视（时代语境与整体考察）和具体的微观考察（作家作品与创作现象分析），本书寻求全面准确地认识和把握现当代英国童话小说的发展主潮。

本书力图从中国学人的视角对现当代英国童话小说创作现象进行综合考察，包括英国童话小说发展史的宏观审视和作家作品及重要创作现象的微观评析。首先，本书致力于厘清童话文学的历史演进过程，辨析和阐述有关童话文学研究的一系列基本问题，在此基础上界定本书研究的历史语境、理论语境和文类范畴；与此同时，我们通过梳理20世纪以来的童话文学研究的主要理论范式、国外儿童图书出版史和儿童文学史专著中有关童话小说的阐述，以及相关童话文学专论，致力于贯通现当代英国童话小说研究的基本状况和理论前提，以准确把握英国现当代童话小说的基本特征和历史流变。在上述基础之上，本书致力于全面呈现英国童话小说兴起和发展的宏观图景，同时通过对各个时期的重要童话小说作品的文本细读及重要创作现象的具体阐述来实现对英国童话小说创作的微观考察。无论是宏观审视还是微观考察，本书致力于在考察中把握和体现童话文学研究的社会历史纬度、英国儿童文学的文化语境，以及童话小说叙事的文学因素。本书在阐述维多利亚时代英国童话小说崛起的时代背景时，既全面描述英国维多利亚时代的辉煌成就、社会变革和思想动荡以及新的社会矛盾（英国工业革命最重要的物质成果和最深刻的社会影响都出现在维多利亚时期），也客观指出被英国乃至西方史学和文学史所刻意隐讳或回避的重要事实：维多利亚时期英国为追求自身利益而不惜进行危害中华民族的鸦片贸易乃至鸦片战争。事实上，英国政府主导的大规模鸦片走私活动从根本上扭转了英国的贸易逆差，使之摆脱了严重的金融危机，平息了国内激烈的社会动荡，继而使英国得以进入持续半个世纪的工业大发展的"黄金时代"。

本书研究的另一特色是对现当代幻想文学的主要类型（童话小说、科幻小说和奇幻小说）进行了梳理、界定和异同分析。本书采用新马克思主义批评家杰克·齐普斯和英国文学批评学者 C. N. 曼洛夫等学者所提出的"童话小说"这一称谓，用以指称现当代英国作家创作的中长篇文学童话叙事作品。我们认为，这个名称要比笼统地使用"现代幻想文学"（Modern Fantasy），或者"儿童幻想文学"（Children's Fantasy）更加准确，更能在当代历史和文化语境中透过现象揭示这一独特幻想文类的本质特征。事实上，"幻想文学"范畴宽泛，包罗甚广，在缺乏具体语境的情况下显得尤为含混。从总体上看，童话小说、科幻小说和奇幻小说等现当代幻想文学的主要类型都属同源异流的幻想叙事文类，既相互交叉，又相互区别。它们具有共同的文学表征，但在创作意图、读者对象和艺术追求等方面往往是各不相同的。童话小说是现当代作家创作的文学童话，是传统童话的艺术升华。童话小说要体现作者对当代社会背景下的儿童成长的意义和价值，不能像一般幻想小说那样随心所欲。如果笼统地不加区别地使用"现代幻想小说"或者"儿童幻想小说"，那就势必要剥离"童话小说"这一独特文类的历史沉淀，割断它与传统童话的深层血脉关系，从而消解了童话文学传统赋予它的基本特质（给予儿童的"爱的礼物"）、精神特质（解放心智和想象力的乌托邦精神）和艺术特质（以实写虚的叙事手法，用自然随意的方式讲述最异乎寻常的遭遇和故事）。

本书力图体现研究成果的社会现实价值，在结语部分阐述了英国现当代童话小说的发生和发展对于中国本土幻想文学及儿童幻想文学创作的启示。近年来中国本土作家进行了比以往任何时期都更加积极的，而且卓有成效的幻想文学创作。然而从整体上看，国内的幻想文学及儿童幻想小说的创作既难以满足时代的需要，也无法满足日益增长的青少年读者的阅读需求。许多作者往往简单地模仿或者挪用西方幻想文学作品的创作模式，或者将中国本土的传说故事与流行的西方幻想文学式样进行某种嫁接，殊不知却陷入了平庸的"四不像"模式。如何借鉴世界优秀幻想文学的创作实践，打造具有中国民族特色的优秀幻想文学精品，对于中国实现从儿童文学大国迈向儿童文学强国的目标显然具有非常重要的理论意义和现实价值。在当代社会的学校教育中，注重知识因素是无可非议的，也是不可或缺的。但我们在为少年儿童填充知识的同时可能消解他们的想象力。把道德教育、理性原则与幻想精神、游戏精神完全对立起来，对于培育儿童及青少年的精神成长是不全面、不科学的。说到底，这就是科学精神与人文精神的协调发展。

本书主体内容按照英国童话小说的发生和发展脉络分为四编。全书的绪论是对本项目研究的基本理论和背景问题的阐述，以及对现当代童话文学和童话小说研究状况的梳理。具体内容包括童话文学研究的若干基本问题（童话文学形成历史及基本类型；现当代童话小说的历史性崛起；"童话小说"的界定及当代幻想小说主要类型辨析；儿童本位的童话小说与成人本位的童话小说，等等），以及有关英国童话小说研究的状况（20世纪以来西方童话文学研究的主要理论范式；儿童图书出版史和儿童文学史中的童话小说阐述；若干童话文学专论）。

第一编对维多利亚时代和爱德华时代（1840—1910）的英国童话小说创作主潮的综合考察。这一时期英国童话小说异军突起，成就斐然，名篇佳作数量之多，艺术水平之高，令世人瞩目，堪称英国童话小说创作的第一个黄金时代（也是世界童话文学地图上的一座奇峰）。本部分首先探讨维多利亚时期英国童话小说崛起的时代语境，着重考察了工业革命和儿童文学革命这双重浪潮的影响；然后就当时欧洲经典童话的英译运动对英国童话小说兴起的催化作用进行了探讨；在上述史论之后，本编分专章重点考察从约翰·罗斯金、查尔斯·金斯利、卡罗尔·刘易斯、伊迪丝·内斯比特、奥斯卡·王尔德等到 J. M. 巴里和肯尼斯·格雷厄姆等英国童话小说黄金时代的重要作家及其代表性作品。

第二编是对两次世界大战前后（1910—1949）的英国童话小说的综合考察。战争的冲击和战后的变化使许多人心中的怀旧情感和逃避愿望变得更加急迫，更富有吸引力。这些情绪自然会在儿童图书的创作中通过童话叙事得到适宜的表达，如动物童话小说和玩偶动物小说创作就取得了突出的成就。在对这一时期的童话小说创作状况进行综述之后，本编分专章探讨了米尔恩与他的玩偶动物故事"小熊维尼"；托尔金和他的中篇小说《霍比特人》；洛夫廷和他的"杜立德医生"系列；以及 P. L. 特拉弗丝的

"玛丽·波平丝"系列。

第三编是对20世纪50年代和60年代的英国童话小说创作的综合考察。这一时期是英国童话小说创作的又一个重要发展时期，也被称作英国童话小说的第二个黄金时代。作家们探索了新的表现题材、叙事方式和表述话语（恰如学者型作家C. S. 刘易斯所言，"童话是表达思想的最好方式"），取得了丰硕厚重的创作成就。在整体创作格局的综述之后，本编对这一时期的英国童话小说创作的两种趋势进行了分析；然后分专章重点考察了几位代表性作家及其创作，其中包括C. S. 刘易斯和他的"纳尼亚传奇"系列；玛丽·诺顿和她的"借东西的地下小人"系列；艾伦·加纳和他的《猫头鹰恩仇录》。

第四编是对20世纪70年代以来的英国童话小说创作主潮的综合考察。20世纪70年代以来，不少作家在创作中汲取了现代主义和后现代主义的文学因素，英国童话小说创作总体上朝着多样化的方向发展，呈现出杂色多彩，继往开来的格局。对这一时期的创作状况进行综述之后，本编分章重点考察了罗尔德·达尔的"狂欢化"童话小说创作；彼得·迪金森探索"变幻莫测"的世界的童话小说；佩内洛普·利弗里的以"时间、历史与记忆"为特色的童话小说创作；海伦·克雷斯韦尔的童话奇幻创作的原创性与多样性特征；黛安娜·琼斯的童话奇幻创作艺术；以安吉拉·卡特为代表的成人本位的新童话叙事；苏珊·库珀的代表作的传统因素与创新；J. K. 罗琳的长篇童话小说力作"哈利·波特"系列。

作为本书的结语，"余论"阐述了英国童话小说创作对中国儿童幻想文学创作的启迪。如何借鉴和吸收现当代英国童话小说主潮的创作成就及研究成果（包括在社会转型期英国童话小说的发生和发展的启示；对幻想文学类型的认识问题；幻想叙事作品的艺术形式和表现手法等），兼收并蓄，为我所用，使我们的创作者能够结合自身的历史条件和需要，打造真正具有中国民族特色的高水平的儿童幻想文学精品，以满足当代社会对儿童幻想文学发展的迫切需求——这显然是一个具有理论意义和现实意义的，需要深入探讨的重要课题。"余论"从"理性教育与想象力问题"；"关于幻想文学和童话小说的认识问题"；"童话小说的儿童化与双重性问题"这三个方面进行了相关阐述。

绪　　论
基本理论问题和研究状况

第 一 章

关于童话文学研究的若干基本问题*

作为一种日常话语,"童话"在表述具有幻想性和美丽动人之特点的事物方面具有不可替代的作用。但作为幻想文学的一大类型,童话文学很容易招致误解或者漠视。由于历史的,以及童话名称本身的原因,作为一种幻想文类的当代童话故事很容易被看作包含仙女、魔法等内容的短篇低幼儿童故事(尤其在国内),或者被理所当然地等同于民间童话。在批评实践中,人们之所以将民间故事与童话故事等同起来,将传统民间故事(或民间童话)与当代文学童话等同起来,主要原因在于人们忽略了民间故事(民间童话)与文学童话(艺术童话)之间的区别,模糊了它们各自的历史和文学范畴;而且忽略了童话文学发生、演进、发展的历史进程,从而消解了现当代童话文学的历史语境,也消解了作为其最重要艺术载体的童话小说的本体论特征(源自童话文学传统的本质特征、精神特征和艺术特征),使童话小说消隐或者混同于疆界模糊、面目模糊的幻想小说之中。有鉴于此,在探讨现当代英国童话小说之前,有必要对童话文学研究的几个基本问题进行梳理和阐释。这些问题包括:童话文学形成的历史进程以及童话文学的基本范畴和类型;"童话"名称的由来及其意义辨析;作为文学童话之艺术升华的现当代童话小说的历史性崛起;童话文学的基本叙事特征;广义的童话文学与广义的童话之说;"童话小说"与当代幻想小说主要类型辨析;童话小说与科幻小说辨异;现代童话小说的双重性特征;儿童本位的童话小说与成人本位的童话叙事。

---

* 本章基本内容曾以《关于西方文学童话研究的几个基本问题》为题发表在《外语研究》2010 年第 4 期。

第一节　从原发到升华：童话文学的
演进及其基本范畴、类型

　　现代意义的童话文学从缓慢发生到迅猛发展大体上经历了三个阶段。第一个阶段是童话的原发阶段。童话在神话和民间故事的沃土中生长发育，在漫长的岁月里逐渐向文学童话发展，其基本轨迹表现为从神话叙事逐渐走向童话叙述，从古希腊神话到意大利斯特拉帕罗拉的故事集《欢乐之夜》和巴西耳的故事集《五日谈》的问世，以基本成型的"睡美人""白雪公主""灰姑娘""穿靴子的猫""小红帽""美女和野兽"等原型童话故事的文字记述作为标志。第二个阶段是童话的继发阶段。17世纪以来，在人们开始关注和重视民间文学的大背景下，一些具有卓越才学和创造力的学者、作家等相继对民间流传的童话进行收集整理出版，继而在此基础上进行文人的独立创作，从而催生了现代形态的文学童话。法国贝洛童话、德国格林童话和丹麦安徒生童话这三座童话里程碑的相继出现标志着童话的继发阶段的完成。托尔金在《论童话故事》中把童话传统比喻为那些"覆盖着岁月大森林地面的童话故事树"。正是在经历了这两个阶段之后，在岁月大森林的沃土中破土而出的童话嫩芽即将长成枝繁叶茂的童话大树，进入一个全新的阶段。这就是童话发展的第三个阶段：童话文体的升华阶段。其标志就是历史性地出现了两个民族国家的童话小说创作潮流。18世纪后期出现的德国浪漫派童话运动揭开了童话文学发展史上新的一页；而从19世纪中期以来异军突起的英国童话小说开创了英国儿童文学的第一个黄金时代，同时确立了文学童话独特的艺术品位。如果说德国浪漫派童话具有强烈的政治和社会批判性锋芒，开政治童话小说创作之先河，那么英国维多利亚时代童话小说的成就标志着泛儿童本位的童话小说文体的成熟。20世纪以来，童话小说成为世界文学童话的最重要的艺术表达方式，表现手法日臻完美，同时呈现出多样化的趋势，不仅涌现了大量为儿童读者创作的童话小说，而且出现了不少为成人读者创作的童话小说。

　　作为一个整体，童话文学主要包括传统（经典）童话和现当代文学童话两大部分。发端于欧洲民间文学传统的早期文学童话也被称为经典童话，主要包括以多尔诺瓦夫人的童话故事和贝洛的《鹅妈妈故事》等为代表的法国童话；以格林童话和豪夫童话等为代表的德国童话；以及以安徒生童话为代表的北欧童话等。现当代文学童话最重要的艺术载体是童话小说，它兴起于18世纪后期的德国浪漫派童话创作运动，继而由19世纪中期以来异军突起的英国童话小说潮流引领至一个黄金时代（也被称为英国儿童文学的第一个黄金时代）。至此世界童话文学的版图上形成了从19世纪的"爱丽丝"小说到20世纪末21世纪初的"哈利·波特"系列小说这样的具有世界影响的英国童话小说主潮。

与此同时，我们还需要对民间童话和文学童话等基本概念进行一个简要的梳理。文学童话也称艺术童话，是相对于民间童话而言的。早期的文学童话包括那些由文人采集、整理和用文字记述下来的篇目，后期的文学童话则是由文人独自创作出来的。就童话的名称而言，德语的"Märchen"界定了童话的两种形态：民间童话和艺术童话。这可作为人们认识童话文学的基本出发点。对于作为童话的"Märchen"，《牛津文学术语词典》是这样描述的："Märchen"是"关于讲述魔法和奇迹故事的德语词语，通常翻译为'fairy tales'，尽管在大多数情况下故事里都没有真正出现仙女。人们将 Märchen 分为两种类型：'民间童话'是那种由雅各·格林和威廉·格林收集在《儿童与家庭故事集》（1812）中的民间故事；'艺术童话'乃'艺术故事'，即文学创作故事，诸如 E. T. A. 霍夫曼的怪异故事"。[①]

德国文化语境中的这两种童话类型（以格林童话为代表的民间童话和以 E. T. A. 霍夫曼作品为代表的艺术童话或创作童话）实际上代表了世界童话文学的两种普遍形态。民间童话长期以来口耳相传，其特征为丰富的幻想因素，包括超现实的内容（主要有魔法、宝物、仙女、女巫、精灵、魔怪、小矮人，以及会说话的禽鸟兽类及其他动植物等）、奇异怪诞的情节和通常短小故事的讲述形式。而艺术童话或文人创作童话往往汲取民间童话的母题、精神和手法，加以拓展运用，多通过中长篇小说的形式（当然也包括短篇小说）来隐射和表达作者对当下社会状况和社会问题的探索与批判。就此而论，"Märchen"从两个方面向我们揭示了德国作家对世界童话文学的历史贡献：（1）集欧洲民间童话之大成的格林童话及

---

① Chris Baldick, *Oxford Concise Dictionary of Literary Terms*. Shanghai: Shanghai Foreign Language Education Press, 2000, p. 129.

其影响；（2）德国浪漫派童话小说创作的成就及影响。新马克思主义批评家杰克·齐普斯在论及德国浪漫派童话小说创作的特征时指出："沙米索和霍夫曼向人们表明，童话故事那已经大众化的形式能够在何种程度上用于对社会进行卓绝的批判"。① 从格林童话的流行到霍夫曼作品这样的浪漫派童话小说的兴起，童话文学的艺术形式已成为德国文学创作中的一个极其重要的传统因素。

第二节 "童话"名称的由来及其意义

接下来我们需要回顾一下"童话"通用名称"fairy tale"的由来及其意义。这个词语源自17世纪末出现的法语"contes des fees"，追溯这个词语的由来就是追溯民间童话向文学童话转变的历史过程。《牛津儿童文学指南》对"fairy tales"是这样描述的："讲述发生在遥远过去的，在现实世界里不可能出现的故事。尽管它们时常包含魔法神奇之事，有仙女（fairies）的出现，但超自然因素并非总是它们的特点，而且故事的男主人公和女主人公通常都是有血有肉的人类。除了能说话的动物，那些诸如巨人、小矮人、女巫和魔怪这样的角色通常也起着相当重要的作用。在17世纪末的法国，'contes des fees'这个词语被用来描述这样的故事，而对于这一时期的法语的'contes des fees'的英译文使'fairy tales'和'fairy stories'进入了英语"。②

在特定意义上，法国作家对世界童话文学的历史性贡献同样体现在两个方面：（1）法国童话女作家通过她们的创作活动为那些作为一种文学类型的童话故事提供了一个富有意义的名称；（2）贝洛的《鹅妈妈故事》进一步推动了民间故事向童话故事的演进。首先，"contes des fees"的出现要追溯到17世纪后期一群法国女作家进行的文学童话创作运动。在17世纪后半叶的法国巴黎，一群卓有才智的贵族女性在自己的家中举办沙龙，一方面尽情尽兴地探讨她们感兴趣的话题，另一方面为了相互娱乐，

---

① Jack Zipes, *Breaking the Magic Spell: Radical Theories of Folk and Fairy Tales*. Revised and expanded edition. Lexington: University Press of Kentucky, 2002, p. 80.

② Humphrey Carpenter & Mari Prichard, *The Oxford Company to Children's Literature*, Oxford University Press, 1991, p. 177.

打发时光而讲述故事——而她们的故事大多取材于淳朴、奇异的民间童话。讲述者们注重讲述效果，对故事素材进行了加工，客观上形成了一个文学童话的创作运动。这些法国童话女作家主要包括多尔诺瓦夫人（D'Aulnoy）、米拉夫人（Mme. De Murat）、埃里蒂耶小姐（Mlle. L'Heritier）、贝尔纳小姐（Mlle. Bernard）、福尔夫人（Mme..de la Force）、贝特朗小姐（Mlle. Bertrand）等。其中影响最大的是多尔诺瓦夫人，她从1690年开始发表自己的故事，此后在十几年间共发表了十几部作品，包括历史小说、回忆录性质的书、历险故事集，以及两部影响深远的童话故事集：《童话故事》（*Les Contes de Fees*，1697）和《新童话故事集》（*Contes Nouveaux ou Les Fees a la mode*，1698）。这两部故事集收有24个童话故事和3个历险故事，其中包括《青鸟》《黄矮怪》《金发美人》《白猫》《白蛇》《林中牝鹿》《灰姑娘菲涅塔》等著名故事。多尔诺瓦夫人的《童话故事》第二年被译成英文出版，名为"*Tales of the Fairys*"，随后出现了多种重印版本。在1752年的一本童话集的封面上首次出现了"Fairy tale"（仙女故事）这一英语名称——从此以后它就成为固定的用法而流传开来。随着时间的流逝，尽管人们一直对"Fairy tale"的词义是否准确还存有争议，但事实证明它具有强大的生命力，而且是难以替代的，因为它标志着以口耳相传为特征的民间童话向文人个人创作的文学童话的转变。关于为什么用"仙女故事"（Fairy tale）来称呼这一类故事，杰克·齐普斯从社会历史视野进行了解读："'童话故事'这个词语是在一个特别的历史关头出现在人类的语言当中，而在17世纪末和18世纪初由多尔诺瓦夫人、埃里蒂耶小姐、德·拉·福尔夫人、贝特朗小姐及其他女作家创作的故事中出现了明确的迹象，表明仙女被看作是一种与法国国王路易十五和他的贵族们相对立，与教会相对立的女性力量的象征性代表。的确，这些女作家故事中的一切力量——也包括这一时期许多男性作家故事中的一切力量——都归属于那些随意浪漫，甚至是有些古怪的仙女们。因此，'仙女故事'一词用于称呼她们的文学创作故事是再恰当不过的了……"[①]

与此同时，作为法兰西学士院重要成员的夏尔·贝洛（Charles Perrault，1628-1703）发表了他的八篇散文童话和三篇韵文童话，它们随即

[①] Jack Zipes, *Breaking the Magic Spell: Radical Theories of Folk and Fairy Tales*. Revised and expanded edition. Lexington: University Press of Kentucky, 2002, p. 28.

成为欧洲最流行的经典童话之一。一般认为，贝洛的贡献是确立了童话故事的艺术品位和文体价值。贝洛的童话故事虽然是对欧洲民间童话的改编，但呈现了真正意义上的童话故事形态，并在欧洲和世界产生重要影响。正如民间文学研究学者艾奥娜·奥佩（Iona Opie）和彼得·奥佩（Peter Opie）夫妇所论述的，贝洛创造的奇迹在于，那些故事变得如此生动，以至于人们再也无法对它们进行任何改进了。这些故事的流传不再取决于乡村讲述者们的记忆，它们已经成为文学了。①

童话名称"fairy tales"的出现表明文学童话即将作为一种具有旺盛生命力的幻想文学类型登上人类文化历史的大舞台。文学童话融合了寓于民间故事的人类的烂漫童心与日趋成熟的讲述智慧，既有来自幻想奇境的神思妙趣，又采用了现代小说艺术的叙事手段，以实写幻，以幻出真，亦真亦幻，幻极而真，因此能够历久弥新，继往开来，延绵不绝。

如果说民间童话是集体创作的产物（受到集体无意识意义上的素材、母题及群体的关注和爱好的影响）；早期的文学童话是集体创作与个人才能和气质相结合的产物（文人收集整理并加以文字记述）；那么艺术童话就是作为个体的文人通过童话艺术独自创作的产物。从短篇小说到中长篇小说，当代文学童话的艺术表现形式能够最大程度地满足不同作者的创作需求，使个人的才智与才情得到最佳的发挥，使其能够将个人的想象与童话的本体精神最大限度地结合起来，通过童话艺术提炼作者的个人生活经历及其对人生的感悟，更加自如地抒发和表达作者对现实生活的感受和理解。作为世界文学童话创作的先驱者，安徒生童话虽然都采用短篇小说的表达形式，但已经具有鲜明的现代意识和灵活自如的叙述手段，使作者能够得心应手地抒发哲理、思想和情感，表露个人的观察和看法；此外，安徒生童话在文体风格上也是具有独特魅力的，既洋溢着乐观精神，也渗透着忧郁伤感；既有浪漫主义的情调，也有现实主义的写照，这种种因素的结合，使文学童话进入了一个全新的境界。在安徒生之后，人们竞相采用中长篇小说乃至长篇系列的形式进行创作，使童话小说的艺术表达呈现丰富多样、精彩纷呈的格局。

---

① Opie, Iona and Peter, *The Classic Fairy Tales*. Oxford University Press, 1974, p.21.

第三节　文学童话的艺术升华：现当代童话小说的历史性崛起

在童话文学史上，德国浪漫派童话小说与19世纪后期异军突起的英国童话小说共同构成了世界童话文学地图上的两座奇峰。这两座拔地而起的奇峰标志着世界文学童话进入了一个全新的继往开来的升华阶段。

18世纪末期，在德国浪漫主义运动的历史语境中，众多德国浪漫派作家对童话母题、童话精神及童话艺术情有独钟，掀起了一场有声有色的童话小说创作运动。他们直面现实，又超越现实，大胆试验，大胆想象，推出了许多卓具艺术成就且风格各异的童话小说。这场浪漫派童话运动标志着传统民间故事（volksMärchen）向文学童话（KüntsMärchen）的激进转变，书写了世界童话文学发展史上重要的一页，同时开创了政治童话或成人童话小说的先河。从早期的"艺术童话"（KunstMärchen）到后来的政治童话小说，人们可以列出长长的作家名单：克里斯托弗·马丁·维兰德（Christoph Martin Wieland）、乔安·卡尔·奥古斯特·穆塞乌斯（Johann Karl August Musäus）、本尼迪克特·诺伯特（Benedikte Naubert）、弗雷德利希·马克斯米兰·克林格尔（Friedrich Maximilian Klinger）、亨利希－容·施蒂林（Heinrich – jung stilling）、阿尔伯特·路丁·格林（Albert Luding Grimm）、威廉·亨利希·瓦肯罗德尔（Wilhelm Heinrich Wackenroder）、路得威希·蒂克兰·诺瓦利斯（Ludwig Tieckand Novalis）、克莱门斯·布伦塔诺（Clemens Brentano）、约瑟夫·冯·艾兴多尔夫（Joseph von Eichendorff）、弗里德利希·德·拉·富凯（Friedrich de la Motte Fouque）、阿德贝尔特·封·沙米索（Adelbert von Chamisso）、E. T. A. 霍夫曼（E. T. A. Hoffmann）、威廉·豪夫（Wilhelm Hauff），等等，以及19世纪末的胡戈·冯·霍夫曼斯塔尔（Hugo von Hofmannstal），20世纪的亨利希·舒尔茨（Heinlich Schulz）、奥顿·冯·豪尔沃斯（Odön von Horváth）、阿尔弗雷德·德布林（Alfred Döblin）等，直到爱德华·默里克（Eduard Morike）、阿德尔贝特·施蒂夫特（Adelbert Stifter）、戈特弗里德·克勒尔（Gottfried Keller）、海因里希·海涅（Heinrich Heie）、费迪南德·赖曼（Ferdinand Raimun）、约翰·内普木克·内斯特里（Johann Nepomuk Nestroy）、乔治·布赫纳（Georg Buchner）、台奥多尔·施托姆（Theodor Storm）、叶雷米亚斯·戈特黑尔夫（Jeremias Gotthelf）、威廉·拉贝（Wilhelm Raabe）、胡戈·冯·霍夫曼斯塔尔（Hugo von Hofmannsthal）、赫尔曼·黑塞（Hermann Hesse）、托马斯·曼（Thomas Mann）、莱纳·玛丽亚·里尔克（Rainer Maria Rilke）、贝托尔特·布莱希特（Bertolt Brecht）、弗兰兹·卡夫卡（Franz Kafka），一直到海因里希·伯尔（Heinrich Boll）、西格弗里德·伦茨（Siegfried Lenz）、沃尔夫·比尔曼（Wolf Biermann）、施特凡·海姆（Stefan Heym）、君特·格拉斯（Gunter Grass），等等，他们无不与童话故事或童话艺术结下不解之缘。

新马克思主义批评家杰克·齐普斯高度评价了德国浪漫派作家用童话艺术来表达其政治思想的创作实践，并且使用了童话小说（fairytale novel）这一称谓。① 齐普斯还指出："几乎所有的浪漫派作家都被童话故事所吸引，并且以非常独创的方式对这种形式进行试验。事实上，童话故事已如此根深蒂固地沉淀在德国的文学传统之中，以至于从19世纪初以来直到现在，几乎没有一个重要的德国作家没有以某种方式运用或者创作过童话故事。"② 这一时期最具代表性的作品有瓦肯罗德尔的《一个关于裸圣的奇妙东方童话故事》，诺瓦利斯的《克铃耳家史》，蒂克的《鲁嫩贝尔格》，布伦塔诺的《克洛普施托克校长和他的五个儿子》，沙米索的《彼得·施莱米尔光辉的一生》，霍夫曼的《侏儒查赫斯》和《金罐》，等等。杰克·齐普斯对于这一时期的德国浪漫派童话给予了高度的评价，认为"浪漫派童话的发展标志着一种新艺术形式的开端，它彻底突破了传统民间故事（volksMärchen）的形式，包含着浪漫派美学和哲学理论的要素"。③ 齐普斯之所以高度赞扬德国浪漫派童话是因为他从社会政治视野认识到，它们在表现形式和表达主张这两方面都是革命性的——而这正是人们认识德国浪漫派童话小说兴起的基础。

随着时间的前行，在19世纪英国工业革命和儿童文学革命这双重浪潮的冲击下，张扬想象力和游戏精神的英国童话小说异军突起，蔚为壮

---

① Jack Zipes, *Spells of Enchantment: The Wondrous Fairy Tales of Western Culture*. New York: Viking Penguin, 1991, p. xxvi.

② Jack Zipes, *Breaking the Magic Spell: Radical Theories of Folk and Fairy Tales*, Revised and expanded edition. Lexington: University Press of Kentucky, 2002, p. 62.

③ Ibid., p. 47.

观。从19世纪中叶到20世纪初年,英国童话小说开创了世界文学童话史上一个星云灿烂的"黄金时代"。从历史语境透视,英国童话小说的崛起是多种时代因素共同作用的结果,包括工业革命的社会影响与重返童年的怀旧思潮;18世纪以来英国儿童文学领域的两极碰撞:坚持"理性"原则的创作主流倾向与19世纪以来由潜行到奔流的张扬"幻想"精神的倾向之间的激烈碰撞;此外,欧洲及东方经典童话的翻译引进对英国童话小说的创作产生了直接的催化和推动作用。正是在翻译引进的《一千零一夜》故事和欧洲经典童话(意大利巴西耳的《五日谈》、法国经典童话如多尔诺瓦夫人的童话和贝洛童话、德国的格林童话、丹麦的安徒生童话等)的影响和推动下,英国的幻想文学创作冲破儿童文学领域的理性说教话语之藩篱,大放异彩。从总体上看,维多利亚时代的英国童话小说数量之多,艺术成就之高,令世界文坛为之瞩目。这一时期的代表性作品有:F. E. 佩吉特的《卡兹科普弗斯一家的希望》(1844),罗斯金的《金河王》(1851),萨克雷的《玫瑰与戒指》(1855),金斯利的《水孩儿》(1863),刘易斯·卡罗尔的《爱丽丝奇境漫游记》(1865)、《爱丽丝镜中奇遇记》(1871),乔治·麦克唐纳的《在北风的后面》(1871)、《公主与柯迪》(1883),王尔德的童话集《快乐王子及其他故事》(1888),吉卜林的《林莽传奇》(1894—1895)、《原来如此的故事》(1902),贝特丽克丝·波特的《兔子彼得的故事》(1902),伊迪丝·内斯比特的《寻宝者的故事》(1899)、《五个孩子与沙精》(1902)、《凤凰与魔毯》(1904)、《护符的故事》(1906),巴里的《彼得·潘》(1904),肯尼斯·格雷厄姆的《黄金时代》(1895)、《柳林风声》(1908),等等。这一时期的英国童话小说创作形成了坚实的叙事传统,诸如卡罗尔、麦克唐纳、内斯比特、格雷厄姆这样的作家及其作品成为影响很大的,为后来者所仿效的榜样。从19世纪后期的两部"爱丽丝"小说到20世纪末的"哈利·波特"系列小说,英国童话小说创作绵延不绝的众多名篇佳作形成了英国儿童文学领域具有世界影响的幻想文学主潮。

第四节　童话文学的基本叙事特征

童话文学在演进过程中呈现的一个重要特征是幻想奇迹的童趣化。① 尽管传统童话故事大多发生在模糊的过去，讲述在现实世界里不可能出现的包含魔法等超自然因素的神奇之事，但它们都具有一个共同的标识，那就是民间童话故事及文学童话在自身演进的进程中出现的幻想奇迹的童趣化走向。事实上，文学童话发生的必要条件就是幻想的神奇性因素被赋予童趣化的特性。无论是闹鬼的城堡，中了魔法的宫殿和森林，充满危险的洞穴，地下的王国，等等，都不过是童话奇境的标志性地点而已。当然，那些奇异的宝物比如七里靴、隐身帽或隐身斗篷；能使人或物变形的魔杖；能产金子的动物；能随时随地变出美味佳肴的桌子；能奏出强烈的迷人效果的美妙音乐，因而具有强大力量的乐器；能制服任何人、任何动物的宝剑或棍子；具有起死回生神效的绿叶；能当即实现拥有者愿望的如意魔戒，等等，都是童话世界不可或缺的因素。此外，童趣化童话叙事的另一个重要特征是讲述小人物的历险故事，表达的是传统童话的观念：向善的小人物拥有巨大的潜能，能够创造出平常情形下难以想象的惊人奇迹，彻底改变命运。童话的主人公，无论是公主、王子还是小裁缝、小贫民，一般多为弱小者，被欺压者或被蔑视者（典型例子见于《格林童话》）。许多主人公通常受到蔑视，被人瞧不起，被叫作"小傻瓜""小呆子""灰姑娘"，等等，完全处于社会或家庭生活中的弱者地位；他们之所以战胜强大的对手，本质上靠的是善良本性。当然，在此基础上，他们/她们需要得到"魔法"的帮助。

魔法的作用是不可或缺的，无论是积极的建设性魔法还是负面的破坏性（禁锢性）魔法，童话奇境的至关重要的传统标志就是童趣化的魔法因素。当然，即使在传统童话中，使主人公摆脱困境的魔法往往是有限定条件的。如在《灰姑娘》中，仙女教母通过魔法手段使灰姑娘得以参加舞会并深深打动了王子，创造了改变凄惨命运的奇迹。但魔力的作用仅限于午夜12点之前——时辰一到，魔法即刻消失，一切又回归原来的状态。

---

① 参见舒伟《童话叙事：幻想奇迹的童趣化和商业化》，《中国社会科学报》2012年6月1日。

伊迪丝·内斯比特的《五个孩子与沙精》显然借用了这一传统因素。孩子们在沙坑里玩耍时无意中发现了一只千年沙地精，它能够满足向它提出要求的人的愿望——但这魔力只能持续一天，当太阳落山时便会消失，一切又恢复常态。这种有限制的魔法力量自有它的奥妙，一方面让孩子们相信魔力会使平凡的生活变得丰富多彩；另一方面又能够让他们在无意识层面感到魔力也有局限而不过分依赖幻想的魔力。发生在灰姑娘身上的魔力虽然有时间限制，但正是这有限的魔法使她获得了改变命运的转机。在内斯比特的故事中，孩子们通过沙地精的魔法而经历了奇异的，或惊险的人生境遇，体会到了各种改变带来的欣喜、震惊、惶恐、懊悔等情感，从而获得了对生活的更多理解，获得了心灵的成长。从心理分析学的角度看，不管发生了什么离奇怪异的事情，不管绕到多远的地方，童话故事的进程不会迷失，带着主人公到奇异的幻想世界旅行一番之后，童话又把他们送回现实世界。尽管这仍然是那个和出发前一样没有魔力的平凡世界，但故事的主人公此时已大不一样，他已经建立起信心，敢于迎接生活中充满疑难性质的挑战，更好地把握生活。①

通过对神话叙事和童话叙事进行比较，批评家发现，神话中发生的事情之所以显得不可思议，是因为它们被描写得不可思议。相比之下，童话故事里发生的事情虽然异乎寻常，但却被叙述成普普通通的事情，这些事情似乎可能发生在任何普通人的身上。所以童话叙事的重要特征就是用自然随意的方式讲述最异乎寻常的遭遇。② 换言之，童话文学最善于用贴近生活、不容置疑的语气讲述那最异乎寻常的遭遇，最不可能在现实中发生的神奇怪异之事，从而形成了一种独特的以实说幻、以真写幻、幻极而真的叙事模式。在格林童话《青蛙王子》里，小公主在王宫附近的大森林里玩耍，这是非常寻常的事情，任何小女孩都可能出现在那里，都可能做同样的游戏。那里有一棵古老的菩提树，树下有一口水井，公主时常在井边抛耍金球。这一次她却失手将球抛进了黑洞洞的水井之中。就在公主万般无奈之下哭起来时，一只青蛙出现了，问她为何如此伤心——于是这只能说会道的青蛙就把故事的主人公和读者一起自然而然地带入了传统童

---

① 详见 Bruno Bettelheim, *The Uses of Enchantment*. New York: Vintage Books, Random House, 1977, p. 63.

② Ibid., pp. 36 – 37.

话世界的奇境之中。托尔金在《论童话故事》一文中以自己小时候听故事的切身体会为例,说明童话讲述方式的重要性:"对于故事的信任取决于大人们或者那些故事的作者向我讲述的方式,或者就取决于故事本身具有的语气和特性"。① 这种语气亲切自然、以实说幻、以真说虚、幻极而真的童话叙事特征也体现在许多现代杰出作家的叙事之中。例如美国作家埃德加·爱伦·坡(Edgar Allan Poe,1809 – 1849)就形成了一种奇崛的讲述方式。他笔下的故事内容往往离奇怪异,令人难以置信,但他在讲述过程中严密的逻辑性和实在性又令人着迷,使你不得不接受他的故事。这种叙述方式表现出明显的童话叙事特征。在包括《厄舍府的倒塌》(*The Fall of the House of Usher*)、《丽姬娅》(*Ligeia*)、《瓦尔得玛先生一案的事实》(*The Facts in the Case of M. Valdemar*)、《陷坑与钟摆》(*The Pit and the Pendulum*)、《泄密的心》(*The Tell – Tale Heart*) 等这样的故事中,爱伦·坡无不一本正经、煞有介事地讲述那超绝怪异的恐怖故事,通过"逼真性、类比性和或然性"而使它们产生了强烈的心理效果。英国著名电影导演希区柯克就深受爱伦·坡作品的影响,而且形成了自己独特的叙述人类内心恐惧的惊险电影叙事手法。

当然,传统童话文学的叙事模式既是稳定的,历久弥新的,也是开放性的,富有极大的弹性,而且随着时代的前行获得了新的发展。其中以卡罗尔的"爱丽丝"小说为代表的现当代童话小说极大地拓展了传统童话的叙事模式,为童话文学增添了全新的蕴涵现代性和后现代性因素的叙事特征。卡罗尔用平常给孩子们讲故事的口吻,用亲切自然的语气讲述小女孩爱丽丝在地下世界和镜中世界的经历,而呈现在读者面前的却是不可思议的奇遇,以及梦魇般的经历,还有最出乎意料的怪人(疯帽匠、公爵夫人、乖戾的棋牌王后与国王,等等)、怪物(怪物杰布沃克)、怪动物,以及最深刻的现代主义和后现代主义因素(梦幻叙事、意识流、噩梦情节、悬疑重重的迷宫、荒诞的遭遇、黑色幽默),等等。爱丽丝原本是一个普通的小女孩,但她从兔子洞进入奇境之后,一种令人既熟悉又陌生的现代性魔力就笼罩着这个王国。这种魔力催生了一种独特的荒诞滑稽的恐惧感,使传统的现实与想象的魔法世界被欲罢不能的噩梦般的魔法世界所取代。从现代心理分析视角看,传统童话的深层结构是普遍的童心梦幻,

---

① J. R. R. Tolkien, *The Tolkien Reader*, New York: Ballantine, 1966, p. 63.

一种清醒的童话之梦。它不但具有梦的一般特征（恍惚迷离、怅然若失、求之不得、徒劳无益、奋然挣扎），而且是许多代阐释群体"集体无意识"作用的结果，是愿望的满足性的象征表达。这种清醒之梦的张力使传统童话基本呈现出前后一致的线性结构：从明确的开端，快速展开的情节到主人公经过磨难或考验后获得成功，圆满解决问题的结局。如果说传统童话（尤其是民间童话）展现的是清醒的梦幻，那么"爱丽丝"故事就向人们展示了一个"卡夫卡"式的梦幻世界。爱丽丝在奇境世界和镜中世界所遭遇的一切都变得稀奇古怪，而且令人感到一种难以言状的可怕又可笑的魔力作用和某种滑稽的恐惧感。这正是人们在卡夫卡的《变形记》《审判》《城堡》等作品中感受到的气氛。正如马丁·加德纳所列举的奥地利作家卡夫卡的《审判》和《城堡》与"爱丽丝"小说之间的相似之处：卡夫卡笔下的审判相似于《爱丽丝奇境漫游记》中由国王和王后把持的对红桃杰克的审判，发生在《城堡》里的事情相似于"爱丽丝"故事的国际象棋游戏，那些能说会走的棋子对于棋赛本身的计划一无所知，完全不知道它们是出于自己的愿望而行动的呢，还是被看不见的手指摆弄着行走。①

事实上，童话文学的这种以最自然随意的方式，或者最亲切随和的语气来讲述最异乎寻常之遭遇的叙事方式具有极大的艺术表现力和渗透力。从哥伦比亚作家加西亚·马尔克斯的《百年孤独》及《霍乱时期的爱情》等作品中，人们也能发现相似的叙事特征。也许马尔克斯的外祖母在他童年时为他讲述故事时就已经做出了示范："她不动声色地给我讲过许多令人毛骨悚然的故事 …… 讲得冷静，绘声绘色，使故事听起来真实可信"。② 由此推而广之，人们可以在当代世界文坛上发现相似的文学现象。细究起来，意大利作家翁贝托·艾柯（Umberto Eco，1932 - ）的《玫瑰之名》和《傅科摆》等作品也具有非常相似的叙事特征。该书有五百多页，故事充满了紧张悬疑的气氛，而且惊险情节扣人心弦，但作者始终用一种刻意的温文尔雅的方式来讲述故事。土耳其作家奥尔罕·帕慕克（Orhan Pamuk，1952 - ）在《我的名字叫红》一书中也采用了类似《玫

---

① Martin Gardner, *The Annotated Alice: Alice's Adventures in Wonderland and Through the Looking - Glass by Lewis Carroll*. The Definitive Edition, New York: W. W. Norton & Company inc., 2000, p. xxi.

② 加西亚·马尔克斯：《番石榴飘香》，林一安译，三联书店1987年版，第70页。

瑰之名》的那种温文尔雅的方式来描写冷酷的阴谋和谋杀。小说描写1590年末的伊斯坦布尔，国王苏丹将国内最卓越的四位细密画大师召集进宫，令他们秘密地制作一部为他本人及其帝国歌功颂德的书籍。随后便发生了不可思议的，骇人听闻的谋杀事件。作者的叙述无疑体现了艾柯式的或者说童话式的以冷静超然的方式讲述骇人听闻的血腥暴力事件的特征。童话文学的叙事特征看似随意自然，实则奇崛不凡。难怪意大利作家卡尔维诺要把作家描写的一切，甚至最现实主义的作家所写的一切都称为童话。实际上，这是人们特意用广义的童话之说来描述伟大的文学杰作的艺术性。

第五节 广义的童话文学与广义的童话之说

至此，我们可以在文学和文化批评领域区分广义的童话文学和广义的童话话语。齐普斯在论及童话故事风行于当代社会这一现象时划分了一个非常广泛的童话文学范畴："事实上，无论在什么地方，童话故事和童话故事母题像变魔法般地层出不穷。书店里摆满了 J. R. R. 托尔金、赫尔曼·黑塞、格林兄弟、夏尔·贝洛、汉斯·克里斯蒂安·安徒生等人的童话故事，还有数不胜数的民间故事改编，女性主义的童话故事和分解改编的童话故事，还有诸如 C. S. 刘易斯的'纳尼亚传奇'或者 J. K. 罗琳的'哈利·波特'系列这样有华丽插图装饰的幻想故事图书。"[①] 这段话虽然简短，但却涵盖了一个相当宽泛的童话文学范畴。其中，格林童话、贝洛童话和安徒生童话属于欧洲经典短篇童话之列（格林童话和贝洛童话属于文人收集、整理并加以有限度之文学润色的民间童话，安徒生童话则属于文人原创的艺术童话）；托尔金的《霍比特人》和"魔戒传奇"系列、C. S. 刘易斯的"纳尼亚传奇"系列和 J. K. 罗琳的"哈利·波特"系列归属于当代英国童话小说；德国作家赫尔曼·黑塞著有《玻璃珠游戏》和《荒原狼》等作品，它们可以在特定意义上被看作成人本位的童话小说——值得一提的是，齐普斯还把另一位德国作家托马斯·曼的作品归入童话文学，并强调指出托马斯·曼的《魔山》（1924）是对"童话小

[①] 杰克·齐普斯：《冲破魔法符咒：探索民间故事和童话故事的激进理论》，舒伟等译，安徽少年儿童出版社2010年版，第1—2页。

说"的重要贡献,其中充满了对民族主义和民主问题的政治讨论。① 至于女性主义童话创作,英国女作家安吉拉·卡特的作品堪称重要代表之一。她的主要作品有短篇小说集《血淋淋的房间及其他故事》(1979)、《马戏团之夜》(1984)和《破釜沉舟:安吉拉·卡特故事集》(2006)等。这些作品从女性主义的视野对欧洲经典童话进行激进的改写和彻底颠覆。而另一位英国女作家 A. S. 拜厄特在她的成名作《占有》(1991)中呈现了分解改编的童话故事。齐普斯在批评实践中提出的是广义的文学童话,包括成人本位和儿童及青少年本位的童话小说。在《西方文化的神奇童话故事》的序言中,齐普斯这样论及 20 世纪 70 年代以来的童话小说创作:那些为成人写作的童话小说变得更具颠覆性,在审美上更加复杂和精细,更致力于帮助读者关注社会问题,而不是为他们提供娱乐。②

而在另一方面,人们在论及文学艺术创作的重要特点时往往要使用广义的童话之说。例如,德国浪漫派作家诺瓦利斯(Ludwig Tieckand Novalis, 1772－1801)提出,童话故事就是"某种程度上的诗歌经典——所有事物都必须像一个童话故事"。③ 童话故事对于诺瓦利斯是至关重要的,他认为"真正的童话故事作家是未来的预言者(随着时间的流逝,历史终将成为一个童话故事——它将重演自己在初始阶段的历史)"。④ 意大利作家伊塔洛·卡尔维诺(1923—1985)则这样论道:"我认为,作家描写的一切都是童话,甚至最现实主义的作家所写的一切也是童话"。⑤ 与此相似的是俄裔美国作家弗拉迪米尔·纳博科夫(1899—1977)提出的童话之说:所有伟大的文学作品都可以称为童话。纳博科夫认为将小说叙述与现实中的"真实生活"画等号,在小说中寻找所谓的"真实生活"是一种人们应该尽力避免的致命错误。他说,《堂吉诃德》是一个童话,《死魂灵》也是童话,《包法利夫人》和《安娜·卡列尼娜》则

---

① Jack Zipes, *Spells of Enchantment: The Wondrous Fairy Tales of Western Culture*, New York: Viking Penguin, 1991, p. xxvi.

② Ibid., p. xxvii.

③ Novalis, *Werke und Briefe*, Alfred Kelletat, Munich: Winkler, 1962, p. 505.

④ Ibid., p. 506.

⑤ 伊塔洛·卡尔维诺:《文学——向迷宫宣战》,崔道怡编:《"冰山"理论:对话与潜对话》(下册),工人出版社 1987 年版,第 844 页。

是最伟大的童话。既然这些最伟大的文学作品都是童话,那么它们的作者就堪称童话世界的魔法师了。在纳博科夫看来,小说家不仅负有教育家的责任,而且更需要发挥"魔法师"的功能,所以一个大作家是三位一体的:集故事讲述者、教育家和魔法师于一身;而其中魔法师是最重要的因素,这也是他们成为大作家的重要缘由。① 纳博科夫的童话之说从一个方面揭示了童话本体的崇高象征意义,既是对童话的颂扬,更是对优秀文学经典作品之艺术特征的一种描述。这两位作家的观点自然属于最广义的童话之说。此外,人们还注意到,"童话"已经成为人们在著述中常用的一种标题式的话语或提炼出的一种方法或模式的表述。例如,《狄更斯的心理原型与小说的童话模式》②、《消费时代的童话性和互文性:解读拉什迪的〈她脚下的土地〉》③、《女性创作与童话模式:英国19世纪女性小说创作研究》④、《发展的童话:进化论思想与现代中国文化》⑤,等等,不一而足。

综上所述,齐普斯阐述的是具有共同的童话本体特征的广义的现当代童话文学;而卡尔维诺和纳博科夫提出的则是超越童话文学文类范畴的象征意义上的童话之说。一方面是与童话本体密切相关的广义的童话文学范畴,另一方面是广义的从童话本体引申出来的童话话语及认知模式。然而无论是广义的童话文学,还是广义的童话话语,它们都不能脱离童话文学的历史渊源,脱离童话文学的最基本的本体论特征。

---

① 纳博科夫:《优秀读者与优秀作家》,载申慧辉等译《文学讲稿》,上海三联书店2005年版。

② 蒋承勇、郑达华:《狄更斯的心理原型与小说的童话模式》,《杭州师范学院学报》(社会科学版)1995年第1期。

③ 张晓红:《消费时代的童话性和互文性:解读拉什迪的〈她脚下的土地〉》,《当代外国文学》2008年第2期。

④ 戴岚:《女性创作与童话模式:英国19世纪女性小说创作研究》,上海文化出版社2010年版。

⑤ [美]安德鲁·琼斯:《发展的童话:进化论思想与现代中国文化》,美国哈佛大学出版社2011年版。

第六节 "童话小说"与当代幻想小说主要类型辨析

在本书研究的语境中,"童话小说"这一称谓主要取自西方新马克思主义批评家杰克·齐普斯和英国文学批评家 C. N. 曼洛夫(C. N. Manlove)。齐普斯在论及德国童话文学传统及德国浪漫派童话时使用了"童话小说"(fairytale novel)这一名称[①]。而曼洛夫在论及维多利亚时代的儿童幻想文学时则使用了"童话小说"(the fiction of fairy–tale)这一名称[②]。此外,在约翰·克鲁特(John Clute)和约翰·格兰特(John Grant)主编的《幻想文学百科全书》(*The Encyclopedia of Fantasy*)中,英国维多利亚时代的女作家萨拉·柯尔律治(Sara Coleridge,1802–1852)创作的《凡塔斯米翁》(*Phantasmion*,1837)被称作第一部用英语写出的"童话小说"(fairytale novel)。[③] 这殊途同归的称谓为人们界定和描述现当代文学童话的文类范畴提供了很有价值的名称。事实上,由于"幻想文学"(Fantasy)范畴宽泛,包罗甚广,是多种相似但却具有不同艺术追求的非写实性文学类型的统称,因此很有必要对现当代幻想文学的主要类型有所区分。用"童话小说"来指称现当代作家创作的中长篇文学童话要比笼统地使用"现代幻想故事"(modern fantasy)更加准确,因为后者一般要涵盖童话小说、奇幻小说和科幻小说等多种幻想性文学类型,特指性并不明确——英国科幻文学作家及《西方科幻小说史》的作者布赖恩·奥尔迪斯对此深有体会,所以他说:"幻想文学(fantasy)作为一个描述性术语具有难以把握的广泛通用性是众所周知的"。[④] 那么,人们应当如何区分当代几大幻想小说的类型呢?

---

① Jack Zipes, *Spells of Enchantment: The Wondrous Fairy Tales of Western Culture*, New York: Viking Penguin, 1991, p. xxvi.

② C. N. Manlove. *The Fantasy Literature of England*, New York: St. Martin's Press, 1999, p. 168.

③ Clute, John and John Grant, *The Encyclopedia of Fantasy*, New York: St. Martin's Press, 1997, p. 210.

④ Aldiss, B. with Wingrove, D. *Trillion Year Spree: The History of Science Fiction*, London: The House of Stratus, 2001, pp. 5–6.

首先，从文学大语境看，幻想文学是与现实主义文学相对而言的。一般而论，现实主义或写实性文学作品是直接反映人们所熟悉的经验世界的，其人物和事件都是在现实中可能出现，而且可以被验证的，是通过"在场"的方式直接展现出来的。相比之下，幻想文学或曰非写实性文学则是在经验无法证实的意义上，通过"在场"的方式来表现"不在场"的人物和事件。这种"不在场"之物的出场是人类幻想或想象的结果。用当代哲学家的话语来说，想象是一种心智的"逃离在场"（flight from the presence）。按照张世英先生的表述：想象的基本含义是飞离在场。他要表明的是，审美意识的最高境界在于通过想象，以在场的东西显现出无限的不在场的东西，从而使鉴赏者玩味无穷；对事物的整体把握和认识在于通过想象，把无限的不在场的东西与在场的东西综合为一体。① 而根据 J. R. R. 托尔金的表述，想象力是一种构想特殊心理意象的能力。用他的话来说，人类的头脑能够形成有关那些实际上并不在场的事物的心理意象。这种构想特殊心理意象的能力就是想象力，不能简单地归于玄想（fancy）；这些心理意象不仅是"实际上不在场的，而且是在我们的第一世界里根本就找不到的"事物，但想象力需要一种高超的艺术形式去追求"现实的内在一致性"，这就是幻想的艺术，是介于想象力与最终的幻想文学创作结果（替代性创造）之间的一种操作运行的连接。②

而根据凯瑟琳·休姆（Kathryn Hume）提出的幻想文学的"一体两端说"③，我们可以把幻想文学的这种呈现"不在场"或者"逃离在场"的特征描述为"对于公认的常识性现实的背离"，从而为幻想叙事类型的区分提供某种具体参照。休姆指出，一切文学作品都是"模拟"和"幻想"这两种冲动的产物，它们不过是处于一个统一体的两端而已。④ 那些位于"模拟"一端的就是以写实性为主要特征的作品，而位于"幻想"一端的就是那些以非写实性为主要特征的作品。而幻想文学的叙事特征就是对于公认的常识性现实的背离。那么根据不同的对于公认的常识性现实的背离方式，人们就可以把握必要的区分童话小说、科幻小说和奇幻小说

---

① 张世英：《论想象》，《江苏社会科学》2004 年第 2 期。
② J. R. R Tolkien: *The Tolkien Reader*, New York: Ballantine, 1966, p. 68.
③ Kathryn Hume: *Fantasy and Mimesis: Responses to Reality in Western Literature*, New York: Methuen, 1984, pp. 20–21.
④ Ibid. .

等幻想小说类型的尺度。例如，科幻小说的最显著特点是通过具有自然科学特征的认知因素去背离或改变公认的常识性现实。这种认知因素来自于科学发现和科技进步所激发的可能性。而童话小说和奇幻小说对现实的背离是由纯粹的愿望的满足性决定的。至于童话小说与奇幻小说（幻想小说），它们之间虽然有许多相似之处，但同幻异旨、同工异趣，具有出自不同创作意图的艺术追求，而且预设了不同的读者对象。以英国童话小说为例，它具有自己发生、发展的历史语境，是英国儿童文学语境中的幻想文学，但又具有独特的双重性。它发端于儿童文学而又超越儿童文学，根植于传统童话而又超越传统童话，因此不仅具有鲜明的童趣性，而且能够满足更高年龄层次读者（包括成人）的审美需求——这是童话小说区别于一般幻想小说的重要特征。童话小说一方面要体现童话对儿童成长的意义和价值，不能像写一般幻想小说那样随心所欲；另一方面，作为历久弥新的童话本体精神与现代小说艺术相结合的产物，童话小说能够满足不同年龄层次读者（包括成人读者）的认知需求和审美需求。而且，如果用"现代幻想小说"来取代"童话小说"势必要剥离这一独特文体的历史沉淀，割断它与传统童话的深层血脉关系，从而消解了童话文学传统赋予它的本质特质、精神特质和艺术特质。

第七节　童话小说与科幻小说辨异

人类幻想文学的传统源自各民族的远古神话，它们是早期先民们不自觉的幻想叙事。从荷马史诗奇异的航海故事到尤赫姆拉斯（Euhemerus: fl. c. 300 B. C）的哲理性传奇小说《神的历史》和琉善的《真实的故事》，这一传统一直延续到讲述闵希豪森男爵经历的离奇遭遇的故事以及那些奇异的，前往其他行星的旅行，这些故事往往具有讽刺性和社会批判性，日后逐渐演变为科幻小说的前身；同时，富有神奇色彩的各种奇游记、奇遇记成为一种流行的童话叙事模式。就此而论，童话小说和科幻小说都属于同源异流的幻想文学类型，既相互交叉，又相互区别。它们具有共同的"乌托邦"叙事特征，但在创作意图和读者对象两方面有时各不相同的。

"乌托邦"源出希腊词语，由 oú（意为"不"或者"没有的"）和 τόπος（意为"地方"）组合而成。英语的 Eutopia 是与希腊词素 εὖ（意为"好"）和 τόπος（意为"地方"）相对应的，托马斯·莫尔（Sir

Thomas More)的《乌托邦》(Utopia,1516)使这个英语词语流传开来。达科·苏恩文在论及科幻文学传统时做了这样的阐述:乌托邦从经验上看是不存在的(ou-topos,子虚乌有之地),但在价值观念上又是切实的(eu-topos,美好之地),由此形成了在场与不在场的对立。换言之,这个乌有之乡不存在于客观世界之中,但其精神理念和追求却始终存在于人类的理想和幻想之中。于是,乌托邦的在场的精神追求与不在场的虚无之乡的故事形成了相互冲突与依存的关系,两者之间形成的张力构成了科幻文学及其他幻想文学类型的重要特征,形成了通过栩栩如生的"在场的叙述"(以实写虚,以实写幻)来表现那些"不在场的"的地点、人物、事件等的叙事特征。这也是童话叙事和科幻叙事的共同之处。

从总体上看,人类构想乌托邦是出于对现实的不满和对理想的追求。而科幻文学直接继承了乌托邦叙事的讽刺性和批判性的传统。我们知道,早期的乌托邦讽刺文学传统多趋于政治隐喻式的表达,尽管内容荒诞离奇(如想象出来的前往月球或者某个遥远海岛的游记),但主题思想却是重大的、严肃的,往往具有政治批判性,而非娱乐性。而且作者刻意将其呈现为纪实性的叙述,表现为某种类似于"客观新闻报道"的形式,一再宣称其所见所闻的"真实性"。现当代的科幻小说同样多具有政治哲学视野,其价值观念带有明确的社会政治性和时代批判性。作者在描写各种乌托邦世界时表现出强烈的社会政治意识和使命感,而且迸发出锐利的批判锋芒。这种批判性的产生自然是出自对社会的不公正和缺憾的强烈不满。在特定语境中,科幻文学的"认知性"也是对现实的批判性认识和反映。正如苏恩文所言,"它意味着一种创造性的方法,趋向于动态的转化而不是对作者环境的静态映射。这种典型的科幻小说方法论——从琉善、莫尔、西拉诺和斯威夫特,到威尔斯、杰克·伦敦、扎米亚京,以及近几十年的作家——是一种批判方式,通常是讽刺性的,在大多数重要案例中,将他们对理性潜在力量的信念与对方法的怀疑结合起来"。[①] 此外,科幻小说往往表现出对人类整体命运、社会群体、人类社会及其未来的关注,是一种宏大叙事。布赖恩·奥尔迪斯认为从《弗兰肯斯坦》开始,科幻小说就成为一种最典型的表现焦虑

---

① Darko Suvin, *Metamorphoses of Science Fiction: On the Poetics and History of a literary Genre*, New Haven and London: Yale University Press, 1979, p. 10.

不安的文学，它召唤人们去"记述人类最深沉的恐惧和最急迫的向往"。①从个体生命意识的恐惧到集体记忆般的恐惧，那些看似不可理喻的恐惧实际上指向了人类对生存的恐惧，对怪物异类的恐惧，对外星生物的恐惧，对科技负面作用的恐惧以及对未来的恐惧，等等。所以，科幻文学在特定意义上是一种具有强烈忧患意识的乌托邦文学。凡此种种，科幻小说基本上是成人读者本位的。

此外，科幻小说的叙事动力与科技元素密切相关，因此具有明显的认知性与科技因素。在漫长的幻想文学的发展进程中，人们可能无意识地通过原始的科学意识或知识观察世界和自然，继而用文学的想象去表达这种观察，从而造就了一种很受读者欢迎，但却难入主流文学殿堂的边缘作品。这种处于主流文学之外的边缘之作随着时代的发展逐渐演变为自觉的，别具一格的科幻文学。按照苏恩文的阐述，科幻小说与"现实主义"文学主流的区别在于它的"陌生化"审美效果。而科幻小说的认知因素（来自于科学发现和科技进步所激发的可能性）又使科幻小说有别于童话文学和奇幻文学等其他幻想文学类型。当然，科幻小说并不等同于"科学小说"，它的认知性从本质上是一种文学陌生化的认知，一方面与现实主义文学揭示的社会历史性认知不同，另一方面也与自然科学的可验证性不同，是"对世界本质的先验的把握"，是当前的经验尚无法证实之意义上的认知。用苏恩文的话来说，科学只是科幻小说的"总体视野"，是它的"初始动力和推动力"。而且科幻小说主要通过对"软科学"而不是"硬科学"因素的发挥而展开故事的，因为软科学认知因素具有更明显的人文性，是优秀科幻小说作品创作的基础（例如通过控制论这一将"硬自然科学"和"软人文科学"融合在一起的概念进行创作）。

相比之下，童话小说（童话乌托邦）继承了早期乌托邦幻想文学的历险和奇遇的叙事传统，注重对个体生命意识的张扬，洋溢着鲜活的个体生命意识和游戏精神，体现了个体生命的成长历程以及个体愿望的满足性。当代的童话小说往往以校园模式（魔法学校等背景）和主人公的奇遇与成长经历为题材。此外，与科幻小说相比，童话小说基本不会考虑事

---

① Brian Aldiss with David Wingrove, *Trillion Year Spree: The History of Science Fiction*, London: The House of Stratus, 2001, p.138.

物的认知因素，它是根据愿望的满足性进行讲述的，而且它的读者对象主要是儿童与青少年。当然，童话小说具有自己独特的基本特征。

第八节　现代童话小说的双重性特征

童话小说是传统童话的艺术升华，具有童话文学的双重性特征。童话从起源看并非为儿童创作，但人们一旦发现童话最适宜儿童及青少年读者时，它就必然要承载人类对下一代的殷切期望和深情关爱。童话和它的现代艺术形式童话小说都必定会体现这种爱的意识，用刘易斯·卡罗尔的话说童话就是成人给予儿童的"爱的礼物"。这种儿童本位意识自然要求童话文学具有童趣性和乐观主义精神，不能随心所欲；但童话小说又具有超越一般儿童文学作品的张力和灵性。这种双重性特征首先体现在童话作者心目中有意无意预设的双重读者这一出发点上，那就是（1）为儿童写作（for children and to children）；（2）为所有具有童心的人们写作（for the childlike）。玛丽亚·坦塔尔在《童话与童年的文化》中谈到，儿童文学作品要面对两个阐释群体：成人与儿童；父母与子女。① 具体到英国维多利亚时代，童话小说作者在创作时心目中的读者对象在显性层面是中产阶级家庭的幼年子女，在隐性层面上就是作为成人的中产阶级市民。因此童话小说作品与成人读者之间存在着隐含的紧密的深层联系。不妨听一下童话作家和幻想文学批评家吐露的心声——

安徒生（1805—1875）是这样表述的："我沉浸在自己的思绪之中，为大人们寻觅到一个念头，把它讲给孩子们听，而且记住，他们的父母也在听着。"②

乔治·麦克唐纳（Gorge MacDonald, 1824-1905）宣称："我并非为儿童而写作，而是为具有童心的人们写作，无论他们是5岁还是50岁，或者75岁。"③

---

① Maria Tatar, *Off with Their Heads! Fairy Tales and the Culture of Childhood*, Princeton: Princeton University Press, 1992, p. xvii.

② *Only Connect: readings on children's literature*, eds by Sheila Egoff et al, Toronto, New York: Oxford University Press, 1996, pp. 265-269.

③ *The Fantastic Imagination*, *A Dish of Orts: Chiefly Papers on the Imagination, and on Shakespeare*, Sampson Low, 1893, p. 317.

王尔德（1854—1900）认为，他的童话故事"部分是为儿童写的，部分是为那些还保持着惊奇与惊喜的童心般能力的人们写的"。①

J. R. R. 托尔金在《论童话故事》中强调指出，"童话故事"绝不能局限于为儿童写作，它更是一种与成人文学样式密不可分的类型。童话作为一种类型值得为成人创作，供成人阅读。他告诫说："把童话故事降低到'幼儿艺术'的层次，把它们与成人艺术割裂开来的做法，最终只能使童话遭到毁灭。"②

文学评论家 C. N. 曼洛夫认为，童话小说作品的理想效果来自话语的成人世界和儿童世界的完美融合："那些为儿童创作的最优秀作品是由那些似乎忘记了自己在为谁而写的作者创作出来的，因为话语的成人世界与儿童世界如此完美地融合起来：霍林戴尔（Hollindale）称之为'童心童趣'（childness）；当刘易斯·卡罗尔在创作'爱丽丝'故事之前和之后，用一种成人的声音谈论童年的奇事妙趣，当他将《西尔维亚与布鲁诺》呈献为对一个早慧婴孩的颂扬之作时，他是笨拙的，窘迫的；而当他驰骋想象，全神贯注于'爱丽丝'故事时，多少年的岁月流逝都不会使他的光芒暗淡下去。"③

此外，童话小说的艺术表现力来自于童话文学传统的内在叙事特征。一方面，童话小说是儿童与青少年读者本位的，要体现童话故事对儿童精神成长的意义和价值；另一方面，童话小说与传统童话之间具有深层的血脉关系，是历久弥新的童话本体精神与日趋精湛的现代小说艺术相结合的产物，是传统童话的艺术和美学升华。童话小说能够满足包括成人在内的不同年龄层次读者的认知需求和审美需求。这一特性与童话本体的叙事艺术及表现张力有关，正如乔治·麦克唐纳在《奇异的想象力》（The Fantastic Imagination，1893）一文中所阐述的："一旦从它的自然和物理法则的联系中解放出来，童话潜在的各种意义将超越字面故事的单一性：童话奇境将成为一个隐喻性，多义性的国度，在这个奇

---

① Oscar Wilde, *The Letters of Oscar Wilde*. Ed. Rupert Hart‐Davis. New York: Hartcourt, 1962, p. 219.

② J. R. R. Tolkien, The Tolkien Reader, New York: Ballantine, 1966, p. 59.

③ Colin Manlove, *From Alice to Harry Potter: Children's Fantasy in England*. Cybereditions Corporation, 2003, p. 8.

妙的国度，'艺术越真实，它所意味的东西就越多'"。① 童话叙事的这种隐喻性、多义性特征是在童话文学的演进过程中形成的。童话具有内在的"石韫玉而山辉，水怀珠而川媚"的美学特点，表现出强烈的幻想性（非写实性与荒诞性）和美丽动人的故事性。它那亦真亦幻的叙述艺术（设幻为文，以实写幻等），是神奇性（奔放不羁，无所不能的童话想象）与写实性（日臻精湛的小说艺术手法）的完美结合。

维多利亚时期出现的刘易斯·卡罗尔的两部"爱丽丝"小说就具有典型的双重性特征。刘易斯·卡罗尔为他热爱的小女孩讲述的"爱丽丝"故事无疑是儿童本位的，但它们同时又成为能够满足成人审美需求和心智需求的文学杰作。卡罗尔正是通过童话卓越的幻想艺术书写童年的记忆，拓展了现代童话文学的新疆界。爱丽丝进入兔子洞和镜中世界后遭遇了难以理喻的荒诞事件和滑稽可笑的人物，领略了各种逻辑颠倒的奥妙和玄机。"爱丽丝"小说采用了具有深邃心理意义的梦幻叙事，既是整体构架上的梦游"奇境"（爱丽丝"奇境漫游记"和爱丽丝"镜中世界奇遇记"），也是具有现代主义和后现代主义意涵的梦境叙事。这无疑是对传统童话文学的"隐喻性和多义性"的叙事手段的丰富和拓展。作者不仅通过小女孩爱丽丝在荒谬怪诞的地下世界和镜中世界进行的寻觅与抗争行为，通过她的意识和无意识活动，通过她的反思和愤慨来颠覆说教文学，而且将传统童话的深层结构（乌托邦精神和对理想世界的追求）及其隐性的或象征的表达转变为直接的现代甚至后现代思想理念的自由表达。这些理念包括精神分析因素与意识流话语的显现，以及将传统童话主人公面临的"生存的困境"转化为"存在的悖论"。正是这些开放性的现代性与后现代性文学因素造就了两部"爱丽丝"小说的阐释性，使之成为一种跨越儿童文学领域的言说不尽的经典文本，一个能把20世纪的人们带进一个文学阐释的奇境和获取灵感而创作的童话奇境。

肯尼斯·格雷厄姆的《柳林风声》(1908)是另一个典型的具有双重性的童话小说经典。作为一部动物体童话小说，《柳林风声》不仅受到少

---

① 转引自 Mendelson, Michael, "The Fairy Tales of George MacDonald and the Evolution of a genre" in Roderick McGillis, editor, *For the childlike: George MacDonald's fantasies for children*, London: Children's Literature Association; Metuchen, N. J.: Scarecrow Press, 1992, p. 33.

年儿童的喜爱，而且深得成人读者的赏识。对于成人读者而言，小说呈现的是随风飘逝的古老英格兰，也是引发无尽怀旧和乡愁的一去不复返的童年岁月。几个动物角色具有微妙的双重性，他们既是儿童，保持着童年的纯真和纯情；又是成人，超越了儿童的限制，能够进入广阔的生活空间，去体验和享受成人世界的精彩活动和丰富多彩的人生况味。约翰·格里菲斯和查尔斯·弗雷对于这部小说中的鼹鼠和河鼠这两个人物的描述也揭示了童话幻想的双重性特征："他们既不是真正的儿童，又不是真正的成人；既没有全然沉迷于家庭生活，也没有全然热衷于历险活动；既非致力于追求沉稳和安宁，也非致力于追求成长和变化；格雷厄姆试图给予他们这两种世界的最好的东西，正如许多儿童文学作家所做的一样，为他们创造了这样的生活：既获得了成人的快乐享受和惊险刺激，又避免了相应的成人的工作和养育孩子的艰辛；他们的生活像孩童般贴近自然，而不会直接感受真实世界的动物的野性或痛苦。作为儿童文学作品，该书魅力的一个奥秘就在于幻想的微妙和包容。"①

正是这种微妙和包容才能将现实世界和幻想世界的最美好的东西结合起来，为儿童的精神成长提供重要的滋养成分。作者既以自然状态下的动物去摹写人，又以人的性情去刻画动物；既以儿童的纯真去演绎友情，又以成人的老练去感悟生活，去追求"不断变化的地平线"。此外从成人的视野去看，人们还从几个动物主人公的身上发现了爱德华时期英国中产阶级的阶级地位，性格和情趣，爱好与主要活动等特征。C. S. 刘易斯在论及书中的狗獾先生时，认为他体现了一种非同寻常的组合："高贵的地位、武断的态度、火爆的脾气、离群索居和正直善良。凡是见识过狗獾先生的孩子都会深刻地认识人性，认识英国的社会历史，而这是通过其他方式难以做到的"。② 至于大阔佬蛤蟆，他因为继承了硕大家产而远近闻名，是典型的具有贵族派头的暴发户。而蛤蟆追新求异，喜新厌旧的行为也使他遭到那些栖身在野森林的黄鼠狼、貂鼠、棕鼬等"下层贱民"的颠覆性报复。河鼠是衣食无忧的中上阶层的有闲人士，需要像鼹鼠这样的理想

---

① John W. Griffith and Charles H. Frey, eds, *Classics of children's literature*, New York: Macmillan, 1987, p. 900.

② C. S. Lewis, On the Three Ways of Writing for Children. In Sheila Egoff et al. eds *Only Connect: readings on children's literature*, Toronto, New York: Oxford University Press, 1980, pp. 212 – 213.

玩伴，后者则是身份低微的"小职员"，富家子弟那新鲜、刺激的冒险生活对他具有不可抗拒的诱惑力。

由英国童话小说代表性作品所铸就的双重性艺术特征对于儿童幻想文学的经典性的形成及其影响具有重要意义。这正是齐普斯所说，"儿童文学也应当遵循我们为当代最优秀的成人作家所设定的相同的高水平的审美标准和道德标准"。[①]

第九节 儿童本位的童话小说与成人本位的新童话叙事

正是由于童话小说内在的双重性特点，英国童话小说自维多利亚时代崛起以来形成了两种创作走向，即儿童本位的儿童文学化趋向和成人本位的新童话叙事趋向。两者的主要区别在于各自预设了不同的读者对象，前者主要以儿童和青少年读者为写作对象，从维多利亚时代的两部"爱丽丝"小说到20世纪末风靡全球的"哈利·波特"系列，儿童文学本位的英国童话小说一直延绵不绝。而成人本位的新童话叙事关注的是如何在创作中建立一种有效的与传统童话之间的互文性共存关系。无论前者还是后者，其作者都致力于以不同的方式发掘和利用传统童话资源，在创作中形成了一些共同的叙事策略，如通过借用、套用、重写、改写、续写等方式，以及戏仿、拼贴、杂糅、平庸化或碎片化处理等手段来突破传统童话的程式化叙事模式和单一的线形情节发展节奏（诸如困境的出现，主人公离家，历险与考验，突变或逆转，否极泰来，等等），进行主题各异、读者各异和风格各异的创作。其中，最常见的现象是借用（运用）经典童话的母题、意象、精神以及叙述框架等进行创作。其次是作家根据时代的变化和自身的需要而戏仿、改写、重写、续写经典童话。有些作品与传统童话之间呈现显性的联系（从题目就显现出来），有些则是隐性的联系（借用深层的对应因素）。例如，女作家西尔维娅·汤森德·沃纳（Sylvia Townsend Warner, 1893–1978）的《真诚的心》（*True Heart*, 1929）重新讲述了《丘比特与普赛克》的故事，《猫的摇篮之书》（*Cat's Cradle*

[①] 杰克·齐普斯：《冲破魔法符咒：探索民间故事和童话故事的激进理论》，舒伟等译，安徽少年儿童出版社2010年版，第234页。

Book，1960）收有《蓝胡子的女儿》和《精灵的王国》等故事；内奥米·米基森（Naomi Mitchison，1897—1999）创作了《玉米国王与春之女王》（1931）、《乌鸦发现的土地》（1955）、《五个男人和一只天鹅》（Five Men and a Swan，1957）等作品；迈克尔·德·拉拉贝蒂（Michael De Larrabeiti，1934—2008）创作了故事集《普罗旺斯故事》（The Provencal Tales，1988）；塔尼斯·李（Tanith Lee，1947—2015）从女性主义的视角改写传统童话故事，创作了《鲜红似血或来自格里默姐妹的故事》（Red as Blood or Tales from the Grimmer Sisters，1983）；等等。菲利普·普尔曼（Philip Pullman，1946— ）创作的《我是一只小老鼠》（I Was a Rat，1999）是对经典童话《灰姑娘》（Cinderella）的改写，具有一定的代表性。小说的主人公是一个来历不明的衣衫褴褛的小男孩，被修鞋匠鲍勃和他的妻子所收养。这个名叫罗杰的小男孩原来是"灰姑娘"故事里的小老鼠，由于仙女一时疏忽忘了把他变回原形，所以还保持着男孩的形体。而故事中的奥瑞丽娅公主就是这部童话小说中的灰姑娘，只有她才知道罗杰的真实身份。小说呈现了这个小男孩在现代社会中所遭遇的严重困境，而且大众传媒关于罗杰的危险行为的新闻报道更加重了施加给他的压力。貌似客观公正的现代西方社会大众媒体将罗杰描述为一个怪物，引起了公众的强烈反响，实际上这一切同罗杰的善良内心和真实遭遇形成鲜明的对比。为了在现实中生存下去，罗杰不得不艰难地学习掌握"恰当的"英语和"恰当的"英国人的行为举止（因为他从本性上就是一只小老鼠），同时又艰难地努力着，希望恢复本来的自我。在故事中，小罗杰最终放弃了重新成为老鼠的努力，因为那意味着将面临被人类消灭的厄运。由于仙女的失误，小老鼠阴差阳错地成了生活在现代西方社会的小男孩罗杰，他遭受了太多的磨难，深知做人之艰难，但最后他还是选择了留在老鞋匠家中生活，学习手艺，自己养活自己，"平安地度过每一天"。至于对经典童话的续写，最具代表性的是杰拉尔丁·麦考琳（Geraldine Mc-Caughrean）创作的《重返梦幻岛》（Peter Pan in Scarlet，2006），这部小说是对詹姆斯·巴里（James Matthew Barrie，1860—1937）的经典童话小说《彼得·潘》的续写。《彼得·潘》续编评委会对于麦考琳的这部作品的评价是："作为《彼得·潘》的续篇，《重返梦幻岛》极富想象力，语言机智幽默，故事曲折动人。如果巴里本人能看到这部作品的话，他也一定会非常喜欢的"。①

而在成人本位的英国童话小说创作中，对传统经典童话的改写、重写、拆写以及戏仿、拼贴、杂糅等成为最常见的叙事模式。其中最具代表性的是安吉拉·卡特（Angela Carter, 1940 – 1992）和萨尔曼·拉什迪（Salman Rushdie, 1947 – ）等作家的创作。安吉拉·卡特在写作中往往从女性主义视角透视性别问题，并在此基础上对传统童话故事进行改写，以达到颠覆和消解传统童话体现的男权话语霸权之目的。评论家认为，安吉拉·卡特的读者对象大多是有知识的成年读者，而且她的作品充满了颠覆性因素，甚至令人感到非常恐怖的幻想因素和性爱因素，堪称西方女性主义的登峰造极的新童话小说。她的主要作品有短篇小说集《血淋淋的房间及其他故事》（The Bloody Chamber and Other Stories, 1979）、《马戏团之夜》（Nights at the Circus, 1984）和《破釜沉舟：安吉拉·卡特故事集》（Burning Your Boat, Collected Stories, London: Vintage Books, 2006），等。其中，《血淋淋的房间》是对法国贝洛童话《蓝胡子》的改写，《与狼为伴》（The Company of Wolves）和《狼人》（The Werewolf）是对传统童话《小红帽》的改写，《莱昂先生的求婚》（The Courtship of M Lyon）和《老虎的新娘》（The Tiger's Bride）是对《美女与野兽》（Beauty and the Beast）的改写。在《血淋淋的房间》中，作者彻底解构了传统的男性阳刚，女性柔弱的性别观，女主人公和她的母亲最终以充满野性和暴力的阳刚之气压倒了显得优柔寡断和懦弱的两个男人。在《老虎的新娘》中，女主角表现出强烈的反抗精神，最后宁愿化身为老虎，也不愿回到将她作为赌注工具的父亲身边。出现在这些故事中的女性都是蔑视传统，挑战传统，彻底颠覆和抛弃了传统女性价值观念的女性形象。此外，安吉拉·卡特的小说《马戏团之夜》（1984）采用了糅合经典童话（如《睡美人》和《白雪公主》）之情节因素的方式来进行创作。至于小说家萨尔曼·拉什迪，他创作的《哈伦与故事海》（Haroun and the Sea of Stories）明显受到两部"爱丽丝"小说的影响，包括延伸的隐喻，语言游戏，双关语，荒诞话语，逻辑意识，时间意识等因素。他的《她脚下的土地》（The Ground Beneath Her Feet, New York: Henry Holt and Company, 1997）更是大量借用传统童话的母题（如"灰姑娘""白雪公主""美女和野兽"

---

① 杰拉尔丁·麦考琳：《重返梦幻岛》，任溶溶译，少年儿童出版社2006年版，第299页。

"睡美人""小红帽"等）来描写现代西方社会中摇滚乐音乐人的现实生活与人生追求，以杂糅的童话母题作为隐喻媒介，铸就了作品的深层结构。除了融入家喻户晓的经典童话因素，作者还大量地吸纳了诸如希腊神话、北欧神话、圆桌骑士传说、阿拉伯文化传统中的水手辛巴德历险故事、木偶奇遇记等神话传说和艺术童话的因素。就小说的女主人公而言，人们就发现她身上杂糅了众多的童话、神话和现实世界的原型人物形象因素，除灰姑娘、白雪公主和睡美人外，还包括希腊神话人物（如引发特洛伊战争的斯巴达王后海伦，被毒蛇咬死后幽居在冥界的女子欧律狄克，苦苦追寻爱人丘比特的少女普赛克，追欢寻乐的酒神狄俄尼索斯，任性的爱神维纳斯，蛇发女妖美杜莎，等等）以及当代西方现实社会中的人物（如已故英国王妃戴安娜和美国流行歌星麦当娜等）。此外，女作家 A. S. 拜厄特（A. S. Byatt，1936— ）在她的成名作《占有》（*Possession*，Vintage，1991）中也对经典童话进行了改写和重述。作者从现实的观照展开历史想象，以生活在 20 世纪的学者罗兰和莫德去发现和揭秘生活在 19 世纪维多利亚时代的著名诗人艾什和女诗人拉莫特的隐秘经历（不为人知的情史），是对 19 世纪英国文化生活的后现代主义的文学重构。小说第四章"水晶棺"通过 19 世纪的女诗人拉莫特之口重新讲述了一个童话故事，它的主要母本是格林童话的第 53 个故事"白雪公主"和第 163 个故事"水晶棺"。此外，拜厄特还通过将传统童话故事置于现代都市背景之中，创作了《夜莺眼中的精灵》（*The Djinn in the Nightingale's Eye*，1994）。凡此种种无不揭示出许多当代英国作家的童话情结。且不论儿童本位的童话小说，无论是安吉拉·卡特的颠覆性的女性主义童话小说，萨尔曼·拉什迪的批判西方社会消费文化的后现代主义童话小说，还是拜厄特的后现代主义视野的假托于历史真实的"新维多利亚小说"，英国作家对传统童话资源的发掘和利用无疑是一种重要的叙事策略。

尽管本书探讨的对象是儿童与青少年本位的英国童话小说，但考虑到安吉拉·卡特创作的重要性和广泛影响，我们将在本书第四编的第二十八章专题考察以安吉拉·卡特的作品为代表的成人本位的新童话叙事及其基本特征。

第 二 章

关于童话文学和童话小说的研究状况

第一节　童话的本体论研究：理论与范式①

认识童话文学，首先要从童话本体论的理论研究说起。19世纪后期以来随着人类学和心理学研究的发展，西方学术界对于神话的研究取得了重要进展，多种社会科学视野的神话理论应运而生，成为人们更深入、全面地研究神话的认知范式。按照罗伯特·西格尔（Robert A. Segal）的概括，各种社会科学学科的神话研究所共同提出的三个最重要的问题是神话的起源、神话的功能和神话的主题。西格尔还分别从神话与科学、哲学、宗教、仪式、文学、心理学、结构和社会等诸方面的相互关系出发，阐述了现代社会科学意义上的各种神话研究理论。② 在很大程度上，神话研究的理论成果影响和带动了童话文学的学术研究。早期的童话研究是由语言学家和语文学家以及象征主义者和神话研究者展开的，他们采用语言学的历史比较法，把童话理解为某种自然现象和社会现象的隐喻。以《小红帽》故事为例，小女孩与狼的遭遇可以被看作一种诱惑与被诱惑的情形，

---

① 本部分主要参考了以下专著和资料：Laura F. Kready：*A Study of Fairy Tales*，Houghton Mifflin Company，The Riverside Press，1916；Robyn McCallum，"Approaches to the Literary Fairy Tale"，in Jack Zipes（ed.）*The Oxford Companion to Fairy Tales*，2000；Jack Zipes：*Breaking the Magic Spell：Radical Theories of Folk and Fairy Tales*，Revised and expanded edition，Lexington：University Press of Kentucky，2002；J. R. R. Tolkien：*The Tolkien Reader*，New York：Ballantine，1966；Opie，Iona and Peter，*The Classic Fairy Tales*，Oxford University Press，1974；Bettelheim，Bruno，*The Uses of Enchantment：The Meaning and Importance of Fairy Tales*，New York：Knopf，1976；刘守华主编：《中国民间故事类型研究》，华中师范大学出版社2002年版，等等。

② 见Robert A. Segal《神话理论》，刘象愚译，外语教学与研究出版社2008年版。

而小女孩被恶狼吞食则象征着夜晚吞食黎明，① 甚至可以象征月亮吞食太阳，冬天取代温暖季节，等等——这一解读似乎受到神话研究的影响。把神话母题与自然现象联系起来进行解读是常见的早期研究的方式，比如对阿多尼斯神话的解读就是典型的例子。阿多尼斯（Adonis）是希腊神话中的美少年，爱神阿佛洛狄忒（Aphrodite）爱上了他，与他朝夕相处。后来又把他藏在一个箱子里，交给冥后珀耳塞福涅（Persephone）保管。冥后看到阿多尼斯后也爱上了他，于是拒不将少年交还阿佛洛狄忒。为了解决两位女神的这一争端，宙斯提出了这样的方案，阿多尼斯每年有四个月的时间与阿佛洛狄忒待在一起，另四个月时间与珀耳塞福涅待在一起，而余下的四个月则由他自己安排。于是阿多尼斯每年一度前往冥府与珀耳塞福涅住在一起，然后返回阿佛洛狄忒身边——这一神话旅程就与大自然植被的荣盛枯萎联系起来。同样，宗教学家从童话故事里发现了许多宗教内容和宗教主题，认为许多西方童话故事都包含着基督教内容和意义。20 世纪以来人们更是从不同视野，用各种方法研究童话。这些方法代表着对童话及文学童话的各种认识范式，也反映了受时代影响的批评、文化和历史语境。20 世纪以来童话研究的主要理论范式有民俗学与民间文学研究；结构主义研究；文学文体学研究；精神分析研究；历史主义、社会政治和意识形态批评；女性主义批评，等等。

一　民俗学和民间文学研究

民俗学和民间文学研究者注重童话的起源与流传研究。批评家们普遍认为口传民间故事对于童话故事的形成具有很大影响。对于为什么许多相似的童话母题或故事类型在世界范围内广泛流传，人们从民俗学和民间文学视野提出了同源论，多源论以及同源异流论等学说；如劳拉·F. 克瑞蒂（Laura F. Kready）在《童话研究》（1916）中将早期童话的起源主要归纳为（1）早期神话的遗留；（2）雅利安神话起源说（太阳神话论）；（3）印度起源说；（4）对早期幻想的认同。从民俗学视角进行探讨的批评家往往烛隐发微，从童话故事里发现了反映过去时代的各种古老怪异的习俗信仰。他们认为童话故事里出现的奇怪的条件实际上就是古老的禁忌习俗的反映，如格林童话《十二兄弟》中公主要拯救十二个变成乌鸦的

---

① Opie, Iona and Peter: *The Classic Fairy Tales*, Oxford University Press, 1974, p. 93.

哥哥就必须做七年的哑巴，在《熊皮人》中主人公在七年的时间里不得洗脸，不得梳理胡须和头发，等等。托尔金认为，格林童话《杜松子树》中那些血腥的场面，炖人肉，留骨头，化作复仇之鸟的精魂等，都是古代黑色信仰和行为所留下的印记。① 在《白雪公主》中，王后命猎人在林中杀死白雪公主，然后将她的肝肺带回来作为凭证。当猎人放过公主，将一副野兽的内脏带回交给王后时，王后又让厨子将其烹煮，然后亲口将它们吃掉。从民俗学的视角看，这应当是古人的观念或风俗习惯：一个人吃掉什么就会获得它的力量或者特征。那么王后嫉妒白雪公主的美貌，吃掉她的内脏就是要获得继女的青春美貌。② 民俗学家艾奥娜·奥佩和彼得·奥佩在《经典童话故事》中指出，现在的读者感到很浪漫神奇的一些故事细节可能仅仅反映了童话故事形成时代的社会状况及人们的生活条件。例如，童话故事中继母的频繁出现反映出当时人们的生命相对短暂，而且婚姻的持续时间也相对短暂。失去配偶的一方无须等待而会很快再婚。此外，在那些人类的普遍寿命都不太长的年代里，那些生于显贵之家的女孩往往出嫁较早。"睡美人"与王子相遇并结合的年龄是 15 岁左右。至于在许多故事里，主人公往往都要出现在水井旁，这情形表明当时水井在人们现实生活中的重要性。③ 用 J.R.R. 托尔金的话来说，这些探讨和认识"打开了通向另一个时代的一扇大门"。④

民间故事的比较研究包含着跨国别、跨民族和跨学科（如故事与宗教、故事与民俗等）研究的多项课题，因而它首先意味着扩展文化视野，将民间故事置于民族文化和人类文化的广大时空背景之上进行考察。一种是使用流传学派的方法，属于比较文学中的"影响研究"。而从故事中追寻各民族共同的原始信仰与民俗遗存，则是进化论人类学派的方法，属于比较文学中的"平行研究"。此外，芬兰历史地理学派的比较研究法也是很有影响的民间文学研究方法之一，其批评家通常从故事母题和类型入手，对流传于广大地域内的包括民间童话在内的数量巨大的民间故事进行综合性、概括性的辨析，把它们划分为若干大类及其各种类型，编制出

---

① J. R. R. Tolkien, *The Tolkien Reader.* New York: Ballantine, 1966, p. 56.
② Bettelheim, Bruno. *The Uses of Enchantment: The Meaning and Importance of Fairy Tales*, New York: Knopf, 1976, p. 207.
③ Opie, Iona and Peter. *The Classic Fairy Tales.* Oxford University Press, 1974, p. 16.
④ J. R. R. Tolkien, The Tolkien Reader, New York: Ballantine, 1966, p. 56.

《民间故事类型索引》或《民间故事母题索引》。他们运用比较研究法，对各个故事的所有变体进行收集、编制索引和分析来重建特定的故事类型的历史，对于民间童话和文学童话的类型研究具有很大价值。芬兰民俗学家阿尔奈按照故事类型对格林童话进行分析归类，将其分为"动物故事""普通民间故事""笑话与趣事"三大类，每一大类下面又分为许多小类型，每一类型都有数字编号。阿尔奈的类型研究经过美国汤普森的补充修订成为1961年发表的《民间故事类型》（"AT分类法"），对于人们进一步从微观到宏观研究童话故事提供了便利。芬兰历史地理学派的研究方法为许多中国民间故事学家所借鉴，并在民间叙事文学的类型研究中得到了有效运用。刘守华等国内学者在借鉴中外故事学研究学术成果与方法的基础上，选取60个常见的中国故事类型进行解析，共分为五大类，60种类型，完成了《中国民间故事类型研究》。这五大类属包括"动物故事""神幻奇境""神奇婚姻""英雄传奇""人间百态"，其中有不少故事就是民间童话，对于开展中西民间童话（幻想故事）类型的比较研究具有很大帮助。

通过民俗学和民间文学研究视野探讨童话的有玛丽娜·塔特（《童话故事与童年文化》，1992）；鲁斯·博蒂格默（主编《童话与社会》，1986）；詹姆士·麦格拉塞瑞（《格林兄弟与民间故事》，1991），等等。

二 结构主义批评

结构主义批评关注的重点是故事稳定的基本形式与关键的结构要素。法国人类学家列维－斯特劳斯的神话研究对结构主义批评产生了较大影响。他认为神话是一种思维方式，而且在浩如烟海的神话后面存在着某些永恒的普遍结构，它们是神话叙事中的"深层结构"，任何特定的神话都可以被置换为这些结构（加拿大学者诺思罗普·弗莱就干脆把文学看作神话的置换，归纳出五个连续的阶段：神话；传奇；高模仿叙述；低模仿叙述；讽刺叙述）。在民间童话和文学童话的探讨方面，结构主义批评与民俗学和民间文学研究之间有不少相似之处，两者都关注故事的稳定的基本形式与结构。不同的是，民俗学和民间文学研究致力于确认特定故事类型的基本的"故事"要素，而结构主义批评更多关注的是民间故事类型的基本结构要素。俄罗斯学者普罗普（Vladimir Propp）的《民间故事形态学》（*The Morphology of the Folktale*，Austin：University of Texas Press，

1968）是结构主义研究的重要论著。他通过人物功能或行动范围去分析民间故事的结构，对事件的功能进行了明确分类，而与功能相对应的是故事的人物类型。普罗普对俄罗斯民间故事的分析表明：功能是故事中的稳定的因素，无论这些功能是如何完成的，是由谁完成的，所以它们构成了故事的基本成分；童话故事中的已知的功能数量是特定的；功能的顺序总是相同的；民间童话故事的共同特点是具有自己独特的母题和故事形态（如普罗普所列举的 31 个基本功能）、人物、情节和奇幻因素。普罗普将民间故事的人物角色分为七类，包括主人公、假主人公（与主人公相似，但不完成主人公的任务）、公主（被寻求的对象）、派遣者、施予者、帮助者、坏人。这样的划分对于分析传统童话故事乃至早期的儿童文学作品的人物的基本类型是比较适宜的，但对于 20 世纪 60 年代以来出现的注重人物性格发展和内心活动的作品则不太适宜了。

出生于保加利亚的批评家托多罗夫（Tzvetan Todorov, 1936 - ）则对幻想文学进行了一种结构主义诗学的研究。他的《幻想文学：结构主义的研究》（*The Fantastic: A Structural Approach to a Literary Geanre*. trans Richard Howard, Ithaca: Cornell University Press, 1975）承接了俄国形式主义和布拉格学派的批评模式，对幻想文学进行了诗学观的结构主义研究。诗学研究涉及语言本身构建的文学性，从亚里士多德的诗学开始，文学创作的诗学研究关注的是作为过程与回应之编码的各种类型。而创作一部悲剧的目的就在于激起这样一种反应。托多罗夫所探讨的正是由作家和读者所共享的使某种沟通交流得以产生的文学语码。托多罗夫认为，一个文学文本就是一种语言行为——一种非同寻常的，寻求特殊效果的语言行为，文学的编码与语言本身叠加在一起，共同产生特殊的审美效果。他致力于从幻想文学文本中发现的结构主义特点去寻求语言学的基础。托多罗夫在书中对幻想文学进行了界定，并以专章对"诡异与神奇""诗歌与寓言""幻想文学的话语""幻想文学的主题""自我与他者"等专题进行了研究。

罗宾·麦卡勒姆（Robyn McCallum）指出，人们对民俗学和结构主义研究的批评在于，它们很少探讨故事的内容，而且回避了对童话故事的意义和历史性因素的探讨。普罗普承认民间故事的文化语境，但他更关注其稳定的结构因素，而不是其社会与历史的方面，以及形式与内容的多样性。尽管结构主义批评忽略了民间故事的多变的叙述成分以及文化语境，普罗普和汤普森的研究还是对于童话研究方法论的形成产生了影响。麦卡勒姆认为，结构主义方法论有助于分辨童话文类关键的结构要素，而且能够与其他文学批评方法结合起来，致力于分析文本构建意义的各种可能的方式，探讨社会、历史和文化语境对民间故事异文和故事重述的影响。[1]从批评实践上看，结构主义批评模式有助于更清晰地洞察人物彼此之间的关系，从情节发展的角度分析人物；而且，它对于故事的人物类型和情节单元的分析也有助于批评家更好地把握童话文学的一般叙事特征。但对于深入分析人物的内心世界或心理特征，结构主批评就显得力不从心了。相关批评论述见玛丽娜·塔特（《格林童话的冷酷事实》，1987），鲁斯·博蒂格默（主编《童话与社会》，1986；《格林童话里的淘气姑娘和莽撞男孩：童话故事的道德和社会幻象》，1987）等的论述。

三 文学性批评模式

文学性批评模式关注童话语篇的文体分析和其他文学要素研究。从文学视野探讨童话的批评家认为童话故事中那些古老的内容和成分之所以经过长期岁月的流逝而被保留下来，主要与故事本身的文学效果，即故事的讲述效果有关；罗宾·麦克勒姆指出，如果说结构主义和民俗学研究模式在探讨形式和结构时忽略了对内容和意义的探讨，那么像马克斯·卢塞（Max Luthi）这样的批评家就致力于将童话语篇的文体分析和对意义的分析结合起来。卢塞在专著《很久很久以前：论童话的本质》（1976）中运用"新批评"方法探讨了童话类型的文体特征和主题意义，以及童话作为一种文类的历史发展。他认为童话故事包含着根本的深层意义，在形式和意义成为一个整体的条件下，通过童话的基本风格表现出来。卢塞注重探讨童话文类独有的那些形式上的文体特征，这些特征通过主题产生效果。卢塞通过对特定童话故事和它们的异文进行精密细致的文本分析来支持其理念。[2]

在国内，童话研究者通常从美学角度阐释童话，探讨童话在美学上的丰富含义。他们以古今中外著名童话作品为例，致力于从文体界限、叙事

---

[1] Robyn McCallum, "Approaches to the Literary Fairy Tale", in Jack Zipes (ed.) *The Oxford Companion to Fairy Tales*, 2000, p. 18.

[2] Ibid..

结构、叙事技巧，从语言、结构、修辞手段等方面探讨童话的审美特征、生成机制、表现形态，由此扩展到童话的美学和诗学研究。他们以美学为立论基础，以童话观念的演进及审美形成为背景，以古今中外著名童话创作为研究对象，对童话理论从美学的角度进行归纳、概括。研究内容包括审美主体在审美体验中的内在规律，童话美学的创作过程和接受过程中的心理机制，以及童话作品的形式美学和审美品质。童话的美学研究对于认识童话变化无穷的幻想性、独特的叙事方法、丰富多彩的形式特征和风格特征，都提供了富有意义的启迪。①

四　精神分析模式

就童话研究而言，精神分析模式关注的是童话本体的心理功能和心理意义。20世纪以来，随着精神分析学说的发展，人们认识到，心理分析方法可以有效地解析民间童话和文学童话中人类共同的某些隐秘的心理信息。J. R. R 托尔金是20世纪较早地从心理层面探索文学童话之功能的先行者。托尔金的童话观包括从心理层面探讨童话功能的因素、可能性和愿望的满足性，以及人类几种最基本愿望的满足。20世纪70年代以来，以精神分析学为基础的童话心理学研究取得了颇具代表性的研究成果。这包括以弗朗兹为代表的荣格分析心理学派和以贝特尔海姆为代表的弗洛伊德精神分析学派。批评界对童话精神分析研究的批评在于，它们在对特定童话故事进行分析时，机械地采用了一种解读范式，而没有对产生各种变体的童话的口头流传史和文学史加以考虑，没有对文学童话形式的推论和叙述学方面，对故事的听众，或者对童话故事产生和重新出现的文化和社会语境加以考虑。② 当前的学术界在运用神话和精神分析模式时都趋向于采用兼收并蓄的研究模式。事实上，20世纪以来精神分析学与文学之间结下了深刻的不解之缘（精神分析学观念与当代文学批评及文学创作之间产生了密切联系），弗洛伊德的潜意识和无意识研究对于拓展人们认识自身精神世界的视野，促使人们正视人性中的非理性因素，关注隐秘内心世

---

① 参见吴其南《童话的诗学》，中国文联出版社2001年版；周晓波：《现代童话美学》，未来出版社2001年版。

② Robyn McCallum, "Approaches to the Literary Fairy Tale", in Jack Zipes (ed.) *The Oxford Companion to Fairy Tales*, 2000, p. 19.

界都产生了极大影响。而以精神分析学为基础的童话心理学研究必定有其独特的认识意义。而且,再考虑到这样一个事实,童话(尤其是民间童话)存在着大量看似毫无道理的武断条件,例如在格林童话《侏儒怪"嘟波尔斯迪尔钦"》中,那个穷磨坊主,在偶然见到国王时居然随意夸下海口,说他的女儿能把麦秸纺成金子。明明知道他女儿根本就没有这种本事,但磨坊主为什么要说女儿能把"麦秸纺成金子",而不是做别的什么事呢?再看那个具有魔力的侏儒怪连续三次替磨坊主女儿把麦秸纺成金子,不仅挽救了姑娘的性命,而且使她成为王后;然而当侏儒怪向王后索取她生下的第一个公主,王后由于不舍女儿而放声痛哭时,他为什么又会提出这样一个奇怪的赦免条件:即王后如果能在三天之内打听到侏儒怪的真实名字,就可以保住孩子。童话中大量出现这种现象绝不是偶然的、随意的,而且这些武断的条件往往以"神谕"的形式出现在希腊神话里。这一现象的后面一定存在着深层次的心理结构。如果说童话世界是一个神奇的留驻心灵之愿望的土地,那么童话与人类的心理因素之间一定存在着某种特殊的关联。

贝特尔海姆的童话心理学研究就是探讨这种特殊关联的代表性认知模式之一,并且对当代童话研究产生了深刻影响。正如《牛津英国文学词典》有关"童话故事"的条目所阐述的:"20世纪见证了由弗洛伊德、荣格、弗雷泽以及其他人对传说、神话和童话所进行的精神分析和人类学研究的兴起,而且产生了布鲁诺·贝特尔海姆的经典著作《童话魅力的价值》,它提出,童话故事为孩子们的心理成长和心理调节提供了一种有价值的工具。"[①] 对于相关批评家,童话心理分析批评模式的出发点在于激发和培育儿童最需要的情感资源和能力去应对那些他们难以言状的棘手的内心困扰。为此,贝特尔海姆探讨了作为针对儿童心理问题之文学模式的童话故事所蕴含的巨大潜力,因为"与儿童所能理解的任何其他类型的故事相比,从童话故事中我们能了解到更多的关于人类内心问题的信息,更多的正确解决他们在任何社会中的困境的办法"。[②] 贝特尔海姆的

---

① 《牛津英国文学词典》第 6 版(*The Oxford Company to English Literature*), ed. by Margaret Drabble, Oxford University Press, 2000; Foreign Language Teaching and Research Press, 2005, p. 347.

② Bruno Bettelheim, *The Uses of Enchantment*, New York: Random House, 1976, p. 5.

专著《童话魅力的价值》（中译本名为《永恒的魅力：童话世界与童心世界》）共分为两卷，第一卷名为《魔袋》，阐述了作者的写作目的、研究方法和童话心理分析的主要理论概念，包括童话与寓言、神话在精神分析学意义上的比较，以及通过阐述一些经典童话故事的心理意义而提出的有关理论见解；第二卷名为《童话奇境》，是对一些著名经典童话的心理意义的深入分析和阐释。事实上，贝特尔海姆对20世纪童话研究的重要性并不在于他对童话案例的具体分析和评判，而在于他采用的心理学分析和评判的认知范式有助于挖掘于童话的深层心理意义，丰富人们对童话内在魅力的认识（正是在读了贝特尔海姆的专著之后，我们对格林童话的丰富深邃的心理意义才获得了更多的理解和更好的鉴赏）。此外，贝特尔海姆把童话与儿童的人格教育和心理教育紧密联系起来，无疑具有独特的价值和现实意义。童话心理学的最大贡献在于极大地拓宽了童话研究的领域，使人们曲径通幽，细处观大，从心理层面去领悟和鉴赏童话的丰富意义，发掘童话的艺术价值和教育价值。当然，童话的解读是开放的，多元的，而不是封闭的，排他的。人们对精神分析学童话研究的批评还在于，它们在对特定童话故事进行分析时采用的特定解读范式忽略了对童话故事最初产生，以及当今人们对它们进行再创作的文化及社会语境的考察。而这正是历史主义、社会政治和意识形态批评所关注的重点。

五　历史主义、社会政治和意识形态批评

历史主义、社会政治和意识形态批评关注童话文学与社会现实的关系。社会文化学家认为传统民间童话已有上千年的历史，其功能是使人类群体在面对无法理喻的自然力量时建立联结族群的纽带。童话具有社会属性和历史根源，可以向儿童和成人传递价值、准则和审美情趣（齐普斯）。历史主义和社会学研究认为童话故事反映了它们得以产生的社会和历史条件等因素。当代历史主义和社会学研究模式采用了一种折中的，且高度理论化的综合方法对童话故事进行探讨，如杰克·齐普斯等批评家。罗宾·麦克勒姆（Robyn McCallum）将历史主义的批评归纳为两种主要模式：（1）德国学者奥古斯特·尼契克（August Nitschke）、杰哈德·卡罗（Gerhard Kahlo）、沃尔特·舍夫（Walter Scherf）等批评家关注的是那些在特定社区环境中产生的民间叙事和童话叙事所具有的社会和文化目的。尼契克和卡罗表明，大多数民间故事的母题可以追溯到资本主义社会出现

之前的仪式、习俗、风俗和原始的法律等，从而认为民间故事反映了特定历史时代的社会秩序。① 齐普斯将尼契克分析民间故事的社会—历史语境的方法加以改造，用于分析文学童话，认为童话故事保留了社会生活的已经消失的形式的印记，尽管这些故事在演进的过程中在思想观念方面有所变动②。（2）其他一些批评家强调了童话意义的历史相对性：故事文本的多种异文反映了它们被创造出来的特定的文化和历史语境。博蒂格默探讨了格林童话与 19 世纪德国社会之间的复杂关系，以及格林兄弟在童话文类形成的过程中所起的作用。齐普斯的研究侧重于童话故事与历史、文化和思想观念变化之间的关系，尤其是童话故事的意义如何在历史进程中随着各种文化和社会机制对它们的利用而发生变动。齐普斯致力于在社会政治的语境下考察民间童话和文学童话的历史起源，填补了民间童话和文学童话在文学史中的空白。③ 齐普斯认为，从政治学的视阈研究民间童话和文学童话具有两个功能：（1）能够使我们更深刻地认识到那些影响了民间童话和文学童话类型之形成的历史力量；（2）对于那些没有从政治学角度思考它们自身前提的关于民间童话和文学童话的理论，政治学的视野为人们提供了审视的基础。④ 罗宾·麦克勒姆指出，齐普斯对马克思批评范式的运用预设了一种介于文学语篇与社会机制及观念之间的工具性连接。如果说精神分析批评家认为童话反映了儿童的发展历程，那么在齐普斯看来，童话故事具有构建性的社会功能。早期的文化历史研究模式强调的是民间童话和文学童话具有的释放性、颠覆性和乌托邦式的因素；而齐普斯认为，由于民间故事在西方资本主义社会受到开发利用，变得工具化了，资本主义社会出现的文化工业试图调节和改造这些因素，但极少成功。所以当代童话故事既没有与之俱来的颠覆性，也没有与之俱来的保守性；相反，它们具有一种颠覆性的潜能——文化工业在致力于调节社会

---

① Jack Zipes, *Breaking the Magic Spell: Radical Theories of Folk and Fairy Tales*, Revised and expanded edition, Lexington: University Press of Kentucky, 2002, p. 7.

② Robyn McCallum, "Approaches to the Literary Fairy Tale", in Jack Zipes (ed.) *The Oxford Companion to Fairy Tales*, 2000, p. 19.

③ Ibid., p. 20.

④ Jack Zipes, *Breaking the Magic Spell: Radical Theories of Folk and Fairy Tales*. Revised and expanded edition. Lexington: University Press of Kentucky, 2002, p. 24.

行为时既开发又保持了这种潜能。① 罗宾·麦克勒姆还指出，与那些以文本为中心的批评模式不同，社会历史的，以及其他以文化意识为中心的政治批评模式关注社会与文化语境对童话意义的影响，强调文本的社会历史语境，所以它们对于童话语篇的分析限于主题和观念内容的描述性探讨。由于关注点不同，它们对语篇本身产生的意义，对童话故事的文体风格和语篇形式特征有所忽略。有鉴于此，齐普斯致力于运用与文学、社会和历史理论相关的批评材料，详尽地探讨在文学史和社会发展史中童话故事的地位和功能。齐普斯和博蒂格默都拓展了结构主义的分析方法，揭示了童话的结构要素和社会历史条件之间的联系。②

政治和意识形态的批评视野还为20世纪80年代以来的女性主义童话研究提供了批评话语，使批评家去关注童话故事中出现的性别差异和性别的不平等现象。女性主义批评家的态度往往具有选择性，有些人以那些呈现了"负面的"女性角色模式（被动的、屈从的、无助的形象）的童话故事作为批评对象，有些人则对那些表现为"正面"形象的女性角色模式（有主见的、有计谋的和主动进取的女性）进行探讨。女性主义研究主要关注故事要素，包括玛丽娜·沃纳、玛丽亚·塔特、鲁斯·博蒂格默等在内的批评家通过将女性主义批评视野与其他批评模式和批评方法（如精神分析批评和结构主义批评、话语分析和文化分析等）结合起来取得了富有成效的成果。③

小 结

以上所有这些认识范式和批评模式都殊途同归，揭示了童话厚重的历史沉淀和艺术内涵，表明童话文学绝非某种孤立静止的民间文学现象；这些研究成果还向人们揭示了童话在漫长的演进过程中形成的丰富内涵和多元象征意义，表明童话的意义和深度是深邃的，难以穷尽的。同时也表明童话文学的研究应当是开放性的，多样化的。从整体上看，以文本为中心的批评关注民间童话和文学童话的内在结构特征，注重考察童话语篇本身

---

① Robyn McCallum, "Approaches to the Literary Fairy Tale", in Jack Zipes (ed.) *The Oxford Companion to Fairy Tales*, 2000, p.20.

② Ibid..

③ Ibid..

所产生的意义，如结构要素、语言形式、文体风格、语篇形式特征、叙述方式、文献语料等因素。而以社会、历史和文化语境为中心的批评对童话的历史以及童话与时代及社会之间的各种关系进行宏观探讨，涉及思想观念、社会背景和读者因素等诸多关系，以及社会、历史及文化语境对童话意义的影响；以杰克·齐普斯为代表的社会政治学批评家关注童话文本的结构在历史演进中的痕迹，把童话结构置放在童话文学类型的发展史中进行考察。

与此同时，人们也注意到，大多数批评家视域中的童话文学是较为含混、模糊的，其研究对象不仅同时或交替地涉及民间故事、民间童话、艺术童话和文学童话，而且往往把童话小说与现当代幻想小说混同或交替使用。在批评实践中，一方面，如何区分与民间故事关系密切的传统童话和与传统童话存在着血脉关系的现当代的文学童话，这是一个时常被忽略的问题；另一方面，如何区分同源异流的幻想文学类型童话小说与幻想小说（奇幻小说）也成为一个重要的课题。此外，人们还需要认识有关儿童与青少年本位的童话小说与成人本位的童话小说创作；需要认识20世纪以来文学童话的小说化、多样化和成人化趋势以及文化工业"消费童话"的迪士尼化和影视化趋势。

第二节　儿童图书出版史和儿童文学史对童话小说的阐述

在诸多儿童图书出版史和儿童文学史中，英国童话小说大多作为儿童幻想文学创作现象的重要部分，分布在相关时段的叙述之中，或穿插在有关儿童图书史、儿童文学史或国别幻想文学概论之中，或作为专题或专章的论述部分。

劳拉·F. 克瑞蒂（Laura F. Kready）的《童话研究》（1916）是在英国童话小说创作的第一个黄金时代出现之后发表的。由于该书的写作对象是那些准备将童话作为文学教育资源的从事初期教育工作的教师，所以作者从文学教育的视域阐释了童话的价值、选择童话的原则、童话的历史、童话的讲述、童话的分类，以及童话的原材料等诸多方面。"童话的历史"一章梳理了作为一种艺术形式的童话所经历的演进过程，并且一一列举了从众多民间传说和民间童话到19世纪出现的文学童话如《金河王》《玫瑰与戒指》《柳林风声》等童话小说篇目。

哈维·达顿（F. J. Harvey Darton，1878 - 1936）的《英国儿童图书：五个世纪的社会生活史》（*Children's Books in England：Five Centuries of Social Life*. Cambridge：Cambridge University Press. 1958）初版于1932年，是一部论述英国儿童文学图书出版史的权威性著作。一方面为人们了解英国儿童图书创作、出版的社会历史进程，以及维多利亚时期的儿童幻想文学崛起的社会历史背景提供了翔实的资料和精到的阐述；另一方面对童话故事及19世纪60年代刘易斯·卡罗尔的"爱丽丝"小说发表以来的儿童幻想小说做了专章阐述。作者指出，乔叟（约1343—1400）是英国童话故事的真正的文学的开端，主要表现在《坎特伯雷故事》中巴斯妇人讲述的童话题材的故事。[①]

汉弗莱·卡彭特（Humphrey Carpenter）的《秘密花园：儿童文学的黄金时代研究》（*Secret Gardens：A Study of the Golden Age of Children's Literature*. Boston：Houghton Mifflin Company，1985）对从1860年至1930年的卓越的儿童文学作家及创作进行了深入细致的探讨，认为他们的创作活动形成了某种可辨识的涉及思想观念和主题的模式。作者着重论述了从1860年至1930年间这一"儿童文学的黄金时代"，为什么会有如此多的作家选择儿童小说作为其描写社会的载体，作为其表达个人梦幻的载体。作者用专章重点论述的儿童文学作家和作品绝大多数为童话小说作家及作品，包括查尔斯·金斯利和他的《水孩儿》，刘易斯·卡罗尔和他的"爱丽丝"小说，乔治·麦克唐纳和他的重要幻想文学作品，肯尼斯·格雷厄姆和他的《柳林风声》，伊迪丝·内斯比特和她的重要作品，贝特丽克丝·波特和她的重要作品，约翰·巴里和他的《彼得·潘》，艾伦·米尔恩和他的《小熊维尼》。作者认为这些作家共同构建了儿童文学的理想国"阿卡迪亚"。

卡伦·史密斯（Karen Patricia Smith）的《奇异的王国：英国幻想文学的文学发展史》（*The fabulous realm：a literary - historical approach to British fantasy*，1780 - 1990. Metuchen，N. J.：Scarecrow Press，1993）探讨了从1780年到1990年的英国儿童文学语境中的幻想文学作家和作品，

[①] F. J. Harvey Darton, *Children's Books in England：Five Centuries of Social Life*, Cambridge：Cambridge University Press, 1958, p. 91.

并且将分其为四个阶段：（1）1841年至1899年是启悟性幻想文学阶段（Enlightenment Fantasy）；（2）1900年至1949年是娱乐性幻想文学阶段（Diversionary Stage）；（3）20世纪50年代至60年代是充满活力的阶段（Dynamic stage）；（4）此后的幻想文学创作是这一阶段的延续和发展。

彼得·亨特（Peter Hunt）主编的《插图版英语儿童文学史》（*Children's Literature, An Illustrated History*. Oxford：Oxford University Press, 1995）在相关章节中对从民间童话故事到现当代儿童幻想故事的发展状况，英国童话小说兴起的社会历史和文化条件等因素，进行了阐述。书中第六章"一种艺术形式的诞生"论述了英国维多利亚时期至爱德华时期的童话小说作家及其创作，包括弗兰西斯·爱德华·佩吉特（Francis Edward Paget）的《卡兹科普弗斯一家的希望》，约翰·罗斯金的《金河王》（*The King of the Golden River, or The Black Brothers: A Legend of Stiria*），查尔斯·金斯利和他的《水孩儿》（*Water Babies*），乔治·麦克唐纳和他的《在北风的后面》，吉恩·英格罗（Jean Ingelow）和她的《仙女莫普莎》（*Mopsa the Fairy*），刘易斯·卡罗尔和他的"爱丽丝"小说，肯尼斯·格雷厄姆和他的《柳林风声》，等等。而朱莉亚·布里格斯（Julian Briggs）在该书第七章"过渡阶段"论述了"爱丽丝"小说中呈现的怀旧隐喻："对于刘易斯·卡罗尔，《爱丽丝奇境漫游记》中那无法抵达的美丽花园就是一个愿望之所：它保留着重新找回那已经失去的自我的可能性，许诺了从伊丽莎白·勃朗宁的诗歌'失去的村舍'中所瞥见的精神整合与洞察"。①

约翰·汤森德（John Rowe Townsend）的《英语儿童文学史纲》（*Written for Children: An Outline of English-language Children's Literature.* 6th ed. Previous ed.：1990, London：Bodley Head, 1995）描述了以英美作品为主的英语儿童文学历经的两个多世纪的发展历程。作者将英语儿童文学发展史分为四大板块：1840年以前的历史；1840年至1915年的"黄金时代"；两次世界大战（1915年至1945年）之间的历史；1945年至1994年的历史。论及的作品涉及"诫喻诗文""探险故事""家庭故事""校园故事""儿童韵文""图画书""动物故事""幻想故事"等类别。从

---

① Peter Hunt ed. *Children's Literature, An Illustrated History*, Oxford University Press, 1995, pp. 167–168.

"事实与想象""想象力的苏醒""幻想的世界""能说善道的动物""两次世界大战之间的想象力""现代幻想：就像我们""现代幻想：想象的国度"等专章中，作者简要论述了那些最具影响力的幻想文学作品（即童话小说）。

D. C. 萨克（D. C. Thacker）和吉恩·韦布（Jean Webb）合著的《儿童文学导论：从浪漫主义到后现代主义》（*Introducing Children's Literature: From Romanticism to Postmodernism*, London: Routledge, 2002.）分别在浪漫主义、现代主义和后现代主义的文学语境下，将儿童文学创作置于主流文学史的脉络中进行梳理和探讨。在该书第一卷"浪漫主义"部分，作者重点讨论了约翰·罗斯金的《金河王》等作品与浪漫主义历史语境的关联；在第二卷"19世纪的文学"中，作者重点探讨了金斯利的《水孩儿》和刘易斯·卡罗尔的两部"爱丽丝"小说等作品；在第四卷"现代主义"中，作者在现代主义的文学语境中重点探讨了特拉弗丝的"玛丽·波平丝"故事，玛丽·诺顿的《借东西的地下小人》等作品；在第五卷"后现代主义"中，作者重点探讨了菲利普·普尔曼的"黑质三部曲"，以及他的后现代主义文本《发条钟》（*Clockwork*, 1997）等作品。

C. N. 曼洛夫（Colin Manlove）的《英国幻想文学》（*The Fantasy Literature of England*, New York: St Martins Press, 1999）探讨了英国幻想文学的起源和发展。作者以英国童话故事作为进行考察英国幻想文学源头的开端，分别探讨了早期英国幻想文学和现当代英国幻想文学。作者对于英国现当代幻想文学的探讨涉及从乔治·麦克唐纳、玛丽·科莱里、伊迪丝·内斯比特到 J. R. R. 托尔金、查尔斯·威廉斯和 C. S. 刘易斯这样的属于"牛津文学笔友会"的学者型作家，以及艾伦·米尔恩、萨尔曼·拉什迪、特里·普拉契特、安吉拉·卡特等幻想文学作家。曼洛夫还将英国幻想文学分为六大类型：(1)"第二世界的幻想故事"（secondary world fantasy），此类作品的作者创造出一个拥有自己的规则的替代性世界。托尔金的"魔戒传奇"（1954—1955）是此类作品的代表作。(2)"哲思性幻想故事"（metaphysical fantasy），按照基督教的形式，是19世纪之前的主要类型，继续体现在现代作家的作品当中。(3)"情感性幻想故事"（emotive fantasy），抒发情感，表现愿望与奇迹、惊慌与恐惧、田园牧歌式和挽歌式幻想故事。表现在从肯尼斯·格雷厄姆（1859—1932）到 M. R. 詹姆斯，从休·洛夫廷到乔治·奥威尔的创作中。(4)"喜剧性幻想故事"（comic fantasy）涉及运用戏仿、讽刺、荒诞或游戏，从威廉·贝克福德的东方故事《瓦赛克》（1786）到罗伯特·欧文的《想象力的极限》（1986）。（5）"颠覆性幻想故事"（subversive fantasy），无论是通过梦幻、噩梦，还是通过后现代主义的错位，致力于推翻人们对于理性、道德或者现实的自信，关于叙述、时间、性爱或者语言等方面的自信。包括哥特式小说、鬼魂小说、浪漫派幻想诗歌、维多利亚的荒诞歌以及梦幻想象。（6）"儿童幻想故事"（children's fantasy）是盛行于19世纪英国的主导性文学形式，代表作家包括刘易斯·卡罗尔，伊迪丝·内斯比特（Edith Nesbit, 1858–1924），C. S. 刘易斯（C. S. Lewis, 1898–1963），黛安娜·韦恩·琼斯（Diana Wynne Jones, 1934– ），等等。曼洛夫指出，儿童幻想故事同样由其他五类幻想故事的材料构成，尤其是喜剧性幻想故事，第二世界的幻想故事和情感性幻想故事构成，它们以儿童读者为主要对象，有自身独特的内在发展和关注。此外，作者还在书中论及英国儿童文学在19世纪取得非凡成就的原因，而这正是英国现代童话小说应运而生的缘由：英国工业革命导致了社会现状的巨大改变，使茫然不知所措的人们产生了强烈怀旧思潮，也引发了人们对于儿童的天真世界的渴望。各种对立的张力在文学童话中找到了表达的途径，成为那些为儿童创作的原创幻想故事的模式。①

C. N. 曼洛夫的《从爱丽丝到哈利·波特：英国儿童幻想文学》（*From Alice to Harry Potter: Children's Fantasy in England*, Cybereditions Corporation, 2003）一书按六个历史时期考察了从1850年到2001年的400余部英国儿童幻想文学作品，这六个时期分别是：（1）维多利亚时期；（2）半个世纪的田园牧歌：1900—1950年；（3）进入新世界：1950—1970年；（4）反叛与反作用：20世纪70年代；（5）直面现实：20世纪80年代；（6）对黑暗的恐惧：20世纪90年代。该书内容丰富，视野开阔，既是一部批评性的儿童幻想文学史，又是一本作品阅读指南和参考读物。作者在书中对维多利亚时期英国儿童幻想文学（即儿童本位的童话小说）的兴起和发展进行了社会历史和文学表现诸多方面的阐述，分析了在英国儿童幻想文学的初始阶段不可能出现的，在表现形式、题材

---

① Colin Manlove, *The Fantasy Literature of England*, New York: St Martins Press, 1999, pp. 166–167.

内容等方面的主要因素；揭示了喜剧性、荒诞性、社会批判、基督教教义的、怀旧思古的，以及政治寓言式的儿童幻想文学类型。此外，作者对维多利亚时代以来，直到2001年的各个历史时期的英国儿童幻想文学创作的时代特征进行了详尽的阐述。作者的六个历史时期的划分及对各时期的时代特征的描述对于考察英国童话小说流变的过程具有重要的启示和参考价值。

第三节 有关童话及幻想文学研究的代表性专论

一 童话奇境与愿望的满足性：托尔金的《论童话故事》

《论童话故事》（On Fairy-Stories，1938，1966）是英国学者和幻想文学作家J. R. R. 托尔金最重要的，也最具影响的童话和幻想文学专论。1938年3月8日托尔金应苏格兰圣·安德鲁斯大学的邀请作了一个讲座，题目就是《论童话故事》。这篇长文于1947年发表在《写给查尔斯·威廉的文章》中，后来又与短篇小说《里格的树叶》一起收入他的文集《树与叶》中。在这篇专论中托尔金详尽地阐述了自己的童话文学观念，包括对童话故事概念的界定，对童话故事起源的追溯，对童话文学功能的探寻。作为较早地从心理学层面探索童话文学的研究者，托尔金还探讨了童话的社会心理功能，以及童话故事蕴涵的可能性和人类愿望的满足性等重要命题。托尔金认为："童话故事从根本上不是关注事物的可能性，而是关注愿望的满足性。如果它们激起了愿望，在满足愿望的同时，又经常令人难忘地刺激了愿望，那么童话故事就成功了……这些愿望是由许多成分构成的综合体，有些是普遍的，有些对于现代人（包括现代儿童）是特别的。而有几种愿望是最基本的。"这最基本愿望的满足包括去探究宇宙空间和时间的深度、广度的愿望，与其他生物进行交流和沟通的愿望，探寻奇怪的语言和古老的生活方式的愿望。① 这些人类最基本的愿望在童话奇境里得到最大的满足。

从时代背景看，《论童话故事》作于第二次世界大战之前，此时在西方世界人们面临着宗教情怀日渐式微，战争和法西斯主义的威胁日益加重的局势；而在资本主义社会内部，无论是道德价值观还是人类关系无不受

---

① J. R. R. Tolkien, The Tolkien Reader, New York: Ballantine, 1966, pp. 41, 43, 63.

到整个社会商品化趋势日益加剧的影响,这一切都使托尔金深感忧虑。于是幻想文学童话似乎成为一种可以使人们获得慰藉的重要形式和内容,托尔金通过神话想象和童话艺术所创造的幻想世界向世人表明,人类如何才能"重新获得"宗教信仰,获得式微尘世的救赎,获得力量来抵抗现代资本主义社会非人性化的压迫性趋势。托尔金不仅探讨了当代文学童话的价值与功能,而且阐述了童话"奇境"观:童话故事作为一个整体具有三个层面,(1)面向超自然的神秘;(2)面向自然的魔力;(3)面向人世的批判与怜悯的镜子。童话"奇境"的基本层面是面向自然的魔力。[1]

托尔金还在这篇专论中提出了童话艺术的"内在一致性"问题。他指出,童话奇境是幻想创造出来的想象世界,它绝非什么美丽的"谎言",而是另一种"真相":"幻想是自然的人类活动。它当然不会破坏甚或贬损理智;它也不会使人们追求科学真理的渴望变得迟钝,使发现科学真理的洞察变得模糊。相反,理智越敏锐清晰,就越能获得更好的幻想"。[2] 按照托尔金的表述,想象力是一种构想特殊心理意象的能力:"人类的头脑能够形成有关那些实际上并不在场的事物的心理意象。生成这些意象的能力被人们自然地称作'想象力'。然而近年来,"'想象力'时常被人们用技术的语言而不是通常的语言描述成比生成意象更加高超的东西,被归之于玄想(Fancy)的运行;于是有人试图将想象力限定于'为那些理想的创作赋予一种现实的内在一致性的能力'"。[3] 这些特殊的心理意象不仅是"实际上不在场的,而且是在我们的第一世界里根本就找不到的"事物,但想象力需要一种高超的艺术形式去追求"现实的内在一致性",这就是幻想的艺术,是介于想象力与最终的幻想文学创作结果(替代性创造)之间的一种操作运行的连接。[4] 换言之,在托尔金看来,想象是创造意象的心智能力,而幻想则是一种高超的艺术表达形式,负载着意象带来的神奇性效果,并且赋予这些意象一种现实的内在一致性。在作家创造的童话奇境中,现实的内在一致性应当是与故事的细节和内在逻辑发展密切相关的。而且,想象不是没有节制、不负责任地天马行空,或

---

[1] J. R. R. Tolkien, The Tolkien Reader, New York: Ballantine, 1966, p. 52.
[2] Ibid., pp. 74 – 75.
[3] Ibid., p. 68.
[4] Ibid..

者任意地虚构故事，它必须源自作家对现实生活的观察、思考和提炼，而且必须通过生动具体的细节描述营造出以实写幻、幻极而真的效果。只有这样才能取得幻想文学话语的内在一致性。人们可以把这看作优秀童话文学作品的艺术标准，是它们能够紧紧抓住并深深打动读者的最重要的原因之一。

二 凯瑟琳·休姆的幻想文学观：《幻想与模拟：西方文学对现实的反应》

20世纪70年代以来，在J.R.R.托尔金和C.S.刘易斯作品的影响下，英美文坛出现了大量的幻想小说作品（如喜剧性奇幻故事，当代奇幻故事，童话奇幻故事，英雄奇幻故事，历史奇幻故事，科学奇幻故事，超人英雄奇幻故事，宝剑与魔法奇幻故事，等等）。在幻想文学旗帜下的奇幻小说、童话小说和科幻小说之间的界限似乎变得越来越模糊了，越来越难以把握了。从总体上看，幻想文学同源异流，既具有共性，相互渗透、相互交叉，但另一方面，它们又是相互区别、相互独立的，具有不同的创作目的和艺术追求。就此而论，美国学者凯瑟琳·休姆（Kathryn Hume）提出的文学创作之"一体两端说"和"幻想对常识性现实的背离说"可以为人们认识和分析幻想文学作品提供借鉴。

在《幻想与模拟：西方文学对现实的反应》一书中，休姆批评了那种认为文学从根本上是模拟现实的，所以幻想故事是文学的异端另类这样一种绝对化观点。她阐述道："任何文学作品都可以被置于一个统一体（continuum）的某处，这个统一体的一端是模拟（mimesis），另一端是幻想（fantasy）。一切文学作品都是这两种冲动的产物。模拟，是作者通过其他人能够分享其经验的逼真性去模仿和描述事件、人物以及物体的愿望；而幻想则是那种要改变既定事实和改变现实的愿望——出于避开单调乏味，游戏，想象，以及渴望获得某些人们缺少的东西，或者需要能够穿越读者的语言防御的隐喻式意象。"①

根据这一观念，位于"模拟"一端的是以写实为主要特征的作品，而位于"幻想"一端的就是那些以非写实性为主要特征的作品，其他的

---

① Kathryn Hume, *Fantasy and Mimesis: Responses to Reality in Western Literature*, New York: Methuen, 1984, p.20.

就是或多或少倾向于某一端的作品。休姆指出,幻想是对于公认的常识性现实的背离①。换言之,幻想可以被看作是对人们普遍接受为真实的或正常事物的背离,幻想文学作品描述的是那些根据人们常识性感知所认识的现实世界中"不可能发生的"事情。而对于公认的常识性现实的不同的背离方式可以成为人们区分童话小说、科幻小说和奇幻小说等当代幻想文学类型的某种必要的尺度。

科幻小说最显著的特点是通过认知因素去背离或改变公认的常识性现实。达科·苏恩文在《科幻小说的诗学》中论及了科幻小说的两个要素:科幻小说的"必要的和充分的条件就是陌生化与认知的出场以及二者之间的相互作用,其主要形式策略是一种拟换作者的经验环境的富有想象力的框架结构"。② 在苏恩文看来,科幻小说与"现实主义"文学主流的区别在于它的幻想性"陌生化"审美效果。而科幻小说与童话文学和奇幻文学等其他幻想文学类型的差别在于它的认知因素。用苏恩文的话来说,其他的幻想文类是无须顾及经验性验证的虚构类故事,而科幻小说根据作者所生活时代的认知性标准(宇宙学的和人类学的标准),可以被看作是并非不可能发生的。③ 这种认知因素当然来自于科学发现和科技进步所激发的可能性。科幻小说通过这一特殊的可能性将人们带离当代的现实世界:作者根据推论或设想去描写人类如何由于科学的新发现而突破正常时空的限制,进入不远的,或遥远的将来;或者在空间上进入那由于科技发展而被极大改变了的现实世界。所以苏恩文指出,现代的科幻小说必须预设复杂和广泛的认知,包括科学知识和科学哲学等方面的内容,以此出发去获取"深沉而持久的快乐源泉"。

相比之下,童话小说和奇幻小说与科幻小说的重要区别就在于它们不会考虑故事的认知因素,它们对现实的背离是由愿望的满足性决定的。用托尔金的话来说,幻想奇境的魔法本身并不是目的,它的卓越之处在于它的运行,包括对特定的人类基本愿望的满足:"童话故事从根本上不是关注事物的可能性,而是关注愿望的满足性。如果它们激起了愿望,在满足

---

① Kathryn Hume, *Fantasy and Mimesis: Responses to Reality in Western Literature*, New York: Methuen, p. 21.

② Darko Suvin, *Metamorphoses of Science Fiction: On the Poetics and History of a literary Genre*, New Haven and London: Yale University Press, 1979, p. 8.

③ Ibid., pp. viii – ix.

愿望的同时，又经常令人难忘地刺激了愿望，那么童话故事就成功了"。①

三 英国动物小说的文化研究：特丝·科斯勒特的《英国儿童小说中能言善道的动物们》

"禽言兽语"故事始于远古神话和寓言，历史悠久。而在儿童文学创作领域，各种动物故事理所当然地成为一道特别亮丽的景观。从整体上看，动物文学的叙事类型大体上可分为写实性与非写实性（幻想性）的两大类。其中幻想性的动物故事基本上都是童话小说，如肯尼斯·格雷厄姆的《柳林风声》或者理查德·亚当斯的《沃特希普荒原》，无论是鼹鼠、河鼠、蛤蟆、狗獾，还是兔子，这些动物角色的衣着服饰、心理活动、行为谈吐等都与人类毫无二致。特丝·科斯勒特（Tess Cosslett）的《英国儿童小说中能言会道的动物：1786—1914》（*Talking Animals in British Children's Fiction 1786 - 1914*，2006）就是一部探讨 18 世纪末期至 20 世纪初英国儿童动物故事的专著。特丝·科斯勒特是英国兰开斯特大学维多利亚与女性写作研究中心研究员，在兰开斯特大学开设有儿童文学课程。在这本专著中，作者通过多种批评理论的视野，如巴赫金的狂欢化理论、女性主义理论、后殖民主义理论和生态批评理论，探讨了从 1786 年至 1914 年间的英国儿童动物小说创作。作者探讨的动物故事涉及写实性和幻想性这两大类别。在成人文学的参照之下，作者探索了动物叙事中动物的言语和动物的主体性问题，并且通过对社会历史语境和文学语境的梳理，对动物小说文本及其意象进行剖析，由此阐释了从 18 世纪到 20 世纪初的英国动物故事的文化信息。书中探讨的重要幻想性动物小说包括查尔斯·金斯利的《水孩儿》（1863）、肯尼斯·格雷厄姆的《柳林风声》（1908），贝特丽克丝·波特（Beatrix Potter）的《兔子彼得的故事》（*Peter Rabbit*，1901）、约瑟夫·拉·吉卜林（J. Rudyard Kipling）的《林莽传奇》（*Jungle Books*，1894 - 1895）、《原来如此的故事》（*Just - so Stories*，1902）、休·洛夫廷的"杜立德医生"系列（1920 年以来）、P. L. 特拉弗丝（P. L. Travers）的《玛丽·波平丝》（*Many Poppins*，1934）、理查德·亚当（Richard Adam）的《沃特希普荒原》（*Watership Down*，1972）、罗尔德·达尔（R. Dahl）的《魔法手指》（*The Magic Figer*，

---

① J. R. R. Tolkien, The Tolkien Reader, New York: Ballantine, 1966, p. 63.

1966）和《肮脏的野兽》（*Dirty Beasts*，1983）等。作者从社会文化视野阐释了早期英国儿童动物故事中蕴含的，作为当今人们所倡导的动物权利的"拟人化"运动的观念，揭示了会说话的动物如何成为人们表达有关儿童与想象力的观念的支点。作者还在 19 世纪英国社会与文化的历史语境中探讨了人类与大自然的关系，男性与女性的关系，儿童与成人的关系。

在该书的第一章"18 世纪儿童图书中的动物"中，作者通过 18 世纪英国社会生活的语境，梳理了动物如何成为新兴的儿童文学创作中的重要现象及其思想背景。在第二章"寓言式的故事和蝶耳长毛小狗"中，作者重点探讨了特里默夫人的《寓言式的历史》（后改为《知更鸟的历史》），分析特里默夫人如何采用寓言来体现善待动物的思想，同时通过动物故事来传递相关的自然历史知识，具有奇异幻想与自然常识相混合的特征。特丝·科斯勒特认为，这种拟人化的动物和自然常识中的动物成为金斯利的《水孩儿》及贝特丽克丝·波特的《兔子彼得的故事》的先声。在第三章"动物自传体故事"中，作者探讨了从《黑骏马》以来的动物自传体故事，认为这些故事总体上发展了其他 18 世纪动物故事表达的反对人类残忍对待动物的主题思想。在第四章"寓言与童话故事"中，作者重点探讨了玛格丽特·盖特（Margaret Gatty）的《自然的寓言》和查尔斯·金斯利的《水孩儿》，认为两位作者主要通过儿童动物故事来激辩维多利亚时期的进化论问题。他们的创作反映了来自两方面的影响：严肃的、道德的、半现实主义的动物故事和奇异的、怪诞的狂欢化的喜剧性动物诗歌。在第五章"野生动物故事"中，作者探寻了吉卜林等作家笔下的体型庞大，具有强大破坏力的野兽动物，它们活动的区域是位于异域他乡的原始莽林。故事表现的是充满野性力量的冒险和暴力行为。特丝·科斯勒特认为，吉卜林通过运用会说话的动物故事传统，发展了关于"翻译"动物语言的观念。在第六章"阿卡迪亚再现？"中，作者对贝特丽克丝·波特的小说和肯尼斯·格雷厄姆的《柳林风声》进行了探讨。作者探讨了波特与 18 世纪英国动物故事的联系，以及如何将自然历史的知识与故事叙述结合起来，如何通过动物的谈话、衣着、行为等方面的拟人化手法，使人与事物之间的界限变得模糊起来。而格雷厄姆的《柳林风声》在动物的拟人化方面更加激进。特丝·科斯勒特指出，格雷厄姆的叙述不仅代表了一种为动物们创造一个宗教的尝试，而且讲述了一个政治寓言，那些不同的动物代表着不同的社会阶层。科斯勒特最后探讨了有关拟人化动物故事的创作艺术的话题，认为这一方面是"动物权力运动"的一种策略，另一方面是教育儿童接受特定观念的工具。从总体上看，在休·洛夫廷的"杜立德医生"系列，理查德·亚当的《沃特希普荒原》（1972），罗尔德·达尔的《魔法手指》和《肮脏的野兽》等动物故事中，人们能够发现一个等级制的男性动物的社会，这些动物拥有自己的神话和语言。故事叙述者通过注解介入故事，对动物的语言进行解释、翻译和转换。在写实性动物叙事的观照下，人们可以更清楚地认识从 18 世纪到 20 世纪初的英国动物体童话小说的文化和文学价值。

四　高屋建瓴的意识形态批评：杰克·齐普斯的童话文学研究

西方新马克思主义学派批评家杰克·齐普斯是美国明尼苏达大学"德国与欧洲研究中心"主任，明尼苏达大学德语与比较文学终身名誉教授。作为一个德裔学者，齐普斯早年对德国新马克思主义学者赫伯特·马尔库塞、西奥多·阿多诺、马克斯·霍克海默尔、于尔根·哈贝尔马斯和恩斯特·布洛赫等人的著作进行了深入研究，加上他本人对德国童话的了解，所以他的童话文学研究方法论受到德国理论家以及德国童话作家的深刻影响。[①] 令人敬佩的是，齐普斯孜孜不倦，持之以恒地将毕生精力投入了儿童文学和童话文学的研究，不仅主编了《牛津童话故事指南》（2000）和《牛津儿童文学百科全书》等工具书，而且撰写了一系列童话研究专著，包括《童话故事与颠覆的艺术：一种为儿童的经典文类与文明化进程》（1983）、《别把幸福寄托在王子身上：当代北美和英国的女性主义童话故事》（1986）、《格林童话：从魔法森林到现代世界》（传记性论著，1988）、《作为神话的童话和作为童话的神话》（1994，从社会历史发展的视野探讨了童话的起源，对传统民间童话进行分析，涉及现代艺术童话与神话故事的关系，以及童话与社会的关系，电影和文学作品对童话故事的阐释，文化工业与迪士尼化现象）、《从此就幸福地生活下去：童话，儿童和文化工业》（论文集，1997，论述了经典童话故事对于儿童的社会化具有的作用与价值，同时探讨了童话文本走上影视屏幕的现象）、

---

① Jack Zipes, *Breaking the Magic Spell: Radical Theories of Folk and Fairy Tales*, Revised and expanded edition, Lexington: University Press of Kentucky, 2002, pp. ix, xii.

《当梦幻成真：经典童话故事和它们的传统》（论文集，1999）、《魔棍与魔法石：从邋遢的彼得到哈利·波特》（2000）、《冲破魔法符咒：探索民间故事和童话故事的激进理论》（修订补充版，2002。该书从社会政治语境探讨了民间故事及其向文学童话的演进，探讨对象包括格林兄弟，安徒生和 J. K. 罗琳等作家、作品；以及恩斯特·布洛赫，托尔金，贝特尔海姆等重要童话理论研究者）、《童话为何长盛不衰：一种文类的演进及其意义》（2006）、《不懈的进程：儿童文学、童话故事和故事讲述的重构》（2008），等等。近年来，齐普斯还主编了《儿童文学与文化》系列研究丛书，共计 36 部，涉及当今儿童文学和童话文学研究的方方面面，对了解当今儿童文学和童话文学的研究状况具有重要的参考价值。

齐普斯对当代文学童话研究的贡献主要体现在：

第一，作为一个新马克思主义批评家，齐普斯从政治批评角度评价了各种童话研究模式和理论。例如在《关于民间故事和童话故事的激进理论》（修订补充版，2002）的第五章"童话故事和幻想故事的乌托邦功能"中分析比较了马克思主义哲学家恩斯特·布洛赫的童话观和天主教徒托尔金的童话观及创作，评述了他们的相同之处和不同之处；在第六章"布鲁诺·贝特尔海姆的道德魔杖"中批判性地评述了贝特尔海姆的精神分析学童话研究。而在《别把幸福寄托在王子身上：当代北美和英国的女性主义童话故事》（1986）中齐普斯评价了当代女性主义童话批评。

第二，在社会政治的语境下考察民间童话和文学童话的历史起源，填补了民间童话与文学童话的文学史的空白。在《童话故事与颠覆的艺术：一种为儿童的经典文类与文明化进程》一书中，齐普斯指出，人们用了很多精力和篇幅去阐述儿童文学史中的童话、为成人写作的童话，从深层心理学的视野探讨童话对于儿童的深刻影响，也出现了大量的对个体童话故事的结构主义和形式主义的探究，但却忽略了对于为儿童创作的文学童话的社会史的探讨。所以他在多部论著中都以专题论述了童话的起源及文学童话在当代的传承与发展，以及为儿童写作的文学童话的社会史。在《作为神话的童话和作为童话的神话》的第一章"童话的起源"，在《冲破魔法符咒：探索民间故事和童话故事的激进理论》的第一章"民间故事和童话故事的历史与观念导论"，以及在历代童话故事集《魅力的符咒：西方神奇童话故事》的长篇序言里，齐普斯通过社会历史的视野，致力于揭示文学童话传统是如何在 17 世纪到 18 世纪的法国作为一种对流行的民间故事的汲取而开始演进的历程。他认为这些故事表现出平民化的关注：对抗统治势力和统治阶级的残酷压迫。魔法与奇迹"隐喻性地代表着下层阶级获取权力的有意识和无意识的欲望"。齐普斯认为，"如果不去思考文学艺术作品被创造出来的社会—政治—文化的语境，任何文学艺术都是无法得到充分理解的"①。

第三，探讨了口传民间故事和文学童话在当今文化工业的大众传播媒体的形式中长盛不衰的深层原因（即童话"魔力"的社会心理功能）：童话故事能够激发人们的惊奇感和好奇感，把他们带入童话奇境之中，通过奇特的魔法和咒语使人们获得心灵的解脱，以适应不断变化的社会生活。"只要童话故事继续唤醒着我们的惊奇感，使我们能够投入与当前之现实世界全然不同的世界之中，那么它就会产生一种富有意义的社会和审美功能，不仅是为了获得补偿，而是为了揭示：那些最优秀的童话故事所描绘的世界就像充满魅力的魔法咒语，实实在在地使我们获得解放。童话故事非但不会僵化我们的心智，相反，它们激发了我们的想象，而且迫使我们认识到，我们怎样去战胜恐惧，明智地投入日常生活的斗争当中，按照我们的美好愿望推动生活的进程。"②

第四，剖析了童话和幻想故事受西方文化工业深刻影响的"迪斯尼化"现象：幻想故事已经工具化了，其结果势必出现淡化和消解所有严肃童话故事的解放心智之"魔力"的危险。齐普斯指出，从20世纪50年代以来，许多作家已经认识到，他们面对的绝大多数读者已经"迪斯尼化"了，已经受到迪士尼文化工业的深刻影响。在当代西方社会，伴随着全球化的进程和大型媒体联合企业的形成，文化工业在影响民间故事和童话故事的艺术形式和它们的传播方面更加成为一个决定性的因素。只有从社会政治视野认识民间故事和童话故事自身的创造和历史的演进，把握在口传民间故事向文学童话故事演进的过程中起了很大作用的社会—历史力量，才能理解潜藏在"魔法魅力"后面的社会—心理能量，才能使人们在不同的文化语境中理解和运用民间故事和童话故事，才能冲破魔法

---

① Jack Zipes, *Breaking the Magic Spell: Radical Theories of Folk and Fairy Tales*, Revised and expanded edition, Lexington: University Press of Kentucky, 2002, p. ix.

② Jack Zipes, *Spells of Enchantment: The Wondrous Fairy Tales of Western Culture*, New York: Viking Penguin, 1991, p. xxx.

符咒，不被文化工业制作的流行文化所遮蔽。①

第五，针对20世纪以来文学童话的小说化、多样化和成人化趋势，齐普斯特意使用了"童话小说"（fairy tale novel）这个词语，提出了"广义童话小说论"。齐普斯认为在20世纪初年及上半叶，文学童话在功能上的重要转变就是更多更明显地涉及对政治的关注。童话手法被许多作家用于自己的创作之中，以表达其政治观点。在援引了法国文坛的例子之后，齐普斯提到了德国的赫尔曼·黑塞和托马斯·曼的作品，并且认为托马斯·曼的《魔山》（*The Magic Mountain*, 1924）是对"童话小说"的重要贡献，而《魔山》中充满了对民族主义和民主问题的政治讨论。② 齐普斯认为，从20世纪40年代到50年代，将童话作为表达政治思想的载体这一做法仍在继续。如托尔金的《霍比特人》（1937）出现了对第一次世界大战的思考，其写作目的是提出对第二次世界大战的警示。而在经历了第二次世界大战之后，随着冷战的加剧，带成人化倾向的童话又致力于抵御新的人类恐惧，例如意大利作家卡尔维诺的创作。齐普斯列举的类似作品有菲力普·迪克的《精灵的国王》（1953），米基森的《五个男人和一只天鹅》（1957），沃纳的《蓝胡子的女儿》（1960），梅克尔的《乌鸦》（1962），莱姆的《费里克斯王子和水晶公主》（1967），罗伯特·库佛的《死王后》（1973）；对于20世纪70年代以来的童话小说趋势，齐普斯认为，那些成人写作的童话小说变得更具颠覆性，在审美上更加复杂和精细，更致力于帮助读者关注社会问题，而不是为他们提供娱乐。③ 这是齐普斯对同源相近的疏离化或陌生化童话故事类型进行的开拓性研究，也是人们认识儿童本位的童话小说和成人化童话小说的分野之一。

第六，阐释了长盛不衰的童话精神。通过对托尔金和布洛赫的比较研究，齐普斯阐释了童话故事与幻想文学的乌托邦精神，认为这就是永恒的童话精神。他指出，托尔金和布洛赫都借用了童话故事来表达他们所深深感悟到的哲学，并在童话故事中投射出人类能够凭借自己的力量加以实现的更美好世界的乌托邦景象。"托尔金的重返过去实际上是指向未来的一

---

① Jack Zipes, *Breaking the Magic Spell: Radical Theories of Folk and Fairy Tales*, Revised and expanded edition. Lexington: University Press of Kentucky, 2002, pp. ix – xii.

② Jack Zipes, *Spells of Enchantment: The Wondrous Fairy Tales of Western Culture*. New York: Viking Penguin, 1991, p. xxvi.

③ Ibid., p. xxvii.

种方式,而且托尔金发掘出了被掩埋和压抑的没有实现的希望与梦想的'非共时性的'因素,如果人类在地球上创造一个理想的千年王国的潜能得以发挥出来的话,这些希望和梦想是能够实现的。托尔金对于一个理想'家园'的追寻正是布洛赫可能会指出的那'尚未实现'的,但人们可以在某些特定的艺术作品的期盼性设想(Vor-Schein)中感受到的,这些作品利用幻想来抵制工具性的理性化并激发我们心底的乌托邦冲动。"[1]根据齐普斯的阐述,布洛赫通过民间故事与童话故事去追溯一种方式,通过这种方式,人类的乌托邦冲动通过想象传递出来,投射出来。一方面,童话故事以多种方式传递着乌托邦因素,体现了它的普遍精神。齐普斯引用了布洛赫的话,认为那是富有洞察力的:"童话故事叙述的是一个愿望满足的故事,它不会受到故事本身的时间及故事内容的表现形态的束缚"。无独有偶,托尔金童话观的一个重要思想就是童话故事的"愿望满足性"。而另一方面,童话又具有特定的时代因素,积淀着特定时代的意识形态内容。齐普斯认为,无论是古老的民间故事还是新的童话故事,使它们获得勃勃生机的原因在于它们能够以象征的形式包含人类未能实现的愿望,并且投射出实现它们的可能性,进而揭示了那些为儿童创作的当代童话故事所具有的幻想因素及其解放性的潜能。

齐普斯致力于在社会政治的语境下考察民间童话和文学童话,侧重于童话故事与历史、文化和思想观念变化之间的关系,尤其是童话故事的意义如何在历史进程中随着各种文化和社会机制对它们的利用而发生变动。例如,他认为法国作家贝洛等人的童话反映了他们通过童话故事设立道德规范标准的努力;德国格林兄弟的童话折射出童话故事作为社会化和政治化叙事隐喻的功能;安徒生的童话反映了被压迫者的话语;乔治·麦克唐纳、王尔德和鲍姆的童话故事是用希望去对抗和颠覆旧秩序的努力。齐普斯的研究弥补了那些以文本为中心的批评模式的不足之处,因为这些批评模式在关注童话语篇本身产生的意义时,往往忽略了社会与文化语境对童话意义变迁所产生的影响。在一般人看来,出现在童话里的奇异王国似乎远离人们所处的真实的现实社会,但如果从社会政治的视野去考察,它们同样充满了各种各样的政治斗争:"包括争夺

---

[1] Jack Zipes, *Breaking the Magic Spell: Radical Theories of Folk and Fairy Tales*, Revised and expanded edition. Lexington: University Press of Kentucky, 2002, p.149.

王国的斗争，争夺属于自己的统治权的斗争，争夺钱财、女人、子女以及土地等的权力斗争；人们将清楚地认识到，这些故事的真正魅力来自于那些戏剧性的冲突，它们的最终解决让我们得以从中发现某种创造这个世界的可能性，也即是说，按照我们的需要和意愿去改造这个世界的可能性"。①

试看齐普斯对格林童话《侏儒怪唧波尔斯迪尔钦》（或译为《名字古怪的小矮人儿》）的社会政治视野的解读。齐普斯认为这个故事的费解之处在于民俗学专家、心理分析学者和文学评论家关注的焦点是侏儒怪的名字及其所扮演的故事角色，但却忽略了这个故事的实质属性。他提出故事中的侏儒怪并非通常认为的帮助者，而是一个勒索者、压迫者和魔鬼。磨坊主女儿的生活完全受到男性的支配：吹牛惹事的父亲，逼迫她纺出金线的国王，对她进行勒索的侏儒怪，以及作为拯救者的男侍者，无论她的困境还是命运都是由男性决定的。所以这个故事代表了19世纪初关于妇女和纺织的男性视角。他认为，侏儒怪类型的故事表现的关键母题是纺织的价值和对于纺织的控制。在欧洲，作为生产力的纺织为一切文化活动提供了基础。而且，"纺织不仅是家庭、宫廷和庙宇间的基本生产模式，也为古代的商品交换市场提供了最初的产品"。所以，纺织活动和纺织业是女性生产力的根本象征。而随着纺织机器的出现，纺织工作逐渐从女性手中转移到男性手上，人们对于纺织的社会态度也发生了变化（女性作为纺织者的地位发生了变迁）。侏儒怪故事不仅表现了年轻女性受到的迫害，也表现了亚麻纺织业中商业资本家的日益强大及其对于她们赖以居家度日的生产方式的侵占。齐普斯从社会—历史的范畴探索侏儒怪故事的起源，指出这一类型故事的中心母题就是女性生产力的变迁和女性遭受的迫害。这个故事表明，到19世纪初，纺织和女性生产力对于维系文明的重要价值"面临着消失的危险"。女性手中的丝线被夺走了，她们再也无法纺织她们自己的命运了。她们只能更加依赖男性了。②

作为西方新马克思主义批评家，杰克·齐普斯的社会政治视野无疑

---

① Jack Zipes, *Breaking the Magic Spell: Radical Theories of Folk and Fairy Tales*, Revised and expanded edition, Lexington: University Press of Kentucky, 2002, p.23.
② 详见杰克·齐普斯《作为神话的童话和作为童话的神话》，赵霞译，少年儿童出版社2008年版，第36—65页。

具有高屋建瓴、缜密细致的特征。童话故事的政治学解读反映了童话幻想与现实之间的重要联系，有助于人们认识童话幻想根植于人性和映射社会现实的本质特征，对于人们认识童话的本质意义和深层价值具有不可或缺的启迪意义。正如齐普斯所指出的，"如果不去思考文学艺术作品被创造出来的社会—政治—文化的语境，任何文学艺术都是无法得到充分理解的。"① 齐普斯的批评实践揭示了童话的社会意义，也揭示了政治分析视野的批评魅力。但人们在关注童话文本的社会历史语境的同时，也不能忽略童话故事内在的文学因素及特殊魅力，以及文体风格和语篇形式等艺术特征。童话文学本体的丰富内涵与多元化的象征意义使其具有超逸而深邃的特征。因此，童话文学的研究应当是开放的，多元互补的，包容的，而不是单向的，或者排斥性的；更不能因为强调某一方面而否定另一方面。从某种意义上看，齐普斯的社会政治与文化批评模式可能赋予了童话文学过多的历史使命，使其承担了过多的意识形态功能。从社会政治批评视野出发，齐普斯对于贝特尔海姆的童话心理学研究，对于哲学家恩斯特·布洛赫的童话观和托尔金的童话观及创作的批评解读是深刻的，但同时也存在一些值得商榷之处。例如他认为贝特尔海姆的童话精神分析论过分夸大了童话对儿童具有的精神治疗价值，但反过来看，人们也可以对这种童话的社会批判意识和改革功能是否存在过度阐释之处进行质疑。如果说所有那些最初的童话的创作者都有意识地打算用其童话做武器去批判和改良社会，都意识到自己必须在社会文明化的进程中扮演"社会评判"的重要角色，要特意向儿童和成人传授特定的价值观、规范观和美学趣味，那又难免绝对化了。事实上，作为当代西方童话文学研究的一个重要批评流派之一，齐普斯的理论对于人们从意识形态视野认识童话的社会本质属性具有不可或缺的启迪意义。齐普斯揭示的童话背后的政治学意义，社会历史意义与贝特尔海姆揭示的童话的心理意义及精神分析学意义同样指向童话的魅力和价值。无论是童话政治学视野，童话心理学视野，还是童话美学视野，拟或是童话语言学视野，它们都代表着不同的认识范式，它们的发现本身都具有独特的阐释的力量，都体现了新视域的开启，都具有多元互补的理论

---

① Jack Zipes, *Breaking the Magic Spell: Radical Theories of Folk and Fairy Tales*, Revised and expanded edition, Lexington: University Press of Kentucky, 2002, p. ix.

范式的认知价值。从总体上看，最具洞察力和影响力的童话研究视野当属以贝特尔海姆的童话精神分析理论为代表的童话心理学和以齐普斯的童话社会历史批评理论为代表的童话政治学。

第 一 编

异军突起 星云灿烂：
维多利亚时代和爱德华时代
（1840—1910）

综　　论

英国童话小说是在维多利亚时期工业革命和儿童文学革命这双重浪潮碰撞的历史语境中兴起的。工业革命使英国农业文明迅速向工业文明转型，给英国社会带来了巨大社会变革和动荡，不仅造成了维多利亚时代社会结构明显的双重性（差距越来越大的富人和穷人被称为"两个民族"），而且导致了人们长期以来习以为常的生活方式的极大改变。工业革命时期那些由新思想和新观念引发的震荡和冲击不仅动摇了维多利亚时代的宗教信仰基座，而且动摇了英国清教主义自17世纪后期以来对幻想文学和童话文学的禁忌与压制——尤其是浪漫主义文化思潮有关童年崇拜和童年概念的确立冲破了长期占主导地位的加尔文主义压制儿童本性的原罪论宗教观——这两种合力为英国童话小说的崛起提供了必要的社会文化条件。在工业革命时期，人们传统的思想信仰遭遇了前所未有的冲击和震荡，并由此引发了维多利亚人的精神迷茫和情感危机。在这个特殊的年代，童话文学成为人们对抗精神危机的"解毒剂"。与此同时，维多利亚时代的精神危机激发了一种"重返童年"的时代思潮。诸多英国文人、作家开始关注儿童和童年。从19世纪中期以来，许多著名的英国作家都开始怀着追寻那永不复返之童年的怀旧心态为孩子们写作，或者就以少男少女作为自己作品的主人公，客观上推动了英国儿童文学的发展。就"重返童年"而言，英国文坛上出现了两种创作走向：以狄更斯作品为代表的现实主义的童年书写和以刘易斯·卡罗尔作品为代表的幻想性童年书写。前者直面残酷的社会现实，大力表现"苦难童年"的主题，不过仍然以温情的基调为读者展现出希望之光。在写实性作家阵营里还有诸如夏洛蒂·勃朗特（《简·爱》对于被压抑的童年的控诉与反抗）和乔治·艾略特（《织工马南》和《弗洛河上的磨坊》等作品透露出的在社会急剧变化之际追溯童年童真的怀旧情思）等作家有关成长主题与题材的作品，她们在创作上都取得了卓越的艺术成就，成为英国文学史上的经典作家。

而以卡罗尔的两部"爱丽丝"小说为代表的幻想性作品革命性地颠覆了从18世纪中期以来一直在英国儿童文学领域占主导地位的恪守"事实"，坚持理性说教的儿童图书写作教条，开启了英国童话小说的第一个黄金时代。怀旧潮进一步确立了童年观念，"回到童年"的倾向与作家的童话叙事结合起来，汇成了英国童话小说创作的第一个黄金时代。

工业革命是英国童话小说兴起的至关重要的时代背景。在英国历史上，维多利亚时期是一个让英国人倍感自豪的黄金时代，同时又是一个充满了矛盾和危机的动荡年代。事实上，英国工业革命最重要的物质成果和最深刻的社会影响都出现在维多利亚时代。一方面，工业革命主导的社会发展激起了不少维多利亚知识精英的骄傲和自豪；另一方面巨大的社会变化和激烈的社会动荡，以及传统的思想信仰所遭遇的前所未有的冲击，又引发了大多数维多利亚人的迷茫、痛苦乃至各种精神及信仰危机。从总体看，工业革命导致的社会变迁与动荡对维多利亚人具有催生"重返童年"愿望的时代意义；与此同时，维多利亚人的精神危机感又促进了英国童话文学的兴起。

儿童文学革命是英国童话小说崛起的直接动力。在人类文化发展史上，"为儿童写作"这一共识的形成标志着儿童文学的诞生。事实上，英国儿童文学的发生与发展是以"为儿童出版"作为开端的。1744年，出版家约翰·纽伯瑞在伦敦圣保罗教堂的大院里开设了印刷出版和发行销售的书店。纽伯瑞不仅经营成人图书和杂志的出版，而且致力于开拓儿童读物市场，很快就成为当时影响最大的专为儿童出版读物的出版商。从儿童图书出版史的角度看，人们把纽伯瑞开始出版发行儿童图书的1744年看作真正意义上的英国儿童文学的开端。然而写什么和怎么写却是一个长期以来没有澄清的问题。随着时代的前行，在英国儿童文学领域形成了两种对立的创作倾向，那就是应当遵循"理性"原则还是张扬"幻想"精神的价值取向，恪守理性教诲与追求浪漫想象的两极碰撞——在19世纪英国儿童图书出版商看来，这就是要"教诲"儿童还是要"娱乐"儿童的两极倾向。

在英国，无论是18世纪的清教主义者还是18世纪末以来的保守的中产阶级群体，他们倡导的都是对儿童居高临下进行教导的"严肃文学"

"宗教劝善文学""教化小说",以及旨在提供知识信息的纯事实性图书。长期以来,坚持道德训诫与理性说教的儿童图书在英国一直是占压倒优势的主流趋势。作家露西·艾肯(Lucy Aikin)在 1801 年发表的《儿童诗歌》的序言中就不无自信地宣称:"在理性的魔杖面前,巨龙和仙女,巨人和女巫已经从我们的儿童歌谣中销声匿迹了。我们始终奉行的准则是,童稚的心灵应当用更实在和更简单的事实来培育。"[1] 与此同时,坚持理性原则,反对幻想故事的有关人士和作家还推出了一大批旨在提供知识信息的纯事实性图书,涉及的内容从历代英国国王和王后的历史到蔬菜和植物的生长原理等,不一而足,如 R. 曼格纳尔(1769—1820)的《百科知识问题解答》(1800),玛尔塞特夫人(Mrs. Jane Marcet)的《化学问题对话录》(1806),J. 乔伊斯的《科学对话》(1829),W. 皮诺克(1782—1843)的《问答教学法》(1828),等等,它们的特点是以问答教学法或对话的方式为读者提供关于各种科目的信息,在父母读者中风行一时。

英国儿童图书史专家哈维·达顿指出,以古德里奇为代表的理性说教类图书创作与亨利·科尔为代表的幻想文学类图书创作之间的对决是一场哲学意义上的信仰的冲突,是针锋相对的厮杀。[2] 这场对决也是儿童文学领域理性与幻想之两极倾向激烈碰撞的一个写照。

自 18 世纪中期英国儿童文学开始崭露头角以来,张扬想象力和幻想精神的创作倾向经过了长期的潜伏和潜行,最终在 19 世纪 40 年代厚积薄发,奔流向前,冲破了长期以来占据主导地位的恪守理性和事实的创作倾向,为英国儿童文学迎来了一个真正的黄金时代。

在这一时期,童话小说的创作蔚然成风,出现了一大批风格各异,深受少年儿童读者喜爱的名篇名著,其数量之多,艺术成就之高,令世人瞩目。这一时期的代表性作品有:F. E. 佩吉特(F. E. Paget)的《卡兹科普弗斯一家的希望》(*The Hope of the Katzekopfs*, 1844),罗斯金(John Ruskin)的《金河王》(*The King of the Golden River*, 1851),萨克雷(W. M. Thackeray)的《玫瑰与戒指》(*The Rose and the Ring*, 1855),金斯利(Charles Kingsley)的

---

[1] F. J. Harvey Darton, *Children's Books in England: Five Centuries of Social Life.* Cambridge: Cambridge University Press, 1958, p. 156.

[2] Ibid., p. 240.

《水孩儿》（*Water Babies*，1863），刘易斯·卡罗尔（Lewis Carroll）的《爱丽丝奇境漫游记》（*Alice in Wonderland*，1865）和《爱丽丝镜中世界奇遇记》（*Alice's Adventures in the Glass*，1871），乔治·麦克唐纳（Gorge Macdonald）的《在北风的后面》（*At the Back of North Wind*，1871）、《公主与妖怪》（*The Princess and Goblin*，1872）、《公主与科迪》（*The Princess and Curdie*，1883），奥斯卡·王尔德（Oscar Wilde）的童话集《快乐王子及其他故事》（*The Happy Prince and Other Tales*，1888，包括《快乐王子》《夜莺和玫瑰》《自私的巨人》《忠诚的朋友》和《神奇的火箭》）和《石榴之家》（*A House of Pomegranates*，1891，包括《少年国王》《小公主的生日》《渔夫和他的灵魂》和《星孩儿》），约瑟夫·拉·吉卜林（J. Rudyard Kipling）的《林莽传奇》（*Jungle Books*，1894-1895）、《原来如此的故事》（*Just-so Stories*，1902），贝特丽克丝·波特（Beatrix Potter）的《兔子彼得的故事》（*Peter Rabbit*，1902），伊迪丝·内斯比特（Edith Nesbit）的《寻宝者的故事》（*The Story of the Treaure Seekers*，1899）、《五个孩子与沙精》（*Five Children and It*，1902）、《凤凰与魔毯》（*Phoenix and Carpet*，1904）、《护符的故事》（*The Story of the Amulet*，1906）、《魔法城堡》（*Enchanted Castle*，1907），巴里（John Barrie）的《小飞侠彼得·潘》（*Peter Pan*，1904），肯尼斯·格雷厄姆（Kenneth Grahame）的《黄金时代》（*The Golden Age*，1895）、《梦里春秋》（*Dream Days*，1898）、《柳林风声》（*Wind in the Willows*，1908），等等。

这是真正意义上的英国儿童文学的第一个黄金时代。卡罗尔的两部"爱丽丝"小说不仅是对维多利亚时期说教性儿童图书写作倾向的激进反叛与颠覆，而且是对包括欧洲经典童话在内的所有传统童话叙事的突破和超越，开创了从传统童话的模式化和确定性走向对话性和开放性的道路，推动了包含奇趣性和哲理性的现代儿童幻想文学的多元创作倾向的兴起。内斯比特的幻想文学创作形成了以五个孩子为主人公的"集体人物"以及有限定条件的魔法等"内斯比特传统"，对传统童话的叙事模式进行了更新与发展，预设了各种现代社会语境下主人公进入幻想世界或魔法世界的方式，对后人影响深远。在这一时期，众多作品的主要特征是内省性的，其主题一般被批评家归于寻找田园牧歌式的"阿卡迪亚"，从本质上可以看作是对工业化给英国社会带来巨大变化，给人们思想带来极大冲击而产生的一种反应。这个"阿卡迪亚"的基本意象表现为蕴含着宗教救赎意味的另一个世界（如金斯利的《水孩儿》）；充满荒诞美学情趣的地下奇境世界（如卡罗尔的《爱丽丝奇境漫游记》）；激发探险精神的魔法城堡（如内斯比特的《魔法城堡》）；与普通世俗社会相对立的永无岛（如巴里的《彼得·潘》）；能满足愿望的精灵（如内斯比特的《五个孩子与沙精》）；会说话的动物或玩偶（如格雷厄姆的《柳林风声》和米尔恩的《小熊维尼》），等等。此外，这一时期的表现动物小说的主题和回到过去时光的主题也是很有特色的。从总体上看，这一时期的名家名作奠定了英国童话小说传统的坚实传统，卡罗尔、麦克唐纳、内斯比特、巴里、格雷厄姆等作家的作品成为影响深远的，为后来者所仿效的童话小说经典之作。

从艺术审美与读者接受的视角看，维多利亚时代的优秀童话小说往往具有双重性特征。这是因为童话小说的写作者在创作时心目中有两种隐含的读者对象，作为儿童的中产阶级家庭的子女和作为成人的中产阶级读者。而齐普斯从社会政治视野对维多利亚时代的童话文学进行考察，认为从1860年开始，到新世纪之交，维多利亚的童话创作呈现出两种基本走向：一种是适应社会现状与现实的传统主义倾向；一种是挑战社会成规和习俗，寻求替代性改变的乌托邦主义倾向。前者包括马洛克·克雷克（Mulock Craik，1826－1887）、克里斯蒂娜·罗塞蒂（Christina Rossetti，1830－1894）、吉恩·英格罗（Jean Ingelow，1820－1897）、安妮·伊莎贝拉·里奇（Anne Isabella Ritchie，1837－1919）、玛丽·莫尔斯沃思（Mary Louisa Molesworth，1839－1921）、露西·莱恩·克利福德（Lucy Lane Clifford，1853－1929）、哈里特·路易莎·蔡尔德－彭伯顿（Harriet Louisa Childe-Pemberton，1844－1912）、伊迪丝·内斯比特等一大批女性作家。这些作家的幻想文学创作各不相同，但都采用了传统的童话因素和表达话语，并通过个性化的书写来顺应维多利亚时代的社会现状。与上述作家不同的是，另一群作家则致力于通过童话艺术去挑战和颠覆现存的社会禁忌和墨守成规的社会秩序。这些作家通常具有相似的思想观念，包括基督教社会主义和费边社所主张的观念，他们/她们为自己的童话叙事和童话话语注入了乌托邦精神，使他们/她们的作品具有社会批评的锋芒和评价指向。这批作家包括乔治·麦克唐纳、刘易斯·卡罗尔、玛丽·德·摩根（Mary De Morgan，1850－1907）、朱莉安娜·霍瑞肖·尤因、王尔德、吉卜林、肯尼斯·格雷厄姆、夏普、豪斯曼，等等。

到19世纪末，英国文坛上出现了日益增长的同情和支持基督教社会主义和费边社社会主义思想观念的倾向。对于敏感的知识分子和作家来说，他们深感忧虑的是，工业革命以来出现的机器时代将摧毁人类的创造力和健全的尊严，对于由此导致的英国人熟悉的生活方式和社会现状造成的剧烈改变产生了强烈不满。莫里斯的《乌有乡的消息》和威尔斯的科幻小说表明了英国乌托邦文学的兴起。童话文学是与乌托邦文学相互关联的，两者都在通过各自的艺术方式追寻想象中的替换的世界，想象着一个不同的英国社会。英国童话小说也随之进入一个新的历史阶段。

第 三 章

工业革命与儿童文学革命：
维多利亚时期英国童话小说
崛起的时代语境*

  从 19 世纪中叶到 20 世纪初年，英国童话小说异军突起，不仅开创了英国儿童文学的第一个黄金时代，而且开创了世界文学童话史上一个星云灿烂的"黄金时代"。英国童话小说崛起的社会历史语境是极其深刻且复杂多样的，并且与英国儿童文学领域的思想理念和创作倾向的两极碰撞之间存在着紧密的内在关联。以工业革命为主导的社会巨变一方面激发了精神危机下的重返童年的时代思潮，推动了英国儿童文学的发展，另一方面工业革命时期那些由新思想和新观念引发的震荡和冲击不仅动摇了维多利亚时代的宗教信仰基座，而且动摇了英国清教主义自 17 世纪后期以来对幻想文学和童话文学的禁忌与压制——尤其是浪漫主义文化思潮有关童年崇拜和童年概念的确立冲破了长期占主导地位的加尔文主义压制儿童本性的原罪论宗教观——这两种合力为英国童话小说的崛起提供了必要的社会文化条件。维多利亚时期既是一个充满危机和震荡的时代，也是一个充满创造力和激情的时代；尤其重要的是，维多利亚时期的英国文学艺术取得了长足的发展，小说创作也成为当时英国文坛上艺术成就最大的文学类型，这为英国童话小说的创作提供了可资借鉴的表现手法和文体类型。此外，欧洲经典童话的翻译引进为英国儿童幻想文学的崛起提供了强大的推动力，成为英国童话小说异军突起的必要条件之一。本章要探讨的是维

---

  * 本章主要内容曾以《维多利亚时期英国童话小说崛起的时代语境》为题发表于《外国文学评论》2009 年第 4 期。

多利亚时代英国童话小说崛起的社会历史和文化思想语境及其内在关联，包括英国农业文明向工业文明转型的时代语境以及英国工业革命和儿童文学革命这双重浪潮的冲击和影响。

第一节　工业革命："进步"后的动荡与迷茫

在英国历史上，维多利亚时期是一个让英国人倍感自豪的黄金时代，同时又是一个充满了矛盾和危机的动荡年代。事实上，英国工业革命最重要的物质成果和最深刻的社会影响都出现在维多利亚时代。先后出现的以瓦特蒸汽机、莫兹利车床、惠特尔喷气式发动机等为代表的技术创新极大地促进了生产力的发展，使英国一跃成为"世界工厂"。一方面，工业革命主导的社会发展激起了不少维多利亚知识精英的骄傲和自豪；另一方面巨大的社会变化和激烈的社会动荡，以及传统的思想信仰所遭遇的前所未有的冲击，又引发了大多数维多利亚人的迷茫、痛苦乃至各种精神及信仰危机。从总体看，工业革命导致的社会变迁与动荡对于维多利亚人具有催生"重返童年"愿望的时代意义；与此同时，维多利亚人的精神危机感又促进了英国童话文学的兴起。

维多利亚时期之所以成为英国历史上的一个黄金时代，一方面是工业革命带来的社会"进步"，另一方面是维多利亚人所取得的杰出的文化和文学艺术成就。但应当指出的是，英国的这一黄金时代也存在着被英国人乃至整个西方人刻意淡化或故意遗忘的历史事实。大不列颠王国在工业革命及产业革命的进程中通过掠夺美洲和印度次大陆的资源，获得了大量的世界性原始资本积累。但由于北美殖民地的独立，以及与法国之间进行的战争耗资巨大，英国政府也背负了约8亿英镑的沉重债务，结果引发了18世纪末和19世纪初出现在这个老牌资本主义国家持续的金融危机。危机的后果是国家经济的全面紧缩，这又导致了遍布城乡的工厂纷纷倒闭，而大量的失业者又造成了严重的社会危机和诸如19世纪30年代末爆发的宪章运动这样的政治危机。与此同时，为了平衡每年与中国之间出现的庞大贸易差额，英国要花费大量的白银。这是因为英国出口到中国的棉布、毛织品、铅、锌等产品并非中国市场所特别需要的商品，而中国的茶叶、瓷器和丝绸等则大受英国民众的欢迎，在英国大有市场。长此以往，英国不但不能从经济等方面撼动中国，而且要承受长久的可以导致大英帝国财政破产的对华贸易逆差。这无疑成为英国政府发动对华鸦片战争的深层次的经济动因。从1840年到1860年,两次对华鸦片战争使旧中国逐步沦为了半封建半殖民地社会。此举不仅引发了中国的财政危机,而且进一步引发中国经济、军事、社会、政治等各方面的连锁危机。而两次鸦片战争之后,伴随鸦片贸易的急剧扩张,17世纪以来的世界格局发生改变,一个东方大国因此陷入持续的财政危机而走向衰败。而随着白银大量流向不列颠群岛,英国不仅扭转了自己的贸易逆差,摆脱了金融危机,而且迎来了一个工业大发展的时期,工厂吸纳了大量的游民和失业者,引发激烈社会动荡甚至一度动摇英国社会根基的宪章运动和1848年的革命也随之平息,烟消云散。事实上,英国政府主导的大规模鸦片走私拯救了英国社会,为英国1850年后进入持续半个世纪的"黄金时代"提供了可能。然而令人诧异的是,如此重大的历史事件在维多利亚时代的英国文学家及后来的史家笔下(如利维斯1948年出版的《伟大传统》和威尔逊2003年出版的《维多利亚人》等)却没有任何记载,仿佛根本就不曾发生一样,这实际上是对维多利亚时期英国政府为追求自身利益而进行危害其他民族、国家之丑陋事实的刻意淡忘或有意识的遗忘。① 倒是教育家托马斯·阿诺德博士(Dr Thomas Arnold,1795–1842)对英国政府主导的鸦片战争表示了极大的愤慨和强烈的谴责。他在给威廉·赫尔(William Winstanley Hull)的信中写道,这是一场邪恶的侵略战争,英国政府犯下了可怕的罪行。对于这场维护鸦片毒品走私的战争,实在无法在任何历史中找到如此不公与卑鄙。作为一种客观的历史语境回顾,后人对于英国维多利亚时期的这一客观历史事实是不应当隐讳或者回避的。

再看英国国内的社会发展现状。19世纪的英国在进入维多利亚时代之后经历了一个变革与危机交替运行的时期。始于18世纪60年代的工业革命突飞猛进,一个全新的工业社会在急剧的动荡中迅速形成。1851年在伦敦水晶宫举办的"国际工艺品博览会"上,蒸汽机、汽轮船、起重机,以及其他众多的英国创造发明,作为工业革命的重要成果展现在无数参观者面前,使普通英国人感受到了社会"进步"的实际意义。随着城市经济的迅猛发展,以城市为基础的制造业、运输业和服务业对于劳动力

---

① 具体历史事实详见程巍《鸦片走私与英国的"黄金时代"》,载《中华读书报》2011年11月2日。

的需求大增，于是大量农业人口离开乡村涌入城市，使得英国的城市人口首次超过农村人口。进入 19 世纪六七十年代，处于维多利亚时代中期的英国已达到强盛国力的顶峰，其工业生产能力超过了当时全世界的总和，而且作为一个航海大国，它的对外贸易额更是雄踞全球第一。迅猛发展的工业化给大英帝国带来日益增强的能量，许多过去根本无法完成的事情如今都能成为现实了。然而在另一方面，这辉煌的"进步"并不能掩盖人们对于"进步"信念的动摇与失望。工业革命在给英国社会带来了重大社会变革的同时，也造成了维多利亚时代社会结构明显的双重性（差距越来越大的富人和穷人），不可避免地激发了新的社会矛盾——这正是迪斯累里（Benjamin Disraeli, 1840 - 1881）所描述的贫富悬殊日益扩大的"两个民族"的相互隔绝和对立。事实上，社会经济的成功并不能掩盖广大劳动阶级所遭受的苦难。查尔斯·狄更斯在他的小说中就令人难忘地描写了英国中下层社会种种触目惊心的贫困与混乱情景，而且揭示了儿童作为拜金主义社会的牺牲品所承受的精神和物质生活的沉痛苦难。艺术批评家约翰·罗斯金则觉察到工业化的结果不仅会导致使人沦为机器的异化现象，而且将造成各种社会问题以及对大自然的污染和破坏——他的童话小说《金河王》在特定意义上揭示了这一主题。而且他认为，工业化不仅给人们带来痛苦，还给艺术和自由创造带来严重的破坏。这是因为这一时期英国的物质文明和精神信仰之间产生了巨大的隔绝或断裂，功利主义的盛行使人们的活动和事物发展的目的（动因）趋于简化和异化（对权力和财产的追求）。随之而来的是政治和宗教信仰的丧失。

　　工业革命给英国社会带来了巨大社会变革，也导致了人们长期以来习以为常的生活方式的巨大改变。与此同时，人们传统的思想信仰也遭遇了前所未有的冲击和震荡。自 18 世纪以来，工业化的进程推动了包括地质学和天文学在内的多种自然科学的发展，改变了人们长期以来对于天体自然的认识，动摇了宗教神学把自然看作按神的意志处于静止恒定状态的观念。查尔斯·达尔文（Charles Robert Darwin, 1809 - 1882）提出的进化论更是 19 世纪影响深刻的惊世之论，它彻底撼动了上帝与人之间存在的神圣关系的基座以及人类一厢情愿的身份认同，在英国思想界和知识界引发了激烈的论争。在达尔文《物种起源》引发关于宗教问题激烈论战的同时，哲学家和社会学家斯宾塞（Herbert Spencer, 1820 - 1903）根据进化论提出的生物进化学说和社会进化学说也揭示了人类起源与进化的秘密,进一步强化了人们对上帝与教会权威所产生的质疑,也使他们在面对科学发现与传统神学观及宗教观之间的冲突时茫然失据,内心深感焦虑。人们宗教观念的动摇,或曰对宗教信念的矛盾心态戏剧性地体现在三位牧师身上,而正是他们创作出了英国维多利亚时期儿童幻想文学的杰作——查尔斯·金斯利和他的《水孩儿》(1863),刘易斯·卡罗尔和他的两部"爱丽丝"小说(1865,1871),乔治·麦克唐纳和他的《在北风的后面》(1871)。由于达尔文的进化论否认了宗教教义之神圣创世说(对当时的普通人而言,相信"进化论"就意味着承认人类是类人猿的后裔),正统的牧师们大感震怒。而作为一种社会政治力量和精神力量的教会更是因为"进化论"思想将会撼动其道德权威而倍感愤恨。当然,也有一些虔诚的基督徒们(包括开明的牧师们)怀着好奇与宽容接纳了达尔文的观念。著名牧师、作家查尔斯·金斯利(Charles Kingsley)就是达尔文主义的支持者之一。他认为,进化论与上帝并不冲突。相信进化论不过是赞同上帝创造了"能够自我发展的原始生命形式"而已,这与上帝"独自创造了世间万物"的宗教教义同样神圣崇高。事实上,金斯利在他的《水孩儿》中就糅合了进化论思想(加上作者所了解的有关自然科学知识)和基督教精神。达尔文进化论引发的不同反响和激烈冲突集中地,且戏剧性地体现在1860年6月发生在生物学家T. H. 赫胥黎与牛津教区大主教威尔伯福斯(Samuel Wilberforce)之间的一场著名论争上。这场有关"科学真理与宗教教义"的论辩是在牛津大学召开的英国科学促进会年会上进行的。其中最令人难忘的是素以雄辩著称的威尔伯福斯主教向赫胥黎发出的质问,以及后者从容而机智的回击。威尔伯福斯在滔滔不绝地阐述了自己的观点后质问道,如果真是像赫胥黎所相信的那样,那么请问赫胥黎,究竟是他祖父的一方是猿猴的后代呢,还是他祖母的一方是猿猴的后代?赫胥黎的回答是,他宁愿选择做一个类人猿的后代,也不愿做这样的人类的后代——这个有才智和教养的人滥用了文化和雄辩的天赋,来为偏见和谬误辩护。

如今在论及维多利亚时期的思想文化语境时,人们往往把诗人及评论家马修·阿诺德(Matthew Arnold, 1822 – 1888)所作的《多佛海滩》(Dover Beach)一诗看作对这个时代的信仰危机的形象写照。在这一时期,随着达尔文的进化论等激进思想的传播,传统的思想观念遭到沉重打击,信仰的危机引发思想混乱;人们的道德水准在物质主义和实利主义盛行的状况下开始下滑。当"信仰之海"退潮之后,原本光明灿烂的世界褪去梦幻般的色彩,人们犹如失去信仰的"愚昧的军队厮杀纠缠"于昏暗的荒原。请看该诗的最后两节:

> 信仰之沧海
> 也曾大潮涨满,
> 环抱世界海岸
> 潮起潮落,像闪光的彩带收紧、慢放。
> 到如今,耳畔只传来
> 退潮时那呜咽的低鸣,忧伤阴沉,
> 在凄凉的晚风中回荡,
> 退向广漠阴暗的边界,
> 留下乱石裸露的海滩。
>
> 啊,亲爱的,让我们真心相爱吧!
> 这眼前的世界,看似梦境般五彩斑斓、瑰丽新奇,
> 然而既没有欢乐、爱情和光明,
> 也没有坚贞、安宁和消弭痛苦的慈善;
> 我们犹如挣扎于昏暗的荒原,
> 迷乱、惶恐、逃窜——
> 黑夜中只见愚昧的军队厮杀纠缠。①

对于阿诺德来说,信仰的危机与冲突体现为希望与绝望的冲突,也是他在这一特殊时代对于"信仰与希望"的痛苦思考。他在《诗歌研究》(The Study of Poetry)一文中探寻了信仰消失之后,失却灵魂的人们如何为心灵寻找支撑的问题。阿诺德认为,当长期以来支撑人们信仰的基督教神话接连破灭之后,人类将越来越多地从诗歌中寻求对人生的解释,寻求新的精神支柱。而英国乌托邦文学(以威廉·莫里斯的《来自乌有乡的消息》(News from Nowhere)和 H. G. 威尔斯的科幻小说为代表)和童话

---

① Matthew Arnold, "Dover Beach" in M. H. Abrams, general Ed. *The Norton Anthology of English Literature*. Vol. 2, New York: W. W. Norton & Company, Inc. 1979, pp. 1378 – 1379.

文学的兴起则是众多作家们对维多利亚时代的信仰危机和社会现状做出的另一种强有力的回应。

　　工业革命和进化论革命对于维多利亚人的精神生活所产生的冲击表现在许多方面。英国作家布赖恩·奥尔迪斯（Brian Aldiss）在论述这一时期西方科幻小说发展的社会文化背景时指出："工业革命和进化论都给人类带来了一种显著的隔绝感：人与人之间的隔绝——还有与自然的隔绝，它如此频繁地在科幻小说里作为必须被征服的敌人而出现，似乎我们自己不再是自然世界的一个部分了。"① 这些出现在科幻小说作品中的隔绝感即是对当时人们普遍心态的一种写照。人与人之间的隔绝不仅体现在不同思想倾向的碰撞方面，而且体现在社会物质生活方面。工业革命在引发社会巨变的同时，导致了人们生活方式的彻底改变，或如奥尔迪斯所说，"工业化的兴起推动了大型的制造业城市的发展。人们为了谋生不得不居住在陌生人当中。教堂的钟声被更加精确的铁路时刻表所取代"。② 虽然这铁路时刻表的出现只是众多改变之一，但它的确标志着一个非同寻常的深刻变化。奔驰在英国铁路上的火车以前所未有的速度和运载能力成为科技发展和时代进步的象征，为人们的出行和货物的运输带来了革命性的便利；但另一方面人们在追求速度的过程中似乎迷失了自我，丢失了那些存在于回荡着教堂钟声的稳定的田园式生活，以及休闲淡定之中的审美情趣、道德关怀和温馨亲情等情感。工业革命带来的巨大变化不仅使人与人之间的关系出现了隔绝，而且使人与自然的关系也出现了隔绝。人与自然的隔绝体现在人类用科技的能量改变和征服自然环境，形成了前所未有的人与大自然之间的异化关系。人们可以大体上把维多利亚人经历的隔绝归纳为三个层面：精神信仰层面；物质生活层面；与大自然的异化关系层面。这种隔绝就是人们通常所说的精神危机，人们不得不重新寻求自己与自然，与上帝之间的关系的定位，重新寻求对自己的界定。用布赖恩·奥尔迪斯的话来说，在社会巨变和进化论的冲击下，人类的身份特质问题成为一个最让人惶惑和激动的问题：人类究竟是一种衣冠走兽呢，还是本性退化的猿猴？究竟是从古至今漫长岁月的结晶呢，还是自然界的一种灵长

---

① Brian Aldiss with David Wingrove, *Trillion Year Spree: The History of Science Fiction*, London: The House of Stratus, 2001, p. vi.

② Ibid., p. v.

而已?① 这反映了那个时代人们普遍产生的自我身份认同危机,以及以隔绝感为特征的异化现象。

奥尔德斯·赫胥黎在小说《猿与本质》(*Ape and Essence*,1949)中通过教区大主教之口谈到了具有启示意义的魔鬼的预见:

> 从工业革命之初,魔鬼就预见到了人类会因为他们自己的科学技术带来的奇迹而变得忘乎所以,狂妄自负,结果将很快丧失所有的现实感。而发生的一切正是如此。这些沦为汽轮和脚手架横木的可鄙奴隶们开始为自己成为大自然的征服者而大加庆贺。大自然的征服者,一点不错!然而真正的现实却是,他们不过是破坏了大自然的平衡,而且即将承受由此造成的恶果。只要想一想他们在工业革命到来前的一个半世纪时间里准备干些什么就足矣。污染了河流,大肆捕杀了野生动物,毁坏了森林,将地表土壤冲进了大海,将浩瀚的石油资源燃烧殆尽,将历经漫长地质岁月才沉积而成的矿物质糟蹋一空。完全是愚蠢的罪恶行径的大狂欢。而他们居然把这叫作进步,所谓进步!②

面对种种社会巨变,面对最新科学见识与传统神学观发生猛烈碰撞,人们的思想观念及宗教信仰等必然受到极大冲击。这些思想层面的变化也就是英国文化唯物主义理论家雷蒙德·威廉斯(Raymond Henry Williams,1921-1988)所论述的在英国社会从农业文明向工业文明转型时期出现的"情感结构"的变化,即对于导致隔绝和异化的"进步"速度及其代价的疑虑和担忧。而许多维多利亚时代的作家担忧的是,机器时代将摧毁人类的创造力和健全的尊严。在英国,当时占主导地位的宗教思想是福音主义。19世纪初,在福音教运动的影响下,处于上升态势的中产阶级热切地接受了新教主义的工作信念,并将其转变为一种关于劳作的福音主义。这一时期的中产阶级一般表现出节俭、节制、温和、谨慎和自立自助等品行。在工业革命浪潮的冲击下,清教主义的道德观与经济利益的极力

---

① Brian Aldiss with David Wingrove, *Trillion Year Spree: The History of Science Fiction*, London: The House of Stratus, 2001, p. vi.

② 转引自 Brian Aldiss with David Wingrove: *Trillion Year Spree: The History of Science Fiction*, London: The House of Stratus, 2001, p. 198.

追求不期而然地结合起来,而这一行为的哲学基础就是在工业革命时期应运而生的由经济学家杰里米·边沁(Jeremy Bentham,1748-1832)所倡导的注重物质利益的功利主义哲学思想。边沁的思想在客观上刺激了英国资本主义工业经济的快速发展,同时也不可避免地造成了极端追求个人利益的消极后果——这也是经济的迅猛发展造成人与人之间精神上相互隔绝的原因之一。维多利亚时期的英国福音教主义严峻的道德观缺乏完善的人性和关怀人生的精神向度,也缺乏激励个人的审美的,富有想象力的智性因素,因而无法为失望的人们提供必要的精神慰藉和道德关怀。这也是这个时代的众多英国文人转向童话奇境寻求慰藉的原因之一。

第二节 怀旧思潮与"重返童年"的两种走向

凡此种种,当急剧的社会变化和深刻的信仰危机成为维多利亚人面临的新环境和新问题,当过去的经验被阻断、隔绝,原有的认知系统无法做出解释时,维多利亚时代敏感的知识分子和优秀文人不得不致力于建构新的认识体系,并开始寻求应对危机与迷茫的途径。于是"重返童年"的时代意义前所未有地凸现出来。当农业文明向工业文明转型——当农村经济转变为工业经济,当传统的手工作业变成工厂的规模生产,当一种长期稳定的具有乡村宗法式特点及田园牧歌式的生活方式在工业化和城市化的浪潮中成为一去不复返的过去时,人们首先产生了普遍的怀旧与感伤的情绪;这种失落的情感在儿童和童年那里得到真切的呼应和印证——恰如朱莉亚·布里格斯(Julian Briggs)所言:"对于刘易斯·卡罗尔,《爱丽丝奇境漫游记》中那无法抵达的美丽花园就是一个愿望之所:它保留着重新找回那已经失去的自我的可能性,许诺了从伊丽莎白·勃朗宁的诗歌'失去的村舍'中所瞥见的精神整合与洞察"[①]。正是这种复杂而深切,惘然若失,惶然失措的心态促使这一时期诸多英国一流作家关注儿童和童年,乃至于为儿童和童年而写作——从而为维多利亚时代儿童文学的繁荣兴盛奠定了坚实基础。

就"重返童年"而言,英国文坛上出现了两种创作走向:以狄更斯

---

① Peter Hunt ed, *Children's Literature*, *An Illustrated History*, Oxford University Press, 1995, pp. 167-168.

作品为代表的现实主义的童年书写和以刘易斯·卡罗尔作品为代表的幻想性童年书写。前者直面残酷的社会现实,大力表现"苦难童年"的主题,不过仍然以温情的基调为读者展现出希望之光。在写实性作家阵营里还有诸如夏洛蒂·勃朗特(《简·爱》对于被压抑的童年的控诉与反抗)和乔治·艾略特(《织工马南》和《弗洛河上的磨坊》等作品透露出的在社会急剧变化之际追溯童年童真的怀旧情愫)等作家有关成长主题与题材的作品,她们在创作上都取得了卓越的艺术成就,成为英国文学的经典作家。而以卡罗尔的两部"爱丽丝"小说为代表的幻想性作品革命性地颠覆了从18世纪中期以来一直在英国儿童文学领域占主导地位的恪守"事实",坚持理性说教的儿童图书写作教条,开启了英国童话小说的第一个黄金时代。

综上所述,在多种因素的作用下,怀念过去和重返童年的心理动力汇成了涌动不已的潜流,客观上推动了作家创作儿童文学作品或者书写童年,自然也推动了儿童幻想文学和童话小说的兴起与发展。到19世纪中期,许多著名的英国作家都开始怀着追寻那永不复返之童年的怀旧心态为孩子们撰写故事,或者以儿童(少男少女)作为自己作品的主人公;罗伯特·波尔赫默斯(Robert. M. Polhemus)在论述《刘易斯·卡罗尔与维多利亚小说中的儿童》时将梦幻叙事及幻想文学与童年联系起来,阐述了卡罗尔创作的小女孩爱丽丝作为维多利亚时代小说中的儿童主人公所具有的文化意义,表明儿童成为小说作品之主人公的重要性,而且阐述了卡罗尔笔下的小女孩主人公是如何与其他重要的小说大家所创作的儿童和童年相关联的。他还指出,这种关联也揭示了儿童文学创作的一种分野:在狄更斯、夏洛蒂·勃朗特和乔治·艾略特的小说中,儿童或者被描写为反思社会道德状况和其他人物及他们的世界之价值的代理人(如《雾都孤儿》《织工马南》等);或者最明显的是,儿童被描写为表明一个人物的童年与他/她以后的生活与意识之间的发展和逻辑关系的代理人(如《远大前程》《简·爱》等)。而刘易斯·卡罗尔的"爱丽丝"故事则完全背离了传统的道德说教与理性训诫的主题。[①] 事实上,狄更斯本人还为孩子

---

① Robert. M. Polhemus: Lewis Carroll and the Child in Victorian Fiction, in *The Columbia History of the British Novel*, Ed. John Richetti (Foreign Language Teaching and Research Press, Columbia University Press, 2005), p. 582, 584.

们，尤其是那些孤苦无助的孩子们写了《圣诞颂歌》《七个可怜的旅行人》以及童话《神奇的鱼骨头》等作品。其他为儿童写作的著名作家还有罗伯特·布朗宁、罗斯金、史蒂文生、萨克雷、金斯利、克里丝蒂娜·罗塞蒂、王尔德、吉卜林，等等。

恰如波尔赫默斯所论述的："正是查尔斯·狄更斯，而不是任何其他作家，使儿童成为信念、性爱和道德关注的重要主题；作为一个小说家，狄更斯所做的贡献没有什么比他对于儿童的描写更具影响力的。为了认识和揭示生活的故事，理解和想象孩子们发生了什么事情是必要的——对于奥利弗·特威斯特（Oliver Twist）①、斯迈克（Smike）②、小耐尔（Little Nell）③、小蒂姆（Tiny Tim）④、保尔·董贝和弗洛伦斯·董贝（Paul and Florence Dombey）⑤、大卫·科波菲尔（David Copperfield）⑥、埃丝特·萨莫森（Esther Summerson）⑦、乔（Jo the Sweep）⑧、艾米·杜丽特（Emy Dorrit）⑨、皮普（Pip）⑩，以及狄更斯小说中的其他男孩和女孩们的大合唱。从他自身童年受到伤害的经历，狄更斯将儿童的浪漫的形象铭刻在无数人的想象之中，促使人们去感受和认同于遭受伤害和压榨的孩子们，认同于人生早年岁月的心理状况。"⑪在特定的意义上，无论是狄更斯的浪漫现实主义的童年书写，还是卡罗尔用幻想文学的方式书写童年，它们都是殊途同归的，是对于在动荡年代里逝去的以童年为象征的理想王国的追寻和挽留。

---

① 小说《奥利弗·特威斯特》（或译为《雾都孤儿》，*Oliver Twist*）中的主人公。
② 小说《尼古拉斯·尼克尔贝》（*Nicholas Nickleby*）中的人物，约克郡一座寄宿学校的学生，饱受校长斯奎尔斯一家人的欺凌和虐待。
③ 小说《老古玩店》（*The Old Curiosity Shop*）中的主人公，一个纯洁无暇的少女，与外祖父相依为命。
④ 中篇小说《圣诞颂歌》（*Christmas Carol*）中的人物，鲍勃·克拉特契特的小儿子。
⑤ 狄更斯小说《董贝父子》（*Dombey*）中大资本家董贝的儿女。
⑥ 狄更斯小说《大卫·科波菲尔》（*David Copperfield*）中的主人公。
⑦ 狄更斯小说《荒凉山庄》（*Bleak House*）中男爵夫人的私生女。
⑧ 狄更斯小说《荒凉山庄》中的人物，负责打扫卫生等杂务。
⑨ 狄更斯小说《小杜丽》（*Little Dorrit*）中杜丽先生的小女儿。
⑩ 狄更斯小说《远大前程》（*Great Expectation*）中的主人公。
⑪ Robert. M. Polhemus: Lewis Carroll and the Child in Victorian Fiction, in *The Columbia History of the British Novel*, Ed. John Richetti (Foreign Language Teaching and Research Press, Columbia University Press, 2005), p. 593.

C. N. 曼洛夫在《英国幻想文学》一书中论及了英国儿童文学在 19 世纪取得非凡成就的原因，同时涉及英国现代童话文学应运而生的缘由：

> 在英国，那迅猛的，令人茫然不知所措的工业革命引发了人们对于一个消失的过去的强烈怀旧思潮，这种思绪转变成对于儿童的理所当然的天真世界的渴望，以及英国浪漫主义作家，尤其是华兹华斯的作品对于童年的精神价值和童心般的想象的崇尚所产生的深远影响。……同样重要的是，儿童文学的吸引力在于她的教育性潜能，在这样的一个时代，福音主义者、功利主义者和教育主义者的热情锤炼了英国人的心智灵魂。因此，对于英国人，儿童代表着他们渴求的逃避责任的自由，代表着他们失去的闲散，他们所担忧的严酷，以及他们寻求去塑造的未来。这些对立的张力在文学童话中找到了表达的途径，成为那些为儿童创作的最初的原创幻想故事的模式。①

曼洛夫阐述了在工业革命所引发的怀旧思潮中，儿童对于维多利亚人的重要象征意义；正是它们把维多利亚人的各种渴望、期待和张力汇聚起来，在文学童话中找到最佳的表达和释放途径。

第三节　维多利亚人的精神危机与英国童话文学的兴起

正如曼洛夫指出的，在这样一个时代，工业革命导致的社会变化引发了人们对一个正在或已经消失的过去产生强烈的怀旧情感，那些福音主义者、功利主义者和教育主义者等无不将目光投向儿童与儿童教育，作家们也纷纷加入儿童图书创作的行列。那么在所有这些对立的张力的碰撞中，文学童话为什么成为一种深受欢迎的书写形式呢？迈克尔·科兹因（Michael C. Kotzin）在《狄更斯与童话故事》一书中探讨了现实主义作家狄更斯的童话情结，同时揭示了童话故事对于维多利亚人的精神意义和吸引力："当生活在维多利亚时代的人们为一个变化中的世界所困扰时，他们

---

① Colin Manlove, *The Fantasy Literature of England*, New York: St. Martin's Press, 1999, pp. 166-167.

能够在童话故事那有秩序的，仪式性的结构中发现恒定之物。他能够在他自己的时代和场所听见精灵国度那飘然吹响的号角所发出的召唤，前往那安抚心灵的另一个世界。他能够逃离成人世界的腐败，回归童年的纯真无邪；逃离丑陋的，充满竞争的城市，回归美丽的，充满同情的自然；逃离复杂的道德束缚，直面善与恶的简单问题；逃离一个异样的现实，遁入一个想象中的抚慰人心的世界"。①

工业革命将维多利亚人从农业文明带进了一个"异样的"或曰异化与物化的工业文明的世界。在这样一个社会剧变、思想动荡的非常时期，蕴含着投射人类愿望满足的潜能等普遍因素的童话故事具有特殊的意义。用恩斯特·布洛赫（Ernst Bloch）的话来说，童话故事叙述的是一个愿望满足的故事，它不会受到故事本身的时间及故事内容的表现形态的束缚。② 在这样一个非常时期，作家们往往敏锐地凭借自己的直觉在文学创作中做出反应。作为这种反应的结果，文学童话成为维多利亚时代众多作家用以抵抗精神危机的文学武器——用 C. D. 曼森（Cynthia. D. Manson）的话来说，童话成为他们对抗精神危机的"解毒剂"。当代批评家们已经认识到维多利亚时代的文学童话所具有的颠覆性的社会和政治内容，如杰克·齐普斯在《童话故事与颠覆的艺术》一书有关维多利亚时代童话故事的章节中指出，麦克唐纳和王尔德等人的童话创作致力于"用希望去颠覆世界"，认为他们将童话故事用作一面激进的镜子去映照那些与有关社会的行为、风尚和准则的普遍话语发生冲突的东西。③ 而对于维多利亚时代的"精神危机"与英国童话文学创作之间的内在联系进行专题研究的是批评家 C. D. 曼森。在 2008 年发表的《狄更斯、罗塞蒂和麦克唐纳的童话文学：对抗维多利亚时代精神危机的解毒剂》一书中，曼森探讨了在 19 世纪 60 年代达尔文《物种起源》所引发的关于宗教问题激烈论战的背景下，新的科学思想前所未有地冲击和动摇了传统宗教思想；在工

---

① Michael C. Kotzin, *Dickens and the Fairytale*, Bowling Green: University of Bowling Green Press, 1972, p. 28.

② 恩斯特·布洛赫：《童话在时间中的逍遥游》，转引自 Jack Zipes, *Breaking the Magic Spell: Radical Theories of Folk and Fairy Tales*, Revised and expanded edition. Lexington: University Press of Kentucky, 2002, p. 151.

③ Jack Zipes, *Fairy Tales and the Art of Subversion: The Classical Genre for Children and the Process of Civilization*, London: Heinemann, 1983, p. 99.

业革命的技术和成果导致社会功利性物质主义盛行这样一种双重精神危机的状态下，童话故事如何成为维多利亚时代作家们对抗精神危机的"解毒剂"。作者从四个方面解读了维多利亚时代以圣经创造神话为代表的宗教思想遭遇严重挑战而产生的信仰危机：（1）科学界提出的进化论思想；（2）德国人在民俗学和神话研究方面取得的进展引发了对于神学和《圣经》的批评；（3）维多利亚时代的福音教主义特质；（4）伴随着工业化和资本主义经济体系的兴盛而产生的急剧的社会变化。作者高度评价了童话故事在维多利亚时代对于英国人的重要性，认为在维多利亚时代之前就已经流行的童话故事在维多利亚时期对于英国的文化想象发挥着举足轻重的作用："维多利亚时期的童话以难以尽述的方式映射和塑造着维多利亚时代的文化"。[①] 在该书第一章"童话故事与维多利亚人的精神危机"中，曼森论述了童话故事对于维多利亚人应对精神危机的精神价值和意义；随后，作者用三章的篇幅分别对狄更斯的《远大前程》，克里丝蒂娜·罗塞蒂的《妖精集市》和乔治·麦克唐纳的《轻盈公主》这三部作品进行了细致分析，认为这三位作家的作品是对于达尔文《物种起源》引发的信仰危机所做出的反应，是以文学创作的方式加入这一激烈论战的结果，并以具有恒久普遍意义的童话精神超越了有关论战。作者从文化研究理论的视角进行探讨，将经典童话《睡美人》与19世纪60年代出现的重大思想动荡联系起来进行考察，揭示了《睡美人》童话对于维多利亚人所具有的象征意义——这也是经典童话成为许多维多利亚作家进行文学创作之基础的原因之一。

工业革命给英国带来的社会巨变使人们更加怀念似乎就此消逝的、永远属于过去的乡村牧歌式的英格兰，不少作家将这个伊甸园式的英国所拥有的过去等同于童年的消逝。

第四节　儿童观的改变与英国儿童文学的诞生

在人类文化发展史上，"为儿童的健康成长而写作"这一共识的形成标志着真正意义上的儿童文学的诞生。在英国，18世纪中后期以来随着

[①] Cynthia DeMarcus Manson, *The Fairy-tale Literature of Charles Dickens, Christina Rossetti, and George MacDonald: Antidotes to the Victorian Spiritual Crisis*, Edwin Mellen Press, 2008, p.1.

物质生产的发展,食品供应得到较好的保障;同时随着医学的进步和卫生条件的改善,儿童的生存率大为提高。从1750年以来,英国的人口保持快速增长的势头,增长率比欧洲平均值高出50%。① 在维多利亚时代,多子女的家庭是比较常见的。多子多女、人丁兴旺通常被看作完善家庭的标志。19世纪中期,英国家庭的平均人口为4.7人,至19世纪末,这个数字达到6.2人,而且1/6的家庭有10个以上的子女——维多利亚女王本人就生育了9个子女。童话小说作家刘易斯·卡罗尔出生在一个有11个子女的家庭之中,他排行老三,上有两个姐姐,下有五个妹妹和三个弟弟。而《荒诞诗集》(*A Book of Nonsense*) 的作者爱德华·李尔 (Edward Lear, 1812 – 1888) 更是出生在一个多达21个子女的大家庭中,他本人排行第12。再往前看,女作家简·奥斯汀 (Jane Austen, 1775 – 1817) 出生在英格兰汉普郡一个有8个子女的家庭,她在家中排行老七,有6个兄长和一个妹妹。而在简·奥斯汀创作的小说《诺桑觉寺》(1818) 中,女主人公凯瑟琳·莫兰是个牧师的女儿,这个家庭有10个子女,应当说具有相当的代表性。亨利·科尔编辑出版的"费利克斯·萨默利家庭文库"丛书 (*Felix Summerly's Home Treasury*, 1841 – 1849),其针对的读者群体就是维多利亚时期子女众多的英国家庭,而他编书的初衷之一乃是为自己的众多子女提供读物:"我有为数众多的幼年儿女,他们的需求促使我去出版儿童读物"。② 此外,维多利亚时代变动不居的环境因素使人们的家庭观念得到强化,家庭对子女的关注日益增加,无论社会还是家庭在教育投资和感情投入方面也相应增强,这也在客观上为英国儿童文学的发展奠定了物质和思想基础。而且,在这样的特定社会环境下,作为父母的读者群体的作用也是一个值得注意的因素,正如文学批评家汉弗莱·卡彭特所论述的,在维多利亚时代后期,"人们之所以更多地关注于他们的子女是因为成人世界和公共世界的变动不居。正是这样的气氛促使人们转向自己的家庭,从他们的儿女那里获取外部世界所无法提供的安全感和稳定感。在这样的情形下,杰出的内向性儿童文学作家的作品尤其得到读者的

---

① Christopher Harvie & H. C. G. Matthew:《19世纪英国:危机与变革》,韩敏中译,外语教学与研究出版社2007年版,第183页。

② F. J. Harvey Darton, *Children's Books in England: Five Centuries of Social Life*, Cambridge: Cambridge University Press, 1958, p. 242.

欣赏"。① 以上是英国儿童文学发展的社会物质语境。然而在探讨19世纪中期以来张扬幻想精神的英国童话小说如何在儿童文学两极碰撞的背景下强劲崛起之前，我们还需要回顾一下英国儿童文学发展的思想文化语境以及始于18世纪上半叶的英国儿童文学的发端与发展。

事实上，如果没有儿童观及儿童教育观的进步，如果没有这样的认识——作为一个在身心发展上有别于成人的独立存在，儿童应当有自己独立的社会地位和人格——那么成人应当有目的地为儿童创作能满足其独特精神需求的文学读物就不会逐渐成为人们的共识。在西方，相当长的时期里，人们的儿童观主要受到清教主义思想的影响。根据原罪论的理念，人们深信，儿童的灵魂亟待拯救，儿童的心灵需要改造，他们狂乱的想象力应当加以克制。另一方面，在一般人眼中，儿童不过是"缩小的成人"，是作为社会的预备劳动力而存在的，尚未长大的成人，所以人们根本不会去思考儿童是否具有独立的社会地位和人格。既然儿童不是一个在身心发展上有别于成人的独立的存在，人们自然不会想到儿童应该有自己独特的精神需求。在这种观念主导之下，自然不会有人去专门研究儿童的审美需求，更不会专门为他们创作与其身心发展相适应的文学作品。只要人们的儿童观没有发生改变，这种状况就不会得到根本改观。

1689年，哲学家约翰·洛克（John Locke，1632-1704）发表的《论人类的理解问题》（*Essay Concerning Human Understanding*）对长期流行的"天赋观念"提出了质疑，认为人类知识起源于感性世界的经验。洛克的观点开始撼动人们传统的儿童观和对于儿童教养与教育的固有方式。洛克强调了儿童早期岁月的重要性，并且提出，人的心智的形成需要通过将观念与经验联系起来。他认为婴孩的心智犹如一块空白的书写板（tabula rasa），并非充满着与生俱来的善恶思想，它像白纸一般是空无一字的，因此各种各样的观念和习惯都可以铭刻在这张"书写板"上。这一观点具有重要的时代意义，它不仅肯定了童年的重要性，而且使儿童的心灵摆脱了清教主义原罪论的桎梏。1693年，约翰·洛克发表了《对于教育的一些思考》（*Some Thoughts Concerning Education*），论述了如何通过三种独特的方法来培育儿童的心智：发展健康的体魄，形成良好的性格，选择适宜

---

① Humphrey Carpenter, *Secret Gardens: A Study of the Golden Age of Children's Literature*, Boston: Houghton Mifflin Company, 1985, p.19.

的教育课程。在培养方式上，洛克认为儿童的阅读应当具有愉悦性，而且儿童的学习过程可以是愉快的。洛克推荐的儿童读物包括宗教性的材料和伊索寓言等。他还提出，学习外语可以成为强健头脑的一种方式。虽然洛克的观念只是粗略涉及今天人们所说的儿童发展心理学的认知，也没有文化意义上对于童年本质的认识，但作为一个著名学者，洛克提出的观点具有划时代的进步意义，给当时人们习以为常的传统观念带来很大的冲击，引起了人们对儿童教育问题的关注和思考。在洛克的影响下，戈德文和哈特利等人发展了更为激进的思想观念。浪漫主义诗人华兹华斯和柯勒律治也深受洛克的影响，他们由此倡导的关于童年和想象力的观念也对英国儿童文学的发生和发展产生了深远影响。而且洛克的思想还对远在法国的卢梭（Jean-Jacques Rousseau，1712—1778）产生了不可忽略的影响，尤其是影响了卢梭儿童教育观的形成。在1762年发表的《爱弥儿》（Emile）一书中，卢梭根据洛克提出的理性教育观提倡自然教育论，认为教育要"归于自然"，服从自然的永恒法则，尊重并促进儿童身心的自然发展："大自然希望儿童成人以前就要像儿童的样子。如果我们打乱这个次序就会造成一些早熟的果实，长得既不丰满也不甜美，而且很快就会腐烂……儿童有自己独特的看法、想法和感情，如果想用我们的看法、想法和感情去替代，那简直是最愚蠢的事情……"① 卢梭提出的自然开放的儿童教育观以及"高贵的野蛮人"和"理想的成人"等观念对于转变传统的儿童观和儿童教育观产生了很大影响。在某种程度上，人们认为卢梭主义的出现标志着对于真正意义上的"有别于成人"的儿童的发现。

当然，洛克的思想观念对英国儿童图书出版界及儿童文学界的标记性人物，出版家约翰·纽伯瑞也产生了重要的影响。在18世纪初，在新思想和新观念的冲击下，欧洲长期盛行的清教主义观念有所减弱。就在洛克发表他的看法30多年之后，伦敦迎来了一位来自伯克郡的印刷出版商——一个将在英国儿童文学发展史上留下深刻印记的精明能干的约翰·纽伯瑞（John Newbery，1713—1767）。约翰·纽伯瑞虽是出生在伯克郡的一个农家子弟，但他的家世却与图书行业有着某种渊源——他的家族中有一位先辈拉尔夫·纽伯瑞（Ralph Newbery）于1560年至1633年在伦敦的舰队街从事图书销售的营生。约翰·纽伯瑞从小就酷爱读书，

---

① 卢梭：《爱弥儿》，李平沤译，商务印书馆1994年版，第91页。

后来在伯克郡首府里丁地区成为一个从事报纸印刷发行的经营者的助手。在他的雇主去世后，时年20多岁的纽伯瑞娶了寡居的女主人为妻，同时接手料理该印刷所的业务。富有开拓精神的纽伯瑞扩大了原先的经营范围，不仅印发报纸，还出版图书、杂志，甚至承揽特许经营的药品广告和销售等业务。约翰·纽伯瑞与他的这位妻子共生育了三个孩子，其中儿子弗朗西斯·纽伯瑞继承了其父在伦敦开创的图书出版事业。此外，他还有一个侄儿也叫弗朗西斯·纽伯瑞，后来也参加了约翰·纽伯瑞开拓的出版业。约翰·纽伯瑞的继子汤姆·卡尔兰也同样继承了他留下的图书出版业。1744年，在出版业方面颇具眼光的约翰·纽伯瑞迁居伦敦，随即在圣保罗教堂的大院里开设了同时经营印刷出版和发行销售的书店。一方面深受洛克思想的影响，另一方面也是出于职业的敏感，纽伯瑞不仅经营成人图书和杂志的出版，而且致力于开拓儿童读物市场，不久便成为当时影响最大的专为儿童出版读物的出版商。从儿童图书出版史的角度看，这一事实具有重要的历史意义，以至于人们把纽伯瑞开始出版发行儿童图书的1744年看作真正意义上的英国儿童文学的开端。这也使约翰·纽伯瑞的名字日后与儿童文学联系在一起（1922年美国国家图书馆协会专门设立了以他名字命名的年度最佳英语儿童文学作品奖："纽伯瑞"大奖）。事实上，约翰·纽伯瑞本人深受洛克思想的影响，他在1744年首次出版的儿童图书《精美袖珍小书》的序言中极力赞扬了洛克。纽伯瑞在生前出版了20多种儿童图书，包括《少年绅士和小姐淑女的博物馆》（*A Museum for Young Gentlemen and Ladies*），《小人国》杂志（*the Lilliputian Magazine*），《精美袖珍小书》（*Little Pretty Pocket Book*）系列，《科学常识》（*the Circle of the Sciences*），《汤姆望远镜》（*Tom Telescope*），《穿上秀鞋的大妈》（*Goody Two - Shoes*），等等，这些图书、读物大多追求文字生动，插图精美，比较注重知识价值以及阅读趣味，其中也穿插一些纽伯瑞所经营的特许广告，如"疗效奇特"的退烧药粉等（纽伯瑞到伦敦后买下了詹姆士医师制作的退烧药粉的销售权，并巧妙地通过自己出版的图书读物进行宣传推广，获得了不菲的收益）。到1815年，约翰·纽伯瑞及其继承者总共出版了约四百多种为儿童及青少年读者创作和改编的各种读物。从总体上看，纽伯瑞及其继承者的出版理念和图书内容还没有超越理性常识的范畴，还恪守着道德与宗教等教育主题。作为洛克思想的信奉者，约翰·纽伯瑞认为给孩子们提供的训导"方剂"必须包裹上"糖衣"，为儿童写作的图书旨在培养其责任和未来的兴趣,而这些目的必须以一种看似愉悦而非刻板说教的方式来表达。尽管在约翰·纽伯瑞之前以及同时已有一些作家和出版商写作和出版了不少儿童图书,如艾萨克·沃兹(Isaac Watts,1674-1748)的《儿童的道德圣歌》(*Divine and Moral Songs for Children*,1715),托马斯·福克斯顿(Thomas Foxton)的《道德歌谣》(*Moral Songs*,1728),托马斯·博曼(Thomas Boreman)的《大历史》(*Gigantick Histories*,1740)小书,库柏夫人(Mrs Cooper)的《儿童的新游戏》(*The Child's New Plaything*,1743),罗滨逊(J. Robinson)的《小少爷文集》(*Little Master's Miscellancy*,1743),等等,但约翰·纽伯瑞对儿童图书出版及儿童文学的发展所做的贡献是不可替代的,他使儿童图书从此成为图书出版行业的一个不可或缺的组成部分。哈维·达顿在《英国儿童图书》中将纽伯瑞正式出版儿童图书的 1744 年比作历史上"征服者威廉"入主伦敦的 1066 年,把纽伯瑞称作"征服者纽伯瑞"。① 这是对约翰·纽伯瑞历史性贡献的充分肯定。进入 19 世纪,儿童图书领域内作家"为什么目的而写"、"怎么写"和"写什么"的问题突显出来,在儿童文学领域形成了两种对立的创作倾向,那就是应当遵循"理性"原则还是张扬"幻想"精神的价值取向——在 19 世纪英国儿童图书出版商看来,这就是要"教诲"儿童还是要"娱乐"儿童的两极倾向。或换言之,此时人们面临的问题是,儿童文学提供给儿童的,应当是那些能够真正吸引他们的东西(让他们喜闻乐见的"奇思异想"的产物),还是那些成人们认为对儿童而言恰当的东西(理性教育和道德训示的故事)。这里涉及的是人们有关儿童发展与儿童文学的认识问题,不同的认识导致了不同的看法、不同的态度和不同的行动策略,从而产生了截然不同的创作取向。

第五节　两极碰撞:恪守理性教诲 与追求浪漫想象

从 17 世纪后期以来,英国清教主义对于幻想文学和童话文学采取的是坚决禁忌与压制的态度。虽然英国的儿童文学走在世界的前列,但从

---

① F. J. Harvey Darton, *Children's Books in England: Five Centuries of Social Life*, Cambridge: Cambridge University Press. 1958, p. 7.

18世纪50年代到19世纪60年代，坚持道德训诫与理性说教的儿童图书在英国一直是占压倒优势的主流趋势。这与英国社会普遍流行的思想观念有很大关系。自工业革命以来，英国社会发生了巨大变化，新的社会阶层也得以形成。19世纪30年代英国下院通过的"选举法修正法案"扩大了下议院的选民基础，增强了中产阶级的势力。保守的中产阶级人士与以往坚持清教主义观念的人们一样，也竭力排斥"异想天开"的童话故事，包括那些轻松幽默的廉价小书，结果使"理性话语"继续成为儿童文学中的主导话语。杰克·齐普斯从社会政治视野考察了童话发展史，指出童话故事作为一种文化形式在18世纪末和整个19世纪经历了一个奇异的发展：

> 一方面，占支配地位的，保守的资产阶级群体开始把民间故事和童话故事看作是非道德的，因为它们没有宣扬关于维护秩序，遵守规矩，勤奋，谦卑，不施诡计等美德。特别重要的是，它们被认为对儿童是有害的，因为那些充满想象力的内容可能使小小年纪的他们接受"疯狂的思想"，也就是说，为他们提供了反抗家庭中强权独尊和家长独尊的各种方式。此外，民间故事和童话故事即使不是异教的，也是世俗的，没有得到基督教教会的宽恕——这个教会有它自己进行传播的魔法叙事。因此民间故事和童话故事的写作与印行受到大多数中产阶级人士的反对，他们所赞同的是道德说教故事、布道故事、家庭浪漫故事等，诸如此类的故事。①

齐普斯的研究揭示了18世纪末以来保守的资产阶级群体和宗教人士反对童话故事的深层原因。长期以来，在英国流行的清教主义思想认为人性本恶，儿童的灵魂亟待拯救和改造，儿童的想象力也应当加以克制。因此，持清教主义道德观的人士坚信童话故事和幻想故事对于儿童是有害无益的，应当加以抵制，因为这样的故事具有明显的非道德因素，而且异想天开，缺乏理性。另一方面，从17世纪后期开始，当包括法国女作家在内的不少文人根据民间童话创作文学童话故事时，她们/他们的创作对象

---

① Jack Zipes, *Breaking the Magic Spell: Radical Theories of Folk and Fairy Tales*. Revised and expanded edition. Lexington: University Press of Kentucky, 2002, p. 15.

都是中上层阶级的成人读者，而不是儿童读者，所以这些文学童话故事往往具有许多象征意义，可以进行多种层面的解读。杰克·齐普斯洞察到了这一现象，指出这是这些童话故事被认为不适合儿童阅读的原因之一：它们被认为是危险的读物，"社会行为无法通过童话故事得到全面的管制、规范和控制，而且在语言和主题方面存在着颠覆性的因素"。[1] 事实上，无论是18世纪的清教主义者还是18世纪末以来保守的中产阶级群体，他们倡导的都是对儿童居高临下进行教导的"严肃文学"，例如艾萨克·沃兹（Isaac Watts）的《儿童的道德圣歌》（1715），书中的所有篇目都是适宜让儿童记忆和诵读的宗教训示或教诲，其中《小蜜蜂》和《这是懒人的声音》由于刘易斯·卡罗尔在《爱丽丝奇境漫游记》中对其作了戏仿之诗而为人们所熟知，其他的篇目至今早已被人遗忘了。然而在当时，沃兹的《儿童的道德圣歌》至少发行了800万册，这还不包括哪些流行的廉价小书。此外还有深受沃兹赞赏的托马斯·福克斯顿的《道德歌谣》（1728）；玛丽·舍伍德（1709—1790）的《菲尔柴尔德一家的故事》（1818—1828）这样严峻的"宗教劝善文学"；或者玛丽亚·埃奇沃思（1767-1849）的《父母的帮手》（1796）这样的教化小说。作家露西·艾肯（Lucy Aikin）在1801年发表的《儿童诗歌》的序言中就不无自信地宣称："在理性的魔杖面前，巨龙和仙女，巨人和女巫已经从我们的儿童歌谣中销声匿迹了。我们始终奉行的准则是，童稚的心灵应当用更实在和更简单的事实来培育"。[2]

大约在1803年，当伦敦的一些出版商再次印行出版法国贝洛的童话故事时，教育家特里默女士（Mrs. Sarah Trimmer, 1741-1810）特意向公众表明了颇具代表性的态度：虽然她坦承自己在童年享受了阅读贝洛童话的乐趣，但她坚决反对让现在的儿童去读类似的故事："我们不希望让这样的感觉通过同样的方式在我们子孙后代的心中被唤醒；因为这种类型的故事在想象中所呈现的极端意象，通常会留下深刻的印象，并且通过引起不符常理，缺乏理性的恐惧而伤害儿童稚嫩的心灵。而且，这类故事的绝

---

[1] Jack Zipes, *Fairy Tale as Myth / Myth as Fairy Tale*, Lexington: The University Press of Kentucky, 1994, p. 14.

[2] F. J. Harvey Darton, *Children's Books in England: Five Centuries of Social Life*, Cambridge: Cambridge University Press, 1958, p. 156.

大多数都不提供任何适合幼儿接受能力的道德教诲"。① 特里默女士的态度耐人寻味,她反对让孩子们享受阅读童话的乐趣,因为童话故事具有非理性因素,而且不提供道德教诲。另外,由于童话具有特殊的艺术魅力(在想象中创造的意象会给人留下深刻印象),因而更需要加以抵制。这种多少有些自我矛盾的态度揭示了唯理性主义者反对童话之浪漫想象的根本原因。此外,被称作"第一位为儿童写作的英国经典作家"的玛丽亚·埃奇沃思(Maria Edgeworth)也是一个典型的例子。玛丽亚的父亲理查德·罗菲尔·埃奇沃思是一个热衷于社会改革和教育的知识分子,但他思想保守,特别强调人们给儿童阅读的东西一定要有道德寓意和教诲意义。在父亲的影响下,玛丽亚秉承了对儿童进行理性教育的信念,坚信作家创作的目的应当是向儿童读者传递特定的道德教诲与客观事实。所以玛丽亚在进行儿童图书创作时无不坚持理性原则和清晰的事实基础,排斥童话故事。理查德不仅在思想观念上深深地影响了女儿,而且经常按照自己的想法替女儿修改原稿,甚至替她重写整个故事。人们认为这一做法可能严重地制约了玛丽亚的想象力和浪漫主义精神。玛丽亚与父亲还合写了几篇关于儿童教育的专论,如《实用教育》(*Practical Education*,1798)等。在书中,作者虽然承认《鲁滨逊漂流记》和《格列佛游记》给孩子们带来了阅读的乐趣,但却告诫说,"对于历险的喜好是与获取成功所需的清醒的锲而不舍完全相悖的"。② 当然,许多作家也致力于通过艺术手法的创新来开拓道德与宗教教育的主题,比如安娜·L. 巴鲍德(Anna Laetitia Barbauld,1743 – 1825)的《儿童读本》(*Lessons for Children*,1780),托马斯·戴(Thomas Day,1748 – 1789)的儿童小说《桑福德和默顿的故事》(1783—1789),玛丽亚·埃奇沃思的道德故事集《父母的帮手》(*The Parent's Assistant*,1796),伊丽莎白·休厄尔(Elizabeth Sewell,1815 – 1906)的布道书《艾米·赫伯特》(*Amy Herbert*,1844),等等。

值得注意的是,有一个名叫塞缪尔·古德里奇(Samuel Griswold Goo-

---

① Humphrey Carpenter and Mari Prichard, *The Oxford Companion to Children's Literature*, Oxford University Press, 1984, 1991, p. 179.

② Humphrey Carpenter and Mari Prichard, *The Oxford Companion to Children's Literature*, Oxford University Press, 1984, 1991, p. 163.

drich，1793 – 1860）的美国人也进入了这一时期的英国儿童图书出版领域。生活在美国新英格兰地区的古德里奇认为人的自然本性是非理性的，应当加以压制。他对于诸如"小红帽"和"巨人杀手杰克"这样的民间童话故事非常反感，认为此类故事是可怕的，是嗜好流血和暴力对抗的；在他看来，这些故事为儿童和年轻人提供了粗鲁不雅的语言和粗野不驯的思想，应当严加抵制。他决定将自己的理念付诸行动，于是以"彼得·帕利"（Peter Parley）作为笔名为儿童编写图书，内容包括故事、历史、自然和艺术等。1827 年出版的《彼得·帕利讲述的美洲历史》（*Tales of Peter Parley about America*）是"彼得·帕利"系列图书的第一部，1828 年出版了《彼得·帕利讲述的欧洲历史》（*Tales of Peter Parley about Europe*），在随后的 30 年时间里，出版商出版的"彼得·帕利"丛书涵盖了大约 120 多种儿童图书，整个销售量超过了 700 万本，而且在英国还出现了大量的盗版和仿作。不过尽管反对童话故事的阵营声势浩大，但童话故事这样的幻想性图书并没有就此销声匿迹。来自南肯辛顿的亨利·科尔（Henry Cole，1808 – 1882）就挺身而出，向压制和排斥幻想性文学读物的势力发起了坚定的挑战。亨利·科尔是皇家音乐学院及南肯辛顿博物馆的创始人之一，后来被封为爵士。他以"费利克斯·萨默利"为名编辑出版了与"彼得·帕利"系列图书针锋相对的"费利克斯·萨默利家庭文库"丛书（*Felix Summerly's Home Treasury*，1841 – 1849）。此套丛书汇编了许多民间童话和幻想故事如《巨人杀手杰克》《杰克与豆茎》《睡美人》《小红帽》《灰姑娘》《美女和野兽》《迪克·威廷顿》《圣经故事》，等等。致力于英国儿童图书出版史研究的哈维·达顿指出，古德里奇与亨利·科尔之间的对决是一场哲学意义上的信仰的冲突，是"彼得·帕利"与"费利克斯·萨默利"之间进行的针锋相对的厮杀。[①] 这场对决也是儿童文学领域理性与幻想之两极倾向激烈碰撞的一个写照。

与此同时，坚持理性原则，反对幻想故事的有关人士和作家还推出了一大批旨在提供知识信息的纯事实性图书，涉及的内容从历代英国国王和王后的历史到蔬菜和植物的生长原理，等等，不一而足，如 R. 曼格纳尔（1769—1820）的《百科知识问题解答》（1800），玛尔塞特夫人

[①] F. J. Harvey Darton，*Children's Books in England：Five Centuries of Social Life*. Cambridge：Cambridge University Press，1958，p. 240.

(Mrs. Jane Marcet)的《化学问题对话录》(1806),J.乔伊斯的《科学对话》(1829),W.皮诺克(1782—1843)的《问答教学法》(1828),等等,它们的特点是以问答教学法或对话的方式为读者提供关于各种科目的信息,在父母读者中风行一时。而在19世纪50年代,著名儿童读物画家乔治·克鲁克尚克出版了他自己选编的幼儿读物集,随即又引发了有关传统童话故事是否真正适合儿童阅读的论争,争论的话题涉及童话故事中出现的残酷、暴力和非道德因素等内容。持赞同意见者认为这些都是有益无害的小书,故事揭示的是有关大度(gentleness)和宽容(mercy)等品质。事实上,由于理性主义和道德主义的主导作用,维多利亚时代呈现给儿童阅读或给他们讲述的童话故事基本上都经过人们的预先挑选,有些内容也经过改动甚至被删除。

随着时间的流逝和人们观念的进步,英国儿童幻想文学终于厚积薄发,激流勇进,成为英国儿童文学创作领域的最具影响力的潮流。但今天的人们应当对维多利亚时代英国儿童文学两极碰撞的现象进行客观的评判。对于坚持理性原则和知识主义的作家而言,他们的观念难免显得简单化和绝对化了;因为把道德规范、理性教育与幻想精神、游戏精神完全对立起来,就儿童及青少年的精神成长的认识论而言肯定是偏颇的,不全面的。然而这种倾向反映的是当时许多人关于儿童本性和儿童教育的认识论水平。而且这些人士的观点无疑代表了包括家长在内的众多成人的看法和态度。人们不难想象,为什么那时流行的儿童图书无不充斥着事实、信息或者训导等内容。对此种现象,查尔斯·狄更斯(1812—1870)在他的小说《艰难时世》(*Hard Times*,1854)中进行了独到而辛辣的嘲讽。在这部小说中,某工业市镇"焦煤镇"的纺织厂厂主、银行家庞得贝和退休商人、国会议员汤玛斯·葛雷梗就是那些注重实利,以功利主义为生活唯一准则的代表人物。葛雷梗除了用功利主义的"事实原则"来教育自己的子女(结果使其子女成为生活中的彻头彻尾的失败者),还根据"事实哲学"办了一所子弟学校,要求教师以"事实"来教育学生,要无情地将一切幻想从孩子们头脑中清除干净,以便播下功利主义的种子,"除此之外,什么都不要培植,一切都该连根拔掉"。[①]他甚至要成立一个"事实委员会",禁止学生们进行幻想。当然,狄更斯在《艰难时世》中

---

① 狄更斯:《艰难时世》,全增嘏、胡文淑译,上海译文出版社1998年版,第3页。

用小说人物命运的可悲结局这一"事实"揭示了这种貌似进步的世界观所导致的严重危害,深刻地批判了那种摒弃幻想,将生活简化为数字与事实的功利主义行径。事实上,如果按照葛擂梗所代表的物质至上主义和经验主义的"实用"标准来治理社会,不仅会导致人类幻想的压抑和灭绝,而且会给人类社会带来灾难性的后果。

然而,换一种角度看,人们对于坚持理性原则和道德教诲的儿童图书创作倾向并不宜全盘否定,正如曼洛夫所言,人们在论及英国儿童文学的两极倾向时,几乎总是用否定的目光去看待坚持教诲的这一极。① 儿童文学中的教育主义还是有自身的价值和现实意义的。需要表明的是,把理性原则与幻想精神完全对立起来,对于儿童及青少年的精神成长的培育是不全面的,也是不科学的,正如托尔金所言:"幻想是自然的人类活动。它绝不会破坏甚或贬损理智;它也不会使人们追求科学真理的渴望变得迟钝,使发现科学真理的洞察变得模糊。相反,理智越敏锐清晰,就越能获得更好的幻想"。②

第六节 儿童文学革命:英国童话小说异军突起

事实上,自 18 世纪中期英国儿童文学开始崭露头角以来,张扬想象力和幻想精神的创作倾向经过了长期的潜伏和潜行,最终在 19 世纪 40 年代开始从厚积薄发到奔流向前,冲破了长期以来占据主导地位的恪守理性和事实的创作倾向,为英国儿童文学迎来了一个真正的黄金时代。具体而言,直接推动英国童话小说兴起的有以下几个重要因素。

第一,儿童图书市场的兴起及其对童话和幻想故事的需求。在英国,议会于 1709 年通过了西方出版史上的第一部《版权法》(*the Copyright Acts*)。这部于 1710 年生效的版权法虽然并不完备(各种牟利性的盗版活动仍然打着"鼓励获取知识"的旗号大行其事),但它首次明确了作者和出版者的权益,规定由书业公会负责全国的版权登记,为出版业创造了某种合理竞争的环境。早期的具有较大发行量的出版形式是 18 世纪初出现

---

① Colin Manlove, *From Alice to Harry Potter: Children's Fantasy in England*, Cybereditions Corporation, 2003, p.18.

② J. R. R. Tolkien, *The Tolkien Reader*, New York: Ballantine, 1966, pp.74-75.

的"随笔期刊"。从笛福创办的《评论》(1704—1713)，斯梯尔与艾迪生创办的《闲谈者》(1709—1711)和《旁观者》(1711—1712)，到塞缪尔·约翰逊创办的《漫谈者》(1750—1752)，等等，作家独自办刊成为一种通俗性大众期刊的出版形式。随着工业革命以来资本主义经济的迅速发展，英国图书出版业的组织结构也产生了很大变化。出版商与书商也进一步向专业化方向发展。在18世纪末19世纪初，由于产业革命的推动，造纸和印刷技术取得了新的革新，印刷业的机械化生产得到普及，图书的生产成本得以降低，图书作为普通文化消费品可以被更多的中低收入家庭所接纳。而邮政与交通事业的发展，使期刊的发行范围进一步扩大。在英国，由书店发展而成的出版机构多称出版公司，由印刷所增设编辑部门而发展成的出版机构则称出版社（press），具有涵盖印刷所和出版社在内的多重含义。其他的印刷商（书商）则集中力量专门从事图书的印刷（销售）工作。到维多利亚时代的中后期，不仅大规模的图书市场已经形成，能够使一大批作家通过从事写作来谋生养家，而且人们在出版界建立了适当的出版形式和价格制度。此外还出现了促进图书流通的经营租书业务的流通图书馆，如穆迪图书馆（Mudie's）就得到较快发展，其经营者穆迪通过预付费等方式进行图书借阅业务，从而吸引了大量读者；他还在此基础上大批量地以低价购入图书，进而推动了图书的快速流通。当然，在当时福音教气氛浓重的背景下，穆迪的清教主义的趣味和标准有助于培植那些压抑表现情欲和激情的图书创作倾向的维多利亚时代的价值观。尔后随着欧洲经典童话的翻译引进出版，富有浪漫主义风格和幻想因素浓厚的童话故事与新童话故事也借英国图书出版市场的发展而大量出版，市场前景十分看好。

在英国，17世纪中期廉价小书的出现受到众多普通读者的欢迎，这种形式在19世纪的新形势下又重新盛行起来。精明的出版商知道儿童读者喜欢童话和幻想性的故事——尽管那时人们还没有用瑞士教育心理学家让·皮亚杰（Jean Piaget, 1896 - 1980）的理论对此现象加以解释。根据皮亚杰的"儿童认知发展阶段论"，6岁到8岁的儿童已经从"前运演阶段"（Pre‐operational level）进入"具体运演阶段"（Concrete operations），他们在语言运用方面已有很大发展，词语和其他象征符号已经可以表达较为抽象的概念；而经典童话的内容和形式正好呼应了这一年龄段儿感应世界的方式，所以对他们具有强烈的吸引力。齐普斯在《童话故事与颠覆的艺术》中引述了安德烈·法瓦特（Andre Favat）对此所作的阐释，后者根据瑞士心理学家皮亚杰的理论列举了经典童话（贝洛的童话，格林童话和安徒生童话）所包含的吸引幼童的心理因素：泛灵论，自我中心论，意识与物体之间存在的魔法般的关系，报应式的正义，抵消性的惩罚，并列性的因果关系，不能将自我与外部世界区分开来，相信物体会响应他们持续的愿望呼应而发生移动，等等。① 而且，19世纪以来英国小说的繁荣推动了小说出版的多样化格局；除了传统的出版形式，许多小说采用杂志、报纸连载或小分册等形式发表，赢得了越来越多的读者群，这对于出版商发行幻想性儿童图书具有启发意义。进入维多利亚时代后期，稳定的儿童图书的读者市场已经形成，以中产阶级子女为主体的新读者群成为儿童图书出版商心目中的出版对象。出版商知道有众多读者希望读到童话故事和幻想文学，这成为推动英国童话与幻想小说发展的原动力之一。

第二，英国浪漫主义诗人对于想象的推崇和对于童年的重视与崇拜培育了张扬幻想精神的文化土壤。尊重和关注儿童，将儿童视为独立的生命阶段——这是儿童文学作为独立的文学类型的前提条件。18世纪后期兴起的浪漫主义思潮在特定意义上塑造了英国儿童文学的独立品格。浪漫主义诗人们率先在诗歌的艺术世界发现和肯定了儿童的生命价值，颂扬了童年所具有的成人已缺失的纯真、快乐、丰富的想象力和感受力等理想品性，而只有这些品性才能使人类趋向完美。他们往往把对童年的回忆和讴歌上升为对自由的崇拜和对人性本真的追寻，表达了寻回失落的自我和逝去的精神家园的渴望——这正契合了传统童话固有的乌托邦精神。② 在浪漫主义精神的感召下，张扬幻想的先行者们冲破种种精神藩篱，率先创作出一批追求纯娱乐精神的诗歌、故事，以及异想天开、不合常理的所谓"荒诞诗文"，其代表作有诗人布莱克的《天真之歌》（1789），泰勒姐妹的儿童诗歌《幼儿歌谣》（1806）和爱德华·利尔的《荒诞诗集》（1846），等等，其中利尔的《荒诞诗集》用上百幅漫画配上荒诞打油诗

---

① Jack Zipes, *Fairy Tales and the Art of Subversion: The Classical Genre for Children and the Process of Civilization*, London: Heinemann, 1983, pp. 177–178.

② 有关童话和幻想文学的乌托邦精神的阐述，可参见 Chap. 5. The Utopian Function of Fairy Tales and Fantasy in Jack Zipes, *Breaking the Magic Spell: Radical Theories of Folk and Fairy Tales*, Revised and expanded edition, (Lexington: University Press of Kentucky. 2002) pp. 146–178.

的形式描绘了作者旅行中遇到的滑稽可笑的人和事，无论行文还是图画都极为幽默夸张，给无数的幼童和成人带来欢笑，竟然使得世人纷纷效仿，使这种五行诗体一时风靡英国。这成为了英国儿童文学幻想文学兴起的前奏。

第三，欧洲及东方经典童话的翻译引进对英国童话小说的创作产生了直接的催化和推动作用。长期以来，随着意大利和法国经典童话、《一千零一夜》、格林童话、安徒生童话的翻译引进，随着贝洛《鹅妈妈故事》和多尔诺瓦夫人童话故事的一再重新印刷出版，在19世纪40年代和50年代的英国，童话故事又成为人们普遍认可的儿童读物的重要组成部分。这些童话故事既有初次翻译引进的，也有重新印行的，既有收集整理出版的，也有作家个人原创的作品（如安徒生童话），形成了多元化的局面，对于推动英国童话小说的创作功不可没。欧洲经典童话故事在英国大受欢迎，这使有识之士认识到有必要，也有可能为儿童创作独立于传统童话的文学幻想故事。事实上，这些翻译引进的经典童话作品在英国广为流传，继而与英国本土的幻想文学传统结合起来，成为英国童话小说崛起的重要条件。笔者将在下一章中对此现象作一专题阐述。

第四，英国小说艺术的日臻成熟为童话小说的创作提供了充足的文学叙事的借鉴与支撑。众所周知，英国小说在18世纪以不同凡响的姿态登上文坛，大展身手。诸如笛福、斯威夫特、理查逊、菲尔丁、斯摩莱特、斯特恩、简·奥斯汀等作家创作的杰出小说让读者领略了精彩纷呈的小说艺术世界。19世纪以来，尤其是维多利亚时代以来，英国的小说创作得到进一步发展，成为当时英国文坛上艺术成就最大的文学类型。在此期间，小说创作的繁荣不仅体现在作品内容和表现形式的多样化，而且体现在小说种类的丰富多样方面，例如家庭小说、历史小说、侦探小说、政治小说、科幻小说、工业小说、乡村小说、神秘小说、哥特式恐怖小说，等等，不一而足，而且各种文类、文体相互渗透，相互交叉。从总体上看，维多利亚时代的小说创作丰富多彩，名家辈出，令人瞩目，出现了狄更斯、萨克雷、勃朗蒂姐妹、乔治·爱略特、哈代、史蒂文生、王尔德、吉卜林等作家的名篇杰作（其中不少作家自己就身体力行地投入了童话小说的创作）。事实上，英国新童话故事和原创童话小说是伴随着英国小说艺术的发展而发展的。众所周知，传统的民间童话大多注重事件进程的描写，对于主人公的心理描写是忽略的。而现当代童话小说则比较注重人物

（儿童主人公）的心理描写，这一变化是与英国同时期的小说创作倾向基本同步的。正如 C. N. 曼洛夫指出的，随着乔治·爱略特、安东尼·特罗洛普、乔治·梅瑞狄斯等作家取代了萨克雷和狄更斯，英国当代小说更加注重心理现实主义。① 而在表现儿童人物的心理方面，现当代儿童幻想文学无疑具备了超越早期传统童话叙事的独特优势。如肯尼斯·格雷厄姆的《柳林风声》就通过卓越的动物体童话小说艺术呈现了少年儿童心向往之的理想生活状态；他们内心渴望的惊险刺激之远游、历险愿望的满足；他们无不为之感到快意的游戏精神的张扬；以及对于成长中的儿童及青少年的各种互补的人格心理倾向和深层愿望的形象化投射。维多利亚时期英国小说创作的繁荣客观上为童话小说的创作提供了必要的艺术借鉴，也使那些决心为儿童创作，并且致力于创作"反潮流"的幻想性儿童文学作品的人们获得了更多的自信。这从童话小说表现形式的变化显示出来。C. N. 曼洛夫在谈及这一变化时说："19 世纪 30 年代的儿童幻想故事是以短篇故事的形式出现的，40 年代通常表现为长篇幅的故事形式，而到 19 世纪 50 年代，以《玫瑰与戒指》（*The Rose and the Ring*，1855）或者《外婆的神奇椅子》（*Granny's Wonderful Chair*，1856）为例，幻想故事具有中篇小说的长度；而到 19 世纪 60 年代，在金斯利的《水孩儿》（1863）中，幻想故事采用了简略的长篇小说的形式。"② 事实上，19 世纪 60 年代以后英国童话小说可以采用多头并进和多枝节叙述的方式，可以按故事情节分章节叙述，而且有了章法艺术的考虑。按照 K. P. 史密斯的论述，罗斯金的《金河王》长 56 页，使幻想故事超越了传统童话故事；至此出现了稳步的不可阻挡的艺术成就的进展，产生了诸如金斯利的长达 300 多页的《水孩儿》（1863）这样的复杂精细的作品。③ 我们完全可以这么说，英国儿童幻想文学借助现代小说艺术的翅膀，从传统童话中脱颖而出，展翅高飞，大放异彩。而且，金斯利的《水孩儿》体现了宗教感化因素与文学想象因素的结合，表明英国儿童文学中崇尚想象力的童心主义并不排斥理性的教育主义，表明卓越的想象力完全能够与教育目的

---

① Colin Manlove, *From Alice to Harry Potter*: *Children's Fantasy in England*. Cybereditions Corporation, 2003, p. 26.

② Ibid., p. 22.

③ Karen Patricia Smith, *The fabulous realm*: *a literary - historical approach to British fantasy*, 1780 - 1990. Metuchen, N. J.: Scarecrow Press, 1993, p. 122.

结合起来。至于卡罗尔的两部"爱丽丝"小说（1865，1871），它们汇聚了英国工业革命和儿童文学的锋芒，以达尔文进化论为代表的新思潮不仅撼动了基督教有关上帝与世间众生关系的不二说法，而且对儿童幻想文学创作的想象力产生了极大的刺激和推动。异己的力量和异化现象成为探索新的未知世界，探寻新的幻想奇境的某种启示。在"爱丽丝"小说中，从想象的奇异生物到想象的奇异语言，表明了进化与变异的视野为作者的想象力增添了强劲的动力。两部"爱丽丝"小说的激进的革命性和卓越的艺术性足以彻底颠覆维多利亚时代的说教文学壁垒，标志着英国儿童文学的幻想叙事话语的最终确立。

《牛津儿童文学指南》对"fantasy"这一条目的定义实际上描述了英国童话小说的第一个黄金时代的基本发展轨迹，揭示了形成于维多利亚时期的英国童话小说的基本传统。以张扬幻想精神为主要特征的英国童话小说的兴起涉及两个因素：（1）儿童文学的语境：两极碰撞下出现的儿童文学革命；（2）与传统童话的血脉关系。

在儿童文学的语境中，Fantasy 是指那些由特定作家创作的（而不是传统的口头传承的）、通常具有长篇小说的长度，包含着超自然的，或其他非现实因素的虚构性小说作品。Fantasy 与传统的童话故事（Fairy Story）有着紧密的联系，而英国幻想文学创作的开端恰逢 19 世纪人们对于口传童话故事的兴趣和崇尚的复兴。一般认为，这一文学类型的最初范例是弗兰西斯·爱德华·佩吉特的《卡兹科普弗斯一家的希望》（1844）。1851 年，罗斯金发表了他的《金河王》，之后，萨克雷写出了他的《玫瑰与戒指》。接着在 1863 年，查尔斯·金斯利发表了他的小说《水孩儿》，它令人信服地捍卫了充满想象力的作品，并且抨击了"彼得·帕利"以及那些认为只应当为孩子们提供讲述事实的图书的作家们。

在《水孩儿》出版两年之后，《爱丽丝奇境漫游记》（1865）发表了。这部作品（就显示出幻想文学的无限的可能性而言）是革命性的，而且是难以仿效企及的。有相当多的作家试图效仿卡罗尔，其中包括吉恩·英格罗、克里斯蒂娜·罗塞蒂、查尔斯·E. 卡瑞尔、艾丽斯·科克伦、爱德华·阿博特·帕里、G. E. 法罗和 E. F. 本森（《戴维·布莱兹和蓝色之门》），但都没有达到《爱丽丝奇境漫游记》的艺术高度。与此同时，乔治·麦克唐纳在幻想文学的创作方面采用了一种非常不同的方式，他基本上是沿着汉斯·安徒生的道路前行的。在诸如《轻盈公主》（1864）这样的短篇故事和后来以《在北风的后面》（1871）开始的多部长篇小说中，卓越的想象力与一种巧妙的教育目的结合起来。只有另一位维多利亚时代后期的作家奥斯卡·王尔德，以作品集《快乐王子及其他的故事》（1888），取得了与他相近的成就。①

综上所述，工业革命所导致的社会巨变客观上推动了维多利亚时期英国儿童文学及童话文学的发展；在恪守理性原则与张扬幻想精神的英国儿童文学的两极倾向的碰撞中，英国儿童文学的革命性幻想文学作品以卓越不凡的艺术成就宣告了英国童话小说的第一个黄金时代的来临。

---

① Humphrey Carpenter & Mari Prichard, *The Oxford Company to Children's Literature*, Oxford University Press, 1991, p.181.

第 四 章

欧洲经典童话的英译与英国童话小说的崛起*

第一节 引言

翻译是文化沟通的桥梁，在特定时期对于特定国家民族的文学创作更是具有重要的推动和催化作用。在英国维多利亚时代，新兴的儿童文学创作领域出现了坚持"理性"原则与张扬"幻想"精神的两极倾向的碰撞。长期以来，坚持道德训诫与理性说教的儿童图书在英国一直是占压倒优势的主流，而从19世纪40年代开始，张扬想象力和幻想精神的创作倾向逐渐崛起，最终冲破了根深蒂固之理性话语的藩篱，为英国儿童文学迎来了第一个黄金时代。在这一过程中，欧洲经典童话的翻译引进产生了直接的不可替代的催化和推动作用。对这一时期欧洲大陆经典童话的英译状况进行梳理，可以揭示这种翻译活动在颠覆儿童文学中占主导地位的说教性文学的历史进程中发挥的作用。

在研究英国儿童文学黄金时代的专著《秘密花园》中，批评家汉弗莱·卡彭特（Humphrey Carpenter）对19世纪初年德国《格林童话》英译本的出版做了这样的评价："当《格林童话》于1823年抵达英国之后，道德主义者对于童话故事的顽固抵制开始瓦解"。[①] 这在特定意义上可以

---

* 本章主要内容曾以《欧洲经典童话的英译与英国童话小说的崛起》为题发表于《中国视野下的英国文学》（全国英国文学学会第七届年会暨学术研讨会论文集），河南大学出版社2012年版。

① Humphrey Carpenter, *Secret Gardens: A Study of the Golden Age of Children's Literature*, Boston: Houghton Mifflin Company, 1985, p.3.

看作是欧洲经典童话的翻译引进对推动英国童话小说崛起的重要作用的注解。

如前所述，英国童话小说是儿童幻想文学在维多利亚时期儿童文学领域两极碰撞的格局中兴起的——一极是长期占主导地位的遵循"理性"原则的说教文学创作，另一极是张扬"娱乐"精神的幻想性文学创作。正如哈维·达顿（F. J. Harvey Darton，1978 – 1936）在《英国儿童图书：五个世纪的社会生活史》中指出的，在英国，儿童图书一直是一个战场——是教诲与娱乐、限制与自由、缺乏自信的道德主义与发自本能的快乐追求之间的冲突。[1] 从 18 世纪 50 年代到 19 世纪 60 年代，坚持道德训诫与理性说教的儿童图书在英国一直是主流，占绝对压倒优势。而从 19 世纪 40 年代开始，张扬想象力和幻想精神的创作倾向经过长期的沉睡之后，终于从潜行到薄发，冲破了根深蒂固之理性话语的藩篱，为英国儿童文学迎来了一个真正的黄金时代。在这一过程中，欧洲经典童话的翻译引进产生了直接的不可替代的催化和推动作用。

正是在这样的历史语境中，英国儿童幻想文学在翻译引进的欧洲经典童话的影响下进入新兴的儿童文学创作领域，并在对抗说教文学的过程中取得长足发展。事实上，19 世纪英国人对于口传童话故事的兴趣和崇尚的复兴，与欧洲经典童话的翻译引进及其在英国的风行密切相关。正是在翻译引进的欧洲经典童话的影响下，童话和幻想文学的创作在英国悄然兴起，与坚持"教诲"或道德说教的作家阵营发生了针锋相对的碰撞。下面是通过翻译引进而影响了英国本土儿童幻想文学创作的最重要的欧洲经典童话。

第二节 来自意大利的声音

意大利作家巴西耳（Giambattista Basile，1575 – 1632）的故事集《五日谈》是欧洲文学童话的直接源头之一，影响遍及整个西方世界。该故事集原名为《故事里的故事，或供孩子们娱乐的故事》（*Lo cunto de li cunti overo lo trattenemiento de peccerille*），在发行第四版时改名为《五日

---

[1] F. J. Harvey Darton, *Children's Books in England: Five Centuries of Social Life*, Cambridge: Cambridge University Press, 1958, pp. v – vi.

谈》(Il Pentamerone, 1634-36),从此闻名于世。这部故事集里出现了许多早期的表现欧洲著名童话母题的文学故事,如《睡美人》(Sun, Moon and Talia)、《白雪公主》(Lisa)、《灰姑娘》(Cenerentola)、《莴苣姑娘》(Petrosinella)、《穿靴子的猫》(Gagliuso)、《丘比特与普赛克》(The Padlock)、《两块面饼》(the Two Cakes)、《牧猪人》(Pride Punished)、《十二个月》(The Twelve Months)、《亨塞尔与格莱特》(Nennillo and Nennella),等等。其中,《丽莎》(Lisa)可以视为《白雪公主》故事的先声。主人公丽莎是个七岁的可爱小姑娘,由于头上被人插了一把梳子而象征性地死去。多年来,"死去的"丽莎被秘密地安置于密室中的一个水晶棺里。气息全无的丽莎躺在水晶棺里不仅美丽容颜不改,而且还在继续生长——神奇的水晶棺也随之扩展。丽莎叔父的妻子生性嫉妒,她发现了这个藏在密室里的水晶棺,以为少女正在里面酣睡,当即为丽莎的青春美貌而嫉妒万分。不知内情的她认为少女与其夫之间存在着特殊关系,顿时妒火中烧,猛然打开水晶棺的盖子,抓住少女的头发想把她拽出来,结果把少女头上插着的梳子带了出来,使沉睡多年的丽莎苏醒过来。1848年由爱德华·泰勒(Edward Taylor)翻译的第一部英语的巴西耳的《五日谈》选本出版,由著名插图艺术家乔治·克鲁克尚克为其创作插图。在这之后又有欧洲其他国家的童话和民间故事的译做出版,推动了英国作家去发掘、收集和改编本土及世界各地民间故事。第一个英文全译本的《五日谈》是19世纪末由理查·伯顿爵士(Sir Richard Burton)完成的。

第三节 法国童话的影响

法国经典童话的重要代表是多尔诺瓦夫人的童话和贝洛的童话(《鹅妈妈故事集》)。人们认为,法国经典童话对于英国幻想文学的发展影响极大,尤其是贝洛童话和多尔诺瓦夫人的童话通过翻译进入英国之后,影响了英国幻想文学传统的整个发展进程。[①] 事实上,法国经典童话对世界童话文学有两个历史性的贡献:(1)以多尔诺瓦夫人为代表的法国童话女作家通过她们的创作活动为那些作为一种文学类型的童话故事提供了一

---

① Humphrey Carpenter and Mari Prichard, *The Oxford Companion to Children's Literature*, Oxford University Press, 1991, p. 25.

个富有意义的名称；(2) 贝洛的《鹅妈妈故事》进一步推动了民间故事向童话故事和文学童话的演进。多尔诺瓦夫人（1650—1705）原名为玛丽·卡特琳，出生在法国西北的诺曼底地区。多尔诺瓦夫人的童话故事集《仙女故事》(Les Contes de Fees) 第一卷至第三卷于 1696—1697 年发表，第四卷于 1698 年发表。这几卷故事集收有 24 个童话故事和 3 个历险故事，其中包括《青鸟》《黄矮怪》《金发美人》《白猫》《白蛇》《林中牝鹿》等著名故事。1698 年多尔诺瓦夫人童话故事的第一个英译本《童话故事集》(Tales of the Fairys) 在英国出版。这是英语"童话故事"名称的首次出现，之后出版商陆续推出了各种各样的重印版本。在 1752 年的一本童话集的封面上首次使用了"Fairy tale"（童话故事）的用法，从此成为固定的、难以替代的名称流行开来。1773 年，弗朗西斯·纽伯瑞出版了多尔诺瓦夫人的童话故事选集，书名为《邦奇妈妈的童话故事》(Mother Bunch's Fairy Tales)，从而使多尔诺瓦夫人的童话故事与贝洛的《鹅妈妈故事》一样有了一个具有传统意义的故事讲述者。这个邦奇妈妈最初是 16 世纪英国作家托马斯·纳什（Thomas Nash，1567–1601）和托马斯·德克尔（Thomas Dekker，1570–1632）在他们的作品中提到的伦敦的一个艾尔啤酒店的女老板。纽伯瑞出版的这个《邦奇妈妈的童话故事》还有另一个意义，它是第一个专为儿童出版的英语的童话故事集。1807 年，童话剧《邦奇妈妈和黄矮怪》上演，使儿童观众观看到多尔诺瓦夫人的童话故事。

夏尔·贝洛（Charles Perrault，1628–1703）是法国诗人，批评家，1671 年当选法兰西学士院的院士，他也是 17 世纪发生在法国的那场著名"古今之争"论战中的激进派代表。1697 年，69 岁的贝洛发表了《往日的故事或带有道德教训的故事》(Histoire ou Contes du Temps Passe avec moralite)，包括《林中睡美人》《小小红骑帽》《蓝胡子》《穿靴子的猫》《仙女》《灰姑娘》《小凤头里凯》《小拇指》共八篇故事。随后这《往日的故事或带有道德教训的故事》又变成了《鹅妈妈的故事》。在口述故事传统中，鹅妈妈似乎是很久很久以前就已经出现的深受人们喜爱的故事讲述者的化身。在 1650 年，有一首法语诗就把当时法国流行的幻想故事称作"鹅妈妈的故事"。而在法国她是一个在乡村放牧鹅群的老农妇形象。贝洛 1697 版的童话故事集的卷首有一幅画，画中有个老妇人坐在火炉旁对三个孩子讲故事，画面中的墙上有一个匾牌，上面用法语写着"鹅妈妈的故事"（Contes de ma mère L'Oye）。翻译家罗伯特·萨伯（Robert Samber, 1682 – 1745）于1729年翻译出版的贝洛童话的英译本上采用了匾牌上的词语，将其译为"The Tales of Mother Goose"，从而使"鹅妈妈的故事"进入了英语世界，广为人知。尽管从作者最初的创作意图看，《鹅妈妈的故事》并非专为儿童创作，而是贝洛参与"古今之争"论战的一个产物，但令人称奇的是"无心插柳柳成行"的结果（格林童话亦是如此），贝洛的童话故事对小读者产生的吸引力和它本身的文学魅力使它成为"儿童童话故事"及"文学童话故事"的发端。[①] 罗伯特·萨伯1729年翻译出版的《鹅妈妈的故事》是最早和影响最大的贝洛童话的英译本（1731年出了第3版）。在萨伯的译本中，贝洛的《睡林中的美女》（La Belle au bois dormant）被误译为《林中睡美人》（The Sleeping Beauty in the Wood），殊不知从此成为流行的篇名。出生于瑞士的词典编纂家盖伊·米尔希（Guy Miège, 1644 – 1718）也是贝洛童话《往昔的故事或带有道德教训的故事》的英译者。人们认为他是译本第11版的译者，还有人认为他的译文早于罗伯特·萨伯的译本，甚至认为萨伯借用了他的译文，但此事究竟如何并无定论。[②] 重要的是，《林中睡美人》《小小红骑帽》《蓝胡子》《穿靴子的猫》《仙女》《灰姑娘》《小凤头里凯》《小拇指》等著名童话故事通过英译本重新进入大多数欧洲国家，尤其汇入了英国的口述故事的传统之中。J. R. R. 托尔金指出，自从贝洛的《鹅妈妈故事集》于18世纪首次译成英语之后，贝洛童话的影响力是如此广泛，以至于对普通读者而言，当你要求任何人随意说出一个典型的"童话故事"的名字时，他都会引用贝洛故事集里那八个故事中的一个，如《穿靴子的猫》、《灰姑娘》或者《小红帽》。[③] 纽伯瑞开创的出版公司对于推广贝洛童话，尤其是让贝洛童话走向幼年读者起到了重要作用。至1768年前后，纽伯瑞出版公司已经发行了六个版次的贝洛童话故事的英文译本，并开始以儿童读者为对象推出新的版本。随后许多单个故事出现在流行的廉价小书当中，从而进入了许许多多的小读者的阅读范围。18世纪

[①] John Clute and John Grant, *The Encyclopedia of Fantasy*, New York: St. Martin's Griffin; Updated edition, 1997, p.331.

[②] F. J. Harvey Darton, *Children's Books in England: Five Centuries of Social Life*, Cambridge: Cambridge University Press, 1958, p. 88.

[③] J. R. R. Tolkien, The Tolkien Reader, New York: Ballantine, 1966, p.40.

后期，伦敦剧场的圣诞节演出剧目的作者开始转向童话故事中寻找表现题材。19世纪初，好几家出版儿童图书的出版商致力于推出童话故事图书。在这种风气的影响下，英国本土的民间童话故事如《杰克与豆茎》《巨人杀手杰克》《拇指汤姆》《迪克·威廷顿》《快活英格兰的圣·乔治》《查尔德·罗兰》《三只小猪》等，也得以印行出版，进入各社会阶层，尤其是那些名流绅士读者的阅读视野。18世纪初贝洛童话英译本的流行还推动了包括《一千零一夜》在内的东方故事的英译；所有这些故事很快就汇入了英国本土的文学传统之中，对英国文学童话的创作起了重要的推动作用。

此外，还应当提到一个法国经典童话，那就是是博蒙夫人根据原有的故事雏形创作的《美女和野兽》。勒普兰斯·德·博蒙夫人（Madame Leprince de Beaumont，1711－1780）是法国著名儿童文学作家，曾长期居住在英国，做过小学教师。作为著名的民间童话故事的母题之一，"美女和野兽"类型的故事早在1550年就已经出现在意大利斯特拉帕罗拉的《欢乐之夜》的故事集（"猪王子"故事）；随后又出现在巴西耳《五日谈》故事集（第二天的第五个故事）中。博蒙夫人1756年在伦敦发表的《美女和怪兽》使这一母题的童话故事成为最广为人知的童话之一。博蒙夫人的故事写出了一个富商的三个漂亮女儿在家庭逆境中的不同表现：两个姐姐浅薄自私，为人傲慢，而最小的妹妹则表现出善良、勤劳、坚毅、宽宏和富于自我牺牲精神等美德，她最终通过情感升华，通过接受野兽的爱情而获得幸福，既拯救了野兽（中了魔法的王子），也拯救自己的父亲。博蒙夫人用法语写出的《美女和野兽》1756年在伦敦发表，该故事于1761年译成英语出版，从而进入英语世界，流传开来，成为"继《灰姑娘》之后最富有象征意义，也是在思想上最令人满意的童话故事"。① 博蒙夫人的《美女和野兽》与贝洛的童话一样，一旦以较完善丰满的文学童话形态出现便成为影响深远的经典之作。英国儿童文学史学者哈维·达顿在《英国儿童图书：5个世纪的社会生活史》中高度评价了法国经典童话对英国儿童文学的影响，认为它们是法国馈赠给英国儿童文学的

---

① Opie, Iona, and Peter, eds. *The Classic Fairy Tales*, Intro, Opies. Oxford: Oxford University Press, 1974.

"珍贵礼物"。①

第四节　德国童话的影响

德国经典童话包括以格林童话为代表的民间童话和以 E. T. A. 霍夫曼（E. T. A. Hoffman）等一大批作家创作的德国浪漫派童话小说。其中，格林童话的英译出版对于英国的童话文学创作的兴起发挥了至关重要的作用。雅各·格林（Jacob Grimm，1785 - 1863）和威廉·格林（Wilhelm Grimm，1786 - 1859）的《儿童与家庭故事集》（Kinder - und HausMärchen，1812）在他们兄弟生前共出了七个版本。翻译家爱德华·泰勒（Edward Taylor）在他做编辑的兄长爱德加·泰勒（Edgar Taylor）的帮助下将格林童话中的部分故事译为两卷本的《德国流行故事》（German Popular Stories），再配以英国著名儿童读物画家乔治·克鲁克尚克（George Cruikshank，1792 - 1878）所作的富于喜剧色彩的插图，分别于 1823 年和 1826 年出版。② 这一英文版本发表后受到读者欢迎，不久就流传开来，使童话故事成为供孩子们阅读娱乐的重要内容。值得注意的是，这部英语译本似乎是专为儿童读者翻译出版的，因为它特别注明这些故事是"献给幼小心灵"的，译者爱德华·泰勒还在译本的导言中驳斥了理性主义者对童话和幻想故事的偏见，并且将自己赫然列入"理性主义的敌人"之行列。著名民俗学家艾奥娜·奥佩（Iona Opie）和彼得·奥佩（Peter Opie）在《经典童话故事》中这样评价格林童话："1823 年，童话故事几乎在一夜之间成为古籍研究者心目中一项受人敬重的研究活动，成为诗人们的一种灵光，成为少年儿童的得到认可的阅读神奇故事的一个来源。带来这一变化的就是由爱德加·泰勒和他的家人从格林兄弟的《儿童与家庭故事集》翻译而来的《德国流行故事》的发表。首先，这令人愉悦的十二开本的图书对于'幼小的心灵'是一本极具阅读性的故事集；其次，这部由当时最卓越的插图艺术家乔治·克鲁克尚克配图的图书成为一种非常时尚的礼物；再其次，它还展示了对于传统文化遗产的知识渊博的注解以及传统民间故事的

---

① F. J. Harvey Darton, *Children's Books in England: Five Centuries of Social Life*, Cambridge: Cambridge University Press, 1958, p. 90.

② Edward Taylor, trans and ed. *German Popular Stories*, 2 vols, C. Baldwin, 1823, 1826.

流传"。① 《德国流行故事》的英译出版对于英国本土反对童话的阵营是一个有力的挑战,而这个译本的广受欢迎又推动了更多的德国童话的翻译出版。

英国 19 世纪著名历史学家、散文家,《法国革命》《论英雄和英雄崇拜》《过去与现在》等论著的作者托马斯·卡莱尔(Thomas Carlyle, 1795–1881) 在 19 世纪 20 年代末出版了两卷本的《德国浪漫故事》(1827),其中包括他本人翻译的奥古斯特·穆塞乌斯(Johann Karl August Musäus)、路德威格·蒂克(Johann Ludwig Tieck)、阿德贝尔特·封·沙米索(Adelbert von Chamisso) 和 E. T. A. 霍夫曼(Ernst Theodor Amadrus Hoffman) 等人的童话小说作品。卡莱尔对德国浪漫派作家的童话小说非常推崇,难怪这位被称作文坛怪杰的英国人亲自翻译了霍夫曼的童话小说《金罐》(The Golden Pot),《睡魔》(The Sandman) 和《咬核桃王子与老鼠国王》(Prince Nutcracker and the Mouse King) 等作品,使德国浪漫派童话小说进入英语世界,为 19 世纪下半叶英国文学童话的兴起提供了催化剂。此外,卡莱尔本人的具有自传色彩的哲理小说《旧衣新裁》(Sartor Resartus, 1833–1834) 在很大程度上是根据歌德的《童话》创作的。随后在整个 19 世纪 30 年代,各种各样的英国期刊开始登载英译的德国作家的童话作品,包括沙米索、霍夫曼、蒂克、诺瓦利斯、豪夫等作家的作品。从乔治·麦克唐纳的作品中人们不难发现德国浪漫派童话小说的影响。例如,诺瓦利斯的《海因里希·封·奥弗特丁根》(Heinrich von Ofterdingen) 中关于"亚特兰蒂斯的故事",以及霍夫曼的《金罐》(1814) 等都对乔治·麦克唐纳的创作产生了很大的影响。此外,翻译家威廉·豪伊特(William Howitt) 将沙米索的《彼得·施莱米尔光辉的一生》(又名《失去影子的人》) 译成英文,英国儿童图书出版史专家哈维·达顿认为这个译本可能启发了巴里创作《彼得·潘》里相似的著名情节。② 英国作家弗兰西斯·爱德华·佩吉特(F. E. Paget) 的《卡兹科普弗斯一家的希望》(The Hope of the Katzekopfs, 1844),以及约翰·罗斯金的《金河王》(1851) 明显受到德国童话的影响,后者在特定意义上是对格林童话的模

---

① Opie, Iona, and Peter. eds. The Classic Fairy Tales, Intro. Opies. Oxford: Oxford University Press, 1974, p. 25.

② Ibid., p. 246.

仿和演绎；罗斯金童年时代就对格林童话深为着迷，而且为克鲁克尚克所作的生动插图所倾倒，这些都反映在他自己创作的《金河王》中。此外，罗斯金还特意为1868年约翰·卡姆登·霍顿（John Camden Hotten）版的《德国流行童话故事》英译本撰写了导言，表明自己对童话的态度，并且阐述了童话对于儿童的意义。对于童话女作家朱莉安娜·尤因（Juliana Horatia Ewing）来说，德国童话小说具有特殊的意义。她的丈夫亚历山大·尤因少校翻译了包括《咬核桃王子与老鼠国王》在内的霍夫曼的几部童话小说。在朱莉安娜·尤因的童话故事《圣诞节的烟花火炮》（*Christmas Crackers*）中，那位愤世嫉俗的家庭教师就向一位精明的年轻女士提到《咬核桃王子与老鼠国王》中的教父德罗谢梅。这位相貌和衣着都很古怪的天才发明家德罗谢梅是霍夫曼小说的主人公玛丽和她哥哥弗里兹的教父，而朱莉安娜·尤因故事中的家庭教师言语多挖苦讽刺，看法深刻，尤其精于各种怪异的技能，这与霍夫曼笔下的这位教父发明家之间的相似之处是显而易见的。

  从总体上看，在整个欧洲，《格林童话》的流行进一步推动了各国的有识之士去收集、整理民间童话①，而在英国，人们采取了同样的行动，而且推动了英国作家改写和重写童话，继而创作自己的文学童话。与此同时，格林童话的翻译引进还激发了英国人在整个19世纪翻译其他国家童话故事的热潮，其中就包括安徒生童话的翻译——仅1846年在英国就出版了好几部英译安徒生童话：《儿童神奇故事》《丹麦传奇与童话故事》《丹麦民间故事》和《夜莺及其他民间故事》等。

第五节　安徒生童话的影响

  汉斯·克里斯蒂安·安徒生（Hans Christian Andersen，1805–1875）是丹麦人的骄傲，他出身贫寒，是现实世界的典型的"丑小鸭"，但他通

---

① 在《格林童话》的影响或带动下，许多欧洲国家的学者、作家等纷纷行动起来，收集整理本国本民族的民间童话和故事，使得多种国别的童话集陆续出现，如阿斯彪昂生（Peter Asbjornsen，1812–1885）和莫伊（Jorgen Moe）收集整理的《挪威童话》；鲍日娜·聂姆曹娃（Božena Němcová，1820–1862）用捷克民族语言整理出的《斯洛伐克童话与传说》（1857—1858）；阿法纳西耶夫（Aleksandr Afanas'ev，1826–1871）收集整理的《俄罗斯童话》，以及爱尔兰诗人叶芝（W. B. Yeats,）收集整理的《爱尔兰童话和民间故事》，等等。

过为儿童创作童话故事而变成童话世界的"白天鹅",继而获得巨大声誉,改变了自己在现实生活中的境遇。1835年5月8日,一本名为《为儿童讲述的故事》的薄薄小书出版了,里面收有作者创作的四个童话故事。这成为安徒生吹响的进军文学童话创作领域的第一声号角——在随后的日子里,一座文学童话的奇峰即将出现在世界文学童话的版图上。出身贫寒,但充满理想和奇思异想的安徒生从此把自己的全部才情和个性都倾注到了他所创造的童话世界里。从总体上看,安徒生的贡献在于极大地拓展了传统童话的艺术空间和表现范围。它们可以抒发哲理和思想,可以表露作者个人对社会的观察和看法;既洋溢着乐观精神,也渗透着忧郁伤感,既有浪漫主义的诗意情怀,也有现实主义的严酷写照。安徒生在四十多年的时间里创作了168篇童话和故事,虽然从数量上与《格林童话》相比不算最多,但它们完全属于作家个人的艺术创作(除了最初的几篇带有模仿印记的故事外),具有世界艺术童话的里程碑意义。1846年玛丽·豪伊特(Mary Howitt)翻译出版了安徒生故事选《儿童的奇异故事》(*Wonderful Stories for Children*),这个译本产生了深远的影响;达顿认为,安徒生童话的翻译引进是豪伊特为年轻一代所做出的最有分量的富有想象力的功绩①;同一年还有另外四部安徒生童话选译本出版,它们是卡罗琳·皮希(Caroline Peachey)翻译的《丹麦传奇与童话故事》(*Danish Fairy Legends and Tales*),以及由查尔斯·鲍尔(Charles Bower)翻译的《丹麦故事选》(*A Danish Story Book*)、《夜莺及其他童话故事》(*The Nightingale and Other Tales*)以及《幸运的套鞋和其他故事》(*The Shoes of Fortune and Other Tales*)。从翻译艺术的角度看,这些译本并非尽善尽美,但它们的文学史价值和社会意义十分重大。有批评家认为,1846年发表的这几部安徒生童话的英译本虽然没有完全把握住安徒生原作的幽默与感伤气质及其带有口述故事特征的文体风格,但仍然使英国人领略了一种新童话的幻想之美,在英国激发了热烈的反响,推动了作家们转向民间文化,包括民间故事、民间童话、童谣等,去寻找创作素材。而且正如艾奥娜·奥佩和彼得·奥佩指出的,安徒生童话对于英国童话小说的创作起了很大的推动作用:"伴随着英语版安徒生童话故事出现的是人们心灵的解

---

① F. J. Harvey Darton, *Children's Books in England: Five Centuries of Social Life*, Cambridge: Cambridge University Press, 1958, p. 248.

放,是对于幻想文学及其无限的可能性的赞赏。…… 文学童话创作的道路敞开了,它将席卷19世纪的后半叶"。① 到1870年,在英国至少出版了21个安徒生童话译本。随着安徒生童话的流行,童话故事中会说话的物品和动物日益为人们所喜闻乐见。此外,安徒生童话中体现的爱心、同情心和怜悯之心使之具有强烈的感染力。无论是那只因长相特别而受到同伴嘲笑、侮辱的丑小鸭,还是那个在圣诞节前夕冻死街头的卖火柴的小女孩;无论是那个情深意长的独腿锡兵,还是那个爱上了人间王子,但又为了所爱的人而牺牲自己的小美人鱼……安徒生笔下的这些经典形象在一个多世纪以来,一直深深地打动着一代又一代小读者和大读者的心。值得注意的是,安徒生创造的这些形象对于奥斯卡·王尔德(Oscar Wilde, 1854 – 1900)产生了较大影响,反映在他自己创作的童话《快乐王子及其他故事》(*The Happy Prince and Other Tales*, 1888)和《石榴之屋》(*A House of Pomegranates*, 1891)中。与安徒生创作不同的是,王尔德将其转化为维多利亚时代的仁爱主题②,如《快乐王子》中,那座金质的王子塑像将自己的全部赤金部件捐献给穷苦之人;故事《自私的巨人》颂扬了无私才有博爱的道理;《夜莺与玫瑰》中的夜莺为了成全穷学生的爱情而献出了自己的生命……此外《忠诚的朋友》《星孩儿》《少年国王》等故事都具有王尔德童话独特的凄美特征。

小 结

从整体看,欧洲经典童话的翻译引进对英国幻想文学创作的影响是深远的。随着浪漫主义思潮风靡欧洲各国,随着意大利和法国经典童话、格林童话,安徒生童话的翻译引进,随着贝洛《鹅妈妈故事》和多尔诺瓦夫人童话故事的一再重新印刷出版,在19世纪40年代和50年代的英国,童话故事又成为人们普遍认可的儿童读物的重要组成部分。这些童话故事既有初次翻译引进的,也有收集整理出版的,还有作家个人原创的作品,

---

① Opie, Iona, and Peter. eds. *The Classic Fairy Tales*. Intro. Opies. Oxford: Oxford University Press, 1974, p. 28.

② 参见英国文学批评家曼洛夫对此所作的阐述:Colin Manlove, *From Alice to Harry Potter: Children's Fantasy in England*, Cybereditions Corporation 2003, pp. 34 – 35.

形成了多元化的局面。童话故事的出版蔚然成风。从 1838 年至 1940 年，E. W. 莱恩（E. W Lane）出版了为儿童读者改写的《一千零一夜》；在格林童话的影响下，亨利·科尔（Henry Cole, 1808 – 1882）编辑出版的《费利克斯·萨莫利家庭文库》（*Felix Summerly's Home Treasury*, 1841 – 1849）收集了许多童话故事；1849 年，安东尼·蒙塔巴（Anthony Montalba）出版了《世界各国童话》（*Fairy Tales of All Nations*），并在书中采用了迪克·多伊尔（Dick Doyle）所作的为儿童图书创作的一些最好的插图。蒙塔巴还在童话集中宣称，人们已经抛弃了那种认为童话故事"不道德"的陈腐谬论；1854 年，阿迪（Addey）出版了翻译成英文的由路德维希·贝希施泰因（Ludwig Bechstein）编辑的德国童话集《讲述老故事》（*The Old Story – Teller*）；1857 年，安妮·克尔里（Annie Keary）翻译出版了《斯堪的纳维亚故事》（*Norse Tales of Asgard*）；1859 年，詹姆斯·罗宾森·普朗什（James Robinson Planche）翻译出版了《二十四个法国童话故事》（*Four and Twenty French Fairy Tales*）；1859 年，乔治·达森爵士（Sir George Dasent）出版了阿斯彪昂生和莫伊的《北欧流行童话故事》（*Popular Tales from the Norse*）；从 1890 年至 1894 年，约瑟夫·雅各布斯（Joseph Jacobs）出版了收集和改写的英国童话集、爱尔兰童话集和印度童话集；从 1889 年开始，安德鲁·朗（Andrew Lang, 1844 – 1912）更是广泛收集、编译或改写世界各地流传的童话故事和民间故事，汇编成集，并将它们分别配以不同颜色封面后出版。从 1889 年的《蓝色童话集》之后，安德鲁·朗陆续推出了《红色童话集》《棕色童话集》《黄色童话集》《深红色童话集》《灰色童话集》《紫色童话集》《桔色童话集》《绿色童话集》《紫罗兰童话集》《橄榄色童话集》《粉红色童话集》等，共 12 卷。这些童话故事集中的故事来自北欧、波斯、法国、日本、俄罗斯、古希腊、印度、芬兰等国家地区，堪称多元多民族文化语境下的世界童话故事的汇聚。其中包括诸如安徒生童话、格林童话、豪夫童话、贝洛童话、多尔诺瓦夫人童话这样的著名经典童话，以及《一千零一夜》故事和来自挪威、英格兰、苏格兰以及亚洲、非洲、美洲各地的民间童话。有些故事经过安德鲁·朗夫妇的改编，与原作略有出入。这 12 卷"彩色童话"共计 400 多篇，一个多世纪以来不仅成为英国及欧洲各国家喻户晓的床边童话故事，陪伴了无数儿童的成长，而且还将对后来包括 J. R. R. 托尔金、C. S. 刘易斯等在内的众多英国幻想文学作家及世界幻想文学作家产生深刻的影响,不过那已是 20 世纪 50 年代和 60 年代英国幻想文学的后话了。

欧洲经典童话的翻译引进成为推动英国幻想文学创作的强大催化剂,推动了英国本土文学童话的创作的兴起。事实上,这些翻译引进的经典童话作品在英国广为流传,一方面为英国童话小说的创作提供了必要的艺术借鉴,另一方面也使那些反对说教文学,决心为儿童创作幻想性儿童文学作品的作者获得了更多的自信。从维多利亚时期的童话创作格局看,对传统童话进行改写和重写、创作颠覆性童话故事和原创性童话小说成为英国现当代文学童话的主要创作模式。安妮·萨克雷·里奇的《林中睡美人》(*The Sleeping Beauty in the Wood*) 和《美女与野兽》(*Beauty and the Beast*),玛丽·路易斯·莫尔斯沃思的《罗罗瓦的棕色公牛》(*The Brown Bull of Norrowa*),朱莉安娜·霍瑞肖·尤因的《阿米莉亚和小矮人》(*Amelia and the Dwarfs*),等等,是对经典童话的改写。克里斯蒂娜·罗塞蒂的《尼克》(*Nick*),朱莉安娜·霍瑞肖·尤因的《圣诞节的礼花火炮》(*Christmas Crackers*),弗朗西斯·霍奇森·伯内特的《在白色的砖墙后面》(*Behind the White Brick*),伊迪丝·内斯比特的《梅莉桑德或长短之分》(*Melisande, or, Long and Short Division*),等等,是颠覆性的新童话。吉恩·英格罗的《仙女莫普莎》(*Mopsa the Fairy*) 是具有较长篇幅的幻想小说。克里斯蒂娜·罗塞蒂的《众声喧嚣》(*Speaking Likenesses*) 则被称为"反面幻想故事",等等。① 随着萨克雷的《玫瑰与戒指》(1855),金斯利的《水孩儿》(1863),刘易斯·卡罗尔的《爱丽丝奇境漫游记》(1865)、《爱丽丝镜中世界奇遇记》(1871),乔治·麦克唐纳的《在北风的后面》(1871)、《公主与妖精》(1872)、《公主与科迪》(1883),王尔德的《快乐王子及其他故事》(1888) 和《石榴之家》(1891),吉卜林的《林莽传奇》(1894—1895)、《原来如此的故事》(1902),贝特丽克丝·波特的《兔子彼得的故事》(1902),伊迪丝·内斯比特的《寻宝者的故事》(1899)、《五个孩子与沙精》(1902)、《凤凰与魔毯》(1904)等中长篇童话小说及小说系列的纷纷问世,英国童话小说的第一个黄金时代终于令人瞩目地出现在世界文学童话的版图上。

---

① Nina Auerbach and U. C. Knoepflmacher. Ed. *Forbidden journeys: fairy tales and fantasies by Victorian women writers*, Chicago: University of Chicago Press, 1992.

第 五 章

约翰·罗斯金和他的《金河王》

约翰·罗斯金（John Ruskin，1819—1900），不仅是英国维多利亚时代著名的学者、作家、艺术评论家，而且还是建筑、意大利文艺复兴史方面的专家。罗斯金一生创作兴趣广泛，涵盖多个学科领域，包括地质、建筑、艺术、植物学、政治经济学、教育和文学等。同时，他也是一位名副其实的多产作家。从 1837 年在《建筑杂志》上发表他的处女作《建筑的诗歌》起，直到 1890 年最后一部作品，即自传《往昔》，罗斯金一生中写过 250 多部作品，数百篇演讲稿。而他写于 1841 年，发表于 1850 年的《金河王》是英国童话小说的早期杰作。

约翰·罗斯金[①]
(John Ruskin，1819—1900)

第一节 生平和创作简述

约翰·罗斯金 1819 年 2 月 8 日生于伦敦亨特街 54 号，是家中的独子。他的父亲约翰·詹姆士·罗斯金，是个靠自己经营起家的酒商，同时对艺术收藏有很浓的兴趣，并积极培养小约翰的艺术兴趣。母亲玛格丽特

---

① photograph from *Literature Resource Center*. Detroit：Gale，Web. 20 July 2012.

是个虔诚的福音教教徒。罗斯金是在母亲的精心培养下长大的,她把所有的玩乐都看成是罪恶,所以从来没给幼小的罗斯金买过玩具。母亲每天早上花几个小时和儿子一起读《圣经》。当时,小学还不是义务教育,所以罗斯金只上了几个月的学,而大部分教育则是在家中进行的。从他6岁起,罗斯金就每年和父母一起去欧洲大陆旅行。在父亲的鼓励下,他11岁时就创作了第一首诗——《论斯基多峰与德文河》(*On Skiddaw and Derwent Water*),四年后又写了一篇关于莱茵河的散文。

1836年罗斯金被录取为牛津基督教会的高级自费生,就读期间他针对批评人士对画家特纳画作的攻击而撰文为其辩护,但文章因特纳的要求没有刊出。他的牛津学习生活是在母亲的陪同下进行的,期间他继续从事诗歌创作和艺术评论活动。1839年他获得了牛津大学设立的诗歌奖:纽迪吉特奖(Newdigate Prize)。1840年罗斯金因怀疑患上肺结核而终止了在牛津的学习和旅行,直到1842年才获得学位。由于对每年皇家艺术学会展的评论家野蛮攻击特纳画作不满,他于这一年出版了《现代画家》第一卷来回应指责。1846年罗斯金出版了《现代画家》第二卷,阐述了他对人物和风景绘画的美和想象的理论。

1848年4月10日罗斯金和尤菲米娅·查莫斯·格瑞(Euphemia Chalmers Gray)结婚。1849年他出版了《建筑的七盏明灯》(*The Seven Lamps of Architecture*),从宏观上探讨了建筑美学和对建筑本质的认识。1851年罗斯金出版了他的童话小说《金河王》(*The King of the Golden River*)。这部童话本来在1841年就已经创作完成,还是应当时只有12岁的尤菲米娅的请求写的。1851年画家特纳去世,罗斯金结识了拉斐尔前派的几位艺术家,并出版了《威尼斯的石头》第一卷,其主要研究对象是威尼斯的历史、文化和建筑。该书的后两卷于1853年夏天完成。就在这一年罗斯金夫妇与拉斐尔前派的画家米莱斯(Millais)在苏格兰会面,米莱斯还为他画了一幅画像。1854年罗斯金因生理问题与妻子尤菲米娅的婚姻宣告破裂,次年尤菲米娅嫁给了米莱斯。之后罗斯金继续支持拉斐尔前派的绘画,与罗塞蒂及其妻子成为朋友。

1855年罗斯金开始撰写《学术笔记》(*Academy Notes*),评论皇家每一年的画展,一直持续到1859年。1856年他出版了《现代画家》的第三和第四卷,探讨了浪漫主义的兴起和风景画。接下来的四年是罗斯金艺术创作的高峰,先后完成了《绘画的元素》(*The Elements of Drawing*)、《艺术的政治经济学》(*The Political Economy of Art*)、《透视的元素》(*The Elements of Perspective*)、《两条路》(*The Two Paths*)、《现代画家》第五卷和以期刊文章形式发表,后来结集成书的《给后来者》(*Unto This Last*)。在创作的高峰期,罗斯金爱上了一个爱尔兰新教教徒洛斯(Rose La Touche),并决定放弃英国国教中的福音派信仰。

在 19 世纪 60 年代,罗斯金写了数篇关于社会政治经济学、艺术和神话的文章并做了多次讲演。1862 年在《弗雷泽杂志》(*Fraser's Magazine*)上发表了多篇政治经济学论文,后于 1872 年以专著形式发表,书名为《经济学释义》(*Munera Pulveris*)。

罗斯金论述伦理与经济主张的代表作品有《时至今日》(*Unto This Last*,1862)、《野橄榄花冠》(*Crown of Wild Olives*,1866)、《劳动者的力量》(*Fors Clavigera*,1871)和《经济学释义》(*Munera Pulveris*,1872)等。在这些作品中他提出了自己的伦理主张和经济主张。他认为资产阶级的政治经济原则是违反人性的。他反对英国的维护剥削制度的立法,认为劳资间的问题是一个道德问题,认为工业资本主义社会过于丑恶,没有艺术,没有美。

罗斯金的散文和演讲集是他文学创作的重要组成部分。他的散文集《芝麻与百合》(*Sesame and Lilies*,1865)为中国读者所熟悉。《空中的女王》(*Queen of the Air*,1869)是他的演讲集,是一部论述他神话研究的专著,分为三个部分:天堂里的雅典娜(Athena in the Heavens),人世间的雅典娜(Athena Keramitis)和心中的雅典娜(Athena Ergane)。

1870 年罗斯金获得牛津大学斯雷德艺术教授职位。1875 年洛斯因精神失常而去世,三年后罗斯金也受到了精神疾病的困扰。晚年的罗斯金和唯美主义的代表画家惠斯勒之间有过一场旷日持久的官司。事情的起因是,一天,罗斯金和王尔德一起参观一个有惠斯勒作品参展的重要画展,罗斯金对画家所作的《泰晤士河上散落的烟火:黑和金的小夜曲》一画颇为不满。这是一幅在黑色底子上洒满不规则色点的油画,罗斯金认为:"把颜料罐打翻在画布上还要观众付钱,这实在是一种欺骗。" 1875 年,惠斯勒以侮辱名誉的罪名向伦敦白区法院起诉了罗斯金,与他进行了一场著名的法律诉讼。最后法庭判决下来了,罗斯金有罪,但只需支付十便士的罚款。这个幽默的玩笑,调解了两位著名文人之间的纷争,但惠斯勒却为承担一半的诉讼费而囊空如洗。惠斯勒与罗斯金的这一场官司也成为世界画坛上的佳话。

1880年罗斯金因诉讼案的影响辞去了牛津大学斯雷德艺术教授职位，接下来的两年里他一直饱受精神问题折磨。疾病恢复后于1883年又重新获得了这个职位，并发表了《英国艺术》(The Art of England)，包含了对维多利亚时代众多艺术家的评论；1885年发表自传《往昔》(Praeterita)。1888年在表妹乔安娜·赛文（Joanna Severn）陪同下，他进行了生命中的最后一次欧洲旅行。罗斯金于1900年1月20日在布莱特伍德（Brantwood）去世，葬于科尼斯顿（Coniston）教堂公墓。

第二节 童话文学观：从狄更斯到罗斯金

19世纪初，为了抵制持道德训诫观念的人对儿童图书市场的控制，一些书商和童书作家开始出版以娱乐儿童为目的手绘童书。这些手绘童书通常以滑稽、押韵诗的形式，再配上精美的手绘插图，讲述诸如一个老妇人和动物之间的童话故事。如书商约翰·哈里斯（John Harris）在1805年就出版了《哈巴德老妈和她的小狗》（Old Mother Hubbard and Her Dog）。之后，又陆续又出版了些类似的手绘童书，如《老妇特罗特和她的搞怪小猫》(Old Dame Trot and Her Cats)，《老妇狄波拉·丹特和她的驴子们》(Dame Deborah Dent and Her Donkeys) 等。受此影响，罗斯金也创作了这样的一首滑稽诗《老妇李·温吉斯和她的七只可爱小猫》，在出版的时候还由当时最有影响的童书插画家凯特·格林薇（Kate Greenaway）设计了精美的插图。这首诗以童话的创作手法描写了老妇人和她的七只可爱的猫朝夕相处，而七只小猫又用帮助照顾农夫走失的羊的行为回报老妇的故事。英国研究儿童文学史的学者哈维·达顿（Harvey Darton）称这个时期出现的这种手绘童书的创作与出版现象为"轻松的黎明"。

从爱德加·泰勒成功译介格林童话（1823—1826）到1846年玛丽·豪伊特对安徒生童话的译介，加之《一千零一夜》全译本的出版（1838—1840），童话对宗教理性桎梏形成了强大的冲击，揭开了英国娱乐性儿童文学的黎明。[①] 这些法国、德国甚至阿拉伯国家的童话在英国传播的同时也促进了英国本土童话创作的发展，涌现出了一批优秀的童话作

---

① 韦苇：《外国童话史》，河北少年儿童出版社2003年版，第96页。

品。"这些童话作家把童话作为一种新的形式来提高人们对不同阶级之间差异的社会意识,并使人们看到工业革命给被压迫阶级带来的问题。"①

此外,还出现了一些了对传统童话进行改编的,以道德教育为目的讽刺、教育童话。漫画家乔治·克鲁伊珊克(George Cruikshank)因1823年为《格林童话》英译本绘制了精美的插图而一举成名。后来他除了为图书配插图以外,还为伦敦的知名杂志绘画插图。19世纪30年代,他与狄更斯结下了深厚的友谊,曾为狄更斯的作品——《博兹札记》(Sketches by Boz,1836)、《玛德福格外传》(The Mudfog Papers,1837)和《雾都孤儿》(1837)——绘过插图。克鲁伊珊克是个嗜酒如命的瘾君子,但父亲因酗酒而过世的经历给了他很大触动,他决定不但戒酒,还要通过自己的绘画和改编民间童话来宣传酒的罪恶。19世纪40年代,他创作了一系列以戒酒为主题的绘画故事,较为著名的《瓶子》(1847)、《酒鬼的孩子们》(1848)和《酒神的崇拜》等。此外他还根据法国和德国的传统童话创作了一系列宣传戒酒和酒危害的童话故事,其中有一个童话《小矮子》改编自贝洛童话《小拇指》,讲述了小矮子霍普帮助染上酒瘾的父亲戒酒并恢复原来的财富与地位的故事。另外的一篇童话故事则改编了民间童话《穿靴子的帽》的情节,故事中的巨魔最终不是因为变成老鼠被吃掉,而是因为嗜酒成瘾而丢了自己的城堡。克鲁伊珊克把童话作为道德训诫工具宣扬戒酒的做法受到了狄更斯的批评。为了表达自己对生硬改编传统童话的讽刺和反对,狄更斯也改编了法国贝洛童话中的《灰姑娘》。故事中的灰姑娘变成了"少年希望乐队"的成员,原本的国王安排的舞会也变成了辩论会,而英俊的王子也变了模样,从头到脚都佩带着"彻底戒酒奖章",像是披上了一身盔甲一样。故事的结尾也颇具讽刺意味,灰姑娘与王子结婚后继承了管理国家的重任,他们采取自由开明的治国之策,赋予了妇女选举与参政的权利,但却使她们无人敢爱。从此以后,灰姑娘与王子过着幸福的生活。

狄更斯认为在这样一个功利主义的社会里,尊重和保留传统童话是非常重要的,因为这些童话保存了人类的天真,是人类共有的精神财富。"作为幻想的载体,这些童话书籍应该被保存下来,这是极其重要的。为

---

① Jack Zipes, *Victorian Fairy Tales: The Revolt of the Fairies and Elves*, Routledge, 1987, p. 19.

了保存它们的有用之处，它们的简洁、纯洁和天真必须如同事实一样保存下来。不论是谁，若想按自己的意志改编这些童话，不管他修改的是什么，在我们看来，都应为自己的假定行为而羞愧，因为他占用了不属于他自己的东西。"① 狄更斯把这种为了达到某种道德教育目的而改编传统童话的做法称作是"长错了地方的野草"，任何人都没有任何"道德理由"去修改这些"无害的小书"。狄更斯对于改编童话的危害也有自己的见解，认为改编传统童话的先例一旦开创，把当代的人物和观念加入这些童话中会使童话逐渐遭到读者的冷落，最终的结果是使传统童话消失在肆意的改编之中。无疑，在狄更斯看来，作为一种以幻想为本质的文学形式，童话保留着人类最纯洁的精神净土，"一个没有幻想，没有浪漫故事的国度过去没有，现在不能，将来也不会在世界上占据重要位置"。狄更斯不反对童话对儿童的教育意义，但他认为童话的具体教育目的应该是教育孩子懂得"宽容、礼貌、关爱穷人和老人、善待动物、热爱自然、憎恶专制"，这些"孩子心中诸如此类的美好情感"。②

作为一个人道主义者，狄更斯认为人应该友爱、向善，而儿童正是爱与善的化身。狄更斯一生喜欢儿童，关注儿童命运，在小说中，塑造了众多真善美的儿童形象，如《雾都孤儿》中的奥利弗、《老古玩店》中的耐儿和《小杜丽》中的小杜丽等。这些儿童人物不但形象美好，而且心地善良，虽然历经磨难，仍保持着真善美的本质。狄更斯从小就受到民间故事的熏陶，保姆和祖母经常给他讲述这些充满神奇情节和幻想色彩的故事，使他知道了英国民间童话、阿拉伯民间故事、波斯民间故事和希腊民间故事。这些童话和民间故事中蕴含着狄更斯的对于童年的美好回忆。狄更斯在文学作品中对儿童的崇尚和神圣化是带有一种怀旧色彩的，正如英国评论家奥伦·格兰特所说："作为一位富有想象力的作家，儿童生活和儿童经历是成年后的狄更斯关注的中心。"③ 我们有理由相信作为一种幻想性的儿童文学作品，童话为狄更斯的儿童怀旧情结提供了最好的模式，因为在他看来，"从某种程度上说，童话可以帮助我们保持永远的年轻，

---

① Charles Dickens, "Frauds on the Fairies", 1853. *Miscellaneous Papers*, Vol. 1. London: Chapman and Hall, 1911, pp. 435 – 442.

② Ibid. .

③ 转引自蒋承勇、郑达华《狄更斯的心理原型与小说的童话模式》，《杭州师范学院学报》1995 年第 10 期。

在世俗的道路上保留一条明净的小径,使我们可以和孩子们信步其间,分享他们的快乐"。①

不过,狄更斯在强调童话保留了人类经验世界仅存的天真无邪和勾起人的怀旧情绪的同时,也把童话看作是一种颠覆理性和常规的力量。狄更斯改编童话《灰姑娘》,一方面是以戏谑的口吻讽刺了克鲁伊珊克借用童话生硬地推销自己的理念和道德信条,另一方面也以反常规的结尾发表了自己对当时妇女选举权问题的看法。此外,狄更斯在逝世前发表的最后一个短篇故事就是童话,名叫《神奇的鱼骨》(*The Magic Fishbone*)。它出自狄更斯以孩子的口吻编写的《假日传奇故事集》,该故事集包括冒险故事、童话、海盗故事和家庭故事四种体裁。童话《神奇的鱼骨》是以七岁的小女孩爱丽丝·林博德的名义写的。故事采用了传统童话的叙事框架,描述了一个"很久很久以前"的故事,但却颠覆了传统童话主题,显得荒诞不经。故事中有国王,但却因孩子过多(有19个孩子)而过着穷困潦倒的生活,总是喜欢用理性常规的视角看问题。一天,国王在市场买鱼的时候遇见了一位仙女,确切地说是位仙女婆婆,名叫马琳娜仙婆。仙婆告诉国王吃完鱼后把鱼骨留下来晒干,并让阿莉西亚公主保存这块鱼骨。仙婆还说鱼骨有神奇的魔力,但只能在最需要的时刻使用一次。拿着鱼骨的阿莉西亚公主在别人认为最需要使用鱼骨魔力的时候却总是不动声色。最后,当国王告诉公主再不出手相助,家里就要入不敷出时,公主才答应拿出鱼骨了。顷刻间,钱财堆满了国王的宫殿。马琳娜仙婆在故事的结尾又出现了,把一个名叫"某人"的王子介绍给了阿莉西亚公主,使他们成就了姻缘。狄更斯用这种颠覆性的童话创作"质疑了当时社会的常规准则","昭示了少年儿童的创作中蕴含着力量与合理性"。②

罗斯金儿时就曾受到过民间童话的滋养,受到过爱德华·泰勒1823年翻译的《格林童话》的熏陶③。成名之后,他还曾于1868年应邀为爱德华·泰勒翻译的新版《格林童话》撰写导言,题目叫做《童话故事》,

---

① Charles Dickens, "Frauds on the Fairies", 1853. *Miscellaneous Papers*, Vol. 1. London: Chapman and Hall, 1911, pp. 435–42.

② Jack Zipes, *When Dreams Came True: Classical Fairy Tales and Their Tradition* (Second Edition), New York: Rougledge, 2007, p. 155.

③ 德伯拉·寇根·萨克、简·韦伯:《儿童文学导论:从浪漫主义到后现代主义》,杨雅捷、林盈蕙译,台北:天卫文化2005年版,第45页。

而漫画家克鲁伊珊克则为这本故事集绘制了插图。

　　和狄更斯一样，罗斯金也对改编童话和讽刺童话持一种批评态度，认为它们"不是以成长在田野乡间的孩子为读者对象，而是以学校和画室的孩子为目标，这些孩子最喜欢的娱乐是过早的模仿成人的名利虚荣，他们对美的观点也大多停留在注意服装的昂贵程度上"。① 罗斯金强调了传统童话的重要性，认为这些故事是在特殊条件下从一个民族的思想中生成的，是人类文化传统的一部分，有着值得记录的历史价值。罗斯金认为童话应该教会儿童对错误表现出敏感与痛苦，而不是嘲笑。"孩子们应该欢笑，而不是嘲笑，不应该嘲笑别人的弱点，别人的过失。他们应该学会尽最大可能去关心周围的人，真心地寻找善意。"② 罗斯金也不反对童话对儿童的教育价值，但他常常把这种教育功能与美联系在一起。在他看来，"最有价值、最具教育意义和最具道德功能的艺术应该是美的"③。艺术的最终目的不应该是教化人，而应该是一种对于美的欣赏，因为欣赏美的过程本身就是一种道德和精神的行为。

　　从对童年经历的怀旧的角度看，罗斯金的童话观无疑是属于狄更斯阵营的。在罗斯金看来，童话对儿童的重要性在于它给儿童的想象力提供了释放的空间，因为"没有什么玩具可以取代（童话）幻想的快乐"。④ "一个人不能总做他所喜欢的事，但他可以想象他所喜欢的事；一个人可能会被迫去做他不喜欢的事，但他不会被强迫去想象他不喜欢的事。"罗斯金认为想象是人的本能，是一种信仰不存在的事物的能力。他认为想象与现实之间存在着明确的界限，即人的认知程度和认知能力。在他看来，这就像是一个人不相信炸药的威力一样，而一旦他看到自己家的房门被炸飞而相信的时候，他已经跨过了信仰的界限。他认为健康的想象力深深地影响人的情感和性格，并且与善（Good）和优雅（Grace）联系在一起。因此，罗斯金认为那些满足儿童想象力的艺术的重要目标是给他们带来优

---

① 德伯拉·寇根·萨克、简·韦伯：《儿童文学导论：从浪漫主义到后现代主义》，杨雅捷、林盈蕙译，台北：天卫文化2005年版，第233—239页。
② John Ruskin, The Art of England, London: George Allen, 1904, p.121.
③ George Landow, "The Aesthetic and Critical Theories of John Ruskin", http://www.victorianweb.org.
④ John Ruskin, The Art of England, London: George Allen, 1904, p.121.

雅的愉悦。① 他反对当时维多利亚时代的功利主义观点，认为"优雅地愉悦"儿童并非是把仙女、侏儒和巨人等传统童话中的因素从儿童的阅读中消除，而是应该保护这些民间的杰作。此外，优雅的愉悦应该用诗一般的语言传达出纯真无邪。罗斯金非常推崇莎士比亚《仲夏夜之梦》中对森林中的仙王、仙后和侍奉他们的小仙和精灵的描写，认为是"仙子形象艺术处理的典范"②。

在论述儿童文学时，罗斯金相信激发儿童想象力本身就是很有价值的。同时，他坚持一种道德和哲学传统，认为情感与想象应在道德决定中发挥至关重要的作用：发挥想象即是培养一个人成熟的心智。"在婴儿成长过程中，上天赐予我们臂膀和心肺，同样也赐予我们想象去发挥创造力，就像鸟儿要用翅膀去飞翔一样。这是人之本质不可违背的规律。"③

罗斯金的童话观与他的美学思想有着密切的关系。他认为道德感是与生俱来的，美是本能性的和非概念性的，道德与审美是彼此互动的，都与直觉性的情感反应发生联系。这样，任何审美情感都是道德意义上的评价结果。再现道德意义的公正性或真理性，这一点实际上与罗斯金的宗教情怀和道德形而上学思想有着潜在的联系。在他个人看来，神无处不在，神的存在是一切美的根源。相应地，一切美的事物之所以美，之所以令人欣然而乐，说到底是因为体现了神的本性。

第三节 《金河王》述评

童话小说《金河王》（*The King of the Golden River*）写于 1841 年，据说是罗斯金在一位名叫尤菲米娅的 12 岁小姑娘的恳求下创作的，若干年后他们还结为夫妇。1851 年《金河王》出版，大受欢迎，尤其是深受孩子们的喜爱，一年内连印三次，并且很快被翻译成德语、意大利语等语言。

《金河王》的故事发生在一个名为"宝谷"的山谷中，"宝谷"一年

---

① John Ruskin, The Art of England, London: George Allen, 1904, p. 126.
② Ibid. .
③ "Fairy Stories", 1868, *The Complete Works of John Ruskin*, Ed. E. T. Cook and Alexander Wedderburn, London: George Allen, Vol. 19, 1905, p. 329.

四季风调雨顺，物产丰饶。"宝谷"的主人是三兄弟：老大施沃慈、老二汉斯和老三格拉克，因为施沃慈和汉斯的恶行引起了西南风神的不满，一夜之间，宝谷被洪水冲刷，变成不毛之地。三兄弟只得另谋出路，金河王告诉了格拉克一个秘密：无论是谁，只要登上那座能俯视金河源头的山顶，朝河里滴进三滴圣水，那条河就会为他变出金子。当施沃慈和汉斯听到这个秘密后，都争先恐后地弄来圣水前往金河源头，但是他们太过冷酷无情，被变成了两块黑石头。善良的格拉克通过了金河王设置的重重考验，金河王为了奖励他，为山谷引来了源泉，"宝谷"又恢复了往日的生机。

作为维多利亚时代童话小说的开篇之作，罗斯金的《金河王》一开英国童话艺术的新风。这篇童话的创作受到了德国格林童话在英国传播的影响，受到了狄更斯童话观的影响，同时体现了作者的美学观念。罗斯金在自己的自传中就坦承，"这部童话很好地模仿了格林兄弟和狄更斯，还夹杂着自己的阿尔卑斯山情结"。[①]

罗斯金的《金河王》是一部多义的文本，其问世有深层次的时代背景。罗斯金所处的维多利亚时代是资本主义社会发展的重要时期，以英国为代表的资本主义国家逐渐走向成熟，工业革命给英国社会带来巨大变革。一方面这种巨变使拜金主义、功利主义泛滥，人们毫不隐讳对物质财富的崇拜和追求，另一方面也引发了人们对于这种巨变的动摇与失望。

国外学者主要从这部童话表现手法的艺术性上进行了研究与探讨。乔治·兰多（George Landow）认为，为了使读者理解和领会他的概念，罗斯金主要使用了视觉意象。这些意象的建构主要使用了一些表示视觉的词汇，如动词"看"等，而不是一些表示认知的字眼，如"想，理解，明白"等。罗斯金的大部分艺术哲学思想是通过视觉的形式表达出来的，因为在他看来，一个人要理解哲学的真理就必须亲自去体验。罗斯金认为最伟大的道德和精神的真理直接来源于经验和知识，虽然一些真理可能主要以象征的形式存在。视觉的真实存在于外部世界，而幻想存在于内心世

---

① John Ruskin, *Praeterita*. 1885. Ed. E. T Cook and Alexander Wedderburn, Vol. 35. London: George Allen, 1905.

界。罗斯金的文字描写是对油画家试图摆脱传统艺术表现手法的模仿。①杰瑞米·斯科特（Jeremy Scott）则认为罗斯金在《金河王》中的"文字绘画"手法离不开他在绘画实践过程中对景物的观察和科学研究，也离不开他对英语词汇与语法的敏感与精确运用。②

也有学者从《金河王》所蕴含的罗斯金的政治经济学思想进行分析。诺思罗普·弗莱（Northrop Frye）以罗斯金的关于财富的论述为着眼点，认为"罗斯金在他的经济学著作中有关财富的论述在本质上都是对这部童话故事的一种评注"。③ 以研究罗斯金著称的克莱弗·威尔默（Clive Wilmer）虽然认定弗莱的上述观点"言过其实"，但是也承认该作品"蕴含着许多《给这后来者》中的思想"。④

国内学者对《金河王》的解读与研究主要是从罗斯金的政治经济学观点和生态批评的角度进行的。殷企平把《金河王》解读为"是一部诉诸形象的另类政治经济学作品"。认为罗斯金用一个生动的故事完成了他对财富的定义，表述了他对获取财富的先决条件的独到见解，还展示了一种注重人的情感、爱心及其能动性的经济模式。⑤

何畅则从生态批评的角度阐释了童话中体现出的罗斯金的伦理观与生态观，即只有人类实现了自身的"道德完善"才能最终实现"生态完善"。⑥ 童兆升通过对《金河王》中人物形象塑造和故事主题等方面的分析，探讨了作品所蕴含的浓厚的道德伦理思想和生态伦理思想，指出这些伦理思想体现了作者对工业革命给人们生活和环境带来的影响的反思，也体现了作者对全人类深切的人文关怀。⑦

不过也有的国外学者如苏珊·莱恩（Suzanne Rahn）根据罗斯金在自传中的说法，"写它（这部童话）是用来取悦一个小女孩的"，"没什么别

---

① George Landow, "The Aesthetic and Critical Theories of John Ruskin", http://www.victorianweb.org.
② Jeremy Scott, Ruskin in Perspective: Contemporary Essays, edited by Carmen Casaliggi and Paul March – Russell, Cambridge Scholars Publishing, 2007, p. 67.
③ Northrop Frye, *Anatomy of Criticism*. London: Penguin Books, 1990, p. 198.
④ Wilmer, Clive. "Commentary on *The King of the Golden River*", Wilmer, Unto This Last *and Other Writings*, pp. 47 – 48.
⑤ 殷企平：《〈金河王〉的经济学寓意》，《外国文学研究》2008 年第 2 期，第 93—99 页。
⑥ 何畅：《罗斯金与生态批评》，《外国文学》2009 年第 5 期，第 112—119 页。
⑦ 童兆升、方英姿：《〈金河王〉的伦理思想解读》，《文教资料》2008 年 10 月号下旬刊。

的价值，仅此而已"，对以上的解读与研究持否定态，认为这部童话没有那么深的含义，只是一部写给孩子看的童话而已。①

罗斯金对以格林童话为代表的民间童话持肯定态度，认为这些童话是民族智慧的结晶，"每个值得记录的童话都是具有历史价值的传统的产物，并自然而然地从一个民族人民的思想中产生"。② 罗斯金认为这种传统童话体现了一个民族的文化身份，是"写给山野和森林里的孩子的"，是"真正的童话"。朱丽安娜·霍希亚·埃文太太也赞同罗斯金应该写传统童话的观点，认为现代的童话没法和传统的童话相比，童话创作应该以格林童话为榜样，遵循民间故事的口头传统，"就像从讲故事人的口述中记录下来的那样"。③

在经过格林兄弟的发掘和整理后，格林童话在文学形态上建立了相应的叙述模式。学者彭懿将格林童话的叙事特征归纳为11点，具体包括：一个公式化的开头；一个公式化的结尾；时间、地点及人物不确定；重复；数字"三"；最前部优先和最后部优先；孤立状态；单线索叙述；极端与对比；不描写主人公的心理活动；时间一致性。④ 对上述叙事特征进一步归纳，罗斯金在童话小说《金河王》的创作中对格林的借鉴可归结为三个方面：情节结构、反面人物的简单处理和"三反复"的叙述手法。

格林童话中通常存在着一个善与恶或好与坏的二元对立结构，具体可以体现在美与丑、公正与自私、诚实与欺骗、勤劳与懒惰等因素之间的差异。这种二元对立的处理模式往往使故事中人物的刻画表现为简单化的倾向，常常用对比和夸张手法来强化人物的某一方面的特征，以此来突出善与恶或是好与坏之间的泾渭分明的对比。《白姑娘和黑姑娘》里的善恶对比看故事的题目就可以一目了然，勤劳善良的白姑娘嫁给了国王，而老巫婆和黑姑娘则被关在一个钉满钉子的桶里，被马拉着满世界跑。《亨塞尔和格莱特》里被继母放逐的亨塞尔和格莱特，在经历森林的冒险后，最

---

① Suzanne Rahn, "The Sources of Ruskin's *Golden River*", *Victorian Newsletter* 68 (Fall 1985): pp. 1–9.

② Caroline Sumpter, *The Victorian Press and the Fairy Tale*, Palgrave Macmillan, 2008, p.45.

③ Margaret H Blom & Thomas E Blom, *Canadian Home: Juliana Horatia Erwing's Fredericton, Letters 1867–1869*, Vancouver: University of British Columbia Press, 1983: L–73.

④ 彭懿：《走进魔法森林：格林童话研究》，外语教学与研究出版社2010年版，第272—286页。

终战胜巫婆，安全回到家里。此时继母也已经死去，兄妹俩带回了宝石，与父亲又幸福地生活在一起。罗斯金童话小说《金河王》也突出了这样一个惩恶扬善的基本道德观。故事中正直善良的弟弟最终历尽艰险将圣水滴入了金河，恢复了往日的生机，而两个哥哥则因贪婪邪恶被变成了黑石头。

童话小说《金河王》的情节安排明显借鉴了格林童话。格林童话《霍勒太太》中的两个女孩，无论是勤劳美丽的金姑娘，还是懒惰丑陋的脏姑娘，都经历了一番前往地下的旅程，两人的体验过程几乎重复，但由于性格不同，结果却有天壤之别：勤快的金姑娘从小饱受寡居的继母的虐待，成了家里的灰姑娘。她在纺线时手指出血，染红了纺锤，在遭到继母的斥责后，情急之下她跳入井里去捞纺锤，失去了知觉。醒来时发现自己到了一片天堂般美丽的草地上。她发挥起主动性，将面包从烤炉中取出，将成熟的苹果摇到地上。她一步步战胜了恐惧，经受了生存的考验，并按照老太婆的要求，完成了一个主妇应该做的各项家务。最终因勤劳、诚实受到奖赏，她全身披挂着金子回到家里。

这一情节可以和《金河王》中三兄弟的经历进行对比。无论是英俊，善良的小弟格拉克还是相貌丑陋、自私冷酷的"黑兄弟"大哥施沃慈和二哥汉斯，在得知金河王所说的能使金河变成金子的秘密后，为了能够实现自己的财富梦想，三兄弟都经历了相同的考验，但却得到不同的结果：格拉克因为善良正直很顺利从牧师那里获取了圣水。在遇到了要渴死的老人、小孩和小狗时，格拉克不惜用珍贵的圣水救活了快要渴死的老人、孩子和小狗。最终格拉克通过了金河王的考验，金河王也履行了他的诺言，将金河水引进了宝谷，使荒凉的"宝谷"又恢复了生机。

在对反面人物的处理上，罗斯金也吸纳了格林兄弟的手法。《霍勒太太》中的反面角色懒姑娘与勤劳的金姑娘相反，她受贪婪的驱使，故意将手指刺破，并将纺锤扔到井底，然后自己跳了下去。她经历了与金姑娘相同的考验，却对这些考验不屑一顾，只想着得到与金姑娘一样的金子。她直奔霍勒太太家，自愿当女仆却无力胜任一点家务，一日比一日懒惰，满脑子只想着也能披挂一身金子回家。霍勒太太也看出了她的贪心，于是送她满身永远也洗不掉的沥青作为惩罚，让她带着满身永远也挥之不去的污垢回家，让她从此受到社会的唾弃。在《金河王》中，大哥施沃慈和二哥汉斯丑陋贪婪，在得知把三滴圣水滴入河中就可以使河水变成金子的秘密后，他们竟然为此起了内讧。大哥施沃慈从牧师那偷来了圣水。二哥汉斯贿赂牧师得到了水。在遇到了要渴死的老人、小孩和小狗时，汉斯和施沃慈置要渴死的老人、小孩和小狗等不顾。最终的结果也可想而知：汉斯和施沃慈因为他们的恶行而自食恶果，被变成了黑石。

"三"是民间童话叙事酷爱的数字。瑞士民间文学学者麦克斯·吕蒂认为"三"是民间童话喜用的数字之一，是一个"拥有魔法的意义和力量的数字"。① 丹麦民俗学家阿克塞尔·奥尔里克在谈到"三"在民间故事中的地位时认为：没有任何其他方法可以像数字"三"那样，将大量的民间叙事从现代文学和现实中区别开来。这是一种与众不同的、无情而又严格的典型结构。"② 而格林童话对"三"这个数字也是钟爱有加。仅从格林童话的篇目名称里就可以看出这种偏爱，有指明主人公的，如《克诺斯特和他的三个儿子》《三个懒虫》《三兄弟》《三个走方郎中》《三个手艺人》《三个幸运儿》《三个纺纱女》《森林中的三个小矮人》《三个黑公主》；有指明动植物的，如《三片蛇叶》《三只小鸟》；有指出事物名称的，如《魔鬼的三根金发》《三片羽毛》。此外，格林童话对"三"的偏爱还体现在"三反复"叙事结构手段的使用上。所谓的"三反复"就是类似的话语和类似的事件反复出现三次，类似的三件事可以由一个人完成，也可以由三个人完成，而每一个事件"构成了一个相对完整的情节序列"，"一切情节都是由已出现过的情节所引起的"③，情节与情节之间存在的因果关系推动故事不断向前发展。在"三反复"的叙事结构中，一个事件通常分为起因、过程、结果这三个阶段来展开。一般情况下，叙述的起因总是有象征性的交代，而叙述的中心是在中间的过程，"把中间讲述的一切事件总归于终结，同时导致幸福的解决"④。民间故事的这种"三反复"结构强调了情节之间渐进的发展与因果关系，体现了一种朴素的辩证唯物主义思想。

从总体上看，格林童话中的故事情节通常遵循三步走或三反复规则，

---

① 转引自彭懿《走进魔法森林：格林童话研究》，第 278 页。
② 同上书，第 278—279 页。
③ 转引自万建中《论民间故事的叙事形态》，《江西社会科学》2007 年第 6 期。
④ 万建中：《论民间故事的叙事形态》，《江西社会科学》2007 年第 6 期，第 24 页。

并通过重复和变化来加强。①《活命水》中的三反复模式就是个典型。

第一部分：国王病重，要找到活命水才能救命。三个王子为了继承王位而依次去寻找活命水。大王子在路上遇到小矮人，因态度傲慢而冒犯他，受到小矮人的诅咒而卡在了两山间。

第二部分：二王子在去找水的路上也遇到了小矮人，同样因傲慢而冒犯他，受到诅咒而卡在两山间。

第三部分：小王子自告奋勇去找水，同样也遇见了小矮人，但小王子因谦虚，待人礼貌而得到帮助，最终找到活命水。

通过比较可以发现，第一、第二部分的叙述几乎是重复的，这体现了民间童话在叙述上的特点：用几乎相同的语句叙述故事情节。在童话小说《金河王》中，这种叙述结构为推动故事情节的发展起到了重要作用。故事是这样展开的：大哥和二哥因自私贪婪受到金河王的惩罚，倾家荡产，失去财富。在得知把三滴圣水滴入河中就可以使河水变成金子的秘密后，他们一起奔往金河寻金。首先，大哥施沃慈从牧师那偷来了圣水在遇到了要渴死的老人、小孩和小狗时，他置要渴死的老人、小孩和小狗等不顾，因其恶行最后被金河王变成黑石。而后，二哥汉斯贿赂牧师得到了水，同样在遇到渴死的老人和小孩时，他也因为没有怜悯之心而被变成了黑石。这种叙述方法在最后发生了关键性的变化：弟弟格拉克因为善良正直很顺利从牧师那里获取了圣水。在遇到了要渴死的老人、小孩和小狗时，格拉克不惜用珍贵的圣水救活了快要渴死的老人、孩子和小狗。最终金河王履行诺言，使"宝谷"又恢复了昔日的富饶。民间童话的重复加递进的叙述方式为故事的发展营造了紧张的气氛，衬托人物命运的不同变化，增强了故事的逻辑性与可读性。

不过，虽然童话小说《金河王》在叙事手段上受到了格林童话的影响，但并非是完全的模仿和照搬，而是融入了罗斯金本人的艺术风格，从而使童话呈现出超越格林童话的个性化的艺术色彩，更具有文学性。罗斯金童话的文学性主要表现在人物和景物的细致刻画，人物的心理活动的描写和悬念的设置。当金河王出现在格拉克面前时，故事里有非常细致的描写："小矮子身穿一件开衩的紧身上衣，面料很精细，由精纺的金线织成，上面闪着气色的光，像光彩熠熠的珍珠母的表面。他的波浪形的头发

---

① 刘文杰：《德国浪漫主义时期童话研究》，北京理工大学出版社2009年版，第87页。

和胡子垂向地面,长度相当于身高的一半……"① 当格拉克看到金河飞流急泻,水花飞溅的情景时,出现了这样的心理描写:"这次他没有说话,但心里不禁在想:如果这条河真的是金河的话,那将是很好的事,人们花钱就很方便了。"(第 43 页)童话小说《金河王》对人物外貌和心理的细致描写与格林童话简单程式化的人物描写和不注重人物内心展示的民间童话风格形成鲜明对比。麦克斯·吕蒂在谈到格林童话的特征时认为:"在格林童话里……即使是被认为残酷的场面,只要是与情节的发展没有关系,就不会深入描写,这是民间童话的一个特征。"② 此外,《金河王》虽然也像格林童话一样有一个公式化的幸福结局,因人们的贪婪无度而干涸的金河又源源不断流入"宝谷",丰收换来的金子也源源不断流入了格拉克的家,但同时故事的结尾也揭开了一个悬念。在故事中,看到金光流泻的金河,格拉克不禁说出了自己的愿望:如果那条河中流动的是真的金子,那该会是多好啊!当自己的哥哥穷途陌路要熔掉自己的金杯时,格拉克无意之中解救了掌管金河的金河王。为了表达对解除自己所受魔法的帮助,金河王把金河的秘密告诉了格拉克:只要爬上山顶,向河的源头滴入三滴圣水,那条河将会变成真的金河。最后,经过千辛万苦格拉克终于经受了磨难,将三滴圣水滴进了河里。但令他失望的是河水没有变成金子,而只是恢复了本来郁郁葱葱的景象。罗斯金在"金河"(the Golden River)与"金子的河"(A River of Gold)两个说法上玩弄了一个文字游戏,同时也为故事设置了一个悬念,阐述了自己的财富观:金子是财富,但财富不只是金子,美好的自然环境是更有意义的财富。罗斯金深受格林童话的熏陶,也从中获得了即兴创作的灵感,同时也在童话中融入了自己的艺术观与财富观,丰富了维多利亚童话创作的美学内涵。他踏着格林童话的台阶,叩开了英国 19 世纪文学童话创作殿堂的大门。

作为维多利亚时代的文学家,罗斯金是一个多面的天才。画家与诗人的气质兼具一身使他对艺术与文学有着独特的见解。他"极力主张艺术与文学是姊妹艺术",认为"两者都表现了艺术家的情感和向心力"。③ 他

---

① 文中所引《金河王》的原文均出自罗斯金《金河王》,李翠亭译,花山文艺出版社 2000 年版,第 47 页。以下本章所引该书只标出页码,不再另注。
② 转引自彭懿《走进魔法森林:格林童话研究》,第 286 页。
③ 刘须明:《约翰·罗斯金艺术美学思想研究》,东南大学出版社 2010 年版,第 49 页。

是一位擅长用语言文字进行绘画写生的高手。在 19 世纪的英国文坛上，他本人曾经享有"文字画家"的美名。

罗斯金最钟爱的自然景物莫过于高山和大海了。他曾说过："我一生中有关艺术的作品不是基于我对艺术的爱，而是我对高山和大海的爱。"①从这句话足可以看出高山和大海在罗斯金的艺术和文学创作中的重要位置。他一生中曾有多次游览阿尔卑斯山的经历，这种与自然的互动为他的创作提供了灵感。罗斯金在其自传中写过这样一段经历：

> 一八四一年六月二日，夏日清晨六点，我在连乐堡（Lanelebourg）一间单窗小屋里，从困乏的酣睡中醒来。这里红色的峭壁衬托着蔚蓝，巨大金字塔般的雪峰迎着东方微曦直入谷地。我花三分钟整装，奔驰在林路上，越过溪流，爬上谷地南端的草坡，直到遇见了第一群松木。我重新找回了自己的生命……最美好的一切……②

而在童话小说《金河王》的开头，罗斯金则为我们展现了一幅极其生动的山的美景：

> 在古时候，在斯提利亚的一个偏僻的山区地带，有一个极其富饶的山谷，山谷的周围是陡峭高耸的岩石山，山上常年覆盖着积雪，有好几条激流从山顶急湍而下，其中有一条从西边顺着陡峻的山崖倾泻而下，山崖非常高峻，当太阳落山后，周围的一切都变得很暗，而这条瀑布上仍然闪耀着金灿灿的阳光，因而看起来好像是飞流而下的一条金河，所以，周围居住的人们称它为金河。（第 5 页）

这样的描写仿佛绘出了一幅生动细致的山水画：高耸的群山是画的背景，落日衬托光线的明暗，画面聚焦在了那条金灿灿的河上面，金灿灿的颜色更突出了画面的颜色对比，金河、落日和群山构成了画面的不同层次。而陡峭的岩石与激流的和谐结合，则构成了一幅动静相宜的画面，给

---

① John Ruskin, *Modern Painter*, VoL. I. The Library Edition, 1903, Introduction, XXII.
② 德伯拉·寇根·萨克、简·韦伯：《儿童文学导论：从浪漫主义到后现代主义》，杨雅捷、林盈蕙译，台北：天卫文化 2005 年版，第 46 页。

人一种逼真之感。在这样一幅如画的文字描写中,文字无疑是罗斯金"作画"的"画笔"。"他使用的每个词语都能达到他预想的目标,即通过对比描写的形象并使用他巨大词语库中的优美词汇产生一种音乐之美。"①乔治-兰多(George Landow)认为作为一个视觉翻译家,罗斯金使读者通过阅读他描写的作品而产生出一种身临其境的感觉。②

在童话中我们还可以找到其他的生动景物描写的例子,如格拉克在两个哥哥把自己的金杯放进熔炉中熔化后,闷闷不乐,透过窗户他看见了这样一幅画面:

> 现在正是傍晚,格拉克坐在窗户前,他看见了山顶上的岩石,夕阳西下,岩石变得又红又紫;火一样的云舌,又红又亮,在岩山周围燃烧着、颤动着,这条比周围任何东西都亮的金河,像一个波浪形流动的水柱,自上而下流过一道又一道的峭壁悬崖,金水柱上空,横跨着一道宽宽的双层紫色彩虹,深紫和淡紫相互衬托着。(第41页)

一幅秀美的图画离不开恰当的色彩构成,在罗斯金看来,"色彩是物质美的纯洁的、神圣的要素","完美地使用色彩是一个艺术家最珍贵、最超凡的能力"。③在罗斯金的童话中,亮色,如金灿灿、火红和紫色等,象征着美好,而暗色则象征着邪恶与死亡,如黑兄弟,黑石头等。

罗斯金的"文字绘画"手法不仅体现在对景物的描写上,也体现在对人物和动物的描写上。在罗斯金看来,抓住一个用文字描述的场景的关键是要抓住其中的动感部分。罗斯金认为仅仅依靠形容词和名词,甚至比喻用法来表现景物描写的复杂性与直接性是不够的。他对修辞手法的掌握除了形容词的准确外,还有对句法、动词、时态变化和句子的运用。描述性短语和名词用于描写物体的静止的性质,动词、副词和整个句子结构代表了运动。

在描写事物时,罗斯金细致的"文字绘画"手法给人以逼真、形象

---

① Peter Quennell, "John Ruskin", in *British Writers*, Vol. 5, London: British Council, 1982, 173–186.

② George Landow, "The Aesthetic and Critical Theories of John Ruskin", http: //www.victorianweb.org.

③ 刘须明:《约翰·罗斯金艺术美学思想研究》,东南大学出版社2010年版,第130页。

之感。罗斯金这样描写格拉克看到即将被两个哥哥熔化的金杯:"这个杯子看起来很古怪,杯子柄由两缕金线环绕而成,精美的金丝如飘逸的金发,又如柔美的丝线,好像不是金属似的。这两个金丝环下面紧连着工艺同样精细的胡须状金丝,金丝胡围绕着、装饰着一张威严的脸谱。这张脸谱由最红的金子铸成,位于杯子的正前面。脸上嵌着一双炯炯有神的大眼睛,这眼睛似乎能洞察主宰周围的一切。凡是用这个杯子喝东西的人,都躲不开这双眼睛的炯炯目光。这眼睛仿佛是活的"(第39页)

在描写西南风先生第一次出现时,罗斯金用绘画般的描写手法突出了他的神秘莫测、与众不同。"只见那人身材矮小,长相特别,这样与众不同的人他平生还是第一次见到。这位绅士的鼻子很长,近似黄铜色,末端向外延伸,好像钥匙链上的小军号。他的两个腮帮子又圆又红,似乎在刚过去的八十四小时内,他一直都在竭尽全力地吹火,企图把执意要熄灭的火吹旺。他的眼睛在长长的、如丝般的睫毛后面愉快地眨巴着。他的小胡子在嘴的两边卷曲着,像是两个开塞钻。他的头发长长地披在肩上,其颜色是胡椒和盐混合在一起的奇特颜色。他身高大约有四英尺六英寸。他的头上戴着一顶几乎跟他的身材同样高的圆锥形尖帽,帽子上带着一条大约三英尺长的黑羽饰。"(第13页)

又比如汉斯在拿着圣水前往金河的路上遇到了一条小狗:"那是一条小狗,显然就要渴死了,它的舌头向外伸着,嘴巴干裂,四肢死一样地伸展着,嘴唇和脖子上爬满了黑蚂蚁,它的眼珠转了一下,眼巴巴地盯着汉斯手里的水瓶子。"(第65页)

罗斯金对人物、事物和环境的细腻描写与他的美学观点有很大关系。就罗斯金的美学思想而言,总体来说,是新古典主义和浪漫主义的融合。他阐释了美的两种形态,即典型美与重大美。"重大美"主张生命物体的精神、心理和生命力是由上帝赋予的,而"典型美"是上帝本质在宇宙万物中的呈现。他在阐述"典型美"与"重大美"时特别强调美是上帝的本质在可见世界的呈现,强调自然美的"神性"。在此点上,很明显他是受到了黑格尔美学思想的影响。车尔尼雪夫斯基在转述黑格尔关于"美是什么"的论述时说:"世界上一切事物都是神意(观念)的表现、体现;一切事物的普遍观念无法在任何个别事物上完整、全面而且单独地表现(体现)出来;它只有通过宇宙万物的齐整和谐才会得到完全的表现";"观念在可感觉实体中的这种表现就是美;换句话说,美就是作为观念的充分而纯粹的表现的、个别可感觉的实体,因此,在观念之中,没有一样东西不是通过个别实体而令人可以感觉地表现出来,在这个实体中也不一定有一样东西不是观念的纯粹的表现"。① 由此可见,罗斯金所说的"神性"其实就是"可感觉实体中"存在的"观念",而"观念"的物化就是美的来源。

童话小说《金河王》的创作生动地阐释了罗斯金的文学和艺术追求,而文学和艺术的交融之处则是他的美学观。在罗斯金看来,一个真正的艺术家应该具有这样的境界:"在他的眼里,他周围的世界,在某种程度上,什么事物都是美的,即使不美,也可以用来为美服务。他看到的每一样东西,要么是可爱的,要么是可以变得可爱。他的眼中没有邪恶。他眼里只有上帝,和上帝展示的美好。"②

---

① 董学文:《西方文学理论史》,北京大学出版社 2005 年版,第 160 页。
② 转引自刘须明《约翰·罗斯金艺术美学思想研究》,东南大学出版社 2010 年版,第 121 页。

第 六 章

查尔斯·金斯利和他的《水孩儿》

第一节 生平简介

查尔斯·金斯利（Charles Kingsley）1819年7月出生于英国德文郡的赫恩小镇，是家中的长子，他还有个弟弟，叫亨利·金斯利，后来也成了一名作家。他们的童年是在德文郡的克洛夫利和北安普顿的巴纳克度过的，中学在赫尔斯顿语法学校学习，在学校学习期间查尔斯·金斯利对自然科学，特别是植物学和地理学产生了浓厚的兴趣，还写了一些诗歌。1836年他进入伦敦国王学院走读学习，因成绩优异，1838年秋天又被剑桥大学录取，在玛格达琳学院学习。毕业后他开始在教堂做牧师，1842年被任命为汉普郡埃弗斯利的

查尔斯·金斯利[①]
（Charles Kingsley, 1819–1875）

教区牧师。期间他阅读了F. D. 莫里斯（F. D. Maurice）所写的《基督的王国》（*Kingdom of Christ*）一书，受到很大影响，促使他的思想发生转变，他开始相信真正的宗教不应该与社会、政治问题和人的需要割裂开。于是他积极投身社会活动，尽自己的努力改善教区信徒的工作、生活和教

---

① Photograph from The Library of Congress. Also see from Literature Resource Center. Detroit：Gale，Web. 20 July 2012.

育条件。由于他的出色工作，1844 年被任命为埃弗斯利教区的教区长。1844 年，金斯利与芬妮·格林菲尔（Fenny Grenfell）结婚。婚后他们育有两个女儿，一个儿子。最小的女儿玛丽后来也成为了一名作家，笔名为卢卡斯·马雷特（Lucas Malet）。19 世纪 50 年代受宪章运动的影响，他和 F. D. 莫里斯、约翰·马尔克姆·路德洛和托马斯·休斯等人一起创立了基督教社会主义运动，即一场将基督教教义和社会主义原理相结合的改良运动。1849 年伦敦爆发了疟疾疫情，金斯利不顾辛苦地参加到疾病的防治工作中。后来他针对伦敦令人担忧的卫生和工人的工作条件提出了改革措施，还于 1854 年在伦敦的下议院对此问题阐述了看法。1860 年至 1869 年他担任剑桥大学的历史教授。1873 年，被任命为英国最著名的大教堂西敏寺的牧师。1869 年他辞去了剑桥大学教授等头衔，被任命为切斯特大教堂牧师，期间创立了切斯特自然科学、文学和艺术学会，为后来格罗斯维纳博物馆的建立打下来良好的基础。1872 年他接受了英国伯明翰和中部地区学院的邀请，任该院第十九任院长。1873 年成为英国女王的牧师。金斯利于 1875 年去世，被安葬在埃弗斯利的圣玛丽教堂。

第二节　创作生涯

金斯利是一位学识渊博的学者兼作家，具体地说，他是一位著作颇丰的历史学家、博物学家、社会学家、小说家和诗人。他生性敏感，工作勤奋，富有同情心和正义感，常针贬时弊，笔力雄健。他的创作内容丰富，涵盖对宗教、社会、卫生、政治等问题的思考，题材多样，包括小说、诗歌、戏剧、游记和评论。

《仙女座》（*Andromeda and other Poems*，1858），是金斯利创作的一部诗集，其中收录了他最著名的一首诗《迪河的沙滩》。剧作《圣徒的悲剧》（*The Saint's Tragedy*）以欧洲中世纪的历史为题材，描写了一个悲剧性的爱情故事。他的游记《最后：在西印度群岛度过的一个圣诞节》（*At Last：A Christmas in the West Indies*，1871）记述了他 1869 年游览特立尼达的所见所闻。此外他在剑桥大学和美国所做的讲演也结集出版，主要阐述了他对历史和社会问题的评论，如《罗马人与条顿人》（*The Roman and the Teuton*，1864）和《美国讲座集》（*Lectures Delivered in America*，1875）等。

金斯利的小说可分为三类：现实问题小说、历史小说和幻想小说。金斯利对英国维多利亚时代的社会问题和政治问题有很深入的体察，为揭示现实生活中的贫穷和社会的邪恶，表现他自己当时一些主张社会改革的思想，写有关于英国工人生活困境的小说——《奥尔顿·洛克》（*Alton Locke*，1850）和《酵母》（*Yeast*，1851）。还有小说《两年前》（*Two Years Ago*，1857），该小说描写了一个艺术家的生存状况，书中也表现了作者对当时卫生状况、科学和废除奴隶制度的看法。此外他对历史题材也表现出浓厚的兴趣，著有历史小说——《希帕蒂亚》（*Hypatia*，1853）、《向西去啊！》（*Westward Ho*！1855）和《赫尔沃德》（*Hereward the Wake*，1866）。

为儿童创作童话小说是金斯利小说创作的另一个重要方面，也是他在英国童话小说创作领域占有一席之地的重要原因。事实上，他在达尔文进化论等新理论的影响下创作的幻想作品在当时受到儿童和青少年读者的欢迎。1855 年，金斯利写出了《格劳库斯，或海岸边的奇迹》（*Glaucus*，or *the Wonders of the Shore*，1855），虽然这本书以成年人为对象，但同样受到维多利亚时期儿童们的欢迎。该书融入了作者对于达尔文进化论与宗教关系的看法，体现了他自然神学的思想。《希腊英雄们》（*Heroes*，1856）是一个以希腊神话为原型创作的幻想故事，《"如何夫人"与"为何小姐"》（*Madam How and Lady Why*，1869）则是一部道德童话。金斯利十分关心下层人民的生活疾苦，反对英国当时不合理的儿童教育，这些观点在他的童话小说代表作《水孩儿》（*The Water Babies*，1863）里都得到了充分的体现。这是一个讲述扫烟囱小男孩逃跑并变成水中精灵的童话故事，而这本书的广泛流行促使英国政府制定出相关法律，废除了使用孩子来清扫烟囱的做法。

在这部小说里，金斯利用贴近儿童的语言，把自己最擅长的对大自然的描写融入故事中，将自己创造的幻想世界向孩子们娓娓道来。故事的主人公汤姆个是扫烟囱的小男孩，没有接受过教育的孩子，在人世间受尽欺侮虐待。一次他受老板格兰姆斯的指派去哈特霍维尔爵士府上扫烟囱。因偶然在哈特霍维尔的房间里看到艾莉小姐的圣洁形象后，对比发现了自己肮脏不堪的样子，从而不顾一切要寻找到一个可以清洗自己的地方。在仙女的指引下，汤姆来到了小河里，成为了一个水孩儿。在水中他经历了一系列的奇遇与冒险，先是变成了一个水蜥，对大海的渴望使他不断向前进，最后游入大海成为了水孩儿。后来他又来到一个岛上接受教育，那里有个"自作自受"夫人，根据孩子们的表现好坏给予奖惩；还有个"以己所欲施之于人"夫人，她给予孩子们至善的仁爱。在她们和艾莉的帮助下，汤姆渐渐成长起来。就这样，汤姆完成了自己的水下使命，也完成了他自己的成长之路，他重返陆地，成为了一个大科学家。

第三节　叙事学视阈下的《水孩儿》

叙事学理论把叙事看作一种交流过程，因而涉及信息、信息的传递者和接受者。作为一种叙事形式，文学叙事过程包含发话人、受话人和话语方式等基本要素，这些基本要素同时也是文学叙事研究的关注对象。① 这三个基本要素具体到文学文中就体现为作者、作品和读者之间的交流和互动关系，其根本目的是向读者传递故事的内容和意义。美国叙事学家查特曼　针对文学文本中三个基本要素的关系提出了自己的叙事交流模式：

真实作者…【隐含作者→（叙述者）→（受述者）→隐含读者】…真实读者

这个图表列出六个参与者，中括号内的隐含作者、叙述者、受述者和隐含读者被认为是文本内的结构，而真实作者和真实读者被置于中括号之外，属于文本之外的结构。② 虚线表示真实作者和真实读者与文本之间不存在直接的联系。两个参与者是被放在叙述文本之外的，即真实作者与真实读者。在叙述文本内部的四个参与者中，隐含作者是布斯在 1961 年《小说修辞学》中提出来的。布斯称隐含作者为作者的"第二自我"，作者在写作时，不是在创造一个理想的"一般人"，而是一个"他自己"的隐含的替身。他在解释"隐含作者"的定义时说：

---

① 申丹、王丽亚：《西方叙事学：经典与后经典》，北京大学出版社 2010 年版，第 68 页。
② Chatman Seymour, *Story and Discourse: Narrative Structure in Fiction and Film*, Ithaca: Cornell University press, 1989, p. 151.

对于某些小说家来说，的确，他们写作时似乎是发现或创造他们自己。正如杰西明·韦斯特说，有的时候，"通过写作故事，小说家可以发现——不是他的故事——而是它的作者，也可以说，是适合这一叙述的正式的书记员"。不管我们把这个隐含的作者称为"正式的书记员"，还是采用最近由凯瑟琳·蒂诺森所复活的术语——作者的第二自我——但很清楚，读者在这个人物身上取得的画像是作者最重要的效果之一。不管他如何试图非人格化，他的读者必然将构成以这种方式写作的正式书记员的画像——正式书记员当然决不可能对所有价值都抱中立态度。①

不难看出，布斯的定义涉及了阅读过程中读者对于文本信息的解码，从而构建了一个作者的形象。而从作者的角度来看，"隐含作者"生动描写了作者以某种立场写作的创作状态，为文本建立了某种规范。而"隐含读者"则是与"隐含作者"相对的概念，是文本预设的阅读对象。

儿童文学包括童话作品的创作、传播与接受过程较之成人文学有很大不同。成人文学的写作、传播、接受和评论都是由成人来实现完成，具有内在和外在的统一性，而儿童文学作品虽是冠以"儿童"之名，却摆脱不了创作与接受对象的双重性，即儿童文学的生产和传播过程离不开成人的参与。贝佛利·莱恩·克拉克在探讨儿童文学读者的双重性时说："儿童文学不但为儿童所写，也为成人所写；儿童文学为了出版至少要取悦一些成人们。"② 而佐哈尔·沙维特则认为："儿童文学作家可能是唯一需要针对某一特定读者写作，同时又要吸引另外一些读者的人。社会需要他们的作品既被儿童喜欢又要被成人所认可。这种需要既有复杂性，又存在着本质上的矛盾，因为成人与儿童的品味存在差别，甚至是互不相容的。"③ 从两位学者对儿童文学创作与传播的阐释我们可以得出这样的推论：儿童文学包括童话的叙事交流模式中的"隐含读者"是具有双重性的，一个

---

① W.C.布斯：《小说修辞学》，华明、胡晓苏、周宪译，北京大学出版社1987年版，第80页。

② Beverly Lyon Clark, *Kiddie Lit: The Cultural Construction of Children's Literature in America*. Baltimore: Johns Hopkins University Press, 2003, p. 96.

③ Zohar Shavit, *Poetics of Children's Literature*, Athens: University of Georgia Press, 1986, p. 37.

是"官方的"隐含读者,即少年儿童,一个是"隐藏的"隐含读者,即成人。同时,这种双重性也决定了童话作者在创作过程中必须在儿童与成人间做出某种妥协,也就是既要考虑儿童的欣赏口味,同时也要遵循社会规范。"为了使两方(儿童和成人)都能接受,作家必须要使用一系列复杂的'补偿策略'巧妙地做出让步,同时遵守体制内现行的规范。"① 可以看出,童话作者在作品编码时面临着成人文学不同的对象和抉择,必须恰当地游走于儿童性与成人性之间,相应地,儿童与成人"隐含读者"在解码构建文本过程中也会形成不同的"隐含作者"形象。美国儿童文学研究学者杰克·齐普斯在研究了英国维多利亚时代的童话后就认为那时候的儿童文学作家心中总是有两个隐含读者——中产阶级的孩子和他们的父母,这样他们才能够对权力主义采取一种高贵的道德立场。② 童话叙事中"隐含作者"和"隐含读者"的双重性决定了其与成人文学叙事交流模式的差异,因此,我们不妨借用查特曼的模式来修订一下童话的叙事交流模式:

真实作者…【隐含作者(C&A)→(叙述者)→(受述者)→隐含读者(C&A)】…真实读者
其中 C 代表儿童 A 代表成人

《水孩儿》是查尔斯·金斯利创作的一部童话小说,最初在 1862—1863 年间连载于《麦克米兰杂志》(*Macmillan's Magazines*)。布莱恩·奥德森(Brian Alderson)在该书的序言中称它"仍然是所有童话经典中最不可思议的作品之一"。③ 英国当代基督教历史学家欧文·查德维克则认为这部童话是"维多利亚时代的缩影"。金斯利既是牧师,也是历史学家、社会学家和自然拥护者,这种多重身份使他的作品中呈现出丰富的宗教、社会和自然的内涵。

学者们也从文本体裁、叙事结构、思想内涵等方面对这部作品进行了

---

① Zohar Shavit, *Poetics of Children's Literature*, Athens: University of Georgia Press, 1986, p. 93.

② Jack Zipes, Victorian Fairy Tale: the Revolt of Fairies and Elves. Rougledge: London, 1987, Preface, XⅨ.

③ Charles Kingsley, *The Water Babies*. (ed.) Brian Alderson, Oxford: Oxford World's Classics.

不同的解读。汉弗莱·卡本特结合金斯利的个人经历分析了童话的创作背景、故事中的性符号和死亡意象，认为童话并非像作者宣称的那样是"道德和社会的寓言"，而是作者在面临信仰危机是所创造的解构文本，是一种新的体裁。他认为："之前还从没有人敢把童话和一种全新的创造结合起来：作品中的水孩儿，夹杂着对贫苦劳动阶级工作条件的评论，充斥着对海洋生物生活习惯的描写，还掺杂着'但丁式'的炼狱中的道德与精神教育。这在格林、贝洛或是其他人的童话作品中都没出现过。"①斯蒂文·普利卡特研究了童话的结构形式，认为这部童话是"少有的颠覆性道德教育文本"，与其说是模仿了班扬的风格，不如说是仿照了斯特恩和拉伯雷。②他认为在童话寓言结构的深层中存在着复杂的叙事，细致逼真的细节描写与纯幻想的美学结构相结合，每一步都悬置非现实与不可能性。还有的学者研究了童话中的达尔文进化论的影响。简·韦伯认为金斯利在故事中创造了"另一个世界"来作为研究达尔文主义与自己宗教信仰关系的"根据地"，从而解决现实生活中无法解决的问题。③也有的学者运用弗洛伊德的精神分析理论对童话的主人公汤姆进行了分析，认为这是一个"关于手淫的寓言"，汤姆必须抵制诱惑，改掉这个坏毛病才能进入天堂与艾利结婚。④

如仔细考察《水孩儿》的叙事结构，构建文本中的隐含作者，我们还能发现其中隐藏着种族主义的影子。第一个镜像是天使般圣洁的小姑娘艾莉与黑乎乎的扫烟囱小男孩汤姆之间的对照。当汤姆因为扫烟囱而走进艾莉的房间，惊讶地看到"雪白的被单之下，雪白的枕头之下，躺着一个汤姆从没见过的最美丽的小姑娘。她的双颊几乎和枕头一样洁白，头发就像金丝一般铺在床上"。⑤相比之下，当汤姆在房间中发现镜子中的自己时，"突然看见，紧挨在他身旁站着一个瘦小、丑陋、一身破衣烂衫的黑糊糊的身影，一双烂湿的眼睛，龇着一口白牙。他怒冲冲地转身对着

---

① Humphrey Carpenter, *Secret Gardens: A Study of the Golden Age of Children's Literature*, London: George Allen&Unwin, 1985, p.24.

② Stephen Prickett, *Victorian Fantasy*, Indiana University Press, 1979, p.153.

③ 德伯拉·寇根·萨克、简·韦伯：《儿童文学导论：从浪漫主义到后现代主义》，杨雅捷、林盈蕙译，台北：天卫文化 2005 年版，第 92 页。

④ Chitty, Susan, *The Beast and the Monk*. Hodder&Stoughton, 1974, p.220.

⑤ 查尔斯·金斯利：《水孩儿》，一目译，人民文学出版社 2006 年版，第 15 页。

它。这么一个黑不溜秋的小猿猴在这样一位甜美的年轻小姐的房间里想干什么?"① 正是这样的比较让汤姆不禁思索:"是不是所有的人洗干净以后,都会像那样呢?"这种羞愧之感让汤姆忘记了扫烟囱的任务,拼命地逃开了,"像一只逃往树林里的黑不溜秋的小猩猩"。这也驱使汤姆不顾一切地想找到水去清洗自己,他跳进了小河,变成了水蜥,又游进了大海变成了水孩儿,后来在仙女的教导下,又变成了陆地上的孩子,最后成为"大科学家了,能够设计铁路、蒸汽机、电报机和来复枪,等等。这一切都得益于他在海水下面做水孩儿时学到的一切"。② 汤姆从"陆地孩子"到"水孩儿"再变回到"陆地孩子"的过程一方面可看作是一个孩子的成长故事,另一方面也描绘了人进化的路线图。正如在故事的最后作者向读者娓娓道来的话语:

> 亲爱的小朋友,现在我们应该从这个寓言中学到什么呢?我们应该学到37或是39件事,我还不好确定。不过我们至少要到这一点:当我们在池塘中看见水蜥的时候,千万不要向它们扔石头,或是用曲别针抓,或是把它们同棘鱼一起放在鱼缸里,因为棘鱼会刺破它们的肚皮,吓得它们跳出鱼缸,掉进工人的工具箱里而不得好死。这样的水蜥只是一些呆头呆脑,脏兮兮的水孩儿,不记得教训,不知道干净。因此(这一点虽然那些比较解剖学家现在还无法解释给你们,但相信50年后会告诉你们),这些水蜥的头部会变平,下巴会变得突出,脑袋会越来越小,尾巴越长越长,肋骨则消失了(我想这一点是你们不愿看到了),它们的皮肤上出现了斑点,变得脏兮兮的,他们不生活在清澈的河流中,更不用说是广阔的大海里了,而是游荡在肮脏的池塘里,生活在淤泥中,以小虫为生,这就是它们应得的。
>
> 不过这些不是你们要去虐待它们的理由,而是应该同情它们,善待它们。希望有一天它们能够觉醒,以肮脏、懒惰和愚钝为耻,进而彻底改过自新。如果能够做到这些,那么在379423年,加9月,加13天,加2小时,再加21分钟之后(因为任何事都可能走向反面),加上勤奋肯干,多多洗浴,它们的脑袋就会越来越大,下巴也会变

---

① 查尔斯·金斯利:《水孩儿》,一目译,人民文学出版社2006年版,第16页。
② 同上书,第192页。

小，肋骨又重新长出，尾巴也没有了，又变成了水孩儿的模样，之后还可能变成成年人。

或许它们不会转变吧？哦，我相信你应该比较清楚。不过，还是有人喜欢那些可怜的小水蜥。它们从不危害他人，或许它们能够做到。它们的唯一的缺点是不做有用的事，就像成千上万比它们高级的动物一样。可那些鸭子呢，那些梭鱼呢，那些棘鱼呢，那些水甲虫和那些淘气的孩子呢，它们就像苏格兰人所说的那样"被挣得很惨"。所以有些人希望他们有一天，在某个地方，在某个时候能有改造自己的机会，这样才公平。

那么你应该学到些什么了吧，感谢上帝你有很多冷水来洗浴，就像真正的英国人那样。如果我的故事不真实，那么还会有别的故事更好，更真实；我说的要是不对，那就是你说的对，只要你勤奋刻苦，多多沐浴冷水。

不过千万要记住，就像我开始时强调的那样，这只是一个虚构且有趣的童话，所以，即使里面所说的东西是真的，你也不要相信啊。①

从上述引文中我们可以找到文本进化的条件，一是"勤奋肯干"，一是"多多洗浴"，并且要"像真正的英国人那样"（like a true Englishman），用"很多冷水（cold water）来洗浴"。另一个镜像是为了说明勤奋肯干的重要，在故事中，仙女还向汤姆举了懒人的例子。懒人国的人生下来就衣来伸手，饭来张口，过着无忧无虑的日子，后来由于自然环境的变化，他们的日子越来越艰辛，懒于劳作的他们最终变成了猿猴。仙女在总结这个例子时告诉汤姆："假如我能把兽变成人，同样，通过自然选择，物种竞争，我也能将人变成兽。小汤姆，你有一两次差点变成兽呢。说实话，如果你没下定决心出去闯闯，像英国人（like an Englishman）一样出去看看外面的世界，我可不敢说你会不会变成池塘里的水蜥呢。"②从这些叙述的文字我们不难构建出书中对于进化的逻辑：肯干与洗浴是进

---

① Charles Kingsley, *The Life and Works of Charles Kingsley*, Macmillan Co., Ltd, 1903, pp. 201–202.

② 查尔斯·金斯利:《水孩儿》，张莉、王艳译，中国国际广播出版社2009年版，第199页。

化的条件,而"像英国人一样"则是进化的方向。隐含作者在叙述"一个虚构且有趣的童话"的同时,也编织了一个"英国人至上"的种族优越的逻辑。

为了更好地研究金斯利童话小说中的种族优越论,我们不妨进一步考察一下隐含作者与真实作者的关联。作为一名维多利亚时代的基督教牧师和小说家,金斯利也同样对自然史感兴趣。当达尔文1859年发表他震惊世界的科学著作《物种起源》时,金斯利首先对他的观点表示赞许:"很久以前,从观察家养的动物和植物的杂交时起,渐渐开始怀疑物种不变的教条。"① 而达尔文则在《物种起源》的第二版中加入了金斯利的评论,写道:"一位著名的作家和神学家写信告诉我说'他已经明白相信上帝创造了一些可自由和按照需要发展的原型物和相信上帝需要有新的创造行为弥补他的创造法则都是神圣的观念'。"② 金斯利对进化论的支持与吸收在童话小说《水孩儿》中有非常明显的体现。扫烟囱男孩汤姆由现实世界进入了童话世界,从小河游向大海,经历了由水蜥,到水孩儿,最后回到陆地上成为大科学家的进化旅程。而同时,要实现这些由低级到高级的进化就需要满足"勤奋肯干,多多洗浴"的条件。另一方面,金斯利没有亦步亦趋地照搬达尔文的理论,而是把生物进化论和条顿人优越论(Teutonism)的历史观结合起来,试图建立一种新的自然神学论,把自然史与国家历史融合在一起。在剑桥大学所做的讲座中,金斯利亲切地称条顿人(Teuton)为"我们的祖先"(Our forefathers)。③ 对于有些学者认为条顿人缺少明确的法律时,金斯利进行了强烈的驳斥,认为条顿人的法律是"简洁而明确的","为英国的宪法和法律奠定了基础",④ 在金斯利看来,条顿人是"森林的孩子","伟大的孩子,高贵的孩子",虽然是孩子但却具有"成人般的力量"。⑤ 不难看出金斯利在论述中极力鼓吹条顿人优

---

① Charles Darwin, Darwin, F, ed., *The life and letters of Charles Darwin*, including an autobiographical chapter, London: John Murray, 1887, p. 287.

② Charles Darwin. *On the Origin of Species by Means of Natural Selection, or the Preservation of Favoured Races in the Struggle for Life*, London: John Murray, 1860, p. 481.

③ Charles Kingsley, *The Roman and the Teuton: A Series of Lectures Delivered Before University of Cambridge*, London: Macmillan and co., Ltd, 1913, p. 8.

④ Ibid., p. 9.

⑤ Ibid., p. 5.

越、高尚的论调，充满种族主义的色彩。乔纳森·康林就认为条顿人优越的思想奠定了金斯利对于历史科学和未来自然神学理解的基础。①

这种"条顿人优越论"不但体现在对有色民族的歧视上，还体现在对白种弱小民族及其历史的贬低上。在历史小说《赫尔沃德》中，爱尔兰人被当作弱小民族与新西兰的毛利人相比，都被认为没有外族帮助就无法更好地生存的民族，例如爱尔兰的港口是荷兰人建设的等。金斯利认为这样的民族还没发展到有历史可写的程度，他们所宣称的历史只是"枯燥的，凌乱的谋杀与灾难的记录"。② 而相反，在金斯利的作品中，条顿人则常被描写成彪悍、果敢和阳刚的形象。历史剧《圣徒的悲剧》以中世纪的匈牙利为背景，描写了匈牙利公主伊丽莎白的爱情故事。剧中的沃尔特是个条顿人，在匈牙利国王手下为臣。他身上充满着条顿人特有的"健康的野性"，总是对女人的多愁善感嗤之以鼻，在剧中是力量的化身。剧中的康拉德是罗马教皇派到匈牙利为公主伊丽莎白服务的修道士，也是一个与沃尔特形成对比的人物，他"圆滑，没有激情，细致得像个女人"。国王本打算把女儿伊丽莎白嫁给图林根伯爵刘易斯，当康拉德发现自己也同样爱上公主时，便以性是罪孽为理由极力阻挠这门婚事，最终公主抑郁而死。沃尔特虽不是主要人物，但他作为条顿人的正面形象与康拉德的虚伪、不具男子气形成了鲜明的对比。

金斯利的历史观和条顿人优越论无疑驱使他在童话文本中有意识地建构了两个隐含作者，一个是针对儿童的，以童话形式进行说教和道德教育的文本，一个是针对成人读者的，以宣扬条顿人优越论为目的文本。童话隐含作者和隐含读者的双重性决定了文本总是具有多义性的。

---

① Jonathan Conlin, An Illiberal Descent: Natural and National History in the Work of Charles Kingsley, *History*, 2011, V. 96, pp. 167–187.

② Charles Kingsley, *Hereward the Wake*, London and Cambridge: Macmillan and Co., 1866, p. 92.

第 七 章

"乘着北风遨游":
乔治·麦克唐纳的童话小说创作

第一节 生平和创作生涯

乔治·麦克唐纳（Gorge Macdonald）1824年12月10日出生于阿伯丁郡亨特利镇的一个农民家庭，从小就在基督教新教派别——带有加尔文主义色彩的公理会的环境中成长，不过他对加尔文主义所宣扬的教义并不感兴趣。这个身体羸弱的孩子是在乡村小学里接受的教育，在那里，盖尔语神话和旧约故事广为流传，家喻户晓，小麦克唐纳也深受这些神话的影响。19世纪40年代初，他来到阿伯丁郡大学深造，获得了道德哲学和自然科学的学位。后来，他又到伦敦海布里学院学习成为公理会牧师的相关技能和职责。1850年，他通过自己的努力成为英格兰西萨塞克斯郡阿伦德尔市的一名牧师。由于他不愿像教会权威所期望的那样进行

乔治·麦克唐纳[①]
（Gorge MacDonald, 1824 – 1905）

---

① Photograph from http://en.wikipedia.org/wiki/George_MacDonald.

教条的布道，三年后，他被人控告散布"异端邪说"，不得不辞去了牧师职务。

1851 年，麦克唐纳和他在神学院时就定下婚约的伴侣——路易莎·鲍威尔（Louisa Powell）正式结婚，婚后育有六个儿子，五个女儿，其中小儿子格雷维尔后来也成为作家，并为父亲麦克唐纳写了传记。尽管麦克唐纳当时在写作方面已经小有名气，但他仍然需要时常依靠朋友的捐助来养家度日。幸运的是，麦克唐纳结交了许多朋友，其中就有 C. S. 刘易斯、马克·吐温、G. K. 切斯特顿、亨利·朗费罗、惠特曼等著名作家和诗人。

在 19 世纪 70 年代，麦克唐纳受到邀请，前往美国进行演讲活动，在那里受到包括 R. W. 爱默生在内的美国作家和观众们的热烈欢迎。与此同时，英国也向他发出了邀请，一个待遇优厚的政府职位在等着他，但他没有接受。1877 年，维多利亚女王授予他英国皇室养老金。1880 年，他来到了意大利的旅游胜地波迪吉拉，并在那里度过了从 1881 年到 1902 年的大部分时光。1902 年，在罗斯金夫妇金婚纪念的第二年，他的妻子去世了。这个沉重的打击让年迈的麦克唐纳大病一场，身体状态也每况愈下。随后他回到了英格兰，度过余下的时光。1905 年，罗斯金在一个偏僻的乡村悄无声息地辞别人世，其遗体被火化后送到波迪吉拉，安葬在他妻子的身旁。

麦克唐纳一生的文学创作可分为三类：诗歌、现实主义作品和幻想文学作品。麦克唐纳对写诗情有独钟，对诗的爱好超过其他文体的写作。他认为诗歌是最高的艺术形式，诗歌的想象更能彰显生活的意义。1855 年，他出版了第一部作品——长篇悲剧诗《里里外外》（*Within and Without*），1857 年又出版了诗歌作品《诗集》，不仅受到著名作家金斯利的赞赏，而且得到众多读者的好评。

1863 年他推出了《大卫·爱尔琴布洛德》（*David Elginbrod*），故事充满了神秘主义色彩，描述了苏格兰乡间地位虽低微却非常高尚的两个人物，虔诚的农夫和他的女儿的故事。但使得他大获成功的作品还是他用苏格兰方言的形式写的带有自传色彩的作品《亚历克·福布斯》（*Alec Forbes*，1865）和《罗伯特·福尔科纳》（*Robert Falconer*，1868）。除此之外麦克唐纳创作的现实主义作品还有《马尔科姆》（*Malcolm*，1875）和《道纳尔·格兰特》（*Donal Grant*，1883）。

麦克唐纳的幻想作品可分为成人写的幻想小说和为儿童写的童话作品。1858 年发表了成人幻想小说《幻想家》(*Phantastes*)，1895 年又出版了借用犹太神话莉莉丝女神形象的道德寓言《莉莉丝》(*Lilith*)。麦克唐纳是英国 19 世纪非常重要的儿童文学作家，作品在当时产生了巨大的影响。在 19 世纪 60 年代他写作了童话《轻轻公主》(*Light Pricess*) 和《白昼男孩和夜晚女孩》(*The Day Boy and the Night Girl*)。1871 年，他发表了自己最著名的童话小说《在北风的背后》(*At the Back of the North Wind*)。1872 年出版了《公主和妖魔》(*The Princess and the Goblin*, 1872)。1877 年，他以连载形式开始发表另一部优秀儿童文学作品《公主和柯迪》(*The Princess and Curdie*)。

此外，他专为儿童创作的作品还有《拉纳德·巴内曼的童年》(*Ranald Bannerman's Boyhood*, 1871)、《聪明女人》(*The Wise Woman*, 1875)。《拉纳德·巴内曼的童年》叙述了一个失去了母亲的男孩的成长经历，情节曲折离奇，人物个性鲜明，有迷人的苏格兰高地故事讲述人，有勇敢的放牛娃，有可爱的马梅西，还有邪恶的科尔皮。而故事的最后拉纳德也通过自己的冒险经历表现了勇气与正直的重要意义。《聪明女人》讲述了一个具有神奇魔力的女人拜访两个女孩的故事。这两个女孩一个是公主，另一个是牧羊人的女儿。故事中涉及了对维多利亚时代子女教育问题的看法，提出了一些超前的观点。

第二节 想象与真理：麦克唐纳的童话文学观

乔治·麦克唐纳的幻想文学不仅影响了维多利亚时代的儿童与成年读者，而且对当时的作家也产生了巨大的影响。切斯特顿在谈到麦克唐纳对他创作的影响时说："有这样一本书，它影响了我的生活，帮助我形成了看问题的不同的视角；其对事物的洞察力真实，具有革命性，就如信仰的改变最终完成且坚定那样。我读过了该作家写的所有作品，这部作品最为真实，最具现实意义，词汇的意义最具生活化。它就是麦克唐纳的《公主与妖魔》。"[①] 而 C. S. 刘易斯则把麦克唐纳称为"我所认识的最伟大的

[①] Gilbert K Chesterton, "Introduction", *George MacDonald and his Wife*, Greville MacDonald, London: George Allen & Unwin, 1924, p. 1.

神话创造天才",把他看作指引自己的"精神导师"。① 而 W. H. 奥登认为,麦克唐纳"是一位卓越的神话作家",能够把"自己的精神生活投射到人们都认同的意象、事物和景物之中,是 19 世纪最伟大的作家之一"。②

学者们从主题、童话的想象和宗教含义等角度对麦克唐纳童话《在北风的背后》进行了研究。玛丽琳·潘伯顿分析了维多利亚时代精神危机的背景,阐释了麦克唐纳的童话小说《在北风的背后》的死亡主题,认为麦克唐纳"利用童话的特质表明死亡不是幸福生活的结束而是另一道幸福之门",从而帮助人们重建对于死后世界的信仰。③ 柯林·曼洛夫分析了这个童话中蕴含的宗教色彩,主人公小钻石既是现实中的人物,也是超现实世界中的另一个"基督"形象,麦克唐纳在童话中诠释了一个历史、幻想与现实融汇的"混合文本"。④ 莱斯利·史密斯也从人物性格和角色的角度把小钻石与《圣经·旧约》中的先知但以理进行比较,探讨了童话的宗教含义。⑤ 约翰·潘宁顿则比较了麦克唐纳与约翰·罗斯金在童话观和想象问题上的差异,指出罗斯金用想象书写童话,反映了他身处现实世界之中,描写了童年淹没于经验世界的痛苦,强调童话的道德教育意义;而麦克唐纳则强调童话叙事的美学特质,强调童话蕴涵的多义性。⑥

麦克唐纳在创作童话作品的同时也发表了自己对于童话中的基本问题的看法,如童话的定义,童话的想象和想象的培养问题等。他认为"童话"一词来自德语中的"Marchen",但由于英语中没有对应的说法,所

---

① C. S. Lewis, *George MacDonald: An Anthology*, London: Geoffrey Bles, 1946, Anthology xviii.

② W. H. Auden *Prose*, *Volume III*, 1949 – 1955; London. Faber & Faber, Ltd, 2008.

③ Marilyn Pemberton, The Ultimate Rite of Passage: Death and Beyond in "The Golden Key" and *At the Back of the North Wind*. North Wind, 2008 (27), pp. 35 – 50.

④ Colin Manlove, A Reading of *At the Back of the North Wind*, *North Wind*, 2008 (27), pp. 51 – 78.

⑤ Lesley Smith, Old Wine in New Bottles—Aspects of Prophecy in George Macdonald's At the Back of the North Wind, *For the Childlike: George Macdonald's Fantasies for Children*, McGillis, Roderick, (eds.), London: The Scarecrow Press, Inc., 1992, p. 161.

⑥ John Pennington, The "Childish Imagination" of John Ruskin and George MacDonald: Introductory Speculations. *North Wind* 1997 (16), pp. 55 – 65.

以只好用了"fairytale"这个词。在英语中,"fairytale"直译为"仙子故事",不过麦克唐纳认为有些这样的故事却与仙子无关。麦克唐纳给童话下了一个非常形象的定义:"如果问我,什么是童话?我会说:读《温蒂妮》吧,那就是童话;读读这本和那本,你就会发现什么是童话。"①《温蒂妮》(Undine)是德国浪漫主义作家莫特·福开(Friedrich de la Motte Fouqué)创作的一部童话故事,19世纪被翻译成英文后在英国受到了极大的欢迎。故事描写了水中精灵温蒂妮为了找回自己的灵魂与骑士哈德布兰德(Huldebrand)的爱情故事。麦克唐纳认为艺术家创作童话的过程也就是用幻想创造另一个世界的过程。与我们生活的现实世界存在着管理和约束人们行为的准则与规范相同,幻想的世界也存在着自己的规则。"他的世界(幻想文学作品)一旦创造,接下来发挥作用的最重要规则就是约束这个新世界存在的准则之间相互和谐;在创造过程中,创造者必须遵守这些准则。"② 在麦克唐纳看来,幻想世界的创造需要有系统性和连贯性,有其自身的规则,能够把读者带入一个与我们的现实世界具有相同一致性的新世界。如果幻想文学的创造者违反这种规则的话,那么,"他忘记规则的那一刻,创造故事的假定就不可信了",所以"为了'生活'在这个幻想的世界中,我们必须遵守它存在的规则"。③ 麦克唐纳认为童话的幻想世界有其自身的美学价值,也同样,反映了现实世界的真理。在论述规则、美、真理、想象和奇想之间的关系时,他指出:"规则是美生长的唯一土壤;而美是真理唯一的衣裳;如果愿意,你可以说想象(Imagination)是为真理剪裁合体衣裳的裁缝,称奇想(Fancy)为缝制这件衣裳的工人,或说充其量装点了一下纽扣眼。"④ 从中不难看出,讲述真理是麦克唐纳幻想世界的核心内容,"没有真理,美就不能成为美,童话也不会产生乐趣"。⑤

麦克唐纳对童话作品的意义也有自己独特的看法。他认为童话不同于寓言,虽然"其中会有寓言的成分,但并非寓言"。在他看来,好的寓言是艺术家的创造,不会让人产生精神疲倦。他认为:"一件真正的艺术品

---

① George Macdonald, *A Dish of Orts*. Pennsylvania State University, 2006, p.232.
② Ibid., p.233
③ Ibid..
④ Ibid..
⑤ Ibid..

应该具有多义性；艺术越纯粹，包含的意义就越多样。"① 麦克唐纳认为童话作品的多义性与词汇的生命力密不可分，"词汇是活生生的东西，可以被用来实现不同的目的"。词汇可以表达科学的事实，也可以把婴孩的梦境投射到母亲的心间。② 在他看来，童话的欣赏与奏鸣曲的欣赏有共同之处。当人们欣赏一首曲子，不同的人对曲子的意义会有不同的理解。同样，儿童根据自己的爱好，也会找到他们对故事的理解，解读故事的意义，因此向他们灌输更多的意义是多余的。因此，麦克唐纳认为对别人所做的最好的事情除了唤醒良知以外，不是去给人思考的主题，而是让别人自己去思考。"自然是能够唤起人的情感，引发人的思考的，奏鸣曲和童话也理应如此。"③

想象性是童话文学的重要艺术特征之一。童话作家通常用自己的奇思妙想或是在平凡的现实中加入神奇的生物，奇妙的魔法和神秘的仙境，或是构造一个幻想的，与现实世界迥然不同的，有过去、现在和未来的幻想的"另一个世界"。麦克唐纳的想象则把读者带入了他所建构的"幻想世界"。简单地说，他认为想象就是"创造相似性"④。具体来说，他把"想象"定义为："表达思想的能力，不一定是用语言表达的形式，还可以用形状或声音的形式表达，或是任何感官能够掌控的形式。"⑤ 麦克唐纳对想象的认识与他的宗教信仰有密切联系。出生于阿伯丁郡亨特利镇一个农民家庭的麦克唐纳从小就生活在有加尔文主义色彩的公理会的环境中，然而他对于这样的基督教新教派别所宣扬的教义并不感兴趣。19世纪40年代初，在阿伯丁郡大学获得道德哲学和自然科学的学位后，麦克唐纳到伦敦的海布里学院学习成为公理会牧师的相关技能和职责。1850年，他成为了英格兰西萨塞克斯郡阿伦德尔市的一名牧师。宗教背景也影响了他对想象的看法，他认为探寻上帝的创造是想象的重要功能，"想象由现实的存在所引起，并受其滋养；在这些现实存在中寻求更高的法则，不把科学看作是自然的唯一解释者，也不把科学作为新发现的唯一领

---

① George Macdonald, A Dish of Orts, Pennsylvania State University, 2006, p. 233.
② Ibid..
③ Ibid..
④ Ibid., p. 7.
⑤ Ibid..

域"①。因此,他认为"人的想象是上帝想象的形象创造",是上帝力量施加给人类并变成人的能力的体现,因而把这种能力叫做"创造力"(Creative faculty),而把这种能力的实施叫做"创造"(Creation)。他把创造者与诗人等同起来,认为"诗人即是创造者"。在他看来,时代的进程是上帝的科学,而历史的发展演变则是上帝的诗作,所以上帝是最伟大的诗人。他认为人是上帝思想的产物,是"上帝想象的子孙","人的思想是上帝思想的结果"。不难看出,麦克唐纳把上帝的想象看作第一性,而人的想象则是第二性的。"与其说是人创造了自己的思想,不如说他们创造了表达思想的形式。"②

麦克唐纳总是把想象与诗歌联系在一起,认为"语言的一半是想象",而"诗歌是内心世界语言的源泉"。③ 无疑他所说的"内心世界的语言"指向了人类想象的世界,揭示了内心世界的丰富性、多样性和创造性。不过这种想象的语言并非是为了迎合人的需要,因为"这些词越适合人的需求,越世俗化地使用,就会很快失去它们诗意的一面",最终只是成为符号,从而失去了象征意义。

麦克唐纳认为在发挥想象力作用的时候,人还应该充分认识智力的功能,因为"没有智力就不会有想象"④。在他看来,人类纯粹智力的领域是狭小的,而想象则能拓展其领域,因此要发现上帝的创造,人类就必须在想象力的指导下发挥智力的作用。麦克唐纳还论述了想象与其他学科的关系。在谈到想象与科学之间的关系时,他认为人的想象力能够在规则和定律发现之前做出预见,建构某种科学的假设,因而是发明创造的源泉。在论及想象与历史的关系时,他认为历史是发挥想象作用的"最重要领域",他把这种想象称为"智慧建构的想象"(Intellectuo - constructive Imagination)。具体来说,想象能够发现历史规律,确定历史循环及其原因,认识人类精神活动的意义,从一系列断续的现象中构建出一个符合人类本质的整体认识,找出在历史事件中起主要作用的力量,类比个体的生活来阐明整体的规律。而在其中麦克唐纳特别强调了"先知先见"

---

① George Macdonald, A Dish of Orts, Pennsylvania State University, 2006, p.6.
② Ibid, p.8.
③ Ibid, p.11.
④ Ibid, p.13.

(Prophecy)的作用，认为它能够通过构建个体的生活来认识一个种族的历史，因而是"历史想象发挥作用的最好例证"。①

在想象力的培养问题上麦克唐纳认为书虽然不是唯一的方法，但却是最直接的途径，因为书是人欣赏美和锻炼想象的材料，提供了人成长的精神食粮。在他看来，"用想象力创造的产品也是培养想象力产生的最佳滋养"。

第三节 亦真亦幻，虚实共存：《在北风的背后》解析

对于梦境的描写是麦克唐纳特别注重的一个主题。他最喜欢的一句话来自德国哲学家诗人诺瓦利斯——"我们的生活不是梦境；但它应当，也许就会成为梦中的世界。"在童话小说《在北风的背后》中，麦克唐纳就用他丰富的想象创造了一个似梦似真，梦境与现实交织难辨的世界。主人公小钻石是马车夫的孩子。一天夜里，在似睡非睡之时，北风刮掉了他居住的干草房墙上的木板，闯了进来。就这样北风成了小钻石的朋友，时常带他去冒险，带他飞跃草地，飞过城市的教堂，跨越海洋。北风善良的女神形象只会展现给那些她认为善良的人们眼前，而对那些恶人她会显示凶狠的一面，向恶狼一样。北风还与小钻石讨论美与丑、善与恶、生与死等问题。北风的出现让小钻石对去北风的背后产生了一种难以名状的向往，最后他死了，"他们以为他死了，我知道他去北风的背后了"。

梦是人类所拥有的一种既普通又独特的生理与心理现象，古往今来的许多文学作品中都有梦的影子。人们这样论及梦的特征，"当我们做梦时，我们进入一个可以被描述为魔域的世界，在那里，几乎任何事物和感觉都不受到约束：我们能飞到遥远的地方，我们可以与动物和死去的人对话，经历各种非凡的转变。此外，在梦中我们可以体会到神奇，不仅自己身临其境，而且我们还会被梦转变成别的东西"。② 麦克唐纳认为梦境将人繁杂的经验世界带入了幻想的"另一个世界"，在他看来，"我们离那些无形的事物比离有形的事物更近些"。

童话小说《在北风的背后》采用了一实一虚两种假定方式的元叙事

---

① George Macdonald, A Dish of Orts. Pennsylvania State University, 2006, p.17.
② 安东尼·史蒂文斯：《人类梦史》，杨晋译，海南出版社2006年版，第177页。

策略，实的假定方式是现实，虚的假定方式是梦幻，虚实共存，幻想与现实有机结合在一起。童话存在一个现实的叙事框架：第一人称的"我"听到了生活在伦敦的马车夫的孩子小钻石梦中与北风遨游的经历。"我"便将故事讲述给读者："你们一直要我讲讲'北风的背后'的故事。一个古希腊作家提到，曾经有一个民族在那儿生活过，那儿的生活安逸得使人受不了，结果人们在安逸中消亡了。我的故事完全不一样，我认为希罗多德的记载不可信。我要讲的是一个去过北风的背后的男孩的故事。"① 同时作为故事叙述者的"我"也是故事中的人物，这一点在最后结局部分交代故事来历时"我"才做了交代："这之后不久，我就认识了小钻石。我在一户人家当教师，这家人的土地紧靠曼德庄园。"② "我"是故事的实的视点，把小钻石和他在伦敦、曼德庄园的生活联系在一起。同样，童话中还存在一个虚的视点，即小钻石梦中的视点，把他与北风遨游的经历联系在一起。两个视点在小钻石身上产生了重叠，虚虚实实，给人一种虚实难辨，恍恍惚惚的梦幻之感。

具体来说，虚的视点由小钻石一系列连贯的梦境组成，构成了一个幻想的世界。每一个梦境都遵循入梦——梦中——出梦的小叙事循环机制，而梦境与现实的间隔又连续则构成了一个亦真亦幻的大叙事循环。故事的主人公小钻石住在马棚上面一间矮小的阁楼里面，阁楼一面墙全都是由木板搭成，破旧的木板用刀尖一戳就会穿透，北风就会呼啸刮进来。墙上用牛皮纸糊成的小洞便成了小钻石进入虚幻梦境的进口："晚上，小钻石蜷缩睡下，压根儿没想起墙上的那个洞来。然而，不一会儿，他抬起了头，凝神细听。谁在对他说话？狂风再起，风声越来越大，越来越紧。肯定有人在说话，而且离他很近。"③ "话音未落，狂风刮落了墙上的一块木板，风涌进房间，掀起了小钻石的被子，他一下子惊跳起来。一张巨大、美丽、苍白的女人的脸，向他俯来。"④ 就这样北风出现在了小钻石纯真的视野中。高傲威严的北风只会对她选中的善良的人展示她高贵的身姿，而对待邪恶的人则会表现她冷酷无情的一面。北风带领小钻石飞过草地，掠

---

① 乔治·麦克唐纳：《北风的背后》，杨艳萍译，广西师范大学出版社2002年版，第1页。
② 同上书，第298页。
③ 同上书，第4页。
④ 同上书，第9页。

过教堂，飞越大海，探寻自然的魅力和人生的意义。而最终小钻石都会从梦境中清醒，回想起昨晚做了个古怪的梦，不过"昨夜经历的一切在头脑里复活了，越来越清晰，似乎又不像是做了一场梦"。①

华莱士·马丁在谈到元虚构问题时认为让人们注意到虚构叙事与现实的联系升级了语言游戏，从而悬置了正常的陈述意义。"'虚构作品'是一种假装。但是，如果它的作者们坚持让人注意这种假装，他们就不在假装了。这样他们就将他们的话语上升到我们自己的（严肃的、真实的）话语层次上来。"② 儿童文学理论研究学者吴其南教授认为童话中的元叙事与成人小说中的元虚构有相似之处在于童话的写实线索将故事中虚像部分悬置起来。当童话作者坚持让读者注意到这种幻想与虚拟时，他们就不在幻想和虚拟了。"对童话假定形式的悬置并没有消解童话，而是给童话创造了新的艺术空间。"③ 童话中一系列梦境叙事的连贯性体现在小钻石对北风的依恋和对去北风背后的向往，因为在小钻石看来，"在那里，人们自由自在，身体健康，为人公正，人人都像国王或者主教那样，头戴王冠或者主教冠"。④ 另外小钻石的梦境与他所患的疾病有关联，正如麦克法兰（MacFarlane）所说儿童在夜间反复做梦（如小钻石经常在梦中梦见北风）通常预示着疾病的发生。⑤ 最终，小钻石死了，"一个漂亮的身影，像雪花石膏那样洁白，正躺在床上。我一下就明白了。他们以为他死了，我知道他去北风的背后了"。⑥ 无疑麦克唐纳在童话中以梦境表现了一个关于死亡的主题。死亡是麦克唐纳文学创作的一个重要主题，而梦境则是他最常用的关于死亡的类比。⑦

---

① 乔治·麦克唐纳：《北风的背后》，杨艳萍译，广西师范大学出版社2002年版，第19页。
② 华莱士·马丁：《当代叙事学》，伍晓明译，北京大学出版社1990年版，第226、229页。
③ 吴其南：《童话的诗学》，中国文联出版社2001年版，第247页。
④ 乔治·麦克唐纳：《北风的背后》，杨艳萍译，广西师范大学出版社2002年版，第90页。
⑤ Raeper, William (edited), *The Golden Thread: Essays on George Macdonald*, Edinburgh University Press, 1990, p.98.
⑥ 乔治·麦克唐纳：《北风的背后》，杨艳萍译，广西师范大学出版社2002年版，第333页。
⑦ William Raeper (edited), *The Golden Thread: Essays on George Macdonald*, Edinburgh University Press, 1990, p.99.

在幻想小说《幻想家》中,梦境与死亡的主题也得到了充分的表现。故事讲述了阿诺多斯在过完 21 岁生日后梦中的冒险经历。在老仙女的指引下他来到了仙境,偶遇雕像女神(Marble Lady)并对她产生了爱意。不过落花有意,流水无情,雕像女神对阿诺多斯并无眷顾之情。在苦苦寻找雕像女神的过程中,他险些被装扮成雕像女神的树精杀死,幸运的是他被骑士珀西瓦尔救下。就这样为了找到雕像女神,他经历了多次冒险。他来到一座写着自己名字的宫殿,找到了雕像女神空空的雕像基座,忘情地对着它歌唱,终于引来了雕像女神,但雕像女神很快就消逝了。他又来到一个小岛上,发现了四道门,每道里面都包含不同的世界,展示了他过去的不同经历。在接下来的冒险中,阿诺多斯又遇见了称他"兄弟"的两个人,他们是两个王子,正在与巨人进行战斗。阿诺多斯也加入了战斗,结果不幸战死。这时,他从梦中醒来,他的姐姐告诉他,他已经睡了 21 天了,但他却感觉自己在梦中经历了 21 年。麦克唐纳对死亡出题的关注与他的个人经历有很大关系。麦克唐纳出生在一个有六个孩子的家庭中,排行老二,不过其中的两个孩子未成年就夭折了。在他八岁的时候,母亲又不幸染病去世,这给他留下了巨大的伤痛。罗伯特·李·沃尔夫认为麦克唐纳一直没有从母亲去世的伤痛中恢复过来。[1] 哪怕在麦克唐纳与路易莎·鲍威尔结婚之后,这种不幸似乎并未停下脚步。他们共养育了六个儿子和五个女儿。他最喜欢的女儿因重病不治,正值青春妙龄时就离开了人世,使他遭受了人生中的又一重大打击。然而,紧接着,他年仅十五岁的儿子又匆匆离世。这些不幸使他对现实生活产生了悲观的看法,认为人生是脆弱的、短暂的,如梦一般,世界是枯燥的,死气沉沉的。[2]

从总体看,麦克唐纳超越了自身现实的不幸的人生历程,用自己的童话小说创作实践,揭示了童话故事内含的无限丰富的隐喻性和多义性,具有"潜藏在不可理喻之领域的力量"。

---

[1] Lee Robert Wolff, *The Golden Key: A Study of the Fiction of George Macdonald*, New Haven, 1961, p. 13.

[2] David S. Robb, *George Macdonald*, Scottish Academic Press, 1987, p. 22.

第 八 章

徜徉在永恒的童年奇境：
刘易斯·卡罗尔和他的两部"爱丽丝"小说[*]

把刘易斯·卡罗尔的两部"爱丽丝"小说称作英国童话小说黄金时代最杰出的代表作之一，是毫不为过的。自问世以来，"爱丽丝"小说引发了人们持久的兴趣和关注，成为言说不尽的经典之作——不仅是说不尽的批评阐释的奇境，而且是历久弥新的文学艺术创作的灵感之源。无论是批评家的各种理论阐释和发现，还是后世作家以仿写、改写、续写、重写以及以影视叙事等形式进行的改编和再创作，"爱丽丝"小说揭示了历久弥新的童话小说经典所富含的文化和艺术魅力。

刘易斯·卡罗尔[①]
（Lewis Carroll, 1832 – 1898）

第一节 刘易斯·卡罗尔生平述介

在成为《爱丽丝奇境漫游记》的作者之前，人们所认识的刘易斯·卡罗尔（Lewis Carroll）名叫查尔斯·路特威奇·道奇森（Charles Lutwidge Dodgson, 1832 – 1898），是牛津大学基督堂学院的数学教师。查尔

---

[*] 本章部分内容曾以《重访爱丽丝的奇境世界：儿童文学经典的启示》为题发表于《理论与创作》2010 年第 3 期。

[①] Photography by Oscar Rejlander, (from http：//www.poets.org/poet.php/prmPID/78).

斯·道奇森于1832年1月27日出生于英国柴郡达尔斯伯里（Daresbury）的一个知识分子牧师的家庭。这是一个与同时代的许多中产阶级家庭一样，子女众多的大家庭。在11个兄弟姐妹中，查尔斯·道奇森排行老三，上有两个姐姐，下有五个妹妹和三个弟弟。父亲老查尔斯·道奇森早年毕业于牛津大学，而且曾在他儿子后来考取的牛津大学基督堂学院学习，在古典文化和数学方面成绩突出，毕业后还在该学院担任了一段时间的教职。他在结婚成家后前往学院所属的位于柴郡达尔斯伯里的一个教区担任教长。在小查尔斯11岁那年，全家搬到位于约克郡的克罗夫特居住。小查尔斯虽然有口吃的习惯（家中还有几个姐妹也是如此），不太愿意与外人接触，但他在达尔斯伯里和克罗夫特度过的童年时代还算是快乐而充满阳光的。在私立学校上学期间，由于他在体育运动方面显得比较笨拙，加上口吃的习惯，所以受到过别人的嘲笑，这是一种感觉并不快活的经历。但小查尔斯天赋聪颖，又勤奋好学，学习成绩十分优异，获得校长的高度评价。老查尔斯虽然是虔诚正统的牧师，但秉性中不乏强烈的幽默感，这尤其体现在他写给儿子的书信当中。父亲对于小查尔斯的影响应当是深远的。小查尔斯自幼聪慧，兴趣广泛，而且多才多艺，理所当然地成为家中的"孩子王"，为姐妹和弟弟们讲述故事自然是他的拿手好戏，此外在家中设计和组织游戏活动，包括变魔术，演出木偶剧，等等，都非他莫属。他尤其在文字写作方面表现出特别的兴趣和爱好。从1846年至1850年，查尔斯在约克郡的拉格比公学（Rugby）读书，随后考入牛津大学基督堂学院读书。在大学念书期间，他以全班数学第一的成绩毕业，并由此获得一份奖学金，成为数学专业的研究生和助教，并最终留在基督堂学院任教。从此以后，他就一直工作和生活在牛津大学。从19世纪50年代开始，卡罗尔对于当时新兴的照相机和拍摄技术产生了浓厚兴趣，很快就成为一个技术娴熟的业余摄影师。他为不少同时代的文学界名家和社会名流等拍摄了照片，如诗人丁尼生，诗人罗塞蒂及其家人，作家萨克雷、罗斯金、麦克唐纳，名流贵族索尔兹伯里爵士、利奥波德王子（维多利亚女王的幼子，曾就读于基督堂学院，并与爱丽丝有过一段恋情）及其家人，等等。有评论家提出，卡罗尔之所以对摄影如此痴迷是因为这是一种对于现实的人际关系的替代（至少就成人社会而言）；他认为这可以使卡罗尔成为一个旁观者而不用置身其中。而另一个重要原因则是这使他能够通过一种令人敬重的方式去结识小女孩。① 事实上,从 1856 年开始,卡罗尔就因摄影爱好而结识了基督堂学院的院长亨利·利德尔家中的几个小姑娘,从此开启了他与利德尔小姐妹的友情之旅,那一年排行老二的爱丽丝年仅四岁。人们可以把小姑娘爱丽丝与刘易斯·卡罗尔的关系比作少女贝特丽丝与阿利盖利·但丁(Alighieri Dante,1265-1321)的关系。如果说贝特丽丝是激发但丁创作激情的女神缪斯,成为《神曲》中引导作者进入天堂的集真善美于一身的指引者,那么人们可以把爱丽丝看作激发卡罗尔创作灵感和激情的贝特丽丝,在特定意义上正是她引导卡罗尔进入了地下奇境和镜中世界,使他以自己的才情去探幽访胜,神游万仞。

道奇森自幼爱好写作,对于写作投入了极大的热情。他早年写的《米奇—麦奇》和《牧师的伞》已经显示了他的幽默与荒诞美学的天才。他还有一些早期写出的荒诞诗歌后来经过改写出现在"爱丽丝"故事里。道奇森从 1855 年就开始向《喜剧时代》杂志(the Comic Times)投稿,该杂志后来改名为《列车》(the Train)。1856 年,24 岁的道奇森正式采用了"刘易斯·卡罗尔"(Lewis Carroll)这个笔名发表作品——这标志着年轻的数学教师"道奇森"向童话作家"卡罗尔"的转变。那一年,道奇森创作的一首名为《孤寂》(Solitude)的诗作刊登在《列车》杂志上,署名为"刘易斯·卡罗尔"(Lewis Carroll),这是编辑从他本人提供的几个笔名中敲定的,是从他的本名 Charles Lutwidge Dodgson 演绎而来。"Lewis"来自"Lutwidge"的拉丁语"Ludovicus",再转化为英语即成;"Carroll"则来自"Charles"的拉丁语"Carolus"。而"Dodgson"这个名字则在《爱丽丝奇境漫游记》里变成了那只独出心裁地安排大伙进行"团队赛跑"并且在赛后郑重其事地主持颁奖仪式的渡渡鸟(Dodo),当然这都是卡罗尔所醉心所擅长的语言文字游戏的结果之一。作为数学讲师的查尔斯·道奇森与作为小说作家的刘易斯·卡罗尔共同构成了一个英国文坛上奇异的双重人格组合。

作为牛津大学基督堂学院的一位数学教师,卡罗尔的专业领域包括几何学、线性代数和数学逻辑,他也发表过一些专著,但他显然在数学方面没有什么值得称颂的专业建树。让他名垂青史的必定是他的两部"爱丽

---

① Humphrey Carpenter, *Secret Gardens: A Study of the Golden Age of Children's Literature*, Boston: Houghton Mifflin Company, 1985, p. 51.

丝"童话小说(当然在小女孩爱丽丝的幻想世界里,人们也会发现数学的无穷魅力)。作为一个牧师,卡罗尔终生未婚,但他同时又对小女孩怀有特别向往的情感,这使他与丹麦童话大师安徒生之间具有了某些相似之处。从总体上看,卡罗尔的身体状况并不良好,童年时因发高烧而使一只耳朵失聪;中年之后,他的身体显得僵硬和笨拙,行走活动时肢体显得有些不对称。此外,他还患有偶发偏头疼的怪毛病。这也产生了一个有趣的话题。在当代医学界,得名于童话小说《爱丽丝奇境漫游记》的"爱丽丝梦游仙境综合征"(Alice in Wonderland Syndrome,简称 AIWS),在医学临床诊断上用于描述一种少见的引发偏头痛的先兆症状。这种症状与出现在《爱丽丝奇境漫游记》中的某些情节非常相似。在医学诊断上,"爱丽丝梦游仙境综合征"多发于儿童时期,患者的主要症状是时空和身体感觉产生错乱,出现神经学意义上的某种高度迷惑性现象,从而严重影响其视觉感知。用通俗的话说就是头脑产生了幻觉,即感觉和视觉的变形扭曲,最通常的就是感觉外部事物的大小尺寸发生改变,或者感觉自己身体的大小和形状产生变化,恰如爱丽丝在童话奇境中随着自己身体的缩小和扩大,发现自己所在的外部场所、所面临的动物等产生了巨变。人们可以推断,《爱丽丝奇境漫游记》的作者卡罗尔在创作这部童话时可能受到自己偏头痛经历的影响。

卡罗尔的其他重要作品还有《梦幻中的人们和其他诗歌》(*Phantasmagoria and Other Poems*, 1869),《追捕蛇鲨怪》(*The Hunting of the Snark*, 1876),长篇叙事诗《西尔维亚和布鲁诺》(*Sylvia and Bruno*, 1889-1893),等等,但都难以与两部"爱丽丝"小说相媲美。

1881年,作为牛津大学数学教师的卡罗尔退休,告别讲坛。1898年1月14日,一代童话文学大师刘易斯·卡罗尔在位于萨里吉尔福德的姐姐家中病逝,终年66岁。

第二节 "爱的礼物":爱丽丝从"兔子洞"进入奇境

关于《爱丽丝漫游奇境记》的创作缘由及过程如今已成为英国文学史上具有浪漫色彩的传说之一。1862年7月4日,一个金色的午后,卡罗尔和他的朋友,牛津大学的研究生罗宾逊·达克沃斯(他后来成为西敏寺大教堂的教士）一同带着基督堂学院院长利德尔膝下的三姐妹泛舟美丽的泰晤士河上，进行了一次惯常的漫游。那一年卡罗尔30岁，风华正茂；爱丽丝小姐年方10岁，天真可爱。根据两部"爱丽丝"小说的注释者马丁·加德纳（Martin Gardner）对此次郊游所做的详细注解，①卡罗尔一行乘坐的小舟从牛津附近的弗里桥出发，抵达一个叫戈德斯通的乡村，行程大约是三英里；然后五人上岸歇息、喝茶。这次泛舟之旅之所以意义重大，是因为三个小姑娘不仅像往常一样，要求卡罗尔给她们讲故事，而且在旅游结束后，二小姐爱丽丝突然提出要求，请卡罗尔先生为她把讲述的故事写下来。据卡罗尔当天日记所载，他们晚上8点1刻返回基督堂学院，还一同在卡罗尔的房间里观看了他的缩微放大照片集，然后三姐妹被送回家中——正是在互道晚安时，爱丽丝向卡罗尔提出将讲述的故事写出来的请求。多年后，卡罗尔还清楚地记得当时的情形以及故事手稿的诞生，他说那是"无法抗拒的命运的呼唤"。在那些令人愉快的郊游中，卡罗尔为利德尔姐妹讲了许许多多的故事，"它们就像夏天的小昆虫一样，喧闹一场，又悄然消亡。这一个又一个故事陪伴着一个又一个金色的午后，直到有一天，我的一个小听众请求我把故事给她写下来"。事后卡罗尔这样回顾道："多少次我们一同在静静的河水中划船游玩——三个小姑娘和我——我为她们即兴讲述了多少个童话故事……头上是湛蓝的晴空，船下是明镜般的河水，小舟轻轻地荡漾在水中，翻动的划桨上闪动着晶莹剔透的水珠，三个小女孩急迫的眼神，渴望那来自童话奇境的故事。"②为了让自己热爱的孩子们得到快乐，卡罗尔费尽心机，信口讲述：好在一路上时不时地有兔子从草丛中蹦出来，为讲述者提供现场灵感和资源，他让故事的女主人公跟随大白兔跳进了兔子洞——这就是故事的开端——至于在地下的奇境世界里将发生什么事情他还得临场发挥和演绎；

---

① 加德纳在他的注释里引用的资料包括卡罗尔当天的日记及其25年后的回忆；爱丽丝本人的两次讲述；爱丽丝的儿子有关他母亲回忆情形的文章；以及当天同行的罗宾逊·达克沃斯的回忆文章；此外，加德纳还记述了他于1950年在伦敦气象局查询有关1862年7月4日天气记载的详情及相关说明。见 Martin Gardner, *The Annotated Alice*: *Alice's Adventures in Wonderland and Through the Looking - Glass by Lewis Carroll*, The Definitive Edition, New York: W. W. Norton & Company inc., 2000, pp. 7 - 9.

② Martin Gardner, *The Annotated Alice*, The Definitive Edition, New York: W. W. Norton & Company inc., 2000, pp. 7 - 8.

当然，卡罗尔深谙童心，才思泉涌，虽即兴发挥，故事却从心到口，源源不断地流淌而出；卡罗尔不仅让爱丽丝成为故事的主人公，而且将当时船上的几个人也都编进了故事当中。利德尔姐妹中的大姐洛瑞娜（lorina）变成了小鹦鹉（Lory），小妹伊迪丝变成了小鹰（Fagiet），罗宾逊·达克沃斯（Duckworth）变成了母鸭（Duck），当然他本人则变成了一只渡渡鸟（Dodo）。而在此后的两年间，为了实现自己的承诺，让他所热爱的小女孩得到快乐，他把自己口头讲述的故事用笔墨写了下来，然后打印成手稿，再配上自己画的插图，取名为《爱丽丝地下游记》，并在1864年将它作为圣诞节礼物送给爱丽丝（后来卡罗尔又从爱丽丝那里借用了这部手稿，送交出版商，使之在1885年以影印本的形式公开出版）。卡罗尔告诉人们，在记述故事的过程中，他增加了许多新的构思，"它们似乎从头脑中涌现出来，涌进原来的故事当中"。在完成手稿《爱丽丝地下游记》以后，也许是对自己的杰作不无得意之处，他在将手稿本赠送给爱丽丝之前先借给几位朋友传阅。正是在他的作家朋友乔治·麦克唐纳家中，麦克唐纳太太为孩子们朗读了这部手稿的故事，让孩子们听后齐声称好，鼓掌欢迎。所以麦克唐纳力劝卡罗尔将书稿充实一下，送交出版社出版。于是卡罗尔对手稿又进行了扩充（如增加了"小猪与胡椒"一章中关于公爵夫人厨房的场景，以及"癫狂的茶会"一章中的疯帽匠的癫狂茶会）、修订和润色。《爱丽丝漫游奇境记》终于在1865年正式出版。七年以后，《爱丽丝镜中世界奇遇记》（*Through the Looking - Glass, and what Alice found there*）出版。就创作过程而言，"爱丽丝"故事一方面体现了口传童话故事的民间文化因素（现场型，亲密性，互动性），另一方面体现了有卓越才思的作者经过文字加工后的艺术升华，这两者的结合在特定意义上体现的是历久弥新的童话本体精神与现代小说艺术相结合的产物。现实生活中的小女孩爱丽丝通过卡罗尔的童话叙事成为永恒童年的象征。恰如作者在其童话小说的扉页题诗中所言，两部"爱丽丝"小说是作者奉献给儿童，奉献给人类童年的"爱的礼物"。

随着时光的流逝，这两部"爱丽丝"小说以丰富的内涵征服了越来越多的文学批评和文化研究领域的学者，同时以独特的艺术魅力征服了不同时代，不同年龄的读者。

第三节 心灵的激情:创作动因论

维多利亚时代的英国在特定意义上进入了一个"进步"(工业革命,物质进步与社会生产力的提高)与"退缩"(退回内心,怀念童年)齐头并进的时代。在包括工业革命的社会影响与重返童年的怀旧思潮等多种时代因素的共同作用下,这一时期的诸多英国一流作家开始有意识地关注儿童和童年,乃至于为儿童和童年而写作。童年的重要性在维多利亚时代得到了前所未有的彰显。书写童年,反思童年,或者以童年为媒介而进行创作成为一种潮流。罗伯特·波尔赫默斯(Robert M Polhemus)在论述《刘易斯·卡罗尔与维多利亚小说中的儿童》时将梦幻叙事及幻想文学与童年联系起来,阐述了卡罗尔创作的小女孩爱丽丝作为维多利亚时代小说中儿童主人公的意义,表明儿童成为小说作品之主人公的重要性,而且阐述了卡罗尔笔下的小女孩主人公是如何与其他重要的小说大家所创作的儿童和童年相关联的。[①] 当然,卡罗尔之所以书写童年是与小女孩爱丽丝息息相关的。如果说贝特丽丝是激发但丁创作激情的女神缪斯,是《神曲》中引导作者进入天堂的集真善美于一身的指引者,那么人们可以把爱丽丝看作激发卡罗尔创作灵感和激情的贝特丽丝,在特定意义上正是她引导卡罗尔进入了地下奇境和镜中世界,使他以自己的卓越才情去探幽访胜,神游万仞。

现实生活中的小女孩爱丽丝是激发卡罗尔心灵激情的女神缪斯,这是毋庸置疑的。但这样的解释显得简单化了。卡罗尔对于天真烂漫的小女孩的热爱在爱丽丝身上得到聚焦,随后通过"爱丽丝"小说的创作得到释放和升华。也许我们可以借用著名红学专家周汝昌先生对《红楼梦》艺术的研究成果来审视卡罗尔创作后面的深层因素。用周汝昌先生的话说,曹雪芹要牺牲一切而决心传写他所亲见亲闻的、不忍使之泯灭的女中俊彦——秦可卿所说的"脂粉队里的英雄"![②] 正是怀着这样博大深邃的情

[①] Robert. M. Polhemus, Lewis Carroll and the Child in Victorian Fiction, in *The Columbia History of the British Novel*, Ed. John Richetti (Foreign Language Teaching and Research Press, Columbia University Press, 2005) pp. 582, 584.

[②] 周汝昌:《红楼梦艺术》,人民文学出版社1995年版,第128—129页。

怀，曹雪芹写出了古代中国一部最伟大的文化小说。在《红楼梦》第五回中，贾宝玉随贾母一行到宁国府花园去赏花游玩，一时感到疲惫思睡，于是贾母令人带宝玉去歇息一回。结果宝玉去了贾蓉之妻秦氏（秦可卿）的房里歇息，一觉睡去，进入梦乡，在警幻仙姑的引导下游历了一番太虚幻境。在梦游中他预览了几位女主角（宝钗、黛玉、湘云、妙玉）的结局以及其他女子的最终命运。其间小丫鬟捧上的清香之茶"千红一窟"和甘洌之酒"万艳同杯"是具有象征意义的，被认为揭示了整部《红楼梦》的主题意旨："千红一窟"即"千红一哭"的谐音，"万艳同杯"乃"万艳同悲"的谐音。刘鹗（1857—1909）在《老残游记》的"自叙"中说"灵性生感情，感情生哭泣"。他认为《离骚》是屈原的哭泣，《庄子》是庄生的哭泣，《史记》是司马迁的哭泣，《草堂诗集》是杜甫的哭泣。……王实甫寄哭泣于《西厢记》，曹雪芹寄哭泣于《红楼梦》。……曹雪芹曰："满纸荒唐言，一把辛酸泪；都云作者痴，谁解其中意？"名其茶曰"千芳一窟"，名其酒曰"万艳同杯"者，千芳一哭，万艳同悲也。① 刘鹗的见解确有独到之处，那些千古杰作乃是长歌当哭的艺术结晶。以此而论，卡罗尔之所以写出两部英国最杰出的，难以被超越的童话小说，一个重要原因在于作者的创作动机发自内心肺腑的深情，或曰心灵的激情。虽然"爱丽丝"故事以荒诞奇趣而著称，卡罗尔也被称作讲荒诞故事的痴呆的数学家，但人们却解出了其中意，认识到了"爱丽丝"故事的奥妙和旨趣，认识到了作者精神层面的"洛丽塔"情结。卡罗尔对于儿童，尤其是小女孩怀有特殊的情怀，与她们的交往和友谊成为他生命中最重要的组成部分，正如他本人所说，她们是"我生命中的四分之三"。② 而在维多利亚时代，文学作品反映出作家们将小女孩的美貌和童贞理想化的一种倾向。③ 卡罗尔就是最典型的代表，他对于小女孩的热爱在爱丽丝身上得到最集中的体现，这种热爱是对于许许多多天真烂漫的小

---

① （清）刘鹗：《老残游记》，严薇青注，齐鲁书社1981年版，第1—2页。

② Robert. M. Polhemus, Lewis Carroll and the Child in Victorian Fiction, in *The Columbia History of the British Novel*. Ed. John Richetti, Foreign Language Teaching and Research Press, Columbia University Press, 2005, p. 583.

③ Martin Gardner, *The Annotated Alice: Alice's Adventures in Wonderland and Through the Looking - Glass by Lewis Carroll*, The Definitive Edition, New York: W. W. Norton & Company inc., 2000, p. xix.

女孩的纯真玉容的珍视，而她们对卡罗尔故事天才的崇拜也使他得到人生最大的宽慰与满足。童年是美好的又是流逝的，对逝水流年的惋惜转化为内心的激情，卡罗尔与小女孩的对话是安徒生式的成人意识与童心的交流，是人生最美好的回忆——如何才能留住童年，留住美好回忆呢？回答就是通过童话叙事讲述爱丽丝漫游奇境世界和镜中世界的故事，从而将所有的遗憾和感伤化为一曲咏叹"夏日般童真岁月"的绝唱。这就是莎士比亚那首著名的十四行诗（第十八首）抒发的情怀，其精湛的诗艺表达了诗人无限的深情，可用以题解卡罗尔心灵的激情：

> 我能把你比作夏天吗？
> 你比夏天还要温柔可爱：
> 五月的狂风摧折了娇艳的花蕾，
> 夏天的逗留实在是太短太短：
> 苍天的骄阳有时酷热难当，
> 那金色的面容时常云遮雾挡：
> 世间的美艳终将凋谢零落
> 或受制于机缘或屈从于时轮运转。
> 但你永恒的夏天却不会消逝，
> 你的玉容倩影将永留人间；
> 死神也难夸口说你在他的阴影中闯荡，
> 只因为你的生命流淌在我不朽的诗行。
> 天地间只要有人呼吸，有眼能看，
> 这诗就流传，就让你永恒。①

笔者译诗中的"夏天的逗留实在是太短太短"得之于周煦良先生的译句，这是出现在英国作家约翰·高尔斯华绥《福尔赛世家》第一部《有产业的人》的尾声"残夏夕照"中题献的莎士比亚诗句。② 这个尾声描写的是福尔赛家族中正直倔强的老乔里恩在生命尽头的一段美丽动情、

---

① Gareth & Barbara Lloyd Evans, *Everyman's Companion to Shakespeare*, London：J. M. Dent & Sons Ltd，p. 291.

② 约翰·高尔斯华绥：《福尔赛世家》，周煦良译，上海译文出版社1993年版，第379页。

令人感伤的人生插曲。夏天是英国最美好的季节,正是在这样的季节里,老乔里恩邂逅了前来凭吊亡人的少妇艾琳。老人在生命暮年的爱美之心和惜香怜玉之情使他与艾琳成为忘年之交。面对一个外貌美,心灵也美的年轻异性,真可谓"观其容可以忘饥,听其声可以解颐",得此良友,时而欢宴时而出游,"色授神与",大慰平生;但也恰恰是这段交往为老乔里恩的生命提前画上了人生的句号。这个"爱美之心"的插曲是小说中最抒情,最感人的描写。当年 30 岁的卡罗尔与当年 10 岁的爱丽丝亦是忘年之交,卡罗尔感念至深,把自己完全融进了"爱丽丝"故事,把这段友情化作了永恒的夏天。在莎士比亚的十四行诗中,诗人先将友人比作夏天,转而叙述夏天比不上友人,因为自然界的夏天有诸多不如意之处。物换星移,生命变老本是自然规律,但诗人的情感和文笔却能产生奇迹,因为友人的生命流淌在诗人不朽的诗句之中,化作永恒的夏天。对卡罗尔亦是如此,两部"爱丽丝"小说将流逝的童年和难忘的友情化作永恒的奇境漫游,成为英国儿童文学永恒的夏天。

第四节　历久弥新的文学奇境

2010 年 3 月,由蒂姆·伯顿执导的 IMAX 3D 电影大片《爱丽丝梦游仙境》与公众见面,再次引发了人们对英国维多利亚时代的两部"爱丽丝"小说的关注。"爱丽丝"故事不仅在纸质媒介和印刷文化的时代(人类文学创作的高峰阶段)引领风骚,而且在 21 世纪的数字化传媒时代(图像、影视、网络及数字化新媒介极大地改变了人们的阅读习惯)仍然具有历久弥新的文化潜能,原因何在?这无疑是当今儿童文学研究领域应当大力探究的具有重要理论和现实意义的问题。首先让我们简略回顾一下一个多世纪以来人们通过不断的阐释和重新述说而表现出来的对于"爱丽丝"小说的关注。一方面是批评家和学者们进行的理论阐释和发现,另一方面是作家、艺术家们以模仿、改写、续写、重写等形式进行的文字阐释以及以影像艺术形式出现的影视叙事。在 19 世纪后期,两部"爱丽丝"小说的发表对许多与刘易斯·卡罗尔同时代的,以及后来的作家产生了很大影响,出现了竞相效仿的热潮:吉恩·英格罗(Jean Ingelow)创作了《仙女莫普莎》(*Mopsa the Fairy*,1869)讲述小男孩杰克的离奇故事。杰克在一个树洞里发现了一群仙女,随后他骑在一只信天翁的背上,跟随她们去往魔法仙境,经历了"爱丽丝"式的奇遇;克里斯蒂娜·罗塞蒂(Christina Rossetti,1830－1894)不仅自己创作了童话叙事诗《妖精集市》(Goblin Market),而且写了小说《异口同声》(Speaking Likeness,1874),讲述少女弗洛娜参加一个波澜横生的生日舞会,她夺路而逃,却跑进了一个幻想世界,在那里她发现那些自私孩子的所有令人厌恶的特点都以"异口同声"的方式被人格化了;玛丽·莫尔斯沃思(Mrs Molesworth)的《布谷鸟之钟》(The Cuckoo Clock,1877)讲述孤独的女孩格瑞泽尔达遇到一只会说话的布谷鸟,结果在它的带领下进行了几次历险;G. E. 法罗(G. E. Farrow)的《沃利帕布的奇异王国》(Wallypub of Why,1895)讲述女孩格莉被她的布娃娃带到一个叫作"为什么"的地方,那里发生的事情是奇异而颠倒的,不合常理的,沃利帕布本是那里的国王,但他却被自己的臣民所管辖,还要称呼他们为"陛下";艾丽斯·科克伦(Alice Corkran)的《雪域之梯》(Down the Snow Stairs,1887)讲述自私的女孩基蒂被一个雪人带到魔法世界,在那里她的不良行为得到矫正。她重返现实世界后决心痛改前非,善待自己家中瘸腿的兄弟;此外还有 E. F. 本森(E. F. Benson)的《戴维·布莱兹和蓝色之门》以及查尔斯·E. 卡瑞尔(Charles E. Carryl)、爱丽斯·科克伦(Alice Corkran)、爱德华·阿博特·帕里(Adward Abbott Parry)等人的模仿之作。评论家汉弗莱·卡彭特和玛丽·普里查德在《牛津儿童文学百科全书》中指出,这些仿效之作都没有达到《爱丽丝奇境漫游记》的艺术高度,后者显示的是幻想文学的"无限的可能性",是难以仿效企及的。① 在 20 世纪出现的仿写、改编和续写以及影视、动画、数码图像表现等包括中国作家沈从文的《阿丽思中国游记》(1928)和陈伯吹的《阿丽思小姐》(1933),美国真人实景影片《爱丽丝奇境漫游记》(1933),迪士尼动画片《爱丽丝奇境漫游记》(1951),英、法、美合拍的真人实景与木偶混合版影片《爱丽丝奇境漫游记》(1951),英国电视片《爱丽丝奇境漫游记》(1960,1966),美国电视片《爱丽丝镜中世界奇遇记》(该片将两部"爱丽丝"小说的情节与《奥兹国的魔法师》的情节糅合起来,1960),英国影片《爱丽丝奇境漫游记》(1972),美国电视片《爱丽丝奇境漫游记》

---

① Humphrey Carpenter & Mari Prichard, *The Oxford Company to Children's Literature*, Oxford University Press, 1991, p. 181.

(1985)，苏珊·桑塔格的舞台剧剧本《床上的爱丽丝》（1993），麦琪·泰勒的新数码插图版《爱丽丝奇境漫游记》（2008），蒂姆·波顿执导的3D版真人实景与木偶混合影片《爱丽丝梦游仙境》（2010），等等。

人们为什么会对"爱丽丝"故事表现出如此持久的兴趣和关注呢？它能够为我们的相关领域的研究者提供什么启示呢？

第五节　言说不尽的阐释奇境[①]

卡罗尔的两部"爱丽丝"小说自问世以来，一直受到世人及批评家的关注。尽管人们不断从文学、心理学、哲学、数学、语言学、符号学、历史、医学、影视、戏剧、动画、科幻小说、超现实主义、现代主义和后现代主义文化等视野去审视和探讨它们，各种理论阐述与发现层出不穷，但它们至今仍然没有被说尽。作为19世纪英国工业革命与儿童文学革命双重浪潮的产物，"爱丽丝"小说在主题和艺术上都是革命性的。这种革命性在现代童话小说创造的童话奇境里得到绝妙的张扬。在幻想叙事的"隐喻性和多义性的国度"里，卡罗尔的"荒诞"新童话富有童真和复杂之双重性。两部"爱丽丝"小说不仅具有丰富的现代性与后现代性文学因素，而且具有言说不尽的各种能够激活人们心智想象的潜在意义，成为人们阐释的奇境和获取灵感的源泉。

批评家们对于刘易斯·卡罗尔两部"爱丽丝"小说的评论历来众说纷纭，经久不衰。致力于为两部"爱丽丝"小说做详细注释的学者马丁·加德纳这样论及"爱丽丝"故事的丰富阐释性："与《荷马史诗》《圣经》以及所有其他伟大的幻想作品一样，两部'爱丽丝'小说能够让人们进行任何类型的象征性阐释——政治的，形而上的，或者弗洛伊德式的。"[②] 一个多世纪以来，除了批评家进行的各种阐释，作家和艺术家们还以模仿、改写、续写、重写等方式不断地对"爱丽丝"故事进行新的文字演绎和影视叙事。罗伯特·波尔赫默斯在《刘易斯·卡罗尔与维

[①] 本节及第六节、第七节的内容以《从历史语境解读两部"爱丽丝"小说的深层意涵》为题发表在《社会科学研究》2014年第2期。

[②] Martin Gardner, The Annotated Alice: *Alice's Adventures in Wonderland and Through the Looking-Glass by Lewis Carroll*, The Definitive Edition, New York: W. W. Norton & Company inc., 2000, p. xiv.

多利亚小说中的儿童》一文中用"阐释的奇境"来形容人们对卡罗尔作品的评论,他列举的各种说法包括:"爱丽丝"故事的作者是维多利亚女王①;爱丽丝是一个阳具崇拜者;一个帝国主义者;一个存在主义的女主人公;一个令人扫兴的人;一个性挑逗者;或者说她象征着每个人在身处一个横暴荒诞的世界时应当产生的反应;有人声称爱丽丝的眼泪池象征着羊膜水,而团队赛跑戏仿了达尔文,这个赛跑嘲讽了维多利亚时代关于白种人的理论;认为两部"爱丽丝"小说可能隐含着"牛津运动"②的历史;它们以寓言的形式戏说了犹太人的历史;"小猪与胡椒"一章是对于儿童大小便训练的描写;白方王后象征着约翰·亨利·纽曼(John Henry Newman),双胞胎兄弟特威多德姆和特威多迪(Tweedledee and Tweedledum)则代表伯克利主教(Bishop Berkeley);还有人认为这些故事对于儿童是危险的读物,它们不过是荒诞的文字游戏,与现实世界毫不相干;还有什么卡罗尔是一个隐蔽的同性恋,一个无神论者,一个精神分裂者,一个恋童癖,一个虔诚的基督徒,一个好人,等等。而波尔赫默斯本人认为"爱丽丝"小说涉及现代生活中权威的危机,读者被卷入其中去解决这个危机。卡罗尔的故事激发了主观性才智的阐释及形形色色的观点,这是因为卡罗尔的开放性的文本拒绝封闭的意义;它们始终都是没有最终答案的,是对话性的。③

---

① 1984年2月8日美国《太平洋星条旗报》载文,报道了英国大陆历史协会出版的专著《维多利亚女王的秘密日记》。该书将《爱丽丝奇境漫游记》中的许多情节同维多利亚女王的早年生活经历进行对照联系,同时将女王的日记风格与用词习惯与这部童话的文体及措辞特征进行对比分析,从而得出这样的结论:《爱丽丝奇境漫游记》的真正作者是维多利亚女王,这部童话应是女王的自传之作。该书提出的推断是,由于维多利亚女王不便自己出面来发表这部童话,于是找到刘易斯·卡罗尔,由他承担作品的作者之名,并由此获得作品的版税;与此同时,著名艺术家约翰·坦尼尔爵士也从女王那里获得承诺,同意为这部童话创作插图,所以他在自己的插图中也隐含了一些有关女王生活经历的情景。

② 19世纪30年代以来由牛津大学的一些学者及英国国教高派教会的教士发起的"牛津运动"(Oxford Movement)是反对纯功利主义的精神运动及宗教复兴运动,其目的是通过复兴教会昔日的权威及早期的传统教义和仪式来重振英国国教。这场运动的领军人物包括约翰·纽曼(John Henry Newman, 1801 – 1890)、约翰·基布尔(John Keble)、理查德·弗洛德(Richard Hurrell Froude)和亨利·曼宁(Henry Edward Manning)等。

③ Robert. M. Polhemus, Lewis Carroll and the Child in Victorian Fiction. in *The Columbia History of the British Novel*, Ed. John Richetti, Foreign Language Teaching and Research Press, Columbia University Press, 2005, pp. 602 – 603.

事实上，在两部"爱丽丝"小说的深层结构里蕴涵着重要的文化和文学因素。

一 "洛丽塔情结"

作为牛津大学基督堂学院的一位数学教师兼牧师，卡罗尔终生未婚，但他一生中又对小女孩怀有特别向往的情感，这使他与丹麦童话大师安徒生之间具有了某些相似之处。众所周知，牛津大学基督堂学院院长利德尔的二女儿利德尔·爱丽丝就是两部"爱丽丝"小说的小女孩原型，正是这个深受卡罗尔喜爱的小女孩促使作者创作出了这两部经典之作。19世纪50年代初，卡罗尔在牛津大学攻读数学专业研究生，毕业后留在基督堂学院任教，从此就一直工作和生活在牛津大学。在教书和写作的同时，他对于当时工业革命以来出现的照相机和拍摄技术产生了浓厚兴趣，很快就成为一个技术娴熟的业余摄影师。他为不少同时代的文学界名家和社会名流等拍摄了照片，如诗人丁尼生，诗人罗塞蒂及其家人，作家萨克雷，罗斯金，麦克唐纳，等等。有评论家认为，卡罗尔之所以对摄影如此痴迷是因为这是一种对于现实的人际关系的替代（至少就成人社会而言）；认为这可以使他成为一个旁观者而不用置身其中。而另一个重要原因则是这使他能够通过一种令人敬重的方式去结识小女孩。[①]事实上，从1856年开始，卡罗尔就因摄影爱好而结识了基督堂学院的院长亨利·利德尔家中的几个小姑娘，从此开启了他与利德尔小姐妹的友情之旅，那一年排行老二的爱丽丝年仅四岁。我们知道，但丁创作《神曲》与少女贝特丽丝有密切关联，集真善美于一身的少女贝特丽丝在特定意义上成为激发但丁创作这部杰作之激情的女神缪斯。同样，小女孩爱丽丝与卡罗尔创作两部"游记"密切相关，她在特定意义上成为卡罗尔游历"地下奇境"和"镜中世界"的引导者，成为激发卡罗尔心灵激情的"女神缪斯"。我们可以把这种激情称作精神层面的"洛丽塔"情结，正是这种发自内心肺腑的深情推动卡罗尔创作出两部最杰出的童话小说。与此同时，现实生活中的小女孩爱丽丝通过卡罗尔的童话叙事成为永恒童年的象征。恰如作者在其童话小说的扉页题诗中所言，两部"爱丽丝"小说是作者奉献给儿童，奉献给人类童年

[①] Carpenter, Humphrey, Secret Gardens: A Study of the Golden Age of Children's Literature, Boston: Houghton Mifflin Company, 1985, p.51.

的"爱的礼物"。在卡罗尔的有生之年，与天真可爱的小女孩的交往和友谊成为他最重要的精神力量。这种力量推动着卡罗尔通过讲述故事来获得宽慰与满足。他的两部"爱丽丝"小说是睿智的成人意识与天真烂漫的童心的交流，是对于带有缺憾的人生的最美好回忆和补偿。通过讲述爱丽丝漫游地下奇境和镜中世界的童话故事，将流逝的童年和难忘的友情化作永恒的奇境漫游，从而将所有的遗憾和感伤化为一曲咏叹"夏日般童真岁月"的绝唱——这成为作者留住童年，留住美好回忆的最好方式。

二 "爱丽丝梦游仙境综合征"

童话与医学的跨学科对话。在当代医学界，得名于"爱丽丝"童话小说的"爱丽丝梦游仙境综合征"（Alice in Wonderland Syndrome，简称AIWS），在医学临床诊断上用于描述一种少见的引发偏头痛的先兆症状。1952年，C. W. 李普曼首次描述了这种"爱丽丝漫游仙境综合征"的症状，但没有给出命名。不久，J. 托德（J. Todd）发现这些症状与出现在《爱丽丝奇境漫游记》中的某些情节非常相似，于是在发表于1955年的《加拿大医学会会刊》上的论文中将其命名为"爱丽丝漫游仙境综合征"。在医学诊断上，"爱丽丝梦游仙境综合征"多发于儿童时期，患者的主要症状是时空和身体感觉产生错乱，出现神经学意义上的某种高度迷惑性现象，从而严重影响其视觉感知。用通俗的话语说就是产生幻觉，即感觉和视觉的变形扭曲，最通常的就是感觉外部事物的大小尺寸发生改变，恰如爱丽丝在童话奇境中随着自己身体的缩小和扩大，发现自己所在的外部场所、所面临的动物等产生了巨变。在2011年5月出版的《第七届国际脑血管病高峰论坛论文集》中，有一篇题为《以"爱丽丝梦游仙境"综合症起病的儿童偏头痛一例》的文章。作者这样描述患儿的症状：一名13岁男孩因发作性视物异常6年、头痛1年就诊。患儿7岁开始出现发作性症状，产生教室及家里屋顶低的错觉而蹲在地上。在这个案例中，男孩由于产生了教室及家里屋顶变低的错觉而不得不蹲在地上，这与小女孩爱丽丝跑进大白兔的屋子后发生的情形很相似。她喝了一个玻璃瓶中的饮料而导致身体由小变大，一直到她的头顶住了天花板。她不得不弯下身子，以免把自己的脖子折断了。此时喝进肚里的液体还在发挥效力，爱丽丝的身体还在不停地长高，她不得不跪在地板上。又过了一会，连跪在地上都不行了，她只好躺在地上，用一只胳膊肘顶着门，另一只胳膊则弯着抱住脑袋。就这样，爱丽丝被紧紧地困在了这间屋子里，动弹不得——她认为自己永远也没有机会离开这间屋子了。而在之前，爱丽丝由于手里拿着大白兔的小扇子而导致身体缩小。而那些平常身体比爱丽丝小很多的鸟兽，如鸭子、渡渡鸟、鹦鹉、小鹰、小鸟、螃蟹等，都变得同爱丽丝一般大小。于是爱丽丝与这些身体大小相同的鸟兽们一见如故，成为一起行动的伙伴。童话叙事的情节成为神经医学诊断的专业术语，这无疑是童话文学与自然科学的跨域对话。

三 文学阐释的奇境

更重要的是，批评家和学者都从"爱丽丝"故事中发现了丰富的文学意义和耐人寻味的哲理思想，于是它们经常被作为例证为当代各种文学理论所引用。例如，《牛津文学术语词典》在对以公元前3世纪古希腊犬儒学派哲学家曼尼普斯（Menippus）① 的名字命名的"曼尼普斯式的讽刺或瓦罗式的讽刺"（Menippean satire or Varronian satire）进行解释时指出，《爱丽丝奇境漫游记》就是这一文学形式的最著名的例子。② 而美国著名文论家 M. H. 艾布拉姆斯在《文学术语汇编》（第7版）中对"间接讽刺"进行解释时也特别提到，批评家弗莱也将刘易斯·卡罗尔的关于爱丽丝在奇境的两部小说归类于"绝妙的曼尼普斯式讽刺"。③ 此外，艾布拉姆斯在《文学术语汇编》对"梦幻叙事"的解释中列举了中世纪的梦幻文学作品，从13世纪法国的《玫瑰传奇》，但丁的《神曲》到英国兰格伦的《农夫皮尔斯》，乔叟的《公爵夫人书》和《荣誉之宫》等用梦境来表达寓意的作品，同时指出，刘易斯·卡罗尔的《爱丽丝奇境漫游记》（1865）就采用了梦幻叙事的形式。④

与此同时，两部"爱丽丝"小说对于科幻小说史学者也具有很大的

---

① 曼尼普斯（Menippus）公元前3世纪古希腊学者，博学多识，其写作特点是内容丰富，充满智力性幽默和讽刺，尤其是对哲学问题的喜剧性探讨所显示的写作风格对后人产生了较大影响。
② Chris Baldick, *Oxford Concise Dictionary of Literary Terms*, Shanghai Foreign Language Education Press, 2000, p. 132.
③ M. H. 艾布拉姆斯：《文学术语汇编》（M. H. Abrams, *A Glossary of Literary Terms*），外语教学与研究出版社2004年版，第277页。
④ 同上书，第71页。

吸引力。科幻小说史学者亚当·罗伯兹在探讨二战后的英国科幻小说时就引用了"爱丽丝"故事中的"毛毛虫"典故。他这样评论说,有些重要科幻作品描写英国中产阶级面临大灾难或重大事件时的状态,就如同现实生活中的英国中产阶级面临着大英帝国的衰变:像"爱丽丝"故事一样,从一个世界强国萎缩成了一个毛毛虫大小的国家;① 另一位科幻学者布赖恩·奥尔迪斯在《亿万年大狂欢:西方科幻小说史》中也论述了这两部小说所蕴涵的科幻文学因素,认为这两个童话故事不但具有深邃的象征主义传统因素、想象、讽刺、玄奥的恐惧,还有对科幻小说中时常出现的"地下种族主题"的重新阐释(这个主题也出现在迪斯累利、金斯利和利顿的作品中);而故事的叙述使成人读者在一个令人愉悦的表面上、逻辑颠倒的游戏后面发现了各种奥妙和玄机。爱丽丝进入其他时空的历险经历,那普通寻常的事物所发生的奇怪变形,又与科幻小说的超现实方面具有相似之处。② 奥尔迪斯还指出,"陷入沉沦和困境的世界"的主题,加上善恶报应的观念,基本上成为一种英国式的不解情结,出现在诸如刘易斯·卡罗尔、查尔斯·狄更斯、福勒·赖特、约翰·温德姆等这样的不同类型的作家的作品之中。③

彼得·亨特在其主编的《插图版英语儿童文学史》中提出,漫画家约翰·坦尼尔为《爱丽丝镜中世界漫游记》创作的关于怪兽"杰布沃克"(Jabberwock)的插图预示着科幻小说的怪物异类的出现。④ 这"杰布沃克"出现在该书第一章,是一首镜中荒诞诗的题目,该诗讲述一个勇敢的少年如何手持旋风剑去斩杀怪兽杰布沃克。批评家把这首诗看作一个可归属于屠怪降魔之文化传统的英雄传奇,认为诗中的少年英雄可与希腊神话中的腓尼基英雄卡德摩斯和盎格鲁–撒克逊英雄史诗《贝奥武甫》中的主人公贝奥武甫等相提并论。1951 年,作家弗里德里克·布朗从卡罗尔的这首荒诞诗提取素材,创作了科幻小说《杰布沃克之夜》(*Night of the Jabberwock*),作者似乎要表明,"爱丽丝"小说并非虚无缥缈的荒诞

---

① Adam Roberts, *The History of Science Fiction*, Palgrave. Macmillan, 2005, p. 210.
② Brian W. Aldiss with David Wingrove, *Trillion Year Spree: The History of Science Fiction*, London: The House of Stratus, 2001, pp. 109–110.
③ Ibid., p. 117.
④ Peter Hunt, ed. *Children's Literature, An Illustrated History*, Oxford: Oxford University Press, 1995, p. 142.

故事,而是以密码方式对于"现实存在的另一个层面"的详细记述。这部小说的主人公是一个居住在小镇上的报纸编辑,编辑本人也是一个刘易斯·卡罗尔作品的忠实爱好者,他所经历的某一天就像爱丽丝进入地下奇境和镜中世界后的情形一样离奇古怪,荒诞滑稽。在某个周四,由于没有什么新闻可写,主人公感到有些失望;他暗自希望这天晚上小镇上会发生点惊险刺激之事,以便为报纸写稿。结果夜里果真出现了一些情况,但很快就风平浪静。夜深之时,一个神秘的不速之客到访,邀请主人公与他同去追捕"杰布沃克"。这来者似乎非常熟悉主人公的情况,知道他喜爱卡罗尔的作品。尽管此事非常离奇古怪,主人公还是像卡罗尔笔下的爱丽丝被大白兔迷住,不假思索地跟着跳进了兔子洞一样,同意跟随神秘之客一道行动。于是"杰布沃克之夜"的历险故事开始了。

第六节 现代性与后现代性

两部"爱丽丝"小说对于西方现代主义及后现代主义文学艺术产生的影响也是不容忽视的,正如罗伯特·波尔赫默斯所言:卡罗尔为艺术、小说和推测性思想拓展了可能性。通过创造"爱丽丝"文本,"他成为一个我们可以称为无意识流动的大师。他指明了通往现代主义和后现代主义的道路"。[①] 波尔赫默斯继而论述道:"从卡罗尔的兔子洞和镜中世界跑出来的不仅有乔伊斯、弗洛伊德、奥斯卡·王尔德、亨利·詹姆斯、弗吉尼亚·伍尔夫、弗朗茨·卡夫卡、普鲁斯特、安东尼·阿尔托、纳博科夫、贝克特、伊夫林·沃、拉康、博尔赫斯、巴赫金、加西亚·马尔克斯,而且还有20世纪流行文化的许多人物和氛围。"[②] 的确,人们能够从两部"爱丽丝"小说中发现许多后来体现在不少20世纪的文学大师笔下的现代主义和后现代主义因素。例如,马丁·加德纳所列举的奥地利作家弗朗茨·卡夫卡的两部小说《审判》(*The Trial*)和《城堡》(*The Castle*)与"爱丽丝"小说之间的相似之处:卡夫卡笔下的审判相似于《爱丽丝奇境

[①] Robert. M. Polhemus, Lewis Carroll and the Child in Victorian Fiction, in *The Columbia History of the British Novel*. Ed. John Richetti (Foreign Language Teaching and Research Press, Columbia University Press, 2005), p. 579.

[②] Ibid., pp. 581 – 582.

漫游记》中由国王和王后把持的对红桃杰克的审判,发生在《城堡》里的事情相似于"爱丽丝"故事的国际象棋游戏,那些能说会走的棋子对于棋赛本身的计划一无所知,完全不知道它们是出于自己的愿望而行动的呢,还是被看不见的手指摆弄着行走。① 在卡夫卡的《审判》中,安分守己的银行职员约瑟夫·K先生有一天突然受到一个莫名其妙的指控而被逮捕——这个指控到底是什么他本人自始至终都没有弄明白,而奉命前来逮捕他的警察也不明白。虽然被控有罪,但K先生的行动还是自由的。为了洗刷自己的罪名,他多方奔走但却申诉无门。在面见法官的过程中,K先生在法院黑洞洞的回廊迷途中来回穿行,但徒劳无益。在庭审期间,K先生慷慨陈词,力辩清白,同时抨击司法的不公与黑暗,但大厅里灯光昏暗,一片烟雾弥漫,里面的人群似有似无,时而寂寂无声,时而秩序混乱,犹如梦境一般,K先生虽耗尽全力,力图辩白,但却收效甚微。几经周折之后,K先生最终还是被判处决,成为冤鬼。主人公所经历的这种噩梦(梦幻)般的境遇与爱丽丝奇境世界里发生的情形非常相似,只是更加阴沉可怕而已。在小说《城堡》中,主人公是一个叫作K的土地测量员,他打算到城堡去找工作,便首先来到一个由城堡所管辖的村庄。来到城堡附近村庄的第二天,K先生就向位于高处的城堡走去,他一直在不停地走,但就是走不到前方的目的地,甚至无法靠近它。疲惫不堪的K先生在暮色降临时只好返回村庄。最终由于城堡中各种保守势力的阻挠,这个K先生费尽周折也无法进入这个近在咫尺的城堡。在卡罗尔的镜中世界里,爱丽丝向不远处的山坡走去,打算到山顶上俯瞰一下她路过的花园,但无论她如何努力,就是无法抵达目的地,走来走去总要回到原来出发的地方。而后当爱丽丝要走近红王后时,她也无法从正面接近她,而必须从相反的,远离王后的方向行走才能走近王后。这种卡夫卡似的困境是一种由悬疑重重、排遣疑云、多重影射及荒诞无解等因素构成的梦幻迷宫,具有深刻的艺术感染力。

凡此种种,正如布赖恩·奥尔迪斯所说,"卡夫卡的两部重要小说《审判》和《城堡》所创造的世界,与斯威夫特的世界或者刘易斯·卡罗

---

① Martin Gardner, The Annotated Alice: *Alice's Adventures in Wonderland and Through the Looking - Glass by Lewis Carroll*. The Definitive Edition, New York: W. W. Norton & Company inc. , 2000, p. xxi.

尔的世界一样连贯，一样富有创意，而且是如此奇崛傲立，以至于成为被一大批专著阐释的对象"。① 此外，在卡夫卡的《变形记》里，人们也能发现似曾相识的变形体验。某公司的推销员格里高尔·萨姆沙一天清晨从令人惶恐的睡梦中醒来，突然发现自己由人蜕变为一只巨大的甲虫，不禁感到恐惧之极。他不仅身体变了形，声音也变得尖细可怕。他的家人一开始对此感到震惊和恼怒，但不久就适应了这一变化，把他作为一个耻辱关在房子里。人们在《爱丽丝镜中世界奇遇记》第三章"镜中世界的昆虫"中已经见识了这种人与昆虫之间的互换体验，尤其是那只声音微弱，只能在爱丽丝耳边说话的小蚊子，它还被批评家看作卡罗尔本人的影子。它唉声叹气，显得很忧伤，希望爱丽丝善待自己："我知道你是一位朋友，一位亲爱的朋友，一位老朋友。你不会伤害我吧，虽然我只是一只昆虫"。② 至于卡夫卡笔下的大甲虫，人们能够从中察觉到资本主义社会的小人物所遭受的孤独和无助，以及那些难以言状的压力和形形色色的严重威胁。而且我们还可以发现这两位作家所表现出来的相似的双重人格特征：一面是平淡刻板的职业生涯，另一面是狂热的思想激情和卓越的文学创作。作为数学讲师的查尔斯·道奇森（1832—1898）与作为作家的刘易斯·卡罗尔共同构成一个奇异的人格组合；出生在布拉格的弗朗茨·卡夫卡（1883—1924）白天在银行上班，是个恪尽职守、默默无闻的小职员，而回到家中的他则变成了狂热写作，吐露心曲，曲径探幽，揭示人性与人生之隐秘罗网的作家——正是这双重人格构成了卡夫卡的人生旅程。

在《爱丽丝奇境漫游记》中，国王和王后对红桃杰克的审判（起因是王后无端怀疑红桃杰克偷了她做的水果馅饼）是非常荒谬可笑的。尽管庭审了很长时间，但任何实质性的问题都没有涉及。当国王发现爱丽丝

---

① Brian W. Aldiss with David Wingrove, *Trillion Year Spree: The History of Science Fiction*, London: The House of Stratus, 2001, p. 189.

② 《爱丽丝镜中世界漫游记》的第八章原本还有一个关于"带假发的大黄蜂"的片断，最终由于插图艺术家坦尼尔的意见而被作者删去。马丁·加德纳认为这个大黄蜂发出的忧伤长叹可能表露了卡罗尔对于他与现实中的爱丽丝之间存在的由时间所造成之鸿沟的哀伤之情。乔治·加辛（George Garcin）提出，小蚊子的哀声长叹具有相同的意味。"由火车所象征的时间正载着爱丽丝（卡罗尔的亲爱的老朋友）向相反的方向驶去——向着长大的女性状态驶去，那就意味着他将很快失去她。"见 Martin Gardner, *The Annotated Alice: Alice's Adventures in Wonderland and Through the Looking-Glass by Lewis Carroll*, The Definitive Edition, New York: W. W. Norton & Company inc., 2000, pp. 172-173.

第八章　徜徉在永恒的童年奇境：刘易斯·卡罗尔和他的两部"爱丽丝"小说

的身体在不断长高，眼看对自己形成了威胁时，当场颁布了一条法律条文："第四十二条法律规定，凡是身高超过一英里的人都要离开法庭"。爱丽丝驳斥道，这绝不是一条正式的法律，是瞎编出来的。国王却说这是法典上最古老的法律，于是爱丽丝反驳道："这样说来，那就应当是第一条"。这里的"第四十二条法律"不就预示着当代美国作家约瑟夫·海勒的黑色幽默小说《第二十二条军规》（1961）所揭示的"疯狂世界"的时代特征吗？在海勒这部描写第二次世界大战的小说中，第二十二条军规是一个无法摆脱的圈套和罗网，可以由当权者任意解释和应用。轰炸机投弹手尤索林每每与它对抗，却每每碰壁，败下阵来。按照第二十二条军规，在空中执行任务达 23 次的人员可以停飞，但它有个附加条件：在停止执行任务之前必须服从上级的命令。结果尤索林达到要求次数后，上司又给他下达新的任务，使他的飞行次数一再增加，永无止境。当然，第二十二条军规并非针对尤索林一人的，它像一张无处不在的罗网，把所有的人都笼罩起来，谁也无法摆脱。士兵可以依据"第二十二条军规"驱逐军营附近的女人（妓女），而在行动时，法律又规定无须将"第二十二条军规"显示出来。尤索林终于明白，"第二十二条军规"并不存在，但正是因为它不存在，所以它才无所不在。这就是"第二十二条军规"的荒诞逻辑。"如果你能证明自己疯了，那就表明你没有疯"是出自《第二十二条军规》的名言，是作者描写的疯狂社会的具有后现代主义意味的逻辑陷阱。当爱丽丝向树上的柴郡猫打听附近住着什么样的居民时，柴郡猫说，这里的居民都是疯子。爱丽丝可不愿意跟疯子待在一起（来自现实世界的常识），柴郡猫回答说那可就由不得你了，这里的人都是疯子，我也是，你也是！有理智的爱丽丝当然不认为自己和这只睿智的柴郡猫是疯子，只听柴郡猫说道，"肯定是，否则你就不会出现在这里"。从总体上看，约瑟夫·海勒揭示的现代战争环境中的"疯狂世界"具有与爱丽丝所处的奇境世界相似的荒诞特征，尤索林与爱丽丝一样要与荒诞的敌对力量进行抗争，只是效果各异；无论如何，那些异己和异化的强大力量在特定意义上是与"爱丽丝"故事异曲同工的。

另外，两部"爱丽丝"小说的意识流特征是很明显的。在《爱丽丝奇境漫游记》中，爱丽丝为了追上大白兔而一跃跳进了兔子洞。从一开始，爱丽丝在慢悠悠地往下坠落时感到非常孤独，为了打发时间便自言自语地叙说起来，这完全可以看做一个生活在维多利亚时代的小学生的意识流动。而后，爱丽丝在每次怪诞的遭遇中都要发自本能地进行反思和推断，妙趣横生地呈现了爱丽丝的心理活动和内心独白。当然，这个维多利亚时代的小学生的意识流话语带有显著的童话色彩。在詹姆斯·乔伊斯的《芬尼根的守灵》（*Finnegans Wake*）中，诸如 "All old Dadgerson's dodges one conning one's copying and that's what wonderland's wanderladll flaunt to the fair." 这样的直接提及"爱丽丝"小说作者本名"道奇森"的意识流动话语揭示了"爱丽丝"小说对乔伊斯的意识流小说的影响。从整体结构上看，《尤利西斯》可称作"布鲁姆都柏林漫游记"，它讲述主人公布鲁姆清晨离家后一整天的漫游；而《芬尼根的守灵》则更进一步，表现的是酒馆店老板叶尔委克及其家人的一夜惊梦，相比之下更加离奇怪诞。《尤利西斯》的主人公布鲁姆就像传统童话故事中的主人公，在人生困境的推动下，离家出走，他在都柏林的大街小巷进行了一天的游荡，所到之处，所见所闻无不触发其联想和思绪，这些所想所思通过主人公的内心独白成为流动的意识活动，演化为漫长的内心的旅程。在《爱丽丝奇境漫游记》的第九章，当假海龟含泪述说自己的身世时，他告诫爱丽丝："决不要想象自己会成为不是别人心目中觉得你应当是的那种人你过去是什么样的人或者可能是什么样的人也可能就是别人心目中觉得你不应当是的那种人"。① 这样的语言表述也带有典型的意识流段落的特征，人们可以在《尤利西斯》中读到大量似曾相识的以内心独白形式出现的段落。当然，人们可能会指出在《尤利西斯》中最典型的可能是书中最后长达40页没有一个标点符号的文字，表现女主人公莫莉躺在床上处于半睡半醒的迷糊状态：意识中回忆的闸门敞开了，往事像流水一样涌现出来，忽东忽西，源源不断，同一个"他"一会是情人，一会又成为丈夫，一会又指某个认识的男人，一会又指明天可能会来的年轻人斯蒂芬，等等，把昏睡中的意识流推向高潮。而在语言实验方面，两部"爱丽丝"小说堪称一绝，无论是大量作者自撰的词语还是作者精心设下的语言游戏，以及对当时流行的儿歌、童谣进行的戏仿改写，都是匠心独具，妙趣连连。在《爱丽丝镜中世界奇遇记》的第一章，爱丽丝在进入镜中屋后看到的那首反写

---

① Martin Gardner, The Annotated Alice: Alice's Adventures in Wonderland and Through the Looking-Glass by Lewis Carroll. The Definitive Edition, New York: W. W. Norton & Company inc., 2000, p. 93.

的怪诗"杰布沃克"必须通过镜子才能阅读,诗中那些作者自创的怪词让人感到既怪僻又熟悉,在音、意、相诸方面都富于荒诞之美。至于书中众多的"提包词"(混成词)更是一大特色;而在《尤利西斯》和《芬尼根的守灵》中,乔伊斯更是杜撰了大量新词,尤其在《芬尼根的守灵》中,不仅出现了包括所有欧洲语言及中文、日文、梵文等在内的50种语言,而且出现了作者杜撰自造的6万多新词,其中有一个描写远方传来的雷声的词语长达一百多个字母单位,在语言实验方面堪称登峰造极。凡此种种,不一而足,令人叹为观止。

第七节　童话叙事的革命性潜能

两部"爱丽丝"小说是在19世纪英国工业革命和儿童文学革命这双重浪潮冲击的背景下出现的。卡罗尔的想象力在与小女孩的交往中得到激发和释放,同时他也在很大程度上从工业革命以来的新思想和新科学带来的变化中汲取了能量,而且前所未有地通过童话叙事释放出来,从而超越了作者的时代。工业革命带来的社会与思想的冲击不仅动摇了维多利亚时代的宗教信仰基座,而且动摇了英国清教主义自17世纪后期以来对幻想文学和童话文学的禁忌与压制——尤其是浪漫主义文化思潮有关童年崇拜和童年概念的观念冲破了长期以来占主导地位的加尔文主义压制儿童本性的原罪论宗教观——这两种合力为英国儿童幻想文学的崛起提供了必要的社会文化条件。一方面,工业革命带来的新思想、新知识和新视野为卡罗尔提供了可资利用的新资源;另一方面,在这样一个非常时期,具有"隐喻性和多义性"特征的传统童话叙事对于卡罗尔具有特殊的意义。童话叙事那亦真亦幻的叙述艺术(设幻为文,以实写幻等),是神奇性(奔放不羁,无所不能的童话想象)与写实性(日臻精湛的小说艺术手法)的完美结合。工业革命时期出现的新思潮对童话文学创作的想象力产生了极大的刺激和推动作用。在这一时期,人类前所未有地用科技的能量改变和征服自然环境,形成了强烈的人与大自然之间的异化关系。而异己的力量和异化现象又成为探索新的未知世界,探寻新的幻想奇境的某种启示。事实上,在"爱丽丝"小说中,从想象的奇异生物到想象的奇异语言,工业革命时期有关进化与变异的视野无疑为作者的想象力增添了强劲的动力。在当时众多石破天惊的科学发现及引发的社会变革深刻地拓展了包括卡罗尔在内的知识分子的认知视野，爱丽丝从兔子洞往下坠落时的所思所虑就反映了维多利亚时代人们对于地心引力的推测（刘易斯·卡罗尔本人还曾设想过利用地球重力作为能量来驱动火车行驶）。爱丽丝在地下世界经历了多次身体变大和缩小的过程，这被认为反映了那个时代出现的令人震惊的"宇宙膨胀论"和"宇宙消隐论"。

两部"爱丽丝"小说在主题和艺术上都是革命性的，它们不仅是对维多利亚时期说教性儿童图书创作倾向的激进反叛与颠覆，而且是对包括欧洲经典童话（法国贝洛童话，德国格林童话，丹麦安徒生童话等）在内的所有传统童话叙事的突破和超越，从而在文学童话创作领域开创了从传统童话的模式化和确定性走向对话性和开放性的道路，确立了现代儿童幻想文学奇趣性和哲理性共生的多元创作倾向。从儿童文学的视阈看，"跳进了兔子洞"就意味着进入了幻想文学的奇境，由此形成了儿童幻想文学从现实世界进入幻想世界的一个重要模式（从"纳尼亚传奇"的魔橱到"哈利·波特"的火车站里那神秘的"$9\frac{3}{4}$站台"莫不如此）。同样书写童年，同样将19世纪的儿童作为小说创作中的主角，卡罗尔的贡献是革命性的，无以替代的。他不仅用幻想文学的艺术形式来书写童年，拓展了儿童文学的新疆界，而且通过描写主人公的意识和无意识活动，通过爱丽丝的反思和愤慨来颠覆说教文学，颠覆成年人让她遵从的教训和常规。如果把同时代的文学大师狄更斯的书写童年的小说与卡罗尔的"爱丽丝"小说比较一下，人们就能够更清楚地认识卡罗尔的特殊贡献。关于狄更斯，波尔赫默斯指出："正是查尔斯·狄更斯，而不是任何其他作家，使儿童成为信念、性爱和道德关注的重要主题；作为一个小说家，狄更斯所做的贡献没有什么比他对于儿童的描写更具有影响力的。……通过他自身童年受到伤害的经历，狄更斯将儿童的浪漫的形象铭刻在无数人的想象之中，促使人们去感受和认同于遭受伤害和压榨的孩子们，认同于人生早期岁月的心理状况。"① 如果说狄更斯再现的是真实的童年经历的记忆，那么卡罗尔则以幻想文学的艺术形式超越了这些记忆。波尔赫默斯

---

① Robert. M. Polhemus, Lewis Carroll and the Child in Victorian Fiction, in *The Columbia History of the British Novel*, Ed. John Richetti (Foreign Language Teaching and Research Press, Columbia University Press, 2005), p. 593.

认为，狄更斯等作家在追溯童年时试图回答两个问题：（1）我是怎样成为现在的我？（2）我的童年是什么样的童年？而卡罗尔探寻的是如何才能消解自我，消解成年，如何才能回归童年，甚至重新成为一个小女孩？卡罗尔的回答是，富有想象力地走进小女孩爱丽丝的世界。① 具体而言，卡罗尔采用梦幻叙事的方式让爱丽丝引领我们走进梦幻般的奇境世界，随着爱丽丝的"意识流"来重返童年。通过爱丽丝的视野，卡罗尔戏仿了维多利亚时代的社会生活逻辑（茶会、宴会、槌球赛、国际象棋赛，等等），以荒诞艺术的形式表达了作者对儿童权利的捍卫和对成人威权的反抗。

两部"爱丽丝"小说的革命性还表现在作者将传统童话具有的深层结构（乌托邦精神和对理想世界的追求）及其隐性的或象征的表达转变为直接的思想观念的自由表达。卡罗尔通过幻想艺术创造了一个现实原则的期待与荒谬原则的强势发生碰撞的令人回味和思考的奇境世界。作者以绝妙的幻想文学笔触议论了政治和社会话题，包括党派活动、司法制度、审判程序以及教育问题等。通过来自理性世界的具有常识和批判精神的小女孩爱丽丝对所有这些现象进行了一番激进的审视。在象征意义上，爱丽丝质疑和挑战的是一切装腔作势的权威和荒诞无理的逻辑，表达的是作者对儿童权利的捍卫和对成人威权的反抗。"爱丽丝"小说的"颠覆性因素"还表现在以梦幻（噩梦）的境遇或者带有后现代主义色彩的错位来颠覆维多利亚时代人们对于理性、道德或者现实秩序的自信，以及对于叙述、时间，或者语言等方面的自信。

两部"爱丽丝"小说还揭示了当代社会政治视野中的童话文学具有的解放性潜能。法兰克福学派批评家杰克·齐普斯从社会政治的视角阐释了长盛不衰的童话文学，尤其是当代童话故事所蕴含的激进的解放性潜能。通过对幻想文学作家托尔金和马克思主义批评家恩斯特·布洛赫的比较研究，齐普斯这样阐释了童话的乌托邦精神："无论是古老的民间故事还是新的童话故事，使它们获得勃勃生机的原因在于它们能够以象征的形式包含人类未能实现的愿望，并且投射出实现它们的可能性"。② 如果说，

---

① Robert. M. Polhemus, Lewis Carroll and the Child in Victorian Fiction, in *The Columbia History of the British Novel*, Ed. John Richetti (Foreign Language Teaching and Research Press, Columbia University Press, 2005), p. 597.

② Jack Zipes, *Breaking the Magic Spell: Radical Theories of Folk and Fairy Tales*, Revised and expanded edition. Lexington: University Press of Kentucky, 2002, p. 157.

在新的科学思想前所未有地冲击和动摇传统宗教思想之际，在工业革命的技术和成果导致社会功利性物质主义盛行这样一种双重精神危机的状态下，童话故事对于维多利亚人应对精神危机具有重要的精神价值和意义，那么卡罗尔的两部"爱丽丝"小说通过童话叙事书写童年，通过小女孩爱丽丝在奇境世界和镜中世界的经历革命性地拓展了传统童话叙事的"童年的反抗"这一主题。作者将维多利亚时代的一个小女孩作为自己小说的主人公，这首先就具有革命性的时代意义。一方面，与地下世界和镜中世界的荒谬力量相比，这个维多利亚时代的小学生代表着理性和常识；另一方面她又具有丰富的联想和想象力，而且保持着绝假存真的童心，体现出容不得任何歪理的批判精神，所以她敢于质疑地下世界和镜中世界的荒诞逻辑和规则。一开始，爱丽丝对于身处其中的荒谬世界的种种遭遇感到非常震惊和困惑，但她没有退缩，而是鼓起勇气，夺路前行，执意要抵达那个难以企及的美丽花园。爱丽丝对一路上的所见所闻及亲身经历进行了判断和反思，也表达了她发自内心的愤慨——这种愤慨的表露就是象征意义上的童年的反抗，是主人公对于成年人让她遵从的教训和常规的挑战。在地下奇境和镜中世界里，爱丽丝整合自我和寻求安全感的经历也是她与强势而荒谬的成人世界发生激烈碰撞的过程。通过爱丽丝的质疑，作者象征地表达了激进的思想观念，并且以幻想文学的方式对英国的政治和社会话题，包括党派活动、司法制度、审判程序以及教育问题等进行了激进的审视。凭借常识和批判精神，在象征的意义上，爱丽丝敢于运用理性逻辑来驳斥荒谬的国王，并挺身反抗专断暴虐的王后，以及在众声喧哗的宴会上怒掀餐桌台布，以制止"害群之马"的狂闹，表明小女孩质疑和颠覆的是所有装腔作势的权威和压抑性的荒谬规则，通过狂欢化的童话叙事述说了"童年的反抗"这一诉求。

从另一层面看，"爱丽丝"故事在特定的象征意义上隐射了维多利亚时期知识分子所经历的精神危机，以及摆脱危机的努力。维多利亚时期是一个让英国人倍感自豪的黄金发展时代，同时又是一个充满了矛盾和危机的动荡年代。重要的是，人们传统的思想信仰也遭遇了前所未有的冲击和震荡。随着达尔文的进化论等激进思想的传播，传统的思想观念遭到沉重打击，信仰的危机引发了思想混乱；人们的道德水准在物质主义和实利主义盛行的状况下开始下滑。当"信仰之海"退潮之后，原本光明灿烂的世界褪去了梦幻般的色彩。工业革命给英国社会带来了巨大社会变革，也导致了人们长期以来习以为常的生活方式的巨大改变。当急剧的社会变化和深刻的信仰危机成为维多利亚人面临的新环境和新问题，当过去的经验被阻断、隔绝，原有的认知系统无法做出解释时，维多利亚的敏感的知识分子和文人不得不致力于建构新的认识体系，并开始寻求应对危机与迷茫的途径。这种情景和应对同样象征地折射在爱丽丝的奇异经历当中。

从兔子洞进入地下世界之后，爱丽丝陷入了迷茫，出现了自我迷失的精神危机，因此面临着找回自我、重建自我的艰巨任务。在这个荒谬可笑的世界，爱丽丝发现自己所遭遇的一切都变得稀奇古怪，难以理解，而且"越来越奇怪，越来越奇怪了！"她怀疑置身于地下世界的"我"变成了另一个人，于是开始在记忆中搜索自己所认识的，与她同龄的伙伴，看自己是否变成了她们中的哪一个，是艾达呢，还是梅贝尔？她接着又试图通过做乘法练习，检查自己的地理知识，背诵小学课文中的儿歌等方式来进行检测和判断，试图弄清自己到底是谁。但她的努力并没有取得任何效果，危机感进一步加强了。在她的身体几经变大变小之后，爱丽丝产生了深深的疑惑："我到底是谁？"这个疑惑也来自毛毛虫的当头棒喝："你是谁？"对毛毛虫的喝问，爱丽丝回答说她已经搞不清楚自己是谁了，"早晨起床的时候我还知道自己是谁，可打那以后我已经变了好几回了。"此时的爱丽丝已明显感到自我的迷失："我已经不是我自己了。"为了说明这一点，她对毛毛虫说，当你在不得不变成一条蝶蛹的时候又变成了一只蝴蝶，你就会有所体会，就会产生那种古怪的感觉了。但毛毛虫却说，这一点也不奇怪，接着又轻蔑地问道"你是谁？"面对毛毛虫的逼问，可怜的爱丽丝陷入了非常尴尬的境地。事实上，她的境遇象征着维多利亚人在巨变和动荡的年代里与习以为常的过去岁月的隔绝："我以前记住的事情现在都想不起来了。"这尤其体现在爱丽丝之前能够背诵的儿歌童谣全都不由自主地发生了可笑的变形。不过这些变形的歌谣更具有现代性和后现代性意义上的荒诞性和趣味性，象征着爱丽丝建构新的认识体系，以寻求应对危机的努力。在经历了自我身份迷失之后，爱丽丝在引导者（如对她提出忠告的毛毛虫，[①] 为她点评这个怪异世界的鹰面兽等）的指点下，

[①] 毛毛虫在离去的途中告诉爱丽丝，她可以通过分别吃蘑菇长在两边的部分来改变和平衡身体的大小。

整合了几近迷失（裂变）的自我人格，勇敢地运用现实世界的理性逻辑来驳斥荒谬的国王，并挺身反抗专横残暴，无法理喻的"砍头癖"王后。爱丽丝的经历象征着主人公在维多利亚时代晚期与异己力量进行的抗争。作者以一个天真的小女孩作为自己小说的主人公，以她在地下世界和镜中世界的一系列似真似幻的经历表现了童年的反抗这一主题，折射了维多利亚时代复杂而微妙的情感，以具有现代性和后现代性特征的童话叙事表达了这个时代的充满矛盾的希望和恐惧。

第八节　充满童趣的荒诞之美[①]

在5月的一个夏日，小女孩爱丽丝跟姐姐一块坐在静静流淌的泰晤士河岸边。姐姐在读一本书，可爱丽丝对那本"既没有插图又没有对话"的图书毫无兴趣，当时又没有什么别的事情可做，天气又热——她渐感疲倦，不觉悄然入梦——就在这时，一只眼睛粉红的大白兔，穿着一件背心，掏出一块怀表，一边自言自语地说它要迟到了，一边急匆匆地从爱丽丝身边跑了过去。出于儿童天然的好奇心，爱丽丝毫不犹豫地追赶上去。她看见兔子跳进了矮树下面的一个大洞，也不假思索地跳了进去。这个兔子洞一开始像隧道一样，笔直地向前，后来又突然向下倾斜，爱丽丝慢慢地往下坠落，最后落在地下世界的一堆树叶上，进入一个充满荒诞色彩的童话奇境。尽管发生在这个世界里的事情不合逻辑，滑稽古怪，但凡事又充满童趣。这里有许多情态各异，童心未泯的动物、禽鸟，如满腹冤屈而又非常神经质的小老鼠；自称年纪比爱丽丝大，知道的东西当然比她多，但又拒绝说出自己年龄的鹦鹉；颇有主见，喜欢指挥众人行动的渡渡鸟（卡罗尔的真名是"查尔斯·卢特威奇·道奇森"，他平素说话有些口吃，这"渡渡鸟"就是从"道奇森"的口吃念法——"渡—渡"〔Do‐Do‐Dodgson〕而命名）；抓住一切机会向子女说教的老螃蟹；以及鸭子、喜鹊、小鹦鹉和雏鹰（鹦鹉〔Lory〕和小鹰〔Eaglet〕是爱丽丝的两个姊妹名字的谐音），等等，爱丽丝发现自己居然可以同它们亲密地交谈，没有任何障碍，好像从小就跟它们认识似的。在这个奇异的世界里还有目中

[①] 本节主要内容以《荒诞美学的双重性：〈爱丽丝奇境漫游记〉解读》为题发表于《名作欣赏》（文学研究）2009年第10期。

无人，态度傲慢，抽着水烟筒，开始一声不吭，然后又突然开口说话，连声质问的毛毛虫；有顽童般的三月兔，有说起话来颠三倒四的老帽匠，有嗜睡如命的榛睡鼠，有后来作为陪审员出庭的小蜥蜴比尔；有不时咧着嘴傻笑而且时隐时现，神出鬼没的柴郡猫；有唉声叹气，两眼含泪，伤心欲绝，但言不由衷的假海龟；有看似明白事理，但总是随声附和假海龟而呵斥爱丽丝的狮身鹰面怪兽；有脾气怪僻，为人虚伪的公爵夫人；更有性情残暴，动辄就下令砍掉别人脑袋的红心王后，以及她的丈夫，那缺乏主见，偏听偏信，但心地不坏的红心国王，此外，当然还有国王和王后治下的扑克牌王国的形形色色的随从及园丁……这无疑是一个充满童趣的荒诞美学映照下的童话奇境。在心理分析学家看来，童年的精神特征体现为自我中心，无法区分自我和他者，万物有灵，等等，所以在爱丽丝进入的世界里所有动物、植物、扑克牌和象棋子等都是富有生命的，能说会道，喜怒哀乐，活灵活现。

"爱丽丝"故事的革命性在于它彻底颠覆了维多利亚时代的说教文学，"把荒诞文学的艺术提升到最高水平"。在《爱丽丝奇境漫游记》的第九章，公爵夫人告诫爱丽丝"每一件事情都有一个教训，只要你能够发现它的话"。这代表了维多利亚时代那些坚持对儿童进行理性教育与道德说教的人们的普遍看法。然而"爱丽丝"故事表明了诗人艾米莉·迪金森所宣示的洞察："太多的理性就是赤裸的疯狂"。而那看似疯狂的幻想世界则具有洞穿真相的生命力和奇特的艺术吸引力。在"爱丽丝"故事里，要发现有理性的教训成为一个具有讽刺意味的疑难问题。正如英国文学批评家 C. N. 曼洛夫指出的，在爱丽丝的世界里，那些本应具备各种理性及有意义教训的成人们，包括神经质的大白兔和精神变态者红心王后等，都是疯狂的。这些人谁也不能恰当地行事。许多人都把爱丽丝呼来唤去，但爱丽丝通常对他们回以颜色，因为他们的荒谬可笑消除了他们的权威。爱丽丝是儿童幻想文学中第一个不屑于接受无论什么教训的儿童，除非那是关于变幻本身的"教训"。[①] 的确，在爱丽丝遭遇的这个荒诞世界里，小姑娘与小动物及鸟儿们还能够恰当地处理她们自己的事情（见第三章"团队赛和一个长故事"），而这个社会的当权者和其他成员却不能

[①] Colin Manlove, *From Alice to Harry Potter: Children's Fantasy in England*, Cybereditions Corporation 2003, p. 25.

恰当地进行任何有理智的行动。从白痴般的所答非所问的男仆到莫名其妙而又歇斯底里的公爵夫人，从疯帽匠和三月兔把持的颠三倒四、不可理喻的茶会，到王后主持的混乱不堪、近乎疯狂的槌球赛，从假海龟讲述的荒诞不经故事，到红心杰克接受最不讲法律规则的无理审判……人们看到的是最没有理性的人物和最荒谬的行为。我们不妨见识一下王后所热衷的槌球比赛。槌球赛是英国人开展的一种传统游戏，通常在户外草坪进行，参加者用长柄木槌击打木球，使之穿越一系列球门。在"爱丽丝"故事中，王后的槌球游戏是在一个古怪的槌球场进行的，场地里到处都是田坎和垄沟。更奇特的是，用来穿越球门的槌球由活的刺猬充当，用来击球的球棒由活的火烈鸟充当，而槌球要穿越的拱门就由弯下身子、手脚撑地的士兵们充当。所有的比赛用具和设施都是活物，满地里走来走去，比赛自然一片混乱。爱丽丝最初的困难在于如何控制好她的火烈鸟，每当她把火烈鸟夹在胳臂下面，把它的脖子弄直，准备用它的头去击打作为槌球的刺猬时，火烈鸟总是扭过脖子，用一种异样的神情望着爱丽丝，使她忍不住要笑出声来。爱丽丝好不容易把它的头按了回去，正打算击打本来已卷成一团的刺猬时，却发现那刺猬正不紧不慢地向远处爬去。而且那些作为球门的士兵老是在球场上走来走去，让人无所适从。而所有参加比赛的人根本就不讲任何游戏规则，为了争夺刺猬而吵得不可开交。王后动不动就勃然大怒，时不时地下令把谁的头砍掉。爱丽丝感到这真是一场可怕的游戏，但令她诧异的是，王后如此频繁地痛下杀手，居然还有人能在这里活着。这是儿童本位的颠覆性幻想故事，体现了童话奇境的黑色幽默（这需要由鹰面兽对王后的暴虐行为给予"真好笑"的评价："那完全是她的胡思乱想罢了，他们从来没有杀死过一个人。"）

此外，"爱丽丝"故事中的"荒诞诗"集中体现了童心世界的荒诞之美。这些"荒诞诗"全是针对卡罗尔那个时代非常流行的、要求孩子们诵读的宗教赞美诗和道德教喻诗的戏仿之作，它们不仅彻底颠覆了那些要求儿童循规蹈矩的诗作，而且成为英国儿童文学的珍宝，广为流传。具有讽刺意味的是，那些当时非常流行的以道德教诲与理性规劝为目的原作早已湮没无闻，只是作为卡罗尔戏仿诗的互文性因素而为人所知。《爱丽丝奇境漫游记》中爱丽丝背诵的"小鳄鱼"是对18世纪著名的宗教赞美诗作家艾萨克·沃茨（Isaac Watts, 1674 – 1748）的儿童诗《不能懒惰和淘气》（Against Idleness and Mischief, 1715）的戏仿。沃茨的原作是这样的：

不能懒惰和淘气

你看小蜜蜂，整天多忙碌，光阴不虚度，花丛采蜂蜜。
灵巧筑蜂巢，利落涂蜂蜡，采来甜花蕊，辛勤酿好蜜。
我也忙起来，勤动手和脑。魔鬼要捣乱，专找小懒汉。

沃茨原诗用儿歌的形式宣扬道德教诲，其主题非常明确，就是要孩子们向小蜜蜂学习，不浪费时间，不虚度光阴。只有辛勤忙碌，才能像小蜜蜂一样，有所收获。而游手好闲，无所事事，就会被魔鬼撒旦看中，去干傻事、坏事。下面是卡罗尔的戏仿：

你看小鳄鱼，尾巴多神气，如何加把力，使它更亮丽。
尼罗河水清，把它来浇洗，鳞甲一片片，金光亮闪闪。
笑得多快活，露出尖尖齿，张开两只爪，动作多麻利。
温柔一笑中，大嘴已张开，欢迎小鱼儿，快快请进来。①

忙碌的小蜜蜂变成了张口待鱼的小鳄鱼——成为大自然中神气十足，笑容可掬，张开大口等待小鱼儿入口的快活的捕食者。这看似信手拈来，但却涉笔成趣，妙意顿生。卡罗尔以讽刺性的弱肉强食现象与尼罗河的勃勃生机营造了一种童话世界的喜剧性荒诞氛围。

再看另一首荒诞诗"威廉老爸，你老了"，这是卡罗尔对罗伯特·骚塞（Robert Southey，1774－1843）的宗教训谕诗《老人的快慰，以及他如何得以安享晚年》（1799）的戏仿。骚塞的诗用一老一少，一问一答的形式写成，目的是告诫儿童要心向上帝，虔诚做人。在诗中，年轻人询问老人为何不悲叹老境将至，反而心旷神怡？老人回答说，自己年轻时就明白时光飞逝，日月如梭的道理，而且他总是"心向上帝"，所以虔诚地服从命运的安排，无怨无悔，自然乐在其中。在《爱丽丝奇境漫游记》第五章中，当毛毛虫听说爱丽丝在背诵那首《忙碌的小蜜蜂》时背走了样，

---

① Martin Gardner, *The Annotated Alice: Alice's Adventures in Wonderland and Through the Looking - Glass by Lewis Carroll*, The Definitive Edition, New York: W. W. Norton & Company inc., 2000, p. 23.

便让她背诵《威廉老爸，你老了》，只见爱丽丝双手交叉，一本正经地背了起来：

年轻人开口问话了：
"威廉老爸，你老了，
须眉头发全白了。
还要时时练倒立，
这把年纪合适吗？"

"在我青春年少时，"
威廉老爸回儿子，
"就怕倒立伤脑袋；
如今铁定没头脑，
随时倒立真痛快。"

"你已年高岁数大，"
年轻人说："刚才已经说过了，
而且胖得不成样；
为何还能后滚翻——
一下翻进屋里来？"

"在我青春年少时，"
老贤人说话时直把白发来摇晃，
"我四肢柔韧关节灵，
靠的就是这油膏——一盒才花一先令，①
卖你两盒要不要？"

"你已年高岁数大，"年轻人说：

---

① 在最初的手稿《爱丽丝地下游记》中，这诗中一盒油膏的价格是 5 先令，后改为 1 先令。见 Martin Gardner, *The Annotated Alice: Alice's Adventures in Wonderland and Through the Looking - Glass by Lewis Carroll*. Penguin Books, 1965, p. 70.

第八章　徜徉在永恒的童年奇境:刘易斯·卡罗尔和他的两部"爱丽丝"小说　　189

"牙床松动口无力,
只咬肥油不碰硬;
怎能啃尽一头鹅,
连骨带头一扫光,
敢问用得哪一招?"

"在我青春年少时,"老爸说,
"法律条文来研习。
每案必定穷追究,
与妻争辩不松口。
练得双颌肌肉紧,
直到今天还管用。"

"你已年高岁数大,"年轻人说,
"肯定老眼已昏花,
何以能在鼻尖上,把一条鳗鱼竖起来——
请问为何如此棒?"

"有问必答不过三,到此为止少废话,"
老爸如此把话答,
"休要逞能太放肆,喋喋不休让人烦!
快快识相躲一旁,不然一脚踢下楼。"①

　　维多利亚时代的儿童诗以道德教育和宗教训诫为主要特征,其消极因素在于泯灭了童心世界的游戏精神和人类幻想的狂欢精神。卡罗尔的荒诞诗是对那些宣扬理性原则的说教诗和教喻诗的革命性颠覆,看似荒诞不经,实则妙趣横生,意味无穷。"在我青春年少时,上帝时刻在心中",这是骚塞诗中的老者形象。而在卡罗尔的诗中,我们看到的是一个荒唐滑

---

①　Martin Gardner, *The Annotated Alice: Alice's Adventures in Wonderland and Through the Looking - Glass by Lewis Carroll*, The Definitive Edition, New York: W. W. Norton & Company inc., 2000, pp. 49 – 52.

稽但充满生活情趣的老顽童：他头发花白，肚子滚圆，浑身上下胖得不成人样，但他却身手敏捷，而且胃口极佳，食量巨大；只见他又是勤练倒立，又是用后滚翻动作翻进屋里，食量之大居然一下连骨带肉吃掉一只整鹅，还能在鼻子尖上竖起一条鳗鱼，敢问上帝何在？自然规律何在？正所谓"四时可爱唯春日，一事能狂便少年"，① 作者在戏仿诗中刻画的这个荒唐滑稽的老顽童张扬了契合儿童天性的狂欢精神和游戏精神，使童心世界的荒诞美学呈现出最大的吸引力。

第九节　梦幻叙事特征②

　　传统童话故事不仅拥有象征性的模糊叙事手段，而且最善于用自然随意的方式，用不容置疑的语气讲述那些最异乎寻常的遭遇，最不可能在现实中发生的神奇怪异之事。例如在格林童话《青蛙王子》中，小公主在王宫附近的大森林里玩耍，这是非常寻常的事情，任何小女孩都可能出现在那里，都可能做同样的游戏。那里有一棵古老的菩提树，树下有一口水井，这是公主时常在附近抛耍金球的地方。但这一次她却失手将球抛进了黑洞洞的井中。就在公主无奈之下哭起来时，一只青蛙出现了——于是这能说会道的青蛙就把故事自然地带入了传统魔法的奇境之中。托尔金在《论童话故事》一文中以自己的切身体会为例，说明童话叙事方式的重要性："对于故事的信任取决于大人们或者那些故事的作者向我讲述的方式，或者就取决于故事本身具有的语气和特性"。③

　　相比之下，刘易斯·卡罗尔的两部"爱丽丝"小说为童话文学增添了新的蕴涵着现代性甚至后现代性因素的叙事特征。这两部小说不仅在主题上是革命性的，而且在叙事艺术上也是革命性的。其中最突出的特征就是具有深邃心理意义的梦幻叙事，它既是整体构架上的梦游"奇境"，也是具有现代主义和后现代主义意涵的梦境叙事。这种"隐喻性和多义性"的童话小说的叙事手段是对传统童话叙事的丰富和拓展。

---

① 王国维：《晓步》。
② 本节主要内容曾以《刘易斯·卡罗尔"爱丽丝"童话小说的叙事特征及影响》为题发表于《名作欣赏》2012 年第 6 期。
③ J. R. R. Tolkien, *The Tolkien Reader*, New York: Ballantine, 1966, p.63.

第八章　徜徉在永恒的童年奇境:刘易斯·卡罗尔和他的两部"爱丽丝"小说

如果说《爱丽丝奇境漫游记》通过主人公进入兔子洞而开始了梦游奇境，那么《爱丽丝镜中世界奇遇记》更是通过镜中世界的国际象棋的游戏规则投射出玄妙的梦境奇遇。作者透过一个普通小女孩的眼光扫视自己所进入的不同的荒诞迷离的怪异世界，投射出哲理意义上的有关人生焦虑与恐惧的映像。在某些宗教观念中，生活本身就像一场大梦，活着的芸芸众生不过是这场梦中的臆造之物。在《爱丽丝镜中世界奇遇记》的第四章，爱丽丝跟着特威达和特威迪这对孪生兄弟来到一块草地上，看见红心国王头戴一顶红色的睡帽，在那里长睡不醒，鼾声如雷。代表常识和理智的爱丽丝是个细心体贴的小女孩，担心他睡在潮湿的草地上会感冒着凉，但这对双胞胎兄弟的一番话却使她感到恐惧不已：

"他此刻正在做梦啊，"特威迪说，"你知道他梦见的是什么吗？"
爱丽丝说："谁也猜不到啊"。
"怎么会猜不到呢，他梦见的当然是你啦！"特威迪一边得意地拍巴掌，一边喊道，"要是他不在梦见你，你以为你会在什么地方呢？"
"当然是在现在这个地方啦。"爱丽丝说。
"这绝不可能！"特威迪鄙夷地驳斥道，"你什么地方都不在了，这还不知道吗，你不过是他梦中的一个东西而已！"
"要是国王睡醒了，"特威达补充道，"你就会消失了——就像一支蜡烛！"

如果说，在《爱丽丝镜中世界奇遇记》中，爱丽丝进入镜中世界本身就是一场梦境，那么爱丽丝的梦就与红心国王的梦交叉相遇，成为梦中之梦，镜中之镜。到底是爱丽丝梦见了国王，还是国王梦见了爱丽丝，这相互映照的梦境令人遐想不已。而这对孪生兄弟一模一样，相互呼应，实际上也是相互映照的两面镜子，他们的观点也是伯克利大主教宣扬的观点：世上的万事万物，包括我们人类，都不过是上帝心中的某种物体而已"。

在地下世界里发生的一切事情，出现的一切物体都像是梦中的境遇，都是漫游者（做梦人）本人经历的组成部分。那些梦幻之景亦真亦幻，具有强烈的心理特征。所发生的一切事情不仅像人们梦中的境遇，而且具有向前推进的故事情节。梦幻叙事可以将人类普遍的主观思绪和情感转化为可视的意象。而那些想象出来的，陌生化的奇境、梦境和困境等在人们的脑海中唤起了"似曾相识，依稀能辨，甚至非常熟悉的"感觉，所以从心理分析的视角看，它们就代表着人生的境遇、冲突、恐惧、困惑、欲望、挫折、自我宽慰等社会现实中存在的现象，因而具有一种现代和后现代特征的心理真实性。

在《爱丽丝奇境漫游记》中，爱丽丝原本是一个普通的小女孩，但她从兔子洞进入奇境之后，一种令人既熟悉又陌生的具有现代性特征的魔力就笼罩着这个王国。这种魔力催生了一种独特的荒诞滑稽的恐惧感，使传统的现实与想象的魔法世界被欲罢不能的噩梦般的童话世界所取代。从现代心理分析学视角看，传统童话表露的是普遍的童心梦幻，而且是一种清醒的梦幻状态。它们不仅具有梦的一般特征（恍惚迷离，怅然若失，似真似幻，似幻还真），而且是许多年代的民间故事讲述者（某种意义上的阐释群体）"集体无意识"作用的结果，是民众愿望的满足性的象征表达。传统童话（尤其是民间童话）一般具有前后一致的线性结构，有明确的现实生活的开端，快速展开的奇异故事情节以及圆满解决问题的结局。相比之下，"爱丽丝"故事向人们展示了一个"卡夫卡"式的梦幻世界。正如罗伯特·波尔赫默斯所言：卡罗尔为艺术、小说和推测性思想拓展了可能性。通过创造"爱丽丝"文本，"他成为一个我们可以称为无意识流动的大师。他指明了通往现代主义和后现代主义的道路"。[1] 无论在奇境世界还是镜中世界，爱丽丝所遭遇的一切都变得稀奇古怪，而且令人感到一种难以言状的可怕又可笑的魔力作用和某种滑稽的恐惧感。这正是人们在卡夫卡的《变形记》《审判》《城堡》等作品中感受到的恐怖迷离，欲罢不能的情形和梦幻气氛。无论是《审判》中安分守己的银行职员约瑟夫·K徒劳无益地穿行在法院黑洞洞的回廊迷途中，还是在《城堡》中名叫"K"的土地测量员疲惫不堪地不停地朝着位于高处的城堡走去，但就是无法抵达前方的目的地，甚至无法靠近它，这种噩梦（梦幻）般的境遇与爱丽丝奇境世界里发生的情形非常相似，只是更加阴沉可怕而

---

[1] Robert. M. Polhemus, Lewis Carroll and the Child in Victorian Fiction, in *The Columbia History of the British Novel*, Ed. John Richetti, Foreign Language Teaching and Research Press, Columbia University Press, 2005, p. 579.

已。这种爱丽丝-卡夫卡似的梦幻迷宫可以看作梦幻叙事的象征物,具有深刻的艺术感染力。此外,从爱尔兰作家詹姆斯·乔伊斯的《芬尼根的守灵》(*Finnegans Wake*)里出现的关于"道奇森"的意识流动中,读者不难看出卡罗尔的梦幻叙事对乔伊斯的意识流小说创作的影响。

第十节 当代语言学视阈下的"爱丽丝"小说[①]

本节尝试从系统功能语言学的投射系统探寻《爱丽丝奇境漫游记》英文原作的言语特征。我们以系统功能语言学的投射理论为基础,建立更为精密的投射系统网络分析框架,采用案例分析和文本定性和定量分析相结合的方法,从投射层次、投射模式和投射言语功能三个子系统的角度对《爱丽丝奇境漫游记》的女主人公的人物言语和思想状况进行分析。研究结果表明,作品中有大量的爱丽丝的直接言语和超常规的直接思想描述;小说中有8种投射模式所形成的连续统,尤其是投射小句中的动词连续统;它们成为描写人物言语特征和心灵世界的有效手段。

一 投射系统简介

"投射"一词源于拉丁语 projectio,产生于16世纪中叶,最初指地球或天体在平面上的投射,后发展有多种义项,包括:预测;(尤指电影)屏幕上的投射;(被视为现实的)心理意象;(几何)投射图制作;使(声音)清楚地远距离地听见;把(思想、感情等)有效地传递给他人,等等。[②] 投射作为重要概念被广泛用于各个学科领域。在心理学中,投射指个人意念、欲望等的外化。在认知语言学研究领域,人们常用投射(也称映射)指始发模型向目的模型转化的隐喻过程。在系统功能语言学中,投射指的是小句与小句之间的一种言语或思想的逻辑语义关系。

---

① 本节曾以《投射系统研究:以〈爱丽丝奇境漫游记〉中的言语分析为例》为题发表于《外语与外语教学》2013年第1期。

② 参见 Webster's New World Dictionary of the American Language Second College Edition, p. 1136.

在英语中有几个主要的功能系统，其中与本书相关的是表达概念功能的及物性系统。根据韩礼德（Halliday）的观点，及物性系统由六个过程组成，其中包括言语过程和心理过程。如果在一个复合小句中含有一个言语/心理过程和言语/思想内容，那么，它们的语义关系就有可能是投射与被投射的关系。为了更精密地描写投射系统，我们建立了一个基于韩礼德（Halliday）和马蒂亚森（C. Matthiessen）对小句复合体的系统网络之上的针对投射系统的更加精密的投射系统网络（见网络图1），以及一个无投射体的独立句网络系统（见网络图2），来描写《爱丽丝奇境漫游记》中的投射现象。其中，言语功能的次范畴将根据文本的实际特征增加。

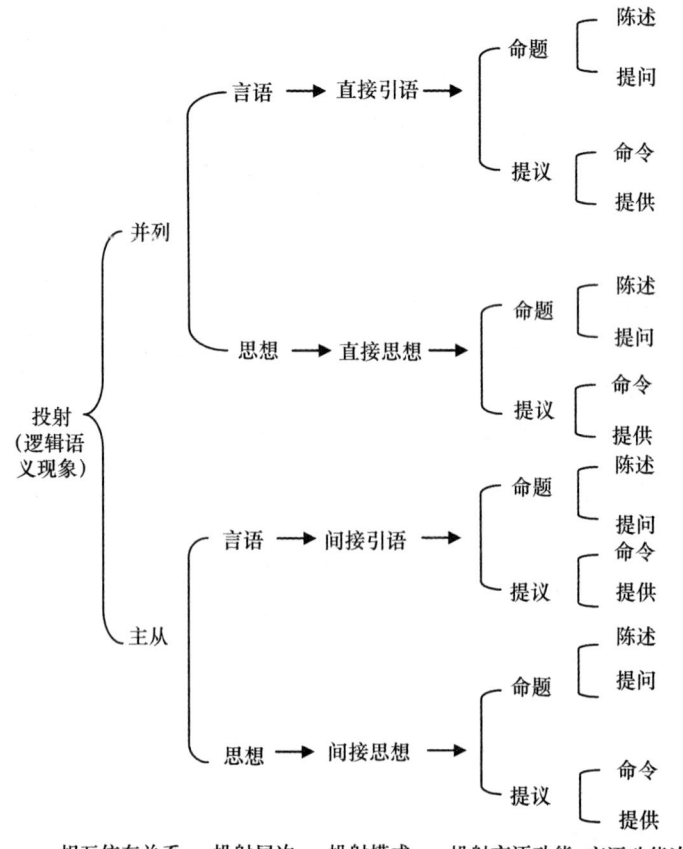

图 1 投射系统网络

```
                              ┌─ 命题 ┬─ 陈述
              ┌─ 言语 → 自由直接引语 ─┤      └─ 提问
              │               └─ 提议 ┬─ 命令
              │                      └─ 提供
              │               ┌─ 命题 ┬─ 陈述
              ├─ 思想 → 自由直接思想 ─┤      └─ 提问
              │               └─ 提议 ┬─ 命令
独立小句 ─────┤                      └─ 提供
              │               ┌─ 命题 ┬─ 陈述
              ├─ 言语 → 自由间接引语 ─┤      └─ 提问
              │               └─ 提议 ┬─ 命令
              │                      └─ 提供
              │               ┌─ 命题 ┬─ 陈述
              └─ 思想 → 自由间接思想 ─┤      └─ 提问
                              └─ 提议 ┬─ 命令
                                     └─ 提供

  投射层次    投射模式     投射言语功能    言语功能次范畴
```

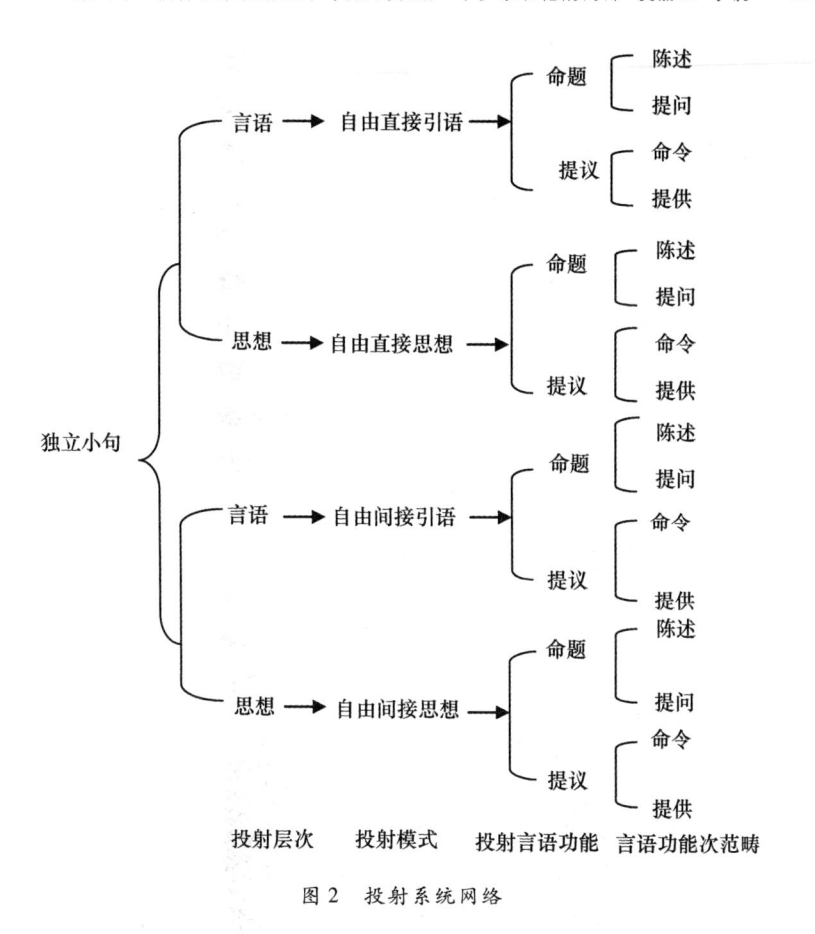

图 2　投射系统网络

系统网络中的项目从左到右表示精密度的增加，每前进一步都要进行排斥性的选择。如：在相互依存关系上，选择了并列关系，就不能选择主从关系；在投射层次上，选择了言语投射就不能选择思想投射，以此类推。选择就会有概率，即：谁和谁更倾向于搭配，或具有更高的盖然率。[1] 根据内斯比特（Nesbitt）和普拉姆（Plum）于1987年（转引自丁建新，2000）对123个叙事类语篇的分析，发现在投射领域里，86%的话语选择的是并列关系，只有14%的是主从关系；81%的思想是主从关系，19%的思想才是并列关系。[2]

---

[1] 参见胡壮麟《系统功能语言学概论》第19—21页有关盖然率的解释。
[2] 参见丁建新《英语小句复合体投射系统之研究》，《现代外语》2000年第1期，第45—57页有关投射领域里的几种关系的论证。

《爱丽丝奇境漫游记》的许多章节中出现了大量对爱丽丝的自言自语、心理话语以及对话的描述。本节以投射系统为描写框架对《爱丽丝奇境漫游记》小说中的言语和心理活动进行分析，同时将盖然率思想引入观察中，定量和定性相结合观察投射系统网络中各项的选择和搭配概率。

二 投射系统：爱丽丝的童"话"言语与童"心"言语实证分析

（一）投射层次分析

根据系统功能语言学，投射层次反映的是被投射小句中的内容。在投射结构中，被投射小句由投射小句引出。投射句本身是一个普通的经验现象，一个言语过程；被投射言语或思想如果是引用语（也叫直接引语或直接思想），可以独立存在，因此与投射小句形成并列关系。被投射句如果是转述语（也叫间接引语或间接思想），不能独立存在，它的语域、时态、语体、人称等受投射句的制约，与投射句形成主从关系。由于被投射句引用人物的原话，因此引用言语/思想是一种词汇语法措词现象，而转述的间接言语/思想则属于语义现象，是对原措辞的意思的表示，是元现象（韩礼德和马蒂亚森，2004：445，448）。[①]

在《爱丽丝奇境漫游记》中，爱丽丝大量的自言自语、对话和内心思考被投射出来。一次投射过程常常连续投射几个小句，形成句群，我们把这样的投射记为一次投射。下面分别对被投射小句投射的言语和思想跟投射小句的投射过程进行分析。

案例1. 被投射小句：言语和思想的投射

以小说第一章为例，作者重点描述了梦境中的爱丽丝在兔子洞中坠落和独处时自我幻想中的自言自语和心理活动。作者使用了言语投射和心理投射各18次和15次。其中的言语投射，除了一次自由间接引语以外，均采用了直接引语。言语功能有陈述、提问和感叹以及两种以上的混合形式。心理活动的投射选用了直接和间接思想两种方式。根据上述两个投射系统网络，该章中的爱丽丝的话语和思想有如下11项特征：

[①] 这是韩礼德和马蒂亚森从系统功能语言学的理论视角的分类。实际上，这四种分类也曾是传统语言学和修辞学的其本分类，其代表人物利奇和肖特将投射结构分为直接言语、间接言语、自由直接言语和自由间接言语四种。认为思想分类与言语分类相同。见 Leech & Short, Style in Fiction. 1983：318-334.

第八章　徜徉在永恒的童年奇境：刘易斯·卡罗尔和他的两部"爱丽丝"小说

1. 言语投射：

（1）【并列：言语投射：直接引语：命题：陈述】

'No, I'll look first,' she said, 'and see whether it's marked "poison" or not;'

（2）【并列：言语投射：直接引语：命题：提问】

'I wonder how many miles I've fallen by this time?' (she said aloud.)

（3）【并列：言语投射：直接引语：命题：感叹】

'What a curious feeling!' said Alice;`

（4）【并列：言语投射：直接引语：命题：陈述+提问混合】

'for it might end, you know,' said Alice to herself, 'in my going out altogether, like a candle. I wonder what I should be like then?'

（5）【并列：言语投射：直接引语：提议：命令+劝告混合】

'Come, there's no use in crying like that!' said Alice to herself, rather sharply; 'I advise you to leave off this minute!'

（6）【并列：言语投射：直接引语：提议：请求】

(Alice) saying to her very earnestly, 'Now, Dinah, tell me the truth: did you ever eat a bat?'

（7）【独立：言语投射：自由直接引语：命题；陈述与提问混合】

'- - yes, that's about the right distance - - but then I wonder what Latitude or Longitude I've got to?'

（8）【独立：言语投射：自由间接引语：命题：感叹】

Would the fall NEVER come to an end!

2. 心理投射：

（9）【并列：心理投射：直接思想：命题：陈述】

'and what is the use of a book,' thought Alice 'without pictures or conversation?'

（10）【并列：心理投射：直接思想：命题：感叹】

'But it's no use now,' thought poor Alice, 'to pretend to be two people! Why, there's hardly enough of me left to make ONE respectable person!'

（11）【主从：心理投射：间接思想：命题：陈述】

that Alice had begun to think that very few things indeed were really impossible.

相比之下，言语投射最多，而且几乎全是直接引语。直接引语的巨大功能是：让读者穿越时空，体会（语言）现实。作者用陈述言语功能投射出主人公的计划和发现;用提问言语功能投射爱丽丝对各种"非常规"现象(如自己的身体变化、动物的食物链等)的叩问;用感叹功能投射爱丽丝想象自己倒立着穿越出地球成为不速之客的惊异场面,等等。直接引语(包括自由直接引语)创造了人物自己的话语声音,没有作者的声音,作者保持不干预、不介入,不动声色地呈现原汁原味的童声和童心。自由直接引语表达灵活,穿插在小说中,让读者与人物直接、自由地对话。

在思想投射中,我们看到了投射结构的并列和主从两种连接关系,前者引入了一个直接思想,表达了一个过去的心理现实;后者引入一个间接思想,一个与投射句(在时态、语体、人称等方面)保持一致的现实。间接思想的投射使作者介入成为可能。被投射的思想已经不再是爱丽丝的"原装"思想,而是注入了作者的理解、解释和态度。这点也包括自由间接引语,我们不仅仅听到了爱丽丝在坠落兔子洞时内心焦虑的声音,而且还听到了作者对主人公的同情声音。

我们将小说第一章的言语和思想投射两个系统层次在投射模式、言语功能等范畴项目的分布进行了统计如表8-1。

表8-1 《爱丽丝奇境漫游记》第一章言语与思想投射分析

小句间的相互依存关系	投射层次(次数)	投射模式(次数)	投射言语功能	言语功能次范畴(次数)
并列	言语投射(18)	直接引语(13)	命题	陈述(3);提问(3);感叹(1);陈述与提问混合(2);陈述和感叹(2)
			提议	命令与提供劝告混合(1);请求(1);
独立句		自由直接引语(4)	命题	陈述与提问混合(2);陈述与感叹(2)
			提议	0
		自由间接引语(1)	命题	感叹(1)
并列	心理投射(15)	直接思想(5)	命题	提问(1);感叹(4)
			提议	0
主从		间接思想(10)	命题	陈述(10)
			提议	0

表 8-1 表明,言语投射倾向与直接引语配置的盖然率为 94%,心理投射倾向与间接思想配置的盖然率为 66.7%。这种分布印证了内斯比特和普拉姆(Nesbitt & Plum)等学者对投射的概率研究。

案例 2. 被投射小句的投射过程分析

国外有不少学者对投射句进行研究。如:汤普森和叶(Thompson & Ye)等人于 1991 年对投射动词的范畴化研究(转引自 Oliveira & Adriana, 2006:631)①;海兰(Hyland)于 1999 年对不同转述行为模式的研究;但尚未查到有人对《爱丽丝奇境漫游记》的投射句动词之间的语义渐进关系的研究。本节在研究中发现,小说的投射动词表现力很强,作者通过选择不同的投射动词给予了读者对投射内容的解释立场。其中是投射动词的语义呈现递增模式。以小说第五章为例:作者在话语投射过程中使用了概括动词、具体动词和动词加方式词组等建构不同等级意义的动词词组,表达了爱丽丝向动物求助的 10 种说话方式,形成了一个动词语义连续统。连续统的两级是一般地说和低声下气地辩解,其他形式在这两极之间。

表 8-2　　　　　　　　　动词连续统投射模式

一般	←―――――　过渡极　―――――→					特殊
说	解释	礼貌地回答;连忙回答	严肃地说	怯生生地说	伤心地回答	低声下气地辩解
said	explain; put it more clearly;	replied very politely; hastily replied	said very gravely	said timidly;	replied in a very melancholy voice	Pleaded in a piteous tone

这 10 种投射过程直接影响投射内容:被投射的直接引语形成了 10 种对应极差的连续统话语。如:"一般地说"投射的引语:`Well, perhaps your feelings may be different,´said Alice;使用了一般常用词汇和句法结构。"礼貌地说"投射出的引语:`I'm afraid I can't put it more clearly,´Al-

---

① Oliveira, J. & A. Pagano, The research article and the science popularization article: A probabilitic functional grammar perspective on direct discourse representation, *Discourse Studies* 8 (5), 2006: 627-646.

ice replied very politely,`for I can´t understand it myself to begin with ; and being so many different sizes in a day is very confusing. 使用了委婉语 I'm afraid 和正式级别较高的词 confusing 以及整齐的句法结构，等等。

(二) 投射模式：常用模式与中间级投射模式

从引用与转述的内容看，包括了直接与间接话语和思想。由此形成了四种投射模式①，但这只是几种常规模式。还有包括案例 1 中列出的自由直接引语和自由间接引语模式，以及另外几种中间模式，现将这几种中间模式以及案例 1 中没有涉及的转述话语模式在系统网络框架下作特征描述如下：

(12)【主从：言语投射：间接引语：命题：陈述】

转述话语在传统语法中叫间接引语。这种模式是通过主从联接引出投射话语。投射话语实际上是对人物的原话语进行了加工提炼，用叙述语言重述原措词的主要意思。② 特点是：引语部分的语体、语域、人称和时态与投射句的叙述语言一致；叙述者介入，借此表达自己的感情和态度；缺陷是读者不能直接感受人物的原话语。在《爱丽丝奇境漫游记》中，作者很少采用这种模式，因为儿童的话语充满童真和童趣，难以复制。文中少有的例子是：

and after a few minutes it seemed quite natural to Alice to find herself talking familiarly with them, (第三章)

该间接引语是一个非定谓小句，这被人们认为是非典型的转述形式③。由于小句复合体中的小句包括定谓和非定谓两种形式，因此，我们仍视它为是一种被投射小句。作者使用了一个评论附加语 familiarly 修饰非定谓动词 talking，描述了作者对爱丽丝当时说话时的情感状态的观察。显然，这种转述模式方便作者发表评论。该评论与叙述语言融为一体，形成了人物描写与作者评论高度统一的话语风格。

(13)【独立：言语投射：自由直接思想：命题：感叹与陈述混合】

(…Do you think you could manage it?) And what an ignorant little girl

---

① M. Halliday & C. Matthiessen, 2004, *An Introduction to Functional Grammar*, Beijing: Foreign Language Teaching and Research Press, p. 444.

② Ibid., p. 454.

③ 参见丁建新《英语小句复合体投射系统之研究》，《现代外语》2000 年第 1 期有关间接引语的论述。

she'll think me for asking! No, it'll never do to ask: perhaps I shall see it written up somewhere.'（第一章）

这是对自由直接思想投射模式的特征描写。它和自由间接引语/思想一样没有投射小句。自由直接思想与自由直接引语在语言特征上很相似，单独看很难区分是思想还是话语。主要区别在于能根据上下文找到投射句进行推断，如上文括号里的动词 think。虽然它不投射后续的引语，但对该句是思想还是言语的判断产生影响。

（14）【主从：心理投射：嵌入：思想：命题：陈述】

Alice had no idea what Latitude was , or Longitude either, …

这是内嵌式投射模式的特征描写。内嵌式投射是指一个话语或思想小句作为降级成分嵌入一个小句中，成为后置语修饰该小句的名词。在《爱丽丝奇境漫游记》中，有少量的内嵌式投射用于表述爱丽丝的想法。在（14）中，What 小句由 had no idea 投射出，投射者为 Alice。"had no idea" 表述了一个思维过程，相当于 didn't realize。因此，我们在此将这类嵌入式投射作为心理投射句的次范畴的一种特征，不单独建立系统网络。

另外，值得一提的是小说中一种言语与思想的混合投射模式，在此姑且将它命名为：文本形态投射模式。它的投射特征是：

（15）【独立：自由直接言语与思想混合投射：言语：命题：陈述】

这种模式介于引用思想与引用话语之间。一方面是引语，是爱丽丝听到老鼠念的故事；另一方面是爱丽丝听后通过心理加工在心中形成的一条由文字组成的蜿蜒曲折酷似老鼠尾巴的心理图景。也就是说，既引用了老鼠的原话语：保留原措词，又以视觉形象的方式增加了爱丽丝心理加工后的新意义：老鼠尾巴（见文本第三章）。它是老鼠的直接言语和爱丽丝的直接思想的混合产物。这种投射方式生动地揭示出儿童丰富的想象空间和语言与思想、语言与图景之间的可转换性。

以上共描写了 15 种系统投射的特性，它们基于小说中出现的 8 种主要投射模式，共同形成了一个从引用到转述的连续统。我们对小说各章的投射模式进行了统计，没有投射的不填写数字。

表8-3 《爱丽丝奇境漫游记》各章的言语和思想投射模式统计

章节	话语引用（次）	话语转述（次）	思想引用（次）	思想转述（次）	嵌入模式（次）	自由直接引语/思想（次）	自由间接引语/思想（次）	文本形态投射模式（次）
1	13		5	8	3	2/	1/2	
2	14		6	3	1	/1		
3	12	1		4	2			1
4	10		10	1				
5	13		2	2				
6	33		4	6				
7	40		2	3				
8	16		5	4				
9	31		5	1				
10	20		2	2				
11	7		6	1				
12	13		1	1				
总计	222	1	49	35	7	2/1	1/2	1
比例	69.2%	0.3%	15.3%	10.9%	2.2%	0.6%/0.3%	0.3%/0.6%	0.3%

表8-3中显示，引语模式使用率最高。其中，出现在第七章"疯狂的茶会"的直接引语高达40次。其次是思想引用超过了思想转述投射模式，打破了思想转述率高于引用的常规概率。另外，话语转述率极低，反映了作者在爱丽丝说话时保持安静和距离的人际态度，同时也反映了投射模式的选择倾向。

（三）投射言语功能分析

被投射的话语或思想既可以是命题，也可以是提议。投射命题的小句表达陈述或提问等言语功能，投射提议的小句表达提供或命令等言语功能。引用和转述两大投射模式的复合小句之间分别形成的是并列关系和主从关系。它们都可以投射命题和提议。零句（minor clauses）可以被引用，但不能转述。①

---

① M. Halliday & C. Matthiessen, 2004, *An Introduction to Functional Grammar*, Beijing: Foreign Language Teaching and Research Press, p. 455.

由于爱丽丝被投射的话语多为引用模式，而且许多具有对话特征和儿童话语特征的零句也被投射了出来。经过考查，发现爱丽丝的话语和思想投射的言语功能（包括零句）次范畴类型很多，如：陈述言语功能的次范畴有：允诺、辩护、宣告、评论、驳斥、蔑视等；提议言语功能的次范畴有：请求、命令、劝告、建议等。其中，引语的提议功能远远高于其他模式的提议功能。限于篇幅，不能一一分析。我们只按整句（命题和提议）和零句大类来统计。表8-4中用＋表示有此项言语功能，用－表示无此项言语功能，＋＋表示多，＋表示少。

表8-4　《爱丽丝奇境漫游记》的话语和思想投射言语功能类型

投射过程类型	投射言语类型						
	整句		零句				
	命题	提议	感叹	呼语	应答	咒骂	告别
话语引用（并列）	＋＋	＋＋	＋	＋	＋	＋	＋
话语转述（主从）	＋	＋	－	－	－	－	－
思想引用（并列）	＋＋	＋	－	－	－	－	＋
思想转述（主从）	＋	＋					

结　论

本节运用系统功能语言学的投射系统理论从三个方面透视了爱丽丝的话语世界和童心世界。（1）通过投射层次的案例分析，我们看到作者描写小爱丽丝幻想时的心理活动选用了直接引用思想的方式，描写她的自言自语全部采用了直接引语，使我们直接听到一个小女孩的童声和童心。对投射过程的分析表明，由动词连续统形成的话语等级让我们听到了不同级差的童话。（2）投射模式分析展示出，作者运用了以常用模式为主、其他模式为辅的多种模式。这些投射模式形成的连续统让我们看到了描述爱丽丝从思想到话语、从引用到转述的多种语言体现模式。常用投射模式倾向于表现爱丽丝的直接话语，让读者在话语现实中领略儿童的童真童趣；而打破常规对爱丽丝的内心思想作大量、直接而生动的投射则是这部小说独具魅力的特色之一。（3）多种言语功能的运用表明，爱丽丝具有较强的话语表述能力。用投射理论分析《爱丽丝奇境漫游记》小说主人公的言语和心理，我们看到了童话小说中的童心和童话世界。同时也发现了作者的一些超常规表现手法，如：中间投射模式和动词连续统形式。这些进一步丰富了投射理论的内涵。

"爱丽丝"的幻想之旅引领人们进入一个奇妙无比的现代童话奇境。文学批评家 C. N. 曼洛夫对"爱丽丝"小说的描述在特定意义上揭示了它们作为一种言说不尽的经典文本的双重性特征："那些为儿童创作的最优秀作品是由那些似乎忘记了自己在为谁而写的作者创作出来的，因为话语的成人世界与儿童世界如此完美地融合起来：霍林戴尔称之为'童心童趣'；当刘易斯·卡罗尔在创作'爱丽丝'故事之前和之后，用一种成人的声音谈论童年的奇事妙趣，当他将《西尔维亚与布鲁诺》呈献为对一个早慧婴孩的颂扬之作时，他是笨拙的，窘迫的；而当他驰骋想象，全神贯注于'爱丽丝'故事时，多少年的岁月流逝都不会使他的光芒暗淡下去"。[1]

---

[1] Colin Manlove, *From Alice to Harry Potter: Children's Fantasy in England*, Cybereditions Corporation, 2003, p. 8.

第九章

开拓充满童趣的幻想天地：
童话女作家伊迪丝·内斯比特

第一节 内斯比特的生平和创作生涯

从维多利亚时代至爱德华时代，英国女性作家异军突起，她们的创作构成了该时期童话文学创作的半壁江山，为英国童话小说突破道德说教的藩篱，为英国儿童文学第一个黄金时代的到来做出了不容忽视的重要贡献。伊迪丝·内斯比特就是这个女性作家群体的杰出代表之一。作为在题材、表现手法和篇幅容量等方面大力拓展了英国儿童幻想文学园地的女性童话作家，伊迪丝·内斯比特不仅推动着维多利亚后期的英国童话小说创作的持续发展，而且对20世纪的英国儿童幻想文学创作产生了深刻的影响。

伊迪丝·内斯比特（Edith Nesbit，1858-1924）出生在伦敦，父亲是一个农业化学家，曾在伦敦郊区开办过一所农业专科学校。伊迪丝是家中五个孩子当中最小的一个，但不幸的是，在她三岁时，父亲因病去世，抚养全家的重担就全部压在妈妈身上。

伊迪丝·内斯比特[1]
(Edith Nesbit, 1858-1924)

---

[1] Photograph from Literature Resource Center. Detroit: Gale, Web. 20 July 2012.

童年的这一经历对伊迪丝产生了难以忘怀的影响，后来也反映在她的作品之中：在她的许多故事里孩子们的父亲要么总是离家在外，要么已经去世，这几乎成为一个显著的背景特征。从1862年到1867年，内斯比特的母亲既要经管丈夫留下的学校，又要独自抚养几个孩子，自然备尝生活的艰辛。读者可以在《铁路边的孩子们》一书中发现相似的情形：孩子们的父亲因遭受冤屈而被关进监狱后，母亲不得不独自支撑着这个家庭，抚养几个子女，日子过得十分艰辛。而在现实生活中，伊迪丝九岁时，由于大姐体弱多病，医生建议让她避开多雾的伦敦，同时母亲也遭遇了办学中由于经营不善而出现的问题，于是这一家人离开了英国，先后在法国和德国等地居住。从这时起，伊迪丝开始就读于不同的寄宿学校，这种无固定居所的漂泊生活对于幼年的她无疑是一段不愉快的经历（她曾多次从寄宿学校偷跑出来）。直到1871年，伊迪丝一家终于返回英国，在肯特郡乡下的一座住宅里团聚了。这时伊迪丝才重新找到了家的感觉，并在这段相对轻松自由的日子里对当地的乡村进行了游历。一段时间之后，由于经济的缘故，母亲又带着孩子们返回伦敦居住，告别了位于肯特郡乡下的大房子。伊迪丝大姐的未婚夫是个诗人，而且伊迪丝还通过他认识了包括著名女诗人罗塞蒂在内的其他一些诗人，这使她对诗歌写作产生了浓厚兴趣，决心成为一个像罗塞蒂一样的大诗人。1875年17岁的伊迪丝发表了自己的第一首诗作。1880年伊迪丝结婚成家，丈夫是主张社会改良主义的费边社的创始人之一休伯特·布兰德（Hubert Bland）。她最初的人生意愿是做一个诗人，但后来由于她丈夫出天花并感染患病，其生意合伙人又趁机携款而逃，结果家中的经济状况变得窘迫起来。这种情形在内斯比特的作品中也有所反映。例如在《寻宝的孩子们》一书中，孩子们的家庭就发生了相似的事变：母亲不久前去世了，父亲生了一场大病，而父亲的生意合伙人趁机卷走公司所有的钱款，跑到国外去了。"从此以后，家里的境况就变得愈来愈糟糕了"。而在作者当时的现实生活中，更紧迫的事情接连出现，随着夫妇俩第一个孩子的出生，伊迪丝不得不想方设法，挣钱养家。于是她开始撰写小说等任何能够获得稿费的作品。伊迪丝·内斯比特的早期作品是与她的丈夫共同创作的，并且以"费边·布兰德"的笔名发表。内斯比特本人同情社会主义，也是费边社的发起人之一，她还经常在家中为工人们举行活动（如为他们表演哑剧，开圣诞舞会等）。当然，费边社的重要成员还有著名剧作家萧伯纳，著名科幻小说作家 H. G.

威尔斯，著名作家、评论家 G. K. 切斯特顿等人。萧伯纳本人还曾资助过当时经济状况比较窘迫的内斯比特，为她的孩子支付学费。内斯比特的个性在维多利亚时代晚期显得颇有些叛逆，她与休伯特·布兰德结婚时已怀有 7 个月的身孕；婚后，她仍然保持着特立独行的个性，不仅对自己的姓名不做任何变动，而且在对外使用姓名和投稿时尽量不用"伊迪丝"全称，而是用缩写"E"，故意让人看不出性别，结果被许多人误认为男士；此外，她平常总会故意将头发剪得很短，故意穿宽松随意的便装，以及在公开场合抽烟，等等，毫不在意维多利亚时代人们对于端庄淑女的要求。

在以巴斯特布尔一家几个孩子为主人公创作的写实性儿童故事获得成功之后，内斯比特开始为著名的英国小说杂志《河岸》(The Strand, 1891–1950) 以及别的一些报刊撰写童话故事，并分别在 1899 年和 1901 年以《巨龙之书》(The Book of Dragons) 和《九个奇异的儿童故事》(Nine Unlikely Tales for Children) 为名结集出版。1902 年，她在《河岸》杂志上发表了第一部童话小说《五个孩子与沙精》(Five Children and It)，由此开启了以同一"集体主人公"（一家人中的五个兄弟姐妹）串联起来的三部曲系列童话小说的成功之旅。随后的两部作品便是在这份杂志上发表的《凤凰与魔毯》(Phoenix and Carpet, 1904) 和《护符的故事》(The Story of the Amulet, 1906)。这三部曲的卓越之处在于作者将传统的童话魔法因素自然地融入真实生动的当代儿童的生活之中，从而丰富了当代童话小说创作的题材和手法。作者的另一部童话小说《魔法城堡》(Enchanted Castle, 1907) 是根据自己的童年经历写成的，只不过运用了幻想文学的叙事手段。《亚顿城的魔法》(The House of Arden, 1908) 和《迪奇·哈丁的时空旅行》(Harding's Luck, 1909) 也是不凡之作，匠心独具地运用了超越时空之旅的叙事模式。《神奇之城》(The Magic City, 1910) 是根据作者幼年喜爱用房屋积木搭建微型城堡的经历写成的。此外，内斯比特还创作有《格林故事》(Grim Tales, 1893)、《领航员》(The Pilot, 1893)、《七条龙》(The Seven Dragons, 1899)、《新寻宝奇谋》(The New Treasure Seekers, 1904)、《三位母亲》(The Three Mothers, 1908)、《小淘气鬼》(These Little Ones, 1909)、《沉睡者》(Dormant, 1911) 等作品。尽管内斯比特从事写作的初衷是成为诗人，而且她也为成人读者写了大量作品，包括小说、剧本以及恐怖故事等——但她就像丹麦的安徒生一样，是作为童话小说作家而载入英国文学史册的。有关内斯比特的详细生平可参阅两部传记：多丽丝·兰利·穆尔（Doris Langley Moore）撰写的《伊迪丝·内斯比特传记》（*E. Nesbit：A Biography*，1933）和朱莉亚·布里格斯（Julia Briggs）撰写的《一个充满激情的女人：伊迪丝·内斯比特生平传记》（*A Woman of Passion：the Life of E. Nesbit*，1987）。

第二节　内斯比特的儿童幻想小说述评

内斯比特为儿童创作的作品基本上可分为两大类：一类是写实性儿童生活故事（the "real life" children's stories），描写现实生活中的孩子们如何为改变家中的生活窘境而在家庭内外进行各种冒险行动的故事。另一类是幻想性的童话小说，描写由于精灵、魔物或魔法因素的介入而引发的现实生活中的孩子们的奇异历险故事。写实性小说的主要代表作有关于巴斯特布尔一家的《寻宝的孩子们》（*The Story of the Treasure Seekers*，1899）、《淘气鬼行善记》（*The Wouldbegoods*，1899）以及《铁路边的孩子们》（*The Railway Children*，1906）等，这些小说大多取材于作者自己童年的生活经历，只是叙述得更加生动，更富于戏剧性和故事性，是作者"吐露心曲"的写实性儿童文学故事。其中最具代表性的是《寻宝的孩子们》。巴斯特布尔一家居住在伦敦城里的一条街上，家中有六个孩子。孩子们的母亲去世了，父亲随即生了一场大病，谁知人心难料，他的生意合伙人竟然落井下石，卷走公司所有的钱款，跑到西班牙去了。这个家庭一时间陷入困境之中，生活境遇每况愈下。为了减轻父亲的负担，改善家里的经济状况，几个孩子开始谋划进行各种寻宝致富行动，包括在家中的地面上挖掘宝藏；去做业余侦探挣钱；写诗投稿赚稿费；去寻找和搭救"公主"，以期获得丰厚的回报；采用江湖"土匪"的手段向人借钱；或者去应征广告（"任何女士或先生都可以利用闲暇时间轻松赚到两镑周薪"），通过广告地址购买什么"阿莫若牌"雪利酒，然后再想法推销出去；甚至挖空心思地去发明感冒药，等等，所有这些行动都源自孩子们的善良愿望，而且充满童稚意识和童趣，但它们在与现实的碰撞中总是导致令人啼笑皆非的结果。从总体上看，内斯比特的这些现实主义的儿童小说不仅富有鲜明活泼的儿童情趣，而且通过孩子们的道德意识与社会认知能力的提升将儿童世界的游戏精神与面对现实的成长需求结合起来，具有积极的思想意义和艺术魅力。

相比之下，内斯比特对儿童文学的最大贡献来自于她创作的幻想性小说系列。通过创造性地汲取和升华传统童话因素，让"很久很久以前"的幻想世界的人物和魔法、宝物等进入了现代英国社会孩子们的日常生活，作者创作出了对后人产生很大影响的经典性童话小说，其代表作包括《五个孩子和沙精》（1902）、《凤凰与魔毯》（1904）和《护符的故事》（1906），以及《魔法城堡》（1907）、《亚顿城的魔法》（1908）、《迪奇·哈丁的时空旅行》（1909）等着重表现跨越时空题材的儿童幻想小说。

《五个孩子与沙精》（1902）是描写同一集体主人公（一户人家的五个孩子）的三部曲的第一部，具有重要的开拓意义。随后的两部是《凤凰与魔毯》（1904）和《护符的故事》（1906）。《五个孩子与沙精》是从一个搬家的日子开始讲述故事的。这一年的暑假伊始，西里尔、安西娅、罗伯特、简以及家中才两岁的弟弟"小羊羔"，一起乘坐马车赶往位于海滨的新居。爸爸、妈妈为维持全家的生计而外出谋事了，这兄妹五人便和保姆等住在这新居里。为了打发时间，孩子们到附近的沙滩玩耍。有一天这几兄妹见小弟弟在婴儿车里睡着了，便满怀好奇地开始在沙坑里挖掘起来。一番努力之后，他们意外地在坑里发现了一只已昏睡千年的沙地精：它胖乎乎的身体，小小的脑袋，显得滑稽可笑；脑袋上长着一双蜗牛般凸起的眼睛，一对蝙蝠式的耳朵，身上乱蓬蓬的毛发看上去就像猴子一样。令人意想不到的是，这历经漫长岁月沧桑的沙精却像淘气任性的小孩一样很有脾气，而且特别怕水。当然，它拥有神奇的魔力，能够满足孩子们向它提出的愿望——不过这魔力只能持续一天，每当太阳落山时魔力便会消失，一切又恢复常态。孩子们提出的都是发自内心的愿望，但它们又是幼稚的，每每让他们陷入尴尬的境地之中。他们希望变得比原来漂亮，但由于样貌的改变而被保姆拒之门外，无法回家，还要忍饥挨饿；他们希望拥有很多钱，但获得的古金币却无法使用，还差点被警察带走审查；他们希望拥有能飞翔的翅膀，结果如愿飞到教堂塔楼的顶端后却被困在那里，无法脱身；以及罗伯特变成了巨人，两岁的小弟弟变成20多岁的年轻人，凡此种种，都给他们带来了意想不到的尴尬和烦恼，甚至深陷困境，狼狈不堪……正是在这种有限制的魔法作用下，孩子们经历了一系列既喜出望外，惊心动魄，又令人啼笑皆非，甚至狼狈不堪的奇遇。这正是内斯比特童话的高超之处。魔法固然神通广大，令人向往，但又必须加以限制，这种平衡具有独特的奥妙：它一方面让孩子们相信魔力会使平凡的生活变得丰富多彩；另一方面又能够让他们在无意识层面感到魔力也有局限而不过分依赖幻想的魔力。孩子们通过沙地精的魔法而经历了奇异的，或惊险的人生境遇，体会到了各种改变带来的欣喜、震惊、惶恐、懊悔等情感，从而获得了对生活的更多理解，获得了心灵的成长。

《凤凰与魔毯》的故事发生在《五个孩子与沙精》之后，背景是孩子们位于伦敦的家中，主人公仍然是西里尔、安西娅、罗伯特、简和小弟弟"小羊羔"这兄妹五人。这一年11月5日的"篝火之夜"即将到来之际，孩子们为检验所买烟花的质量而生出意外，将儿童娱乐室的地毯烧坏了。为此妈妈买了一条新地毯来替换它。谁料想这新毯子里居然卷着一个金灿灿的大蛋，里面仿佛有一个红彤彤的蛋黄。随后这个滚入炉火中的怪蛋猛然爆裂开来，结果从中飞出一只火鸟，原来是一只会说话的金凤凰！更让孩子们感到惊异不已的是，那条地毯根本就不是一条普通的地毯，而是一条产自波斯的会飞的"如意魔毯"，能带他们到任何想去的地方。于是凤凰成了孩子们的新伙伴，孩子们乘坐飞毯前往世界各地的神奇历险就此展开。这些经历丰富多样，惊险刺激，能够极大地满足儿童读者向往远游历险的愿望。这些经历包括孩子们被困在没有穹顶的塔楼里；孩子们把讨人嫌的厨娘带到阳光灿烂的南方海滨，让她成为当地土著人的女王；孩子们还飞到印度，得到许多印度特产，为的是帮助妈妈的义卖活动；地毯还帮他们带来199只波斯猫和一头母牛，弄得他们手忙脚乱……这凤凰与魔毯虽然给孩子们的生活带来非同寻常的变化，但并非所有的变化都给孩子们带来了如愿的快乐和衷心的满足。每次许愿带来的结果总是出乎孩子们的意料，孩子们遭遇的难以想象、稀奇古怪的事情也让他们吃了不少苦头。

第三节　童趣化的愿望满足性：《护符的故事》

在《护符的故事》（1906）中，又一个暑假到来了。由于孩子们的父亲被派遣到中国做战时记者（时值日俄战争期间），而母亲身体虚弱多病，带着小弟弟到国外海岛疗养去了，几兄妹只好寄住在他们过去的保姆家中，那里离大英博物馆很近。有一天，这四个孩子在城里一家动物商店里偶然发现了他们在上一个假期与之打过交道的沙精（《五个孩子与沙精》的故事）。孩子们赶紧把沙精从不知情的店主手里买了下来。孩子们

第九章　开拓充满童趣的幻想天地：童话女作家伊迪丝·内斯比特

非常希望沙精能像一年前那样帮助他们实现目前的一个急迫愿望：希望爸爸、妈妈和小弟弟早日回家与他们团聚。可是在上一个假期结束前，沙精已经和孩子们约定，不再满足他们的任何愿望了。不过，沙精让孩子们到一家古董店去买一个具有神奇魔力的，看上去像是马蹄铁的石头护符，它可以实现孩子们的愿望。但遗憾的是他们买到的护符只有一半，另一半已不知去向。如果想要启动护符的魔法功能就必须找到另外一半，与之合璧。不过值得庆幸的是，他们买到的这半个宝贝仍然具有强大的魔法，能够引导孩子们去寻找那另外的一半，但前提是必须读出这护符上的咒语。于是孩子们跑到这栋住所的二楼去找一位整天废寝忘食地研究古代历史和古代文物的学识渊博的考古学者，请他辨认护符上的古怪文字，得知上面写的是一句神秘的"耳希考赛曲"。孩子们在沙精的指导下念出这句咒语，即刻唤醒了已沉睡数千年的护符精灵，获得的信息是，另一半护符早已在漫长的潮起潮落的历史风云变幻中破碎消失了。如今要找到它只能回到"过去"，回到护符仍是完整合璧，尚未分离的时空当中。于是追寻另一半护符的跨越时空的旅行就此展开。初次启程"远游"时，孩子们心想，回到遥远的"过去"可能会花费一整天的时间，所以不可能从"过去"赶回来吃午饭，于是告诉保姆，他们要去公园野餐，中午就不回来吃午饭了。而实际上当孩子们"远游"归来时，保姆还纳闷他们今天怎么这么快就回来了。按照护符的指示，孩子们念出咒语，同时说出此时的愿望，只见护符变成一个形状奇特的鲜红色拱门，孩子们便依次跨进了拱门，回到了8000年前的埃及尼罗河畔，经历了史前的战争场景，目睹了古埃及人拿着精良的燧石矛头和石斧投入激烈战斗的场面。孩子们趁着一片混乱溜进埃及元老藏法宝的地方，但还没有找到元老藏起来的宝物，发起进攻的敌人已经冲进屋子，孩子们赶紧念起咒语，通过拱门跑了出去。有惊无险地归来之后，安西娅对那位考古学者讲述了兄妹们的亲身经历，毫不知情的学者认为孩子们在玩扮演角色的游戏，但却被那栩栩如生的细节深深地吸引住了（没有到过现场的人怎么能讲出那些发生在几千年以前的事情呢），进而怀疑自己的头脑出了什么问题，居然"幻想出了"小女孩所讲述的准确生动的公元前六千年的古埃及人的生活和决战场景。在返回当前的伦敦后不久，孩子们再次出发，通过护符拱门前往两千五百年前的巴比伦古城，见到了巴比伦王后。之后在参加国王举行的宴会时，由于罗伯特一时冲动而斗胆索要国王的法宝，结果孩子们被士兵们抓起来关进了巴比伦人修建在幼发拉底河下面的地牢里——原来国王也知道另一半法宝的事情，他要逼迫孩子们把它交出来。而不幸的是，能够让他们逃离困境的护符和沙精都被小妹妹简带到别的地方去了。危急之中，几个孩子想到了巴比伦王后提到的魔法神"倪诗若"，便用护符咒语将它召唤到跟前，通过它的魔力逃出了坚如磐石的地牢。由于巴比伦王后曾当着沙精的面说出了想到孩子们所在的国家探访一下的愿望，这一愿望不久也得以实现。孩子们在回到伦敦后不久又经历了古代巴比伦王后的造访。当然，这位古代王后的伦敦之旅也是令伦敦民众轰动和震惊的富有戏剧性的事件。接下来，孩子们又特意带着学识渊博的考古学者一同前往早已消失在历史时空中的大陆亚特兰蒂斯——谁知他们到达的时间正是这片大陆即将沉入海底之前的最后时刻，只见海啸卷起高达一百公尺的海浪，排山倒海地席卷了整个岛国之城。孩子们和学者一起目睹了海啸和火山将整个亚特兰蒂斯大陆毁于一旦的，惊心动魄的最后时刻。当然，他们通过护符拱门安然返回，有惊无险。在一个星期之后，他们又回到古埃及的寺庙去寻找另一半宝物，却与它失之交臂。

既然每次回到"过去"的时空去寻找另一半护符都无果而终，孩子们决定到"未来"的时空去探个究竟——因为完整的护符应当在"未来的"某个时刻被找到了。这次孩子们出现在"未来的"大英博物馆，功夫不负有心人，他们果然在玻璃陈列柜里看到了完整的护符，但却无法拿到它们（因为他们毕竟处于"未来"的时光）。他们也不知道这个"未来"是距离现在多久以后的"未来"，经过询问博物馆的工作人员，他们得知护符的捐赠人竟然就是他们的邻居，那位学识渊博的考古学者。从大英博物馆出来后，几兄妹惊异地发现当年那些座落在博物馆对面的房屋建筑都不见了，代之而起的是美丽的花园和鲜绿的草地，四处林木成荫，芳草鲜美。地上的鸽子浑身洁白、充满生气，不再是那些被伦敦的煤烟熏得灰扑扑的不健康的鸽子了。到处都是舒适宜人的椅子，人们悠闲地坐在椅子上休息聊天。而且，有许多男人在照看着婴儿——要知道在过去这一直是女人的专属任务。这样的情景在特定意义上就是内斯比特所勾画的"费边社"乌托邦社会主义的图景。当年她就对伦敦的保守主义者要求保留大英博物馆对面的房屋建筑的做法非常反感，而且对于英国工业革命后功利主义盛行的社会现实十分憎恶。通过孩子们所看到的"未来的"干净整洁、美丽可爱的伦敦，看到那些洋溢着幸福和满足的笑脸，作者对维多利亚时代所谓"进步"带来的灰暗现实进行了暗讽。这来自维多利亚时代的兄妹四人还在公园里遇见了一个因犯了一点小错而被停学反省一天的小男孩,得知他非常懊悔,因为这里的孩子们都非常喜欢上学,学校的总课程是以项目为中心进行教学的,由学生自己选课,很受欢迎(这又是对维多利亚时期的说教式刻板教育的反讽)。小男孩将几个造访者带回家中,一路上都是宽阔、平坦而整洁的街道;泰晤士河的两岸尽是绿树和草地,河水清澈见底。极目所见,伦敦的房屋就像坐落在绿色的花园之中。在小男孩的家中,孩子们受到他母亲的热情接待,为了表示感谢,孩子们邀请这位女士(当然是通过那神奇的护符)去参观一下他们所居住的伦敦:

> 女士朗声笑着,随着他们去了。然而当她猛然发现自己置身于费思罗伊街的那间饭厅时,她就再也笑不出来了。
> "哦,多么可怕的事情!"她高声喊道,"多么令人厌恶的、阴暗的、丑陋的地方啊!"
> 她朝窗口跑去,向外张望。天空是灰蒙蒙的,街道是雾气沉沉的,一个神情沮丧的街头手摇风琴师正站在门对面;在马路边上,一个乞丐正在同一个卖火柴的小贩争吵不休;而行人就踏在那黑污斑驳的路面上,急匆匆地奔回到他们住房的屋檐下。
> "啊,看看他们的脸色吧,看看他们那可怕的脸色!"她大声喊道,"这些人到底是怎么回事?"
> "他们都是穷人,就这么回事,"罗伯特说。
> "根本就不是这么回事!他们身体有病,他们很不快活,他们心怀厌恨……"[1]

作者通过这来自未来的女士之口对自己深恶痛绝的社会现实进行了酣畅的痛责,与作者所生活的伦敦形成强烈反差的,是这位女士所生活的社会环境,那里没有乞丐、流浪汉、无家可归的人。正是在"未来时代"的灿烂之光的映照下,人们明白当今的伦敦正处于历史上的"黑暗时期",这无疑是对19世纪达到高潮的英国工业革命带来的所谓"进步"

---

[1] Edith Nesbit, *The Story of the Amulet*. Puffin Books, 1959, pp. 231–232.

的辛辣讽刺，令人深思。

接下来，孩子们又去了"不远的将来"，进入了那位考古学者所在的房间。学者告诉他们，孩子们是在1905年12月3日那天把护符送给他的。随后，孩子们请求护符把他们送到它自己想去的地方，结果发现他们置身于一艘靠近泰尔港的海船上，在船上见到了那位在胸前挂着另一半护符的古埃及法老的祭司。然后，沙精告诫孩子们，在12月3日以前不能再使用护符。12月3日这一天是个雨天，孩子们到伦敦最有名的表演魔术的戏院去看表演，那个古埃及太阳神庙的大祭司突然悄无声息地出现在男孩罗伯特身旁的座位上。他们赶紧带着他回到住所。两个护符被同时放在床上，一会儿工夫就自动地合成了一块。为了这完璧归一的神奇护符的归属，孩子们与埃及大祭司发生了争执。后来祭司出现在考古学者的房间里，他的灵魂最终与学者合二为一，这对于两者无疑都是一种理想的归宿。根据考古学者的提议，孩子们终于找到了完整的护符，而此时他们心中最大的愿望也实现了——就在这一天，爸爸、妈妈和小弟弟全都从外返回，全家终于团聚了。

通过以上较为详细的概述，我们可以看到，《护符的故事》的确是一部具有开拓意义的关于"时间探险"的儿童幻想小说，以富有想象力的叙事拓宽了现代文学童话的创作道路。作者在叙事方面采用了"狂欢化时空压缩与延宕"的时间艺术：当前的一分钟等于"过去"的几十年，乃至上百年——用沙精的话说，"时间和空间只是一种思想形态"，只要能展开幻想的翅膀就可以心游万仞，跨越古今，而且不会花费当前的多少时间（孩子们可以在当前的片刻间完成在古埃及或古巴比伦的惊心动魄的探索之旅，还不会错过保姆为他们准备的下午茶点）。这无疑是童话奇境的心理时间。根据内斯比特同时代的法国哲学家柏格森（Henri Bergson，1859-1941）提出的直觉主义和心理时间学说，作家可以大胆突破机械钟表时间对叙事的束缚，按照自己的需要构建新的时空秩序："由过去、现在和将来一条直线表示的钟表时间是一种刻板、机械和人为的时间观念，只有心理时间才是真实和自然的"。[①] 这样的心理时间通过文学叙事表现出来，传递的是一种不可言状的体验和感受，一种"意识的绵延"，是超越客观理性的，只能通过"直觉"来感知和把握，而且可以通

---

① 转引自李维屏《英美现代主义文学概观》，上海外语教育出版社1998年版，第14页。

第九章　开拓充满童趣的幻想天地：童话女作家伊迪丝·内斯比特　　215

过幻想文学来表达，正如 J. R. R. 托尔金所表述的，"幻想是自然的人类活动。它绝不会破坏甚或贬损理智；它也不会使人们追求科学真理的渴望变得迟钝，使发现科学真理的洞察变得模糊。相反，理智越敏锐清晰，就越能获得更好的幻想"。① 就童话奇境而言，这种心理时间营造的是幻想叙事的心理真实性。它源自对少年儿童的意识冲动和绵延的投射，体现为充满童趣的愿望的满足性。按照托尔金的童话文学观，人类总是怀有一些最基本的愿望，包括去探究宇宙空间和时间的深度、广度的愿望，与其他生物进行交流和沟通的愿望，探寻奇怪的语言和古老的生活方式的愿望等，② 而这些基本愿望可以在童话"奇境"中得到最充分的满足。作为一个女性作家，内斯比特对于少年儿童的内心愿望有着自己的深切体悟，她对这些愿望的呈现看似漫不经心，十分随意，然则匠心独具，更贴近少年儿童的真实心理状态。从孩子们初识沙精时提出的那些愿望，如希望变得更加漂亮，希望有钱，希望像鸟儿一样拥有能飞翔的翅膀，希望变成巨人，不再受人欺负，等等；到他们再次与沙精相聚时，真心希望远在异国他乡的爸爸、妈妈和小弟弟能够早日回来，全家团聚，孩子们的所有愿望都是发自内心的，自然的流露。尽管他们也时常总结许愿之后遭遇尴尬的教训，决心提出更好的愿望，但之后所提出的愿望仍然是童心的自然流露，带来的仍然是相同的充满童趣的有惊无险的结果。这样的愿望"看似寻常最奇崛，成若容易却艰辛"（苏东坡语），具有契合少年读者内心脉动的微妙之处。对于发生在"过去"的叙述时间，《护符的故事》的作者还采用了"延宕"的策略，以实写虚，对置身于数千年前的时空当中的孩子们的所见所闻以及亲身经历详加叙述，栩栩如生，让读者感觉身临其境，既惊险刺激，又真实可信。与此同时，作者还通过孩子们的邻居，一位痴迷古史的考古学者的议论和感叹为故事增添真实性的感觉，取细节以证虚幻之事非幻也，别有异趣。当孩子们第一次找到这位考古学者，请教护符上刻着什么样的文字，但又不能将沙精的事情说出来时，学者想起了自己的童年游戏，便以为孩子们在玩什么异想天开的游戏。而后当孩子们被学者讲述的巴比伦景象所吸引，表示下一个探寻的目的地就是巴比伦时，学者叹道："孩子们可以把幻想当成真的一样，多好啊！开心地去玩

---

① J. R. R. Tolkien, *The Tolkien Reader*, New York: Ballantine, 1966, pp. 74 – 75.
② Ibid., pp. 41, 43, 63.

吧"。当孩子们从数千年前的巴比伦返回，安西娅去看望考古学者，讲述了她在巴比伦看到的一切，这让学者惊讶万分，因为安西娅的讲述与他长期研读巴比伦古籍和历史获得的了解是一致的。他不由惊叹道："我曾听说过精神感应这回事，但我从来没有想到我居然会有这种能力，能够把我脑子里想到的有关巴比伦的事情传送给你"。他认为安西娅接受了这么多信息，头脑一定会发痛，便关切地用手去摸小女孩的额头，看是否发烫。如此虚实相间，相互映衬，亦真亦幻，以真写幻，以幻出真。

第四节 内斯比特的贡献

从总体上看，内斯比特笔下少年儿童的愿望故事极富童趣性，既是作者童年生活经历凝结的心结的释放，又是一个敏感和敏锐的女性作家的心曲吐露。尽管作者在童年经历了家庭的变故（幼年丧父，家境窘迫），也饱尝了不愉快的寄居生活，但比起狄更斯这样在童年备尝生活艰辛和困苦的作家，内斯比特幼年的生存境遇基本上是衣食无忧，而且能够接受正常的教育。所以在她的作品里，作为主人公的孩子们尽管也有忧虑和烦恼，但仍然属于中产阶级家庭，只不过遭遇了变故，遇到了一些困难，孩子们的生活还是有保障的，而且不管在什么地方都有保姆照料日常起居——这是孩子们去进行探寻活动的基本物质条件。在特定意义上，女作家笔下的孩子们有一个正常的童年，一个可以游戏和幻想的童年。正如马克思在评价希腊神话时指出的，希腊神话之所以具有超越历史时空的"永久魅力"，是因为它是人类正常的（不是狂野的或早熟的）童年的产物——它产生于历史上人类童年时代发展的最完美的地方。或引而论之，正常的童年充满了孩童般的好奇心，而愿望的满足性往往成为儿童幻想故事最重要的叙事动因。如果说狄更斯卓越的批判性和写实性的童年书写得之于艰辛困苦的童年经历，那么内斯比特通过幻想文学的艺术形式来书写童年，同样成就卓越，而且自然流畅，顺理成章。

《护符的故事》集中地体现了内斯比特对儿童幻想文学的拓展，首先表现在她对儿童"集体主人公"的成功运用，以及用同一集体主人公所串联起来的系列小说的创作实践。这个集体主人公通常是一家之中的几兄妹，一般为四个或者五个。瑞典学者玛丽亚·尼古拉耶娃把儿童小说中集体人物的运用称作"内斯比特传统"，并且提出，集体主人公是儿童小说所特有的、颇有价值的叙述特征之一，可以用来更明显地表现人性的不同方面，例如将一群孩子中的一个描写为贪婪、自私，将另外一个描写为无忧无虑，没有责任感，等等。① 维多利亚时代的读者大多生活在多子女的家庭之中，集体主人公应当非常贴近他们/她们的日常生活，显得真实可信。当然，内斯比特本人就生活在一个多子女的家庭当中，而她后来又成为五个孩子的母亲，对于兄弟姐妹之间的亲近与纠葛是非常熟悉的。与维多利亚和爱德华时代的其他重要童话小说作家不同的是，内斯比特的幻想故事始终以作为集体主人公的孩子们的家庭生活为活动中心，无论孩子们在奇境世界里走得多远，这个安全的家庭始终是最重要的依托，就像系住飘飞的风筝的长线一般，总能把远游的历险少年拉回现实生活。当金斯利的扫烟囱的小男孩汤姆（《水孩儿》）从悲苦的现实世界进入水中的幻想世界时；当卡罗尔的小女孩爱丽丝从泰晤士河边的兔子洞进入地下的奇境世界时；当麦克唐纳笔下的马车夫的小儿子（《在北风的后面》）乘着北风去遨游时，内斯比特的"集体主人公"，几个怀有家庭责任感的少年儿童始终坚守在日常生活的家庭之中。这个日常的现实生活范围包括伦敦城区的街道，商店，博物馆，等等，也包括英国的乡村地区。当然，孩子们有自己的喜怒哀乐，童心童趣，自己的梦想、愿望，以及烦恼和不如意之处。最重要的是，尽管遭遇了魔法和精怪，孩子们并没有就此远离现实生活，始终自如地穿梭于现实世界和幻想世界。这正是作者的匠心所在：把现实与梦幻巧妙地融合起来，同时以少年儿童的现实生活作为舞台的中心，从而呈现了这两个世界所能奉献的最好的东西。此外，与其他同时代的童话小说相比，内斯比特的幻想世界为儿童读者敞开了相当广阔的生活空间和探险空间，无论是 8000 年前的埃及、2000 多年前的巴比伦，还是即将沉没的亚特兰蒂斯岛国，以及未来的伦敦和大英博物馆，读者将跟随书中的孩子们去一一亲历，一道见证那些既精彩纷呈，又惊心动魄的事件和场景，可谓乘兴而去，尽兴而归。那些对于少年儿童而言似乎尘封在故纸堆里的久远的历史人物和历史事件跃然而出，化作一幅幅栩栩如生的画面，带着逼真的生活气息和历史细节展现在读者眼前，令人向往，欲罢不能。从总体上看，内斯比特的儿童幻想故事创作实践对 20 世纪的英国童

---

① 玛丽亚·尼古拉耶娃：《儿童文学中的人物修辞》，刘荐波、杨春丽译，安徽少年儿童出版社 2010 年版，第 67—68 页。

话小说作家产生了深刻的影响。就《护符的故事》而言，直接受其影响的 20 世纪的英国作家有"纳尼亚传奇"系列的作者 C. S. 刘易斯（C. S. Lewis, 1898 – 1963），《随风而来的玛丽·波平丝》的作者特拉弗丝（P. L. Travers, 1899 – 1996），《豪尔的移动城堡》的作者黛安娜·韦恩·琼斯（Diana Wynne Jones, 1934 – ），以及"牛津大学笔友会"的另一名重要成员查尔斯·威廉姆斯（Charles Williams, 1886 – 1945），值得一提的还有美国作家爱德华·亿格（Edward Eager, 1911 – 1964），他曾多次直言不讳地表明，他的儿童文学作品无论在故事情节、叙述风格还是在气氛营造方面都直接受到内斯比特的影响。

至于内斯比特的童话小说所体现的童趣化和现代性特征，所呈现的少年儿童的现实生活与精神活动空间的广度和多样性，所运用的"集体主人公"的叙述视野，等等，完全可以揭示内斯比特童话小说的艺术成就。具体而言，内斯比特童话小说的经典性因素可以表述为以下几点：（1）通过作为集体主人公的孩子们的视野，通过呈现他们的家庭环境及其心理活动，作者真实而艺术地描绘了维多利亚时期少年儿童的生活图景，可以使读者毫无障碍地认可这一图景的真实性，并且进入主人公的生活世界和精神世界。（2）通过敞开时空阀门预设了广阔的历险和认知空间。从作者生活的时代出发，从此时此刻的当下进入其营造的童话乌托邦世界，也可以回到过去，回到远古，或者进入"最近的未来"及遥远的未来。也是人类认知的包容性特点，既可以回到过去的历史时空，也可以前往未来的时空，极大地拓展了儿童幻想文学的活动天地，揭示了内斯比特童话世界的包容性特点。（3）通过幻想文学的方式对维多利亚时代的社会现实进行了批评，表露了作者的乌托邦社会主义思想。这也是新马克思主义批评家杰克·齐普斯所说的童话乌托邦精神。根据齐普斯的阐释，"无论是古老的民间故事还是新的童话故事，使它们获得勃勃生机的原因在于它们能够以象征的形式包含人类未能实现的愿望，并且投射出实现它们的可能性"。[①] 事实上，内斯比特通过栩栩如生的"在场的叙述"来呈现那些根据客观经验应当"不在场的"的过去和未来的地点、人物、事件等，通过神奇而有限制的魔法让小读者获得心灵的解脱，通过激发他们

---

① Jack Zipes, *Breaking the Magic Spell: Radical Theories of Folk and Fairy Tales*, Revised and expanded edition, Lexington: University Press of Kentucky, 2002, p. 157.

的想象，使他们认识到，如何才能明智地生活，怎样才能按照共同的美好愿望去推动生活，克服对生活的恐惧和麻木感。这无疑具有积极的社会意义和丰富的审美功能。从整体上看，内斯比特的童话小说系列所体现的童趣化和生活化特征足以与卡罗尔的"爱丽丝"小说所体现的能反复玩味的文学性、哲理性乃至后现代性等经典品质，构成一种互补关系。两者与其他同时代的优秀童话小说一道共同造就了英国维多利亚和爱德华时期的英国童话文学的第一个黄金时代的童话小说艺术的广度、深度和高度。

第 十 章

半壁江山　风景独好：
维多利亚时代的女性童话作家及其创作

第一节　杰出的女性童话作家群体

在维多利亚及爱德华时代的英国童话文学创作的阵营中，女性作家成为不容忽视的重要方阵。内斯比特只是其中的杰出代表之一。从民俗文化的视野看，女性与童话文学之间存在着一种天然的密切联系。在民间童话的口述传统中，"鹅妈妈"和"邦奇大妈"早已成为家喻户晓的女性故事讲述者的代名词。而在17世纪，以多尔诺瓦夫人为代表的诸多法国童话女作家通过自己的创作活动为即将作为一种文学类型而跻身文坛的文学童话提供了一个富有意义的名称："contes des fees"（fairy tales）。这是法国童话女作家在童话文学发展史上做出的极其重要的贡献。多尔诺瓦夫人等人的童话也随之成为欧洲经典文学童话之一。至于欧洲民间童话的集大成者《格林童话》，女性故事讲述者的作用也是非常重要的。凯瑟琳娜·菲曼太太（Frau Katherina Viehmann，1755－1815），一个被称作"故事大嫂"（story wife）的妇女为格林兄弟讲述了20多个故事，其中就有《灰姑娘》等著名故事。另一个重要的女性讲述者名叫玛丽（Marie），她为格林兄弟讲述了诸如《小红帽》《白雪公主》《睡美人》等著名故事。事实上，为格林童话提供故事来源的有许多年轻的，读书识字的中产阶级妇女，以及保姆和家庭主妇等。当然，女性不仅是民间童话的重要讲述者，而且也是文学童话的重要创作者。就性别特征而言，女性内心生活的丰富多姿使她们的想象更为细腻、生动。女性童话作家在创作中对具象性的生活画面尤其敏感。而从社会政治的角度看，置身于一种性别歧视的男权社会里，女性作家有更多的精神诉求和情理表述，有更充足的理由去寻求对心灵创伤的慰藉，对社会不公的鞭挞，有更急迫的需求去获得自我生命的超越，去构建一个理想的童话乌托邦。从文学表达的意义上，女性童话作家特有的敏感和直觉的性别感受使她们更具有细腻而浪漫的审美想象，更具有自如地讲述童话故事的"天赋"才能。如果说，童话故事的叙事特征之一就是用自然随意的方式讲述最异乎寻常的遭遇，那么女性作家就非常善于用自然随意的方式，用不容置疑的语气讲述那最异乎寻常的遭遇，最不可能在现实中发生的神奇怪异之事。

事实上，从维多利亚时代到爱德华时代，英国女性童话小说作家群进行的丰富多样、成果斐然的创作实践为英国童话小说的兴起和发展做出了特殊而重要的贡献。早在维多利亚时代前期，在英国童话小说创作尚未突破长期以来恪守道德说教与理性原则之坚固藩篱而异军突起之前，英国的女性作家就以不凡的幻想文学创作实践为英国儿童文学的第一个黄金时代的到来做出了重要的推动作用。浪漫主义诗人塞缪尔·柯尔律治的女儿萨拉·柯尔律治（Sara Coleridge, 1802–1852）不仅是诗人、翻译家，还是她父亲的诗作的编辑者。她的《凡塔斯米翁》（*Phantasmion*, 1837）是以斯宾塞的《仙后》为范例而创作的，充满浪漫传奇色彩，讲述帕姆兰德国王凡塔斯米翁的历险故事。小说中出现了爱情与阴谋、寻找与搏斗、正邪之间的生死较量，还有超自然精灵的介入等因素。值得提及的是，这个故事被认为是第一部用英语创作的童话小说。①

一 凯瑟琳·辛克莱

凯瑟琳·辛克莱（Catherine Sinclaire, 1800–1864）出生在苏格兰爱丁堡，父亲是慈善家、政治家约翰·辛克莱爵士。作为作家，凯瑟琳·辛克莱既为成人写作，也为儿童写作，成为英国儿童文学创作的先驱者之一。

1832年，凯瑟琳·辛克莱发表了一部传统题材的儿童文学作品《查利·西摩或好姑妈和坏姑妈》（1832），讲述一个男孩被托付给他的两个亲戚照顾，男孩要做出选择，表明意愿，希望让哪一个亲戚成为自己的监

---

① John Clute and John Grant, *The Encyclopedia of Fantasy*, New York: St. Martin's Press, 1997, p. 210.

凯瑟琳·辛克莱纪念碑①

护人。1839年，凯瑟琳发表了她的重要作品《假日之家》（*Holiday House*，1839），这部小说完全背弃了长期盛行的道德故事的说教传统和陈规俗套，采用成人介入的方式讲述了旨在娱乐儿童读者的幻想故事。作者在该书的序言中热情地赞扬了童话故事和幻想文学，并且意味深长地指出："在这个奇妙的发明的时代，青年人的心灵世界似乎面临着沦为机器的危险，人们竭尽一切所能用众所周知的常识和现成的观念去塞满儿童的记忆，使之变得像板球一样；没有留下任何空间去萌发自然情感的活力，自然天资的闪光，以及自然激情的燃烧。这正是多年前沃尔特·司各特爵士对作者本人提及的警示：在未来的一代人中，可能再也不会出现大诗人、睿智之士或者雄辩家了，因为任何想象力的启发都受到人为的阻碍，为小读者写作的图书通常都不过是各种事实的枯燥记述而已，既没有对于心灵

---

① Catherine Sinclair Monument, Edinburgh, photography from, http://en.wikipedia.org/wiki/Catherine_ Sinclair.

的激荡和吸引,也没有对于幻想的激励"。

在《假日之家》的中心章节里,作者通过戴维伯父为孩子们讲述了有关巨人和仙女的"荒诞故事"(Uncle David's Nonsensical Story about Giants and Fairies)。在这篇小说中,劳拉和哈利是母亲去世后被父亲抛弃的两个孩子,被送到了伯父戴维和管家克拉布特里太太处,由他们抚养和管教。孩子们心地善良,但非常顽皮淘气。伯父戴维通过童话故事对两个孩子进行教育,培养其想象力,使他们能够获得健康的心智发展,形成自己的道德判断。故事的作者肯定了孩子们的淘气和顽皮乃儿童之天性,这在当时是难能可贵的。管家克拉布特里太太的刻板和严厉与戴维伯父的宽容和善解人意形成鲜明的对比。戴维伯父对待顽皮儿童的态度和做法反映了作者对长期流行的儿童观念(诸如"儿童是缩小的成人","儿童是成人的道德蝶蛹",等等)的背弃,预示着英国童话小说对童年的重新书写。《假日之家》出版后很受欢迎,又重新印刷了好几次。1861年的圣诞节,当时尚未采用笔名"刘易斯·卡罗尔"的C. L. 道奇森将一本《假日之家》作为礼物送给爱丽丝·利德尔。几个月之后,道奇森开始给爱丽丝三姐妹讲述"爱丽丝地下历险记"的故事。而在1865年的圣诞节,道奇森把手稿《爱丽丝地下游记》作为礼物送给了爱丽丝,第二年,《爱丽丝奇境漫游记》正式出版——成为献给所有儿童的"爱的礼物"。

1852年,凯瑟琳·辛克莱发表了小说《比阿特丽思,或陌生的亲属》(*Beatrice, or Unknown Relatives*),继续讲述失去至亲的儿童变换生活环境的故事。在这个故事中,被人认领的女孩在养母言传身教的感染和教育下拒绝回到陌生亲人身边。在童话表现艺术上,凯瑟琳·辛克莱的童话创作带有英国儿童幻想文学创作起步阶段的特征。

二 弗朗西斯·布朗

弗朗西斯·布朗(Frances Browne,1816—1879)出生在爱尔兰的一个乡村,在家中十二个孩子中排行第七,孩子们的父亲是一个邮递员。不幸的是,她的双眼在不到一岁时就因病失明。后来她是通过每天晚上听兄弟姐妹们高声朗读其课本来识字的。就这样她却凭着坚强的毅力,同时凭借自己的想象力超越了黑暗的世界,成为一个诗人和小说家,并且创造了一个属于她自己的童话王国。

弗朗西斯·布朗①
(Frances Browne, 1816－1879)

1847年，弗朗西斯·布朗跟着她的一个姐姐来到爱丁堡。很快，她克服了身体的病痛，通过写作散文、评论、故事和诗歌在文坛建立了名声。1852年，她前往伦敦，在那里获得了一位贵妇人提供的一笔资助，这减轻了她的经济压力，使她能够投入更多的精力和时间进行创作。在伦敦她创作了自己的第一部小说《分享这个世界》（*My Share of the World*, 1861）。1856年，她发表了自己最著名的为孩子们创作的短篇童话集《外婆的神奇椅子》（*Granny's Wonderful Chair, Collection of Short Stories for Children*）。这个故事集由九个相对独立的故事组成，而把这些故事联系起来的主要人物是女孩"小雪花"。其中最具影响的就是《外婆的神奇椅子》这篇故事。主人公"小雪花"是一个从小失去双亲的美丽善良的小女孩，与年迈的外婆相依为命，住在大森林边上的一个小屋里。外婆有时发脾气的模样非常吓人，所以又被称为"冰霜婆婆"，她每天都坐在一把椅子上纺纱，以此卖钱度日。有一天外婆要出远门，便把那神奇椅子的秘密告诉了小雪花。这把椅子不仅可以给小女孩讲故事，而且还可以带着她飞到任何她想去的地方。婆婆走后，小雪花靠着椅子讲述的故事度过了孤单的日子。眼看家中的粮食快吃完了，小雪花决定去找外婆。这把神奇的椅子把她带到了一座大森林，那里有许多工人拿着斧子砍伐大树。原来这里的国王要为他的独生公主举行办盛大的持续七天的生日宴会。小雪花从来都没有见过皇家盛宴，在好奇心的驱使下她乘着椅子飞进了国王的宫殿。于是一个惊险、精彩的故事随着小女孩和她的神奇椅子的到来而展开。这个幻想故事的细节描写非常生动，令人难忘地展现了小雪花的善良和单纯，以及王后、公主和大臣等人的贪婪。

---

① photograph from http://en.wikipedia.org/wiki/Frances_Browne.

三 马洛克·克雷克

马洛克·克雷克（Mulock Craik，1826 – 1887）作为诗人和小说家在诗歌创作和小说、散文创作方面都有所建树，但她始终没有忘记为儿童读者写作。她的儿童文学创作涉及各种文学体裁，包括道德训诫故事、奇幻故事、童话故事，以及少年题材小说。

与众多为儿童写作的作家一样，克雷克是从给女儿多萝西讲故事开始进行儿童文学创作的。她在 1863 年发表的《仙子书》（Fairy Book）是传统风格的童话故事。她的童话小说代表作有《地精布朗尼历险记》（The Adventures of a Brownie，1872）和《瘸腿小王子》（The Little Lame Prince，1876）等，作者写作手法娴熟，描写细腻，体现了传统童话的叙述风格。《瘸腿小王子》是传统童话题材的故事。主人公多洛尔是诺曼斯兰王国的王子，一个非常漂亮的小王子，然而他的命运却很坎坷、悲惨：在他的婴儿洗礼仪式上，负责抱他下楼的宫廷侍女一时失手，让小王子在大理石楼梯的台阶上摔了一下，结果被摔断了脊椎，从此成了一个无法正常行走的残疾孩子。并且就在小王子的洗礼仪式还在进行之中，久病卧床的王后去世了。王后去世后两年，国王也去世了。本来就一直心怀不轨的亲王，即小王子的叔父趁机篡夺了王位，随即将小王子囚禁在荒原上的一座孤塔之中。幸运的是，自从小王子离开王宫，住进这孤塔之后，小王子就再没有病过，而且也有充足的时间去反思生活的意义和生命的价值；在女巫教母的引导下，小王子突破病腿的禁锢，借助飞行斗篷出行，得以接触那些生活在社会最底层的普通民

马洛克·克雷克[①]
(Mulock Craik，1826 – 1887)

---

① "An 1887 portrait of Dinah Craik", photograph by Hubert von Herkomer, in http://en.wikipedia.org/wiki/Dinah_Craik.

众，也能够"去见世面"了，他终于在心智和道德层面上明白了发生在他本人身上，发生在他的家族以及这个国家的事情。在经受了难以想象的磨难并获得精神洗礼之后，多洛尔王子成长为一个高尚的少年，一个优秀的王子。15 岁的小王子在民众的拥戴下重登王位以后，决心尽最大的努力使民众生活得幸福、安乐。他确实做到了这一点。血统高贵的小王子在经受了悲惨的命运磨难之后终于得到了精神和道德意识的升华——这样的题材后来在王尔德的童话《星孩儿》和《少年国王》中获得了唯美主义的新阐述。而瘸腿小王子突破肉体病痛的生理禁锢，凭借坚强的毅力进入精神世界的自由王国这一历程在内斯比特的《迪奇·哈丁的时空旅行》（*Harding's Luck*, 1909）中在瘸腿孤儿迪奇·哈丁的身上得到令人难忘的表现。

四 安妮·伊莎贝拉·里奇

安妮·伊莎贝拉·里奇（Anne Isabella Ritchie, 1837 – 1919）是著名作家威廉·萨克雷（William Makepeace Thackeray, 1811 – 1863）的女儿，当年萨克雷的童话小说《玫瑰与戒指》（*The Rose and the Ring*, 1855）就是为了自己的两个女儿而创作的。

安妮·里奇很小就在父亲的影响和鼓励下进行文学创作，而且在 1863 年发表了小说《伊丽莎白的故事》，并获得好评。她在传记文学方面也取得了很大的成就，主要体现在为奥斯汀、丁尼生、罗斯金、罗伯特·布朗宁和伊丽莎白·布朗宁等作家和诗人撰写的传记。在童话写作方面，她主要受到父亲及法国多尔诺瓦夫人作品的影响，她很推崇多尔诺瓦夫人的童话，还在 1895 年出版了《多尔诺瓦夫人的童话故事》。她一方面对传统童

安妮·伊莎贝拉·里奇[①]
(Anne Isabella Ritchie, 1837 – 1919)

---

① Anne Ritchie in May 1870, photograph from Albumen print from Collodion negative, http://en.wikipedia.org/wiki/Anne_ Isabella_ Thackeray_ Ritchie.

话进行改写，发表了改写童话《小红帽》《林中睡美人》《美女与野兽》《杰克和豆茎》《小风头里凯》等，基本上都是为成人读者创作的，目的是对维多利亚时代的社会风尚进行评说。另一方面，她又创作了《五个老朋友与一个青年王子》（*Five Old Friends and A Young Prince*，1868）和《蓝胡子的钥匙和其他故事》（*Bluebeard's Keys and Other Stories*，1874）等儿童幻想作品。安妮·里奇的童话故事都具有共同的特征：采用传统童话的因素，故事设置在现实主义的背景中，对当代风尚和习俗进行逼真描写，涉及与女性有关的问题，着重表现道德主题。

五　吉恩·英格罗

女诗人、小说家吉恩·英格罗（Jean Ingelow，1820–1897）出生在英格兰北部的林肯郡，父亲是一个银行家，母亲是一个严厉的加尔文派教徒。英格罗是家中九个孩子中的老大，从小性情沉静，长大后也从不参加任何公开的社交活动，不过她与名作家约翰·罗斯金，名诗人克里斯蒂娜·罗塞蒂等人是朋友。

英格罗本人在诗歌创作方面也取得了很大成就，以至于当时有不少喜爱她诗歌的人士在"桂冠诗人"丁尼生去世后向女王奏议，提请授予她新一任英国"桂冠诗人"的称号。[1] 虽然最后获得这一英国诗歌界殊荣的是阿尔弗雷德·奥斯汀（Alfred Austin），但此事表明英格罗的诗歌创作成就的确是出类拔萃，很有影响的。在她之前，勃朗宁夫人也遇到相似的情形。勃朗宁夫人当年也曾在诗歌创作方面名重一时，以至于在1850年桂冠诗人华兹华斯去世后被提名为继承

吉恩·英格罗[2]

（Jean Ingelow，1820–1897）

---

[1] F. J. Harvey Darton, *Children's Books in England: Five Centuries of Social Life*, 3th ed. Rev, Brian Alderson, Cambridge: Cambridge University Press, 1982, p. 288.

[2] Photograph from Hulton-Deutsch Collection/Corbis, Reproduced by permission, in Literature Resource Center, Detroit: Gale, Web. 20 July 2012.

者，但最后是诗人丁尼生获此殊荣。英格罗最著名的诗作是《林肯郡海岸飞扬的海潮》("High Tide on the Coast of Lincolnshire")。英格罗创作的《仙女莫普莎》(*Mopsa the Fairy*, 1869) 是一个中篇童话小说，被看作是维多利亚时代最早的女性主义成长小说（教育小说）之一。故事讲述小男孩杰克跟着保姆外出散步时，在一棵大山楂树的树干上发现了一个很大的树洞，而且还仿佛听见里面传出呼唤他名字的清脆叫声。于是杰克就像小姑娘爱丽丝跳进兔子洞一样——钻进了树洞，发现里面居然有一群可爱的小仙子。于是善良的杰克便骑在一只鹈鹕的背上，带着小仙子们返回属于她们自己的仙境，从而经历了一系列历险行动。旅途是沿着一条河展开的，从象征的意义上这河就是生命之河。小仙子们非常小巧，体态轻盈，但智力超群，其中一个名叫莫普莎的仙子在经过一系列历险之后成为了仙后。在行进路上，杰克教仙子莫普莎学习人类所使用的字母，她只用了一个晚上就把它们完全掌握了。把仙子们送回仙境之后，杰克又飞了回来，回到自己安全的家中。批评家 A. T. 伊顿（Anne Thaxter Eaton）认为《仙女莫普莎》是一个结构精巧的故事，具有魅力和逻辑的可信性。[1] 在《幻想文学百科全书》中，批评家认为，《仙女莫普莎》与金斯利的《水孩儿》、麦克唐纳的《北风的后面》一样，是一个关于失去的童真的寓言。[2]

六 克里斯蒂娜·罗塞蒂

克里斯蒂娜·罗塞蒂（Christina Rossetti, 1830 – 1894）是著名先拉斐尔派诗人、画家但丁·加布里耶尔·罗塞蒂（Dante Gabriel Rossetti, 1828 – 1882）的妹妹。由于受到母亲的影响，克里斯蒂娜成了虔诚的英国国教教徒，一生中曾有过两次婚约，但都因宗教信仰的分歧而与对方忍痛分手，以致终生未嫁。克里斯蒂娜自幼年起就开始写诗，后来加入了"先拉斐尔派兄弟会"，成为最忠实的先拉斐尔派信徒，在创作中自觉地贯彻先拉斐尔派所主张的自然、朴实的文风，也由此形成了自然清新，感情真挚，音韵优美的诗歌风格。她的代表性诗集包括《诗歌集》（*Verses*,

---

[1] Anne Thaxter Eaton, ed. Cornelia Meigs. *A Critical History of Children's Literature*, Macmillan Publishing co., 1969, pp. 200 – 201.

[2] John Clute and John Grant, *The Encyclopedia of Fantasy*, New York: St. Martin's Press, 1997, p. 499.

1847)、《妖精集市及其他诗歌》(*Goblin Market and Other Poems*, 1862)、《王子的历程及其他诗歌》(*The Prince's Progress and Other Poems*, 1866)和《童谣》(*Sing–Song: A Nursery Rhyme Book*, 1872)等。其中《妖精集市》(*Goblin Market*, 1862)是一首著名的用民谣格律写成的童话叙事诗,讲述劳拉和丽兹两姐妹在遭遇妖精叫卖极富诱惑的魔力水果后发生的故事。这妖精们叫卖的水果非常丰富,包括苹果、柠檬、柳橙、李子、葡萄干、无花果、佛手柑,等等,鲜美甘甜,极其诱人;但它们就犹如希腊神话中的"食莲忘返果"(lotus),食用后就会迷恋上瘾,再也无法舍弃。受到诱惑的劳拉用自己的一缕金色秀发换取了妖精的魔果,大饱口福。此后劳拉便深深地陷入了对魔果的渴求之中,但由于吃过魔果的人再也听不见妖精的叫卖声,深受折磨的劳拉无法满足自己食果的欲望而生病卧床,痛苦不堪,奄奄一息。丽兹见状,毅然决然地前往妖精集市,为劳拉买果。然而妖精们却要求丽兹在买之前必须先品尝一下,遭到她的严词拒绝。恼羞成怒的妖精们一拥而上,对她又打又骂,不仅挥鞭猛抽,拳脚相加,而且抓住魔果往她紧闭的双唇狠狠塞去。丽兹拼命挣扎反抗,终于从妖精的围殴中逃脱出来。跑回家中的丽兹顾不上浑身疼痛,赶紧叫劳拉吮吸自己脸上沾着的魔果果浆,劳拉因此而获救。除了这首童话诗,克里斯蒂娜还创作了独具特色,与众不同的童话小说《众声喧嚣》(*Speaking Likeness*, 1874),分别描写了三个小女孩的遭遇,不过细心的读者会发现她们都带有卡罗尔的爱丽丝的影子。这三个小女孩在性情上都显得很娇惯,脾气暴躁,做事偏激,任性,结果都不得不经历奇异而残酷的考验。其中,被宠坏的少女弗洛娜在自己的生日舞会上大吵大闹,行为唐突,随即又一气之下独自跑掉了。她在不知不觉间(就像爱丽丝在闷热的泰晤士河边昏昏欲睡一般)进入了一个无名的诡异之地(the Land of Nowhere),发现那里正在举行一个异样的充满喧嚣和愤怒的生日聚会。一个脾气火爆的女王在发号施令,一群模样古怪的孩子在玩虐待性的暴力游戏,整个屋里是一片恐怖的气氛。那些孩子浑身上下都插满了奇形怪状的羽毛,或者倒钩之类,模样恐怖,个个气势汹汹,咄咄逼人。在女王的喝令下,这群孩子就像《妖精集市》里的妖精对丽兹群起而攻之一样,对弗洛娜进行围攻。她不得不连续三次参加越来越暴烈的游戏,沦为被追逐的对象,饱受折磨和考验。小说中的另一个小女孩伊迪丝生性高傲,总认为自己能力超群,结果她用了整整一个下午都没能把水壶下面的炉火点燃。她感到非常焦虑的是，她连这么简单的事情都完成不了，一定会遭到亲戚、朋友等人的嘲笑，让他们占了上风。第三个小女孩玛吉则经历了一种"小红帽"式的旅程，她在寒冷的圣诞节前夜赶往医生家的路途上经受了三次诱惑。不过在遭到一群顽童仙子的围攻之后，她终于逃脱了，而且还保留着从顽童仙子那里得到的礼物——一只鸽子、一只小猫和一条小狗。从总体上看，这篇小说之所以与众不同是因为它集中描写了少年儿童的负面或消极的性格因素。有批评家认为，小女孩弗洛娜经历的情景是她心烦意乱的内心意识的投射，而不是来自外部的超自然力量或者仙女魔法的干预。而且这情景本身的暴烈程度远远超出了正常的对于孩童顽皮任性之缺点加以责备的做法，故事映射出一种妄想狂的意味，使人感觉到，当任何微小的过失都可能招致极度可怕的处境和惩罚时，再怎么小心谨慎也是无济于事的。① 在特定意义上，罗塞蒂这篇小说的沉重的童年书写是与维多利亚时期大多数女性童话作家笔下的童年书写相背离的。

七　玛丽·路易斯·莫尔斯沃思

玛丽·路易斯·莫尔斯沃思（Mary Louisa Molesworth, 1839 – 1921）出生在荷兰，婚前的名字是玛丽·路易斯·斯图尔特。她回到英国后在曼彻斯特度过了孩提时代。相对于同年代的大多数女孩，她接受了良好的教育。由于与女作家盖斯凯尔夫人一家比邻而居，玛丽·斯图亚特还受到盖斯凯尔夫妇的悉心辅导，受益颇多。

玛丽在22岁时嫁给了理查德·莫尔斯沃思上尉，随后便跟随丈夫从一个军营迁往另一个军营。玛丽·莫尔斯沃思走上从事文学创作，尤其是儿童文学创作的道路与外祖母的影响有关。她在1894年的一篇题为《我是如何写作儿童故事的》文章中回忆了

玛丽·路易斯·莫尔斯沃思②
(Louisa Molesworth, 1839 – 1921)

---

① Colin Manlove, *From Alice to Harry Potter: Children's Fantasy in England*, Cybereditions Corporation, 2003, p. 28.

② photograph from Literature Resource Center. Detroit: Gale, 2012. Web. 20 July 2012.

外祖母如何给她讲述英国本土的民间童话,以及讲述外祖母本人及其子女们的真实故事。后来她在外祖母去世后,又把自己听过的这些故事讲给弟妹们听,这使她获得了叙述故事的深切体会。为了纪念一个在非洲失踪的童年时的好友,玛丽·莫尔斯沃思用好友的名字作为笔名为成人读者创作小说。她是一位多产的作家,一生创作了上百部作品。如今她是作为童话小说作家而被后人所铭记和研究的。她的《罗罗瓦的棕色公牛》(*The Brown Bull of Norrowa*)是对《美女与野兽》的改写,一改传统童话中作为女主人公的公主总是相貌美丽加温顺被动这样的形象,其公主不仅工于心计,而且身手敏捷矫健,胆子也挺大。她不再像传统童话的公主,默默地忍受和等待,直到爱她的白马王子的出现;她主动出击,大胆选择,多次冒险,显示出刚毅的男性气质。她的最重要的童话小说是《布谷鸟之钟》(*The Cuckoo Clock*,1877)和《挂毯之屋》(*The Tapestry Room*,1879)。《布谷鸟之钟》讲述孤独的女孩格瑞西尔达遭遇了一只会说话的木头布谷鸟,于是在它的引导下经历了三次奇异的历险。小女孩格瑞西尔达被送到一个宁静而沉闷的小镇,与两个终生未婚的老姑妈住在一起。在她们居住的那幢老房子里,小女孩被楼下那个老旧布谷鸟座钟发出的声音迷住了,她相信座钟里的那只布谷鸟是有生命的,进而同布谷鸟说话,进行交流。就像她所深信不疑的,布谷鸟是有生命的,在它的指引下,小女孩开始了奇异的旅程,分别到了"频频低头作揖的中国清朝人的国度""蝴蝶之国"和"月球的另一边",得以在童话的幻想奇境里大开眼界,纵情遨游,流连忘返。在经历了一系列奇遇之后,小女孩又返回现实世界,还结识了一个新近搬到附近的小男孩。在特定意义上,这个小女孩的奇境漫游故事就是一个女性作家笔下的"爱丽丝"奇境漫游记,而座钟里的布谷鸟精灵不仅预示着内斯比特笔下那个能满足孩子们愿望的沙精的出现,而且预示着菲利帕·皮尔斯(Philippa Pearce)的《汤姆的午夜花园》(*Tom's Midnight Garden*,1958)的出现。《挂毯之屋》讲述的是英国男孩休和法国女孩让娜的故事,两个孩子被让娜房子里的一条奇异的挂毯带到一个魔法之地。与《布谷鸟之钟》相比,这个故事的现实背景显得更加模糊。在《布谷鸟之钟》里,小女孩与两个年迈的姑妈住在一起,她们心地善良,性格鲜明。而在《挂毯之屋》里,两个孩子身旁没有别的成人,孩子们有更大的自由度。这个故事的叙述比之《布谷鸟之钟》显得更为复杂,有两个相互独立又相互关联的"故事中的故事",一个是"美女和野兽"类型的故事,另一个是发生在一百年前的关于这座房屋的故事。它与现实的疆界显得更加模糊，它的主题内容涉及双重自我（野兽与人）和双重空间（过去的房屋与现在的房屋）。相比之下，《布谷鸟之钟》更受少年读者的欢迎，故事既满足了现实社会中孩子们渴望走出有限制的封闭生活空间，去遨游天下的愿望，又契合少年儿童希望生活在安全稳定状态下的心理。就此而言，这也预示着内斯比特的更加童趣化的"愿望满足故事"的出现。

八　朱莉安娜·霍瑞肖·尤因

朱莉安娜·霍瑞肖·尤因（Juliana Horatia Ewing，1841－1885）婚前的名字是朱莉安娜·霍瑞肖·盖蒂（Juliana Horatia Gatty），她的母亲是知名作家玛格丽特·盖蒂（Margaret Scott Gatty），朱莉安娜走上文学创作的道路受到母亲的极大影响。朱莉安娜从小就显示出讲故事的才能，后来又成为母亲主办的杂志《朱迪大婶的期刊》（Aunt Judy's Magazine）的主要撰稿人。1962年，朱莉安娜发表了她的第一部故事集《梅尔基奥的梦想》（Melchior's Dream），1866年，她成为《朱迪大婶的期刊》的主编。1867年，朱莉安娜嫁给亚历山大·尤因少校，随后跟着丈夫到加拿大的军营待了两年。回到英国后，朱莉安娜·尤因发表了《地精布朗尼和其他故事》（The Brownies and Other Tales，1870），由著名插图艺术家乔治·克鲁克尚克（George Cruikshank）为该书配画。这部故事集为她赢得了名声，使她成为维多利亚时期为儿童写作的主要女性作家之一。1882年，她出版了故事集《传统童话故事》（Old-fashioned Fairy Tales）。作为儿童文学作家，朱莉安娜·尤因较之她的母亲在观念和写法方面有了很大的不同，她尝试从儿童的视角去看问题，而不是居高临下地将成人的价值观强加给儿童。此外，她在写作中对于道德问题采用了更加微妙，更富故事性和幽默感的叙述方式。就童话故事创作而言，她主张采用传统童话的题材和母题因素，如弱者如何智胜强者，"愿望故事"的主人公如何导致失误，使愿望落空等，但作者要写出新意。《怪魔求婚记》（The Ogre Courting，1871）讲述的是少女智胜强占民女的恶魔的故事。乡村姑娘莫莉家境贫寒，与父亲相依为命。由于没有嫁妆，莫莉一直没有出嫁。当地有个凶恶强悍的怪魔，时常采用威逼的方式强娶附近一带的民女为妻，婚后不久他的妻子就会莫名其妙地死去（怪魔剥削成性，嫁给他的女人都要干超常超重的家务活），到故事发生时，已经有几十个当地民女成了怪魔的牺牲品。如今当怪魔前来求婚之际,莫莉利用怪魔贪婪无度和爱占便宜的心理特点,答应嫁给怪魔,同时要求怪魔在婚前完成两个任务,以便婚后好好地、"节俭地"在一起过日子。在完成莫莉交代的婚前准备工作的过程中,怪魔倍受折磨,吃尽了苦头,而且身体也被冻坏了,最后他选择了逃跑,以逃避他的"未婚妻"。莫莉通过智谋战胜了凶残霸道的怪魔,并且夺回了恶魔用侵占和抢夺的方式积累起来的牲畜、财物和食物。作者在故事中采用了许多口传民间故事的母题因素,而且在叙述中对于生产劳作和居家度日的细节描写真实生动地呈现了当地英国乡村生活的画面。

第二节　贝特丽克丝·波特和她的"兔子彼得"系列

贝特丽克丝·波特(Beatrix Potter,1866 – 1943)是维多利亚时代晚期至爱德华时期的童话女作家,她与肯尼斯·格雷厄姆一样,为英国童话小说的第一个黄金时代的结束画上了有力的大句号。

贝特丽克丝·波特[1]
(Beatrix Potter,1866 – 1943)

---

[1] Beatrix Potter, Photograph from, http://www.childrensclassics.com.au/ccp 0 – display / beatrix – potter – peter – rabbit – biography. html.

1866年7月28日,贝特丽克丝·波特出生在伦敦一个家境殷实的中产阶级家庭,从小由一个苏格兰保姆照料,所受教育主要来自家庭女教师。贝特丽克丝下面还有一个弟弟,她11岁时被送进了寄宿学校,而她的父母平常都不在她的身旁,她也没有什么玩伴,生活中是个孤独的女孩。不过性情沉稳娴静的小女孩并没有心生任何怨恨,她自得其乐,喜欢家中饲养的各种宠物及其他小动物,包括兔子、鼠类、鸟儿、蝙蝠、青蛙、蜥蜴、水龟,等等;她也非常喜欢家庭女教师开的绘画课,而且很小就显露出惊人的绘画天赋,这对于她日后创作绘图名作《兔子彼得的故事》(*Peter Rabbit*,1901)打下了坚实的基础。她有时会到伦敦的各个艺术博物馆去游览,夏天则去英格兰北部的湖区游历。对艺术和大自然的热爱补偿了她的孤独生活,也为她的儿童文学创作提供了独特的视野和题材。她还时常以家中的那些宠物们为主人公想象出许多故事。这些宠物成为"兔子彼得"系列中的各种角色的原型。1893年,贝特丽克丝给自己的家庭女教师的五岁幼子写信,以安慰当时处于病中的孩子。当她考虑怎么下笔时突然灵机一动,就给天性喜爱听故事的孩子讲了个故事:"从前有四只小兔子,他们的名字分别叫作'莽撞兔''拖沓兔''棉尾兔'和'彼得兔'。他们和妈妈一起住在一处沙滩的一棵非常高大的冷杉树的根部下面"。于是她在信中用图文相间的形式描述了顽皮的兔子彼得的历险故事。1901年,她把这封信从收信人那里借了回来,开始动笔对信中的故事内容进行扩充,同时增加了黑白的配图,然后将写出的书稿投寄出版商,寻求出版。在连续遭到几个出版商的退稿之后,她自费印制了250本。1902年经过朋友的推荐,弗雷德里克·沃恩出版社(Frederick Warne and Co.)提出用彩色绘本的形式出版该书稿。结果该书正式出版后很受小读者的喜爱,出版商在1902年8月一版印刷了8000册之后,于同年12月再版印制了2万册,"彼得兔"的故事随之成为英国儿童文学的经典之一。在这之后的15年间,作者又接连创作了二十几本图书,包括《格罗西斯特的裁缝》(*The Tailor of Gloucester*)、《松鼠坚果金的故事》(*The Tale of Squirrel Nutkin*)、《小兔子本杰明的故事》(*The Tale of Benjamin Bunny*)、《两只坏老鼠的故事》(*The Tale of the Two Bad Mice*)、《蒂格·温克尔太太的故事》(*The Tale of Mrs. Tiggy - Winkle*)、《小猫汤姆的故事》(*The Tale of Tom Kitten*)、《稀松鸭杰迈玛的故事》(*The tale of Jemima Puddle - Duck*)、《滚圆的卷布丁》(*The Roly - Poly Pudding*)和《狐狸先生的故事》(*The Tale of Mr. Tod*) 等名篇名作。一个世纪以来，"兔子彼得"系列始终处于畅销书之列，已经成为英国幼儿动物童话的传世经典。同刘易斯·卡罗尔一样，贝特丽克丝·波特不善于，也不愿意与成人交往，但却非常喜欢与孩子们交朋友，而且非常喜爱动物。

作为波特的成名作和最具代表性的作品，"兔子彼得"系列继承了18世纪英国动物故事的传统，同时赋予作品新的时代精神，将自然历史及动物知识与童话叙事结合起来，再配以栩栩如生的图画，图文并茂，富有情趣。这一绘图本不仅令儿童读者爱不释手，而且能够吸引成人读者驻足观赏。作者通过拟人化手法来描写动物们的谈话、衣着、饮食和其他行为，故意模糊了人与动物之间的界限，这种艺术手法使"兔子彼得"系列与格雷厄姆的《柳林风声》相映成趣。两者笔下的动物主人公都保留着动物的原生体貌，以及各自的基本动作和行为特征，只不过都穿着衣服，而且与人类一样具有相似的家庭和社会人际关系。当然，它们与人类相比，是典型的弱者。就幼童本位的配图动物故事而言，在波特的后继者中，多产女作家艾莉森·阿特利 (Alison Uttley, 1884 - 1976) 的"小灰兔"系列和《小猪山姆》(*Sam Pig*) 成为突出的代表。从象征意义看，兔子彼得就是一个具有冒险精神的顽童。他与自己循规守矩的兄妹不同，具有叛逆精神，敢于闯入充满危险的、被禁忌的地方，那里是凶狠的麦克雷戈先生的园地，进去要面临极大的危险（彼得兔的父亲就被人做成兔肉馅饼吃掉了），但可以享受到可口的嫩白菜。这也是彼得兔经历磨难，走向成熟的重要场所。彼得兔闯入麦克雷戈先生的菜园后遭到疯狂的追捕，这一过程被描写得扣人心弦、惊心动魄，同时又极富童趣。彼得兔在奔逃中丢失了新外套，险象环生，好几次差一点就被暴怒的麦克雷戈先生逮住了。这实在让小读者为彼得兔悬着一颗心，捏着一把汗。童趣也随之跃然而出，当彼得兔被醋栗藤蔓缠住时，读者不禁为它失去的新外套感到惋惜，那鲜艳的颜色，崭新的布料，好看的纽扣，实在太可惜了，如此细节令人叹息不已。在逃跑途中彼得兔遇到了一只老鼠，但它没有回答彼得兔的问话，因为它嘴里含着一颗豌豆，无法开口。麦克雷戈先生设置的稻草人更是遭到彼得兔的嘲笑。最后，逃过大劫大难的彼得兔精疲力竭地回到家中，喝了妈妈调制的药汤——直到此时读者才松了一口气。尽管彼得兔是闯入者，但小读者毫无疑问是同情彼得兔的，无不为彼得兔的安危而牵肠挂肚，为彼得兔的脱险而倍感欣慰。这种情感就像小读者对于达尔的

《了不起的狐狸爸爸》中的狐狸爸爸和三个农场主的泾渭分明的态度一样，他们全都同情和赞赏那个聪明的狐狸爸爸，它不仅智取了三个凶狠贪婪的农场主饲养的鸡、鸭、鹅，并且通过智谋战胜了发誓要"挖空整座山"，置狐狸一家老小于死地的三个农场主；同时鄙视和嘲笑那三个最吝啬小气、最阴险卑鄙、最凶狠歹毒的农场主。小读者对于麦克雷戈先生的态度同样如此，只不过还没有达到对那三个贪婪的农场主的憎恨程度——这当然是英国童话小说的后话了。

第三节　女性童话作家的贡献及创作特色

除了以上这些最具代表性的女性童话作家，维多利亚时代及爱德华时期的其他女性童话作家还有艾丽斯·科克伦（Alice Corkran）、玛丽·德·摩根（Mary De Morgan，1850－1907）、哈里特·路易莎·蔡尔德－彭伯顿（Harriet Louisa Childe-Pemberton，1844－1912）、露西·莱恩·克利福德（Lucy Lane Clifford，1853－1929）和伊芙琳·夏普（Evelyn Sharp，1869－1955）等人。从总体上看，维多利亚时代那些早期的童话女作家在创作上基本沿袭了传统童话的题材和叙述风格。马洛克·克雷克的《瘸腿小王子》和《地精布朗尼历险记》等作品总体上是对传统童话题材的散文叙述和拓展。其他女作家的创作特征可以这样概括，在初始阶段表现为对传统童话母题和题材等进行演绎和改写，之后随着时代的前行经历了从简单变奏、借题演绎到彻底改写、反写、戏仿乃至完全独立原创的过程。值得注意的是，维多利亚时代不少童话女作家还致力于成人本位的童话创作及颠覆性的再创作。安妮·萨克雷·里奇的《林中睡美人》（*The Sleeping Beauty in the Wood*）和《美女与野兽》（*Beauty and the Beast*）从篇名就直接显示作者对传统童话的演绎和改写，作为成人本位的童话改写，她的创作预示着安吉拉·卡特等人的成人本位的童话叙事的出现。玛丽·路易斯·莫尔斯沃思的《罗罗瓦的棕色公牛》（*The Brown Bull of Norrowa*）是对经典童话《美女与野兽》的改写，作者一改传统童话中作为女主人公的公主总是相貌美丽加温顺被动这样的形象。在她的故事中，公主不仅工于心计，善于谋划，而且身手敏捷矫健，胆子也挺大。她不再是传统童话的公主，默默地忍受和等待，直到爱她的白马王子的出现；而是主动出击，大胆选择，多次冒险，显示出追求幸福的刚毅气质。

朱莉安娜·尤因的《阿米莉亚和小矮人》(Amelia and the Dwarfs)等故事也是对经典童话的改写，但都加入了作者的个人思考，融入了富有个性的因素。英国女性童话作家似乎对传统童话的重新讲述、演绎和改写情有独钟，而且形成了一种延绵不绝的女性童话书写现象。西尔维娅·汤森德·沃纳（Sylvia Townsend Warner, 1893－1978）的《真诚的心》（True Heart, 1929）重新讲述了《丘比特与普赛克》的故事，而她的《猫的摇篮之书》(Cat's Cradle Book, 1960)收有《蓝胡子的女儿》和《精灵的王国》等故事；内奥米·米基森（Naomi Mitchison, 1897－1999）创作了《玉米国王与春之女王》(1931)、《乌鸦发现的土地》(1955)、《五个男人和一只天鹅》(Five Men and a Swan, 1957)等作品；迈克尔·德·拉拉贝蒂（Michael De Larrabeiti, 1937－ ）创作了故事集《普罗旺斯故事》(The Provencal Tales, 1988)；塔尼斯·李（Tanith Lee, 1947－ ）从当代女性主义的视角改写传统童话故事，创作了《鲜红似血或来自格里默姐妹的故事》(Red as Blood or Tales from the Grimmer Sisters, 1983)，等等。在诸如克里斯蒂娜·罗塞蒂的《尼克》（Nick），朱莉安娜·霍瑞肖·尤因的《圣诞节的礼花爆竹》(Christmas Crackers)，伊迪丝·内斯比特的《梅莉桑德或长短之分》(Melisande, or, Long and Short Division)等故事里，人们可以发现女性作家的颠覆性新童话的登台亮相。作为具有较长篇幅的童话小说，吉恩·英格罗创作的《仙女莫普莎》表明了作者在小说的谋篇布局方面的自信。克里斯蒂娜·罗塞蒂的《众声喧嚣》不仅是颠覆性的，而且像"反面乌托邦"一样，是"反面幻想故事"，似乎从戏谑的视角呈现出对人性问题的拷问与探求。贝特丽克丝·波特的绘图本动物童话是典型的童趣化的幼儿本位的动物小说，表明幻想性动物故事始终是童话文学的最重要题材之一，具有独特的启示意义。

如果说维多利亚时代和爱德华时代的重要童话作家如刘易斯·卡罗尔、乔治·麦克唐纳和约翰·巴里等人创作出了他们的童话小说经典，其深层心理动因就是他们执着地怀着无比强烈的童年情结，通过幻想文学的艺术形式重返理想的童年，从而创造出卓越的童话奇境的话，那么维多利亚时代的女性童话作家内心深处所倾慕的对象却不是儿童，而是成人，所以她们的文学童话创作在特定意义上体现了另一种向度。众所周知，无论中外，在相当长的历史时期里，女性与成年男性相比，始终处于"第二性"的屈从状态。要论社会地位，妇女只能等同于儿童。根据当时英国的法律，妇女是没有独立法律地位的，她们在社会及公众事务中自然也不会有任何政治权利，或者任何话语权的。而在家庭生活中，女性必须恪守社会为她们规定的女儿、妻子、母亲的角色和本分，必须屈从于男性的威权之下，依附于男性提供的保护。故一般而言，女性所受到的政治、法律和经济等方面的限制使她们更容易产生一种相似的内心共鸣，形成一种"必然的，非自觉的文化联系"。① 从社会历史文化的视角看，女性童话作家的文化身份具有某种特殊性。一方面被看作男性附属品的女性丧失其主体性的历史由来已久，所以她们都是处于社会政治和文化生活边缘的弱者，没有参与社会政治活动和其他实际公共生活的权利。另一方面她们大多出身于中产阶级家庭，一般受过相对良好的教育（包括学校教育和家庭教育），有较高的文学修养和文字表达能力。而且由于当时出版界和儿童图书市场的发展，大多数童话作家都能够通过写作挣钱养家，在经济上具有相对独立的地位（伊迪丝·内斯比特在丈夫得病后便依靠写作独自一人担负起维持全家生计的重担）。从时代背景看，工业革命以来逐渐觉醒的女性意识使众多女性对自己屈从的社会和文化地位产生了不满。自19世纪40年代起就有人在英国议会提出妇女的选举权问题（尽管在议会表决时遭到否决，没能通过），英国的妇女选举权运动开始引起世人的关注，女权主义思想也逐渐产生了影响；其中女权主义者玛丽·沃尔斯通克拉夫特的《为女权辩护》和密尔先生的《妇女的屈从地位》都是有识之士发出的高声呐喊和强烈呼吁，具有振聋发聩的惊醒作用。处于社会政治和文化生活边缘的新时代的那些敏感而又具备文学创作条件的女性，从童话叙事中找到了表达情感诉求的方式，发出了自己独特的声音和话语。

如前所述，女性与童话文学具有一种天然的紧密联系，英国女性作家的童话创作自然成为一种不容忽视的文学现象。一方面，就性格特征而言，女性更接近儿童的状态，与成年男性相比更渴望摆脱沉闷和不如意的现实生活的束缚。这种生活的形成既与维多利亚时期的资本主义经济体制有关，也与当时理性刻板的资本主义新教伦理有关。她们对于工业革命的"进步"后面所付出的代价，对于登上英国历史舞台的那些缺乏想象力和丧失道德感的商业资产阶级所主导的社会现实有着独特的体验和担忧。与

---

① 感谢郝琳博士有关女性与童话文学之间的天然联系的思路以及就女性气质与幻想文学所提供的启示。

成年男性相比，女性对于工业革命导致的社会转型期产生的困惑和痛苦有着不同的体验，更渴望道德关怀、审美情趣和天伦之乐，而这些都在追求"进步"速度的拜金主义和商业主义的浪潮中被席卷而去。在这样的唯利是图的商业社会里，女性更难以摆脱各种新的束缚，更需要诉诸奇异的想象。女性与儿童一样，在内心世界更加向善向真向美，因此从女性的视野和感受出发去创造童话幻想世界，无论是对于人性本真的诗意表述和至善追求，对于道德情怀的抒发，还是对于社会现实进行反思和批判，对于传统的男权文化主导的叙事话语进行颠覆和重塑，女性童话作家都具有一种得天独厚的优势。

在欧洲经典童话翻译引进运动的影响和推动下，在以刘易斯·卡罗尔的"爱丽丝"小说为代表的卓越的童话小说取得巨大成功的带动下，女性作家纷纷拿起笔来，致力于冲破盛行的道德说教与刻板的理性教训的禁锢，勇敢地踏上被长期盛行的社会观念和世俗所"禁忌的"幻想文学之旅。[①] 维多利亚和爱德华时代的英国女性童话作家创作的卓越的童话小说毫无疑问是英国现当代童话小说的重要组成部分。值得注意的是，从1870年开始，女性作家已经成为英国文学童话的主要创作者和生力军，正是她们卓越的创作构成了维多利亚时代和爱德华时期英国童话小说黄金时代的半壁江山。而在以后的几个英国童话小说的发展时期，人们还将见到更多的杰出的女性童话作家，包括埃莉诺·法杰恩（Eleanor Farjeon, 1881 – 1965）和她的童话故事集《小书房》；P. L. 特拉弗丝（P. L. Travers, 1899 – 1996）和她的《随风而来的玛丽·波平丝》（*Many Poppins*, 1934）；玛丽·诺顿（Mary Norton, 1903 – 1992）和她的《借东西的地下小人》（*The Borrowers*, 1953）；菲利帕·皮尔斯（Philippa Pearce, 1920 – 2006）和她的《汤姆的午夜花园》（*Tom's Midnight Garden*, 1958）；佩内洛普·法姆（Penelope Farmer）和她的《夏季飞鸟》（*the Summer Birds*, 1962）；凯瑟琳·布里格斯（katharine M Briggs, 1898 – 1980）和她的《凯特与胡桃夹子》（*Kate and Crackernuts*, 1963）；

---

① 尼娜·奥尔巴赫等主编的《维多利亚时代的女性童话作家的童话小说集》的主标题就是"被禁的旅程"，见《被禁的旅程：维多利亚时代女作家创作的童话和幻想故事集》（Auerbach, Nina and U. C. Knoepflmacher. Ed. *Forbidden journeys: fairy tales and fantasies by Victorian women writers*. Chicago: University of Chicago Press, 1992.）。

琼·艾肯（Joan Aiken，1924 - 2004）和她的《雨滴项链》（*A Necklace of Raindrops and Other Stories*，1963）；露西·波斯顿（Lucy Maria Boston，1892 - 1990）和她的"绿诺威庄园"系列；罗斯玛丽·哈利斯（Rosemary Harris）和她的《云中月》（*The Moon in the Cloud*，1968）；苏珊·库珀（Susan Cooper，1935 -   ）和她的"黑暗在蔓延"系列；黛安娜·韦恩·琼斯（Diana Wynne Jones，1934 -   ）和她的《豪尔的移动城堡》（*Howl's Moving Castle*，1986）；以及 J. K. 罗琳（J. K. Rowling）和她的"哈利·波特"系列，等等，令人叹为观止。

第十一章

凄美的颠覆:王尔德童话创作概论

第一节 生平与创作简述

奥斯卡·王尔德（Oscar Wilde，1854—1900）是维多利亚时期英国文坛的一位怪杰，文学成就斐然，独领风骚，但由于生活行为不检而饱受非议。就童话创作而言，王尔德似乎在不经意间涉足早已高手林立的英国童话小说园地，居然出手不凡，以两本短篇童话故事集而在这一时期的童话画卷中留下了引人瞩目的一页。

奥斯卡·王尔德于1854年10月16日出生在爱尔兰都柏林的一个名医之家，是家中次子。他的父亲威廉·王尔德是整个爱尔兰乃至整个英国的眼科和耳科权威专家，以医术精湛而负有盛名，被誉为"现代耳科医学之父"，并因此被册封为爵士。此外，威廉·王尔德对文学和考古学也很有研究，颇多著述，是个多才多艺之人。王尔德的母亲珍·法兰西丝卡也非寻常之人，是个颇有才华和激情的女诗人、政论家，早年还是一个狂热的爱尔兰民族主义爱国者，曾投身于"青年爱尔兰运

奥斯卡·王尔德[①]
（Oscar Wilde，1854—1900）

[①] Oscar Wilde, photograph from The Library of Congress, also see from Literature Resource Center, Detroit: Gale, Web, 20 July 2012.

动",写过不少慷慨激昂的号召爱尔兰民众起来反抗英格兰专制压迫的政论文章。王尔德的父母双双才气横溢,滔滔善辩,堪称人中俊杰,对于奥斯卡·王尔德无疑会产生很大的影响。生长在这样一个显赫的家庭,再加上他本人具有过人的天资,青年王尔德逐渐显露出一种桀骜不驯的傲慢个性,这种狂傲不羁对于王尔德既有积极的一面,也有消极的一面。这无论对他取得文学生涯的辉煌成功,还是对他的走向人生道路的凄惨归宿,都起到了相同的作用,可谓福兮祸兮,一言难辩。1865 年,11 岁的王尔德进入波尔托拉皇家学校学习,开始接触到宗教教义。1871 年,17 岁的王尔德获得都柏林三一学院的奖学金,在那里度过了三年的学习时光。1874 年,从三一学院毕业的王尔德进入牛津大学的莫德伦学院学习,专攻古典文学。在牛津大学期间,王尔德开始了自己最初的文学创作活动。在这里,他认识了著名作家、艺术教授约翰·罗斯金,选修了他开设的"佛罗伦萨美学与艺术流派"课程。作为著名艺术批评家、童话小说《金河王》的作者,罗斯金的美学思想和艺术见解对王尔德产生了深刻影响。与此同时,沃尔特·佩特宣扬的"为艺术而艺术"的美学理论对早年王尔德也产生了不可磨灭的影响。这两位导师对王尔德唯美主义文学思想的形成无疑都起了很大的作用。1876 年,为进一步实地了解欧洲古代文化,王尔德前往意大利和希腊,进行了一番旅行考察。回到伦敦后,王尔德有机会经常接触当时英国文艺界的名流,并且当众发表自己对文学的见解和观点,引起争议。这一时期的经历对他后来从事文学活动有很大影响。1881 年底,王尔德前往美国,进行他的演讲之旅,一年后返回英国。1884 年 5 月,时年 30 岁的王尔德结婚成家,妻子是他在都柏林结识的康斯坦斯·劳埃德(Constance Lloyd),一位著名的爱尔兰律师的女儿。婚后,两人在巴黎度过了浪漫的蜜月,之后返回伦敦,共同面对现实生活。

1885 年 6 月和 1886 年 11 月,王尔德的两个儿子西里尔(Cyril)和维维安(Vyvyan)相继出生,家庭的经济状况变得相当窘迫起来,王尔德不得不四处谋职挣钱。人们认为,两个儿子的降生使王尔德产生了讲述和创作童话故事的动机。1888 年 5 月,王尔德发表了童话集《快乐王子与其他故事》,1891 年,王尔德发表了第二部童话集《石榴之家》。在很大程度上,王尔德童话创作的成功对于他写作自信的增强和写作风格的形成,乃至作家生涯的突飞猛进都有着密切的关系。一方面,童话创作使王尔德在英国文坛上有了名气,被视为有影响、有实力的作家。英国《典雅》杂志认为他足以和丹麦作家安徒生相提并论,并且赞美他的童话集是"纯正英语的结晶"。另一方面,王尔德对自己的文艺观有了更深入的思考。他随后写了十几篇更有见地的阐述其文学主张的文艺批评和随笔文章,包括他在创作《渔夫和他的灵魂》时写出的《意图集》中的两篇,以及《谎言的衰朽》、《笔杆子、画笔和毒药》、《W. H. 先生的肖像》、《〈道连·格雷的画像〉序言》(1890 年)、《作为艺术家的批评家》(1890年)、《社会主义制度下人的灵魂》(1891 年),等等。正如杰克·齐普斯所指出的:"王尔德童话的出版标志着他卓越的创造性时期的到来:《社会主义制度下人的灵魂》(*The Soul of Man Under Socialism*, 1891)、《石榴之家》(1891)、《道连·格雷的画像》(*The Picture of Dorian Gray*, 1891)、《温德米尔夫人的扇子》(*Lady Windermere's Fan*, 1892)、《无足轻重的女人》(*A Woman of No Importance*, 1892)、《理想的丈夫》(*An Ideal Husband*, 1895) 和《认真的重要性》(*The Importance of Being Earnest*, 1895)"。[①] 王尔德的其他作品及著述还有剧本《薇拉》(*Vera*, 1880)、《帕都瓦公爵夫人》(*The Duchess of Padua*, 1893)、《莎乐美》(*Salomé*, 1893);诗作有《诗集》(*Poems*, 1881)、《狮身人面像》(*Sphinx*, 1894)、《雷丁监狱之歌》(*The Ballad of Reading Gaol*, 1898),以及书信集《深渊书简》(*De Profundis*, 1897) 等。

1891 年,王尔德结识了昆斯伯里侯爵的儿子,牛津大学的学生阿尔弗雷德·道格拉斯(Lord Alfred Douglas)。几年之后,两人的友情发展成了同性恋人的关系。这让昆斯伯里侯爵感到异常愤怒。1895 年,正当王尔德的剧作家生涯如日中天之际,昆斯伯里侯爵来到剧院挑衅并且羞辱了王尔德。在与父亲长期不和的道格拉斯的鼓动下,王尔德向法庭起诉,控告侯爵败坏他的名誉,结果败诉。此后,侯爵反诉王尔德犯有"与其他男性发生有伤风化的行为",并且提供了确凿的证据。根据英国 1855 年的刑事法修正案有关条款,王尔德被判犯有伤风败俗罪,判罚两年苦役。伦敦的各大报刊对此事大肆渲染,使王尔德陷入身败名裂的境地。从 1895 年 5 月到 1897 年 5 月,王尔德在监狱中度过了痛苦而漫长的两年时光。1897 年,王尔德获释后离开英国前往巴黎。1900 年 11 月,一代文坛俊杰

[①] Jack Zipes, *Fairy Tales and the Art of Subversion: The Classical Genre for Children and the Process of Civilization*, London: Heinemann, 1983, p. 113.

王尔德病逝于巴黎的阿尔萨斯旅馆，终年 46 岁。王尔德在临死前皈依了天主教，被安葬于法国的拉雪兹神父国家公墓。王尔德的一生是奇崛不凡的，他凄凉的生命归宿也是令人叹息的，生前伴随着他的不仅有令人欣喜的鲜花，也有令人侧目的争议。当岁月的尘埃落定，今天的人们至少可以为他勾画出几个突出方面：一位才华横溢而又恃才自傲的牛津才子；一个奉行唯美主义文艺思想，卓尔不群，大获成功的剧作家和小说家；一个离经叛道，因"行为失检，有伤风化"而陷入牢狱之灾的潦倒之人；一个像《鹅妈妈故事》的八个故事的作者贝洛一样，仅用九篇童话就在世界童话版图中占有耀眼的一席之地的童话作家。

第二节　王尔德童话综述

1884 年，王尔德与康斯坦斯·劳埃德结婚成家。随着两个儿子的先后出生，作为父亲的王尔德产生了为孩子们讲述和创作童话故事的愿望。1888 年 5 月出版的《快乐王子和其他故事》（*The Happy Prince and Other Tales*, 1888）收有五篇童话：《快乐王子》（*The happy prince*）、《夜莺与玫瑰》（*The nightingale and the rose*）、《自私的巨人》（*The selfish Giant*）、《忠诚的朋友》（*The devoted friend*）、《了不起的火箭》（*The remarkable rocket*）。1891 年 12 月，王尔德的第二部童话集《石榴之家》（*A House of Pomegranates*）出版，收有四篇童话：《少年国王》（*The young king*）、《西班牙小公主的生日》（*The birthday of the infanta*）、《渔夫和他的灵魂》（*The fisherman and his soul*）、《星孩儿》（*The star-child*）。王尔德用"石榴之家"作为第二部童话集的名字似乎别有意味，因为石榴具有特定的宗教和文化意义。在希腊神话中，冥王哈得斯（Hades）劫走了春之女神珀尔塞福涅（Persephone），作为他的配偶。珀尔塞福涅是谷物女神黛墨忒耳的女儿。悲痛的黛墨忒耳到处寻找女儿，不思饮食，无心农事，以致田地荒芜，庄稼绝收，民不聊生。主神宙斯只得出面干涉。宙斯答应只要珀尔塞福涅还没有吃过冥府的任何东西就可以回到母亲身旁。但珀尔塞福涅已在不知情的情形下食用了地府的石榴籽，结果不得不留在冥府做哈得斯的妻子。根据宙斯的调停，珀尔塞福涅在一年中有 6 个月时间待在冥府陪伴哈得斯，另一半时间则返回大地，与母亲团聚。当她待在冥府时，大地一片萧条，冰天雪地；等她返回大地，阳光灿烂，百花盛开，万物茁壮成长。从象征意义看，珀尔塞福涅连接着阴森黑暗与光明生机，具有双重含义。此外人们也看到，剖开的石榴呈现出颗颗鲜红的颗粒，象征着作家向读者奉献泣血的红心。

作为王尔德最具代表性的童话故事，《快乐王子》讲述的是死后被塑成雕像的快乐王子和一只小燕子为救济贫困之人而自我牺牲的故事。快乐王子活着的时候在王宫里过着舒适惬意，逍遥自在的生活，根本不知道忧愁和贫穷为何物，所以被称作"快乐王子"。如今他的雕像高高地耸立在城市上空的一根大石柱上，全身都镶嵌着珍贵的黄金叶片，眼睛是蓝宝石做的，身旁佩戴的剑柄上还嵌着一颗光彩夺目的红宝石。但人们不曾想到的是，站在高处俯瞰这座城市的快乐王子看到了无处不在的丑恶、贫穷和苦难。快乐王子感到十分痛苦（虽然这以后他的心是用铅做的），不禁潸然泪下。他请求飞到身旁栖身的小燕子把自己身上所有的宝石和黄金叶片都一一剥下来，拿去救济那些穷困潦倒之人。燕子飞过城市上空，看到富人们在漂亮的洋楼里寻欢作乐，乞丐们坐在门外忍饥挨饿；在阴暗的小巷里，饥饿的孩子们露出苍白的小脸，没精打采地望着昏暗的街道；在一座桥的桥洞里，两个孩子相互拥抱着抵御寒冷——这无疑是维多利亚时期的社会现状的真实写照。于是小燕子将王子身上那些贵重的黄金叶片和宝石等物一一地啄下来，将它们分送给饥寒交迫的穷人。严冬到来了，小燕子却没有展翅飞向气候温暖的埃及，因为他不忍心抛弃已失去眼睛，浑身灰暗无光的快乐王子。后来，小燕子被冻死了，快乐王子的那颗铅做的心也破碎了。快乐王子的雕像被推倒，熔化了。那颗在炉子里无法熔化的铅心被扔进了垃圾堆，而那只死去的燕子也躺在那里。上帝把这座城市里最珍贵的两样东西召到了天堂的花园之中。《快乐王子》的基调是悲慨凄美的，而且蕴涵着崇高的道德主题。中国作家叶圣陶的童话《稻草人》就是一个对王尔德童话的来自遥远东方的回应。

《夜莺与玫瑰》讲述的是用生命做代价换来的爱情信物遭到轻蔑和抛弃的故事。一个年轻的大学生爱上了教授的女儿，少女说只要年轻人送她一些红玫瑰，她就同意与他跳舞。然而在整个花园里根本就没有任何红玫瑰，这个饱读智者文章的大学生顿时陷入巨大的痛苦之中。夜莺被年轻人崇高的爱情感动了，决心不惜一切代价为年轻人找到红玫瑰。玫瑰树告诉夜莺，它必须借助月光用歌声来获得玫瑰：同时用胸中的鲜血来染红它。具体而言，夜莺要用胸膛抵住玫瑰树上的一根尖刺，直到刺穿胸膛，让鲜血流进玫瑰树的血管，变成玫瑰的血。在月色下，夜莺朝着玫瑰树飞去，用胸膛顶住尖刺，一刻不停地唱了一夜，在黎明到来之前，夜莺唱出了最后一曲，"明月听着歌声，竟然忘记了黎明，只顾在天空中徘徊；红玫瑰听见歌声，不由得欣喜若狂，张开了所有的花瓣去迎接清晨的凉风。歌声飘进了山中的紫色洞穴，唤醒了酣睡中的牧童。歌声飘过了河中的芦苇，芦苇又把歌声传到了大海"。一朵鲜艳的红玫瑰出现了，而夜莺流尽了所有的血液，悄然死去，心口还扎着那根尖刺。年轻人看到了红玫瑰，感叹自己运气真好，随即将它摘下送到少女家中。谁知少女却不屑一顾，说自己已经接受了宫廷大臣的侄儿送给她的珠宝。愤怒的大学生将红玫瑰扔在大街上，结果被过往的马车碾成碎片。

《自私的巨人》是王尔德童话中篇幅最短的，但却是最著名、最富有诗意的。这个故事讲述了一个拥有美丽花园的巨人如何从自私到无私的转变。当自私的巨人在自己的花园边砌起高墙以阻拦孩子们进入时，陪伴他的只有凄厉的北风和冰冷的雪花。而当孩子们从一个墙洞钻进花园玩耍时，花园里焕然一新，春光明媚，花红树绿，禽鸟飞鸣，好一派动人美景。受到精神感悟洗礼的巨人终于明白过来，把一个爬不上树，在下面哇哇直哭的小男孩抱到树上，于是出现了动人的一幕：在花蕾绽放的满园春光中，小男孩张开双臂亲吻巨人。这个小男孩的童心之爱唤醒巨人已经泯灭的仁爱之心，揭示了这样一个道理：美丽只属于无私的心灵。巨人明白了，世上只有"孩子们才是最美的花朵"。受到彻底感悟的巨人拆除了花园的围墙，每天都在花园中和孩子们一起玩耍。但那个被他抱上树的小男孩却很长时间都没有见到，这使巨人感到十分牵挂。许多年过去了，在一个冬日的早晨，花园尽头的一棵树上开满了娇嫩的白花，树下站着那个惹人疼爱的小男孩。这个小男孩就是基督，这次是来把巨人带到天国的花园去的。

《忠诚的朋友》和《夜莺与玫瑰》一样，描写了世俗功利的冷酷现实对人间真情（爱情和友情）的轻蔑和践踏。故事是通过红雀之口讲述的。贫穷的花匠小汉斯交了许多朋友，其中"最忠实的"是磨坊主。然而这只是一种单向的友情。在"真正的朋友应当共享一切"的口号下，有钱的磨坊主总是从小汉斯那里拿走各种东西，而从来没有给小汉斯任何回报。冬天当小汉斯处于饥寒交迫时，磨坊主绝不会去看望一下，他盘算的是等春天到了，再到小汉斯那里去拿一大篮樱桃。磨坊主之所以在小汉斯面前大谈特谈什么"真正的友谊",完全是为了占小汉斯的便宜。最后这个忠诚无私,助人为乐的小汉斯在一个寒冷的暴风雨夜,为了替磨坊主请医生,在回来的路上淹死在深深的水坑里。在哀悼仪式上,磨坊主认为自己是小汉斯最好的朋友,应当站在最好的位置上,并且说小汉斯的死对于他是个大大的损失。

《了不起的火箭》是一个安徒生式的物品童话。在王宫举行的王子与俄国公主的婚礼庆典上,将有一个午夜施放烟花的仪式。皇家烟花手们刚刚把烟花、火炮摆放到位,烟花们便相互交谈起来。其中有一个高大而神态傲慢的火箭,他自以为出身高贵,父亲是一枚法兰西火箭,母亲是最出名的转轮烟花,以优美的舞姿而著称——所以这"神奇的火箭"不愿理睬家族中的其他烟花。当午夜钟声响起时,其他的烟花与火炮都接二连三地腾空而起,在夜空中发出灿烂的光芒。可是这神奇的火箭多愁善感,流出的眼泪弄湿了全身,所以不能够点火升空。第二天工人们在清理场地时发现了这枚没有燃放的破旧火箭,并随手将他扔到墙外的阴沟里。从整体上看,这火箭缺乏常识而又自以为是,感情丰富但却毫无价值,成了点不燃的废物,在阴沟里受到小动物们的数落。有两个小男孩看到了已经陷入稀泥之中的火箭,把他当做一根点火的旧木棍,将他架在柴火上烘烤。浑身湿透的火箭终于被烤干了,接着火苗又把他点燃了。火箭带着成功的喜悦飞上天空,但遗憾的是,由于是大白天,没有人能够看见他的璀璨光芒。在空中爆炸后的火箭只剩下一根木棍,正好落在一只在阴沟旁散步的大鹅身上。"我知道自己会创造奇迹的",这是他喘息着说出的最后一句话。

《少年国王》是一个"圣经"式的由思想升华而带来奇迹的故事。一个盛大的加冕典礼即将举行,16岁的牧羊少年将正式成为少年国王。在这之前,他还一直认为自己是穷牧羊人的儿子。原来他的亲生母亲是老国王的独生女,由于与一个地位低贱的年轻人私恋而被处死,那个年轻人自然也死于非命。眼下的这个少年就是公主的私生子。老国王在临终之前派人去找回了少年,承认他为自己的继位人。被接到皇宫之后,少年脱去了身上的粗皮衣和粗羊皮外套,换上华服,同时表现出对于一切贵重的物品的爱好。他现在感到特别上心的是加冕时穿的长袍。长袍是金线织的,另有嵌满了红宝石的王冠,以及那根挂着一串串珍珠的权杖。接着少年睡着了,先后做了三个梦,首先梦见那些在织布机前工作的憔悴的织工们的身影，他们正为了织出少年国王加冕时要穿的袍子而劳累不堪地工作着；接着是赤身露体的奴隶们在海上冒死劳作，从海底捞出珍珠，用来装饰少年国王的权杖；最后是在一条干枯的河床上做苦役，一些人用大斧头开山劈石，另一些人在沙滩上苦苦地挖掘着，时不时地会有三分之一的人死于非命，f深感恐惧的少年一问才知道，他们是在寻找要镶嵌在国王王冠上的红宝石。梦醒之后，少年国王大彻大悟，他拒绝了宫廷侍者献上来的金线长袍以及宝石王冠和珍珠装饰的权杖，因为这件长袍是在忧伤痛苦的人在织机上用苍白的双手织出来的；红宝石的心是用鲜血染红的，珍珠的心上有死亡的阴影。少年决定穿上当年放羊时穿过的粗羊皮外套，手里拿起那根粗大的牧羊杖，然后从在阳台上折了一枝野荆棘，将它弯曲成一个圆圈，作为王冠。看着乞丐般的少年，从宫廷大臣，文武百官到一般民众，所有人都大为不满，甚至威胁要除掉少年国王。但少年国王没有动摇，当他再一次低头祈祷之后，奇迹出现了。灿烂的阳光在他的四周织出一件金袍，干枯的枝条鲜花怒放，开放出比红宝石还要红的红玫瑰。人们纷纷敬畏地跪下行礼，主持加冕仪式的主教大人不由叹道："给你加冕的人比我更伟大啊！"随即跪倒在国王面前。

《西班牙公主的生日》讲述的是一个12岁的公主过生日时发生的故事。西班牙小公主要过生日了，这成为举国上下的一件大事。在生日的这一天，公主可以邀请任何她喜欢的小朋友来皇宫同她玩耍，而不论对方出生何种家庭，父母有何身份地位。在这天早上举行的娱乐活动中出现了一个小矮人。他有一颗畸形的大脑袋，一双弯曲的腿，驼着背，还长着一头鬃毛般的乌发，模样实在丑陋不堪。孩子们见到这般怪模怪样的小矮人全都兴奋地大嚷大叫，小公主更是大笑不止。这个小矮人的父亲是个穷苦的烧炭人，而他本人是昨天才被人在树林里发现的，于是被带进宫中，作为献给小公主生日的一个惊喜。小矮人从小在森林里长大，对自己丑陋的相貌模样没有丝毫意识。演出结束时，小公主将头上的一朵白玫瑰扔给了小矮人。小矮人非常喜欢公主，而且还以为小公主爱上了他，不免沉浸在一片虚幻的幸福之中。当听说小公主要让他再为她表演一次，小矮人不禁激动万分。他迫不及待地跑去找公主，结果在王宫的一间房子里看到了一面大镜子。等他明白镜中的那个小怪物就是他本人时，小矮人发出了绝望的狂叫声！他知道公主不过是在嘲笑他的丑态，拿他寻开心罢了。他终于悲痛万分，心碎而死。面对一动不动的小矮人，公主却撅着那可爱的玫瑰叶嘴唇说:"以后那些来陪我玩的人都必须没有心才行"。这个故事中的小公主向人们展示了肉体美与灵魂美的对立关系,也反映了王尔德在牛津大学读书期间受到的罗斯金的美学思想的影响。作为英国唯美主义运动序幕的"先拉斐尔派"让王尔德领悟了"灵"之外的"肉"等观念。描写肉体之美与灵魂之美的对立,纯洁童真与残酷冷漠的映照,体现了王尔德童话艺术的自觉探索。

《渔夫和他的灵魂》讲述的则是一个渔夫对肉体之美的极度追求,体现的是灵与肉之间水火不容的冲突。在《西班牙公主的生日》中,尽管小公主冷漠自私,但她毕竟是有灵魂的。而在这个故事中,美人鱼是完全没有灵魂的肉体美的象征。故事的重心似乎在于渔夫在追求肉体美的道路上如何与代表世俗价值观的灵魂发生激烈冲突,最后为此付出了生命的代价。年轻的渔夫爱上了被他网住后又放回海中的美人鱼。美人鱼却断然拒绝了渔夫,因为渔夫同美人鱼不一样,是有灵魂的:"如果你肯送走你的灵魂,那么我才会爱上你!"难以自拔的渔夫踏上了寻找如何放逐自己灵魂的艰难旅程。他找到神父,神父痛心疾首地告诉他灵魂对于一个人有多么重要,因为那是上帝赐给人类的最高贵的东西。渔夫却听不进去:"她比晨星还要美丽,比明月还要皎洁。为了她的肉体,我愿意交出我的灵魂;为了得到她的爱,我宁愿不要天堂……"神父愤怒地把这个不可救药的罪人赶走了。渔夫来到市场上,提出把自己的灵魂卖给商人,但却遭到嘲笑:"人的灵魂对我们又有什么用呢?它连半个破银币也不值"。渔夫感到大惑不解,怎么神父和商人对于灵魂的看法竟有如此天壤之别。最后,他找到了一个女巫。在接受了女巫提出的苛刻条件之后,渔夫终于送走了自己的灵魂。当他跳入海水后,站在海滩上的灵魂一路哭泣着穿过沼泽走了。一年之后,他的灵魂来到海边呼唤主人,但年轻的渔夫对于他与美人鱼之间的爱情感到心满意足,断然拒绝了灵魂的渴求。又一年过去了,灵魂带着财富回来了,但渔夫说:"爱情比财富更重要,难道我还需要世界上的财富吗?"第三个年头过去了,灵魂又从陆地来到海边,它向主人描述了一个佩戴面纱,赤足跳舞的美丽少女,而且那地方离海滩只有一天的路程。年轻的渔夫想到小美人鱼没有脚,不能跟他跳舞,心里有些失落,于是答应去看一下,然后再回到爱人身边。欣喜若狂的灵魂赶紧进入渔夫的体内。在灵魂的诱惑下,渔夫一路上做了许多邪恶之事。然而当年轻的渔夫重新回到海边的时候,美人鱼早已消失不见了。两年过去了,住在海边的渔夫听见海洋中传来的哀号，他向岸边冲去，看见了小美人鱼，但却躺在他的脚下死去了。痛不欲生的渔夫抱着美人鱼，不顾灵魂的苦苦恳求，任凭黑色巨浪逐渐逼近，最后被海水吞没了。

《星孩儿》讲述的是发生在一个寒风刺骨的冬日夜晚的故事。两个穷樵夫在穿越一个大松林往家赶路时，看到从天上掉下来一颗非常明亮的星星，似乎就落在小羊圈旁边的一丛柳树后面。结果他们在雪地上发现了一个用金线斗篷包着的孩子。其中一个樵夫尽管家境贫寒，但仍然把婴儿抱回家中，交给妻子收养。这个星孩儿跟樵夫的孩子一块儿长大了，长得非常英俊，但他却变得骄傲、残酷和自私了。他没有了同情心，自认是其他孩子们的主人，把他们唤作奴隶。他甚至残酷对待那些瞎子、残疾人以及那些有病苦的人。铁石心肠的星孩儿不仅残忍地对待穷人和动物，而且不愿和化身为乞丐的母亲相认，并且无情地赶走了母亲，结果他的容貌变得像蛤蟆和毒蛇一样丑陋无比。此时的星孩儿才醒悟过来，他后悔莫及，决心不惜一切代价也要找到自己的母亲。在浪迹天涯的过程中，星孩儿饱尝了人间的辛酸、嘲笑和冷漠。在他怀着牺牲自我的善良之心帮助了小兔子和麻风病人后，他恢复了以往英俊的相貌，最终和自己的父母亲相认，并当上了国王。

第三节　反讽·颠覆·创新：王尔德童话的艺术特色

批评家对王尔德童话艺术的评论首先集中在他的两部童话集所体现的唯美主义文艺思想，以及它们对于非功利的意象美和形式美的极致追求。作为19世纪风行一时的异类文艺思潮，唯美主义艺术流派大胆对抗实用主义和功利主义潮流，致力于追求远离当代社会问题的纯艺术的"复杂之美"，不仅是对英国维多利亚时期的社会现实的反抗，而且是对文学思潮中的现实主义、浪漫主义、自然主义潮流的某些价值观的背离，所以它是一种"逆时代潮流的，张扬个体自由、崇尚个性发展的思潮"。正如王尔德所宣称的："艺术本身真正是一种夸张的形式；而代表了真正的艺术精神的艺术精品，则不过是强调再强调"。[①] 在王尔德看来，唯美主义探求的是在艺术中代表着永恒真理的东西，所以唯美主义可以视为对艺术中

---

① 《王尔德全集》第四卷，中国文学出版社2000年版，第337页。

的真理的探究，是对于超越庸俗真实的艺术真实性的追求。王尔德反对用迎合流俗的功利主义标尺来衡量艺术创作的价值，不遗余力地通过美丑对立，灵肉交战，善恶交织，舍弃自我，磨难升华的历程在自己的童话中塑造出一个个至爱、至美的形象。杰克·齐普斯认为，王尔德的童话是对圣经和经典童话的叙述风格、表现主题的重新利用和改造，以此表达作者基督教社会主义乌托邦的理想。[①] 由此而论，那些富有诗意和哲理的凄美结局既表达了作者追求基督教乌托邦的理想的破灭，也是王尔德唯美主义的一种归宿。当然，作者唯美主义叙事的后面仍然透露出敏锐的观察，对社会现实的控诉，对统治阶层和富人的冷酷残暴和功利自私的谴责，以及对贫困无产者和弱者的同情，对善良之人的自我牺牲精神的颂扬。王尔德的童话汲取了传统童话的三段式叙述模式，但作者唯美主义的叙述，包括其绚丽的文笔和细致入微的心理活动描写，以及凄美的结局等因素，使王尔德童话成为维多利亚时代晚期具有突出特质而别具一格的短篇童话小说。

另一方面，王尔德的童话在艺术本质上是对于维多利亚时期翻译引进的安徒生童话的回应和对话。就维多利亚时期的时代语境而言，欧洲经典童话的翻译引进极大地推动了英国童话小说的兴起。这些经典童话的译本为英国童话作家提供了必要的艺术借鉴，而且它们在英国深受读者欢迎的状况也使英国童话写作者受到鼓舞。事实上，对传统童话进行改写和重写、创作颠覆性童话和原创性童话小说成为英国现当代文学童话的主要创作模式。王尔德的童话独树一帜，在特定意义上是对安徒生童话做出的几个层面的回应。从1846年玛丽·豪伊特（Mary Howitt）首次翻译出版安徒生故事选《儿童的奇异故事》以来，到1870年，在英国至少出版了21个安徒生童话译本。随着安徒生童话英译本的流行，童话故事中会说话的物品和动物日益为人们所喜闻乐见。此外，安徒生童话特有的充满忧郁感伤的诗意气质，大胆抒发哲理和思想以及表露作者个人对社会的观察和看法，乃至呈现社会现状严酷写照的叙事，都对王尔德的童话创作产生了影响。首先，王尔德承袭了安徒生童话所体现的爱心、同情心和怜悯之心。无论是那只因长相特别而受到同伴嘲笑、侮辱的丑小鸭，那个在街头卖火柴的小女孩，还是那个爱上了人间的王子，但又为了所爱的人而牺牲自己

---

① Jack Zipes, *Fairy Tales and the Art of Subversion: The Classical Genre for Children and the Process of Civilization*, London: Heinemann, 1983, p. 119.

的小美人鱼，安徒生笔下的这些经典形象，一个多世纪以来，一直深深地打动着一代又一代小读者和大读者的心。这些形象对于王尔德产生了很大影响，并反映在他的童话之中。不同的是，王尔德将其转化为维多利亚时代的仁爱主题①，如《快乐王子》中，金质塑像将他的赤金部件捐献给穷苦之人；《自私的巨人》颂扬了无私才有博爱的道理；《夜莺与玫瑰》中的夜莺为了成全穷学生的爱情而献出了自己的生命，以及《忠诚的朋友》《星孩儿》《少年国王》等故事，都具有王尔德童话蕴涵的仁爱主题的凄美特征。

其次，王尔德童话在叙事的深层结构上是对安徒生童话的反讽性对话，并由此构建了一种独特的与传统童话的互文性关系。例如，《了不起的火箭》是与安徒生《补衣针》的一种对话。在安徒生的故事中，作为织补针的"年轻小姐"身体非常纤细，因而认为自己高贵典雅，与众不同。一开始她想象自己是一根绣花针，极不情愿为女厨的拖鞋做修补工作。在织补针折断后，女厨在针头上滴了一点封蜡，改作他用，这织补针又认为自己成了一根领针，并为此感到非常骄傲："我早就知道我会得到光荣的，一个不平凡的人总会得到一个不平凡的地位！"正当她得意非凡，骄傲地挺起身子时，猛然落到厨子正在冲洗的污水沟里，结果她宣称自己要去旅行了。迷了路的织补针继续保持着骄傲的态度，因为她知道她是一个"了不起的人"。她认为凡是与她为伍的人都应当是高贵的，所以把身旁的一块破瓶碎片当做一颗闪光的钻石，自我夸耀起来……。与安徒生纤细的织补针相比，王尔德笔下的火箭身躯高大，神态傲慢。尽管这出现在皇室婚礼上的"了不起的火箭"不过是烟花大家族中的区区一员而已，但他自视甚高，目中无人，而且总是自我中心，还要别人也为他着想。他多愁善感，无事烦恼，还要求别人欣赏他"多情的品行"，还说维持其一生的唯一事情就是想到自己要比别人优越得多。这种人格倾向与安徒生的织补针形成微妙的呼应。由于他多情的眼泪弄湿了身上的火药，无法点火升空了。当所有那些他瞧不起的穷亲戚们齐齐飞上天空，发出灿烂光芒，使人群发出快活的欢呼时，这毫无用处的傲慢者却变得更加傲慢了，他认定人们留着他是为了某个更盛大庆典的。当他被清理场地的工人

---

① 参见英国文学批评家曼洛夫对此所作的阐述，Colin Manlove, *From Alice to Harry Potter: Children's Fantasy in England*, Cybereditions Corporation 2003, pp. 34 – 35.

扔到墙外的阴沟，受到小动物们的数落时，他还宣称王子和公主是为他本人而举办婚礼的。两个小男孩把陷入淤泥中的火箭拾起来，放在柴火上烘烤。这了不起的火箭又感到非常兴奋，认为在大白天人人都可以看见他的光彩。但他不知道的是，在大白天的阳光下，没有人能看见他发出的火光。最后，只剩下一根木棍的火箭坠落在一只大鹅身上，他认为自己终于"创造了一个奇迹"。

《渔夫和他的灵魂》是对安徒生《海的女儿》的反写。《海的女儿》是最著名的安徒生童话之一，通过美人鱼对人类灵魂的向往并为此做出牺牲奏响了一曲追求理想的赞歌。"美人鱼"本可以无忧无虑地在美丽的海底世界生活三百年，但她为了追求人类"不灭的灵魂"而甘愿忍受巨大的痛苦，不惜以巨大的代价去获取人间王子的爱情。她把自己美丽的鱼尾换成一双人腿，她牺牲了美妙的歌喉，成了哑巴。尽管她的一切努力都付之东流，但她仍然矢志不渝，在面临最后抉择时还是选择牺牲自己，成全王子（她可以在王子新婚之夜刺杀王子，只要将人血溅到自己的腿上就能恢复人鱼的形态，回归大海）。这是爱的升华，是爱的最高境界。海的女儿把追求人的灵魂作为自己的最高理想并且为此牺牲自我，无疑是对人类灵魂的热情讴歌。而在王尔德的故事里，青年渔夫为了获得代表肉体之美的美人鱼，不惜一切代价要舍弃人类的灵魂，最终走上了放逐灵魂的不归路。他和安徒生笔下的美人鱼一样，为了自己的追求坚持不懈，至死方休。但两者是反向而动的，安徒生的美人鱼为获得王子的爱而不惜一切追求灵魂，王尔德的渔夫为获得美人鱼的爱而不惜一切地要抛弃灵魂。王尔德的故事明显是对安徒生故事的反讽性对话。

王尔德的《星孩儿》是对安徒生童话《丑小鸭》的一种反写。《丑小鸭》讲述一个偶然出生在鸭群中的天鹅如何历尽贬损和磨难，最终迎来命运的转机。丑小鸭是从一只遗留在牛蒡丛中的天鹅蛋里孵出来的，天生高贵，但因为他是母鸭从一堆鸭蛋中孵出来的，于是被看作一只极其丑陋的鸭子。丑小鸭一出生便开始了他的苦难历程。无论在鸭群还是鸡群中，丑小鸭都没有立足之地，被排挤，被讪笑，被殴打；走投无路的丑小鸭不得不独自流浪，历尽艰辛，好多次差点死于非命。他遇到的所有动物，包括鸡、狗、猫都根据各自的人生哲学来评判他，对他极尽鄙视、谩骂之能事。丑小鸭从夏天一出生便处于生存的险境，在经历了秋天的坎坷和严冬的劫难之后，丑小鸭终于迎来了春天。他可以展翅高飞了，他不再是丑小鸭,而是一只美丽洁白的年轻天鹅,加入了天鹅群的行列。在王尔德的故事里,星孩儿天生高贵,从天而降,上天似乎要让他在人间的贫寒之家经受磨练,以成堪用的经国大才。但星孩儿却走上了一条相反的道路,他自恃血统高贵,变得傲慢自大,自私自利。更糟糕的是,他竟然失去了基本的同情心,冷酷地对待那些瞎子、残疾人以及有病痛的弱者,而且残忍地虐待动物,这与传统童话的主人公特征是完全相悖的。传统童话的主人公之所以获得命运的转机在本质上靠的是纯真善良的本性。他(她)不受世俗偏见、权势,或所谓理性功利主义的摆布,尊重和善待大自然中的一切生命和事物,尤其是善待老者、弱者和各种弱小的动物。星孩儿在无情地赶走了化身为乞丐的母亲之后,他原本英俊的容貌变得像蛤蟆和毒蛇一样丑陋无比。震惊之后,星孩儿踏上了悔罪与救赎的艰辛路程,在历尽磨难之后恢复了善良本性,成长起来。然而星孩儿只做了三年的国王就去世了,因为他受的磨难太深,遭遇的考验太沉重。而他的后继者"却是一个非常坏的统治者"。这结局又是对传统童话的反讽式对话。

最后需要指出的是,王尔德童话具有明显的儿童本位和非儿童本位相糅合的双重性特征。作者创作童话的直接动因来自于为自己的两个儿子讲述故事,但这些形成文字后的童话故事明显具有成人读者才能领会和鉴赏的况味与意涵。细究起来,王尔德童话不仅包含着复杂的伦理道德意识、宗教救赎思想、基督教乌托邦理想,以及潜藏在象征主义表达后面的性意识(例如快乐王子与小燕子的同性依恋意识),以及对安徒生童话等经典童话的反讽式和戏谑式颠覆所构建的互文性,而且他的故事都是通过唯美主义的语言和复杂的画面色彩呈现出来。正如批评家所指出的,孩子们肯定更喜欢亨特尔和格莱特两兄妹的糖果屋,而不是王尔德先生的"昂贵的织锦挂毯"和"天鹅绒华盖",而且王尔德的措辞行文应当是针对成人读者的,几乎不适合儿童读者。[①] 而这正是王尔德本人所表白的,他的童话故事"既是写给孩子们,也是写给那些仍具孩子般好奇快乐天性的人们,以及能够在简单模式中体会出别样滋味来的人们"。[②] 维多利亚时期

[①] Beckson Karl, ed., *Oscar Wilde: The Critical Heritage*, New York: Routledge, 1997, p. 113.

[②] 奥斯卡·王尔德:《王尔德全集》(第五卷),苏福忠等译,中国文学出版社2000年版,第371页。

的优秀童话小说大多具有儿童本位与非儿童本位的双重性特征,如"爱丽丝"小说的后现代主义文学因素,《柳林风声》的散文性因素,等等,都产生了深远的影响。王尔德童话的唯美主义艺术特征和它与传统童话的互文性关系无疑具有鲜明的别样气质,这也是王尔德童话的创新,是对英国童话小说艺术所做的独特贡献。

第十二章

追寻梦幻岛：J. M. 巴里和他的《彼得·潘》

第一节 生平简述

在英国文学史上，永不长大的彼得·潘与永远的爱丽丝一样，已经成为西方文化的童年偶像。创造彼得·潘这个偶像的就是来自苏格兰的剧作家、小说家、散文家詹姆斯·马修·巴里（James Matthew Barrie, 1860–1937）。

J. M. 巴里于 1860 年 5 月 9 日出生于苏格兰安格斯郡基里缪尔村。这里位于苏格兰东南部低地，东濒北海，北望阿伯丁，依山傍海，不仅景色秀丽，而且气候宜人。深受浓郁的苏格兰民间文化浸染的巴里在日后的创作中表现出特有的苏格兰"田园风味"。J. M. 巴里的父亲戴维·巴里（David Barrie）是村里的一名织工。母亲玛格丽特·奥格尔维（Margaret Ogilvy）负责操持家务，养育孩子。这是一个大家庭，在家里的 10 个兄妹中，J. M. 巴里排

J. M. 巴里[①]
(James Matthew Barrie, 1960–1937)

[①] J. M. Barrie—150 years, Photograph in School Librarian Spring 2010: 19. Also see from Literature Resource Center. Web. 20 July 2012.

第十二章 追寻梦幻岛:J. M. 巴里和他的《彼得·潘》

行第9。父母对于孩子们的教育非常重视,10个孩子先后就读于镇上最好的小学,以求将来能有更好的职业发展。每天晚上,孩子们总是在母亲讲述的精彩故事的陪伴下进入梦乡。这些故事有的来源于她儿时在乡间的亲身经历,有的是她从长辈那里听来的奇闻异事,还有取自《金银岛》《鲁滨逊漂流记》《天路历程》等历险小说的故事。J. M. 巴里从小天资聪颖,对母亲讲述的故事熟记于心,随后便在自家的洗衣房里与邻居小伙伴们分享这些故事。这是 J. M. 巴里度过的一段无忧无虑的童年时光。然而好景不长,就在 J. M. 巴里6岁那年,父亲不幸因病去世,抚养全家的重担落在母亲肩上。随后又发生了一个悲剧,使这个家庭雪上加霜:1867年1月的一天,J. M. 巴里的大哥亚历山大、二哥戴维、姐姐玛丽一起到冰冻的湖上溜冰时,二哥戴维不慎摔倒在冰面上,头部着地,不幸身亡。二哥戴维平常最受母亲宠爱,这一惨祸对于她是一个巨大的打击。J. M. 巴里在日后为母亲写的传记《玛格丽特·奥格尔维》(*Margaret Ogilvy*, 1896) 中有这样的记述:"戴维死后,她苦苦挣扎了整整29年,她不相信这是真的。多少次我从门缝向屋里看去,发现她独自一个坐在椅子上低声抽噎"。在这场悲剧发生后的几个月里,母亲沉浸在巨大的悲痛之中,快乐似乎离这个屡遭不幸的家庭渐行渐远。[①] 为了安抚母亲,J. M. 巴里会把从别处听来的笑话和一些富有感情的小故事讲给她听。有时候,J. M. 巴里会穿着戴维生前的衣服出现在母亲面前,以减轻母亲的痛苦。不过母亲始终认为戴维并没有离开她,他永远"活"在她的生活之中——在母亲眼中,戴维就是一个永远长不大的孩子。

从1873年到1878年间,J. M. 巴里因故辗转就读于格拉斯哥中学、富法中学及敦福莱中学。在上学期间,J. M. 巴里患了一种罕见的"心因性侏儒症",从此停止了生理上的发育。由于这个原因,J. M. 巴里直到年老离世时身高始终停留在1.62米。这样的身高使他周围接触的女孩子对他敬而远之。不过课外的时光总是美好的,巴里不仅参加了敦福莱中学的校足球队,而且积极参加学校每月举办的演讲大赛和辩论赛。更重要的是,他和热爱戏剧的几个伙伴一起组织了"戏剧俱乐部"。一有时间,几个孩子就到学校附近的莫特·布拉伊(Moat Brae)大宅外的公园里玩

---

① Andrew Birkin, *J. M. Barrie & The Lost Boys: The Love Story that Give Birth to Peter Pan*. New York: Crown Publishers. 1979. p. 5.

"冒险"游戏。那时,巴里深深地迷恋上了扮演海盗这一角色,而他扮演最多的就是《奥德赛》和《金银岛》中的海盗。如果中学时代还算是快乐的话,那么巴里的大学生活则充满了孤独和忧伤。1878年,本打算做一名自由作家的J.M.巴里在家人的极力劝说下到爱丁堡大学读书。巴里在陌生的城市爱丁堡没有什么亲朋好友,再加上身高的缺陷,不愿与人结交,他逐渐变得郁郁寡欢。不过,在大哥亚历山大的帮助下,他勤学苦读,最终顺利拿到爱丁堡大学文学学士学位。大学毕业后,巴里曾辗转奔走于诺丁汉市和家乡之间。这期间,他通过给杂志社撰写书评和剧评在当地小有名气。1885年,事业未成的巴里决定前往伦敦。在美丽的泰晤士河畔,他暗下决心要成为一个著名的作家。一开始,他被《泰晤士报》聘为专职撰稿人,每月能拿到20英镑的薪水。经过几年的辛勤努力,J.M.巴里获得了不小的成功,他的名字也不断出现在伦敦各大报刊杂志的评论版面上。1888年,他的"田园三部曲"出版后受到读者追捧,他终于成功地跻身于有名气的畅销职业作家的行列。成名后的巴里在伦敦先后结识了杰罗姆·K.杰罗姆（Jerome K. Jerome）、H.G.威尔斯（H. G. Wells）和柯南·道尔（Arthur Conan Doyle）等著名作家。1890年,作为一名狂热的板球爱好者,巴里将爱德华时期几位最著名的作家聚在一起创办了一个板球俱乐部。一战爆发后,俱乐部的会员们各奔东西,俱乐部也自动解散了。

1891年,J.M.巴里与女演员玛丽·安塞尔（Mary Ansell）在演出他本人创作的戏剧《漫步伦敦》时相识,日后往来愈加频繁。1893年,巴里因一场大病卧床不起,玛丽一有空闲就来到他身边悉心照顾,两人继而陷入爱河。1894年7月9日,巴里与玛丽回到苏格兰老家正式举行了婚礼,婚后两人前往瑞士度蜜月。巴里非常喜欢小说家乔治·杜穆里埃（George du Maurier）的爱情小说《彼得·艾伯特逊》（*Peter Ibbetson*,1891）,书中描写了一条忠诚的圣伯纳德犬波索斯（Porthos）。蜜月归来之际,巴里特意将一条圣伯纳德犬作为新婚礼物送给妻子,起名"波索斯",它后来成为《彼得和温迪》中"保姆"娜娜的原型。遗憾的是,夫妇两人婚后一直膝下无子,感情也因此而日趋平淡。1898年,巴里夫妇搬到伦敦肯辛顿公园附近的一所公寓居住。肯辛顿公园是伦敦市内的一座皇家园林,毗邻海德公园,园内芳草清香,一片幽静雅致。已成为职业作家的巴里在创作疲劳之后,总要带着爱犬"波索斯"到肯辛顿公园去散

第十二章　追寻梦幻岛：J. M. 巴里和他的《彼得·潘》　259

散步，呼吸一下新鲜空气。有一次，巴里看到两个小男孩正在公园里"开战搏斗"：一个扮演王子，一个扮演囚徒，两人你来我往，活灵活现，非常投入，完全沉浸在他们自己的幻想世界当中。"大男孩"巴里忍不住走上前去，与两个孩子交谈几句后便加入了他们的"战斗"。从此以后，巴里就成为这两个孩子最好的朋友。他们约好每天在肯辛顿公园见面，然后开始进行一场又一场的"历险行动"。再后来，巴里在一个晚宴上偶然遇见了孩子们的母亲西尔维娅·杜穆里埃（Sylvia du Maurier）和孩子们的父亲，著名的律师乔治·路威林·戴维斯（George Llewellyn Davies）。随后巴里成为戴维斯一家的常客。在接下来的五年里，戴维斯家中又增添了三个男孩，于是肯辛顿公园里的"战场"变得更加热闹了。在肯辛顿公园里，巴里与五个孩子一起游戏，分别扮演海盗、印第安人以及迷失的孩子等角色，玩得非常快活。这段难忘的经历为巴里日后创作《彼得和温迪》（Peter and Wendy）提供了灵感和素材。1904 年 12 月 27 日，巴里迎来了作家生涯的一个顶峰，根据小说《小白鸟》改编的戏剧《彼得·潘或永不长大的小男孩》（Peter Pan, or The Boy Who Would Never Grow Up）首演之后引起巨大轰动，巴里一时间成为伦敦戏剧的代言人。

然而对于戴维斯一家，噩梦接连降临。1907 年，几个孩子的父亲因患癌症去世。此后，巴里主动承担起抚养五个孩子的费用。与此同时，巴里夫妇之间的感情也出现了问题。1909 年，妻子安塞尔正式提出离婚请求，一段婚姻终于走到了尽头。同年，几个孩子的母亲西尔维娅也患上了癌症，一年后不治而逝。就这样，这五个从 7 岁到 17 岁的孩子们接连失去了双亲，巴里义不容辞地承担起抚养他们的义务。1911 年，巴里创作的小说《彼得和温迪》出版，当即受到广大读者的喜爱，巴里的事业又登上一个新的巅峰。巴里将作品的收入主要用于五个孩子的生活和教育。孩子们的母亲西尔维娅去世后的第二年，巴里在苏格兰赫布里底群岛（Hebrides）租下了一座城堡，以便在夏天时节可以让孩子们到海边度假游玩。1913 年，英国皇室为巴里颁发了非世袭制的男爵爵位（1st Baronet），也正是在这次典礼上，巴里发表了那篇著名的演讲《勇气》（Courage）。1919 年，巴里担任圣安德鲁斯大学校长。1922 年，英国皇室为巴里颁发"功绩勋章"（Order of Merit），以嘉奖巴里在文学和艺术方面做出的杰出贡献。1928 年，J. M. 巴里接替前任托马斯·哈代成为新一届英国作家协会主席。一年后，巴里对公众宣布，在他离世之后，《彼得·潘》

的版权将无偿转让给伦敦奥蒙德大街儿童医院。1930年，巴里担任母校爱丁堡大学的校长。同年，巴里回到故乡基里缪尔投资兴建了一座板球展览馆和一家高级摄影馆。1933年，巴里再次返乡参加一年一度的乡村集会，这也是他生前最后一次造访故乡。1937年6月19日，巴里因患肺炎在伦敦逝世，享年77岁。J. M. 巴里的遗产除了留给路威林家的孩子们，余下的全部留给了秘书辛西娅。作为皇室册封的男爵，一个在英国文坛和社会具有重要影响的杰出作家，J. M. 巴里完全可以在去世后被安葬于伦敦威斯敏斯特大教堂的"诗人角"，但他选择了回到苏格兰故乡陪伴自己的亲人：长眠于家乡基里缪尔的父亲的墓旁。

第二节　创作生涯

J. M. 巴里最初的文学创作始于中学时代。在敦福莱中学读书期间，13岁的J. M. 巴里阅读了大量的文学作品，他最喜欢阅读的作品包括英国小说家罗伯特·巴兰坦、法国小说家儒勒·凡尔纳以及美国小说家詹姆斯·库珀的历险类故事。在校期间，巴里第一次观看到专业的戏剧表演。激动之余，他挥笔创作出自己人生中的首部戏剧《班多来罗大盗》（*Bandolero, the Bandit*, 1877）。剧中的两个大盗坎普（Gamp）和本肖（Benshaw）不同于一般的反面人物，他们时好时坏，不再是传统意义上的"坏人"。遗憾的是，该剧一上演就遭到神职人员的谴责，被认为是"一部极不道德的作品"。不过，该剧被伦敦的几家报社看中，最终以连载形式刊载于报纸版面。进入大学校园后，J. M. 巴里阅读了大量小说与戏剧作品，进一步打下了坚实的写作基础。大学毕业后，他逐渐走上了职业文学创作道路。有一次，姐姐简无意间在《苏格兰人报》（*The Scotsman*）上看到一则有关《诺丁汉晚间邮报》（*Nottingham Evening Post*）招聘实习记者的广告，于是建议巴里去试一下。就这样，巴里在《诺丁汉晚间邮报》做了整整一年半的实习记者。在此期间，巴里写出了多篇精彩的书评和剧评，赢得了广大读者的喜爱。实习期结束后，巴里回到故乡基里缪尔村寻找写作灵感，他打算用苏格兰盖尔语对一个乡村题材的小故事进行扩充叙述。故事中的"斯拉姆镇"（Thrums）就是以基里缪尔村为原型构思的。巴里将稿件投寄至伦敦的《蓓尔美街官报》（*Pall-Mall Gazette*），很快便得到了编辑的亲笔回信，信中称，"我对苏格兰的一切都非常感兴趣，还能再写一些吗？"从那以后，巴里创作的故事屡见报端，这也为巴里后来创作发表"田园三部曲"，即《古灯颂》（*Auld Licht Idylls*，1888）、《斯拉姆的窗》（*A Window in Thrums*，1890）和《小牧师》（*The Little Minister*，1891）奠定了坚实的基础。对于这个初出茅庐的文坛新人，批评家的评论显得十分苛刻。他们主要批评巴里的小说目光短浅，范围仅限于描写苏格兰的乡村故事，与当时英国文坛的现实主义小说潮流格格不入。客观地看，工业化之后的英国文坛不应当拒绝这类回归田园生活的怀旧性叙事作品，事实上这种题材和写法就是巴里初期作品热销的主要原因。

来到伦敦成为《泰晤士报》的专职撰稿人之后，巴里相继出版了小说《伤感的汤米》（*Sentimental Tommy*，1896）和《汤米与格里兹》（*Tommy and Grizel*，1900）。前者讲述了一个渴望回到童年的年轻人的悲剧故事，后者主要是一个关于格里兹与汤米的爱情故事。1900年以前，巴里的戏剧创作没有多大成就，仅有的三部作品《易卜生的鬼魂》（*Ibsen's Ghost*，1891）、《理查·萨维奇》（*Richard Savage*，1891）和《简·安妮》（*Jane Annie*，1893），在观众和批评界也反响平平。此后，巴里将写作重心转移到戏剧创作上。《特色大道》（*Quality Street*，1902）讲述一位少妇甘愿为服役的军人丈夫永守贞节。多年后丈夫退役还乡，她装扮成一位美丽的年轻女子来引诱丈夫，以检验他对自己的爱情是否依然忠诚。在《孤岛历险记》（*The Admirable Crichton*，1902）中，一个贵族家庭的成员乘船在海上航行时遭遇风暴，结果流落到一个杂草丛生的荒岛上。原先趾高气扬，高高在上的公子小姐们一时惊恐万状，慌乱不堪，全靠家中的大管家克赖顿挺身而出，带领众人在这个远离文明的荒芜孤岛上求生保命，最终得以安全返回英国。1904年12月27日，在被誉为"戏剧界的拿破仑"的查尔斯·弗洛曼（Charles Frohman）的帮助下，J. M. 巴里的新剧作《彼得·潘》（又称《永不长大的小男孩》）（1904）在伦敦约克公爵剧院首演。该剧以"路威林·戴维斯"家的几个孩子为人物原型，在小说《小白鸟》（*The Little White Bird*，1902）的基础上改编而成。该剧的演员全都是巴里本人精心挑选的。演出从一开始就紧紧抓住了观众，跌宕起伏的剧情，精彩幽默的对白，加上演员们生动的表演，让整个演出高潮迭起，掌声如潮。最令人难忘的戏剧性高潮出现在小仙子廷克·贝尔（Tinker Bell）舍命营救彼得·潘的那一幕。抢先替彼得·潘喝下毒药的小仙子像一片美丽的树叶缓缓倒下，这时，出演彼得·潘的女演员妮娜·波西考特（Nina Boucicault）朝着台下的观众高声喊道："你们还相信精灵的存在吗？你们还相信童话吗？如果你们还相信的话，就请大声地鼓掌吧！"剧场内掌声顿时雷鸣般响起，所有人都希望用自己的掌声唤醒小仙子。在全场观众的掌声中，小仙子终于活过来了！整个演出获得了极大成功，《彼得·潘》一夜之间轰动整个英国，从此成为英国舞台上最经久不衰的剧目之一。著名剧作家萧伯纳（George Bernard Shaw）激动地说："很明显，这部作品不仅是儿童的节日，它还唤起了成人的无限反思。"两年后，根据这部剧作改写的《肯辛顿公园的彼得·潘》（Peter Pan in Kensington Gardens）以童话小说的形式出版发行。

1911年，经过再次加工、改写，巴里的小说《彼得和温迪》出版，这部作品与它之前的《肯辛顿公园的彼得·潘》相比，内容更加紧凑，语言更加精炼，并且在结尾增加了"温迪长大了"一章。多年来巴里笔耕不辍，新作不断，备受好评。巴里晚年发表的作品主要有小说《每个女人都知道的》（What Every Woman Knows, 1917）、《芭芭拉的婚礼》（Barbara's Wedding, 1918）和《战争的回响》（Echoes of the War, 1918），戏剧《玛丽·罗斯》（Mary Rose, 1920）、《让我们与女士共舞》（Shall We Join the Ladies? 1921）以及《男孩戴维的故事》（The Boy David, 1936），在表现主题上更倾向于缅怀过去的美好时光和对人性的哲学思考。

第三节　作品概览

巴里的文学创作从维多利亚时代一直延续到爱德华时代。1901年，在维多利亚女王去世后即位的爱德华七世（1841—1910）将英国带入了"爱德华时代"（The Edwardian Age）。爱德华国王本人具有亲和力，而且是一位不折不扣的"老顽童"，虽已年过花甲，但依然保持着任性、贪玩的秉性，富有冒险进取精神。此时随着时代的进步，普遍困扰英国社会的儿童健康状况（许多贫困家庭的孩子作为童工在工厂及作坊劳动中受尽摧残，他们的营养状况也一直处于较低水准）和社会福利问题得到一定程度的改善。许多学校开始提供免费的有营养的食堂用餐，医疗保健系统也相继建立起来。在这样的社会背景下，爱德华时代相继出现了大批出色的幻想小说作家。与维多利亚时代的儿童幻想小说有所不同，这一时期的小说家们不但保持着对于童年的向往，而且对幻想世界进行了更加深入的探索，包括科幻因素和恐怖因素的融合，许多作品具有很强的超验色彩。尽管如此，J. M. 巴里仍然延续着在维多利亚时期形成的风趣诙谐的创作风格，同时也融入了爱德华时期许多作家寻求人性探索的象征隐喻，而追寻永恒的童年仍然是巴里进行创作的重要主题。从维多利亚时代开始，作为苏格兰幻想小说代表性作家，巴里在采用苏格兰方言进行小说创作的过程中继承了苏格兰方言文学的叙事传统。他的早期作品侧重于描写苏格兰农村风貌和乡土人情，文字间透露出一股清新而质朴的田园情趣。由此他与麦克拉伦（Ian McLaren）和克罗克特（Samuel Rutherford Crockett）等一批用方言来描写苏格兰田园生活的苏格兰本土作家在 19 世纪末期共同开创了具有乡土特色的"菜园派"文学创作运动。这段时期的文学积累为巴里日后创作幻想小说打下了坚实基础。进入爱德华时代之后，巴里致力于创作当时比较流行的能够上演的戏剧作品。值得注意的是，巴里巧妙地将爱德华时期"男人都是长不大的男孩"这一流行观念融入自己的作品之中，同时还加入了神灵（如彼得·潘和迷失的男孩）和科技（如长枪、大炮）因素。

J. M. 巴里一生创作了 28 部小说和 40 部戏剧作品，还有许多散文及演讲稿。从总体上看，巴里的创作活动跨越维多利亚时代和爱德华时代，正好可以划分为两个阶段。前一阶段从 1877 年到 1900 年，作者主要致力于田园小说的创作；第二个阶段从 1900 年开始，巴里将主要精力投入戏剧创作，然后将上演后受到欢迎和好评的剧作改写为小说出版。在这些剧作中，作者以诙谐的笔触对现实社会进行讽刺，同时也透露出对社会现实的深刻反思。值得一提的是，他的许多作品从灵感到素材都直接取自于现实生活，包括"汤米小说"系列和"彼得·潘"系列。这些作品表现了几个基本主题：患难中的爱情、追求永葆童真和英国社会阶级歧视问题等。

1891 年出版的《小牧师》以 19 世纪 40 年代的苏格兰农村为背景，讲述了一段曲折的爱情喜剧。牧师加文被派到斯拉姆村的"古灯"教堂任职。一个出身贵族家庭的女孩芭比乔装成一个吉卜赛女孩混入当地村民当中，试图通过自己的努力帮助村民摆脱当地恶霸林图的压迫。一开始，加文对伶牙俐齿的芭比感到非常厌恶，但日久见人心，他逐渐发现芭比是个内心非常善良的姑娘。随着了解的加深，两人相爱了。然而在那个年代，这样的爱情引起了许多村民的反感，加文牧师在教堂的职位也变得岌岌可危。最终，芭比向大家公开了自己的真实身份，在大家的共同祝福中，两个有情人终于结合在一起，过上幸福的生活。

1896年发表的《伤感的汤米》讲述的是关于汤米的故事。作为一名具有天赋的演员，汤米的演艺得到了当地人的普遍认可。不过他的个性非常突出，过于追求自我实现，一心一意向往回归童年。在它的续集《汤米和格里兹》中，汤米来到伦敦，几经努力成为一名职业作家。汤米儿时的伙伴格里兹小姐已是一个美丽成熟的女人，她向汤米伸出了爱情的橄榄枝，然而汤米童心依旧，不愿同一个成年女人谈恋爱，至于结婚成家就更别提了——他还是以前的那个"伤感的汤米"。无法面对现实的汤米饱受折磨，结果导致了精神崩溃，他哀叹道："这个世界上要是只有小男孩和小女孩就好了！"格里兹小姐终于认识到，尽管汤米经历了多年的人世沧桑，但他的内心却永远停留在一个小男孩的状态之中。万般无奈的格里兹如此叹道："强求一个小男孩去恋爱是多么无情的举动啊！"在小说的结尾，汤米用一根铁钉结束了自己年轻的生命。这部小说在很大程度上是巴里和妻子之间以及与西尔维娅之间感情纠葛的真实写照。故事中的格里兹小姐的性格可以看作是他妻子玛丽和西尔维娅的混合体：在外貌上，格里兹小姐具有西尔维娅楚楚动人的身姿，还有"一双会说话的、流露真情的水汪汪的大眼睛"；而在巴里的家庭生活中，妻子玛丽的重要性已经逐渐被路威林·戴维斯一家所取代。

"彼得·潘"系列作品是 J. M. 巴里的传世之作，包括童话小说《小白鸟》（*The Little White Bird*，1902）、剧作《彼得·潘》（*Peter Pan, or The Boy Who Will Never Grow Up*，1904）、童话小说《肯辛顿公园的彼得·潘》（*Peter Pan in Kensington Gardens*，1906）、小说《彼得和温迪》（*Peter and Wendy*，1911）。《小白鸟》由三部分组成，第一部分的灵感来自于现实生活中巴里与乔治·路威林之间的友谊。故事以第一人称叙述，主人公 W 船长是一位颇具绅士风度，但孤独怪诞的单身男士。他是一个职业作家，平常总爱牵着一条名叫"波索斯"的大狗在肯辛顿公园散步。他始终希望有一个儿子（在巴里的现实生活中，他和妻子一直没有生育子女），他甚至把儿子的名字都取好了（蒂莫西）。后来，W 船长无意间卷入了一对年轻夫妇的生活圈子。一天晚上，W 船长在街头偶遇那位丈夫。几句对话之后，那人嘲笑他是一个无家可归的流浪汉，而且他还神气十足地告诉 W 船长，妻子为他生了一个名叫"戴维"的男孩。听了这些话，W 船长心里很不是滋味，于是谎称他也有一个儿子，名叫蒂莫西。然而有一天，W 船长亲眼看见戴维的母亲拿着家里的物品到当铺抵押以换取生活费用，他明白了这家的真实情况。于是，他暗自去见戴维的父亲，声称自己的"儿子"蒂莫西不幸遇难，他要把"儿子"余下的衣物送给戴维。戴维的母亲玛丽发现 W 船长与儿子戴维十分友好，两人结下深厚友谊，于是邀请 W 船长到家中做客。W 船长欣然接受了玛丽的邀请，从此成为玛丽家中的常客。随着戴维一天天长大，W 船长几乎把戴维当作了自己的亲生孩子。在第二部分中，作者将故事场景带回到肯辛顿公园的幻想世界。巴里声称，"所有孩子刚生下来都是小鸟，他们之所以被关在屋内或躺在摇篮车里都是因为他们忘记了自己本来拥有能够飞出窗外的翅膀"。在某一天，一个叫彼得·潘的小男孩出生了。当天晚上，半人半鸟的彼得·潘就从家中的窗户飞了出去，降落在肯辛顿公园蛇形湖的中央岛上。在那里，他遇见一只所罗门乌鸦，被告知说，他现在的状态已经很难再飞回家了。于是，彼得·潘便成了一个自由自在的流浪儿。白天，他时常在树枝上的鸟巢里望着树下玩耍的孩子们；到了深夜他就在公园里同仙子们一道嬉戏。在此期间，他还从仙女们那里学会了不用扇动翅膀也可以飞行的技巧。有一天，彼得·潘突然想家想得太厉害了，于是在当天晚上飞到自己的家门外。透过窗户，他看到妈妈在屋内伤心地抽泣流泪，感到非常愧疚的彼得·潘不忍心看妈妈流泪便转身飞走了，毕竟肯辛顿公园那自由自在的生活对他具有极大的吸引力。然而当他再次飞回来看望妈妈时，那扇窗户却已经被永久地关上了，躺在自己小床上的是一个新出生的婴儿。深感沮丧的彼得·潘飞回了肯辛顿公园。从那以后，他发誓再也不相信人类的母亲。这个部分的精彩内容成为日后《肯辛顿公园的彼得·潘》的雏形。小说的第三部分又把读者带回伦敦平静的生活之中。

与《小白鸟》同年的《孤岛历险记》（又名《可敬的克赖顿》，1902）是一出以荒岛生存为题材的喜剧。该剧讲述了发生在管家克赖顿与主人劳埃莫一家之间的富有戏剧性的传奇故事。劳埃莫一家乘船出海游玩，不料遭遇航船失事，所有人都被困在一座荒岛上。面对艰险恶劣的生存环境，管家克赖顿挺身而出，带领一帮惊恐万分、不知所措的公子小姐们在荒岛上谋求生存。在他的带领下，这群落难之人很快就安顿下来，找到了生存下去的方法，克赖顿也成为大家的主心骨和理所当然的首领。在此期间他还获得了劳埃莫女儿的爱情。在荒岛上，过去的主仆之间的尊卑关系不复存在，大家都平等相待。正当昔日管家与主人之女即将在岛上举行婚礼之际，营救船只抵达海岸，将岛上的所有落难者带回英国。返回英国之后，这家人的生活又恢复了往日的平静，但管家克赖顿却无法平静下来。他又成为俯首听命的管家，他与主人之女的成婚之事自然遭到断然否决。他不能接受如此惨淡的现实，每天都在怀念在荒岛上当首领的日子。该剧把奇异的想象与对当时英国等级社会现状的辛辣讽刺融合起来，显示了作者奔放的想象力和高超的写作技巧。

最后还应提到巴里晚年出版的小说《亲爱的布鲁图斯》（Dear Brutus, 1917）。故事揭示了这样的主题：哪怕能够获得改正错误的机会，人类也会出于本性而重蹈覆辙。在一个仲夏之夜，有八位客人应邀前往洛布家中参加一场丰盛的晚宴。当地一直流传着一个神秘的传说：在每年的这个时候，村外的一片空地上会出现一个魔法黑森林。一旦有人误入其中，便会遭遇各种各样的灵异事件。那天晚上，在酒足饭饱之后，主人洛布带着这八位醉醺醺的客人走进了魔法森林。刚一进入森林，那八个人好似突然遭遇魔法，顷刻间忘记了自己在现实社会中的真实身份，他们面临着新的一轮人生选择。令人意想不到的是，过去的小偷仍然选择去干偷盗之事；过去的好色之徒仍然选择去调戏女人；过去患抑郁症的人仍然选择整日沉默寡言。作者由此提出了这样的疑问："我们生活在现实中的人物和那些文学作品中的人物真的有可能改变自己吗？"答案是否定的，因为他不无悲观地认为，人类在内心深处对欲望的控制力根本压制不住欲望之火的迸发。人们一旦陷入犯错的歧路，就很难回头，重新做人。

莎士比亚说过，整个世界是个舞台，所有的男男女女都不过是演员而已，他们都有下场的时候，也有上场的时候。一个人在一生中要扮演许多角色。① 的确，岁月如歌，人生如戏，但要真正演好人生重要阶段的戏并不容易。1922 年，在就任圣安德鲁斯大学校长时，J. M. 巴里发表了一个题为《勇气》（Courage）的就职演说②，这实际上是他对自己的人生观或

---

① William Shakespeare, *As You Like It*, Act II, Scene. vii.
② J. M. Barrie, *Courage: The Rectorial Address Delivered at St. Andrews University May 3rd 1922*, London: Hodder and Stoughton, 1922.

生命哲学的阐发，也是对莎士比亚的人生观的一种回应。巴里将人生分为三场大戏。第一场，人类从出生到步入社会之前；第二场，在进入社会后人类进入了长眠状态，这段时间也成为"缺失的记忆"；第三场，人类从睡梦中惊醒，这时才开始回顾自己曾经走过的人生之路，发现更多的是哀叹和懊悔。实际上，第二场戏的时间跨度是最长的，巴里的分类是希望告诉"失忆"的人们，一定要努力发现人生第二场大戏的价值，而不要迷失在忙忙碌碌的奔波中，陷入一个阴暗、盲目而又功利的社会"黑洞"或"深渊"。人类应该寻求真正的自我，要有敢于冒险的勇气。他告诫人们，当心被世俗功利的社会所吞噬，不要一心只追求事业的功成名就，而要追求人生的精彩："通常，我们绝大多数人都过分地追求微小的既得利益，而这些利益在我们浩瀚的人生海洋中往往是微不足道的。精彩的人生与显达的事业永远不可兼得。事业本身只是表面现象，而人生中的精彩时刻才是最宝贵，最深刻的。人们一生中遇到的机会其实并不多，有时做了决定之后再反悔就来不及了。就好比彼得·潘飞出窗外后，窗子永远不会为他再次打开一样"。① 同时，巴里还强调了勇气的重要性。他鼓励人们要敢于面对坎坷的人生，这样的人生才会变得更有意义。有时候，机会也许并不是最重要的，但是人们应该主动去构建自己的生活而不是被生活所操控。总之，巴里强调人生要淡泊名利，要冲破传统思想的束缚，敢于走自己的路，追求精彩。只有这样，每个人才能演好自己的人生大戏，使生命的价值发出精彩的光芒。

第四节 追寻梦幻岛："彼得·潘"系列综论

大多数文学作品的读者对于所阅读作品的主人公都不会像文学批评家一样从特定的视角去细究。不过"彼得·潘"系列中的主人公究竟是谁却是一个引发争议的问题。该小说最初的书名是《彼得与温迪》，按一般看法，作者的本意是将彼得和温迪两人都当作小说的主人公。而在数年之后，小说标题被简化为《彼得·潘》。这也许是作者感觉彼得·潘这个主要人物的性格特点过于鲜明，因此有必要将温迪这个人物的名字从书名中省去。瑞典学者玛丽亚·尼古拉耶娃（Maria Nikolayeva）在《儿童文学

---

① J. M. Barrie, *The Entrancing Life*, London: Hodder and Stoughton, 1930, pp. 18–20.

中的人物修辞》一书中提出，貌似简单的标题人物具有复杂性，而《彼得·潘》等作品的标题人物其实并不是真正的主人公。她说，"仔细研究《彼得·潘》、《玛丽·波平丝》和《长袜子皮皮》后我们发现，标题人物并不是主人公，他们仅仅是催化剂，促生了故事，并且让真正主人公的生活充满令人感兴趣的事（有时是冲突）"。① 她认为按照发展与变化的标准来看，标题人物彼得·潘也不是小说的主人公，因为他没有变化发展，完全生活在时间之外，而且他想方设法让其他人在梦幻岛享受永远的童年来阻止他们的成长。② 这一看法是有道理的，但不能绝对化。在特定意义上，彼得·潘将温迪带到梦幻岛的冒险历程与《西游记》中孙悟空保护唐僧上西天取经的冒险历程非常相似，两者所起的作用也很相似。他们都像催化剂一样引发主要的事件，而大多数人依然认为《西游记》的主人公是孙悟空而非唐僧。当然，从叙事角度来看，温迪可以作为小说的主人公，因为她和彼得·潘一样是整个事件的主要经历者；但从人物塑造来看，彼得·潘丰满的人格塑造、强大的生命力量以及频繁的出场率都远远高于温迪，他应该是小说当仁不让的主人公。

在小说叙事方面，首先，《彼得·潘》采用了"作者观察"这一维多利亚和爱德华时代常见的小说的典型叙述方式。一般情况下，叙述者不需要介入故事情节，只作为旁观者描写所见所闻之事，近似于白描。但巴里并不仅限于此，他既是叙事的观察者，又像是读者的伙伴在讲述事情的经过，从而拉近了与读者的距离。例如，作者在讲述迷失的男孩们一个个在丛林中走过的情形时，这样写道，"我们现在假设就埋伏在甘蔗林里窥视他们，他们排成一排，手握刀柄，悄然无声地走过森林"。再比如，作者描写迷失男孩图图在受到小仙子误导后一箭射中了温迪，"但愿他能听见我们说话就好了，不过我们真的不在岛上"。其次，作者先写现实，然后以实写虚，再由虚返实；故事从现实的家庭生活开始，然后进入幻想奇境，再由幻想奇境回到现实生活，这也是作者的叙事镜头在托尔金所言的"第一世界"（The Primary World）与"第二世界"（The Secondary World）之间的转换。梦幻岛应当属于典型的"第二世界"，那里生活着迷失的男

---

① 玛丽亚·尼古拉耶娃：《儿童文学中的人物修辞》，刘洊波、杨春丽译，安徽少年儿童出版社2010年版，第51页。
② 同上书，第65页。

孩、凶恶的海盗、印第安部落成员以及在这个"永无岛"上生长的各种奇特的动植物（如永无鸟和永无树等）。正是在这个童话奇境里，彼得·潘的冒险经历才得以完美呈现。小说的主要情节发生在"第二世界"，但是"第一世界"的社会制度严重地介入了"第二世界"中。总体而言，巴里创造的梦幻岛是一个提供精神慰藉的避难所。

小说中还出现了"圆形意象"的图式结构。其中最明显的是各种人物（包括野兽）在梦幻岛的环形历险路线，通过环环相扣的追踪关系，彼得·潘、迷失的男孩、海盗、印第安猎人和野兽等形成了"食物链"式的环形结构，所有人、兽都以相同的速度在不停运动："迷失的男孩们追寻着彼得，海盗追寻着迷失的男孩们，印第安人追寻着海盗，野兽追寻着印第安人。他们围绕着海岛转了一圈又一圈，可是谁也没有碰上谁，因为他们行走的速度是相等的"。[①] 在永无岛，圆形似乎象征着时间的永恒和威严。一个人无论怎样紧追紧赶，他也赶不过时间的步伐；相反，一个人不论怎样逃避时间的"捕杀"，他也终究会被时间"杀死"。时间是永恒的，人类只有利用有限的时间才能使自己的生命更有价值。小说中的另一个圆形意象是曾经救过温迪一命的圆形橡子。这颗圆形橡子能够让人联想到 17 世纪英国玄学派诗人约翰·邓恩（John Donne），他的爱情诗就善于通过圆形意象（泪珠、钱币、圆规）等表达出对于"你中有我，我中有你"的理想爱情和友情的追求。[②] 温迪的橡子是彼得·潘将其作为一个"吻"亲手送给她的，它绝非一颗简单的橡子，其中蕴含着彼得·潘的深情厚谊（尽管两人没有建立真正意义上的爱情关系）。

在英国儿童文学和儿童文化领域有两个最著名的童年偶像，一个是卡罗尔笔下的小女孩爱丽丝，另一个就是巴里笔下的顽童彼得·潘。从文学人物形象的塑造看，彼得·潘的个性特征是很鲜明的。他天真活泼、嫉恶如仇；无所畏惧而且富有牺牲精神；同时他又是一个长不大的顽童，喜欢恶作剧，有时表现得自大自恋，爱使性子。因为他是没有长大的顽童，所以对即将到来的危险一无所知，对于男女情愫极为淡漠，以及对于他人怀有极度的不信任。从深层文化结构看，彼得·潘的人物原型不仅可以追溯

[①] J. M. Barrie, *Peter Pan*, Penguin Books, 1995, pp. 51–52.
[②] 参见范晓航、邓恩诗《圆形意象及其爱情理想》，《郑州航空工业管理学院学报》，2009年。

到希腊神话中的农牧神潘（Pan），而且可以追溯到希腊神话中的神使赫耳墨斯（Hermes）和酒神狄俄尼索斯（Dionysus）。

在希腊神话中，赫耳墨斯是宙斯和迈亚之子，也是众神中速度最快的，这两个条件使他成为主神宙斯及众神的使者。相传赫耳墨斯刚出生就显得与众不同，既异常狡猾又非常敏捷。他出生后才过了四小时就到处跑动，去探究世界的秘密了。巴里笔下的彼得·潘也一样，刚出生不久就飞出窗外，降临在肯辛顿公园的湖心小岛上，开始了自由自在的探寻。赫耳墨斯在许多方面都是彼得·潘的神话先驱，例如好动顽皮，喜欢作弄人。就在出生的当天晚上，赫耳墨斯从母亲的眼皮下溜走，跑到阿波罗放牧神牛的牧场偷走了50头最健壮的肥牛。阿波罗带着赫耳墨斯上奥林波斯山向天父宙斯告状。赫耳墨斯就像孙悟空来到玉皇大帝的天庭上，机敏活泼，溜到阿波罗的身后，偷走了他的弓和箭，逗得宙斯和众神乐不可支。在宙斯的调解下，两兄弟和解了，阿波罗还把自己的金魔杖赠送给赫耳墨斯。行动敏捷、智力超凡的赫耳墨斯也成为宙斯的"神行太保"。

希腊神话中的酒神狄俄尼索斯是主神宙斯与凡间女子塞墨勒所生之子，相传他创制了葡萄酒，并推广了葡萄的种植。狄俄尼索斯不仅是狂欢之神，而且还是艺术的保护神，这表明艺术为何具有狂欢性、神秘性和非理性的倾向。关于酒神狄俄尼索斯有许多神奇的传说，其中最著名的是他惩治迪勒尼安海的海盗的故事。狄俄尼索斯在海上航行途中被海盗们捆绑起来，勒索钱财。当然，狄俄尼索斯将海盗们狠狠地戏弄了一顿，只见绳索自动地从他身上脱落，常春藤开始盘绕船桅，葡萄藤也缠住了风帆，海水也变成了葡萄酒的颜色。海盗们不知道是遇到鬼还是遇到神了，惊恐万状之下纷纷跳入大海，变成了海豚。在巴里的笔下，彼得·潘与海盗魁首胡克船长的斗智斗勇更具有童趣性和故事性。

在希腊神话中，潘（Pan）是山林之神和畜牧之神，一般认为他是赫耳墨斯之子。希腊人将其描述为半人半羊的山林牧神，他腰部以上为人体，腰部以下为山羊体，头上长有一对羊角，双脚是一对羊蹄。他的父亲把出生不久的潘带到奥林波斯山上，众神都非常喜欢这个相貌奇特的小精灵，为其取名为"潘"，意思是"受众人喜爱者"。潘一直生活在山林间和草场湿地里，领着一群半人半羊的山林精灵萨蒂尔（Satyr）嬉戏打闹。作为快乐和顽皮的山林之神，潘还是个出色的芦笛演奏家，经常和山林中

第十二章 追寻梦幻岛:J. M. 巴里和他的《彼得·潘》

的女仙们一起跳舞玩耍。但如果潘在休息的时候受到打扰,他会大发脾气,后果严重:他会让打扰他清梦的人做噩梦,也可能让他产生莫名其妙的恐惧感而拼命奔逃。有时候,潘会突然出现,把人吓得魂飞魄散。在巴里的笔下,彼得·潘与牧神潘一样,也具有人与动物的双重特性。牧神潘是半人半羊,彼得·潘是半人半鸟。巴里在《肯辛顿公园的彼得·潘》中写道,"所有的孩子在刚出生的前几周内都是小鸟"。彼得·潘就是其中之一,而且他为了寻求自由闯荡而保持住了这一特性。此外两人都有一支能吹奏出美妙乐曲的芦笛。彼得·潘的芦笛主要通过吹出美妙的乐声来吸引其他人(迷失的男孩等)来到肯辛顿公园,同时芦笛还可以取悦公园里的仙子们。不过在随后出版的小说《肯辛顿公园的彼得·潘》中,芦笛没有出现,用来吸引达林夫人和温迪的物品变成了一片落在地板上的绿叶。再者,牧神潘对自由的追求除了尽情游玩,还表现在放纵情欲,追欢逐爱方面。与之相比,彼得·潘追求的是另一种自由:逃离家长管制,逃离社会约束,做一个永不长大的孩子。

西方文化批评学者往往将巴里的男孩彼得·潘与卡罗尔的小女孩"爱丽丝"进行比较,认为两个主人公都呈现了同一年龄段的儿童渴望逃离现实世界,闯入另一个美丽而奇妙的幻想世界的心理。而两者的主要区别表现在:(1)彼得·潘自由自在地生活在远离文明世界的梦幻岛上,拒绝长大;而爱丽丝则想方设法,四处寻觅,要逃出那个荒诞的地下世界,这象征着主人公对长大的渴望。(2)彼得·潘的历险行动涉及完整的行动元(从飞离家园到海岛探险等完整的行动,以及包括温迪、小仙子、迷失的男孩等团队成员),而爱丽丝则独自一人在地下世界和镜中世界闯荡,同时呈现出她本人的主观感受,包括意识和无意识活动。(3)爱丽丝进入的幻想世界里出现了许许多多荒谬怪诞而且咄咄逼人的角色,而在彼得·潘的世界里,所有人物角色基本上都是理性的,大部分都能在现实生活中找到相应的原型。

当然,还有一些比较激进的观点,认为彼得·潘的人格形象从社会学意义看具有一定的消极作用,因为彼得·潘代表着自我中心,一心想着去冒险,以享受从冒险中获得的乐趣,但往往忽略他人的感受。持此种观点的人认为这种人格倾向会误导当代的儿童及成年人。美国人丹·基利提出了"彼得·潘症状"(Peter Pan Syndrome)这一术语,以描述那些始终怀念过去、心智不成熟、逃避责任、野心勃勃同时又竭力追求独立的人。此外,《彼得·潘》上演之后大受欢迎,历经多年,经久不衰,恰逢一战爆发,"彼得·潘"说过的那句台词"死亡将是一次伟大冒险的开始"① 受到指责,被认为那是在为战争狂人提供口号,鼓动年轻人参加杀戮生灵的战争。事实上,巴里早在战争爆发之前就已经完成《彼得·潘》的创作了,将舞台上彼得·潘说的话与鼓动战争联系起来无疑是牵强附会的,不过从童话叙事的角度看,发生在彼得·潘为首的孩子们与胡克船长为首的海盗们之间的对决和搏杀的确是残酷无情,并且充满血腥的。在最后的殊死决战中,彼得·潘不仅解救了命悬一刻的孩子们,而且领着孩子们反守为攻,对胡克船长及海盗们展开追杀,最终杀死或淹死了所有的海盗,而且将胡克逼得跳入大海,落入大鳄鱼的嘴里。这一充满暴力的恐怖美学在罗尔德·达尔的童话小说创作中得到新的发挥与拓展,使之形成了表现童年与成人世界对立与冲突的狂欢化童话叙事。

作为彼得·潘的死对头,海盗头子胡克船长的形象给读者留下了深刻的印象。这个海盗船长作为一个人和一个海盗头子,是充满矛盾的组合体。胡克船长的原型可以追溯到罗伯特·路易斯·史蒂文森冒险小说《金银岛》中的海盗西尔弗(Long John Silver)。从外形上,胡克船长留着长长的卷发,好似一根根黑蜡烛,衣着服饰完全模仿历史上被砍掉头颅的国王查理二世。他冷酷无情,杀人夺命时两眼会发出红光,令人不寒而栗;尤其对彼得·潘恨之入骨,因为彼得·潘的傲气让他感到很不舒服。不过,在胡克船长凶悍残暴的面具下却藏着一颗脆弱的心。他也具有温情的一面,小时候曾经是个爱讲故事的男孩,为人谦和,待人有礼,在学校读书时成绩也非常优秀。后来由于被母亲抛弃的缘故,他成了无家可归的流浪儿,逐渐堕落,走上邪路,最终成为一个十恶不赦的大海盗。不过,胡克船长也有胆怯的一面,最令他恐惧的是一只肚子里装着一个闹钟的大鳄鱼。有一次在与彼得·潘鏖战时,他的右手被彼得·潘砍下后喂进了大鳄鱼的肚子里,从此这鳄鱼就认定了追踪胡克船长。所以不论在什么地方,只要一听见嘀嗒嘀嗒的钟表声,胡克船长便会吓得魂飞魄散。胡克船长的右臂上装了一个铁钩,由此也被称作"铁钩船长"。每当在万分危急的时刻(如胡克船长即将逞凶,孩子们面临

---

① JM. Barrie *The Plays of J. M. Barrie*. New York: Charles Scribner's Sons. 1956, pp. 60 - 61.

生命危险的紧急关头），彼得·潘便会模仿鳄鱼肚中发出的嘀嗒声而扭转危局，化险为夷。这也为紧张的冲突增添了富有张力的戏剧性和游戏精神。

对于小说中的另一个重要人物温迪，人们的评价褒贬不一。一般认为温迪代表女性和母爱。她温柔善良，富有爱心。在梦幻岛，温迪担负起照料孩子的母亲角色，每晚睡觉前给孩子们讲故事，孩子睡熟后她还要为孩子们缝衣服，补袜子，忙到深夜。作为母亲形象，她具有成人的稳重与成熟。在梦幻岛的生活中，她多次揭穿胡克船长的阴谋，例如海盗在珊瑚礁实施投毒阴谋，正是温迪及时制止孩子们吃下那些被投了毒的食物，从而使孩子们逃过了一劫。与此同时，温迪还是一个向往浪漫爱情的女孩，她多次隐约地向彼得·潘表达自己的感情。当她听说印第安虎莲公主与彼得·潘交往甚密时，颇受刺激，直言不讳地质问他"你更喜欢哪一个？"然而彼得·潘冷漠与无知的回答让温迪纯真美丽的爱情提前破灭。还有观点认为，温迪一心只想着帮助孩子们长大，重返现实生活，但却罔顾了孩子们内心的感受。孩子们享受着远离文明社会的自由自在的生活，自得其乐，不愿做长大的男孩，可是温迪的到来让迷失的孩子们认识了另一个"美丽"世界，一个有"母爱"，有关照，有规矩的生活秩序，最终孩子们都跟着温迪离开梦幻岛返回现实生活。由此而言，温迪是儿童生活中的"家长制"的代言人，她将现实社会的价值观和秩序观强加于孩子们身上，促使孩子们抛弃幻想，回归现实。从象征意义上，她的行为是对彼得·潘和迷失的男孩们追寻的梦幻岛乌托邦的和谐生活的一种介入与干涉。

故事中的小仙子廷克·贝尔无疑是典型的童话角色。她就是一个小魔法师，始终伴随在彼得·潘身边。作为"彼得·潘"故事中的一个文学人物，小仙子的人物性格并非扁平单一的。她像人类女性一样爱美、争宠，而且有很强的嫉妒心。但她又是善良忠诚的，甚至敢于为保护彼得·潘而自我牺牲。从外形上，小仙子最突出的特点就是闪烁发光，总像一团火球在空中飞舞。或许这象征着当时才问世不久的电灯泡。对于长期使用煤油灯和煤气灯来照明的人们，电灯泡的出现无疑是令人振奋的。作为照明工具，它给漫长的黑夜带来明亮的光明。象征地看，它具有驱散黑暗的警示作用。在"彼得·潘"故事中，达林家的三个孩子每晚睡觉时，三盏床头灯都会开启。这是作为母亲的达林夫人心中的一条警戒线，她似乎预感到会有什么事情要发生。而小仙子发出的光、电和热都与能量有关，①难怪她具有强大的飞行技能与一颗狂热的心。与此相似的对科技新发展的关注和回应也出现在与巴里同时代的肯尼斯·格雷厄姆的《柳林风声》中，作者通过追求精彩刺激生活的蛤蟆，描写了新出现的汽车，让蛤蟆成为狂热的驾驶汽车狂奔的历险者。

第五节　续写传奇：从《彼得·潘》到《重返梦幻岛》

　　2004 年，在巴里的《彼得·潘》风靡英伦百年之后，伦敦奥蒙德大街儿童医院首度同意提供续写《彼得·潘》的续集版权。于是，院方与英国政府合作，斥巨资（2000 万英镑）在全球范围内招募小说《彼得·潘》续集的执笔创作者。在全球上千名作家人选参与的激烈竞争中，英国儿童小说家杰拉尔丁·麦考琳（Geraldine McCaughrean）最终胜出，成为"《彼得·潘》续集执笔人"。杰拉尔丁·麦考琳1951 年 6 月出生在伦敦南部的思菲尔德，父亲是消防员，母亲是教师。麦考琳曾就读于坎特伯雷基督教堂学院，学习教育专业，毕业后在伦敦的一家出版社工作了 10 年。她从 1982 年开始文学创作，至今已发表上百部小说，几十部校园剧作和一个广播剧，是当代英国文坛最著名的作家之一。她创作的儿童小说深受英国少年儿童读者的喜爱。麦考琳叙述的故事多数发生在遥远的过去和陌生的地带，包括记述那些迷失的、神秘的传奇故事。她对西方经典文学传统进行了仔细研读，并对一些经典作品进行改写，如《莎士比亚故事集》（*Stories from Shakespeare*，1994）、《白鲸》（*Moby Dick*，1996）和《并非世界末日》（*Not the End of the World*，2004），等等。虽然麦考琳创作了大量的儿童小说，包括代表作《风筝骑士》（*The Kite Rider*，2001）和《冰色黑暗》（*White Darkness*，2005）等，但让她闻名世界的作品却是对巴里的《彼得·潘》进行续写的《重返梦幻岛》（*Peter Pan in Scarlet*，2006）。②

---

　　① Andere Joffroy, *Zigzag parmi les personages de "La Fee Electricite"*, Paris: Musee d'Art Moderne de la Ville de Paris, 1983, p. 44.
　　② 英文原著名为《穿红衣的彼得·潘》（*Peter Pan in Scarlet*, Aladdin Paperbacks, 2006），国内著名翻译家任溶溶将其译为《重返梦幻岛》（少年儿童出版社 2006 年版）。

第十二章　追寻梦幻岛：J. M. 巴里和他的《彼得·潘》

麦考琳的《重返梦幻岛》将《彼得·潘》的结局作为续集的起点，讲述彼得·潘、温迪和迈克等孩子从梦幻岛归来后发生的故事。几个孩子已经长大成人，当他们再次听到来自梦幻岛的呼唤，便迫不及待地换上童装重返梦幻岛去进行探险。然而当"孩子们"飞回到梦幻岛时，却发现岛上发生了巨大的变化，一片死气沉沉的景象令人感到窒息。最让人感到不可思议的是发生在彼得·潘身上的变化。他居然穿着铁钩船长留下的红色船长装，从举手投足到说话的语气都显得咄咄逼人，俨然是铁钩船长的完美"替身"。随着毛毛人的露面和一张神秘的藏宝图的出现，作者麦考琳给读者设置了一个又一个悬念。岛上的人们共同踏上了前往梦幻峰寻宝的道路。在经历了银皮之战、女巫迷宫、仙子大战等险境之后，众人终于抵达了目的地梦幻峰。在打开宝藏的刹那间，毛毛人露出了本来面目——原来他就是凶残的铁钩船长。经过一番激烈的鏖战，彼得·潘和温迪最终再次战胜铁钩船长。从总体上看，麦考琳的续作把握住了前作的叙事特征，并且有所创新。首先，"第二世界"的幻想平台被延续下来，并且增加了梦幻峰这一场景，拓展了梦幻岛历险的空间，丰富了历险过程和事件，也突出了历险旅途中遭遇的多样化的惊险性。由此而论，麦考琳的续作更像是一部现代版的《奥德赛》。其次，小说主要人物的性格复杂化。续作中三次较大的人物性格转换都随着服装的变化而变化。第一次变化出现在温迪等人即将前往梦幻岛之际，大伙一换上童装，马上回归童心和童年状态；第二次变化发生在彼得·潘换上胡克船长留下的红色海盗服之后，这时他当即从一个天真活泼的孩子变成暴躁易怒、满口脏话的海盗船长；第三次变化发生在彼得·潘脱下红色海盗服之后，他又恢复了真实的自我，重新看待身边的每一个人。与此同时，胡克船长也被赋予更加复杂的"双重人格"的性格特征。装扮成毛毛人的胡克船长一路上与大家同行，目的是获得他内心渴望的东西：奖杯、球棒和鸭舌帽（象征着他渴望恢复当年的童真）。他也曾主动向彼得·潘提出"让我们握手言和"的请求，但一想起彼得·潘表现出的傲气，便会感到怒不可遏。于是他又致力于不断地实施自己的复仇计划。

如果说巴里的《彼得·潘》为读者呈现了一个绿意盎然的梦幻岛，那么麦考琳的《重返梦幻岛》为读者呈现的是一次颜色转换后的历险：一次由绿色转换成红色，再由红色转换为白色的奇妙经历。绿色自然象征着生机勃勃，充满活力，巴里的彼得·潘正是绿色梦幻岛的代言人，正如他对胡克船长高声喊出的话:"我是少年,我是快乐,我是刚出壳的小鸟"。在麦考琳的续作里,彼得·潘换上了胡克船长的红色外套,而现在的梦幻岛已经火红一片,暗示着随时到来的危险。不过,在银白色的雪山上,彼得·潘那颗火红的暴躁之心终于平静下来,他脱掉了大海盗的红衣,重新找到了心中那个纯洁的自我,而且认识到纯洁的友情对于他是多么的重要。从总体上看,麦考琳的续写成功地延续了 J. M. 巴里的叙事风格和写作特点,既紧扣原作的精神和语体,又不受制于原作,并且增加了身份认同、逆向发展、心理变化以及对复杂人性的反思等深层因素。

小 结

作为跨越维多利亚时代和爱德华时代的杰出小说家和剧作家,J. M. 巴里对英国文学做出了突出的贡献。从《小牧师》和《彼得·潘》到《亲爱的布鲁图斯》,巴里的大部分作品都充满了奇异的幻想,同时也包含着对英国社会进行的辛辣讽刺,以及对人性的深刻反思。其中,历久弥新的《彼得·潘》已经成为英国童话小说第一个黄金时代的经典之一。在英国,每逢重要节日,《彼得·潘》童话剧总是不可或缺的舞台剧目。学界也从心理学、社会学、语言学等视野对《彼得·潘》进行研究。由于来自苏格兰的巴里没有像同时代的爱尔兰诗人叶芝投身于"爱尔兰文艺复兴运动"那样在苏格兰进行文学创作,或者推动苏格兰文学运动,而是在伦敦崭露自己的文学才华,所以苏格兰读者可能对巴里有些看法。难怪巴里在苏格兰的名气还不如他在英格兰的名气响亮。考虑到当时的英国文坛的大环境,20世纪初正是现代主义和现实主义作品十分盛行的年代,伍尔夫等意识流作家的创作体现了人们在当时的社会巨变下感到的失落感,反映了知识分子体察自我的意识的高涨。相比之下,巴里更像是一个浪漫主义作家,以追寻乌托邦的精神创造幻想世界。这种浪漫主义的梦幻岛思想和创作无论是与文坛上的现代主义还是现实主义文学潮流都显得格格不入,难怪他的作品当时曾受到一些批判现实主义剧作家的批评。事实上,对巴里的某些批评无疑带有偏见的色彩,而英国文学史的书写者对巴里的忽略也是不公正的。值得注意的是,菲利普·戴维斯(Philip Davis)在牛津大学出版社推出的英国文学断代史《维多利亚人》(*The Victorians*)中,对于这一时期的英国幻想文学作家给予了应有的重视,用一章的篇幅阐述了非写实性文学创作的代表作家，使人们能够充分认识到维多利亚时代小说创作的丰富性和多样性。

在西方影视界，根据《彼得·潘》改编的电影电视作品深受观众喜爱，其中包括迪士尼动画电影《小飞侠彼得·潘》（*Peter Pan*，1953），好莱坞大片《铁钩船长》（*Hook*，199（1），迪士尼续集动画电影《重返梦幻岛》（*Return to Neverland*，2002），美国环球影业推出的电影《小飞侠彼得·潘》（*Peter Pan*，2003）以及表现 *J. M.* 巴里自传题材的《寻找梦幻岛》（*Finding Neverland*，2004），等等。国内最早的《彼得·潘》中译本是梁实秋先生 1940 年在上海新月书店出版的译作，由叶公超译校并作序。之后的几十年内一直未出现相关译介。到了 20 世纪末，国内翻译界出现了"彼得·潘"热，然而巴里的其他重要作品至今也没有得到应有的关注，目前只有《小牧师》和《肯辛顿公园的彼得·潘》两部小说被翻译成中文。实际上，在 J. M. 巴里的众多作品中，同《彼得·潘》一样具有特色的也有很多，如《小牧师》、《可敬的克赖顿》和《亲爱的布鲁图斯》等都充满奇妙的幻想与深刻的寓意，具有很高的文学价值。对 J. M. 巴里的研究是一个具有很大空间和潜力的领域，对于推进我国儿童幻想文学研究的进一步发展也具有重要的理论意义和实践意义。

第十三章

黄金时代的绝响：
格雷厄姆和他的《柳林风声》

英国作家肯尼斯·格雷厄姆的童话小说《柳林风声》是英国爱德华时期最重要的儿童文学代表作之一，对20世纪英国幻想文学产生了深刻影响。作为英国童话小说第一个黄金时代的绝响，或者说压轴之作，这部动物体幻想小说具有独特的童话文学的双重性，既深受少年儿童喜爱，又能够满足成年读者的认知和文学审美需求。

第一节 格雷厄姆的人生经历及其
在童话叙事中的回响[①]

评论家克利夫顿·法迪曼（Clifton Fadiman）根据儿童文学作品的基本特征将其分为"自白性的"和"职业性的"两大类，他认为肯尼斯·格雷厄姆的《柳林风声》属于第一类作品。在法迪曼看来，《柳林风声》的作者就像汉斯·安徒生、路易斯·阿尔柯特（Louisa Alcott）和马克·吐温（Mark Twain）一样，"将他本人从成人生活中获得的最深沉意义的感悟倾注在其儿童文学作品之中"。[②] 事实上，哪一个经典作家没有将自己从现实生活中获得的真切感悟和认识或多或少地倾注在自己的作品中

---

① 本节曾以《论〈柳林风声〉作者的人生感悟与童话叙事的关联》为题发表于《解放军外国语学院学报》2012年第1期。

② Clifton Fadiman, "Professionals and confessionals: Dr Seuss and Kenneth Grahame", in Egoff, Sheila et al. eds. *Only Connect: readings on children's literature*, Toronto, New York: Oxford University Press, 1980, p.277.

呢？然而每个作家的生活经历都各不相同，各有各的人生，各有各的感悟，他们吐露心曲的方式和程度也必定各不相同。正如诗人威廉·布莱克（William Blake）所言："一粒细沙看世界，一朵山花识天国；掌心之中握无限，刹那之间现永恒"。① 格雷厄姆透过自己人生经历看世界，通过童话叙事构建自己永恒的理想乐园（以弥补现实生活的缺憾）；而且，他通过童话叙事来"吐露心曲"的方式是独具特色的。那么格雷厄姆的人生经历使他获得了什么样的感悟，他需要通过《柳林风声》吐露什么心曲呢？

肯尼斯·格雷厄姆②
（Kenneth Grahame, 1859–1932）

他又把什么样的人生期盼和希望融进了这部动物体童话小说呢？探寻格雷厄姆童年生活的经历和成年生活的感悟，可以发现那些与《柳林风声》创作之间的内在关联，以及童话叙事背后的现实根基，领悟作者是如何将童年的记忆和对成年经历的深沉感悟化作吐露心曲的"柳林风声"。

肯尼斯·格雷厄姆（Kenneth Grahame）1859 年 3 月 8 日出生在苏格兰的爱丁堡，父亲詹姆士·C. 格雷厄姆（James·C. Grahame）是一个律师。肯尼斯在家中排行老三，在他出生后不久，父亲担任阿基尔郡的法律职员，全家随之移居该地。在肯尼斯 5 岁时，母亲又生了一个妹妹，但产后染上了猩红热而不幸去世。此后詹姆士·格雷厄姆认为自己无法抚养这几个孩子，便把他们送交妻子娘家的亲戚收养。肯尼斯和妹妹被送到居住在伯克郡的外婆家，由外婆及其他亲戚抚养，两个孩子在那里生活了三年时间。由于外婆家所在地毗邻泰晤士河谷和温莎森林，小肯尼斯在这段时间可以亲密接触河流水系的风光和河岸、林地及其动物"居民们"，这段经历使他对河流与河谷产生了伴随终生的迷恋和热爱。格雷厄姆日后进行

---

① *Auguries of Innocence*, *The Complete Poetry & Prose of William Blake* ed. David V. Erdman, commentary by Harold Bloom, Revised edition, Anchor, 1997, p. 490.

② Kenneth Grahame（1859–1932）, photograph from Hulton–Deutsch Collection/Corbis. in Literature Resource Center. Detroit：Gale, Web. 20 July 2012.

创作的心灵激情就来自这童年的记忆，来自这河水、河岸以及生活在河岸和山林中的形形色色动物的感召。可以想象，河岸柳林的风声给予了童年遭受家庭变故的小男孩多少温情和慰藉。此外，从外婆家那偌大的庭院可以一直步行到泰晤士河边，这熟悉的环境无疑为日后的《柳林风声》提供了坚实的地理背景。三年后，外婆移居本地区的克兰布恩。从 1868 年到 1875 年，少年肯尼斯在牛津地区的圣·爱德华学校上学。孩子的父亲缺乏家庭责任感，或者说更缺乏面对困难的勇气，虽然他曾经一度将孩子们接回苏格兰与他一起生活，但很快又把他们送交亲戚，从此撒手不管。事实上，詹姆士·格雷厄姆在本质上是个追求享受、逃避责任的人，他嗜酒成性，贪杯纵饮，继而又跑到法国去混日子，直到客死他乡。这样的父亲固然不会给孩子们留下什么美好的记忆，但也有批评家客观地指出了这位父亲对格雷厄姆日后创作所产生的影响。

汉弗莱·卡彭特（Humphrey Carpenter）认为，格雷厄姆的父亲并非如格雷厄姆的传记作者彼得·格林（Peter Green）所断定的那样，对于格雷厄姆没有任何意义（格林认为父亲给儿子留下的唯一记忆就是他对父亲在母亲去世后抛弃几个孩子的反感）。卡彭特指出，有两个重要事实值得关注：（1）老格雷厄姆纵酒贪杯；（2）他跑到法国度日。而这两者都是逃避无法承受的生活压力的一种方式——正是这种对于责任的逃避构成了格雷厄姆创作的重要主题。① 换言之，老格雷厄姆的影响虽然是负面的，但在潜意识层面为敏感多思的小格雷厄姆日后的文学创作提供了创造性的表达话语。当然，格雷厄姆父子俩各自采取的逃避方式不可相提并论：老格雷厄姆是现实生活中不负责任的逃避者，而肯尼斯·格雷厄姆日后在创作中营造逃离现实的故事则是一种化解生活压力和烦恼并获得艺术升华的逃避，是一种对理想境界的追寻，用卡彭特的话来说，那是对于田园牧歌的"阿卡迪亚"的追寻。按照卡彭特的阐述，肯尼斯·格雷厄姆形成了同一性格中的不同的两极倾向：一极是潜藏心中的按父亲选择的道路前行的漫游者，另一极则是热爱和眷念家园的人，这两极倾向都体现在他的作品之中，体现在《柳林风声》中的河鼠、鼹鼠、狗獾和蛤蟆的性格和行为之中。卡彭特认为："格雷厄姆的所有作品都是在这两极之间产

---

① Humphrey Carpenter, *Secret Gardens: A Study of the Golden Age of Children's Literature*, Boston: Houghton Mifflin Company, 1985, p.116.

生的张力中创作出来的，这两极就是漫游者和恋家者。《柳林风声》就是这一张力产生的卓越结果，但人们也可以从《黄金岁月》和《梦幻春秋》中发现这种张力，这两部作品表达的都是对于童年的安全感及对于家庭的眷念的探索，同时也是对于某些更遥远的理想目标的追寻，而只有离家漫游的孩子才能抵达这个目标——无论是在想象中，还是在现实中。"① 就人类的共性而言，对家园的眷念和对远游历险的渴望往往成为普遍性的原型心理倾向，在文化和文学表现上更是源远流长。荷马史诗中的英雄奥德修斯（尤利西斯）既是著名的恋家者（因不愿离开伊塔卡故乡，不愿离别妻儿，为了逃避从军参战甚至装疯弄傻），更是著名的航海者、历险者（他是特洛伊战争期间希腊联军的主将之一，在战后历经十年惊险曲折的海上漂泊而返回故乡）。意大利作家但丁在《神曲》中再次讲述了尤利西斯的故事：经过十年鏖战，希腊联军攻陷了坚城特洛伊，尤利西斯乘船返回故国；由于得罪了海神波塞冬，他不得不在海上经历无数惊涛骇浪和艰难险阻，十年之后才回到伊塔卡与亲人团聚。在《柳林风声》中，格雷厄姆通过鼹鼠、河鼠和蛤蟆这样的小动物投射出了人类普遍的心理倾向，通过童话艺术将儿童文学的话语和成人文学的话语整合起来。故事告诉人们，在几个动物主人公中，只有不安分的蛤蟆实现了追求"不断变化的地平线"的愿望。蛤蟆的离家和归家实际上以童话艺术的方式演绎了童话世界的"尤利西斯"离家历险和漂泊归家的故事。难怪格雷厄姆要将《柳林风声》的最后一章命名为"尤利西斯归来"。

　　格雷厄姆在圣·爱德华学校读书期间成绩优异，毕业时本可进入牛津大学深造，但收养他的亲戚，尤其是作为他监护人的伯父约翰·格雷厄姆不愿为他支付大学费用，转而为他谋得一个在英格兰银行工作的普通职员的职位。这一现实也许加深了格雷厄姆对于成人世界的畏惧和抵触。于是，未满20岁的格雷厄姆于1878年进入英格兰银行工作。尽管做这份工作并非出自本愿，但他还是认真地工作，10年后职位得到较大升迁，成为银行的秘书，并担任这一职位一直到1908年退休。工作之余，格雷厄姆热衷于文学写作，最终凭借《柳林风声》成为英国爱德华时代的经典作家。就此而论，他与作为数学教师的刘易斯·卡罗尔（查尔斯·道奇

---

① Humphrey Carpenter, *Secret Gardens: A Study of the Golden Age of Children's Literature*, Boston: Houghton Mifflin Company, 1985, p. 117.

森）颇具相似之处：一方面是按部就班的平淡刻板的职业生涯，另一方面是内心深处的丰富思想和卓越的文学创作活动。格雷厄姆的写作内容包括随笔、散文和小说，陆续在期刊杂志上发表。这些作品后来被分别收入三个文集出版，它们是《异教徒的篇章》（1893）、《黄金时代》（1895）和《梦里春秋》（1898）。1908年发表的《柳林风声》是格雷厄姆的最后一部作品。1916年，他受剑桥大学的聘请而主编的《剑桥儿童诗集》出版。格雷厄姆本人的诗人气质无疑通过《柳林风声》中的诗人河鼠得到了体现。

1899年夏天，格雷厄姆结婚成家，但这次婚姻却是一个"灾难性的婚姻"。格雷厄姆的妻子埃尔斯佩思·汤姆森是个善于调情、比较势利的女子，比格雷厄姆小两岁。她接近格雷厄姆的原因是她羡慕作家的名声。婚后不久，埃尔斯佩思生下了他们唯一的儿子阿拉斯泰尔，不幸的是儿子患有严重的眼疾，而且体弱多病。而埃尔斯佩思矫情、苛求、不通情理的个性也日渐显现出来，在她的影响下，儿子也多少变得矫揉造作，以自我为中心，所以格雷厄姆在《柳林风声》中对蛤蟆性格的刻画与小阿拉斯泰尔的此种表现多少有些关联（试看蛤蟆自我标榜的形象："人见人爱、漂亮潇洒的蛤蟆！广有钱财、热情好客的蛤蟆！自由自在、无忧无虑、温文尔雅的蛤蟆！"而且他宣称"人人都以认识蛤蟆为荣"）。随着时间的流逝，格雷厄姆和妻子之间的关系变得日趋紧张，结果他只得采取逃避的方式来应对。他时常跑到朋友家消磨时间，与他们住在一起，向他们倾诉自己的困境，为了解忧消愁，他们也外出游玩。这似乎可以看作《柳林风声》中几位雄性动物朋友（鼹鼠、河鼠、蛤蟆和狗獾都是远离女性的单身汉）聚在一起说话谈心，在柳林河岸游玩、活动的预演。格雷厄姆还时常造访一位住在位于康沃尔郡的弗威的朋友，人们认为流经此地的弗威河及其支流在某种程度上为《柳林风声》提供了场景原型。当然，流经伦敦的泰晤士河也是《柳林风声》中重要风景和主题意象的来源之一。正如卡彭特指出的那样，河流本是文学中永恒的象征物，但维多利亚后期人们从中发现了特殊的意义。[①] 卡彭特认为，在维多利亚时代后期，英国境内的大小河流，尤其是伦敦的泰晤士河已经成为具有特殊意义的地域。

---

① Humphrey Carpenter, *Secret Gardens: A Study of the Golden Age of Children's Literature*, Boston: Houghton Mifflin Company, 1985, p. 155.

19世纪中期以来，随着运河运输和铁路运输的日益发达，通过自然河流进行的传统的商业货运急剧减少，众多修建了船闸和堰坝的河流成为了人们泛舟游玩、戏水的去处，河中泛舟成为了一种很受欢迎的休闲娱乐活动。于是，那些对日趋工业化的城市生活深感不满的人们，纷纷拿起船桨到河中划船游玩。① 从文化意义上看，遁入河水之中的活动可以使人们暂时远离"进步的"喧嚣，因而成为了一种逃避被工业化侵扰的城市生活的途径，也成为维多利亚后期不少作家创作的素材或灵感源头。例如卡彭特所提及的杰罗姆·K. 杰罗姆（Jerome K. Jerome）的《三人同舟》(1889)，讲述了三个英国人带着一条狗乘船沿泰晤士河旅行的种种趣事。1862年7月4日，牛津大学基督堂学院的数学教师刘易斯·卡罗尔带着爱丽丝三姐妹泛舟泰晤士河，此次河中漫游催生了脍炙人口的《爱丽丝奇境漫游记》。对格雷厄姆而言，这种水上之旅同样具有显著的象征意义，在《黄金岁月》等书中成为逃避令人失望的成人社会、逃避急剧变化的工业及商业社会的一种方式，而后在《柳林风声》中得到了最酣畅的抒写。在柳林河岸的动物世界中，作者通过几位动物主人公丰富多彩，甚至惊险刺激的活动展现出一幅幅令人神往的"阿卡迪亚"的生活画卷，而来自希腊神话的牧神潘，以其动物守护神的身份及天籁般的排箫声为整个故事增添了神秘和神圣的气氛。

也许是在潜意识里对自己"灾难性婚姻"的回应，格雷厄姆在他的童话世界中刻意营造了一个单身男性朋友的乐园，这可能会遭到女性主义批评家的非难。四个动物主人公河鼠、鼹鼠、蛤蟆和狗獾都是远离女性的快乐的单身汉。只有在核心成员外围的水獭有儿子，但作者对他的婚姻状况，或者对他的异性伴侣没有提及半字。在小说中，监狱中老牢头的女儿这一形象则是个少见的例外，她是个"快活的、心地善良的"姑娘，特别喜欢动物（实际上是喜欢养宠物）。正是这位好心肠的姑娘让蛤蟆从痛苦绝望中恢复了生气，也正是她想出了一个主意，通过调包计让蛤蟆逃出监狱，重获自由。但读者也看到了姑娘的心机，她是让蛤蟆拿钱来交换自由的，而且她的心计似乎可以用"老谋深算"来形容。蛤蟆被关进地牢之后，负责监管他的老牢头知道蛤蟆是有钱人，而且口袋里有许多钱，便

---

① Humphrey Carpenter, *Secret Gardens: A Study of the Golden Age of Children's Literature*, Boston: Houghton Mifflin Company, 1985, p. 155.

不断地提示蛤蟆通过破费一些钱来换取"美味食物，甚至奢侈用品"，但固执的蛤蟆却毫不理会，这使得一筹莫展的老牢头大骂他是"一毛不拔的"的吝啬鬼。而他的女儿一出手就显得高明多了。她先通过一份卷心菜煎土豆的气味勾起了蛤蟆对美好生活的回忆，然后通过一杯热茶和一盘黄油烤面包彻底转变了蛤蟆的抗拒态度。姑娘接着让虚荣心强的蛤蟆给她讲述"蛤蟆庄园"的"具体情况"，从而完全掌握了蛤蟆的家底。于是在时机成熟时，姑娘便胸有成竹地向蛤蟆提出了"调包计"："听好了，这可是我想到的主意：你是很有钱的——至少你总是这么对我说的——而她是很贫穷的。几英镑的钱对你来说根本不算回事，但对于她却至关重要"。① 这里的"她"是姑娘的姨妈，在监狱里打杂的洗衣妇。蛤蟆不仅用几枚大金币买下了姑娘姨妈的服装，乔装出逃，而且还把自己的外套和马甲都留在牢房。须知他随身携带的全部钱财都装在马甲口袋里：

> 蛤蟆惊恐万状，这才想起他把自己的外衣和背心丢在了牢房里，而连同外衣和背心一起被丢掉的还有他的皮包、现钱、钥匙、怀表、火柴、铅笔盒，等等——这一切使生命值得活下去的东西，一切使这位有许多口袋的动物，这个众人的主宰，有别于那些只有一个口袋，或者没有口袋的低等动物的东西都丢在了牢房里。②

精明细心的姑娘应当知道，而且可以提醒蛤蟆，要想顺利逃亡，没有钱是万万不能的（至少可以给蛤蟆留一点路费）——但不知何故姑娘根本就没有这样做，而那些皮夹子中的钱币之归属自然非姑娘莫属了。果不其然，身无分文、无钱买票的蛤蟆在火车站饱受折磨和打击，痛苦不堪。后来一身洗衣妇打扮的蛤蟆回到了他熟悉的河岸地带，在运河旁遇到了在一只驳船上把舵的胖壮女人，一番问答之后，驳船妇人让他搭乘自己的大驳船回家。一开始蛤蟆还庆幸自己"总是能够逢凶化吉"，不免有些洋洋得意。但不久身穿洗衣妇外套的蛤蟆就落入了驳船妇为"她"设下的圈套，被迫替她洗一大盆脏衣服（大阔佬蛤蟆什么时候自己洗过衣服啊），很快就累得腰酸背痛，而且那一双引以为自豪的爪子也起了皱纹。他恨得

---

① 肯尼斯·格雷厄姆：《柳林风声》，舒伟译，接力出版社2012年版，第116页。
② 同上书，第121页。

要命，又不敢声张，忍不住低声叫骂了几句，而一直在暗中观察蛤蟆举止的驳船妇顿时爆发出一阵放肆的笑声。蛤蟆实在难以忍受这种轻狂取笑，盛怒之下暴露了真实面目；只见这凶悍、狡诈的驳船妇猛地扑上前来，伸出一对粗胳膊，紧紧抓住蛤蟆，将他粗暴地扔进了大河之中。后来蛤蟆历尽艰辛回到河鼠的河岸洞穴之家，河鼠还认为此事是一个"奇耻大辱"："你难道真的不明白，你已经把自己弄成了一个什么样的蠢驴了吗？……你被人追捕，吓得魂飞魄散，遭人侮辱……还被奇耻大辱般地扔进了河水之中——而且还是被一个女人给扔下去的！"① 而蛤蟆本人也认为自己倒了霉，居然被一个黑心肠的胖女人扔进了河里。此外，蛤蟆在之前出了七次车祸，住了三次医院，但他仍然热衷于驾车冒险，乐此不疲。于是狗獾决定对蛤蟆采取强制性的"挽救"行动，将他禁闭起来。而鼹鼠在与河鼠一道将又踢又闹的蛤蟆拖到楼上的卧室时一路对他好言相劝：这样一来，蛤蟆就再也用不着在医院一待就是几个星期，"被女护士提溜得团团转了"。凡此种种都投射出作者敏感的性别意识，投射出不幸的婚姻生活给作者所留下的心理阴影。

　　此外，1903年11月，格雷厄姆在英格兰银行连续三次遭到一个思想激进、行为怪异之人的持枪威吓甚至开枪射击，批评家认为这一事件可能也被构思在了故事中：蛤蟆试图探明自己被强占的府邸时，站岗放哨的貂鼠用枪对着他"砰"地放了一枪。② 如此看来，这又是现实生活的事实构成幻想文学的叙事细节的一个例子。

第二节　吐露心曲的柳林风声：幻想与现实

　　关于《柳林风声》的具体创作缘由，一般认为始于格雷厄姆在床头给儿子讲晚间故事的经历，尤其是关于蛤蟆历险的故事。事实上，从1904年5月开始，格雷厄姆总会在夜晚入睡前给年仅4岁、昵称"耗子"的儿子讲故事（"耗子"成为故事的重要主角，恰如小姑娘爱丽丝成为《爱丽丝奇境漫游记》的主角一样）。在最初的讲述中，除了蛤蟆、鼹鼠

---

① 肯尼斯·格雷厄姆：《柳林风声》，舒伟译，接力出版社2012年版，第173页。
② Humphrey Carpenter, *Secret Gardens: A Study of the Golden Age of Children's Literature*, Boston: Houghton Mifflin Company, 1985, p. 165.

和河鼠等动物角色外,还有长颈鹿这样的庞然大物,但由于这样的大型动物不太适合进入柳林河岸的动物世界,所以后来被舍弃了。1907年5月,儿子阿拉斯泰尔按计划要跟随家庭女教师外出度假,但他却不愿意离开,因为他要继续听爸爸讲故事,于是格雷厄姆答应用写信的方式给儿子继续讲下去。他没有爽约,连续几个月按时将故事写在信纸上寄到儿子那里,由女教师读给儿子听。这些写在书信里的故事自然成为了《柳林风声》的组成部分。1908年,《柳林风声》出版,其优美流畅、清新自如的英语散文风格和幽默精彩的童话故事被公认为英国儿童文学乃至世界儿童文学的经典之作。

从出场先后来看,作品中的主人公分别是身穿人类服装并且能说会道的鼹鼠、河鼠、狗獾和蛤蟆。全书由12章组成。第一章"河流"始于万物勃生的春季:鼹鼠在春日情怀的感召下奋力爬出黑暗的地下居所,置身于充满勃勃生机的河岸地带。很快,鼹鼠与居住在河岸洞穴中的河鼠一见如故,成为了朋友。在河鼠的指导下,鼹鼠学会了游泳、划船,同时领略了河水的力量和欢乐。第二章"大路",季节转换为夏日,河鼠和鼹鼠前往负有盛名的蛤蟆府邸。蛤蟆前段时间热衷于水上划艇运动,此时却迷上了驾着大马车在大路上漫游。蛤蟆热情地将来客拉上了自己的大马车,一同出游。在路上,他们乘坐的马车被一辆飞驰而来的崭新的大汽车撞翻到路旁的沟里,谁知蛤蟆不怒反喜,原来他又迷上了这"噗噗噗"高速奔驰的汽车。第三章"野森林"、第四章"獾先生"和第五章"温馨的旧居"是连成一气讲述的,背景是天降大雪的冬季。鼹鼠很想结识居住在野森林腹心地带的狗獾先生,于是在一个冬日的下午独自进入野森林,结果在林中迷了路。河鼠在野森林里找到已筋疲力尽的鼹鼠,两个不速之客碰巧闯进了獾先生的居所,受到热情款待。他们谈起共同的朋友蛤蟆先生,对他非常担忧(蛤蟆已经购买了七八辆汽车,而且出了七次车祸)。在第六章"蛤蟆先生"中,季节已转换为初夏,獾先生同河鼠和鼹鼠一起前往蛤蟆府邸,将正准备外出兜风的蛤蟆禁闭起来。不久蛤蟆施计逃离,开始了新的历险。蛤蟆偷开了一辆停在客店院子里的新车,结果被判了长达20年的监禁。第七章"黎明前的排箫声"讲述河鼠和鼹鼠如何寻找已失踪多日的水獭的儿子"小胖子"。第八章"蛤蟆历险记"讲述蛤蟆如何在监狱老牢头的好心肠的女儿的帮助下,通过调包计逃出暗无天日的大牢。第九章"大迁徙:向往远游"讲述河鼠如何被一只来自君士坦丁堡的海老鼠的远游经历所深深吸引，心向往之，不能自持。第十章"蛤蟆继续历险"讲述蛤蟆如何历尽艰险回到他熟悉的河岸地带。第十一章"眼泪像夏日的风暴一样流淌"讲述蛤蟆回到河岸地区后发生的事情。蛤蟆的豪华府邸已被大批黄鼠狼和貂鼠强占了。在狗獾先生的主持下，他们拟定了用计谋夺回蛤蟆府邸的行动计划。第十二章"尤利西斯归来"讲述整个奇袭行动的过程以及四位朋友夺回蛤蟆府邸后重振家园及举行庆祝宴会的情形。在经历了这一切之后，蛤蟆变得成熟起来，河岸地区也恢复了往日的生机和秩序。

《柳林风声》是一部幻想文学作品。幻想文学的灵魂是想象力，但想象绝不是没有节制、不负责任的天马行空，不是任意地虚构故事。它必须源自作家对现实生活的观察和感受、思考和提炼。唯其如此，才能达到托尔金所说的幻想文学话语的"现实的内在一致性"，这也是优秀的幻想文学作品能够紧紧抓住和深深打动读者的重要原因之一。幻想文学不是虚幻不实、远离现实的"逃避主义"。常言道，"幻由人生"，而人生活在特定的社会现实中，真真切切地在生活中快乐着，痛苦着，感受着，思考着。诚如批评家杰克·齐普斯所言：

> 幻想文学所包含的现实性并不亚于现实主义小说。当然，幻想文学作家所采用的规范和叙事策略不同于历史小说或社会现实主义小说作家，但童话故事和幻想文学所表达的意义中总是具有隐含的社会意义，而且它们隐喻式的叙事是有关作者及读者所直接面对的那个现实的充满想象力的投射和评论。由于象征性的叙述话语通常充满矛盾并且具有多层面的含义，要阐释它们的社会意义往往比较困难。但读者应当去破解这些象征的意义，因为童话故事和幻想作品的作者在创作时，为了应对社会的书刊审查以及他们自己内心的检查标准，总是通过巧妙地构思情节、人物和母题，使它们看上去与我们的日常现实之间没有什么联系，但实际上它们之间却具有比我们所意识到的更多的关联性。①

---

① Jack Zipes, Breaking the Magic Spell: Radical Theories of Folk and Fairy Tales Revised and Expanded Edition, Lexington: University Press of Kentucky, 2002, p.211.

这对于人们认识格雷厄姆的人生与创作，认识《柳林风声》背后的现实根基和艺术特色很有启发意义。法迪曼将格雷厄姆的人生概括为一种双重性生活：被动接受的人生现实生活与寻求理想的梦幻生活，揭示了作者的人生现实与童话梦幻之间的内在关联："格雷厄姆像许多维多利亚时代和爱德华时代的著名人士一样过着双重性的生活。第一种生活是他的阶级强加给他的：英格兰银行的工作，婚姻，挣钱，当父亲，拥有体面的社会地位。第二种生活乃是内心的梦幻生活……这个梦幻生活是对于许多事情的补偿：父亲的冷酷无情，他对于英格兰银行——更是对银行所代表的英格兰的反感，他与妻子之间的反常和冷漠的关系，他对于'进步'、工业和贸易的波西米亚式的憎恶，他对于整个成人世界的回避，都在一种温文尔雅的对人类的厌恶、对于大自然异乎寻常的热爱、对于动物异乎寻常的理想化描述中找到了表达"。[①]

富有意味的是，格雷厄姆人生经历的双重性正好契合了《柳林风声》这一童话文学作品的双重性，这也是它既受到少年儿童的喜爱，又能够满足成人读者的认知和审美需求的深层原因。作者将自己童年生活的烙印和成年生活的经历，尤其将自己从成人生活中获得的最深沉的感悟化作吐露无尽心曲的"柳林风声"，并且采用动物体童话叙事的方式来抒发心曲，正是这种成人世界与儿童世界的完美融合铸就了《柳林风声》这一童话文学叙事的经典。

第三节 《柳林风声》的经典性儿童文学因素[②]

作为英国爱德华时代（1901—1910）最重要的童话小说代表作之一，《柳林风声》成为英国童话小说第一个黄金时代的最后绝唱，或者说压轴之作。本节探讨这部动物体童话小说的经典性儿童文学因素，主要包括少年儿童心向往之的理想生活状态；他们内心渴望的惊险刺激之远游、历险愿望的满足；他们无不为之感到快意的游戏精神的张扬；以及对于成长中

[①] Clifton Fadiman, "Professionals and confessionals: Dr Seuss and Kenneth Grahame" in Egoff, Sheila et al, eds. *Only Connect: readings on children's literature.* Toronto, New York: Oxford University Press, 1980, pp. 278 – 279.

[②] 本节曾以《论〈柳林风声〉的经典性儿童文学因素》为题发表于《贵州社会科学》2011 年第 12 期。

的儿童及青少年的各种互补的人格心理倾向和深层愿望的形象化投射。

《柳林风声》(1908)的主人公分别是身穿人类服装,能说会道的鼹鼠、河鼠、狗獾和蛤蟆(按出场先后)。与英国维多利亚时代的重要童话小说如两部"爱丽丝"小说、《水孩儿》、《在北风的后面》等由小女孩和小男孩作为故事的主人公有所不同,《柳林风声》的主人公是纯粹的动物。不过对这些动物角色我们仍需要用"他们"来称呼,因为他们虽然保持着动物的自然形体、面目和基本生物属性,但在思想、情感乃至衣食住行等方面完全和人类相同,而且他们的社会具有与人类社会相似的社交规则和礼仪。这就形成了一个有趣的组合:他们一方面像人一样感知和行动,交往,游乐,历险,等等,另一方面在举止动作上又保持着动物的原生姿态,如蛤蟆在生气、愤怒,或者自吹自擂的时候肚子都会随之胀大,身体也会膨胀,神态令人难忘;而且几位动物角色都像人类使用其双手一样灵活地使用他们的爪子。重要的是,他们可以与人交往(虽然有操守的好动物都极力避开人类),这表明他们使用与人类相同的语言,而且他们的身体大小也发生了"变形",应大致与人类相近,否则无法进行对等的交往活动及其他相应的活动(如河鼠、鼹鼠和蛤蟆一道乘坐马拉大篷车出游,如果身体太小,如何控制马匹,如何驾驭大篷车?)尤其是蛤蟆,主要的历险活动都涉及与人类打交道,所以他的形体应当更与人类相似。这些动物角色生活在柳林河岸的动物世界,这个世界既独立于人类世界,又拥有与人类世界(以19世纪末的英国社会为蓝本)相似的社会阶层和社会机构,当然也使用英国的货币等;此外,这个独立自足的动物社会还存在着与野森林之外的人类社会互通往来的可能性(蛤蟆历险故事中发生的主要事件就是他与人类打交道的遭遇,而他在整个过程中既遭到强势的人类的追捕、迫害、关押和嘲弄,也进行了颇具喜剧色彩的反抗和报复)。所以阅读这部童话小说的重要前提,就是幻想文学对于读者提出的基本要求:"把不相信悬置起来"。诗人柯尔律治(Samuel Taylor Coleridge,1772-1834)在《传记文学》第十四章提出"诗歌的信念"就是"把不相信悬置起来的愿望",学者型作家 J. R. R. 托尔金在《论童话故事》里提出了与此相似的关于童话故事的信念。他认为,童话故事是一个独特的第二世界,是让心灵光顾的世界。在这个世界里发生的事情都具有心理的真实性。一旦你不相信它了,那么魔咒就破灭了,魔法,或者说(童话)艺术就失败了。你又回到第一世界去了。所以对童话世界的不相信必须被悬置起来:"当故事创造者的精湛艺术足以建立这种信念时,儿童是能够具备文学信念的。这种心理状态就被称作'心甘情愿地把不相信悬置起来'。"① 事实上,读者对童话幻想世界的喜爱是基于对想象力的信任。按照托尔金的表述,想象力是一种构想特殊心理意象的能力:"人类的头脑能够形成有关那些实际上并不在场的事物的心理意象。生成这些意象的能力被人们自然地称作'想象力'"。② 托尔金指出,这些特殊的心理意象不仅是"实际上不在场的,而且是在我们的第一世界里根本就找不到的"事物。或换言之,想象力可以将那些实际上并不存在的,或者不可能出现的生物、事物以及不可能发生的事情实实在在,栩栩如生地描写出来。但如何去描写绝不是一件随心所欲的事情,也绝不是一件易事。按托尔金的表述,想象力需要一种高超的艺术形式去追求"现实的内在一致性"③,这就是幻想的艺术。从童话幻想艺术的视角看,《柳林风声》通过童话叙事而呈现的经典性儿童文学因素包括少年儿童心向往之的理想生活状态,他们内心渴望的惊险刺激之远游历险愿望的满足,他们无不为之感到快意的游戏精神的张扬以及成长中的儿童及青少年的各种互补的人格心理倾向和深层愿望的形象化投射。

  《柳林风声》的主人公虽然不是通常的儿童,也没有常见的儿童主人公所投入的寻觅活动,但却是深受儿童读者喜爱的读物。从儿童文学的语境看,作者讲述的是几个动物如何居家度日,如何外出游玩或追新求异,离家历险,以及如何齐心协力夺回被强占家园的故事。无论是家园温馨难舍,还是美食美味难忘,如河鼠携友出游,与鼹鼠一道泛舟河流,尽享郊游和野餐之乐;或雪夜脱险于狗獾的地下住宅,共商大计;或在獾先生的谋划下,几位挚友一起出手,诚心诚意帮助总惹麻烦的蛤蟆,对他进行不弃不离的"挽救"行动;无论是蛤蟆几次三番外出历险,起伏跌宕,精彩刺激;还是几位好友同心协力,为夺回被占的蛤蟆府邸而进行紧张的行军和犹如狂欢化游戏的以少胜多的痛击黄鼠狼们的战斗……《柳林风声》首先是一部充满童趣、妙趣的儿童文学佳作。小说中的几个动物角色既是儿童,保持童年的纯真和纯情;又是成人,超越了儿童的限制,能够进入

---

① J. R. R. Tolkien, *The Tolkien Reader* New York: Ballantine, 1966, p. 60.
② Ibid., p. 68.
③ Ibid..

广阔的生活空间,去体验和享受成人世界的精彩活动和丰富多彩的人生况味。在现实世界,儿童在受到父母精心照料呵护的同时也感受到许多限制。比如与小伙伴的交往,正玩得兴头上,却听见母亲的喊声,要他回家吃饭,或回家睡觉,实在是不情愿啊;借用罗伯特·路易斯·史蒂文森的诗句来说:

> 冬天,我在黑夜起床,/借着黄黄的蜡烛光穿衣裳。/夏天,事情完全变了样,/还在白天,我就得上床。/不管怎么样,我只好上床/看鸟儿还在树枝上跳荡,/听大人们的脚步声,一阵阵/响在大街上,经过我身旁。/你想,这事儿难不难哪——/天空蓝蓝,天光亮亮,/我多想再玩一会儿啊,/可是,却偏偏要我上床![1]

只有在童话化的幻想世界里,孩子们内心的真切愿望才能得到彻底满足。鼹鼠可以离开他的地下居所,住在朋友河鼠的家中,吃美食,荡小舟,结交更多的朋友,经历更多的活动。蛤蟆可以离开他的府邸,到另一个世界去闯荡,虽然因偷开别人的汽车而被关进监狱,但作者在善意批评他的同时也尽情地让他一展身手:他成功地扮演洗衣妇的角色,乘火车逃离追捕;在受到驳船悍妇的侮辱后,进行了有力的回击;这个蛤蟆就像《西游记》中的猪八戒,虽然有不少缺点,但可亲可爱,性情更加接近儿童本真;此外,这个蛤蟆还小有智谋,更兼在危急关头总有福星保佑,虽一路艰险也难以阻挡他回家的步伐。蛤蟆的每个行动都像一场场儿童向往的尽心尽兴的游戏。

事实上,深谙童心的作者在小说中惟妙惟肖地设置了不少这样深得儿童欢心的精彩、刺激、开心的游戏般的故事情节。且看蛤蟆装扮成洗衣妇一路逃亡,一波未平,一波又起,既紧张刺激,又让人忍俊不禁。再看水獭的化装侦查记:为了夺回被黄鼠狼们强占的蛤蟆府,獾先生让水獭化装成扫烟囱的人去侦察敌情。水獭肩膀上扛着一把扫帚,跑到蛤蟆府的后门,大声嚷嚷着要找工作,结果顺利地打听到黄鼠狼们第二天晚上要在宴会大厅里为黄鼠狼头子举行生日宴会这一重要情报。也许是受了水獭化装

---

[1] 《夏天在床上》,史蒂文森:《一个孩子的诗园》,屠岸、方谷绣译,人民文学出版社1984年版,第3页。

侦查行动的刺激性影响，生性胆怯的鼹鼠也按捺不住了。就在獾先生主持谋划的奇袭行动即将展开的当天上午，鼹鼠偷偷穿上蛤蟆带回来的洗衣妇的旧衣服，头上戴着一顶女帽，脖子上再围好围巾，大模大样地跑到蛤蟆府邸与众多扛枪站岗的棕鼬们周旋，进行了一场酣畅痛快的游戏。那些站岗的棕鼬们把乔装的鼹鼠看成一个洗衣妇女，让"她"赶紧走开，因为他们上班时间不洗衣服。鼹鼠乘机对他们散布可怕的消息，说自己的女儿是替狗獾先生洗衣服的，已获悉今晚有重大事件发生：一百个带长枪的狗獾，六船佩戴手枪和短剑的老鼠，还有一群天不怕地不怕的蛤蟆勇士将从不同的地点和方向攻打蛤蟆府，你们就等着遭殃吧。这下可把这些站岗放哨的棕鼬们吓得心惊肉跳，失魂落魄，还连连怨恨黄鼠狼们只知自己享受，不顾他们的死活（当晚突击队在宴会厅发起的突袭行动使这些"惊弓之鸟"争相逃散）。如此男扮女装的游戏活动是很得儿童欢心的，而且比现实生活中的游戏更加理想化，更富有建设性和幽默效果。事实上鼹鼠为自己的此番特殊行动而倍感兴奋，实在有些乐不可支（在《西游记》中，孙悟空每次在略施小计戏弄了妖精之后不也顽童一般乐得手舞足蹈，快活万分吗），那蛤蟆听了更是妒火攻心，为什么不是由他本人去进行此次行动呢？但他嘴上却把鼹鼠一顿数落（当然他还没有明白此次行动的重要意义，只为错失了这开心的游戏而懊悔），因为他嫉妒得几乎要发疯了。这难道不是既开心开怀又极其重要（动摇敌人的军心）的游戏吗？此外，河鼠在突击队出发之前为队员们配备武器装备而激动地奔来奔去，他乐此不疲，很快在地上堆放了四小堆东西。出发前，河鼠又用了很长时间一丝不苟地为队员们派发武器和装备。每人先系一条皮带，皮带两边分别佩上短剑和水手刀，"以求对称"。然后是手枪、警棍、手铐、绷带、橡皮管、水壶、三明治……这难道不是孩子们心仪的"打仗"前的郑重其事的准备活动吗？

儿童心理学告诉我们，儿童的内心体验缺乏逻辑秩序和理性秩序，无法像成人一样去理解和认识现实世界所发生的一切，而把"不相信悬置起来的"童话故事具有卓越的心理真实性，可以帮助儿童跨越现实世界与理想的生活状态之间的差距，同时满足他们追求生活理想的种种愿望。从心理分析的角度看，优秀童话故事的卓越之处就在于为儿童提供现实世界和幻想世界所能提供的最好养料，而这是一些写实性儿童文学作品难以媲美的。童话世界对于儿童既是模糊的，又是真切的。这个看似漫无边际，无奇不有的幻想国度往往包含着各种契合他们无法清楚表述的愿望和情感，以及触及他们内心深处难以言状的困惑、恐惧或担忧。此外，优秀的童话小说还为读者揭示了各种互补的人格倾向及理想的人格特征。约翰·W. 格里菲斯和查尔斯·H. 弗雷认为，《柳林风声》具有的张力集中地通过鼹鼠和河鼠这两个人物表现出来：

> 他们既不是真正的儿童，又不是真正的成人；既没有全然沉迷于家庭生活，也没有全然热衷于历险活动；既非致力于追求沉稳和安宁，也非致力于追求成长和变化；格雷厄姆试图给予他们这两种世界的最好的东西，正如许多儿童文学作家所做的一样，为他们创造了这样的生活：既获得了成人的快乐享受和惊险刺激，又避免了相应的成人的工作和养育孩子的艰辛；他们的生活像孩童般贴近自然，而不会直接感受真实世界的动物的野性或痛苦。作为儿童文学作品，该书魅力的一个奥秘就在于幻想的微妙和包容。①

的确，从特定意义上看，鼹鼠和河鼠的人格特征代表了许许多多的处于成长中的儿童及青少年的性格特征。鼹鼠敏感，害羞，有些柔弱，但内心深处潜藏着强烈的叛逆冲动。难怪看似胆小怕事的鼹鼠却又向往改变长期一成不变的地下隐居生活而追求冒险刺激的生活。在象征意义上，鼹鼠可看作一个成人期待视野中的乖孩子，谨慎本分，心地善良，但需要通过进入社会结识良师益友（他冲出地下的狭小居所而漫步于河岸地区的广阔世界就是一个象征），学习和掌握必要的社会习俗和规则，掌握生存和享受生活的必要知识，从而健康地成长起来。至于河鼠，他可以被看作是生活中不可多得的思想和人格都相对成熟的益友，对人真诚友好，善解人意，乐于助人。他一方面非常务实，精明能干，具有丰富的生活常识及为人处世的道理，无论是水上的营生（游泳、划船、季节变化等）还是一应家务操持（烹制美食，家常膳食，居家度日等），在象征意义上具有家庭中母亲的角色因素；另一方面，他又是一个有诗人气质的人或者说就是一个诗人，时常写些诗句抒发所思所感（这在某种程度上折射了作者本

---

① John W. Griffith and Charles H. Frey, eds, *Classics of children's literature*, New York: Macmillan, 1987, p. 900.

人的影子)。当然,这个具备理想人格的河鼠也有精神迷茫,灵魂出窍的时候。在一个季节转换,迁徙性动物纷纷离别河岸地区的时节,河鼠遇见一个来自海外的海老鼠。在听了海外来客讲述的远游经历和迷人的海外风光之后,河鼠黯然神伤,失魂落魄,陷入了短暂的精神危机之中。好友鼹鼠及时地阻止了河鼠梦游般的离家出走,而后当河鼠直勾勾的眼神逐渐恢复原有的光芒时,鼹鼠不失时机地给他拿来几张纸和一支笔,让他试写几行诗句,"你很久都没有写诗了,今晚不妨试一试。……你把有些东西写出来就会感觉好多了——哪怕凑几个韵也行"。结果这"诗艺"的疗效还果真显现出来了。

河鼠所缺失的人格因素恰恰在蛤蟆身上得到最充分的体现,但蛤蟆却由于随心所欲和无所顾忌乃至频频逾规而走向极端。从象征意义看,蛤蟆代表着一种顽童(坏小子)的人格形象。他追求刺激,追求新奇,追求生命乐趣的彻底张扬,具体表现为"喜新厌旧"式的追新求异(包括新时尚,新运动,新产品,新速度,"新的地平线")。在人格特征方面,蛤蟆不仅像《西游记》中的猪八戒,小智若愚,自负好胜,喜欢吹牛;而且还有些像《水浒传》中的花和尚鲁智深,是性情中人,率直纯真。作为顽童,蛤蟆具有强烈的自我中心特征,而且虚荣心和好胜心非常突出,喜欢听赞扬话,渴望成为众人瞩目的中心(是"英俊、成功、人见人爱的蛤蟆")。用心理分析话语来说,这个"坏小子"蛤蟆代表着原发的"伊底"(本我)能量,既富于旺盛的创造力,更具有强烈的破坏性。而在广泛的意义上,蛤蟆代表着一切不愿循规守矩的淘气儿童的心理倾向和深层愿望,包括建设性的积极因素和破坏性的消极因素。一方面蛤蟆实现了追求"不断变化的地平线"的理想,另一方面蛤蟆由于随心所欲而频频逾规,不仅在人类社会遭受重罚,经历磨难,还被动物世界的不良之徒(黄鼠狼、貂鼠、棕鼬等)夺走了硕大的家产。所以蛤蟆的人格倾向必须得到整合,在强化积极因素的同时,消除消极因素,由此去争取尽可能美好的理想目标的实现。如果说蛤蟆象征着"伊底"人格,那么狗獾则象征着"超自我"的人格倾向。他是河岸地区的权威人物,同时又是超然在上的神秘人物。虽然他很少露面,但河岸一带包括野森林地区的所有居民都能感受到他的影响。在四个动物主人公当中,狗獾的辈分是最高的,因为他是蛤蟆已故父亲的生前至交,说他是几个动物的父辈毫不为过。他是严厉的,又是慈祥的。事实上,他的不可或缺的作用每每在关键时刻体现出来：在鼹鼠和河鼠被困于大雪纷飞的野森林中的危急时刻；在蛤蟆陷入无法自拔的疯狂行动而必须及时对他采取"挽救"措施的重要时刻；在夺回被黄鼠狼们霸占的蛤蟆府邸的惊险时刻，等等，概莫能外。如果说善解人意，精明能干的河鼠是具有关爱倾向和亲和力的母亲角色，那么威严正直，老谋深算的狗獾先生就是指引性和保护性的父亲角色。"纳尼亚传奇"系列的作者 C. S. 刘易斯在论及这位狗獾先生时，认为他体现了一种非同寻常的组合："高贵的地位、武断的态度、火爆的脾气、离群索居和正直善良。凡是见识过狗獾先生的孩子都会深刻地认识人性，认识英国的社会历史，而这是通过其他方式难以做到的"。① 而按照特丝·科斯勒特的阐述，虽然这四个动物表面上都是成人，但他们分别演绎了儿童和成人的角色：鼹鼠和蛤蟆在故事中主要表现为孩子（好孩子和坏小子），河鼠在特定意义上就是一个母亲，狗獾的行为表现为一个严厉的保护性的父亲，在故事的结局，鼹鼠得到了狗獾的肯定和赞许。② 的确，在攻打蛤蟆府、击溃霸占者的战斗中，鼹鼠、河鼠和蛤蟆都一样同仇敌忾，英勇无比，且同样战果辉煌，难分高下。而作为"领袖"人物（家长）的狗獾在战斗结束后单单肯定和赞扬了鼹鼠（同时让他去完成两个重要的善后工作）。这一方面表明鼹鼠在成长的过程中已经成熟起来（以受到长辈或家长的肯定为标志），另一方面这对于蛤蟆和河鼠也是一种激励。蛤蟆一开始感到非常伤心，因为狗獾夸奖了鼹鼠，说他是最棒的，却没有给蛤蟆一句好话。须知蛤蟆的表现毫不逊色，甚至特别出色（他手持大棍向黄鼠狼头子猛扑过去，一出手就把他打得翻滚到桌子对面，抱头鼠窜），但这恰恰是狗獾的高明之处。蛤蟆性格的弱点就是骄傲自负，虚荣心特强，只表扬鼹鼠对蛤蟆（包括更为成熟的鼹鼠）是一种进行竞争的激励。结果蛤蟆也好，河鼠也好，无不积极地打扫战场，同时四处收集食物，为激战后饥肠辘辘的几位勇士准备晚餐。当鼹鼠完成两项重要的善后工作回到餐桌旁吃东西时，蛤蟆抛开了全部的嫉妒，诚心诚意地感谢鼹鼠为攻打蛤蟆府的战斗所付出的辛苦和劳累，尤其感谢他当天早上对敌人实施的聪明

---

① C. S. Lewis, On the Three Ways of Writing for Children, In Egoff, Sheila et al. eds. *Only Connect*: *readings on children's literature*, Toronto, New York: Oxford University Press, 1980, pp. 212 – 213.

② Tess Cosslett, *Talking Animals in British Children's Fiction* 1786 – 1914, Aldershot, England; Burlington, VT: Ashgate, 2006, p. 174.

的恐吓行动。獾先生听了很高兴,当即说道:"我勇敢的蛤蟆说得真好!"这是狗獾在恰当之时对蛤蟆的恰到好处的肯定和赞许。凡此种种都表明了这些动物角色所蕴涵的丰富心理意义。从整体上看,这四个动物角色的人格倾向形成了相互观照、相互彰显和相互补充的关系。

总之,《柳林风声》不仅展现了儿童向往的人生的理想状态,张扬了美好的家园意识、温馨的伙伴友情、永远的游戏精神,而且奉献了童话幻想艺术所能提供的儿童精神成长的重要养料(以童话艺术形象和行为投射出来的可以让他们认识和效仿的理想的人格特征和心理倾向)。而这一切都来自卓越的童话幻想艺术:这几个动物角色既是动物,又是人类;既是儿童,又是成人;既以接近自然的动物去摹写人,又以人的性情去刻画动物;既以儿童的纯真去演绎友情,又以成人的老练去感悟生活,去精彩地历险,去追求"不断变化的地平线"。这就是童话世界的"象外之象,景外之景",也正是《柳林风声》所揭示的"幻想的微妙和包容"的具体体现。

第四节　抒情写意的诗意笔墨:《柳林风声》的散文性[①]

对于成人读者而言,《柳林风声》呈现的是田园牧歌式的"阿卡迪亚",是随风飘逝的古老英格兰,也是人们心中逝去的不复返的童年;它引发的是无尽的怀旧和乡愁。小说抒情与写意相结合的散文书写使成人读者透过柳林河畔的四季风光和春去秋来、物换星移的时光流逝而缅怀童年,感悟人生。《柳林风声》浓郁的散文性不仅提升了这部小说的文学性,而且拓展了文学童话的文字表现空间。

《柳林风声》(1908)小说文体风格的一大特色是抒情与写意相结合的散文书写。这一特征尤其贯穿于整部作品有关时令和景物的描写之中。一年四季,物换星移,寒暑春秋,作者对于时令转换和河岸地区的景物进行了富有诗意的散文书写,使成人读者得到一种赏景感时的审美满足。小说第一章"河流"始于万物勃生的春季,刚从黑暗的地下居所来到河岸地面的鼹鼠陶醉在崭新的生活中,为"波光、涟漪、芳香、水声、阳光"

[①] 本节曾以《抒情写意的诗意笔墨:论〈柳林风声〉的散文性》为题发表于《名作欣赏》2011年第7期。

而激动不已;第二章"大路",季节转换为夏日,河鼠和鼹鼠在河岸边观看鸭子戏水,具有诗人气质的河鼠诗兴大发,在阳光下作了一首"鸭儿谣",抒发鸭子在夏日清晨戏水、觅食的情趣。第三章"野森林"、第四章"狗獾先生"和第五章"温馨的旧居"是贯通一气讲述的,背景是飘雪的冬季。此时昼短夜长,动物的活动明显减少。河鼠虽不是冬眠性动物,却也变得贪睡起来,每天自然是早睡晚起。他是个具有诗人气质的人,在白昼有时写写诗,或者与来串门的动物居民聊聊天,作者通过这个诗人的视野把闲散迟钝、令人无所事事、昏昏欲睡的冬季与刚过去的多姿多彩的夏天作了一个比较,同时也是为后面发生的一系列戏剧性的事件做一种铺垫。试看以下对于夏天风光的描写:

> 当回首那逝去的夏天时,那真是多姿多彩的篇章啊!那数不清的插图是多么绚丽夺目啊!在河岸风光剧之露天舞台上,盛装游行正在徐徐进行着,展示出一幅又一幅前后庄严跟进的景观画面。最先登场的是紫红的珍珠菜,沿着明镜般的河面边缘抖动一头闪亮的秀发,那镜面映射出的脸蛋也报以笑靥。随之羞涩亮相的是娇柔,文静的柳兰,它们仿佛扬起了一片桃红的晚霞。然后紫红与雪白相间的紫草悄然露面,跻身于群芳之间。终于,在某个清晨时分,那由于缺乏信心而姗姗来迟的野蔷薇也步履轻盈地登上了舞台。于是人们知道,六月终于来临了——就像弦乐以庄重的音符宣告了这一消息,当然这些音符已经转换为法国加伏特乡村舞曲。此刻,人们还要翘首等待一个登台演出的成员,那就是水泽仙子们所慕求的牧羊少年,闺中名媛们凭窗盼望的骑士英雄,那位用亲吻唤醒沉睡的夏天,使她恢复生机和爱情的青年王子。待到身穿琥珀色短衫的绣线菊——仪态万方,馨香扑鼻——踏着优美的舞步加入行进的队列时,好戏即将上演了。①

莎士比亚曾在他的剧作中把世界比作一个舞台,而世上所有的男男女女都是这个舞台上的演员,他们都有上场的时候,也有下场的时候;每个人在一生中都要扮演七个角色。("人生的七个阶段",《皆大欢喜》)。诗人李白则把天地看作万物的旅馆,把光阴看作百代的过客。阳春三月美丽

---

① 肯尼斯·格雷厄姆:《柳林风声》,舒伟译,接力出版社2012年版,第35—36页。

动人,锦绣大地催生诗情:"阳春召我以烟景,大块假我以文章。会桃李之芳园,序天伦之乐事"(《春夜宴桃李园序》)。格雷厄姆的描写殊途同归,而且别有一番情趣。大自然在夏天安排的露天演出是多么动人,多么富有诗意啊。在童话世界的"阿卡迪亚",大自然作为总导演安排演出的剧目是夏季自然风光剧,演出的地点是设置在河岸地区的露天舞台,演员们就是具有天然才气的植物花草,从紫红色的珍珠菜、娇柔文静的柳兰、紫红与雪白相间的紫草,到姗姗来迟的野蔷薇,等等,演出的效果是风情万种,神奇瑰丽。在女作家弗朗西丝·伯内特的著名小说《秘密花园》(1911)里,小女孩玛丽发现并进入了一个被废弃和紧锁了十年的隐秘花园,栽花除草,逐渐使废园焕发了春的活力。她对十年来久病卧床的小男孩科林讲述春天到来的情形,说"它来到了!它来到了!"而从未在户外体验过春天的男孩便有了这样的感觉:"有一支大队伍要来了,还吹吹打打,好不热闹——一大帮快快乐乐的大人小孩,戴着花环,举着花枝,笑啊跳啊,推推搡搡,还吹着笛子"。于是他当即让玛丽把窗户推开,因为还可能听到金色的喇叭。玛丽一听也乐了:"还真的让人有这样的感觉呢。若是所有的花花草草、绿枝绿叶和禽鸟动物都一起载歌载舞地走过去,那该是多么壮观的一支队伍啊!"① 如此动态多彩的传神之笔与《柳林风声》中对夏日的描写可谓异曲同工,妙意盎然。此外,格雷厄姆的这段文字明摆着是在进入冬季之初回顾夏季时日的丰富多彩,暗地里却是为即将上演的冬季"剧目"做好铺垫(当然演员换成了几位动物角色)。

果然,在接下来的长达三章的篇幅里,作者讲述了在这个"阿卡迪亚"童话世界发生的"冬天的故事"。鼹鼠和河鼠在野森林里被大雪困住,却意外地发现了平素难得一见,令人仰慕的权威人士獾先生的居所,于是人们跟随着这两个在困境之中得救的动物角色进入獾先生神秘的地下大宅院,也领略了獾先生向鼹鼠讲述的与他的大宅院相关的一部城市文明史。而后在鼹鼠和河鼠告别主人返回河岸之家的途中,他们又"意料之外,情理之中"地进入鼹鼠往日的旧居,演绎了一出温馨感人的冬日喜剧,展示了与夏日不同的别样情怀。小说第六章"蛤蟆先生"中的季节已转换为初夏,獾先生领着河鼠和鼹鼠对蛤蟆采取切实有效的"挽救行动"来阻止蛤蟆的几近疯狂的行为。他们将蛤蟆禁闭起来,严加看管,

---

① 弗朗西丝·伯内特:《秘密花园》,李文俊译,译林出版社2009年版,第162页。

但蛤蟆寻机施计逃离。第七章"黎明前的排箫声"已到仲夏时节,讲述河鼠和鼹鼠借着月色划一叶小舟在河中溯流而上,寻觅小水獭的踪迹。第八章"蛤蟆历险记"亦是夏天的故事,"演员"当然是"了不起的"蛤蟆先生,他在人类社会的历险活动是小说中最精彩,最令人捧腹的故事。第九章"大迁徙:向往远游"已是夏末秋初,正是众多动物开始大迁徙的时节。河鼠眼见当地众多熟悉的动物居民们纷纷离开河岸地区,不免伤感不已。作者将大自然比作季节性的大饭店,每当时令转换就会出现下面的场景:

> 与其他的饭店一样,大自然这家大饭店也有它的季节性。随着住客们一个个收拾行装,结帐离去,餐厅里每结束一餐之后,下次来就餐的客人越发稀少,场景也显得越发冷清凄凉。而随着一套套空房间的关闭,地毯收起来了,侍者辞退了。……眼见飞走的飞走,告别的告别;耳旁听到的又全是关于迁徙计划、路线以及新的栖息居所的热切讨论;……留下的人会感到心神不宁,情绪低沉,烦躁易怒。你们干吗要急着变换环境呢?干吗不像我们一样,安安静静地过日子,快活自在呢?你们完全没有领略过这处于淡季的大饭店的风采;你们也不知道,我们这些留下来观赏一年之中四时之景的人,得到了多少乐趣。而那些要迁徙的人总是这样回答他们:当然,这都是事实;我们也非常羡慕你们啊——说不定哪一年我们也会留下——不过眼下我们的行程已经安排好了——公共汽车已经等在门口——正是出发的时间了!①

接着河鼠碰见了一只来自君士坦丁堡的海老鼠,这个"老水手"讲述了自己的远游经历,结果让河鼠心驰神往,魂不守舍。海老鼠的描述是优美动人的散文书写,无论是地中海的风光,天边外的地平线,南方的港口,夜船上的灯火,水手起锚时唱的曲子,渔民在日落时分衬着杏黄的天空拉网时唱的曲子,威尼斯的游艇和地中海的帆船上响起的吉他和曼陀铃配乐的曲子,海上航行时听到的各种声音……还是海上的风暴,水手的生活,包括斗殴、逃脱、聚餐、义气、行侠、海岛探宝、深海捕捞、安然

---

① 肯尼斯·格雷厄姆:《柳林风声》,舒伟译,接力出版社2012年版,130—131页。

归来，等等，无不勾勒出一幅幅航海生活与海岸生活的多彩画卷。这些富有诗意的散文化文字与作者讲述的那些精彩幽默，或富有生活情趣，或惊险刺激的童话故事相得益彰，为之增添了浓浓的诗情画意。

此外，作者在浓笔书写主要人物蛤蟆的章节中，使用了富有诗意的散文性文字来刻画蛤蟆的心理变化。在《柳林风声》的第八章，蛤蟆因为偷偷地开走了别人的新汽车而被判刑 20 年，接着被押解到一座戒备森严的城堡监狱里。失去自由的蛤蟆万念俱灰，痛不欲生。连续几个星期，蛤蟆都拒绝进食，而且不分昼夜地哀叹哭诉。负责监管蛤蟆的老牢头有个女儿，她对蛤蟆的凄惨境遇十分同情。姑娘向父亲提出，让她来劝说固执的蛤蟆。姑娘先通过一份卷心菜煎土豆的气味勾起了蛤蟆对美好生活的回忆，然后通过一杯热茶和一盘黄油烤面包彻底转变了蛤蟆的抗拒态度。姑娘带去的一份刚出锅的卷心菜煎土豆，装在盘子里，那"四溢的香味马上就散布在狭小的牢房里"，痛苦的蛤蟆虽然正趴在地上，但那股浓郁的卷心菜香味却实实在在地钻进了他的鼻孔里，"顿时使他产生了这样的认识：生活也许并不像他所认定的那样空虚和绝望"。当然，蛤蟆并没有马上接受姑娘的安抚，他依然大声哭泣，腿脚乱蹬，一副受委屈的大哭大闹，满地打滚的孩童形象。见此情景，姑娘暂时退出了牢房。结果飘浮在牢房空气里的热菜的浓郁香味产生作用了：

> 蛤蟆一边抽泣，一边用鼻子闻着香味，脑子里也思索开了。他渐渐产生了一些新的，令人奋发向上的思绪，想起了骑士风度，诗歌精神，还有尚未完成的宏图大业；想起了广阔的绿茵草场，阳光普照，和风吹拂，放牧的牛羊在草地上吃草；想起了果菜园，整齐的花圃，蜜蜂盘旋的暖意融融的金鱼草；还想起了蛤蟆庄园的餐桌上摆放杯盘碗碟时令人向往的叮当声，以及客人们贴近餐桌就餐时那椅子腿摩擦地板的吱吱声。在这狭小的囚室里，空气中似乎显露出了玫瑰的色彩。①

这抒情写意的文字让读者见识了动物蛤蟆的心理转变过程，那平常不过的菜香还使蛤蟆想起了自己的忠实朋友，不知他们现在怎么样了，但他

---

① 肯尼斯·格雷厄姆：《柳林风声》，舒伟译，接力出版社 2012 年版，第 114 页。

们肯定不会忘记他的；他还想到了这件案子的由来与未来，他懊悔当初没有聘请律师，否则事情可能有所改观。而且他想到了自己是多么的卓越，多么的聪明，具有多少不凡的智谋啊，他的前程应当是远大的，辉煌的，他委屈不应当自暴自弃。由此，这菜香终于换回了蛤蟆的自信和自尊，所以他的精神伤痛"几乎要不治而愈了"。

随后，姑娘端着一个托盘回到牢房。托盘上有一杯香气扑鼻的热茶，还有一盘抹着黄奶油的烤面包：

> 那些面包片切得厚厚的，两面都烤得十分脆黄，每片面包的气孔里都渗出熔化的黄油，滴成圆圆的金黄色的油珠，好似从蜂巢里淌出的蜂蜜。这黄油烤面包的气味仿佛与蛤蟆交谈起来，语气竟不容置疑：它谈到温暖适意的厨房，晴朗的霜冻之晨的早餐；谈到冬日黄昏那温暖惬意的炉火，当你漫游归来，将穿着拖鞋的双脚搁在护炉架上；谈到瞌睡的猫儿发出的心满意足的呼噜声，倦而思睡的金丝雀发出的啁啾声。蛤蟆终于坐起身来，揩去了眼泪，一边品着香茶，一边大口地吃起了烤面包。不一会，他的话匣子就敞开了，他对姑娘谈起蛤蟆我何许人也，蛤蟆居住的庄园是何模样，蛤蟆在那里举办了何种社交活动，以及蛤蟆我如何在当地举足轻重，如何受到朋友们的敬重，等等。①

姑娘拿来的黄油烤面包无论色、香、味对于蛤蟆都具有不可抵御的吸引力，尤其那气味，竟然以不容置疑的声音与蛤蟆交谈起来！换言之，烤面包的香味使蛤蟆想起了过去不甚珍惜的幸福生活的片段意象。那些意象看似寻常，却蕴涵着浓浓的人间温情。温暖的厨房有多少值得回味的美味啊；晴朗的落下霜冻的清晨会让人产生多少冰清玉洁的联想啊；冬日黄昏在外漫游归来，脱去潮湿的靴子，踏一双拖鞋坐在暖意融融的壁炉旁是何等惬意啊；还有猫儿心满意足的呼噜声，金丝雀的啁啾声，曾经那么寻常，那么见惯不惊，如今却那么奇崛，那么令人向往，令人珍视。绝望的蛤蟆，万念俱灰的蛤蟆就这样恢复了生命的活力。

---

① 肯尼斯·格雷厄姆：《柳林风声》，舒伟译，接力出版社 2012 年版，第 114—115 页。

批评家特丝·科斯勒特认为,《柳林风声》中那些富有诗意的散文书写反映了英国浪漫主义诗人及其自然观对格雷厄姆的影响,包括感悟自然之美;物我相通,自然有灵;大自然中不仅动物可以说话,河流山川也有生命,也会说话。下面是她列举的几个例子。

在小说第九章"大迁徙:向往远游"中,为了使神志恍惚的河鼠恢复正常,鼹鼠特意同他拉家常,说秋收:"鼹鼠装作漫不经心的样子,把话题转向了正在收获的庄稼。他谈到那些堆得高高的马车,吃力行进的车队;越堆越高的干草垛;谈起了在已经收割完毕的,散布着一个个草捆的田野上,那徐徐升起的一轮皓月;谈起了到处可见的颜色越变越深的红苹果,颜色越变越呈棕黄的坚果;谈起了果酱、蜜饯和蒸馏酒的制作。他就这样一步一步,自然随意地从秋收季节说到了隆冬季节,瑞雪中发自内心的欢乐和温馨惬意的冬日家庭生活。说到这里,鼹鼠简直就是在抒发诗情了"。①

科斯勒特认为这是一种济慈式的描写。而当河鼠被海老鼠的海外经历迷住了,像被催眠后变得神思恍惚,他被描写得就像柯尔律治的《老水手歌谣》(The Rime of the Ancient Mariner)中参加婚礼的那位客人。此外,作者笔下的能言会道的动物们居住在一个华兹华斯式的会说话的景观之地。鼹鼠初次见到河流时,这哗啦哗啦流淌的大河对鼹鼠"说起闲话","哗哗地唠叨着世界上最好听的故事"。在狗獾家中,当水獭和河鼠谈起关于河流的本行话题,"那谈话真是没完没了,滔滔不绝,就像哗哗流淌的河流"。② 就此而论,人们还可以列出第十章"蛤蟆继续历险"中乡野道路与运河交谈的情形。当时,蛤蟆独自穿行在密林之中,他想找个会说话的伴儿,问一下该往何处走。但那乡野之路非常"保守",不搭理他。再往前走,那乡路就跟他的一个小弟弟会合了,这个小弟弟是一条运河,他们兄弟俩手牵手,一路推心置腹地行进着,但对于像蛤蟆这样的陌生人毫不理会。在第五章"温馨的旧居"中,当鼹鼠途经被他离弃多时的地下旧居附近时,他的老家向他发出了强烈的召唤,"伸出了无形的小手往同一个方向拉他、拽他",而且"派出了侦探和信使,想抓住他,带他回

---

① 肯尼斯·格雷厄姆:《柳林风声》,舒伟译,接力出版社2012年版,第148页。
② Tess Cosslett, *Talking Animals in British Children's Fiction* 1786–1914, Aldershot, England; Burlington, VT: Ashgate, 2006, p. 176.

家"。那是给了他无限快乐和慰藉的老家,如今思念着它的主人,希望他回家:"它悲伤,它责备,但是没有怨艾,没有愤怒。它只是痛苦地提醒他,它还在那里,它需要他"。此外,老家向他刮风,"跟他争论,向他私语,施展魅力,甚至提出了专横的要求"。老家的深情倾诉和急迫呼唤使鼹鼠的心灵受到强烈震撼,他失魂落魄,痛苦不堪;善良的河鼠见状大惊,在得知缘由之后,毫不迟疑地连夜找寻到朋友的地下老家。这些描写都具有"物我相融"的浪漫主义情调。

批评家还从《柳林风声》的景观景物中读出了深层次的心理象征意义。例如科斯勒特认为《柳林风声》中的"梦幻"意象具有特殊的心理象征意义,它在外部象征和内心状态之间发挥着调节作用。她指出:"河鼠在小岛上找到的正是他的'梦幻曲'。一些批评家将书中的景观解读为心灵状态的象征,那些动物们就是一出心理剧中的演员。例如莫瑞恩·萨姆(Maureen Thum)将鼹鼠对野森林的探访解读为'在进入未知的心理领地时出现的令人神迷意乱的心灵的迷茫"。科斯勒特还提到卡彭特的观点:野森林象征着个体心理的令人惊恐不安的各种可能性,而蛤蟆代表着个人的过度张扬的本性对自己本身的威胁。①

从整体上看,《柳林风声》中的抒情与写意相结合的散文性是对英国浪漫主义诗歌传统的袭用,赋予了这部童话小说浓郁的诗情画意;小说所蕴涵的深层心理象征意义及社会政治寓言因素不仅提升了小说的文学性,而且拓展了文学童话的深度空间。

第五节 《柳林风声》的社会寓言性

《柳林风声》具有典型的童话小说的双重性特点,一方面受到少年儿童的喜爱,另一方面又得到成人读者的赏识。对于成人读者,《柳林风声》的吸引力不仅在于其抒情写意的散文性,而且在于动物角色及其活动所蕴涵的深层社会寓言因素。批评家汉弗莱·卡彭特指出,近来人们习惯于把《柳林风声》主要看作一个社会寓言,野森林及其居民们象征着反叛的贫民阶级。而柳林河岸明显地象征着一切美好的,友善温情的东

---

① Tess Cosslett, *Talking Animals in British Children's Fiction* 1786–1914, Aldershot, England; Burlington, VT: Ashgate, 2006, pp. 176–177.

西，以及（男性）人性中的善良德行，野森林阴森地侵入了这图景的一个角落，象征着个体心理的令人不安的各种可能性。① 这种社会政治视角的解读揭示了《柳林风声》通过童话叙事艺术对传统动物故事的讽刺性寓言进行的拓展。具有一般社会阅历的成人读者可以透过故事的表层结构获得别有情趣的阅读体会：那些不同的动物似乎代表着不同的社会阶层，而小说对于法庭和监狱等的描写更是具有成人读者才能领会的讽刺意义。此外，在作者营造的河岸地区的田园牧歌式的"阿卡迪亚"世界里，动物们过着闲散惬意和丰富多彩的生活，这被认为是对现代社会工业化造成人的异化以及导致自然环境破坏的讽刺性反拨。在整个维多利亚时代，随着工业革命的滚滚浪潮将农村经济转变为工业经济，将传统的手工作业转变成大工厂的规模生产，古老英格兰的长期稳定的带乡村宗法式特点及田园牧歌式的生活方式似乎成为一去不复返的过去，人们深刻地感受到了人与人之间和人与自然之间的隔绝，《柳林风声》对"阿卡迪亚"的寻觅就是力图冲破这种隔绝的努力。

首先，这个位于河岸地区及其相邻的野森林地区的动物社会完全是依据人类社会的模式和结构建立起来的，具有幻想文学的现实性书写意义。正如杰克·齐普斯指出的："幻想文学所包含的现实性并不亚于现实主义小说。诚然，幻想文学作家所采用的规范和叙事策略不同于历史小说或社会现实主义小说作家，但童话故事和幻想文学所表达的意义中总是具有隐含的社会意义，而且它们隐喻式的叙事是有关作者及读者所直接面对的现实的充满想象力的投射和评论。"② 试看科斯勒特对于《柳林风声》的社会寓言特征的解读：

> 动物们按照各自的社会规则而生活，捍卫自己的生活方式。那些动物角色代表着特定的社会等级。狗獾是一个乡绅，蛤蟆是贵族，虽然带有暴发户的痕迹，河鼠是中上层阶级的有闲人士，鼹鼠是一个家境破落但讲究面子的，谨小慎微的小职员，或者就是一个文法学校的

---

① Humphrey Carpenter, *Secret Gardens: A Study of the Golden Age of Children's Literature*, Boston: Houghton Mifflin Company, 1985, pp. 156–157.

② Jack Zipes, *Breaking the Magic Spell: Radical Theories of Folk and Fairy Tales* Revised and expanded edition, Lexington: University Press of Kentucky, 2002, p. 211.

小男孩。黄鼠狼和鼬鼠可以看作下层阶级，他们就像丛林中的猴子一样令人畏惧，遭人鄙视。他们对蛤蟆府邸的侵占是某种形式的一场革命，当他们返回自己所居住的森林之中，并表示顺从之后，良好的秩序才得以恢复。……在格雷厄姆的故事中，好动物都回避人类社会及其发明，蛤蟆执意进入人类社会结果吃尽苦头。在动物世界里，任何寻欢作乐的倾向都受到等级社会的压制。蛤蟆登峰造极的寻欢作乐导致了令人沮丧的权威和社会等级的颠覆——以蛤蟆府被黄鼠狼强占为象征。①

从几个动物主人公的身上，人们确实可以发现爱德华时期英国中产阶级的阶级地位，性格和情趣，爱好与主要活动等特征。狗獾平素离群索居，一般人很难见到他，只能感受到他那看不见，但又无所不在的影响力。狗獾的居所是位于野森林中央的大宅院，有地下通道连接森林和周边地带。他总是大清晨或晚间很晚时分才出门悄悄散步，尽量避免与人来往。"纳尼亚传奇"的作者 C.S.刘易斯在论及这位狗獾先生时，认为他体现了一种非同寻常的组合："高贵的地位、武断的态度、火爆的脾气、离群索居和正直善良。凡是见识过狗獾先生的孩子都会深刻地认识人性，认识英国的社会历史，而这是通过其他方式难以做到的"。② 蛤蟆由于继承了父亲留给他的硕大家产而成为远近闻名的大阔佬。他居住的蛤蟆庄园就是其身份的象征：一幢漂亮、豪华的建筑，红墙绿地，分外醒目。室外的草地经过精心的整修，一直延伸到河边。河边有蛤蟆停放游艇的宽阔的游艇间，里面停泊着许多漂亮的小艇。蛤蟆不仅有养马场，还有马车行当里建造得最好的马车和大篷车，专供他郊游和远游。这大篷车上有几张床，可以折叠在车壁上作小台子用，有做饭用的炉子，有箱子、书架、鸟笼，箱子里装着饼干、龙虾罐头、沙丁鱼，还有汽水、烟草、信笺、腊肉、果酱、扑克、骨牌，总之吃喝玩乐所需"一应俱全"。此外，蛤蟆还有养猪场、大马厩、鸽子房、养鸡房、奶牛场、洗衣间、瓷器柜、熨烫

---

① Tess Cosslett, *Talking Animals in British Children's Fiction* 1786 – 1914, Aldershot, England; Burlington, VT: Ashgate, 2006, p. 178.

② C. S. Lewis, On the Three Ways of Writing for Children. In Egoff, Sheila et al. eds. *Only Connect: readings on children's literature*, Toronto, New York: Oxford University Press, 1980, pp. 212 – 213.

房，等等。作为受人追捧的主人，蛤蟆时常在蛤蟆庄园的宴会厅里举行宴会，而且按照蛤蟆庄园历来行事的派头，除了让客人享用非常丰盛精美的佳肴，蛤蟆还亲自为客人唱歌、讲故事，潇洒自如，谈笑风生。蛤蟆的贵族派头是很明显的，无论在宴会厅，还是在花园草地上，他总喜欢一大堆朋友围着他转，听他说话，讲"聪明的故事"，或者陪着他去郊游，等等。蛤蟆的爱好和追求也不是一般人的经济条件能够负担的。他迷上划艇时买了许多崭新的赛艇，与此配套的是"一身新服装，全套新行头"。但他不久就把众多游艇束之高阁，转而迷上了乘坐大篷车去郊游玩耍，继而又迷上新近出现的大汽车，最后历经磨难返回河岸地区时，居然还想着要玩汽艇……人们只能用追新求异，喜新厌旧来形容他的行为。而这样的行为也使蛤蟆遭到那些栖身在野森林的黄鼠狼、貂鼠、棕鼬等"下层贱民"的颠覆性报复，他们乘蛤蟆离家之机强占了那豪华漂亮的蛤蟆府，在里面吃喝玩乐，耗费蛤蟆的家产。

作为这个社会的中上阶层有闲人士，河鼠的经济条件和社会地位通过他在河岸拥有的舒适惬意的住所和头衔体现出来。河鼠衣食无忧，可竟日游玩，而且随季节变化而有不同的游乐方式。他所需要的就是像鼹鼠这样的理想玩伴。从人格特征看，河鼠精明能干，很会持家，也很会享受生活，毫无疑问是个热爱家园的典范。与狗獾和河鼠相比，鼹鼠的经济条件和社会地位就显得寒碜多了。用他自己的话说，他的地下居所是"破烂、肮脏、狭小的"，这与他的低微身份是相匹配的。事实上，鼹鼠的地下居室虽然"寒碜、狭小，家具简陋"（家具中有的是用"省吃俭用，苦苦积攒下"的钱购买的，有的是从姑妈那里捡来的，还有通过苦苦搜寻发现的便宜货），但还是很整洁的。房前的空地铺着沙粒，打扫得很干净（从鼹鼠每年春季进行的一丝不苟的大扫除可略见一斑）。前门上方用哥特式字母写着"鼹鼠角"字样，正是像他这样的"小职员"的住房的真实写照。此外，鼹鼠对于野餐、游乐、泛舟、郊游等中上阶层人士的日常娱乐活动几乎一无所知。在初次造访蛤蟆府时，蛤蟆把他计划的远游旅行的前景、户外生活和途中活动的乐趣描绘得五光十色，精彩纷呈，结果让鼹鼠激动万分，迫不及待地跟着蛤蟆爬进了大篷车，而一旁的河鼠则冷眼旁观，大泼冷水。对于鼹鼠这样阶层的人士而言，蛤蟆讲述的大篷车旅行计划（大马路、石楠丛生的原野、牧场、野营、浏览村庄、城镇和城市，不断追寻变动的地平线）闻所未闻，富家子弟的冒险生活真是太新鲜、太刺激、太具有不可抗拒的诱惑力了。整个《柳林风声》的故事是从鼹鼠离别地下居所开始的。在脉脉流动的春天气息的召唤下，鼹鼠放弃了年复一年的春季大扫除，掘开地面通道，冲进了阳光灿烂、绿草茵茵的大地之中——这象征着不满现状的小市民对于更高地位及更理想生活条件的渴望与追求。当然，鼹鼠的追求得到回报，他在柳林河畔找到了友谊，也找到了生活的乐趣。不过作者也描绘了鼹鼠对于过去，对于历史的怀念。在"温馨的家园"一章中，当鼹鼠与河鼠一道从位于野森林深处的狗獾家返回位于河岸的河鼠之家时，那突然间从地下冒出来的旧日故居的气味猛烈地震撼着他这离家游子的心灵——那是他亲手营造并生活了多年的家，是他的根基所在。尽管受到自己良心的谴责，鼹鼠还是选择与河鼠住在一起，因为新的生活带给他太多的"欢乐、惊喜和新鲜迷人的经历"。鼹鼠在面临冲突时采取的策略是：尽情拥抱充满阳光、空气、欢乐和丰富刺激的生活，在想家的时候就抽空回来看一下这个完全属于他自己的老窝。

从经济生活的角度看，《柳林风声》中的动物社会完全采用了英国社会商品买卖的货币单位和流通方式。小说第二章"宽阔的大路"讲述蛤蟆、河鼠和鼹鼠三人乘坐大篷车到远处兜风，不料被一辆疾驰而来的汽车撞翻在路边，大篷车也破损严重，他们只好赶往附近小镇的火车站。到达小镇后，河鼠和鼹鼠把已被汽车迷住而走火入魔的蛤蟆安排在二等车的候车室里，花几个便士请搬运夫照看他，然后在购票之后带着蛤蟆乘车回家；两只小刺猬在飘雪的冬日上学时在野森林中迷了路，跑到狗獾家中避寒，临走时狗獾先生送给他们每人6先令硬币的零用钱；而鼹鼠回到被遗忘多日的地下旧居后，河鼠忙着替他收拾房间，临时安排炊火饮食。他俩正准备用餐时，突然有一大群不速之客来访，河鼠赶紧掏钱让提着风灯领头的田鼠去外面的商铺购买各种食品，以款待这一群前来唱冬日圣诞欢歌的小田鼠们。至于蛤蟆先生自然是远近闻名的大阔佬，连后来负责监禁他的老牢头都知道蛤蟆财大气粗，暗示他破费一下，以改善牢中待遇。作为继承父辈遗留房产和财产的阔佬，蛤蟆全然不知创建家业，挣钱致富的艰难，所以在用钱方面是无所顾忌的，从买帆船、赛艇、大篷车到订购大汽车等，出手大方，毫不犹豫，就连刚问世不久的汽车他也接连买了七、八辆。在蛤蟆最近购买一辆功率特大的新汽车时，供货商采取的是"不中意不付款"的推销方式送货上门。然而富有特殊意味的是，这个蛤蟆阔佬也尝到了身无分文而举步维艰的痛苦滋味。被关押在人类的牢房之后，蛤蟆痛苦万状，以泪洗面。老牢头的女儿同情蛤蟆的遭遇，让蛤蟆用几个大金币换下了监狱流动洗衣妇的服装，乔装出逃。但他在火车站排队买票时却惊恐地发现自己囊空如洗——当时出逃心切，他把外套和马甲都留在牢房里了："他的皮夹子、钱、钥匙、手表、火柴和铅笔盒都在马甲里面——一切使生命值得活下去的东西，一切使这位有许多口袋的动物，众人的主宰，有别于只有一个口袋，或者没有口袋的低等动物的东西都在马甲里"。无钱买票的蛤蟆被粗鲁地推到一旁，他伤心绝望，泪流满面。本来已经胜利在望，却因掏不出几个"倒霉的"先令，让人嘲笑、推搡；而且再一想，他逃跑的事情很快就会暴露，他就要被人追捕，被重新关进阴冷潮湿的地牢，戴上沉重的枷锁，遭受双倍的折磨……想到这里蛤蟆感觉万箭穿心，痛苦不堪。如此身无分文，狼狈不堪的情形与他过去出手阔绰，甚至一掷千金的做派形成了鲜明的对比。

第六节　《柳林风声》的神话因素

特丝·科斯勒特认为格雷厄姆的创作明显受到浪漫主义诗人及其自然观的影响：他的动物言语出现在一个"会说话的"，超自然的景观之中。而神话中的牧神潘出现在故事里不仅有助于建构令人肃然起敬的神秘氛围，而且代表了一种为动物们创造一个宗教的尝试。格雷厄姆在小说中采用的古典神话因素之一就是牧神潘的故事。在希腊神话中，半人半羊的潘是山林之神和畜牧之神。潘神生活在山林间和草场湿地里，喜好游玩，领着一群半人半羊的山林精灵萨蒂尔（Satyr）嬉戏打闹。有一次牧神潘遇见了阿卡狄亚山林里一个叫西琳克斯（Syrinx）的水泽仙女，便拼命地追求她。西琳克斯夺路而逃，一直逃到拉冬河边，再无退路。眼见逃脱无望，西琳克斯拼命向河流女神呼救，说时迟，那时快，当牧神潘追到跟前，向她猛扑过来时，姑娘变成了一簇沙沙摇动的芦苇。此时，一阵微风拂过芦苇，化作深沉凄美的乐声。受此启发，潘神用这些芦苇制成一种有七个声管，可以吹奏出优美动听音乐的排箫，并以姑娘的名字来命名。对于格雷厄姆而言，那拂过芦苇的风声转化为拂过杨柳的清风，传载的同样是微妙的歌声和无尽的意味。在《柳林风声》第七章"黎明前的排箫声"中，河鼠和鼹鼠乘着月色，划着小船沿河溯流而上，去寻觅已失踪多日的水獭的儿子"小胖子"。过了一会儿,河鼠在空旷的夜色中听见了从远处传来的时断时续的音乐声,而鼹鼠只听见了在芦苇、灯芯草和柳树间响起的风声。再过一会,鼹鼠也听到了那快活、清脆的排箫声。他俩循声而行,将船划到堰口,登上了一个被河水环绕的小岛,岛上长满了杨柳、银桦和赤杨,以及山楂、野樱桃和野梅子等野果树。就在黎明向这个繁花似锦的河心小岛投来第一束亮光之时,他们看见了动物的"朋友"和"救助者",脑后长着弯曲羊角的潘神,那柔韧的手里还拿着刚刚吹奏过的精美排箫;同时也看见了他们所苦苦寻觅的"小胖子"水獭正甜美地睡在潘神的一对羊蹄之间,一副"圆滚滚、胖乎乎"的模样。两人赶紧低头伏地,向潘神顶礼膜拜。顷刻间金色的太阳跃起在地平线上,强烈的阳光使他们感到眼前一片模糊。等他们再睁开双眼,那美丽的画面已经消失得无影无踪。河鼠和鼹鼠像从美梦中惊醒一般,他们不仅看到了仍在熟睡中的"小胖子",而且在草地上看到了几个深深的羊蹄印。他们把醒来的"小胖子"接上小船,护送到他那终日守候在渡口的父亲那里。此后,河鼠和鼹鼠感到非常疲倦,只想睡上一觉。这时远处又传来了隐隐约约的歌声,昏昏沉沉的河鼠听见之后尽最大努力将歌词告之鼹鼠:

"我来试试告诉你歌词吧",河鼠仍然闭住眼睛轻声说。"现在又变成歌词了——声音很弱,但很清晰——'为了避免留下畏惧——避免把欢乐变成忧虑——你在我出手救援的时刻,难免看见我的雄劲之力——然后你必须忘记!'现在芦苇又接着唱了——'忘记吧,忘记,'芦苇在叹息,歌曲变成了簌簌响的耳语。现在声音又回来了——

"'为了你的手脚不再红肿扭曲,我拆除了安置的陷阱夹子,在我拆夹子时你有可能看见我在那里,因此你必须忘记!'鼹子,划得靠近一点,靠近芦苇一点!听不大清楚了,歌声越来越弱了。

"'在潮湿的林地,我救助,也护理。流浪小儿我抚慰,迷路之人我送回,受伤之人我治疗,然后吩咐他们全忘记!'靠近点,鼹子,靠近点!不行,没有用,歌声成了芦苇的细语,消失了"。"可是,这些话是什么意思呢?"鼹鼠迷惑不解地问。"这我就说不清了",河鼠简单地说,"我只把听见的东西告诉你。啊!现在歌声又回来了,这回声音很大,很清楚!这回,终于,真是那东西,不会有错的，朴素——热情——完美——"①

原来潘神通过芦苇传来的歌声告诉他们，把黎明前看到一切都忘记。这排箫声和歌声是动物保护神潘带给他们的最好礼物：先是引导他们划船赶到堰口，让他们登上河心小岛，找到"小胖子"；然后让他们把看到的一切都忘却，以恢复往日的平静心境，恢复那无忧无虑的快乐生活。这是作者对牧神潘故事的儿童文学化的改写，但显而易见的是，作者散文化的文字更适宜于成人读者阅读。事实上，"黎明前的排箫声"这一章对于成人读者的吸引力远远超过对少年读者的吸引力。而全书的画龙点睛之笔就是书名《柳林风声》对古典神话的借用。牧神的排箫声拂过河岸地区的杨柳丛林，为格雷厄姆的童话"阿卡迪亚"带来了浓浓的诗情画意。

《柳林风声》对古典神话因素的运用还体现在对"尤利西斯"离家和归家故事的袭用。"尤利西斯"是希腊神话英雄奥德修斯的拉丁名字。在荷马史诗中，奥德修斯是《伊里亚特》的重要人物，也是《奥德赛》的主人公。奥德修斯不仅参加了长达十年的特洛伊战争，并最终以木马计攻下特洛伊坚城，而且在战后又经过十年的海上漂泊，历尽艰险之后回归故乡伊塔卡岛。奥德修斯离家之后，他留在伊塔卡岛国的妻子珀涅罗珀就处于漫长的等待之中。由于长期以来都没有奥德修斯的确切信息，人们认为他凶多吉少。结果从各地赶来了108个求婚者，他们吃住在奥德修斯的王宫里，消耗奥德修斯的家产，同时逼迫女主人珀涅罗珀在他们中间择一而嫁。在荷马史诗中，茫茫海域上发生的事件与遥远的伊塔卡家园中发生的事件遥相呼应。奥德修斯返回伊塔卡后乔装成老乞丐进入王宫，他摸清了宫中的情形，利用参加宫中射箭比赛（这将决定谁会成为珀涅罗珀的新丈夫）的时机，与儿子忒勒马科斯联手击杀了所有求婚者。随后夫妻相认，重振家园。《柳林风声》对"尤利西斯"故事的运用主要体现在两个层面。第一个层面是蛤蟆外出历险、回归历险和夺回家园、重振家园的故事所构成的叙事框架。蛤蟆的历险故事当然是这部小说中最精彩最幽默的部分。而且蛤蟆的历险故事与尤利

---

① 肯尼思·格雷厄姆：《拂过杨柳的风》，孙法理译，安徽文艺出版社2002年版，第124—125页。

西斯出征与归家的故事框架是契合的,蛤蟆被关进人类的牢房之后,那些栖身在野森林的黄鼠狼、貂鼠、棕鼬等不良之徒乘机强占了豪华漂亮的蛤蟆府,在里面吃喝玩乐,耗费他的家产。而蛤蟆在经历众多磨难而返回河岸地区后,最终在几位赤胆忠心的朋友的鼎力相助下赶走了众多入侵者,夺回了蛤蟆府并重振家园。当然,《柳林风声》的"尤利西斯"重返家园后的复仇故事是童话叙事中的复仇故事,与神话叙事中尤利西斯用利箭和兵器残酷地击杀了所有求婚者完全不同,蛤蟆和他的三位朋友只是痛快淋漓地将那些黄鼠狼及其仆从狂殴了一顿,使他们落荒而逃。此外,蛤蟆的喜剧性的复合性格(包括他持续不断的探索热情和求新求异的历险冲动)也是对传统的"尤利西斯"英雄的童话式续写和发展。可以这么说,蛤蟆的"尤利西斯"特征既是对《柳林风声》的蛤蟆形象和蛤蟆故事的提升,又是在儿童文学语境中对荷马传统的"尤利西斯"主题和形象的补充、发展。从整体上看,作者对牧神潘因素的运用通过小说的书名得到强化,而对于"尤利西斯"因素的运用则通过小说的最后一章"尤利西斯归来"加以彰显。

与此同时,"尤利西斯"因素的运用还体现在作者通过蛤蟆之外的其他几个动物角色的人格心理的两极倾向所形成的相互观照和相互补充关系,投射出人类共同的渴望和情感:(1)追求"变化的地平线"的远游历险冲动;(2)热爱和眷念家园的乡情与信念。汉弗莱·卡彭特指出,格雷厄姆具有同一性格中不同的两极倾向,一极是潜藏心中的按父亲选择的方式逃避现实,逃往异国他乡的漫游者,另一极则是热爱和眷念家园的人。这两极倾向就体现在《柳林风声》中的河鼠、鼹鼠、狗獾和蛤蟆的性格和行为之中。在卡彭特看来,漫游者和恋家者代表着人生的两极倾向,都是对于童年的安全及家庭的眷念的探索,同时也是对于某些更遥远的理想目标的追寻,而无论在现实中,还是在想象中,只有离家漫游的孩子才能抵达这个目标。从更广泛的意义上,《柳林风声》的动物角色体现了多层面的普遍性的"尤利西斯"原型心理倾向。《柳林风声》的故事是从鼹鼠离别地下居所开始的。脉脉流动的春天气息唤醒了身处地下的鼹鼠的历险冲动。他放弃了年复一年的春季大扫除,掘开地面通道,冲进了阳光灿烂、绿草茵茵的大地之中。他在柳林河畔找到了友谊,也找到了生活的乐趣和意义。此外他观赏看到了在黑暗的地下居所无法观赏的一年四季,由春夏秋冬在大自然的露天舞台上轮番上演的精彩演出。然而有一天，当鼹鼠与河鼠一道从位于野森林深处的狗獾家返回位于河岸的河鼠之家时，那突然间从地下冒出来的老家的气味猛烈地震撼着他这离家游子的心灵——那是他亲手营造并生活了多年的家，是他的根基所在。虽然受到自己良心的谴责，鼹鼠还是选择与河鼠住在一起，因为新的生活带给他太多的"欢乐、惊喜和新鲜迷人的经历"。鼹鼠在面临冲突时采取的策略是：尽情拥抱充满阳光、空气、欢乐和丰富刺激的生活，在想家的时候就抽空回来看一下这个完全属于他自己的老窝。

至于精明能干、会持家也会享受生活的河鼠，这毫无疑问是个热爱家园的典范。他对于自己的生活方式和生活环境是非常满足的，与那些迁徙性动物相比，甚至与蛤蟆和鼹鼠相比，他都是一个在柳林河岸的土地上"生了根"的人。他所营造的温馨家园最充分地体现了尤利西斯眷念家园的那一极倾向。但河鼠的这种心理倾向并非完美无缺，他也由于受到航海鼠的影响而向往远游并由此陷入了一场精神危机，以至于失魂落魄，失去自我。在一个夏末秋初，季节转换，迁徙性动物纷纷离开河岸地区，前往异域他乡的时节，心生躁动和伤感的河鼠遇见了一个来自海外的海老鼠。在听了海外来客讲述异国他乡的惊险历程，讲述海上和海岸的绮丽风光和风情之后，河鼠不禁黯然神伤，意识到了自己生活圈子的狭小，生活视野的狭隘和生活方式的局限。大河北岸的那一片草原挡住了他往南张望的视线，而这就是河鼠到目前为止看到的最远的地平线。他对于自己习以为常的快乐生活产生了怀疑（他一直认为这是"唯一值得过的生活"）。在海老鼠远去之后，河鼠神思恍惚，梦游般地带上简单的行李准备追随海老鼠远游的足迹，幸被好友鼹鼠及时阻止，良久才恢复正常。航海鼠是个浪迹天涯的漫游者，他的经历和精神追求映照的是河鼠未能实现的生活的许多可能性，尤其是漫游天边外的世界的可能性。但他虽然以四海为家，但又不是真正意义上的水手，他的生涯更像一种无业游民的浪漫化写照。他并不参加艰苦的航海工作，只是偷偷溜上港口的航船，四海漫游；而且他并不真心喜欢待在航船上的日子，而是追求海岸生活，追求灯光闪烁的港口生活。他实际上是一个没有根基的四海闯荡的冒险家，正如他自己所说："我是一个航海的老鼠，我启程的第一个港口是君士坦丁堡，虽然我在那里也算是一个异乡人。……对我来说，我出生的城市，与位于君士坦丁堡和伦敦河之间的任何令人愉快的港口相比，并不比它们更像我的家。……把我随便扔在这些城市的任何一个码头或者海滩，我又回到了家中"。① 海老鼠堪称另一种版本的狂热追求"不断变化的地平线"的蛤蟆，只不过在漫游和历险方面走向了极端。概而言之，这些动物角色以童话艺术的方式演绎了古希腊神话英雄"尤利西斯"的两极倾向的各种可能性。

---

① 肯尼斯·格雷厄姆：《柳林风声》，舒伟译，接力出版社2012年版，第139页。

第 二 编

浴火而行 承前启后：
两次世界大战前后的英国童话小说(1910—1949)

综　　论

　　人类进入20世纪以后经历了两次惨绝人寰的世界大战。从1914年至1949年，两场肇始于欧洲的世界大战先后爆发，几乎席卷全球，对于包括英国在内的西方社会产生了难以磨灭的深刻影响。20世纪初叶以来，以英、法、俄为一方的"协约国"和以德、奥为另一方的"同盟国"为了争夺殖民地和势力范围，形成了敌对的两大军事集团，终于在1914年引发了第一次世界大战。这场战争历时四年之久，给交战各国造成巨大破坏，不仅使各国的经济陷入极度混乱之中，更使各国人民遭受巨大的牺牲，陷入难以言状的艰难困苦之中。20世纪30年代在资本主义世界爆发的全球性经济危机又使当时的世界政局发生了剧烈变化，成为第二次世界大战的直接导因。德、意、日三国的法西斯势力在垄断资产阶级扶植下上台执政，对外大肆侵略扩张。随着1939年法西斯德国入侵波兰，第二次世界大战全面爆发。全世界有60多个国家和五分之四的人口卷入了这场战争。经过艰苦卓绝的奋战，由苏、美、英、中等不同社会制度的国家结成的反法西斯同盟战胜了德、意、日法西斯力量，宣告了第二次世界大战的结束。第二次世界大战被看作世界现代史的一个重大转折，战后的世界进入了一个新的历史时期。

　　无论是一战还是二战之后，昔日称雄世界，无比辉煌的大英帝国先后经历了国力衰弱的阵痛，都要用很长时间才能从战争创伤中恢复过来。这两次战争极大地冲击了包括英国在内的当代资本主义社会的价值体系和伦理体系，促使人们对现存的价值观和伦理观进行前所未有的反思。与此同时，毁灭性的战争及其严重后果也促使英国政府比以往更加重视儿童与青少年教育，所采取的一些措施客观上为战后英国儿童文学的发展和繁荣提供了必要的社会保障和物质条件。英国议会于1918年通过了新的《教育法案》，将年轻一代接受义务教育的最大年龄定为 14 岁，而且 14 岁以后离校的儿童还应当继续上学，要每年接受 320 小时的学校教育，直到年满 18 周岁。这一法案对于提高英国低龄儿童的读书识字率具有积极的作用。1941 年，丘吉尔政府任命巴菲特为教育大臣，由他主持制定了于 1944 年颁布实施的新版《英国教育法案》。这部新法案将接受义务教育的离校年龄提高到 15 岁；同时把政府教育制度的实施划分为初等、中等和高等三个阶段。这部新法案体现了对于幼童和青少年教育的重视，在理念上不再将他们视作旧文化价值的继承者，而是面对新的未来所培育的"谷种"。客观地看，战后英国政府对教育的重视由此延续至今，影响深远。从总体看，对适龄儿童及青少年教育的重视对提升他们的文化水平及阅读水平起了积极的推动作用，也为英国儿童文学作品的创作和接受提供了有益的外部环境。

  从 19 世纪末至 20 世纪 20 年代和 40 年代，英国文坛上正是现代主义小说流派方兴未艾的时期。其中意识流小说无疑是影响最大的文学流派之一，其重要作家包括弗吉尼亚·伍尔夫（Virginia Woolf）和詹姆士·乔伊斯（James Joyce）等人。伍尔芙的现代主义创作发自于她对"爱德华时代"那些注重文学叙事的"物质主义"的小说家的不满和批评。她对于具有世界影响的科幻文学大师威尔斯就曾提出尖锐的批评，认为他笔下的人物形象单调划一，虽然那些人物无懈可击，但却没有灵魂和血肉。伍尔芙所推崇的是大力挖掘人物内心世界的"精神主义"。然而从特定意义看，威尔斯笔下的那些火星人、莫洛克人、月球人，还有兽人等，完全可以视做我们人类内心的一部分，也是我们血肉的一部分。这实际上涉及文学叙事的幻想性与文学性的碰撞与融合，不能简单化地加以评判。现代主义作家的共同特点是致力于通过全新的反传统的叙述形式和语言风格进行写作，致力于打破传统文学的叙事技巧，故意淡化故事情节，采用大量内心独白和自由联想，大力营造时空交替和心理时间及象征暗示，不遗余力地追求语言运用的创新和变异，以呈现错综复杂的现代意识和感受。与此形成对比的是，由于英国童话小说主潮的儿童文学性及其儿童和青少年读者本位写作的内在特性，也由于以刘易斯·卡罗尔为代表的维多利亚时期童话小说作家们所奠定的坚实传统，英国童话小说的创作仍然秉承着张扬幻想，解放想象的童话审美理想而沿着自己的轨道继续前行。事实上，战争的冲击和战后的变化使许多人心中的怀旧情感和逃避愿望变得更加急迫，更富有吸引力。这些情绪自然会在儿童图书的创作中通过童话叙事得到适宜的表达，如动物童话小说和玩偶动物小说创作就取得了突出的成就。其中最具代表性的是休·洛夫廷（Hugh John Lofting，1886－1947）的"杜立德医生"系列（*The Story of Dr Dolittle：Being the History of His Peculiar Life at Home and Astonishing Adventures in Foreign Parts Never Before Printed*，等等，20世纪20年代以来），以及以玛杰丽·比安柯（Margery Bianco）的《天鹅绒兔宝宝》（*The Velveteen Rabbit*，1922）和艾伦·米尔恩（A. A. Milne，1882－1958）的《小熊维尼》（*Winnie - the - Pooh*，1926）等为代表的拟人化的玩偶动物小说；约翰·梅斯菲尔德（John Masefield，1898－1967）的《午夜的人们》（*The Midnight Folk*，1927）和《欢乐盒》（*The Box of Delights*，1935），P. L. 特拉弗丝（P. L. Travers）的《玛丽·波平丝》（*Many Poppins*，1934）、《玛丽·波平丝归来》（1935）、《玛丽·波平丝开门》（1944）成为别具一格，风格隽永的童话小说；此外还有 J. B. S. 霍尔丹的《我的朋友利基先生》（1937），J. R. R. 托尔金的早期幻想小说《霍比特人》（*The Hobbit*，1937），厄休拉·威廉姆斯的《小木马历险记》（1938），T. H. 怀特（T. H. White）的《石中剑》（*The Sword in the Stone*，1938），20世纪40年代的重要作品有皮皮（BB，D. J. Watkins - Pitchford）的《灰矮人》（*The Little Grey Men*，1942），等等。

由于在不同程度上受到惨烈战争因素的影响，从1914年至1949年，寻找避难所成为英国童话小说的重要主题之一。这一倾向也被一些当代批评家称为"逃避主义"，即逃避残酷的现实，遁入乌托邦式的幻想世界。托尔金在1938年所做的《论童话故事》演讲中就针对童话及幻想文学的"逃避"功能进行了阐述。他认为"逃避"并非一般消极意义上的避世，而是真正的童话故事应当具备的重要文学因素之一。用他的话来说，童话的独特性就在于，听童话故事的儿童能够从想象中的深切的绝望中恢复过来，从想象中的巨大危险中逃避出来，而最重要的是获得心理安慰，从而树立生活的信心。托尔金的这一信念与他的真实战争经历密切相关。C. S. 刘易斯曾感叹第一次世界大战给英国的物质和文化事业造成的巨大创伤，叹息有多少英国乡村少年及其他优秀青年死在炮弹横飞的战场上，与此同时，战争给活着的人们所带来的心理震撼更是难以估量的。在第一次世界大战期间，托尔金的好友罗布·吉尔森和杰弗里·史密斯先后去世，给生者带来无尽的哀思。史密斯在给托尔金的最后一封信中这样写道："那些活着走出战场的人，应该延续全体朋友们的烈焰般的激情，说出死者未能说出的话，创造使他们全体引以为自豪的成就。"托尔金没有辜负好友的期望，他通过童话小说《霍比特人》(1937)象征性地表达了经历磨难的小人物的英雄主义精神，这部小说通过童话叙事折射了托尔金在第一次世界大战中的经历，对本时代的幻想文学作品的伦理道德观、价值观及传统的英雄主义等进行了拷问。故事的主人公比尔博在巫师刚多尔夫的安排下，踏上跟随小矮人远征队前往恶龙盘踞的巢穴，夺回被它抢走霸占的财宝的历险征程。整个故事从多层面揭示了人性的复杂，展示了一个看似寻常小人物的成长历程及其潜藏的英雄主义。作者为《霍比特人》注入的时代精神和自己的思考，是对寻宝历险的传统主题的拓展，从而一开英国儿童幻想文学变化之风气。

分别创作于两次大战期间的两部童话小说，休·洛夫廷的《杜立德医生历险记》(1920，获纽伯瑞金奖)和皮皮的《灰矮人》(1942，获卡内基奖)寄托着典型的追寻避难乐土的理想。前者讲述的主人公杜立德医生不善与人交往，继而改为动物看病。他通过家里的鹦鹉学会了动物的语言，继而致力于为远近地区的家养动物们看病疗伤。由于能够直接与动物沟通，询问病情，发现病因，杜立德医生用自己高超的医术治好了前来就诊看病的各种动物，成为深受动物们爱戴的神奇兽医。后来他又赶赴遥远的非洲丛林去医治那里患病的动物——由此引发的种种故事无疑将读者带进了远离人间残酷战争的充满童趣的理想之国。《灰矮人》作者皮皮的全名是丹尼斯·沃特金斯-皮奇福德，他曾就读于皇家艺术学院，后从事绘画和写作，长期生活在英国的中南部。《灰矮人》的故事背景就设置在作者所熟悉的中南部，只是虚构为风景同样美丽诱人的愚人河下游。1942年的英国已经进入了与德国法西斯进行殊死搏杀的二战年代。在惨烈战争的浓浓硝烟中，在德国空军对伦敦等城市进行狂轰滥炸的冲天火光中，作者向人们讲述的却是三个灰矮人前往愚人河的源头去寻找其失散兄弟的历险故事。这三个灰矮人一个叫"秃子"，一个叫"喷嚏"，一个叫"哆嗦"，他们自己动手打造了一条小船，从愚人河的下游溯流而上，在沿岸如画如诗的风光中遭遇了各种各样的河畔动物居民，也遭遇了凶恶巨人格罗姆的追杀，而他们凭着非凡的勇气和智慧应对凶险，化险为夷，终于胜利归来。从童话叙事的角度看，这部小说在一个更深的层面寄托了作者在惨烈的二战期间，在英国城乡遭受纳粹空军疯狂轰炸的背景下，致力于寻求安宁与和平的愿望和理想。事实上，战争终将过去，人类还将在和平安宁的环境中谋求生存，走向未来，这才是不可动摇和偏离的人间正道。

这一时期以休·洛夫廷的传奇式动物小说"杜立德医生"系列、米尔恩的动物玩偶小说《小熊维尼》和比安柯的《天鹅绒兔宝宝》等为代表的动物乌托邦故事的创作仍然保持着强劲的势头。此外，苏格兰作家、政治家约翰·布坎（John Buchan）创作的《神奇的手杖》（1932），以及两部发表于1939年的讲述返回过去时间的旅行故事——希尔达·刘易斯（Hilda Lewis）的《飞船》（*The Ship that Flew*）和阿利森·厄特利（*Alison Uttley*）的《时间旅行者》（*A Traveller in Time*）也开拓了新的幻想题材。20世纪40年代出现了不少描写想象世界的作者，如伊丽莎白·高奇（Elizabeth Goudge）、沃特金斯·皮奇福德（Watkins Pitchford）、克罗夫特·迪金森（Croft Dickinson）、埃里克·林克莱特（Eric Linklater）、朗默·戈登（Rumer Godden）、贝弗利·尼科尔斯（Beverley Nichols），等等。从总体上看，如果说维多利亚时期的经典童话小说呈现了奇崛厚重的魔法因素（如"爱丽丝"小说中的地下奇境和镜中世界，内斯比特的"五个孩子"系列中的能满足愿望的沙精、魔法护符、神奇的凤凰，以及其他使现实与幻想交替互换的魔法因素），那么20世纪30年代以来的英国童话小说则表现出从奇崛奔放走向平缓凝重的趋向，同时更趋于童趣化；魔法因素则趋于平淡化或日常生活化，那些具有神奇魔力的物件往往是儿童熟悉的日用品或玩具，如一根手杖，一个模型船，玩具，木马，等等；具有神奇魔法的人物及魔法因素也出现了日常生活化（故事可置于现代社会的平民化生活背景之中）的走向。

第十四章

艾伦·米尔恩与他的玩偶动物故事"小熊维尼"

艾伦·亚历山大·米尔恩[①]
(Alan Alexander Milne,
1882—1956)

就叙事类型的艺术特征而言,当代动物文学可分为写实性与幻想性两大类别。写实性动物小说遵照现实主义原则描写那些生存、活动于现实世界不同环境中的动物,包括各种野生动物和家养动物。幻想性动物文学叙事在艺术表现上超越了公认的常识性的经验现实,不仅动物角色可以像人一样开口说话,而且发生的事件也可以超越人们的经验常识。而就英国的幻想性动物叙事而言,还可以分为两种类型:一种是描写那些像人类一样能说话、能思考,并且遵循文明社会准则的野生动物的故事,如肯尼斯·格雷厄姆的《柳林风声》;另一种则是描写被赋予生命的玩偶动物的故事,其代表性作品就是艾伦·米尔恩(Alan Alexander Milne)的《小熊维尼·阿噗》(*Winnie-the-Pooh*, 1926)和《阿噗角的小屋》(*The House at Pooh Corner*, 1928)。

艾伦·亚历山大·米尔恩(1882—1956)出生在伦敦的汉普斯特德,

[①] Alan Alexander Milne, 1882–1956, http://www.pinterest.com/cmlibrary/a-a-milne-ficent/.

家中排行老三，父亲是一所位于伦敦北部的规模很小的私立学校的校长。日后成为著名科幻小说作家的赫伯特·乔治·威尔斯曾在这所学校任教（1889年至1890年），担任过艾伦·米尔恩的老师。在家中排行老三的艾伦·米尔恩同他的哥哥肯·米尔恩关系密切，尽管弟弟艾伦在学校里各方面都显得比哥哥优秀，但哥哥肯·米尔恩却没有产生任何妒忌之心，而是为弟弟的表现感到由衷高兴。这种兄弟情谊在后来的《小熊维尼》里转化为小熊与小猪之间的友情。离开出生地之后，艾伦·米尔恩进入威斯敏斯特学校就读，在11岁时因学业优秀获得一份奖学金，他尤其在数学方面颇有天赋，成为全校学生中的佼佼者。也许他可以像刘易斯·卡罗尔一样成为职业数学家，但由于缺乏竞争者，他对于数学的热情和追求逐渐懈怠下来。尽管进入剑桥大学三一学院深造时艾伦·米尔恩所学专业仍为数学，但他已经全然失去了对数学的热忱。不过他把数学才智用于写作诗句，尽心尽力，对待词语就像对待数字和公式一样认真。他的写作才华引起了人们的注意，这使他担任了剑桥大学一份学生杂志《格兰塔》（*Granta*）的主编，并为它撰稿。他写的文章引起了英国著名杂志《笨拙》（*Punch*）的注意，不久之后他就成为该杂志的撰稿人，还于1906年担任了杂志的助理编辑（1906—1918）。1903年大学毕业后，米尔恩全身心投入写作。作为《笨拙》杂志的助理编辑，米尔恩对该杂志的主编欧文·西曼印象深刻，他那忧郁感伤的神情似乎让他成为《小熊维尼》中怨天尤人的小灰驴"咿唷"的原型。第一次世界大战爆发后，米尔恩应征入伍，在英国陆军服役，直到1919年战争结束后退役，随后移居切尔西。艾伦·米尔恩于1913年结婚成家。1920年，米尔恩夫妇的儿子克里斯多夫·罗宾·米尔恩（Christopher Robin Milne）出生。1924年，艾伦·米尔恩创作了儿童诗集《当我们年少时》（*When We Were Very Young*），主题仍然是描述和赞叹纯真的童年岁月，是对于罗伯特·史蒂文森的《儿童的诗园》的呼应和致敬，由《笨拙》杂志的漫画艺术家E. H. 谢泼德（Ernest H. Shepard）绘制插图。E. H. 谢泼德后来成为《小熊维尼·阿噗》和《阿噗角的小屋》的插图作者，就像坦尼尔成为卡罗尔的"爱丽丝"小说的插图作者一样，几部经典之作的文字与插图成为不可分割的组成部分。米尔恩是一位多产作家，创作了数量不菲的诗歌、散文、戏剧、小说，值得一提的是，米尔恩非常喜欢肯尼斯·格雷厄姆的《柳林风声》，尤其是蛤蟆的历险故事，特意将其改编成剧本《蛤蟆宫里的蛤蟆》(Toad of Toad Hall)，上演后大获成功，引起轰动。米尔恩一生发表了18个剧本和3部小说，其中包括侦探小说《红屋之谜》(The Red House Mystery, 1922)。尽管米尔恩总是抱怨人们把他看作儿童文学作家，而全然忘记了他为成人读者和观众创作的大量小说、诗歌和剧本，但为他赢得世界声誉的《小熊维尼·阿噗》和《阿噗角的小屋》早已成为家喻户晓的儿童文学经典名作，单凭这一事实就足以告慰其平生了。

"小熊维尼"故事的创作灵感来自米尔恩儿子罗宾身旁的那些动物玩偶，这些故事也被称作"罗宾故事"系列。罗宾满一岁时，收到一只作为生日礼物的泰迪熊。他给小熊取名为"小熊爱德华"，后来又依据加拿大军队的吉祥动物黑熊维尼而改名为小熊维尼，这头黑熊在第一次世界大战期间被留在伦敦动物园饲养。"阿噗"之名则来自一只名叫"噗"的天鹅。以后更多的玩偶动物作为礼物来到罗宾身旁，陪伴他度过童年。有一天，艾伦·米尔恩和插图艺术家E. H. 谢泼德突然萌生了一个想法，为何不把这些动物玩偶写进一个床边故事呢？E. H. 谢泼德就以孩子的泰迪熊为原型勾画出小熊维尼的形象。罗宾的其他动物玩偶包括小猪、老虎、袋鼠、小灰驴等都被写进了小说中，而另外两个角色，兔子和猫头鹰是作者构想出来的。小熊维尼故事的背景地是百亩森林 (Hundred Acre Wood)，其原型是位于东萨塞克斯郡的阿士顿森林 (Ashdown Forest)，米尔恩父子曾经在这里居住过，并时常在林中漫步。插画艺术家E. H. 谢泼培德从阿士顿森林的景观汲取灵感，为这两本书创作了许多插图。如今，阿士顿森林连同那座阿噗木桥已经成为一个旅游胜地。1966年，华尔特·迪士尼公司将米尔恩的故事改编为动画片《小熊维尼·阿噗和蜂蜜树》，由此开启了这个故事系列的当代影像改编之旅。

《小熊维尼·阿噗》(1926)的第一章讲述小熊维尼·阿噗和小蜜蜂的故事，这个贪吃的小熊为了将蜂蜜吃到嘴里，闹出了许多笑话，由此将读者带进了这片神奇的童话王国。第二章讲述小熊维尼·阿噗外出串门，跑到兔子家大吃一顿，但饭后滚圆的身子被兔子家的前门卡住了无法脱身。第三章讲述的是小熊维尼·阿噗和小猪外出打猎，险些逮住一只怪兽。出现在第四章的是怪模怪样的小灰驴"咿唷"(Eeyore)，他丢失了自己的尾巴，惊恐不已，结果还是乐于助人的小熊维尼帮失魂落魄的"咿唷"找回了丢失的尾巴。第五章讲述小猪遭遇一只大笨象后发生的故事。第六章讲述小灰驴"咿唷"过生日之际得到了两件礼物。第七章讲

第十四章　艾伦·米尔恩与他的玩偶动物故事"小熊维尼"　325

米尔恩、罗宾和泰迪熊

述袋鼠妈和袋鼠娃来到百亩森林后发生的故事。第八章讲述男孩克里斯托弗·罗宾带领大伙去北极探险的故事，几番周折，还是小熊维尼找到了"北极"。第九章讲述森林里大水泛滥成灾，小猪被困在洪水之中，最终如何脱离险境的故事。第十章讲述克里斯托弗·罗宾如何大摆筵席，伙伴们互道珍重，依依惜别。《阿噗角的小屋》（1928）是在《小熊维尼·阿噗》问世两年后出版的。与《小熊维尼·阿噗》相比，相同的背景和相同的人物，只是通过不同的故事对小熊维尼·阿噗及其他动物的性格做了进一步地挖掘与发展。在这个象征永恒童年的百亩森林里，克里斯托弗·罗宾与那些可爱又可笑的动物伙伴们继续上演着人间的童年喜剧。

在一个晴朗的冬日，小猪拿了一条扫帚到户外扫雪，却发现小熊维尼·阿噗在追踪什么东西。"你在那里看到了什么吗？"小熊问道。小猪望地上一打量，说地上有脚印。于是小熊与小猪循着脚印追踪起来，但转来转去却发现了更多的脚印，不免感到十分惊恐。小猪吓坏了，随即找了个借口便溜走了。独自留在林中雪地的小熊维尼偶然抬头一望，看见了坐在一棵树上的男孩罗宾。罗宾告诉小熊，他和小猪其实是在追踪他们自己的脚印，"你们先是围着灌木林转了两圈，然后小猪追在你的后面，然后你们又一起转了一圈。然后你们又开始转第四圈了"。这真是当事者迷，旁观者清，在高处的罗宾把小熊和小猪的糊涂行为看得一清二楚，而在雪地里穷追不舍的追踪者却被自己的脚印吓得半死。小男孩罗宾的介入与孩童般的拟人化动物玩偶们的行动互为指涉，相得益彰，这是具有开拓性的英国儿童动物小说的一种表现手法。

　　故事中的小熊既是可爱又可笑的儿童，淳朴善良，热情开朗，同时也非常淘气，贪嘴好吃，尤其对于蜂蜜的嗜好更是超越了一切，他的人生追求就是在上午 11 点吃到美味的东西。小熊时常一副憨态可掬的模样，但在危急之时也会急中生智，出手救人。从整体上看，这个小熊恰似中国名著《西游记》中的猪八戒，贪吃贪玩，小智若愚，本真可爱。而从更广泛的意义看，小熊也代表着世界上每一个乐观豁达，但难免有缺点和弱点的普通人。而具有魔力的百亩森林包容了童年的一切，包括游戏、打闹、贪食、恶作剧、白日梦、探险、脱险、怀旧、永不长大，等等；而小猪、小老虎、袋鼠妈妈和小袋鼠，以及整天愁眉苦脸的小灰驴"咿唷"等象征着各种类型的儿童。这些儿童面对的是诸如兔子、猫头鹰等怪异而且自命不凡的成人。而发生在百亩森林的一切由于小男孩克里斯托弗·罗宾的在场或介入而变得有惊无险，安全无虞。这个故事与众多英国儿童经典名作一样，缘起于作家为儿子罗宾讲述的床边故事，在经过作者的文字加工描述后得到艺术升华，能够在心底深处打动我们，使我们看到自己的身影，回想起自己的童年，发出会心的微笑。对于成人读者，小熊维尼的故事用童话叙事的方式揭示了复杂的人性特征。百亩森林如同爱丽丝遭遇的地下奇境和镜中世界一样，出现在里面的人物和情景都具有原型的意义，批评家弗雷德里克·克鲁斯（Frederick Crews）在《阿噗的谜团》（*The Pooh Perplex*，1963）一书中通过多种批评视野阐释了小熊维尼·阿噗的多层面的性格特征，包括弗洛伊德精神分析学、利维兹理论、马克思主义理论等视阈的解读。批评家 C. N. 曼洛夫认为，艾伦·米尔恩的"小熊维尼"故事里的所有动物角色都可以看作精神分析治疗中的案例，如小熊维尼·阿噗患有记忆丧失（失忆）和神经功能症；小灰驴"咿唷"患有躁狂抑郁症；跳跳虎患有好动亢奋症；猫头鹰患有诵读困难症；小猪则是妄想偏执狂。① 这些解读揭示了"小熊维尼"故事的多层次的意涵和魅力。事实上，与休·洛夫廷的"杜立德医生"系列中那些活跃在广阔森林、原野及城乡的动物们相比，始终生活在百亩森林的动物们显得非常闲

---

① Colin N. Manlove, From Alice to Harry Potter: Children's Fantasy in England, Cybereditions Corporation. p. 62.

散，是忙忙碌碌的人们对一去不返的童年"阿卡迪亚"的浪漫追忆。这正是"闲云潭影日悠悠，物换星移几度秋"。与卡罗尔的"爱丽丝"故事一样，"小熊维尼"故事的独特魅力就在于把留不住的岁月流逝化作了一曲永恒的童年咏叹调。

第十五章

向善的小人物拥有巨大的潜能：
托尔金的纯真童话《霍比特人》*

J. R. R. 托尔金①
(J. R. R. Tolkien, 1892 – 1973)

《霍比特人》(*The Hobbit*) 是牛津大学中古文学教授J. R. R. 托尔金创作的一部载入英国童话小说史册的，充满传奇色彩的隽永别致的童话小说。它缘起于1933年作者给儿女讲述的童话故事。他讲述的是一个名叫毕尔博的模样可笑的小矮人的故事，这个毕尔博在外出历险途中发现了一只能使自己隐身的神奇戒指，这使他在随后的远征中成功地偷走了被巨龙掠夺霸占的稀世珍宝。四年后的1937年，这个故事以《霍比特人》为名出版了。这部童话小说在新的严峻时代一开英国儿童幻想小说变化之风气，对幻想文学领域之寻宝历险的传统主题进行了大力拓展。它不仅惊险有加，充满童真童趣，而且投射了新的时代精神和作者独到的思考。作者托尔金于1892年1月3日出生于南非，4岁时因父亲去世而随着母亲举家迁回英格兰，在伯明翰郊区度过了自己的童年时代。托尔金1915年23岁时从牛津大学毕业，1919年获牛

---

* 本节主要内容曾以《"宅男"毕尔博的奇迹》为名发表于2013年1月3日的上海《新闻晚报》。相关内容还以《向善的小人物拥有巨大的潜能》为名发表于2013年2月1日上海《解放日报》。

① J. R. R. Tolkien, 1892 – 1973, http://s10.sinaimg.cn/orignal/c706a302tdacb38fdd349&690.

津大学硕士学位。第一次世界大战期间托尔金在军队服役，其间由于患"战壕热"而被送进医院治疗。正是在抱病住院的这段日子里，托尔金开始了他最初的写作生涯。托尔金所经历的第一次世界大战对于他创作《霍比特人》以及随后而来的"魔戒传奇"都具有直接而深远的影响。

一　新童话故事

托尔金自幼深受传统童话的熏陶和影响。《霍比特人》开篇第一句，就是讲述童话故事的语调："从前，有一个住在地洞里的霍比特人。……"事实上，《霍比特人》就是一部充满传统元素的童话小说，如不速之客、正义巫师刚多尔夫的造访；毕尔博鬼使神差般加入小矮人远征队——目的是夺回被巨龙掠走的财宝；毕尔博无意间获得能够使其隐身的千年魔戒；借助魔戒，主人公一次次进入禁区，盗走食人巨人的金子和短剑、古鲁姆的魔戒、恶龙斯毛戈的金杯、索隆的阿肯宝石，或者偷偷解救被大蜘蛛群捕获的小矮人……类似的种种情节，曾不止一次在很多童话探险小说中出现。此次远征惊险不断，波澜迭起，但总能转危为安，化险为夷；重要的是，几乎每个行动都充满童真童趣。

与格林童话中的许多故事一样，托尔金将小人物毕尔博作为自己小说的主人公。但与传统童话中那些勇敢无畏，主动冒险，以证明自身价值的小人物不同（如格林童话中"勇敢的小裁缝"），《霍比特人》中的毕尔博是个安于现状的"宅男"。他安居洞府，舒适惬意，心满意足，别无他求。毕尔博能加入远征队，完全是因为巫师刚多尔夫的精心策划和恰到好处的激将法。当然，这个霍比特人虽然平淡无奇，但潜藏在内心的英雄主义冲动一旦激活，也同样能干出一番不可思议的大事业。在一路遭遇了无数可怕的邪恶力量之后，毕尔博同小矮人一起抵达孤山，从恶龙斯毛戈的龙窟里夺回了原本属于小矮人的宝藏。之后，毕尔博回到家乡，成为当地传奇式的人物——但他仍然保持着小人物的心态。这个故事再次印证了传统童话的观念：向善的小人物拥有巨大的创造奇迹的潜能。

托尔金通过童话艺术，也提炼了小人物历险故事中所隐含的基督教思想。正如当代西方儿童文学和童话研究领域最重要的学者之一齐普斯所论述的，在这个中洲世界，上帝缺失，托尔金却把一个不起眼的小人物提高到上帝的位置，让他站在宇宙中心，成为人本主义源头。托尔金通过获得救赎的小人物的行动，证实价值，进而解放读者，从而令他们有信心寻求救赎。尽管心地善良、天真无邪的毕尔博也受到魔戒的诱惑而差点"堕落",但他通过异乎寻常的艰险征程,通过磨难的洗礼而成长起来,成为拯救众生的英雄。

此外,新约福音书中的基督复活信念,在托尔金这里转变成"童话故事的慰藉"——灾难性后果(dyscatastrophe)后,童话故事通过"否极泰来"(eucatastrophe)的局面,释放喜悦。这样的结局是经历了磨难和危险之后突如其来的幸福"转变"。用托尔金的话说,所有完整的童话故事必须有幸福的结局。这是童话故事的最重要功能,因为它根植于人们心中对愿望满足以及永恒乐观精神的信念。

二 魔王源于人间

托尔金是虔诚热情的天主教徒,对当时社会腐蚀性的颓废与极度泛滥的物质主义,可谓痛恨。在其看来,狂妄自大的人类正在通过机器来改变世界,而宗教"福音与承诺"的兑现,前提是人类要涤荡自身的"宗教大罪"。这些罪包括狂妄自大、贪婪无度、懒惰、傲慢和追名逐誉等,在小说中,这些罪具象为魔王索隆的肆虐,白衣巫师萨茹曼的叛变,古鲁姆的贪婪。

正义反抗邪恶、拯救众生的过程是漫长而艰巨的。因此在《霍比特人》和《魔戒》中,心地善良、天真无邪的毕尔博和弗罗多,尽管受到过魔戒诱惑,几度濒临"堕落",但他们通过磨难洗礼成长起来,最终历练为拯救众生的英雄。当然,作为天主教徒的托尔金也有颇为"异类"的一面,在他看来,在接受基督教所信仰的"造物主"的前提下,人类可进行替代性的创造,或曰"亚创造"(sub-creation)。上帝创造"第一世界",童话奇境就是人类创造的"第二世界"。托尔金在其论著《论童话故事》中声称:为抵抗发生在这个"堕落的"第一世界的罪过,需要在"第二世界"里复原人类已然丧尽的天良。

托尔金通过神话想象和童话艺术所创造的幻想世界向世人表明,人类如何才能"重新获得"宗教信仰,获得尘世的救赎,获得力量来抵抗现代资本主义社会非人性化的压迫性趋势。托尔金通过童话艺术提炼了小人物历险故事所隐含的基督教思想,正如法兰克福学派批评家杰克·齐普斯所论述的,托尔金把一个不起眼的小人物提高到上帝的位置,让他站在宇宙的中心,成为所有创造的人本主义源头。在中洲世界,上帝是缺失的。精神世界通过获得救赎的小人物的行动证实了自身的价值。而且正是幻想在解放主人公的同时也解放了读者，让他们去寻求救赎。①

三　神话中的寄托

长期以来，托尔金对古代欧洲神话传奇，包括古冰岛诗歌集《埃达》，古芬兰神话《卡勒瓦拉》和盎格鲁－撒克逊英雄史诗《贝奥武甫》等，都有深入研究。托尔金身处的年代，西方文明的负能量已经显现——精神颓废，空虚和荒谬感风行。借助人类学和心理学研究的进展，神话批评学派在此背景下兴起，这一学派呼唤神话的复兴，呼唤神话意识的回归。他们强调生活的精神意义，对远古初民的心理意识很有兴趣，并试图追溯和探求人类在远古时期对生存环境的反应方式。在这一思潮的影响下，许多作家从古代神话中寻求寄托和灵感，并试图找到一种神话方法或者隐喻媒介来进行创作，进而重塑现代人空虚和扭曲的心态。其中乔伊斯的小说《尤利西斯》，艾略特的长诗《荒原》，以及叶芝的《幻象》等诗歌作品都是突出例子。同样地，在牛津大学担任古英语教授的托尔金也形成了自己的神话意识。

1936年，当托尔金做《贝奥武甫：魔怪与批评家》的讲座时，他已动笔创作童话小说《霍比特人》。在托尔金看来，《贝奥武甫》不仅具有重要的历史文献价值，更是一部构思精巧的能够给后人巨大启示的文学作品。盎格鲁－撒克逊英雄史诗《贝奥武甫》成于8世纪晚期，是中世纪欧洲最早用民族方言写成的文学作品，诗中的历史人物大约生活在五六世纪。这部民间叙事诗讲述了两个关于英雄贝奥武甫的故事。第一个故事描写贝奥武甫早年在丹麦斩杀魔怪格兰代尔和他的妖母，为民除害。第二个故事讲述贝奥武甫晚年的事。他所在的耶特国出现一条喷火恶龙，焚烧村庄，屠杀人民。火龙住在山里，它的洞中藏着无数珍宝。贝奥武甫为了解救陷入灾难中的人民，率人上山寻找恶龙决斗。在与火龙搏斗时，贝奥武甫不幸被火龙喷出的火焰烧伤，又被火龙分叉的毒牙咬住脖子，但在生命垂危时，他仍奋力出手，杀死巨龙。他在临终前嘱咐武士们把火龙珍藏在龙穴里的珍珠、宝贝与黄金分给他的人民。托尔金认为，诸如《贝奥武

---

① 杰克·齐普斯：《冲破魔法符咒：探索民间故事和童话故事的激进理论》，舒伟等译，安徽少年儿童出版社2010年版，第183页。

甫》这样的史诗的神话想象揭示了严肃的道德和精神力量，而且这种神话想象历久弥新，不会遮蔽人们对现实的洞察，而且能够使人们的洞察更加深刻。

四 恶龙成就英雄

欧洲神话传说中的火龙，与东方的龙截然不同。在东方，龙大多是受到崇拜的海神，居住在龙宫。而欧洲的火龙通常是邪恶危险的，它们头似怪兽，口喷火焰，血液如火焰般炽热，有蝙蝠样的翅膀和带刺的尾巴。这些龙袭击和毁灭人类，象征厄运。在英国的传说中，作为英格兰守护神的圣乔治，其功绩就是屠戮了一条火龙，这也象征着本土人民击败了外族入侵者——古代斯堪的纳维亚人就是乘坐设计成火龙模样的大船而入侵英伦岛屿的。托尔金对《贝奥武甫》的解读使他明白了如何把握《霍比特人》的创作。我们完全可以想象，托尔金在给儿女们讲述"霍比特人"的故事时，特别是在描画巨龙斯毛戈和它藏在洞穴里的无数珍宝时，从《贝奥武甫》那条喷火巨龙身上汲取到了无限灵感。事实上，小说描写的是主人公毕尔博在巫师刚多尔夫的安排下，踏上跟随小矮人远征队前往恶龙盘踞的巢穴，夺回被它抢走霸占的财宝的历险征程。而出现在《霍比特人》中的恶龙"斯毛戈"就融合了多种神话叙事和前人作品中的邪恶之龙的形象，如北欧神话中的龙形巨人法夫纳（Fafnir）、古英语英雄史诗《贝奥武甫》中的喷火巨龙、马洛礼根据中古英语浪漫传奇创作的《亚瑟王之死》和诗人斯宾塞《仙后》（1589）中的恶龙，以及安德鲁·朗收入其童话集《西格德》中的巨龙，等等。神话想象可以成为童话创作的源头活水，而童话艺术可以巧妙地将传统神话因素加以升华。托尔金广采博揽，自出机杼，终于在自己的作品中创作出了童话奇境中的恶龙形象。

在托尔金看来，龙的形象虽邪恶，但使命"重要而光荣"，因为没有恶龙就没有英雄。"只要在斯堪的那维亚语和古英语中出现一首英雄叙事诗歌，就会出现两个重要情节：恶龙逞凶和最伟大英雄屠龙灭怪"。正是作为魔怪的恶龙的出现，使文学作品获得了崇高的格调和极大的深刻性。托尔金世界里龙的形象不仅仅表现为邪恶和怪癖的化身，更具有一种重要的神话意义，它的出现往往象征着进入了一个不同的"异域他乡"，而这个"异域他乡"正是幻想世界的奇境所在。正如托尔金说的："龙的身上清楚地写着'奇境'的印记，无论龙出现在什么地方，那都是'异域他乡'。那创造了或者探望了这个异域他乡的幻想就是仙境愿望的核心。我对于龙有一种刻骨铭心的向往。"①

完成《霍比特人》之后，托尔金对神话式的叙事方法深有体会，尤其对于以魔怪巨龙为代表的邪恶力量的表达方式难以自拔。托尔金的研究者兰德尔·赫尔姆斯认为，《霍比特人》就站立在"阈限"前，它预示着一部最奇丽，最具想象力的作品即将诞生。他指出，随着毕尔博的成长，托尔金的想象也在拓展。② 毕尔博历险过程中出现的令人恐惧颤抖的邪恶力量，定然在托尔金心中引起震动，使他获得对邪恶力量的洞察乃至企盼。托尔金也许没有意识到，那只千年魔戒已在他心中扎根，正在诱惑他进入了另一个更为危险的奇境世界——"魔戒传奇"。

霍比特人毕尔博加入小矮人远征队前往孤山，帮助他们夺回被恶龙掠走的宝藏，一路上出生入死，历尽难以想象的卓绝险境，而在这一童话叙事的背后浮现的是第一次世界大战的战场。作者为读者呈现的一切都是发生在幻想世界的事情，它们一方面显得非常独特，另一方面又让人感到十分熟悉。这后面正是现实中的世界大战的经历和思考。现实主义的文学作品以写实性为主要特征，其叙述的故事无论多么曲折都是直接反映人们所熟悉的经验世界的。写实性的文学作品其人物和事件都是在现实生活中可能出现和发生，或者可以被验证的。法兰克福学派批评家齐普斯这样论及幻想文学的真实性："幻想文学所包含的现实性并不亚于现实主义小说。当然，幻想文学作家所采用的规范和叙事策略不同于历史小说或社会现实主义小说作家，但童话故事和幻想文学所表达的意义中总是具有隐含的社会意义，而且它们隐喻式的叙事是有关作者及读者所直接面对的现实的充满想象力的投射和评论。"③

英国浪漫主义诗人济慈（John Keats，1795－1821）这样论及人类想象的真实性，他说："我相信世界上只有人心产生的情感和想象的真实性是神圣的——想象抓住的美好东西一定是真实的——无论它在这之前是否存在——因为我对于我们所有的激情，就像所有的爱一样，具有同样

---

① J. R. R. Tolkien The Tolkien Reader New York：Ballantine，1966，p. 64.
② Randel Helms，Tolkien's World，Boston：Houghton Mifflin Company，1974，pp. 51－53.
③ 杰克·齐普斯：《冲破魔法符咒：探索民间故事和童话故事的激进理论》，舒伟等译，安徽少年儿童出版社 2010 年版，第 232—233 页。

的观点,它们都存在于它们崇高的,富有创造力的基本的美当中……"①

幻想文学作品是在经验无法证实的意义上,通过"在场"的方式表现"不在场"的人物和事件。尽管如此,它们应当具有内在的逻辑性或者心理的真实性,应当富于哲理,人物与情节发展之间,以及与故事中的其他因素之间应当是连贯的、统一的。这正是托尔金在《论童话故事》专论中探讨的幻想的内在的一致性问题,也是童话叙事的艺术性问题。

---

① John Keats: "To Benjamin Bailey: The Authenticity of the Imagination" The Norton Anthology of English Literature Vol. 2, New York: W. W. Norton & Company, 1979, p. 864.

第十六章

拓展"禽言兽语"的疆界：
休·洛夫廷的"杜立德医生"系列

在童话世界，人类与动物相互交往的必要条件是异类之间互通语言。在AT分类法中，禽言兽语类的民间故事被归为670型"动物的语言"。事实上，原始的关于禽言兽语的神话思维一旦与文学想象相结合就会产生活泼生动的童话故事。在童话故事中，人类可以天然地与动物对话交流，如在格林童话《青蛙王子》中，公主的金球落进深井之后，失声哭泣的公主与突然出现的青蛙相互交谈，商讨如何解决公主面临的问题。而更多，更富童话色彩的情形是通过某种条件获得听懂动物语言的能力。

休·洛夫廷[①]
(Hugh John Lofting, 1886 – 1947)

例如在格林童话《白蛇》中，有一个无所不知、智慧超凡的国王，他有一个奇怪的习惯，每天中午饭后都要神秘地吃一碗密封着送上的食物。国王的亲信侍从偷吃了他负责给国王呈送的神秘食物（碗里盛着的白生生的蛇肉），结果发现自己能听懂禽言兽语了！在他踏上周游世界的路程之后，由于能听懂动物的语言，他先后搭救了处于危难之中的鱼儿、

---

① Hugh John Lofting, 1886 – 1947, http://www.librarything.com/pic/208927.

蚂蚁、小乌鸦,最终在它们的帮助下获得成功和幸福。

休·洛夫廷(Hugh John Lofting,1886-1947)的"杜立德医生"系列进一步拓展了禽言兽语类童话故事的疆界。自1920年问世以来这一系列大受欢迎和好评,成为当代颇具影响的表现人与动物友好相处,密切合作,共同奋斗,最终改变生活现状的动物童话小说。洛夫廷于1886年1月出生于英国巴克夏郡,在谢菲尔德接受了初等教育,后到美国求学,在马萨诸塞理工学院获得土木工程本科学位。在第一次世界大战期间,洛夫廷加入了爱尔兰禁卫军,作为一名上尉在军中服役,他的两个年幼的孩子留在英国。在远离亲人的异国战场上,栖身于战壕中的洛夫廷只能通过写信的方式来寄托自己的思念之情。他不愿把战场上目睹的残酷情形告诉孩子们,继而在看到那些运用于战争中的马匹时获得了灵感,决定采用幻想文学的方式在信中给孩子们讲述一个热爱动物,懂动物语言的乡村医生的故事,并且附上自己画的插图。这些故事就成为后来影响深远的动物童话小说"杜立德医生历险记"系列(1920—1952)的前身。

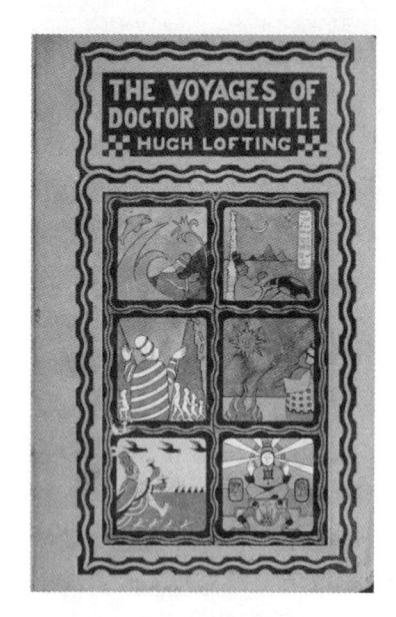

《杜立德医生航海记》①

从总体上看,"杜立德医生"系列为读者构建了一个温馨的人与动物共处、互助的童话乌托邦。这个乌托邦从现代英国社会延伸到非洲原始森林的动物世界,延伸到浩瀚的大海,又从非洲丛林回到英国……不仅故事情节丰富多彩,极富童趣,而且呈现了现代英国社会的广阔生活场景。与迪克·金·史密斯的聚焦于动物角色之情感与行动的农场动物小说不同,洛夫廷的动物小说以杜立德医生大胆的思想观念和异乎寻常的行动作为叙述的轴心,使读者随着杜立德医生走进人和动物密切合作的乌托邦世界。从1920年发表的《杜立德医生的传奇故事》(*The Story of Dr Do-*

---

① The Voyages of Doctor Dolittle, http://en.wikipedia.org/wiki/File: The_ Voyages_ of_ Doctor_ Dolittle. djvu.

little: *Being the History of His Peculiar Life at Home and Astonishing Adventures in Foreign Parts Never Before Printed*）开始，作者陆续创作了一系列有关"杜立德医生"的传奇故事，包括《杜立德医生航海记》（*The Voyages of Dr Dolittle*，1922）、《杜立德医生的邮局》（*Dr Dolittle's Post Office*，1923）、《杜立德医生的马戏团》（*Dr Dolittle's Circus*，1924）、《杜立德医生的动物园》（*Dr Dolittle's Zoo*，1925）、《杜立德医生的大篷车》（*Dr Dolittle's Caravan*，1926）、《杜立德医生的大花园》（*Dr Dolittle's Garden*，1927）、《杜立德医生的月球之旅》（*Dr Dolittle´in the Moon*，1928）、《杜立德医生返回地球》（*Dr Dolittle's Return*，1933）、《杜立德医生和秘密湖泊》（*Dr Dolittle and the Secret Lake*，1948），以及故事集《杜立德医生和绿色金丝雀》（*Dr Dolittle and the Green Canary*，1950）和《杜立德医生在泥潭镇的历险》（*Dr Dolittle's Puddleby Adventures*，1952），等。其中，作者推出《杜立德医生的月球之旅》的意图之一是终结"杜立德医生"故事系列的写作，但由于读者们对杜立德医生的热切呼唤，作者不得不做出让步，让杜立德医生从月球返回，继续从事他的传奇活动。

这一故事系列的开篇之作《杜立德医生的传奇故事》（1920）定下了作者创作动物乌托邦的温情的童话基调："许多年以前，当我们的祖辈还是小孩子的时候，有一位名叫杜立德的医生……他住在一个被称做'湿地上的泥塘镇'的小镇上"。杜立德医生在镇上开了一个诊所，但这个给人类治病的医生却不善于与人打交道，而是非常喜爱动物。他不仅在花园深处的池塘里饲养了金鱼，还在食品间里养了兔子。在他家里，小白鼠可以在钢琴里钻进钻出，小松鼠出现在亚麻布衣橱里，刺猬出没在地窖里。此外，他还养了一头小牛犊、一匹25岁的瘸腿老马、还有小鸡、鸽子、小羊羔，以及许多其他动物。当然，杜立德医生最喜爱的动物是鸭子"达布"、小狗"吉布"、小猪"加布"、鹦鹉"波莉尼西亚"和猫头鹰"图图"。结果来他家里的动物越来越多，而到他诊所来看病的人却越来越少了。有一次，一个来看风湿病的老太太正好坐在一只睡在沙发上的刺猬身上——受到惊吓的老太太从此再也不到杜立德医生的诊所看病了，她宁愿跑到十英里外的小镇上去看另一个大夫。这样的情形一再出现，替他料理家务的姐姐也感到忍无可忍，在一番苦心劝说无效之后，也不再管他的事情了。由于收入锐减（一年只有六便士），杜立德医生不得不靠变卖家中物品，甚至自己的衣物来应对喂养越来越多的动物们的开销。最终有一个养猫人提议，说杜立德医生不如改行，去做给动物看病的兽医。这个提议让他的生活发生了改变。事实上，杜立德医生发现动物比人更有人情味，更讲情义，更知恩图报，而且据养猫人讲，给人们的宠物看病收入也会得到改观。在见识广博的鹦鹉"波莉尼西亚"的帮助下，杜立德医生学会了使用禽言兽语，可以自如地与各种动物进行对话交流。杜立德医生成为兽医的消息一传开，那些老太太们赶紧把自己因喂养不当而得病的宠物狗带来请杜立德医生诊治，远处的农夫们也把自己生病的牛、羊、马带来了。当然，杜立德医生给动物看病治疗的过程也是非常富有童趣的，因为他能够利用懂禽言兽语这一有利条件了解动物的真实病情和病因，从而对症施治，手到病除，深受动物们的爱戴。前来就诊的一匹马告诉杜立德医生，山那边的兽医什么也不懂，是个白痴，给他治了六个星期的病，根本就是瞎闹，他不过是眼睛近视而已，只要配一副眼镜就可以解决问题了。果然如此。这样一来，不仅像马、牛、狗这样的动物，还有那些生活在野外的小动物，如田鼠、水老鼠、狗獾和蝙蝠等也纷纷前来找他看病。通过候鸟的消息传播，杜立德医生在世界各地的城镇和野外的动物世界声名远扬。不久后有燕子捎来消息，远在非洲的猴国发生严重疫情，几百只猴子的生命岌岌可危，急需救治，否则后果不堪设想。在接到来自猴国的求救信息后，杜立德医生毅然决定离开家乡，前去施救。他借了一只船，带着一群追随他的动物前往非洲。于是童话世界的奇异历险开始了，并一发不可收拾。那些生活在非洲丛林里的猴子们为了答谢杜立德医生的救命之恩，竭尽全力在原始丛林深处找到一个绝无仅有的双头珍稀动物，名字叫"推你拉我"，将他赠送给杜立德医生。这是一种身子像鹿，但首尾难分的双头羚羊，因为他长有两个脑袋。当然，这头珍稀怪兽的两个脑袋都能通过对话与杜立德医生进行交流。他告诉医生，他母亲这边有瞪羚和岩羚羊的亲缘关系，父亲那边有独角兽的亲缘关系。尤其富有童趣的是，这珍稀怪兽的两个脑袋分工比较明确，睡觉时一个头上的眼睛闭上安眠，另一个头上的眼睛睁着，保持清醒；而吃东西时可以用一个头上的嘴吃饭，一个头上的嘴说话，从而避免出现任何不礼貌的现象。

1998年，根据《杜立德医生的传奇故事》改编的影片《怪医杜立德》上映后大受欢迎，引起轰动。饰演杜立德医生的是美国著名黑人影星艾迪·墨菲。杜立德医生的活动场所也改动为现代背景下的纽约。电影故事增加了杜立德医生与伐木公司之间的冲突这一情节主线。为保护动物

第十六章 拓展"禽言兽语"的疆界:休·洛夫廷的"杜立德医生"系列 339

们赖以生存的大森林免受毁灭性的砍伐,他援引"濒危动物保护条例",提请法庭给予认可并禁止伐木公司的行为,但法官只给了一个月的禁伐期限。由于伐木公司设下圈套,引发不利于杜立德医生主张的事件,结果法官判决,一个月限令期满,将不再延长。为了抵制贪婪的人类滥伐森林,群情激愤的动物们决定采取一致行动,进行抗议。鸟群向人类发起攻击,各种动物也发起大罢工,赛马拒绝赛跑,它们对骑手们怒吼道:"你自己跑一英里看看!"随着局势的发展,有关当局不得不正视动物的要求,于是便出现了有关当局与动物们进行双边谈判,由杜立德医生做翻译的情趣盎然的故事情景。

随着《杜立德医生的传奇故事》一炮打响,深受读者欢迎,后续之作接连不断地推出,无不充满童趣,延续着人与鸟兽零距离沟通与合作的戏剧性路子。杜立德医生和他的动物朋友在完成了在非洲丛林拯救患病猴群的任务之后安全地返回了英国。为了更好地保护动物,在男孩汤米和小白鼠的协助下,杜立德医生在自己的花园空地上建立了一个独一无二的动物家园。搭建了兔子公寓楼、混血狗家园、大鼠小鼠俱乐部、狗獾酒馆、狐狸会所和松鼠宾馆等建筑。在这个动物家园,各种动物友好相处,同时享受着充分的自由,他们可以讲述各自的不平凡经历,过着惬意而舒适的生活。在《杜立德医生航海记》中,这位神奇的兽医又一次出海远航,演绎出新的精彩故事。这次出海历险,跟随杜立德医生前行的不仅有原来一起远行非洲的动物老伙伴(大狗吉布、鹦鹉"波莉尼西亚"、猴子奇奇等),而且还有小男孩汤米。这又是一场充满童趣和惊险的旅程,将读者带进了一个奇境世界,去见证异乎寻常的,极富戏剧性的事件。例如,一条对主人忠心耿耿的牛头犬出现在女王陛下的巡回法庭上,为澄清自己主人是否与一桩谋杀有关而出庭作证,而只有杜立德医生才能听懂狗的语言,才能给予陷入困境者真正的帮助。而在西班牙举行的斗牛赛上,杜立德医生利用自己得天独厚的有利条件,巧施妙计,挫败了凶猛的斗牛士,解救了饱受折磨和苦难的斗牛群。此外,杜立德医生还施出援手,拯救了生活在一个漂浮于大洋之中的热带海岛上的动物们,使它们度过了严重的生存危机。

在《杜立德医生的大篷车》中,兴旺马戏团的经理卷款逃走以后,杜立德医生被马戏团的演员们选为新的经理,他竭尽全力维持马戏团的生存,在全国各地的小镇进行演出。就在大家处于非常艰难的时候,医生收到了来自伦敦几家大剧院老板的特别邀请，请他带着他的马戏团来伦敦演出。机会难得，然而到伦敦之后给观众表演什么样的节目呢，这让杜立德医生犯了难。他绞尽脑汁，盘算着他的马戏团在伦敦能拿出什么样的精彩节目吸引观众，以保证首场演出的成功。虽然马戏团里有不错的演员，包括空中飞人、跳梁小丑和木偶戏演员，更有那些非常听指挥的动物们。但他还是感到没有把握，心里非常着急。还好，在一个小镇上，他出于怜悯将关在一家动物商店的木头笼子里，标价为三先令的毫不起眼的金丝雀买了下来，结果发现她居然是一个极其难得的女歌唱家，声音优美，动人心魄——她的名字是皮帕妮莉拉。这位金丝雀女歌唱家的加盟为处境艰难的马戏团带来了勃勃生机和转机。而且她创作的歌咏发自内心深处，也是她多年来的积累，实属罕见之歌。作者把一个怀才不遇的艺术家的天才和际遇投射在一只看似寻常的金丝雀身上，演绎出一个妙趣横生而又充满激情的动物展示才艺的故事。这个故事的亮点与乔治·塞尔登（George Selden, 1929 - 1989）的《时代广场的蟋蟀》（The Cricket in Times Square, 1961）有异曲同工之妙。在塞尔登的故事里，一只具有特殊音乐天赋的蟋蟀切斯特由于一个偶然的机会从康涅狄格州乡下来到纽约，被纽约时代广场地铁站一个卖报人的小男孩收留。这个蟋蟀音乐天才用自己美妙的歌喉为路人演唱，使乘坐地铁的人们获得极大的享受，蟋蟀切斯特也成为著名的地铁歌唱家。相比之下，洛夫廷笔下的金丝雀的故事别有韵味。对普通人而言，金丝雀的歌声只是美妙动人而已。由于杜立德医生懂禽言兽语，所以他能听懂金丝雀唱出的内容——换言之，他能听出金丝雀歌中的"歌词"。这金丝雀用诗一般的语言唱出了一段铭刻于心的美好经历，讲述了许多生平中所见所闻的不平事，以及大大小小的历险和奇遇之事，还涉及土地、情感、爱等重大主题。时而婉转悠扬，时而低沉悲伤，时而轻快活泼，时而慷慨激昂，摄人魂魄，动人心弦，令人击节称赏。

第十七章

探寻神秘的"玛丽·波平丝"：
P. L. 特拉弗丝作品研究

一 特拉弗丝的生平与创作

帕米拉·林登·特拉弗丝（（P. L. Travers）原名海伦·林登·高夫（Helen Lyndon Goff），出生于澳大利亚的昆士兰州，从小生活在一个种植园里。她早年即表现出了对文学的浓厚兴趣，不但在杂志期刊上发表了多篇自己创作的诗歌，还专心投入莎士比亚戏剧的表演中。帕米拉·林登·特拉弗丝即是她从事舞台剧表演时起的艺名，后来成为她的笔名，一直沿用下来，真名倒没有多少人知道了。1924年，特拉弗丝移居英国伦敦并多次到爱尔兰旅行。在旅行期间，她结识了诗人兼《爱尔兰政治家》杂志的编辑乔治·威廉·拉塞尔（George William Russell），并在他的指导下在该杂志上发表了多篇诗作。拉塞尔是对特拉弗丝的一生有重要影响的、起着纽带作用的人物。

P. L. 特拉弗丝（Pamela lydon Travers，1906－1996）给儿子讲故事①

---

① http://www.dailymail.co.uk/news/article-2477111/How-Mary-Poppins-creator-P-L-Travers-wrecked-lives-innocent-boys.html? ico=home%5Emostread.

他介绍特拉弗丝认识了著名诗人叶芝和其他几位爱尔兰诗人，这让她对爱尔兰的神话产生了极大的兴趣。同时，他还对19世纪流行的神智学等神秘主义思想有系统的研究，也引导她进入神秘主义的世界。她不但了解19世纪神智学大师布拉瓦茨基夫人的"智慧宗教"，还结识了当时旅居欧洲的亚美尼亚神秘主义大师乔治·葛吉夫并追随他研究神秘主义思想。她撰写了不少小说作品，小说中最广为人知的，要算她的"玛丽·波平丝"系列童话故事。故事的创作具有一定的即兴色彩。1934年特拉弗丝因患胸膜炎不得不暂停自己的日常写作专心在苏赛克斯的家中休养，但拉塞尔建议她写一个关于女巫的故事。一天，朋友的两个孩子来访并央求她给他们讲故事。于是她便即兴给两个孩子塑造了一个打着一把黑色的鹦鹉手柄雨伞，手提一个旧式毡制旅行包的保姆的形象。这个保姆乘着东风来到樱树里17号的班克斯家中照顾孩子，打理家务，还让孩子们在似睡非睡的状态中体验了神奇的经历。这个故事1934年的出版让特拉弗丝一举成名，成为英国现代童话的代表作之一。该书销量除了高达数百万本以外，还被翻译上十几种语言。

《玛丽·波平丝》虽然是幻想故事，但却与特拉弗丝的个人经历不无关系。特拉弗丝自己就曾表示"玛丽·波平丝就是我一生的故事"。与玛丽·波平丝故事中的班克斯一家相似，特拉弗丝原本也出生在一个富裕的中产阶级家庭里，一度过着衣食无忧的生活。父亲曾是银行经理，但后来却因酗酒而被降职为一般职员。而特拉弗丝七岁时父亲的早逝让这个原本幸福的家庭陷入了困境。作为长女，她不但要照顾两个妹妹，还要照看极度脆弱的妈妈。这段痛苦甚至绝望的生活经历在她的内心留下了不可磨灭的痕迹，不仅改变了她的人生轨迹，也为她的童话创作埋下了火种。特拉弗丝生平的传记作家瓦莱丽·罗逊（Valerie Lawson）认为，《玛丽·波平丝》投射了特拉弗丝童年痛苦的经历，她创造了玛丽·波平丝这个保姆的形象来改写结局。继1934年的《玛丽·波平丝》以后，特拉弗丝又先后发表了多本续集，包括在1935年出版的《玛丽·波平丝归来》（Mary Poppins Comes Back）和1944年出版的《玛丽·波平丝开门》（Mary Poppins Opens the Door），这三本故事构成了玛丽从来临到离开的完整三部曲；而1952年出版的《玛丽·波平丝在公园》（Mary Poppins in the Park）、1982年的《玛丽·波平丝在樱树里》（Mary Poppins in Cherry Tree Lane）以及最后在1989年出版的《玛丽·波平丝与邻居》（Mary Poppins and the

House Next Door）则构成了第二个三部曲，主要讲述了玛丽阿姨在上两次来访时所发生的奇妙故事。特拉弗丝在 1963 年出版的《玛丽·波平丝 A 到 Z》（Mary Poppins from A to Z）和 1975 年出版的《玛丽·波平丝在厨房》（Mary Poppins in the Kitchen）并未描写完整的故事情节，因此没有被列入上述系列故事的范围。

在《玛丽·波平丝》故事中，当班克斯家急需保姆时，玛丽·波平丝就乘风而来。她虽然看起来很古板、很严厉，但却是一个有着神奇魔力的保姆。她的到来给班克斯家的孩子们带来了许多奇妙的经历。在她的带领下，孩子们乘着魔毯，转动指南针遨游世界；还见到了种种奇人奇事，如肚子里装满笑气的贾透法先生，可以把手指掰下来变成麦芽糖送给孩子吃的科里，会跳舞的牛和能听懂人话的小狗等。

在《玛丽·波平丝归来》中，玛丽阿姨在孩子们放风筝时从天而降，又回到班克斯家。玛丽阿姨不但运用自己的神奇魔力替孩子们惩罚了狂妄的安德鲁小姐，还带领孩子们游览太空，欣赏了各种星座的神奇表演。

《玛丽·波平丝开门》的故事发生在寒冷的冬天到来之际，玛丽阿姨乘着多彩的烟火从天而降，又回到了班克斯家的孩子们中间。玛丽阿姨的到来像炙热的炉火一样给孩子们带来了温暖的气息，也给他们带来了希望和神奇的力量。在新年到来的时候，孩子们随着新年的钟声走进了"时间的缝隙"，还与复活的玩具盒童话书中的各种人物，如小红帽和大灰狼、杰克和巨人等一起狂欢。

《玛丽·波平丝在樱树里》讲述的是仲夏时节一个奇妙的夜晚发生的故事。孩子们在玛丽阿姨的带领下来到公园。公园里弥漫着神秘的味道，天上的星星也来到人间嬉戏，有猎户座、双子座、大熊座、天兔座、飞马座和狐狸座等。

在《玛丽·波平丝与邻居》中，樱桃树胡同又搬来了新邻居，他的到来引来了大家的种种猜测。等安德鲁小姐带着新邻居到来时，大家发现他是一个来自南海岛国的神秘男孩——马蒂。玛丽阿姨带着马蒂和班克斯家的孩子走进迷雾重重的公园，也开始了天空之旅。他们发现自己来到了月亮上面，而马蒂却随着云朵消失得无影无踪，原来他是太阳之子。

特拉弗丝还借用自己喜爱的荷兰木偶的形象为玛丽阿姨设计了故事的插图。这一系列故事的插图全部由插图画家玛丽·谢泼德完成，使玛丽阿姨英式保姆的形象更是深入人心。"玛丽·波平丝"系列童话的成功也引起了美国影视大亨沃特·迪士尼的注意。他曾与特拉弗丝就把故事拍成电影的版权问题进行了商讨，但屡次被她拒绝，理由主要是她认为电影应该是真实人物的表演，而不应该采用动画的形式。直到1959年，很大程度上由于经济拮据的原因，特拉弗丝才同意与迪士尼的合作。电影《欢乐满人间》由"玛丽·波平丝"系列中的两本——《玛丽·波平丝》和《玛丽·波平丝归来》——改编而成，并于1964年正式上映。电影不但取得了商业上的巨大成功，还荣获了当年的五项奥斯卡奖。

二 特拉弗丝作品述评

特拉弗丝给出了不同于以往的童话界定，认为其与传统密切相连，具有极大的包容性。她所说的"传统"是指童话脱胎于宗教，认为宗教是童话"强大而古老的预言者和母亲"。[①] 而就包容性而言，童话涵盖了神话、民间故事、传说和传奇等体裁。她认为童话关注于对世界本质的认识和对人与世界之间联系的探索，其核心是对真理和永恒的追求，因此童话不但具有娱乐性，更是教育性。她反对把童话的读者仅仅限于少年儿童的观点，因为童话所涉及的议题涉及每一个人，不管是儿童还是成人。在童话的读者对象上，特拉弗丝的观点与维多利亚时代的两位童话作家麦克唐纳和王尔德持有相类似的观点，都认为适合任何年龄的人阅读。麦克唐纳就认为自己的童话是写给那些像孩子般天真烂漫的人，不管是5岁，50岁还是75岁的人；[②] 而王尔德则认为自己的童话既是写给孩子的，也是写给那些具有孩子般好奇和欢乐的人。[③] 但不同的是，麦克唐纳和王尔德都是从童话所具有的童趣的内涵阐释了其读者接受的问题，而特拉弗丝则是从童话的认识本体推断出了其读者的普遍性。特拉弗丝对童话的认识还有一种神秘主义色彩，认为童话的功能是教导不同时代的人们事物的内在含义。她把童话比作是水仙花，虽然花和茎叶轻盈地长在水面上，但

[①] Ellen Dooling Draper & Jenny Koralek, A Lively Oracle: A Centennial Celebration of P. L. Travers—Creator of Marry Poppins, New York: Larson Publications, 1999, p. 200.

[②] George Macdonald, A Dish of Orts. Pennsylvania State University, 2006, p. 235.

[③] Oscar Wilde, The Letters of Oscar Wilde. Ed. Rupert Hart – Davis, New York: Harcourt, 1962, Letter 219.

"根却深深地扎在远古的过去"。① 她认为童话是一种神秘的艺术（Orphic art），生与死是其重要的主题，而隐藏在这一远古知识背后的是人的智慧。作为人类思想史上的一种独特的认知方式，神秘主义"似宗教非宗教，似哲学非哲学，亦宗教亦哲学，有它自己的哲学精神"。② "一般的神秘主义限于探讨灵魂和上帝，而与哲学体系相联系的神秘主义则探讨人与自然的各种联系，是关于宇宙观和本体论的整体学说。他把人生的最高目标阐释为对宇宙规律及其目的理解，人应渴求精神与心灵的自由，摆脱一切物质的和精神的奴役，获得明察一切事物的辨别力和应对人生的智慧。刻苦修炼，不断提高人的品级，以便与神合一，像神一样去创造生活和创造生命，使大地变为天堂。"③

特拉弗丝的神秘主义思想受到了亚美尼亚裔神秘主义大师葛吉夫的影响。如果说乔治·威廉·拉塞尔是她的"文学之父"，那么葛吉夫就是她的"精神之父"。④ 葛吉夫曾经多次游历中亚、印度、埃及等地，接触到了许多流传已久的古老秘义知识。从 1912 年开始，葛吉夫最先在莫斯科与圣彼得堡成立修行团体，开始教授他从这些秘义传统中融合而来的"第四道"系统。他认为存在着三种发展人类素质的传统方法，即通过本能运动的训练来发展人的苦行僧之道，通过情感的训练来发展人僧侣之道和通过理智的训练来发展人瑜伽之道。他试图用"第四道"这一修身方法与其三种方法区别开，主张用"人可能进化的心理学"来发展人的素质。不过"第四道"的说法并非完全是他自己发明的，而是源自古老的智慧，有些理念脱胎于佛教、苏菲教和基督教。在他看来，人之所以要修身，要发展个人素质是因为作为宇宙独特的存在，人始终没有得到充分发展，人自身的发展与其在宇宙中的地位联系密切。

葛吉夫的神秘主义思想很大程度上建立在他对宇宙及万物的等级分类基础之上，是一个音乐和数字关系的模型。把音乐融合到对宇宙的认识上并非是葛吉夫的创新。早在古希腊时期，著名数学家和哲学家毕达哥拉斯

---

① Ellen Dooling Draper & Jenny Koralek, *A Lively Oracle*: *A Centennial Celebration of P. L. Travers—Creator of Marry Poppins*, New York: Larson Publications, 1999, p. 202.

② 李琛：《阿拉伯现代文学与神秘主义》，社会科学文献出版社 2000 年版，第 5 页。

③ 王俊荣：《神秘主义的特点及其定义》，《世界宗教文化》2004 年第 2 期，第 42—44 页。

④ Lawson, Valerie, *Mary Poppins, she wrote—The Life of P. L. Travers*, Simon&Schuster, Inc, 1999: 130.

就通过研究乐器的弦长与和谐音的关系提出了音程的概念,还以此建立了数字与音乐之间的关系。对"数"的钟爱也让他在音乐和宇宙之间建立了一种和谐的联系,"音乐是数字,宇宙是音乐"。① 同时,他还区分了三种音乐,器乐(musica instrumentalis)主要是指通过琴弦等乐器发出的平常的音乐;人的音乐(musica humana)是指人的身体器官发出的和谐或是不和谐却又听不见的音乐;世界音乐(musica mundane)则是宇宙本身所创造的音乐,也叫天体之音。② 如果说毕达哥拉斯把"数"看作是先于世界且独立于世界的本源的话,那么葛吉夫则把"绝对"(Absolute)当做独立于宇宙的本源,也是一种未知的力量。他把自己的宇宙观叫做"创造之光"(The Ray of Creation),并且构建了一种模拟八度音程的模型,以绝对(对应音节中的 do)开始,又以绝对(对应音节中的 do)结束:

ABSOLUTE	(绝 对)	1	do
ALL WORLDS	(所有星体)	3	si
ALL SUNS	(所有类日星体)	6	la
SUN	(太 阳)	12	sol
ALL PLANTES	(太阳系内所有星体)	24	fa
EARTH	(地 球)	48	mi
MOON	(月 亮)	96	re
ABSOLUTE	(绝 对)	▼	do

这一层级系统的下一级 All Worlds(所有星体)指的是与银河系相似

---

① 詹姆斯:《天体的音乐——音乐、科学和宇宙自然秩序》,李晓东译,吉林人民出版社 2003 年版,第 27 页。

② 同上。

或不相似的所有星系，All Suns（所有类日星体）是指银河系中与太阳相似的所有星体，Sun（太阳）是指银河系中的太阳，All Planets（太阳系内所有星体）指太阳系内的所有星体，Earth（地球）就是人类生活的地球，Moon（月球）则是指月亮。按照葛吉夫的理论，不同的层级会受到不同法则的制约，层级越高制约的法则越少，相反，层级越低制约的法则就会越多。比如，最高级的"绝对"只受到一种法则，即绝对意志力（The Will of Absolute）的制约，而我们生活的地球则要受到四十八种法则的制约。法则的数量也说明了不同生物的自由程度，因此，在葛吉夫看来，生活在地球上的人类很大程度上是不自由的，未充分发展的，甚至是机械的。在这一模型所建立的体系之下，葛吉夫认为还存在着两种制约一切事物之间联系的普遍的法则，即"三"的法则和"七"的法则。"三"的法则主要是指任何事物和现象的发生发展都要受到三种力量的制约，即正向（Positive）、反向（Negative）和平衡（Neutralizing）。他认为平衡力是最容易被人们忽视的力量，它通常与人的存在状态和潜意识有关。"七"的法则与事物状态的变化关系紧密，是推动这种变化发生的力量。这一法则与创造之光的模型有类似之处，都遵循着七个音符，即八度音程的层级规律。

特拉弗丝把葛吉夫提出的"三"的法则称作是一种三元关系（Triadic Relationship），[①] 认为第三种力量是驱使相对的两种力量走向平衡与和谐的动力。她认为世界上存在的各种对立关系都可以用中国的太极图来解释，阴与阳虽相互冲突，但又能和谐地包容在同一圆周之下，这就体现了第三种力量所发挥的平衡作用。[②] 这种三元关系在她的作品中体现为对神秘时空的探索和对和谐的追求。特拉弗丝在"玛丽·波平丝"系列童话中为小读者们创造了各种各样的奇幻元素。孩子们在玛丽阿姨的带领下可以由现实世界进入幻想世界，随她在一分钟之内周游世界，和她的画家朋友走进美丽的图画中，跟她一起架上梯子将星星贴在天空中，甚至还来到了人被关在笼子里而动物却成了喂养人的动物园。特拉弗丝继承了英国19世纪童话女作家内斯比特的"日常魔法"的传统，把日常生活中普普

[①] Ellen Dooling Draper & Jenny Koralek, *A Lively Oracle: A Centennial Celebration of P. L. Travers—Creator of Marry Poppins*, New York: Larson Publications, 1999, p. 108.

[②] Ibid., p. 192.

通通的地点瞬间就变成了魔法之地，让孩子们体会到幻境的神奇和魔法的满足。不过，与内斯比特在日常生活中"植入"一个幻境的方式不同，特拉弗丝常常在童话中模糊了现实世界与幻想世界的界线，为二者的联通设置了梦的阈限。① 英国人类学家维克多·特纳将阈限定义为处于"模棱两可"之中的一种奇特的状态（betwixt and between），既不是这个也不是那个，又或许两者都是。神话学家约瑟夫·坎贝尔认为，在世界被创造之前，一切事物都是合一的，不存在着二元对立的状态。这是人类的一个基本的神话主题。② 阈限人是各种对立的特性纠结在一起的神秘状态。"阈限人所具有的这一神秘状态是对世界诞生之前各种矛盾对立的神秘合一的模拟，而这种模拟是希望人在阈限阶段能够回到世界诞生之前混沌而神秘的母体状态。"③ 在特拉弗丝的"玛丽·波平丝"系列中，梦常与过渡或是由一种状态向另一种状态的转化密切联系。在《玛丽·波平丝》（中文译名《随风而来的玛丽阿姨》）中，当孩子们想知道人们都离开动物园后那里面会发生什么事情时，被玛丽阿姨训了几句。晚上他们早早地就被玛丽阿姨安排上床睡觉。就在他们似睡非睡的时候，一个神秘的声音向他们发出了召唤，并指引他们来到了动物园。孩子们在动物园里看到了让他们大吃一惊的场景，只见那里的一切都颠倒了，看门的不是人而是一只黑熊，原本关在笼子里的各种动物悠闲地游荡在外面，而游客却被关在笼子里成了参观的对象。不仅如此，动物园的小动物们最后还进行了狂欢，狮子、豹子、狗熊、骆驼、羚羊和许多小动物都在玛丽阿姨旁边围成了一个大圈，唱起了《森林之歌》。眼镜蛇用自己富有哲理的话结束了动物们的狂欢。"可能吃人家和被人家吃结果都是一样。我的智慧告诉我也许是这样。你要记住，我们森林中的动物，你们城里的人，都是由同样的东西构成的。头顶上的树，脚底下的石头，飞禽走兽，星星——我们都是由同样的东西构成，走同样的结果。"④ 第二天早上，孩子们便对昨晚发生的

---

① Perez Valverde, Cristina, Dream and Liminality in the Mary Poppins Books, *South Bohemian Anglo-American Studies* 2007 (1): 70.

② Joseph Campbell & Bill Moyers, *The Power of Myth*, Doubleday, 1988, p.62.

③ 张洪友：《通过仪式：自我再生神话的仪式书写——维克多·特纳仪式理论的神话学解读》，《东方丛刊》2011年第2期。

④ 帕·林·特拉弗丝：《随风而来的玛丽阿姨》，任溶溶译，明天出版社2014年版，第131页。

事情到底是不是梦感到迷惑不已。这种似是而非的状态模糊了梦与现实之间的分隔，为故事情节增添了神秘色彩。此外，孩子们幻境中的经历也不禁让人想起18世纪欧洲盛行的一种关于宇宙的宗教观点——存在之链（Great Chain of Being），意思是上帝位于最高地位，其次是天界的天使，然后是人类，最后是动物、走兽等，这个链条是和谐稳定的。诗人蒲柏更是在自己的诗歌中发出了对存在之链的感叹："这是一条生存之链！从上帝开始，/到天界生灵、人类、天使、人/兽、鸟、鱼、虫，到肉眼看不见，/放大镜照不着之物：从无限到你，/从你到虚无……"① 葛吉夫的"创造之光"模型与存在之链的观点相通之处在于都强调了宇宙万物的等级关系和秩序性，但不同之处在于它从"绝对"开始又以"绝对"结束，贯穿了万物和谐统一的思想。

特拉弗丝对第三种力量的思考还体现在对"时间裂缝"的描写上。在她看来，时间的裂缝是人类"仪式的停顿"（Ritual Pause），具有丰富的内在含义，但却时常被人们所忽视。在《玛丽·波平丝开门》（中文译名为《玛丽阿姨打开虚幻的门》）中，当新的一年即将到来的时候，孩子们向玛丽阿姨提出了一个平常却又很有意思的问题。"旧的一年什么时候真正算是到头呢？"迈克尔问。"今天晚上，"玛丽阿姨简单地回答了一声，"在12点敲响的第一下。"② 孩子们接着问道："那么它又是什么时候开头呢？""在敲12点最后一下的时候。"她哼了一声回答他的话。但孩子们的问题并没有就此罢休，而是继续追问。"噢，那么当中那一段呢？""在第一下和最后一下当中的那一段时间啊。"孩子们的问题并没有得到玛丽阿姨的正面回答。不过，在新年的钟声敲响第一下的时候，奇迹发生了，孩子们随着玛丽阿姨一起进入了"间隙"的魔法世界。在这个神奇的世界里，玩具柜里的玩具金猪开口说话了，孩子们童话书中的人物和动物也活生生地出现了。小红帽和大灰狼成了好朋友，乌龟和兔子跳着舞走过，美女与野兽手挽着手，一切对立与仇视已不复存在。"在这间隙里，一切东西亲如一家。永恒的对立东西相见并亲吻。狼和羊同眠，鸽子和蛇

---

① John Butt, ed. "Essay on Man", *The Poems of Alexander Pope*. London: Methuen & CO LTD, 1963: I: 237-241.

② 帕·林·特拉弗丝：《玛丽阿姨打开虚幻的门》，任溶溶译，明天出版社2012年版，第168页。

同窝。星星和大地接触,年轻的和年老的互相原谅。日和夜在这里相遇,两极也一样。东靠向西,圆圈圆又圆。"① 在特拉弗丝看来,时空的"裂缝"是"世俗与神圣两个世界交融碰撞的门槛",也是童话"从此以后过上幸福生活"——这一美好结局可能发生的唯一的时间和地点。②

葛吉夫的神秘主义思想不仅为特拉弗丝的文学创作提供了象征内涵,还为她创作"玛丽·波平丝"系列作品构建了童话创作的思想体系。正如瓦莱丽·罗逊所言:"特拉弗丝把葛吉夫的思想融入波平丝的性格和冒险故事中,使保姆超乎以往地成为了大师、先知和精神真理的追求者"。③

---

① 帕·林·特拉弗丝:《玛丽阿姨打开虚幻的门》,任溶溶译,明天出版社 2012 年版,第 180 页。

② E. D. Draper & Koralek, eds. *A Lively Oracle: A Centennial Celebration of P. L. Travers, Creator of Mary Poppins*, Larson Publications, 1999, p. 189.

③ Valerie Lawson: *Mary Poppins, she wrote—The Life of P. L. Travers*, Simon & Schuster, Inc. 1999, p. 236.

第 三 编

第二个收获季：
20 世纪 50 年代和 60 年代

综　论

发生于20世纪30年代的经济危机和随之爆发的第二次世界大战使英国民众蒙受了巨大的苦难。随着这惨绝人寰的战争的结束，民众期待着清理战争废墟，开始新的生活。激进的工党政府在1945年举行的大选中上台执政，体现了广大民众要求变革和改善生活的强烈愿望。工党政府所推行的国有化（包括英格兰银行、煤矿、电力、铁路、公路等部门行业的国有化）和福利社会的基本政策使战后的英国人享受了公费医疗保健、公费教育、国家住房和就业保障措施等福利待遇。政府对于教育的高度重视也是变化之一。1944年颁布实施的《教育法案》使中下层阶级家庭的子女能够获得政府的资助去求学深造，于是大批工人家庭的子弟得以进入英国的高等学府，尤其是诸如牛津、剑桥等一流高等学府接受教育，其中不少人日后成为英国文坛的新秀，其中艾伦·加纳就是一个突出的代表。当然还有那些被称为"愤怒的青年"（Angry Young Men）的一代英国作家群体，如剧作家约翰·奥斯本（代表作《愤怒的回顾》）、小说家约翰·韦恩（代表作《每况愈下》）、金斯莱·艾米斯（代表作《幸运儿吉姆》）、约翰·布莱恩（代表作《向上爬》）、艾伦·西利托（代表作《星期六晚上和星期日早上》）等。然而从本质上看，无论是经济的复苏还是国有化的进程都没有从根本上改变原有的阶级结构和社会结构，因此也无法根除英国国内固有的阶级矛盾和周期性的经济危机和萧条。这也是受到高等教育的这一代青年作家感到愤怒的原因之一，这些"愤世嫉俗"的青年作家对于当时西方社会的种种现象感到强烈不满，大多通过自己的作品反映下层社会的生活状态，揭露上流社会的庸俗虚伪，在写作风格和手法方面一反英国中产阶级温文尔雅的传统，表现出粗犷强劲的批判锋芒。

此外，就国际局势而言，二战以后人类社会进入了一个严峻的东西方两大阵营的冷战格局。英国在特定意义上成为了美国的跟班，卷入了两大阵营之间的冷战。随着英国在亚洲和非洲的殖民地纷纷掀起民族独立和解放运动，大英帝国逐渐失去了传统的市场和原料供应地。而英国政府决定进行的原子弹和氢弹试验引发了民众大规模的游行示威和抗议。从总体上看，包括英国在内的西方社会，面对可能发生毁灭全球的核战争，面对生态破坏、人口过剩、政府和工业巨头的权力强化、严重的经济危机等新的挑战，人们的儿童教育观念及社会观念都发生了激烈的变化。幻想文学在西方社会成为具有特定功能的文学类型，正如苏珊·桑塔格在《关于灾难的想象》①一文中阐述的，幻想文学成为一种使生活恢复正常的要素："我们生活在两种同样可怕的，但又似乎是相互矛盾的命运的持续不断的威胁之中：难以排遣的平庸和不可理喻的恐惧。正是那通过大众艺术形式广泛传播的幻想故事使大多数人得以应对这两大幽灵的困扰"。正是在这种时代语境之下，20世纪50年代以后的儿童幻想文学更注重应对恐惧的替换性想象叙事及其娱乐性。

在动荡的20世纪50年代和60年代，由于为儿童及青少年读者而写作这一特殊性，英国儿童幻想小说仍然秉承着童话幻想叙事的宗旨探索着新的表达题材和表述话语，从而进入又一个重要发展时期，也被称为英国儿童文学的第二个黄金时代。这一时期的代表性作品有玛丽·诺顿（Mary Norton）的《借东西的地下小人》（The Borrwers，1952）；菲利帕·皮尔斯（Philippa Pearce）的《汤姆的午夜花园》（Tom's Midnight Garden，1958，获卡内基奖）；C. S. 刘易斯（C. S. Lewis）的"纳尼亚传奇"系列（Narnia, the Mythical Land，《狮子，女巫和魔衣橱》，1950；《凯斯宾王子》，1951；《"黎明踏浪者"号的远航》，1952；《银椅子》1953；《能言马和王子》1954；《魔法师的外甥》1955；《最后之战》，1956，获卡内基奖）；J. R. R. 托尔金（J. R. R. Tolkien）的"魔戒传奇"系列（The Lord of the Rings，1954 – 1955）；法姆（Penelope Farmer）的《夏季飞鸟》（The Summer Birds，1962）；布里格斯（Mkatharine M Briggs，1898 – 1980）的《霍伯德·迪克》（Hobberdy Dick，1955）、《凯特与胡桃夹子》（Kate and Crackernuts，1963）；琼·艾肯（Joan Aiken）的《雨滴项链及

---

① 该文收入20世纪60年代出版的批评文集《反对阐释》（Against Interpretation and Other Essays，New York：Picador，1966，pp. 209 – 25）。

其他故事》(*A Necklace of Raindrops and Other Stories*, 1963);罗尔德·达尔（R. Dahl）的《小詹姆与大仙桃》(1961)、《查理和巧克力工厂》(*Charlie and the Chocolate Factory*, 1964)、《魔法手指》(*The Magic Finger*, 1966);艾伦·加纳（Alan Garner）的《布里森格曼的魔法石》（国内译为《宝石少女》, *The Weirdstone of Brisingamen*, 1960)、《伊莱多》(*Elidor*, 1965)、《猫头鹰恩仇录》(*Owl Service*, 1967, 获卡内基奖);露西·波士顿（Lucy M. Boston, 1892–1990）的"绿诺威庄园"系列, 如《绿诺威庄园的孩子们》(*The Children of Green Knowe*, 1955)、《绿诺威庄园的不速之客》(*A Stranger of Green Knowe*, 1961, 获卡内基奖);海伦·克雷斯韦尔的《馅饼师》(1967)、《标志设计师》(1968)、《守夜人》(1969)等;罗斯玛丽·哈利斯的《云中月》(1968)、《日中影》(1970)、《闪亮的晨星》(1972), 等等。

  与维多利亚时代的童话小说相比，这一时期的作家们在创作的主题方面进行了新的重要拓展。作家对于时间的关注突出地体现在对"过去"时光的把握和思考方面，正如批评家汉弗莱·卡彭特（Humphrey Carpenter）所言："在这一时期创作的绝大部分英国儿童小说都具有同样的主题：对过去的发现或重新发现"。[①] 这一时期出现了两种重要的创作趋向：(1) 表现时间穿梭的题材，故事在过去与现在之间发生互动。如菲利帕·皮尔斯的《汤姆的午夜花园》，讲述汤姆在午夜时分当老爷钟敲响13点时进入了一个存在于过去的美丽花园，与一个叫作海蒂的小女孩玩耍——这个小女孩正是住在楼上的一个老太太——汤姆进入的是老太太的梦境，汤姆就这样穿梭于现在与过去的时空之间。露西·波斯顿的"绿诺威庄园"系列也是一个突出的代表，作者巧妙地运用了"时间旅行"的要素来讲述故事。虽然故事的叙述时间是现在，但通过叙述者——如《绿诺威庄园的孩子们》里的男孩托利——时间回溯到了17世纪。表现此类题材的还有潘尼洛普·莱弗利的《诺汉姆花园中的房子》、潘尼洛普·法莫尔的《有时候是夏洛特》等作品。(2) 历史奇幻小说的兴起。代表性作家包括利昂·加菲尔德和琼·艾肯等人，作者从充满想象力的视阈去改写历史，重写历史。此类题材的作品还包括艾伦·加纳的

---

① Humphrey Carpenter, *Secret Gardens: A Study of the Golden Age of Children's Literature*, Boston: Houghton Mifflin Company, 1985, p. 217.

《红移》(*Red Shift*)和《猫头鹰恩仇录》，威廉·梅恩（William Mayne）的《草绳》(*A Grass Rope*)和《安塔和雄鹰》(*Antar and the Eagles*)等。英国历史奇幻小说对于过去所进行的重新书写，或者在一个虚构的地理空间建构庞大的历史的第二世界，在本质上都是"借助想象在时间、历史和过去中进行新的叙事构建"，表达作者对人类基本问题的深切关注与思考，以及对理想社会的期望和追求。这一时期出现的托尔金现象值得关注。"魔戒传奇"第一部于1954年问世，到1965年出平装本后几乎成为家喻户晓的作品。托尔金的"魔戒传奇"作为宏大的假想性历史幻想小说，创造了一种"替换性的宗教"（alternative religion），体现了作者对邪恶本性的持续关注和探索。在托尔金的幻想世界里，正直善良的主人公仍然像传统童话叙事的主人公一样，通过出自本心的细微善举而获得出乎预料的理想结果。然而正如批评家指出的，当邪恶势力被消灭以后，主人公发现他们自己最后的家园——霞尔，一种田园牧歌式的精神家园，正遭受着另一种邪恶力量的侵袭和蹂躏，那就是"工业化的破坏"。托尔金的幻想文学创作是继往开来的，他一方面继承了西方幻想文学传统，另一方面又对西方当代幻想文学产生了深远影响。

第十八章

20世纪50—60年代英国童话小说创作的两种趋势[*]

第二次世界大战后，英国儿童文学领域呈现出两个创作趋向：一是写时间穿梭题材，特别是关于过去的时间；二是发掘历史奇幻题材。时间穿梭和历史奇幻都与"过去"密切相关，作家意图通过想象或超自然方法在文学中再现"过去"，继而构建儿童主人公的主体性。这两种题材成为战后英国儿童文学创作的两个重要发展趋势。

第二次世界大战给世界带来巨大变化，它一方面摧毁了不计其数的历史痕迹，另一方面却促使人们在记忆中重新构建业已消失的过去，在这种情况下，文学责无旁贷地成为人类记忆最有效的承载工具，这一点在战后的英国儿童文学创作中尤其具有普遍性。20世纪50年代到70年代是英国儿童文学史上的第二个黄金时代，围绕"过去"进行文学创作，在战后英国儿童文学中占有主导地位，正如汉弗莱·卡彭特所言，"在这一时期创作的绝大部分英国儿童小说都具有同样的主题：对过去的发现或重新发现"[①]。在表现"过去"的创作方法上，出现了两个主要创作趋向：一是时间穿梭（time-slip），如菲利帕·皮尔斯的《汤姆的午夜花园》、潘尼洛普·莱弗利（Penelope Lively）的《诺汉姆花园中的房子》（*The House in Norham Gardens*, 1974）、潘尼洛普·法莫尔的《有时候是夏洛特》（*Charlotte Sometimes*, 1969）以及露西·波士顿的"绿诺威庄园"系

---

[*] 本章曾以《时间、历史和过去：时间穿梭和历史奇幻小说中的主体性构建》为题发表于《宁夏社会科学》2009年第3期。

[①] Humphrey Carpenter, *Secret Gardens: A Study of the Golden Age of Children's Literature*. Boston: Houghton Mifflin, 1985. p. 217.

列；二是历史奇幻小说（historical fantasy），如艾伦·加纳的《红移》（1975）和《猫头鹰恩仇录》（1965）、威廉·梅恩的《草绳》（1957）和《安塔和雄鹰》等。时间穿梭和历史奇幻都与"过去"密切相关，作家意图通过想象或超自然方法在文学中再现"过去"，进而关注"过去"对儿童主体性建构的文化影响，这两种创新型创作方法对当代儿童文学创作具有深刻影响。

第一节 时间穿梭，延续历史

在英国，探索时间本质的时间穿梭文学类型可追溯到吉卜林（Rudyard Kipling）和伊迪丝·内斯比特，前者在《普克山的精灵》（*Puck of Pook's Hill*，1906）中把人物送回到过去的时光；而后者在《亚顿城的魔法》（*The House of Arden*，1908）中亦使用了时间穿梭的创作方法，只不过内斯比特给时间穿梭的背景加入了浓厚的英国田园色彩——古老的房子和花园。到20世纪50年代，时间穿梭小说逐渐融入儿童叙事故事中。在战后的英国背景之下，多数儿童小说都一脉相承了这种内斯比特式的英国怀旧元素。古老的房子和花园保留着家庭生活的痕迹，蕴藏着童年乐趣，是挖掘"过去"的理想途径，也使时间和历史在地点的概念上融合在一起。在《诺汉姆花园中的房子》中，莱弗利通过主人公克莱尔指出了古老的房子所代表的延续性：

> 这样的房子见证并历经了变化的过程。……人们在这里长大、学习、遗忘、欢笑、哭泣，每七年换一次皮肤、掉牙、有了自己的观点、掉光了头发、爱、恨、争论、反思。可这里的砖、房顶、窗户和门却永不改变。①

老房子其实是一个巨大的头脑，里面装着各种事件、各种经历和各种记忆。

老房子是个体生死存亡的见证人，它的记忆使人类的努力得以延续，在这个意义上，它似乎比生活在其中的人们更重要。因此，在"绿诺威

---

① Penelope Lively：*The House in Norham Gardens*，London：Heinemann，1974，p. 5.

庄园"系列中，老房子既是故事发生的地点，也是故事的主题。为了追溯现在和过去之间的关系，波士顿使过去复活，使之重新具有精神上的意义和价值。

这部小说的背景是1950年，由于母亲去世、父亲再婚，7岁的小男孩多利不得不和祖母奥德诺夫人住在一起。然而，这个典型的童话叙事由于其他三个男孩的"出现"而一直被延宕下来，或者悬置起来。这三个男孩亚历山大、托比和利耐特300年前曾经生活在这个房子里，当多利感觉到他们的幻影的时候，他们就会出现在多利身边。多利周围的一切——玩具、房间、鸟笼，甚至有关他们的故事——都有他们的影子。整个小说的叙事围绕如何发现过去而展开，尽管那些古旧的建筑、石头或遗物可以帮助现在的人们了解或感受到过去，但是，过去无法完全回到现实生活中。"绿诺威庄园"系列在诗学意义上呼唤儿童与历史、自然之间的和谐关系，进而使老房子、房子的居住者和自然界也融入这种延续性之中。当三个死去的孩子现身的时候，多利其实已经和其他的生物产生了密切接触，如鸟儿和花园中的玫瑰花。这种认同感、个人归属感和文化传承，正是战后儿童时间穿梭小说的核心观念。

然而，并不是所有的老房子都能够经受住历史的变迁。在《汤姆的午夜花园》中，那座维多利亚时代的老房子如今已经面目全非，被分隔成若干小公寓，神奇的花园也荡然无存，变成垃圾存放处。汤姆因此无法辨别出这座老房子就是巴塞洛缪夫人记忆中那座带花园的维多利亚时代的房子。尽管小说在时间上跨越近百年，但是，作者同时叙述了两个完全不同的时间，她不仅把过去变成现在，而且使汤姆穿梭于两个时间之间进行时间探索，因此，《汤姆的午夜花园》的核心就是时间之谜。故事里出现了两个时间，即汤姆"现在"的时间和海蒂"过去"的时间，后者与前者完全不同，它是现实中根本不存在的时间——在午夜十二点和一点之间，老爷钟敲响的十三下。这不仅是巴塞洛缪夫人过去的时间，而且是一个永远失去的永恒的时间。尽管汤姆曾经想驾驭时间，把自己现在的时间换成海蒂永恒的时间，永远留住海蒂和花园，但是，老房子消失了，小海蒂也变成苍老的巴塞洛缪夫人。巴塞洛缪夫人对汤姆说，"后来我才知道，汤姆，花园一直都在改变，因为没有任何东西是一成不变的，除非在我们的记忆中"，"等你到了我这个年龄，汤姆，你就会常常生活在过去了。你回忆过去，梦见过去"。① 虽然汤姆无法留住永远的时间，但却他留住了永恒的爱——从海蒂一直延续到巴塞洛缪夫人。当巴塞洛缪夫人回忆最后一次看到汤姆时的情景，她说："我想你是进门去了，因为后来我就再也没有见到你。我一直站在窗口。我对自己说：他走了，但花园还在这儿。花园会一直在这儿，它永远也不会改变"。② 汤姆最终认同了人类成长的自然规律，在孤独和失落感中告别了儿童时代。

从总体上讲，战后英国的儿童时间穿梭小说基本上属于科幻小说中最常见的时间穿梭模式，即主人公借助于某种渠道或某种能量扩张，在时间上的一个点到另一个点之间做瞬间性运动。尽管在现实生活中，时间看起来是直线性的，但是，我们对时间的体验暗示出人们对时间的适应性和时间的多样性，因此，在儿童的想象世界中，时间和历史的延续性完全被打破：当夏洛特进入"过去"时，现在的时间通常是停滞的；汤姆进入午夜花园的时间是神奇的 13 点；多利梦醒后发现时间又重新开始了；在克莱尔进入梦中的时候，时间也停滞了；而在 C.S. 刘易斯的《狮子，女巫和魔衣橱》中，佩文西的孩子长大后成为纳尼亚的统治者，当他们意外发现返回街灯柱和魔衣橱的路，纳尼亚的时间就消失了；当他们重新回到那个房间的时候，他们仍然是孩子，而时间只过了片刻。事实上，儿童时间穿梭小说在思想上更关注个人和文化的传承性，露西·波士顿和菲利帕·皮尔斯的小说表明，奥德诺夫人和巴塞洛缪夫人有责任把她们对过去的记忆传递下去，发现过去有助于儿童获得身份认同和归属感。古老的房子和花园是美好过去的象征，它们包含了过去的生活，如果人们能够与之和谐共处，就能触摸到过去，特别是那些具有丰富想象力的儿童，因为"儿童需要感觉到，我们生活在一个永恒的世界中，我们生活在其中，既有过去也有将来"③。战后英国儿童时间穿梭题材的小说是一种回顾性反思文学，它们在内容和本质上与过去密切相关，却无暇顾及未来，尽管时间穿梭在很大程度上源于当下的焦虑情绪，但是这种实验性思考方法鼓励人们不要抹杀或忘却过去，而是积极地面对现在和未来。

---

① 菲利帕·皮尔斯：《汤姆的午夜花园》，马爱农译，人民文学出版社 2005 年版，第 193 页。

② 同上书，第 191 页。

③ Humphrey Carpenter and Mari Prichard, *The Oxford Companion to Children's Literature*, Oxford: Oxford University Press, 1984, p. 322.

第二节 历史奇幻叙事中的时间、历史和过去

从表现内容看，英国战后与时间和过去相关的、儿童和青少年本位的历史奇幻小说可分为两类：一类是建立在家族历史或地方历史上，探寻儿童在时间中的位置，如露西·波士顿的"绿诺威庄园"系列；另一类则探寻儿童对时间和过去的认识，如菲利帕·皮尔斯的《汤姆的午夜花园》。在这些小说中，时间和过去是至关重要的因素。在波士顿、皮尔斯、法莫尔、莱弗利等作家的小说中，过去被放置在现在语境之中，而联系现在和过去的主要叙事策略就是"奇幻"，包括时间穿梭、梦境，甚至想象。事实上，过去在这些小说中是一个隐喻，如果仔细推敲文本细节，我们不难发现，小说中所描写或反映的过去在很大程度上来源于其他有关历史的文学创作，而并非历史史料。例如，在《汤姆的午夜花园》中，皮尔斯描写的维多利亚时代的老房子和花园就是有关维多利亚时代虚构叙事的标志性元素；在"绿诺威庄园"系列中，小男孩多利根据祖母讲述的有关过去的细节续写出虚构的故事；而在莱弗利的小说中，玛丽安虚构出过去和历史人物哈瑞亚，并像作者创作对话一样与之进行想象的对话；克莱尔也通过她虚构的新几内亚石器时代部落的故事来创造有关的历史。因而，作者在小说中塑造的过去并不是建立在传统历史记载的事件上，而是对想象的过去进行再次虚构性叙事。

与其他小说元素一样，儿童人物在文本中所经历的历史也是被作家创作出来的，是作家的文学性虚构，而在儿童历史奇幻小说中，虚构性叙事的一个核心方法就是使儿童主人公在现在语境中处于隔离或孤立状态。露西·波士顿笔下的小男孩多利一直很孤单，他希望像其他人一样有一个家庭；《汤姆的午夜花园》的两个主人公都是孤独的：汤姆由于处于麻疹隔离期，也被迫离开家，离开父母和兄弟，他被禁止与格温姨妈和姨夫之外的任何人接触，而海蒂是孤儿，被舅妈收养；《有时候是夏洛特》的主人公在故事一开始就独自一人开始了寄宿学校的生活；克莱尔和玛丽安都没有兄弟姐妹，而且克莱尔还是孤儿。儿童独处在战后英国儿童文学中具有普遍性，这些儿童主人公或者亲人亡故，或者遭遇困境，或者没有伙伴，而这种封闭的陌生环境恰恰导致儿童主人公常常通过幻觉或梦境等奇幻的

方式理解时间和过去，因为奇幻可以把过去变成现在，进而把过去和现在自由地联系在一起：夏洛特把自己想象成克莱尔；克莱尔在梦中看到了家族的历史；而汤姆在巴塞洛缪夫人的梦里见到了花园和小女孩海蒂。通过奇幻叙事的时空观，儿童主人公可以同时生活在两个并行的时间上，现在的时间和过去的时间，前者是真实的，后者是想象。如果说作家虚构了儿童主人公在文本中的奇幻历程，那么，后者则通过虚构重新建构了普遍意义上的时间、历史和过去。

既然历史奇幻小说是虚构的历史，是文学文本导致历史缺席，那么，在这个悖论中，儿童主人公必然要在文本中遭遇一个与之年龄相仿的虚构儿童人物，继而吸引儿童穿越时间的界限参与到历史之中，在一定程度上改写历史或者理解历史。这是战后英国儿童历史奇幻小说的一个显著特点。儿童主人公和儿童历史人物之间的会面在虚构性叙事和历史之间建立起一座桥梁，并且使儿童主人公在这个过程中占有主导性地位，最具代表性的就是加纳的《猫头鹰恩仇录》。这部小说取材于威尔士神话《马比诺将吉昂》中的一个故事，加纳使这个神话在现代儿童主人公艾莉森、葛文和罗杰身上复活。三个儿童主人公和传说中的布劳迪微的灵魂在小说中会面，后者在这个村庄里徘徊了几百年，她不要做猫头鹰，而要变成花，因此，她的诅咒使村庄轮回上演三角恋爱的悲剧。儿童主人公与历史人物遭遇，他们变成悲剧的载体，但是儿童主人公并没有被动地接受悲剧，而是加入到拯救村庄宿命的行动中，成为自己命运的主演，进而在历史模式中找到身份认同感。

小说在叙事上使两个时间并存，一个是历史时间，一个是现在时间。在虚构叙事与历史的竞争中，作者为了避免过多地侵犯历史，而把历史中的幽灵放在虚构叙事的被动位置上。三个儿童主人公在现在时间中的冒险经历使他们接触到历史，从而替代厨娘南希、长工老休和在车祸中丧生的伯川结束村庄的宿命。尽管虚构叙事是第二位的历史，但是，历史人物的存在本质却是缺席的——布劳迪微的灵魂不定期地出现在现在的时间里，她仅仅是儿童主人公的陪衬，在情节上增强虚构叙事的历史感，这样，儿童主人公便成为重新建构历史的主体。如果说儿童历史奇幻小说使作者用文本形式创造出他们对历史的想象，那么从另一个角度讲，儿童主人公则通过他们的想象重新书写了一个历史，并且在这个从未经历过的历史中完成了儿童主体性的架构，这一点对儿童具有重要意义。借女作家琼·艾肯之言,"只有虚构或者完全的传记才能表达出对历史的真正理解"①。因此,儿童奇幻历史在本质上具有启蒙性,儿童主人公通过与历史人物认同而获得了存在的意义,这种认知宣告了儿童时代的结束,进入个体意识发展的阶段。

小 结

时间穿梭和历史奇幻小说是战后英国儿童文学中的两个重要文类。无论是难以释怀的时间经历,还是神秘莫测的历史奇遇,儿童时间穿梭和历史奇幻小说都是对过去进行重新书写,在本质上,都是借助想象在时间、历史和过去中进行儿童主体性构建。正如劳埃德·亚历山大(Lloyd Alexander)所言,"儿童喜欢奇幻,依赖奇幻故事,我相信他们需要奇幻的经历,奇幻经历是他们成长的一个重要组成部分"②。奇幻并不是生活本来的面貌,但是它使儿童在当下所遭遇的焦虑状态得以在时间和历史的映衬下更加清晰。这种经历也许是痛苦的、奇异的记忆,但是奇幻叙事对个体心理发展和社会群体的发展具有重要的感染力。在当代儿童文化中,奇幻文学的强大魅力不仅仅证明了成年人仍然像儿童一样相信幻想和奇迹,而且也证明了奇幻叙事对儿童读者的巨大挑战性和影响力。

---

① Joan Aiken, "Interpreting the Past: Reflections of an Historical ovelist", *Only Connect: Readings on Children's Literature*, Ed. Sheila Egoff. Toronto: Oxford University Press, 1996, p. 67.

② quoted in Jack Zipes et al, eds. *The Norton Anthology of Childrn's Literaure*, New York: W. W. Norton and Company, 2005, pp. 557 – 558.

第十九章

"童话是表达思想的最好方式"：
C. S. 刘易斯和他的"纳尼亚传奇"

第一节 生平简述

C. S. 刘易斯不仅是"纳尼亚传奇"系列的作者，20世纪著名的英国童话小说作家，而且是剑桥大学的教授，一个基督教神学家、研究中世纪文学的学者和批评家。他与牛津大学的托尔金一样，是学者型作家，也是具有"童心"的当代幻想文学作家。

1898年11月29日，克里夫·斯坦普尔·刘易斯（Clive Staples Lewis，通常情况下人们简称他为 C. S. 刘易斯）出生于北爱尔兰贝尔法斯特市，父亲是一位律师。这片远离欧洲大陆的岛屿，常年浓雾弥漫，阴雨连绵，翠绿和暗绿色交杂的山丘连绵不绝。作为家中次子，小 C. S. 刘易斯和比他大三岁的哥哥华伦·刘易斯（Warren Lewis）就是在这片神秘的土地上长大的。不过，真正影响他未来命运的是1907年圣诞节收到的两份礼物，一份是爸爸送他的一本书，另一份是妈妈为他精心

C. S. 刘易斯[①]
(Clive Staples Lewis, 1898 – 1963)

---

① Photograph by Arthur Strong, 1947, http://en.wikipedia.org/wiki/C._S._Lewis.

第十九章 "童话是表达思想的最好方式":C. S. 刘易斯和他的"纳尼亚传奇"

准备的集邮册。两份礼物唤醒了一个沉睡的灵魂对于阅读图书的渴望,年仅九岁的他和哥哥一道爱上了阅读。那时候,兄弟二人没有像许多同龄的爱尔兰孩子一样,整天在外面调皮捣蛋,野性十足;相反,两人身上早早就已散发出与同龄人极不相符的淡淡的"文人"气息。他们在一起最喜欢做的事情莫过于编故事了。哥哥华伦最拿手的是编造以神奇印度、火车和蒸汽船等为主题的故事,而小克里夫对具有英雄主义的动物冒险故事极为感兴趣。两人的故事往往不是孤立的,他们将人物和叙事融合,激发故事创作的冲动;换句话说,一旦两人的思维碰撞在一起,必会迸发出耀眼的火花。

也就在同一年,在幼年的 C. S. 刘易斯还没有足够的时间和人生经历来体会更多世间冷暖与人之常情的时候,一道晴天霹雳无情地降临在这个普通而温馨和睦的爱尔兰家庭。这前后发生的事情还得从 C. S. 刘易斯的父亲说起。老刘易斯是一名信奉清教主义的律师,绝对的一家之主,相对于脾气暴躁的父亲,小刘易斯更爱亲近他勤劳善良的母亲。一次,他在自家的书架上读到一本朗费罗的诗歌集,其中有这么一句:

> "我听到一声惨叫,
> 美丽的鲍尔德,
> 不在了,
> 真的不在了!"①

读过之后,C. S. 刘易斯瞬间感到后背发凉,一种不祥的预感悄然而至。没错,在他九岁生日过后没多久,他年轻的母亲就因为癌症而去世了。从那之后,尽管他和哥哥还能感到幸福和温暖的存在,但是当年那种温暖稳定的安全感和满足感就很难再找回了。

后来,C. S. 刘易斯来到英国赫特福德郡文亚德小学读书。在那里,他受到过同学的欺凌,吃过发臭的食物,也领教过无能的老师,后者更让他感到无可奈何。后来,他转过两次学,他的求学之路可谓坎坷曲折。不过在这一过程中,C. S. 刘易斯始终没有放下手中的书本,在他 15 岁时,

---

① Humphrey Carpenter, The Inklings: C. S. Lewis, J. R. R. Tolkien, Charles Williams and Their Friends, London: George Allen & Unwin, 1978, pp. 11–42.

他已经阅读过几乎所有重要英国诗人的作品，并且还开始涉猎诸多其他英国作家的作品，以及北欧作家的文学作品，一种硬朗和严肃的文学元素已经慢慢融入了这个少年的血液。也正是这个时候，C.S.刘易斯决定成为一名无神论者，理由很简单：第一，他没有看到，所谓的神将自己身边的苦难和困境化解掉；第二，《圣经》这样大部头的艰深书籍让一个孩子来读，简直就是一种折磨。无神论形成的结果是，他选择了归纳几个经典神话案例（包括希腊神话、北欧神话以及英格兰和爱尔兰神话），对神话中的诸神进行了几乎一致的定义：神，就是一种强制性元素，随时随地震慑着人类。

1916年，C.S.刘易斯被牛津大学录取，这本是他的人生中值得庆祝的一件大事，可就在他走进大学生活之际，一战的枪炮声已经响彻了欧陆大地。结果他选择了应征入伍，后被派往法国前线作战。可想而知，前线的生活条件是多么艰苦，战场的环境又是多么惨不忍睹，但他心中始终秉持着对于文学的虔诚之心，他默默地念道，"这就是战争，这就是希腊荷马口中的战争"。① 1918年，他因受伤被送回英国治疗，就此结束了他为期不到两年的战地从军生涯。回到英国的C.S.刘易斯选择重返校园，攻读英语语言文学专业，此时的他又捧起了西方经典文学作品，研读的书目包括北欧神话、英国作家马洛里的诗歌和乔治·麦克唐纳的小说等作品。到了毕业之际，C.S.刘易斯像其他文学专业的大学毕业生一样四处寻找工作机会，但是一直没有找到令其满意的职位，他的梦想是做一名大学教师。功夫不负有心人，他终于等来了圆梦的那一天，1925年，他被牛津大学马格达伦学院聘为英语教师，主讲英语语言文学。此时的刘易斯，终于站在了自己梦想的执教舞台上，为学生讲授英国文学。1954年，刘易斯进入剑桥大学，担任讲授中古和文艺复兴时期英国文学的教授，直至因病与世长辞。

进入大学任教之后，C.S.刘易斯遇到了另一个足以改变他未来的人——J.R.R.托尔金。两人的相交正应了那句话——"不打不相识"——还未见面就已经成了对手。② 当时，剑桥大学的文学研究者形成

---

① David Clare, C.S. Lewis: An Irish Writer, *Irish Studies Review*, 2010, pp. 17 – 38.
② Colin Duriez, *Tolkien and C.S. Lewis: The Gift of Friendship*, New Jersey, Paulist Press, 2003, pp. 122 – 140.

了两股主要风潮：一种是倡导学习中世纪和古老的语言文学，而不要沉溺于相对变化多端但极为浮华的现当代文学之中去；而另一股潮流则坚持认为现当代文学才是阅读快乐的来源。两股风潮都是以乔叟时代为分水岭的。当时站在第一阵营中的代表人物自然是对古典文学研究颇深的J. R. R. 托尔金，而 C. S. 刘易斯则是第二阵营中倡导阅读现当代文学的代表人物之一。托尔金认为，现当代文学并不注重文字方面的提炼，相比之下，中世纪以及之前的文学作品则在遣词造句上更胜一筹。他坚信"语言就是真理"。而刘易斯在现当代文学中找到了自然的童真和快乐。不过没过多久，两人因为对北欧神话的共同热爱，最终还是走到一起，成为学术同道和挚友。两人都迷恋着古代北欧的语言和文化，特别是古代冰岛语和古代冰岛文学作品。接下来，他们加入了"科尔比塔文学俱乐部"（Coalbiters），会员中不乏著名的拜占庭和希腊研究专家 R. M. 道金斯（R. M. Dawkins）、英国文学专家乔治·戈登（George Gordon）和凯尔特语专家 G. B. K. 布朗霍尔茨（G. B. K. Brownholtz）等英语语言文学界权威学者。在此基础上，以 C. S. 刘易斯、J. R. R. 托尔金和 C. 威廉姆斯等学者为主要成员形成的"奇思文学笔友会"（Inklings）在 20 世纪 30 年代初和 40 年代末非常活跃。事实上，具有如此大影响力的民间文学团体在整个英国文学史上都是非常独特的奇观之一。奇思文学笔友会成员不定期地进行文学研究和创作的交流，地点就在位于牛津大学马格达伦学院刘易斯的家中，大家手捧热饮，品读好书，高声畅谈，交流心得，呈现出一种公平和公开的学术讨论氛围。大多数讨论和建设性批评主要围绕相关作品或者其中暗含的线索。此后，奇思文学笔友会规模日益壮大，文学讨论成果相当可观。在二战期间及二战结束后的一段时间，笔友会成员在"小鹰与婴孩"（Bird and Baby）酒吧举行的周二午餐聚会成为牛津大学的一道亮丽的风景线。值得注意的是，也就是这段时期，C. S. 刘易斯在同道老友托尔金的影响下，渐渐跨入了探究基督教与幻想文学之关联的大门。

20 世纪 40 年代正处于二战期间，刘易斯每天上午都在英国 BBC 广播电台做题为"超越自己"的演讲，旨在向战争中的民众和军队宣传基督教中坚韧不拔的精神。在接下来漫长的 20 年内，C. S. 刘易斯除了一如既往创作宣扬基督教教义的散文和论说文之外，还做出一个惊人之举，接连创作出七部儿童幻想小说"纳尼亚传奇"系列，这些作品在随后的岁月里成为英国儿童幻想文学的经典之作，受到读者喜爱。1963 年 11 月 22

日，刘易斯因肾部病毒感染而离世，终年 65 岁。

第二节　创作生涯

纵观 C. S. 刘易斯所生活的年代，我们发现那时似乎充斥着通货膨胀、战争、疾病、环境污染以及其他种种社会乱象。C. S. 刘易斯坚持着自己的写作阵地，和好友托尔金一起构建他们的幻想文学世界，最终，一部又一部卓越的幻想小说为工业时代和现代主义冲击下几乎垮塌的幻想文学世界增添了浓厚的色彩。说起文学创作，C. S 刘易斯笔下的作品可谓品类繁多，包括许多出色的文学、神学、哲学作品，其中最具代表性的当属"纳尼亚传奇"（*The Chronicles of Narnia*）系列小说、基督教文学作品《返璞归真》（*Mere Christianity*，1952）和《痛苦的奥秘》（The Problem of Pain，1940）以及科幻小说"太空三部曲"（Space Trilogy）。"纳尼亚传奇"系列小说在全球的销量更是超过 1 亿册。C. S. 刘易斯究竟是如何将一个个儿时的口头故事扩展开来的？在创作过程中，他到底有哪些不为人知的矛盾心理？经历了哪些磨难或者心酸？

事实上，C. S. 刘易斯在上大学之前并没有写作和出版什么成熟的作品，只写了一些散篇的散文和诗歌，写作对他来说就是一种自我消遣的方式。直到 20 岁的时候，他真正意义上的第一本作品《戴默》（*Dymer*，1926）出版了，那时刘易斯使用的署名是克里夫·汉密尔顿（Clive Hamilton）。《戴默》是一本纯诗歌集，刘易斯在 17 岁的时候就开始尝试着进行创作，故事主要讲述了出生于"完美城市"的主人公戴默受到一种邪恶力量的引导，当众杀死教授，随后逃至一片原始森林中。在那里，他接连遇到了妖媚的女人、一个身负重伤的男人，以及神秘的梦中人，最后被一位圣者点醒，告诉他之前遇到的女人原来是一个妖怪，并且附近有一只穷凶极恶的怪兽。更可怕的是，这只怪兽竟然是戴默和女妖生出来的孽种。于是，戴默接受了圣者提供的装备，誓与怪兽厮杀到底，但最后戴默还是败下阵来，英勇就义，获胜的怪兽则摇身一变，它竟然就是上帝，那个全能的上帝。这首诗歌颇有贝奥武甫、荷马史诗和弥尔顿史诗的特色，场面恢弘，又不乏儿女情长，最后英雄在难解的纠结中死去，悲剧收尾。实际上，这首诗歌并不像弥尔顿的《失乐园》般歌颂上帝的仁慈和全能，早年的 C. S. 刘易斯还是一名无神论者，这首诗中，读者完全被作者带入一种逆境和颠覆。戴默原型为作者本人,令人窒息的黑暗原始森林中的怪兽竟然为上帝所变,表面上看,戴默是非常不情愿地拿起武器,与自己的孽种展开厮杀;实际上,最后的结局传达了这样一个信息:我心中有上帝,但上帝并不仁慈,更甚者,上帝就是魔鬼。所以说,无神论中对神的否定是刘易斯早期作品的一大特色。

他的第二部作品是《爱的寓言》(Allegory of Love, 1936),这是一本重返中世纪去探寻寓言中爱的线索的书。在书中,作者首先根据爱的四个特点将其划分为几个层次:谦卑、礼貌、通奸和宗教;接着对中世纪的寓言发展状况进行了描述;最后举例说明,寓言中的爱在中世纪作品中的重要性。这本书是刘易斯唯一一本将自己对中世纪和中古英语文学的热爱转化成学术研究成果的书籍,该书获得了当年的"霍桑文学奖"。

20世纪30年代正是英美科幻小说盛行和发生裂变的时代。① 前有H. G. 威尔斯(H. G. Wells)、洛夫克拉夫特(Lovecraft)和格里菲斯(Griffith)这样的现代科幻鼻祖级人物,同时受到当时风行一时的大卫·林赛(David Lindsay)的科幻巨著《驶向牧夫星座》(A Voyage to Arcturus, 1920)的鼓舞,刘易斯也跃跃欲试,酝酿着创作一套科幻作品。1938年,刘易斯的"太空三部曲"面世,它们分别是《走出寂静的星球》(Out of the Silent Planet, 1938)、《金星历险记》(Perelandra, 1943)和《那股邪恶的力量》(That Hideous Strength, 1946)。根据A. M威尔逊的传记所述②,刘易斯是在与托尔金进行了长时间的攀谈后,决定创作这几部科幻小说的。那次谈话主要就当代小说创作状况进行了深入的分析,结果两人商议,由刘易斯创作一部空间旅行小说,而由托尔金创作一部时间旅行小说。当然,刘易斯的这三本小说如期问世,至今为读者所见,而托尔金的任务完成得不尽如人意,大部分著述已经遗失,部分片段出现在J. R. R. 托尔金之子克里斯托弗·托尔金后来编辑出版的作品中。刘易斯的这三部科幻小说,是一套以时空旅行为主题,内容、形式和写法上有所不同的系列作品。《走出寂静的星球》讲述了主人公剑桥大学语言学博士

---

① 参见布赖恩·奥尔迪斯《亿万年大狂欢:西方科幻小说史》,舒伟等译,安徽文艺出版社2011年版,第237页。

② A. M. Wilson, C. S. Lewis: A Biography, New York: W. W. Norton & Company, 2002, p. 221.

拉姆塞被两个疯狂的科学家绑架到火星,企图将其献给火星国王以博得其信任后占领火星,然而拉姆塞博士具备超人的语言天赋,这让他与火星上的各类种族有了沟通的可能性,最终拉姆塞阻止了疯狂科学家的阴谋,同时也与太阳系和宇宙的主神之间形成一种心灵沟通的模式,在此基础上,拉姆塞认识到,宇宙的本质实际上就是神的见证。《金星历险记》显然受到弥尔顿的《失乐园》(*Paradise Lost*)的影响,评论家认为这部作品更接近寓言而不是想象。《金星历险记》讲述的是拉姆塞博士的太空旅行。不过这次他来到了金星,遇到了神秘的绿夫人,与绿夫人的交流引发了拉姆塞博士对宇宙更深层面的思考。紧接着,第一部作品中的疯狂科学家再次出现,这次他受到撒旦神灵的怂恿,对纯洁的绿夫人进行诱惑,让她对自己的赤身裸体感到羞愧。最终,拉姆塞博士再次战胜了疯狂科学家,保住了绿夫人的纯洁。这里的绿夫人当然是基督教中夏娃的化身,金星上美好的乐园和单纯的绿夫人没有被破坏,保持了基督教中耶稣般的纯洁。《那股邪恶的力量》从英国的国家研究院开始,他们从全国各大学征用科学经营方法进行邪恶研究,力图唤醒沉睡千年的远古巫师梅林,拉姆塞的出现又一次击退了邪恶势力,拯救了地球。①

接下来的 20 年里,C. S. 刘易斯发表了一系列有关基督教神学的图书,包括《返璞归真》《痛苦的奥秘》《裸颜》等,其中,《返璞归真》和《痛苦的奥秘》被基督徒们奉为必读之书,同时还受到国内外众多读者的喜爱。为什么这本书具有如此广大的受众呢?原因在于,一方面,刘易斯笔下的基督教神学并非像某些西方学者进行的系统但却十分刻板的说教,相反,刘易斯采用平易近人的口吻,像一个老朋友一样,用文字将人性中的真善美向读者娓娓道来;另一方面,基督教所提倡的仁爱、友爱、忠诚等积极要素也易为广大读者所接收。与其说《返璞归真》是一本基督教神学著作,不如说它是 C. S. 刘易斯在第二次世界大战期间的演讲集。二战期间,英国广播公司(BBC)邀请他对身处战火中的英国民众进行演讲,刘易斯从基督教中汲取了最富精华的一些思想,用自己的方式传递给民众,其中最精彩的一段,莫过于"爱你身边的人,胜过爱你自己"的论证。总之,刘易斯的演讲能够让处于水深火热之中的英国人民

---

① David C. Downing, *Planets in Peril: A Critical Study of C. S. Lewis's Ransom Trilogy*, Amherst: University of Massachusetts Press, 1992, pp. 150–168.

冷静下来，反思生活，憧憬希望。同样，《痛苦的奥秘》也是创作于第二次世界大战爆发之际，刘易斯从更高层次的知识性来解析痛苦的多种成分和如何消解和减轻痛苦。他认为痛苦首先与生俱来，无人能逃避痛苦，人生要充满勇气，跟随神的足迹，用一颗充满爱的心来坦然面对任何痛苦。

至于 C.S. 刘易斯最出色和影响最大的作品，毫无疑问要属"纳尼亚传奇"系列奇幻小说。当时，出版商和他的朋友们极力反对他涉足儿童文学创作，他们的理由是，作为一名以严谨和教条著称的基督教神学家，C.S. 刘易斯完全没有理由"跨界"写作。刘易斯坚持下来，因为他知道，这个系列并不只是儿童小说那么简单。这套书从一个小女孩进入一个梦幻般的幻想世界开始，引发了一连串的冒险。我们将在下一节对此系列进行详细分析。在此，我们对刘易斯的创作生涯进行一个简单梳理：热爱和反叛，跨界和统一，思考和沉淀。刘易斯从小对冒险故事的热爱是他后来写作的强大弹药库，后来从一个纯粹无神论者转变成虔诚的基督教徒，这个转变在他的创作生涯中影响最深刻，直接导致了一些主题的走向。到最后，在基督教的深刻影响下，沉淀下来的刘易斯用一种近乎"简单和幼稚"的语言，用奇幻小说的形式向世人宣扬基督教的仁爱，成为世界文学史上一种独特的文学现象。

第三节　儿童文学观

通过梳理 C.S. 刘易斯的文学创作生涯，我们不难发现，其最高成就还是体现在幻想小说，尤其是以"纳尼亚传奇"为代表的儿童幻想小说创作方面。而作者本人也像托尔金一样，作为学者型的作家，难能可贵地对幻想文学及儿童文学创作进行了思考和总结，并由此形成了自己的儿童幻想文学观，其中不乏令人深思的真知灼见。他最具代表性的论述体现在1952年发表的《为儿童写作的三种方式》一文中。[①] 刘易斯在这篇文章中集中地阐述了他的儿童文学创作理念，是对优秀儿童文学创作艺术的深刻反思。在刘易斯看来，儿童文学创作可以分为三种方式。第一种方式是从表层迎合儿童心理和爱好，投其所好，自认为自己所写的东西是当今儿

---

① C. S. Lewis, On three ways of writing for children, in Sheila Egoff et al. eds. *Only Connect: readings on children's literature*, Toronto, New York: Oxford University Press, 1980, pp. 207 – 220.

童喜欢看的东西,尽管这些东西并不是作者本人内心喜爱的,也不是作者童年时代喜欢读的东西。这种迎合小读者的"投其所好"的写作方式往往导致作者本我的迷失,本真的迷失,写出的东西是流于表面热闹,但缺乏深邃内涵。事实上,这种方法只是一种迎合市场和讨好读者的被动创作。很显然,这种创作方式追求的是得到更多的关注度和更多的经济利益,但通过这种方式创作出来的作品很容易陷入同质化、同类化和跟风模仿的误区。最终结果是,作者的写作灵感被隐形的"规则"约束,使自己在创作过程中迷失了自我,缺失了传达人性最本真东西的机会。所以这种创作方式基本上是不恰当的方式。

至于第二种方式,C.S.刘易斯认为,它与第一种方式之间具有某些相似之处,但在本质上却具有重要的差异。在刘易斯看来,创作"爱丽丝"小说的刘易斯·卡罗尔,创作《柳林风声》的肯尼斯·格雷厄姆和创作"魔戒传奇"的托尔金等作家的作品就代表着这样的写作方式。这些作者为特定的孩子讲述故事,有生动感人的声音,有现场的即兴创作和发挥,还有后来的艺术加工和升华。他们所讲述的都是儿童所向往的,内心渴望听到的故事。在这一过程中,具有丰富人生阅历的成人与天真烂漫的儿童之间形成了一种默契,一种复合的人格得以形成,一个卓越的故事诞生了。

而第三种方式是C.S.刘易斯本人运用的方式。他认为自己创作儿童故事是因为它们是表达思想的最好艺术形式。首先,作者要有深邃的思想和广博的知识以及丰富的文学修养。其次,作家表达思想的写作方式是多种多样的,例如小说、散文、诗歌,等等;而在刘易斯看来,童话作为一种表达方式已经潜移默化地植入作者心中。事实上,刘易斯和格雷厄姆等作家一样,透过自己的人生看世界,通过童话小说的艺术形式表达其思考和感悟,在构建自己的理想乐园的过程中创作出儿童文学的经典之作。儿童的纯真和幽默,连同基督教的博爱思想融汇在作者心中,在下笔的同时,灵感通过手指倾泻出来。在列举了儿童文学创作的三种方式之后,作者阐述了自己的幻想文学观。通过将写实性的校园小说与幻想性的童话故事进行比较,刘易斯认为那些声称是专为儿童写作的真实的校园故事在特定意义上并不真实,而是一种欺骗。他这样阐述道,人们希望现实中的校园生活能像小说中描述的那样精彩、美好;希望自己在学校中成绩突出,名列前茅;希望自己成为一个揭穿外国间谍阴谋的幸运者,等等;但在这些所谓的现实性校园故事的后面显露出的却是强烈的功利性和刻板性。在读完这样的故事之后，读者又被遗弃在这个充满纷争的现实世界。刘易斯指出，校园故事实际上也是一种满足潜意识渴望的幻想故事，只不过是以自我为中心，追求的乐趣就是获取别人羡慕的眼光。与此相反，没有人会把现实世界与童话世界等同起来。虽然童话故事在真实性方面偏离了现实生活，但童话提供的信息却是值得信赖的。事实上刘易斯的观点非常接近当代心理学家提出的"童话心理学"观念，即童话故事为儿童提供的是心理真实性，它们按照儿童体验事物的方式对人类情感和疑难问题进行外化和投射。童话世界对儿童来说似真似幻，既是一个漫无边际的幻想国度，却又包含着种种深刻的心理真实性，所以它为儿童奉献的是现实世界和幻想世界所能提供的最好的养料。作者还在文中批评了社会上不少人将童话故事视作"逃避主义"的看法。

第四节　"纳尼亚传奇"述评

20 世纪 30 年代，在牛津大学附近的一家不起眼的小酒馆，两位英语语言文学教授促膝长谈，相互献策。由此，两部奇幻史诗"魔戒传奇"和"纳尼亚传奇"系列相继诞生，登上无数幻想小说迷的必读书目，它们是一扇通往终极奇幻世界的大门，被看作儿童文学史上的上乘之作。"纳尼亚传奇"成为 20 世纪 90 年代"哈利·波特"的作者 J. K. 罗琳心中的典范之作；读者群中既有刚开始学习阅读的小朋友，也有怀着童心和悲悯之心的成年人；它被广泛改编成广受影迷喜爱的广播剧、电视剧、舞台剧和电影；它还在全球范围内被翻译成 47 种语言，销量更是达到一亿册。这 7 本奇书到底有什么样的魔力深深抓住读者们的心？这是一个以纳尼亚为中心的奇幻王国，那里有勇敢和宽容的雄狮阿斯兰，有邪恶的白女巫，有会说话的动物们，也有小精灵、小矮人、树精和牛头人身怪。那里流传着一个预言，两个亚当的儿子和两个夏娃的女儿将会现身，击败邪恶的白女巫，结束永恒的寒冬。这 7 本书围绕四个孩子不断穿越到纳尼亚王国而展开了一系列奇幻冒险故事。在走进这部奇幻巨作之前，我们很有必要对这套书的出版顺序进行简要梳理。究竟哪一册应该放在第一位，至今在文学界仍争议不断，按照创作时间来讲，该系列排序如下：《狮子，女巫和魔衣橱》（*The Lion, the Witch and the Wardrobe*, 1950），《凯斯宾王子》(*Prince Caspian：The Return to Narnia*，1951)、《黎明踏浪号》(*The Voyage of the Dawn Treader*，1952)、《银椅子》(*The Silver Chair*，1953)、《能言马与男孩》(*The Horse and His Boy*，1954)、《魔法师的外甥》(*The Magician's Nephew*，1955)和《最后一战》(*The Last Battle*，1956)。其中，1955年创作的《魔法师的外甥》从内容上讲应该放在《狮子，女巫和魔衣橱》之前，争议也就在此，究竟该把这本书摆在什么位置，西方学者为此争论不休。笔者看来，其实大可不必担心。对读者而言，7本书彼此独立，独自成书，内在并无绝对分界和交叉，可拆可合，读起来丝毫不会产生跳跃和陌生感。以下以出版时间为顺序，进行详细的研究和分析。我们先来了解一下这7本书的主要内容。

《狮子，女巫和魔衣橱》讲述的是受到战争威胁，苏珊、彼得、露西和埃德蒙四个兄弟姐妹被父母送到乡下的一位老教授家避难，在此期间发生的故事。在一次捉迷藏游戏中，露西无意间发现了衣橱的另一端通向一个雪白色的梦幻世界。于是，四个孩子一同进入了由邪恶白女巫统治的纳尼亚王国。白女巫心狠手辣，任何不服从或者反抗她的动物们都被化作石像，她挥一挥手，纳尼亚王国一年四季就都在鹅毛大雪中度过。接着，孩子们在一对好心的海狸夫妇引导下，迎来了久违的雄狮阿斯兰，他才是真正的纳尼亚主人。最终，在大家共同努力下，正义战胜邪恶，女巫被击败，四个孩子成为纳尼亚王国的国王与王后。后来在一次狩猎中，他们无意间发现了来时的那个魔衣橱。最终，他们还是回到了现实世界。《凯斯宾王子》中，四个小主人公在地铁长椅上等车，谁知开来的列车将他们重新召回了纳尼亚。原来，在他们离开纳尼亚的这些日子，魔衣橱另一端的奇幻世界显然物是人非。在已经过去的1300多年时间里，原纳尼亚国王之弟米诺兹阴险狡诈，残暴至极，杀害兄长，还想刺杀凯斯宾王子。庆幸的是，王子提早听到风声，逃离追捕，来到森林里，找到纳尼亚的老居民，并将四个孩子唤回来，在他们的帮助下，凯斯宾王子成功击败他的叔父。当王子走上王位的那一刻，纳尼亚王国又恢复到一片生机勃勃的景象。

该系列第三本《黎明踏浪号》延续了上一本书的魔法与奇幻特色，主人公埃德蒙、露西暑假来到舅妈家玩。一天，他们和表弟尤斯塔斯被走廊墙上挂着的一幅油画突然吸了进去，在画中世界里，他们经历了各种诱惑。在经历一系列冒险之后，他们解除了拉杜曼岛的魔咒，解救了小岛，然后回到纳尼亚王国,埃德蒙和露西则安全回到了剑桥的舅妈家中。《银椅子》中主人公尤斯塔斯和女孩吉尔无意间穿过荒野中的一扇神奇的小门,来到纳尼亚王国。很快两人得知,纳尼亚国王原有一子瑞廉,十年前,王后被一条青蛇咬死,王子却被一名神秘的绿衣女子带走。显然,此绿衣女子为那条蛇精所变。绿衣女子将瑞廉带回宫中,用一把魔法银椅控制他。于是,尤斯塔斯和吉尔决心帮忙找到瑞廉。他们成功找到蛇妖盘踞的地方,劈毁银椅,救出瑞廉,杀死蛇精,将瑞廉带回国。然而,年事已高的老凯斯宾却因病过世。这时,雄狮阿斯兰出现了,他用自己身上的一滴鲜血救回了老国王。

在《能言马与男孩》中,卡乐门是一位臭名昭著的贵族纨绔。故事从少年沙斯塔被父亲卖给卡乐门讲起。一天夜里,伤心欲绝的沙斯塔和一匹会讲话的战马布理商量好,决定结伴出逃。一路上,他们历尽艰险,与贵族美人阿拉维斯相识,巧合的是,阿拉维斯也拥有一匹来自纳尼亚的能讲话的马。这是个风起云涌的世界,由于苏珊女王拒绝了卡乐门王子的求婚,卡乐门怒火中烧,开始大举进犯纳尼亚。危难时刻,沙斯塔骑着战马传递情报,拯救了纳尼亚。后来,他和阿拉维斯结为夫妻。《魔法师的外甥》讲述了两个喜欢恶作剧的少年迪格雷和波莉误闯安德鲁的实验室,被安德鲁用魔戒传送到一个虚拟世界中。在那里,他们看到的景观只是一座荒凉的恰恩城。不幸的是,由于迪格雷的不小心,邪恶的白女巫简迪斯被放了出来,她跟随两个孩子来到了现代伦敦。为了防止她在伦敦作恶,一番周折之后,迪格雷和波莉将她带入第二幻想世界。在那里他们看到了阿斯兰如何创造人类,深受启发;此时,迪格雷的母亲正卧病在床,按照雄狮阿斯兰的指示,他只有拿到远方花园中的神奇之果才能治好母亲的病。白女巫并不就此善罢甘休,她拼尽全力阻止迪格雷。迪格雷并没有被白女巫的伎俩迷惑,成功拿到生命之果,治好了母亲的病。《最后一战》是全书的大结局,主要讲的是一只猴子捡到一张狮子皮,他将狮子皮披在一头骡子身上,让他假扮阿斯兰统治纳尼亚。国王帝联得知此事,当即揭穿其阴谋,谁知却被卡乐门等人活捉。于是,他向阿斯兰求救,尤斯塔斯和吉尔出现,将其救出,率领纳尼亚的动物军团一同战斗。最黑暗的邪恶力量塔氏神来了,正义一方的彼得、埃德蒙、露西、尤斯塔斯、吉尔、波莉和迪格雷悉数登场,阿斯兰也现身了,一场大战不可避免。谁知,世界末日的号角被吹响,纳尼亚毁灭了。阿斯兰带领所有幸存者通过一道时空之门,来到另一个新世界。

"纳尼亚传奇"系列在英国幻想文学创作领域的重要地位是不言而喻的,西方学者也对该作品进行了全方位的研究。西方最早对这套奇书的研究始于20世纪40年代,期间经历了原型批评、女性主义批评、圣经文学批评等阶段。西方批评界的"纳尼亚传奇"系列研究的代表性成果主要有:《深度解读C. S. 刘易斯的〈纳尼亚传奇〉》(Bruce Edwards, Further Up and Further In: Understanding C. S. Lewis's The Lion, the Witch and the Wardrobe, B&H Publishing Group. 2005);《进入魔橱奇境: C. S. 刘易斯和〈纳尼亚传奇〉》(David C. Downing, Into the Wardrobe: C. S. Lewis and the Narnia Chronicles. San Francisco: Jossey – Bass. 2005.);《狮子、女巫和圣经: C. S. 刘易斯经典故事中的善与恶》(Robert Velarde, The Lion, the Witch and the Bible: Good and Evil in the Classic Tales of C. S. Lewis, 2005),等。

国内学者对"纳尼亚传奇"系列研究主要以基督教隐喻、女性批评以及文本叙事分析等视角为主。基督教神学研究重点放在这七本书与《圣经》之间的紧密关联;女性批评则通过对白女巫和阿斯兰、彼得和苏珊、迪格雷和波莉等人物的性别反差进行探究,以表明作者在作品中流露的对女性的歧视和偏见;在叙事艺术层面,批评者主要强调了作者为了达到叙事效果采用的从时空、结构和声音入手的叙事动机。当然,这七本奇书表面上是讲述孩子们的冒险故事,最终以喜剧收尾;然而细细回味,浅层文本下埋藏着更深层的秘密。C. S. 刘易斯承认基督教对这七本书的影响颇深,赎罪的主题自然凸显出来。基督教中,一个地标式的概念"七宗罪"诞生于13世纪道明会神父多玛斯·阿奇那所列举的多种罪恶行径。这些罪恶一开始有八项,分别代表着人心深处的罪恶根源,分别是贪食、色欲、贪婪、悲伤、暴怒、懒惰、嫉妒和傲慢。到了6世纪末,八宗罪减少为七项,悲伤被归入懒惰,加入的是妒忌。西方文学中,含有强烈的"七宗罪"寓意的作品有威廉·朗格兰的《农夫皮尔斯》(Piers Plowman, 1332)、但丁的《神曲》(The Divine Comedy, 1321)和斯宾塞的《仙后》(Fairie Queen, 1509),等等。根据迈克·沃德(Michael Ward)于2010年出版的《纳尼亚星球:刘易斯的幻想七重天》(Planet Narnia: The Seven Heavens in the Imagination of C. S. Lewis),"纳尼亚传奇"系列中用到了大量有关"七宗罪"的隐喻,七本书每本都有一宗罪最为凸显。①在该系列第一本《狮子,女巫和魔衣橱》中,小男孩埃德蒙误入纳尼亚世界,碰到了雪橇上阴险的白女巫。她拿出美味的土耳其软糖诱惑埃德蒙,他随口将其他三个孩子出卖。② 这一幕,埃德蒙犯的是贪食罪。埃德蒙曾经犹豫过,因为在他的潜意识里,出卖朋友的背叛行为其后果也许很严重。在此,贪食罪主要是强调过度沉溺于某物会让人变得离真理越来越远,性格越来越内向,让人类成为自己欲望的奴隶。《凯斯宾王子》一书中强调了色欲罪。首先,我们有必要先来了解一下何为"色欲"。广义上讲,"色欲"在"七宗罪"中特指人类对性欲无节制的放纵,但是在刘易斯笔下的"色欲",实际上是对所有事物的渴望,或者说像"奸商"和"牟取暴利之人"。在《凯斯宾王子》中,国王米诺兹,也就是凯斯宾王子的叔父,对权利、财富和地位的渴望程度达到了极致。凯斯宾的父亲死后,米诺兹谋划篡夺王位,他甚至要将凯斯宾王子灭口,以绝后患。他的欲望激起了人神共怒,例如,能说话的动物们的代表小矮人更是提到宁愿召唤出简迪思白女巫来对抗米诺兹,可见米诺兹的贪婪和自私已泛滥成灾。③《黎明踏浪号》中,尤斯塔斯触犯了贪婪罪。尤斯塔斯这个人物的贪婪和自私贯穿了这本书的始终。一次,尤斯塔斯和他的船员们在一场暴风雨过后将船停靠在一个小岛上,大家下船去寻找补给,而耐不住寂寞的尤斯塔斯独自穿梭在丛林中,最后碰到一只奄奄一息的巨龙。他旁观着巨龙咽下了最后一口气,一种奇妙的成就感油然而生,仿佛是他亲手杀死了巨龙。这时,暴雨袭来,他无意间跑进了巨龙的洞穴,发现了无数金银财宝。他一把一把将珍珠装进自己的布袋,胳膊上还套了一个大珍珠手镯。当他发现自己拿到手软,终于累瘫在地上睡着了。当尤斯塔斯醒来后,他发现胳膊一阵刺痛,他发现自己竟然变成了一条巨龙。刘易斯对尤斯塔斯的态度显而易见,尤斯塔斯这样的人对集体来说可谓大害,他将自己的贪婪放在第一位,损害其他人的利益。《银椅子》一书中,懒惰罪最为突出。吉尔承担了阿斯兰派发的重任,要记住四个标记,最终找到王子。但

---

① Ward, Michael, Planet Narnia: The Seven Heavens in the Imagination of C. S. Lewis, Oxford University Press, USA, 2010.

② C. S. 刘易斯:《狮子,女巫和魔衣橱》,陈良廷、刘文澜译,译林出版社2005年版,第88页。

③ C. S. 刘易斯:《凯斯宾王子》,陈良廷、刘文澜译,译林出版社2005年版,第24页。

结果是，吉尔因为懒惰失败了。一开始，吉尔的确记得非常清楚，还提醒尤斯塔斯四个标记的事情，但是仅仅几个小时过后，当她到达纳尼亚的那一刻，就把之前的所有嘱托忘得一干二净了。因此，他们找王子的过程极其艰难。很多时候，尤斯塔斯让她把标记都记在脑袋里，她不但记不住，反而越来越不耐烦。① 后来，阿斯兰在吉尔的梦里帮助她记下这些标记。《能言马与男孩》中有三个人物非常傲慢。布里，纳尼亚的一匹战马，非常在意自己的外表，例如在奔向纳尼亚时，它想尽办法让自己看起来很漂亮；阿拉维斯，卡乐门的一位出逃公主，总是认为她自己高人一等；此外，拉巴达什王子想要和纳尼亚的女王结婚，遭到拒绝后大举进攻纳尼亚。这次进攻以失败告终，拉巴达什王子自己也成为俘虏。哪怕在这种情况下，他都不接受任何投降条款。《魔法师的外甥》生动描述了暴怒之罪。主人公之一的迪格雷是个容易着急和发脾气的人，例如在看到安德鲁叔叔为波莉戴上魔法戒指并使其消失时，迪格雷暴跳如雷，恶语相向，"真想赶快长大，狠狠教训他一顿"。《最后一战》引出了嫉妒之罪。嫉妒，一般指的是某人对其他人占有优势地位的财物、地位等产生的一种无节制的欲望。在该书中，嫉妒表现得最为强烈是那只猴子，他用捡到的狮子皮披在一头骡子身上，让骡子假扮成阿斯兰统治纳尼亚。实际上，猴子在之前的纳尼亚故事中较少出现，他并不相信雄狮阿斯兰统治下的纳尼亚。他对阿斯兰十分嫉妒，否认阿斯兰的一切，还故意伪造阿斯兰的权力和荣誉，嫉妒之火在他的心中熊熊燃烧。综上所述，"纳尼亚传奇"中的基督教元素绝不是偶然的，而是作者有意设置的。虔诚的基督徒会将自己的信仰融入文字，但将孩子们一个个设置成触犯基督教"七宗罪"的罪人，着实让人唏嘘不已。因为在大多数人看来，孩子本是天真、纯洁、质朴的代言人，却被他铐上了"七宗罪"的脚镣，想必很多人对刘易斯这样的设置并不苟同。在笔者眼里，他这么做的目的并不是为了颠覆人类对儿童的一贯看法，而是选择从人类最想保护、却最保护不了的人群突破。在基督教中，人就是为赎罪而生。这样赤裸裸地从人类年龄最小的阶段来揭示人性的特点，是刘易斯对基督教疯狂崇拜的表现，也是他作为一名作家所具备的罕见胆识和深度的洞察力。

综上所述，C. S. 刘易斯是英国乃至世界儿童文学史上里程碑式的人

---

① C. S. 刘易斯：《银椅子》，陈良廷，刘文澜译，译林出版社2005年版，第18页。

物，他在英国幻想文学方面的造诣，得到了广大读者和学术界的尊重。他被称为"最伟大的牛津人"，《最后一战》获得了英国儿童文学最高奖卡内基文学奖。[1] A. M. 威尔逊在《刘易斯传记》中写道："就像'纳尼亚传奇'故事一样，刘易斯的经历本身就是一部精彩的小说，一章比一章精彩。"[2] "纳尼亚传奇"系列作为 C. S. 刘易斯的代表作，成为英国儿童幻想文学的经典，这套作品具有强烈的生命意识，隐藏在文字后面的是对人类和宇宙的思考。

---

[1] David C. Downing, Into the Wardrobe: C. S. Lewis and the Narnia Chronicles, San Francisco: Jossey-Bass. 2005, p. 122.

[2] A. M. Wilson, C. S. Lewis: A Biography, New York: W. W. Norton & Company, 2002, p. 13.

第二十章

宗教情怀·神话想象·童话艺术：探寻托尔金的幻想文学世界

第一节 从《霍比特人》到"魔戒传奇"

当牛津大学的中古文学教授J.R.R.托尔金在教学和研究之余致力于文学创作时，他走上了一条与同时代英国文坛的主流作家完全不同的道路——他用毕生精力去"锻造"的是不受文学界和学术界所重视的幻想文学的"魔戒"。然而随着时光的流逝，对托尔金文学思想和文学创作的研究已经成为西方现当代文学研究领域的一门显学。

1892年1月3日，J.R.R.托尔金（John Ronald Reuel Tolkien，1892-1973）出生在南非的布隆方舟（现为南非奥兰治自由邦），当时那里还是大英帝国的一个殖民地。在19世纪末，许多英国年轻人都热衷于到该国的海外殖民地去闯荡，托尔金的父亲就是在这种背景下带着

J.R.R. 托尔金[①]
(John Ronald Reuel Tolkien, 1892-1973)

---

① J.R.R. Tolkien, Photograph http://the-hobbitmovie.com/jrrtolkien/.

妻子移民南非的。托尔金四岁时，父亲患黄热病去世，母亲不得不带着两个儿子迁回英格兰。由于托尔金的母亲信奉罗马天主教，她娘家的亲戚都断绝了与她的来往，也由此断绝了对她的经济帮助。无奈之下，她只得迁往伯明翰郊区一个由信奉罗马天主教的人群聚居的小镇，想方设法维持一家人的生计。童年的托尔金无疑受到了具有坚韧性格的母亲的影响。一方面，托尔金母亲很有语言天赋，不仅母语娴熟，而且懂拉丁语、希腊语和法语。这无疑影响了托尔金对于语言文字与文学表达的兴趣。另一方面，母亲的宗教信仰促使托尔金产生了对罗马天主教的热忱信仰。托尔金的母亲于1903年因患糖尿病而去世，托尔金被托付给一位天主教神父抚养，这使他更加虔诚地信奉天主教。在伯明翰求学期间，托尔金学习刻苦，最终获得奖学金进入英国牛津大学深造，并于1919年获牛津大学硕士学位。此时正值第一次世界大战期间，托尔金与许多年轻人一样进入军队服役，尔后由于患"战壕热"被送进医院治疗。正是在抱病住院的这段日子里，托尔金开始了他最初的写作生涯。战后，托尔金在里兹大学担任了教职，教授英语语言和中世纪文学。作为里兹大学的年轻教授，托尔金申请了牛津大学的古英语文学研究教职，于1925年进入牛津大学，在默顿学院担任盎格鲁－撒克逊学教授，直到1959年退休。托尔金长期从事中世纪北欧神话与传说文学的研究，渊博的中古英语文学和神话学知识给他日后的幻想文学创作打下了坚实的基础。托尔金一生中的大部分时光都是在牛津大学度过的。在旁人眼中，他是一个低调的，性格保守的人，尽可能地避开公众视线和政治活动。在他的"魔戒"神话风靡欧洲之前，托尔金是以牛津大学出版社出版的关于亚瑟王故事系列的英国14世纪长诗《高文爵士与绿衣骑士》（Sir Gawain and the Green Knight）的编者而为人所知，而在20世纪50年代以来随着"魔戒传奇"（The Lord of the Rings）系列小说的问世和风行，托尔金成为战后英国文坛开一代新风的，具有世界声誉和极大影响的作家。

1933年，作为父亲的托尔金开始给儿女讲述一个模样可笑的小矮人的故事。这个小矮人名叫毕尔博，是个霍比特人，他在外出历险的途中发现了一只神奇的戒指，能够隐身，所以他成功地偷走了巨龙的财宝。1937年这个故事以《霍比特人》（The Hobbit）为名出版了。它开篇的第一句话无疑确立了一个新童话故事的基调："从前，有一个住在地洞里的霍比特人。……"事实上，这是一部充满传统元素的童话小说，从不速之客刚多尔夫（正义的巫师）登门造访到主人公毕尔博鬼使神差般地加入小矮人远征队（其行动目的是夺回被巨龙掠走的财宝），到毕尔博在混乱中遭遇妖精并在无意间（或许是一种童话般的天意）获得一枚能够使其隐身的千年魔戒，主人公一次又一次地进入某个被严密把守的禁区，偷走某件珍贵的东西，如食人巨人的金子和短剑，古鲁姆的魔戒，恶龙斯毛戈的金杯，索隆的阿肯宝石，或者偷偷地解救被大蜘蛛群捕获的小矮人，被精灵国王囚禁起来的矮人们……此次远征处处有惊有险，波澜迭起，但总能转危为安，化险为夷；重要的是，几乎每个行动都充满童真童趣。例如毕尔博在黑暗的隧道中冲出小妖精的围捕之后又在神秘的地湖遭遇了吃人怪物古鲁姆，两者在"吃与被吃"的生死关头仍然像孩童一般玩起了猜谜语的游戏，在险象环生的紧张时刻又欲擒故纵，趣味横生。由于《霍比特人》的书稿很受出版商斯坦德利·昂温（Stanley Unwin）的孩子的喜爱，这位出版商便请托尔金为它写出续作——这就是"魔戒传奇"系列的创作缘起。然而这续作的完成经历了一个相当漫长的过程。事实上，从《霍比特人》的出版到"魔戒传奇"系列的完成，这期间托尔金经历了一个长达十几年的漫长写作过程。其中除了第二次世界大战爆发所产生的影响，还有一个重要原因是他将大量时间和精力投入了一个他认为与写作相关的准备工作，正如他在"魔戒传奇"第一部再版前言中所说："在1937年《霍比特人》一书写出，但尚未付梓之前，我就开始写作续篇，但中途一度搁笔，因为我想先将上古时代的神话与传说收集整理完备，并理出头绪来……"① 托尔金对于古代神话传说和史诗进行整理研究的过程也是他对神话思维、神话想象和童话艺术等问题进行思考的过程，并由此形成了自己的幻想文学观，这些观念还体现在了他的创作当中。1954年"魔戒传奇"的第一部《魔戒再现》（The Lord of the Rings：The Fellowship of the Rings）与读者见面了。随后出版的两部分别是《双塔斗士》（The Lord of the Rings：The Two Towers）和《王者归来》（The Lord of the Rings：The Return of the Kings）。1965年，"魔戒传奇"系列的平装本出版后在欧美国家受到青少年读者的热烈欢迎，成为家喻户晓的作品。而在学术界，文学批评家们对托尔金在当代文学史上的地位愈加重视，随之兴起的是对

---

① J. R. R. Tolkien, *The Lord of the Rings：The Fellowship of the Rings*, Book One, Harper Collins Publishers, 1999, xv.

托尔金文学成就的全方位研究。

托尔金的长篇巨制"魔戒传奇"系列明显地跨越了儿童本位的童话小说疆界。它们至少融合了小说、童话和传奇三种因素，但基本特征仍然是神话想象和童话艺术的结合。用著名科幻文学作家和学者布赖恩·奥尔迪斯的话来说，它们是"故作高雅的童话"：

> 我们可以认为，小说的各种元素都是标准的颇有些故作高雅的童话：住在舒适的地下洞府里像小学生一样大吃大喝的霍比特人、精灵、小矮人、食人妖、会说话会走路会思想的树木、巨龙、正直的巫师和邪恶巫师、神力宝剑、飞快的骏马、美丽轻灵而贞洁的仙女。照料着森林地区的慈祥的刚多尔夫，在东方还有个魔都，由可怕的索隆和他的僵尸军统治着。霍比特人弗拉多最终大获全胜。索隆，他的强大力量和所有一切，都随着那枚戴上它就拥有可怕的绝对强力的魔戒一起被摧毁了。①

与《霍比特人》相比，"魔戒传奇"的结构变得更加复杂精细，篇幅也更加庞大，更能适合成人读者的口味。但"魔戒传奇"在本质上仍然是沿着"亦真亦幻"的童话小说的创作道路前行的。有评论家指出，作为续作的"魔戒传奇"系列与《霍比特人》讲述的是同一个故事，只不过《霍比特人》简单、明了，"魔戒传奇"精细、复杂；两者具有相同的主题，都是各自的主人公从一个最平凡的霍比特人在经历了探寻历险之后获得了英雄气质；两者都具有相同的故事结构，只不过《霍比特人》是获得魔戒，"魔戒传奇"是销毁魔戒；两者都出现了促使主人公做出最不可能是霍比特人做出的决定：为了一个充满危险的旅程而离开故乡霞尔地区……② 不同的是，托尔金在创作《霍比特人》时心中的读者完全是儿童，因为它就是托尔金在床头给自己的儿女们讲述的故事，所以成书后它的故事结构是单一的，清晰的，文字叙述是简明流畅的，非常适合儿童读者层次。而在"魔戒传奇"系列中，作者把成人的复杂意识和想象加

---

① B. Aldiss with D. Wingrove, *Trillion Year Spree：The History of Science Fiction*, London：The House of Stratus, 2001, pp. 288–289.

② Randel Helms, *Tolkien's World*, Boston：Houghton Mifflin Company, 1974, p. 21.

以尽情发挥，把故事讲述得非常精细复杂，结果更具有兼容性和模糊性，既吸引儿童读者，更受到成人读者的喜爱和推崇。此外，《霍比特人》的主题比较单纯，它叙述的就是主人公历险成长的故事——一个最平凡的，与世无争的霍比特人如何成为一个令人称奇的英雄。故事的情节发展也比较单一，就是一个夺回巨龙所掠走财宝的历险故事。而在"魔戒传奇"系列中出现了宏大的史诗性的主题和故事结构，出现了对文明的命运的思考，出现了个人命运与不容回避的责任的冲突，出现了波澜壮阔的正义力量与邪恶势力的生死大搏斗，出现了复杂而严谨的"中洲"历史，等等。读者在《霍比特人》里进入的还是一个儿童的天地，没有更多更深的心智活动，以及（虚构的）历史传奇，而在"魔戒传奇"系列里，这个天地在空间和时间上有了极大的延伸，"亦真亦幻"的童话艺术也得到淋漓尽致的发挥。一个最明显的变化是，霍比特人毕尔博从怪人古鲁姆那里获得的那枚神奇的隐身戒指一旦到了弗拉多（毕尔博的侄儿）的手中就成为威力巨大的决定整个中洲命运的魔戒之王，故事的背景和时空展现也随之发生巨大的变化。托尔金在"魔戒传奇"系列中创造的"中洲世界"无疑是一个凭想象虚构的奇境世界，但这个虚构世界的地理、地貌及气候、季节，以及漫长的历史等背景因素和情节因素又无不具有强烈的真实性或写实性，而且生活在这个世界里的人们或者那些像人一样的种类拥有和现实世界中的人类相似的社会组织，进行着相似的活动。更重要的是，这里有人们熟悉的一切，发生在这个世界的事情既神奇怪绝，又令人感到熟悉；而在熟悉之中又感到神奇。值得注意的是，作者还专门附录了有关"中洲"的历史、居民的语言和民族等资料，记述得非常详尽细致，从历代诸王的资料，流亡者的领地，北方、南方各家系情况，王族后裔，历代国王年表，等等，到中洲的大事纪年，"魔戒传奇"故事发生时的第三纪的语言和民族的介绍，如小精灵、人类、霍比特人、以及包括恩特人、奥克斯、巨怪、小矮人在内的其他种族。所记所载详细生动，俨然一部《中洲史记》。①

---

① 托尔金：《王者无敌》"附录"（"魔戒传奇"第三部），译林出版社 2001 年版，第 371—468 页。

第二节　宗教情怀

　　托尔金在一般人眼中是一个具有保守宗教意识的天主教徒。的确，托尔金对天主教表现出了极大的虔诚和热情，然而这种宗教情怀通过他的艺术创作转化为对资本主义社会现状的不满与反抗，正如他自己所坦承的："我不是一个'民主主义者'，因为谦卑和平等的精神原则已经被那种希望把它们机械化和形式化的企图所腐蚀，其结果不是我们变得普遍的平和、谦恭，而是变得庞大、傲慢，直到那些奥克魔兵们拥有了一枚魔戒的力量——那时我们就沦为了奴隶，或者正在沦为奴隶！"①

　　事实上，在托尔金强烈的宗教情怀后面是他对当代资本主义社会的腐蚀性的颓废与极度泛滥的物质主义的痛恨。狂妄自大的人类正在通过机器来改变世界，就像锻造魔戒的黑暗魔王索隆驱使奥克魔兵们征服天下，奴役世间万物。宗教的种种"承诺"和"福音"——来世的更美好生活，天堂和千禧年王国——首先需要通过人类在人世间涤荡自身的"宗教大罪"才能实现，这些罪孽包括狂妄自大、贪婪无度、懒惰、傲慢和追名逐誉，具体表现为魔王索隆的狂妄肆虐，白衣巫师萨茹曼无耻的叛变，怪人古鲁姆无法自拔的贪婪，等等。虽然正义反抗邪恶，拯救众生的过程是漫长而艰巨的，代价是巨大的，但毕竟存在着实现和完成这些承诺的潜能。这样的宗教思想在托尔金的笔下借助童话艺术而得以升华，使他能够以浪漫的幻想叙事来表达激进的反抗异化人性和破坏自然生态的资本主义的立场。换言之，托尔金将天主教世界观转化为童话乌托邦的激进精神。在《霍比特人》和"魔戒传奇"系列中，心地善良、天真无邪的毕尔博和弗拉多尽管也受到过魔戒的诱惑而差点"堕落"，但他们都通过异乎寻常的艰险征程，通过磨难的洗礼而成长起来，成为拯救众生的英雄。从根本上看，尽管托尔金的保守的宗教思想看似是追索过去的，后退的，但由于他始终同情那些遭受资本主义冷酷技术压迫的普通民众，所以追求"逃避和慰藉"的乌托邦理想构成了托尔金激进思想的核心。在托尔金看来，拜金主义取代了万能的上帝，以机器和工业主义为代表的所谓"进

---

① Humphrey Carpenter, *J. R. R. Tolkien: A Biography*, Boston: Houghton Mifflin, 1977, p. 128.

步"不仅破坏了大自然的生态平衡,而且剥夺了人类的价值。于是浓厚的宗教情怀被托尔金赋予了激进的社会政治因素,宗教主题如"七宗罪"、正邪之争和善恶对立、诱惑与堕落、仁爱和友情("爱人如爱己"),等等,都在托尔金的幻想世界里得到童话艺术的展现。

在托尔金的《霍比特人》和"魔戒传奇"里,"魔戒"就像征着中洲世界的"原罪",它侵蚀了绝大多数与它接触过的人;黑魁首索隆的所作所为体现了魔鬼撒旦的本性;古鲁姆的灵魂受到魔戒的腐蚀而走火入魔,无法自拔,只能以堕入深渊而告终;巫师刚多尔夫在远征途中甘愿为魔戒远征队全体成员牺牲自己以完成拯救中洲的重任;弗拉多的随行山姆忠心耿耿,万死不辞,时刻准备着为保护主人,完成销毁魔戒的使命而献出自己的生命,等等,拥有魔戒和毁灭魔戒就成为这一宏大史诗的荡涤"原罪"的主要情节因素。此外,对于基督教所信仰的创造生命的"造物主",托尔金提出人类可以进行替代性的创造,或曰"亚创造"(sub-creation),而童话奇境就是人类创造的有别于上帝创造之"第一世界"的"第二世界"。正如作者在《论童话故事》中表明的,为了抵抗发生在这个"堕落的"第一世界的罪过,人们需要通过在童话叙事的"第二世界"里寻求恢复人类在物欲横流的社会中丧失的本性。当然,创造这样的奇境需要借助人类幻想,托尔金对此表述道,"幻想是自然的人类活动。它绝不会破坏甚或贬损理智;它也不会使人们追求科学真理的渴望变得迟钝,使发现科学真理的洞察变得模糊。相反,理智越敏锐清晰,就越能获得更好的幻想"。① 而在托尔金的幻想文学观念中,神话想象占有举足轻重的地位,他说,"神话是人类想象中更深邃的活动。当人的头脑里想到轻巧,沉重,灰色,黄色,宁静,快速时,还会想到某种魔法能够使沉重的东西变得轻巧,飞上天空,使灰色的铅变成黄色的金子,使宁静的岩石变成快速流动的河水…… 在这样的奇思异想中,一种新的东西出现了,奇境魔法开启了"。②

---

① J. R. R. Tolkien, *The Tolkien Reader*, New York: Ballantine, 1966, pp. 74–75.
② Ibid., p. 48.

第三节　神话想象

　　进入高等学府任教之后，托尔金长期以来对包括盎格鲁－撒克逊英雄史诗《贝奥武甫》、古冰岛诗歌《埃达》和古芬兰神话史诗《卡勒瓦拉》等在内的欧洲古代神话史诗及中世纪文学进行了深入研究。研读这些神话古籍的过程无疑对他的幻想文学思想的形成乃至文学创作的构思产生了深刻的影响。当然，这些神话材料成为了他日后创作的重要灵感和源泉。对于托尔金来说，神话是一种深刻的真理，它们不仅仅是人类发轫于自然启蒙的认知之果，而且铭刻着人类社会发展的轨迹，蕴含着人类不断认识自我、认识世界的智慧。此外，神话意识和神话想象对于当代幻想文学的创作具有极大的启示和借鉴作用。

　　1936年11月，当托尔金做《贝奥武甫：魔怪与批评家》的讲座时，他实际上已动笔创作童话小说《霍比特人》。所以这个讲座的思想就是他进行创作的指南和开端。他在讲座中改变了以往学者对《贝奥武甫》的简单看法，认为这部史诗的神话想象揭示了严肃的道德和精神力量，而且这种神话想象历久弥新，不会遮蔽人们对现实的洞察，而且能够使人们的洞察更加深刻。在托尔金看来，写成于8世纪晚期的《贝奥武甫》不仅具有重要的历史文献价值，更是一部构思精巧的文学创作。通过对《贝奥武甫》的解读使他明白了如何把握《霍比特人》的创作。这部叙事诗讲述的是英雄贝奥武甫早年和晚年的两个业绩。史诗首先讲述了贝奥武甫如何在丹麦斩杀魔怪格兰代尔和他的妖母，为民除害的；史诗接着讲述了贝奥武甫晚年时发生的与恶龙搏斗而与之同归于尽的悲壮之举。当时，贝奥武甫所在的耶特国出现了一条喷火恶龙，焚烧村庄，屠杀人民。火龙住在山里，它的洞中藏着无数珍宝。有一个耶特人从龙洞中盗走了一只金杯，恶龙因此对耶特人进行报复惩罚。贝奥武甫为了解救陷入灾难的民众，决意上山寻找恶龙决斗。在与火龙搏斗时，贝奥武甫不幸被火龙喷出的火焰烧伤，又被火龙分叉的毒牙咬住脖子，但即使在生命垂危的情况下，他仍然奋力出手，杀死了巨龙。他在临终前嘱咐武士们把火龙珍藏在龙穴里的珍珠、宝贝、黄金等分发给民众。我们完全可以想见，托尔金在给儿女们讲述一个"霍比特人"的故事时，特别是在讲述巨龙斯毛戈和它藏在洞穴里的无数珍宝时，他的脑海里一定浮现出了耶特地区的那条喷火巨龙的所作所为。因此，在主题与象征意义上，在讲故事的方式和结构等方面，《贝奥武甫》都对托尔金的创作产生了影响。

与此相似的是芬兰民族史诗《卡勒瓦拉》（Calevala）对托尔金的影响。当年托尔金在一家大学图书馆里发现了芬兰语的《卡勒瓦拉》，感到非常兴奋，就像航海者发现了一片"新大陆"一样。为了从芬兰原文直接阅读这部19世纪以来经过人们整理出版的芬兰民族史诗，托尔金自学了古芬兰语和现代芬兰语。对《卡勒瓦拉》的探究为他创造自己的"中洲神话史诗"提供了灵感和诸如族类语言等相似因素。事实上，人们能够在托尔金的"中洲世界"里发生的正邪力量的大搏斗、神奇魔戒的铸造、失落和再现，以及魔戒远征队历尽艰险前往魔都火焰山销毁魔戒等故事中，发现那些早已出现在《卡勒瓦拉》中的相似因素，如象征光明力量的卡勒瓦拉三英雄与象征黑暗的邪恶女魔头之间的搏斗，以及神奇宝物的铸造、被夺走和被找回的历程，等等。而以上所述只是两个具有代表性的例子而已。

托尔金从研读神话古籍中提炼出的神话想象成为他幻想文学思想的重要因素，也为他本人的幻想文学创作提供了从主题到叙事构架及情节因素等多方面的启示。此外，神话想象还促使托尔金创造出新的想象的语言。例如在"魔戒传奇"系列中出现了由各种族类使用的多达15种的语言，而且每一种语言都具有独自的词汇、发音、语法及句法规则。这些语言既有口头语，也有书面语。如精灵族使用的昆雅语就是一种书面语，相当于英语世界里的拉丁语。精灵们日常使用的口语是"辛达林"，而矮人族只使用一种语言，树人恩特族使用的是"恩提什语"。这些详尽翔实的在想象中创造的语言可以看作幻想文学叙事中"以实写虚"的具体体现。托尔金的"中洲世界"是幻想创作的虚构世界，但这个虚构世界由于拥有自己独特的历史、文化、语言、种族、文字和历史记载而具有强烈的真实性或写实性。[①]

[①] 托尔金：《王者无敌》之"附录"（"魔戒传奇"第三部），译林出版社2001年版，第371—468页。

第四节　从神话想象到童话艺术

在 1936 年做了关于《贝奥武甫：魔怪与批评家》的讲座后不久，托尔金又在圣·安德鲁斯大学做了题为《论童话故事》的讲座，这实际上就是他从神话想象走向童话艺术的幻想文学观的发展。托尔金自幼深受传统童话的熏陶和影响。在母亲的鼓励下，托尔金阅读了许多童话故事，其中他最喜欢的是安德鲁·朗（Andrew Lang，1844 – 1912）编辑的《红色童话集》（The Red Fairy Book）。在《论童话故事》中，托尔金屡屡论及格林童话和安德鲁·朗的童话集（而且托尔金读过朗在 1873 年发表于《双周评论》上的文章《神话与童话故事》）。托尔金特别谈到格林童话《杜松子树》给他留下的终生难忘的印象。在这个故事里，小男孩被继母谋害了，他的灵魂化作了一只复仇的鸟儿：从杜松子树里升起一股烟雾，中间像是燃烧着一团火，从火里飞出一只美丽的鸟儿。鸟儿美妙的歌声和顽强的复仇精神从童年开始就一直深深地留在他的脑海里，但它们在托尔金记忆中的回味既不是凄美，也不是恐怖，而是那深不可测的距离和遥遥无际的漫长时光。[①] 怀有深厚宗教情怀的托尔金不仅认识到了神话想象的重要性，也洞察到了童话文学的艺术特性。神话想象可以成为童话创作的源头活水，而童话艺术可以巧妙地将传统神话因素加以升华。

试以托尔金视野中的巨龙为例。托尔金认为，魔怪和巨龙是神话想象的强有力的创造物，使古代史诗的意义超越历史而得以提升（史诗的主题就像征着人生的命运和抗拒命运的努力）。托尔金指出，没有恶龙就没有英雄，那些英雄史诗呈现了两个重要特征："恶龙逞凶和作为最伟大英雄主要业绩的屠龙灭怪"。[②] 对于托尔金，巨龙的重要神话意义就在于它的出现往往象征着主人公进入了一个不同的"异域他乡"，而这个"异域他乡"正是幻想世界的奇境所在，一如托尔金在《论童话故事》讲座中所说："龙的身上清楚地写着'奇境'的印记，无论龙出现在什么地方，那都是'异域他乡'。那创造或者探访这个异域他乡的幻想就是仙境愿望

[①] J. R. R. Tolkien, The Tolkien Reader, New York：Ballantine, 1966, p. 56.
[②] J. R. R. Tolkien, "Beowulf：The Monsters and the Critics", An Anthology of Beowulf Criticism, ed. Lewis E. Nicholson, University of Notre Dame Press, 1963, p. 64.

的核心。我对于龙怀有一种刻骨铭心的向往"。①

古代神话叙事中英雄与魔怪、恶龙进行殊死搏斗的情形给托尔金留下了深刻的印象，这种搏斗既表现了善与恶相互搏斗的宏大主题，也提供了讲述故事的叙事框架。重要的是，托尔金将神话想象与童话艺术结合起来，再度描写了恶龙的形象。事实上，托尔金在《霍比特人》中创作的恶龙斯毛戈就融合了多种神话叙事和前人作品中的邪恶之龙的形象，如北欧神话中的龙形巨人法夫纳（Fafnir）、古英语英雄史诗《贝奥武甫》中的喷火巨龙、马洛礼根据中古英语浪漫传奇创作的《亚瑟王之死》和诗人斯宾塞的《仙后》（1589）中的恶龙，以及安德鲁·朗收入其童话集的《西格德》中的巨龙，等等。在《仙后》中，一位基督教红十字骑士获得女王的信任，踏上前去解救被巨龙囚禁的乌娜父母的历险征程，以恢复失去的伊甸园王国。诗人描写了骑士连续三天大战恶龙的惊心动魄的经过。那巨龙乃是邪魔撒旦的化身，凶悍无比。在第一天的战斗中，骑士虽然刺伤了巨龙，但被巨龙喷出的烈焰熏倒在地，幸好在附近一口生命泉旁得到救助才苏醒过来。第二天的恶战使双方都受到重创。骑士倒在位于泥泞之地的一棵生命树旁。从生命树上流出的膏液拯救了奄奄一息的骑士，使他恢复了力量。在第三天的决战中，骑士终于刺穿了巨龙那覆盖鳞甲的喉咙，完成了屠龙的壮举。这样的英雄情节对于托尔金无疑具有强烈的吸引力。此外，安德鲁·朗收入其《红色童话集》的源自北欧神话传说的《西格德》对于托尔金也产生了很大的影响。巨龙法弗尼亚凶残狡猾，独自霸占着一大批黄金宝藏。青年英雄西格德用他已经战死的父王的断剑重新铸造了一把锋利无比的宝剑，带着它前往巨龙出没的深山峡谷，潜伏在巨龙去河边喝水的途中。他在那里挖了许多大坑，当巨龙的半个身躯从一个大坑爬出时，西格德拔出宝剑刺进巨龙的心脏。巨龙在临死前发出一个诅咒，说那些黄金财富会毁掉它们的拥有者。托尔金广采博揽，自出机杼，终于在自己的作品中创作出了童话奇境中的恶龙形象。

与格林童话中的许多故事一样，托尔金特意将小人物毕尔博和弗拉多作为自己小说的主人公。而且人们注意到，与传统童话中那些勇敢无畏，主动寻求冒险行动，希望由此改变生活现状，或者证明自己价值的小人物主人公不同（如格林童话"勇敢的小裁缝"，毅然决然地离家出走，四处

---

① J. R. R. Tolkien, *The Tolkien Reader*, New York: Ballantine, 1966, p.64.

历险),《霍比特人》中的毕尔博是个安于现状的恋家的"宅男"。他居住在舒适的洞府之中,心满意足,别无他求。他之所以加入了小矮人远征队,踏上历险征程,完全是因为巫师刚多尔夫的精心策划和恰到好处的激将法的作用。这个霍比特人身材矮小,与人为善,安于现状,看似平淡无奇,就犹如传统童话中的"小傻瓜",或者"汉斯""杰克"之类。然而当他潜藏在内心深处的英雄主义冲动被激发之后,却和 13 个小矮人一起踏上了冒险的征程。在一路上遭遇了无数可怕的邪恶力量(怪物、巨人、小妖精、野狼精、蜘蛛精以及变态异类古鲁姆;等等)之后,毕尔博同小矮人一起抵达孤山,从盘踞在那里的恶龙斯毛戈的龙窟里夺回了原本属于小矮人的宝藏。毕尔博在同恶龙斯毛戈的几度周旋中表现出了小人物所焕发的机智勇敢,而且在恶龙被射杀之后,当这些小矮人暴露出某些人性的弱点(想占有全部的宝物),以至于将导致新的冲突之际,毕尔博再次表现出正直善良的秉性,甘愿牺牲自己应得的利益来解决远征队的内部分歧。战后,毕尔博回到家乡,成为当地传奇式的人物——但他仍然保持着小人物的心态。这个故事再次表明了传统童话的观念:向善的小人物拥有巨大的潜能,能够创造出平常难以想象的惊人的奇迹。杰克·齐普斯从社会政治视野解读了这个故事的现代意义,认为毕尔博像所有童话中的"小人物"一样,拥有可以打败压迫者和创造一个新世界的强大力量。当然,这些潜藏在内心的力量必须得到"魔法"(获得可以隐身的魔戒)的帮助,而且必须通过集体的力量去实现一个共同的目标。齐普斯指出,在这个霍比特人身上"汇聚了所有小人物英雄的特点——大卫王,拇指汤姆,勇敢的小裁缝,遭受剥削的女儿,最小的儿子,傻瓜皮特罗,傻瓜汉斯,杀死巨人的杰克,所有这些小英雄们都奋力而战,除恶扶正,创造一个公正的社会"。①

评论家指出,《霍比特人》的真正的重要性就在于作者从它的写作中所获得的认识。随着霍比特人毕尔博的成长,托尔金的想象也在拓展。毕尔博历险过程中出现的令人恐惧颤抖的邪恶力量在托尔金心中唤起了一种震动,使他获得了对真正的邪恶力量,以及为了反抗它而必须激发的英雄

---

① 杰克·齐普斯:《冲破魔法符咒:探索民间故事和童话故事的激进理论》,舒伟等译,安徽少年儿童出版社 2010 年版,第 187 页。

主义的深刻洞察。① 这种认识自然体现在他的幻想文论《论童话故事》之中，可以看作作者对自己所处的急剧变化的社会状况做出的回应。从时代背景看，《论童话故事》是在两次世界大战之间写成的，此时的西方世界出现的是宗教情怀日渐式微，战争和法西斯主义的威胁日益加重的局势；而在资本主义社会内部，无论是道德价值观还是人类关系无不受到整个社会商品化趋势日益加剧的影响，所有这些因素都使托尔金深感忧虑。幻想文学似乎成为一种可以使人们获得慰藉的重要形式和内容，托尔金通过神话想象和童话艺术所创造的幻想世界向世人表明，人类怎样才能"重新获得"宗教信仰，获得式微尘世的救赎，获得力量来抵抗现代资本主义社会非人性化的压迫性趋势。托尔金通过童话艺术提炼了小人物历险故事所隐含的基督教思想。正如齐普斯所论述的，托尔金把一个不起眼的小人物提高到上帝的位置，让他站在宇宙的中心，成为所有创造的人本主义源头。在"中洲世界"，上帝是缺失的。精神世界通过获得救赎的小人物的行动证实了自身的价值。而且正是幻想在解放主人公的同时也解放了读者，让他们去寻求救赎。②

此外，基督教的福音书所传达的有关耶稣基督的消息以及基督复活的信念在托尔金的《论童话故事》里转变成了最重要的"童话故事的慰藉"。在出现了不利的灾难性后果（dyscatastrophe）之后，童话故事必须释放欢乐的喜悦，呈现必不可少的结局："否极泰来"（eucatastrophe）。托尔金认为，这是童话奇境中的最重要的奇迹。它并不回避痛苦和失败，而是"以传递福音的方式，闪现出摇曳的欢乐之光，超越世间之哭泣的欢乐，与痛苦悲伤一样刻骨铭心"。③ 这样的结局是一种经历了磨难和危险之后突如其来的幸福"转变"，例如主人公的死而复生或者摆脱了邪恶力量而获救的欣喜时刻。如此一来，无论奇遇多么怪诞或可怕，当"转变"出现时，孩子们甚至会屏住呼吸，心潮激动，含泪欲哭。总之，童话应当为儿童提供心理慰藉，使他们建立自信，让他们从想象中的深切绝望中恢复过来，从想象中的巨大危险中逃避出来，从而对生活充满信心。

---

① Randel Helms, *Tolkien's World*, Boston: Houghton Mifflin Company, 1974, pp. 51–53.
② 杰克·齐普斯：《冲破魔法符咒：探索民间故事和童话故事的激进理论》，舒伟等译，安徽少年儿童出版社2010年版，第183页。
③ J. R. R. Tolkien, The Tolkien Reader, New York: Ballantine, 1966, p. 86.

用托尔金的话说,所有完整的童话故事必须有幸福的结局,这是童话故事的最重要功能。① 当然,任何童话故事的结局都是象征性和开放性的,但它的基调一定是根植于童话的愿望满足性的永恒的乐观主义精神。

小　结

托尔金把童话故事传统称为"覆盖着岁月大森林地面"的鲜活的,仍在生长发展的"童话故事树"。他认为一个童话作者"很容易感到他用全力去采集到的,只是那些覆盖着岁月大森林地面的童话故事树的无数树叶中的一些树叶而已,其中许多树叶已经破裂或者腐烂。……有谁能够设计出一片新的树叶呢?"② 托尔金的幻想文学创作及其幻想文学思想无疑是为历久弥新的童话之树增添新的翠绿树叶的努力。通过对托尔金的重要文章和相关论述、著述的梳理和阐释,我们可以发现宗教情怀、神话想象和童话艺术构成了托尔金三位一体的幻想文学思想。这三个方面是相互贯通,相互推进,相互融合的。托尔金的宗教情怀来自幼年的影响,他的神话想象认识得之于长期的教学和研究,这两个因素最终通过童话艺术得以整合和升华。

---

① J. R. R. Tolkien, The Tolkien Reader, New York: Ballantine, 1966, p. 85.
② Ibid., p. 76.

第二十一章

玛丽·诺顿和她的"借东西的地下小人"系列

第一节 生平简介

玛丽·诺顿（Mary Norton，1903–1992）是20世纪中叶英国童话小说创作领域卓有建树的女作家。玛丽1903年出生在英国伦敦，婚前的名字是凯瑟琳·玛丽·皮尔森（Kathleen Mary Pearson），父亲是一个医生。

玛丽是在美国佐治亚州的雷顿布查德的一座房子里被抚养长大的。这座房子现在是雷顿中学（Leighton Middle School）的一部分，学校的人们都称它为"老房子"。她的小说《借东西的地下小人》就以这座房子为创作背景。玛丽在1927年和罗伯特·查尔斯·诺顿结婚，婚后两人育有四个孩子，其中两个男孩，两个女孩。第二次世界大战期间她的丈夫在海军服役，她和四个孩子住在美国。1941年开始，玛丽·诺顿在纽约做了两年的战时服务工作，也正是在这段时间里她开始尝试写作。战

玛丽·诺顿[1]
(Mary Norton, 1903–1992)

---

[1] Mary Norton, Photograph from, http://artandhistory.house.gov/highlights.aspx?action=view&intID=66.

后她带着孩子返回英国定居。她在以出演莎士比亚戏剧而著称的老维克剧团里做过演员，同时继续从事写作。1970 年，离婚后的玛丽·诺顿和她的第二任丈夫里奥克劳诺·邦西结婚。玛丽·诺顿从 1943 年开始发表童话小说。她的第一部作品《神奇的床扶手》（*The Magic Bed Knob*; or, *How to Become a Witch in Ten Easy Lessons*, 1943）是在纽约出版的。该书讲述一个叫普赖斯的老处女和三个孩子的故事。这个老处女一心想当女巫，在发生了一件与她操练魔法的扫帚把有关的奇异事件之后，她发现扫帚把的魔力传给了一个古旧的床扶手。通过这个床扶手的魔力，普赖斯小姐和三个孩子能够前往任何想去的地方。这个故事无疑承袭和拓展了伊迪丝·内斯比特的童趣化的"愿望满足"传统。作为续集的《篝火与扫帚把》（*Bonfires and Broomsticks*）发表于 1947 年。1957 年这两本书被汇集成一册，以《神奇的床扶手和扫帚把》为名出版。这两个故事后来被迪士尼电影制片厂改编为音乐影片。1952 年，《借东西的地下小人》发表了，就此成为她的代表作。这是作者第一本以"借用东西的地下小人"为主角的童话小说，出版当年获得卡内基儿童文学奖，1960 年又获得刘易斯·卡罗尔书籍奖，2007 年该书入选"七十年来十大童书经典"。1973 年这部书被美国好莱坞拍成影片《博罗尔一家》；1997 年英国人根据该故事拍摄了真人版影片《寄居者大侠》；2010 年日本动画艺术大师宫崎骏将其改编为动画片《借东西的小人阿莉埃蒂》。事实上，《借东西的地下小人》及几部续作使玛丽·诺顿成为战后英国儿童文学创作领域最重要的作家之一。

第二节 "借东西的地下小人"的故事

玛丽·诺顿的《借东西的地下小人》（*The Borrowers*, 1952）及其续作（1952—1982）是对传统民间故事的小矮人题材的拓展，这些小矮人实际上是有别于民间童话小矮人的微型袖珍人，他们生活在微型世界（miniature worlds）之中，如悄无声息地寄居在人类居室的地板下面，依靠"借用"住宅主人的物品而生活。当然，就这些被袖珍小矮人借用的东西而言，它们对于住宅主人还是微不足道的。在第一部《借东西的地下小人》小说发表之后，作者又写了四部续集，分别是《田野上漂泊的博罗尔一家》（*The Borrowers Afield*, 1955）、《海上漂流的博罗尔一家》

(*The Borrowers Afloat*, 1959)、《空中飞行的博罗尔一家》(*The Borrowers Aloft*, 1961)和《报仇雪恨的博罗尔一家》(*The Borrowers Avenged*, 1982)。《借东西的地下的小人》集中讲述袖珍小矮人种族中一个三口之家的故事。在一座古老的乡村庄园里，静悄悄地生活着一家小矮人——爸爸博罗尔、妈妈霍米莉和他们的女儿阿丽埃蒂。由于他们的家就安在一个古老的座钟下面，所以他们的名字也叫作"克洛克"（Clocks）。这家人通过"借用"地面上居住的人类主人的生活用品来居家度日。作者在童话小说中通过人类孩子之口这样叙述道：如果没有"借东西的地下小人"，为什么妈妈一生中买了那么多的针啊线啊什么的，却不知去向了呢？当然，这家在地板下生活的小人非常害怕被人发现，每天都不得不小心翼翼，提心吊胆地过日子。博罗尔家的女儿阿丽埃蒂性格倔强，喜爱冒险，妈妈终于允许她跟着爸爸一起出去"借用"物品。阿丽埃蒂由此结识了在房主人家里生活的一个男孩，两个孩子之间通过交流产生了友谊。再后来，博罗尔一家被房主人一家发现了，他们只好逃离庄园，去寻找新的安身立命的住所。在续集里，这一家人经历了各种各样的艰难险阻，他们在野外冒过险，过着颠沛流离的艰辛日子；在人们的旧皮鞋里安过家，还坐船在小沟里漂流求生……终于凭着顽强的毅力生存下来。

　　作者通过独特的叙事视角来讲述这个故事及其续作，既通过小人一族的眼睛看人类，又通过人类的眼睛看小人一族，互为观照，相互呼应，妙趣横生。在第一部作品里，一个刚从印度回来的英国男孩被送往乡间的祖母家疗养身体。小男孩原本和姨妈一起住在印度，在那里他得了风湿热，病好后，就从印度回到英国。小男孩发现了借居在古宅里的博罗尔一家人，但他并没有声张，而是尽力帮助他们，成为这家人的朋友。而且，小男孩还为他们和住在别处的亲戚传递书信，沟通信息。后来博罗尔一家被女管家看到，她先把小男孩控制起来，然后招来警察，随即动用大猫和捕鼠专家来围捕这可怜的一家三口。就在穷凶极恶的围捕者燃起浓烟，迫使博罗尔一家从藏身之处跑出来的危急关头，小男孩拼命弄开了通风格栅，使他们绝地逢生，化险为夷，成功地逃走了。

　　在续作中，博罗尔一家经历了各种难以想象的艰难困苦和险境。从庄园脱险之后，这一家人开始了颠沛流离的野外生活。他们打算去投奔住在獾洞里的舅舅亨德瑞利，但却发现那些亲戚早已不知去向。他们捡到一只被人扔掉的破靴子，把它拖到河岸的洞里搭建了一个临时栖身的家室。阿丽埃蒂结识了借居在吉卜赛人那里的小人族男孩斯皮勒。斯皮勒时常用自己的打猎所得接济这些初次栖身野外的同类。到了冬天，借居在靴子里的博罗尔一家遭遇了最艰难的时刻，没吃没喝，他们将剩下的最后一点酒喝掉之后便陷入了昏睡之中，醒来发现正躺在一辆吉卜赛人的大车上面。在斯皮勒的带领下，他们脱离险境，来到人类小男孩汤姆的住处，与寄居在墙洞里的亨德瑞利舅舅一家相聚。然而好景不长，小男孩汤姆和他的爷爷离开了这里的住所，博罗尔一家又不得不重新踏上流浪之旅，去找寻新的寄居家园。不久，一场突如其来的大雨将他们借居的一个水壶冲进了河沟，让他们遭遇了一场水上漂流历险。在经历了许多事情之后，他们落入一对居心不良的夫妇手中，这对男女将他们关在自己家中的阁楼上，打算一到春天就把他们放在玻璃罐子里，对外展出，以招徕游客赚钱。再度陷入绝境的博罗尔一家人在阁楼上度过了漫长的冬季，他们根据报纸上登载的人类制作热气球的报道，自己动手制作了一个气球，终于借此逃出被囚禁的牢笼。重新获得自由的博罗尔一家找到自己的同类小男孩斯皮勒，在他的带领下找到了一处新的住所，并在那里见到了博学多才的同类小人皮尔格林。随后大伙齐心协力，找到了更适合居住的家园。与此同时，那对贪婪歹毒的夫妇不甘心到手的好事落空，便不遗余力地到处追寻博罗尔一家人的踪迹。在复活节即将来临之际，阿丽埃蒂发现那对夫妇已经追踪到了附近的教堂。面对迫在眉睫的严重威胁，大伙不仅想方设法逃过了那对夫妇的追捕，而且还严厉地惩罚了他们，报了一箭之仇。《借东西的地下小人》凭借童趣化的想象力成为许多读者童年时最喜欢的一本书。在50年纪念版中，玛丽·诺顿叙述了她创作这部小说的过程，那就是，当一个人仰望不到星空时，他会很自然地发现和关注灌木丛掩盖下的小溪流，或者是微小尘埃覆盖着的居室地板。

第三节　双重文化背景下身份构建之困境

玛丽·诺顿的童话故事一直深受读者喜爱。其凭借代表作《借东西的地下小人》摘得1952年卡内基儿童文学奖，并于1960年再次获得刘易斯·卡罗尔书籍奖。该作品的成功，使诺顿在战后英国儿童文坛上占有显著地位。[①] 尽管这部作品目前在国内广为流传并深受儿童及成年人欢迎,[②]但不可否认的是,对于这部优秀作品的欣赏目前国内仍停留在感性阶段,即只注重其故事情节的新奇和吸引力,却忽视了对其文学价值的分析和探究。相比之下,日本及西方儿童文学评论家在这方面却已取得一些颇具建设性的成果,如日本评论家有子·川端(Ariko Kawabata)在《失落、归属和叙事:《借东西的地下小人》中的英印叙事人》(Senses of Loss, Belonging, and Storytelling: An Anglo-Indian Narrator in The Borrowers)中将《借东西的地下小人》与伯内特的经典小说《秘密花园》相比较,揭示了长期漂泊英印两地的儿童在文化归属感上的模糊及边缘性。此外川端还用拉康的镜像原理分析了小男孩与阿丽埃蒂相互认同,又互为"他者"的自我意识生成,并认为这一经历能够使男孩打破一直以来被隔离、孤立的状态,从而逐渐走向成熟。此外,英国评论家梅德林·特拉维斯从"借东西的小人"的生活方式、价值观等特征入手,结合作者的个人经历,分析了诺顿笔下这类群体的阶级属性。

由此可见,目前已有的研究成果均是对人类小男孩或小人一族阿丽埃蒂的聚焦分析,对于文本中的另外两个人物,梅太太及小女孩凯特的作用则有所忽视。或许这正应了作者的那句话"不过她叫什么名字都无所谓,反正她就没怎么进到这个故事里面"。从小说文本篇幅来看,梅太太与凯特均只在第一章及最后两章出现,这似乎也从侧面反映了他们在文本中的次要地位。既然如此,与其占用篇幅虚构出这两个人物,诺顿何不用第一人称全知视角"我"来叙述"借东西的小人"这个故事?这样岂不是更简单明了?此外若凯特只是全文可有可无的装饰品,为何不直接省去这一角色?带着这些问题,笔者通过对文本细读,并结合叙事学相关理论试图证明,梅太太叙事者(narrator)身份的不可取代,以及凯特叙事接受者(naratee)身份的不可抛弃,并认为正是这两位人物的在场令《借东西的地下小人》这部童话产生了超越传统童话的主题内涵和现实意义。

[①] http://baike.baidu.com/view/442831.htm.

[②] 目前玛丽·诺顿的这部童话小说作品在国内已出版了两个译本。一本是浙江少年儿童出版社1990年出版的《借东西的地下小人》(译者任溶溶);另一种是译林出版社于2009年10月出版的《借东西的小人》(译者肖毛),本章中的引文采用译林出版社的版本。

一 叙事者身份的让渡

第一章开头三段,一个外在于整个故事的全知叙述者将梅太太与凯特直截了当地引入故事。但很快这位叙述者的声音就消失了,取而代之的是梅太太与凯特的对话。梅太太首先引出"借东西的小人"这一话题,并在凯特的坚持下,告之自己的弟弟声称曾经看到过"借东西的小人"。从第二章起梅太太开始作为叙事者详细阐述"借东西的小人"这个故事。

这里发生了一次叙事者身份的让渡。为什么原初叙事者"我"悄然隐退,而一定要由梅太太来叙述弟弟这段与"借东西的小人"相识相知的经历?更何况,从后文得知,其本身并不是一位全知可靠的叙事者,因为她拒绝保证故事内容的准确性。

> "哎哟,这听起来太荒唐了"……凯特跪在跪垫上。"他看到了他们!""我不知道。"梅太太说着,摇了摇头。"我确实不知道!"……"我认为,他嫉妒我们,因为我们比他大,还因为我们阅读能力比他强。他想要显示自己,也许是想让我们感到震惊吧"。……"有时,我们知道他只是在编瞎话;可在其他时候,呃,我们也不知道……"①

在传统童话故事中成人叙事者的这种不确定态度实为罕见。以安徒生经典童话《白雪皇后》为例:"那么,我们就开始讲吧。当我们听到故事的结尾,我们会知道比现在更多的事情。不过,还是开始讲吧。从前有个邪恶的妖精,真的,他是所有妖精里面最爱恶作剧的!"传统童话的叙事者多为"全知全能的成人,他们无所不知,无所不晓,并频繁介入故事"。② 干涉意义的生成,引导儿童往既定的方向思考,并达成共识。这样一来,在成人叙事者与儿童读者之间普遍生成一种权力关系。由于儿童思维体系尚在发育中,辨别真伪能力较弱,因此叙事者在权威的光环下扮演着真理的化身,并借此完成对孩子道德体系及性

---

① 玛丽·诺顿:《借东西的小人》,肖毛译,译林出版社2009年版,第2—3页。
② 苏文清:《陌生化:〈哈利·波特〉的叙事策略》,《长江大学学报》(社会科学版)2006年第5期,第49页。

格品质的塑造。由此可见，传统童话中的叙事者都在极力维护自己的权威性以实现教化目的，而在《借东西的地下小人》，诺顿却选择了梅太太这样一个极力否认故事可靠性的叙事者，可谓与传统童话背道而驰，那么其目的在于什么呢？解决这一问题，我们要从主人公大男孩的复杂身份特征入手，并将其处境与故事外的叙事者梅太太相比较。这种全方位的俯视态度和对比分析，有利于读者对文章背后主题内涵的发掘和认识。

二 人类男孩的双重文化背景及身份认同困境

看到并与借东西的小人和谐相处的男孩子是梅太太的弟弟。在梅太太的话语中我们得知他是出生于印度的英国人，由于患风湿热病被送回英国"古老幽深的乡下老房子"里疗养。他同姐姐们长期往返于英印之间。"由于在印度的神迹、魔法和传说中长大的缘故"，他总能"看到别人看不到的东西"，并给姐姐讲他那不可思议的经历。梅太太并没有提及小男孩的名字，而只是说"他已经在西北边境阵亡了"[1]。此外，梅太太还详细介绍了小男孩在古宅子里养病时的孤独寂寞。他很少与人来往，每天都只是坐在房间里观察。如果"门敞开着，他可以从被灯光照亮的走廊一直看到楼梯口"[2]。房子里住着的其他三个人（因伤长期卧床的索菲姑婆、厨娘德赖弗太太及园丁克兰普弗尔）与男孩子的交流甚少，整栋房子似乎都笼罩在这种陌生压抑的气氛中，被冷漠所吞噬。就是在这种大背景下，小男孩结识了"借东西的小人"。

由此可见，在印度出生并成长的男孩并未从返回故土的经历中得到快乐，相反却被环境的陌生化及文化冲击所困惑。由于长期往返于英国和印度之间，这些孩子深受双重文化的影响，因此形成了自己独特的认知方式和价值观。它既不同于印度文化，也无法被英国传统文化所兼容。他们吸收了双重文化，却又被两者所抛弃，只能游离于印英文化的边缘地带。文化身份的缺失令孩子们失去了归属感，作为文化边缘人他们面临的是冷漠、排斥，甚至是嘲讽。如川端所言，"游离在殖民者和被殖民者之间，印英儿童在成长中经历着创伤，对他们来说，只有陌生的家乡，或是熟悉

---

[1] 玛丽·诺顿：《借东西的小人》，肖毛译，译林出版社2009年版，第5—8页。
[2] 同上书，第9页。

的国外殖民地"①。双重文化身份给他们带来的是紧张与压抑,因此随着年龄增长,他们都会急于去摆脱令人困窘的双语阶段,忘记印度的种种,以求重新融入英国本土文化中。他们对抛弃过去、重构文化身份的渴求是急切的,正如男孩第一次见到阿丽埃蒂便问出的那个让许多读者困惑的问题:"你会念书吗?"男孩终于开口。"当然",阿丽埃蒂说,"你不会?""不",他结结巴巴地说:"我的意思是……会。我的意思是,我刚从印度回来"。"这跟会不会念书有什么关系呀?"阿丽埃蒂问。"嗯,假如你生在印度,你就要说两种语言。要是你说两种语言,你就不会念书。念不好"。……"我会把第二种语言忘记的。我的姐姐们以前都说两种语言,现在只能说一种。她们能读楼上教室里的任何书"。②

由此可见,男孩子对姐姐们成功实现忘记印度语,并能够熟练运用母语阅读的羡慕。当得知阿丽埃蒂同样会阅读时,他更加兴奋了,坚持要去取书,让这个借东西的小女孩读给他听。在这里,我们有必要将语言与文化联系起来。文化毫无疑问是通过语言书写、传播并记录下来的。忘记一种语言,其实象征着对整个文化体系的抛弃。因此,男孩急于想要抛弃的并不只是一种印度语这么简单,而是印度文化在成长过程中对自己的影响。换言之,这种抛弃是基于对自我双重文化身份的厌恶,以及对文化归属感的渴求。在上面引用的对话文本中,另外一个细节不容忽视——男孩对姐姐,即梅太太身份的透露:原来她也出生于印度,也曾讲双语,也经历过男孩的痛苦和困惑。但是,男孩坚信,通过和阿丽埃蒂学习英文阅读,自己一定能够像姐姐那样摆脱双语的束缚,忘记印度,成为一个拥有英国文化身份的体面的人。但这看似美好的未来图景,似乎被一个潜在的框架包围着,诅咒着。这个框架如神迹、如魔法,它在暗地里朝着男孩儿的梦想王国发笑。

从男孩的叙述中我们得知,索菲姑婆也曾教男孩写字,给他听写,但是男孩对此的态度却是排斥抵触的。然而在面对阿丽埃蒂时,男孩的求知欲却突然迸发。这一戏剧性的对比说明男孩并不能或不愿接受来自外界的英国文化引导,因为这种文化冲击给他带来了紧张和压抑。他把注意力转

---

① 有子·川端:《失落、归属和叙事:〈借东西的地下小人〉中的英印叙事人》,第126页。

② *Childrens Literature in Education*,2006,37(2):125-131.

入自己营造的小天地,并成功融入了"借东西的小人"这一家。他每天下午都会听阿丽埃蒂阅读,并把它当作自己走向成熟,摆脱双重文化身份的有效途径。但是,这表面上美好的图景却经不得深究。当我们站在故事外俯视这个自认为在成长的男孩时,一个框架把他彻底孤立了。这个框架便是男孩为自己设计的"借东西的小人"这个故事。"确实,在印度出生,成长之后又返回英国本土的人十分善于讲述荒诞不经的故事,并因此成名。"① 男孩儿自认为在经历摆脱双语,重归本土文化的过程,并乐在其中,但实际上他只是在印度文化影响的大框架下做着寻找身份的游戏。这种摆脱方式可以说是失败的,自欺欺人的,是孩子的幻想。那么看到这一点之后,读者必然会发问:"既然这样行不通?那么总会有办法来实现这种忘却的。一定有!因为小男孩说过他的姐姐做到了!"

第四节　梅太太叙述者身份的不可取代

在这一问题的冲击下,原初叙事者"我"的声音显得虚弱无力。因为"我"是一个旁观者,"我"不具备双重文化背景,"我"不曾面临过身份认同的困境,"我"的任何转述或主观分析都显得缺乏说服力。既然这样,"我"宁愿将这一叙事者的地位让渡给一个更为可靠的声音,让这位在男孩眼中成功摆脱印度文化,并重塑英国文化身份的姐姐梅太太用自己的亲身经历来诠释。小男孩的现在就是梅太太的过去,由此我们也就清楚地了解为什么作者要让梅太太在第一章如此详细地介绍弟弟的身份背景,其实在言说弟弟的同时,她是在言说自己。

作为整个故事的叙述者,梅太太呈现给读者的果真是一个摆脱了双重文化困境,完全融入英国文化的稳定身份吗?我们用对比来说明问题。对于"借东西的小人"这个故事,传统英国文化身份的代言人索菲姑婆、德赖弗太太及克兰普弗尔均持有否定态度。索菲姑婆认为只有喝醉的时候才会看到一个小人,如果酒精浓度够高最多会看到两个,在她看来这不过是自己的幻觉。德赖弗太太这个身份较为特殊,她是唯一亲眼看到阿丽埃蒂一家的成年"巨人",也是唯一坚持他们存在的人。遗憾的是,在她身

---

① 有子·川端:《失落、归属和叙事:〈借东西的地下小人〉中的英印叙事人》,第127页。

上没有丝毫的理解和包容,她要将"借东西的小人"赶尽杀绝。这种凶狠毒辣的排斥态度让读者不禁对其产生厌恶情绪。最后,园丁克兰普弗尔根本不相信借东西小人的存在,他认为地板下根本没有活物,玩具只是男孩摆放的而已。在克兰普弗尔看来德赖弗太太只是看走了眼,因此对此事的态度非常冷漠。综合三者观点上的相似之处,我们不难发现英国文化似乎对这一离奇荒诞的经历均持否定态度。那么,所谓拥有英国文化身份和归属感的梅太太是不是也对此持有完全相同的态度呢?我们从她的话语中寻找答案:

"他确实有某种气质,这恐怕是由于我们在印度的神迹、魔法和传说中长大的缘故。凭着这种气质,他让我们相信,他看到了别人看不到的东西。有时,我们知道他只是在编瞎话;可是其他时候,呃,我们也不知道……"①

"真奇怪,对于好多确实发生过的真事,我都没有记得那么清楚。说不定它就是真事呢。我也不知道"。②

故事开头,梅太太在叙述中总是欲言又止。当然她言说的部分,或者是明确肯定的部分都符合英国文化中的认知方式和价值观念。③ 但她刻意去省略的或给予模糊态度的,④ 往往又与这种她主观上表示认同的文化背道而驰。而实际上那是古老印度文化留下的烙印。因此,她就像是一个分裂的个体,这种分裂来源于两种不同的文化根源。虽然英国文化在她的主观意识中占有优势,但印度文化在其身上留下的印记时而会如魔鬼般冲击着她的思想。给她看似稳定的文化身份带来威胁与震慑。由此可见,完全摆脱一种文化身份,而融入另一种文化,是不可能的。或者说,对于一个拥有印度成长经历的英国人来说,稳定而安全的单一文化身份只是一个遥

---

① 玛丽·诺顿:《借东西的小人》,肖毛译,译林出版社2009年版,第6页。
② 同上书,第7页。
③ 如:梅太太会十分肯定的用"编瞎话"来形容弟弟在印度文化影响下的经历并用"确实发生过的真事"来形容在英国的生活。这些都体现出梅太太主观上刻意对英国文化的肯定和认同。
④ 梅太太在叙述这一部分时,大量地使用了省略号,模糊词汇(如"说不定""也许"等),以及"我不知道"的逃避态度。

不可及的梦想。尽管梅太太努力克制和否定印度文化对自己的影响，以此来确保自己对"更高级"文化群体的认同。但实际上，这种努力恰恰证明了印度文化的难以丢弃，难以忘记；而这种自我凝视、自我压抑似的认同相反却证明了梅太太与英国文化之间那道难以缝合的裂痕。这便是拥有双重文化身份群体的现实处境。小男孩在"借东西的小人"这个虚幻国度（印度文化）中认为自己在慢慢与英国文化、主流文化相认同并被其所接受。这种矛盾也正是梅太太一生所面临的。

随着故事的进展，梅太太作为叙事者的态度也在发生改变。她的自我审查系统由于遭到印度文化的"大举入侵"而频繁出现漏洞，甚至一度险些崩盘。在第十九章，梅太太这位讲述者化身为行为者悄悄进入故事。"一年后，我去的时候，它还在那里……"①

但这一疏漏很快被听故事的凯特抓住，"说说你到那里之后的事情吧"。梅太太顿时如惊弓之鸟，连忙否定。"哦，我没在那里住多久"，梅太太急忙说，"后来房子卖掉了。我弟弟再没回去过"。这一回复不仅让故事中的凯特开始产生怀疑，就连故事外的读者也确信"她在狡辩，她一定在掩盖什么"。但即使如此，还是有很多"口误"顺利地逃脱了梅太太的审查制度，产生偏离。如在第十九章中，梅太太突然愤怒批判前来捕捉阿丽埃蒂一家的捕鼠专家，"我讨厌那个捕鼠专家"。最为戏剧化的要数全文最后一章，梅太太自我审查制度的彻底沦陷。"可是，"凯特扬起担心的脸，"也许他们没有逃出格栅窗呢？也许他们到底被逮住了呢？"凯特这一天真的想法，对梅太太来说却如同潘多拉的盒子。"噢，他们确实逃出去了"。梅太太轻松地说。"你怎么知道？""我就是知道。"梅太太说。②

之后，梅太太如同弟弟的合作者，续写了"借东西的小人"这个故事。她知道他们住在煤气管道里，而不是獾洞里；她闻到了罐闷土豆牛肉的气味；她看到了栎瘿制成的茶壶……她失去了控制，而只是为了向凯特证明"借东西的小人"仍存在着，印度文化根深蒂固的影响仍存在着，纵然被排斥、被否定、被压抑，以至于只能在封闭阴暗的角落苟延残喘。但就在这时，又是凯特一个无心的猜测，再次唤醒了梅太太意识中的审查

---

① 玛丽·诺顿：《借东西的小人》，肖毛译，译林出版社2009年版，第105页。
② 同上书，第174页。

制度。"你找到了阿丽埃蒂的笔记本？"……"阿丽埃蒂总是把字母'e'写成小小的半月形，在中间加上一横……""我弟弟也这么写。"① 梅太太的叙事中使用了大量的推测性词汇，如"也许""我猜"。省略号的过多应用使叙事话语在意义上频繁出现断裂，模糊不清。此外，其对同一聚焦客体的态度在叙述过程中出现了明显的颠覆性转变。因此，根据辛普森（Simpson）对叙事模式类型的划分，梅太太的叙述应该属于负面叙事。

　　这种负面叙事恰恰证明了梅太太无法摆脱双重文化影响的事实。由此可见，梅太太并不小像男孩说的那般顺利轻松地融入了英国文化，而是同小男孩一样，不断对自己进行凝视与监控，不断在努力压制另一半自我。她在弟弟眼中是成熟的、摆脱双语文化的纯粹英国人身份并不是稳定的，并且时刻面临印度文化的入侵。如果硬要说出什么不同，也许就只是程度而已。我们说，男孩对英国文化的认同明显是被印度文化包围的，而梅太太作为成人在主观意识中为自己设立了严格的审查机制，因而有强大的抑制力来减少印度文化影响的外现。但从本质上讲，二者最终还是无法彻底摆脱双重文化作用带来的困境。对于他们来说，主体身份构建的过程同时又是自我压抑的过程。拥有双重文化背景的孩子们无法实现对单一文化群体的完全认同，因为这种认同要求他们"砍掉"另一半自我，这是残酷的，痛苦的，也是无法实现的。这便是诺顿本文的主题所在——对双重文化背景下儿童身份构建的关怀。然而这些深刻的思想含义只有当梅太太作为叙述者的时候，才能得以体现，才能具有说服力。如果仅仅是一个局外人"我"来叙述整个"借东西的小人"这个故事，那就会使文章在内涵上大打折扣，变成一本仅用来愉悦孩子的幻想故事了。

第五节　叙事接受者凯特的必然存在

　　在小说开头的第一段，作者向读者提及了一个"又野又邋遢又任性的小女孩"凯特："不过她叫什么名字都无所谓，反正她就没怎么进到这个故事里面"。看到这里，读者也许会发问"为何不直接去掉凯特这个角色，既然她如此多余？"然而，这里存在一个理解上的"想当然"。作者并未说这个角色不重要，而只是说她叫什么名字，即"凯特"这个能指

---

① 玛丽·诺顿：《借东西的小人》，肖毛译，译林出版社2009年版，第182页。

并不重要。正如没有名字的男孩子代表了所有受双重文化影响的印英儿童，凯特所承载的其实是一个视角，一个颇具包容性的儿童的纯真视角，一个尚未在我/他之间设立严格界限的视角。

叙述接受者（Naratee）一般可分为两种，一种与叙述者本身重合①，发生在叙述者自省似的叙述时。换言之，就是叙述者"如疯子般"自己对自己讲话。这样的图景一般出现在小说中，隐含读者一般为成年人。对于这样一个如"疯子"般的叙述者，听到他的声音后读者做出的第一反应是质疑，即他所说的是真还是假？他可靠吗？

但是，如果文中明显出现了一位已被预设好的叙事接受者，情况则会大不相同。叙述者失去了"疯子"身份，而是在对一个特定的人讲话。这种和谐会引导读者加入叙事接受者的行列，同他一起倾听叙事者的陈述。这样一来，我们的视角逐渐被特定的叙事接受者同化了，我们在不知不觉中沿着他的思考方式和认知模式来理解故事内容。我们听"疯子"自言自语时调动的那一套强大审查机制被暂时麻痹了，我们不再考虑故事的真伪或是叙述者的可靠性，而是按照一条指定的路线来完成对作品的欣赏，这可以说是一种作者与读者之间的权力关系。读者在被动地接受塑造，这是童话中常用的叙事方式。

在"借东西的小人"中，凯特便是这个预设的叙述接受者。作者试图引导读者透过她的视角来看整个故事，这意味着什么呢？我们知道故事中，小男孩对阿丽埃蒂讲述了自己双重文化身份的矛盾性，阿丽埃蒂接受了他，并和他成为朋友。故事外，梅太太透过整个故事真正呈现给小凯特的其实也是她文化身份中的矛盾性。小凯特也欣然接受了。可见这种复杂身份的矛盾性，或称独特性只有在孩子那里才能够得到认同。孩子的眼光是"无色透明"的，他们还处在文化塑造的初级阶段，因此他们看到，相信"借东西的小人"，而以索菲姑婆、德赖弗太太以及克兰普弗尔为代表的拥有特定文化背景的成熟人，作为已被彻底同化并加上层层有色眼镜的成熟人，他们的视线是浑浊的，因此无视、拒绝或否定"借东西的小人"的存在。换言之，孩子们能给予双重文化背景群体更多的关注、同

---

① 以福克纳经典小说《献给艾米丽的玫瑰》为例，叙述者"我们"其实是在对自己说话，或称为自省式的叙述。在叙述的过程中，"我们"在反思，在重塑自己对艾米丽的观点，以致文章最后"我们"一改之前否定嘲讽之态，转而表达怜悯惋惜之情。

情与认可，而成人采取的只是一种漠然、忽视、拒绝的态度。因为接受意味着往特定文化传统中引入异质的东西，这在很大程度上会危及该群体成员身份的稳定性，会带来迷失，因此是绝对不允许的。承认则更为讽刺，既然他们不属于我们，那么他们到底是谁对我们来说又有什么意义呢？我们何必费心去思考这一问题，又何必非要承认他们的存在？

在作者看来，只有在"我们""他们"这条界线尚不清晰的孩子身上，双重文化背景的群体才能够得到关怀、认可与接受。这便是为什么诺顿特意设计了凯特这个看似"没有作用"的角色。她的名字不重要，重要的是她的视角，重要的是我们能否跟随她解开由于文化积淀而套在内心上的层层枷锁，打破"我们"的界限，去认识，承认"他们"的存在，并给予必要的肯定。根据拉康的理论，主体的成功构建依赖于来自外界的认可。也许只有这样的关怀与重视才能真正停止像小男孩、梅太太这种文化边缘人的内心挣扎，让他们停止无谓的丢弃，停止模仿，停止压抑，接受并欣赏自己文化背景中独特的双重性，并依照这种原初双重性建构属于自己的身份类型。

以上从叙事学角度解释了玛丽·诺顿童话小说《借东西的地下小人》中叙事者梅太太及叙事接受者凯特存在的必然性和不可代替性。通过梅太太的负面叙事，作者表达了自己对双重文化背景下儿童身份构建困境的关怀与同情。通过凯特的视角，作者给出了一个有可能缓和这一困境的解决方法。她引导读者用孩子包容、纯洁的眼光来阅读这个故事，由此实现对英印儿童双重文化身份的重视与认可。正是梅太太与小凯特之间的交流真正实现了现代童话小说在主题内涵上的新颖创意与深刻内涵。

第二十二章

穿越历史之门：艾伦·加纳和他的《猫头鹰恩仇录》[*]

第一节 生平和创作述介

艾伦·加纳（Allen Garner, 1934 —）是继托尔金和C. S. 刘易斯之后成就最高、影响最大的当代英国儿童幻想小说家之一。

艾伦·加纳出生在英国柴郡的康格尔顿，但他童年的时光是在柴郡的阿尔德利角度过的。童年的这段经历让他留下了难忘的记忆，成年后他仍然与那里保持着联系。他的许多作品都取材于当地的传说，并且都以该地作为故事发生的背景。作为加纳从小生长的地方，柴郡的地理风貌、神话传说、地方方言等，都对他产生了深刻的影响。幼年的加纳身体比较虚弱，而且生了很长一段时间的病，甚至两度病危，这也给他留下了很深的印象。他这样叙述自己当时躺在小小的白色病床上的感受："白天，

艾伦·加纳[①]
(Allen Garner, 1934 –)

---

[*] 本章主要内容曾以《〈猫头鹰恩仇录〉叙事的拓扑结构及心理空间构建》为题发表于《当代外国文学》2010年第2期。

[①] Alan Garner in 2011, Photograph by himself in September 2011 at his home of Blackden in Cheshire, See from, http://en.wikipedia.org/wiki/Alan_Garner.

它意味着感觉的剥夺和丧失。我躺在一个由白色涂料粉饰的粗布遮挡着窗户的卧室里。我感到非常无聊,我想要创造一个我自己的体外的经历。夜晚的情况更糟。当你躺在一片黑暗之中,外面的月亮正在升起,但你却因为半个身子都瘫痪了无法去追逐那月光,这真是一种无可奈何的痛苦感觉。"这成为作者一段难以忘怀的经历,却也表明了他日后进行幻想文学创作的愿望。躺在病床上无法动弹,更无法下地玩耍,但他头脑里的幻想活动却非常活跃,脑海中构想出各种各样的幻境,这些幻境日后投射到他的幻想小说当中。加纳出生在工人家庭,往上追溯,其祖辈几代都是手工艺人,所以与上流社会和书香门第没有什么关联。1944年颁布实施的《英国教育法案》使中下层阶级家庭的子女能够得到政府的资助,进入高等学府接受教育,作为工人子弟的艾伦·加纳得以进入曼彻斯特文法学校学习(如今这所学校的一个图书馆就是以他的名字命名的),直到进入牛津大学,研习文史经典。不过像托尔金和C.S.刘易斯一样在高校从事学术研究并不是他的愿望,艾伦·加纳没有完成在牛津的学业,而是回到自己熟悉的柴郡,在那里开始了文学创作生涯。1956年,加纳开始创作他的第一部童话小说,这就是1960年发表的《布里森格曼的魔法石》(*The Weirdstone of Brisingamen*,或译为《宝石少女》),这部作品获得刘易斯·卡罗尔书籍奖。随后加纳又连续出版了《布里森格曼的魔法石》的续作《戈拉斯的月亮手镯》(*The Moon of Gomrath*, 1963),以及《独角兽之歌》(*Elidor*, 1965)、《猫头鹰恩仇录》(*The Owl Service*, 1967)、《红移》(*The Red Shift*, 1976)和《石头书四部曲》(*The Stone Book Quartet*, 1979)等多部优秀幻想小说。其中,《独角兽之歌》获得英国卡内基儿童文学奖银奖;小说《猫头鹰恩仇录》同时赢得卡内基儿童文学奖和英国卫报儿童小说大奖,成为作者长篇幻想小说创作的巅峰之作;《石头书四部曲》获得美国儿童文学协会颁发的凤凰奖。2001年,加纳由于在幻想文学创作领域的突出贡献被授予帝国勋章。

艾伦·加纳的创作涉及许多方面,作品包括中长篇小说、短篇小说、文集、剧本以及随笔和公共演讲集。他的早期作品主要是面向儿童读者市场的,不过作者本人并不愿意被人贴上"儿童文学作家"的标签,他表明自己写作的对象绝不仅限于儿童读者,而是面对更广泛的读者群体。为此,他在写作中注重使用日常词汇,如"12岁儿童所能掌握的1.2万个常用词",以便与更多的读者群体沟通交流。加纳认为,这样做并非有意去迎合年轻读者，而是追求更好的讲述效果，让读者更好地进入故事当中。加纳是个具有开拓意识的作家，他的《布里森格曼的魔法石》采用了幻想小说的新模式，让当代的儿童与少年遭遇远古的魔法力量，并且经历了可怕的而不是传统的具有喜剧色彩的历险行动。此外，艾伦·加纳在自己的幻想小说中贯穿了一种独特的历史奇幻线条，体现了独特的时空观。如在《石头书》和《红移》中，故事发生在同一个空间，但却相隔了相当漫长的时间。出现在《红移》中的三个年轻人分别是古罗马军团的士兵、英国内战时期的清教徒、20世纪忧郁的年轻人；尽管三人之间相隔了漫长的时间，但他们都曾在英国南部地区这同一空间地点生活过，所以他们在故事中相会了。在加纳的历史奇幻叙事中，时间的维度消隐了，主人公同时出现在过去、现在和将来，而连结他们的就是一把新石器时代的石斧。

第二节　叙事学视阈下的《猫头鹰恩仇录》

艾伦·加纳出身工人家庭，同时又在英国最高学府受过教育。从幼年到成年，他的一生大多在乡村度过。乡野出身与精英教育的背景构成了加纳性格中的二元对立，而他的小说则是缜密史料与大胆想象的完美结合。加纳的历史奇幻小说风格独特、旗帜鲜明。他对神话的运用堪称点化于无形之中。加纳从不简单图解那些代代流传的神话和传说，而是在深刻理解和领悟其结构、思想核心之后，进行再创造。《猫头鹰恩仇录》正是这样的一部幻想小说。

《猫头鹰恩仇录》首次出版于1967年，在象征意义上是对当时社会的一个写照。加纳自己认为，这部小说是对于神秘的威尔士人故事的"神话般表达"。这个神话的核心人物是一位由威尔士魔法师用鲜花创造出来的女人，她背叛了自己的丈夫而与他人相爱，而且还诱导其情夫杀害了她的丈夫，正是由于这个罪孽，她被变成了一只猫头鹰。在加纳的小说中，三个现代社会的孩子一步步地与遥远的威尔士神话时代连结到了一起。他们在一次晚宴上的一堆盘子上发现了猫头鹰图案，这些猫头鹰图案第一次将他们带入了这个威尔士神话，由此小说得名《猫头鹰恩仇录》。罗杰和艾莉森是一对继兄妹，艾莉森的父亲死后，她的母亲嫁给了商人，同时也是一个退职官员的克莱夫。克莱夫的前妻对他不忠，名声很糟，给家庭带来耻辱,尤其给她的儿子罗杰造成了极大的伤害。为了让这个新组成的家庭尽快地和睦相处,他们驱车前往位于威尔士的一座僻静的小山谷,在一座舒适的房子里度假。这座房子是艾莉森的父亲从他的一个堂兄那里继承过来的,而这个堂兄就是在阿莉森出生时由于不明原因而去世的。随即在这所房子里发生了非常离奇的事情。人们在阁楼上翻出了一大堆奇怪的盘子。盘子上的图案不但会莫名其妙地消失,而且还会飞起来,甚至破碎开裂,成为一地碎片。与此同时,罗杰也在河边发现了一块有圆洞的怪石。艾莉森将盘子上的图案临摹下来,发现居然是一只猫头鹰。后来盘子上的图案竟然消失不见了,这一切离奇的事情让艾莉森深陷其中,不能自拔。这间房子的台球室有一部分墙面是被灰浆覆盖着的。随着时间的流逝,墙皮一块块脱落,首先暴露出来的是一双油彩描绘的眼睛,随后就是一整幅由花而变成的女人的肖像。房间里的人开始变得恐慌起来……

作者创作这部小说用了四年时间,包括进行相关研究和下笔写作。这部小说的写作并非简单地套用威尔士神话传说,而是匠心独运地将其融化在叙述的故事中。作者借古喻今,重心落在对当代社会的影射和观照上。《猫头鹰恩仇录》的艺术特色首先表现在写作的具体形式上,整部小说出现了大量的人物对话,几乎每个章节都是如此。通过这样的对话,故事情节的展开、人物背景的介绍得以明确。其次,作者采用了明暗交织的手法,小说的整个框架的构建,是随着三个少年发现盘子开始的,而在其中又暗设了南希、伯川和老休等人的故事,同时还交织着猫头鹰情仇故事的来历,丝丝相扣,又互相交织。此外,作者通过"包袱"式的悬念吸引着读者的注意力和好奇心,使读者在阅读中越发好奇,欲罢不能。

《猫头鹰恩仇录》,英文名 Owl Service 可直译为"猫头鹰餐盘"。书中的猫头鹰餐盘上印有花团锦簇的绣线菊,经主人公艾莉森拓印之后可拼成一个个三维的猫头鹰——这一神奇的意象并非虚构,现实中这套盘子就挂在加纳家的壁橱里,它原属加纳的岳母所有,加纳的妻子发现了这个秘密。受此"花朵变猫头鹰"的启发,加纳联想到了威尔士的神话传说《马比诺基昂》:由花朵变成的女神布劳狄薇,因为背叛丈夫里奥克劳与情人葛荣通奸,遭到惩罚变成了一只猫头鹰。这一传说故事激发了加纳创作《猫头鹰恩仇录》的灵感,在随后的四年里他潜心研究各种资料,从威尔士传说到威尔士方言,做了大量卷宗工作;另一方面,他亲自走到乡野之中，为小说中的每一个场景——城堡、湖泊、大石、山峰——寻找现实中的对应，长时间的资料积累换来的是小说一气呵成的自然顺畅。

唐娜·R. 怀特在《艾伦·加纳的〈猫头鹰恩仇录〉》中提出，《猫头鹰恩仇录》复杂的结构可以最终被简化成一个连锁三角形，像数学题一样。神话中的三角关系，上一辈的三角关系，到这一代的三角关系，这个稳定的结构是不变的，在时间中不停循环。① C. W. 萨利文的文章《再来一次：艾伦·加纳〈猫头鹰恩仇录〉的结论》则认为，在加纳的循环中每一代都有所不同，"葛文—艾莉森—罗杰"不同于"老休—南希—伯川"，也不同于"里奥克劳—布劳狄薇—葛荣"。② 萨利文对主人公罗杰做了重点分析，罗杰而非葛荣释放出艾莉森体内的"花朵力量"而非"猫头鹰力量"，打破了循环，这正是加纳别具匠心的做法。同样的，在《打破范式：艾伦·加纳的〈猫头鹰恩仇录〉与马比诺基昂神话》中，莎拉·比奇也认为加纳对传说有着革新精神，吸收了传说的精髓，并赋予其时代感。③ 彼得·J. 福斯则在《无定义的边界：艾伦·加纳早期小说的聚合世界》中强调了加纳作品中女性角色的重要性。④ 作为历史奇幻小说，作品中描绘的不止一个世界，而链接多个世界的人无一例外都是女性主人公，《猫头鹰恩仇录》也是如此。国内关于这部小说的研究相对较少，本节借鉴了关于"循环"的说法，并在此基础上建立了三者、三代的关系公式。与以往强调男主人公罗杰或是葛文的作用不同，我们认为，正是艾莉森——布劳狄薇现代世界的代表人——通过努力打破了历史循环。以下将运用叙事学理论来分析女主人公艾莉森是如何进入历史，改变历史，进而改变现实的。

一 进入历史之门

小说的灵感来源于马比诺基昂的神话传说：布劳狄薇是由花变成的女

---

① Donna R. White, "Alan Garner's The Owl Service", A Century of Welsh Myth in Children's Literature, pp. 73 – 95. Westport, Conn.: Greenwood Press, 1998.

② C. W. Sullivan, "One More Time: The Conclusion of Alan Garner's The Owl Service", Journal of the Fantastic in the Arts, 1998 (9): 46 – 54.

③ Sarah Beach, "Breaking the Pattern: Alan Garner's The Owl Service and the Mabinogion", Mythlore, 1994 (20): 10 – 14.

④ Peter J. Foss, "The Undefined Boundary: Converging Worlds in the Early Novels of Alan Garner", New Welsh Review, 1990 (2): 30 – 5.

子,她被献给里奥克劳当妻子,但后来她爱上了另一个男人葛荣;葛荣诱使布劳狄薇一起杀掉了里奥克劳,但里奥克劳死而复生,复仇置葛荣于死地;同时,布劳狄薇也遭到了惩罚,变成了一只猫头鹰,生不如死。《猫头鹰恩仇录》的历史感一方面缘于对神话的采用,另一方面依靠对空间①的打造。《猫头鹰恩仇录》设计了一个亘古不变的空间,它充满历史感、神秘感。主人公进入这个特殊的空间,就如同穿越时空隧道,进入了历史。

《猫头鹰恩仇录》的空间特点有二:横向看来,空间中所有的填充物都与神话息息相关;纵向看来,空间因标志性象征的反复出现而实现穿越时间的统一。

小说阁楼中的餐盘上画满了密密麻麻的绣线菊,艾莉森竟看出它的秘密,用纸片拓印之后,剪拼成一只只立体的猫头鹰。花儿变成猫头鹰——餐盘默默地诉说着布劳狄薇的身世。与此同时,罗杰发现了河边的葛荣之石,岩石正中有个洞,在这里待了一辈子的佣人老休向他讲起古老的传说,当年葛荣就是在这里被里奥克劳射杀,"他为了自保,就抓起身旁的大石头当盾牌,谁知道,那把矛狠狠地穿透石头,刺进了他的胸口"。在小说的最后,葛文爬上山崖,在老休的指引下从一个石洞中摸出了一个矛头,"它是打火石磨成的,非常薄,薄的连月光都能穿透",而这就是当年葛荣密谋杀害里奥克劳的武器。历史的一切都能在此找到证据。里奥克劳、布劳狄薇、葛荣,并非虚构的传说,而有着活生生的证据。

与此同时,绣线菊与猫头鹰这两个象征意象不断出现。首先是上上一辈,老休的爷爷绘制的餐盘,"绿色滚边"的花纹,拼出来却是只猫头鹰:"一只风格别具,花团锦簇的猫头鹰。因为脚的部分受到弯折,以致背部形成卷曲,看起来活脱是一只盘踞枝头、一动不动的猫头鹰,冷冷地从黑压压的眉头下瞪视这个世界"。② 其次是上一辈,老休的叔叔在台球厅作的壁画,和着鹅卵石的灰泥从墙上剥落后,竟然露出一张真人大小的美人图:"她修长的身影嵌在墙上,金色的长发披散到了腰际,更衬得白

---

① 米克·巴尔在《叙述学——叙事理论导论》中提出,"空间(space)概念是夹在聚焦与地点之间的一个概念",它"指的是行为者所处和事件所发生的地理位置"。
② 艾伦·加纳:《猫头鹰恩仇录》,蔡宜容译,少年儿童出版社2005年版,第16页。以下引自该书将在引文后用括号标明页码,不再另注。

皙的脸庞清丽脱俗。一双水蓝的眼睛盈盈地望向远方。她穿着宽松的白色玛莎罩袍，上头缀着几株素雅的绣线菊和金雀花；画工精细，仿佛真的随风摇摆……"（第42页）整幅画以苜蓿花为背景："乍看之下，苜蓿花纹由许许多多白色卷曲的花瓣组合而成，每一片都是精心绘制的。可是再一细看，那些白色卷曲的小东西可不是花瓣——那是爪子，猛禽之爪。"（第44页）还有老休的情敌、南希的爱人伯川在弹子球房里制作的猫头鹰标本，树林里遍野的绣线菊，以及小说最后漫天撒下的无数花瓣——"花儿"与"猫头鹰"不断出现，同样的元素被反复使用，使不同的时代交叠在一起，创造出作品的整体性、统一感。

综上，《猫头鹰恩仇录》打造了一个充满历史感的空间，主人公一旦进入，便开启了新一轮的穿越之旅。

二　改变历史，改变现实

进入历史之后，主人公面临着严峻的挑战。重演历史，就意味着悲剧的再次发生，改变历史进而改变现实，才是年轻一辈主人公们要做的事。

在《猫头鹰恩仇录》中，女主人公艾莉森充当着主体①行动者的角色，而女神布劳狄薇则是力量②的扮演者。作为艾莉森所追求的客体则并非固定，在小说前后发生了明显的变化。这个变化正是主人公改变历史、改变现实的具体表现。

三　追求客体一：葛文

艾莉森是个十多岁的小姑娘，时值暑假，她跟随再婚的母亲玛格丽特、继父克莱夫，以及继兄弟罗杰一起到威尔士乡下的别墅度假。老宅子只有两个佣人，老休、南希，以及南希的儿子葛文。刚入住不久，怪事就接二连三地发生。先是艾莉森发现了阁楼里藏着的猫头鹰餐盘，盘子的图

---

① 《叙事学》中根据功能将人物划分为不同的行动者（actor），行动者具有某种意图，渴望奔向某个目标。同一类行动者称为行动元（actant），主体（subject）与客体（object）就是一对行动元，他们之间可以比作是主语和直接宾语之间的关系：行为者 X 渴望着目标 Y，X 是主体—行动元，Y 是客体—行动元。客体并不总是一个人物，也可以是某种状态、某个抽象的东西。

② 力量（power）与接受者（receiver）也是一对行动元，当主体的意图本身无力企及客体时，就会出现一些施动者（power），或能使其达到其目的，或阻止其这样做。并且，施动者在许多情况下并非人物，而是一个抽象物，如社会、命运、时间等。

案一经拓印就会消失不见，而拼剪好的猫头鹰也会莫名其妙地失踪；接下来是罗杰在河边发现大石，石上有洞，同时还听到了抛掷长矛的声音，让他浑身起鸡皮疙瘩；然后是葛文发现台球房里的墙壁，似乎因年久失修，墙皮剥落，竟露出花朵一般的美女图来。佣人老休似乎知道一切，但却总是言辞含糊。时而喃喃"她来了""她是领主夫人""她想变成花儿，你却让她变成猫头鹰"，时而嘟囔"他抢了别人的老婆""克劳是个严厉的盟主，他冷血地杀了葛荣"。三个孩子被搞得云里雾里，最后终于在一本叫作《马比诺基昂》的书中找到了答案：

关于布劳狄薇：

　　……采集繁花，施用魔法，为他变出一位妻子，而他原是一尊雕像，是所见过的最俊美的人。于是他们采集了橡树花、金雀花、绣线菊，从这些花中，他们召唤出了所见过的，最超凡脱俗和美若天仙的少女……

　　……化作一只鸟。因为你让里奥克劳蒙羞，你将永远——无处可逃；你不会隐姓埋名，你的名字永远都叫布劳狄薇。（第56页）

关于葛荣和里奥克劳：

　　……他对里奥克劳说："大人哪，因为我中了女人的迷惑，才对您做出这种事来，我以神的名义祈求您，让我把在河边看到的一块石头，置于胸前，抵挡致命一击。""是的，"里奥克劳说，"对于你的请求，我不会拒绝，"他又说，"上帝会报答你的"。于是葛荣将那块石头置于胸前，等待致命一击。里奥克劳将矛枪对准他，奋力投去，矛枪刺穿了石头，也穿透了他的胸膛……（第57页）

原来这座山谷有着这样一个关于里奥克劳、布劳狄薇、葛荣的传说，花朵变成的布劳狄薇被变成了猫头鹰，这股怨念迟迟不得散去，于是悲剧开始在一代又一代的人身上重演，"每次都是透过三个注定要受折磨的可怜人"，老休的爷爷、叔叔、老休自己都遭受过这一诅咒，"她变成这样（猫头鹰）都是我的错，我叔叔的错，是我祖父的错——我们徒劳地把她封进壁画，封进餐盘里。我们草草筑起一道沙堤却妄想阻挡洪水，逃得了一时逃不了一世啊"（第166页）——餐盘、壁画里封存的是布劳狄薇的能量，现在能量被无知的孩子释放了出来，新一轮的悲剧即将发生在艾莉森、罗杰和葛文身上。

艾莉森刚入住老宅的时候，是个娇弱任性的富家女。因为无知和好奇，揭开了餐盘上的封印，释放出了布劳狄薇的能量。作为上一代的受害者南希试图阻止她，但艾莉森并不听劝，将餐盘藏到了树林的鸡舍里，并且深更半夜独自一人闯进树林，继续疯狂地拓印，直至餐盘封锁的能量全部释放。这股力量虽是主体召唤而来的，但召唤而来的力量并不受主体控制，它的强大甚至令主体恐惧：

> 黑洞洞的鸡舍里传来呼啦呼啦的声响，像是什么东西在鼓动着羽翼，却又更沉更重，响尾蛇摆尾似的。
> "艾莉森，你不要再剪了。"
> ……
> "我就是停不下来，"艾莉森说道，"我成天心慌意乱的不知怎么好，只有剪那些东西才能让我好过一点……我只觉自己像是要炸开了，如果我不拼出那图案来，我真的会炸开来……我好怕。你帮帮我吧。太可怕了……我整个人都是错乱的。我不停地想笑又想哭……葛文，我好害怕，我怕外头的东西……"
> ……
> 堤道尽头，靠近林边栅门的树下，出现一道长形的光芒。这道光拉得很长，两头略窄，火光明灭之际，像一件皱巴巴的衣服挂在那儿。
> ……
> （第二天清晨）当他（老休）看见葛文和艾莉森时，他将帽子往头上一戴，说道："她来了。"（第82—86页）

布劳狄薇作为力量的独特之处在于，她不仅仅是一股能量，她还具有智慧，创造她的人"给了这股能量一颗会思考、有知觉的心灵"。在小说的前半部分，与其说主体艾莉森想追求什么，不如说是布劳狄薇想让她追求什么。在被释放的过程中，布劳狄薇正一点点的将自己的意识施加于艾莉森，试图附体在艾莉森身上，达到二者合一的境界：

第二十二章 穿越历史之门:艾伦·加纳和他的《猫头鹰恩仇录》

窗棂被太阳晒得温热。艾莉森把头抵在窗玻璃上。前方不远处的草地旁,石砌贮水池的池面波光潋滟,注水口几乎隐没在羊齿植物丛中。她看见自己水中的倒影在波光间摇曳。日照逼人,水面亮得看不清屋子的倒影,她只看见自己的脸,载浮载沉。

我在上头,也在下头,艾莉森心里想着。哪一个才是我?我只是水中之我映在窗玻璃的倒影吗?

葛文从马厩折返。他两手插在裤袋,双肩微耸,沿路踢着小石子。他走到贮水池边,坐了下来,正好依傍着水中的艾莉森——仿佛正款款凝视着他。

现在是我在这里,而你在那里吗?抑或是我们同在一起?如果我只是水中人的倒影,那么就能交谈了。"哈喽,葛文。"

葛文没说话,他伸出手轻触她的头发,霎时她却化成水面的金波荡漾,艾莉森猛地往窗内缩,脸颊撞到金属夹框,一阵刺痛。(第104 页)

后来艾莉森向葛文说起池中倒影的事,但葛文根据物理学的镜面反射原理否定了她,说站在二十码以外的艾莉森是不可能看到水槽中如真人般大小的倒影的:

"……从你所在位置的角度怎么也不可能看见自己的倒影。所以那并不是你的倒影。不可能是的,除非你就站在水槽边上。"

"水面闪闪发亮,"艾莉森说道,"但我看得出来那就是我头发的颜色,脸……反正那就是我。"

"你在水里看见一个金发倒影,"葛文说道,"她的头发从脸颊两侧披覆下来,而且瘦精精的。你能确定的只有这些。"

"你都把我给弄混了,"艾莉森说道,"我一心想告诉你当时自己快乐的心情,你却左一句角度右一句镜子,把这一切弄得那么平凡无奇。"

"平凡无奇!丫头,你不会那么笨吧!清醒一点!你看见的是画里那个女人!你看见了布劳狄薇!"(第116 页)

艾莉森已经分不清自己与布劳狄薇谁是谁了，"再没有什么是安全的了。我常常连自己身在何处都弄不清楚。'昨日'、'今日'、'明日'——这些对我都不再有任何意义。我觉得它们都到齐了，都在那儿等着"。（第84页）至此，空间上艾莉森与布劳狄薇的影像发生了重合，时间上历史与今日重叠在了一起。布劳狄薇这股力量附体在了艾莉森身上，又或者说，艾莉森作为新一代的女主让布劳狄薇再次复活了。

布劳狄薇在艾莉森身上复活的一个重要表现，体现在艾莉森追求葛文这个客体上。葛文对艾莉森处处关心维护，鸡舍那一晚暗地跟踪保护，还陪她到天亮；葛文坚持叫她的全名，而不像其他人总是"艾""艾"地叫她；知道餐盘的事让艾莉森魂不守舍，葛文总是找机会讲笑话逗她，讲科学道理安慰她。可以说葛文对她用尽了心思，而艾莉森也没有辜负这份心意。她曾因妈妈说葛文的坏话而跟其大吵一架，还曾当罗杰责怪葛文弄坏了墙壁时站出来替他辩护。她一点都不嫌弃葛文"老土"的威尔士口音，还称赞其用功、日后必大有作为。

艾莉森不顾家人的反对、不顾身份的悬殊，打心眼儿里欣赏葛文，乐意与葛文亲近。这一点与布劳狄薇、南希十分相似。布劳狄薇虽然嫁给了里奥克劳，但并不真心爱他，直到遇见风度翩翩的葛荣；南希与老休有瓜葛，但她真正爱的却是彬彬有礼的伯川。布劳狄薇式的女子对爱都有着大胆的追求。可以说，在艾莉森追求葛文这个客体的过程中，布劳狄薇起到的是正向的作用。

但这股力量也有它邪恶的一面。金雀花、绣线菊，还有橡树之花变成的布劳狄薇，本来对爱情抱有美好的意愿，可命运却让她爱的人死去，自己也变成了猫头鹰。"我想她一定常常想起以前在山上的时光，那时她还是无忧无虑的花朵呢；折磨人哪！然后就像玫瑰长出了刺，她也狠下了心肠。"（第67页）此刻的她，早已在历史的轮回中化作一股怨念，像猫头鹰一样扇着黑色的羽翼，充满了恶。如果说力量会帮助主体得到她想得到的、达到她想达到的，那么布劳狄薇无疑也助长了艾莉森心中的恶。

从一开始，艾莉森就对南希阻止她画餐盘十分不满，当她在弹子房气冲冲地抱怨"那女人！简直不可理喻！"时，远在厨房的南希竟被飞来的餐盘砸到了。愤怒的南希一口咬定是艾莉森扔的盘子，还好葛文出面当了替罪羊解了围。事末，艾莉森"没头没脑"的冒了一句"我就是忍不住吗！"

第二十二章　穿越历史之门：艾伦·加纳和他的《猫头鹰恩仇录》

又一次，艾莉森将餐盘藏了起来，当葛文质问她时，她不知怎的变得极其蛮横无理，激得葛文一脚踢飞了她手中的书，刹那间：

> 没有人作声，也没有人移动，一阵短暂的死寂，然后只听见艾莉森缓缓说："你不该这么做的。"
>
> "你不该这么做的。"她又说了一次，两手紧紧握住椅侧，指甲因为使劲过度而泛白。突然间，她伸直了脖子往前挺，一个字一个字说道，"你不该这么做的。"
>
> 从她戴着的太阳眼镜上，葛文先是看见自己的倒影，继而又从镜片的角落，看见什么东西一掀一扑朝他飞来，像一只受伤的鸟。
>
> 他下意识回过头，是那本书。它凌空朝他扑来，书页翻飞，在风里发出啪嗒啪嗒的声响，也在风里支离破碎。鲜红的书背后头挂着一长串白色书页，凌虚御风，瞄准了似的向葛文飞奔。葛文把怀里的面粉袋往地上一丢，用手护住头脸。
>
> "不要！"他叫道。
>
> 马路上的小石子像被席卷似的，一颗接着一颗朝他的双手双耳猛砸。（第52—53页）

接下来是泥巴、松果、鹅卵石、还有面粉袋，对着葛文一路狂追猛砸。

事后葛文与艾莉森对质，问她是如何让东西飞起来的：

> "是我吗？"艾莉森说道，"应该说是那股逼得我快炸开的力量吧——感觉像是又气又怕的情绪，却又更强烈些，我的身体会愈绷愈紧，然后——然后我身上的皮肤像是裂出洞来似的，然后那股力量就涌出来了。"（第83页）

没错，正是布劳狄薇"帮"了她的忙。

艾莉森控制不了布劳狄薇。面对这个问题，她跟葛文进行了深入的探讨。葛文认为，布劳狄薇就像是一股失去控制的能量，她具有思考能力，在这山谷间盘旋，"一直积累，一直积累"，"永远不会散去"。艾莉森询问到，如果能量积累在盘子里，而她将它释放了出来，一切是不是就可以恢复正常，但葛文认为事情没那么简单，能量一直在转换，现在它要通过他们来释放。

> "你是对的,"艾莉森说道,"我知道你是对的。我有这种感觉,只是没办法像你说的那么清楚。你看看这座奄奄一息的村子,葛文。到处都是摇摇欲坠的建筑物,贫瘠的土地。刚才上山的时候,我看见山路旁有两头死羊,可怜的克莱夫甚至连只小鱼都钓不到。也许一旦能量被释放之后,一切都将渐渐好转,直到下一次……"
>
> ……
>
> "要撑下去,不可以认输哦。这件事不轻松,它会缠得你筋疲力尽。"
>
> "我不会认输的。"(第121—122页)

四 追求客体二:和谐

从这一刻起,艾莉森对整个事件有了一个彻底而清醒的认识,可喜的是,她不打算坐以待毙。如果说之前艾莉森作为主体追求的是葛文这样一个客体,她想自由地与葛文相处,让自己心中的爱自由地生长,那么现在,她追求的将是一种和谐的状态:她、葛文、罗杰,甚至包括妈妈玛格丽特、爸爸克莱夫,包括老休、南希,乃至扩展到整个村子、整座山谷,终极的和谐。要达到这种和谐,就需要正确地释放能量——不要再让布劳狄薇变成猫头鹰,要让她变成花朵。

艾莉森的妈妈从一开始就反对她和葛文交往,现在更是变本加厉。之前艾莉森总是冒着风险偷偷与葛文见面,现在她决定听从妈妈的话,断绝与葛文的联系:

> "你明天回来吧?"葛文说道。
>
> "我没办法。"
>
> "就只是这一天而已。"葛文说道。
>
> "我不敢。"
>
> "我要回亚伯城了"。
>
> "我知道。"
>
> "明天,艾莉森,求求你,你还不明白吗?你非来不可。"
>
> "不要再说,"艾莉森说道,"不要再说,不要再说了!你们两个

不要再让我左右为难了。你和妈咪！你一直这样，弄得我连自己是谁，自己在做什么都不知道了。我当然明白你的意思！不过，她都把话说在前面了，而且她说的没错。"（第 146 页）

艾莉森不再见葛文的心十分坚决。前者如南希，一心想着嫁给伯川，惹得老休因妒生恨拔掉了摩托车的刹车皮，让伯川死于车祸，布劳狄薇还是变成了猫头鹰。然而葛文并不理解艾莉森的做法。更糟糕的是，罗杰这个节骨眼上跑出来，对葛文练习语音一事冷嘲热讽：

"我说，你身上穿的风衣可真是有型有款，"罗杰装腔作势地说道，"你看那对引领风潮的短袖，以及那双掌握最新流行的露趾胶底鞋……"

"你闭嘴，罗杰。"艾莉森说道。

"他扯那些雨啊平原的，是怎么回事？"

"别跟我说你还没听到这一课，"罗杰说道，"他们可是入门教材哦。"

"罗杰！"

"你跟他说了！"葛文轻轻问道，声音几乎不可闻。"你跟他说了？跟他说了？"

"不是这样！"艾莉森说道。

"我想一定很好笑吧，要不然，还有什么比这个更可笑的呢？"

"你错了！不是这样的。"

……

"艾莉森。"葛文慢慢往后退。"艾莉森。"

"葛文！不要这样看着我。不要！"

"艾莉森。"（第 147 页）

误会、嫉妒、仇恨，事态在不断恶化。当老休不顾艾莉森的拒绝，强把葛文送她的礼物戴到她脖子上的时候，一切达到了顶峰——艾莉森昏倒了。布劳狄薇仿佛看到了自己将再次变成猫头鹰的绝境，她开始在艾莉森体内咆哮：

艾莉森两边脸颊布满了红色的抓痕。但仔细一看，它们却像是深深嵌在皮肤里的纹路。她的脸上没有血迹。

……

"那股能量，"老休说道，"现在聚在她身体里了，情况不妙啊，孩子……这会儿她们合二为一了。"

……

罗杰不停地将羽毛从艾莉森身上拂开。它们转啊转便又沾上身来，像是重复着某种花式舞步：一如他在漫天灰尘里看见的猫头鹰之舞。它们在天花板上和墙上游移，然后他看出来了，他看出舞动的羽毛排列出熟悉的眼睛和翅膀图案，甚至连锐利的眼神都似曾相识。他从来没见过这么诡异的羽毛，他把它们从艾莉森的面颊上拂开。突然间她痛得大叫，三道长长的抓痕浮现出来——从眉毛划过脖子，直延伸到手臂上，血痕清晰可见，却连一点皮都没有破。（第190—191页）

面对艾莉森所承受的折磨，葛文竟然硬着心肠。"你（葛文）的心中只有恨，每一次每一次每一次都是如此"。他不愿出手相救，面对罗杰的恳求，竟然吼道"滚一边去吧——你这个乳臭未干的乖宝宝"。甚至还挑衅"伯明翰交际花（罗杰的妈妈）现在怎么样啦？还挺活跃嘛？"罗杰没有还击，为了艾莉森，他忍了下来。"他觉得一口胆汁就堵在喉头。而除了点头称是，他也答不出其他话来。他只能强忍着，否则就会被吞噬在可怕的黑暗中"。（第193页）罗杰的忍耐退让，换来的是葛文愤怒的渐渐平息。当罗杰从老休那里明白，一切的折磨都是因为布劳狄薇不能变成花儿，他俯身上前去：

"嘿，艾，你听见了嘛？"罗杰拂开她身上的羽毛，"你弄颠倒了，你这个傻丫头，她不是猫头鹰。她是花儿，花儿，花儿啊，艾。"他轻点着她的额头。"你也不是什么怪里怪气的鸟。你是花儿。你从来从来就是花儿嘛。不是猫头鹰。是花儿，就是这样。别再为这个烦心了。"

艾莉森扭动着身体。

"它们全部是花儿！你明明知道的！是花儿！艾。慢慢来，花

儿。花儿。都是花儿。慢慢来啊。花儿……"（第194页）

罗杰的安慰开始有了效果：

> 散布她身上、脸上的红色抓痕渐渐淡了。当他把手放在她头上测温度的时候，她原本扭曲紧绷的脸也渐渐放松。
> ……有什么东西飘飘然轻触着罗杰的手。他用手拂开，没想到却越拂越多。他抬头张望。
> "哈喽，艾。"
> 无数的花瓣从天窗、从屋檐飘了下来，空气中洋溢着淡淡的清香。花瓣纷飞，那是金雀花、绣线菊，还有橡树之花。（第194页）

花儿，漫天的花儿，金雀花、绣线菊，还有橡树之花——这是布劳狄薇原本的模样。在罗杰的包容与谦卑里，艾莉森得到了原谅，布劳狄薇终于变成了花儿。至此，几百年来盘旋在山谷中的能量得以"泄洪"，艾莉森所追求的和谐状态达到了。历史从此被改写，而现实也跟着改变了。

五 打破结构，打破诅咒

《猫头鹰恩仇录》中，每一段关系都可以看作是一个闭合的三角形，如图所示，在神话中是里奥克劳—布劳狄薇—葛荣，在上一辈人里是老休—南希—伯川，而在这一代中则是罗杰—艾莉森—葛文。里奥克劳虽然爱布劳狄薇，但布劳狄薇爱的却是葛荣，这种背叛造成了里奥克劳与葛荣之间的仇恨和杀害，而布劳狄薇也因此遭到了惩罚。这个闭合三角在上一辈人身上同样适用：南希爱上了伯川，招致老休的嫉恨，杀死了伯川，南希也从此郁郁寡欢。布劳狄薇再一次变成猫头鹰。而年轻一代之所以可以打破这个诅咒，是因其打破了其中的链条。罗杰的原谅固然重要，艾莉森的放弃也不容忽视。

艾莉森放弃与葛文在一起，是历史被改写的关键。一开始艾莉森想要和葛文在一起，很大程度上是因为她是布劳狄薇式的女子，与其说是自己主动的、明确的要求，不如说是命运的操纵、轮回的安排。在这一阶段，布劳狄薇作为力量对艾莉森有着正向的推动，那种对爱的渴望，以及因爱而产生的反叛精神，可以说都是布劳狄薇"遗传"给艾莉森的。但这股

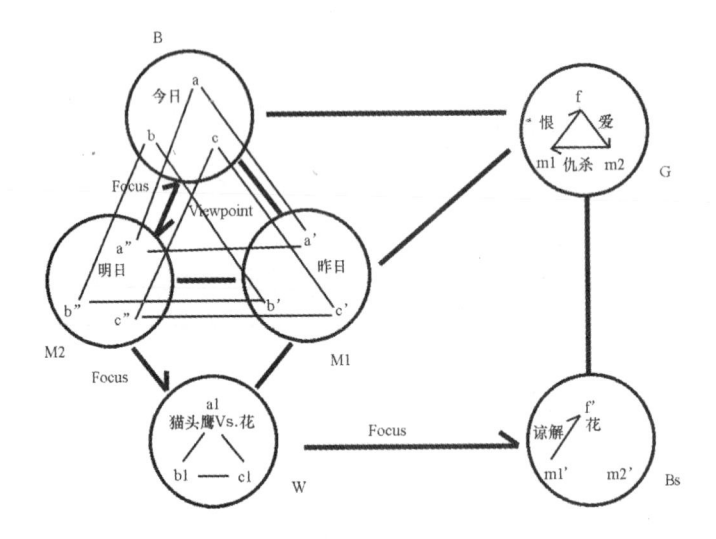

力量毕竟是一股怨念，她所带来的负面效应同样让艾莉森备受煎熬。当艾莉森明白这股力量所具有的摧毁力之后，她转变了，她所追求的不再是葛文的一己之爱，而是三人之间，甚至更大范围内的和谐。从表面上看，似乎布劳狄薇这股力量越是折磨艾莉森，就越在阻挡主体的追求，但实质上二者的目标是一致的：艾莉森希望和谐，布劳狄薇想变回花朵；和谐是变回花朵的前提，而变回花朵就意味着和谐的实现。就是这样，主体和力量发挥了自己的功能，年轻一代通过自己的努力，改变了历史，也就改变了现实。

六 结论

从上面的分析中我们已经看到，艾莉森作为主体从不知道自己想要什么到对自己的追求明确而且坚持的转变，经历了一个青少年应有的成长过程。从加纳的诸本小说中我们可以看到，加纳对青年人是寄予厚望的。他们代表着新生力量对历史有着再创造的可能。艾莉森也不例外：从一个任性娇纵的"大小姐"，变成一个为历史负责、为山谷负责的"女主人"，艾莉森在历史中获得了自己的身份，在磨难中学会了勇敢、坚强，在改变中学会了宽容、有责任心，一系列的事件让她不断成长，而她的努力也同样改变了历史，终结了古老的诅咒，为山谷带来了和平。这就是《猫头鹰恩仇录》中主人公进入历史、改变历史，进而改变现实、获得自我成长的故事。

第三节 拓扑结构与心理空间构建

《猫头鹰恩仇录》采用的仍然是作者独特的"神话传说切入现实世界"的幻想小说表现手法，但它又有别于作者的其他作品，令人耳目一新。总体来看，这部作品具有两大特点：第一，采用多重叙事，在对话中实现人物塑造和情节发展的拓扑结构，形成结构性戏剧张力。第二，神话传说和现实世界彼此嵌入、重合、分离，进而抽象出"昨日""今日"和"明日"三个时间概念中的悲剧轮回，使虚构文学投射出对现世的人文关怀，提示人们如何在歧视和偏见所引发的多重冲突中生存下去，因此，《猫头鹰恩仇录》深邃的人文气息和跌宕的叙事结构使其堪称英国幻想小说的典范。本节借助"可能世界"理论（possible worlds theory）[①]和"心理空间"理论（mental space theory）[②]的相关认知结构，研究小说在叙事过程中构建的不同世界之间关系的拓扑结构，挖掘读者是如何通过建构心理空间获得文本的现实意义。

一 叙事的拓扑结构

在可能世界理论中，文学文本被视为一个"范畴"（universe），在文本范畴中，居于中心的"域"（domain）就是现实世界，其他世界则是非现实域。在《猫头鹰恩仇录》文本范畴内，三个少年上一代人的三角恋爱悲剧确实发生过，因而被认定为现实世界，而三个少年之间的爱恨情仇亦是现实世界的组成部分，他们之间的相互谅解使小村子最终摆脱了几百年来的悲剧符咒，人们和几代领主的愿望得以实现。从这个意义上讲，无论《猫头鹰恩仇录》在文类上属于神话传说还是历史奇幻，读者都会认

---

① "可能世界"理论最初被哲学家和逻辑学家发现，用以处理逻辑问题（Bradley and Swartz, 1979），随后被叙事学和符号学进一步发展，描述虚构文本的某些特征（Ryan, 1991）。它为定义虚构文学、描述虚构世界的内在结构、区分不同的文学类型提供了一个有实践意义的结构系统。

② "心理空间"理论最早由福科尼耶提出（Fauconnier, 1985），福科尼耶和特纳（Turner）进一步提出并发展了概念整合理论（Fauconnier and Turner, 2002）。二者都是关于意义构建的重要理论，在认知语言学研究中自成体系。

定小说中的"现实世界"与现实生活在很大程度上具有一致性，进而在阅读过程中以历史知识和神话传说为基础，自主地充实、填补文本的虚构世界；另一方面，由于读者认识到《猫头鹰恩仇录》是儿童奇幻小说，而且小说的叙事情节与加纳的有关创作之间存在许多差异，所以，不会把文本的"现实世界"与生活的现实世界合并起来。以猫头鹰图案为例——加纳说有一回其岳母让他看了一个盘子，妻子还把图案拓了下来，用纸做成了一个猫头鹰。这让他想到了花变成猫头鹰的传说。于是，他灵感大发，让这个古老的传说在威尔士的一条山谷里复活了。[①]

这个区别是区分虚构文本和非虚构文本的基础，因此，三个少年上一代人爱恨情仇的悲剧故事构成《猫头鹰恩仇录》的"文本现实世界"（text actual world），而小说中其他未实现的世界构成"文本其他的可能世界"（textual alternative possible worlds）[②]，现实世界是众多的可能世界中的一个，可能世界为《猫头鹰恩仇录》的神话传说提供叙事语境，塑造出神话传说中情杀故事的真实性。这样，神话传说人物的怨灵才能够在文本现实世界中徘徊几百年。因此，《猫头鹰恩仇录》是文本现实世界与可能世界的动态结合，小说人物构成的不同类型的可能世界亦是文本现实世界的不同版本，具体分析如下：

1. 第1—2章，多重视角及人物对话构建出文本现实世界。

2. 第3—4章，接连发生的怪事构建出与猫头鹰神话传说相关的"虚幻世界"（Fantasy world）。

3. 第5—7章，老休、三个少年及邻居的对话构建出"延伸推测世界"（Speculative extension），暗示悲剧即将再次发生。

4. 第8章，虚幻世界嵌入文本现实世界，构建出"知识世界"（knowledge world），揭示出神话传说中，布劳狄薇（猫头鹰）、里奥克劳克劳和葛荣之间情杀的悲剧。

5. 第9—10章，文本现实世界和虚幻世界交叉，构建出"义务世界"（Obligation world），表明文本现实世界与神话传说的道德评判标准和价值

---

① 参见彭懿《猫头鹰，怨灵徘徊几百年》，http://www.cat898.com/html/2005/07/20050709155121.asp.

② Ryan, M. L. *Possible Worlds: Artificial Intelligence and Narrative Theory*, Bloomington and Indianapolis, IN: Indiana University Press, 1991: 113.

观的冲突。

6. 第11—25章，虚幻世界与文本现实世界合而为一，历史和现实的冲突建构出"意图世界"（Intention world），在揭示南希、老休和伯川情杀悲剧的同时，构建出"愿望世界"（Wish world），表明化解恩怨的意图和努力。

7. 第26—27章，愿望实现——艾莉森、罗杰和葛文把布劳狄薇从猫头鹰变回花，避免了悲剧再次发生。

随着文本现实世界中其他可能世界的逐步建立，在小说结尾，愿望最终得以实现。可能世界是供给式、不完整的非连续性结构，只能在阐释者与文本的动态互动中形成，而情节的内在叙事结构使其他可能世界在文本范畴内形成关系网——三个少年以猫头鹰图案为线索，逐步了解了村子里有关布劳狄薇、里奥克劳和葛荣之间情杀的悲剧传说，进而发现上一代人南希、老休和伯川的恩怨情仇，并最终阻止了悲剧再次发生在自己身上。忽明忽暗、亦虚亦实的叙事，使其他世界之间的矛盾冲突形成情节的拓扑结构，释放出错综复杂的戏剧张力。知识世界和愿望世界在文本现实世界中的矛盾冲突，引发现实生活中义务世界的重建，促使读者从虚构文本中抽象出更广泛的人文内涵——如何建立人与人之间的关系，如何去爱，如何生存下去。这正是读者理解的"产物"。文本的意义是在读者阅读的过程中产生的，受到阅读过程和个体体验的影响。那么，读者是如何在阅读过程中获得文本意义的？是否可以从文本中找到相关的参照系？读者是否相信三角恋爱的悲剧确实发生在上一代人身上，而且必然要不断轮回，再发生在三个少年身上？

二 叙事的心理空间构建

与可能世界理论一样，心理空间理论也是研究文本投射复杂事件状态的方式。心理空间被定义为无状态的短期认知再现，一方面建构在文本输入的基础上，另一方面建构在解释者背景知识基础之上。[①] 多重视角导致《猫头鹰恩仇录》的虚构叙事本身并不完整，一方面读者必须从不同的切入点自行建立事件的全貌；而另一方面，只要读者能够在文

---

① Fauconnier, Gilles. *Mappings in Thought and Language*. Cambridge: Cambridge University Press, 1997: 11.

本中找到合理证据，就可以论证（虚构）叙事的真实性和虚假性。因此，阅读小说的过程就是构建一个具有增补性且相互作用的心理空间网络的过程，在这个过程中，"语篇参与者就好像是在心理空间点阵中移动，当从一个空间进入另一个空间时，他们的视角和焦点随着空间的改变而改变。但是，在任何时刻，基础空间都是可及的，是充当新的构建的起始点"①。

《猫头鹰恩仇录》包含 6 个心理空间，分别用圆形表示，两个空间之间的细线条表示两个空间之间元素的同一性关系，粗线条表示两个空间的相关性。第 1 个心理空间是"基础空间"（Base），标记为 B。B 空间的构建开始自小说的第 2 章——在一系列的怪事之中，厨娘南希（葛文的母亲）的愤怒言行最引人瞩目；她一方面禁止葛文和庄园的长工老休（葛文的父亲）交谈，另一方面发疯一般地执意向艾莉森索要盘子。而第 3、4 章虚幻世界中的盘子碎片、橡木的味道，以及"一辆摩托车打山丘上疾驶而过，窗玻璃被震得哗哗作响"（第 31 页），一点点释放出历史的气味。因此，第 1—4 章通过多重视角叙事揭示出文本现实世界与虚幻世界之间的冲突——"现实"与"历史"的冲突构成了一个文本范畴，它驱动情节展开，建构出 B，表示空间网络中每个空间的出发点。南希与 B 的背景语义项老休紧密联系，她的回避态度表明她对老休的排斥，因此，我们把南希标记为 a，老休标记为 b。

第 5—7 章是小说的"空间构造语"（space builder），这三章打开两个新的心理空间，分别标记为 M1 和 M2，并将注意力转移到 M2。在这一部分，老休喃喃自语："她来了……她就要来了"（第 35—36 页）；"也许小村小镇都免不了一些传闻、闲话吧"（第 37 页）。当老休讲述葛荣之石的故事时，葛文和罗杰在同一时间分别体验到一种"感觉"（第 40 页），葛文问起老休和南希的关系以及盘子的事情，而三个少年同时看见了布劳狄薇的美丽画像，并开始怀疑"这个存在肯定发生过什么事"，而南希"八成知道些来龙去脉"（第 45 页）。第 7 章，杂货铺老板娘和琼斯太太的耳语："他（老休）说她就要来了，猫头鹰都已经出现了……真悲惨！……这次又是三个人牵扯在一块吗？……是啊，还有个女娃。老休说

---

① Fauconnier, Gilles. *Mappings in Thought and Language*. Cambridge: Cambridge University Press, 1997: 38-39.

她已经做出猫头鹰来了……那只能眼睁睁看着了。……终究躲不过的……就要来喽,可怜的女人"(第49—50页)。

文本现实世界中人们的知识世界及延伸推测世界表明,M1 和 M2 同时来自 B。根据上文,M1 是一个"传闻"中的"悲惨"故事,发生在文本现实世界的过去,故事中有"三个人",其中一个是女性(那么,另外两个一定是男性),我们标记为 a',另外两个男性分别标记为 b' 和 c'。M2 与 M1 具有相似性,同样是三个人之间的故事,"悲剧"即将再次发生在文本现实世界的未来。我们可以认定已经做出猫头鹰的那个女娃就是艾莉森,标记为 a",其他两个男性分别标记为 b" 和 c"。这样,B、M1、M2 之间的关系就是文本"现实""过去"和"未来"之间的时间关系。根据"可及性原则"(access principle)①,三个空间的三个元素之间彼此具有同一性(identity),用细线连接。随着新空间 M2 和 M1 的建立,"焦点空间"(Focus space)由 B 转换到 M2,"视角空间"(viewpoint space)则由 M2 转换为 B,新的空间由此建立并且可及。

第 8 章以倒叙的形式嵌入猫头鹰的故事,文本现实世界与虚幻世界以猫头鹰为中介物,彼此交叉嵌入,从而呼应了人们的知识世界和延伸推测世界的认知,使三个少年想象、期待,并开始考虑一种尚未实现的可能性:

> 采集繁花,施用魔法,为他变出一位妻子……他们采集了橡树花、金雀花、绣线菊,从这些花中,他们召唤出了所见过的、最超凡脱俗和美若天仙的少女……因为你让里奥克劳蒙羞,你将永远——无处可逃;你不会隐姓埋名,你的名字永远都叫布劳狄薇。……他对里奥克劳说:"大人哪,因为我中了女人的迷惑,才对您做出这种事来,我以神的名义祈求您,让我把在河边看到的一块石头,置于胸前,抵挡致命一击。"于是,葛荣将那块石头置于胸前,等待致命一击。里奥克劳将矛枪对准他,奋力投去,矛枪刺穿了石头,也穿透了他的胸膛……。(第56—57页)

---

① Fauconnier, Gilles. *Mappings in Thought and Language.* Cambridge: Cambridge University Press, 1997: 41.

布劳狄薇是现代语言中猫头鹰的意思,而村子就是整个情杀事件的背景舞台。这样,M1 中的 a'、b'、c'项分别对应布劳狄薇、里奥克劳、葛荣,而南希与老休和此事更是密切相关。

尽管 M1、M2 与 B 具有时间上的距离,但是 B 不断呼应文本现实世界中接二连三发生的事件,并以此为出发点,构成非时间顺序的 M1 和 M2。这样,在三个空间的关系中,M1、M2 被逐步确认为文本现实世界中的事实,并在第 9—12 章得到进一步的文本证实:布劳狄薇就是领主夫人,因为背叛而被变成猫头鹰。所有的领主——老休的祖父、叔叔、老休——都想驯服她,把她封进盘子里和墙里,但都无法阻止悲剧再次发生。所以,盘子上的图案被拓下来后就平空消失了,因为"她想变成花,你却让她变成了猫头鹰"(第 87 页)。由于 M1、M2、B 具有认识上的同一性,因此,他们在文本现实世界中是真实的[①],其连续性共同形成了小说中的虚构历史[②]。第 13—15、24—25 章,罗杰拍下伯川骑摩托车的影子,让我们得知南希和伯川的爱情故事,因此,可以确定 B 中的对应项分别是南希 a、老休 b、伯川 c。而第 16—23 章三个少年之间的爱与怨使他们被确认为 M2 的三个对应项——艾莉森 a"、罗杰 b"、葛文 c"。这样,三个空间的结构和对应项在最大程度上保持了相似性,正如艾莉森所说:"'昨日'、'今日'、'明日'——这些对我都不再有任何意义。我觉得它们都到齐了"(第 84 页)。B 和 M1 之间的交叉点和关系构成《猫头鹰恩仇录》三个时间叙事的普遍结构,进一步抽象出一个新的"类属空间"(Generic space),标记为 G,f 表示女性,m1 和 m2 分别表示两位男性,f 背叛 m1,转而爱上 m2,这引起两个男性之间的仇杀,并产生了永久的怨恨,这个抽象的类属空间暗示曾经发生在三个少年上一代的情杀悲剧即将再次发生在艾莉森、罗杰和葛文身上。

然而,布劳狄薇这样美丽的女人怎么能甘心被变成一只丑陋的猫头鹰,于是,她成了一个怨灵,几百年来纠缠不休,阴魂不散,让发生在自己身上的悲剧在这个偏僻而又愚昧落后的小村庄里一次又一次上演。当艾

[①] Fauconnier, Gilles. *Mappings in Thought and Language.* Cambridge: Cambridge University Press, 1997: 50.

[②] Ryan, M. L. *Possible Worlds: Artificial Intelligence and Narrative Theory*, Bloomington and Indianapolis, IN: Indiana University Press, 1991: 113.

莉森又一次想把她变成猫头鹰时,她开始在艾莉森的身体里聚集,等待着合而为一,她在艾莉森的身上抓出一道道血痕,让漫天的羽毛起舞。第26—27章建立起的另一个可能世界,即愿望世界,取代 M2 成为焦点空间,我们标记为 W,其对应项分别是标记为 a1、b1、c1。通过映射(mapping),布劳狄薇和艾莉森在 W 中合二为一,标记为 a1,在"猫头鹰"和"花"之间挣扎。最后,还是罗杰放弃了个人怨恨,让她如愿以偿地变回了花——他说:

嘿,艾,你听见了吗?你弄颠倒了,你这个傻丫头,她不是猫头鹰。她是花儿,花儿,花儿啊,艾。

(他对布劳狄薇的怨灵说)你也不是什么怪里怪气的鸟。你是花儿。你从来就是花儿嘛。不是猫头鹰。是花儿,就是这样。别再为这个烦心了。

它们全都是花儿!你明明知道的!是花儿!艾。慢慢来,花儿。花儿。都是花儿。慢慢来啊。花儿——(第 194 页)

于是,在小说结尾,映射所产生的独特性形成新的空间,即"合成空间"(blend space),标记为 Bs,取代 W 成为焦点空间。Bs 不但包含 G 的普遍结构,还包含一个"新创结构"(Emergent structure)——由于罗杰放弃个人恩怨,布劳狄薇变回了花,因此悲剧之链被切断,从而终结了小村子的悲剧符咒。新创结构使愿望得以实现,进而引导读者挖掘出小说的人文思考——如何构建人与人之间的和谐关系,呼应了小说在第 9 章留给读者的问题:"我(老休)不认为那是背叛,她是一件为领主定做的礼物。没有人问过她愿不愿意嫁给这个男人"(第 67 页)。小说的闭合性叙事使 Bs 成为更广泛的人类认知结构,促使读者在虚幻的文本世界中发现、理解、解决现实生活中的问题和冲突。

小 结

总体而言,《猫头鹰恩仇录》是一部优秀的虚构性叙事作品,其闭合性叙事结构使其归属于童话故事——愿望通常得以实现,且具有一定道德教化意义。虽然小说取材于威尔士神话《马比诺基昂》,具有神话传说的历史背景，但是，即使读者把小说从加纳的创作语境中剥离开，小说本身也能够凭借人物刻画、情节铺陈等手段再构建出一个丰富的、值得信赖的、合理有序的文本现实世界，其中最吸引读者的，是文本现实世界与其他可能世界之间的复杂关系，使读者的阅读过程呈现出连续性和动态性，而人类永恒的情感——人与人之间的关系——则让读者能够把个人经历嵌入文本框架中，构成文本现实世界的基石，从而更好地理解文本意义。

第 四 编

继往开来 杂色多彩:
20世纪70年代以来

综　　论

　　20世纪70年代以来，随着科学技术的突飞猛进，各种新的可能性伴随着新的世界格局和新的忧虑出现在英国人的视线里。作为一个科技先进，但资源贫乏的老牌资本主义国家，英国国内非生产性的第三产业与生产性的制造工业之间对于原本就短缺的资源、资金和劳力展开了激烈的争夺，结果使制造业的发展受到很大影响。由于70年代以来发生在世界范围的经济危机波及到英国，以撒切尔夫人为首相的保守党政府采取了竭力缩减各种社会福利和社会公益性服务的做法来紧缩财政开支。与此同时，日益向右转的撒切尔夫人还致力于削弱工会的力量，公开声称要摧毁英国政治生活中的社会主义倾向。而左派人士则提出了在更大范围内实行经济的社会化要求。从1984年持续到1985年，英国煤矿工人举行的大罢工极大地震撼了整个岛国，再次显示了工人阶级的强大力量。出现在英国的各种争议和矛盾反映了这一时期英国经济的困境。与此同时，随着全球政治和经济集团的多极化发展格局，以及各种新思潮的涌现，传统的思想观念继续发生着裂变。保守的英国文化遭到来自方方面面的冲击，从甲壳虫乐队、摇滚乐、流行音乐和爵士乐到玩世不恭的嬉皮士文化，各种大众流行文化现象风靡英伦三岛。而民族主义的抬头，少数族裔和有色人种发出的抗议，还有女权主义运动的兴起，等等，各种社会问题和新的思潮，新的文化现象剧烈地改变着人们长期以来形成的保守观念和文化心理，而且影响到包括儿童文学作家在内的当代英国作家们的思考和创作。

　　在英国儿童文学创作领域，自20世纪50年代和60年代出现以幻想文学创作丰硕成果为主要特征的儿童文学的第二个黄金时代（the Second Golden Age）之后，进入20世纪70年代，儿童幻想文学创作获得进一步发展。首先，众多优秀的英国作家介入儿童文学的创作，随之涌现出众多专业儿童文学作家；其次，儿童文学的创作文类空前繁荣，从儿童小说到童话绘本，从儿童歌谣到儿童剧本均佳作纷呈；最后，儿童文学作品所反映的内容，所表达的主题思想更加复杂并贴近时代，正如英国当代著名女儿童文学评论家伊莱恩·莫斯（Elaine Moss）所指出的："20世纪70年代是一个教育领域以儿童为中心的时代；这是一个英国逐渐从后帝国向多元文化帝国角色转换的时代；这是一个女权主义者（不同于非性别歧视）的时代。所有这些事实都对这一时代的儿童文学内容有着影响"。[1]

从一个更大的语境去看，当代童话文学的创作也出现了新的热潮。20世纪70年代以来，大量作家——特别是女权主义作家——意识到童话及想象力对意识形态的巨大塑形作用，从而在英美等国出现了以创作或重写童话为中心的创作潮流，史称"童话文艺复兴"（Marchenrenaissanceor-fairy‐tale renaissance）。大量童话变体出现，如简妮特·温特森（Jeanette Winterson）的童话小说《吻女巫》（*Sexing the Cherry*，1989）、安妮·舍克顿（Anne Sexton）的女权主义童话诗集《蜕变》（*Transformations*，1971）、罗伯特·马休（Robert Munsch）的儿童童话绘本《纸袋公主》（*The Paper Bag Princess*，1980），等等。

20世纪70年代以来，在风靡欧美的托尔金和C.S.刘易斯作品的影响下，英国儿童及青少年幻想文学创作朝着多样化的方向发展。人们能够看到各种儿童与青少年幻想文学的变体，如童话奇幻，英雄奇幻，科学奇幻，超人英雄奇幻，宝剑与魔法奇幻，等等。佩内洛普·利弗里（Penelop Lively，1933- ）、艾伦·加纳（Alan Garner，1934- ）、黛安娜·韦恩·琼斯（Diana Wynne Jones，1934-2011）与苏珊·库珀（Susan Cooper，1935- ）等新一代儿童幻想小说作家均于50年代就读于牛津大学。正如查尔斯·巴特勒所指出的，他们是在聆听J.R.R.托尔金和C.S.刘易斯等人的讲座和演讲中成长起来的，他们的作品不同程度地呈现了二者的影响。[2] 苏珊·库珀本人在其《去而复归：再忆托尔金》（"There and Back Again: Tolkien Reconsidered"）一文中就真切记述了她

---

[1] Elaine Moss, "The Seventies in British Children's Books", in *The Signal Approach to Children's Books*, Kestrel, 1980.

[2] Charles Butler, *Four British Fantasists: Place and Culture in the Children's Fantasies of Penelope Lively, Alan Garner, Diana Wynne Jones, and Susan Cooper*. Scarecrow Press, 2006.

18 岁时在牛津第一次见到托尔金教授时的情景，以及在时隔 45 年之后的 2001 年秋天她重新阅读"魔戒传奇"故事的感受。① 从《霍比特人》到"魔戒传奇"系列，通过将小说、童话和传奇三种因素融合起来，托尔金开创了儿童与青少年幻想小说创作的成功之路。与《霍比特人》相比，"魔戒传奇"系列是更具双重性特征的幻想小说，打通了儿童文学、童话文学和奇幻文学之间的界限，使之成为这一时期幻想文学创作中最有活力的文学样式之一。

宏观地看，苏珊·库珀（Susan Cooper, 1935 - ）这一时期的代表性作品有继《大海之上，巨石之下》（1965）之后的另四部系列作品：《黑暗在蔓延》（1973，获 1974 年纽伯瑞图书银奖）、《绿巫师》（1974）、《灰国王》（1975，获 1976 年纽伯瑞图书金奖）、《银装树》（1977）；彼得·迪金森（Peter Dickinson, 1927 - ）的"变幻三部曲"（Changes trilogy, 1968 - 1970）、《铁狮子》（The Iron Lion, 1972）、《塔尔库》（Tulku, 1979，获卡内基奖）、《金色的城堡》（City of Gold, 1980，获卡内基奖）；海伦·克雷斯韦尔（Helen Cresswell, 1934 - 2005）的《外来客》（Outlanders, 1970）、《在码头上方》（Up the Pier, 1972）、《波利·弗林特的秘密世界》（The Secret World of Polly Flint, 1982）；佩内洛普·利弗里（Penelop Lively, 1933 - ）的"阿斯特科特"系列（Astercote, 1970）、《托马斯·肯普的幽灵》（1973，获卡内基奖）、《重返过去的时光》（Going Back, 1975）、《及时处理》（A Stitch in Time, 1976）、《塞谬尔·斯托克斯的复仇》（The Revenge of Samuel Stokes, 1981）；理查德·亚当斯（Richard Adams, 1920 - ）的《沃特希普荒原》（Watership Down, 1972）；科林·达恩（Colin Donn, 1943 - ）的《动物远征队》（Animals of Farthing Wood, 1979）；莱昂内尔·戴维森（Lionel Davidson, 1922 - 2009）的《在李子湖的下面》（Under Plum Lake, 1980）；R. 达尔（R. Dahl, 1916 - 1990）的《魔法手指》（The Magic Finger, 1970）、《了不起的狐狸爸爸》（Fantastic Mr Fox, 1973）、《查理和大玻璃升降机》（Charlie and the Great Glass Elevator, 1975）、《好心眼的巨人》（The BFG, 1983）、《女巫》（The Witches, 1985）、《玛蒂尔达》（Matilda, 1989）；黛安娜·韦

---

① Susan Cooper, "There and Back Again Tolkien Reconsidered", in Horn Book Magazine, March/April 2002 issue.

恩·琼斯（Diana Wynne Jones，1934－2011）的《豪尔的移动城堡》（*Howl's Moving Castle*，1986）、《赫克斯伍德》（*Hexwood*，1993）、《德克荷姆的黑暗魔王》（*Dark Lord of Derkholm*、1998）、"克雷斯托曼琪世界传奇"系列（*Chrestomanci series*）等；迪克·金·史密斯（Dick King-Smith，1922－2011）的《狗脚丫小猪戴格》（*Daggie Dogfoot*，1980）、《牧羊猪》（*The Sheep-Pig*，1983）、《能干的牧羊猪贝比》（*Babe, the Gallant Pig*）、《哈莉特的野兔》（*Harriet's Hare*，1994）、《提多成了国王！》（*Titus Rules!*）、《深湖水怪》（*The Water Horse: Legend of the Deep.* 1995）、《聪明的鸭子》（*Clever Duck*，1996）、《小老鼠沃尔夫》（*A Mouse Called Wolf*，1997）、《巨人双胞胎》（2007）等，以及J.K.罗琳（J. K. Rowling）的"哈利·波特"（*Harry Potter*）系列：《哈利·波特与魔法石》1997、《哈利·波特与密室》（1998）、《哈利·波特与阿兹卡班的囚徒》（1999）、《哈利·波特与火焰杯》（2000）、《哈利·波特与凤凰社》（2003）、《哈利·波特与混血王子》（2005）、《哈利·波特与死亡圣器》（2007）；菲利普·普尔曼（Philip Pullman，1946－ ）的《雾中红宝石》《北方阴影》《井中之虎》为关于少女莎莉·洛克赫的"冒险三部曲"，"黑质三部曲"（His *Dark Materials*）包括《黄金罗盘》（*The Golden Compass*，1995）、《魔法神刀》（*The Subtle Knife*，1997）和《琥珀望远镜》（*The Amber Spyglass*，2000），另外，还有《发条钟》（*Clockwork*，1997），等等。

从总体上看，20世纪70年代以来的英国童话小说创作呈现出杂色多彩且错综复杂的态势。苏珊·库珀继承了托尔金开创的现代梦幻性幻想小说的传统，将托尔金的中洲神话世界转换为当代的威尔士乡村世界，并且富有创造性地采用了许多英格兰和威尔士民间文化和文学的传统因素。作为这一时期英国童话小说的最重要作家之一，黛安娜·韦恩·琼斯是三十多部原创英国童话小说的作者，以奇幻的独特方式重写了诸多传统童话，如《狗身体》对《美女与野兽》的重写、《天空之城》对《一千零一夜》和格林兄弟《十二个跳舞的公主》的重写，等等。而其最负盛名的《豪尔的移动城堡》则被诸多研究者认为是对《奥兹国的魔法师》等童话的重写。彼得·迪金森是当代英国著名作家和诗人，著述颇丰，尤以儿童书籍和侦探小说著称。代表作《金色城堡》（*City of Gold*，1980）是一部基于旧约叙述而重述圣经故事的儿童故事集。此外，他还著有波斯风格的童话绘本《铁狮子》(*The Iron Lion*, 1973) 以及孩子寻父主题的童话绘本《冰巨人》(*Giant Cold*, 1984, illus. by Alan Cober)。佩内洛普·利弗里是英国当代著名小说家和儿童作家,对童话原型和故事有着浓厚兴趣,其《金发姑娘与三只熊》(*Goldilocks and the Three Bears*, 1997) 重述了同名著名童话;而最负盛名的儿童童话奇幻《托马斯·肯普的幽灵》(*The Ghost of Thomas Kempe*, 1973) 是对17世纪和21世纪历史观的并置和思考。海伦·克雷斯韦是英国当代最多产和最知名的儿童作家之一,著有90多部儿童书籍及10多部电视剧剧本。她以童话笔调叙述了一个又一个奇幻故事,早期作品《馅饼师》(*Piemakers*, 1967) 和《蹦戈尔草》(*The Bongleweed*, 1974) 均是极具怀旧色彩的童话小说;而代表作《码头上》(*Up the Pier*, illustrated by Floyd, 1971) 是一部引入了"时空旅行"观念的儿童童话奇幻。此外,其《经典童话》(*Classic Fairy Tales*, 1994, illus. by Carol Lawson) 为3—6岁的孩子重写了9则经典童话;《侏儒怪》(*Rumpelstiltskin*, 2004, illus. by Stephen Player) 则收录了她为幼儿园大班的孩子重新讲述的5个传统童话。

被称为20世纪最具想象力的儿童文学作家达尔在70年代以来仍然保持着旺盛的创作势头,继续以狂欢化的叙事推出大受欢迎但引起激烈争议的作品。作者通过采用"人体特异功能"(《玛蒂尔达》),能导致变形的化学药剂(《女巫》),以及新计谋(《了不起的狐狸爸爸》)等幻想因素拓展和强化了童话叙写的故事性。当然,20世纪后期英国童话小说创作的最大奇观是"哈利·波特"现象——无论是它无与伦比的流行热潮还是它引发的激烈争论(激烈的批评者称之为"文化幼稚病"甚至"愚昧的文化潮流"等)。1997年6月《哈利·波特与魔法石》由布鲁姆斯伯利出版社出版;2000年7月,该系列的第四部《哈利·波特与火焰杯》在英语国家同步发行,由此在全球掀起了"哈利·波特"热潮。2007年7月,该系列的终结篇《哈利·波特与死亡圣器》面世,为这一奇观划上了一个惊叹号。"哈利·波特"系列始于哈利11岁时发生的故事,分别讲述了这个从小寄人篱下的孤儿在入住霍格沃茨魔法学校后的不平凡经历。在最后一部小说里,17岁的哈利终于在经历风雨后成为一个真正的魔法师,他在魔法学校的毕业也是他的成人典礼。新马克思主义批评家杰克·齐普斯(Jack Zipes)做了这样的评价:

尽管并非《哈利·波特》小说系列使儿童文学回归其在文化版图中应当拥有的地位，但它们确实巩固了儿童文学在文化版图中的地位，而且将继续使普通读者认识到，儿童文学才是最受欢迎的流行文学。儿童文学是真正的民间文学，是为所有民众创作的文学，是无论老少都在阅读的文学，它对于儿童的社会化具有极其重要的作用，特别对于发展孩子们的批判性和富有想象力的阅读能力具有非常重要的作用。[①]

菲利普·普尔曼早年毕业于牛津大学，后在威斯敏斯特大学任教，讲授维多利亚时期的英国文学和民间故事。作为儿童文学作家，普尔曼取得了不同凡响的成功。"黑质三部曲"中的《黄金罗盘》获得卡内基儿童文学奖和英国儿童文学最高奖卫报小说奖，而另一部作品《琥珀望远镜》获得"白面包"文学大奖。2005年，菲利普·普尔曼获得第三届林格伦儿童文学奖。普尔曼的重要作品往往具有后现代主义的特征，涉及宗教、科学（量子物理学）和伦理道德等问题。普尔曼"黑质三部曲"中的"黑质"出自英国诗人弥尔顿的诗作《失乐园》；其中，"黑暗的元素"是指上帝用来创造世界的混沌元素。通过构建与《失乐园》的互文关系，普尔曼试图表明人类始祖的堕落并非灾难，而是一种解放。小说的主人公是卷入一系列追寻和冒险之中的女孩莉拉和男孩威尔，而在这历险故事的后面是四个平行呈现的想象世界。两位主人公并不知道他们就是负有重要使命的命运之子，他们遭遇了各种各样的"黑暗的元素"。小说中出现了奇异的魔法宝物，如黄金罗盘、魔法神刀和琥珀望远镜等；此外还有许多奇异的角色，如全身盔甲的大熊、会飞的女巫、驾车奔驰的动物，等等。在象征性的混沌初开的世界里，每个人物都是双重人格，都有一个"魔鬼"如影相随：一种以动物形状显现的灵魂或元气。任何人想要与自己的"魔鬼"分离都是万分艰难的。儿童心中的"魔鬼"是不断变幻的，成人的魔鬼则是已经成型的。普尔曼的幻想叙事显示了他对当代儿童所面临的困境的深刻洞察，孩子们通过战胜艰难险阻和恶劣生存环境的考验，终于作出正确的道德选择去拯救世界。用杰克·齐普斯的话来说，诸如普

[①] 杰克·齐普斯：《冲破魔法符咒：探索民间故事和童话故事的激进理论》，舒伟等译，安徽少年儿童出版社2010年版，第230页。

尔曼作品这样的当代幻想文学和童话故事具有一个核心，那就是奇异的希望和激进的道德因素。[1] 发表于1997年的《发条钟》具有更明显的后现代特征。小说的开场语是传统的，展开后的故事话语却是后现代的："很久很久以前，当钟表还是依靠发条装置运行的时候，德国的小镇上发生了一桩离奇的事件"。在这家小酒馆里，一位小说家正在为大家朗读他创作的故事，谁知故事中的人物某神秘博士居然来到了酒馆。十年前，为了维持奄奄一息的小王子的生命，这位博士把发条装置装入小王子体内。由于机械发条的运行时间是有限的，小王子再次面临着生死关头。小说在两个时空里展开：（1）全能的叙述者讲述的时空；（2）小说家笔下的时空。酒馆老板的小女儿能否拯救生命垂危的小王子，神秘博士能否再次出现——成为了一种悬念。从整体上看，小说文本结构呈多种叙述框架，有多重声音叙述，更有道德寓意的寄托，以童话叙事的方式重述了"时间"和"命运"的两大主题。

---

[1] 杰克·齐普斯：《冲破魔法符咒：探索民间故事和童话故事的激进理论》，舒伟等译，安徽少年儿童出版社2010年版，第232页。

第二十三章

童年的反抗与狂欢：
罗尔德·达尔的童话叙事

自从20世纪60年代开始写作童话小说以来，罗尔德·达尔的创作在20世纪70年代和80年代进入高峰期，尤其以激进的狂欢化童话叙事作品而独树一帜，成为最受当代儿童读者欢迎，同时也最受一些批评家非议的儿童幻想文学作家。他的童话小说打破了以往的儿童文学叙事传统的诸多禁忌，着力表现当代儿童与压制性的成人世界的激烈对抗（这些成人角色非常负面，甚至非常偏执残暴），而且在作品里直接呈现暴力和血腥行为（包括女巫的暴虐行为，以及在对抗中施加于女巫的行为等），而这正是作者受到不少评论家批评的原因之一。从现当代英国童话小说创作的语境看，从卡罗尔的维多利亚时代的小女孩爱丽丝到达尔的当代神童小女孩玛蒂尔达，童年对成人威权的反抗进入了一个新的发展阶段：童年的反抗与狂欢。

第一节 难忘的童年和少年岁月：生平述介

罗尔德·达尔（Roald Dahl，1916－1990）祖籍挪威，父亲哈拉尔德·达尔和母亲苏菲玛德莲·达尔于19世纪80年代由挪威迁往英国威尔士的卡迪夫。罗尔德就出生在卡迪夫的兰达夫地区。

与其他英国童话小说作家相比，罗尔德·达尔的主要生平事迹与法国作家，《小王子》的作者圣·埃克苏佩里（Antoine de Saint－Exupery）十分相似：两人都在二战期间做过飞行员，执行过飞行战斗任务，又先后执笔写作，最终都以各自创作的童话小说而闻名遐迩。两人在观念上也有重要的共同之处，罗尔德·达尔在他的童话小说中呈现了童年与冷酷成人的对立和冲突，他想表达的是，父母和学校的老师为什么都成了孩子们的敌人呢？因为太多的成人已经完全忘记了他们自己小时候喜欢看什么，却偏要对现在孩子们该看什么横加限定。而圣·埃克苏佩里则在《小王子》的献词中写道："我要把这本书献给童年时代的一个大人。所有的大人都曾经是孩子，但是非常遗憾的是，只有很少的一部分大人还记得这一点。"在英国童话小说创作领域，罗尔德·达尔的儿童幻想小说创作从 20 世纪 60 年代开始，一直持续到整个 20 世纪 80 年代，是最受小读者喜爱，同时在成人读者和批评家中引起最大争议的作家。儿童文学史评论家彼得·亨特这样记述道，有些人非常赞赏他的作品，认为他作品中的人物性格鲜明，反面人物更是一目了然，令人刻骨铭心；故事充满机智，事件富有戏剧性和狂欢性。而批评者则认为他的作品极为怪诞，不道德，感情用事，令人感到恶心。[2] 评论家彼得·亨特在论及《查理和巧克力工厂》时这样叙述道，这部作品受到孩子们的喜爱，但由于它只有乐趣，没有道德意识，因此遭到成人的厌恶。[3] 英国幻想文学批评家 C. N. 曼洛夫则指出，达尔 20 世纪 60 年代创作的儿童幻想文学作品就像当时的"甲壳虫乐队""新浪潮运动"和"嬉皮士文化"一样，是这个动荡年代能量释放的一种表达。[4] 曼洛夫肯定了达

罗尔德·达尔[1]
（Roald Dahl, 1916 – 1990）

---

[1] Roald Dahl, Photograph from, http：//celebslists. com/1109 - roald - dahl. html.

[2] Peter Hunt, Ed. *Children's Literature*, *An Illustrated History*, Oxford：Oxford University Press, 1995, p. 307.

[3] Humphrey Carpenter, *Secret Gardens*：*A Study of the Golden Age of Children's Literature.* Boston：Houghton Mifflin Company, 1985, p. 1.

[4] Colin Manlove, *From Alice to Harry Potter*：*Children's Fantasy in England*, Cybereditions Corporation 2003, p. 104.

尔持久的创造力和想象力，同时也用了诸如"虐待狂"（sadistic）、"愤世嫉俗"（misathropic）和"偏执狂"（paranoid）等话语来描述达尔幻想作品的特征。他在具体论及《查理和巧克力工厂》时，认为它的基调是一种"非常喧嚣的虐待性"，呈现了作者狂野能量的另一面。具体表现在孩子们获得奖券后的最大报酬就是获准去经历一系列考验，整个故事随之变成了一种道德的淘汰竞争。接下来便是几个被证明不合格的孩子受罪受罚的过程：奥古斯塔斯·格卢普被吸进了制作巧克力软糖的玻璃管道；维奥莉特·博雷加德的身体膨胀成了一个将被送进榨汁车间的大蓝莓；维鲁卡·索尔特被扔进了通往总厂的垃圾大管道的一条垃圾滑槽；迈克·蒂维被旺卡先生的神奇的电视机转换后进行传送，成了一个侏儒。① 事实上，尽管人们对达尔的赞扬和批评看似相互对立，十分矛盾，但如果换种角度看，所有这些争议不过是揭示了同一事物的不同方面而已。一些批评家认为他的幻想作品只有娱乐和狂欢，没有道德，是因为达尔彻底突破了以往的儿童文学传统的观念和禁忌，大力表现儿童与成人霸权的对立和冲突，用写实性的手法夸张地呈现成人世界针对少年儿童的冷酷和压制，其中不乏极度的暴力和血腥行为，与此同时，少年儿童主人公对邪恶成人世界的报复和反击同样冷酷无情，而且效果被渲染得淋漓尽致。但如果从童话叙事的历史演进角度进行审视，人们可以发现这种象征性的暴力对抗实际上是童话叙事中的"童年的反抗"这一主题在新的时代获得了新的书写而已。首先，人们可以从两方面对罗尔德·达尔的童年经历进行一番审视。

达尔的童话叙事与他本人的童年生活、成年后的经历以及他个人的观念有着内在的关联。虽然达尔的父亲在达尔三岁时就因病去世，但这位疼爱子女的父亲生前一直希望自己的儿女能在英国接受教育，所以达尔的母亲没有回到挪威与亲戚一起生活，而是决定留在英国，以尽力实现丈夫的愿望。达尔童年的家庭生活毕竟还是温馨愉快的，这使他对家庭生活充满怀念，他日后的童话小说《了不起的狐狸爸爸》就通过狐狸一家六口人（狐狸爸爸、狐狸太太和四个狐狸宝宝）之间的亲情、温情和互助象征地表露出作者对理想家庭的信任。然而达尔在学校读书的经历却给他留下了不少铭刻终生的不愉快的记忆。他最初就读于兰达夫天主教学校（Lland-

---

① Colin Manlove, *FromAlice to Harry Potter: Children's Fantasy in England*, Cybereditions Corporation 2003, pp. 105–106.

aff Cathedral)。八岁那年，他和几个小伙伴出于恶作剧式的淘气，在令人厌恶的普莱契太太（Mrs. Pratchett）开的糖果店里将一只死老鼠偷偷地放进了一个糖果罐中。事后经由普莱契太太的告发，几个孩子受到校长的惩罚，被痛打一顿。这种体罚情形在他后来的小说《玛蒂尔达》中得到极其夸张的艺术再现：年轻时当过链球运动员的特朗奇布尔校长暴虐成性，她可以随时抓住某个男生的手臂或者某个女生头上的辫子，将其拎起来，以极快的速度在自己头顶上旋转，然后通过一种"长长的美妙的抛物线"将其远远地抛在操场的另一头。在现实生活中，小罗尔德被转到一所寄宿学校就读，但他在那里的生活仍然是非常不愉快的。达尔在他的自传《好小子：童年往事》（Boy：Tales of Childhood）中多次描述了出现在校园的冷酷的暴力事件，这样的校园生活的阴影对达尔产生了很大的影响，难怪他在后来创作的童话小说中所描述的校园生活总是阴沉压抑，而且充满暴力的。年幼的达尔自然十分想家，几乎每天都会写一封家信。后来在母亲去世后，达尔发现她收藏了自己所有的来信。在达尔的内心世界里，冷酷的校园与温馨的家园形成鲜明的对比，而这种家园意识也体现在达尔对于自己的祖籍老家挪威的向往和精神寄托。在童年和青少年时期，达尔总要在暑假期间赶往父母亲的故国挪威，去享受海岸边的峡湾风光，这成为了让他非常怀念的愉快时光。读者也可以在他的童话小说《女巫》中体会到作者对挪威的向往。作为该小说的主人公和故事讲述者，小男孩的背景与达尔本人非常相似：父母是挪威人，由于父亲在英国做生意，小男孩出生在英国，并且在英国的学校上学读书。每年的圣诞节和暑假期间，全家人都要回挪威去看望孩子的姥姥。在孩子七岁那年，一场车祸让孩子失去父母，成了孤儿，从此与姥姥生活在一起。根据双亲的遗嘱，姥姥将带着男孩在英国接受教育，因为孩子出生在英国，一直在那里上学。就这样，男孩和姥姥依依不舍地告别了挪威，就此在英国生活，相依为命。但不管怎样，孩子和姥姥时刻想念着挪威，在经历了一系列与女巫相遇后的惊心动魄的冲突之后，被女巫大王变成小老鼠的男孩与姥姥最终又回到了挪威，要在那里继续完成消灭剩余女巫的特别行动。此外，达尔在德比郡的一所公学读书期间，一家生产巧克力的厂商"吉百利"食品公司（Cadbury）会不时地把一些巧克力新产品寄到学校让学生品尝一下，以测试它们的味道。这为达尔日后创作《查理与巧克力工厂》提供了题材，当然更重要的是激发了他的创作灵感。

在德比郡的莱普顿公学完成学业后，达尔没有继续接受高等教育。1934年7月，他进入伦敦的壳牌石油公司（Shell Petroleum），成为它的一名员工。这家公司在全球都有分支机构。在伦敦公司接受培训之后，达尔作为公司的雇员被派往位于非洲坦桑尼亚的达累斯萨拉姆任职。第二次世界大战爆发后，达尔于1939年11月加入了英国皇家空军，接受战斗机飞行训练。之后他成为一个空军少尉，被分派到皇家空军第80中队，驾驶一种老式的战机执行任务。1940年9月的一天，达尔在执行一项任务的途中遭遇飞机坠毁事故而受伤并且失去知觉。达尔在获救后被送往急救站救治，随后又被送到亚历山大港的皇家海军医院接受治疗。1941年2月，在住院治疗5个月后，达尔离开了医院，重新加入了飞行员的行列。在完成了多次飞行战斗任务之后，达尔因上次飞机坠落时受伤而遗留的头痛症再次发作，每当飞机急速转向或变速时，他就会产生短暂失明或昏眩的症状。在无法执行任务的情况下，达尔作为伤员回到英国，结束了他在英国皇家空军的服役生涯。1942年，达尔被任命为英国驻美国大使馆的空军副武官，前往华盛顿任职。在此期间，作家C.S. 福雷斯特（C.S. Forester）来到大使馆与达尔面谈，希望达尔将他的飞机失事的经历写下来，再由他进行润饰，然后发表。然而在看过达尔写出的故事后，福雷斯特认为没有任何必要进行润饰了，随即将其发表在1942年8月1日出版的《星期六晚邮报》（Saturday Evening Post）上。这样达尔发表的第一篇作品就是描述自己执行飞行任务时遭遇坠毁事件的《在利比亚中弹坠机》（Shot Down Over Libya），只不过他坠机的原因并非被敌人炮火击中，而且他最初的标题是具有嘲讽意味的《一帆风顺》（A Piece of Cake）。战后，达尔在美国《纽约人》杂志上发表了不少独具特色的短篇小说，受到评论家的好评。他的侦探小说曾三次获得"爱伦·坡奖"。结婚成家后，达尔成为四个孩子的爸爸，每天晚上在孩子们入睡前给他们讲故事的过程又成为他涉足儿童文学创作的开端。达尔的重要童话小说包括《小詹姆与大仙桃》（James and the Giant Peach, 1964）、《查理和巧克力工厂》（Charlie and the Chocolate Factory, 1966）、《魔法手指》（The Magic Finger, 1970）、《了不起的狐狸爸爸》（Fantastic Mr Fox, 1973）、《查理和大玻璃升降机》（Charlie and the Great Glass Elevator, 1975, 《查理与巧克力工厂》的续集）、《蠢特夫妇》（The Twits, 1981）、《小乔治的神奇魔药》（George's Marvelous Medicine, 1982）、《好心眼的巨人》（The BFG,

1983)、《女巫》(The Witches, 1985)、《长颈鹿、小鹈儿和我》(The Giraffe and the Pelly and Me, 1988)、《玛蒂尔达》(Matilda, 1989)。1990年11月23日,为儿童和青少年笔耕了几十年的罗尔德·达尔在家中因病去世,永远停止了写作,享年74岁,被安葬于所属教区的墓地。为了纪念这位杰出的儿童幻想文学作家,人们在白金汉郡的博物馆内设立了罗尔德·达尔儿童画廊。2002年,在威尔士首府加迪夫,人们将一个街区的地名改为"罗尔德·达尔广场"(Roald Dahl Plass)。

第二节　达尔的主要童话小说述评

从总体上看,达尔在儿童幻想小说创作中奉行的是一种"恐怖美学",他的童话小说是一种极度张扬的"狂欢化"的童话叙事。换言之,作者在当代英国社会背景下把传统童话中小人物和弱者反抗强者的冲突推进到极度夸张的程度。

《小詹姆与大仙桃》讲述的是"灰姑娘"式的小男孩詹姆斯如何通过神奇的方式而改变了自己凄惨的命运。小詹姆斯在四岁时成了孤儿。谁知"屋漏偏逢连夜雨",不幸的小男孩落入了两个可恶的姨妈的手中,饱受折磨,度日如年。这两个姨妈一个叫"肥面团"姨妈,一个叫"大头钉"姨妈,她们就像传统童话故事里的恶毒后妈,把小詹姆斯当作奴仆使唤,动辄打骂,还不让他吃饱饭。每天清晨,当其他人还在睡梦之中,可怜的小詹姆斯就已经在姨妈们的叫骂声中开始一整天的劳动了:除草、提水、擦拭汽车、清洗衣物、油漆围栏、打扫灰尘、捡垃圾、劈柴火……最可恨的是,身体单薄的小男孩承担如此繁重的劳动,不但得不到片刻休息,还要忍受饿肚子的痛苦。有一天,受尽坏姨妈压迫的小男孩在劳动时与一个神秘的糟老头不期而遇,老人鼓励小詹姆斯去追寻自己的梦想并送给他一件具有魔力的礼物。怀抱着神秘老人给他的神奇礼物,小男孩赶紧往回走,不想在路上听见了两个姨妈的疯狂叫骂;惊慌之中,小男孩不小心摔倒在山坡上的桃树下面,那装在魔法口袋里的东西随即散落在地上,钻进泥土之中。本以为希望就此破灭,但奇迹却出现了:原本已干枯的桃树枝上居然长出一只大桃,而且越长越大,不一会便从树上坠落在地上。这可不是一个普通的桃子,而是一个又圆又大,像小山一般的大仙桃。于是小詹姆爬进了这个巨大的桃子,在里面见到一群被魔法变大的昆虫朋友,好像事先有约定似的，他们正等着他的到来呢。这些昆虫分别是蜈蚣、蚯蚓、炸蜢、萤火虫、蜘蛛姑娘、瓢虫、蚕儿。在这个仙桃童话世界，他们个个能说会道，能歌善舞，而且性情各异——如蜈蚣活泼好动，有些自大。经过这番惊险、曲折而充满童趣的飞行历险，小詹姆斯和他的昆虫朋友们终于抵达了纽约，并在那里开始了新的生活。

《魔法手指》以第一人称自述的形式讲述一个八岁小女孩如何用特异功能惩罚为取乐而肆意射杀动物的革利鸽夫妇一家。革利鸽夫妇的农场与小女孩家的农场是相邻的，小女孩看到，在每个星期六的早晨，革利鸽先生和他的两个孩子菲利普和威廉都会带着枪到树林里去射杀动物和小鸟，这让小女孩感到怒不可遏。这个小女孩的身体具有一种特异功能，每当她愤怒到极点时，她就会感到浑身发热，特异功能被激发出来，这时她的手指就像带电似的充满能量，变成"魔法手指"，并且可以施加于让她感到愤怒的人。她曾经在教室里施展魔指，让轻蔑和辱骂自己学生、态度恶劣的老师温特夫人长出胡子和尾巴，大出洋相。此时当她看到革利鸽先生和他的两个孩子从树林里走出来，扛着一只被射杀的幼鹿，不由得怒上心头，情不自禁地对他们施展了魔法手指！第二天早晨，革利鸽先生和他的两个孩子又跑到湖边去射杀野鸭子取乐，到晚上他们回家时，有四只野鸭子紧随其后，而且无论怎样也无法用枪把它们打中。一夜醒来，革利鸽先生一家四口全都长出了翅膀，变成了野鸭子。那四只跟随而来的野鸭子则与他们交换了位置，住进家中，成为这个农场的主人。在经历了风餐露宿，筑巢搭窝，风雨飘摇，辛苦觅食，担惊受怕的生活之后——尤其是当四只野鸭子举着枪朝他们瞄准，准备将他们射杀下来——革利鸽先生一家四口终于大彻大悟，洗心革面，从此再也不射杀动物和飞禽了。

《了不起的狐狸爸爸》讲述狐狸先生为了自己一家六口的生计，以及后来为了维护一家人的生命安全而与三个贪婪凶残的农场主进行斗智斗勇之殊死较量的故事。一开始，狐狸先生为了养家糊口，每晚从三个既非常富有，又非常吝啬的农场主的领地里偷走一两只家禽。三个农场主气急败坏，决定在狐狸一家居住地的附近埋伏，将跑出洞穴的狐狸击毙。那天晚上，狐狸先生刚从洞穴中跑出来，埋伏在外的农场主便迫不及待地朝他开枪射击。被打中尾巴的狐狸先生迅疾逃回洞穴之中。三个农场主没有善罢甘休，他们让人拿来铁锹等工具，朝着狐狸一家居住的洞穴深处挖去，发誓一定要把狐狸一家斩草除根。在危急之中，狐狸爸爸和狐狸妈妈带着四个狐狸宝宝奋力向纵深挖掘，沿着挖出的通道往更深处逃去。此番没有得逞的农场主想出了更毒的主意，他们调来了两台大型挖掘机，用机械铲排山倒海似地挖掘起来，大地在震动，整座山坡都在颤抖，狐狸一家用自己的爪子与挖掘机的机械铲之间展开了一场殊死的比赛，他们危在旦夕，但他们没有放弃，而是拼命地挖土逃离。到天黑时，挖掘机停了下来，三个农场主发誓不达到目的绝不收兵。他们让人把帐篷、睡袋和晚饭送过来，他们要拿着枪时刻守在洞口。同时，农场主还派遣了手下的一百多个佣人带着枪和手电筒将整座山围起来，防止狐狸一家逃脱。被困在地洞深处的狐狸一家忍饥挨饿，坚持了三天，直到狐狸爸爸想出了一个主意。他带着四个小狐狸鼓起最后的劲头朝着农场主博吉斯的鸡舍方向掘进，终于成功地进入其中，在那里抓走了几只肥母鸡。接下来，他们又分别掘进到另外两个农场主的鸭舍和地下库房里，拿到了他们需要的大肥鸭和苹果酒等物。于是他们邀请在途中遇到的獾和其他受到骚扰的穴居动物们，到狐狸太太准备就绪的宴会上大饱口福。就在已成功脱离饥饿绝境的狐狸一家及其他动物朋友们在地下深处举行盛大宴会之际（狐狸先生还提议建造一个地下小村庄，让狗獾、鼹鼠、鼬鼠、兔子和狐狸都拥有自己的房子，至于每天的生活必需品，他们自然可以随时到三个农场主的领地里去领取），那三个农场主还冒着瓢泼大雨中苦苦地守候在地面洞穴的入口处，并且发誓要永远坚守下去。

《小乔治的神奇魔药》讲述八岁的小男孩乔治与性情古怪、刁钻自私的姥姥之间的碰撞和较量。乔治一家住在一个农场里。爸爸妈妈都很忙，他没有兄弟姐妹，附近也没有小朋友同自己一起玩耍，只得成天与自私自利、脾气糟糕的姥姥待在一起，这让他感到非常烦心。这老太婆整天不是抱怨这就是抱怨那，总是怨天怨地，大发脾气。而且无论小乔治怎样尽心尽力地伺候她，她也不改恶劣的态度，始终恶语相加。不仅让他去吃毛毛虫和鼻涕虫等最令他恶心的东西，而且用最阴森恐怖的言语来恐吓他。忍无可忍的小男孩决定进行反击，他要给每天定时喝药的姥姥配制一种"魔药"，其用料包括臭虫、跳蚤、蜗牛、蜥蜴、大黄蜂的毒刺，等等，再添加上百种其他能找到的任何臭气冲天的东西，把它们放在大锅里煮成杂烩。在熬制"魔药"的过程中，小乔治把浴室里的各种用品，以及屋里药品柜里给家禽家畜服用的各种药剂药片等统统倒进锅里！"魔药"熬好了，小乔治又跑到爸爸的工具棚里，将各种油漆倒进大锅里，使"魔药"的颜色变成了"可爱的奶油似的棕色"。接着，小乔治将"魔药"灌进了姥姥的药瓶里。在吞下了一汤勺"魔药"之后，被称为"老妖婆"的姥姥的身体发生了巨变，随即越长越高，一直穿透了房顶！小乔治的爸爸回家后打电话叫来了起重机公司的起重机才把姥姥从房顶上吊出来。接下来，在小乔治爸爸的要求下，他们又用大锅相继配制了"灵药二号""灵药三号"和"灵药四号"。这时姥姥走过来，看见小乔治手里拿着一杯棕色液体，以为那是他要喝的早茶，便不由分说地从乔治手里抢过来，自己喝了下去。奇迹又出现了，身体超高的姥姥越变越小，最后竟然消失不见了。

《好心眼的巨人》（The BFG）采用传统童话题材讲述了发生在当代英国的为民除害的故事。故事的主人公是小女孩苏菲（这也是作者外孙女的名字）。由于在夜里无法入睡（经历了所谓"魔法一小时"之后），小女孩无意间看到街上有一个巨人正在把什么东西吹进那些卧室的窗户；这时巨人也发现了小女孩，于是一把将她抓住，迈开大步把她带到了自己居住的地方。幸运的是，这是一个善良的巨人，而且是当地唯一的一个好心眼的巨人——他不像别的食人巨魔一样，像吃豆子一样吞吃人类。这个善良巨人能够捕捉飘浮在空中的来自梦乡的美梦，把它们收集起来，装在瓶里，然后用一根管子把它们吹到孩子们的卧室里，使他们甜蜜入睡。善良巨人与小女孩苏菲成为了朋友（由于巨人没有语法知识，在说话时总是词不达意，小女孩就成了他的老师）。为了制止其他巨人继续残害人类，尤其是制止他们吞吃儿童的罪恶行径，索菲和善良巨人共同商定了行动计划：通过梦境让英国女王了解邪恶巨人犯下的滔天罪行，促使女王采取行动。两人连夜赶往白金汉宫，要把压缩成梦境的坏巨人的所作所为吹进女王的卧室，吹进她的梦乡。按照计划，善良巨人把苏菲放在女王卧室的窗台上，然后躲进王宫的花园里面——在巨人编制的梦中，苏菲就坐在那窗台上。女王梦醒之后果然看到了苏菲，不由得连声称奇。苏菲告诉女王，她梦见的一切都是千真万确的事实。于是女王当即按苏菲的提议召见了善良巨人，了解了本地区面临的严重情况。随后女王马上召集陆军首脑和空军首脑开会，向他俩下达了捕捉坏巨人的行动命令。一大批大型直升机在善良巨人的引导下赶到了邪恶巨人们歇息的地方。士兵们趁巨人们正在酣睡，用粗缆绳把他们捆住挂在直升机下面，分别把每个高达五十英尺的巨人带回了伦敦，抛入事先用国内所有的挖土机挖掘出来的一个让巨人无法逃脱的巨大的深坑。巨人们被松了绑，从此就靠着吃又苦又涩的"大鼻子瓜"过活，再也不能吞吃"人豆子"了。事后，女王下令在王宫附近的温莎公园修建了一座巨宅，供善良巨人居住，同时在巨宅旁边建造了一座漂亮的小房子让苏菲居住。考虑到这个善良巨人的特长，女王还封他为皇家吹梦大臣。

《玛蒂尔达》呈现的是一个神童小女孩与荒谬强势的成人世界的对立和冲突。主人公玛蒂尔达聪慧过人，一岁半就能说会道，掌握的词汇居然和大人不相上下。她三岁就可以无师自通地阅读家中的报纸杂志，四岁便开始在社区的公共图书馆里借阅各种文学名著，而且还能鉴别狄更斯作品与 C.S. 刘易斯及托尔金作品在表现风格方面的差异。此外，在数学计算方面玛蒂尔达也是天赋过人，能力超强。然而这个神童小女孩的父母却愚昧无知，庸俗势利，只在乎玛蒂尔达的哥哥，至于玛蒂尔达的奇异天赋他们丝毫也不关注；不仅对她漠不关心，还时常对她讽刺挖苦，甚至恶语相加，精神虐待。玛蒂尔达的父亲是个倒卖旧汽车的商人，不过他干的却是欺诈买主，非法牟利的勾当。玛蒂尔达指出爸爸赚的是肮脏的钱，爸爸却骂她是个"无知的小废物！"妈妈也大声训斥她，说她太不要脸，要她闭上臭嘴，以便大家"安安静静地看电视"。在玛蒂尔达父母的世界里，读书学习是无聊下作之事，他们只知道在外面骗人，玩宾戈游戏，或者在家里看电视，其他的一概不闻不问。爸爸不但不给渴求阅读的女儿买书，还把她借的图书撕碎扔掉。对于父母的轻慢和侮辱，怒火中烧的玛蒂尔达不动声色地通过聪明才智进行了几次成功的反击。五岁半上小学后，玛蒂尔达遭遇了粗暴狠毒的校长特朗奇布尔小姐，她虽是一个未婚中年女士，却是学校里的可怕"暴君"和"专制魔王"。所有的学生都受到她的肆意欺凌和虐待。不过，玛蒂尔达那个班级的任课老师亨尼小姐却是阴霾中的一缕阳光，她的善良可爱让玛蒂尔达和同学们感到了奇妙的温暖之情。聪慧早熟的玛蒂尔达凭借超凡的智力赢得了亨尼小姐由衷的赞赏，两人成为相互沟通理解的忘年交。听了亨尼小姐对自己身世的讲述，玛蒂尔明白了发生在亨尼小姐家中的变故：校长特朗奇布尔小姐是亨尼小姐的姨妈，应当是她害死了亨尼小姐的父亲，藏匿了他的遗嘱，继而霸占了亨尼小姐父亲的房子和其他遗产。随后玛蒂尔达决定通过自己从意念中产生的特异功能来挑战暴君校长，替亨尼小姐夺回原本属于她的房子和其他遗产。她假扮亨尼小姐已故父亲的鬼魂，通过目光施展意念功能，在远处遥控一截粉笔，以亨尼小姐父亲的口气在教室的黑板上向特朗奇布尔发出警告："阿加莎，我是马格纳斯，我是马格纳斯！我是马格纳斯，你还是相信吧。阿加莎，把我的珍妮的房子还给她。把我的房子还给她，然后你离开这里，如果你不听，我一定要来杀死你，就像你当时杀死我一样。我时刻都盯着你，阿加莎！"惊恐万分的特朗奇布尔小姐猛然瘫倒在地上，浑身发凉，不省人事。后来，暴君校长悄然消失了。亨尼小姐拿回了属于自己的房子。玛蒂尔达的父亲由于欺诈行为暴露，急忙打点行装，要赶在警察上门之前带着家中财物前往机场，从而逃到外国去。就在他们慌慌张张地往汽车上装载行李物品时，不愿意跟着父母出逃的玛蒂尔达恳请亨尼小姐做她的监护人。一直把她看作累赘的父母毫不犹豫地同意了玛蒂尔达的请求。

《女巫》讲述的是小男孩与女巫大王之间的冲突和对决。和达尔的许多故事里发生的情形一样，小男孩的父母突然亡故，他只能与姥姥住在一起，相依为命。作为铺垫，作者首先通过姥姥之口揭示了潜伏在社会中的女巫们的可恶和可怕。接着，女巫果真出现了，不过有惊无险地让小男孩在树上见识了看似普通寻常，实际阴险毒辣的女巫。本来，失去双亲的小男孩准备与姥姥一起返回老家挪威去过暑假，但姥姥不久前得了肺炎，医生告诫她不能远行，于是小男孩与姥姥便转而到英国著名的海滨城市伯恩茅斯去度假，住进一家当地旅馆。此时，世界女巫大王和所有英国各地的女巫也来到这里参加一年一度的秘密年会。这位女巫大王的计划是将全英国的儿童一网打尽，尽数消灭——不过这毫无人性的女巫大王不是采用通常的方式达到目的，而是通过慢性变鼠魔药将全英国的孩子们变成一只只小老鼠。具有讽刺意味的是，女巫大王和一大群来自英国各地的女巫们居然以"防止虐待儿童皇家协会"的名义入住了这家宾馆。在这家宾馆里，小男孩无意间闯入了女巫们在旅馆里预定的会议厅，结果使他躲在大厅深处的屏风后面目睹了女巫们召开的秘密年会的整个过程。他看到了女巫们脱掉面具后的丑陋真容，也目睹了女巫大王的凶狠恶毒（她用魔法烧化了一个敢跟她顶嘴的女巫，接着恶狠狠地向在场的英国女巫们发布了消灭所有英国儿童的命令，还把一个名叫布鲁诺的非常贪吃的小男孩当场变成了老鼠）。就在女巫大会即将结束之际，一个女巫嗅出了小男孩的气味，然后所有在场的女巫疯狂地扑上前来，抓住了主人公！通过强行给他灌下500剂量的"慢性变鼠药"，打破了他的闹钟规律，女巫大王将他变成一只小老鼠。当然，这种变形对于任何人都是极度可怕的，在经过一阵痛彻心骨的剧痛之后，小男孩发现自己身体变小了，全身长满了老鼠毛，"鼻子离地面只有一英寸，一双毛茸茸的小前爪放在地板上"。然而这一变形也给他带来了前所未有的特殊优势：可以让他像闪电一般飞奔而去，速度惊人！这迅疾的躲闪速度也使他逃脱了女巫们的追捕。而且，他不仅保持着人类的心智，而且还可以像往常一样开口说话，这也让他感到非常快活。此外，变成老鼠的小男孩从老鼠的视角看问题，发现老鼠的生活原来比他过去的生活还要更好一些："小孩要上学，老鼠不用上学。老鼠不用通过考试，不用担心钱的问题……等到老鼠长大了，它们不用去打仗，不用去打别的老鼠……老鼠之间彼此相爱，人却不是这样"。[①] 最重要的是，变成小老鼠的小男孩在姥姥的帮助下，可以通过人的智力和计谋去制服女巫大王和她率领的女巫团伙，出奇制胜，拯救全英国的儿童，拯救世界！他决定以其人之道，反制其人之身：利用女巫大王自己炮制的"变鼠药"把女巫们变成老鼠，让她们自食恶果。当然，被变成老鼠之后发生的事情充满了童话趣味。小男孩布鲁诺被变成一只小老鼠后仍然保持着极度贪吃的嗜好，一有机会就大吃特吃。而懂事体贴的主人公作为一个"老鼠人"为进行正义的事业干起了"小偷的行当"：他潜入女巫大王的房间，偷走了一瓶"变鼠药，"而且这一行动也充满了游戏的趣味：姥姥将他从楼上房间的阳台"空降"到女巫大王所住房间的阳台上，潜入室内，利用老鼠的自身优势发现了女巫大王藏药瓶的地方。然后再利用老鼠的利齿咬破其藏药瓶的床垫布，从床垫里面拖出一瓶"86号配方慢性变鼠药，"它的含量是五百剂，足以让所有汇聚在此地的女巫统统变成老鼠。接下来，"老鼠人"按照事先制定的计划潜入这家旅馆的餐厅厨房，再通过老鼠尾巴的"倒挂金钩"功能完成了惊险的"空中飞人"动作，荡到厨房边角靠近天花板的一个长架子上，在那里往女巫们即将享用的菜汤锅里倾倒了一满瓶的"变鼠药"。结果可想而知，包括女巫大王在内的所有女巫都变成了小棕鼠，四散而去，再也无法祸害儿童了。已无法恢复原身的小男孩和姥姥一起返回了挪威，准备潜入位于挪威一座城堡中的新女巫大王的秘密总部，用变鼠药把所有的女巫变成老鼠，然后再把猫群放进城堡，把变成老鼠的女巫全部吃掉。

---

① 罗尔德·达尔：《女巫》，任溶溶译，明天出版社2009年版，第125页。

第三节 童年的激进反抗：狂欢化童话叙事

从以上故事概述中，我们可以发现在达尔创作的主要童话小说中，儿童与成人世界的对立和冲突构成了故事发展的重要动因。在特定意义上，达尔的狂欢化童话叙事是对于"童年的反抗"这一主题的重要拓展。在传统童话向现当代童话小说演进的过程中，刘易斯·卡罗尔的"爱丽丝"故事标志着一个里程碑的出现；而从维多利亚时代的小女孩爱丽丝到当代英国的神童小女孩玛蒂尔达，小人物反抗命运以及弱者战胜强者的童话主题获得了新的阐释和发展。

传统童话叙事的重要特征之一是讲述小人物反抗强者，反抗强大敌对势力并最终取得成功，改变命运的故事。这样的故事表达了明显的童话观念：向善的小人物拥有巨大的潜能，能够创造出平常情形下难以想象的奇迹。在传统童话中，主人公一般为弱小者，通常都受到蔑视，被叫作"小傻瓜""小呆子""灰姑娘"等，处于社会或家庭生活中的弱者地位。他们之所以战胜强大的对手，首先靠的是善良本性。他们纯真善良，任劳任怨，不受世俗偏见、权势或者所谓理性实用主义的摆布而失去自我本性。他们尊重与善待大自然中的一切生命和事物，尤其是善待老者、弱者和各种弱小动物；这是童话主人公战胜强敌的必需的本质条件。其次，童话"小人物"通常需要通过两种方式来实现其反抗和打败强大压迫者的潜能：一是需要得到"魔法"的帮助。二是用计谋战胜强敌。在英国童话《巨人克星杰克》中，主人公杰克是一个农夫的儿子。他年龄虽小，但既勇敢又聪明，通过计谋以及利用宝物除掉了许多危害民众的凶恶巨人。杰克杀死的第一个强敌是居住在洞穴中身高18英尺，且作恶多端的巨人。他在巨人居住的洞穴附近挖了一个长宽达22英尺，深度达22英尺的大坑，上面盖上树枝和泥土，然后引诱巨人落入陷阱，将其杀死，为百姓除了一害。后来，他又用计谋从一个长着三个脑袋的巨人那里骗得了四件神奇宝物（隐身衣、智慧帽、神行鞋和无敌剑）。只要披上隐身衣，敌人就看不见他的身影，而他却可以自由行动；戴上智慧帽，他就能够知晓所有他需要知道的事情；穿上神行鞋，他疾走如飞，来去自如；而那把锋利无比的无敌剑使他如虎添翼，所向披靡。于是聪明勇敢的杰克充分利用这四件宝物战胜了所有那些盘踞在魔法城堡中的巨人。

刘易斯·卡罗尔创作的两部"爱丽丝"小说用幻想文学的笔触书写童年，通过小女孩爱丽丝在奇境世界和镜中世界的经历革命性地拓展了"童年的反抗"这一主题。"爱丽丝"故事不仅是对维多利亚时期崇尚理性原则的说教性儿童图书创作倾向的彻底颠覆，而且是对欧洲经典童话叙事传统的超越。作者将维多利亚时代的一个小女孩作为自己小说的主人公，这首先就具有革命性的时代意义。一方面，这个维多利亚时代的小学生具有常识和理性的视野；另一方面她又是一个保持着天真童心，且不乏主见，具有批判精神的反抗者，所以她敢于质疑地下世界和镜中世界的荒诞逻辑和规则，敢于顶撞那个专断暴虐，动辄下令"砍掉"别人脑袋的王后。爱丽丝进入一个无法理解的荒谬世界后感到非常震惊和困惑，但她没有退缩，而是夺路前行，执意要抵达那个难以企及的美丽花园。爱丽丝对一路上的所见所闻进行了判断和反思，也表达了她的愤慨——这种愤慨就是象征意义上的对于成年人让她遵从的教训和常规的挑战。通过小女孩爱丽丝的视野，作者还戏仿了维多利亚时代的刻板的社会生活逻辑（死记硬背式的教育模式、茶会、宴会、槌球赛、国际象棋赛，等等），以荒诞艺术的"归谬法"反讽和颠覆成人世界的荒谬理性。此外，作者还通过"爱丽丝"小说的梦幻（噩梦）境遇或具有后现代主义特征的错位来颠覆维多利亚时代人们对于理性、道德或者现实秩序的自信，以及对于叙述、时间，或者语言等方面的自信。在地下奇境和镜中世界里，爱丽丝整合自我和寻求安全感的经历也是她与强势而荒谬的成人世界发生激烈碰撞的过程。通过爱丽丝的质疑，作者象征地表达了激进的思想观念，并且以幻想文学的方式对英国的政治和社会话题，包括党派活动，司法制度，审判程序以及教育问题等进行了激进的审视。凭借常识和批判精神，在象征的意义上，爱丽丝敢于运用理性逻辑来驳斥荒谬的国王，并挺身反抗专断暴虐的王后，以及在众声喧哗的宴会上怒掀餐桌台布，以制止"害群之马"的狂闹，表明小女孩质疑和颠覆的是所有装腔作势的权威和荒诞无理的逻辑，表达的是作者对儿童权利的捍卫和对成人威权的反抗。

与卡罗尔的颠覆性"爱丽丝"小说相比，达尔的当代童话叙事呈现的是狂欢化的"童年的反抗"，具有更加激进，更加生活化和更贴近社会现实的特征。达尔童话小说的背景几乎都设置在当代英国社会，无论是人物还是故事情节，无论在乡村、农场还是在家庭、学校，作者呈现的都是现实主义的生活环境和社会环境；无论是主人公的生存困境，还是坏心眼的成人对儿童的压制和迫害，等等，都具有非常写实的特点。就此而言，达尔基本上承袭了狄更斯式的"苦难童年叙事"的文学写实传统。不同的是，作者在写实性的背景下采用了童话幻想艺术进行讲述，即通过写实主义的手法描写少年儿童与成人世界的异乎寻常的对立和冲突。或换言之，达尔将狄更斯的"苦难童年"的写实传统与卡罗尔的"奇思异想"的幻想因素融合起来，用极度夸张的方式叙述现实世界中的"童年的反抗与狂欢"。首先，在达尔的童话叙事中，众多成人形象都是扭曲夸张的，大多成为被讽刺和抨击的负面形象。如在《小詹姆与大仙桃》中，那两个压榨和迫害幼小孤儿詹姆斯的可恶的"肥面团"姨妈和"大头钉"姨妈，一胖一瘦，但都可恶可憎，既自私，又懒惰，而且性情残暴，对小詹姆斯非打即骂。在《小乔治的神奇魔药》中，那个自私自利、阴险恶毒的姥姥不仅性情阴阳怪气，而且总是挖空心思地折磨小男孩乔治。在《玛蒂尔达》中，小女孩的父母不仅愚昧无知，庸俗势利，而且卑鄙无耻，唯利是图，公然以欺诈性的手段非法牟利；而那位小学校长特朗奇布尔小姐对学生滥施暴力，非打即骂，邪恶凶残到了无以复加的地步。而她本人对于儿童的仇恨更是难以克制，动辄用最恶毒的语言咒骂学生，什么"丑痈、小脓包、毒脓包、黑手党、恶棍、海盗、土匪、毒蛇"，等等，无所不用其极。她还恶狠狠地宣称："我一直弄不明白，小孩子为什么这样讨厌。他们是我生活中的祸害。他们像虫子，越早消灭越好。"①《蠢特夫妇》中的蠢特夫妇不仅相貌丑陋，肮脏邋遢，而且性情卑劣，寡廉鲜耻，甚至夫妻之间也包藏祸心，尔虞我诈。更可恶的是，蠢特夫妇活在世上的唯一乐事就是捉弄他人，幸灾乐祸，结果却因作恶多端，反遭报复。在《魔法手指》中，那位担任教师的温特夫人不讲斯文，异常乖戾，对小女孩动辄大骂："愚蠢的小姑娘！"而当小女孩答对了问题时，则破口怒骂，或者干脆罚站："站在墙角那里！"在《了不起的狐狸爸爸》中，那三个农场主博吉斯、邦斯和比恩虽然极为富有，但却最为吝啬，而且极度凶残。在《女巫》中，女巫大王成为痛恨儿童的最典型的代表，她居然要在一年一度召开的各国的女巫大会上，布置消灭该国所有儿童的行动。在书中描述的英国女巫大会上，儿童被辱骂为臭气扑鼻的"狗屎"，而女巫大王宣布要用"慢性变鼠药"把全英国的儿童都变成老鼠，因为

---

① 罗尔德·达尔：《玛蒂尔达》，任溶溶译，明天出版社2009年版，第176页。

这样会使他们更加遭罪,对于女巫也显得更加刺激。如此描写足以把以女巫为代表的恶势力与儿童之间的对立和冲突推向狂欢化的顶点。

正是由于作者呈现了如此强大的成人世界的邪恶力量,童年的反抗与狂欢才愈发具有戏剧性和张力感了。在达尔的童话世界里,童年的反抗和狂欢是通过具有鲜明时代特征的方式进行的。在传统童话故事中,作为弱者的主人公往往通过魔法战胜强敌,改变命运;在达尔的童年的反抗故事中,传统魔法因素通过诸如人体特异功能和化学药剂等手段得到新的拓展。这些现代化的魔法因素使达尔作品中的儿童主人公拥有了现代化的反抗条件:主人公(小女孩玛蒂尔达)在义愤填膺之际由意念引发的人体特异功能,以及主人公(小男孩乔治)在决心奋起还击时即兴配制的具有神奇效果的"化学药剂"。如果说《小詹姆与大仙桃》和《查理和巧克力工厂》等作品还带有较浓厚的通过传统魔法与奇异经历等来摆脱困境的因素;如果说《了不起的狐狸爸爸》等通过作为主人公的狐狸先生运用智谋而战胜贪婪凶残的农场主;那么在《魔法手指》和《玛蒂尔达》中,作为主人公的小女孩都是通过人体特异功能而出奇制胜,从而得以完成与邪恶成人较量和对决之使命。而在《小乔治的神奇魔药》和《女巫》中,化学药剂的神奇功能成为当代社会的新魔法。虽然女巫大王用特别配制的药剂将小男孩变成了小老鼠,但小男孩以其人之道还治其人之身,同样用药剂把女巫大王和其他女巫们变成了老鼠,从而粉碎了邪恶女巫大王策划实施的惊天大阴谋。

罗尔德·达尔童话小说的现代性还体现在创造性地运用"天才少年"("神童")这一题材进行创作。这一特点最典型地体现在《玛蒂尔达》一书中。作为一个早熟的天才小女孩,玛蒂尔达不仅智商超群,而且情商也极高(善解人意,极富同情心)。首先,她的阅读能力和计算能力是常人难以比拟的:她一岁半就能说会道,三岁就可以无师自通地阅读家中的报纸杂志,四岁便开始在社区的公共图书馆借阅各种文学名著,结果尚未跨入小学的校门就已经阅读了大量的文学名著,而且还有自己的见解。此外,小女孩玛蒂尔达在数学计算方面也堪称天才,令人惊叹。对于这样一个富有正义感的神童,玛蒂尔达在面对暴虐凶悍的女校长的恶行时通过意念产生人体特异功能,从而进行绝地反击应当是顺理成章,不足为怪的。达尔笔下的现代化因素以及玛蒂尔达这样的天才女孩令人联想到当代英国女作家琼·艾肯的创作。在艾肯那些细节生动,想象奇特的童话故事里,传统魔法往往与当代科技并行不悖（邪恶的女巫也知道如何使用计算机），给发生的事件带来了独特的惊奇和会心的幽默效果。在艾肯的《无所不知的乳臭小丫头》中，一个八岁的小女孩用她拥有的不可思议的百科全书般的知识，在英国广播公司举行的辩论会上让一群自命不凡的专家学者屈居下风。随后这小女孩又让一大批来自全球的国际组织的专家们甘拜下风。这个故事与《玛蒂尔达》有异曲同工之处。

第二十四章

探寻"变化莫测"的世界:
彼得·迪金森的童话小说创作

彼得·迪金森(Peter Dickinson,1927 –)是当代英国著名神秘小说和儿童幻想小说作家。其代表作有"变化三部曲"(*Changes Trilogy*, 1968—1970)、《转世者》(*Tulku*, 1979)、《金色城堡》(*City of Gold*, 1980)及《毒药神谕》(*The Poison Oracle*, 1974)等。

第一节 生平简述

彼得·迪金森于1927年出生于非洲中部津巴布韦(时为北罗德西亚殖民地)的利文斯顿。在那儿,小迪金森每天都能听得见维多利亚瀑布的响声。有时还会在学校的操场看到狒狒。天气炎热时,他们一家去外祖父那座非洲南部的休闲农庄度假。这种生活极大地激发了小迪金森的想象力。

彼得·迪金森的父亲全称为"可敬的理查德·塞巴斯蒂安·威洛比·彼得·迪金森"(Honorable Richard Sebastian Wil-

彼得·迪金森[①]
(Peter Dickinson, 1927 –)

[①] Cengage Learning, "Peter Malcolm Dickinson", in *Literature Resource Center*. Detroit: Gale, 2011, *Literature Resource Center*, Web. 7 July 2011.

loughby Dickinson），是在当地工作的英国官员，时为罗德西亚殖民政府的首席大臣助理。彼得·迪金森的母亲梅·骚塞·拉夫穆尔·迪金森（May Southey Lovemore Dickinson）是南非农场主的女儿。彼得·迪金森一家属于上层社会和绅士阶层。彼得·迪金森的祖父是著名的高等律师、国会成员、国际联盟的创始人之一，1930年受封为彼得·迪金森男爵一世（因此"可敬的"这一称号后来为彼得·迪金森的父亲继承，继而由彼得·迪金森和他两个弟弟继承；其大哥在外祖父去世后继承了其男爵封号）。这个家庭的大部分家庭成员或为律师，或为高级军官。

1935年，彼得·迪金森七岁时，父亲带着全家回到英国，以便让迪金森及其兄弟们在英国接受教育。在此之前，迪金森没有上过一节英语课，也没有人教他写作。然而，就在一家人抵达英国后不久，迪金森的父亲不幸去世。1936年至1941年，迪金森就读于圣·诺南（St. Ronan）预备学校。这段上学经历使他对学校教育制度的规定和条例，以及孩子们与老师们的相互影响有了切身体会。战争期间学校为躲避敌机对城市的轰炸而迁址于乡村地区等经历给他留下深刻印象。这些印象后来在其《后见之明》（*Hindsight*，1983）中得到书写。

1941年，彼得·迪金森赢得"国王奖学金"（King's Scholar）而进入伊顿公学（Eton College）。1946年，从伊顿公学毕业后，迪金森应征入伍，成为军中的一个区域信号员。1948年退役后，迪金森就读于剑桥大学国王学院。一开始学的是拉丁文，后来转而攻读英国文学。1951年，他获得了剑桥大学文学学士学位。毕业后，在友人的劝说下，迪金森前往伦敦著名的幽默杂志《笨拙》（*Punch*），去申请一个助理编辑职位。在赶往《笨拙》杂志办公室的路上，彼得·迪金森被一辆电车撞倒，好在有惊无险。尽管衣服上还粘着血污，他还是坚持参加了面试，并获得了这份工作。从1952年至1969年的17年间，迪金森担任《笨拙》杂志的助理编辑、驻刊诗人和评论家。

1968年，彼得·迪金森因发表罪案小说《肤浅》（*Skin Deep*）和儿童冒险故事《天气贩子》（*The Weathermonger*）而一举成名。在接下来的40多年中，他同时写作成人和儿童文学作品，使用过多个笔名，包括彼得·马尔科姆·德·布雷萨克·彼得·迪金森（Peter Malcolm de Brissac Dickinson）、彼得·马尔科姆·彼得·迪金森（Peter Malcolm Dickinson）和马尔科姆·德·布雷萨克（Malcolm de Brissac），等等。1953年4月20日，彼得·迪金森与艺术家玛丽·罗丝·巴纳德（Mary Rose Barnard），即海军中将杰弗里·巴纳德（Vice Admiral Sir Geoffrey Barnard）之女结婚，婚后定居伦敦。夫妻俩育有四个孩子。1988年，玛丽·罗丝·巴纳德去世。1992年1月3日，彼得·迪金森与美国著名女小说家罗宾·麦金利（Robin McKinley）再婚。2009年，狄金森82岁生日当天，女王授予他大英帝国勋章（OBE）。①

第二节　创作生涯

彼得·迪金森在《笨拙》杂志任职的17年中，有5年时间专门对犯罪小说进行评论。在阅读和评析了数以千计的犯罪小说后，彼得·迪金森开始构思和创作自己的作品。② 1968年，彼得·迪金森以成人神秘小说《肤浅》和儿童奇幻小说《天气贩子》而崭露头角，开始了漫长而辉煌的文学创作生涯。

1968年，彼得·迪金森出版的第一部犯罪小说《肤浅》③获得当年英国犯罪题材作家协会金匕首奖年度最佳神秘小说奖。这是彼得·迪金森最负盛名的、以侦探詹姆斯·威洛比·毕博（James Willoughby Pibble）为主人公的"詹姆斯·毕博"6部系列小说中的第1部。在小说中，毕博受命去调查生活在伦敦的新几内亚部落首领亚伦·库（Aaron Ku）被杀害一案。完成这部作品后不久，彼得·迪金森接管了他岳父的乡村大宅，驱车前去度周末并利用学校假期整理花园、修复房屋。正是在这样一种氛围中，"詹姆斯·毕博"系列的第二部《英雄们的骄傲》（*A Pride of Heroes*，1969）④出版，再度获得1969年度英国犯罪题材作家协会金匕首奖。此书的背景是一座18世纪的乡村大宅海因斯（Herryngs）。该住宅已被两个退休后的二战英雄改作饲养狮子的主题公园。毕博受命去调查这座住宅中

---

① T. R. Steiner. "Peter（Malcolm）Dickinson", in *British Mystery and Thriller Writers Since 1940*: *First Series*, Ed. Bernard Benstock and Thomas F. Staley, Detroit: Gale Research, 1989, Dictionary of Literary Biography Vol. 87. *Literature Resources from Gale*, Web. 13 June 2011.

② John Rowe Townsend, "Dickinson, Peter", in *Twentieth-Century Children's Writers* ed. D. L. Kirkpatrick. London: Macmillan, 1978, p. 371.

③ 美国版书名为《镜子旁的蚂蚁巢》（*The Glass-Sided Ants' Nest*）。

④ 美国版书名为《老式英国脱衣秀》（*The Old English Peep-Show*）。

一个看似自杀的仆人的案件。"詹姆斯·毕博"系列的第三部《印章》(The Seals, 1970)① 讲述毕博前往一个偏僻的苏格兰岛屿去质问他先父从前的雇员——一个患半老年痴呆症的诺贝尔奖获得者——发现他正试图把自己从疯狂的千禧信徒中解救出来。此后,彼得·迪金森又完成了后三部"詹姆斯·毕博"系列作品:《沉睡及其兄弟》(Sleep and his Brother, 1971)、《杯中的蜥蜴》(The Lizard in the Cup, 1972) 和《离死不远》(One Foot in the Grave, 1979)。

彼得·迪金森的其他成人小说还有《绿基因》(The Green Gene, 1973)、《毒药神谕》(1974)、《活跃的死者》(The Lively Dead, 1975)、《行尸走肉》(Walking Dead, 1977)、《二十岁的夏天》(A Summer in the Twenties, 1981)、《最后一场家庭舞会》(The Last House Party, 1982)、《后见之明》(1983)、《独角兽之死》(Death of a Unicorn, 1984)、《装死》(Play Dead, 1991)、《黄色房间里的阴谋》(The Yellow Room Conspiracy, 1992) 和《虽生犹死》(Some Deaths Before Dying, 1999) 等。此外,彼得·迪金森还著有另类历史小说《国王和小丑》(King and Joker, 1976) 和《备用大纲》(Skeleton - in - Waiting, 1989),以及悬疑小说《塔富加》(Tefuga, 1986) 和《完美的绞刑架》(Perfect Gallows, 1987)。

彼得·迪金森最突出的成就表现在儿童和青少年小说创作领域,尤其创造了众多生动而可信的青少年形象和经典的奇幻故事情节。他最具代表性的作品是包括《天气贩子》(1968)、《内心宁静》(Heartsease, 1969) 和《恶魔的孩子们》(The Devil's Children, 1970) 在内的"变化三部曲"(The Changes, 1970)。在这个系列之后,彼得·迪金森相继创作了诸如《爱玛·塔博的日记》(Emma Tupper's Diary, 1970, 曾获美国图书馆协会优秀图书奖)、《跳舞的熊》(The Dancing Bear, 1972)、《天才》(The Gift, 1973)、《蓝鹰》(The Blue Hawk, 1975, 获卫报奖)、《安雷顿·皮特》(Annerton Pit, 1977)、《转世者》(1979)、《第七只乌鸦》(The Seventh Raven, 1981, 获2001年火凤凰奖)、《治疗者》(Healer, 1983)、《伊娃》(Eva, 1988, 获2008年火凤凰奖)、《AK》(AK, 1990, 获惠特布莱德儿童奖)、《来自枯海的骨头》(A Bone from a Dry Sea, 1992)、《英

---

① 美国版书名为《有罪的石头》(The Sinful Stones)。

雄的阴影》(*Shadow of a Hero*, 1993)、《亲属》(*The Kin*, 1998)①、《一触即发》(*Touch and Go*, 1999)、《驯狮者的女儿》(*The Lion Tamer's Daughter*, 1999)、《缆索工》(*The Ropemaker*, 2001，获迈克尔·L. 普林兹文学奖银牌奖和卡内基儿童文学奖)、《天使艾尔》(*Angel Isle*, 2006)、《火蜥蜴的眼泪》(*The Tears of the Salamander*, 2003)、《礼物船》(*The Gift Boat*, 2004)②等众多优秀青少年儿童文学作品。

此外，彼得·迪金森还与众多插图家合作，为低幼儿童创作了大量童话绘本，比较重要的有：波斯风格童话《铁狮子》(*The Iron Lion*, 1973, illustrated by Marc Brown and Pauline Baynes)、关于现代巫师的搞笑奇幻《赫普泽柏》(*Hepzibah*, 1978, illustrated by Sue Porter)、孩子寻父主题的童话《冰巨人》(*Giant Cold*, 1984, illustrated by Alan Cober)、现代奇幻《空盒子》(*A Box of Nothing*, 1985)、《鼹鼠洞》(*Mole Hole*, 1987)、《时间与时钟老鼠及其他》(*Time and the Clock Mice, Etcetera*, 1993, illustrated by Jane Chichester Clark)和漫画短篇故事《恰克与丹尼尔》(*Chuck and Danielle*, 1996)，等等。这些绘本涉及从宇宙大爆炸理论到心灵感应术等丰富内容，尝试了诸多新型表达模式，如特殊图画书《鼹鼠洞》(*Mole Hole*, 1987) 的正中心有一个洞，但在每页起着不同的作用。

从总体上看，彼得·迪金森的作品堪称杂色多彩。他还著有文集《机会、幸运和命运》(*Chance, Luck and Destiny*, 1975，获波士顿环球时报/号角图书非虚构作品奖)、虚拟的科学论文《龙的飞行》(The Flight of Dragons, illustrated by Wayne Anderson, 1979, 1982 年被美国广播公司改编成动画电视电影)、重述《旧约》故事的《金色城堡》(1980, Illustrated by Michael Forman., 获卡内基儿童文学奖和德国天主教会奖) 以及关于亚瑟王主题的系列故事《梅林之梦》(*Merlin Dreams*, 1988, Illustrated by Alan Lee)。

自 2002 年开始，彼得·迪金森开始与夫人罗宾·麦金利共同创作他们的元素小说——关于水、土、气、火和时间。《水：元素精灵的故事》

---

① 《亲属》(*The Kin*, 1998)：伊恩·安德鲁 (Ian Andrew) 绘图，最初在英国是作为一部单独小说《亲属》(*The Kin*) 出版，后来才分为四个单行本《苏斯》(*Suth*)、《萝莉》(*Noli*)、《坡》(*Po*)、《马纳》(*Mana*)。而在美国出版时作为四部有所关联的小说单独出版。

② 美国版书名为《祖父的内心》(*Inside Grandad*)。

(*Water*: *Tales of the Elemental Spirits*, 2002)① 是此系列的第一部, 包括他们每人所写关于神秘的水生物、美人鱼、海蛇等的三个故事。第二部是《火:元素精灵的故事》(*Fire*: *Tales of the Elemental Spirits*, 2009)。第三部是他单独创作的《大地与空气:元素生物的故事》(*Earth and Air*: *Tales of Elemental Creatures*, 2012)。

2007年,彼得·迪金森80岁生日之际,他的4个孩子把他以前出版的及最近新诗编选为一部诗集《堰:彼得·狄金森诗集》(*The Weir*: *Poems by Peter Dickinson*, 2007) 出版,并作为生日礼物赠送给他。

第三节 作品整体论述

自1968年以来的40多年中,彼得·迪金森创作了50多部奇幻作品。彼得·迪金森一直是一个不断打破文类界限、兼写成人和儿童作品的双栖作家。特别是在童书创作中,他拒绝被贴上任何一种特殊文类的作家标签。正如他自己写到的那样,"我喜欢我的故事引人入胜,并尽可能不同于前一个故事"。因此,他的童书包括奇幻、历史小说、当代惊险小说、科幻小说和图画书。大卫·里斯(David Rees)的《彩色沙漠、绿色树荫》(*Painted Desert*, *Green Shade*, 1984) 在论及彼得·迪金森时指出:"他的每一部新书都总是以出乎意料和令人愉快的惊奇打动读者。"

英国著名且深具权威的儿童文学评论家约翰·罗·汤森在其《故事讲述者的声音:当代儿童作家新论及再论》一书中论及彼得·迪金森的创作时指出:"尽管它们各不相同,这些书有很多共同点:强有力的专业化故事讲述、急速的行动和冒险、持续不断的发明、对于观点的不断增生的兴趣以及对于事件如何被处理的理解。在所有这些背后,能瞥见的还有精力充沛的、预测性的思想以及对异国情调的倾斜。"② 而彼得·迪金森自己在写给约翰·罗·汤森的《故事讲述者的声音:当代儿童作家新论及再论》的笔记中也谈到,我有一种讲故事的能力,就像乡村鞋匠一样,所有的一切都服从于这一点。

---

① 美国版书名为《元素生物:水》(*Elementals*: *Water*)。

② John Rowe Townsend, *A Sounding of Storytellers*: *New and Revised Essays on Contemporary Writers for Children*, Lippincott (Philadelphia, PA), 1979, pp. 41-54.

1987年的作品《梅林之梦》展示了彼得·迪金森的语言和故事讲述天才。9个系列故事，均涉及某种特殊能力，呈现为昏睡中的巫师梅林的梦，此时的梅林已经临近生命终点。所有的故事都包括诸如骑士和少女等中世纪因素，梅林自己出现在他们中的一些人中间。尽管认为睡梦中的梅林这一插曲可能"让年轻的读者而感到困惑"，安·A. 弗劳尔斯还是指出，"所有的故事是辉煌的、读起来非常愉悦"。[1] 克里斯蒂娜·L. 奥尔森也指出，尽管此文集"在纯故事层面起作用"，作者的"语言对读者也很有感染力"。芭芭拉·谢纳德－史密斯解释说："这是引人入胜的小说语言，这是那些稀有快乐中的一种，一部很快能读出来下一步将发生什么，然后让人一遍又一遍回味的书。"[2]

此外，彼得·迪金森不希望他的小说仅仅是另一种关于谋杀的故事，于是运用他广博的知识——人类学、火车、语言、古董和历史——来为其写作增加深度。他对经典著作的广泛阅读及其渊博学识在许多作品中均有体现：从《肤浅》（1968）中的人类学事实到《英雄们的骄傲》（1969）的参考文献，再到他所塑造的一系列"来自索福克勒斯时代却以一种迷人的荒谬生存在米兰德时代的英雄"人物形象，以及他在《最后的家庭舞会》（*Last House – Party*, 1982）中对于"《唐璜》及希腊民族解放运动中圆滑、讽刺、成熟和天才的英雄拜伦"与"《恰尔德·哈罗尔德游记》中年轻、忧郁和装模作样的拜伦"所作的区分。混合了人类学、历史和冒险，彼得·迪金森的青少年叙述把种种互不相干的因素编织在一起，形成了迷人的、发人深省的青少年读本。

一　内在一致的想象世界

无论是在其犯罪小说或儿童书籍中，创造精心现实化（finely – realized）的虚构世界一直是彼得·迪金森重点关注的主要议题。彼得·迪金森对伊登·罗丝·李普森解释说："我相信对一个作家而言，最关键的事情在于编造一个内在一致世界的能力。我像一个沿着海滨游荡的流浪汉，捡起一些东西并想知道它们能组成何种结构……想象就像这大海，充满了

---

[1] Ann A. Flowers, "review of *Merlin Dreams*", in *Horn Book*, March – April, 1989, p. 210.
[2] Barbara Sherrard – Smith, "Review of *Merlin Dreams*", in *School Librarian*, February, 1989, p. 21.

你能看到却无法得到和运用的东西。"① 彼得·迪金森指出,"对任何想象行为而言,最关键的问题是内在一致性(self–coherence),书中每个部分适合其他部分,并以此来相互验证。这正是我们认识和验证我们真实世界的方式。"那么想象与真实之间的这种关系为什么重要?彼得·迪金森说:"它重要是因为,正是想象使得我们成为我们如今的样子。这是我们人性的核心。"想象力不仅是"人类最主要的特殊进化作用"——它使得人类能进化到一个较高的智力水平——而且是"继续使得我们成为我们现在的样子"。这就是为什么——即使是在电视出现之后——文学仍然是生活的重要部分。彼得·迪金森认为,阅读"邀请人们进行想象训练,放大有想象力的同情心,提升我们作为人类的潜能"。②

彼得·迪金森把他特殊的神秘小说归类为更倾向于小说而非科学的科幻小说。彼得·迪金森早期作品的特征是更科学导向的、原创的和奇怪的情节因素。当他想象一个经典侦探小说的封闭世界时,他试图将其发明为就像是在一个外星异世界,其结果是作品描绘中的古怪特征。他声称这种古怪使得他的小说创作"远离外部世界"。彼得·迪金森后期的作品继续探索日常生活中和情境中的幻想世界。通过展示平凡中的非凡,通过关注现实细节而使非凡看起来普通,彼得·迪金森以一种平行于英国浪漫主义作家威廉·华兹华斯(William Wordsworth)和塞缪尔·泰勒·柯勒律治(Samuel Taylor Coleridge)在《抒情歌谣集》(*Lyrical Ballads*, 1798)中所起作用的方式来进行神秘小说的创作。

彼得·迪金森的许多儿童小说,包括《天才》《安妮顿·皮特》《治疗者》等都是注入了非常因素的当代现实场景。这些小说的每一部中都有一个孩子拥有——或看似拥有——令人吃惊的能力。《天才》中的戴维·普赖斯(Davy Price)继承了看见其他人脑海中所形成影像的能力。戴维偶然看见一个残忍的精神病患者的思想,这导致了他遭遇的危险。在《安妮顿·皮特》中,贾可(Jake)具有与神秘人物通过心灵感应进行交流的能力。他被一群生态恐怖主义分子绑架并关到一座废弃矿山中。身为

---

① Eden Ross Lipson, "Write, Then Research, Then Rewrite", in *New York Times Book Review*, April 20, 1986.

② Peter Dickinson, "Fantasy: The Need for Realism", in *Children's Literature in Education*, spring, 1986, pp. 39–51.

盲人的他没有像他明眼的兄弟马丁（Martin）那样遭到虐待。贾可帮助马丁一起逃出矿山。然而，在逃亡途中，贾可与生活在山腹中的一个看不见的人取得了心灵感应和移情作用。他通过在矿山中布满恐怖感而赶走入侵者。最后，彼得·迪金森揭开了存在于贾可头脑中的幽灵的可能性。在《治疗者》中，彼得·迪金森探索了不是一个而是两个复杂人物的情感与思想。巴里（Barry）是一个16岁的男孩，有着一个因其兽性冲动而被他命名为"熊"的、第二位的内在人格。他内心两个人格之间的斗争使他患上了偏头疼。这病后来被具有非凡治疗能力的女孩平基（Pinkie）治愈。平基的后父利用平基的天赋，通过建立一个以平基为中心的"治疗基金"，向那些获得平基疗救的人索取大笔金钱。平基被其后父禁足在她房中，于是巴里决心把她从监禁状态中解救出来。《治疗者》表面上是一个冒险故事，然而却是一个"层层剥离意义的不同层面"的故事。总之，在《天才》《安妮顿·皮特》《治疗者》中，通过对主人公非同寻常的心理感应和治愈能力的描绘，故事进入了人隐秘复杂的内心世界层面，看似平凡普通的日常生活被赋予了另外的意义。

二 引人深思的主题

彼得·迪金森最富争议的童书之一是《伊娃》（1988），此书展示了作者对于人类社会以及地球生态的关注。伊娃在一起汽车交通事故中严重受伤并瘫痪，通过把她的记忆移植到一只黑猩猩的身体中，伊娃被"抢救"回来。在恢复知觉后，"伊娃"必须重新适应她的新身体及其作为黑猩猩的新感官，还得处理使得她成为媒体关注焦点的赞助企业的关系。她最终决定离开人类社会，带着一群被俘的黑猩猩到一座偏僻小岛上去生活。埃塞尔.L.海因斯（Ethel L. Heins）把《伊娃》称为"一部令人惊奇的生态科幻小说"，他认为，这个冒险故事"也是一部激情和雄辩的作品，其振聋发聩的意义会随着读者的成熟按比例提升"。[①] 尼尔·菲利普指出，《伊娃》是这个一流作家较好作品中的一部。它引人深思，饱含温柔、幽默和激情。它从第一页起就抓住读者而且让人难以释卷。[②]

[①] Ethel L. Heins, "review of *Eva*", in *Horn Book*, July–August, 1989, pp. 487–488.

[②] Neil Philip, "Working with Nature", in *Times Literary Supplement*, March 3–9, 1988, p. 232.

贝蒂·卡特引用《伊娃》来说明彼得·迪金森作为一位引人深思的青少年文学作家的地位。卡特写道:"《伊娃》中提出的主题超越了对青春期一闪即逝的关注。彼得·迪金森展示了对其读者本身及其与艰难主题(从自恋到媒体影响等)博弈行为的巨大尊重……他给予读者非逻辑的余地来建立对于这个日益恶化社会的温和解释。他们能质疑、挑战、惋惜、安慰、面对、离开或接受它,但他们不能改变它……在这里,读者能读出,就像他们应该的那样,充满了没有确定答案的问题。那就是文学的力量——提供一个室内竞技场让年轻人能面对无法想象的处境。"①

同样发人深思的作品是《AK》(1990),彼得·迪金森在书中描写了一个虚构的、被内战分裂的非洲国家。除了冲突之外,年仅12岁的保罗·卡勾米(Paul Kagomi)对世界一无所知。除了奈喀拉解放军(Nagala Liberation Army)的成员而外,他不认识任何人。他通过他的武器——AK-47步枪——来界定他自己。战争结束后,他被养父送到学校,却困惑不已。其养父原本是奈喀拉解放军的领导人,内战结束后成了一名政府官员。然而一场政变导致了更多的战争,保罗躲开了他养父的敌人,找回他的枪并试图营救他养父。正如米歇尔·思朗(Michele Slung)在《纽约时报书评》中总结的那样,彼得·迪金森在小说中表明,通过暴力获得的胜利是脆弱的。②尽管彼得·迪金森故事的地点是想象的,事件却是真实的,玛格丽特·A.布什(Margaret A. Bush)在《号角书评》中指出,"这个引人入胜的故事因其雄辩而让人深思,创造了对战争动力学的一个有益探索"。③迈克尔·迪尔达(Michael Dirda)也在《华盛顿邮报图书世界》(Washington Post Book World)中赞扬了此部小说:"当青少年小说像多产而富有想象力的彼得·迪金森的《AK》一样吸引人时,只有10多岁的人来阅读并发掘它们真是一种遗憾"。④

《英雄的阴影》取材于20世纪90年代早期的巴尔干冲突(Balkan conflicts)。年方13岁的内塔(Letta)是虚构的东欧国家瓦瑞拉(Varina)前首相的孙女,与家人一起住在伦敦。内塔的祖父也是传奇

---

① Betty Carter, "review of Eva", in Horn Book, September, 2001, p.541.
② Michele Slung, "review of AK", in New York Times Book Review, September 27, 1992, p.33.
③ Margaret A. Bush, "review of AK ", in Horn Book, September-October, 1992, p.588.
④ Michael Dirda, "review of AK", in Washington Post Book World, August 9, 1992, p.11.

英雄瑞斯托·凡克斯（Restaur Vax）的后裔。全书采用章节交替叙述的方式，交叉讲述了内塔目前在伦敦的生活，她的祖父为她讲授瓦瑞拉语、这个国家的当代政治剧变以及传奇的瓦瑞拉历史。读者逐渐了解到瓦瑞拉历史上的血腥与叛乱，以及行将发生的现代瓦瑞拉悲剧。罗杰尔·苏顿指出，"彼得·迪金森满怀信心地混合了小说与事实"。① 安·A. 弗劳尔斯认为，此书是"小说力量之旅……智慧、复杂而且涉及今天最新的主题"。②

三 多种观念因素的混合

丰富的想象力使彼得·迪金森的神秘小说和童书区别于他同时代的许多作品。他的成人神秘小说混合了那些看似水火不容的因素，如生活在伦敦的土著社团，作为谋杀案目击者的黑猩猩以及有着心灵感应副作用的疾病，浸泡在苏打和白兰地溶液中的尸体，或用来戳穿人眼的谋杀工具鹿角，等等；他的儿童故事中也包含了诸如有着非凡治疗能力的小孩以及吸食大麻上瘾的古代魔术师等古古怪怪的因素。

埃拉斯代尔·坎贝尔评论说，《时间与时钟老鼠等等》以一种非常规方式把各种因素混合在一起，用"一个标准的动物奇幻故事来引介一个现实话题"。③ 故事开头时一座已有99年的市政钟布兰顿（Branton）突然停止工作。制作此钟的钟表匠人的孙子，如今也很老了，来修理此钟时发现钟里住着一群有着超级智慧的老鼠，它们有着超强的心灵感应术，能与超感觉力（Extrasensory Perception，简称ESP）沟通。它们的安全与生存受到猫和人类科学家们的威胁。老人帮助老鼠，并详细告诉读者如何固定时钟并使其工作，等等。此书是一系列关于铃声、人类、时钟、科学、行动等论题的"论文"——因此，就如标题所言，充满了时间与时钟老鼠等问题。正如坎贝尔指出的那样，简·奇切斯特·克拉克（Jane Chichester Clark）的绘图强化了《时间与时钟老鼠等等》的主题，使其"成为视

---

① Roger Sutton, "review of *Shadow of a Hero*", in *Bulletin of the Center for Children's Books*, January, 1995, pp. 163–164.

② Ann A. Flowers, "review of *Shadow of a Hero*", in *Horn Book*, March–April, 1995, pp. 199–200.

③ Alasdair Campbell, "Review of *Time and the Clockmice, Etcetera*", in *School Librarian*, May, 1994, p. 60.

角和文学的杂烩"。①

彼得·迪金森的传奇故事《亲属》设置在大约20万年前的非洲。书中描写的是四个孩子一起冒险进入成人期,在被迫与他们的大家庭分离,并受到一系列自然灾难和动物捕食者(animal predators)威胁之后,努力生存下来的故事。使得《亲属》区别于纯粹冒险故事的是彼得·迪金森对人性深层问题——以这些最初的智人小孩为代表——的关注。他们用语言交流,但他们帮助了一个因受伤而不能说话的男人。他们必须运用他们的智慧去寻找食物、避难所,避开危险,但他们也有时间去思索他们对彼此而言意味着什么,世界是如何形成的。在《伦敦每日邮报》上,玛丽·霍夫曼称此书为"一部卓越的书……彼得·迪金森为一个事实上已经无迹可寻的时期创造了一种完全可信和引人入胜的文化和历史"。②《图书收藏》(Books for Keeps)的一个评论家称《亲属》为"最佳品质的作品"。③《出版周刊》的编辑赞扬书中《萝莉》部分为"如此机智地推进小说的诸种观念的令人愉快的混合"。④

彼得·迪金森在《缆索工》和《火蜥蜴的眼泪》中回归到奇幻故事和科幻小说主题。在《缆索工》中,蒂尔加(Tilja)和泰雅(Tahl)必须承担一次朝圣旅行以寻找一个强大的魔法师。传说那个魔法师一直保护他们的家园不受其战争贩子式的邻国侵扰。《缆索工》是某种程度上的冒险故事和角色研究的混合,探索了年轻人如何与他们的特殊技能达成妥协。布鲁斯·安妮·旭克指出,"尽管在一定程度上这个故事是奇幻,它也是一个奇妙的成长故事"。⑤《出版周刊》的一位批评家宣称,彼得·迪金森《缆索工》中的神秘世界"既令人惊叹地新鲜,事实上又是原型的"。⑥

---

① Alasdair Campbell, "Review of *Time and the Clockmice, Etcetera*", in *School Librarian*, May, 1994, p. 60.

② Mary Hoffman, "What It Is to Be Human", in *Daily Telegraph* (London, England), October 15, 1998.

③ "Review of *The Kin*", in *Books for Keeps*, July, 1999, p. 25.

④ "Review of *Noli's Story*", in *Publishers Weekly*, June 29, 1998.

⑤ Bruce Anne Shook, "Review of *The Ropemaker*", in *School Library Journal*, November, 2001, p. 154.

⑥ "Review of *The Ropemaker*", in *Publishers Weekly*, November 5, 2001, p. 70.

四 叙述方式的探索

《金色城堡》(*City of Gold and Other Stories from the Old Testament. illustrations, both in colour and black – and – white, are by Michael Foreman. London：Gollancz, 1979*) 是一部基于旧约叙述而重述圣经故事的儿童故事集。1980年，《金色城堡》赢得了著名的卡内基奖。[①]

彼得·迪金森自己在《〈金色城堡〉的口述声音》(1989) 一文中讨论了他在《金色城堡》中所使用的故事讲述的口语传统。[②] 当时，出版人打电话给彼得·迪金森请他写一部重述旧约故事的故事集，加入安徒生和格林童话重述的系列之中。一开始，彼得·迪金森毫不犹豫地拒绝了这一提议，理由是：首先，如今没法重述圣经故事；其次，它们没法属于那个系列。但20分钟后，他主动打电话给出版人，决定接受这一工作，因为他有了一个主意。他写道：

> 我当初拒绝是因为我觉得讲述圣经故事只有两种声音：通俗的和高雅的。通俗的就是像讲给孩子们听的一样直白、单纯和均质化，描绘了这样一个世界：一位非常纯洁的牧羊人照料一群非常洁白的羔羊，在一个阳光明媚但又奇异地充满阴霾的、被称为圣地的地方。高雅方式甚至不重视这些。它以一种激情高昂的语言，就像它被写下来仅仅只为翻译荷马史诗和重述圣经故事一样。在一种对奢华和超前教育充满敬畏的文化中，高雅声音也许有着一种来自生活的外表，但事实并非如此。低俗声音则仅仅依靠其幼稚的流行。
>
> 我反对的第二个理由是这些故事不应归入安徒生和格林系列，是直觉的但正确的。我已经认识到这也是一个"声音"问题。童话故事和民间故事已经变得几乎与它们的来源完全分离；它们被以某种首要目的是娱乐——尽管它们也许还有其他功能——的声音来进行讲述。在我们的文化中，尽管有着不相信的冲动，我们仍然历史化地感

[①] The CILIP Carnegie Medal & Kate Greenaway Children's Book Awards.

[②] Peter Dickinson, "The Oral Voices of *City of Gold*", *The Voice of the Narrator in Children's Literature：Insights from Writers and Critics*, Ed. Charlotte F. Otten and Gary D. Schmidt. New York, N. Y. ：Greenwood Press, 1989, 78 – 80. Rpt. in *Children's Literature Review*, Ed. Tom Burns, Vol. 125. Detroit：Gale, 2007.

觉圣经故事是不同的。尽管因为年代久远，它们也与来源相分离，它们并非为了娱乐而存在。它们需要以另一种试图告诉你某种重要事情的声音来书写或讲述，以实现教育、说服或解释的功能。①

但是，彼得·迪金森发现其实还有第三种甚至更多的叙述声音，他以《旧约圣经·列王纪卷二》第 23 节的伊莉莎和熊（Elisha and the bears）的故事为例加以说明：

> 我可以用最简单的语言来展示伊莉莎和熊的故事。它讲述的是孩子们如何嘲笑先知的直率，他的回应是从森林中召唤了两只熊来把孩子们撕成碎片。这个故事自然令注释者们困扰。它既令人不快而又微不足道。在描绘无所不能的上帝与他的子民们的关系这一宏大叙事中，它究竟扮演了怎样的角色？实际上早在《圣经》中，这个故事已经就是错误的声音，特别是以回荡在教堂尖顶中的教区牧师的声音高声朗读英王钦定本圣经。但任何有过与孩子相处经验的人（不像注释者）都会马上认出这是为什么——一个恐吓。因此，在《金色城堡》（1979）中，叙述声音变成高亢的怒吼："你是一个粗野无礼的小孩！……"并以温和的恐吓结束："你必须立刻去向你婶母道歉，要不然伊莉莎的熊就会来把你抓走"。
>
> 讲述这样一个故事应该保持其既令人不快和微不足道的感受，但又必须获得新的声音。当我告诉我的出版人我有一个主意，我的意思是我找到了一个声音——或者说许多声音。②

彼得·迪金森发现："大多数旧约故事开始于口语传统。它们有着各自极不相同的目的——对一个禁忌的解释，一个法律案件的先例，一个仪式的强化，包括从教育小孩注意他们的礼貌这样的小事情到约束人们尊崇唯一的上帝这样伟大的目标。通过创造这些声音，我将以一种高

---

① Peter Dickinson, "The Oral Voices of *City of Gold*", *The Voice of the Narrator in Children's Literature: Insights from Writers and Critics*. Ed. Charlotte F. Otten and Gary D. Schmidt. New York, N.Y.: Greenwood Press, 1989, 78 – 80. Rpt. in *Children's Literature Review*, Ed. Tom Burns, Vol. 125. Detroit: Gale, 2007.

② Ibid..

雅或低俗声音都不能做到的方式（这是关键）忠实于这些材料。"① 正因为如此，彼得·迪金森创造了一种更古老的口传叙述声音。卡内基奖网站评价说："此书提供了一种讲述 33 个旧约圣经故事的激进和迷人的方式。它以圣经被写下来之前的时代为背景，当时其故事通过口述方式代代相传。"②

当然，这种创造实际上只是一种有目的模拟，从功能到目的都有着完全不同的意义，正如彼得·迪金森自己指出的那样，"我不能真正地重创声音。即便猜想我曾奇迹般能够听到一首讲述大利拉（Delilah）故事的但族③（如果他们有民谣歌手）民谣，于是将其翻译为英语，它也不会奏效。参考，文化假定，故事讲述模式都太久远了。我所能做的就是假装重新创造了声音。此外，出于对多样性的追求，为了营造一种圣经故事逐渐形成最终面貌的无限延展的时段感，我调整了一些故事原本的语境和目标。在我看来，一位两千多年后的父亲讲述信徒们躲避安提奥卡斯（Antiochus）迫害的第一个逾越节（Passover）故事是可信和正确的。这个故事以传统为中心，两千多年来一直为同一个目的服务。但一个巴比伦军队中士讲述大卫和歌利亚的故事来作为训练他的军士用盾来反击投石器就太不可信了"。④

事实上，彼得·迪金森在《金色城堡》中采用的叙述声音是对文学传统的一种超越和发展，他清楚地知道，"因此我所做的不是第一眼可能看起来的那样——从文学讲述的陈腐复杂回归口语传统的纯粹简约（无论如何，口语传统远非单纯，它有其自身的复杂性）。《金色城堡》比我

---

① Peter Dickinson, "The Oral Voices of *City of Gold*", *The Voice of the Narrator in Children's Literature: Insights from Writers and Critics*. Ed. Charlotte F. Otten and Gary D. Schmidt. New York, N. Y. : Greenwood Press, 1989. 78 – 80. Rpt. in *Children's Literature Review*, Ed. Tom Burns, Vol. 125. Detroit: Gale, 2007. *Literature Resource Center.* Web. 7 July 2011.

② Carnegie Living Archive, http://www.carnegiegreenaway.org.uk/livingarchive/title.php?id = 78.

③ tribe of Dan: 但（雅各和辟拉的儿子）传下来的以色列 12 部族之一，参孙是其部族伟人。

④ Peter Dickinson, "The Oral Voices of *City of Gold*", *The Voice of the Narrator in Children's Literature: Insights from Writers and Critics*, Ed. Charlotte F. Otten and Gary D. Schmidt. New York, N. Y. : Greenwood Press, 1989, 78 – 80. Rpt. in *Children's Literature Review*, Ed. Tom Burns, Vol. 125. Detroit: Gale, 2007. *Literature Resource Center*, Web. 7 July 2011.

拒绝的任何传统都更具文学性。这些不是声音，它们是对声音的模仿。它们有其自身的文学血统——例如，勃朗宁夫人的《我的前公爵夫人》（'My Last Duchess'）和关于麻风乞丐拉扎勒斯（Lazarus）的《使徒书》（'An Epistle'）——它本身就偶然地成为了一个圣经故事；吉卜林的《普克山的帕克》（'Puck of Pook's Hill'）和《回报与仙女们》（'Rewards and Fairies'）。但那并不是说它们对材料而言是空洞、虚假或错误的。正是在这样一种排列、发展、蜕变中，文学保持活力并发现新的声音来向新一代的耳朵进行讲述"。①

正因为如此，《金色城堡》超越了一般意义上的重写故事，而具有了更为重要的元小说功能，对于文学叙述的功能、目的和意义作了新的探讨和发展。无怪乎当有人质疑为什么卡内基颁奖委员会经常选择一些"普通"孩子不会阅读的书，委员会成员基思·巴克回答说孩子的喜好并不是标准：重点在于文学价值。②

第四节 "变幻三部曲"

彼得·迪金森最负盛名的儿童奇幻小说是《天气贩子》（The Weathermonger, 1968）、《内心宁静》（Heartsease, 1969）和《恶魔的孩子》（The Devil's Children, 1970），合称"变化三部曲"（The Changes, 1970）。"变化三部曲"以未来某个时候的英国为背景，那时的人们有一种对于所有技术的神秘厌恶，以及普遍的仇外情绪。其结果是整个国家陷入另一个黑暗时代。"变化"的另一个影响是它给予了一些人掌控天气的力量。"变化三部曲"是按倒序写作的：《魔王的孩子》实际上是三部曲中年代最早的一部；《内心宁静》是第二部，而《天气贩子》是第三部。

《天气贩子》中，杰弗里和他的姐姐莎莉一起被派去找出导致天气变

---

① Peter Dickinson, "The Oral Voices of City of Gold", The Voice of the Narrator in Children's Literature: Insights from Writers and Critics, Ed. Charlotte F. Otten and Gary D. Schmidt, New York, N.Y.: Greenwood Press, 1989. 78–80. Rpt. in Children's Literature Review, Ed. Tom Burns, Vol. 125. Detroit: Gale, 2007. Literature Resource Center, Web. 7 July 2011.

② Keith Barker, In the Realms of Gold: the story of the Carnegie Medal, Julie MacRae Books, 1986.

化的原因。他们发现这是源于一个魔法：化学家菲比洛（Furbelow）发现了亚瑟王的巫师——梅林，并使他从几个世纪的睡眠中复活，通过使其对吗啡上瘾而控制他。通过诅咒梅林的上瘾并使其回归到他原来的地方，杰弗里和莎莉结束了英国的第二个黑暗时代。

《内心宁静》则讲述发生在《天气贩子》之前的事件。英国仍然处于天气变化中，玛格丽特和乔纳森发现英国人正在向一位美国调查员投掷石头，因为他们认为他是一个巫师。两个孩子与他们家的仆人露茜（Lucy）帮助这个美国人逃回英国西南部港口城市格罗斯特（Gloucester），他在那儿找到一只船带他回美国。

在《恶魔的孩子》中，彼得·迪金森再次把叙述时间返回到天气变化的开始，当时一群锡克人——还没有像英国人一样发展起对于技术的恐惧——在12岁的英国女孩妮可拉（Nicola）帮助下逃离迫害。

1975年，三部曲被改编为BBC电视连续剧《变化》（*The Changes*）。2001年，伦敦《每日电讯报》的编辑S. F. 赛义德指出，"变化三部曲"中三部作品的标题"是60年代学校诵读和电视广播的三个标志性语词"①。直到今天，"变化三部曲"仍在销售，有时还被推荐给那些喜欢挑战道德边界的学生。

第五节　国外彼得·迪金森研究

彼得·迪金森已经获得了令人瞩目的声誉，他的作品已经被翻译成16种语言。他作为成人和儿童作家获得了无数赞誉和文学奖项。狄金森最早的两部犯罪小说《肤浅》（1968）和《英雄的骄傲》（1969）分别荣获1968年和1969年美国犯罪题材作家协会的金匕首奖。同样，其儿童读物也获得了成功。1971年，《爱玛·塔博的日记》（1970）入选美国图书馆协会著名书籍；1977年，《蓝鹰》（1975）赢得了卫报奖；1977年，《机会、幸运和命运》（1975）获波士顿环球时报/号角图书奖；1979年，《转世者》（1979）同时荣获英国和爱尔兰畅销书协会的惠特布莱德最佳童书奖和英国图书馆协会卡内基奖；1982年，《转世者》跻身于国际儿童

---

① S. F. Said, "Power of a Word Wizard: Peter Dickinson Is the Children's Author That All the Rest Admire", in *Daily Telegraph* (London, England), September 15, 2001.

读物联盟青少年风云榜的前三位；1979年，《龙的飞行》（1979）和《转世者》入选美国图书馆协会最佳青少年作品；《铁狮子》（1973）获纽约时报瞩目图书奖。1982年，《金色城堡》（1979）获卡内基奖；1989年，《伊娃》（1988）赢得了波士顿环球时报/号角图书奖和2008年凤凰奖）。1989年，《亲属》（1998）入围惠特布莱德奖。1990年，《AK》（1990）获惠特布莱德奖；1996年《恰克与丹妮尔》（1996）获童书中心公告的缎带奖；2002年，《缆索工》（2001）获创神奇幻儿童文学奖；2008年，《伊娃》（1988）获儿童文学协会凤凰奖。

彼得·迪金森是唯一一位连续两年赢得卡内基奖的作家。他还两次赢得并多次入围惠特布莱德奖。但学界对彼得·迪金森的研究还远远不够，到目前为止，只有一些对作家生平和作品的单篇介绍和评论，还没有任何研究专著和博士论文。

一 发轫期：1974—1987年

尽管彼得·迪金森早在1968年就一举成名，但学界对彼得·迪金森研究起步较晚。直到1974年，《讯号》杂志才第一次刊载了贾森·威廉姆斯的《非常不确定的作品：彼得·迪克森访谈》（1974）①。较早关注并认可彼得·迪金森成就的学者是英国著名儿童文学评论家约翰·罗·汤森（John Rowe Townsend）。他在其所编选的《儿童创作：英语儿童文学概述》②和《故事讲述者的声音：当代儿童作家新论和及修订》（1979）③两部重要论文集中，均收录了彼得·迪金森研究的论文。

1980年，彼得·迪金森的代表作《金色城堡》赢得了著名的卡内基奖。学界对彼得·迪金森的关注才开始逐渐增加，出现了一些介绍性的文章，如厄尔·F. 巴加利尔（Earl F. Bargainnier）《彼得·迪金森好玩的神

---

① Jay Williams, "Very Iffy Books: An Interview with Peter Dickinson", *Signal*, 13 (January 1974): 21 – 29.

② John Rowe Townsend, *Writing for Children: An Outline of English – language Children's Literature*, revised edition, Lippincott (Philadelphia, PA), 1974.

③ John Rowe Townsend, "Peter Dickinson", in his *A Sounding of Storytellers: New and Revised Essays on Contemporary Writers for Children* (New York: Lippincott, 1979; London: Kestrel, 1979), pp. 41 – 54.

秘》（1980）①、大卫·里斯《梅子与粗粮：彼得·迪金森》（1984）②、罗宾·W. 温克斯《德文剧旅人》（1983）③，等等。

1985 年，英国盖尔出版社的论文集《当代文学批评》（1985）首次收录了相关的彼得·迪金森研究论文，标志着学界对彼得·迪金森的正式认可。④ 伊甸·罗丝·李普森《写作、研究与再创作》（1986）⑤ 是一篇重要的访谈，介绍了彼得·迪金森对创作的持续研究和不断提升。

二 兴盛期：1988 年至 20 世纪 90 年代末

1988 年，彼得·迪金森《梅林之梦》（1988）和《伊娃》（1988）两书出版后，其学术影响直线上升。盖尔出版社的系列论文集《1940 年以来的英国神秘和惊悚作家》（1989）⑥、《儿童文学评论》（1993）⑦、《文学传记辞典第 161 卷：20 世纪 60 年代以来的英国儿童作家系列》（1996）⑧又陆续收录了相关的彼得·迪金森研究论文。不仅如此，彼得·迪金森还被圣·詹姆斯出版社的《21 世纪青少年作家》（1994）⑨ 和《圣·詹姆斯出版社青少年作家指南》（1999）⑩ 两部权威论文集收录。彼得·迪金森的经典作家地位逐渐确立，克特·阿尔德里斯《跨界小说家注释》

---

① Earl F. Bargainnier, "The Playful Mysteries of Peter Dickinson", *Armchair Detective*, 13 (Summer 1980): 185-193.

② David Rees, "Plums and Roughage: Peter Dickinson", in his *Painted Desert, Green Shade: Essays on Contemporary Writers of Fiction for Children and Young Adults* (Boston: Horn Book, 1984), pp. 153-167.

③ Robin W. Winks, "The Devon Deception", in *Book World - Washington Post*, 18 December 1983, p. 7.

④ *Contemporary Literary Criticism*, Volume 35, Gale (Detroit, MI), 1985.

⑤ Eden Ross Lipson, "Write, Then Research, Then Rewrite", in *New York Times Book Review* (20 April 1986): 26.

⑥ T. R. Steiner, "Peter (Malcolm) Dickinson", in *British Mystery and Thriller Writers Since 1940: First Series*. Ed. Bernard Benstock and Thomas F. Staley, Detroit: Gale Research, 1989. Dictionary of Literary Biography Vol. 87. Literature Resource Center. Web. 7 July 2011.

⑦ *Children's Literature Review*, Volume 29, Gale (Detroit, MI), 1993.

⑧ *Dictionary of Literary Biography*, Volume 161: *British Children's Writers since 1960*, First Series, Gale (Detroit, MI), 1996, pp. 109-124.

⑨ *Twentieth-Century Young Adult Writers*, St. James Press (Detroit, MI), 1994.

⑩ *St. James Guide to Young Adult Writers*, 2nd edition, St. James Press (Detroit, MI), 1999.

(1992)①、雷蒙德·E. 琼斯《彼得·（马尔科姆）·迪金森》（1996）②等文均高度肯定了彼得·迪金森的文学成就。

与此同时，学界对彼得·迪金森作品的评论开始勃兴。重要文章有：克里斯蒂娜·L. 奥尔森《论〈梅林之梦〉》（1988）③、尼尔·菲利普《论〈伊娃〉》（1988）④、安·A. 弗劳尔斯《论〈梅林之梦〉》（1989）⑤、芭芭拉·谢纳德-史密斯《论〈梅林之梦〉》（1989）⑥、埃塞尔·L. 海因斯《论〈英雄的阴影〉》（1989）⑦、凯瑟琳·哈里斯《论〈伊娃〉》（1989）⑧、玛格丽特·A. 布什《论〈AK〉》（1992）⑨、米歇尔·思朗《论〈AK〉》（1992）⑩、迈克尔·德尔达《论〈AK〉》（1992）⑪、埃拉斯代尔·坎贝尔《论〈时间与时钟老鼠〉》（1994）⑫、伊莲娜·喀麦隆《关于彼得·迪金森〈伊娃〉的讨论》（1994）⑬、《论〈恰克与丹尼尔〉》（1995）⑭、安·A. 弗劳尔斯《论〈英雄的阴影〉》（1995）⑮、罗吉·萨顿

---

① Kit Alderice, "Notes from a Crossover Novelist", in *Publishers Weekly* (11 May 1992): 29.

② Raymond E. Jones, "Peter (Malcolm) Dickinson", in *British Children's Writers Since* 1960: *First Series*, Ed. Caroline C. Hunt, Detroit: Gale Research, 1996. Dictionary of Literary Biography Vol. 161. *Literature Resource Center*, Web. 7 July 2011.

③ Christina L. Olson, "Review of *Merlin Dreams*", in *School Library Journal*, December, 1988, p. 120.

④ Neil Philip, "Review of *Eva*", in *Times Literary Supplement*, March 3 – 9, 1988, p. 232.

⑤ Ann A. Flowers, "Review of *Merlin Dreams*", *Horn Book* March – April, 1989, p. 210.

⑥ Barbara Sherrard-Smith, "Review of *Merlin Dreams*", in *School Librarian*, February, 1989, p. 21.

⑦ Ethel L. Heins, "Review of *Eva*", *Horn Book*, July – August, 1989, pp. 487 – 488.

⑧ Kathryn Harris, "Review of *Eva*", in *School Library Journal*, April, 1989, p. 118.

⑨ Margaret A. Bush, "Review of *AK*", in *Horn Book*, September – October, 1992, p. 588.

⑩ Michele Slung, "Review of *AK*", in *New York Times Book Review*, September 27, 1992, p. 33.

⑪ Michael Dirda, "Review of *AK*", in *Washington Post Book World*, August 9, 1992, p. 11.

⑫ Alasdair Campbell, "Review of *Time and the Clock Mice*", *Etcetera*, in *School Librarian*, May, 1994, p. 60.

⑬ Eleanor Cameron, "A Discussion of Peter Dickinson's *Eva*", *Horn Book Magazine* 70. 3 (May – June 1994): 291 – 297. Rpt. in *Children's Literature Review*, Ed. Tom Burns. Vol. 125. Detroit: Gale, 2007. *Literature Resource Center*, Web. 7 July 2011.

⑭ "Review of *Chuck and Danielle*", in *Kirkus Reviews*, December 1, 1995, p. 1701.

⑮ Ann A. Flowers, "Review of *Shadow of a Hero*", in *Horn Book* March – April, 1995, pp. 199 – 200.

《论〈英雄的阴影〉》（1995）①、南希·瓦西拉克斯《论〈驯狮者的女儿及其他故事〉》（1997）②、《论〈萝莉的故事〉》（1998）③、玛丽·霍夫曼《论〈亲属〉》（1998）④，等等。

三　成熟期：1999 年以来

1999 年，彼得·迪金森与昆廷·布莱克（Quentin Blake）及安妮·法恩（Anne Fine）并列为 1999 年第一届"儿童桂冠作家"的候选人。⑤ 尽管后来桂冠由昆廷·布莱克摘走，但彼得·迪金森的实力也在此轮竞选中凸显出来。

2001 年，S. F. 赛义德发表了《一个语词巫师的力量：彼得·迪金森是当今值得尊敬的儿童作家之一》（2001）⑥ 一文，高度赞扬了彼得·迪金森对语言的运用能力。此外，达里尔·Y. 福尔摩斯的《彼得（马尔科姆）·迪金森》（2003）⑦、《迪金森访谈》（2003）⑧ 等也进一步对彼得·迪金森的生平及创作进行了述评。

此外，盖尔出版社的《青少年艺术家与作家》（2003）⑨ 和《当代作家在线》（2010）⑩ 再度收录了对彼得·迪金森的研究论文，彼得·迪金

---

① Roger Sutton, "Review of *Shadow of a Hero*", in *Bulletin of the Center for Children's Books*, January, 1995, pp. 163 – 164.

② Nancy Vasilakis, "Review of *The Lion Tamer's Daughter and Other Stories*", in *Horn Book*, March – April, 1997, pp. 195 – 196.

③ review of Noli's Story, in Publishers Weekly, June 29, 1998.

④ Mary Hoffman, review of *The Kin*, in *Daily Telegraph* (London, England), October 15, 1998.

⑤ "Author Finalist: Peter Dickinson", *Bookbird* 38. 3 (2000): 18. Rpt. in *Children's Literature Review*. Ed. Tom Burns, Vol. 125. Detroit: Gale, 2007. Literature Resource Center, Web. 7 July 2011.

⑥ S. F. Said, "Power of a Word Wizard: Peter Dickinson Is the Children's Author That All the Rest Admire", in Daily Telegraph (London, England), September 15, 2001.

⑦ Daryl Y. Holmes and Gina Macdonald, "Peter (Malcolm) Dickinson", *British Mystery and Thriller Writers Since* 1960. Ed. Gina MacDonald. Detroit: Gale, 2003. Dictionary of Literary Biography Vol. 276. Literature Resource Center. Web. 7 July 2011.

⑧ "Peter Dickinson", *Achuka* (19 February 2003), www.achuka.co.uk/guests/dickinson/int01.htm.

⑨ *Authors and Artists for Young Adults*, Volume 49, Gale (Detroit, MI), 2003.

⑩ "Peter Dickinson", *Contemporary Authors Online*, Detroit: Gale, 2010. Literature Resource Center. Web. 7 July 2011.

森作为儿童作家和成人作家的双重身份均得到认可。

这一时期对彼得·迪金森作品的研究进一步拓宽,重要论文有《论〈亲属〉》(1999)①;贝蒂·安吉拉·卡特的《论〈伊娃〉》(2001)②;安妮塔·L.布尔卡姆的《论〈伊娃〉》(2001)③、《论〈缆索工〉》(2001)④;布鲁斯·安·徐克的《论〈缆索工〉》(2001)⑤;约翰·彼得斯的《论〈水:元素精灵的故事〉》(2002)⑥、《论〈祖父的内心〉》(2003)⑦、《论〈火蜥蜴的眼泪〉》(2003)⑧、《论〈祖父的内心〉》(2004)⑨、《论〈天使艾尔〉》(2007)⑩;玛格丽特·彭伯顿的《论〈天使艾尔〉》(2007)⑪;克莱尔·罗丝的《论〈天使艾尔〉》(2007)⑫,沙利·艾丝蒂斯的《论〈天使艾尔〉》(2007)⑬;克里斯汀·安德森的《论〈天使艾尔〉》(2007)⑭;希拉里·克鲁的《论〈天使艾尔〉》(2008)⑮,等等。

此外,彼得·迪金森在自己的一些论文,如《抵制垃圾》(1973)⑯、

---

① review of *The Kin*, *Books for Keeps*, July, 1999, p. 25.
② Betty Carter, review of *Eva*, *Horn Book*, September, 2001, p. 541.
③ Anita L. Burkam, review of *The Ropemaker*, *Horn Book*, November – December, 2001, p. 745.
④ review of *The Ropemaker*, in *Publishers Weekly*, November 5, 2001, p. 70.
⑤ Bruce Anne Shook, review of *The Ropemaker*, in *School Library Journal*, November, 2001, p. 154.
⑥ John Peters, review of *Water*: *Tales of Elemental Spirits*, in *School Library Journal*, June, 2002, p. 142.
⑦ review of *Inside Grandad*, *Kirkus Reviews*, December 15, 2003.
⑧ review of *The Tears of the Salamander*, in *Publishers Weekly*, August 11, 2003, p. 281; Joanna Rudge Long, review of *The Tears of the Salamander*, *Horn Book*, July – August, 2003, p. 453.
⑨ review of *Inside Grandad. Bulletin*, March, 2004.
⑩ review of *Angel Isle*, in *Publishers Weekly*, October 29, 2007, p. 58.
⑪ Margaret Pemberton, review of *Angel Isle*, in *School Librarian*, spring, 2007, p. 43.
⑫ Claire Rosser, review of *Angel Isle*, *Kliatt*, September, 2007, p. 10; "review of *Angel Isle*", In *Kirkus Reviews*, October 1, 2007.
⑬ Sally Estes, review of *Angel Isle*, *Booklist*, October 15, 2007, p. 46.
⑭ Kristin Anderson, review of *Angel Isle*, in *School Library Journal*, November, 2007, p. 120; Anita L. Burkam, review of *Angel Isle*, *Horn Book*, November – December, 2007, p. 678.
⑮ Hilary Crew, review of *Angel Isle*, in *Voice of Youth Advocates*, February, 2008, p. 541.
⑯ "A Defense of Rubbish", in *Children and Literature*: *Views and Reviews*, edited by Virginia Haviland (Glenview, Ill. : Scott, Foresman, 1973), pp. 101 – 103.

《快报！幽默的东西》（1975）①、《侦探毕博》（1978）②、《丹尼斯·拉比的岁月》（1981）③、《成百上千》（1984）④、《飞行》（1986）⑤、《幻想：现实主义的需要》（1986）⑥、《过去的负担》（1987）⑦、《〈金色城堡〉的口语叙述声音》（1989）⑧ 和《时间、时代与时期》（1990）⑨、《艾米莉·彼得·迪金森与音乐》（1994）⑩ 中对自己创作观念的阐述也是重要的研究参考资料。

2007 年，群众出版社出版了彼得·迪金森《深藏不露蜘蛛人》（*Skin Deep*，迟建译）、《英雄之傲》（*A Pride of Heroes*，马士奎、胡六月、李强译）两部作品，国内彼得·迪金森研究也就此开始。

总体而言，对于彼得·迪金森这样一个在儿童文学和成人文学两个领域均取得巨大成就的作家而言，更深入的研究还有待展开。

---

① *Presto! Humorous Bits and Pieces*, edited by Dickinson (London: Hutchinson, 1975).
② "Superintendent Pibble", in *The Great Detectives*, edited by Otto Penzler (Boston: Little, Brown, 1978), pp. 175 – 182.
③ "The Day of the Tennis Rabbit", *Quarterly Journal of the Library of Congress*, 38 (Fall 1981): 203 – 219.
④ *Hundreds and Hundreds*, edited by Dickinson (Harmondsworth: Penguin, 1984).
⑤ "Flight", in *Imaginary Lands*, edited by Robin McKinley (New York: Greenwillow, 1986), pp. 63 – 96.
⑥ Peter Dickinson, "Fantasy: The Need for Realism", *Children's Literature in Education*, spring, 1986, pp. 39 – 51.
⑦ "The Burden of the Past", in *Innocence & Experience: Essays & Conversations on Children's Literature*, edited by Barbara Harrison and Gregory Maguire (New York: Lothrop. Lee & Shepard, 1987), pp. 91 – 101.
⑧ "The Oral Voices of City of Gold", in *The Voice of the Narrator in Children's Literature: Insights from Writers and Critics*, edited by Charlotte F. Otten and Gary D. Schmidt (New York: Greenwood, 1989), pp. 78 – 80.
⑨ "Time and Times and Half a Time", in *Travellers in Time: Past, Present, and to Come* (Cambridge: Children's Literature New England, 1990), pp. 58 – 64.
⑩ "Emily Dickinson and Music", in *Music and Letters*, 75 (May 1994): 241 – 245.

第二十五章

时间、历史与记忆：佩内洛普·利弗里的童话奇幻创作

佩内洛普·利弗里（Penelop Lively，1933 – ）英国当代著名小说家和儿童作家，儿童小说代表作有"阿斯特科特"系列（*Astercote*，1970）和《托马斯·肯普的幽灵》（*The Ghost of Thomas Kempe*，1973）。

第一节 生平简述

佩内洛普·利弗里[①]
(Penelop Lively，1933 –)

佩内洛普·利弗里，1933年3月17日生于埃及开罗，并在那儿度过了她的童年。她的母亲佩内洛普·洛（Penelope Low）是英国侨民罗杰尔·文森特·洛（Roger Vincent Low）和维拉·穆德·洛（Vera Maud Low）之女。她的父亲是伦敦哈利街一名外科医生的儿子。20世纪20年代末，她年轻的父亲在职业英国中产阶级人士倍感前途黯淡之时搬到埃及。他在埃及国家银行谋到一个经理助理的职位。稍后，佩内洛普·利弗里的母亲也到埃及

---

① Cengage Learning, "Penelope Lively", in *Literature Resource Center*. Detroit: Gale, 2011. *Literature Resource Center*, Web. 25 July 2011.

与他会合。尽管她的儿童小说中呈现了对英国乡村童年生活栩栩如生的描写，但自己在童年时期几乎很少去英国，她只在20世纪30年代探望亲戚时在英国短暂逗留。战争开始后，佩内洛普·利弗里就一直待在埃及。

佩内洛普·利弗里在埃及的童年与众不同。她与父母关系疏远，大部分时间与保姆和仆人待在一起。因为开罗附近没有她父母认为合适的学校，佩内洛普·利弗里没有接受正规的教育。作为替代，她的保姆南希从一个由"父母国民教育联盟"（Parents' National Education Union，简写为PNEU）为生活在偏远殖民地的移民子女所提供的书箱中选择书籍来教她。她的保姆并不擅长教学，"父母国民教育联盟"的许多书和课程都没有按照计划进行教学，所以佩内洛普·利弗里接受的是一种毫无计划的教育。佩内洛普·利弗里如今相信，在许多方面，"父母国民教育联盟"体系是对将要成为一个作家的孩子的最佳教育方式，因为它几乎完全致力于叙述和语言运用。它发挥作用的方式是：儿童自己朗读或让他人朗读一个故事，然后自己用笔重述出来。阅读书目包括经典童话和传奇、希腊和北欧神话以及《旧约圣经》。它们使得佩内洛普·利弗里急切想要熟悉和充分了解英国文学。

孩提时代的佩内洛普·利弗里喜欢这些读物。它们使她饥渴的想象力得以餍足，并成为了她的伙伴——充当她那时缺乏的校友和兄弟姐妹。尽管她很孤独，然而她有一个幸福的童年（事实上，在她12岁时离开之后，她花了很多年时间才淡忘了对埃及——风景、气味、声音和味道——的思念）。她居住的房子是宽敞而闲适的，有一个可爱的花园，园中有着诸如豺狼和猫鼬等各种异国情调的动物（1984年她回埃及旅行时失望地发现，花园已经变成了拥挤不堪、偷工减料的贫民窟，而房子成了一所技术学校的行政办公楼）。从沙漠里的野炊、到狮身人面像和金字塔的远足旅游，外祖父家一年一度的戏蛇表演等都是佩内洛普·利弗里记忆中的珍宝。

尽管二战就在她家门前爆发，但因为佩内洛普几乎回忆不起战前的事情，大批英国军队、坦克和装甲车蜿蜒穿过沙漠的景象是她熟视无睹的场面。虽然她不太明白那时发生了什么，当她开始写《月亮虎》（一部分设置在隆美尔战役时期的埃及）时，她脑中留存的战争时代的埃及画面派上了用场。同样，尽管作为一个孩子，她对埃及历史的了解少得令人吃惊，但儿时对古代文物的感觉给其想象留下过深刻印象。事实上，佩内洛普·利弗里把她自己对过去存在的主要关注——在她所有小说中均加以表现——归因于这种儿时所见的、现代和古代比肩并存的景象。

1990年，桑福德·施德利西特（Sanford Sternlicht）对佩内洛普·利弗里进行了一次私人采访。在访谈中，佩内洛普·利弗里指出：

> 我禁不住想它（这种关注）与我在埃及这样一个时间扭结的地方——它以最奇特的方式并置了时间——成长有关。我的意思是说，你看见古埃及法老、马穆鲁克（奴隶王朝）的阿拉伯奴隶兵、土耳其人的残骸与希腊人和罗马人的遗迹一起共存，所以那儿看起来没有时间序列。作为一个孩子，我并不曾真正理解这一点，因为我从未受过任何历史教育——相当令人吃惊的是，没有人曾教过我关于我生活其间的国家之历史。但你不可避免地看到这些，一个沉思默想的小女孩，就像我猜想我应该的那样，禁不住发现不同时代的这种共存。因此我有充分理由相信这与我的这种认知困惑有关：对于一个各个世纪看起来毫无结构地并存之地的完全困惑。①

1945年，12岁的佩内洛普·利弗里来到英国。她对周围环境的敏感性在她搬到英国后得到了进一步发展，尽管不像在埃及那样引人注目。与其幸福而心满意足的童年时代相比，佩内洛普·利弗里的青少年时代是单调乏味的。就在此时，由于她的父母濒临离婚的边缘，佩内洛普被送到伦敦与寡居的祖母一起生活。她住在伦敦哈利街上一幢六层楼的房屋中。房子的窗户都在战争期间被打碎了。佩内洛普·利弗里回忆起当她不得不在从打碎的玻璃窗中飘进来的大雪中费力地走下楼梯时，迷惑和无根的感觉如何一下子压倒了她，"这是一个在非洲养大的小孩子的感觉"。

1946年，她父亲回到英国（她的母亲在离婚后迅速再婚，在伦敦生活了几年后搬到了马耳他），决定让佩内洛普·利弗里立刻接受一些正规教育，于是他突然解雇了她的保姆并把她送到寄宿学校。尽管佩内洛普·利弗里今天能理解他，但在那个时候，他的行为对她而言是残酷的打击。写作《回归》一书时，她无疑利用了那段恐怖记忆：被强行从保姆陪伴下的惬意生活中扯出来，丢到一个冷冰冰的、志趣不合的寄宿学校。在小

---

① Sanford Sternlicht, "Penelope Lively", *Personal Interview*, 25 June 1990.

说中,他们鳏居的父亲出去打仗期间,小男孩与妹妹在他们闲适的乡村住宅中与一个好心宽容的管家一起享受闲散的童年生活。当父亲回来并宣布他要把男孩送到学校的决定时,两个孩子陷入了深深的忧愁。男孩在寄宿学校的生活被证明是一种炼狱般的生存。在寄宿学校待了三年之后,佩内洛普·利弗里的父亲开始感觉到寄宿学校缺乏学术气氛。1949年,他把她送进了一所考前预备学校。她在那儿待了两年。

1951年,佩内洛普·利弗里进入牛津大学圣安尼学院学习历史。佩内洛普·利弗里的大学生涯完全不同于她悲惨的青少年时代。她第一次有了积极的社会生活——也许太积极了,她如今认为:"我相当轻浮;非常喜欢交际,但总是和那些不合适的人在一起。所谓不合适是指我如今与他们没有任何共同之处。……非常讽刺的是,如今我许多最亲近的朋友都是我在牛津时的校友,但没有一个是我在那儿的时候认识的"。① 她热衷于社会活动而不是勤奋学习,没有取得优秀的成绩。尽管如此,她对知识和创造性的兴趣在其牛津时代开始萌芽。回顾过去,她如今认识到,"尽管我在那个时候对将要发生什么毫无头绪,阅读历史完全形成了我。它没有使我成为一个小说家,但它决定了我会成为何种类型的小说家。它形成了一种思维习惯"。②

然而,那时的她还没有想过以历史学家或小说家为职业。奇怪的是,她们那一代大学毕业的妇女大都"了解一切而又一无所知。她们受过高等教育,却不被期望出去工作"。事实上,牛津大学的"就业看板"通常建议女生在毕业后立刻去参加速记和打字课程,因为"如果你不能同时胜任速记和打字工作,没人会雇用你,即便你是牛津的优秀毕业生。当然,如果你具有速记和打字能力,你会发现自己很容易变成一个秘书"。③

1956年,佩内洛普·利弗里大学毕业,获得现代史学士学位。那时的她顺从地采纳了"就业看板"的建议。她搬到她父亲与后母在伦敦的家中,并开始了这样一种生活:早上辅导两三个学生,中午上秘书学校,

---

① Christina Hardyment, "Time out of Mind: Penelope Lively (née Low, St. Anne's 1951) Talks to Christina Hardyment", *Oxford Today* 2, No. 3 (1990): 30.

② Ibid..

③ Sanford Sternlicht, "Penelope Lively", personal interview, 25 June 1990.

空闲时间去找工作。六个月后,她接受了牛津大学圣安东尼学院种族关系学教授的研究助理一职。尽管她发现学院很刺激,但工作本身却毫无前途。后来在回忆时她认为,如果她当时没有在两年内结婚,她很可能"感到紧张并探究别的东西,或者开始表现得更聪明以找到一个工作……我想我会喜欢教书"。① 在那儿,她遇到了从剑桥大学到牛津大学做政治学助理研究员的杰克·利弗里(Jack Lively)。1957 年 6 月 27 日,佩内洛普·利弗里与杰克·利弗里结婚。他们婚后育有两个孩子:约瑟芬(Josephine, 1958 -)和亚当(Adam, 1961 -)。为了弥补她自己父母的缺场,佩内洛普·利弗里婚后成为了全职母亲——同时试图通过严格的阅读计划来弥补自己因非正规教育所留下的缺憾。

这段岁月对佩内洛普·利弗里而言是幸福而重要的。一方面,为人之母的身份令她心满意足。作为对她自己由仆人照管的童年时代的一种反叛,她全身心投入到对约瑟芬和亚当的养育中。她宣称,母亲身份是她绝不会错过的一种经历。她的这种感觉集中反映在她的许多女性人物身上:当她们偶然看见她们的小孩在院子里玩耍,或突然在她们青春期的孩子脸上看到其儿童时代的影子时,她们身上压倒一切的母性温柔就会喷薄而出。

另一方面,这些岁月给予佩内洛普·利弗里让自己沉浸于文学之中的机会。在牛津时,她更多地研究的是历史而非文学。她感到她的阅读中有一些缺陷,并在照料孩子之余加以弥补:"我的记忆是每天用婴儿车推着两个孩子去公共图书馆借更多的书。我以自己的方式来阅读 21 世纪的文学,一只手搅拌婴儿食物,另一只手拿书"。② 回首往事,她发现她当时那段岁月惊人地悖论:那段全职母亲的岁月是非常局限,但同时又极其解放的,"因为既然我不上班,我就有机会在任何空闲时间大量阅读"。③

她相信,近八年时间的集中阅读使得她成长和改变了许多。当她的孩子不再需要如此多的关注时,她开始严肃对待她想要做的事情。于是在亚当开始上学的第一天,她就坐下来开始写作。在这之前,她已经为自己的孩子阅读了大量的儿童小说,她对这种文类很感兴趣并想要自己试试

---

① Sanford Sternlicht, " Penelope Lively", personal interview, 25 June 1990.
② Ibid. .
③ Ibid. .

身手。

她的第一次尝试,据她自己所言,是尝试写"最可怕的历史小说"①,该书不曾出版,后来被她直接扔掉了。不过她的第二次尝试《阿斯特科特》(Astercote, 1970)在完成后立刻被接受并得以出版。此后,佩内洛普·利弗里成了一个全职作家,在她孩子上学后全身心地投入写作并几乎每年出版一部作品。

在这些年中,杰克·利弗里曾先后在斯温西大学、萨塞克斯大学、牛津大学任政治学教授。佩内洛普·利弗里随丈夫一起不断搬迁。1978年,杰克出任华威大学校长,一直到退休。1993年,杰克从华威大学退休之后,夫妇二人在牛津郡奇平诺顿地区附近一座石头农舍和伦敦北区伊斯林顿的城区住宅中轮流度日,离女儿约瑟芬和儿子亚当的住宅不远。约瑟芬是两个女儿的母亲,也是伦敦爱乐乐团的双簧管吹奏家;亚当是一个作家,已出版三部小说。佩内洛普·利弗里和丈夫一起写作——杰克·利弗里已经出版了好几部政治理论著作,在乡下农舍时则一起打理花园。1998年,杰克·利弗里去世后,佩内洛普·利弗里与儿女和六个孙子女一道住在伦敦。

1985年,佩内洛普·利弗里被任命为皇家文学协会(Royal Society of Literature)会员。她曾任英国作协主席,还是笔会(PEN)和作协(Society of Authors)成员、英国艺术委员会文学组(Arts Council Literature Panel)和英国图书馆董事会(Board of the British Library)成员、英国文化委员会董事会(Board of the British Council)和金斯密斯学院理事会(Council of Goldsmiths College)成员。1989年,她被授予大英帝国官佐勋章(OBE)。2002年,她被授予英帝国司令勋章(CBE)。1992年,她被授予美国塔夫茨大学(Tufts University)名誉博士学位,1998年,她被授予华威大学(Warwick University)名誉博士学位。

尽管获得了巨大的成功,佩内洛普·利弗里仍然保持谦逊并脚踏实地。一如她小说中那些严肃而谦虚的妇女,佩内洛普·利弗里非常明白命运和幸运在一个人生命中所扮演的角色。她谦虚地指出,要是她没有结婚并拥有一个能够养家的丈夫,她可能不会成为一个成功的作家,因为她将

---

① Sanford Sternlicht, "Penelope Lively", personal interview, 25 June 1990.

不得不担忧生计。① 尽管她早期的小说早已被广泛接受并翻译为多种语言，但直到八九年前她才能够完全靠写作养活她自己。事实上，她反感那些变得自我着迷的成功作家，他们"装腔作势，他们认为创造性给了他们肆意妄为的许可证。作家也许是有一种特殊的技巧，但他与其他人并没有什么不同"。② 正是这种混合了谦逊、机敏、执着和智慧，以情感建构而成的声音吸引了众多读者。

第二节 创作生涯

1970年，佩内洛普·利弗里以儿童小说《阿斯特科特》（Astercote）开始其创作生涯。20世纪70年代中期，已经是当代英国知名儿童作家的佩内洛普·利弗里转向成人小说创作。迄今为止，佩内洛普·利弗里已经创作了21部长篇儿童小说、25部成人小说、3部短篇小说集、2部自传和1部非虚构作品。

一 儿童小说

佩内洛普·利弗里一直非常重视儿童教育和儿童文学创作，她做过英国广播电台4频道儿童文学栏目主持人，并为英国国会巡回展"1900—1990年间的英国儿童文学"（British Children's Literature 1900 – 1990）宣传册撰写导言。③

佩内洛普·利弗里远在儿童文学成为学界流行图书前就一直严肃地对待儿童文学。她广泛地为她自己的孩子阅读，直到他们长到10多岁，在这一过程中，她发展起了一种对这一文类的鉴赏力和兴趣。她为自己的孩子们选择传统的儿童小说，而非各种各样说教性的现实主义小说，以此作为"社交活动的准备和关于如何良性处理离婚、贫民区、种族主义、女

---

① Sanford Sternlicht, "Penelope Lively", personal interview, 25 June 1990.
② Helen Chia, "Lively as She Goes", *Straits Times* (Singapore), 4 June 1990, p. 2.
③ Penelope Lively, introduction, brochure accompanying traveling exhibition entitled *British Children's Literature* 1900 – 1990, sponsored by the British Council.

第二十五章 时间、历史与记忆:佩内洛普·利弗里的童话奇幻创作

性歧视和我们当今社会的许多其他痼疾的平台"。① 佩内洛普·利弗里最看重的是这种关于孩子们看待世界的方式的儿童文学,这使得他们幻想和质疑成人带来的、支撑他们现实认知的假定。"这样的一种写作承认孩子们自己的无限视角。为什么动物不应该说话呢?作为成人,我们生活在接受和界定现实的狭隘视野中(strait jacket);孩子们不一样。每个孩子都以崭新的眼光来看待世界,不带任何先见或假定;最好的儿童作品,即便不能恢复那种眼光,至少也应该能够承认并且尊重它。"②

在她自己的青少年小说中,佩内洛普·利弗里运用幻想因素来引发青少年们对于她在成人小说中呈现的同样主题之兴趣:过去与现在的内在联系。她相信,唤醒孩子们对于历史现实的兴趣是尤其重要的,因为"没有这样一种意识,他们将被自己蒙蔽和限制"。③ 她不是一个传统意义上的历史小说家,然而(事实上她对大多数儿童历史小说持批评态度,认为它们都试图把过去当作戏剧服装),她所有的作品,毫无例外,都以当代场景为背景,却都涉及主人公对于过去的微妙重复之敏感。尽管在其成人小说中,这种敏感性来自一种想象行为。在她的儿童小说中,这经常由超自然现象——鬼魂、调皮吵闹的妖怪和时间隧道——引发。佩内洛普·利弗里相信这是一种呈现其主题的有效方式,既然对孩子们而言,"现实与幻想的分界线是模糊不清的。什么是想象的,什么是已发生或未曾发生的,都很难区分。只是在事后,我们才假定了这些区分"。④

尽管佩内洛普·利弗里的青少年小说从语调和风格上都各不相同:从喜剧滑稽、轻松愉快到诗情画意、令人沉思,但其青少年小说的典型模式是:10 岁到 12 岁的主人公,居住在一个离奇有趣的英国小山村,能意识到超自然现象的发生,经常有来自乡村过去的某种东西出现。在此过程中,孩子经常与其他一两个孩子结成同盟(有时也

---

① Penelope Lively, introduction, brochure accompanying traveling exhibition entitled *British Children's Literature* 1900 – 1990, sponsored by the British Council; hereafter cited in text as Exhibit Brochure.

② Ibid..

③ Penelope Lively, "Children and Memory", *Crosscurrents of Criticism: Horn Book Essays* 1968 – 1977, ed. Paul Heins (Boston: Horn Book, 1977), 228; hereafter cited in text as "Children".

④ Penelope Lively, "Bones in the Sand", *Horn Book* 57 (1981): 645.

包括孩子的父母)。最终,孩子们成功地解决了困境或解除了威胁,但只有他们自己知道他们是英雄——有偏见的大人们往往把村庄恢复其常态归功于其他的、逻辑的原因。总体而言,这些故事均由第三人称叙述者讲述,他看起来对孩子们,以及他们身处其间的困境有一种深情和幽默的理解。①

在英国,佩内洛普·利弗里首先作为一个儿童小说作家被公众所认识。从1970年开始的20多年间,佩内洛普·利弗里几乎每年出版一部儿童小说。它们包括:《阿斯特科特》(1970)、《流言骑士》(*The Whispering Knights*, 1971)、《鬼猎人哈格沃斯》(*The Wild Hunt of Hagworthy*, 1971)、《车道》(*The Driftwa*, 1972)、《托马斯·肯普的幽灵》(*The Ghost of Thomas Kempe*, 1973)、《牛津瑙伦园的房子》(*The House in Norham Gardens*, 1974)、《回到过去》(*Going Back*, 1975)、《无名男孩》(*Boy without a Name*, 1975)、《及时处理》(*A Stitch in Time*, 1976)、《彩色玻璃窗》(*The Stained Glass Window*, 1976)、《范妮的姐姐》(*Fanny's Sister*, 1976)、《范妮与怪兽》(*Fanny and the Monsters*, 1978)、《到王后谷第66号墓的旅途》(*The Voyage of QV66*, 1978)、《范妮及陶艺碎片的战争》(*Fanny and the Battle of Potter's Piece*, 1980) [1983年,三部范妮故事合为一部《范妮与怪兽:及其他故事》(*Fanny and the Monsters: And Other Stories*)]、《塞缪尔·斯托克斯的复仇》(*The Revenge of Samuel Stokes*, 1981)、《龙的烦恼》(*Dragon Trouble*, 1984)、《不请自来的幽灵和其他故事》(*Uninvited Ghosts and Other Stories*, illustrated by Lawrence, 1984)、《黛比与小恶魔》(*Debbie and the Little Devil*, 1987)、《一座房子的里里外外》(*A House Inside Out*, 1987)、《寻找家园》(*In Search of a Homeland*, 2001, Illustrated by Ian Andrew)、《金发姑娘与三只熊》(*Goldilocks and the Three Bears*, 1997) 共21部儿童小说。其中,最负盛名的是《托马斯·肯普的幽灵》(1973)。

佩内洛普·利弗里在其儿童文学幻想小说中提供了一种最明显和最有效的方式来使过去活生生地再现。时间、记忆、历史和景观是佩内洛普·

---

① Sanford Sternlicht, "Chapter 1: Lively's Themes, Style, Background, and Other Fiction", *Penelope Lively*, Mary Hurley Moran, New York: Twayne Publishers, 1993, Twayne's English Authors Series 503. *Literature Resource Center*, Web. 25 July 2011.

利弗里所有作品的重要常数。① 她在《儿童与记忆》（1973）②、《托马斯·肯普的幽灵》（1974）③、《儿童与记忆的艺术：第一部分》（1978）④、《儿童与记忆的艺术：第二部分》（1978）⑤、《沙中的骨头》（1987）⑥ 等论文中详尽论述了她的儿童小说对记忆和历史的表现。在《儿童与记忆》中，她写到了她为儿童写作的原因以及她希望她的书对其读者产生的影响。她说，她的写作首先是娱乐她的小读者，然后是吸引他们对于自己和他人生活的关注，"第一步是使其与自我分离，第二步是使孩子摆脱自我关注，第三步是逐渐成熟……孩子们需要感觉我们生活在一个无限延伸到我们之前和之后的永恒世界中，人的一生是某种令人吃惊并引人深思的东西：首先，人在他们自己的生活中进化。……这种认知经常令人吃惊：地点有过去，它们今天如此但过去如彼"。⑦

（一）青少年作品：表现过去与现在交叠的作品

《阿斯特科特》（1970）不太像一部历史小说而更像是一部关于历史的小说。《阿斯特科特》并置了现代房屋与鬼魂出没的中世纪村庄。现实与幻想交叠，小说中的小主人公必须找到并复原一个古代的圣餐杯，以避免黑死神的回归——他曾在 600 年前毁掉了原来的阿斯特科特。

《流言骑士》（1971）再次结合了神话和历史因素。一个女子试图修建一条穿过一个宁静小村庄的高速公路，这会毁掉其古代地标。后来，她被揭露是邪恶的摩根仙女之当代化身。主人公诱使她进入一个对抗邪恶的远古巨石阵中心，她罪有应得地被摧毁。

《鬼猎人哈格沃斯》（1971）展示了一幅古代恶鬼被一种头戴面具和

---

① Lisa Tuttle, "Penelope Lively: Overview", *St. James Guide to Fantasy Writers*, Ed. David Pringle. New York: St. James Press, 1996. *Literature Resources from Gale*, Web. 5 Aug. 2011.

② "Children and Memory", *Horn Book*, 49 (June 1973): 400 - 407, "The Ghost of Thomas Kempe", *Junior Bookshelf*, 38 (June 1974): 143 - 145.

③ "The Ghost of Thomas Kempe", *Junior Bookshelf*, 38 (June 1974): 143 - 145.

④ "Children and the Art of Memory: Part I", *Horn Book*, 54 (February 1978): 17 - 23.

⑤ "Children and the Art of Memory: Part II", *Horn Book*, 54 (April 1978): 197 - 203.

⑥ "Bones in the Sand", *Horn Book*, 57 (August 1981): 641 - 651; reprinted in *Innocence and Experience: Essays and Conversations on Children's Literature*, edited by Barbara Harrison and Gregory Maguire (New York: Lothrop, Lee & Shepard, 1987), pp. 13 - 21.

⑦ Alan McLay. "Penelope (Margaret) Lively", *British Children's Writers Since 1960: First Series*, Ed. Caroline C. Hunt. Detroit: Gale Research, 1996. Dictionary of Literary Biography Vol. 161. *Literature Resources from Gale*. Web. 5 Aug. 2011.

鹿角的古代舞蹈在当代唤醒的图画。

在《托马斯·肯普的幽灵》(1973)中,小男孩詹姆斯与家人搬到一个历史上著名村庄的农舍中。他遇见了一个在17世纪时曾居住在这儿的幽灵——魔法师托马斯·肯普。托马斯·肯普由于现代科学对乡村生活的入侵而焦虑不安,并试图以各种恶作剧和喧闹来阻止这种入侵。他把所有问题都推到詹姆斯身上,使得詹姆斯因他的恶作剧而备受责备。詹姆斯想要阻止托马斯的这种恶作剧行为。在这一过程中,詹姆斯发现了一个19世纪的10岁小男孩,并在其帮助下成功地说服托马斯·肯普安静地返回其坟墓。

(二)少儿作品:历史小说

佩内洛普·利弗里的一些儿童小说——主要是那些为较小读者写作的作品——是更纯粹的历史小说。《无名男孩》(*Boy without a Name*, 1975)的背景设置在17世纪,关注一个对他所处环境、甚至他所生活的世纪的名称都一无所知的孤儿。《范妮的姐姐》(*Fanny's Sister*, 1976)、《范妮与怪兽》(*Fanny and the Monsters*, 1979)和《范妮及陶艺碎片的战争》(*Fanny and the Battle of Potter's Piece*, 1980)围绕一个9岁假小子的现实冒险,描绘了维多利亚女王时代中期一个中产阶级大家庭的生活。三部范妮作品后来合成一个单行本《范妮与怪兽:及其他故事》(*Fanny and the Monsters: And Other Stories*, 1982)。

(三)低幼儿童作品:不谈历史

佩内洛普·利弗里为低幼儿童所写的书籍则完全避开了历史。长篇小说《到王后谷第66号墓的旅途》①和彼此关联的短篇小说集《一座房子的里里外外》(*A House Inside Out*, 1987)从不同动物的视角来讲述故事。《龙的麻烦》(*Dragon Trouble*, 1984)和《黛比与小恶魔》(*Debbie and the Little Devil*, illustrated by Toni Goffe, 1987)采用当代场景,并关注对家中那些超自然或相反的神秘事件有所意识的孩子们。

在这些儿童作品中,佩内洛普·利弗里表达了她对孩子们看待世界之方式的理解和尊重,这源于她"非同寻常地准确和诚实的回忆:在一

---

① QV66王后谷第66号墓,全称 Valley of the Queens 66,是拉美西斯二世的正室妻子妮菲塔莉位于王后谷的墓穴。建于第十八王朝,直到1904年,被一位名叫埃内斯-托夏帕·瑞丽(当时埃及博物馆馆长)的考古学家发现。

个成人创造的世界中,一个孩子喜欢的是什么"。① 青少年读者对她的欢迎(她每周都收到无数小读者的来信)无疑来源于他们的这种感觉:这是一个认真对待他们的作家,不会跳出来规范他们或形塑他们的思想。尽管她如今致力于成人小说的创作,但她"仍然对儿童有着集中的兴趣"②,并在其伦敦的家中保持一个不断扩展的儿童小说图书馆。③

佩内洛普·利弗里发现她不能够在低幼童书中进行更哲学的沉思,于是开始转向更成熟的读者。1976年的三部小说《及时处理》(1976)、《彩色玻璃窗》(1976)、《范妮的姐姐》(1976)标志了她写作中的这种变化:最初是为更大一些的孩子写作,最终进一步发展为成人读者而创作。

二 成人小说

1977年,佩内洛普·利弗里突然让公众大吃一惊,她出版了一部非常棒的成人小说——《通往利奇菲尔德的路》(*The Road to Lichfield*)。该书因其优雅低调的风格,对记忆运作方式的探索及其对中年危机富有同情心的描绘而备受赞誉,并入围"布克奖"。此书通常被看作她职业生涯的一个转折点,"我只是不再有童书的观念,我脑子里塞满了成人写作的观念,于是我宁可放弃我的童书写作"。

接下来的另外24部成人小说也颇受好评,并赢得了诸多奖项:《越过蓝山》(*Beyond the Blue Mountains*, 1997)、《时间珍宝》(*Treasures of Time*, 1979,获艺术协会国家图书奖);《审判日》(*Judgment Day*, 1980)、《接近本质,艺术》(*Next to Nature, Art*, 1982)、《完美幸福》(*Perfect Happiness*, 1983)、《据马克说》(*According to Mark*, 1984,入围布克奖);《月亮虎》(*Moon Tiger*, 1987,获布克奖及并入围惠特布莱德

---

① Sheila A. Egoff, *Thursday's Child: Trends and Patterns in Contemporary Children's Literature*, Chicago: American Library Association, 1981, p.41.

② Christina Hardyment, "Time out of Mind: Penelope Lively (née Low, St. Anne's 1951) Talks to Christina Hardyment", *Oxford Today* 2, no. 3 (1990): 30.

③ Sanford Sternlicht, "Chapter 1: Lively's Themes, Style, Background, and Other Fiction", *Penelope Lively*, Mary Hurley Moran, New York: Twayne Publishers, 1993. Twayne's English Authors Series 503.

奖)、《经过》(Passing On, 1989)、《思维之城》(City of the Mind, 1991)、《朱迪与火星人》(Judy and the Martian, 1992)、《克利奥佩特拉的妹妹》(Cleopatra's Sister, 1993)、《晚安,好梦》(Good Night, Sleep Tight, 1994)、《猫、乌鸦与菩提树》(The Cat, the Crow and the Banyan Tree, 1994)、《与爷爷在一起》(Staying with Grandpa, 1995)、《灾难重重的狗》(The Disastrous Dog, 1995)、《一个将留下来的火星人》(A Martian Comes to Stay, 1995)、《热浪》(Heatwave, 1996)、《幽灵般的幽灵》(Ghostly Ghosts, 1997)、《蜘蛛网》(Spiderweb, 1998)、《一、二、三、跳!》(One, Two, Three, Jump! 1998)、《照片》(The Photograph, 2003)、《编造》(Making it Up, 2005)、《后果》(Consequences, 2007)和《家庭相册》(Family Album, 2009,入围2009年哥斯达黎加小说奖)。其中最负盛名的是第七部《月亮虎》(1987)。

1977年,佩内洛普·利弗里出版了故事集《越过蓝山》(Beyond the Blue Mountains, 1997)[①],包含了14个奇思妙想而令人震惊的故事:《五千零一夜》(The Five Thousand and One Nights)想象了山鲁佐德接下来的历史,她的苏丹开始厌倦她越来越多的实验性虚构,并开始自己讲故事;文集同名故事《越过蓝山》(Beyond the Blue Mountains)描绘了一对度假的夫妇:妻子平平淡淡地揭发了她丈夫的婚外情;《结婚证书》(Marriage Lines)讲述丈夫和妻子从一次婚姻咨询中逃走以躲开他们怒气冲冲的咨询师;《格鲁帕的孩子们》(The Children of Grupp)是一个带着中世纪感觉的、怪异的奇幻故事。其他故事把或多或少的戏剧性带入佩内洛普·利弗里对历史偶然性以及人类无法控制的命运之猜测。《友好的季节》(Season of Goodwill)讲的是一对出去采购圣诞礼物的中年夫妇遇到一个很悲观的搭车人,结果他劫持并抢劫了他们;《蝴蝶与油漆罐》(The Butterfly and the Tin of Paint)探讨了佩内洛普·利弗里颇感兴趣的混沌理论,并描绘了一系列难以置信的复杂而滑稽的事件:从卧室里一桶溢出的油漆到两周后首相的垮台。佩内洛普·利弗里用这个故事阐释了我们一直避而不谈的混沌理论,"科学家并不总能解决问题。现实生活和小说方能从不同方面解

---

① 美国版名为《五千零一夜》(The 5001 Nights)。

释问题"。①

三　短篇小说集

1978 年，佩内洛普·利弗里的第一部短篇小说集《除了茶壶之外什么也没丢》(*Nothing Missing but the Samovar, and Other Stories*) 出版，由 14 个短篇故事组成，赢得了南部艺术文学奖（Southern Arts Literary Prize）。1984 年，利弗里的第二部短篇小说集《腐败》(*Corruption and Other Stories*, 1984) 出版，由 11 个相互关联的故事组成。1986 年，她出版了第三部短篇小说集《一扎卡片：1978—1986 年间的短篇小说》(*Pack of Cards: Stories 1978-1986*, 1986)，收录了 34 个故事，包括上述两部小说集中的 24 个故事以及后来创作的 10 个故事。

佩内洛普·利弗里的短篇小说在主题和语气方法上各不相同：一些故事反映出弥漫在她小说中的、对时间和历史的相同兴趣；一些是讽刺性的社会快照；但是仍有一些反映她自己在 12 岁时突然切入英国生活的青春期困惑，并特写年轻的外来者们试图处理他们的孤独和外来者身份的努力。佩内洛普·利弗里自己宣称她的短篇故事比长篇小说更具自传色彩，描绘了她的独立。她称之为在她写作它们时的"记忆消化"(the digestion of memory)："许多故事都来源于 20 年前或更早以前的自己；与此同时，在当时那些经验看起来几乎没有什么意义。许多年后，我能够以另一种眼光来看待它们，并把它们当作阐明那些在当时我无法理解的事情的工具"。②

在文体上，这些短篇故事比长篇小说更简洁，解释了作者顿悟的记忆。佩内洛普·利弗里注意到这种简洁是"短篇故事作为一种文学形式最伟大的力量；它给予作家机会来表明一种不能或毋须扩展为一部长篇小说，但有着相当重要性或意义的看法"。③

---

①　Ruth P. Feingold, "Penelope (Margaret) Lively", *British Novelists Since* 1960: *Third Series*. Ed. Merritt Moseley, Detroit: Gale Group. 1999. Dictionary of Literary Biography Vol. 207. *Literature Resource Center*, Web. 25 July 2011.

②　Penelope Lively, "Bones in the Sand", *Horn Book* 57 (1981): 644.

③　Ibid..

四 自传

《夹竹桃，蓝花楹：童年感知》（*Oleander, Jacaranda: A Childhood Perceived*, 1994）是一部引人注目的、广受好评的作者自传，记录了作者20世纪30年代和40年代在埃及的童年时代。

《不上锁的房子》（*A House Unlocked*, 2001）继续讲她在英国的故事。在写作此书时，佩内洛普·利弗里进入了她创作的第4个10年，和她的其他小说一样，她童年时代的家成为书中一个重要背景。

五 非虚构作品

论著《过去的现在：景观历史导论》（*The Presence of the Past: An Introduction to Landscape History*, 1976）探索了残留在景观、建筑、地名、方言俗语等事物上的英国过去之丰富痕迹。

另外，佩内洛普·利弗里还定期为《相遇》（*Encounter*）、《星期日》（*Sunday*）、《每日电讯报》（*Daily Telegraph*）、《独立报》（*Independent*）、《英国泰晤士报》（*Times*）、《星期日泰晤士报》（*Sunday Times*）、《观察者》（*Observer*）、《纽约时报》（*New York Times*）、《书籍和书商》（*Books and Bookmen*）、《泰晤士报教育增刊》（*The Times Educational Supplement*）、《标准》（*Standard*）、《文学评论》（*The Literary Review*）及其他报纸杂志撰写新闻作品和书评。

不仅如此，她的短篇小说经常发表于《相遇》（*Encounter*）、《文学评论》（*The Literary Review*）、《好主妇》（*Good Housekeeping*）、《时尚》（*Vogue*）、《美国版时尚杂志》（*Cosmopolitan*）、《选择》（*Options*）、《观察者》（*The Observer*）、《女性自我》（*Woman's Own*）及其他国内外期刊杂志。她所编剧的3集电视剧《男孩多米尼克》（*Boy Dominic series*, 1974）和《自古以来》（*Time Out of Mind*, 1976）也颇受好评。她的许多作品还在英国广播公司（BBC）和澳大利亚广播电台（Australian Radio）上进行广播。

第三节 作品总体论述

自1970年出版第一部童书《阿斯特科特》以来，佩内洛普·利弗里已成为一个多产且题材广泛的作家。在其众多儿童小说和成人小说中，佩内洛普·利弗里一直特别关注的是过去与记忆的关系。这种关注可以追溯到她大学时代对现代历史的阅读。正是因为对历史的阅读，佩内洛普·利弗里开始对景观历史感兴趣，这一兴趣最终激发她把自己对于这一主题的思考写成小说，形成了别具一格的"历史编纂式元小说"（historiographical metafiction），即"某种独一无二的，既非历史亦非幻想但又兼具两者特色的，不能简单地贴上任何标签的书——地点力量超过大多数人物力量，'历史即今天'的书"。①

佩内洛普·利弗里的自传《夹竹桃，蓝花楹：童年感知》（1994）清晰而准确地回忆了自己六七岁时第一次清醒地意识到现在与过去间奇妙关系的情景：

> 我们正乘车从布拉格代克鲁尔（Bulaq Dakhrur）去赫利奥波利斯。我坐在后面的座位上，座位的皮垫紧贴着我的光腿。我们的车在两旁栽有夹竹桃和蓝花楹的路上，在白花和蓝花的交替中行驶。我低声唱着："蓝花楹，夹竹桃……蓝花楹，夹竹桃……"我这样唱着，突然发觉，过几个小时，我们将原路返回，我会经过同样的树，顺序颠倒一下——夹竹桃，蓝花楹，夹竹桃，蓝花楹——我还发觉，同样地，我可以回过头来看现在的我，此刻的我。我可以思考现在的我，思考这个——但那将是彼时，不是现在。
>
> 我后来这样做了，我心情激动地感知了过去与将来之间的断层——现在永远在流逝。写这本书，我怀着同样惊奇的心情对不可恢复的童年作出思考，对她的想法与我的想法之间的奇异关系作出思考。她是我的自我，但是，如果没有这些奇迹般留存下来的生命片刻，即内心的陌生人，那么，这个自我便无法触及。②

正是在此书中，佩内洛普·利弗里第一次指出回忆（过去）对自我

---

① David Rees, "The Marble in the Water: Essays on Contemporary Writers of Fiction for Children and Young Adults", in *Horn Book* (Boston, MA), 1980, pp. 185–198.

② Penelope Lively, *Oleander, Jacaranda: A Childhood Perceived: A Memoir*, HarperCollins Publishers, 1994. p. 1. 转引自［美］保罗·约翰·埃金《自传的起源：叙述身份与拓展自我的出现》，姚君伟译，《国外文学》（季刊）2000年第3期（总第79期），第4页。

建构（现在）的重要意义，指出了"过去与将来之间的断层——现在永远在流逝"。这一直是佩内洛普·利弗里创作的中心焦点。正如梅丽莎·卡尔罗斯（Melissa Culross）指出的那样："佩内洛普·利弗里的作品普遍关注时间的流动、过去与现在的连续性以及历史与个人记忆的关系。"①鲁思·P. 戈尔德（Ruth P. Feingold）也指出："佩内洛普·利弗里的许多作品都关注时间、历史和记忆。她喜欢探索人类与自然和建筑景观的相互作用，并考察地点建构身份并形成关系的方式。她的主人公经常是业余或职业的考古学家、古生物学家、建筑师或历史学家，他们通过多次的偶然发现而对他们的世界及他们自己逐渐有了充分的理解。佩内洛普·利弗里喜欢的一个比喻是'重写本'（palimpsest）：其字面意义是一份后来的作品被书写在一个先前作品，并将其覆盖的手稿，或一个展示了两个或多个不同时代特征的'地质学样本'。'重写本'被佩内洛普·利弗里用来指示构成一个地点或一个人的经验、记忆和物理数据等层面。"②

一 主题一：过去与现在的关系

佩内洛普·利弗里小说中反复关注的主题是过去与现在间复杂的、相互影响的关系。作为一个历史学家，佩内洛普·利弗里从历史视角来看待这个世界。她经常敏锐地意识到过去蛰伏在现在的方式。她明确指出："也许我感兴趣的是记忆的运作机制，物理世界组成记忆的方式，它作为一个负担的方式和它作为一笔资产的方式……我实在是难以判定它是什么。但这是我经常意识到，并经常想在小说中用新方式来探索的东西。"③

也许，理解佩内洛普·利弗里这一主题观点的最好钥匙是其非虚构作品《过去的现在：景观历史导论》。该书探索了残留在景观、建筑、地名、方言俗语等事物上的英国过去之丰富痕迹。佩内洛普·利弗里不断运用"重写本"（palimpsest）的比喻来描绘这种现象。她认为，通过训练，

---

① Melissa Culross, "Penelope Lively—Biography", http://www.postcolonialweb.org/uk/lively/livelybio.html.

② Ruth p. Feingold, "Penelope (Margaret) Lively", *British Novelists Since 1960: Third Series*, Ed. Merritt Moseley. Detroit: Gale Group. 1999. Dictionary of Literary Biography Vol. 207. Literature Resource Center. Web. 25 July 2011.

③ 参见 Melissa Culross, "Penelope Lively—Biography", http://www.postcolonialweb.org/uk/lively/livelybio.html.

人的眼睛和想象力可以发现残留在现在表面的过去层面。她还多次指出保留历史地标和建筑以确认过去存在的必要性。佩内洛普·利弗里相信：对于我们中的许多人而言，历史是不真实的。①

这些观点在其小说中经常通过敏感的主人公来传达。例如，他能迅速察觉一条横贯现代景观的古罗马路的模糊轮廓或当代语言中的古代方言痕迹。和许多人一样，佩内洛普·利弗里参与了历史遗迹的保护工作。然而，佩内洛普·利弗里并不存有假定过去优越于现在的感伤态度；相反，她相信我们必须争取现代与古旧之间的良性平衡。我们应该在保留过去与发展技术之间作出平等选择。

佩内洛普·利弗里特别反感把过去当作离奇有趣和优美如画的当代趋势，因为她相信这是歪曲历史。在许多小说中，她取笑那些用古代艺术品装饰他们房屋，却对物品原有用途一无所知的人。她对那些试图利用当代人对老旧东西的怀念之情而牟利的人更是鄙夷不已，如其小说《接近本质，艺术》（*Next to Nature, Art*, 1982）中对托比·斯坦迪什（Toby Standish）的描绘：他试图通过把艺术品工场置于他祖先的乡村住宅——他将其重新装修以迎合公众对于18世纪乡村住宅的生活理念——来诱使客人参与他的计划。

对过去与现在的相互作用的关注已经成为其作品的特征，佩内洛普·利弗里在从《阿斯特科特》到《托马斯·肯普的幽灵》、《牛津瑙伦园的房子》（*Norham Gardens*, 1974）、《回归》（*Going Back*, 1975）以及《及时处理》（1976）等作品中主要运用了现实主义而非幻想的术语。对这些小说中的主人公而言，历史似乎不再处于文学幽灵的幌子下，而成为对时间和地点力量的一种更微妙、更精细的感觉。这些书也展示了一种在成人小说中更常见的文体实验倾向，以及对它们主人公个人的转变。

（一）时间的主观性本质

佩内洛普·利弗里对于过去与现在相互作用关系的兴趣必然包括了对于时间主观性的关注。佩内洛普·利弗里对这一维度的悖论本质非常着迷：尽管我们同意这样一种观念，即时间是客观的和按年代顺序排列的，

---

① Sanford Sternlicht, "Chapter 1: Lively's Themes, Style, Background, and Other Fiction", *Penelope Lively*, Mary Hurley Moran. New York: Twayne Publishers, 1993. Twayne's English Authors Series 503. *Literature Resource Center*. Web. 25 July 2011.

我们经常凭直觉知道时间是主观的和同时性的。她继续在小说中强化这一观点。例如，通过人物的洞察力和经验，她暗示：历史仅仅在有人沉思它时存在；钟表时间仅仅是人类的一种建构，并非绝对的现实性；在他们突然、无缘无故地打破这种钟表时间的建构时，人们能经历顿悟的时刻，并理解到所有时间的共存；人类意识是一种不断变化的、记忆与当下事件意识的混合物——哲学家亨利·柏格森（Henri Bergson）称之为"持续流动"（durational flux）。

《牛津瑙伦园的房子》（1974）在文体上堪与弗吉尼亚·伍尔夫的作品媲美，写的是14岁的克莱尔发现了她那作为人类学家的祖父所收藏的一件新几内亚手工艺品。克莱尔原本就对来自过去的事物感到好奇，现在又被她的发现引发了调查生产那个手工艺品的部落的兴趣。她发现这个部落的成员不理解时间的先后顺序。因为他们的信仰体系不包含过去和将来的观念，他们生活在永恒现在——与克莱尔生活的现代牛津世界共存但少有关联。佩内洛普·利弗里的叙述结构拟写了克莱尔的发现，克莱尔日常生活的片断场景与来自新几内亚的场景交织在一起，因此，读者和主人公逐渐同时理解了时间的主观本质。

总之，这种对于时间主观性本质的兴趣是佩内洛普·利弗里对于现实主观性本质的兴趣的一个部分。正如她所有作品均在某种程度上关注过去与现在的关系一样，她所有的作品也都在一定程度上坚持她的信念，即我们总是根据我们所拥有的特殊联系、知识和情感需要，以一种偏颇的方式来解释现实，我们绝不——至少是在童年之后——接受未经过滤的现实。佩内洛普·利弗里用来生动阐释这一观念的主要方式是大量现代主义者们的多重视角技术——最好称之为万花筒式叙述。她经常从每个当事人的视角来两三次地重复同一事件。她精妙的、几乎是天衣无缝的视角转换堪与万花筒旋转时的转化模式相比：事件的每个版本，就像每个新的万花筒图案一样，不同于先前的那个版本而又包含了它复杂的痕迹。

（二）地点对时间的记忆

《及时处理》（1976）为佩内洛普·利弗里赢得了1976年的"惠特布莱德奖"，在一个更复杂的层面上探讨了与《托马斯·肯普的幽灵》相同的一些主题。11岁的孤独女孩玛丽亚（Maria）与家人一道，在莱姆·里杰斯（Lyme Regis）镇上一座租来的维多利亚女王时代的房屋中度暑假。在此期间，她强烈地受到周围各种遗迹的吸引，她了解到此地以化石闻名，并结识了一位名叫哈里特（Harriet）的同龄女孩。哈里特 100 年前住在这座房子中，像玛丽亚一样收集化石，并用画和十字绣来精细地表现化石。

《及时处理》中幻想与现实的界限是模糊的。玛丽亚经常听见屋子里的奇怪声音。佩内洛普·利弗里让读者自己来决定，在何种程度上这些是再现时间的精神幽灵，而在何种程度上它们仅仅是被具有高度想象力和敏感性的孩子所拾得的远古回响之象征。玛丽亚对如何描绘她的经验没有信心，但随着成长——她将之描绘为"这个变成某个有点不同的人的奇怪过程"——她认识到有许多超越过去与现在相互作用的方式。"当她走进屋子时，她突然想起来，那些地方就像时钟。它们充斥着它们曾拥有的所有时间，所有发生过的事件。它们一直持续下去，与那些藏在它们中间发生的事情一起，如果你能找到它们，就像你打碎岩石找到化石一样。"①

作为她之后许多成人小说的先驱，《及时处理》比较了制造一个空间的历史层面与建构一个个体的相似层面，这也是非常重要的。正如玛丽亚学会成长并欣赏她周围环境中连续性与变化的复杂相互作用一样，她也发现成长的过程对她个人产生了一种相似的影响：哈里特变成了哈里特·斯坦顿夫人。她想："我将会成为相当不同的人，但以一种可笑的方式，我们都会永远继续留在这儿，因为 10 岁或 11 岁的夏天我们曾在这儿。"②因此，玛丽亚偶然发现了佩内洛普·利弗里希望她的读者们也能找到的精神养料和观念："人与地点和时间有一种不可避免的'连锁'作用……我们的生活追求短暂地跨越历史的更大连续性。即使你是 8 岁或 9 岁或 13 岁的、对罪恶一无所知的清白孩子，你也能抓住那些令人惊讶的观念并被其放大"。③

《通往利奇菲尔德的路》（1977）是另一个动人的故事，巧妙地阐明了一个人的死亡与另一个人的新生之间的相伴关系。女主人公安·林顿（Ann Linton）把濒临死亡的父亲送到了利奇菲尔德的养老院。在这个阴郁的故事中间，安·林顿出乎意料地与前来看望父亲的前邻居大卫·菲尔丁（David Fielding）陷入爱河。通往利奇菲尔德的路实际上把安·林顿带

---

① Ruth P. Feingold, "Penelope (Margaret) Lively", *British Novelists Since 1960: Third Series*. Ed. Merritt Moseley. Detroit: Gale Group. 1999. Dictionary of Literary Biography Vol. 207. *Literature Resource Center*. Web. 25 July 2011.

② Ibid..

③ Ibid..

离她作为一个历史教师、妻子和两个孩子的母亲这样一种日常生活存在。小说结尾，安·林顿一心想保留的历史住宅在她出门时被推土机夷为平地。留下来的唯有路的遗迹。作为人类关系网络的象征，路能够变更并永远变更，"夜晚是既隐匿又揭露的。安想：我懂这条路，或者是想象我懂，但如今它看起来不一样了……地点具有这种不可靠性，绝非你认为它们将成为的那个样子。你想你能控制它，却发现你不能"。①

二 主题二：历史与个人记忆的关系

佩内洛普·利弗里对公众的、集体的过去（即历史）和个人的过去（即记忆）有着同样强烈的兴趣。正如外部世界分层堆积和包含了早期时代在其景观、建筑、地名、语言等上的残留痕迹一样，个人是所有她更年轻的自我和更早期经历的体现。佩内洛普·利弗里还发展出一种通过暗示记忆的潜力和易变性来展示这一点的特殊艺术。

在《时间珍宝》（1979）中，当好心但油嘴滑舌的电视制片人开拍一部已故考古学家休·帕克斯顿（Hugh Paxton）的传记电影时，公共的和私人的历史交集在一起。影片制作涉及帕克斯顿的遗孀劳拉（Laura）、女儿凯特（Kate）、凯特的未婚夫汤姆和劳拉的姐姐内莉（Nellie）。除劳拉之外，每一个人物，都和帕克斯顿一样，是研究过去的专业人士：凯特是博物馆馆长；汤姆是研究 17 世纪文物的博士；而内莉是考古学家，从前与帕克斯顿是同事。自私、肤浅而漂亮的劳拉控制着她周围的这些人。正如汤姆第一次遇见她时所感觉那样，她有一种"立刻把别人置于不利地位的非凡本领"。

影片开拍之后，帕克斯顿考古发现之重要性让位于他家人和同事想要把他的生活及著作呈现为大众消费品的复杂操控。叙述视角在每一个重要人物之间不断转换，《时间珍宝》揭示了纪录片试图建构的优雅外表之下存在的大量凌乱和被部分遮蔽的真相以及令人不安的可能性。内莉与帕克斯顿共事多年，并一直深爱着他，直到他与劳拉结婚。劳拉对丈夫与自己姐姐的友谊感到极度不安，利用她自己的性魅力从其他男人那里获取肯定。帕克斯顿的研究，尽管很有价值，却没有呈现出明显的重要性。

与此同时，过去的罪孽与疏忽犹胜于现在的罪孽与疏忽。劳拉利用一

---

① *The Road to Lichfield.* London：Heinemann, 1977.

切机会操纵她身边的人：最过分的是，当内莉在一次车祸中变得半身瘫痪和半聋半哑时，她忽视内莉甚至将其当作小孩子对待，虽然内莉的精神智力并未受损，但显然，劳拉嫉妒她的独立并希望她永不恢复。汤姆和凯特，在小说开篇时坠入爱河，却一点一点滑向分离：他被凯特——在她母亲诱导下产生的——不安全感和毫无理性的嫉妒赶走了。

在整部小说中，人物生活的复杂及相互作用通过对于历史作用和本质，以及对把过去浪漫化的危险等问题的沉思——一些来自汤姆的视角，一些来自匿名作者的声音——而获得均衡。劳拉个人对于记忆的回避和选择与纪录片的公共透明性保持均衡。然而，尽管汤姆忧虑不堪，但还是接受了一个他一直意识到其所有不足之处的电视节目。小说以他接受一份制片助理的工作而结束。《时间珍宝》为佩内洛普·利弗里赢得了英国艺术协会国家图书奖（Arts Council of Great Britain National Book Award）。

《月亮虎》（1987）的主人公是一个历史学家——克劳迪娅·汉普顿（Claudia Hampton）。她因胃癌而濒于死亡。躺在病床上等死之时，她对一段困惑的往事进行思考。她回忆了二战期间与一名年轻士兵的恋爱。她决定把她的过去以小说形式保存下来。在《月亮虎》中，佩内洛普·利弗里书写了她自己作为一个儿童在开罗时的经验：开罗是一个矛盾的后殖民空间，一个埃及人和欧洲人都似乎被解放而又束缚于殖民历史的景观。

《克里奥佩特拉的妹妹》（1993）是一个关注对过去的认知、瞥见及诠释的文本，而不是一个单一的权威的历史。除此之外，它以北非视角生动描绘了二战。其背景是卡里姆比亚（Callimbia），一个虚构的中东国家。这个饱受战争蹂躏的国家也是霍华德（古生物学家）和露西（记者）的工作对象。霍华德和露西是雄心勃勃，以事业为重的主人公。然而，因为他们所受的训练以及对当代文化的蔑视，他们无法理解这一文化景观，他们发现自己被困于其中。两人对于卡里姆比亚的认知逐渐与全知叙述者拉开距离。作为一部小说，《克里奥佩特拉的妹妹》论述了翻译的政治因素，以及自我与他人之间很大程度上不可沟通的边界。在此书中，佩内洛普·利弗里发展了关于阶级与两性之间焦点、张力和交集的不同观点。

历史和记忆的结合还体现在佩内洛普·利弗里的小说《照片》（2003）之中。格林·彼得斯（Glyn Peters）发现了一张他妻子拥抱另一个男人的老照片，他的世界顿时天翻地覆。像《月亮虎》中的克劳迪娅·汉普顿一样，格林·彼得斯也是一位历史学家，不同的是，克劳迪娅尽力写出过去,而格林则尽力重新想象过去。他想,他知道的历史看来已经像一个不忠的情人般抛弃了他。

佩内洛普·利弗里的《编造》(2005)是作者的替代性历史。她在书中不断思考她可能会在什么地方结束生命、可能会在她生命的关键时刻作什么不同的选择。用作者的话来说,《编造》是一部反回忆录,为一种过去的感觉而放弃了线性因果历史,其路径是任意的,随机的,因而有着致命的严重后果。

《后果》(2007)通过对未来21世纪三代女性的生活来探讨"命运能在瞬间改变"的主题。此书在某种程度上进一步扩展了《编造》中已经出现的传记背离(biographical departures)表现手法。

(一)记忆的运作机制

《回归》(Going Back)在文体和主题方面均与佩内洛普·利弗里的早期作品截然不同。尽管小说大部分描绘了二战期间两个孩子在一个农场上的经历,文本的叙述框架是既开放又闭合的场景,叙述者是其中一个孩子长大成人后的成年女子。小说全篇通过第一人称叙述,从这个女子的成人视角来进行叙述。《回归》的情节相对比较简单:一个男孩和姐姐过着宁静的生活。期间,他们那严酷而不可理喻的父亲偶尔会来打扰;弟弟被送到一个志趣不合的寄宿学校;两人曾跑去看望一位对他们很友善的充满同情心的年轻人。然而,小说情节的单纯性掩饰了它所隐含的非常复杂的主题:记忆的运作机制。通过普鲁斯特式(潜意识)回忆,《回归》中故事套故事的结构不仅使得叙述者能够找回她自己的过去,而且帮助她理解思维建构过去时的难以捉摸的方式。

回忆正是如此。你知道发生了什么,以及你认为发生了什么。常见情况是:你知道发生的那些并不总是你记得的。事物被时间捏造:岁月混淆了真假。《回归》中的郊区房屋是基于她对祖母西萨默塞特房子的记忆,佩内洛普·利弗里说,"在描绘它时,我正是利用了我试图在此书中暗示的记忆的功能——片断、恍惚选择性回忆的保存本质"。

(二)第一人称叙述对第三人称叙述框架的中断

佩内洛普·利弗里极富特色地在故事中采用了一种第三人称叙述框架,但又经常用突然进入主要人物意识中的亲密的第一人称叙述来中断叙述。这些叙述揭示了人们过去生活在他们记忆中的可靠程度。外部叙述中的一个事件经常使一个人物切入他或她早期生活事件中的一种普鲁斯特式

第二十五章 时间、历史与记忆:佩内洛普·利弗里的童话奇幻创作　　505

的重新经历。例如,在《时间珍宝》(1979)中,老处女内莉在修剪她妹妹的玫瑰花园时回忆起了一个情感时刻:就在同一个花园里,内莉遇见了休·帕克斯顿——后来成为她妹夫——并悄悄地爱上了他。下面的引文将展示出佩内洛普·利弗里从现在和外部转向过去和内在的熟练技巧:

> 而内莉,决心赶走一朵停在玫瑰花蕊上的蝴蝶,她有些心不在焉,好像重新回到了这个花园30年前一个奇异的下午,当时她听到有人走动的声音便回过头去,看见一个男子站在紫杉树下面。
>
> 心中突然涌起喜悦、兴奋和恐惧的情怀。我迅速说话,掩饰了我的感觉,因为我不(至今仍不)确定他的感情,"这是一个可爱的花园,休——至少你该将其恢复原状,当然现在它太杂乱了"。①

正如上面的引用所暗示的那样,当一个人物复活了一段记忆时,佩内洛普·利弗里经常切换到现在时时态。这种切换的运用,与第一人称视角一起,创造了一种事件回忆的及时性,有助于强化对人类意识有着强有力控制的记忆的印象。

总之,佩内洛普·利弗里并不赞成流行的哲学假定——我们能客观地看待历史。她认为,对历史事件(就如所有事件一样)而言,并不存在决定性的解释。在其小说中,她试图传达这样一种观念:"历史的观念是流动的,它不是一个被接受的观念而是大量的争论、讨论和阐释"。②此外,一个人对于历史事件的视角不可避免地受到他所生活的时代和文化之影响。这正是破旧立新的历史学家克劳迪娅·汉普顿在《月亮虎》中一直大声宣称的。佩内洛普·利弗里指出,例如,一部19世纪波士顿人所撰写的关于科尔特斯人(Cortez)征服阿兹特克人(Aztecs)的历史书,并不像科尔特斯人时代的镜子,而更像"1843年的一个文明而反思的美国人的思维镜子。正如我自己的观点(体现在我自己关于阿兹特克人的书中)是1954年一个好辩的、固执己见的、独立的英国妇女的一面思维

---

① Penelope Lively, *Treasures of Time* (Garden City, N.Y.: Doubleday, 1980), 35–36; hereafter cited in text as *TT*.

② Penelope Lively, "Bones in the Sand", *Horn Book* 57 (1981): 648; hereafter cited in text as "Bones".

之镜一样"。①

三 风格特色：简洁低调

佩内洛普·利弗里的作品风格以简洁和低调著称，获得了评论者们一致的赞扬。她试图以简洁的、电影画面般的场景来呈现事件，作者不作任何评论和阐释；人物的意义和情感通过其语言、面部表情和手势来传达。佩内洛普·利弗里有意识地追求这种压缩，并受到以这种压缩方式来写作的小说家们的影响。佩内洛普·利弗里这样来解释她的文体趣味革命：

> 我成长在斯蒂维尔（Sitwells）②、诺曼·道格拉斯（Norman Douglas）和劳伦斯·达雷尔（Lawrence Durrell）的年代：一个推崇奢华文学的时代，即语言必须绚丽、华美和具有巴洛克色彩，用词必须标新立异，气氛和异国情调被置于准确或内容之上的时代。我忠实地阅读，但我感到要么是时代不对劲，要么是我不对劲。后来我发现了亨利·格林（Henry Green）、艾薇·康普顿－伯内特（Ivy Compton-Burnett）和其他人的作品，我认为自己推崇这种追求准确和现实主义、以少写多、言简意赅的写作。……我虽然对斯蒂维尔和劳伦斯·达雷尔敬而远之，但我很感激我从他们那儿学到的一点：通过远离另一种趣味而确定我自己的一种写作趣味。③

总之，佩内洛普·利弗里是一个简洁的文体家。事实上，她公开宣称，她写作更多其他小说的原因是她想要尝试她不能在童书中进行的文体实验，"我认识到我最初的关注开始在各种各样的概念中繁荣，而这些不能在童书中真正得到表达。它们开始要求你不能强加给孩子们这种文体和

---

① Penelope Lively, *Moon Tiger* (New York: Grove Press, 1987), 154; hereafter cited in text as *MT*.

② Sir Sacheverell Sitwell, 6th Baronet CH (15 November 1897 – 1 October 1988) was an English writer, best known as an art critic and writer on architecture, particularly the baroque, He was the younger brother of Dame Edith Sitwell and Sir Osbert Sitwell.

③ Penelope Lively, "Fiction and Reality: The Limitations of Experience", Walberberg Conference, organized by the British Council, Cologne, West Germany, January 1980, 6 – 7.

结构实验。儿童是不可思议的读者,但他们也是文学的无辜者,因为他们期待一种他们将遵循的叙述"。① 然而,就"文体家"这一术语有时暗示的意义——即只对形式和美学感兴趣——而言,她并非一个文体家。

相反,佩内洛普·利弗里有一种非常道德的文学观。她相信文学能帮孩子拓展其对于自我和世界的认知,"通过阐明(生活的)冲突及其模糊性。我们通过阅读发现作为一个人的真相。……我们能在书中为孩子做的事情之一是——拓展他们原本过分植根于时间和地点中的世界观"。② 此外,在我们这样一个不可知论者的时代,文学给了我们"一个感知和解释人类生存意义及模式的机会"③。佩内洛普·利弗里最崇敬的作家,诸如威廉姆·戈尔丁(William Golding)和伊迪丝·华顿(Edith Wharton)等,都是在小说中渗透深刻道德关注的人。佩内洛普·利弗里自己说:

> 在写作小说的过程中,我试图强加秩序给混乱,给那些很随机的事物赋予结构和意义。人们一直都在为命运的任意判决找理由和作辩解。我是一个不可知论者,尽管我不会把小说建构看作宗教信仰的替代,但在我看来,许多作家——我当然也是其中一员——把小说建构看成一个认知和解释人类存在模式和意义的机会。我也深刻地意识到经验的局限性——作者受制于社会性别、年龄和对社会历史语境的感觉。在我看来,写小说和短篇故事面临的挑战是超越和翻译个人的经验,试图给被看作自己的人生偶然的风景的一部分事物以一个普遍和可理解的意义。但是世界观本质上和不可避免地是一种个人观点,受环境制约;我在一个以相对轻松的方式写作严肃事物的英国传统中写作,最看重作家的两个品质是准确性与简洁性——能够用说最少的方式来说最多。脑海中有了这个观点后,我总是试图找到方式来把观念和发现转换成人物和叙述。如果把短篇故事比作会聚光,长篇小说就是更广泛和分散的反射光。它们做不同的事情,我想,但都取决于选择和变形——从看似提供洞察的生活现状中选取内容,然

---

① Christina Hardyment,"Time out of Mind:Penelope Lively (née Low, St. Anne's 1951) Talks to Christina Hardyment", *Oxford Today* 2, no. 3 (1990):31.

② "Bones in the Sand", *Horn Book*, 57 (August 1981):643.

③ Book Trust in conjunction with the British Council, eds., *Contemporary Writers:Penelope Lively* (London:Book House, 1988).

后赋予它们以小说的形式和要求①

第四节 《托马斯·肯普的幽灵》

佩内洛普·利弗里对童话原型和故事有着浓厚兴趣，在《金发姑娘和三只小熊》（*Goldilocks and the Three Bears*, illustrated by Debi Gliori, 1997）中重述了同名经典童话。在重述中，佩内洛普·利弗里增添了许多新鲜的细节和神秘感：金发姑娘进入熊的家，是因为受到"红色屋顶和绿色百叶窗"及前门上"大大的红铜把手"之美的吸引。然而，在进入小屋后，金发姑娘便神秘地摘掉了其玛莎·斯图尔特（Martha Stewart）面具（万圣节面具），不再注意周围环境。同样神秘的事情是，插画家黛比·葛莉欧利（Debi Gliori）用清新的画面来开始这个故事：雪橇上仰面躺着的熊和夸张的、覆盖着白雪的房子。但是，故事开始之时，正值晚春，所有的雪都已经融化，森林里开满了鲜花。另一个突转发生在故事末尾：躺在小熊床上的金发姑娘突然变成一个睡美人，不能从沉睡状态中醒来。这样一种重述赋予了旧有童话故事以现代的意义内核，从而复兴了经典童话的魅力。

不仅如此，在佩内洛普·利弗里自己的原创小说中，童话精神和主题也是重要的组成部分。她最负盛名的童书《托马斯·肯普的幽灵》（*The Ghost of Thomas Kempe*, 1973）是一部引入"时空旅行"概念的儿童童话奇幻：故事在过去与现在之间互动、转换。与科幻小说不同的是，《托马斯·肯普的幽灵》中的时空旅行借助的不是科技力量而是超自然能力：幽灵托马斯·肯普借助的是其不死不灭的状态；詹姆斯·哈里森借助的是阅读；而阿诺德·拉克特与其姨妈借助的是书写。

幽默的叙述者讲述了10岁小男孩詹姆斯·哈里森（James Harrison）的故事。詹姆斯是20世纪一个活力四射的小男孩，他经常因为各种莫名其妙的事情而遭到责备。他和家人搬到莱兹汉姆村一座有着300多年历史的老房子后不久，奇怪的事情就开始发生：各种东西绕着房子盘旋或者被神秘地搬到其他地方，17世纪手写体写成的愤怒纸条突然出现在詹姆斯

---

① Penelope Lively, "Fiction and Reality: The Limitations of Experience", Walberberg Conference, organized by the British Council, Cologne, West Germany, January 1980, pp. 6–7.

的书桌上和家里其他地方。大人们责怪詹姆斯不小心打碎东西和写纸条以吸引大人注意。他知道向他父母解释这些事情不是他所为是没用的。他逐渐拼凑出这些打扰的真正原因是托马斯·肯普的幽灵——300 多年前居住在此屋中的一个魔法师。他被许多村民们"新近流行"的行为和现代科技信念困扰,于是从坟墓出来高声抗议,并试图把詹姆斯变成他的助手。

詹姆斯发现了一些他父母在清理阁楼时扔出来的旧信件和日记。通过阅读,他发现一个和他同年的男孩阿诺德·拉克特(Arnold Luckett)在 19 世纪中叶拜访他的姨妈——这座房屋那时的主人——时有过相同的经历。当他通读了所有这些材料之后,詹姆斯开始感到与这个小男孩以及他富于同情心的姨妈有了一种非常亲近的关系。阿诺德的姨妈不同于詹姆斯的父母,她完全接受阿诺德关于房中有鬼魂出没的理论。詹姆斯逐渐对拥有这样一种超越时间维度的"友谊"感兴趣。通过日记和信件,阿诺德让詹姆斯知道他是如何解决危机的:通过驱魔。这帮助詹姆斯找到了解决危机的办法。在一个秘密驱魔的当地木匠帮助下,詹姆斯最终成功地使得托马斯·肯普安静地回到了他的坟墓。

《托马斯·肯普的幽灵》在相当程度上来自于佩内洛普·利弗里对基思·托马斯(Keith Thomas)的奠基作《魔法的衰落与宗教》(*Religion and the Decline of Magic*,1971,芮传明译为《巫术的兴衰》)的阅读。该书给佩内洛普·利弗里留下了深刻的印象,改变了她对历史的认识,并帮助她获得历史观念研究的学术可靠性。基于大量可靠的调查研究,《魔法的衰落与宗教》实质上致力于让人们严肃对待 16 世纪和 17 世纪英国的非科学世界观——而不是把它们简单地看作离奇古怪之物或对其视而不见。① 在《托马斯·肯普的幽灵》中,佩内洛普·利弗里强调了她一贯关注的"过去和现在的关系"这一主题。她并置 17 世纪和 20 世纪以强调它们对于自然现象的不同解释所隐含的相对的、文化偏向的本质。

在这部小说中,佩内洛普·利弗里提示年轻的读者们,"人和地方都具有一些重写本的品质(palimpsest quality),那些记忆层面都组合到一起"②,要睁大眼睛面对过去的现实和更早的人们看待世界的方式。同样的意图在

---

① Keith Thomas, *Religion and the Decline of Magic*: Studies in Popular Beliefs in Sixteenth - and Seventeenth - Century England, London: Weidenfeld and Nicolson, 1971.

② Penelope Lively, "Bones in the Sand", *Horn Book* 57 (1981): 644.

其大部分青少年小说中均有呈现，经常是孩子，偶尔也有富于想象力的成人伙伴，对于过去的呈现异常敏感。因此，例如，在《阿斯特科特》中，12 岁的梅尔·金肯斯（Mair Jenkins）发现，每当她自己处于这个一度存在的、而今已经荒芜的中世纪村庄附近时，就被淹没在 14 世纪的村子景象中。这个村子如今已经是一片毗邻她居住的现代住宅区的森林。在《流言骑士》中，三个孩子和他们的朋友——一位的上了年纪的女士——察觉到那个面目可疑的新来者实际上是中世纪邪恶女巫摩根勒菲（Morgan le Fay）①的当代化身。她说服她的大亨丈夫修建一条路贯穿他们村庄，从而毁掉许多古代建筑和地标。他们相信当地传说中村庄外面巨石阵般排列的古代石头一度是成功击败一个邪恶王后的一群古代骑士。这个地点对邪恶有诅咒。他们把那个女人引诱到此地，而她果真就消失了。②

此外，《托马斯·肯普的幽灵》体现了佩内洛普·利弗里对时间的神秘性本质的集中关注。佩内洛普·利弗里指出，时间是"一个让孩子们激动不已的主题，如此不稳定地悬浮在生命的峭壁边缘，孩子们不知将往何处、不知他们自己在事物体系中的位置"。③ 詹姆斯·哈里森与生活在 100 多年前的男孩的友谊就如他与其他人的关系一样重要和真实。他发现，过去并非死气沉沉、随风逝去，而是能通过情感和想象唤醒。在《及时处理》中，当发现自己与生活在 100 多年前的女孩越来越亲近时，11 岁的玛丽亚有过同样的体会。那个 100 多年前的女孩生活在玛丽亚家现在租来度暑假的小屋中，睡的是如今玛丽亚睡的那张床。对玛丽亚和詹姆斯而言，时间的线性消解了：过去变得与现在一样真实。④

第五节　国外佩内洛普·利弗里研究

与佩内洛普·利弗里的巨大文学成就相比，佩内洛普·利弗里的研究

---

① 摩根勒菲：亚瑟王传奇中的一位力量强大的邪恶女巫，亚瑟王同母异父的姐姐。

② Sanford Sternlicht, "Chapter 1: Lively's Themes, Style, Background, and Other Fiction", in *Penelope Lively*, Mary Hurley Moran, New York: Twayne Publishers, 1993.

③ Penelope Lively, introduction, brochure accompanying traveling exhibition entitled *British Children's Literature 1900 – 1990*, sponsored by the British Council.

④ Sanford Sternlicht, "Chapter 1: Lively's Themes, Style, Background, and Other Fiction", *Penelope Lively*, Mary Hurley Moran. New York: Twayne Publishers, 1993. Twayne's English Authors Series 503, *Literature Resource Center*, Web. 25 July 2011.

是相当不足的。正如贝特西·赫恩（Betsy Hearne）1999 年在其《跨越时代：佩内洛普·利弗里的成人与儿童小说》中指出的那样："很少有小说家被证明同时擅长于儿童小说和成人小说的写作技巧——通过讲述不同的经验来理解、尊重和感动这两类读者。尽管她在两个领域中都很少得到关注。佩内洛普·利弗里是唯一一个同时获得布克奖（当代英语小说界最重要的奖——笔者注）和卡内基奖（英国最重要的儿童文学奖——笔者注）的作家——就像在美国同时赢得普利策奖（成人文学奖）和纽伯瑞奖（儿童文学奖奖）一样难"。①

一 儿童文学研究领域

尽管早在20世纪70年代，佩内洛普·利弗里就已经出版了诸如《托马斯·肯普的幽灵》（1973）和《及时处理》（1976）这样一些重要的儿童作品，并赢得了英国读者和出版社的认可，从而获得了诸如卡内基奖和惠特布莱德儿童图书奖等重要儿童文学奖项。但学术界却一直不太关注佩内洛普·利弗里，从 1970—1987 年的 17 年间，除了《出版周刊》和《图书馆杂志》等刊物在其每部新书出版时的常规介绍之外，学界对佩内洛普·利弗里儿童文学的评论和研究只有零星介绍和评论，较重要的有：朱迪斯·阿姆斯特朗（Judith Armstrong）《儿童小说中作为修辞手法的幽灵》（1978）②、约翰·罗·汤森德（John Rowe Townsend）在《叙述者们的一个声音：当代儿童作家新论》中收入的专论《佩内洛普·利弗里》（1979）③、戴维·里斯（David Rees）《水中的大理石雕像：论当代青少年儿童作家》（1980）④、谢娜·A. 艾格夫（Sheila A. Egoff）的《星期四的孩子：当代儿童文学模式与动态》（1981）⑤、卡梅隆（Eleanor Camer-

---

① Betsy Hearne, "Across the Ages: Penelope Lively's Fiction for Children and Adults", In *Horn Book Magazine*; Mar/Apr99, Vol. 75 Issue 2, p. 164.

② Judith Armstrong, "Ghosts as Rhetorical Devices in Children's Fiction", *Children's Literature in Education*, 9 (Summer 1978): 59 – 66.

③ John Rowe Townsend, "Penelope Lively", in his *A Sounding of Storytellers: New and Revised Essays on Contemporary Writers for Children* (New York: Lippincott, 1979), pp. 125 – 138.

④ David Rees, "The Marble in the Water: Essays on Contemporary Writers of Fiction for Children and Young Adults", in *Horn Book* (Boston, MA), 1980, pp. 185 – 198.

⑤ Sheila A. Egoff, *Thursday's Child: Trends and Patterns in Contemporary Children's Literature*, American Library Association (Chicago, IL), 1981.

on)《永恒时刻》(1984—1985)①、路易莎·史密斯（Louisa Smith)《佩内洛普·利弗里〈托马斯·肯普的幽灵〉中的语言层面》（1985）② 等寥寥几篇。

J. S. 赖安（J. S. Ryan）的《"托尔金的形成"——以佩内洛普·利弗里为例》(1988)③ 是一篇较早从奇幻小说层面来研究佩内洛普·利弗里的论文。而直到 2006 年，查尔斯·巴特勒《四位英国奇幻小说家：佩内洛普·佩内洛普·利弗里、艾伦·加纳、黛安娜·韦恩·琼斯与苏珊·库柏儿童奇幻中的地点与文化》④ 才第一次把佩内洛普·利弗里置于最重要的现代儿童作家之列。⑤

二 成人文学研究领域

在真正意义上建立了佩内洛普·利弗里的国际影响，并引发了国际学界对佩内洛普·利弗里的关注与研究的是她的成人小说《月亮虎》（1987）。正如桑福德·施德利西特（Sanford Sternlicht）在 1993 年指出的那样："在她的第七部小说《月亮虎》赢得 1987 年英国最负盛名的布克奖之前，很少有美国读者听说过佩内洛普·利弗里的名字。《月亮虎》在大西洋的彼岸受到了最热烈的追捧。她先前的小说，尽管也全部在美国出版，但几乎没有得到任何关注。《月亮虎》的成功引发了人们对她先前小说的兴趣。佩内洛普·利弗里接下来又出版了两部深得学术界认可的作品。如今佩内洛普·利弗里在美国和她的祖国一样建立起了巨大的文学声

---

① Eleanor Cameron, "The Eternal Moment", *Children's Literature Quarterly*, 9 (Winter 1984 – 1985): 157 – 164.

② Louisa Smith, "Layers of Language in Lively's *The Ghost of Thomas Kempe*", *Children's Literature Quarterly*, 10 (Fall 1985): 114 – 116.

③ J. S. Ryan, "'The Tolkien Formation' —with a Lively Example", *Journal of the Tolkien Society*, 25 (September 1988): 20 – 22.

④ Charles Butler, *Four British Fantasists: Place and Culture in the Children's Fantasies of Penelope Lively, Alan Garner, Diana Wynne Jones, and Susan Cooper*, Scarecrow Press. 2006.

⑤ Charles Butler, *Four British Fantasists: Place and Culture in the Children's Fantasies of Penelope Lively, Alan Garner, Diana Wynne Jones, and Susan Cooper*, Lanham, Md.: Children's Literature Association, 2006, p. 311.

普"。①

作为佩内洛普·利弗里成人小说的代表作,《月亮虎》(1987)集中体现了她的诸多关注主题和写作特点。不仅如此,因其对她作品两个重要主题——"过去与现在的关系"以及"历史与个人记忆关系"——的集中探索,《月亮虎》成为佩内洛普·利弗里研究的最佳个案。1995年,德布拉·拉舍克(Debrah Raschke)的《佩内洛普·利弗里的〈月亮虎〉:"世界历史"再想象》②着重研究了女主人公克劳迪娅的个人化世界史。正如伊丽莎白·里奇(Elizabeth Rich)在1998年总结的那样:"许多最近的佩内洛普·利弗里研究以其1987年的布克奖获奖作品《月亮虎》为中心。此书的确探索了主人公克劳迪娅生命中历史这一中心主题,其历史编纂学与她的男同事相反,其基调是'个人的'和'情感的',其作用与父权制模式相反。"③时至今日,《月亮虎》仍然是佩内洛普·利弗里研究的中心。

正因如此,佩内洛普·利弗里研究一直偏重是于成人文学方面,而相对忽视其儿童文学。正如伊丽莎白·里奇于1998年指出的那样:"在过去七年间,佩内洛普·利弗里受到了越来越多的评论和关注。特别是自20世纪90年代早期以来,学者们开始关注佩内洛普·利弗里对历史的运用、她精妙而颇具颠覆性的实验叙述策略、她对历史和语言的运用,以及对妇女和其他被边缘化的群体经验书写等问题,并把佩内洛普·利弗里置于女权主义和后现代理论及小说之中来进行讨论"。④ 杰弗里·亨特(Jeffrey Hunter)也指出佩内洛普·利弗里研究中的两个方向是女权主义和历史小说,"佩内洛普·利弗里曾被与 A. S. 拜厄特(A. S. Byatt)、尼娜·鲍登(Nina Bawden)和玛格丽特·德拉布尔(Margaret Drabble)相比较:她们的作品关注其写作生涯中英国和世界所产生的社会问题和变化。佩内洛

---

① Sanford Sternlicht, "Chapter 1: Lively's Themes, Style, Background, and Other Fiction", *Penelope Lively*, Mary Hurley Moran, New York: Twayne Publishers, 1993. Twayne's English Authors Series 503. *Literature Resource Center*, Web. 25 July 2011.

② Debrah Raschke, "Penelope Lively's *Moon Tiger*: Re – Envisioning a 'History of the World'", *ARIEL: A Review of English Literature*, 26 (October 1995): 115 – 132.

③ Elizabeth Rich, *Disciplined Identities: Western Author (ity) in Crisis in Penelope Lively's Cleopatra's Sister* vol. 1, No. 2, Summer 1998.

④ Ibid..

普·利弗里小说中经常出现的另一主题是记忆的冲击力,以及过去对当前人物和事件的影响"。① 总体而言,对佩内洛普·利弗里成人小说的研究主要在以下三个研究领域中进行。

(一)"女权主义"研究领域

1990年,玛丽·赫尔利·莫兰(Mary Hurley Moran)的《佩内洛普·利弗里的〈月亮虎〉:女权主义版本的世界史》(1990)② 以《月亮虎》为例,对佩内洛普·利弗里在西方女作家传统中的位置作了全面而充分的研究,指出她从多丽丝·莱辛(Doris Lessing)和玛莉莲·弗兰奇(Marilyn French)为代表的早期女权主义传统转向一种新女权主义——吸收了近来对语言和权力关系的哲学关注,体现在德里达和法国女权主义者们著作之中的新女权主义。这使得她得以进入玛格丽特·阿特伍德(Margaret Atwood)和玛格丽特·德拉布尔(Margaret Drabble)等人的行列。

约翰·里凯蒂所编《哥伦比亚英国小说史》(1994)把佩内洛普·利弗里归入1962—1999年间的著名女作家之列,与玛格丽特·德拉布尔(Margaret Drabble)、芭芭拉·皮姆(Barbara Pym)、安妮塔·布鲁克纳(Anita Brookner)、A. S. 拜厄特(A. S. Byatt)、费·维尔登(Fay Weldon)和安吉拉·卡特(Angela Carter)并列。③

多米尼克·里德编《剑桥现代英国小说导论:1950—2000》(2002)中指出:"佩内洛普·利弗里自己以创造'英国中部的中产阶级中年妇女'形象——'标准圣像'(icons of normality)——而著称④。在《蜘蛛网》(Spiderweb, 1998)——显然是对皮姆的致意——中,佩内洛普·利

---

① "Penelope Lively", *Contemporary Literary Criticism*, Ed. Jeffrey Hunter, Vol. 306. Detroit: Gale, 2011. *Literature Resource Center*, Web. 25 July 2011.

② Mary Hurely Moranh, "Penelope Lively's *Moon Tiger*: A Feminist History of the World", *Frontiers*: *A Journal of Womens's Studies* 11: 2 - 3 (1990): 89 - 95. 转引自 Elizabeth Rich *Disciplined Identities*: *Western Author (ity) in Crisis in Penelope Lively's Cleopatra's Sister* Vol. 1, No. 2, Summer 1998.

③ John Richetti, ed. *The Columbia History of the British Novel*. Columbia Univ, Press, 1994, pp. 944 - 945.

④ Alev Adil, "Middle England" (Review of Beyond the Blue Mountains), *TLS*, 4915, 13 June 1997, 24.

弗里创造了一个人类学女主角来体现她自己对断裂英国社会的调查"。①

(二)"历史小说"研究领域

戴维·里斯(David Rees)《现在时间与过去时间：佩内洛普·利弗里》(1980)②、克里斯蒂娜·哈德门(Christina Hardyment)《很久以前：佩内洛普·利弗里与克里斯蒂娜·哈德门的谈话》(1990)涉及佩内洛普·利弗里历史小说的创作观念。③ 托尼·E. 杰克逊(Tony E. Jackson)在《混乱的后果:〈克里奥帕特拉的妹妹〉与后现代历史编纂学》(1996)一文中明确指出了佩内洛普·利弗里的新历史观,并认为,"佩内洛普·利弗里对当代历史小说的影响是无人可及的"。④ 其他重要论文还有：弗吉尼亚·L. 伍尔夫(Virginia L. Wolf)《从神话到家的苏醒：文学家园》(1990)⑤、尼古拉斯·拉－勒梅热勒(Nicholas Le－Mesurier)《历史教训：佩内洛普·利弗里小说中过去的现在》(1990)⑥,等等。

1993年,第一部佩内洛普·利弗里研究专著——玛丽·赫尔利·莫兰(Mary Hurley Moran)的《佩内洛普·利弗里》⑦ 被收录进著名的"韦恩英语作家系列"(Twaynes English Authors Series)这标志着学界对佩内洛普·利弗里经典作家地位的正式认可。

2001年,马尔科姆·布拉德伯里《现代英国小说：1878—2001》指出,佩内洛普·利弗里的小说后来也转向成人小说,以赚钱、秘史、个人生活的考古学和人类历史为中心主题。1979年,她出版了关于一个考古学家的《时间珍宝》(1979),而《据马克说》(1984)探索了传记的悖

---

① Dominic Head, *The Cambridge Introduction to Modern British Fiction*, 1950－2000. UK: Cambridge University Press: 2002. p. 79.

② David Rees, "Time Present and Time Past", in his The Marble in the Water: Essays on Contemporary Writers of Fiction for Children and Young Adults (Boston: Horn Book, 1980), pp. 185－198.

③ Christina Hardyment, "Time out of Mind: Penelope Lively (née Low, St. Anne's 1951) Talks to Christina Hardyment", *Oxford Today*, 2, no. 3 (1990): 30－31.

④ Tony E. Jackson, "The Consequences of Chaos: *Cleopatra's Sister* and Postmodern Historiography", *Modern Fiction Studies*, 42 (Summer 1996): 397－417.

⑤ Virginia L. Wolf, "From the Myth to the Wake of Home: Literary Houses", *Children's Literature*, 18 (1990): 53－67.

⑥ Nicholas Le－Mesurier, "A Lesson in History: The Presence of the Past in the Novels of Penelope Lively", *New Welsh Review*, 2 (Spring 1990): 36－38.

⑦ Mary Hurley Moran, *Penelope Lively*, *Twaynes English Authors Series* 503, New York: Twayne Publishers, 1993.

论。1987年，她的小说《月亮虎》——一个上了年纪的女历史学家对埃及的个人和职业的回忆变成了相互冲突的各种声音的混合——赢得了布克奖。埃及和旅行是佩内洛普·利弗里偏爱的场景，《克里奥帕特拉的妹妹》（1993）发明了一整部新的历史。佩内洛普·利弗里的小说毫无疑问是国际化的。①

（三）"战后英国小说"领域

1983年，杰伊·L. 哈利奥（Jay L. Halio）主编的《20世纪60年代以来的英国小说家》（British Novelists Since 1960）一书收录了简·兰葛东（Jane Langton）《佩内洛普·（玛格丽特）·利弗里》（Penelope (Margaret) Lively）一文。②

1997年，玛丽·赫尔利·莫兰（Mary Hurley Moran）在《佩内洛普·利弗里的小说：对战后英国小说中持续的实验冲动之个案研究》中指出：尽管反对叙述实验的反应在盛期现代主义（high modernism）时代就开始出现并逐渐统治了英国小说，自20世纪60年代以来，出现了这样一种迹象：一些小说家逐渐熟悉并继续了由现代主义者们所启动的实验主义。（最经常提到的例子是约翰·福尔斯的《法国中尉的女人》和多丽丝·莱辛的《金色笔记》）但这些小说家并没有在这个方向上走得像他们同时代的美国人和法国人那样远。相反，他们把技术革新及形式的自我意识与传统英国小说家的情节、人物和讽刺联合起来。佩内洛普·利弗里显然是这一趋势的一部分。在她的逼真性描绘，对人物和道德议题的关注，以及尖锐的社会讽刺中，揭示了简·奥斯汀和维多利亚时代人的影响；但在其视角实验中，她对时间和现实的主观方面的探索，她对顿悟时刻的关注，都体现出与弗吉尼亚·伍尔夫、詹姆斯·乔伊斯和T. S. 艾略特的亲近关系，并继续创作诸如《月亮虎》和《思维城市》等作品。③

马尔科姆·布拉德伯里《现代英国小说：1878—2001》（2001）指

---

① MalColm Bradbury, *The Modern British Novel*: 1878 - 2001. London: Penguin, 2001, p. 499.

② Jane Langton, "Penelope (Margaret) Lively", in *British Novelists Since* 1960, Ed. Jay L. Halio. Detroit: Gale Research, 1983, Dictionary of Literary Biography Vol. 14. Literature Resource Center. Web. 25 July 2011.

③ Mary Hurley Moran, "The Novels of Penelope Lively: A Case for the Continuity of the Experimental Impulse in Postwar British Fiction", in *South Atlantic Review*, 62 (Winter 1997): 101 - 120.

出,佩内洛普·利弗里是战后英国五六十年代的重要作家,与多丽丝·莱辛(Doris Lessing)、穆里尔·斯帕克(Muriel Spark)、玛格丽特·德拉布尔(Margaret Drabble)、V. S. 奈保尔(V. S. Naipaul)、约翰·福尔斯(John Fowles)、阿兰·西利托(Alan Sillitoe)、J. G. 巴拉德(J. G. Ballard)、拜厄特(A. S. Byatt)、戴维·洛奇(David Lodge)、费伊·维尔登(Fay Weldon)和博伊尔·本布里奇(Beryl Bainbridge)等人并列等肩。①

另外,佩内洛普·利弗里在多次访谈中讨论了自己的一些作品,阐明了自己的一些见解,如1986年在佩内洛普·吉利特(Penelope Gilliat)的访谈中,佩内洛普·利弗里概述了自己的创作。② 2001年在罗伯特(Robert McCrum)的访谈中,佩内洛普·利弗里讨论了她的布克奖获奖作品《月亮虎》以及回忆录《未上锁的房子》③。2009年在萨拉·克朗(Sarah Crown)的访谈中,佩内洛普·利弗里讨论了她对于时间的概念化(conceptualization of time)。④

到目前为止,还没有专门研究佩内洛普·利弗里的博士论文,只有两篇博士论文曾略微涉及佩内洛普·利弗里的作品:黛博拉·鲍恩的博士论文《模仿、魔法、操纵:当代英国和加拿大小说中的照片研究》⑤ 谈到了佩内洛普·利弗里小说《照片》(*The Photograph*, 2003)中使用照片的叙述策略;希瑟·林恩·拉斯提的博士论文《英国现代小说中的建筑和乡愁》(2009)在论述了诸如劳伦斯、伍尔夫等现代作家作品的基础上,指出了佩内洛普·利弗里和石黑一雄等后现代作家作品中的建筑和记忆策略:他们发展了建筑和文化景观所提供的能指,来探索在一个暴力世纪中

---

① MalColm Bradbury, *The Modern British Novel*: 1878 – 2001. London: Penguin, 2001. p. 542.

② Penelope Gilliat, *Penelope Gilliat in Conversation with Penelope Lively* (videotape) (London: Institute of Contemporary Art Video, 1986; Northbrook, Ill.: Roland Collection, 1986).

③ Penelope Lively and Robert McCrum, "I'm not a historian but I can get obsessively interested in the past", In *Observer* (26 August 2001), http://www.guardian.co.uk/books/2001/aug/26/fiction.features4.

④ Penelope Lively and Sarah Crown, "A Life in Books: Penelope Lively", *Guardian* (25 July 2009), http://www.guardian.co.uk/books/2009/jul/25/life-books-penelope-lively-interview.

⑤ Deborah Bowen, "Mimesis, magic, manipulation: A study of the photograph in contemporary British and Canadian novels", Ph. D. University of Ottawa (Canada), 1990.

的历史、记忆和乡愁。①

由于佩内洛普·利弗里的作品一直没有在中国国内翻译出版，国内佩内洛普·利弗里研究起步较晚，且成果极其稀少。至今仅有胡尚田的《历史与现实的融合——谈佩内洛普·莱夫利及其作品》（1998）②、《佩内洛普·莱夫利和她的〈月亮虎〉》（1999）③，以及廖志勤的《论莱夫利〈月亮虎〉的叙事艺术风格》④ 三篇论文。

总体而言，对于佩内洛普·利弗里这样一个在儿童文学和成人文学两个领域均取得巨大成就的作家，对其专门的深入研究亟待开展。

---

① Heather Lynn Lusty, "Architecture and nostalgia in the British modern novel", Ph. D. University of Nevada, Las Vegas, 2009.
② 载《外国文学》1998 年第 5 期。
③ 载《达县师范高等专科学校学报》1999 年第 3 期。
④ 载《外语研究》2008 年第 3 期。

第二十六章

原创性与多样性:海伦·克雷斯韦尔的儿童童话奇幻创作

海伦·克雷斯韦尔(Helen Cresswell, 1934 – 2005)是英国当代最多产和最知名的儿童文学作家之一,著有90多部儿童书籍和10多部电视剧剧本。代表作为《馅饼师》(Piemakers, 1967)、《码头上》(Up the Pier, 1972)、"莉齐·崔平"系列(Lizzie Dripping series)以及"巴格斯诺佩·萨吉"系列(Bagthorpe series)。

第一节 生平简述

海伦·克雷斯韦尔于1934年7月11日出生在诺丁汉郡艾士菲区的柯克比,在家中三个孩子中排行老二。父亲J. E. 克雷斯韦尔(J. E. Cresswell)是一位电气工程师,母亲A. E. 克拉克·克雷斯韦尔(A. E. Clarke Cresswell)是基督教科学教派成员。克雷斯韦尔在诺丁汉郡郊区长大。她那充满温情而又好辩的家庭为她日后的畅销书"巴格斯诺佩·萨吉"系列(写一个极其类似的古怪家庭)提供了第

海伦·克雷斯韦尔[1]
(Helen Cresswell, 1934 – 2005)

---

[1] Cengage Learning, "Helen Cresswell", in *Literature Resource Center*. Detroit: Gale, 2011. *Literature Resource Center*, Web. 7 July 2011.

一手素材。

海伦·克雷斯韦尔在六七岁时就开始写诗并一直延续到20岁左右，有时喜欢模仿自己喜爱的诗人诸如约翰·叶芝（John Keats）和埃德蒙·斯宾塞（Edmund Spenser）的风格。在少年时代，海伦·克雷斯韦尔获得了她的第一个文学奖项——1950年诺丁汉诗歌协会授予的最佳诗歌奖。她把这些早期诗歌看作是她如今写作幻想故事的习作。

12岁时，海伦·克雷斯韦尔因患脊髓病而住院一年，期间她母亲请了一位牧师来教她学习希腊文以提升她的知识，但是她更愿意阅读图书。她如饥似渴地阅读所有她能找到的书：从儿童文学作家伊妮·布莱敦（Enid Blyton）到俄罗斯作家屠格涅夫（Turgenev）的作品。期间她还写了许多诗歌，其中一首名叫《海鸥》（The Seagull），载入米老鼠连环画出版，为她赢得10先令的奖金。

在诺丁汉郡女子中学（Nottingham Girls' High School）读书期间，海伦是一个非常聪明而又让人喜欢的有思想的学生。之后，她上了伦敦大学国王学院（King's College London）攻读英国文学。由于她阅读的范围已经远远超过本科教学大纲规定的内容，因此她把大部分时间花在了研究生辩论上。正如她后来所回忆的，"因为我已经读过了大部分东西。我几乎不参加任何本科课程和讲座"。1955年，她获得了英语学士学位。

大学毕业后，海伦·克雷斯韦尔从事过许多不同的职业：希腊船主的文学助理、时尚用品采购员、教师、BBC电视台的雇员，等等。她的业余兴趣正如其早期的工作经验一样丰富多样，而且体现在她笔下的一些人物身上。她宣称自己像《蹦戈尔草》（The Bongleweed，1973）中的贝基一样喜欢园艺，如《守夜人》（The Night Watchmen，1969）中的乔西一般喜欢漫游或探索新地方，与《亲爱的心理医生》（Dear Shrink）中的奥利弗一样喜欢收集古董，等等。

1960年，她的第一部作品《桑娅在海滨》（Sonya-by-the-Shore）出版并获得巨大成功。在这之后，她开始专注于儿童文学创作。

1962年4月14日，海伦·克雷斯韦尔与青梅竹马的恋人布莱恩·洛文结婚，两人婚后育有二女：卡洛琳·简（Caroline Jane）和坎迪德·露西（Candida Lucy）。这一家人居住在老教堂农场（Old Church Farm）——一幢非常体面的乔治王朝时代的住宅中，它位于罗宾汉乡村腹地的小山村伊克林，这是她余生最眷念的家园。海伦·克雷斯韦尔擅长从日常生活中生发出幻想、文学激情和母性光辉。许多前来此处参观的人都不无惊喜地发现，这座住宅是激发女作家创作"莉齐·崔平"系列及其他许多故事的灵感之地。她的住所邻近有一处教堂墓地，那儿有一块平坦的墓碑——被她想象为巫婆的落脚处。在海伦·克雷斯韦尔的坚持下，电视剧《莉齐·崔平》在此处拍摄，她的小女儿还在影片中客串了一个角色。

1995年，海伦·克雷斯韦尔与丈夫解除了婚姻关系，与两个女儿和两个外孙住在一起。写作之余，她喜欢打理花园，这是她从父亲那儿继承下来的兴趣。在一片光秃秃的土地上，她和前夫用数年的时间经营出一座真正的美丽花园。在离婚之后，海伦·克雷斯韦尔把这座花园重新设计为"布满大片玫瑰和铁线莲，有许多水池和雕塑"的浪漫花园。此外，她还画水彩画、收集古董并偶尔涉足哲学领域。在那些倍感抑郁、倍受挫折的岁月里，她时常开着奥迪跑车去进行梳理思路的短途旅行。

在谈到自己的创作艺术时，海伦·克雷斯韦尔是这样说的："我的书不容易读。我是老派作风。我从不为简妮特或约翰等普通读者写作"。事实上，海伦·克雷斯韦尔对时下儿童文学（在她看来）创作表现出的过度现实主义趋势感到不满。除了《群鸟之冬》（*The Winter of the Birds*，1975）等少数几部探索令人恐惧的科幻小说领域的作品，她在小说创作中明显倾向于表现更温和、更有安全感的童年形象。海伦·克雷斯韦尔不习惯于文人气的所谓谦逊客套，她把她的"巴格斯诺佩·萨吉"系列的第四部题献给她自己——写的是她婚后的名字 E. H. 洛文。

海伦·克雷斯韦尔经常参加图书展，也经常带给朋友们出人意料而且充满想象力的愉悦。即便在2004年她住院期间，窃贼在夜里偷走了她住宅花园中的8座古典雕像，还有她的稿费，她的幽默感仍然毫不迟疑地闪现出来。她自我解嘲说，"于是我在女神珀尔塞福涅的位置上放了一个充气雪人来庆祝圣诞节"。

2005年9月26日，海伦·克雷斯韦尔因患癌症而病逝于她在诺丁汉郡伊克林的家中，享年71岁。9月27日至30日，在海伦·克雷斯韦尔去世之后的4日内，《BBC新闻》《独立报》《卫报》《每日电讯报》《泰晤士报》陆续登出讣告表示悼念。10月8日，著名编剧弗兰克·科特雷尔·博伊斯（Frank Cottrell Boyce）还在《泰晤士报》发表专文《悼念一个超越时代的声音》（Tribute to a voice that crossed generations）评述和追念海伦·克雷斯韦尔。

海伦·克雷斯韦尔一生获得了诸多著名文学奖项：1950 年，获诺丁汉诗歌协会的年度最佳诗歌奖；1967 年、1969 年、1971 年和 1973 年，分别因《馅饼师》《守夜人》《码头上》《蹦戈尔草》而获文学协会卡内基奖银奖；1967 年和 1968 年，分别因《馅饼师》和《标志设计师》获卫报儿童小说奖银奖；1972 年，《莉齐·崔平》被提名最佳原创儿童电视剧奖，并获英国电视作家协会奖；《绝对零度》（"巴格斯诺佩·萨吉"系列"第二部）被学校图书馆杂志称为"最佳作品"；1979 年，《绝对零度》和《无法无天的巴格斯诺佩》（"巴格斯诺佩·萨吉"系列第三部）同时入选国际阅读联盟推荐的"儿童读物"；1982 年，《波莉·弗林特的秘密世界》被提名惠特布莱德文学奖最佳儿童小说奖，以及英国和爱尔兰图书销售协会最佳儿童小说奖；1989 年，《守夜人》获儿童文学协会凤凰奖；2000 年，她荣获英国电影和电视艺术学院儿童作家奖。此外，《码头上》《群鸟之冬》《普通人杰克》《绝对零度》《无法无天的巴格斯诺佩》均被美国图书馆联盟提名为值得关注的书籍。《码头上》《群鸟之冬》《普通人杰克》还是《号角书评》的推荐书目。

第二节　创作生涯

在长达 45 年的创作生涯中，海伦·克雷斯韦尔创作了 90 多部儿童文学作品以及 10 部电视剧剧本，并改编了三部电视连续剧。她是过去 50 年间儿童文学复兴中的一颗闪亮的明星。[①] 她创作了许多混合了高度奇幻与无政府主义善意幽默的故事。其中一些优秀作品如今已被公认为能够吸引一代又一代新读者的经典。

一　儿童小说的创作

海伦·克雷斯韦尔对儿童文学创作充满激情。在其专为儿童创作的小说、电视改编、电视连续剧及经典导读中，始终坚持儿童"值得最好的"原则。她认为应该给所有在校儿童朗读莎士比亚的作品和诗歌，就像她自己在家所做的那样。

[①] See Nicholas Tucker, "Obituary", in *The Independent*, 28 September 2005; Maggie Brown. "Obituary", in *The Guardian*, 29 September 2005; "Obituary", in *The Times*, 30 September, 2005.

第二十六章　原创性与多样性:海伦·克雷斯韦尔的儿童童话奇幻创作

从 6 岁时开始,海伦·克雷斯韦尔通过模仿她最喜爱的诗人如埃蒙德·斯宾塞(Edmund Spencer)、约翰·叶芝(John Keats)和杰拉尔德·曼利·霍普金斯(Gerard Manley Hopkins)来开始其儿童作品的写作。她曾谈道:"我在六七岁时开始写作。事实上我不记得那些没有写作的日子。我早期的作品全是诗歌。从 10 多岁到 20 岁初,我创作了大量作品。我试验了无数的技巧。总而言之,那是一段非常有用的学徒期。我想我现在写作的奇幻小说是诗歌的一种扩展,在它们的写作中包含同样的进程。我仍然把自己看作一个诗人而非小说家,尽管我的一些书,特别是'金宝·斯宾塞'系列显然是小说。"①

海伦·克雷斯韦尔的第一部作品《桑娅在海滨》(1960)出版于她 25 岁左右。当时她写作该书主要是为了让尚在病中的自己自娱自乐。一直假定自己将成为一个诗人而不是一个作家,她为该书的成功感到惊诧不已并备受鼓舞。从那之后,写故事成了她的生活方式。

1963 年,她创作出版了"金宝·斯宾塞"系列的第一部作品《金宝·斯宾塞》(*Jumbo Spencer*, illustrated by Clixby Watson, 1963)。接下来还出版了《金宝回归自然》(*Jumbo Back to Nature*, illustrated by Leslie Wood, 1965)、《金宝漂流记》(*Jumbo Afloat*, illustrated by Wood, 1966)、《金宝与大坑》(*Jumbo and the Big Dig*, illustrated by Wood, 1968)三部作品。

1964 年,《白海马》(*The White Sea Horse*, illustrated by Robin Jacques, 1964)出版。该书的讲的是:渔夫捕获了一匹金蹄海马。村长对这个小动物有所图谋,但两个孩子知道小海马必须返回大海。

1967 年,海伦·克雷斯韦尔为 8 岁左右儿童创作的《馅饼师》一书出版。该书是图书馆协会卡内基儿童文学奖裁判们推荐的四部参赛作品中的第一部。她因此而声名鹊起。海伦·克雷斯韦尔声称该书带给她的最大写作乐趣,是她在其中"找到了讲故事的正确声音"。一旦找到,那声音自己适用于许多目标,得心应手地传递了诸多信息。这是沃尔特·德拉梅尔(Walter de la Mare)和 T. S. 艾略特(T. S. Eliot)所熟悉的声音。

在此之后,她以更纯熟的写作技巧来写作简单的故事,诸如为刚开始识字的孩子们创作的《大 O 那天》(*A Day on Big O*, illustrated by Shirley

---

① *Something about the Author*, Volume 1, Gale, 1971.

Hughes, 1967)、《船长潮汐》(*A Tide for the Captain*, illustrated by Jacques, 1967)、《海上风笛手》(*The Sea Piper*, illustrated by Jacques, 1968)、《拉格是一只熊》(*Rug is a Bear*, illustrated by Susanna Gretz, 1968)、《哈格的骗局》(*Rug Plays Tricks*, illustrated by Gretz, 1968)、《莽撞的孩子们》(*The Barge Children*, illustrated by Lynette Hemmant, 1968)等作品。其中,《海笛手》是温和的、老式的魔法故事,情节与哈姆林(Hamlin)的花衣魔笛手类似:渔夫捕到的虾消失了,一个年轻女子给了吹笛手一个承诺,因为他可能是唯一能够拯救她村庄的人。

从1969年开始,海伦·克雷斯韦尔进入了创作的黄金时期。1969—1973年间,她与插画家弗罗伊德(Floyd)、埃罗尔·勒·凯恩(Errol Le Cain)等合作,共创作出版了25部作品。其中,最重要的是《守夜人》(*The Night-Watchmen*, 1969)、《码头上》(*Up the Pier*, 1971)、《海滨拾荒者》(*The Beachcombers*, 1972)和《蹦戈尔草》(*The Bongleweed*, 1974)。

1972—1991年间,海伦·克雷斯韦尔与插画家詹尼·索恩(Jenny Thorne)、费斯·雅克(Faith Jacques)合作,创作出版了"莉齐·崔平"系列,其主人公是一个孤独而充满幻想的青春期少女。通过这个故事,作者创造了一个全新的奇幻世界,一个好朋友,一个坐在教堂墓地石碑上编织衣物的巫婆。这个系列包括《莉齐·崔平》(*Lizzie Dripping*, 1973)、《莉齐·崔平在海边》(*Lizzie Dripping by the Sea*, 1974)、《莉齐·崔平与小天使》(*Lizzie Dripping and the Little Angel*, 1974)、《莉齐·崔平又来了》(*Lizzie Dripping Again*, 1974)、《莉齐·崔平再续》(*More Lizzie Dripping*, 1974)、《莉齐·崔平与巫婆》(*Lizzie Dripping and the Witch*, 1991)共6部作品。1994年合集为"莉齐·崔平"系列(1973—1994)出版。事实上,海伦·克雷斯韦尔以一个主人公来讲述系列故事的潜能开始显露。

1974—1977年,海伦·克雷斯韦尔与女插画家玛蒂娜·布兰克(Martine Blanc)合作,为那些不愿意读字书的小读者们创作了配有插图的系列教育绘本"两只猫头鹰"系列(*The Two Hoots series*),包括《两只猫头鹰》(*Two Hoots*, 1974)、《两只猫头鹰去海边》(*Two Hoots go to the sea*, 1974)、《两只猫头鹰在雪地》(*Two Hoots in the Snow*, 1975)、《两只猫头鹰与大坏鸟》(*Two Hoots and the Big Bad Bird*, 1975)、《两只猫头

鹰捉迷藏》（*Two Hoots Play Hide-And Seek*, 1977）、《两只猫头鹰与国王》（*Two Hoots and the King*, 1977）共6部作品。

1977年，在父母相继去世之后，海伦·克雷斯韦尔与插画家J.本尼特（J. Bennet）合作，创作了"巴格斯诺佩·萨吉"系列（*The Bagthorpe Saga*, 1977-2001），以此来摆脱痛苦，振作自己。该书讲述的是发生在一个热闹喧嚣的大家庭的事情。在巴格斯诺佩夫人的带领下，这家人沉迷于白兰地，导致了一个接一个的灾难。"巴格斯诺佩·萨吉"系列的第一部是《普通人杰克》（*Ordinary Jack*, 1977），关注的是这个优秀但古怪家庭中唯一正常的成员。杰克想要被平等对待，于是冒充先知，在帕克叔叔（Uncle Parker）的帮助下假装能预见尚未计划的事件。这本书之后，更多的巴格斯诺冒险家接踵而来，先后有《绝对零度》（*Absolute Zero*, 1978）、《无法无天的巴格斯诺佩》（*Bagthorpes Unlimited*, 1978）、《巴格斯诺佩与世界》（*Bagthorpes v The World*, 1979）、《巴格斯诺佩出国记》（*Bagthorpes Abroad*, 1984）、《闹鬼的巴格斯诺佩家》（*Bagthorpes Haunted*, 1985）、《解放了的巴格斯诺佩》（*Bagthorpes Liberated*, 1989）、《巴格斯诺佩三人组》（*The Bagthorpe Triangle*, 1992）、《困扰不堪的巴格斯诺佩》（*Bagthorpes Besieged*, 1997），等等。直到第10部也是最后一部《巴格斯诺佩垮台》（*Bagthorpes Battered*, 2001），此系列仍然有着强劲的发展势头。

1987—1995年，海伦·克雷斯韦尔创作了"温克尔海"系列（*Winklesea series*），包括《来自温克尔海的礼物》（*A Gift from Winklesea*, 1987）、《温克尔海发生了什么事？》（*Whatever Happened in Winklesea?* 1991）和《温克尔海的神秘》（*Mystery at Winklesea*, 1995）三部。

1990—1994年，海伦·克雷斯韦尔创作了"波西·贝茨"（*Posy Bates*）系列，包括《遇见波西·贝茨》（*Meet Posy Bates*, 1992）、《波西·贝茨与露宿街头无居所的拾荒女人》（*Posy Bates and the Bag Lady*, 1994）和《波西·贝茨又来了》（*Posy Bates, Again!* 1994）三部。

1993年发表的《守望者》（*The Watchers*, 1993）是一个充满幻想的古典故事。两个孩子凯蒂和乔西从儿童之家科比屋（Kirby House）逃到奥尔顿游乐园（Alton Towers）。他们想着没有人会在每天到公园游览的许多儿童中注意到他们。乔西因为一场不公正的判决而被迫离开母亲，而凯蒂的母亲则因抑郁症住院，但他们都发现科比屋的生活是冷漠和制度化的。在奥尔顿游乐园，他们首先遇到了一个自称是"国王"的、以邪恶少年的身形出现的神秘而奇幻的人物，他希望控制他们并了解奥尔顿游乐园的秘密。接下来，令孩子们吃惊的是，他们发现公园是通往另一个平行世界的大门：在一位仁慈的国王统治下，许多孩子生活在一片阳光明媚的神奇土地上。国王用他的竖琴弹奏歌曲《使世界发生》。但是这个世界正受到敌人的威胁，一个邪恶的人想接管这个神奇的世界。邪恶的人目前被困在游乐园这边，需要一个孩子好让他能跨越，而且他想要利用凯蒂和乔西来推进他的计划。凯蒂和乔西努力把孩子们从"国王"及其摧毁他们安全世界的阴谋中拯救出来。他们自己也选择回到复杂的、偶尔不快乐的、真实的世界，而不是永远生活在神奇的奥尔顿塔中。故事中的所有孩子都是典型的普通人——当他们不能得到足够的食物或睡眠，或者因为夜晚的噪音而害怕时，他们变得烦躁——但他们勇敢地承担了任务。他们知道，即使他们的母亲没有消失，生活也会变得复杂而困难并让人失望。这部小说涉及的是孩子们在没有温柔关怀的情况下努力生活的阴郁主题，其中充满了冒险。读者突然被卷入幻想之中并享受生活在一个游乐园中的浪漫可能性。故意含糊不清的结尾使得读者渴望看到有一个决定性的结局。在很多故事的结尾，都是正义战胜邪恶，而在这里，读者不知道究竟是哪边获胜。

1996年，海伦·克雷斯韦尔选编的《神秘故事》（*Mystery Stories*：*An Intriguing Collection*. illus. by Adrian Reynolds）收录了19个家喻户晓和的神秘故事。对那些喜欢传统侦探故事的而言，有阿瑟·柯南道尔（Sir Arthur Conan Doyle）的《吸血鬼历险记》（*The Adventure of the Sussex Vampire*）；古典神秘故事爱好者会喜欢阿加莎·克里斯蒂（Agatha Christie）的《约翰尼·威弗利历险记》（*The Adventures of Johnnie Waverly*）；喜欢现实与幻想混合的读者会喜欢雷·布雷德伯利（Ray Bradbury）和迪诺·布扎蒂（Dino Buzzati）的作品；而艾米莉·勃朗特（Emily Bronte）的《呼啸山庄》（*Wuthering Heights*）则会吸引哥特小说迷。书中所有的情节都引人入胜，会激起读者的阅读兴趣。这是一部混合了各种文类的文选；然而，许多故事已经被收录在其他文选——如黛安娜·韦恩·琼斯所编《隐含转向》（*Hidden Turnings*，Greenwillow，1990）中——这影响到读者对该书的购买。

二 电视剧的编剧、改编

海伦·克雷斯韦尔的巨大影响还来自她对自己和他人儿童文学作品的电视剧创作和改编。早在1960年,她就开始为BBC儿童电视台当时所谓的"杰卡诺瑞剧场"(Jackanory Playhouse)栏目写作了许多简单的故事。她是英国儿童电视剧黄金时代的一分子。

(一) 对自己作品的改编

1. 电视剧改编

1967—1970年间,海伦·克雷斯韦尔应BBC儿童电视台之约每年把自己的一部作品改编为电视剧:《馅饼师》(The Piemakers, BBC, 1967)、《标志设计师》(The Signposters, BBC, 1968)、《守夜人》(The Night-watchmen, BBC, 1969)、《外乡人》(The Outlanders, BBC, 1970)。

自1973年开始,海伦·克雷斯韦尔陆续把自己的系列小说改编为电视剧:"莉齐·崔平"系列(Lizzie Dripping series, BBC, six episodes, 1973, five episodes, 1975)、"金宝·斯宾塞"系列(Jumbo Spencer series, five episodes, BBC, 1976)、"巴格斯诺佩·萨吉"系列(The Bagthorpe Saga, BBC, 1981)。其中最负盛名的是"莉齐·崔平"系列第三部《莉齐·崔平与巫婆》(Lizzie Dripping and the Witch, BBC, 1977)。

此外,海伦·克雷斯韦尔还为BBC公司编剧过如下电视剧:基于原创童话的儿童剧《蒂克·威灵顿》(Dick Whittington, BBC, 1974),以及《给伯利恒·里德·小史雷威》(For Bethlehem Read Little Thraves, BBC, 1976)、《波西·贝茨创造历史的那一天》(The Day Posy Bates Made History, BBC, 1977)、《月相盘》(Moondial (six-part series), BBC, 1987)和《帕萨姆米德归来》(The Return of the Psammead (six episodes), was produced by BBC in 1993)等4部儿童电视剧。

1986年,海伦·克雷斯韦尔为英国国家电视台编写了电视剧《波莉·弗林特的秘密世界》(The Secret World of Polly Flint (series), seven episodes, ITV Central Television, 1986)

2. 舞台剧

1979年,海伦·克雷斯韦尔将其同名小说《莉齐·崔平与巫婆》改编为舞台剧,在伦敦独角兽剧场上演(Lizzie Dripping and the Witch, Unicorn Theatre, London, 1979)。

（二）对他人作品的电视剧改编

1. 迷你广播剧

1986 年，她为英国广播公司改编了迷你广播剧《闹鬼的学校》（*The Haunted School*）。同年，该剧在法国雷弗康（Revcom）电台和澳大利亚 ABC 电台播出。

2. 电视剧

在其后的生活中，海伦·克雷斯韦尔成功地改编了从 E. 内斯比特（E. Nesbit）、伊妮德·布莱敦（Enid Blyton）到吉莉安·克洛斯（Gillian Cross）等不同类型的作家作品。

1991 年，海伦·克雷斯韦尔将 E. 内斯比特的同名作品改编成电视剧《五个孩子与沙精》（*Five Children and It*，BBC，1991）。

1996—1998 年间，海伦·克雷斯韦尔将吉莉安·克洛斯的同名小说改编为电视连续剧《恶魔校长》（*The Demon Headmaster*，1996）和《恶魔校长续集》（*The Demon Headmaster Again*，1998）。剧中一个恐怖的、充满控制欲的老师对他的学生催眠——这让许多小观众害怕得躲到沙发后面。

1995—1996 年，她受英国独立电视台委托，将伊妮德·布莱敦的同名小说先后改编为六集电视剧《著名五人组》（*The Famous Five*，1995 - 1996）确保剧本保持了 20 世纪 50 年代原作中的语言特色。她认为伊妮德的故事因其富有生命力的女性人物而具有巨大价值。

然而，当 BBC 儿童剧委员会的兴趣转向杰奎琳·威尔森（Jacqueline Wilson）那些更尖锐的女主角——以倾销场（The Dumping Ground）的特雷西·比克尔（Tracy Beaker）为代表——海伦·克雷斯韦尔开始淡出电视剧改编。

3. 电影编剧

1997 年，海伦·克雷斯韦尔编剧了据 E. 内斯比特（E. Nesbit）同名小说改编的电影《凤凰与魔毯》（*The Phoenix and the Carpet*），获 1998 年皇家电视协会"最佳设计奖"提名［Royal Television Society, UK (RTS Television Award) Best Production Design-Drama］。

2000 年，雷斯韦尔编剧了据艾里森·特里（Allison Utley）同名小说改编的电影《小灰兔》（*Little Grey Rabbit*）。

第三节 作品总体论述

海伦·克雷斯韦尔,是英国最重要的儿童文学作家之一。正如吉莉安·克洛斯(Gillian Cross)指出的那样,海伦·克雷斯韦尔具有"两个伟大特征:原创性与多样性。她的笔开拓了新的和想不到的世界"。① 很少作家能像海伦·克雷斯韦尔那样兼具创造力和多样性,而又无须牺牲文字的优雅或直率。

自20世纪60年代其第一部作品以来,海伦·克雷斯韦尔不仅创作了90多部作品,而且擅长几乎所有的儿童小说形式:中级阅读小说、图画书、针对那些不情愿阅读或刚起步读者的轻松故事、童话重写和电视剧。她的奇幻小说和高雅喜剧赢得了读者们的喜爱,并使其获得了四次卡内基奖提名。海伦·克雷斯韦尔的名气部分来自于她吸引各种年龄段孩子的能力。她为学前儿童改写了童话故事,为略大一些孩子写作了小说。列昂·贾菲尔(Leon Garfield)指出,海伦·克雷斯韦尔是那些能天使般地为孩子写作的少有作家之一。② 海伦·克雷斯韦尔去世后,她女儿卡洛琳·简文(Caroline Jane)在英国广播公司的新闻网站上悼念母亲时指出,她母亲十分热爱并全身心投入儿童文学的创作。

海伦·克雷斯韦尔或许应该被看作后 E. 内斯比特世纪(late-century E. Nesbit)的代表。海伦·克雷斯韦尔与 E. 内斯比特一样多产而多才多艺,擅长描写幽默的家庭冒险故事和奇幻故事。她的"巴格斯诺佩·萨吉"系列能被看作内斯比特"巴斯特布"(Bastables)系列极其冷嘲的续集;她的奇幻小说经常被认为与内斯比特的《五个孩子和沙精》(*Five Children and It*, 1902)系列一样充满幻想而滑稽有趣。海伦·克雷斯韦尔很好地继承了内斯比特的作品是《帕萨默德归来》(*The Return of the Psammead*, 1992),它继续了内斯比特笔下为五个孩子而恼怒的沙精的冒险故事。③

在海伦·克雷斯韦尔的小说中,人物和情节的独创性并不是最重要

---

① "Helen Cresswell", *Contemporary Authors Online*. Detroit: Gale, 2006. Literature Resource Center. Web. 19 Aug. 2011.

② Leon Garfield, "Helen Cresswell", in *Spectator*, October 20, 1973, pp. xii - xiii.

③ Catherine L. Elick, "Helen Cresswell", *British Children's Writers Since 1960: First Series*, Ed. Caroline C. Hunt. Detroit: Gale Research, 1996. Dictionary of Literary Biography Vol. 161.

的。善于观察的读者们可以发现,《馅饼师》(The Piemakers, 1967) 中的家庭与《标志设计师》(The Signposters, 1968)、《外乡人》和《蹦戈尔草》中的家庭很相似;而《码头上》《海滩拾荒者》《波莉·弗林特的秘密世界》中主人公所面临的困境及其解决办法均是相似的。许多读者忠实地阅读海伦·克雷斯韦尔的每一部创作,因为他们一直被她优美的散文风格和生动描写所吸引。① 批评家经常赞扬她行云流水般的风格。无论是《馅饼师》《标志设计师》中讲述的故事,还是多卷本小说"巴格斯诺佩·萨吉"(Bagthorpe Saga, 1977-1992) 中鲁莽的家庭冒险,或是《守夜人》(The Night-Watchmen, 1969) 和《月相盘》(Moondial, 1987) 中的抒情性神秘,其风格皆澄净并闪耀着智慧的光芒。②

一 诗意的幻想和回忆

海伦·克雷斯韦尔早期创作的三部作品《桑娅在海滨》(1960)、《金宝·斯宾塞》(1963) 和《白海马》(1964) 被看作她的探索之作。它们呈现了其后 90 多部作品中反复出现的特征:热衷于描绘爱打闹玩乐、独立自主的孩子们,以及诗意地对待幻想事件。

这两方面的特征在其 1967 年的《馅饼师》一书中被混合起来。此书的故事背景是英国历史上一段不确定的、想象的时期,因此作者不用作任何研究,这是她写作生涯中一直采用的策略。该书讲述丹比·戴尔 (Danby Dale) 一家如何制作出一个足够当地 2000 名馅饼迷食用的牛肉腰花馅饼,并赢得国王颁发的"有史以来最大和最好的馅饼奖"及 100 基尼奖金,从而获得一项"皇家专利"的故事。这个馅饼如此之大以至于不得不装在一只大船似的馅饼盘子中,漂浮在河面上,然后由前来观看此次烹饪大赛的 2000 名观众分食。小说结尾时,装大馅饼的盘子变成了乡村广场上的鹅塘。该书浸透了对于理想乡村生活方式的柔情怀旧,在那里,手艺人心满意足地生活在没有匮乏和贫困的社会中,此部小说留存了作者自己最热爱的生活方式。

尽管叙述语调不同,海伦 1969 年的作品《守夜人》(The Night-

---

① Catherine L. Elick, "Helen Cresswell", British Children's Writers Since 1960: First Series, Ed. Caroline C. Hunt, Detroit: Gale Research, 1996. Dictionary of Literary Biography Vol. 161.
② Ibid..

第二十六章 原创性与多样性:海伦·克雷斯韦尔的儿童童话奇幻创作 531

Watchmen)同样充满回忆。此书主人公是两个老流浪汉乔西(Josh)和迦勒(Caleb)。他们试图永远脱离那神秘和从未清晰界定的虐待者——青眼(Greeneyes)——的注意。乔西和迦勒的伪装是为了找一条路,挖一个洞,建一座便携式房子,过一种恬静的生活。他们的伪装被亨利识破。亨利是当地的一个小男孩,刚从一场大病中恢复过来。他受到两人的欢迎。他们中一个自称是作家,另一个自称是优秀的厨师。由于青眼日渐迫近,他们不得不乘坐专门为他俩开的特殊夜班车(Night Train)逃离,亨利为他们的获救而高兴,对他们的友谊思念不已。

在《白海马》(*The White Sea Horse*,1964)中,莫莉·弗劳尔(Molly Flower)和她的渔夫父亲居住的小船停泊在小村庄皮斯科顿(Piskerton)外面的海滩上。一天晚上,弗劳尔先生把一匹白毛金蹄的小海马带到船上,这是他偶然捕到的。出于对海马自由的尊重,弗劳尔打算让海马吃点东西休息一下后将其放归。然而,皮斯科顿的村民们,在村长温克尔(Mr. Winkle)的煽动之下,准备将这个先前带给他们幸运的小东西作为礼物送给国王和王后。当莫莉的朋友彼得的六只猴子疯狂地跑过市场消失在大海中后,村民们相信彼得的猴子和皮斯科顿的幸运可能都会因为放归小海马而得到。他们善意的行为得到了回报,海马马上到海中引领那六只被诅咒的猴子返回陆地。每只猴子的嘴里都衔回一只包着大珍珠的牡蛎,放到主人的脚下。

读者很喜欢《白海马》的风格及其空灵的大海意象,但也有人认为其情节较单一不足以支撑全书。在《故事感:当代儿童作家》(*A Sense of Story: Essays on Contemporary Writers for Children*,1971)中,约翰·洛文·汤森德(John Rowe Townsend)指出,作品中诸如村长等原型人物和许多场景具有闹剧式幽默。他认为,作者还没有学会把她的幽默品质与其幻想相匹配。即使《白海马》被看作练习之作,它的确为海伦·克雷斯韦尔的许多小说开启了非常重要的主题:所有生物自由自在的生活因人类的贪婪和愚昧而受到威胁。

尽管场景设置在当代,《蹦戈尔草》回归了那些使得《馅饼师》成功的特征:首先,人物是由贝基(Becky)及其父母厄尔斯与芬奇(Else and Finch)组成的三人组合。其次,幻想和幽默主要来自对事物尺寸之平常期望的违背:这次不是一个供2000人食用的馅饼,而且是一棵草在一夜之间侵占了整个花园。权威人物如哈珀夫人(Mrs. Harper)——皮尤花园（Pew Gardens）的拥有者——对无法解释和强有力的蹦戈尔草的恐惧反应是：必须把它砍倒。而孩子们，贝基、加森·哈珀（Jason Harper）和芬奇都是天生的园丁，对这种神秘的草既爱又怕。

二　自发写作模式

海伦·克雷斯韦尔不喜欢计划创作模式："如果我不得不预先计划一部幻想及其相关的象征，我会在开始之前就变成一块毫无生气的石头。"虽然许多研究者对《守夜人》（1969）的最终意义有过许多讨论，但作者本人被问及该问题时却没有作任何发挥，她说，"你没有选择象征——它们选择了你"。

自发性是海伦·克雷斯韦尔所有早期作品的共同特征。她对自发写作模式情有独钟，她以不确定将发生什么的出发点来开始每一部小说。她最著名的作品《守夜人》（The Nightwatchmen，1969）、《海滨拾荒者》（The Beachcombers，1972）和《蹦戈尔草》（The Bongleweed，1974）都包含了神秘因素。在《蹦戈尔草》中，当发现蹦戈尔草一旦被创造出来就拥有了强烈的自我意志时，作者与她的女主人公贝基（Becky）同样感到惊诧。在被严酷的霜冻杀死之前，蹦戈尔草甚至想要统治英国。

《守夜人》是海伦·克雷斯韦尔创作上的一次偏离。场景的设置既非遥远的过去亦非世外桃源，而是在一个叫做曼多弗（Mandover）的当代偏远小镇。乔西（Josh）和迦勒（Caleb）是自发的守夜人，他们在铁路桥下挖了一个洞，用帐篷搭建了他们的家，并在旁边放置了一个"危险——正在施工"的标志牌以转移当局的注意力。男孩亨利受到这两个流浪汉"做你喜欢做的"（do－as－you－please）生活方式的影响。然而，他逐渐意识到，他们不只是流浪汉，他们还是艺术家。易怒的迦勒用希伯来口味的鸡肉和柠檬蛋白馅饼来表达他自己，所有神奇的食物都在一个野营用的炉子上做出来。和善的乔西花时间来"溜达"（ticking），他发现了他们参观的所有地方的内在运作，并对这一主题写了一部永无结局的书。最终，他们向亨利透露，他们来自那里（There），而不是这里（Here）。他们的敌人（青眼）的家不在这里也不在那里，追着他们从一个地方到另一个地方，他嫉妒守夜人的自由和想象。他们逃脱的唯一希望是召唤特殊夜班车（Night Train），这需要亨利帮忙精确操作时间。作为回报，他们允许亨利在魔法火车上呆一小会儿。

亨利回来后，对这儿（此地）及他自己的世界有了一种崭新的认识。他的经历使他确信另一个世界的存在，并且那儿与他自己的这儿秘密接壤。乔西和迦勒的命运结局模糊不清，他们的逃离虽然成功了，却是狭隘的。读者想知道：他们将继续逃避残酷的青眼吗？艺术家们总是被那些嫉妒他们能力的人追踪吗？性格成熟的人物、喜剧与黑暗幻想的混合、蓄意无结局的结尾——所有这些因素揭示了海伦·克雷斯韦尔作品中令人惊讶的深度。她因之被第二次提名卡内基奖。1989年，儿童文学协会授予《守夜人》凤凰奖。

《海滨拾荒者》（1972）聚焦于一个在淡季海滨小镇游荡的拾荒主人公耐得·肯（Ned Kerne）遇到了两个不寻常的家庭——达拉克斯家（Dallakers）和皮科林斯家（Pickerings）。达拉克斯家是游走的海滨拾荒者。他们居住在一艘名叫"海后"的三桅船残骸上，等待着捡拾一次次潮汐冲上岸的东西。皮科林斯家，名叫耐得·洛奇（Ned lodges）是清道夫——本地的海滩拾荒者。他们本性贪婪不断地攫取土地，他们翻捡垃圾堆中的东西并骗取他们的堂兄弟海滨拾荒者的财富。

耐得·肯为达拉克斯家的慷慨和自由自在所吸引，但是作为一个生活在本地的拾荒者，又跟令人不快的皮科林斯家有着各种联系。耐得将如何选择呢？是与达拉克斯一家一起航行到迷人的未知世界，还是回到狭隘但熟悉的皮科林斯世界，并最终回归他自己的家，回到母亲身旁？大多数批评家承认小说的模糊结尾对其艺术完整性而言是至关重要的，选择必须留给耐得和读者。

三 小说创作与剧本改编

随着海伦·克雷斯韦尔愈来愈多地为银幕而写作，愈来愈多的秩序逐渐潜入。海伦·克雷斯韦尔经常在写作一部小说的同时将其改编成电视剧剧本。她的畅销书《莉齐·崔平》（*Lizzie Dripping*，1973）便是如此。

海伦·克雷斯韦尔的介入性叙述——"如果你曾是一只海鸥，你应该曾见过"，"在你开始之前，想象你自己站在东海岸的岸边"。——非常吸引读者。她的描绘能力，特别是对景观的描绘力，以及她对对话的处理是非常杰出的。这些都使得她对一直遭到忽视的脚本叙述——特别是电视剧脚本——有着非凡的处理技巧。

为了电视拍摄的方便，海伦·克雷斯韦尔的许多作品都将故事发生的地点设置在特殊的场景中：《莉齐·崔平》是以她自己的乔治王朝时代的乡村住宅为场景，《波莉·弗林特的秘密世界》（*The Secret World of Polly Flint*, 1982）是在卢福德乡村公园（Rufford Country Park）、《月相盘》（*Moondial*, 1987）在贝尔顿大宅（Belton House）。这些作品都是为电视而专门构思的，尽管小说和剧本几乎同时写成。

1972年，故事讲述栏目杰卡诺瑞（Jackanory）开始全面改版。杰卡诺瑞原本是一个单纯的、15分钟长度的故事讲述栏目，以鼓励儿童自己去阅读。新的"杰卡诺瑞剧场"（Jackanory Playhouse）是一个全面改版的民间故事剧系列。然而，剧场制片人很快为著名英国儿童作家海伦·克雷斯韦尔开了一个特例，聘请她写作一部完全原创的电视剧《莉齐·崔平与孤儿们》（*Lizzie Dripping and the Orphans*）。1972年该剧播出后取得了巨大成功，整个"莉齐·崔平"系列被BBC定制。

"莉齐·崔平"系列小说一共5册，被BBC改编为英国电视台的两个儿童电视剧《莉齐·崔平》（*Lizzie Dripping*, 1973）和《莉齐·崔平续集》（*Lizzy Dripping Again*, 1975）。故事的场景设置在一个小铁杉（Little Hemlock）环绕的乡村。一个有着丰富想象力的女孩莉齐·崔平遇到了一个只有她能看见和听到的本地巫婆。她的这种能力由于她被当成一个富有想象力的骗子而变得复杂起来，这使得她很难让其他人相信她所说的巫婆是真实存在的。

在海伦·克雷斯韦尔的坚持之下，这部电视剧在她自己的家乡——诺丁汉郡伊克林——拍摄，以她自己的乔治王朝时代乡村住宅为主要场景。此剧由保罗·史窦（Paul Stone）执导。他自1969年以来就是"杰卡诺瑞"的导演，后来在20世纪80年代他还制作了一些英国儿童电视剧。

第四节 《码头上》

海伦·克雷斯韦尔对传统童话有着巨大的兴趣，对童话潜在的颠覆性和抵抗性也有着清醒认识。她曾出版过重述传统童话的故事集《经典童话》（*Classic Fairy Tales*, illustrated by Carol Lawson, 1993）和《侏儒怪》

(*Rumpelstiltskin*，2004）。

海伦·克雷斯韦尔《经典童话》（1993）一书收录了她对9则经典童话的改写：《汉塞尔与葛特尔》《白雪公主》《红玫瑰》《金发姑娘》《三只熊》《睡美人》《长发姑娘》《灰姑娘》《青蛙王子》。这些故事是海伦·克雷斯韦尔为3—6岁的孩子改写的，故事情节被大大简化，省略掉了一些重复（灰姑娘只参加了一场舞会）的场景，重新结构故事以创造不同的叙述节奏（金发姑娘在椅子裂开后喝掉了粥），减轻了暴力成分（青蛙王子没有被扔到墙上；狼既没有吃外婆也没有吃小红帽，他是被一支箭射杀的）。每篇故事都附有劳森（Lawson）女士精心绘制的精美插图和装饰性图案。

海伦·克雷斯韦尔的《侏儒怪》（2004）为幼儿园大班的孩子改写了传统童话中一些家喻户晓的故事。其中，《侏儒怪》中的侏儒被改写为一个有点点丑却一点也不恐怖的小矮人；《三只熊》中的三只熊快乐地生活在一座瑞士村舍似的住宅中，还可以滑雪；《杰克与豆茎》最为恐怖，书中巨人的头是畸形的而且有着疯狂的眼神；《小红帽》和《金发姑娘》是最愉悦和最聪明的故事。图画和语言都是直截了当、一目了然的。书中还收录了包括吉姆·艾尔丝沃斯（Jim Aylesworth）的《金发姑娘和三只熊》（*Goldilocks and the Three Bears*，Scholastic，2003）、保罗·O. 泽林斯基（Paul O. Zelinsky）的《侏儒怪》（*Rumpelstiltskin*，Dutton，1986）、詹姆斯·马歇尔（James Marshall）的《小红帽》（*Red Riding Hood*，Dial，1987）、斯蒂芬·凯洛格（Steven Kellogg）的《杰克与豆茎》（*Jack and the Beanstalk*，HarperCollins，1991）等在内的其他童话重写版本。[①]

不仅如此，海伦·克雷斯韦尔的诸多小说与电视剧本都是对童话想象力的呈现。她把自己作品的特征概括为：持续探索创造性想象力对技术理性的反抗。其中，较具代表性的是其早期成名作《馅饼师》（*The Piemakers*，illustrated by V. H. Drummond，Faber，1967，Lippincott，1968，new edition illustrated by Judith G. Brown，Macmillan，1980）和《码头上》（*Up the Pier*，illustrated by Floyd，Faber，1971，Macmillan，1972）。

[①] Linda M. Kenton，"Cresswell，Helen. Rumpelstiltskin"，*School Library Journal* Jan. 2005: 107 + . *Gale Power Search*. Web. 19 Aug. 2011.

《馅饼师》是海伦·克雷斯韦尔最伟大的杰作之一。在此之前，海伦·克雷斯韦尔早期创作的三部作品《桑娅在海滨》（1960）、《金宝·斯宾塞》（1963）和《白海马》（1964）被看作她的探索之作。它们呈现了其后100多部作品中反复出现的特征：热衷于描绘爱打闹玩乐、独立自主的孩子们，以及诗意地对待植根于日常生活的幻想事件。但在这些作品中，这两个特征在很大程度上仍然是分离和不平行的。这两方面的特征在1967年的《馅饼师》一书中混合起来，即将"金宝·斯宾塞"系列中看似严肃的欢乐和《白海马》的精致幻想合二为一。

《馅饼师》是一部不涉及魔法的儿童童话奇幻小说，和海伦·克雷斯韦尔的所有童话故事一样，此书的故事背景是英国历史上一段不确定的、想象的时期。另外，通过一本正经地讲述一个显然很夸张的故事，《馅饼师》同时获得了奇幻感和戏剧感。阿瑟（Arthy）、杰姆（Jem）和他们的女儿格拉维拉·罗勒（Gravella Roller）属于一个世代相传的馅饼世家——丹比·戴尔（Danby Dale）。阿瑟当初受命制作一个足够两百人（包括国王在内）食用的馅饼时，他很不明智地邀请他的弟弟克里斯宾（Crispin）——竞争者戈尔比·戴尔（Gorby Dale）的首席馅饼师——参与。克里斯宾叔叔在嫉妒之下把馅饼和面包房一起烧掉了。阿瑟、杰姆和格拉维拉·罗勒的前途看似一片黯淡，直到他们的邻居说服他们代表丹比·戴尔家族去参加国王的传令官宣布的一个大型竞赛。铁匠的弟弟制作了一个大大的馅饼盘，这个盘子是如此之大以至于他们不得不把它伪装成一艘船并漂在农夫利瑞谷仓旁的大河中，还在旁边建了一座大到足以烘烤供2000人食用的大馅饼的特殊烤炉。戴尔家的所有人都一起秘密工作，阿瑟制作了一个具有历史意义的、足够当地2000名馅饼迷食用的牛肉腰花馅饼，并赢得国王颁发的"有史以来最大和最好的馅饼奖"及100基尼奖金，从而获得一项"皇家专利"。这个馅饼如此之大以至于不得装在一只大船似的馅饼盘子中，漂浮在河面上，然后由前来观看此次烹饪大赛的2000名观众分食。小说结尾时，装大馅饼的盘子变成了乡村广场上的鹅塘。该书浸透了对于理想乡村生活方式的柔情怀旧，在那里，手艺人心满意足地生活在没有匮乏或贫困的社会中，此部小说保留了作者自己最热爱的生活方式。

《馅饼师》的读者和评论者的赞扬就像阿瑟馅饼的尺寸一样大。这是海伦·克雷斯韦尔第一部入围卡内基奖（1967）的作品，还获得了

第二十六章 原创性与多样性:海伦·克雷斯韦尔的儿童童话奇幻创作 537

当年的卫报儿童小说奖。一些评论家指出海伦·克雷斯韦尔的《馅饼师》与玛丽·诺顿(Mary Norton)的《借东西的地下小人》(The Borrowers,1952)标题人物间的相似性。《借东西的地下小人》的规模要小一些,而丹比·罗勒一家(Danby Rollers)的努力要大一些,两部作品都聚焦于父母与他们的女儿间温暖而相互支持的家庭生活。两部小说中的女儿在开篇时都对她们家族职业不感兴趣,但她们慢慢开始为此着迷。馅饼制作被看作一项需要高超技艺和自豪的工作。手艺人的奉献精神是海伦·克雷斯韦尔多次涉及的主题。这两部小说都有着解释故事如何逐渐被讲述的框架,海伦·克雷斯韦尔滑稽地制造了一种兼具档案和考古学的证据。叙述者宣称在她曾祖母的阁楼上发现了一扎泛黄的手稿,标题是"丹比编年史"(The Danby Chronicles),而在后记中,她提请善于观察的读者们注意在丹比·戴尔的村庄草地上的鹅塘——这就是馅饼盘。最后,这两部作品都以它们的真实细节和完美风格而为人击节称赞。

接下来的《标志设计师》(The Signposters)是另一部表现家庭忠诚、工艺技巧和创造力受到威胁的作品。如同《馅饼师》一样,故事被设置在一个过去时间的理想化英国。标志设计师戴克(Dyke)——如像馅饼师阿瑟一样——是个手艺人,他的创造力表现在他为乡郡十字路口设计的杰出标志中。然而戴克不像阿瑟,他是一个漫游者。法律规定,每隔20年,弗娄克谢尔郡(County of Flockshire)每条道路的长度都必须重新测量,其标志也必须随之更新。戴克、海蒂(Hetty)和女儿芭莉(Barley)在春夏时分居住在帐篷里,充分享受一种旅行生活。戴克在丈量乡村公路时,他梦想能把弗娄克谢尔·史密斯(Flockshire Smiths)的整个宗族重新组合成一个大家庭,一个他在其行动力超强的家人帮助下能够实现的目标。

创造性想象力总是面临着各种形式的威胁。《馅饼师》中的克里斯宾叔叔在嫉妒的驱使下毁掉了罗勒家的馅饼。《标志设计师》中的维克叔叔(Uncle Wick)——蜡烛制造工匠中的一个——陷入毫无创造力的千篇一律之中。他手工制作的蜡烛看起来像是批量生产——每一支都是同样的尺寸、形状和颜色。但正如克里斯宾叔叔一样,维克叔叔不是恶棍,只是误入歧途。最终,创造性甚至在维克叔叔这样的人身上得到恢复,他开始用奇特设计和不同颜色的蜡烛来加以表现。总之,这些作品中创造性想象力的最终胜利正是童话精神的精髓所在。

在海伦·克雷斯韦尔的作品中,幻想与现实的分野并不总是明晰清楚的。格雷戈里·马奎尔(Gregory Maguire)指出:"《群鸟之冬》比我知道的任何其他童书都更好地结合了史诗与奇幻故事。……《蹦戈尔草》《守夜人》和《码头上》是混合了道德剧、梦中旅行和暑假故事的奇幻小说。"① 尼古拉斯·塔克(Nicholas Tucker)则宣称,《馅饼师》《守夜人》和《蹦戈尔草》都展示了"超现实与现实的平衡"。②

《码头上》(1971)为海伦·克雷斯韦尔赢得第三次卡内基奖提名。这是一部表现"时间旅行"题材的儿童奇幻童话:故事在过去与现在之间互动、转换。该书充分运用了海伦·克雷斯韦尔在《老鹰抓小鸡游戏》(*A Game of Catch*,1969)和《威尔克斯一家》(*The Wilkses*,1970)中实验过的"时间旅行"策略。但在此书中,庞蒂菲克斯一家的两次"时间旅行"均不曾借助任何科技力量,诸如时空机器、时空飞船、时空之门,等等,而是靠个人的超能力来实现的。10岁女孩卡丽(Carrie)和母亲在淡季的一个威尔士海滨胜地苦苦等待为她们寻找一个新家的父亲。卡丽在被遗弃的码头上漫游时遇到了10年前被迫与家族分开的小精灵庞蒂菲克斯(Pontifex)一家。他们被一个自私的亲戚用魔法送到了50年后的未来。卡丽先是帮这个小家庭在码头边一个空电话亭临时安顿下来。然后,她无私地用她的力量把他们——她唯一的伙伴——送回到他们1921年真正的家中。结尾是她的父亲回来了,卡丽自己的家庭生活也恢复了正常。③

第五节 国外海伦·克雷斯韦尔研究

尽管海伦·克雷斯韦尔的第一部作品《桑娅在海滨》出版于1960年,其成名作《馅饼师》出版于1967年,但直到20世纪70年代,她的文学成就才开始受到学术界的关注。1971年,盖尔出版社《有关作家》

---

① Gregory Maguire, In *Horn Book*, February, 1973, p. 52.
② *New Statesman*, November 9, 1973, p. 704,
③ Catherine L. Elick, "Helen Cresswell", in *British Children's Writers Since 1960: First Series*. Ed. Caroline C. Hunt. Detroit: Gale Research, 1996. Dictionary of Literary Biography Vol. 161. *Literature Resource Center*, Web. 7 July 2011.

(1971) 首次收录了海伦·克雷斯韦尔的资料①；此后，盖尔出版社的一系列著作《儿童文学评论》(1989)②、《1960年以来的英国儿童作家：系列一》(1996)、《当代作家在线》(2006)③ 均收录了相关的海伦·克雷斯韦尔研究资料。总体而言，对海伦·克雷斯韦尔的研究还处于起步阶段，到目前为止，只有一些对作家生平和作品的单篇介绍和评论，还没有任何研究专著和博士论文。

一 作家介绍与评论

约翰·罗·汤森德在其《故事感：当代儿童作家论集》中收录的专文《海伦·克雷斯韦尔》(1971)④ 是一篇总体评论海伦·克雷斯韦尔的重要文章。此外，重要传记还有：戴维·本尼特的《作家图表42：海伦·克雷斯韦尔》(1987)⑤。

二 作品评论

马库斯·克劳奇的《海伦·克雷斯韦尔——手艺人》(1970)⑥ 和玛格丽特的《暖阳，寒风：海伦·克雷斯韦尔的小说》(1971) 是较早从整体上评价海伦·克雷斯韦尔小说的重要论文⑦。此外还有安妮·梅瑞克的《作为儿童读物的〈守夜人〉与〈查理与巧克力工厂〉》(1975)⑧、芭芭

---

① *Something about the Author*, Volume 1, Gale, 1971.
② *Children's Literature Review*, Volume 18, Gale, 1989.
③ "Helen Cresswell", In *Contemporary Authors Online*. Detroit: Gale, 2006. *Literature Resource Center*. Web. 7 July 2011.
④ John Rowe Townsend, "Helen Cresswell", in his A Sense of Story: Essays on Contemporary Writers for Children (Philadelphia: Lippincott, 1971), pp. 57–67.
⑤ David Bennett, "Authorgraph No. 42: Helen Cresswell", Books for Keeps, 42 (January 1987): 12–13.
⑥ Marcus Crouch, "Helen Cresswell—Craftsman", in *Junior Bookshelf*, 34 (June 1970): 135–139.
⑦ Margaret Greaves, "Warm Sun, Cold Wind: The Novels of Helen Cresswell", Children's Literature in Education, 5 (July 1971): 51–59.
⑧ Anne Merrick, "*The Nightwatchmen* and *Charlie and the Chocolate Factory* as Books to Be Read to Children", Children's Literature in Education, 16 (Spring 1975): 21–30.

拉·H.巴斯金和凯伦·H.哈里斯的《普通人杰克》(1980)①、安妮·斯文芬的《世界是平行的》(1984)②、米歇尔·兰茨伯格的《幻想》(1987)③、黛安·罗拜克的《论〈时间到〉》(1990)④、《论〈遇见波西·贝茨〉》(1992)⑤、《1989年凤凰奖获得者：海伦·克雷斯韦尔的〈守夜人〉》(1993)⑥、阿勒西娅·黑尔比希的《戏拟传统：海伦·克雷斯韦尔的四部小说》(1993)⑦、玛丽·M.伯恩斯《论〈波西·贝茨又来了〉》(1994)⑧、梅芙·维瑟·诺斯的《〈守望者〉：奥尔顿游乐园的神秘》(1995)⑨、特里萨·巴特曼的《论〈海上风笛手〉与〈小海马〉》(1999)⑩、《评〈普通人杰克〉》(2000)⑪、琳达·M.肯顿的《海伦·克雷斯韦尔：〈侏儒怪〉》(2005)⑫、克里斯蒂·艾丽·吉姆特加德的《海

---

① Barbara H. Baskin and Karen H. Harris, *Ordinary Jack*, in their *Books for the Gifted Child* (New York: R. R. Bowker, 1980), pp. 117 – 118.

② Ann Swinfen, "Worlds in Parallel", in her *In Defence of Fantasy: A Study of the Genre in English and American Literature Since 1945* (London: Routledge & Kegan Paul, 1984), pp. 44 – 74.

③ Michele Landsberg, "Fantasy", in her *Reading for the Love of It: Best Books for Young Readers* (New York: Prentice – Hall, 1987), pp. 157 – 182.

④ Diane Roback, "Time Out", *Publishers Weekly* 237. 11 (1990): 70.

⑤ "Meet Posy Bates", *Publishers Weekly* 239. 8 (1992): 82. *Literature Resource Center*, Web. 7 July 2011.

⑥ "The 1989 Phoenix Award Winner: *The Night Watchmen* by Helen Cresswell", in The Phoenix Award of the Children's Literature Association, 1985 – 1989, edited by Alethea Helbig and Agnes Perkins (Metuchen, N. J.: Scarecrow Press, 1993), pp. 119 – 144.

⑦ Alethea Helbig, "Playing with Convention: Four Novels by Helen Cresswell", *The Phoenix Award of The Children's Literature Association*, 1985 – 1989, Ed. Alethea Helbig, Agnes Perkins, and Norma Hayes Bagnall. Metuchen, NJ: Scarecrow, 1993. 139 – 144. *MLA International Bibliography*, Web. 19 Aug. 2011.

⑧ Mary M. Burns, "Posy Bates, Again!" *The Horn Book Magazine* 70. 4 (1994): 447. *Literature Resource Center*, Web. 7 July 2011.

⑨ Maeve Visser Knoth, "*The Watchers*: A Mystery at Alton Towers", *The Horn Book Magazine* 71. 2 (1995): 192 +. *Literature Resource Center*. Web. 7 July 2011.

⑩ Teresa Bateman, "The Sea Piper and the Little Sea Horse", *School Library Journal* Sept, 1999: 166.

⑪ "Ordinary Jack", *School Library Journal* Jan. 2000: 53. *Gale Power Search*. Web. 19 Aug. 2011.

⑫ Linda M. Kenton, "Cresswell, Helen. Rumpelstiltskin", *School Library Journal* Jan. 2005: 107.

伦·克雷斯韦尔：〈巴格斯诺佩系列〉之〈普通人杰克〉》（2007）①、贝丝·麦古尼的《〈巴格斯诺佩系列〉之〈绝对零度〉》（2008）②，等等。

由上可见，与海伦·克雷斯韦尔在儿童文学创作上的巨大成就相比，对作者的研究是相当滞后和不足的，亟待更深入的研究。

---

① Kristi Elle Jemtegaard, "Helen Cresswell: *The Bagthorpes: Ordinary Jack*", *The Horn Book Magazine* 83.1 (2007): 90 +. *Literature Resource Center*, Web. 7 July 2011.

② Beth McGuire, "The Bagthorpes: Absolute Zero", *School Library Journal* Apr, 2008: 76.

第二十七章

"克雷斯托曼琪城堡"之旅：黛安娜·韦恩·琼斯的童话奇幻创作

黛安娜·韦恩·琼斯（Diana Wynne Jones，1934 – 2011）是20世纪70年代以后崭露头角的英国著名童话小说作家，擅长创作以魔法主题为背景的适合幼龄读者阅读的幻想故事。她一生创作了40余部作品，并被译成17国语言出版。著名作品有《豪尔的移动城堡》（*Howl's Moving Castle*，1986）、《德克荷姆的黑暗魔王》（*Dark Lord of Derkholm*，1998）以及"克雷斯托曼琪城堡"系列（*Chrestomanci series*），等等。

第一节 生平简述

黛安娜·韦恩·琼斯1934年8月16日生于伦敦。父亲理查德·安奈林·琼斯（Richard Aneurin Jones）和母亲玛乔丽·杰克森·琼斯（Marjorie Jackson Jones）都从事教育工作。1939年二战爆发，5岁的黛安娜·韦恩·琼斯和妹妹

黛安娜·韦恩·琼斯[①]
（Diana Wynne Jones，1934 – 2011）

---

① Cengage Learning, "Diana Wynne Jones", in *Literature Resource Center*. Detroit: Gale, 2011. *Literature Resource Center*. Web. 7 July 2011.

伊索贝尔（Isobel）[①]一起被送到居住在威尔士的外祖母家避难。不久之后，母亲和刚出生的妹妹厄休拉（Ursula）也来到这里。尽管一家人只在威尔士生活了一年，黛安娜·韦恩·琼斯已经深深地喜爱上了威尔士语——这对黛安娜·韦恩·琼斯今后的写作也产生了影响。一直到她成年，含义丰富而富有韵律的威尔士多音节词语始终萦绕在她梦中，影响着她的写作。[②]

1940年，黛安娜·韦恩·琼斯一家人搬到了湖区（Lake District），琼斯姐妹与其他被疏散的孩子们一起上学读书。在那儿，她们还遇见了两位著名的儿童文学作家——亚瑟·兰塞姆（Arthur Ransome）和比阿特丽克斯·波特（Beatrix Potter）——不过双方的相遇并没有给琼斯留下愉快的回忆。琼斯觉得作家们老朽不堪、性情暴躁和自私自利。[③] 1943年，黛安娜·韦恩·琼斯全家在艾塞克斯郡的撒克斯特德（Thaxted）小镇定居，黛安娜与两个妹妹伊索贝尔和厄休拉一起在那儿度过了她们无拘无束的童年。乡村生活的最大缺憾就是书籍的匮乏。由于父亲很少给孩子们买书，琼斯便自己去寻找能够阅读的东西——学校书架上摆放的神话和传说故事。就这样，小琼斯沉湎于希腊神话故事、约翰·班扬的《天路历程》（*Pilgrim's Progress*, 1678, 1684）、荷马的《伊利亚特》（*The Iliad*）和《奥德赛》（*The Odyssey*）以及托马斯·马洛礼（Thomas malory）的《亚瑟王之死》（*Le Morte d'Arthu*, 1485）等读物之中，当然还有外祖母送给她的中世纪传奇。此外，在每年的圣诞节，父亲理查德·琼斯会打开装有亚瑟·兰塞姆珍藏本的书柜，允许孩子们在三本书中选择一本。9岁时，黛安娜·韦恩·琼斯得到了一部删节版的《一千零一夜》，并由此发现了一个她非常喜欢的女主角山鲁佐德（Scheherazade）。这个女主角通过连续讲故事的方式，转变了一个偏执地每天都要处死一个新王后的国王对于女人的看法，结果不仅保全了她自己的性命，而且拯救了全国众多年轻女子

[①] 她后来成为伊索贝尔·阿姆斯特朗（Isobel Armstrong）教授、文学评论家。

[②] Donna R. White, "Diana Wynne Jones," *British Children's Writers Since 1960: First Series*, Ed. Caroline C. Hunt, Detroit: Gale Research, 1996, Dictionary of Literary Biography Vol. 161, *Literature Resource Center*.

[③] Ibid..

的性命。而在无书可看的时候,琼斯便开始自己讲故事来娱乐她的两个妹妹。①

从萨夫伦沃尔登教友中学(Friends School Saffron Walden)毕业之后,黛安娜·韦恩·琼斯进入牛津大学的圣安尼学院学习,于1956年毕业。在此期间,她聆听过两位学者及幻想文学大家J. R. R. 托尔金与C. S. 刘易斯的讲座。大学毕业后,黛安娜·韦恩·琼斯与同校的中世纪文学学者约翰·柏洛(John Burrow)结婚。夫妇育有三个儿子理查德(Richard)、麦可(Michael)与柯林(Colin)。夫妻俩在伦敦和牛津大学生活了一段时间之后,于1976年移居布里斯托。2009年初夏,黛安娜·韦恩·琼斯被诊断患了肺癌,随即在7月份进行了手术治疗。术后她向朋友们报告手术很成功。2010年6月,黛安娜·韦恩·琼斯宣布自己将终止化疗,因为那些化疗让她感到很不自在。2011年3月26日,女作家黛安娜·韦恩·琼斯在布里斯托逝世,享年76岁。她的著述资料由位于英国纽卡斯尔的儿童书籍档案和博物馆——"七故事"——收藏。她的遗著《伊尔薇格与巫师》(*Earwig and the Witch*)于2011年9月出版。

第二节 创作生涯

黛安娜·韦恩·琼斯一直勤于写作,但直到1973年才成为专业作家。作为一个多产作家,琼斯作品的特点是怪诞的喜剧性幻想和黑色幽默与异国情调的混合,并且针对所有年龄层次的读者进行创作。她的作品题材多样,内容广泛,风格奇峻,从欢愉的闹剧氛围、尖锐的社会洞察到文学形式的机智反讽,无所不包。她在《奇幻世界实用指南》(*Tough Guide to Fantasyland*, 1997)、《德克荷姆的黑暗魔王》(*Dark Lord of Derkholm*, 1998)和《格里芬之年》(*Year of the Griffin*, 2000)等著述中对遵循刻板模式的"剑与魔法"(sword – and – sorcery)宏大叙事模式进行了尖锐的批判。

黛安娜·韦恩·琼斯与美国当代著名女作家简·约伦是好朋友,后者

---

① Donna R. White, "Diana Wynne Jones", *British Children's Writers Since 1960: First Series*. Ed. Caroline C. Hunt. Detroit: Gale Research, 1996, Dictionary of Literary Biography, Vol. 161. *Literature Resource Center*.

对她的乐观精神和讲故事的才能大为赞叹。① 琼斯的作品时常被批评家用来与 J. K. 罗琳（J. K. Rowling）、罗宾·麦金利（Robin McKinley）及尼尔·盖曼（Neil Gaiman）等人的作品进行比较。黛安娜·韦恩·琼斯是麦金利和盖曼的朋友，她和盖曼还是彼此的书迷。她曾将小说《赫克斯伍德》（*Hexwood*, 1993）题献给盖曼，因为与他的一次谈话激发了黛安娜·韦恩·琼斯创作此书。盖曼为此专门写了一首致谢的诗："基尔肯尼的小猫得到了一罐美味的奶油，荆棘覆盖的城堡中，睡美人作了一个完美的梦，阿拉斯加的狗因为一大堆肉骨头而高兴得跳舞，而我得到了一部黛安娜·韦恩·琼斯题献给我的《赫克斯伍德》……"② 盖曼也曾把其 1991 年创作的四集微型系列漫画喜剧《魔法全书》（*The Books of Magic*）题献给"四个女巫"，而黛安娜·韦恩·琼斯就是其中之一。

1977 年，黛安娜·韦恩·琼斯以"克雷斯托曼琪城堡"系列第一部《魔法生活》荣获卫报儿童图书奖（*Guardian Award for Children's Books*）；1981 年获儿童图书奖（Children's Book Award）银奖，并两次获得卡内基奖（Carnegie Medal）银奖；1999 年更获得两项世界级奇幻文学大奖：美国的传奇文学创作奖（Mythopoeic Awards）和英国奇幻文学协会颁发的卡尔·艾德华·瓦格纳文学贡献奖（Karl Edward Wagner Award）；2006 年 7 月，她被布里斯托大学授予名誉文学博士学位；2007 年获世界奇幻终生成就奖（World Fantasy Award for Life Achievement）。

在幻想文学创作方面，黛安娜·韦恩·琼斯确实受到了托尔金和刘易斯的影响，她这样表述当时的情景："J. R. R. 托尔金和 C. S. 刘易斯对我都有很深影响，但很难说出他们是如何产生这种影响的，唯一可以肯定的是他们一定也同时影响了其他人。我后来发现我们中每一个坚持写作童书的人——从佩内洛普·利弗里（Penelope Lively）到吉尔·佩顿·沃尔什（Jill Paton Walsh）——都和我在同一时段上牛津大学，但我那时很少遇到她们，也从未在一起讨论过奇幻文学作品。那时的牛津大学对奇幻文学作品非常鄙视。每个人都对托尔金和刘易斯嗤之以鼻，但又不得不承认

---

① http：//suberic. net/dwj/personal. html#yolen.
② http：//suberic. net/dwj/personal. html#gaiman.

'他们还是优秀的学者'"。①

当然，黛安娜·韦恩·琼斯的幻想文学写作并非始于在牛津大学上学期间，而是在她毕业之后。她说："在牛津这个舞台上，尽管参加过 J. R. R. 托尔金和 C. S. 刘易斯的讲座，但我并没有期待自己去写幻想小说。我是在结了婚、有了自己的孩子后才开始写作的。幻想小说是孩子们最喜欢的。但小孩不允许你使用你的大脑。他们常常跳到我腿上阻止我思考。我当时还没有意识到我多么需要教自己写作。我花了数年时间来学习，直到我最小的孩子开始上学了，我才能写出一部不会让出版商直接退回来的书。"②

事实上，黛安娜·韦恩·琼斯的写作生涯起步于一个艰难的时刻。1966 年，黛安娜·韦恩·琼斯一家搬到位于艾恩汉姆的一个阴冷老旧的农舍暂住，以等待丈夫约翰·柏洛所在的耶稣学院兴建教师宿舍。期间，黛安娜·韦恩·琼斯的小儿子科林患上了高热惊厥症，一切都变得糟透了。她开始写作她唯一一部成人小说《转换》（*Changeover*）来抵抗内心的恐惧。1970 年，《转换》作为黛安娜·韦恩·琼斯的第一部作品获得正式出版。

1967 年，宿舍建好后，黛安娜·韦恩·琼斯一家搬回学校居住，家中所有的孩子都上学读书了。于是黛安娜·韦恩·琼斯开始转向儿童小说创作，其中部分是因为受到儿子们的激发：他们讨厌那时流行的文学作品，特别渴望读到更"有趣的图书"。丈夫约翰一个以前的学生把劳拉·塞西尔（Laura Cecil）引荐给黛安娜·韦恩·琼斯。那时的塞西尔刚刚开始成为一个儿童文学的文稿代理人。她立刻成为了黛安娜·韦恩·琼斯的忠实朋友。在她的鼓励之下，黛安娜·韦恩·琼斯创作了一系列以小主人公的智慧和机智取胜的幻想小说，包括《威尔金斯的牙齿》（*Wilkins' Tooth*，1972）、《路克的 8 天》（*Eight Days of Luke*，1973）和《楼下的食人怪》（*The Ogre Downstair*，1973）。接下来又创作了《三人团》（*Power of Three*，1974）、《魔琴与吟游马车》（*Cart and Cwidder*，1974）和《狗

---

① Kit Alderdice, "Diana Wynne Jones: the Oxford-educated, wickedly funny British novelist wants to amuse her young readers with'serious things（PW Interviews）", *Publishers Weekly* 238.10 (1991): 201.

② http://www.leemac.freeserve.co.uk/autobiog.htm.

身体》(Dogsbody,1974),但它们不是按照写作年代依次出版的。① 这些作品中最显著的特色是大胆的冒险:她能把挪威的万神殿带入英国英格兰中部西米德兰兹郡家庭的不和谐生活之中(《路克的8天》),或是发现天狼星被囚禁在一个家庭宠物的躯体之中(《狗身体》)。

1975年,黛安娜·韦恩·琼斯创作了"克雷斯托曼琪城堡"系列第一部《魔法生活》(Charmed Life)。1977年,《魔法生活》出版,并获得卫报儿童图书奖,这是黛安娜·韦恩·琼斯的第一次重要成功。黛安娜·韦恩·琼斯的生活从此与奇幻联系在了一起,"随着我的书开始被出版,我的梦想开始实现。我想我编造的不可思议的事情总是发生在我身边。最壮观的是《被淹死的阿密特》(中译为《魔法稻草人》)。写完那部书后,我第一次上了一艘游船,一个岛屿从海中升起并困住我们。这样的事情,与我有旅行霉运的事实结合在一起,意味着我的生命绝不枯燥"。②

20世纪80年代中期是黛安娜·韦恩·琼斯创作生涯中一个特别丰产的时期,《弓箭手的呆子》(Archer's Goon,1984)、《火与毒芹》(Fire and Hemlock,1985)和《豪尔的移动城堡》(Howl's Moving Castle,1986)等都是特色鲜明的杰作。黛安娜·韦恩·琼斯大部分作品的中心是难以忘怀的性格、错综复杂的情节、出人意料的解决方案、权力与话语间的迷人关系,以及对提供专制权威的平衡物的关心——或者,如她所言,"提供一个孩子们能放松他们的问题和思想的空间,'妈妈是一个傻乎乎的小题大做的人,我不需要被她的观念过分束缚。'"

20世纪90年代早期是儿童奇幻出版非常活跃的一个时期,尽管黛安娜·韦恩·琼斯的小说在主题上像任何现实主义小说一样"注重细节"——也许正是因为有这样的想法,她将创作拓宽到成人作品,最负盛名的是《绝密》(Deep Secret,1997)——该书表现的是英国科幻传统中的一场星际战争。而《奇幻世界实用指南》(Tough Guide to Fantasyland,1997)则以充满欢悦的讽刺天才对奇幻中的陈词滥调进行了犀利解剖。

与此同时,"哈利·波特"的出现改变了童书出版的景观。很快人们就发现J. K. 罗琳书中的许多内容,特别是对魔法学校的运用,在琼斯作

---

① http://www.leemac.freeserve.co.uk/autobiog.htm.

② http://www.leemac.freeserve.co.uk/autobiog.htm.

品中早已出现。一夜之间，琼斯的书也变得非常畅销，几乎所有作品都在接下来的几年被再版，并为她赢得了一批新的崇拜者。2004年，宫崎骏据琼斯《豪尔的移动城堡》改编的同名动画电影将琼斯作品复兴推向了高潮，同时引发了批评家们的集中关注。

第三节　作品总体论述

一　儿童童话奇幻

瑞典著名儿童文学研究专家玛丽亚·尼古拉耶娃（Maria Nikolajeva）在杰克·齐普斯主编的《牛津童话指南》（2000）的"黛安娜·韦恩·琼斯"词条中指出："黛安娜·韦恩·琼斯是30多部原创英国童话小说的作者，一个毋庸置疑的文类革新者。即使是在利用诸如善恶斗争、第二空间旅行或时间变迁等典型主题时，她也能运用相当微妙的手段，使传统和耳熟能详的主题变得出乎意料。事实上，她的小说对读者智力的要求较高，虽然它们处理的是悖论、不同维度以及复杂的时空结构，但这也使得它们能激发读者的阅读兴趣。"[①] 的确，黛安娜·韦恩·琼斯的作品是一种超越传统文类的新型样式：儿童童话奇幻。这使得她的作品涵括了以下三个文类的特征。

（一）儿童文学：魔法与道德

黛安娜·韦恩·琼斯非常重视儿童文学的写作，她说："迄今为止我写的东西几乎都是奇幻，其中大多是喜剧。我想要提供给孩子们激动人心的有趣的书籍，否则我就会对自己不满。但我也用奇幻故事（就像人们使用隐喻一样）来说生活中的一些事儿。在我看来，非常复杂的事可以用孩子们那种简单的方式说出来，并得到他们的理解。（同样，我认为，如果句子和故事足够明晰的话，孩子们能够掌握难懂的单词）每次我写一本新书时我都试图说一些新东西，其结果是每本书都和先前的书不一样，但每本书都能带给我同样的惊奇、困扰和愉悦。"[②]

[①] Maria Nikolajeva, "Diana Wynne Jones", in Jack Zipes, ed. *The Oxford Companion to Fairy Tales*, Oxford University Press, 2000, p. 271.

[②] See from Jessica Yates, "Jones, Diana Wynne", in *Children's Literature Review*, Ed. Tom Burns, Vol. 120, Detroit: Gale, 2007, Literature Resource Center. Web. 7 July 2011.

黛安娜·韦恩·琼斯的主人公经常是生活在混乱家庭或社会环境中的青少年，他们发现并利用魔法来缓解紧张局势。书中人物回应魔法的方式反映了其个性，而魔法往往成为一种自我发现和成熟的手段。尽管一些评论家认为，黛安娜·韦恩·琼斯故事中魔法的使用很容易成为困境中主人公的逃避手段。绝大多数评论家认为她的作品令人愉悦，并有效地表现了正面价值。在她的小说中，成为一个魔法师并学会运用魔法是一个痛苦而艰辛的过程，充满强烈的道德暗示。

（二）幻想小说：时空间离与魔法

从托尔金开始，对"奇幻世界（或仙境）"的创造就一直是幻想小说的重要主题。作为一名优秀的奇幻作家，黛安娜·韦恩·琼斯对时空的处理有其独到之处，她擅长把当代主题编织到幻想世界中，常常创造出一个看似熟悉却又因其魔法特质而不同的宇宙。像 J. R. R. 托尔金一样，琼斯因其使想象世界看起来就如我们自己窗外的世界一样真实的能力而备受赞誉，"琼斯描绘其他世界——包括不同于内心世界的其他世界——而我们自己的现实对主人公而言则变成了另一世界。这种策略，被认为是'间离法'（estrangement），在儿童童话小说中非常普遍"。①

尽管她描绘的其他世界有些模糊，但黛安娜·韦恩·琼斯总是设法在其中谈论一些与当代生活相关的东西。对其他世界的引入使得琼斯能够讨论一些存在主义的问题：诸如什么是现实？是否存在不止一种真理？她小说中反复出现的一些观念是无限平行世界的存在，每个独特世界均有自己的发展轨迹。这个想法与当代科学的宇宙观一致。在琼斯的宇宙模型中，世界之间的差异暗示：在某些世界中，魔法是一种普遍特征。在《家中粗鲁的人》中，读者仅仅知道他们在用整个世界来玩一个巨型游戏。《时间城市的故事》描绘了一座"存在于时间与历史之外的"城市，该市的居民可以影响地球上的事件。

黛安娜·韦恩·琼斯这些中世纪般的梦幻世界——德克荷姆（Dalemark）和开普罗纳（Caprona）——充满了被施魔法的动物，巫婆，传说中的诸神，或仙界人物，以及魔法工具或魔法上衣。在《魔法生活》（*Charmed Life*, 1977）、《开普罗纳的魔法师》（*The Magicians of Caprona*,

---

① Maria Nikolajeva, "Diana Wynne Jones", in Jack Zipes, ed. *The Oxford Companion to Fairy Tales*, Oxford University Press, 2000, p. 271.

1980)、《女巫周》(Witch Week, 1982) 和《克里斯托弗·钱特的生活》(The Lives of Christopher Chant, 1988) 等一组松散关联的小说中, 我们生活的现实作为一个平行世界而充当背景, 单调而无趣, 因为它缺乏魔法。她的小说世界是中世纪和现代的一个结合。在这些世界中, 魔法成为日常生活的一个部分, 魔力自孩提时代就开始培养, 就像学习语言或数学一样。

（三）童话：重写与颠覆

黛安娜·韦恩·琼斯对神话、传奇、民间故事和童话以及来自19世纪末至20世纪初的儿童经典中的那些可以辨识的形象的运用, 可以涵括为齐普斯所谓的"后现代蒙太奇"(postmodern montage)。如爱丽丝·米尔斯 (Alice Mills) 指出, 黛安娜·韦恩·琼斯的《狗身体》质疑了"美女与野兽"叙述的结尾, 使野兽认识到读者一直知道的一个事实: 即来自天狼星的美女爱着作为野兽的他。玛丽亚·尼古拉耶娃 (Maria Nikolajeva) 认为《天空之城》源自《一千零一夜》的启发, 而海蒂·安妮·海诺尔 (Heidi Anne Heiner) 则从中看到了格林兄弟《十二个跳舞的公主》的影子。但黛安娜·韦恩·琼斯的目的并非重述传统故事或把读者从经典文本中解放出来。① 相反, 她是把这些因素合并到新的文本之中, 如《火与毒芹》开头的坦林故事及苏格兰传说中的诗人托马斯故事；《路克的8天》中出现在当代世界的北欧神祇等, 都与文本融为一体。

二　奇幻文学批评

不仅如此, 黛安娜·韦恩·琼斯在童话幻想小说的批评上也有突出成就。作为一位非常有见地的批评家, 1983年以来, 她撰写了大量批评论文。其中最有影响是如下四篇：(1)《〈魔戒传奇〉中叙述的形成》(1983), 是对《魔戒传奇》的一个结构主义考虑；(2)《英雄理想：一个人的〈奥德赛〉》(1989), 较早讨论她著作的创作问题；(3)《以科幻小说为业：对一些问题的回答》(1997), 提出了一些她感到从未找到过正确答案的问题；(4)《分娩一部书》(2004), 重新论述了《英雄理想》

---

① Maria Nikolajeva, "Diana Wynne Jones", in Jack Zipes, ed. *The Oxford Companion to Fairy Tales*, Oxford University Press, 2000, p. 271.

中的一些论点。①

黛安娜·韦恩·琼斯《〈魔戒传奇〉中叙述的形成》一文收入罗伯特·吉丁斯编选的论文集《J. R. R. 托尔金：遥远的国度》② 之中，是奇幻批评中少见的作品：它关注的不是一部作品的内容、主题或隐喻的作用，而是作品的组织。她理解托尔金的叙述并指出：

> 《魔戒传奇》按运动来组织，就像一部交响乐，但不同之处在于：每一个运动都有扩展，或过渡句，部分反映了刚刚结束的一个运动，又开启了一个即将到来的运动。③

由此出发，琼斯划分每个情节持续多久。琼斯并没有忽略托尔金叙述中的问题——从家庭到史诗的令人焦躁的转换——但她认为这些转换是蓄意的，并作为音乐主题在操纵：其中一个主题是在任何时间都占据主导地位而另一个几乎是潜在地保持一直在场。

黛安娜·韦恩·琼斯看到，托尔金在小说末尾运用"延宕主题"（lingering themes）和"尾声重复"（Repeated codas）模式以使我们面向未来而非倒退。对主题的并置也揭示了意想不到的意义："尽管这是非常奇怪的：行动的正面一方混合了杀戮与政治，反面一方混合了爱、忍耐与勇气，但看起来事实就是如此。托尔金坚持，没有后者，前者是毫无价值的"。④ 但是黛安娜·韦恩·琼斯从中学到的经验是：如果有节奏或精心地使用，并置与反射是非常强有力的工具。她把托尔金看作一个叙述学家，而《魔戒传奇》是他的叙述学论文。⑤

沿着这篇文章的思路，黛安娜·韦恩·琼斯写了三篇以相同理念来论述她自己作品的论文。第一篇是 1989 年发表于《狮子与独角兽》杂志上

---

① Farah Mendlesohn, *Diana Wynne Jones: Children's Literature and the Fantastic Tradition*, Oxford: Routledge, 2005, pp. xvii – xviii.

② Robert Giddings, ed., *J. R. R. Tolkin: This Far Land*, London: Vision, 1983.

③ Diana Wynne Jones, "The Shape of the Narrative in The Lord of the Rings", in *J. R. R. Tolkin: This Far Land*, ed. Robert Giddings, London: Vista, 1983, p. 88.

④ Diana Wynne Jones. "The Shape of the Narrative in The Lord of the Rings", in *J. R. R. Tolkin: This Far Land*, ed. Robert Giddings. London: Vista, 1983, p. 104.

⑤ Farah Mendlesohn, "Introduction", in Farah Mendlesohn. ed., *Diana Wynne Jones: Children's Literature and the Fantastic Tradition*, Oxford: Routledge, 2005, pp. xviii – xix.

的《英雄理想——个人的奥德赛史诗》（The Heroic Ideal—A Personal Odessey, 1989）。这是黛安娜·韦恩·琼斯自我分析论文中被广泛征引的一篇，因为她在文中讨论了她想要创造一个女英雄——一个不再是假小子的女英雄，一个能让男孩子也愿意读的女英雄——的欲望。文章还提供了一个对黛安娜·韦恩·琼斯创作过程的考察，这在她对乔叟的评论中尤其明显。

第二篇是《以科幻小说为业：对一些问题的回答》（The Profession of Science Fiction：Answers to Some Questions, 1997）。1997年，黛安娜·韦恩·琼斯为《基地：国际科幻小说评论》（Foundation：The International Review of Science Fiction）撰写了该文，作为该杂志"以科幻小说为业"系列的一部分。该系列给每个作家提供了一张署名的空白纸，让作家来写他们自己作为作家的体会。黛安娜·韦恩·琼斯选择了自己的方式：她以自我访谈的形式自问自答了经常被问到的问题。在回答"你从哪里获得你的想法，或你认为那些想法是你自己的吗？"这一问题时，她写道：

> 这个问题问得十分刁钻，因为一个想法的某些部分，如果是要使一部书开始发展的那些想法，必定与某些外在于我的东西相关，即使我并非从这一外在事物获得它。它必定是内外观念的创造性混合。①

第三篇是《分娩一部书》（Birthing a Book, 2004）。该文是黛安娜·韦恩·琼斯于2003年8月，在主题为"一种冒险的友谊是什么"（What a Gamble Friendship Is）的英国剑桥新英格兰儿童文学暑期研究班上的一次演讲。琼斯写作此文是为了与编辑利比讨论她先前的一篇文章《英雄理想》。琼斯认为描绘创造性过程是困难的事情，这是她在短篇小说《卡洛尔·欧尼尔的第100个梦想》（Carol Oneir's Hundredth Dream）中涉及的一个问题。黛安娜·韦恩·琼斯说，写作和灵感是复杂的，但当这有疑问的时候，她就利用假想的朋友和她的童年。②

---

① Diana Wynne Jones, "The Profession of Science Fiction：Answers to Some Questions", 70 (Summer 1997)：5.

② Diana Wynne Jones, "Birthing a Book", in Horn Book Magazine, July – August 2004, pp. 379 – 393.

此外，黛安娜·韦恩·琼斯《奇幻世界实用指南》(*The Tough Guide To Fantasyland*)①一书幽默地探讨了幻想小说。该书采用旅游指南的形式，宣称许多幻想小说、游戏和电影中的奇幻世界事实上是同一国度的一部分。在一种广义的比喻意义上，读者（或观众或玩家）是旅游者，作者是导游，他们的故事即是奇幻世界的观光旅程或一揽子旅游。在这一语境中，该书列出了可能会在这样一次旅程中发现的常见地点、人物、艺术品、场景、角色和事件，即幻想小说中常见的原型和套路。因此，它包括论《黑暗魔王》和它们应该做的事的文章，论《魔剑》及它们来自何方的文章，论《群鬼森林》及它们所包含的东西的文章，等等。由几百篇短文组成，按字母顺序排列，从几句话到几个段落不等。此书实际上是一本探讨奇幻文类的批评著作，书中对奇幻写作中的主题和套路进行了充满感情的研究。

第四节 《豪尔的移动城堡》

1986 年，黛安娜·韦恩·琼斯的小说《豪尔的移动城堡》(*Howl's Moving Castle*) 出版，并获得了当年的波士顿环球报号角图书奖（Boston Globe Horn Book Honor）。2004 年，此小说被日本动画大师宫崎骏改编为同名动画电影《豪尔的移动城堡》（ハウルの动く城, Hauru no Ugoku Shiro）并在全球上映。2006 年，此书又获得了火凤凰奖（Phoenix Award）。从此，黛安娜·韦恩·琼斯的名字就与这部作品连在了一起。

《豪尔的移动城堡》讲述的是苏菲·海特的故事。她生活在一个"像七里靴啦、隐形斗篷这些东西，可是确实存在"的魔法国度。她是三姐妹中的老大，在这个童话惯例即是现实生活的国度，苏菲清清楚楚地知道三姐妹中的老大总是注定要失败的。当她父亲去世时，苏菲那一点也不邪恶的后母芬妮认为家庭经济陷入贫困，三个女孩子都必须退学去当学徒：她自己亲生的女儿玛莎去了女巫家、二女儿乐蒂去了希赛利糕饼店，苏菲则留守家中的帽子店。苏菲在帽子店中变得害羞和迟钝，并因为缺少同伴而常常与帽子讲话。她告诉帽子它们是可爱的、聪明的或将嫁得好，而这

---

① Diana Wynne Jones, *The Tough Guide to Fantasyland*, DAW; 1St Edition edition, December 1, 1998.

些帽子的拥有者则莫名其妙地出现苏菲向帽子预言的那些变化。一天，荒地女巫来到店里，并诅咒苏菲变成一个老妇人，以惩罚苏菲与一个真正的女巫抢生意。老苏菲步履蹒跚地出发去碰运气。她意外地得到火魔卡西法的认可而进入巫师豪尔的城堡。据传，豪尔会吃年轻女孩儿的心，但老苏菲高兴地运用她的年龄来作为她奇怪想法的借口。苏菲最终帮助豪尔击败了荒地女巫。苏菲重获青春，并帮豪尔和卡西法从他们的魔法契约中解放出来。该契约中卡西法用魔法为豪尔服务，而豪尔给予卡西法心脏使其永生。苏菲解放了卡西法，取回了豪尔的心脏，并把它送回了豪尔的胸膛。变得更强大的豪尔摧毁了荒地女巫。豪尔和苏菲表露了彼此的爱。

《豪尔的移动城堡》是一部典型的童话幻想小说，对传统童话的叙述模式进行了全面颠覆。"哈利·波特"的希伯来语翻译者基里·巴希勒（Gili Bar-Hillel）认为，我们能在《豪尔的移动城堡》中看到《奥兹国的魔法师》（*The Wonderful Wizard of Oz*）的印记（荒地/西方女巫，狗同伴，稻草人，等等），并把苏菲的离家与多萝西的离家进行平行比较："多萝西有一件白底蓝花的衣服，因为她先前被描绘为她灰色环境中唯一的色彩。苏菲恰恰相反：她是方形市场上五彩缤纷的五月节庆典中唯一的灰色"。① 而在笔者看来，此书与其说是对某个具体童话的改写，不如说是对整个童话传统的颠覆。

一　空间的颠覆

（一）印格利国

托尔金在《论童话故事》一文中指出："童话故事是一种涉及奇境或者运用奇境来表达的故事，像讽刺、冒险故事、道德说教还有奇异幻想等，而无论它的目的是什么。"② 可见奇境的创造本来就该是童话故事的题中应有之意。法国学者恩斯特·布洛赫的《游乐场和马戏团中童话故事和感伤主义文学的白日梦》一文也指出，童话仙境并非单纯的空间塑造，而常常是一个时空（chronography）概念的另行建造，"很久很久以前：这意味着童话发生的方式不仅是在过去而且是在更多彩或更轻松的某

---

① Gili Bar-Hillel, "Comparison of Howl's Moving Castle to The Wonderful Wizard of Oz", in first Diana Wynne Jones conference, in 4 July, 2009. Bristol.

② J. R. R. Tolkien, *Tolkien Reader*, New York: Ballantine, 1966, p. 10.

个时空（somewhere else）。那些在那儿变得更幸福的人直到今天仍然一直幸福，如果他们还没有去世的话"。①

《豪尔的移动城堡》一开头就对传统童话故事进行了颠覆性描述，第二时空的设置不是传统的"很久很久以前……"的时间性方式，而是直接引入一个第二空间，"在印格利国里，像七里靴啦、隐形斗篷这些东西，可是确实存在的哟！但在这个国家里，当三个兄弟姐妹中的老大可是顶倒霉的一件事。每个人都认定了你会第一个失败！尤其是三个人必须一道出门奋斗时，人们更是认定了老大铁定会最没成就"。② 这说明，在这个世界中，魔法的存在是一个毋庸置疑的现实，而主导这一国度的是童话叙述。这个国度的人们自觉地按照童话规则来评判事物。

（二）豪尔的移动城堡

巫师豪尔的城堡不在遥远的天边，而近在眼前。这是一座移动的城堡，引发了印加利王国所有人的恐慌："一座高大的黑色城堡突然出现在马克齐平镇旁的山丘上，当四个高高的、狭长的角楼持续地往外冒出黑烟时，每个人都认为女巫又搬出荒地了！她又要像50年前那样，陷全国于恐怖之中了！人们非常害怕！没有人敢独自出门，尤其是夜里。更可怕的是，城堡并不是固定呆在同一个地方，有时是在西北方荒野上一个高高的黑色污点；有时又绕到东边的岩壁上；有时直下山岗，在离镇北最后一座农场不远的石南地上；有时还真的可以看到它在移动，脏脏的灰烟从角楼里阵阵涌出"。③ 但这个看似恐怖的城堡颠覆了传统童话中的"巫师城堡"原型，因为它的内部并非金碧辉煌，或是阴冷凄凉，它不是一个令人艳羡不已或是望而生畏的异质空间，而是一个令人熟悉的家庭空间（其现实空间是豪尔家老房子的内部）。"'豪尔跟卡西法创造了这座城堡，'麦可解释道：'卡西法负责让它运转。它的内部其实只是豪尔在避难港的老房子，那是这个城堡里唯一真实的部分。'"④

这座会移动的城堡有四扇大门，分别通向豪尔生活的四个平行的不同

---

① Ernst Bloch. "Better Castles in the sky at the Country Fair and Circus, in Fairy Tales and Colportage", in Ernst Bloch. *The Utopian Function of Art and Literature*, Tans, Jack Zipes and Frank Meckenburg. Cambridge, Massachusetts & London, England: The MIT Press, 1998, p. 168.
② Diana Wynne Jones, *Howl's Moving Castle*, London: Methuen, 1986, p. 9.
③ Ibid., p. 14.
④ Ibid., p. 63.

世界：红色大门通往金斯别利王城，蓝色大门通往避难港，黑色大门通往苏菲原本居住的马克奇平镇，而绿色通往豪尔的家乡——21世纪的威尔士。在威尔士，豪尔姐姐的家中，他的侄子玩一个涉及四道神奇大门的电脑游戏（琼斯是最早在童话小说中使用计算机意象的作家之一）。小说还写到了电视、磁带、汽车以及橄榄球（尽管没有提到它们的名字）。琼斯以此质疑了我们对于此时此地以及遥远时空的共同观念。

事实上，在第十七章"移动的城堡搬家"中，当豪尔为了避开荒地女巫的追踪而打算开花店的时候，他花钱买下了苏菲家的老房子，并将城堡搬到了那里，"他们穿过店铺，走到那个苏菲打出生以来就知道的后院。它现在只剩一半大小，因为豪尔移动城堡的院子将它占去一半。苏菲抬眼，眼光越过豪尔院子的砖墙，看着自己的旧宅。房子看起来很奇怪，因为多了一个属于豪尔卧室的新窗子。而当苏菲想到，由那窗子望出去所看到的，并非她现在所见的景象时，那感觉就更怪异了。她可以看到自己旧寝室的窗子，在店铺上方，但这也教她觉得怪怪的，因为现在似乎没办法上去了。苏菲跟豪尔再度走进屋里，走上楼梯来到储物柜前。她突然意识到，自己一直都板着脸。见到自己的老房子变成这样，让她心中乱成一团"。① 两个现实空间的交叠让苏菲非常不适应，在这里，四扇大门有了变化，紫色大门通往流动的绿色雾霭中布满鲜花的原野；桔色大门通往山谷尽头金黄色的夏日黄昏中的大房子车道；黑色大门仍然通往马克奇平镇；绿色则通往21世纪的威尔士。

二 人物角色的颠覆

表面看来，小说中也有国王、王子、公主和邪恶女巫，但他们在小说中的角色和任务都不同于传统童话：王子奥斯丁是国王的弟弟，却被变成了狗人；而公主薇乐莉雅只有两岁；荒地女巫不是丑陋不堪的老妪而是年轻漂亮的女子，等等。

（一）苏菲

小说塑造了一个不符合传统童话标准和理想，却相信她所读过的童话，让童话惯例主宰她及她生活的一切的女主人公——苏菲·海特。尽管她自己的生活不同于童话——她既不是公主也不是伐木工的女儿，而

---

① Diana Wynne Jones, *Howl's Moving Castle*, London: Methuen, 1986, p.251.

是中产阶级商人的女儿；她有一个后母，但后母仁慈地对待所有的孩子，而且三姐妹都漂亮——苏菲却深陷她所读过的传统童话的叙述模式，不自觉地按照童话规则来评判自己，并认定自己是三姐妹中最不可能成功的那一个。

在小说中，每当苏菲遇到事情不顺或心情不好的时候，就会归因于一个原因：我是老大。例如苏菲由于整天关在家里的帽子店而越来越离群索居和害怕男性。五月节那天，她下定决心要去希赛利糕饼店看妹妹乐蒂，却因为街上的拥挤和嘈杂而心烦意乱，"她追问自己，'我怎会想要把日子过得有趣呢？'她边跑边想：'真那样的话，我会非常害怕。这都是因为我是长女的缘故。'"① 而当苏菲受豪尔之托，在国王面前不遗余力地抹黑豪尔，却收到相反效果时，她的反应是"'当老大就是这样'，她一边推开那扇沉重的双扇门一边嘀咕：'总是赢不了！'"

更具讽刺意味的是，直到索菲被一个女巫诅咒而变成一个苍老的老妇，她才找到了自我。忽然之间，"衰老"达到戏剧性极致，苏菲突然从17岁变成90岁。苏菲反而因此解放了自己，方能在她的生活中扮演不同于童话的角色。她出发去碰运气，步履蹒跚而且骨节作响，她想，"也许她是有点儿疯狂，但老女人通常都是如此"。② "这感觉真奇怪！当她还年轻时，像现在这些行为，她光是想想都会尴尬到不行，但是成为老妇人后，她不再在意该说些什么、做些什么了，她发现这样做人反而轻松许多。"③ 她变得大胆、易怒、自信的、极端和多管闲事。豪尔巫师因苏菲想要打扫他的房间而愤怒大吼："你是一个超好管闲事、超霸道、超爱干净的恐怖老女人。请你节制一点好不好？你让我们非常痛苦。"④ 他叫她"鼻子夫人""包打听夫人"和"说教夫人"。尽管如此，苏菲还是赢得了豪尔的爱，并帮助他挫败了荒地女巫的阴谋，拯救了众人。

总之，黛安娜·韦恩·琼斯颠覆的不仅仅是苏菲作为大女儿的狭义可能性，而且是"年轻女士/老太婆"的普遍原型。通过展示她的魔力将如何通过话语方式和缝补能力展露出来，黛安娜·韦恩·琼斯还诙谐地颠覆

---

① Diana Wynne Jones, *Howl's Moving Castle*, London: Methuen, 1986, p. 20.
② Ibid., p. 35.
③ Ibid., p. 66.
④ Ibid., p. 71.

了苏菲做家务活的才能。

（二）豪尔

小说中的男主人公豪尔也并非高贵的王子或是英俊的猎人，也不想成为英雄，事实上，他一直设法逃避国王召他参战和任命他为皇家巫师的命令。豪尔是一位非常讲究外表、刻意打扮和修饰自己、洒着风信子香水、善于与年轻女士搭讪和献殷勤的年轻男子，"一位穿着非常耀眼的蓝银色戏服的年轻男子……这人还长得很帅——脸型瘦削、线条分明，看来很有教养……应该有二十好几了吧？一头金发显然经过刻意的梳理。他的长袖比方形市场上任何人的都长，不仅有贝型的装饰边，还镶了银线……他身上洒了香水，那风信子的香味在他奔跑时一路跟着他"。[1] 在苏菲不小心破坏了他的咒语，导致他染发失败时，他发出沮丧的可怕尖叫，并从全身流出厚厚的绿色黏液。

豪尔是一个看似邪恶实则善良的巫师。据传言，豪尔是一个会收集年轻女孩并汲取她们灵魂的巫师。"豪尔巫师也是个声名狼藉的人物。虽然看来他似乎无意离开山岗，但据说他最喜欢收集年轻女孩，并且汲取她们的灵魂。还有人说他喜欢吃女孩的心脏。总之，他是一个极端冷血、没心少肺的巫师。任何落单的女孩若被他捉住了，铁定完蛋！苏菲、乐蒂、玛莎跟马克齐平所有的其他的女孩们都受到警告：绝对不能单独外出。这叫她们讨厌得要命！不知豪尔巫师收集那么多灵魂到底要做什么？"[2] 事实上，这传言是豪尔有意散播的，因为他以自己的心脏与流星卡西法定下契约，从此不能再好好爱人。流星卡西法因为这个契约而获得了永生，却成为了火魔，被束缚在移动城堡的壁炉之中。他们都想打破这个契约，但契约魔法使得他们自己无法解除契约，而又无法向他人说出他们的契约内容。直到因荒地女巫的魔咒而变成老妪的苏菲·海特意外进入移动城堡。苏菲与卡西法达成协议彼此帮助对方解除魔法，豪尔才获得了被解救的可能。总之，豪尔彻底颠覆了传统童话中"邪恶巫师"与"男性拯救者"原型。

---

[1] Diana Wynne Jones, *Howl's Moving Castle*, London: Methuen, 1986, p. 21.
[2] Ibid., p. 2.

三 情节的颠覆

(一) 并非一见钟情

苏菲与豪尔并不是一见钟情,在他们的第一次偶遇中,苏菲十分羞怯、不善交际,在素不相识的年轻男子豪尔怜悯的眼光下甚至不无尴尬,她眼中的豪尔是一个过分修饰自己的年轻人;而再次相见时,苏菲已因魔咒而变成白发苍苍的老妪,虽然豪尔认出了她,但二者都没有去挑明这一点。接下来豪尔对苏菲二妹乐蒂的追求,引来了苏菲的敌视;而苏菲在豪尔的城堡中大肆清扫也令豪尔厌恶不已……种种不快之后,苏菲逐渐感受到了外表龟毛的豪尔心底的那份善良;而豪尔也慢慢地接纳了苏菲,为了让苏菲留下来,豪尔想办法改变破败大宅的境况,还邀请苏菲的家人到城堡做客。在与荒地女巫的斗争过程中,苏菲与豪尔从误解到相爱。最后苏菲选择了与魔法师豪尔共度一生,而没有选择那位对苏菲感激不尽、爱恋有加的奥斯丁王子。由此可见,苏菲与魔法师豪尔"从陌生到了解,从相识到相爱"的爱情颠覆了传统童话"公主与王子一见钟情或一吻定情的完美爱情"模式。

(二) 不自觉的女巫

正如玛丽亚·尼古拉耶娃所言,黛安娜·韦恩·琼斯"最喜欢的策略之一是赋予主角神奇的力量,从而打破传统童话的模式:主角是一个平凡的人,得到了神奇帮手的帮助"。[①] 书中女主人公苏菲因为长期和帽子说话而拥有了一项特殊能力:"能借由说话给予生命",并实现预言。虽然她对此毫不知情,却招来了荒地女巫的诅咒,她从一个18岁的美丽少女瞬间变成一个90岁的老妪,而且无法告诉任何人她受到诅咒。在很偶然的情况下,她拯救了稻草人(魔法师苏利曼的一部分)和狗人(奥斯丁王子的一部分),并赋予了他们生命;尔后进入到魔法师豪尔的移动城堡,与火魔卡西法达成协议:相互帮助对方解除魔法。在荒地女巫的火魔(安歌丽雅)即将实现其阴谋,取得豪尔的心脏时,苏菲用话语命令手中的魔杖抽打她,并对豪尔的心说"那么,再活一千年!"从而拯救了卡西法,解除了豪尔与卡西法的魔法契约:

[①] Maria Nikolajeva, "Diana Wynne Jones", in Jack Zipes, ed. *The Oxford Companion to Fairy Tales.* Oxford University Press, 2000, p. 271.

"卡西法，"苏菲说："我必须打破你的契约。这会让你没命吗？""别人做的话就会，"卡西法沙哑地说："这就是为什么我要你来做的原因。我知道你能借由说话给予人生命，看看你对稻草人和骷髅头所做的就知道了。"

"那么，再活一千年！"苏菲说着，同时投入全神的专注，以免说话的效果不够强。她一直非常担心这件事。她握住卡西法，小心地将它从那个黑块上摘下来，就像是从茎上摘掉一个死去的花苞。卡西法转身松开，像一滴蓝色泪水般在她肩上飘浮着。

"我觉得好轻！"它说，然后它突然明白发生了什么事。"我自由了！"它转向烟囱，冲上去，飞得不见踪影。"我自由了！"苏菲隐隐听到它穿过帽子店上头的烟囱顶时呼叫的声音。苏菲手里拿着那个几近死气沉沉的黑块走向豪尔，动作虽然迅捷，心里其实毫无把握。她一定得做对这件事，但她不确定该怎么做。"好，就这样吧。"她小心地将黑块放在他胸部左边，也就是她自己不快乐时会觉得疼痛的地方，然后用力推。"进去！"她告诉它："进去那儿，然后开始工作。"

她推了又推。那心脏开始沉进去，越进去跳动得越有力。苏菲试着对门口的火焰与打斗视而不见，只专注于保持稳定、有力的推动。她的头发一直掉下来，遮住她的脸，转而露出一束束红红的头发。但是她也不去搭理，只是推着心脏。心整个进去了。它刚一消失，豪尔就动了起来，大声地呻吟一声，转身朝下趴着。①

从头巾中露出的"一束束红色的头发"表明苏菲此时已经打破了荒地女巫的魔法，恢复了青春。不仅如此，她还打破了豪尔与卡西法的魔法契约，拯救了二者的生命。由此可见，由于这项神奇能力的赋予，苏菲颠覆了传统童话中"王子——拯救者/公主——被拯救者"的模式，成为一个真正的女性拯救者。

四 细节的描绘

在传统童话中，对情节的关注是第一位的，细节经常是被省略的。而

---

① Diana Wynne Jones, *Howl's Moving Castle*, London: Methuen, 1986, p. 328.

在《豪尔的移动城堡》一书中，苏菲因荒地女巫的诅咒而从 18 岁突然变到了 90 岁。这个看似一般的传统童话主题，因书中对苏菲的风湿病和年老体衰状况的详细说明而被赋予特殊意义。如苏菲被荒地女巫变老之后，"她伸出双手往脸上摸去，摸到的是柔软像皮革似的皱纹。她低头看手，手也同样布满皱纹，而且瘦瘦的，手背上满是隆起的青筋，指关节也变得很粗大。她把灰裙子提高，看自己的脚。足踝和脚都又瘦又老，这让鞋子看来像长了疙瘩似的，看起来像 90 岁老太太的脚，偏又那么真实！苏菲往镜子走去，却发现自己脚步蹒跚。但是，镜中的脸倒是显得很沉着，因为她告诉自己一定要镇定。那是一张被白发包围，瘦削的老妇的脸，脸色憔悴而枯黄。眼睛则黄黄的、水汪汪的瞪着她瞧，看来十分可怜。'别担心，老家伙，'苏菲对镜中的脸说：'你看来挺健康的。何况，这不是更接近真实的你吗？'"① 这种描绘就使得苏菲不是一个概念化的符号存在，而是一个活生生的人。通过她的经历，小说一步步吸引住了读者的自我意识。

五 诗歌魔咒

英国玄学派诗人约翰·邓恩（John Donne, 1572–1631）有一首著名的诗歌《歌：去抓住坠落的星辰》（Song: Go and Catch a Falling Star）：

> Go and catch a falling star, /去，抓住颗流星，
> Get with child a mandrake root, /和曼陀罗的草根生个子嗣，
> Tell me where all past years are, /告诉我，逝去时光何处寻，
> Or who cleft the Devil's foot, /是谁劈开魔鬼的蹄子，
> Teach me to hear mermaids singing, /教我聆听海妖的歌，
> Or to keep off envy's stinging, /或是抵挡嫉妒的咬蜇，
> And find/再追踪
> What wind /哪种风
> Serves to advance an honest mind. /助诚实的人倍极恩荣。
>
> If thou be'st born to strange sights, 你若常年在外欣赏奇景，

---

① Diana Wynne Jones, *Howl's Moving Castle*, London: Methuen, 1986, p. 33.

Things invisible to see,/与那风光隐秘,
Ride ten thousand days and nights,/一万个日夜奔波不停,
Till age snow white hairs on thee;/直到岁月染白了发际,
Thou, when thou return'st, wilt tell me/你,回还的时刻,会为我回忆
And swear/并誓言
All strange wonders that befell thee,/你经历了所有奇迹,
No where /不曾见
Lives a woman true, and fair./女人的忠贞,美貌能两全。

If thou find'st one, let me know, 你若发现了一个,就让我知道,
Such a pilgrimage were sweet; /与她相会如朝圣般快乐;
Yet do not, I would not go, /算了,我想还是不去的好,
Though at next door we might meet:/哪怕我与她一门之隔,
Though she were true, when you met her,/就算你们相遇时,她美丽忠贞,
And last, till you write your letter,/可是,等到你别后致信,
Yet she/殊不知/她已是
Will be/未等我去,
False, ere I come, to two or three. 结新欢两次,三次。

它描绘的是寻找完美女性的不可能;但在黛安娜·韦恩·琼斯的小说中,荒地女巫的火魔安歌丽雅却借用此诗来实现她对豪尔的魔咒:"抓住坠落的星辰,/由曼陀罗花的花根孕育出小孩,/告诉我过去的岁月都去了哪里?/或者,是谁劈裂了魔鬼的脚?/教我如何听取美人鱼的歌声,/或是免叫嫉妒刺伤的方法,/并且找出/什么样的风,/可以吹着诚实的心灵向前"。当诗中那些不可能实现的事情一一变成现实时,女巫的诅咒就能追上豪尔的移动城堡,并从卡西法那里安全地拿走豪尔的心。这样一种充满诗意的魔咒方式,也颠覆了传统童话中直白而简单的施咒方式。

第五节 国外黛安娜·韦恩·琼斯研究

尽管从来没有取得杰克·罗琳那样的国际声誉，黛安娜·韦恩·琼斯女士在其书迷中间激起了一种罕见的忠诚。[①] 黛安娜·韦恩·琼斯迷们亲昵地称她为 DWJ。他们为她建立了专题网站："克雷斯托曼琪城堡：黛安娜·韦恩·琼斯主页或印格利国之旅"（Chrestomanci Castle：The Diana Wynne Jones Homepage or Travels in the Land of Ingary），网址：http：//suberic. net/dwj/index. html。

黛安娜·韦恩·琼斯不是一个传统意义上的英国经典小说家，很长时间以来均未得到正统英国文学史家们的认同，因此弗雷德里克·R. 卡尔《当代英国小说导读》（1990）[②]、约翰·里凯蒂所编《哥伦比亚英国小说史》（1994）[③]、马尔科姆·布拉德伯里《现代英国小说：1878—2001》（2001）[④]、多米尼克·里德编《剑桥现代英国小说导论：1950—2000》（2002）[⑤] 以及兰德尔·史蒂文森所编《牛津英国文学史卷十二·1960—2000：英国的没落？》（2005）[⑥] 等均只字未提黛安娜·韦恩·琼斯。

查尔斯·巴特勒在《文学百科全书》（2005）的"黛安娜·韦恩·琼斯"词条中指出："黛安娜·韦恩·琼斯是一个多产而不断创新的作家，已出版了40多部小说。她的绝大多数作品均是为儿童创作的，这是与她关系特别密切的读者；但是，琼斯也拥有庞大的成人读者群，并专为成人创作过一些有着成人印记的小说。除了她首次出版的书《转换》（1970）之外，她所有的书均为推理小说。琼斯还写了多种短篇小说、散文和文章，以及两本非小说类漫画作品（《奇幻世界实用指南》）（1996 年）和

[①] Frances Robinson, "Diana Wynne Jones 1934 – 2011; Author of Enchanting Children's Books Tackled Larger Themes", in *Wall Street Journal* (*Online*), New York, N. Y.：Mar 31, 2011.

[②] Frederick R. Karl, A Reader's Guide to the Contemporary English Novel, revised ed., Thames & Hudson, 1990.

[③] Richetti, John, ed. *The Columbia History of the British Novel*. Columbia Univ. Press, 1994.

[④] MalColm Bradbury, *The Modern British Novel*：1878 – 2001, London：Penguin, 2001.

[⑤] Dominic Head, *The Cambridge Introduction to Modern British Fiction*, 1950 – 2000, UK：Cambridge University Press：2002.

[⑥] Randall Stevenson, *The Oxford English Literary History*, *Volume* 12. 1960 – 2000, *The Last of England*？Oxford University Press, 2005.

《斯基弗指南》（1984）。"①

一 开创期：1983—2001 年

尽管早在 20 世纪 70 年代，黛安娜·韦恩·琼斯的许多重要著作都已经出版，但琼斯研究是在 1980 年琼斯囊括了七八十年代的诸多文学奖项之后才兴起的。1983—2001 是琼斯研究的开创期，这一时期的琼斯研究主要沿奇幻文学和儿童文学两条主线进行。

（一）奇幻文学研究

在奇幻文学研究领域，黛安娜·韦恩·琼斯可谓大名鼎鼎。早在 1983 年，吉列姆·斯帕吉斯的《事实的梦：黛安娜·韦恩·琼斯的幻想小说》就探讨了琼斯幻想小说中的幽默、冒险及幻想。② 1986 年，C. W. 苏利文《传统民谣与现代儿童奇幻：对结构和内容的一些评论》③ 也涉及琼斯的创作。

1991 年，罗斯林·K. 格罗斯《黛安娜·韦恩·琼斯概论》讨论了黛安娜·韦恩·琼斯的如下包含其生平细节的奇幻作品：《巫师周》《楼下的食人魔》《魔琴与吟游马车》《弓箭手的呆子》《诅咒之船》《克里斯多夫·钱特的生活》《魔法生活》《鬼的时代》《家中粗鲁的人》《火与毒芹》《豪尔的移动城堡》。"没有一个作家像象黛安娜·韦恩·琼斯：她是一个完完全全的原创作家。她不符合我所知道的任何奇幻写作传统，除非产生令人吃惊的原创作家这一英国趋势可以被看作是一种传统。她那些具有超凡的想象力、滑稽幽默而又令人愉悦的小说出现在 1974 年，赢得了七八十年代的无数文学奖项。她不仅是写作了一种独一无二的、毫无模仿印记的奇幻，而且她小说中的每一个人物都是原创的。我们很容易在第一眼时假定她的小说都是由不同作家写成的，它们显得各不相同，至少表面如此。尽管它们中的一些组成了一些松散的系列，另一些设置在同一背景

---

① Charles Butler, "Jones, Diana Wynne", in *The Literary Encyclopedia*. First published 14 December 2005, http://www.litencyc.com/php/speople.php?rec=true&UID=6037, accessed 01 May 2011.

② Gilliam Spraggs, "True Dreams: The Fantasy Fiction of Diana Wynne Jones", in *Use of English*, v34. N. 3. Sum 1983, pp. 17–22.

③ C. W. Sullivan, "Traditional Ballads and Modern Children's Fantasy: Some Comments on Structure and Intent", Children's Literature Association Quarterly 11 (1986): 145–47.

中,但她各个作品中的内容、场景、气氛和语气都有着巨大差异。"①

1992年,阿特贝瑞·布莱恩《奇幻策略》专章论述了琼斯的奇幻创作。该书不仅论及作家利用的"可信的不可能性的策略",也论及读者与文本的欣赏、挑战和共谋策略。②

(二) 儿童文学研究

黛安娜·韦恩·琼斯最初是以童书开始其创作的,早在1983年,莎莉·福尔摩斯·霍尔茨的《黛安娜·韦恩·琼斯》③ 就把黛安娜·韦恩·琼斯列入青少年儿童作家之列。尼古拉斯·塔克则称黛安娜·韦恩·琼斯为"过去30年间最执着于儿童奇幻故事创作的创造性作家"。④ 但在传统的儿童文学研究领域,各种儿童文学选集几乎见不到黛安娜·韦恩·琼斯的身影,如彼得·亨特的《儿童文学导论》⑤ 与杰克·齐普斯主编的《诺顿儿童文学选集:英语传统》(2005)⑥ 均未涉及黛安娜·韦恩·琼斯。齐普斯《棍子与石头:儿童文学从斯拉文力·彼得到哈利·波特令人苦恼的成功》(2001) 也仅在第174页论及 J. K. 罗琳的"哈利·波特"时顺带提及黛安娜·韦恩·琼斯。⑦ 究其原因,主要是因为黛安娜·韦恩·琼斯的儿童文学写作有着自己不同于传统儿童文学的独特取向。

1991年2月22日,黛安娜·韦恩·琼斯在与 K. 阿尔·邓迪斯和 S. 斯坦伯格的公开访谈中讨论了其儿童文学作品的写作原则、写作背景、C. S. 刘易斯 和 J. R. R. 托尔金对她的影响,以及她如何使得自己的书得

---

① Roslyn K. Gross, "Diana Wynne Jones: an Overview", August 1991, first published in the Australian SF fanzine SF Commentary, no 71/72, April 1992, http://www.leemac.freeserve.co.uk/rosgross.htm.

② Brian Attebery, *Strategies of Fantasy*, Bloomington and Indianapolis: Indiana University Press, 1992.

③ Sally Holmes Holtze, ed., "Diana Wynne Jones", in *Fifth Book of Junior Authors* (New York: Wilson, 1983), pp. 166 – 167.

④ Nicholas Tucker, "The Child in Time", in *Independent Magazine*, April 5, 2003, 16.

⑤ Peter Hunt. An Introduction to Children's Literature, New York: Oxford University Press, 1994.

⑥ Jack Zipes, *The Norton anthology of children's Literature: the traditions in English*, www.norton & Company, 2005.

⑦ Jack Zipes, *Sticks and Stones: The Troublesome success of Children's Literature from Slovenly Peter to Harry Potter*, New York & London: Routledge Press, 2001.

以出版等问题。①

1992年8月26日，朱迪斯·瑞吉对黛安娜·韦恩·琼斯作了专访。②鲁思·沃特豪斯的《哪种方式编码和解码小说？》论及了黛安娜·韦恩·琼斯的小说。③ 约翰·史蒂芬斯的《儿童小说中的语言与意识形态》论及黛安娜·韦恩·琼斯的四部儿童奇幻：《四外婆》《巫师周》《豪尔的移动城堡》《空中城堡》。④

1995年，批评家玛丽亚·尼古拉耶娃的《来自时代的儿童文学：朝向一种新美学》⑤ 和苏珊娜·拉恩的《儿童文学新发现》⑥ 论及黛安娜·韦恩·琼斯的儿童文学创作。2001年，艾德里安·E. 加文和克里斯托弗·劳特利奇主编的《儿童文学中的神秘：从理性的到超自然的》⑦ 讨论了黛安娜·韦恩·琼斯儿童小说中的神秘性问题。特亚·罗森伯格的《魔幻现实主义与儿童文学：以黛安娜·黛安娜·韦恩·琼斯的〈黑玛丽亚〉和萨尔曼·拉什迪的〈午夜之子〉为个案》则谈到了黛安娜·韦恩·琼斯作品与拉美魔幻现实主义的关系。⑧

二 第一次高潮：2002—2008年

2002年，英国出版了第一部黛安娜·韦恩·琼斯研究论文集——特亚·罗森伯格等编《黛安娜·韦恩·琼斯：一种令人兴奋的、高难度的

---

① K. Steinberg, S. Alderdice "Diana Wynne Jones", in Publishers Weekly; 2/22/91, Vol. 238 Issue 10, p. 201.

② Judith Ridge, "Diana Wynne Jones 1992 Interview", http：//www.misrule.com.au/dwj92_1.html to http：//www.misrule.com.au/dwj92_6.html.

③ Ruth Waterhouse, "Which Way to Encode and Decode Fiction?" in *Children's Literature Association Quarterly* 16 no. 1 (1991): 2 - 6.

④ John Stephens, Language and Ideology in Children's Fiction, London and New York: Longman, 1992.

⑤ Maria Nikolajeva, Children's Literature Comes of Age: toward a new aesthetic, New York and London: Garland, 1996.

⑥ Suzanne Rahn, Rediscoveries in Children's Literature. New York and London: Garland Publishing, 1995.

⑦ Adrienne E. Gavin, ed., *Mystery in Children's Literature: From the Rational to the Supernatural*, New York: Palgrave. 2001.

⑧ Teya Rosenberg, "Magical Realism and Children's Literature: Diana Wynne Jones's Black Maria and Salman Rushdie's Midnight's Children as a Test Case", Papers 11, no. 1 (2001): 14 - 25.

智慧》①，标志着英国学界对琼斯的正式认可。论文集除特亚·罗森伯格的《导言》（Introduction）之外，还收录了12篇学术论文及一篇专访：玛丽亚·尼古拉耶娃（Maria Nikolajeva）《黛安娜·韦恩·琼斯作品中作为后现代意识反映的异托邦》（Heterotopia as a Reflection of Postmodern Consciousness in the Works of Diana Wynne Jones）、凯伦·桑德斯－奥康纳（Karen Sands－O'Connor）《无处可去、不是任何人：黛安娜·韦恩·琼斯与英国性和自我形象概念》（Nowhere To Go, No One To Be: Diana Wynne Jones and the Concepts of Englishness and Self－Image）、莎伦·M. 斯盖普（Sharon M. Scapple）《〈时间之城的故事〉中的神话变革》（Transformation of Myth in *A Tale of Time City*）、唐娜·R. 怀特（Donna R White）《生活在地狱边缘：〈家中粗鲁的人〉作为一个军事化童年的隐喻》（Living in Limbo: *The Homeward Bounders* as a Metaphor for Military Childhood）、萨拉·菲奥娜·温特斯（Sarah Fiona Winters）《黛安娜·韦恩·琼斯作品中的善与恶》（Good and Evil in the Works of Diana Wynne Jones）、亚纪子·山崎明子（Akiko Yamazaki）《〈火与毒芹〉：作为魔咒山羊的文本》（*Fire and Hemlock*: A text as a Spellcoat）、卡琳娜·希尔（Karina Hill）《龙与量子泡沫：黛安娜·韦恩·琼斯作品选中的神话原型与现代物理学》（Dragons and Quantum Foam: Mythic Archetypes and Modern Physics in Selected Works by Diana Wynne Jones）、玛莎·P. 希克松（Martha P. Hixon）《身处无名之处的重要性：〈火与毒芹〉中的叙述维度与相互作用》（The Importance of Being Nowhere: Narrative Dimensions and Their Interplay in *Fire and Hemlock*）、黛博拉·卡普兰（Deborah Kaplan）《黛安娜·韦恩·琼斯与语言形成世界的能力》（Diana Wynne Jones and the World－Shaping Power of Language）、玛莉莲.S. 奥尔森（Marilynn S. Olson）《非真实城市中的猫与异形：T. S. 艾略特、黛安娜·韦恩·琼斯与城市经验》（Cats and Aliens in the Unreal City: T. S. Eliot, Diana Wynne Jones, and the Urban Experience）、爱丽丝·米尔斯（Alice Mills）《两个狗身体的艰难困苦：对黛安娜·韦恩·琼斯〈狗身体〉的荣格式解读》（The Trials and Tribulations of Two Dogsbodies: A Jungian Reading of Diana Wynne Jones' *Dogs-*

---

① Teya Rosenberg et al. ed., *Diana Wynne Jones: An Exciting and Exacting Wisdom*, New York: Peter Lang, 2002.

body)、查尔斯·巴特勒（Charles Butler）《现在在这儿：现在在哪儿？黛安娜·韦恩·琼斯作品中作为隐喻和现实的魔法》（Now Here：Where Now? Magic as a Metaphor and as Reality in the Writing of Diana Wynne Jones）以及查尔斯·巴特勒（Charles Butler）的《黛安娜·韦恩·琼斯专访》（Interview with Diana Wynne Jones）。自此，黛安娜·韦恩·琼斯作为奇幻作家的地位业已确立。此阶段的黛安娜·韦恩·琼斯研究方向主要是儿童奇幻文学研究和童话文学研究两个方向。

（一）儿童奇幻文学

2003年，《泰晤士报》记者尼柯莱特·琼斯对黛安娜·韦恩·琼斯作了题为《奇幻与我们大脑的构成》的专访。①

2004年，卡罗琳·库西曼的"最佳奇幻名单"中，黛安娜·韦恩·琼斯的"德雷马克四部曲"（Dalemark Quartet）和"克雷斯托曼琪城堡"系列（Chrestomanci series）共8本均榜上有名——只有琼·艾肯（Joan Aiken）比她多。② 同年，国际儿童读物联盟世界大会在罗汉普顿召开。法拉·门德尔松提交了《否认他者的异国风情：黛安娜·韦恩·琼斯在德雷马克四部曲中对沉浸式奇幻的建构》一文。③

2005年，门德尔松的《黛安娜·韦恩·琼斯：儿童文学与奇幻传统》指出，研究琼斯这样一位儿童小说家对奇幻批评是非常重要的，因为琼斯"从其出版生涯开始就一直在思索和反思奇幻形式"④，到《康拉德的命运》（2005）为止，琼斯已经出版了45部长篇幻想小说和23个短篇奇幻故事。该书对琼斯的奇幻批评和幻想小说均给予了高度评价。⑤ 此书确立了琼斯研究的基调，使得"琼斯儿童奇幻"成为之后琼斯研究的重点，

---

① Nicolette Jones, "Fantasy Matches How our Brains are Made", (Interview with Diana Wynne Jones) in *The Times*, 26 March 2003.

② Carolyn Cushman, "All Time list", in *Locus: The Magazine of the Science Fiction & Fantasy field*, 52, no.1 (January 2004): 40.

③ Farah Mendlesohn, "Denying the Exoticism of the Other: Diana Wynne Jones's construction of the immersive fantasy in the Dalemark Quartet", A paper given at the MA/IBBY conference, Roehampton, 2004.

④ Teya Rosenberg, "Introduction", in *Diana Wynne Jones: An Exciting and Exacting Wisdom*, Teya Rosenberg et al. ed., New York: Peter Lang, 2002, p.6.

⑤ Farah Mendlesohn, *Diana Wynne Jones: Children's Literature and the Fantastic Tradition*, Oxford: Routledge, 2005, xiv.

并注意到了琼斯幻想小说与童话的重要关系,这对于琼斯研究而言有着里程碑式的意义。波兰学者贾斯汀娜在美国著名童话研究杂志《奇迹与故事》上专门撰文评论了此书,指出该书是第一部深入研究琼斯批评和儿童幻想小说的专著。门德尔松的解读并非着眼于列举琼斯写了些什么,而是她如何写作这些作品。这样一种关注焦点确保门德尔松避免了对琼斯作品主题多样性多种阐释可能的纠缠,并代之以揭示琼斯作品作为奇幻批评反应的更有趣的维度。①

2006年,查尔斯·巴特勒的《四位英国幻想小说家:佩内洛普·利弗里、艾伦·加纳、黛安娜·韦恩·琼斯与苏珊·库柏儿童奇幻中的地点与文化》②是一部集中关注琼斯等四位作家的精到的、富有启迪意义的著作。巴特勒对自己的这部著作的定位是:"这是一部对于现代儿童文学主体的形成有着重要贡献,能经得起学术审查的著作。"这四个作家均在J. R. R. 托尔金和 C. S. 刘易斯等人在剑桥写作和演讲时就读于该校,巴特勒注意到了他们对于每个作家的影响。全书分为三个主要部分:"实用考古学"处理的是过去与现在间的相互作用,特别是当它对景观失去作用时;"渴望与隶属"关注"身份与地点间的复杂关系";"神话与魔法"探索每个作者对传统文学,特别是不列颠群岛文学的运用。

2006年,克莉斯汀(Christine Mavrelion Ryan)的《青少年幻想文学:C. S. 刘易斯、黛安娜·韦恩·琼斯和菲利普·普尔曼作品中对于多元宇宙的运用和暗示》③,专门研究了黛安娜·韦恩·琼斯等人幻想文学作品中的多个平行世界。

(二) 童话文学研究

目前,英美新兴的童话研究界也开始愈来愈多地关注黛安娜·韦恩·琼斯幻想小说对于童话文类的创新性意义。2003年,玛丽亚·尼古拉耶娃《童话与奇幻:从古代到后现代》一文讨论了童话与奇幻文学的本体

---

① Justyna Deszcz – Tryhubczak, "Review Diana Wynne Jones: Children's Literature and the Fantastic Tradition", in Marvels & Tales, 2007, Vol. 21 Issue 2, pp. 307 – 310.

② Charles Butler, Four British Fantasists: Place and Culture in the Children's Fantasies of Penelope Lively, Alan Garner, Diana Wynne Jones, and Susan Cooper, Scarecrow Press, 2006.

③ Christine Mavrelion Ryan, "Adolescent fantasy literature: the use and implications of the multiverse in the works of C. S. Lewis, Diana Wynne Jones and Philip Pullman", Thesis (M. A.) – – Bridgewater State College, 2006.

论、结构和认识论差异：童话故事有着古老的思想渊源；而奇幻文学牢牢植根于20世纪的科学和哲学，特别是不确定性、主体间性、异质空间以及众声喧哗的后现代概念。该文指出，黛安娜·韦恩·琼斯、菲利普·普尔曼、苏珊·库珀和拉塞尔·霍本等人的作品体现了后现代奇幻文学的特征。①

法兰克福学派批评家，著名童话研究学者杰克·齐普斯曾在其多部童话研究著作中论及黛安娜·韦恩·琼斯，如《童话与颠覆的艺术：经典儿童文学文类及文明的进步》（2006）一书指出："在英国，菲利普·普尔曼（Philip Pullman）、安妮·法恩（Anne Fine）、迈克尔·罗森（Michael Rosen）、阿黛尔·吉拉斯（Adèlè Geras）、艾玛·多诺霍（Emma Donoghue）、迈克尔·弗曼（Michael Foreman）、黛安娜·韦恩·琼斯（Diana Wynne Jones）、贝利·多尔蒂（Berlie Doherty）及其他作家的童话以一种幽默而又严肃的方式来反映社会状况。"②

2005年，伊丽莎白·A. 克洛（Elizabeth A. Crowe）在其硕士学位论文《黛安娜·韦恩·琼斯小说中的机智和智慧》中指出，黛安娜·韦恩·琼斯是一位多产的天才作家，对推理小说贡献颇多，影响颇大。黛安娜·韦恩·琼斯用魔法语境来评论一个本质上非魔法世界的社会境况。无论她是否幽默、是否引用神话和传奇，利用奇幻或科幻小说，黛安娜·韦恩·琼斯反映的是当代难以捉摸的青少年思想。③

日本学者亚纪子·山崎明子也很关注黛安娜·韦恩·琼斯的儿童文学作品对神话和童话故事的运用。2008年，其《通过精灵而建构的他者：进入和超越精灵王国》一文探讨了三部以精灵故事——特别是"坦林"（Tam Lin）谣曲——为前文本的小说，并思索它们对他者问题的探索。这三部小说是苏珊·普莱斯（Susan Price）的《斯德卡尔姆的握手》（*The Sterkarm Handshake*）、莎莉·普鲁（Sally Prue）的《冷血汤姆》（*Cold Tom*）及黛安娜·韦恩·琼斯的《火与毒芹》（*Fire and Hemlock*）。虽然

---

① Maria Nikolajeva, "Fairy Tale and Fantasy: From Archaic to Postmodern", in *Marvels & Tales: Journal of Fairy–Tale Studies* 17, no. 1 (2003): 138–56.

② Jack Zipes, *Fairy Tales and the Art of Subversion: the classical genre for children and the process of civilization*, 2nd ed., New York & London: Routledge Press, 2006, p. 189.

③ Elizabeth A. Crowe, "The wit and wisdom in the novels of Diana Wynne Jones", Thesis (M. A.) —Brigham Young University, Dept. of English, 2005.

这些小说看似与作为他者的精灵相关,能被解读为对人性和人际关系的一种观察,文章指出,如何与他者遭遇会展示出人的本质,而这些接触促使他们从一个不同的角度来看待他们自己,因而影响到人的特性。①

三 第二次高潮:2009年至今

2009年7月3—5日,由查理·巴特勒(Charlie Butler)和法拉·门德尔松(Farah Mendlesohn)召集的"第一届黛安娜·韦恩·琼斯学术研讨会"(First Diana Wynne Jones conference)在位于英国布里斯托的西英格兰大学(University of the West of England)召开,黛安娜·韦恩·琼斯因刚刚被诊断出患有肺癌而未能出席会议。

此次会议标志着学术界对黛安娜·韦恩·琼斯研究的正式认可。著名批评家和心理分析家尼古拉斯·塔克(Nicholas Tucker)作了主题发言。②七十多名黛安娜·韦恩·琼斯研究专家讨论了琼斯作品中的各种主题,代表性文章有:退·赫德(Tui Head)《冒险小说中的女孩》(The Girl in Adventure Fiction)、伊卡·威利斯《妈妈是一个愚蠢的唠叨者:黛安娜·韦恩·琼斯作品中的家庭同性恋》(Mum's a silly fusspot:the queering of family in Diana Wynne Jones)、詹姆厄拉·拉列斯(Jameela Lares)《黛安娜·韦恩·琼斯奇幻中作为道德行为的发现》(Discovery As Virtuous Action in the Fantasy of Diana Wynne Jones)、珍妮·包萨克(Jenny Pausacker)《故事讲述者:黛安娜·韦恩·琼斯作品中的商议》(The Storyteller:in Diana Wynne Jones)、黛博拉·卡普兰(Deborah Kaplan)《被打断的期望:黛安娜·韦恩·琼斯小说中年轻/年老的主人公们》(Disrupted Expectations:Young/old Protagonists in Diana Wynne Jones's Novels)、黛比·加斯科因(Deborah Gascoyne)《"为什么不成为一只老虎呢?:黛安娜·韦恩·琼斯宇宙中语言的表述力、变革力和创造力》(Why Don't You Be a Tiger? The Performative,Transformative and Creative Power of the Word in the Universes of Diana Wynne Jones)、卡洛琳·韦伯《"诈骗"和"实物展":

---

① Akiko Yamazaki,"Otherness Through Elves:Into Elfland and Beyond",in *Children's Literature in Education*,2008 (39):305 – 313.

② Nicholas Tucker,"Keynote Address:Diana Wynne Jones",in *Journal of the Fantastic in the Arts*. 21,No. 2,2010.

〈康拉德的命运〉中的身份、表演与本质》（False Pretences´and the Real Show´: Identity, Performance, and the Nature of Fiction in Conrad's Fate)、戴维·鲁迪《建筑空中城堡：〈豪尔的移动城堡〉中的建构（解构）》（David Rudd: Building Castles in the Air: [De] construction in *Howl's Moving Castle*）、克拉·朱柯维《小姐妹在看着你：〈弓箭手的呆子〉和〈1984〉》（Little Sister Is Watching You: *Archer's Goon* and *1984*）、玛莎·P. 希克松（Martha P. Hixon）《强权行为：三部琼斯小说中的权力范式》（Power Plays: Paradigms of Power in Three Jones Novels）等 10 篇。

2010 年，《艺术奇幻杂志》（*Journal of the Fantastic in the Arts*）第 2 期推出了"黛安娜·韦恩·琼斯"专刊，巴特勒·查尔斯撰写的《导言》①，收录了 2009 年黛安琼斯学术研讨会上尼古拉斯·塔克、黛比·加斯科因、玛莎·P. 希克松、卡洛琳·韦伯、克拉·朱柯维、黛博拉·卡普兰、戴维·鲁迪等 7 人提交的论文。此外，还收录了阿特贝瑞·布莱恩（Brian Attebery）《介绍一位非常特别的作家》（Introduction: A Special Issue for a More Than Special Writer）、赫加德·费舍尔（Helgard Fischer）《魔法革命的结构》（The Structure of Magical Revolutions）、雷纳·菲茨拜因（René Fleischbein）《新英雄：〈火与毒芹〉中的元小说式女英雄气概》（New Hero: Metafictive Female Heroism in *Fire and Hemlock*）、法拉·门德尔松《朝向一种奇幻分类学》（Toward a Taxonomy of Fantasy）、加布里埃拉·斯坦恩克（Gabriela Steinke）《人间游戏》（The Games People Play）等 5 篇文章。

2010 年，苏珊·安格《教理、大灾难与黛安娜·韦恩·琼斯作品中的奇幻复兴》一文指出，琼斯奇幻写作哲学的象征是：奇幻的"老东西"不是神圣不可侵犯的，不再是"无限的"。②

2005 年，人民邮电出版社"世界奇幻文学名作"系列首次在中国大陆翻译出版，其中就有黛安娜·韦恩·琼斯的 7 部作品，它们是"豪尔移动城堡"系列（包括《魔幻城堡》和《飞天魔毯》）和"奎师塔门西的众世界"系列（Chrestomanci series），包括《魔法生活》《开普罗纳的

---

① Charles Butler, "Introduction", in *Journal of the Fantastic in the Arts*. 21, No. 2, 2010.

② Susan Ang, "Dogmata, Catastrophe, and the Renaissance of Fantasy in Diana Wynne Jones", in *The Lion and the Unicorn*, 34, no. 3 (2010): 284 – 302.

魔法师》《巫师周》《克里斯托弗的童年时代》《魔法集成》。

  总之，黛安娜·韦恩·琼斯的创作是一种典型的跨文类创作：儿童童话奇幻。对于儿童文学研究、童话文学研究和奇幻文学研究这三个领域的学者来说，黛安娜·韦恩·琼斯创作研究还有待进一步深入与整合。

第二十八章

哥特、情色与童话：
安吉拉·卡特的成人本位的新童话叙事

安吉拉·卡特（Angela Carter，1940－1992），英国最具独创性的女作家之一，个人风格突出，作品风格混杂魔幻现实、哥特风格与女性主义。曾先后获得索姆斯特·毛姆奖、切特南文学节奖、詹姆斯·泰特·布雷克纪念等奖项。代表作是《血淋淋的房间及其他故事》(*The Bloody Chamber and Other Stories*, 1979)。2008年《泰晤士报》(*The Times*)"1945年以来最伟大的50名作家"排行榜上，安吉拉·卡特排名第10。[①]

安吉拉·卡特[②]
(Angela Carter, 1940－1992)

每一种文学叙事都会受到时代的影响，强有力的现实关系得以在作家的写作中延续，为虚构世界与当下社会构建起特殊的关系。童话叙事历久弥新，在当代文学创作中得天独厚，恰如英国女作家安吉拉·卡特所言，每个时代

[①] "The 50 greatest British writers since 1945", in *The Times*. 5 January 2008, Retrieved on 2010－03－05.

[②] Cengage Learning, "Angela Carter", in *Literature Resource Center*. Detroit: Gale, 2012. *Literature Resource Center*. Web. 18 Mar, 2012.

都根据那一时代的趣味改写童话。① 在想象力日渐被技术驯化的时代，改写经典童话成为许多作家保存想象力、抵抗现存意识形态的重要工具。

20世纪70年代是欧美童话重写运动的开端。第二波女权主义批评运动直接导致了童话重写的繁荣。欧美各国均出现重写传统童话的高潮，史称"童话文艺复兴"（"Marchenrenaissance" or "fairy-tale renaissance"）。1970—2007年，仅德语和英语的童话重写文本就有400多部。② 最具代表性的是20世纪60年代末至80年代北美及英国的女权主义童话与批评。童话改写成为当代文学特别是女性文学最常见的叙事策略。正如女权主义理论家伊莱恩·肖瓦尔特指出的那样："童话与寓言为来自不同阶级和种族背景的女性作家们提供了一种探索她们文学身份的形式。"③

不仅如此，英国作家们还以各种有趣的方式来表现童话主题，把童话故事、民间传说和民间歌谣改写为现代作品，从全新的、尖锐的和现代的视角来探索传统故事。童话与魔幻现实主义、哥特小说等混合在一起。正如玛格丽特·德拉布尔（Margaret Drabble）编《牛津英国文学辞典》（*The Oxford Companion to English Literature*）所言："在20世纪70年代和80年代，魔幻现实主义这一术语在英国被一些最原创的年轻小说家采用，包括著名的爱玛·泰宁德（Emma Tennant）、安吉拉·卡特［1940—，《霍夫曼博士恶魔般的欲望机器》（1972）和《马戏团之夜》（1984）］以及萨尔曼·拉什迪［1947—，《午夜之子》（1981）和《羞耻》（1983）］；魔幻现实主义小说典型地具有强烈的叙述动力（narrative drive），书中可辨认的现实与未预期和无法解释的因素混合在一起，梦幻、童话或神话与日常生活混合在一起，经常呈现一种马赛克式或万花筒式的折射或再现模式。英国魔幻现实主义也和新哥特（neo-Gothic）有着密切关系。"④

这一时期的代表作家有安吉拉·卡特（Angela Carter, 1940-1992）、A.S.拜厄特（A.S. Byatt, 1936- ）、坦妮丝·李（Tanith Lee, 1947）

---

① Charles Perrault, The Fariy Tales of charles Perrault. Agela Carter, trans. Postscript, London: Penguin Books, 1997: 76-77.

② Joosen, 2008.

③ 伊莱恩·肖瓦尔特：《她们自己的文学》，外语教学与研究出版社2004年版，第332页。

④ Margaret Drabble, "Magic Realism"，参见玛格丽特·德拉布尔（Margaret Drabble）编《牛津英国文学辞典》（*The Oxford Companion to English Literature*），第5版，牛津大学出版社和外语教学与研究出版社1993年版，第606—607页。

等。限于篇幅，本章仅以安吉拉·卡特为代表对这一文学现象进行阐述。

第一节 生平简述

安吉拉·卡特，本名安吉拉·奥利维·斯托克（Angela Olive Stalker），1940年生于英国英格兰东南部港口城市伊斯特本。为了避开战争年代伦敦频繁的敌机轰炸，母亲带着安吉拉姐弟俩到位于约克郡的外祖母家生活，而父亲仍然留在伦敦工作。战争结束后，全家人才在伦敦团聚。安吉拉后来无数次在访谈中谈到，她在约克郡度过了幸福的童年，与母亲的关系却是阴云密布，在10多岁时还患上了神经性厌食症。她的外祖母是一位自信而率直的左翼女性，对她影响很深。另一方面，母亲为她制定的野心勃勃目标却让安吉拉反感不已。

1959年，高中毕业之后，安吉拉没能考取大学的奖学金。因此，她的父亲为她在克罗伊登广告杂志社（Croydon Advertise）找了一份实习生的工作。正是在这段时间，她遇见了化学家保罗·卡特（Paul Carter）并在20岁时嫁给了他。安吉拉·卡特总是坚持说她结婚是为了逃离她的家庭。1972年，安吉拉·卡特从日本返回英国，并与丈夫正式离婚。

20世纪70年代末和80年代，她先后在谢菲尔德大学、布朗大学、阿德莱德大学和东安吉利大学等任驻校作家。著名日本移民作家石黑一雄就是她在东安吉利大学任教时的学生。

1992年，年仅52岁的安吉拉·卡特因罹患癌症而去世。

第二节 创作生涯

1960年，年方20岁的安吉拉·卡特与丈夫保罗一起搬到了布里斯托（Bristol）大学，注册了该大学英文系并主要从事中世纪文学研究。这一研究使得她对童话主题的传奇文学以及——作为从斯宾塞和莎士比亚一直到英国浪漫主义诗人叶芝和柯勒律治的华丽精灵传统一部分的——诗歌和戏剧产生了浓厚兴趣。此外，安吉拉·卡特和丈夫都是民间音乐协会的会员并参与了民间音乐节的全国巡演。除了攻读学位之外，安吉拉·卡特还很喜欢去看电影，特别是法国新浪潮导演戈达尔和特吕弗的影片，并开始创作小说。

一　早期：60 年代中期至 70 年代中期

1966 年，取得学士学位之后，安吉拉·卡特集中精力进行她自己的创造性创作，并出版了诗集《独角兽》（*Unicorn*，1966）。巴里·特伯和卡德·瑞普尔编选的诗集《五个安静的嚎叫者》（*Five Quiet Shouters*，1966）中也收录了安吉拉·卡特的 5 首诗。①

同年，安吉拉·卡特出版了她的第一部长篇小说《影舞》（*Shadow Dance*，1966），反映了英国大学躁动不安的 60 年代。紧接着又出版了长篇小说《魔幻玩具铺》（*The Magic Toyshop*，1967，获约翰·勒维林·里斯奖）和《数种知觉》（*Several Perceptions*，1968），两部作品都是对性幻想的探索，并采用童话主题的独特方式来测试现实主义的限制。

1968 年，安吉拉·卡特用《数种知觉》为她赢得的索姆斯特·毛姆奖（Somerset Maugham Award）奖金到美国各地旅行。对安吉拉·卡特而言，那是一段非常关键的时期，她后来声称："我能回溯到那段时间以及那种感觉，1968 年夏天我开始质疑自己作为女性这一现实本质，对我周围的社会也有了更多的意识。那些社会小说超出我的控制而创造出我的'女性气质'并冒充事实而欺骗我"。② 在美国旅行期间，安吉拉·卡特和丈夫决定分居。

1969—1971 年，安吉拉·卡特独自在日本工作和生活了 3 年。在这里，安吉拉·卡特遇到了许多为躲避 1968 年镇压而逃到日本的法国超现实主义者。她在日本的这段时间，正是罗兰·巴特在其《符号帝国》（*Empire of Signs*，1970）中书写其自身经验的时间。她实验性地写了许多短篇小说寄回英国发表，并创作和出版了《英雄与恶徒》（*Heroes and Villains*，1969）、《爱》（*Love*，1971）、《霍夫曼博士恶魔般的欲望机器》

---

① Barry Tebb and Card wrappers, ed., *Five Quiet Shouters, An anthology of Assertive Verse*, Poet & Printer, London, 1966. 该诗集收录了安吉拉·卡特、彼得·瑞德格罗夫（Peter Redgrove）、温迪·奥利维（Wendy Oliver）、约翰·科顿（John Cotton）和迈克尔·霍尔摩斯（Michael Holmes）五人的诗歌，其中卡特有 5 首：《我的猫在她的第一个春天》（My Cat in Her First Spring）、《怀孕小白猫的生命确认诗歌》（Life–affirming Poem about Small Pregnant White Cat）、《爱之马》（The Horse of Love）、《婚纱照诗歌》（Poem for a Wedding Photograph）和《鲁滨逊漂流记诗歌》（Poem for Robinson Crusoe）。

② Jack Zipes, "Introduction: the remaking of Charles Perrault and his Fairy tales", in Angela Carter, trans. The Fairy Tales of Charles Perrault, Penguin Books, 1977.

(*The Infernal Desire Machines of Doctor Hoffman*，1972）等三部长篇小说。此外，她还与插画家厄洛斯·基思（Eros Keith）合作出版了两部极具先锋性的原创儿童童话：《Z 小姐，黑人少女》（*Miss Z, the Dark Young Lady*，1970）和《驴皮王子》（*The Donkey Prince*，1970）。

1972 年，安吉拉·卡特返回英国并与保罗正式离婚。之后，她搬到了比利时的斯帕（Spa）。在此期间，她开始周游美国、亚洲和欧洲。1974 年，她出版了第一部短篇小说集《烟火》（*Fireworks: nine Profane Pices*，1974）。1975 年，她开始为《新社会》（*New Society*）撰稿并同意翻译佩罗的童话。

二 中期：70 年代中期至 80 年代中期

70 年代中期，安吉拉·卡特进入创作的黄金时期，她最重要的几部作品均创作于这一阶段。1977 年，安吉拉·卡特与男友马克·皮尔斯（Mark Pearce）一起搬到了伦敦。在这里，安吉拉·卡特确立了她作为 21 世纪英国最富盛名的魔幻现实主义和哥特小说家的地位。在翻译佩罗童话的同时，她写作和出版了小说《新夏娃的激情》（*The Passion of New Eve*，1977）、论文集《萨德式妇女：文化史训练》（*The Sadeian Woman: An Exercise in Cultural History*，1978）、原创童话集《血淋淋的房间及其他故事》（*The Bloody Chamber and Other Stories*，1979）以及长篇小说《马戏团之夜》（*Nights at the Circus*，1984）等作品。

三 晚期：80 年代中期至 90 年代初

80 年代中期以后，安吉拉·卡特的作品越来越受到媒体的关注：其《与狼为伴》和《魔幻玩具铺》曾被改编成电影；《马戏团之夜》和《明智的孩子》被改编成舞台剧于伦敦上演。在这一过程中，安吉拉·卡特积极参与了自己作品的各种改编，并亲自撰写各种类型的剧本。

（1）电影剧本 4 部：《与狼为伴》和《魔幻玩具铺》（1984 年和 1987 年分别据其同名小说改编），以及两部未曾上演的剧本——《捕杀恶魔》（*Gun for the Devil*）（基于她《美国鬼魂与旧世界奇观》中的一个短篇作品改编而成）和《基督城谋杀者》（*The Christchurch Murders*）[与彼得·杰克逊（Peter Jackson）导演的《梦幻天堂》（*Heavenly Creatures*）一样基于 50 年代的那宗著名的 "派克 - 胡尔默谋杀案"（Parker - Hulme murders）新闻报道］。

（2）广播剧：《吸血女王》（*Vampirella*）（据其短篇《爱之屋夫人》改编）、《与狼为伴》和《穿靴子的猫》（据其《血淋淋的房间及其他故事》中的两个同名短篇改写而成，并于 1980 年和 1982 年分别在 BBC 广播电台第 3 频道播出）。安吉拉·卡特还专门创作了两部"艺术传记"（artificial biographies）广播剧：分别以维多利亚时代著名画家理查德·戴德（Richard Dadd）和英国小说家罗纳德·菲尔班克（Ronald Firbank）为原型。四部广播剧均被收入 1985 年文集《到这些金黄的沙滩上来：四部广播剧》（*Come unto these Yellow Sands*：*Four Radio Plays*）之中。

（3）歌剧 2 部：《奥兰多》（*Orlando*）［为弗吉尼亚·伍尔夫（Virginia Woolf）同名作品所写的歌剧剧本］和《露露》（*Lulu*，1987）［改编自法兰克·魏德金（Frank Wedekind）同名戏剧］。

（4）电视纪录片脚本 1 部：《神圣家庭的相册》（*The Holy Family Album*）是安吉拉·卡特写作和旁白的一部备受争议的电视纪录片。它由乔安·卡普兰（JoAnn Kaplan）执导、约翰·埃利斯（John Ellis）制片、英国伦敦大门公司（Large Door Productions）发行。作为沃尔德玛·贾鲁斯兹卡克（Waldemar Januszczak）导演的"无国界"（Without Walls）系列片的一部分，1991 年 12 月 3 日在四频道（Channel 4）播放。此纪录片处理了西方艺术中耶稣的表征问题，就如他们是上帝相册中的照片一样。据约翰·埃利斯，此节目"引起了巨大争议"，且在播出之前就遭到过《泰晤士报》编辑的批判。此剧在四频道的评论节目"回应权"（Right to Reply）中起到过重要作用。由于英国广播标准协会（Broadcasting Standards Council）不支持此剧，自安吉拉·卡特 1992 年逝世以后，此剧未曾被转播或出版。

她的这些作品均被收入《好奇的房间：戏剧、电影剧本与歌剧》（*The Curious Room*：*Plays*，*Film Scripts and an Opera*，1996）一书。夏洛特·克罗夫茨（Charlotte Crofts）的《欲望字谜：安吉拉·卡特的广播、电影和电视作品》（*Anagrams of Desire*，2003）对其进行了讨论。①

《明智的孩子》（*Wise Children*）是安吉拉·卡特的最后一部长篇小

---

① Charlotte Crofts, *Anagrams of Desire*：*Angela Carter's Writings for Radio*，*Film and Television*，London：Chatto & Windus, 2003, pp. 168 – 193.

说，写于1991年，此时的安吉拉·卡特已经发现罹患癌症，但她并没有被病魔压倒，仍然乐观向上。在接受洛娜·萨吉的采访时，谈到《明智的孩子》，她说："（我想要）采用一种简单有效的透明散文、我想要它非常有趣，同时我想要关于父权制度和作为文化意识形态的莎士比亚的复杂思想。"①

除了是一个多产的小说家而外，安吉拉·卡特也为《新社会》（*New Society*）、《卫报》（*The Guardian*）、《独立报》（*The Independent*）和《新政治家》（*New Statesman*）撰稿，并结集为《毫不神圣》（*Nothing Sacred*，1982）和《摇腿》（*Shaking a Leg*：*Collected Journalism and Writing*，1997）。不仅如此，她还一直在为包括《时尚》（*Vogue*）在内的其他杂志撰稿，谈论文学、时尚、食谱、电影和日常生活文化的其他方面。

总之，安吉拉·卡特不仅是一位多产作家，还是一位不断尝试新的叙述形式的作家。各种新的叙述在她笔下得到了交织和拓展。

第三节 作品总体论述

作为英国最具独创性的作家之一，安吉拉·卡特把魔幻现实主义、哥特小说及女性主义等多种风格混杂在一起，形成了自己别具一格的写作风格。她认为文学应该对现实生活有某种指导意义，故事中所以她的作品往往带有寓言色彩，含有深意。但她并不主张把作者本人的思想强加给读者，因此她的作品可读性强，作者的用意往往含而不露，为读者留下了充分的阐释空间。安吉拉·卡特作品中奇特的意象和笔法使评论界很难把她的创作归入某一文学传统或思潮，这使她在英国文学中占有非常独特的地位。

林登·彼奇在《文学百科全书》"安吉拉·卡特"词条中指出："安吉拉·卡特是20世纪晚期最重要的和被研究最多的作家之一。1992年，正值其职业生涯顶峰的安吉拉·卡特在完成其最好的小说《明智的孩子》后死于癌症。作为'后现代'的典范，安吉拉·卡特的小说和故事因其对反讽、语言和象征主义的复合混合以及奇幻、传奇、哥特和科幻小说的

---

① Lorna Sage's interview with Angela Carter in *New Writing*, eds., Malcolm Bradbury and Judith Cooke, 1992：188.

文类混杂而在英国作品中显得无与伦比。她的写作被蓄意地区别于统治着20世纪60年代英国写作的现实主义表征和狭隘关注，并越来越多地从童话等前小说形式中吸取养分。"①

安吉拉·卡特发展了传统童话，用新的童话故事去颠覆讲述故事的传统——像我们的呼吸一样根深蒂固的传统。安吉拉·卡特在其所编《悍妇童话全书》中写道："现在我们有了机器来帮助我们进行梦想，然而就是这些视频零件成了故事讲述和演出的一种延续或转化的源泉。人类的想象力具有无限的弹性，它经历了殖民、转运、强制奴役、牢狱、文字禁戒和女性压迫，却仍然幸存着。"② 如像齐普斯指出的那样："正是在这样的变革和韧性精神中，安吉拉·卡特创作出了她的那些激进的'美女与野兽'故事，并参与了电影《与狼为伴》的制作，后者正是《小红帽》故事的颠覆版。通过这些作品，安吉拉·卡特证明了在童话的神话化和同质化中所存在的谎言。同时，随着童话体制的变化，我们必须更加警惕那些驯服我们并规划着我们的愿望的脚本，因为只有当我们强烈地意识到属于自己的创造性的变革能量，并以此对这些童话进行修订和重写时，它们才能成为我们自己的故事。"③

一 儿童童话绘本

1970年，安吉拉·卡特出版了两部极具原创性的先锋性儿童童话绘本《Z小姐，黑人少女》（*Miss Z, the Dark Young Lady*, 1970）和《驴皮王子》（*The Donkey Prince*, 1970）。这两部作品在当时颇受争议，但却是安吉拉·卡特对童话文类的最初试验，并为其后来的童话重写奠定了基础。《驴皮王子》基于格林兄弟的童话《驴皮》，绘画本现在已经绝版，但故事本身能在杰克·齐普斯的《别拿王子当回事》（1987）中找到。

在之后的创作生涯中，安吉拉·卡特对儿童童话绘本的兴趣从来不曾减少。事实上，安吉拉·卡特创作了更多童话主题的儿童书，如《滑稽和好奇的猫儿们》（*Comic and Curious Cats*, 1979, illustrated by Martin Le-

---

① Linden Peach, "Angela Carter", *The Literary Encyclopedia*. First published 15 March 2001, http://www.litencyc.com/php/speople.php?rec=true&UID=5060, accessed 12 April 2011.
② Angela Carter, ed., *The Virago Book of Fairy Tales*, London: Virago, 1999, p.21.
③ ［美］杰克·齐普斯：《作为神话的童话/作为童话的神话》，赵霞译，少年儿童出版社2008年版，第31页。

man）最初由伦敦戈兰茨出版社1979年出版，1989年还发行了绘画本的广告画和明信片。它并不真正是一个实实在在的故事而是猫儿们的诗歌字母表。安吉拉·卡特按每只猫的姓名首字母逐一描绘了每只猫的个性，这些个性特征在雷曼所绘插图中得到表现。此外还有《音乐人》（*The Music People*, 1980, illustrated by Leslie Carter）和《月影》（*Moonshadow*, 1982, illustrated by Justin Todd）以及遗作《海猫与龙王》（*Sea-Cat and Dragon King*, 2000, illustrated by Eva Tatcheva）。

二　童话翻译

1977年，安吉拉·卡特将《夏尔·佩罗童话》（*The Fairy Tales of Charles Perrault*）译为英语，并从此与童话结下了不解之缘。正如杰克·齐普斯所言："很少有批评家认识到夏尔·佩罗在安吉拉·卡特发展为一个童话作家的进程中所起到过极为重要的作用。如果不是因为她在1976年受命翻译夏尔·佩罗的《往日的故事和寓言》（*Les Histoires ou contes du temps passe*），她可能不会去构思她那部出版于1979年的，独一无二的，开创性的女权主义童话文集《血淋淋的房间及其他故事》。可以肯定的是，她自己的故事以截然不同的和决定性的方式翻转了佩罗的故事。佩罗也许成为了她的'神仙教父'，但安吉拉·卡特不是作为一个温顺的教女接受其'魔法'礼物。她是一个无拘无束的、恶作剧的'孩子'，她自己的许多童话是对童话的颠覆性解释。事实上，人们可能会认为甚至连她对佩罗故事的翻译都是对其著作的大胆运用，她重塑佩罗及其故事为某种不同于其本来面目的东西。"①

1982年，安吉拉·卡特又翻译了两则博蒙夫人的童话，并与先前所译佩罗童话一起结集为《佩罗的睡美人故事和其他令人喜爱的故事》（*Sleeping Beauty and Other Favourite Fairy Tales*, 1982）。

三　短篇童话故事

1973年，安吉拉·卡特的第一部短篇小说集《烟火：九个世俗短篇》（*Fireworks: Nine Profane Pieces*）又名《烟火：不同伪装的九个故事》

---

① Jack Zipes, "Introduction: the remaking of Charles Perrault and his Fairy tales", in Angela Carter, trans. *The Fairy Tales of Charles Perrault*, Penguin Books, 1977.

(*Fireworks*: *Nine Stories in Various Disguises*)或《烟火》(*Fireworks*)在英国出版,收录了包括《日本纪念品》(A Souvenir of Japan)、《刽子手的美丽女儿》(The Executioner's Beautiful Daughter)、《紫夫人的爱》(The Love of Lady Purple)、《冬天的微笑》(The Smile of Winter)、《刺透森林心脏》(Penetrating to the Heart of the Forest)、《肉体与镜子》(Flesh and the Mirror)、《大师》(Master)、《回声》(Reflections)、《一个自由撰稿人的挽歌》(Elegy for a Freelance)九个故事,绝大部分基于安吉拉·卡特 1969年至 1971 年在日本的经历。这是她创作生涯中的一个转折点,从此之后,女权主义开始成为一个更中心的主题。正如她自己在《毫不神圣:文选》(*Nothing Sacred*)中写到的那样:"在日本,我学会了一个女人是什么并开始变得激进"。① 1988 年,此书与 1971 年的长篇小说《爱》一起合集为《人工取火》(*Artificial Fire*)在加拿大出版。

1979 年,《血淋淋的房间及其他故事》(1979)由英国伦敦戈兰茨出版社出版,并赢得了当年的切特南文学节奖(Cheltenham Festival Literary Prize)。该书一共收录了安吉拉·卡特根据传统童话而重写的 10 篇故事(详情见作品专论)。

《未婚夫》(*The Bridegroom*, 1983)是一部短篇小说集,它没有收入安吉拉·卡特的短篇小说合集《焚舟记》中,但能在《永无岛》(*Lands of Never*, ed. Maxim Jakubowski, Allen & Unwin, 1983)和《香蕉》杂志(*Bananas*)中看到。

《黑色维纳斯》(*Black Venus*, 1985)又名《圣徒与陌生人》(*Saints and Strangers*),收录了 8 个故事,大部分是对一些历史人物生平的重新想象:如《黑色维纳斯》(Black Venus)是从波德莱尔的情人让娜·杜瓦尔(Jenne Duval)的角度来重述法国诗人波德莱尔的生平;《吻》(The kiss)是帖木儿大帝的轶事;《埃德加·爱伦·坡的阁楼》(The Cabinet of Edgar Allan Poe)是对美国作家家埃德加·爱伦·坡的重写;《〈仲夏夜之梦〉的序曲与配乐》(Overture and incidental Music for A Midsummer Night's Dream)是对莎士比亚的生平重写;而《我们的大屠杀女士》(Our Lady of the Massacre)写的是大屠杀中劫后余生的女士;《彼得与狼》(Peter and the Wolf)写彼得与狼人表妹的恋情;《厨房孩子》(The Kitchen

---

① Angela Carter, *Nothing Sacred*: *Selected Writings*, London: Virago, 1982, p. 28.

Child）以一个孩子的视角来讲述妈妈的故事；《瀑布河城的斧头凶杀案》（The Fall River Axe Murders）则是根据一件女儿弑父的真实谋杀事件写成。

1993年，安吉拉·卡特去世一年之后，其《美国鬼魂与旧世界奇观》在英国出版。《观察家报》编辑苏珊娜·克拉柏（Susannah Clapp）为该书作序。全书分为两部分：第一部分包括《丽兹的老虎》（Lizzie's Tiger）、《约翰·福德的〈提丝·皮蒂她是一个妓女〉》（John Ford's Tis Pity She's a Whore）、《枪杀恶魔》（Gun for the Devil）、《影子商人》（The Merchant of Shadows）四个故事，是对美国民间传说的重写；第二部分包括《鬼魂商店》（The Ghost Ships）、《在帕多岛》（In Pantoland）、《阿谢普特雷或母亲的鬼魂"》（Ashputtle or The Mother's Ghost）、《爱丽丝在布拉格或好奇的房间》（Alice in Prague or The Curious Room）、《印象：怀特曼的妓女收容所》（Impressions：The Wrightsman Magdalene）四个故事，是对更古老的神话与童话故事的重写。

1995年，三卷本的安吉拉·卡特选集第一卷《焚舟记》（Burning Your Boats）的出版是一个标志性事件：该书完整收录安吉拉·卡特创作生涯中的短篇小说，包括四册曾独立出版之作品［《烟火》（1973）、《血淋淋的房间及其他故事》（1979）、《黑色维纳斯》（1985）、《美国鬼魂与旧世界奇观》（1993）］，另外还收录了安吉拉·卡特从未出版单行本的六篇遗珠小说［早期作品（1962—1966）：《爱上一把低音提琴的男人》（The Man Who Loved a Double Bass）、《一位非常非常伟大的女士与她的儿子在家里》（A Very, Very Great Lady and Her Son at Home）、《一则维多利亚时代的寓言（附术语表）》（A Victorian Fable (with Glossary)；未收录过的故事（1970—1981）：《红房子》（The Scarlet House）、《白亭子》（The Snow Pavilion）、《缝被子的人》（The Quilt Maker）］，共计42篇短篇故事，题材从童话故事到真人真事皆有，原发在从流行杂志《时尚》到学术杂志《伦敦书评》的各种刊物上，展示出安吉拉·卡特不断跨越各种书写、社会分界的创作倾向。

四 童话小说

安吉拉·卡特的9部长篇小说《影舞》（1966）、《魔幻玩具铺》（1967）、《数种知觉》（1968）、《英雄与恶棍》（1969）、《爱》（1971）、

《霍夫曼博士恶魔般的欲望机器》（1972）、《新夏娃的激情》（1977）、《马戏团之夜》（1984）以及《明智的孩子》（1991）均为童话小说，充满了对传统童话主题的改写与颠覆。正如克里斯蒂娜·芭契利嘉所言："安吉拉·卡特的写作既有力地表达了对童话的一以贯之而又形态各异的参与。她的小说包括反复发生的童话主题或图像：特别是《霍夫曼博士恶魔般的欲望机器》中的'睡美人'；《明智的孩子》中的'两姐妹'；《英雄与恶棍》中的'塔中少女'以及无处不在的'魔镜'和一直隐约在场的蓝胡子角色。"[1]

《影舞》（1966）、《数种知觉》（1968）和《爱》（1971）创作于安吉拉·卡特在布里斯托大学学习期间，是其作品中较少受到关注的作品，被莎拉·甘布尔称为"布里斯托三部曲"。三者的场景都设置在波西米亚的、嬉皮士的伦敦，那里到处是被称为"垮掉一代"的游手好闲者，充满了奇异的哥特式繁荣，有着60年代末70年代初特有的反主流文化特色。

《魔幻玩具铺》（1967）是第一部引起学者们广泛兴趣的作品。该书建立在童话的乌托邦结构和极端幻想基础之上，以"蓝胡子"为背景，穿插了"丽达与天鹅"等童话故事，描写了少女梅拉尼在父权制度下的艰难挣扎。《魔幻玩具铺》（1967）是安吉拉·卡特与童话复杂关系的一个早期例子：梅拉尼最初为神秘化的"即将出嫁的公主"（princess-to-be-married）形象所诱惑；接着，作为一个无依无靠的孤儿，她受到她舅舅菲利普专制而毫无人性的父权压迫；最后，接纳她的爱尔兰家庭充满音乐和笨拙热情的拥抱转变了她。小说的结尾表征着梅拉尼与她年青的恋人费恩面向——就像在伊甸园中的亚当和夏娃一样——一个充满可能性的世界。但故事形式本身悖论地提供给安吉拉·卡特更多的实验空间。

《英雄与恶棍》（1969）是关于核战之后幸存下来的三个社会——教授、野蛮人和变种人——相互攻击、彼此掠夺的故事，具有一定科幻色彩。主人公玛丽安的故事是对"塔中少女"童话的重写：她是一个教授的女儿，帮助一个入侵的野蛮人朱厄尔逃跑并随他一起来到野蛮人社会。后来遭到他的囚禁，试图逃离不成反遭强奸，被迫嫁给他。婚后，玛丽安发现丈夫居然是杀死她哥哥的凶手，但在发现自己怀孕的情况下不得不与

---

[1] Cristina Bacchilega, "Angela Carter", in Jack Zipes, ed. *The Oxford Companion to Fairy Tales.* Oxford University Press, 2000, p. 89.

他联盟，共同推翻教授社会叛徒多拉里以及野蛮社会萨满的统治。

《霍夫曼博士恶魔般的欲望机器》（1972）① 是对"睡美人"童话的重写。这部流浪汉小说深受超现实主义、浪漫主义、批判理论和欧陆哲学的影响，呈现魔幻现实主义和后现代主义相混合的风格。该小说被称为理论小说，涉及众多时代理论主题，尤其是女权主义、大众传媒和反主流文化。

《新夏娃的激情》（1977）是对"雌雄同体"童话的重写，男性艾弗林（Evelyn）被变成了女性夏娃（Eve）。而红极一时的女影星特丽思岱莎（Tristessa）其实是男人。此书设定在一个不同政治、种族和性别化群体间爆发内战的反乌托邦（dystopia）美国。作为一部黑色讽刺作品，故事从后女权主义视角戏拟了社会性别、性别差异和身份的原始概念。其他主题包括性施虐与性受虐症以及权力政治等。

《马戏团之夜》（1984）把哥特小说的恐怖离奇和家喻户晓的童话"睡美人"和"白雪公主"的故事糅合在一起，获得了当年的詹姆斯·泰特·布莱克小说纪念奖。此书女主人公的飞飞（Fevers）是一个伦敦腔的少女，被不知名的父母从一枚蛋孵出来，有一双快要羽翼丰满的翅膀。故事开始时，她已经成为一个著名的高空杂技演员，她迷住了年轻的新闻记者杰克·瓦尔泽，与他一起私奔并进入到他们尚未准备好面对的世界。《马戏团之夜》混合了小说的多重范畴，包括后现代主义、魔幻现实主义和后女权主义。正如其先前的其他小说一样，安吉拉·卡特消遣了许多文学样式并剖析了传统童话结构。2006 年，该小说被汤姆·莫里森和艾玛·瑞斯改编为舞台剧。

《明智的孩子》（1991）描绘的是孪生歌舞团女演员朵拉和诺拉，以及她们奇怪的戏剧化家庭。它探索了父权的颠覆性本质，否认了导致诺拉和朵拉变成无关紧要的"私生女"的淫乱行为。小说充满了安吉拉·卡特对莎士比亚的崇拜，以及对童话故事和超现实的热爱。大量魔幻现实主义和狂欢化因素的混合刺穿和扭曲了我们对于现实和社会的期待。

五 童话选本

1986 年，安吉拉·卡特编选了《任性女孩与邪恶女人：颠覆故事选集》，收录了许多不顺从社会惯例的"坏女孩"故事，如墨西哥雷奥诺

---

① 美国版名为《梦想之战》（*The War of Dreams*）。

拉·卡灵顿的《初次参加上层社会社交活动的少女》（The Debutante）、罗基·加梅斯（Rocky Gamez）的《葛罗瑞亚故事》（The Gloria Stories）、弗农·李（Vernon Lee）的《奥科哈斯特的奥克》（The Oke of Okehurst）以及安吉拉·卡特本人的《紫夫人的爱》（The Loves of Lady Purple）等。安吉拉·卡特在引言中指出："她们（女主人公们）知道她们的价值远远超过命运分配给她们的。"①

安吉拉·卡特还编辑了两部重要的成人童话集：《悍妇童话全书》（The Virago Book of Fairy Tales, 1990）［美国版为《老妇人童话全书》（The Old Wives' Fairy Tale Book）］和《悍妇童话全书续集》（The Second Virago Book of Fairy Tales, 1992）［美国版为《怪事仍然时有发生：世界童话选》（Strange Things Still Sometimes Happen: Fairy Tales From Around the World, 1993）］。两部选集均由她的艺术家朋友科琳娜·萨古德（Corinna Sargood）插图，是她对童话的妇女中心化和文化多元化的最后贡献。在该选集中，安吉拉·卡特秉承了严格的编选理念：

> 作为一个格林兄弟之后200多年的童话汇编者，安吉拉·卡特令人钦佩地摆脱了任何诸如民族主义或意识形态意图的影响。她严谨地试图避免囊括"那些已经被先前的收集者明显'完善'或渲染得'很文学'的故事"；她也抵抗住了诸如自己重写任何故事、校勘版本的诱惑，"甚或删减"等诱惑。但，悖论的是，这本身就是一个问题。这部选集中的童话有时可能会让我们恐惧、愉悦或赞誉，但大多数都过于单纯而毫不艺术。幸好我们还记得这一点：不是编选者收集的所有童话都能打动我们。②

2005年，《安吉拉·卡特童话全书》（Angela Carter's Book of Fairy Tales, 2005）收录了前面这两部《悍妇童话全书》。直到今天，它们一直被公认为女权主义童话不可或缺的重要选本。

---

① Angela Carter, *Wayward Girls and Wicked Women: An Anthology of Subversive Stories*, London: Virago, 1986, New York: Penguin Books, 1989.

② Elizabeth Lowry, "Angela Carter's fairy tales: From brutality and anguish to the pasteurized nursery rhyme", in TLS, January 18, 2006.

第四节　探寻《血淋淋的房间及其他故事》

1979 年，安吉拉·卡特的短篇故事集《血淋淋的房间及其他故事》一书出版，以女性中心和色情挑战的方式重写经典童话，引发了 20 世纪 70 年代以来英美"童话重写"运动的新一波热潮。

作为安吉拉·卡特最负盛名的一部作品，《血淋淋的房间及其他故事》曾受到无数批评家的高度赞扬：杰克·齐普斯称之为"非同凡响的文集"[1]；玛丽·沃纳说它打开了安吉拉·卡特作为作家的大门。[2] 加拿大西蒙弗雷泽大学（Simon Fraser University）和英国艾塞克斯大学（University of Essex）等的文学课程上经常教授和研究此书。在美国的一些学校中，它还被用于"AQA 英语文学"（AQA English Literature）和"英国爱德思语言/文学高级教程"（Edexcel English Language/Literature syllabus for A–Levels）的一部分。

一　女权主义对男权中心的颠覆

安吉拉·卡特在其《前沿注释》一文中公开宣称："妇女运动对我个人而言非常重要，我把自己看作一个女权主义作家，因为我在所有方面均是一个女权主义者，没有人能把这些东西从我的生命中割裂出来。"[3] 受到外祖母的影响，安吉拉·卡特的作品呈现出明显的女权主义特征，其小说《明智的孩子》（*Wise Children*）中就明显地调侃了莎士比亚。安吉拉·卡特还经常在文本中对男性文学前辈进行"挪用式改写"（reappropriating writings），如女性主义论著《萨德式妇女：文化史训练》（1979）对萨德侯爵（Marquis de Sade）的改写，以及短篇小说《黑人维纳斯》对

---

[1] Jack Zipes, "Crossing Boundaries with Wise Girls: Angela Carter's Fairy Tales for Children", in *Angela Carter and the Fairy Tale*, ed. Danielle M. Roemer and Christina Bacchilega. Detroit: Wayne State University Press, 1998, p. 159.

[2] Marina Warner, "Ballerina: The Belled Girl Sends a Tape to an Impresario", in *Angela Carter and the Fairy Tale*, ed. Danielle M. Roemer and Christina Bacchilega (Detroit: Wayne State University Press, 1998), p. 250.

[3] Angela Carter, "Notes from the Front Line", in *Shaking A Leg: Collected Journalism & Writings*, London: Chatto & Windus, 1997, p. 37.

夏尔·波德莱尔（Charles Baudelaire）的改写。

在《血淋淋的房间及其他故事》（1979）中，安吉拉·卡特从女权主义角度重写了来自佩罗童话集中的6个父权童话："蓝胡子""美女与野兽""白雪公主""睡美人""小红帽""穿靴子的猫"。在安吉拉·卡特笔下，这些重写故事以女性为中心，处理的是情侣和婚姻关系中的女性角色，她们的性欲、成熟与堕落。诸如《血淋淋的房间》和《与狼为伴》等故事处理的是婚姻和/或性欲中恐怖或堕落的方面，以及这些关系中的两性权力的平衡。女性身份主题在诸如"老虎的新娘"等"美女与野兽"故事中被探索。例如，被父亲赌输掉的美女（故事的女主人公）被描绘为从一朵白玫瑰上扯下来的花瓣，这一表征去掉了她个性的表面伪装而发现了她真正的身份。

安吉拉·卡特的短篇小说挑战了传统童话表征女性的方式，正如芭契利嘉所言，"采用不同的叙述策略（第一人称叙述、主人公沉思的自我感知；一个故事的多重叙述、改变结局而重构情节、更新和明确著名的'很久很久以前'传统故事框架），安吉拉·卡特的故事协力改造了梦幻般的童话形象。她叙述了它们歧视女性的用途，并暴露了它们的暗示的危险吸引力，而她同时追述并赋予她的女主人公勇气和多种欲望，描绘她们在特定的文化与历史语境中的抗争"。[①]

（一）第一人称叙述对第三人称叙述的逆转

"蓝胡子"童话采用的是第三人称全知叙述，蓝胡子的新妻子只是一个被动的叙述对象。《血淋淋的房间》采用女主人公的第一人称叙述视角进行叙述。侯爵的新妻子在变成故事中心人物的同时也变成了叙述者，变成了对叙述具有操控能力和评判能力的主导力量，从而全面颠覆了传统童话"蓝胡子"的男性中心观。如在城堡中镶满镜子的卧室，丈夫一件件脱掉她身上的衣服时，女主人公"我"有一段面对读者的评论性叙事："然而，你知道，我猜过可能会这样——我们应该为新娘正正经经地宽衣解袍，一个从妓院传出来的仪式。尽管我的生活封闭，但我怎能没有，即便是在我生活的一本正经的波西米亚世界里，听说过他的世界的一些传闻

[①] Cristina Bacchilega, "Angela Carter", in Jack Zipes, ed. *The Oxford Companion to Fairy Tales*, Oxford University Press, 2000, pp. 89–90.

呢?"① 说明她尽管天真却并不无知,她对自己在婚姻状态中的被动、不利处境有着清醒的认识。

(二) 女主人公沉思的自我感知

故事从一开头,就是以女主人公的回忆和自我反省来展开故事的。书中女主人公审视自己的内心,甚至调侃自己的无知,嘲笑自己的虚荣,这种自省和沉思使得她的逆来顺受有了一种冷眼旁观、处变不惊的淡定。"进入婚姻,进入流亡;我感到,我知道——从今往后,我会一直孤独"。②

侯爵直言不讳地宣告自己对女主人公贞洁的重视,"在这个文明时代,我们不再把染血的床单挂在窗外向全布列塔尼人昭示你是一个处女。但我要告诉你,在我所有的婚姻生活中,这是我第一次能向我的佃户们展示这样一面旗帜"。女主人公马上进行反思,"于是我认识到,带着惊奇,是我的天真虏获了他……认识到我的纯真给了他一些乐趣使得我振作起来。勇气!我该扮演一个天生优雅的女士,如果不是由于天生的一些缺点"。③ 可见女主人公是积极主动地面对侯爵。

而当侯爵因为一件生意上的事件而取消蜜月计划,为安抚她的失望而给了她城堡的所有钥匙时,女主人公开始思考自己当下的处境,"我谨慎地看着这串沉甸甸的钥匙。直到那一刻之前,我从未想过与这个有着巨大房子、巨大财富的男子这桩婚姻的实际层面。他的钥匙多得像牢房的看守"。④

(三) 多个叙述声音的交替出现

在叙述中,安吉拉·卡特不是一成不变地使用第一人称叙述,而是频繁转化叙述者,同时并置多个叙述声音。通过多个叙述声音的转换和交替出现,安吉拉·卡特消解了传统单一叙述孜孜以求的权威性和统一性,让始终在场的女主人公同时具备了叙述者、叙述对象、叙述的旁观者等多重角色,从而使文本能杂糅多重叙述视角和多种价值评判,让文本具有了阐释的无限可能。

如在侯爵突然决定丢下新婚妻子去处理生意上的事,放弃原定的蜜月计划时,女主人公一开始有点不情愿,后来却很快认清了情势,其间有着

---

① Angela Carter, *The Bloody Chamber and Other Stories*, Penguin Books, 1993e, p. 15.
② Ibid., p. 12.
③ Ibid., p. 15.
④ Ibid., p. 19.

多处叙述声音的变化：

> "但这是我们的蜜月！"
> 　　一笔交易，涉及到几百万的一次冒险和一个机会，他说。他突然抽身离开我回复到蜡像般的冷静；我只是一个小女孩，我不懂。而且，他无言地对我受伤的虚荣说，我已有太多的蜜月而觉得它们最不要紧。我很清楚我用一把彩色石头和死野兽皮毛买来的这个小孩不会跑掉。但在他打电话通知他的巴黎代理商给他定一张第二天的车票——只不过是个短短的电话，我的小乖乖——我们应该有时间一起用午餐。
> 　　我不得不对此表示满意。①

此段叙述中，叙述人称始终保持一致，但叙述声音发生了四次转换。几个并列句均以"我"为主语，但"我"所指并不相同，这既给阅读带来一定的模糊，又让读者明白了女主人公的反讽态度，从而暗示了女主人公与丈夫的严重分歧：（1）一开始是女主人公的叙述声音，她看重蜜月，想挽回侯爵的决定，于是强调"但这是我们的蜜月"，但侯爵看重的是这笔交易可以给他带来几百万利润。（2）接下来是女主人公转述的伯爵声音，原本应是"你只是一个小女孩，你不懂"，但女主人公在转述时把人称代词"你"变成了"我"，于是成了"我只是一个小女孩，我不懂"。这就使侯爵的这句话带上了女主人公的反问和质疑。（3）之后是女主人公从丈夫的沉默中推测出来的侯爵想法，"我已有太多的蜜月而觉得它们最不要紧。我很清楚我用一把彩色石头和死野兽皮毛买来的这个小孩不会跑掉"。既说明了侯爵的轻慢态度，更昭示了女主人公的自嘲和反讽。（4）在叙述侯爵打电话叫人的中间，突兀地插入了侯爵哄女主人公的话"只不过是个短短的电话，我的小乖乖"，既显出侯爵的漫不经心，也说明了女主人公的明明白白。（5）"我不得不对此表示满意"说明女主人公意识到一切都不可更改，只好决定接受现实。总之，男性叙述声音的引用和插入始终被置于女性叙述声音的评估之下，男性叙述权威被消解殆尽。

（四）改变结局而重构情节

在《血淋淋的房间》中，安吉拉·卡特消解了经典童话的惯例，女

---

① Angela Carter, *The Bloody Chamber and Other Stories*, Penguin Books, 1993e, p. 19.

主人公不是被原型的男英雄所救，而是被她的母亲拯救。她的母亲骑马赶到是因为错过了最后一班车而不得不急忙从当地找一匹马做交通工具。故事的最后结局也不是"王子和公主从此过着幸福的生活"，而是"我们过着一种恬静的生活，我们三个"。① 女主人公、她的母亲和她的盲人调音师情人三个人一起生活。

（五）时间框架的重新设定

传统童话一般采用"很久很久以前"这样一个时间框架，故事因年代的久远而显得陌生和奇异。在安吉拉·卡特笔下，这些故事被更新到更现代的场景。虽然没有明确指出具体的时代，但它们被蓄意地给定了清晰的时间坐标。例如，在《血淋淋的房间》中，汽车、火车、金色水龙头和越洋电话的存在暗示着一个 1930 年之后的时代。另一方面，对诸如居斯塔夫·莫罗（Gustave Moreau）和欧迪龙·鲁东（Odilon Redon）等油画家以及一个时装设计师保罗·布瓦列特（Paul Poiret，他设计了女主人公的一件礼服）的提及，都暗示了一个 1945 年之前的时间。《爱之屋夫人》的时间则清楚地设定在一战前夕，年轻男子骑到吸血鬼屋去的自行车象征着在 1914 年之后彻底改变了欧洲社会的现代性。这种故事的历史化和人物场景的当下化之间就形成了一种新的叙事张力。

二 混杂写作对童话叙事文类的革新

《血淋淋的房间及其他故事》中的所有故事都共同采用"蓝胡子"这一主题，与童话和民间传说有着密切联系。全书一共收录了安吉拉·卡特对 10 篇传统童话的重写：据《蓝胡子》重写的《血淋淋的房间》（The Bloody Chamber）；据《美女与野兽》重写的《里昂先生求婚记》（The Courtship of Mr Lyon）和《老虎的新娘》（The Tiger's Bride）；据同名童话重写的故事《穿靴子的猫》（Puss-in-Boots）；据《白雪公主》重写的《雪孩》（The Snow Child）；据《睡美人》重写的《爱之屋夫人》（The Lady of the House of Love）和据童话《小红帽》重写的三则狼人童话：《狼人》（The Werewolf）、《与狼为伴》（The Company of Wolves）、《狼女爱丽丝》（Wolf-Alice）；文集中的第 5 个故事《魔王》（The Erl-King）

---

① Angela Carter, *The Bloody Chamber and Other Stories*, Penguin Books, 1993e, p. 40.

是据日耳曼民间传说重写而成①，神秘地探索了浪漫主义与童话之间更普

---

① "Erl-king"在日耳曼传说中是个狡猾的妖怪、矮鬼之王，常在黑森林中诱拐人，尤其是儿童。《德国诗选》收录赫尔德诗《魔王的女儿》，大意是魔女勾引某婚前男子不果，施用魔法，令其在婚礼前死去。歌德以此为题材写过一首诗《魔王》。舒柏特又以歌德的诗谱为歌曲。另说，1781年4月的一个傍晚，德国某农民之子突患急病，父亲骑马带孩子连夜找医生，医生不能救治，父亲只好回家，孩子在半路上死去。歌德听到此事，即创作出《魔王》，后舒柏特为其谱练习曲。

歌德《魔王》（钱春绮译文）：

这样迟谁在黑夜和风中奔驰？
是那位父亲带着他的孩子；
他把孩子抱在他的怀里，
他把他搂紧，给他保持暖气。我儿，为何藏起你的脸？
爸爸，你，没瞧见那个魔王？
那魔王戴着冠冕，拖着长裙。
我儿，那是一团烟雾。

"来，跟我去，可爱的孩子！
我要和你一同做有趣的游戏；
海边有许多五色的花儿开放。
我妈有许多金线的衣裳。"爸爸，爸爸，你没有听见，
魔王轻声地对我许下诺言？
不要响，孩子，你要安静；
那是风吹枯叶的声音。

"伶俐的孩子，你可想跟我同行？
我的女儿们会伺候你十分殷勤；
我的女儿们夜夜跳着圆舞，
跳着、唱着、摇着你使你睡熟。"爸爸，爸爸，你没瞧见那厢
魔王的女儿们站在阴暗的地方？
我儿，我儿，我看得清楚；
那是几棵灰色的老杨树。

"我爱你，你的美貌使我喜欢。
你要是不肯，我就要动用武力。"
爸爸，爸爸，他现在抓我来了！
魔王抓得我疼痛难熬！父亲心惊胆战，迅速策马奔驰，
他把呻吟的孩子紧抱在怀里，
好容易赶到了他家里，
他怀里的孩子已经断气。

遍意义上的联系。这些故事的长度各异，篇幅最长的《血淋淋的房间》比其他故事长两倍，比篇幅最短的《雪孩子》长三倍。

迄今为止，已有许多批评家的论著集中关注安吉拉·卡特此书及其他作品中对童话的运用。2001年，丹尼尔·M. 罗默和克里斯蒂娜·巴西利嘉合编的《安吉拉·卡特与童话》① 是第一部专门研究安吉拉·卡特与童话关系的论文集。然而，安吉拉·卡特自己认为："我的目的不是做'新版的'或'成人的'童话，而是从传统故事中提取潜在内容"。②

《血淋淋的房间》完美地体现了安吉拉·卡特的混杂写作风格，呈现出华丽而诡异的文学景观。正如吕贝卡·拉罗西所言，"在《血淋淋的房间》中，安吉拉·卡特混合了三种文类或写作范畴的文学可能性，从而创造了某种独特性。这个长篇故事巧妙地联系了童话、哥特文学与色情文学。与这三种写作相关的线索是好奇主题——促使一个人去揭示被隐藏的或未知事物的人类冲动"。③ 正是这种混杂使得安吉拉·卡特区别于其他的作家，更使得安吉拉·卡特重写的童话大大区别于传统童话。

（一）女性哥特

20世纪70年代，安吉拉·卡特公开宣称"我们生活在哥特时代"。因其作品中大量的哥特元素，安吉拉·卡特被公认为当代女性哥特的代表作家，如布莉吉妲·切莉编《21世纪哥特》第5章"痛苦纠缠：当代哥特中的身体政治"就是对安吉拉·卡特的专章论述。

贝蒂·莫斯（Betty Moss）《安吉拉·卡特"彼得与狼"中的女性哥特与欲望》一文指出："安吉拉·卡特把法国作家和批评家海伦·西苏（Hélène Cixous）的女权主义对话与哥特理论综合起来，并以一种特别女性和女权的反思影响到哥特，使其潜力最大化为社会和个人变革的工具。"④ 台湾大学彭碧台《安吉拉·卡特的后现代女性写作之哥特式惊悚

---

① Danielle M. Roemer and Cristina Bacchilega ed., *Angela Carter and the fairy tale*, Detroit: Wayne State University Press, c2001.
② Angela Carter in John Haffenden's *Novelists in Interview* (New York: Methuen Press, 1985), p. 80.
③ Rebecca Laroche, "An overview of The Bloody Chamber", in Gale Online Encyclopedia, in Detroit: Gale, 2010. Literature Resources from Gale, Web. 24 Nov, 2010.
④ Betty Moss, "Desire and the Female Grotesque in Angela Carter's 'Peter and the Wolf'", In *Marvels and Tales: Journal of Fairy Tale Studies*, 12, no. 1 (1998): 175-191.

小说传统》一文指出:"熟悉变得陌生、自然变得惊悚、神圣被亵渎为世俗是卡特颠覆性书写的标志,它们也是哥特关注的主题。"①

安吉拉·卡特的作品中充满了妖魔鬼怪,情节荒诞离奇。她对收集民间传说和神话故事也有特殊的爱好,这使她的作品充满了神秘色彩和阴森气氛,初登文坛即被冠以哥特式小说的称号。P. 邓克尔(P. Duncker)在其《重新想象童话》一文指出:"一些批评家把安吉拉·卡特看作魔幻现实主义的追随者;然而她是,甚至更多地是,北方哥特传统的天生继承人。她的故事追溯到爱尔兰和英国作家们的巴洛克幻想,如邓萨尼勋爵(Lord Dunsany)、亚瑟·梅钦(Arthur Machen)和沃尔特·德·拉·梅尔(Walter de la Mare)等——并超越他们而到达了托马斯·德·昆西(Thomas De Quincey)的境界。"② 艾里森·卢里也认为:"20 世纪作家安吉拉·卡特最类似于丹麦作家(Isak Dinesen),其'七个哥特故事'也有着离奇的混合、一直萦绕的北方场景和华丽的语言等类似特征。"③

1. 哥特式女主人公的塑造

瑞贝卡·芒福德《"亵渎圣坛"或"作为恐怖主义的性欲"?安吉拉·卡特的(后)女权主义哥特式女主人公》一文指出:"安吉拉·卡特的小说处于哥特式和女性主义对话之中,特别是当它们混杂为'女性哥特'这一范畴。由于她对情色文学的兴趣以及对(特别是)男性哥特手稿——如萨德、坡、霍夫曼、波德莱尔和斯托克等人的哥特脚本——中性欲/文本侵害的关注。安吉拉·卡特的哥特式女主人公经常被女权主义者指责为仅仅是萨德式男性欲望的客体。本文重新解读安吉拉·卡特的性/文本侵害——她对主流女权主义及哥特范畴和分类的蔑视——通过充满争议的(后)女权主义者对话及(特别是)在她自己论述女性性欲身份的(哥特式)论著《萨德式妇女》(1978)中预想的'受害'和'权力'女权主义之间的张力。概述了她从《影舞》(1966)中的吉丝莲(Ghislaine)到《马戏团之夜》(1984)中的飞飞(Fevvers)等哥特女主

---

① Emma Pi-tai Peng, "Angela Carter's Postmodern Feminism and the Gothic Uncanny", in *NTU Studies in Language and Literature*, Number 13 (June 2004), p. 102.

② P. Duncker, "Re-imagining the Fairytale", in *Literature and History*, Spring 1984.

③ Alison Lurie, "Confessions of an English Opium Eater", in The New York Times, May 19, 1996.

人公们的轨迹。"①

2. 哥特恐怖气氛的渲染

哥特小说经常是以恐怖气氛、黑暗、神秘、无可解释和越界为特征。在《血淋淋的房间》中,安吉拉·卡特操纵了一种黑暗而神秘的氛围。整篇小说弥漫着恐怖感。这开始于主人公拿到那把"禁用的钥匙"。它激起了一种焦虑感,暗示着对其任务的一定程度上的禁止和反对。她后来重复"她的勇敢是某种愚蠢(有点愚蠢)",给了读者一种不祥的感觉。她又提到了一座"城堡"——其存在促成了一种神秘感,我们不知道将会发生什么。

3. 女性哥特式空间

在传统童话中,主人公总是被动地进入一个奇异空间——如宫殿、城堡、森林、迷宫、魔鬼之家或某个禁地;而安吉拉·卡特童话中的主人公则打量、揣度、估摸和评价其日常生活空间,把自我意识投射到这些空间之中,使之疏离于日常生活而成为离奇古怪的奇异空间。对空间的观感成为主人公情感和体验的表达。如在第一次看见城堡时,书中女主人公"我"仔细地审视了这座城堡:

> 啊!他的城堡。遗世而独立的地方,有着烟灰蓝的塔楼、庭院、带尖刺的门。他的城堡就在海面上,海鸟在阁楼上鸣叫,窗霏开向绿紫色的、瞬息即逝的澎湃海浪,每天有一半的时间因潮水与陆地隔开……那座城堡,既不在陆上也不在水中,一个神秘的、两栖的地方,不同于土地或波浪,有着美人鱼的忧郁。她栖息在她的崖石上等待一个很久以前在远方被淹死的情人,永无尽头。那是可爱的、忧伤的、海妖赛壬的地方。②

这座城堡不像传统哥特建筑那样处于阴森恐怖的黑暗森林(男性)中,而是建于忧郁神秘的海(女性)陆交界处,有半天的时间与陆地隔

---

① Rebecca Munford, "'The Desecration of the Temple' or 'Sexuality as Terrorism'? Angela Carter's (Post-) feminist Gothic Heroines", in *Gothic Studies*; Nov 2007, Vol. 9 Issue 2, pp. 58–70.

② Angela Carter, *The Bloody Chamber and Other Stories*, Penguin Books, 1993e, p. 13.

绝。这是一种新型的女性哥特空间，充满了对女性童话人物（美人鱼）和神话人物（海妖赛壬）的缅怀，渗透了女主人公的个人感受。

标题《血淋淋的房间》的直接指涉"蓝胡子"杀妻的地点，通过一个极具恐怖色彩的修饰词"血淋淋的"将家庭空间"房间"陌生化，变成了一个异质空间。"蓝胡子"童话的情节本来就类似于哥特小说（落难少女受到男性劫持，被迫去到男性城堡、修道院，倍感恐惧）而安吉拉·卡特将这种近似作了进一步衍生和戏拟，从而把侯爵（蓝胡子）的城堡变成了一个哥特式城堡。哥特式城堡一般都有暗道、机关和藏着惊人秘密的房间。

（二）情色书写

正如赖守正指出的那样："19世纪时小说与杂志日渐畅销普及，维多利亚时期的英国绅士为了担心仕女们受到煽情小说（sensation novels）的污染，乃在一八五七年通过英国第一项反猥亵法案。同年 pornography（色情）这个字也首次在英文中出现；不过当时'pornography'涵盖的范围极广，除了一切与妓女、性有关的书籍外，甚至包括广受仕女欢迎的浪漫言情小说。"① 从那时起，"色情"一词便被官方化为一种禁忌。

直到100年之后，也就是1957年，法国哲学家乔治·巴塔耶（Georges Bataille，1897－1962）才第一次以严谨的学术态度来研究色情问题。他在专著《情色论》（L'rotisme，1957）中提出了另一个术语——情色。他指出，社会禁忌可以分为三大类，即关于性、死亡和排泄物的禁忌。色情既肯定又否定社会禁忌，它在本质上追求超越禁忌的越界（transgression），因此"严肃、悲剧性地观察情色，代表着一种彻底的颠覆"。② 塞伦·亚历山德里安（Sarane Alexandrian）在其《西洋情色文学史》（Histoire de la littérature）中指出："巴塔耶是第一位以专书讨论情色的哲学家。在他之前，情色不是被赋予负面的含义就是被摒弃在哲学研究范畴之外。虽然有人专研爱情理论或从事性学研究，然而情色探究的却是当这两者——爱情与性——遭逢时，或敌或友的整体价值。像他这样企图'严肃、悲剧性地观察情色'，并将情色置于爱情与性之上可说是项大胆的重

---

① 参见赖守正《逾越禁忌/愉悦大众：阿雷提诺的情色论述》，载《中外文学》第35卷，第5期，2006年10月，第50页。

② Georges Bataille, L'Érotisme. Paris: De Minuit, 1957.

大创举。"①

20世纪70年代左右,随着第二波女权主义运动和"性解放"运动的推进,许多性爱手册在西方世界被公开出版和销售,最著名的是《性爱圣经》(The Joy of Sex)。20世纪70年代末和80年代,色情文学因其对主流意识形态的颠覆性成为当时女权主义论争的重要议题。英美女性主义者因在对待色情文学上的不同立场而分化为激进女性主义[反色情(anti-pornography)立场]和社会主义女性主义[反检查制度(anti-censorship)立场]。

20世纪70年代末,英美两国的激进女权主义者兴起了"反色情运动",她们反对色情品的主要理由是,色情品的主调是男性统治女性。代表人物有美国的安德里亚·德沃金(Andrea Dworkin)、凯瑟琳·A.麦金农(Catherine. A. MacKinnon);英国的罗塞尔(Russell)、艾森(Itzen)等人。她们组成了"妇女反色情组织"(Women Against Pornography,略作WAP)等。麦金农和德沃金还起草了淫秽品法案,试图通过法律来禁止色情品的生产与消费。②麦金农明确指出:"色情,在女性主义者看来,是一种强制性的性,是性政治的的一种实践,是社会性别不平等的一种制度。从这个角度看,色情及其涉及的强奸和卖淫,把男性的性霸权制度化了——把支配与顺从的情色化与男性和女性的社会建构融合在了一起。社会性别是有着性欲色彩的。色情建构了性欲的意义。当男性把女性看作物时就压制了女性。色情建构这些现象。男性对女性的支配权意味着男性看待女性的方式定义了女性能成为谁。色情就是那种方式。"③

与此相对的是社会主义女性主义者,她们认为检查制度的危害胜于色情品。她们组织了"女性主义反检查制度行动力量"(The Feminist Anti-Censorship Taskforce,简称FACT),代表人物有卡洛尔·万斯(Carol Vance)、安·斯尼托(Ann Snitow)、艾伦·威利斯(Ellen Willis)、琳达·戈登(Linda Gordon)、凯特·米丽特(Kate Millett)、艾德里安·里

---

① 塞伦·亚历山德里安:《西洋情色文学史》,赖守正译,麦田出版社2011年版,第648—649页。

② 李银河在《女权主义》一文中使用的是"淫秽色情",笔者引用时略为"色情",主要是想淡化"淫秽"这一道德层面的价值判断,下同。

③ See Catherine. A. MacKinnon, *Toward a Feminist Theory of the State*, Boston: Harvard University Press, 1989, p.197.

齐（Adrienne Rich）和葛尔·罗宾（Gayle Rubin）等。她们提出，我们女性所需要的不是去禁止男性中心的淫秽色情品；而是应当去生产女性中心的淫秽色情品；不是去禁止男性"消费"女性，而是由女性去"消费"男性，或女性自己"消费"自己。她们进一步提出，应当创造一套新的淫秽色情话语，用以创造出女性的色情品（female pornography/erotica），用女人的话语而不是用男人的话语来表达女性的性，改变传统淫秽色情品中所反映出来的权力关系——男人以女人为商品的消费。她们在色情品问题上提出的口号是："由女人来生产，为女人而生产（by women, for women）"。①

总之，社会主义女权主义者认为，既然色情（pornography）中充满男性统治的幻想。那就应该创造一种女性中心的情色（erotica），并以此来颠覆色情（pornography）。1967年春，桑塔格在美国的著名左翼文学刊物《宗派评论》（Partisan Review）上发表了《色情想象》（The Pornographic Imagination）一文，列举"创意、周延、真实和力量"四个方面，作为分辨色情文学和严肃文学的依据。葛罗瑞亚·斯坦能（Gloria Steinem）在1977年的文章《情色与色情》（Erotica vs. Pornography）里说：两者的区别就在于，一个是关上门的房间，一个是打开门的房间。

安吉拉·卡特采用的即是这种反检查制度立场。她的论著《萨德式妇女》（1978）（美国版名为《萨德式妇女与色情文学意识形态》）肯定了色情文学的巨大颠覆力量，主张以情色书写来抵抗色情写作，颠覆弥漫在传统色情文学中的男权意识，明确指出"情色（eroticism）是精英的色情（pornography）"②。不仅如此，安吉拉·卡特还进一步提出了"道德色情"这一概念，指出其核心的内容是构想一种服务于女人的色情作品，并针对那些限制女性的性的观念进行了论辩。③

安吉拉·卡特《血淋淋的房间及其他故事》（1979）一书以情色书写重申了女性的欲望，并颠覆了传统童话中的潜在父权意义及异性恋偏见。

---

① Victoria Robinson and Diane Richardson, ed., Introducing Women's Studies: Feminist Theory and Practice, NYU Press; 2 edition (August 1, 1997), p. 96.

② Angela Carter, The Sadeian Woman: An Exercise in Cultural History, London: Virago, 1979. As The Sadeian Woman and the Ideology of Pornography, New York: Pantheon, 1979, p. 17.

③ 柯倩婷《构想道德的色情作品——读〈虐待狂的女人〉》，《妇女研究论丛》2009年第2期，总第92期。

正如马蒂尼·亨纳德·杜塞尔《模仿蓝胡子:安吉拉·卡特〈血淋淋的房间〉中的视觉\叙事艺术》(2006)一文所言:"在《血淋淋的房间》中,安吉拉·卡特把约翰·伯杰《观看之道》(1972)的中心观点'男性行动,女性出现'(men act and women appear)进一步推演和极端化。……《血淋淋的房间》写于20世纪70年代末——对色情文学的白热化论争使得英美女权主义两极分化的时期——安吉拉·卡特对'蓝胡子'故事中潜在的性内容的激活使她得以考察欧洲文化著作中占主流地位的社会再现模型。"①

1. 对男性色情凝视的反抗

"男性凝视"这一概念来源于女性主义电影理论家劳拉·穆尔维的《视觉快感和叙事电影》。该文发表于1975年,是在当代人文研究所有领域中被广为引用的一篇文章。劳拉·穆尔维指出:"在一个由性失衡安排的世界里,观看的快感分为主动的/男性的和被动的/女性的。发挥决定性作用的男性目光把他的幻想投射到按此风格化了的女性形体上。女性在她们传统的裸露性角色中同时被人观看和展示,她们的外貌被编码成具有强烈的视觉色情冲击力的形象,从而具有了被看性的内涵。作为性欲的对象而被展示的女性是色情奇观的主旋律:从墙上的美女画到脱衣舞女郎,从齐格非歌舞团女郎到伯斯贝·伯克莱歌舞剧的女郎,她们承受视线,并迎合着男性的欲望。"② 在这样一种观看中,男女的性别角色是既定的:女性作为形象,男性则作为观看承担者。

在男女两性关系中,对女性身体的男性凝视使得女人成为色情观看的对象。但使女性变成色情对象的不仅是男性,而且还有女性的被动。在传统童话中,女性总是处于被动状态,女性要做的唯一事情就是等待:等待着被害,等待着被救、等待着被爱。安吉拉·卡特在《萨德式妇女》中指出,女性被动地成为色情对象和欲望客体正是传统童话的教化结果:

> 成为欲望客体就是被限定在被动状态中。

---

① Martine Hennard Dutheil, "Modelling for Bluebeard: Visual and \ Narrative Art in Angela Carter's The Bloody Chamber", in Beverly Maeder and Boris Vejdovsky, ed, *The Seeming and the Seen: essays in modern visual and Literary culture*, Frankfurt and Bern: Peter Lang, 2006, pp. 184 – 85.

② 劳拉·穆维:《视觉快感与叙事电影》,金虎译,周传校,见中国艺术批评网,网址: http://www.zgyspp.com/Article/ShowArticle.asp? ArticleID = 5939。

被动存在就是被动死去——即,被杀死。

这是关于完美女人的童话道德。①

因此,女性要改变自己被杀死的命运,就必须主动争取成为欲望主体和观看主体。

色情文学一般对男性色情行为的描绘采用中性描绘,不作价值判断;而情色文学在描绘男性色情行为时,加上了女性的审视目光、个人感受和价值判断,如《血淋淋的房间》中那一段非常经典的"凝视"描写就把男性色情行为置于女主人公的审视之下,从而颠覆了色情描写中的主客关系:

我**看见**他在镀金的镜子里**看着**我,带着相马者**相马**,甚或是市场上家庭主妇**审视**砧板上的肉的**评估眼光**。我从未**见过**,或者从**不承认**,他以前有过这样的**眼神**,一种纯粹肉欲的贪婪;而且这贪婪被他挂在左眼的单片眼镜奇怪地放大了。当我**看见**他充满淫欲地**看着我**时,我**垂下了我的眼帘**,却从他的**一瞥**之间,**捕捉到了他眼中的自己**。突然,我**看见了**自己,就如他**看见**我,我苍白的脸,我脖子上的肌肉像细线一样突起的方式。我看见那条残忍的项链如何变成了我。第一次,在我天真而狭隘的生命中,我**感觉**到我身上有一种夺走我呼吸的腐败潜能。

(When I saw him watching me in the gilded mirrors with the assessing eye of a connoisseur inspecting horseflesh, or even of a housewife in the market, inspecting cuts on the slabs. I'd never seen, or else had never acknowledged, that regard of his before, the sheer carnal avarice of it; and it was strangely magnified by the monocle lodge in his left eye. When I saw him look at me with lust, I dropped my eyes but, in glancing away from him, I caught sight of myself in the mirror. And I saw myself, suddenly, as he saw me, my pale face, the way the muscles in my neck stuck out like thin wire. I saw how much that cruel necklace became

---

① Angela Carter, *The Sadeian Woman: An Exercise in Cultural History*. London: Virago, 1979: 76-77.

me. And, for the first time in my innocent and confined life, I sensed in myself a potentiality for corruption that took my breath way.)①

一般来说，男性对女性充满肉欲的凝视是一种物恋的凝视，"物恋的视淫使妇女保持缄默……妇女是形象；男人是看的承担者。力量在他们这一方"。② 而一旦男性凝视者的色情淫欲被女性发现，其凝视就被暴露在女性的目光之下，凝视的愉悦受到威胁和挑战。因此，此处女主人公的主动凝视成为了重要的反抗工具：女性的凝视评估和批判了男性的凝视，消解了男性权威，凸显了女性权威。在"看与被看"的主客易位中，权力中心从男性转移到了女性。

2. 对女性性欲的肯定

1976 年，法国著名学者米歇尔·傅柯（Michel Foucault）指出，在一般认为性受到压抑的假设情况下，公开谈论性的举动，无疑具有"革命"（la révolution）与"愉悦"（le plaisir）的双重功能。

20 世纪 80 年代，情色文学与色情文学的分野进一步明确：情色文学彰显和肯定女性性欲，而色情文学描绘和展示男性性欲。情色文学的颠覆性和抵抗性越来越得到认可。1982 年，帕特里克·J. 科尔尼（Patrick J. Kearney）的《情色文学史》（*A History of Erotic Literature*）出版，追溯了自 17 世纪约翰·威尔莫特（John Wilmot）和皮耶特罗·阿雷提诺（Pietro Aretino）以来的情色文学，成为这一领域的经典著作，也标志着对情色文学的正式认可。

在这一背景下，研究者们开始正面研究《血淋淋的房间》的情色书写对女性性欲的彰显与肯定。布鲁克斯·兰德勒的《色情世界：乔安娜·鲁思、安吉拉·卡特与托马斯·伯杰小说中的性欲与期待逆转》（1986）③、米歇尔·格罗斯曼的《生而血腥：安吉拉·卡特〈血淋淋的房

---

① Angela Carter, *The Bloody Chamber and Other Stories*, Penguin Books, 1993e, p. 11.
② 劳拉·穆维：《视觉快感与叙事电影》，金虎译，周传基校，见于中国艺术批评网，网址：http://www.zgyspp.com/Article/ShowArticle.asp? ArticleID = 5939。
③ Brooks Landon, "Eve at the End of the World: Sexuality and the Reversal of Expectations in Novels by Joanna Russ, Angela Carter, and Thomas Berger", in Donald Palumbo. ed. , *Erotic Universe. Sexuality and Fantastic Literature.* Westport, 1986, pp. 61 – 74.

间〉中的神话、色情与传奇》(1988)①、盖里·德与克莱夫·布鲁姆所编《色情透视:电影与文学中的性欲》中所收的艾维斯·利瓦伦《任性女孩或邪恶妇女? 安吉拉·卡特〈血淋淋的房间〉中的女性性欲》(1988)②、玛丽·凯撒的《作为性寓言的童话:安吉拉·卡特〈血淋淋的房间〉中的互文性》(1994)③、伊冯·马汀森《色情、伦理与阅读:安吉拉·卡特与罗兰·巴特的对话》(1996)④ 等诸多论文相继发表。

《血淋淋的房间》(1979) 以情色书写重申了女性的欲望,并颠覆了传统童话中的潜在父权意义及异性恋偏见。如《血淋淋的房间》中有一段叙述是关于女主人公的性欲望在男性色情挑逗下突然被唤醒的体会:

> 他剥光我,贪婪地,就像他在剥一颗朝鲜蓟的叶子,——但不去想想它的美妙;这颗朝鲜蓟不会因为要被当做大餐或是他很着急吃而得到特别的待遇。他用熟悉的手法来满足一个疲倦的胃口。当我一丝不挂地露出我鲜活的、微微颤动的肉体时,我看见,在镜中,活生生地就像当我们的婚约让我们可以单独呆在一起时他给我看的那本画册中的一幅春宫画……那孩子有着树枝般柔软的四肢,身无寸缕仅着钉靴和她的手套,双手掩面,就像她的脸是她尊严的最后堡垒;这个老色鬼从单片眼镜中打量着她,一寸一寸地。他穿着伦敦剪裁的衣服;她,像一块羊肉一样赤裸着。所有遭遇中最为色情的一幕。于是我的买主打开他买来的货物。而且,就像歌剧所演的那样,当我第一次在他眼中看见我的肉体,我吃惊地感觉到自己有了反应。
>
> 他突然合拢我的腿就像关上一本书,我看到他唇边意味着微笑的罕见动作。
>
> 不是现在。晚一点,期望是更大的乐趣,我的小爱人。

---

① Michèle Grossman, "Born to Bleed", Myth, Pornography and Romance in Angela Carter's "The Bloody Chamber", in *Minnesota Review*, 30/31 (1988).

② Avis Lewallen, "Wayward Girls but Wicked Women? Female Sexuality in Angela Carter's *The Bloody Chamber*", in Gary Day/Clive Bloom (eds.), *Perspectives on Pornography, Sexuality in Film and Literature*, Houndsmill, 1988: 144–157.

③ Mary Kaiser, "Fairy tale as sexual allegory: intertextuality in Angela Carter's The Bloody Chamber", *in The Review of Contemporary Fiction*, September 22, 1994.

④ Yvonne Martinsson, *Eroticism, Ethics and Reading: Angela Carter in Dialogue With Roland Barthes*, Stockholm, Sweden: Almquist & Wiksell International, 1996.

我开始颤抖,像一匹即将比赛的赛马一样兴奋,然而也带着一种恐惧,因为我感到一种奇怪的、无法抗拒的对于性爱的觉醒,同时又混合着对他那充斥着我卧室里所有大镜子的白色沉重肉体无法抑制的厌恶。他的身体就像一大捧马蹄莲,花蕊中的许多黄色花粉掉落下来粘到你的手指上就像你从枪管里挖出来的火药一样。我经常把他联系在一起的马蹄莲,是白色的。污染你。①

在这段描述中,出现了五次叙述人称的转换:"我——那孩子——她——侯爵——我——你":(1)一开始,女主人公冷眼旁观侯爵剥光她的衣服,并对此进行价值评判;(2)侯爵对她赤裸肉体的进行色情观看和上下打量,叙述人称突然从第一人称换(我)到了第三人称("那孩子""她"),反映了女主人公因为极度羞愧和不愿面对的隐退感和想要置身事外的努力;(3)而就在那时,女主人公身体中的性欲望突然被唤醒,她的身体感觉强烈到不容忽视,叙述人称又直接从"她"跳到了"我";(4)接下来则是侯爵完全出人意料的突然结束动作,以及侯爵本人的解释;(5)我被侯爵的行为弄得心烦意乱,却又震惊地发现了自己内心深处对于性爱的渴望以及对侯爵身体的厌恶,叙述人称再度从"侯爵"转到"我"。

总之,通过多个叙述声音的转换和交替出现,安吉拉·卡特让女主人公同时具备了叙述者、叙述对象、叙述的旁观者等多重角色,不仅能够适时主导叙述,而且能时时隐身,从而使文本能完整地投射女主人公内心的隐秘欲望和细微感受,彰显和肯定女性性欲的觉醒。

第五节　国外安吉拉·卡特研究

作为英国当代最受欢迎的小说家之一,安吉拉·卡特是当代英国文学史不可或缺的重要人物:约翰·里凯蒂所编《哥伦比亚英国小说史》(1994)指出,安吉拉·卡特把大众文化与性魅力而非弗洛伊德式表征联

---

① Angela Carter, *The Bloody Chamber and Other Stories*, Penguin Books, 1993e, p. 15.

系在一起①；马尔科姆·布拉德伯里《现代英国小说：1878—2001》（2001）指出，安吉拉·卡特是 20 世纪 60 年代科幻小说新浪潮中最负盛名的作家②；多米尼克·里德编《剑桥现代英国小说导论：1950—2000》（2002）谈到安吉拉·卡特小说与第二波女权主义运动的关系。③

安吉拉·卡特开创性的童话重写策略深深影响了其同时代的女作家们，兰德尔·史蒂文森所编《牛津英国文学史卷十二·1960—2000：英国的没落？》（2005）谈到了安吉拉·卡特在其《血淋淋的房间及其他故事》（1979）等作品中对格林童话的女权主义和弗洛伊德主义重写策略，并指出这种策略对简·里斯（Jean Rhys）《藻海无边》（*Wild Sargasso Sea*, 1966）、苏·罗伊（Sue Roe）《埃斯特拉：她的期望》（*Estella: Her Expectations*, 1982），以及简妮特·温特森（Jeanette Winterson）《新手的划艇》（*Boating for Beginners*, 1985）和《性樱桃》（*Sexing the Cherry*, 1989）等诸多作品的影响。④

女权主义理论家伊莱恩·肖瓦尔特也指出："如同简妮特·温特森（Jeannette Winterson）的《性樱桃》（*Sexing the Cherry*, 1989）一样，苏妮缇·南西（Suniti Namjoshi）的《女权主义寓言》（*Feminist Fables*, 1981）也明显受到安吉拉·卡特的影响。米歇尔·罗伯茨（Michele Roberts）在她的第 8 部小说《不可能存在的圣徒》（*Impossible Saints*, 1997）中，并置了两个叙述：约瑟芬的教育小说（Bildungsroman of Josephine）——她离开她的女修道院，变成了一个作家并发现了一个乌托邦式妇女文学殖民地；11 个女圣徒的生平。除了那些反映安吉拉·卡特创作的关联故事，以及女权主义文学批评所探索的作为珠宝箱、秘密房间或梦幻房屋的女性自我，罗伯茨的作品还有一种暴力的哥特潜文本：切断、肢解、截断、伤害和撕咬。她的'圣徒们'是饥饿的艺术家们，象动物一

---

① John Richetti, ed. *The Columbia History of the British Novel*, Columbia Univ. Press, 1994, pp. 944 – 945.

② MalColm Bradbury, *The Modern British Novel*: 1878 – 2001, London: Penguin, 2001, pp. 432 – 433.

③ Dominic Head, *The Cambridge Introduction to Modern British Fiction*, 1950 – 2000, UK: Cambridge University Press: 2002, pp. 93 – 100.

④ Randall Stevenson, *The Oxford English Literary History*, Volume 12. 1960 – 2000, *The Last of England?* Oxford University Press, 2005, pp. 476 – 477.

样嚼食蔬菜：这就是约瑟芬。"①

（一）研究发轫期：1977—1991 年

20 世纪 70 年代末，随着《魔幻玩具铺》（1967）等作品的出版，安吉拉·卡特逐渐进入英国学术界的视野。1977 年，洛娜·萨吉《野蛮杂耍：安吉拉·卡特概述》②是第一篇真正意义上的安吉拉·卡特作品研究专论。

20 世纪 80 年代中期，安吉拉·卡特的绝大部分重要作品均已出版，安吉拉·卡特研究开始受到越来越多的关注。1985 年，英国著名传记作家约翰·哈芬登对安吉拉·卡特进行了专访③，R. 施密特的《安吉拉·卡特小说主题之旅》④和肯瑞因·高兹沃斯的《安吉拉·卡特》（1985）⑤也相继发表。1987 年，伦敦当代艺术馆（Institute of Contemporary Arts）和国际档案理事会（International Council on Archives，ICA）录像资料中心联合制作了《安吉拉·卡特》（Angela Carter，1987）的录像资料，这标志着英国官方学术机构对安吉拉·卡特一定程度上的认可。⑥同年，德国学者安利格瑞特·马阿克在其与吕迪格·霍夫合编的《当代英语小说》中辟专章论及安吉拉·卡特，标志着外国学术界对安吉拉·卡特的认可。⑦

正如莎拉·甘布尔在《安吉拉·卡特的小说》中指出的那样，"正当卡特逐渐在学术界获得声誉之际，《影舞》（1966）、《数种知觉》（1968）和《爱》（1971）这三部作品已经绝版。这影响了早期的卡特批评理解卡特作品的方式——从其《血淋淋的房间》（1979）中获取线索——倾向

---

① 伊莱恩·肖瓦尔特（Elaine Showalter）：《她们自己的文学》（Literature of Their Own: British Women Novelists from Brontë to Lessing），外语教学与研究出版社 2004 年版，第 332 页。

② Lorna Sage, "The Savage Sideshow: A Profile of Angela Carter", in New Review, 1977, 39/40, pp. 51 - 57.

③ John Haffenden, "Angela Carter", in Novelists in Interview. London, 1985, pp. 76 - 96.

④ R. Schmidt, "The Journey of the Subject in Angela Carter's Fiction", in Textual Practice, Spring 1985.

⑤ Kerryn Goldsworthy, "Angela Carter", in Meanjin, 1985, pp. 4 - 13, 44.

⑥ Institute of Contemporary Arts; ICA Video. Angela Carter (videorecording) Northbrook, Ill.: The Roland Collection: ICA Video, c1987.

⑦ Annegret Maack (1987), "Angela Carter", in Rüdiger Imhof/Annegret Maack (eds.), Der englische Roman der Gegenwart, Tübingen, 226 - 244.

于把卡特首先看作一个女权主义虚构者（fabulator）"。① 故而，早期安吉拉·卡特研究者们特别关注其作品中的色情和女性主义主题，重要文章有戴维·庞特的《安吉拉·卡特：取代男性》（1984）②、伊恩·麦克尤恩的《过度的香味》（1984）③、布鲁克斯·兰德勒的《情色世界：乔安娜·鲁思、安吉拉·卡特与托马斯·伯杰小说中的性欲与期待逆转》（1986）④、罗伯特·克拉克的《安吉拉·卡特的欲望机器》（1987）⑤、罗里特纳的《主题与象征：〈马戏团之夜〉中身份的转变》（1987）⑥、宝琳娜·帕尔默的《从"编码模特"到女飞人：安吉拉·卡特的魔法飞翔》⑦、艾维斯·利瓦伦的《任性女孩或邪恶妇女？安吉拉·卡特〈血淋淋的房间〉中的女性性欲》（1988）⑧、卡利·E. 洛克的《〈蓝胡子〉与〈血淋淋的房间〉：自我讽刺与自我肯定的奇异风格》（1988）⑨、苏·史保尔和伊莱恩·米勒德发表于《女权主义解读》上的《作者焦虑》（1989）⑩、理查德·施密特《安吉拉·卡特小说主题之旅》（1989）⑪、琳达·安德森编

---

① Sarah Gamble, *The Fiction of Angela Carter*, "Icon Reader's Guides to Essential Criticism", Houndmills, Basingstoke, Hampshire; New York, N. Y.: Palgrave Macmillan, 2000. p. 12.

② David Punter (1984), "Angela Carter: Supersessions of the Masculine", *Critique* 25, 209 – 223.

③ Ian McEwan (1984), "Sweet Smell of Excess", *The Sunday Times Magazine* (9 September), 42 – 44.

④ Brooks Landon, "Eve at the End of the World: Sexuality and the Reversal of Expectations in Novels by Joanna Russ, Angela Carter and Thomas Berger", in Donald Palumbo, ed., *Erotic Universe. Sexuality and Fantastic Literature*. Westport, 1986, pp. 61 – 74.

⑤ Robert Clark (1987), "Angela Carter's desire machine", *Women's Studies* 14, 147 – 161.

⑥ Rory Turner (1987), "Subjects and Symbols: Transformations of Identity in Nights at the Circus", *Folklore Forum* 20, 39 – 60.

⑦ Palmer, Paulina (1987), "From 'Coded Mannequin' to Bird Woman: Angela Carter's Magic Flight", in Sue Roe (ed.), *Women Reading Women's Writing*. Brighton, pp. 179 – 205.

⑧ Avis Lewallen. "Wayward Girls but Wicked Women? Female Sexuality in Angela Carter's *The Bloody Chamber*", in Gary Day/Clive Bloom (eds.), *Perspectives on Pornography. Sexuality in Film and Literature*. Houndsmill, 1988: 144 – 157.

⑨ Kari E Lokke, "Bluebeard and The Bloody Chamber: The Grotesque of Self – Parody and Self – Assertion", in *Frontiers. A Journal of Women Studies*, 1988 (10): 7 – 12.

⑩ Spaull, Sue/Millard, Elaine (1989), "The Anxiety of Authorship", in *Feminist Readings*, 122 – 153.

⑪ Ricarda Schmidt (1989), "The journey of the subject in Angela Carter's fiction", *Textual Practice* 3, 56 – 75.

《情节变迁：当代女性小说》中所收伊莱恩·乔丹的《沉迷：安吉拉·卡特思索性的小说》（1990）①、桑提亚哥·德尔·雷伊的《女权主义残酷：安吉拉·卡特专访》（1991）②、莎莉·罗宾《形成主题：当代女性小说中的社会性别与自我表征》（1991）③，等等。

此外，安吉拉·卡特与童话之间的重要关系也吸引了众多研究者的目光，代表性文章有：西尔维亚·布莱恩特的《通过〈美女与野兽〉重构俄狄浦斯情结》（1981）④、埃伦·克罗兰·罗丝的《透过注视的镜子：当女性讲述童话》（1983）⑤、派翠西亚·当克尔的《重新想象童话》（1984）⑥、莎拉·甘布尔《狼如何遇见他的对手：小红帽的两个女权主义版本》（1988）⑦、唐纳德·P. 哈斯的《眼见为实吗？谚语与一部童话的电影改编》（1990）⑧、约翰·科里克的《穿过窗户的狼：写梦/梦电影/拍摄梦》（1991）⑨，以及梅林达·G. 豪尔的《重访安吉拉·卡特〈血淋淋的房间〉》（1991）⑩，等等。

---

① Elaine Jordan (1990), "Enthralment: Angela Carter's Speculative Fictions", in Linda Anderson (ed.), *Plotting Change. Contemporary Women's Fiction.* London, 19 – 40.

② Santiago del Rey (1991), "Feminismo y brujerña. Entrevista con Angela Carter", *Quimera* 102, 20 – 27.

③ Robinson, Sally (1991), *Engendering the Subject: Gender and Self – Representation in Contemporary Women's Fiction*, Albany, 21 – 24 and 77 – 134.

④ Sylvia Bryant, "Re – Constructing Oedipus Through Beauty and the Beast", in *Criticism*, 1981 (31): 439 – 453.

⑤ Ellen Cronan Rose. "Through the Looking Glass: When Women Tell Fairy Tales", in Elizabeth Abel/Marianne Hirsch/Elizabeth Langland (eds.), *The Voyage In: Fictions of Female Development*, Hanover, 1983, pp. 209 – 227.

⑥ P. Duncker, "Re – imagining the Fairytale", in *Literature and History*, Spring 1984, pp. 3 – 14.

⑦ Sarah Gamble. "How the Wolf Met His Match: Two Feminist Revisions of Little Red Riding Hood", in *Lore and Language*, 1988 (7): 23 – 35.

⑧ Donald P. Haase, "Is Seeing Believing? Proverbs and the Film Adaption of a Fairy Tale", in *Proverbium: Yearbook of International Proverb Scholarship*, 1990 (7): 89 – 104.

⑨ John Collick, "Wolves Through the Window: Writing Dreams/ Dreaming Films/Filming Dreams", in *Critical Survey*, 1991 (3), 283 – 289.

⑩ Melinda G Fowl, "Angela Carter's *The Bloody Chamber* revisited", in *Critical Survey*, 1991 (3): 71 – 79.

与此同时,安·斯尼陶的《巫师会谈》(1989)① 和瑞恰德·托德的《1981—1984年间英国小说的惯例与创新:魔幻现实主义时代》(1989)② 等文章还涉及了安吉拉·卡特小说中的魔幻元素。

(二) 第一次研究热潮:1992—1998年

1992年,安吉拉·卡特因癌症恶化而逝世,众多知名学者和作家撰文悼念。在这一背景下。西方学界兴起了安吉拉·卡特研究的第一次热潮。斯蒂芬·本森(Stephen Benson)指出:"考虑到安吉拉·卡特对民间文学各个方面的兴趣,也许我们可以得出这样一个结论:她的作品本身已经成为一则现代传奇的主题——尽管她的作品实际上是非常准确的。这就是传说中的"卡特效应"(Carter effect),由分管研究生学位的英国学院人文研究委员会(The British Academy Humanities Research Board)命名。洛娜·萨吉(Lorna Sage)指出:"正如委员会主席所报告的那样,在1992—1993年间,有四十多个博士学位候选人想做关于卡特的博士学位论文,使得她成为迄今为止最时尚的21世纪题⋯⋯"③

这一阶段的安吉拉·卡特研究继续沿着两条主线进行:一是对安吉拉·卡特作品女性主义要素的继续关注,代表性论文有:梅尔加·马基宁《安吉拉·卡特〈血淋淋的房间〉与女性性欲的解殖化》(1992)④、洛娜·萨吉编《家庭小说中的女性:战后女小说家》所收萨吉本人的《安吉拉·卡特》(1992)⑤、伊莎贝尔·阿姆斯特朗编《新女权主义论文集:理论与文本》中所收伊莱恩·乔丹的《安吉拉·卡特的威胁》(1992)⑥、

---

① Ann Snitow (1989), "Conversation With a Necromancer", *Village Voice Literary Supplement* 75 (June), 14 – 17.

② Richard Todd (1989), "Convention and Innovation in British Fiction 1981 – 1984: The Contemporaneity of Magic Realism", in Theo D'haen/Rainer Grübel/Helmut Lethen (eds.), *Convention and Innovation in Literature*, Utrecht Publications in General and Comparative Literature, 24, Amsterdam, 361 – 388.

③ Stephen Benson, "Angela Carter and the Literary Märchen: A Review Essay", in *Marvels and Tales: Journal of Fairy Tale Studies*, Vol. 12, 1998 (1): 23 – 51.

④ Merja Makinen, "Angela Carter's *The Bloody Chamber* and the Decolonialization of Feminine Sexuality", in *Feminist Review*, 1992 (42): 2 – 15.

⑤ Lorna Sage (1992), "Angela Carter", in *Women in the House of Fiction*, *Postwar Women Novelists*. London, 168 – 177.

⑥ Elaine Jordan, (1992), "The dangers of Angela Carter", in Isobel Armstrong (ed.), *New Feminist Discourses: Critical Essays on Theories and Texts*, London, 119 – 131.

等等；二是对安吉拉·卡特童话研究的进一步重视，代表性论文有：苏珊娜·施密德《颠覆性幻想与解构性神话：后现代作家安吉拉·卡特》（1992）[1]、玛丽·拉热尔《维里耶·德·利尔·亚当与安吉拉·卡特的世纪末夏娃》（1992）[2]、克里斯特尔·瓦格纳《故事中的故事：安吉拉·卡特作品中的童话与神话》（1993）[3]，等等。

与此同时，新的研究角度开始出现，如迈克尔·贝尔《作为行动的叙述：歌德〈一个美好心灵的自述〉与安吉拉·卡特〈午夜马戏团〉》（1992）[4] 的叙述学研究视角；彼特·纽美尔《后现代哥特：安吉拉·卡特作品中的欲望与现实》（1992）[5] 的哥特视角；伊冯·马汀森（Yvonne Martinsson）《色情、伦理与阅读：安吉拉·卡特与罗兰·巴特的对话》（*Eroticism, Ethics and Reading: Angela Carter in Dialogue With Roland Barthes*, 1996）[6] 的色情文学视角，等等。

1994 年，洛娜·萨吉（Lorna Sage）撰写了第一部安吉拉·卡特研究专著《安吉拉·卡特》（*Angela Carte*, 1994）[7]；同年，她编选了第一部安吉拉·卡特评论集《肉体与镜子：安吉拉·卡特艺术评论集》（*Flesh and the Mirror: Essays on the Art of Angela Carter*, 1994）[8]，收录了知名作家和评论家如玛格丽特·阿特伍德（Margaret Atwood）、罗伯特·库伏（Robert Coover）、赫敏·李（Hermione Lee）和玛丽娜·沃纳（Marina

---

[1] Susanne Schmid (1992), "Subversive Phantasie und demontierte Mythen. über die postmoderne Autorin Angela Carter", *Hard Times* 47, 34 – 37.

[2] Marie Lathers (1993), "Fin – de – siècle Eves in Villiers de l1sle – Adam and Angela Carter", in David Bevan (ed.), *Literature and the Bible*. Amsterdam, 7 – 27.

[3] Christel Wagener, "Story in a Story: Märchen und Mythen bei Angela Carter", in *Anglistik & Englischunterricht*, 1993 (50): 115 – 130.

[4] Michael Bell (1992), "Narration as Action: Goethe's 'Bekenntnisse einer schönen Seele' and Angela Carter's *Nights at the Circus*", *German Life and Letters* 45, 16 – 32.

[5] Beate Neumeier (1992), "Postmodern Gothic: Desire and Reality in Angela Carter's Writing", *anglistik & englischunterricht* 48, 89 – 98.

[6] Yvonne Martinsson, Eroticism, Ethics and Reading: Angela Carter in Dialogue With Roland Barthes, Stockholm, Sweden: Almquist & Wiksell International, 1996.

[7] Lorna Sage, *Angela Carter*, Plymouth, U.K.: Northcote House in association with the British Council, 1994.

[8] Lorna Sage, ed. *Flesh and the Mirror: Essays on the Art of Angela Carter*, London: Virago, 1994.

Warner)等人对安吉拉·卡特及其作品的相关评论,探讨了那些使安吉拉·卡特成为她的同时代的最引人入胜的作家的那些因素。

1997年有5部安吉拉·卡特研究专著问世,包括艾莉森·李的《安吉拉·卡特》①、林登·彼奇的《安吉拉·卡特》(Angela Carter, 1997)、莎拉·甘布尔(Sarah Gamble)的《安吉拉·卡特:前沿写作》(Angela Carter: writing from the front line, c1997)②、安伽·米勒(Anja Müller)的《安吉拉·卡特:身份建构与解构》(Angela Carter: identity constructed/deconstructed, c1997)③、约瑟夫·布里斯托(Joseph Bristow)和崔弗·林恩·布劳顿(Trav Lynn Broug)的《安吉拉·卡特的可怕欲望:小说、女性气质与女权主义》。④

(三)第二次热潮:1998—2005年

1998年,美国圣马丁出版社出版了一系列现代小说家的研究专著,林登·彼奇的《安吉拉·卡特》被囊括其中,⑤ 这意味着安吉拉·卡特进入了20世纪重要作家之列。同年,艾登·德的《安吉拉·卡特:理性之镜》(Angela Carter: The Rational Glass, 1998)⑥ 和林德赛·塔克(Lindsey Tucker)的《安吉拉·卡特评论集》(Critical Essays on Angela Carter, 1998)⑦ 相继出版。第二波安吉拉·卡特研究热潮兴起,研究重心转向童话研究,研究视角进一步多元化。

1998年,美国最有影响的童话研究杂志《奇迹与故事》(第12卷,1998年第1期)推出专题"安吉拉·卡特与文学童话"(Angela Carter and the Literary Märchen)⑧,收录了特约编辑克里斯蒂娜·巴西利嘉和丹

---

① Alison Lee, *Angela Carter*, New York: G. K. Hall, c1997.
② Sarah Gamble, *Angela Carter: writing from the front line*. Edinburgh: Edinburgh University Press, c1997.
③ Anja Müller, *Angela Carter: identity constructed/deconstructed*. Heidelberg: C. Winter, c1997.
④ Joseph Bristow, Trev Lynn Broughton ed. *The Infernal Desires of Angela Carter: Fiction, Femininity, Feminism*. London: Longman, 1997.
⑤ Linden Peach, *Angela Carter*, New York: St. Martin's Press, 1998.
⑥ Aidan Day, *Angela Carter: the rational glass*. Manchester, UK ; New York: Manchester University Press ; New York: Distributed exclusively in the USA by St. Martin's Press, 1998.
⑦ Lindsey Tucker, ed. Critical Essays on Angela Carter, New York: Hall, 1998.
⑧ *Marvels and Tales: Journal of Fairy Tale Studies*, Vol. 12, 1998 (1).

尼尔·M. 罗默所撰《前言》①以及16篇相关论文：雅克·巴奇隆的《回忆安吉拉·卡特》②、斯蒂芬·本森的《论安吉拉·卡特与文学童话》③、洛娜·萨吉的《安吉拉·卡特：童话》④、凯思林·E. B. 曼利的《安吉拉·卡特〈血淋淋的房间〉中觉醒进程中的女子》⑤、谢丽尔·伦弗洛的《启蒙与违抗：安吉拉·卡特〈血淋淋的房间〉中的最初经验》⑥、丹尼尔·M. 罗默的《安吉拉·卡特〈血淋淋的房间〉中对侯爵的语境化》⑦、安妮·克鲁勒内-瓦瑞的《同一与异延的逻辑：〈里昂先生求婚记〉》⑧、伊莉斯·布吕尔和迈克尔·格梅的《教学不宜：〈血淋淋的房间〉与庄严的课堂》、⑨杰克·齐普斯的《越界：安吉拉·卡特的儿童童话》⑩、卡伊·米克柯伦的《霍夫曼效应与睡公主：安吉拉·卡特〈霍夫曼博士的可怕欲望〉中的童话》⑪、贝蒂·莫斯的《安吉拉·卡特〈彼得与狼〉中

---

① Cristina Bacchilega and Danielle M. Roemer, "Preface to the Special Issue on 'Angela Carter and the Literary Märchen'", in *Marvels and Tales*: *Journal of Fairy Tale Studies*, Vol. 12, 1998 (1).

② Jacques Barchilon, "Remembering Angela Carter", in *Marvels and Tales*: *Journal of Fairy Tale Studies*, Vol. 12, 1998 (1): 19-22.

③ Stephen Benson, "Angela Carter and the Literary Märchen: A Review Essay", in *Marvels and Tales*: *Journal of Fairy Tale Studies*, Vol. 12, 1998 (1): 23-51.

④ Lorna Sage, "Angela Carter: The Fairy Tale", in *Marvels and Tales*: *Journal of Fairy Tale Studies*, Vol. 12, 1998 (1): 52-68.

⑤ Kathleen E. B. Manley, "The Woman in Process in Angela Carter's 'The Bloody Chamber'", in *Marvels and Tales*: *Journal of Fairy Tale Studies*, Vol. 12, 1998 (1): 71-81.

⑥ Cheryl Renfroe, "Initiation and Disobedience: Liminal Experience in Angela Carter's 'The Bloody Chamber'", in *Marvels and Tales*: *Journal of Fairy Tale Studies*, Vol. 12, 1998 (1): 82-94.

⑦ Danielle M. Roemer, "The Contextualization of the Marquis in Angela Carter's 'The Bloody Chamber'", in *Marvels and Tales*: *Journal of Fairy Tale Studies*, Vol. 12, 1998 (1): 95-115.

⑧ Anny Crunelle-Vanrigh, "The Logic of the Same and Différance: 'The Courtship of Mr Lyon'", in *Marvels and Tales*: *Journal of Fairy Tale Studies*, Vol. 12, 1998 (1): 116-32.

⑨ Elise Bruhl and Michael Gamer, "Teaching Improprieties: The Bloody Chamber and the Reverent Classroom", in *Marvels and Tales*: *Journal of Fairy Tale Studies*, In *Marvels and Tales*: *Journal of Fairy Tale Studies*, Vol. 12, 1998 (1): 133-145.

⑩ Jack Zipes, "Crossing Boundaries with Wise Girls: Angela Carter's Fairy Tales for Children", in *Marvels and Tales*: *Journal of Fairy Tale Studies*, Vol. 12, 1998 (1): 147-154.

⑪ Kai Mikkonen, "The Hoffman (n) Effect and the Sleeping Prince: Fairy Tales in Angela Carter's *The Infernal Desire Machines of Doctor Hoffman*", in *Marvels and Tales*: *Journal of Fairy Tale Studies*, Vol. 12. 1998 (1): 155-74.

的女性哥特与欲望》①、珍妮·L. 朗格洛瓦的《安德鲁·伯顿的小女孩：安吉拉·卡特"埃克斯瀑布谋杀案"和"莉齐的老虎"中的童话片断》②、克里斯蒂娜·巴西利嘉的《在童话的眼中：科琳娜·萨古德和戴维·惠特利谈与安吉拉·卡特的合作》③、罗伯特·库伏的《进入鬼镇》④、玛丽娜·沃纳的《芭蕾舞女演员：芭蕾舞女送了一盒磁带给一位舞台监制》⑤、彼得·G. 克里斯坦森的《永别了，女妖：安吉拉·卡特对法兰克·魏德金〈露露〉一剧的重写》⑥。这些论文彰显了整个童话研究界对安吉拉·卡特童话创作的集体重视。

2001年，丹尼尔·M. 罗默和克里斯蒂娜·巴西利嘉在此基础上编辑出版了第一部专门研究安吉拉·卡特与童话关系的著作《安吉拉·卡特与童话》。⑦

2003年，索曼·切拉妮在《萨德式悲剧：安吉拉·卡特〈雪孩子〉中颠覆性内容的政治》一文中指出，因其对后母原型的大量颠覆和把女权主义的潜文本注入经典的童话结构之中的雄心勃勃的尝试，安吉拉·卡特的"雪孩子"提供了一个超越目前的女主人公为中心的后现代童话体裁分析的重要机会。此文详细考察了安吉拉·卡特《雪孩子》的颠覆模型，试图在追踪童话与色情原型源头的同时解构它们。以安吉拉·卡特的《萨德式妇女》为比照文本，我们能看出她在运用潜文本来消解白雪公主

---

① Betty Moss, "Desire and the Female Grotesque in Angela Carter's 'Peter and the Wolf'", in *Marvels & Tales: Journal of Fairy Tale Studies*, Vol. 12. 1998 (1): 175-91.

② Janet L. Langlois, "Andrew Borden's Little Girl: Fairy-Tale Fragments in Angela Carter's 'The Fall River Axe Murders' and 'Lizzie's Tiger'", in *Marvels & Tales: Journal of Fairy Tale Studies*, Vol. 12, 1998 (1): 192-212.

③ Cristina Bacchilega, "In the Eye of the Fairy Tale: Corinna Sargood and David Wheatley Talk about Working with Angela Carter", in *Marvels & Tales: Journal of Fairy Tale Studies*, Vol. 12. No. 1 (1998): 213-28.

④ Robert Coover, "Entering Ghost Town", Min *Marvels & Tales: Journal of Fairy Tale Studies*, Vol. 12. No. 1, 1998, pp. 229-310.

⑤ Marina Warner, "Ballerina: The Belled Girl Sends a Tape to an Impresario", in *Marvels & Tales: Journal of Fairy Tale Studies*, Vol. 12. No. 1, 1998, pp. 311-18.

⑥ Peter G. Christensen, "Farewell to the Femme Fatale: Angela Carter's Rewriting of Frank Wedekind's Lulu Plays", in *Marvels & Tales: Journal of Fairy Tale Studies*, Vol. 12. 2, 1998, pp. 319-36.

⑦ Danielle M. Roemer and Cristina Bacchilega, ed., *Angela Carter and the fairy tale*, Detroit: Wayne State University Press, c 2001.

故事中隐含的三组二元对立的原型：母—女、姐—妹、处女—妓女。①

与此同时，新的研究视角继续出现，如斯科特·A.迪莫维兹（Scott A. Dimovitz）的《安吉拉·卡特式坚果：安吉拉·卡特的日本超现实主义中对柏拉图式的两性人的重写》（2005）② 采用的超现实主义视角等。

这一阶段还出版了四部重要的安吉拉·卡特研究专著：艾莉森·伊斯顿的《安吉拉·卡特》（2000）③；莎拉·甘布尔的《安吉拉·卡特的小说》（2000）④ 和《安吉拉·卡特：文学人生》（2005）⑤。最为特别的是夏洛特·克罗夫茨的《"欲望字谜"》⑥，它进一步拓展了安吉拉·卡特研究视角范畴，涉及安吉拉·卡特的广播剧、电影剧本和电视剧本等非主流作品。

（四）第三次研究高潮：2006年至今

2006年被为喻为是安吉拉·卡特之年，由众多的女性读者自发推动，在英国掀起了一股安吉拉·卡特的作品回顾热潮。安吉拉·卡特的《血淋淋的房间及其他故事》是这一阶段的研究中心。2006—2009年间，安德鲁·米尔恩的《安吉拉·卡特的〈血淋淋的房间〉》（2006）⑦ 和《安吉拉·卡特的〈血淋淋的房间〉导读》（2007）⑧、安吉拉·托平的《〈血淋淋的房间及其他故事〉专论》（2009）⑨ 是着力研究安吉拉·卡特代表

---

① Soman. Chainani, "Sadeian Tragedy: The Politics of Content Revision in Angela Carter's 'Snow Child'", in *Marvels & Tales*: *Journal of Fairy Tale Studies*, Vol. 17. 2（2003）: 212 - 35.

② Scott A. Dimovitz, "Cartesian Nuts: Rewriting the Platonic Androgyne in Angela Carter's Japanese Surrealism", In *FEMSPEC*: *An Interdisciplinary Feminist Journal*, 6: 2（December 2005）: 15 - 31.

③ Alison Easton, ed. *Angela Carter*, Basingstoke: Macmillan, 2000.

④ Sarah Gamble, *The Fiction of Angela Carter*, "Icon Reader's Guides to Essential Criticism", Houndmills, Basingstoke, Hampshire; New York, N. Y.: Palgrave Macmillan, 2000.

⑤ Sarah Gamble, *Angela Carter: a literary life*, Houndmills, Basingstoke, Hampshire; New York, N. Y.: Palgrave Macmillan, 2005.

⑥ Charlotte Crofts, *Anagrams of desire: Angela Carter's writing for radio, film, and television*, Manchester, U. K.; New York: Manchester University Press; New York: Distributed exclusively in the USA by Palgrave, 2003.

⑦ Andrew Milne, *The Bloody Chamber d'Angela Carter*, Paris: Le Manuscrit Université, 2006.

⑧ Andrew Milne, *Angela Carter's The Bloody Chamber: A Reader's Guide*, Paris: Le Manuscrit Université, 2007.

⑨ Angela Topping, *Focus on The Bloody Chamber and Other Stories*, London: The Greenwich Exchange, 2009.

作《血淋淋的房间》的三部专著。

2009年4月22日至25日,"安吉拉·卡特之后的童话"(The Fairy Tale after Angela Carter)学术研讨会在东英吉利大学(英国)举行,隆重纪念安吉拉·卡特《血淋淋的房间》出版30周年,这部作品被称为"对我们理解和接触童话产生了深远而广泛影响的一部故事集"。会议的目的是以这一重要的纪念日为契机反思安吉拉·卡特的遗产并审视当今童话创作及童话研究现状。正如唐纳德·哈斯(Donald Haase)所指出的:"学术研讨会'安吉拉·卡特之后的童话'基于这样一种认知:最近30多年是一个童话创作与童话批评成果非常丰富的时期——事实上,正是因为来自许多领域的学者们把童话这一文类与社会、政治、文化、教育及其他所谓现实世界——而非'象牙塔'学术——的人文学科相关联,童话研究给童话生产提供了丰富的刺激与营养。远非吻醒童话研究,此次会议认识到,现在正是暂时放下如今已经非常清醒的睡美人话题并检视这些行为意味着什么并将我们引自何方的时候。这并不是说安吉拉·卡特之后的童话学术新策略完全超越了安吉拉·卡特之前的,也不是说紧随格林兄弟而兴起的19世纪民间故事研究的压力已经完全被消除。尽管我们在理解童话方面已经取得了进步,一些根深蒂固的观念仍然是令人质疑的。因此,正如此次会议网站所提议的那样,为了'评估当前批评和创作实践的状况,并指明童话写作和研究的未来方向',此次会议不仅探索了安吉拉·卡特及其同时代学者与创造性艺术家的创作策略,而且思考了民间故事的旧有学术策略。"①

2010年,《奇迹与故事》杂志(Marvels & Tales)第24卷第1期推出了专辑"安吉拉·卡特之后的童话"(The Fairy Tale after Angela Carter)②。该刊特约编辑斯蒂芬·本森(Stephen Benson)和安德鲁·特维森(Andrew Teverson)为这一专辑撰写了前言,该集收录了2009年会议上提交的最具代表性的9篇论文,包括:唐纳德·哈泽的《解殖化的童话研

---

① Donald Haase, "Decolonizing Fairy-Tale Studies", in Marvels & Tales: Journal of Fairy Tale Studies, Vol. 24. No. 1, 2010, pp. 17 - 38.

② Marvels & Tales – Volume 24, Number 1, 2010.

究》①、萨拉·海恩的《帝国文选：安德鲁·朗的童话书（1889—1910）》②、苏珊·卡西尔的《镜中奇缘：童话电影与〈星尘〉和〈格林兄弟〉中的女性奇观》③、萨伦·麦肯的《"血腥冗余"：解读尼尔·乔丹电影〈与狼为伴〉中的爱尔兰》④、瓦瑟琳娜·帕拉西克沃瓦的《当梦旅行之时：吉萨·哈里哈兰〈一千零一夜〉重述中的镜子、框架和故事搜寻者》⑤、瓦内萨·朱森的《回到奥兰堡：童话重述与格林童话的社会历史学研究之间的互文对话》⑥、詹妮弗·沃梅的《口对口：爱玛·多诺古〈吻女巫〉中的同性恋欲望》⑦、马蒂尼·亨纳德·杜塞尔·德·拉·诺奇尔的《"但婚姻本身不是派对"：安吉拉·卡特对夏尔·佩罗"美女与野兽"的翻译；或发掘反抗睡美人神话的政治经验》⑧，以及杰克·齐普斯的《故事之源：进化、认知与虚构（评论）》⑨。这些论文从各个角度研究了安吉拉·卡特的影响，并对当今的童话创作和童话研究的现状进行了分析和描绘，指出了今后的童话文学研究方向。

---

① Donald Haase, "Decolonizing Fairy‐Tale Studies", in *Marvels & Tales*: *Journal of Fairy Tale Studies*, Vol. 24. No. 1, 2010, pp. 17–38.

② Sara Hines, "Collecting the Empire: Andrew Lang's Fairy Books (1889–1910)", in *Marvels & Tales*: *Journal of Fairy Tale Studies*, Vol. 24. No. 1, 2010, pp. 39–56.

③ Susan Cahill, "Through the Looking Glass: Fairy‐Tale Cinema and the Spectacle of Femininity in Stardust and The Brothers Grimm", in *Marvels & Tales*: *Journal of Fairy Tale Studies*, Vol. 24. No. 1, 2010, pp. 57–67.

④ Sharon McCann, "With redundance of blood": Reading Ireland in Neil Jordan's The Company of Wolves", in *Marvels & Tales*: *Journal of Fairy Tale Studies*, Vol. 24. No. 1, 2010, pp. 68–85.

⑤ Vassilena Parashkevova, "When Dreams Travel: Mirrors, Frames, and Storyseekers in Githa Hariharan's Retelling of The Arabian Nights", in *Marvels & Tales*: *Journal of Fairy Tale Studies*, Vol. 24. No. 1, 2010, 86–98.

⑥ Vanessa Joosen, "Back to Ölenberg: An Intertextual Dialogue between Fairy‐Tale Retellings and the Sociohistorical Study of the Grimm Tales", in *Marvels & Tales*: *Journal of Fairy Tale Studies*, Vol. 24. No. 1, 2010, 99–115.

⑦ Jennifer Orme, "Mouth to Mouth: Queer Desires in Emma Donoghue's *Kissing the Witch*", in *Marvels & Tales*: *Journal of Fairy Tale Studies*, Vol. 24. No. 1, 2010, 116–130.

⑧ Martine Hennard Dutheil de la Rochère, "'But marriage itself is no party': Angela Carter's Translation of Charles Perrault's 'La Belle au bois dormant'; or, Pitting the Politics of Experience against the Sleeping Beauty Myth", in *Marvels & Tales*, Vol. 24. No. 1, 2010, pp. 131–151.

⑨ Jack Zipes, "On the Origin of Stories: Evolution, Cognition, and Fiction (review)", in *Marvels & Tales*: *Journal of Fairy Tale Studies*, Vol. 24. No. 1, 2010, pp. 152–161.

2009 年，斯蒂芬·本森出版了其编选的文集《当代小说与童话》，他坚信，童话不仅是当代小说的重要影响元素，而且童话与当代小说的关系"对我们理解那些有争议作品中的当代性（contemporaneity）是非常关键的。书名《当代小说与童话》中的'与'充分肯定了二者的互惠价值，建构了二者之间的互惠主义（reciprocity）：文集中的论文不仅涉及了当代童话小说（fairy-tale fiction），也涉及了小说与童话在过去四十年中那一代作家作品是如何相互影响、相互补充和彼此转换的问题。"① 大部分作家被置于"童话时代"（the fairy-tale generation）或者"安吉拉·卡特时代（Angela Carter generation）——尽管本森更倾向于采用"罗伯特·库伏的 1969"（Robert Coover's 1969）——这样一些标题来进行研究。②

这一时期安吉拉·卡特研究的其他重要论著还有：海伦·斯托达特的《安吉拉·卡特的〈马戏团之夜〉》（2007）③、安娜·科尔基的《安吉拉·卡特小说中的身体文本》（2008）④、斯科特·A. 迪莫维兹的《安吉拉·卡特的叙述交错法：〈霍夫曼博士恶魔般的欲望机器〉与〈新夏娃的激情〉》（2009）⑤ 和《我是写在魔镜上的那句话的判决主体：安吉拉·卡特的短篇小说与心理分析主体的改写》（2010）⑥，等等。

总之，作为英国 20 世纪 70 年代以来最重要的童话小说家，安吉拉·卡特的成就得到了广泛的认可。安吉拉·卡特研究在诸如欧美当代童话研究、英国当代小说、哥特小说以及魔幻现实主义等众多交叉研究领域中均占有一席之地。

---

① Stephen Benson, ed., *Contemporary Fiction and the Fairy Tale*, Detroit: Wayne State University Press, 2008. pp. 2-3.

② Armelle Parey, "Contemporary Fiction and the Fairy Tale (review)", in *Marvels & Tales: Journal of Fairy Tale Studies*. Vol. 23. No. 2, 2009, pp. 430-433.

③ Helen Stoddart, *Angela Carter's Nights at the circus*, London & New York: Routledge, 2007.

④ Anna Kérchy, "Body-Texts in the Novels of Angela Carter", In Writing from a Corporeagraphic Perspective. Lampeter: The Edwin Mellen Press, 2008.

⑤ Scott A. Dimovitz, "Angela Carter's Narrative Chiasmus: The Infernal Desire Machines of Doctor Hoffman and The Passion of New Eve", In *Genre*, XVII (2009): 83-111.

⑥ Scott A. Dimovitz, "I Was the Subject of the Sentence Written on the Mirror: Angela Carter's Short Fiction and the Unwriting of the Psychoanalytic Subject", In *Lit: Literature Interpretation Theory*, 21.1, 2010. pp. 1-19.

第六节　安吉拉·卡特对20世纪70年代其他童话作家的影响

安吉拉·卡特是当代童话界的标志性人物，她与童话渊源深厚，童话贯穿了她整个的创作：她是童话的翻译者、评论者、创作者、改写者和编撰者。美国最著名的童话研究杂志《奇迹与故事》在1989年和2010年两次出专刊纪念她；她与童话文学创作和研究领域的大多数领军人物都有着密切联系：美国童话文学研究学者杰克·齐普斯特意把自己的许多著作题献给她；英国小说家萨尔曼·拉什迪为她的《焚舟记》撰写了前言；而加拿大女小说家玛格丽特·阿特伍德撰写了专文论述安吉拉·卡特和她的创作，并承认自己的童话重写也受到她的影响。

1992年，安吉拉·卡特因癌症恶化而逝世。罗伯特·库弗（Robert Coover）、萨尔曼·拉什迪（Salman Rushdie）、玛丽娜·沃纳和玛格丽特·阿特伍德等著名作家纷纷撰文悼念。拉什迪评论说："英国文学失去了他的高级女魔法师、它的仁慈的女巫王后。"玛格丽特·阿特伍德在《穿越黑暗森林的魔法记号》一文中宣称："对我来说，她最令人震惊之处在于她看起来如此像是神仙教母……她实际上也真的像是神仙教母。她是局限的反面。对她而言，没有什么东西是被排斥在外的：她想认识所有的事情、所有的人、所有地方和所有字眼。她使生命和语言都变得特别有滋有味，并且使差异变得引人入胜。"① 美国著名童话研究学者杰克·齐普斯也感慨说："无怪乎全世界最棒的两位当代小说家都用童话隐喻来描绘卡特，她以激进的方式改变了童话的本质。"②

卡特的这些激进童话对其同时代的童话作家——特别是童话女作家们——产生了深远影响。1999年，英国著名女权主义学者伊莱恩·肖瓦尔特在其《她们自己的文学》扩展版中专门新增一章"笑语盈盈的美杜莎"（Laughing Medusa），叙述了该作在1977年面世之后20年中女性文学创作和批评的开放和变革，以"卡特国度"（Carter Country）为题高度

---

① Margaret Atwood, "Magic Token through the dark forest", *The Observer*, 1992, p. 61.
② Jack Zipes, "Introduction: the remaking of Charles Perrault and his Fairy tales", Charles Perrault, *The Fairy Tales of Charles Perrault*, Angela Carter, trans. Penguin Books, 1977.

赞扬和肯定了安吉拉·卡特的成就和影响："在这一开放和变革中，安吉拉·卡特对英国女性写作的影响是至关重要的。……今天，英国女性小说已经把颓废的卡特国度当做了自己高雅的母国。"①

第七节 安吉拉·卡特对20世纪70年代童话批评家的影响

作为英国20世纪70年代以来最重要的童话小说家，安吉拉·卡特的成就得到了整个欧美童话研究界的广泛认可。更重要的是，安吉拉·卡特在成为当代童话研究最炙手可热的研究议题之一的同时，还成为了当代童话研究最具生产力的催化剂，直接启发和催生了许多重要的童话研究方向。

此外，许多当代童话研究者的知名学者均是在对安吉拉·卡特的研究中逐渐构筑起他们的批评体系并形成其研究特色的，如唐纳德·哈斯的《解殖童话研究》（2010）、克里斯蒂娜·巴契利嘉的《后现代主义童话研究》（1997）、塔塔尔的《女权主义童话研究》（1992）和杰克·齐普斯《马克思主义童话研究》（1989），等等。

以美国著名童话学者杰克·齐普斯为例，他不仅多次在自己的著作中论及安吉拉·卡特，撰写了诸如《越界：安吉拉·卡特的儿童童话》（1998）和《故事之源：进化、认知与虚构（评论）》（2010）等专门研究安吉拉·卡特的文章，还亲自为安吉拉·卡特所译《佩罗童话集》作序。他曾在访谈中公开承认安吉拉·卡特对他的巨大影响。当记者问及"安吉拉·卡特《血淋淋的房间及其他故事》向你介绍了女权主义童话？"这一问题时，齐普斯坦言：

> 是的。安吉拉·卡特在我的生命中扮演着非常重要的角色，因为我生于1937年，略早于她的出生，尽管我们不是在一起长大的，但我们生长都在一个公开宣扬男性至上主义（性别歧视主义）的世界。在成长过程中，我体验到社会对这种男性至上主义毫无批判，我相信

---

① Elaine Showalter. *Literature of Their Own: British Women Novelists from Brontë to Lessing* 中译本：伊莱恩·肖瓦尔特：《她们自己的文学》，外语教学与研究出版社2004年版，第332页。

她也有过同样的体验。我们都共同经历了20世纪的的第二波女权主义。直到无意中看到《血淋淋的房间》，我才开始了解她的作品。该书因其与正在进行的性属斗争（gender struggles）间的特殊关联而对我影响深远。她拥有一种我认为比这个时代其他许多女权主义作家更为复杂和细致入微（sophisticated and nuanced）的对性属和女权主义的立场和视角。

20世纪60年代和70年代，她写作了三四本书来强调，女权主义中最重要的因素是：妇女应该把命运掌握在自己的手中，并从生活中获得乐趣。这些书以足够强有力和足够智慧的方式做到了这一点。她的立场在其颇受争议的作品《萨德式妇女》（The Sadeian Woman）中得到了充分发挥。她的许多故事，诸如《与狼为伴》（The Company Of Wolves）展示了一个掌握自己命运的年轻女孩。书中的狼最终或多或少拜倒在她的石榴裙下。她还写了两部儿童故事，目前已经绝版。① 一部是《Z小姐，黑人少女》，另一部是《驴皮王子》，二者都是关于来自工人阶级的年轻女孩子，她们宣称自己的权威（assert themselves）并能够自行解决困难问题。例如，《驴皮王子》中的工人阶级女孩使得被变成驴的王子能够实现其目标。她的作品还很细腻优雅。她对比喻的运用优游自如，作品非常感性却又不矫揉造作。她有一种霍夫曼所特有的反讽性幽默，我想这是我喜欢她的又一个原因。他们都运用反讽来暗示一种可供选择的思考方式。②

第八节　安吉拉·卡特在中国

2009年，国内首次翻译出版安吉拉·卡特四部作品：《魔幻玩具铺》（张静译，浙江文艺出版社）、《明智的孩子》（严韵译，南京大学出版社）、《新夏娃的激情》（严韵译，南京大学出版社）和《马戏团之夜》（杨雅婷译，南京大学出版社）。其中，南京大学出版社的三部均是直接

---

① 《驴皮王子》基于格林兄弟的童话《驴皮》，插图本现在已经绝版，但该故事被杰克·齐普斯收入其著名选集《别拿王子当回事》（1987）。

② "Jack Zipes on Fairy Tales"，http://thebrowser.com/interviews/jack-zipes-on-fairy-tales.

引进的台湾版译本。

2010年8月26日，安吉拉·卡特（Angela Carter）与A.S.拜厄特（A.S. Byatt）、J.M.库切（J.M. Coetzee）、V.S.奈保尔（V.S. Naipaul）、安德鲁·米勒（Andrew Miller）、多丽丝·莱辛（Doris Lessing）、马丁·艾米斯（Martin Amis）、伊恩·麦克尤恩（Ian McEwan）一起成为北京国际图书博览会上"英国文学活动之八位代表作家"。

2011年9月，《安吉拉·卡特的精怪故事集》（*Angela Carter's Book of Fairy Tale*s，郑冉然译，南京大学出版社）出版。

2012年2月，《焚舟记》（严韵译，南京大学出版社）出版。

第二十九章

传统与创新：苏珊·库珀和她的《灰国王》[*]

第一节 生平和创作简述

苏珊·库珀（Susan Mary Cooper, 1935— ）是一位颇有建树和影响的当代英语女作家，做过记者、专题作家、小说家、剧作家。1935年5月23日，苏珊·库珀出生在英国白金汉郡，后毕业于英国牛津大学。在丈夫休姆·克罗宁的带动下，她开始涉足影视剧写作，并就此走上文学创作的道路。1963年，苏珊·库珀随同丈夫移居美国，现居住在美国马萨诸塞州的剑桥。

1964年，库珀发表了科幻小说《曼德拉草》（Mandrake）。库珀最具影响的作品是少年幻想小说"黑暗蔓延"传奇系列，包括五部作品，它们分别是《大海之上，巨石之下》（Over Sea, Under Stone, 1965）、《黑暗在蔓延》（The Dark

苏珊·库珀[①]
（Susan Coope, 1935— ）

---

[*] 本章主要内容曾以《幻想文学的传统与创新：从"黑暗降临"系列之〈灰国王〉谈起》为题发表于《中国图书评论》2008年第11期。

[①] Reproduced by permission of Kelvin Jones. Literature Resource Center, Detroit: Gale, Web. 20 July 2012.

Is Rising，1973，获 1974 年纽伯瑞图书奖银奖)、《绿巫师》(*Greenwitch*，1974)、《灰国王》(*The Grey King*，1975，获 1976 年纽伯瑞图书奖金奖)、《银装树》(*Silver On the Tree*，1977)。1984 年，英国出版了这五部幻想小说的合集，名为"黑暗在蔓延"系列(The Dark Is Rising Sequence)。此外，苏珊·库珀还为青少年读者写作了小说《朝向海洋》，为少年读者创作了三部图书：《杰特布拉与幽灵》《银色的奶牛》《塞尔克女郎》("塞尔克"是苏格兰神话传说中的怪物，在水中像海豹，在陆地上又显人形)。与丈夫休姆·克罗宁合作，苏珊·库珀创作了百老汇戏剧《狐火闪烁》，并为女演员简·方达创作了电视剧《玩偶制造者》，获得 1985 年的人道主义奖，播出后曾轰动一时。根据"黑暗蔓延"系列传奇拍摄的影片是沃尔登制片公司继"纳尼亚传奇"《寻找梦幻岛》之后的又一精心制作的大片。

苏珊·库珀"黑暗蔓延"系列中的第一部是《大海之上，巨石之下》，它讲述的是西蒙、巴尼和简这一家中的三兄妹，在跟随父母到康沃尔海边度暑假之后发生的故事。他们住在一幢叫作"灰房子"的老宅子里，偶然间发现了一个羊皮古卷轴，从此开始了对羊皮卷的层层解读和对英国传统的亚瑟王故事中广为流传的"圣杯"的追寻。

第二部《黑暗在蔓延》讲述的是小男孩威尔·斯坦顿的故事。在 11 岁生日即将到来的前一天晚上，斯坦顿家的第七个儿子威尔·斯坦顿突然发现自己的周围出现一些非常异常的迹象。他身上似乎带有强大的电流，动物们都躲着他；只要他一出现，家里的收音机就信号大乱……天气异常，邻居送给他一份非常奇特的生日礼物，就在生日那天早晨，威尔惊奇地发现自己回到了几百年前的时光，发现自己原来是古老勇士中的最后一员，命里注定要找到六道神秘的圣符去打败黑暗的邪恶力量。威尔·斯坦顿由此踏上了奇异的历险道路。

第三部小说《绿巫师》讲述的是西蒙、简和巴尼这一家三兄妹受他们的神秘叔爷玛瑞曼(玛瑞)的召唤，来到了英国西南部康沃尔郡的特瑞威斯克村，寻找被黑暗势力盗走的无价之宝"黄金圣杯"。男孩威尔·斯坦顿此时也加入寻找圣杯的队伍。作为古老的"圣者勇士"中的最后一员，威尔拥有神秘的力量。令人意想不到的事件接二连三地发生，孩子们终于发现了圣杯的去向，但黑暗力量唤醒了海洋深处的绿巫师，它用疯狂的魔力笼罩住大地。"绿巫师"送给简一个特殊的礼物，使得黑暗力量再次得到控制。

第四部小说《灰国王》的故事发生在威尔士。根据一个威尔士传说，某座深山中藏着一支金竖琴，只有一个男孩和一只长着银色眼睛的白狗才能发现这支金竖琴；而且奇特的是，这只狗能够看见风。小男孩威尔·斯坦顿对此一无所知。在患了一场大病之后，威尔被母亲送到威尔士乡下亲戚家去休养康复。他在那里遇到了一个名叫布兰的男孩，这个男孩有一只银白色的狗。之后又发生的一连串怪事，使他渐渐回忆起了遥远的过去，发现自己的祖先给他留下了一个神秘的预言和一件能够对抗黑暗邪魔的最后法宝。为了战胜黑云压城的邪恶力量，威尔必须找到金竖琴，并且用它唤醒六位还沉睡在深山之中的勇士，去迎接光明与黑暗之间即将爆发的最后之战。

系列小说的最后一部是《银装树》。在这部作品中，前四部小说中出现的所有主要人物都百川归海似地会合起来，他们齐心协力地打败了邪恶的黑暗势力。最后，代表光明力量的神圣族类永远离开了地球，但主人公威尔·斯坦顿依旧生活在地球上；不同的是，威尔和留在地球上的所有普通居民一样被抹去了对那段惊心动魄经历的记忆，只是偶尔在梦中还会浮现出这些往事。从总体上看，"黑暗蔓延"系列是对西方梦幻性幻想传统文学的继承和发展。

第二节 《灰国王》的传统因素与创新

幻想文学作品是最受儿童和青少年读者喜爱的文学类型之一。它们通过丰富的想象为孩子们讲述的迷人故事为现代社会的儿童及青少年读者提供了一种独特的精神食粮。著名科幻小说作家和学者奥尔迪斯将现代幻想文学划分为两极，一极是追求思考和批判的分析性作品，以英国作家威尔斯（Herbert George Wells，1866－1949）为代表；另一极是梦幻性的奇异幻想作品，以"人猿泰山"的作者美国作家埃德加·巴勒斯（Edgar Rice Burroughs，1875－1950）为代表。[①] 分析性幻想文学的先辈可以追溯到古希腊的尤赫姆拉斯和琉善，而现当代的代表性作家包括玛丽·雪莱、凡尔

[①] B. Aldiss with D. Wingrove, *Trillion Year Spree: The History of Science Fiction*, London: The House of Stratus, 2001, pp. 172–173.

纳、威尔斯、恰佩克、赫胥黎、奥威尔、扎米亚京,等等。这种分析性的幻想作品奉行的是一种批判方式,通常是讽刺性的,在大多数重要作品中,作家们表现出对理性潜在力量的信念。这种认知性批判与现代科学的哲学基本原理之间的亲缘关系是显而易见的。分析性的幻想小说对于科幻小说产生了直接而深远的影响。20世纪,随着"巴松"的"火星公主"系列、"人猿泰山"系列和"佩鲁赛达地心国"系列这三大幻想系列的问世,巴勒斯成为梦幻性创作的代表性作家。巴勒斯发表的第一个幻想故事系列发生在被当地人称作"巴松"的红色火星上。"火星公主"系列于1917年以书的形式发表,很快推出两部续作:《火星上的众神》(1918)和《火星上的武士》(1919)。当时这三部小说成为"满足那些如饥似渴的青少年的胃口的,色彩绚丽、充满惊险刺激的西班牙平锅美味大餐"①。"人猿泰山"是巴勒斯创作的第二个故事系列,刚出版就成为畅销书,到1940年被译成56种文字,后来又出现在无数的电影、连环漫画、连环漫画系列丛书之中,而且持续不断地受到各种不同形式的模仿。巴勒斯的第三个故事系列是"佩鲁赛达地心国"系列。最初于1914年以系列形式发表的《在地心深处》以充满丰富活力的想象,淋漓尽致地勾画出他的那个荒诞怪异的地心世界的种种情景。《佩鲁赛达地心国》(1923)讲述地球的内部框架支撑着一个居住着野蛮种族和奇异生物的大世界,这个地下世界的照明靠的是一个在地壳中心燃烧的微型太阳;这个太阳还有一个小卫星以二十四小时的轨道围绕它旋转。故事的主人公戴维·茵尼斯借助一个巨大的隧道掘进机穿进地壳深处,到达"佩鲁赛达地心国",在那里经历了许多令人难忘的历险过程。巴勒斯生前共有六部"佩鲁赛达地心国"小说得以发表。自20世纪50年代以来,托尔金通过卓越的神话想象和童话艺术为青少年读者创造了以"魔戒传奇"系列为代表的"中洲"传奇。托尔金的创作显然属于梦幻性的一极,但他的文学成就给包括分析性作品和梦幻性作品在内的当代幻想文学的发展注入了新的活力。托尔金的创作一方面继承了西方幻想文学传统,另一方面又对西方当代幻想文学产生了深远影响。

　　苏珊·库珀的"黑暗蔓延"系列继承了托尔金开创的现代梦幻性幻

---

① B. Aldiss with D. Wingrove, *Trillion Year Spree: The History of Science Fiction*, London: The House of Stratus, 2001, p. 162.

想小说的传统,将托尔金"魔戒传奇"中的中洲神话世界转换为当代的威尔士乡村世界,并且富有创造性地采用了许多英格兰和威尔士民间文化和文学的传统因素。这些传统因素包括亚瑟王的传说(亚瑟本是公元5世纪末到6世纪初不列颠凯尔特人的著名领袖,在随后的几百年间,在威尔士英雄叙事文学中,这一原型由一个军事首领转变成了英明的国王,亚瑟王的故事也成为最富影响的中世纪传奇故事之一,它增加了大量凯尔特人及西方基督教文化的神话因素和传说因素,如追寻圣杯的传说,石中剑的传说,圆桌骑士的传说,等等);灰国王的传说(在威尔士语中"布伦宁-利维德"就是"灰国王"。在民间传说中他就居住在凯德尔-伊德里斯山峰上方的天空之中。那些灰蒙蒙的云层和翻腾的雾气就是他的呼吸,往往悬垂在最高的山巅之上);关于凯德尔-伊德里斯山峰的传说(凯德尔-伊德里斯是位于威尔士北部中心地带的一座山峰。历史上有许多关于它的传说,例如它附近的湖泊是深不见底的;任何人只要在凯德尔-伊德里斯的山坡上睡上一觉,第二天早晨醒来要么成为一个诗人,要么变成一个疯子。而且在威尔士的神话传说中,"伊德里斯"有时被翻译为"亚瑟王的座位");金竖琴的传说(在英国民间童话《杰克与豆茎》中,男孩杰克在第三次的历险中,在天上的城堡里获得了一把会唱歌的金竖琴。它象征着美、艺术和生活中超越物质的更崇高的东西);以及民歌民谣(英语诗歌"谁看见过风","星星愿"等);传统节日(如圣灵节:每年的10月31日是西方国家传统的"万圣节之夜",也叫"鬼节"。据说在公元前500年左右,居住在爱尔兰和苏格兰等地的凯尔特人认为10月31日这一天是夏天正式结束的日子,也就是新年伊始,严酷的冬季开始的第一天。那时的人们相信,故人的亡魂会在这一天回到故居在活人身上找寻替身,借此再生。而活着的人由于惧怕亡灵,就在这一天熄掉炉火、烛光,让亡灵无法找寻活人,同时把自己打扮成妖魔鬼怪的模样把亡灵吓走);此外,小说还融入了希腊神话中关于星座、星宿故事的内容。

下面是《灰国王》卷首的古老歌谣,它预示着一个精彩的现代幻想故事的发生:

在亡灵欢庆的这一天,这一年也将逝去不复返,
最年轻的勇士必须洞开最古老的群山
穿越飞鸟之门,哪怕妖风阻拦。

渡鸦男孩将发出火光,高高飞扬,
银色的眼睛能够看见风的走向,①
光明的力量将获得金色的竖琴。

勇士们沉睡在欢乐湖畔,
凯德凡大道上,红隼群发出了呼唤;
纵然有灰国王的黑云弥漫,天昏地暗,
金色的竖琴将引导你一往无前
用琴声唤醒沉睡的勇士,让他们奋勇向前。

当失落的土地重新获得光明,
六位苏醒的勇士将骑马远行,六个星座圣符将熊熊燃烧,
在仲夏之树倔强长高之处,
高举彭德拉贡②的利剑将黑暗魔君一举荡平。

群山在歌唱,
女神将出现。③

《天方夜谭》中穷樵夫阿里巴巴用一句"芝麻开门"的口诀洞开了四十大盗藏宝的深山秘洞,从而不自主地走上了改变生活命运的惊险道路。一个11岁的少年,通过飞鸟之门洞开了威尔士最古老的群山,在山体内部的石窟中见到了跨越历史时空的三位身披蓝色长袍的神秘君王,从而踏上了完成一项神圣使命的追寻之路。

《灰国王》由两部分组成:一是追寻金竖琴;二是唤醒沉睡者。在小

---

① 英国女诗人罗塞蒂(1830—1894)写过一首在英语世界广为流传的小诗《谁看见过风?》谁看见过风?/我没有,你也没有:/但每当树叶在抖动,/风儿正穿过。/谁看见过风?/你没有,我也没有:/但每当树儿弯下头,/风儿正吹过。

② 英国民间文学传说中的亚瑟王,其姓为彭德拉贡(Pendragon),意思是"大龙头"或"龙王"。在古代赋予威尔士掌握或即将掌握最高权力的王子的称号也是"大龙头"。所以"彭德拉贡"也是古代不列颠和威尔士首领的称号。在《灰国王》的故事中,11岁的男孩布兰原本是亚瑟王的儿子,被他母亲从古代送到故事发生时的威尔士乡村。

③ Susan Cooper, *The Grey King*, Aladdin Paperbacks, 1975,卷首。

说的引子里，生了一场大病的男孩威尔在床上依稀模糊地回忆起一首古老歌谣的片段，但别的什么也想不起来。根据医生的建议，威尔的母亲把他送到威尔士乡下的亲戚家去休养康复。在这里的不远处就是具有浓郁威尔士民风民俗的凯德尔－伊德里斯山峰地区，包括迪士尼里山谷和泰尔－伊湖泊。威尔在山上遇到了一个名叫布兰的男孩，这个男孩的身旁总是陪伴着一只银白色的狗。与布兰和白狗的相遇终于使威尔回忆起了遥远的过去；回忆起了圣者勇士之指引者给自己留下的神秘的预言性古老歌谣；回忆起了自己独特的身世与肩负的神圣使命。威尔必须在布兰和那只长着银色眼睛的白狗的帮助下找到那支藏在威尔士某座深山中的金竖琴，这是唯一能够对抗黑暗邪魔的最后法宝——惊险的历程就此拉开序幕。为了战胜即将蔓延的黑云压城的邪恶力量，威尔不仅要找到金竖琴，还要用它来唤醒六位沉睡在深山湖畔之旁的勇士们，去迎接光明与黑暗之间即将爆发的最后之战。

男孩威尔根据自己梦中的所记，回忆起一首古老的歌谣，并由此踏上了追寻金竖琴的惊险历程（这把竖琴是能够对抗黑暗邪魔的最后法宝）。在追寻途中，威尔和朋友布兰进入一座神秘的山体内部，从而到达了一个连通大地和苍穹的神秘之地，他们站立在高山之巅，看到了天空具有启示意义的灿烂恢弘的各种星座：

> 他们仿佛置身于另一个时空，站在世界的顶端。他们的周围是辽阔的夜空，就像一个巨大的倒扣过来的黑碗，里面群星闪烁，成千上万的明亮耀眼的星光闪闪。……
>
> 威尔站立着，等待着。现在他唯一能做的就是等待。他要在天穹中寻找朋友。他发现了天鹰星座（the Eagle）和金牛星座（the Bull），毕宿五星座（Alderbaran）的金光直射牛斗二星，昴宿星座（the Pleiades）微光闪烁；他看到猎户星座（Orion）上巨人猎手俄里翁高高地挥舞着他的棍子，而猎户座的参宿四（Betelgeuse）和参宿七（Rigel）分别在他的肩膀和脚趾的地方眨着眼睛；他看到天鹅星座（the Swan）和天鹰星座在银河系的星光灿烂的天路上朝着对方飞去；他看到遥远的仙女座（Andromeda）发出的依稀朦胧的星光，还有地球的近邻鲸鱼座τ星（Tau Ceti）和南河三（Procyon），以及天狼星（Sirius）和天狗星。怀着渴求的希望，威尔凝视着天穹的灿烂

星空，心中充满希望和敬意。在他学习掌握一个圣者勇士的条件和本领期间，他已经认识了所有这些星宿。

突然天空开始旋转，星宿们开始倾斜变化；人马座在空中急驰，那蓝色的南十字座α星支撑着南十字星座。长蛇星座懒洋洋地在天空伸展着星体，狮子宫正从那里飞过，大船座从容不迫地，永恒不变地航行着。最后有一道耀眼的光芒，拖着长长的蜿蜒的尾巴，闪烁着亮光划破夜空，在天穹中那倒扣的大碗上空，优雅地划出长长的轨迹；威尔知道，他和布兰已经胜利通过了第一个考验。①

原来，少年威尔是悠远时光中古老勇士中的一员，他从古老的过去现身于今世，为的是完成未竟的战胜黑暗势力的最后决战；而他新结识的朋友布兰原来是亚瑟王的儿子，他们为了一个共同的使命而在威尔士的乡村会合了。

此外，《灰国王》还可以看作J. K. 罗琳的《哈利·波特与魔法石》的文学先声。11岁的少年威尔·斯坦顿奇特的出生与身世预示着哈利·波特的出现；威尔有一个父亲形象的指引者梅里曼，哈利·波特遇到了他的精神导师，霍格沃茨魔法学校校长邓布利多（他们都可以追溯到托尔金作品中的正义巫师甘道夫）；威尔的手臂在被烧伤后留下了具有魔力的光明烙印，大难不死的男孩哈利·波特在额头上也留下了神奇的伤疤印记，等等。在苏珊·库珀的故事中，灰国王通过"恶魔附体"让农场主卡拉多格成为他的帮凶，大打出手；在J. K. 罗琳的故事中，伏地魔也通过"恶魔附体"让霍格沃茨魔法学校的奇洛教授成为他的替身，迫害哈利·波特。从托尔金的中洲神话世界，到苏珊·库珀的威尔士乡村，再到J. K. 罗琳的伦敦都市，这无疑是青少年读者心向往之的幻想世界和心路历程。

《当代心理学》杂志认为："生动的想象力，巧妙的叙述力，深邃的道德视野——苏珊·库珀是少有的具有这些特点的当代作家之一，这使她得以创作出正义与邪恶之间的恢弘卓绝的冲突故事——而这正是所有伟大奇幻故事的核心因素。托尔金是这样做的，C. S. 刘易斯也是这样做

---

① 苏珊·库珀：《灰国王》，舒伟译，湖南少年儿童出版社2009年版，第95页。

的。苏珊·库珀的创作追寻的是同一个传统。"①

《灰国王》叙述精巧,悬疑重重,惊险曲折,峰回路转,惊心动魄,这也是英国幻想小说传统的重要叙事特征之一。少年威尔能够找到传说中的金竖琴吗?他能够唤醒六位沉睡在深山湖畔之旁的勇士吗?"灰国王"的真实身份到底是什么呢,他会怎样阻止"圣者勇士"完成其使命呢?这一切都吸引着青少年读者去阅读和探寻。

---

① Susan Cooper, *The Dark Is Rising*, Aladdin Paperbacks, 1973,封底。

第三十章

从"9$\frac{3}{4}$站台"出发：
J. K. 罗琳和她的"哈利·波特"系列小说[*]

第一节 生平介绍

乔安妮·罗琳（J. K. Rowling），1965 年 7 月 31 日出生于英国苏格兰小镇耶特（Yate）。这耶特镇虽然不大，也算是一座历史名城，已有 2000 多年的历史，曾经是一座神秘而茂密的皇家狩猎林的门户。罗琳的父母相识于由伦敦的国王十字车站（King's Cross）开往苏格兰阿布罗斯（Abroath）的火车上。罗琳称父母的相遇是一见钟情式的爱情，后来二人结成连理，父亲的求婚举动也是在火车上完成的。有趣的是，使罗琳享誉全球的"哈利·波特"系列的最初故事就是在火车上构思的，而载着哈利·波特前往霍格

乔安妮·罗琳[①]
（J. K. Rowling, 1965 - ）

---

[*] 本章主要内容曾以《反英雄哈利·波特》为题发表于《四川外语学院学报》2009 年第 4 期；以《并置与戏仿：析〈哈利·波特〉的魔法世界》为题发表于《东北师大学报》（哲社版）2009 年第 5 期；以《论〈哈利·波特〉系列的叙事结构》为题发表于《外国文学研究》2010 年第 3 期。

① J. K. Rowling, Photograph in http://www.biographyonline.net/writers/j_k_rowling.html.

沃茨魔法学校的火车也是由国王十字车站出发的，始发地就是著名的"9$\frac{3}{4}$站台"。火车似乎与罗琳一家有着不解之缘。

　　罗琳的母亲喜爱读书，父亲也常常给孩子们讲故事。罗琳记得自己4岁的时候得了麻疹，父亲就给她读肯尼斯·格雷厄姆的《柳林风声》，这是罗琳对读书的最早记忆。后来，她忘记了当时生病的情形，却牢牢地记住了书里那些关于几个动物的妙趣横生的故事。"哈利·波特"系列中关于禁林、动物的描写依稀就有《柳林风声》中那片荒野中的密林和动物的影子。读书丰富了罗琳的想象力，讲故事是她最喜欢的游戏之一，6岁的时候就曾经编过一个关于兔子和大蜜蜂的故事。在后来的访谈中，罗琳提到从那时起她就想当一名作家，但她从来没有跟任何人提起过这个梦想。儿时的罗琳和妹妹经常跟邻居波特家的两个孩子一起玩耍，他们经常装扮成巫师，骑着扫帚从车库里冲出，嘴里发出在大人听来莫名其妙的声音，还把大人的衣服改成长袍，据说罗琳还曾特制了一种"巫师药水"。"哈利·波特"系列第一部出版后，罗琳表示使用波特这个名字是对儿时快乐时光的纪念。

　　9岁的时候，罗琳一家搬迁到图希尔（Tutshill）小镇，小罗琳在这里上学的第一天很不开心。老师摩根太太（Mrs. Morgan）习惯把最聪明的学生安排在左边，反应较为迟钝的则放到右边。罗琳在第一次数学测试中只得了0.5分，于是被安排坐到了教室中最右边的位置。虽然后来罗琳成绩提高，很快就被调到左边的第二个座位，但却因此牺牲了与同学的友谊，因为班上的女孩子认为她是为了炫耀自己。"哈利·波特"系列中魔法学校的学生们所痛恨的斯内普教授身上投射了不少人的影子，罗琳后来直言这位老师就是其中的一个。在这期间，罗琳依然对读书抱有极大的热情，阅读了伊迪丝·内斯比特（Edith Nesbit）、布莱顿（Enid Blyton）、苏珊·库利兹（Susan Coolidge）等作家的作品，还有C. S. 刘易斯的"纳尼亚传奇"（Chronicles of Narnia）系列以及詹姆斯·邦德（James Bond）的系列小说等。进入中学后，她依然保持着对阅读文学名著的热爱，阅读了"魔戒传奇三部曲"（The Lord of the Rings）、《傲慢与偏见》（*Pride and Prejudice*）、《爱玛》（*Emma*）、《名利场》（*Vanity Fair*）等文学作品。罗琳还是喜欢自己编故事，闲暇之时常常将它们讲给朋友们听。英语老师谢泼德小姐（Miss Shepherd）在教学中非常注重文章的结构和布局，这对罗琳写作水平的提高起到了很大的帮助。

中学快毕业的时候，罗琳的母亲患上了多发性硬化症，原本温馨幸福的家庭笼罩了一层无法穿透的阴郁和压抑。罗琳开始抽烟，沉湎于自己喜爱的音乐、素描和学习当中，借以消除内心的伤痛。1983年对罗琳来说是异常艰难的一年。母亲病情恶化，立下了遗嘱；另一件事情是她被学校推荐去参加牛津大学的入学考试，结果却被不公平地拒绝了，她感觉非常伤心失望。几个月后，罗琳选择了埃克塞特大学（The University of Exeter），主修法语专业。

大学时代的罗琳经常旷课，学业表现寻常，忙于各种社交活动，常跟朋友们泡吧。跟她儿时的朋友们一样，这些大学校园的朋友很喜欢听罗琳讲以他们自己为主人公杜撰的故事。大三的时候，罗琳到法国学习，同一个意大利人、一个俄国人和一个西班牙人共住一间宿舍，因而接触到多种文化。罗琳在法国一边学习法语一边教英语，阅读了狄更斯的《双城记》（A Tale of Two Cities），并为小说悲惨而凄美的结局伤心得泪流满面。回到埃克塞特之后，罗琳重读了托尔金的"魔戒传奇三部曲"和《霍比特人》（The Hobbit）。"哈利·波特"系列出版后，评论家认为它们与"魔戒传奇"有相似之处，20世纪70年代英国大学生中盛行奇幻游戏，"魔戒传奇"很受欢迎，罗琳也应该受到了不少影响。

大学毕业后，罗琳遵从父母的意愿进修了双语文秘课程。虽然她很不喜欢文秘，但在文秘学校里她学会了打字，速度达到了专业打字员的水准，这对她以后的小说创作极为有利。培训结束后，她在一个国际性的组织找到了一份工作，当上了一名法语非洲侵犯人权研究的助手。罗琳并不喜欢这份工作，每到午餐时间，她就独自前往咖啡馆或其他安静的地方去写小说。罗琳坚持不懈地创作着两本成人小说，进一步锻炼了她的写作能力。每到周末，罗琳便奔波于伦敦和男友居住的曼彻斯特之间。1990年6月的一天，罗琳在返回伦敦的时候赶上列车晚点，在等车的时候迸发了她创作生涯中最富创造性的灵感——精灵般的小男孩哈利·波特，这一后来举世皆知的人物和她一起登上了列车，随她前行并彻底改变了她的文学创作生涯，使她从一只默默无闻的丑小鸭变成英国童话小说创作领域的白天鹅。

第二节 创作生涯

罗琳在返回伦敦的火车上一口气构思出了"哈利·波特"系列的好几位人物，下车后便赶紧把这些灵感写了下来。但接下来的"哈利·波特"创作并不顺利。罗琳搬到曼彻斯特后先后做了几份秘书工作，但都不如意。接下来厄运不断，母亲去世，居住的公寓遭到抢劫，与男友的感情也出现了危机，最后罗琳选择了离开曼彻斯特，应聘到葡萄牙的波尔图的一所英语夜校工作。在这里她晚上教书，白天则在咖啡馆里继续创作"哈利·波特"。在波尔图，罗琳与同住的同事相处愉快，并遇到了对她一见钟情的新闻系学生乔治·阿兰特斯。可惜好景不长，她与阿兰特斯婚后生下女儿之后不久，两人关系开始恶化。1993年罗琳带着女儿杰西卡和"哈利·波特"的手稿离开波尔图，回到了苏格兰的爱丁堡。这一时期的罗琳陷入了一生中最困难的境地：没有工作，带着一个六个月大的女儿，并且当时的政府和社会风气对单身母亲持敌视态度。后来她申请到一点微薄的政府失业救济金，一边兼职做些零工，一边进修教师证书。1994年，妹夫买下了一家叫尼科尔森的咖啡馆，罗琳便等女儿在推车里睡着后到咖啡馆里找个寂静的角落继续创作"哈利·波特"。在每天都努力让自己和女儿吃饱穿暖的生活期间，是写作给她提供了生存的动力和支撑。成名后在一次采访中罗琳透露，她在创作初期就写好了整个系列的结尾，把写到最后一章当作一个目标来激励自己。这样做能让她感到自己正在越来越接近结尾，有那么一天她会完成，当她真正完成的时候，那部完成的作品就会等待着她。

从1995年的夏天开始，罗琳的生活逐渐步入正轨。"哈利·波特"系列第一部《哈利·波特与魔法石》（Harry Potter and the Philosopher's Stone）完稿。在等待出版的过程中一位匿名人士为她提供了一笔资金，她还得到苏格兰教育与工业办公室（The Scottish Office of Education and Industry）的一笔资助，一年前提出的离婚申请也正式获得批准。1996年夏天，罗琳正式获得教师资格，并在利斯学院（Leith Academy）得到一份教职。跟代理商谈妥了出版意向后，她还从苏格兰艺术委员会（The Scottish Arts Council Book Award）获得了一笔8000英镑的作家基金，让她得以继续安心创作。

但"哈利·波特"的出版之路并非一帆风顺。屡次被出版社拒绝后,罗琳将故事梗概和前三章文稿寄给了一家叫克里斯托弗·雷特尔的文学作品代理公司(Christopher Little Literary Agency)。编辑布里昂尼·埃文斯(Bryony Evens)扫了几眼稿子后随手就把它扔到了退稿箱里。在寄出退稿通知之前,埃文斯出于职业习惯又将书稿看了一遍,这一次她被吸引住了,还将稿子推荐给办公室里的芙洛尔·哈勒(Fleur Howle)看了一下。哈勒一口气读完了三章书稿,两人决定将稿子推荐给老板。老板克里斯托弗·雷特尔当时正在忙事情,没有看稿子便同意发信给罗琳要求她寄来全篇作品。编辑埃文斯收到全篇稿件后一口气读完并推荐给老板,老板也连夜读完了整个故事,第二天便提出了修改意见寄给罗琳。在相互交流、稍作改动之后,代理商将手稿准备好寄给出版商。这一次"哈利·波特"的出版之旅仍然不顺利,在布鲁姆斯伯利(Bloomsbury)出版社买下版权之前曾遭到了12家出版商的拒绝。

1997年6月26日,《哈利·波特与魔法石》由布鲁姆斯伯利出版社出版,首印只有500册,罗琳获得的稿费是1275英镑。但三天后传来了好消息,美国学者出版社(Scholastic Books)以破天荒的10.5万美元高价买下了《哈利·波特与魔法石》的美国版权。接下来罗琳的命运便发生了翻天覆地的变化,开始了从"丑小鸭"到"白天鹅"的蜕变。就在这一切发生的同时,罗琳完成了第二部小说《哈利·波特与密室》(*Harry Potter and the Chamber of Secrets*)的创作,在第一部小说出版之后两周她就把它交给了布鲁姆斯伯利出版社。1998年夏天第二部小说一上市便立刻成为读者争抢的畅销书。这时候的罗琳已经完全摆脱了穷困的阴影,她买了一套新房子,有了自己的办公室,终于可以全职进行写作了。1999年9月第三部《哈利·波特与阿兹卡班的囚徒》(*Harry Potter and the Prisoner of Azkaban*)出版,第四部《哈利·波特与火焰杯》(*Harry Potter and the Goblet of Fire*)于2000年7月8日凌晨12点在英语国家同步发行,在全球掀起了"哈利·波特"狂潮。2003年6月推出了第五部《哈利·波特与凤凰社》(*Harry Potter and the Order of the Phoenix*);2005年7月推出了第六部《哈利·波特与混血王子》(*Harry Potter and the Half-Blood Prince*),2007年7月7日,最后一部《哈利·波特与死亡圣器》(*Harry Potter and the Deathly Hallows*)正式封笔,罗琳终于完成了这部巨著的终结篇。这期间销售势头一浪高过一浪,形成了一次比一次猛烈的"哈利·波特"飓风,各部作品也频频获得包括英国国家图书奖年度儿童图书(The British Book Awards Children's Book of the Year)、斯马蒂图书金奖章(The Nestlé Smarties Book Prize Gold Medal)、惠特布莱德儿童小说奖(Whitbread Book Awards Children's Book)等重大奖项,被视为出版界的一个奇迹。2008年英国资格评估与认证联合会(AQA)将《哈利·波特与魔法石》列入其课程与考试范围内,"哈利·波特"系列与莎士比亚、狄更斯的作品比肩而列。

截至2009年,"哈利·波特"系列小说已被译成近70多种语言,在两百多个国家累计销量达3.5亿多册。同名系列电影由美国华纳公司投拍,已上映前6部,每一部都刷新了电影票房纪录。前五部也已经有了同名系列游戏,其他衍生产品也在世界各地热销,2005年《福布斯》(Forbes)杂志对哈利·波特品牌价值进行了评估,称其估价已经突破了10亿美元,罗琳也跻身10亿富豪之列。在成功和财富面前,罗琳没有忘记自己曾经历过的苦难,成名后,她热衷于人道主义的慈善活动。2000年9月,她出任"英国单亲家庭委员会"(The National Council of One Parent Families)形象大使,并捐出了50万英镑。2001年3月,她特地为"笑声援助"组织(The Comic Relief Organization)(1985年由英国一群喜剧演员成立,他们通过喜剧义演的方式来筹集资金帮助贫困人口)化名为纽特·斯卡曼(Newt Scamander)和肯尼沃斯·惠斯普(Kennilwrothy Whisp)创作了两本与哈利·波特故事相关的小册子《神奇动物在哪里》(Fantastic Beasts and Where to Find Them)和《神奇的魁地奇》(Quidditch Through the Ages),并将所得钱款捐助给了该基金会。2001年4月,为了纪念她的母亲,她又为"多发性硬化症协会"(The Multiple Sclerosis Society)捐了25万英镑。

2001年圣诞节次日,罗琳与麻醉医师尼尔·莫瑞(Neil Murray)在苏格兰的度假别墅携手再度走进了婚姻的殿堂。2003年3月,他们有了一个儿子。2005年1月,又一个可爱的小女孩也来到了这个家庭。2007年7月"哈利·波特"最后一部出版,罗琳在接受美联社采访时提到自己不太可能再次延续"哈利·波特"系列丛书的成功,但仍计划撰写新小说。2008年罗琳的新书《诗翁彼豆故事集》(The Tales of Beedle The Bard)出版。这本书由《巫师和跳跳锅》(The Wizard and the Hopping Pot)、《好运泉》(The Fountain of Fair Fortune)、《男巫的毛心脏》(The

Warlock's Hairy Heart)、《兔子巴比蒂和她的呱呱树桩》(Babbitty Rabbitty and Her Cackling Stump)和《三兄弟的传说》(The Tale of the Three Brothers)等五个魔法世界的童话故事组成,故事情节与"哈利·波特"系列紧密相关又独立成篇。这本书不能算作一本新小说,可以看作是对"哈利·波特"系列相关主题的寓言式注解。如今,罗琳与丈夫以及三个孩子幸福而低调地生活在爱丁堡。

第三节 当代童话叙事的长篇力作:
"哈利·波特"系列小说评述

"哈利·波特"系列讲述的是小魔法师哈利·波特成长的故事,一共七部,每一部分别讲述哈利在霍格沃茨魔法学校学习魔法所遇到的种种经历,从哈利11岁的时候开始写起,每一部中哈利长大一岁,最终到17岁哈利长大成人从魔法学校毕业。哈利·波特是个孤儿,11岁以前一直跟麻瓜(不了解魔法的人)姨妈德思礼一家住在一起,受到他们的百般虐待。哈利额头上有一道闪电形的伤疤,那是十年前被坏人伏地魔袭击时留下的,他的父母就是为了保护他而死的。伏地魔是法力无边的魔法师,却意外地并没有杀死哈利,只留下了这道伤疤,而伏地魔却损伤惨重,此后就消失了。而实际上,伏地魔一直在寻求各种办法聚集力量再次杀死哈利。哈利11岁的时候收到霍格沃茨魔法学校的入学通知书回到魔法界,从此便开始了与伏地魔的对抗,最终取得了胜利。然而,与读者一样,哈利并不了解自己的身世以及与伏地魔之间的恩恩怨怨,这一切在作者的精心编排下一步步呈现在大家面前。在七部的叙述空间里,罗琳步步埋下伏笔,在结尾便将这些线索如同穿念珠一般连成一线,使结局出人意表却是在意料之中,读来回味无穷。七部之间互为联系,形成一个连贯的整体,每一部又独立成篇,以哈利·波特的一个学年为期,讲述哈利在学校生活的各个方面,所有零散的情节最终指向一个核心谜团,把怀疑、行动和冒险结合起来,最终以哈利与伏地魔的对抗为高潮。在虚构的魔法世界和善恶争斗的宏大主题下作者融入了寻找自我、爱情、友情、社会歧视、种族隔离、腐败、权力争斗、反恐、生态、商业欺诈、文化差异等现实世界的人生百态,是一幅包罗万象的现代浮世绘。

"哈利·波特"系列第一部面世不久,英国的《苏格兰人报》(The

Scotsman）就刊登了林德塞·弗雷泽（Lindsey Fraser）的文章，认为罗琳是一流的儿童文学作家，称"她创造性地运用经典叙事讲述了一个惊险刺激的复杂故事并发人深省"①。在美国出版后，也同样好评如潮，认为罗琳的作品与《爱丽丝漫游奇境记》、"纳尼亚传奇"以及"魔戒传奇"等经典奇幻文学一脉相承。早期评论基本上是一片赞叹之声，认为作品主题深刻、构思严谨巧妙、想象力丰富、语言鲜活有趣，是一部十分出色的儿童读物。1999年3月著名的网络杂志《沙龙》（Salon）刊登了查尔斯·泰勒（Charles Taylor）的文章《这魔法不只是为儿童》，认为《哈利·波特与魔法石》通过魔幻故事所展现的现实主义思想，以及人物刻画的复杂巧妙已经超出了一般儿童文学的范畴，已经步入"少数跨越到成人读物的儿童文学"之列，并提出"读者很快就能感觉到自己是在阅读一部文学经典"②。的确，《哈利·波特与魔法石》虽然讲述的是儿童的故事，但书中不仅有复杂的故事情节，而且有大量的细节刻画与心理描写，书的篇幅之长也是以往儿童文学所没有过的。随着后续系列的出版，"哈利·波特"系列的情节越来越复杂，内容越来越丰富，篇幅也达到了700页之多。随着成人读者群的扩大，人们逐渐开始接受"哈利·波特"系列既是一部英雄历险记，又是一部以虚构形式反映现实的社会文学作品；既是一部关于魔法的幻想类作品，又是一部符合社会科学与社会心理学的作品。

到2000年第四部小说出版，"哈利·波特"系列开始风靡全球，整个世界刮起了一股波特风，越来越多的人开始意识到"哈利·波特"系列的影响之大，有人开始质疑波特现象，许多知名的作家学者纷纷站出来提出反对意见。尤其是当第三部《哈利·波特与阿兹卡班的囚徒》在英国获得了惠特布莱德年度图书奖（The Whitbread Book Awards）提名，与诺贝尔奖获得者谢默斯·希尼（Seamus Heaney）新译的文学经典《贝奥武甫》（Beowulf）形成竞争之势的时候，反对派的声音尤其强烈，认为"哈利·波特"系列的故事没有原创性，只是沿袭善恶斗争、好人终有好报的老一套写作思路，套用经典、人物形象单一、文体缺乏挑战性等问题，他们将"哈利·波特"系列的迅速崛起归因于纯粹的商业炒作，表

---

① Lindsey Fraser, "Volumes of Choice for the Holidays", *The Scotsman*, 1997 – 06 – 28 (15).
② Charles Taylor, This Sorcery Isn't Just for Kids, http://www.salon.com, 1999 – 03 – 31.

现出了对当代读者阅读审美的担忧。

《哈利·波特与阿兹卡班的囚徒》最终落败惠特布莱德年度图书奖，纽约时报编辑威廉·萨费尔（William Safire）借机抨击了泰勒的观点，认为他高估了"哈利·波特"系列的价值，指出"哈利·波特"系列"只是简单的儿童图书"，成人阅读它纯粹是"浪费时间"①。著名儿童文学批评家齐普斯（Jack Zipes）也对"哈利·波特"系列的文学性持怀疑态度，认为像"哈利·波特"系列这样的作品依附于文化产业市场，难以称之为文学。②影响最大、观点最激进的莫过于耶鲁大学知名学者哈罗·布鲁姆（Harold Bloom）对"哈利·波特"系列发起的攻击，他认为《哈利·波特与魔法石》缺乏想象力，到处都是陈词滥调，并称"哈利·波特"现象是可耻、愚昧的文化潮流。③知名评论家黑舍（Philip Hensher）则提出了"文化幼稚病"的观点，他在《独立报》（The Independent）上发表的文章指出，对于"哈利·波特"现象，"我们需要担忧的是成人文化的幼稚化（infantization）倾向，人们对真正的经典没了感觉"④。著名作家拜厄特（A. S. Byatt）也投书《纽约时报》，题为《哈利·波特与幼稚的成年人》，指出"哈利·波特"系列是水准低下的"编造的戏法"，缺乏伟大的儿童文学作品所应具备的技巧与严肃态度，只能迎合那些想象力发育不良的读者，认为成年人迷恋于"哈利·波特"系列是因为这些书可以让他们在心理上"退回"到儿童时代的舒适角落。⑤

人民文学出版社在中国大陆推出"哈利·波特"之际，正是反对派声音高涨之时，而且"哈利·波特"系列的铺天盖地之势让国人对中国加入世贸组织之后"国外作品独霸、国内作品尴尬"的现象更为担忧，对"哈利·波特"系列的批评也显得尤为激烈。2002年《博览群书》杂志发表了强烈抨击"哈利·波特"系列的文章《两个神话永恒与速朽》，

---

① William Safire, Besotted with Potter, Gary Wiener ed. *Readings on J. K. Rowling*, Farmington Hills: Greenhaven Press, 2003, p. 125.

② Jack Zipes, *Sticks and Stones: The Troublesome Success of Children's Literature from Slovenly Peter to Harry Potter*, New York: Routledge, 2001, p. 170.

③ Harold Bloom, Can 35 Million Book Buyers Be Wrong? Yes, *The Wall Street Journal*, 2000 - 07 - 11（A26）.

④ Philip Hensher, Harry Potter, Give me a Break, *The Independent*（London）, 2000 - 01 - 25（1）.

⑤ 康慨：《布克奖得主激烈抨击〈哈利·波特〉》，《中华读书报》2003年7月16日。

认为"哈利·波特"系列是当代世界出版业的商业神话，它基本上没有什么文学特质，唯一的功能就是娱乐逃避或者欺骗麻醉功能，是典型的欺骗世人的巫术小说、鸦片小说。2003年8月《中国信息报》刊登了佚名文章《哈利·波特热潮：经典还是文化幼稚病》，指出"哈利·波特"现象是"全球化消费主义日益与当代文化中世俗化的东西互渗而形成的特有文化景观……当代传媒以跨国资本的方式形成全球性的消费意识，其文化霸权渐渐进入国家民族的神经之中。这种全球化话语权力夹带着全球化网络和消费主义时尚的诱惑，共同塑造了'哈利·波特'神话"。① 11月28日《国际先驱导报》上登载的文章以《哈利·波特讨伐檄文》为题，对成人阅读"哈利·波特"小说提出了更为强烈的抨击。文章以大标题的形式列出"如果你年满18岁，同时又是一位'哈利·波特'系列的读者，那么你就必须正视这篇文章所提出的诘问"，明确提出"在这种所谓的'波特迷狂'现象背后，是一种时代的文化幼稚症的表现，它暗含着这样一种心态：谁越幼稚，谁就越酷"。②

　　反对派对"哈利·波特"系列的批判显得火药味十足，他们更多地关注作品的传播、对读者的影响等文本外的因素，本质上是对"哈利·波特"热潮这样一种全球化消费现象的担忧，是对人们在商品化大潮中逐渐迷失自我的恐惧，是敏感的文化先锋们对一个时代的审美趋向做出的迅速反应。但反对派在批判"哈利·波特"系列的读者所表现出的幼稚性、盲目性的同时，他们自己也并非是完全成熟理智的。他们中的大部分人其实并没有仔细阅读过"哈利·波特"系列的文本。布鲁姆就承认自己只读了"哈利·波特"系列第一部；黑舍也不过只读了前三部，他们是带着对商业化和流行文本的轻蔑和恐惧去评论"哈利·波特"现象而不是"哈利·波特"系列文本。大多数细读过文本的人都会发现"哈利·波特"系列是一部很有文学特质的小说，如作家陈丹燕所言，如果只看一本可能看不出什么名堂，但要是读完了四本，就能看出其中有英国文学和英国历史的传统；而且作品叙事结构庞大，不是"小开小合"的叙事。只有具备了一定的文学素养和逻辑能力，才能够写出这样的作

---

① 《哈利·波特热潮：经典还是文化幼稚病》，《中国信息报》2003年8月18日。
② 蜀粟：《哈利·波特讨伐檄文》，《国际先驱导报》2003年11月28日。

品。① 事实上，对于"哈利·波特"系列的评价和争议已经成为一种文化现象。② 著名儿童文学批评家杰克·齐普斯的看法也有了很大改变，他在2002年出版的新书中详细论述了"哈利·波特"系列小说的传统性。他认为"哈利·波特"系列小说的写作是精湛的，给青少年读者带来希望与力量的感觉。③ 罗琳本人曾经在英国广播集团和美国艺术和娱乐广播公司（A&E）的电视节目《哈利·波特与我》里向观众展示了一些她创作时的稿纸和记事本。在这些凌乱的稿子中，有一份据她说是第一部书的至少第15遍草稿，可见"哈利·波特"系列并非随意草就的拼凑之作。齐普斯同时肯定了罗琳创作的艺术和社会意义，他指出："尽管'哈利·波特'系列小说并未使儿童文学回归其在文化版图中应当拥有的地位，但它们确实巩固了儿童文学在文化版图中的地位，而且将继续使普通读者认识到，儿童文学才是最受欢迎的流行文学。儿童文学是真正的民间文学，是为所有民众创作的文学，是无论老少都在阅读的文学，它对于儿童的社会化具有极其重要的作用，特别对于发展孩子们的批判性和富有想象力的阅读能力具有非常重要的作用。"④

"哈利·波特"系列的成功首先在于哈利·波特这个人物形象的塑造，它延续了人类重复了无数次的英雄历险主题模式。美国学者约瑟夫·坎贝尔（Joseph Campell）研究了世界各地的许多英雄故事后，提出英雄原型的基本结构是开始冒险，获得领悟，得胜归来，坎贝尔称之为"单一神话"（monomyth）。哈利·波特的不凡身世、少年苦难以及进入魔法世界后的重重历险是典型的英雄成长模式，他在每部书中的历险都遵循着"单一神话"的模式，并展示出与之相符合的英雄气概。英雄是降临到俗世中的神，他们的历险通常表达人们内心的渴望，或曰集体无意识。集体无意识是指人类自原始社会以来普遍性的心理经验的长期积累，它既不产生于个人的经验，也不是个人后天获得的，而是生来就有的，在艺术作品

---

① 陆梅：《〈哈利·波特〉引起争议》，《文学报》2002年2月28日。

② 以上关于"哈利·波特"争议的部分内容参见姜淑芹《〈哈利·波特〉研究综述》，《内蒙古大学学报》（哲社版）2008年第1期。

③ 杰克·齐普斯：《冲破魔法符咒：探索民间故事和童话故事的激进理论》，舒伟等译，安徽少年儿童出版社2010版，第237页。

④ Jack Zipes, *Breaking the Magic Spell: Radical Theories of Folk and Fairy Tales*, Revised and Expanded Edition, Lexington: UP of Kentucky, 2002: 208–209.

中以原型的形式表现出来。打动读者心弦的正是这些原型。哈利从一个被人遗忘的孤儿变成众所周知的英雄，他是所有渴望成功的人的代表，这也正是促使学者出版集团副主席亚瑟·A.勒文先生（Arthur A. Levine）以高价拍下"哈利·波特"系列版权的原因，哈利所处的环境让勒文想起了因为某些原因生活在社会边缘受压迫的人们，他认为这本书中所表达的主题具有非常广泛的意义，它看上去是一部儿童作品，但其实却是一部表现人类共同处境的深刻寓言。在失落了英雄的时代，每个人都在日复一日的简单生活中，极度地渴望着奇迹的到来，"哈利·波特"故事就反映了这样的集体无意识。在英雄历险模式的大框架之内，"哈利·波特"系列在细节上还融入了神话、史诗、民间故事以及英国文学经典等大量其他原型与意象，形成一个巨大的隐喻磁场，吸引着各个层次的不同读者。

在叙事结构上，"哈利·波特"系列也采用隐喻性极强的民间故事结构为框架，同时，作者并非一成不变地照搬经典叙事模式，而是通过变换、混合角色来营造叙事转换与叙事逆转，深化、拓宽主题，创造惊奇，使故事情节富于变化。法国结构主义理论家格雷马斯（A. J. Greimas）提出文学故事的六个行动位，即主体、客体、发者、受者、对手和助者，这些行动位在具体事件中表现为不同的形式。民间故事结构可表述为主体缺失了客体；发送者发出指令要求找回客体；主体在助者帮助下打败反对者，找回客体。"哈利·波特"系列故事的核心围绕着主体与客体的冲突从两个层面上展开。从整个系列来说，故事的核心是哈利·波特寻找身份的历险旅程。作为一名巫师，哈利一岁时被迫离开魔法世界来到麻瓜世界，这是一种象征意义上的身份缺失。11岁的时候，魔法世界对他发出召唤，指引他离家历险揭秘自己的真实身份，履行英雄对其社会的责任和义务。在具体的单部作品中，斗争则在哈利与他的对手伏地魔之间展开。信息发送者由魔法世界变成了伏地魔，客体则变成了伏地魔为引诱哈利赴险的诱饵。最终哈利经受住一次次考验，重新确立了自己在魔法世界的地位。与007等其他系列故事不同的一点是，"哈利·波特"系列的这两个层面是交织在一起的。哈利身份的缺失是由伏地魔引起的，伏地魔要杀死哈利是因为他想控制整个魔法世界，而假如哈利不回到魔法世界去寻找他缺失的巫师身份，伏地魔就永远也杀不死他，所以伏地魔必须想办法让哈利回到魔法世界。由此，伏地魔与魔法世界殊途同归，都是信息的发送者，而哈利则既是矛盾的主体又是信息的接受者。

这样，"哈利·波特"系列的深层叙事结构就由主体、客体、帮助者和反对者四个行动位组成。在叙事过程中，主体与反对者即哈利与伏地魔的对立保持不变，四个主要行动位之间的矛盾关系也保持不变，不断重复着稳定的民间故事结构；而客体与帮助者的角色组成则是动态的，在单部作品中不断生成叙事转换，由此在表层结构中实现了"相同线索不同故事"的叙事效果。从第一部到第七部，哈利要寻找的目标即客体分别是魔法石、金妮、小天狼星、火焰杯、预言球、魂器与老魔杖，哈利与伏地魔的矛盾便转化为哈利为寻找以上各目标的历险。需要特别指出的是，在007等传统系列故事中，各集之间没有必然的联系，而"哈利·波特"系列中各集不同的客体分别代表了伏地魔为实现永生，达到控制整个魔法世界的不同尝试，互相之间还有密切的联系。在第一部中，读者获知伏地魔在攻击年幼的哈利·波特时弄得自己魂飞魄散，失去了肉体，但他仍然存在着。为了恢复肉身，在第一部中，他借用了奇洛的躯体试图偷走能使人获得永生的魔法石，结果魔法石被毁，他必须采取其他方式。另外一条道路是使用父亲的骨、仆人的肉、仇人的血来恢复肉身。为了获得哈利的血，在第二部中，他掳走了金妮来引诱哈利，但哈利顺利脱险。在第三部中，他终于通过对火焰杯施咒最终获得了哈利的血，重新获得了强大的肉体。第三部是整个系列的一个小高潮，至此斗争双方基本形成了势均力敌的局面，并且形成了血脉相连的矛盾形势。由此，作者便在第四部中引出了二者之间命中注定的神秘联系。原来，在魔法部保存着一条神秘的预言，即"哈利和伏地魔其中一个必死于另外一个之手，因为他们两个只能有一个人活着"。伏地魔于是攻入魔法部，试图摧毁写有这个预言的预言球，结果大败，又一次不知魂归所以，但他仍然存在着。原来，伏地魔曾经将自己的灵魂分为七份，分别存在七个不同的魂器中，也就是说他可以有七条命，要想彻底地消灭他，就必须把他的七个魂器全部摧毁。于是，第六部中，哈利便踏上了寻找魂器的旅程。同时，伏地魔也在寻找其他保全自己生命以及彻底打败哈利的办法。他最后的努力便是去寻找传说中的老魔杖，也是第七部中双方争夺的焦点。

"哈利·波特"系列七部的客体都是反对者的变体，并且互相之间紧密联系，形成一种既稳定又有变化的三角关系，而且各个三角互为嵌套，形成一种立体叙事。前文中埋下的伏笔往往要依靠后面的事件来理解，因此阅读过程中经常会产生"原来如此"的感慨和欣喜。例如关于伏地魔为什么几次三番被打败后仍然会以某种神秘的形式存在着？直到第六部读者才彻底明白原来他将自己的生命分成了七份。关于伏地魔为什么要去攻击年幼的哈利的原因也是在第五部才大白于读者。在叙事细节的处理上，罗琳也一以贯之地遵循着这种结构模式，创造出侦探小说式的风格。许多读者在读了后面的作品后要回头重新阅读前面的几部，因为他们发现自己忽视掉了很多有用又有趣的细节。

除客体不断变化外，"哈利·波特"系列的帮助者行动位也分别由不同的角色来演绎。与客体变化不同的一点是，帮助者角色分为两类，一类为核心助者，从故事一开始就一直伴随着哈利；另外一类为卫星助者，随着故事的发展不断引入。核心助者保持故事基本结构与主题不变，卫星助者则起到发展副线、丰富故事主题的作用，在善恶争斗的大框架下引入了伦理、等级制、社会歧视、腐败、官僚等诸多现代社会面临的话题。

第二部《哈利·波特与密室》的助者多比就是反映等级制的行动位角色。多比的身份是家养小精灵，长相丑陋，语言支离破碎，他们的工作就是伺候主人，而且不许反抗，一旦犯了错误就要受到严厉的惩罚。虽然跟巫师一样有施展魔法的能力，多比和他所代表的阶层从来没有被巫师们正眼瞧过，所以当哈利很尊敬地请多比坐下时，他感动得热泪盈眶。多比的遭遇让人同情，可是如果得不到主人的允许，他永远都不可能获得自由。最后是哈利耍了个小聪明，骗得他的主人马尔福赐予了多比自由。到这里等级制的主题似乎得到了圆满的解决，但到第四部的时候另外一只家养小精灵闪闪的出现，却将这一主题推进到了一个发人深省的层次。虽然跟多比一样遭受奴役，闪闪却从心底里认为他们家养精灵天生就应该是被奴役的，并以绝对顺从为骄傲。当她被主人赐予自由身的时候，她感到的是万分羞耻，并愤怒地拒绝了赫敏等人试图为她获得工作报酬的请求。更加发人深省的是，闪闪代表的还是大部分精灵的思想。读者还发现，不仅仅是马尔福这样的"坏人"们蓄养精灵，从魔法部的领导到霍格沃茨魔法学校，几乎社会的每个角落都存在着这样的现象，而且大家都觉得这理所当然。这反映了等级制观念在奴役者和被奴役者两方面都存在于思想深处，是根深蒂固难以消除的，由此加深了故事的深度。其他类似的种族冲突、社会歧视、腐败等主题也是以同样的助者变化引出的。例如卢平教授的遭遇反映了当今社会艾滋病患者们受到的歧视；丽塔·斯基特反映了媒体道德问题。

通过助者的变化，"哈利·波特"系列从一部老套的英雄历险故事转变为折射现代社会人生百态的万花筒。如果说客体变化扩展了哈利与伏地魔之间的矛盾，卫星助者变化则使读者暂时从正义与邪恶的正面冲突中引退，将目光投入身边的现实社会中。这样便形成两个叙事面，即以哈利与伏地魔的对立为基本线索，将传统的善恶争斗故事与当今社会的现实问题结合在了一起。每一部中的客体与助者都发生变化，又进一步形成不同的叙事层，成就了整个系列主题包罗万象、情节跌宕起伏的叙事效果。

在单部作品中，罗琳还使用了混合助者与对手的写作策略，营造出出其不意的叙事逆转效果。在每一部作品的高潮部分，读者都会发现不是助者变成了对手，就是对手变成了助者。助者与对手处于对立的意义层面，当他们二者被混合了之后，叙事就产生了不确定性，情节就开始变得扑朔迷离。《哈利·波特与阿兹卡班的囚徒》可以说是整个系列中最让读者吃惊的一部。故事一开头就描述了人们对小天狼星布莱克的恐惧之心。他是"阿兹卡班最恶名昭彰的囚犯"，12年前曾经用一个咒语就杀死了13个人，当时有很多人在场目击了他的屠杀行为。他的外表也被描述得非常恐怖，"面色阴郁，一头乱糟糟的黑发"。他逃出了监狱，来到霍格沃茨魔法学校，为了进入格里芬多塔，竟然残忍地将看守大门的胖女人画像的画布撕成了碎片。无论从外表、行为还是其过去的所作所为看，布莱克都是一个穷凶极恶的反面人物。可是事实上，布莱克是哈利的教父，他是被假扮成宠物鼠的虫尾巴陷害至此的。当初杀死13个人的真正凶手是虫尾巴，他杀了人之后贼喊捉贼，大呼凶手是布莱克，导致现场目击者悉数上当。布莱克千方百计越狱的目的不是为了要杀哈利，而是因为他在报纸上发现了真正的凶手虫尾巴的踪迹，要除掉他以保护哈利的安全。因为虫尾巴是哈利的好朋友罗恩的宠物，所以造成了布莱克是在追踪哈利的假象。当真相大白后，读者不禁唏嘘，原来他是哈利最最亲的人！布莱克就像《美女与野兽》中的野兽，原本是英俊的王子，可是孩子们认为他是坏人，因为周围的人是这样告诉他们的。

布莱克的故事提醒读者不能盲目相信表象，这也正是罗琳在整个系列中力图通过行动位混合传达的信息。看似羸弱、结结巴巴的奇洛教授实际上是敌人的化身；感情脆弱敏感的金妮被敌人利用了；臭名昭著的布莱克是被人陷害的；凛然正气的疯眼穆迪是敌人化装的……这些叙事逆转在叙事上达到了跌宕起伏的惊奇效果，在主题意义上使善与恶的关系从泾渭分明变得模糊不清，探索了善恶双方之间可能呈现的交叉、合作、错杂等各种关系。在真实生活中，我们所面对的往往是经过伪装的敌人，甚至是我们自己。第五部《哈利·波特与凤凰社》与其说是哈利与伏地魔的斗争，还不如说是哈利与代表正义的魔法部的斗争。魔法部的官员们因为不愿意正视伏地魔已经崛起的现实而试图封锁消息，诬蔑哈利散播谣言，而哈利感受到的只有无言的愤怒和无奈。这种将助者与反对者混合的叙事策略使"哈利·波特"系列具备了传统寓言故事所不具备的深度和广度，它超越了简单的善恶争斗母题；也超越了通俗悬疑故事单纯制造刺激的叙事效果，迫使读者走向关于道德选择的深层思考。

变幻莫测、光怪陆离的魔法世界可以说是"哈利·波特"系列最吸引人的地方。在魔法世界中，帽子可以说话，书会咬人，楼梯自己会动，相框里的人能互相串门，还能跟外面的人谈话聊天。这里有巫师、巫婆、矮妖、巨人、狼人、蜘蛛精等形形色色的生物，每一种东西都拥有自己的神奇魔力。罗琳诡奇的想象力令人叹服着迷，但更发人深省的却是她对现实世界的戏仿。在魔法的外衣笼罩下，魔法世界同样利用现代科技，充斥着商品文化，面临着由于阶级、种族、文化的差异而衍生的恐怖主义威胁，渴望建立平等和谐的多元社会文化。哈利·波特与传统奇幻故事的主人公最大的不同点是他进入魔法世界的旅程是回家而不是离家。随着哈利·波特对魔法世界了解的深入，不断找到家的感觉，读者也跟着慢慢感到周围的一切似曾相识，逐渐看破魔法的面纱，回到现实。

"哈利·波特"系列的魔法世界表面看来与现代科技社会相去甚远。霍格沃茨魔法学校是一座有着500年历史的城堡，里面的陈设装饰极具都铎王朝的风格；巫师们用火把照明，用壁炉取暖；学生们用鹅毛笔在羊皮卷上写作业。但细细品味，却能发现魔法世界的人们使用的这些落后的东西的有趣之处，他们的魔法在很大程度上就是我们的现代科技。黑暗中巫师们举起魔杖，喊声"亮！"马上就有了光；我们则拿起手电筒，打开开关。韦斯莱太太让哈利感到奇妙的洗碗魔法实际上就是我们的洗碗机，看似落后的猫头鹰邮递系统与现代邮政系统相差无异；连通各个家庭的飞路系统正是我们的互联网，它甚至具有视频聊天功能。在第三部中，小天狼星的头像就出现在格芬兰多学习室的炉膛里与哈利聊天。后来在第六部里，哈利找不到小天狼星，情急之下用了飞路系统到他家里去问，结果被家里的小精灵克利切骗了，这让人不禁想起网络陷阱。看似落后的魔法世界中也有现代科技产品，甚至比现代科技更先进，飞天扫帚就是马、汽车和飞机的综合体。

魔法技术也同现代科技一样，不断地更新升级，并与商业利益紧密结合在一起。在《哈利·波特与魔法石》中哈利能在魁地奇比赛中取得胜利在很大程度上是由于他使用了最新的光轮2000飞天扫帚。而这款高性能的扫帚很快便被光轮2001、火弩箭等取代。新产品的新性能无疑是吸引人的最大魔力。魔法世界中也充斥着各种促销手段。孩子们喜欢的糖果品牌巧克力青蛙通过引导消费者收集名人头像的办法促销；魁地奇世界杯赛期间各种形式的广告随处可见，第四部里面还出现了国际贸易以及假冒伪劣产品问题。毕业后就职于魔法部国际魔法合作司的珀西·韦斯莱告诉我们说他正在撰写一份规范坩埚厚度标准的报告，因为"有些国外进口的坩埚太薄了——破漏的比率正以每年3%的速度在增长"。想到无所不能的巫师们也为假冒伪劣产品而烦扰便让人忍俊不禁。

罗琳在科技与经济领域的戏仿使我们轻松幽默地看到了现实世界的人生百态，在阶级、种族等政治领域却沉重严肃，发人深省。整个"哈利·波特"系列故事的核心结构是善恶争斗。争端源于代表邪恶一方的伏地魔心怀种族偏见，认为纯种巫师高人一等，力图保持魔法界血统的纯正。伏地魔与他的食死神们四处杀虐，妄图建立起以伏地魔为王的极权统治。哈利·波特与伏地魔之间的争斗正是现代意义上的反恐战争。在此基础上，故事中还融入了贫富差别与阶级冲突。马尔福一家富有傲慢，在魔法部中掌握要职，经常羞辱贫穷的韦斯莱一家。马尔福一家对家仆多比的虐待程度也令人发指，让人很容易联想到罪恶的黑奴制度。除精灵之外，巨人、狼人等都是被歧视的对象。巨人海格虽然是哈利忠实的朋友，却由于自身的缺陷为魔法世界所不容，这其中包括像麦格教授这样的正派人物。卢平教授小时候不小心被狼咬过，因此变成了狼人，他是一位出色的教员，却由于其狼人身份最终被逐出霍格沃茨魔法学校。海格和卢平的遭遇折射了现实世界中我们对残疾人、艾滋病感染者等弱势群体的排斥。纯种与泥巴种、富巫师与穷巫师、巫师与其他生物之间的冲突错综复杂地交织在一起，"用各种象征符号勾画出一幅社会意识形态画面……反映出各种各样的社会不平等以及与之相关的文化传统、仪式、规则等"①。

"哈利·波特"的魔法世界是一个透过魔法水晶球折射出来的世界"它看似离我们遥远,实际上却在不知不觉中很'阴险'地把我们拉了进去,使我们置身其中"②。罗琳在一个与现实世界完全不同的"第二世界"中将"第一世界"的经济、社会、文化现象置入其中,把魔法世界和现实世界完美结合,将现实与幻想相互渗透融合,在同一时空背景下展开故事情节,使读者在脱离现实逃入幻想世界的同时又必须直面自己的生存现实。英国幻想文学传统从19世纪末发端,100多年来经历了从现实到虚幻、从虚幻到现实,再到虚幻与现实相结合的发展变化。罗琳生于喧嚣与愤怒的20世纪60年代,成长于反思怀旧的70年代,创作于重建大英帝国辉煌梦想与恐怖主义威胁四伏并存的八九十年代,她的创作有一种双重性,在虚幻与现实、过去与现在的交织中展现了现代人矛盾的生存状态。

"哈利·波特"研究也在经历了"文学经典/文化幼稚病"之争后进入了回归文本、走向多元的学术研究时期,学者们开始以严肃的学术思维和多样化的学术视角理性地观照"哈利·波特"系列。现有的文本研究以主题研究为主,粗略地可以划分为两类,一是以神话原型批评为导向的主题学研究,致力于挖掘作品中丰富的文学原型,二是以社会文化批评为导向,评析作品中涉及的性别、种族、权力、多元文化等主题。二者一横一纵,将"哈利·波特"系列研究推向了深层,但是将二者结合起来的研究还很少,而罗琳作品的成功之处是将这二者巧妙地融合在一起,作者如何将各种各样的文学原型投射到现代语境下以及其对读者阅读体验的影响将是下一步"哈利·波特"研究的重点。另外,"哈利·波特"系列中的原型以及所体现的现代社会文化有如百科全书般丰富,现有的研究一般只集中在个别方面,它们内部之间的联系也是亟待深入研究的。作品将传统融入现代的叙事手段、奇幻表现形式、语言特色等方面的研究还很少,还没有做到全方位多层次地挖掘作品的魅力。过去的十年间,学者们已经

---

① Elizabeth Heilman and Anne E. Gregory, Images of the Privileged Insider and Outcast Outsider, Elizabeth H. Heilman. Harry Potter's World: Multidisciplinary Critical Perspectives, New York: Routledge Falmer, 2003, p.242.

② Suman Gupta, Re-Reading Harry Potter, New York: Palgrave Macmillan, 2003, p.91.

从文本内外对"哈利·波特"系列做了较深入的剖析,下一步在往纵深继续发展的时候,也应注重联系,走向多层次的互文研究。"哈利·波特"现象的成因复杂、声势浩大、影响广泛,呼唤跨学科的综合研究。

第三十一章

跨域投射与互动：
现当代英国动物童话小说概论

第一节 动物文学的基本叙事类型

就叙事类型的艺术特征而言，现当代动物文学可分为写实性与幻想性两大类别。写实性动物小说遵照现实主义原则描写生存、活动于现实世界的动物，包括各种野生动物和家养动物。无论写实性动物故事具有多么强烈的传奇色彩或戏剧性，其动物主角的行为及其故事里发生的事件都是在现实中可能出现的。加拿大作家汤普森·西顿（E. Thompson Seton, 1860–1946）创作的《我所认识的野生动物》等作品是具有代表性的写实性野生动物故事。在西顿的故事里，包括灰狼、乌鸦、兔子、猎犬、狐狸等在内的各种动物主角虽然也有强度不同的爱恨情仇，也无论在相互之间（乃至与人之间）发生了什么样的激烈冲突，甚至你死我活的拼命搏杀，但它们绝不会穿上人的服装，像人一样开口说话。作者讲述的是它们如何为了自身，为了后代及家族的生存而竭尽非凡的精力和智慧，演绎出感人至深的生存竞争故事，尤其是与各种天敌博弈的惊险故事，奏出了悲壮动人的生命礼赞。而美国作家艾伯特·帕森·特哈尼（A. P. Terhune）的《王者拉德》（Lad, A Dog）和吉姆·凯尔加德（Jim Kjelgaard）的《义犬情深》（Big Red）则是写实性的以家养动物为描写对象的经典动物小说，真实生动地刻画了忠诚良犬的史诗般的动人品质和卓越能力。至于动物自述性小说，也可分为写实性和幻想性两类。英国女作家安娜·西维尔（Anna Sewell, 1820–1878）的《黑骏马》（Black Beauty, 1877）作为一部影响深远的经典动物自传小说，在本质上是写实性的，因为发生的主要事件都是在现实中可能出现的,也是可以被验证的,只不过通过动物之口叙述出来,使故事产生了强烈的陌生化效果。这部小说的主人公是一匹漂亮的黑色骏马,受过良好训练,性格温顺、聪明机智、善解人意。由于主人家发生了变故,黑骏马被一再转卖,在不同的人家经历了各种遭遇,尝尽了人间的甜酸苦辣。作者将黑骏马作为叙述者,向读者讲述了这匹马所经历的一个个感人至深的自传性故事,强烈地表达了"善待动物就是善待人类自身"的思想观念。

幻想性动物文学叙事在艺术表现上超越了公认的常识性的经验现实,不仅动物角色可以像人一样开口说话,而且发生的事件也可以超越人们的经验常识。从认知美学的意义看,幻想性动物叙事具有跨界/跨域投射与互动的特征:跨越动物世界和人类社会的自然疆界,将人类的思想情感、性格倾向、喜怒哀乐、爱恨情仇,以及包括家庭关系和社会关系等因素的各种社会属性投射在作者描写的动物角色身上,使动物的自然属性与人类的人性、情感、智力等特质(包括善良的和邪恶的,正面的和负面的)汇聚起来,形成互动。如此便进入了幻想性动物文学创造的微妙而深邃的艺术世界。例如在肯尼斯·格雷厄姆的动物童话小说《柳林风声》(1908)中,几个动物角色经过拟人化的跨界投射和互动之后形成了富有弹性和包容性的双重性。鼹鼠、河鼠、蛤蟆和狗獾是生活在柳林河畔的动物社区的居民,成了作者描写的人性化的动物,人性和人类的社会属性投射在它们身上,它们的动物属性又与人类的情感及社会关系形成互动。于是,这几个动物角色既是动物,又是人类;既是儿童,又是成人;作者既以自然状态下的动物特征去摹写人,又以人的微妙性情去刻画动物;从总体上看,"它们"变成了"他们"——他们既保持着童年的纯真和纯情,能够带着童真的热情去追寻和演绎友情,同时又超越了儿童的限制,能够进入广阔的生活空间,去体验和享受成人世界的精彩活动和丰富多彩的人生况味,并且能够以成人的老练去感悟生活,为超越一成不变的低级生命状态而追求变化,追求那"不断变化的地平线"。

在诸如《柳林风声》这样的作品中,动物角色保持原有的形体和面目,但在衣着服饰、心理活动、行为谈吐等方面都与人类毫无二致,它们就是"长着毛发的我们"。在海伦·贝特丽克丝·波特(1866—1943)的《兔子彼得的故事》(1901)里,兔子角色同样保持原有模样和形体,但要穿上人类的衣物。而在迪克·金-史密斯(1922—2011)的描写农场动物的众多童话小说里，那些动物角色（小猪、大猪、兔子、鹦鹉、老鼠、猫、狗、鸡、鸭、鹅，等等）不仅保持原有模样形体，而且不穿任何衣物，因为作者要呈现的是原生态的动物故事，要揭示动物角色的"真实行为"——唯一的例外就是这些故事中的动物角色能够像人类一样开口说话，"而且说的还是标准的英语"。重要的是，作者将人类的精神特征和个性特征投射在普通的生活在农场、乡村的各种动物身上，取得了独特的艺术效果。例如作者将具有特殊音乐天赋的人类现象投射在小老鼠沃尔夫身上（《小老鼠沃尔夫》，*A Mouse Called Wolf*，1997）；将聪颖过人，充满好奇心，渴望求知，渴望认识世界、认识自身生命价值这样的个人天赋与精神特质投射在一个生活在乡村小学的"校鼠"弗罗拉身上（《校鼠弗罗拉》，*The School Mouse*，1997）；将那种与众不同，离群索居，爱做白日梦，渴望超越自身限制，成为令其羡慕的有特殊才能的异类的人格倾向投射在渴望超越鸡类的自身限制，能像鸭子一样在水中遨游的小公鸡弗兰克身上（《有趣的弗兰克》，*Funny Frank*，2001）；将具有卓绝语言天赋和百科全书般渊博知识的人类天才特征投射在一只灰色鹦鹉身上（《鹦鹉"麦子"历险记》，*Harry's Mad*，1988），等等，不一而足。

另一方面，在迪克·金-史密斯的农场动物世界，不仅同类动物之间可以相互说话交流，不同种类的动物之间也可以相互说话交流，但所有动物都不能与人类说话交流。生活在农场的各种动物的世界，与经营农场的人们的世界是两个平行交叉的世界。一方面，这是因为高高在上，自我中心的人们还无法真切地理解动物，尤其是无法理解它们的内心和情感世界。恰如在《狗脚丫小猪戴格》（*Daggie Dogfoot*，1980）中，小猪崽戴格会游泳的消息已经在整个养猪场的猪群以及周边地带的诸如啄木鸟、燕八哥、麻雀等飞禽之间传遍了，只有被动物们称为"猪人"的养猪人还一无所知，这是因为在动物们眼中，"他太愚蠢了，根本就不懂动物的语言"。另一方面，这揭示了迪克·金-史密斯的农场动物故事所体现的幻想性动物小说的另一个特征："写实参照系"下的幻想叙事。它们与那些"将不相信悬置起来"，直接将读者导入禽言兽语与人类语言互通的奇境世界的故事有所不同，农场动物们的生活世界与农场主的生活世界是平行的，交叉的，但却是不能沟通的。在农场这个动物与人共享的特定空间内，作者聚焦于动物的活动（包括心理活动、社交活动和历险活动），以幻想文学的方式呈现农场的各种动物的多彩的生命活动（猪可以牧羊，可以成为游泳高手,老鼠可以像人一样掌握知识,可以作曲,等等),但它们在小说中出现的人类角色(如农场主,养猪人等)的眼中却仍然是不会说话的动物,农场主及其他人类的活动只是作为一种农场现实的参照系统而存在。例如在《聪明的鸭子》(*Clever Duck*,1996)中,鸭子达马里斯和牧羊犬罗里都非常清楚农场主那群失踪的猪被关在一个骗子的牢笼里,但它们却无法像彼此对话交流那样与农场主人沟通。于是鸭子在主人的室外用扁嘴巴猛击窗玻璃,农场主的妻子大惑不解地问,"这个傻家伙,她这么做究竟想干什么呢?"作为回答,鸭子发出一连串兴奋的嘎嘎声(这是鸭子在讲述有关情况),并随即朝着猪群被关押之地的方向飞去,一路大声嘎嘎地叫着为农场主指引道路。农场主妻子认为鸭子是想告诉农场主什么消息,但农场主却嘲笑道,"别逗了,你接下来该不会说她知道我们的那群猪在哪里吧"。随即关上了窗户。后来被骗子击伤翅膀的鸭子被农场主安置在自己房间里一个大纸箱里疗伤,鸭子发现纸箱里有一张《养猪者公报》,其相关报道配发了一头大白公猪的图片,于是让牧羊犬把那张报纸叼出来,放在地上醒目之处。一番商量之后,鸭子和牧羊犬又是嘎嘎大叫,又是拼命狂吠,结果农场主的妻子断定鸭子想告诉有关失踪猪群的下落。但这又遭到农场主的奚落:"你又想跟我说这两个家伙知道那群猪在什么地方吧"。农场主此时的想法就代表着我们日常生活的常识:世界上并不存在像人一样聪明的鸭子——除非发生在童话故事里。不过在这之前,他曾亲口对妻子说过,动物们能感应到一些我们感觉不到的东西。事实上,最后在聪明的鸭子的指引下,农场主终于找回了被骗子装运到货车上即将运走的猪群。可以这么说,作者用艺术的强光去映照那些潜藏的隐秘地带——用幻想叙事的方式去大力开拓那些"动物能够感应到,而我们却一无所知的"隐秘世界。将幻想性动物故事置于现实参照体系中进行叙述,这是迪克·金-史密斯对于当代幻想性动物小说的拓展。

如果说贝特丽克丝·波特等作家擅长于描写那些生活在英国乡村的小动物,那么约瑟夫·鲁迪亚德·吉卜林(1865—1936)在《林莽传奇》这样的作品中为读者呈现了那些生活在远离英国的异域他乡的原始莽林中的大型野兽,包括老虎、大熊、野狼等,它们体型很大,具有强悍的充满野性的力量。而在格雷厄姆的《柳林风声》中,动物角色的拟人化状态更加奇妙,那几个动物,尤其是蛤蟆,其体型大小似乎可以随着故事情节发展的需要而变换。蛤蟆、鼹鼠和河鼠可以像人一样乘着漂亮的大马车在马路上漫游；而后追新求异，喜爱冒险的蛤蟆更是闯入了人类生活的区域，而且直接与人类打交道，还因偷偷开走了他人的汽车而被押上人类的法庭，被判处监禁重刑，幸得他乔装妇人，逃出大狱，重返家园。这个蛤蟆可以在水中划游艇，在路上驾驶汽车，可以骑马赶路，乘火车逃亡，在逃亡途中还与吉卜赛人讨价还价，甚至在船上与驾驶驳船的悍妇周旋，对骂，等等，不一而足。而在他们自己居住的河畔地区，这些动物角色又成为具有独特习性的生活在洞穴中的小动物，包括蛤蟆的朋友狗獾、鼹鼠、河鼠。

在格雷厄姆的《柳林风声》，波特的《兔子彼得的故事》以及迪克·金-史密斯的描写河岸动物和农庄动物的幻想性故事里，动物生活、活动的世界是与人类的社会平行和交叉的，但作者的视角聚焦在动物们身上，主要讲述发生在动物角色之间的故事，人类只是配角而已。而在吉卜林的《林莽传奇》（1894—1895）里，人类主人公自小就生活在动物世界，并且由雌性动物抚养长大，作者通过由动物抚养，在原始林莽中长大的人类个体的视角看动物世界的充满野性与活力的生命形态和生命活动；而他的《原来如此的故事》（*Just-so Stories*，1902）属于推源故事，用童话的形式解释某些动物特殊习性的由来，故事全都发生在动物世界；不过吉卜林的《小獴獴大战眼镜蛇》则属于写实性动物故事，作者将人类的生活环境作为故事背景（小獴獴在遭受误解的情况下拼死保护面临致命毒蛇威胁的人类婴幼儿），演绎出正邪动物之间的惊心动魄的生死大战。比较而言，吉卜林的《林莽传奇》，以及后来洛夫廷的"杜立德医生的故事"系列体现了人类与大自然野生动物之间建立有效交流与沟通的愿望，这正是 J. R. R. 托尔金提出的童话对人类基本愿望的满足之一——这些愿望包括去探究宇宙空间和时间的深度、广度的愿望，与其他生物进行交流和沟通的愿望，以及探寻奇怪的语言和古老的生活方式的愿望。①

在幻想性动物小说的几种叙事关系中，除了动物角色的拟人化程度（包括衣着服饰，形体外貌以及动物世界与人类社会的依存关系），人们在批评实践中还要考虑动物文学的主题和题材等问题。这自然也涉及作品中动物角色及其所代表的动物世界与人类及其人类社会自身发展需求之间

---

① J. R. R. Tolkien, *The Tolkien Reader*, New York: Ballantine, 1966, pp. 41, 43, 63.

的矛盾关系。在格雷厄姆的《柳林风声》里,四个动物角色似乎过着田园牧歌式的闲散而惬意的生活,但这种生活方式表达的却是对于现代人类社会的工业化高效率对自然人性的侵蚀,以及对自然环境的破坏的反抗。在波特的《兔子彼得的故事》中,作者采用兔子的视角看世界,看人类,主要人物兔子彼得与凶狠的麦克雷戈先生之间是敌对的冲突关系,体现了动物与自私自利之人的利益冲突。兔子彼得跑到麦克雷戈先生的菜园里不过是为了吃几口嫩白菜,然而麦克雷戈先生却要置它于死地,对它进行疯狂的捕杀(彼得兔的父亲就是在这样的追捕中死于非命的,而且被做成兔肉馅饼吃掉了)。在野兔与人的冲突中,人的形象是负面的,消极的,压迫性的。这种发生在动物与某些自私人类之间的冲突在罗尔德·达尔的《了不起的狐狸爸爸》(1973)一书中得到戏剧性的拓展,狐狸爸爸在一家六口陷入绝境之际临危不乱,最终凭借卓越的智慧和坚强的毅力战胜了发誓要将狐狸全家置于死地的三个心狠手辣、穷凶极恶的农场主,令读者大感快慰。

还有一类聚焦于动物自身活动的幻想性动物小说,其故事情景基本设置在动物世界,围绕着动物角色及群体的活动展开,人类的存在只是一种推动情节发展的压迫性环境因素。这类小说中的动物世界是独立于人类欲望之外的。作者描写某些动物群体为反抗人类为了自身利益而大肆破坏森林等自然环境,毅然决然地组织起来,另寻出路。作者自然采用了动物看动物,动物看世界,动物看人类的视角。理查德·亚当斯(Richard Adams,1920 –)的《沃特希普荒原》(*Watership Down*,1972)和科林·达恩(Colin Dann,1943 –)的《法静林动物居民的大迁徙远征》(*Animals of Farthing Wood*,1979)就是这样的动物故事。理查德·亚当斯是当代英国小说家和历史学家,出生在英国伯克郡的一个乡村医生之家,是家中第四个孩子。亚当斯自小在父亲的影响下喜欢接近大自然,学会了如何辨认不同鸟类的叫声,如何识别不同的花类。1938年亚当斯在牛津伍斯特学院学习现代历史。二战爆发后他进入皇家空军服役。1946他返回学校完成大学课程。1948开始参加工作。亚当斯创作《沃特希普荒原》始于为自己的两个女儿讲述关于"两只兔子的故事"。后来在女儿的鼓励下,他将这个故事记述下来,送交出版社。在经过一番周折之后,《沃特希普荒原》终于在1972年首次出版。这个故事的主要动物角色是某个兔子种群的具有超常天赋的兔子"小五子"(Fiver),他预见到自己种群生活的家园即将遭受一场由人类引发的毁灭性灾难，便竭力劝说兔子种群首领带领全体种群成员逃离这劫难之地。在遭到首领的拒绝之后，"小五子"毅然决定带着尽可能多的相信他的兔子同胞们去另寻生路。于是他们踏上了一个史诗般的追寻新栖身地的征途。在经历了无数艰难险阻之后，他们终于抵达了沃特希普荒原，一片足以让他们休养生息的新的家园——尽管新的挑战又呈现在他们面前。科林·达恩1943年出生于伦敦泰晤士河畔的里士满，后在某出版社工作多年，他的第一部小说《法静林动物居民们的大迁徙远征》就是在此期间写出的。这部小说讲述的是那些世代生活在法静林的动物居民们如何自发组织起来，反抗自我中心的人类的欲望而进行卓绝远征的故事。在5月的干旱季节，法静林的动物居民们陷入了严重的生存危机。这一地区的人类为了满足自己的生活欲望，步步紧逼地砍伐森林，平整土地，进行破坏性的开垦活动，使林地萎缩，林木尽失，水源即将枯竭。濒临绝境的动物居民们在狗獾和狐狸等贤达之士的组织下，举行了动物大会，决定组成远征队，迁徙到远方的动物保护区。一路上法静林的动物远征队成员们克服了无数难以想象的艰辛和危险，终于胜利抵达了目的地。这部小说与维多利亚时代的《柳林风声》在描写动物角色方面有异曲同工之妙，不仅遥相呼应，而且富于新的时代意义，充满浓郁的生活气息，塑造了狐狸、狗獾、蛤蟆、猫头鹰、蝰蛇等妙趣横生的拟人化动物形象。动物远征队的艰苦历程是动态的，一波刚平，一波又起，从穿越城镇居民的游泳池，到经历烈焰滚滚的林地火灾，经历暴风雨引发的大洪水，险象环生，劫后余生；被困在农场储藏室里，危在旦夕；遭到人类大规模狩猎的围捕，命悬一线；到穿越城市的快车道……以及远征队的主心骨狐狸先生为搭救在水中漂流的远征队小动物成员而被大水冲走，生死未卜；而后狐狸先生在危急关头带着一只钟情于他的雌狐狸重新回到远征队，等等，悬念不断，步步惊心，紧张刺激，富有情趣，对于小读者具有很强的吸引力。

第二节　从动物寓言《三只熊的故事》到童话小说《廷肯变形记》

英国湖畔派诗人罗伯特·骚塞（Robert Southey，1774－1843）根据民间故事改写的《三只熊的故事》（*The Story of the Three Bears*，1837）是

维多利亚时代有影响的动物寓言故事。其前身是一个很久以前通过口述流传的苏格兰民间故事，讲述三只熊与一只闯入它们巢穴的雌狐狸之间发生的纠葛，结果是这只雌狐狸被熊吞食了。一般认为这是一个告诫人们要尊重他人财产和隐私的劝谕故事。随着时间的流逝，这只雌狐狸在人们的口耳相传中变成了一个凶悍的女人，而三只熊则居住在森林中的城堡里。这个擅自闯入城堡的妇人反客为主，不仅在里面大吃大喝，而且还大模大样地躺在主人的床上。当然，在熊主人返回城堡后，这个闯入者受到严厉的惩罚。诗人罗伯特·骚塞第一次以书面文字记述了这个故事，而且在他记述的《三只熊的故事》里出现了一个重要变动：闯入熊主人家的不速之客没有被熊吞噬，而是从窗口跳了出去，于是她的命运结局就成了一个悬念。这样的改动使一个结局残酷的告诫故事转变为一个富有意义的人与动物发生碰撞的童话故事。在这之后，这个故事又发生了变动，主人公从一个凶悍的妇人变成了一个可爱的小女孩，她的名字一开始是"银卷发"，然后变成"金卷发"；三只熊也变成了"熊爸爸""熊妈妈"和"熊宝宝"。于是这个故事就成了著名的《金卷发和三只熊》。在当代精神分析学家看来，这个故事在深层意义上涉及一些重要的关于儿童成长的问题，包括如何应对"俄狄浦斯"情感困扰，寻求身份认同和同胞相争等。而饶有意味的是，当代经济学家根据《三只熊的故事》所蕴含的道理提出了所谓的"金发女孩效应"论，用于描述经济领域发生的现象。例如人们用"金发女孩经济"来形容那些"高增长和低通胀同时并存，而且利率可以保持在较低水平的经济体"。事实上，有经济学家指出，在20世纪90年代的美国，股市和房地产市场双双涨到有史以来的最高水平，但实际上却是虚假的"金发女孩"经济，当熊主人返家之后，严重的后果便出现了——房地产泡沫终于惨痛地破裂了。这个寓言式动物童话虽然非常简单，却经历了一个有趣的演变过程。一开始，闯入熊巢的是一只雌性狐狸，结果它被吞食了。随后闯入者从雌狐变成了一个凶悍的妇人，不过这妇人没有被熊吃掉，而是从窗口逃了出去。最后这个闯入者变成一个金发小姑娘，三只原先相互关系不明确的熊也成为一家三口。这最终的演变过程就是民间故事童话化的过程，讲述的是动物与人接触、交往的故事。

如果说骚塞的《三只熊的故事》还停留在动物寓言故事层面，那么马克·莱蒙（Mark Lemon，1809–1870）的《廷肯变形记》（*Tinykin's*

Transformations，1869）就是一部富有童趣的表现"人兽变形"题材的童话小说。在幻想文学的传统中，人兽相互变形是一个历史悠久的常见母题，佳作甚多。在荷马史诗中，埃阿亚岛上的女巫喀耳刻可以用魔药把人变成狮子、狼、猪等兽类。希腊英雄奥德修斯派到海岛腹地去打探消息的十二个水手就被喀耳刻的掺有魔草汁的葡萄酒和魔杖变成了猪，不过还保留着人的思想和情感。公元2世纪罗马作家阿普列尤斯的《金驴记》讲述了主人公鲁齐乌斯被魔药变成驴子后曲折坎坷的经历，对后人产生了很大影响。而法国女作家塞居尔夫人的《一头驴子的回忆录》（1860）已是一个充满趣味的童话故事。整个故事是由一头名叫"卡迪松"的"博学多才"的"顽童驴子"以自述形式讲述的。而在英国，马克·莱蒙的《廷肯变形记》无疑标志着人兽变形故事从神话叙事到童话叙事的演变。马克·莱蒙出生在伦敦的一个商人家庭，父亲是一个啤酒商。莱蒙15岁时父亲去世，他被送到林肯郡与舅舅一起生活。他喜欢新闻写作和戏剧演出，在26岁时放弃经商而致力于写作。马克·莱蒙是英国著名的幽默杂志《笨拙》的创始人和首任主编。在办刊的初始阶段，他用写剧本获得的收益支撑办刊费用，终于使之成为一份受欢迎，有影响的报刊。

在儿童幻想文学创作方面，马克·莱蒙早期创作的《中了魔法的玩偶》（*The Enchanted Doll, A Fairy Tale for Little People*，1849）还带有一些那个时代难以摆脱的说教意味。但他后期创作的《廷肯变形记》（*Tinykin's Transformations*，1869）就是一个富有趣味的幻想故事。小说的主人公廷肯是一个王室护林官的儿子，由于他出生在星期天，天赋超常，能够看到仙女，结果被仙后泰坦尼娜选中，接着被变成不同的动物，使他分别经历了变成一只河鸟、鱼儿、小鹿和鼹鼠等动物的生存状

马克·莱蒙①
(Mark Lemon, 1809 – 1870)

---

① Mark Lemon, photograph from M. H. Spielmann's The History of "Punch", 1895, http://en.wikipedia.org/wiki/Mark_Lemon.

态。这一变形经历使他认识了有关空气、水和土地等方面的知识，这些知识在后来的紧急关头都派上了用场，为他赢得公主发挥了不可或缺的作用。在这之后，主人公的父亲也从监狱里被解救出来，重获自由。作者把传统童话的变形因素与现代自然知识结合起来，创作出一个别有意趣的童话故事。女作家伊迪丝·内斯比特的《莫里斯变猫记》是一个相似的变形故事。小男孩莫里斯非常顽皮，喜欢搞恶作剧，残忍地戏弄家里养的一只猫（例如剪去它的胡须和尾巴）。为了惩罚他的不端行为，莫里斯的爸爸决定把他送进一所专门管教"问题儿童"的学校。莫里斯对此极不情愿，于是那只猫就与莫里斯交换身份，将他变成了一只猫，而它自己则变成了莫里斯，替他进了管教学校。变身为猫的莫里斯亲身体验了没有胡须的尴尬，以及其他种种被损害后遭受的痛苦，他不愿意再过这种生活了，但却身不由己。与此同时，他也听见了爸爸妈妈的议论，述说他的优点，还得知他的小妹妹对他非常关切，让他感受到她的同情心和爱心。他终于从内心深处认识到自己对那只猫所造成的严重伤害，认识到应当善待小动物；同时他也体会到了父母对他的深切关爱。结局自然是美好的，那只猫非常讨厌在学校的生活，从那里跑了回来，于是他们又变回了自己，从此以后小男孩莫里斯和那只猫成了好朋友，一家人过着幸福的生活。

马克·莱蒙的《廷肯变形记》的影响在约翰·梅斯菲尔德（John Masefield，1898－1967）《欢乐盒》（The Box of Delights，1935）的题材和艺术创作方面也有所体现。在该书的第四章，猎人将凯先后变成了一只牡鹿、一只野鸭和一条鱼。此外，人们在 T. H. 怀特（Terence Hanbury White，1906－1964）的《石中剑》（The Sword in the Stone，1938）一书也能发现相似的继承和创新因素。《石中剑》是根据英格兰民间传说创作的小说，讲述主人公亚瑟在魔法师梅林的引导下，通过寻找象征着力量和权力的石中剑而成长起来的经历。在追寻石中剑的历程中，梅林把自己和亚瑟都变成鱼儿，到河水中寻找，却险象环生，遇上了凶狠的鲨鱼；后来梅林又把两人变成松鼠，在林中跳跃穿行，却在不经意间吸引了两只母松鼠，让她们芳心大动，给他俩带来了新的麻烦。

在刘易斯·卡罗尔的《爱丽丝奇境漫游记》中，小女孩爱丽丝吃了地下世界的糕点，或者喝了那里的饮料就会出现身体的变形，不是变得非常高大，就是变得极其矮小。当她吃了毛毛虫告知的蘑菇片后不仅身体猛长，而且脖子变得老长老长，"对着任何方向都能弯曲自如，就像一条大蛇"。这样的变形自然使她被树上的鸽子当做一条具有严重威胁的大蛇。而那只神秘的柴郡猫将传统的动物变形转换为妙趣横生的隐形与现形——首次出现在公爵夫人的大厨房里的柴郡猫咧着大嘴笑容满面,让爱丽丝感到不可思议。而更让她感到不可思议的是,柴郡猫时隐时现,神出鬼没,体现了绝妙的变幻艺术。刚开始,柴郡猫的出现和消失速度太快,让爱丽丝感到头晕眼花。于是在爱丽丝的要求下,柴郡猫开始体贴地放慢消隐的速度,"先从尾巴梢开始,最后消失的是露着牙齿的笑容,等全身都消失得无影无踪以后,笑容还停留了好一会儿"。在爱丽丝进入的奇境世界和镜中世界,小白兔、耗子、渡渡鸟、鸭子、金丝雀、小鹰、小比尔、毛毛虫、柴郡猫、三月兔、鹰面兽、假海龟,以及绵羊、狮子与独角兽,等等,都是具有童心的动物。对于爱丽丝而言,有些动物却是一种异己的力量,如她被困在兔子的家中时,遭到小动物的围攻;在树林里,身材变小的爱丽丝遭到一条体型庞大的小狗的追击和扑咬;有些动物却是她的指引者,如毛毛虫、柴郡猫和鹰面兽等。

在迪克·金-史密斯的《哈莉特的野兔》(*Harriet's Hare*, 1994)中,一个来自帕斯星球的外星人到地球来度假,恰好降落在罗汉农场的麦田上(那里形成了一个由外星太空船压出的直径二十米左右的麦田怪圈),意外地邂逅了独自跟父亲一起生活在农场的小女孩哈莉特,两人一见如故,相谈甚欢,遂成为好友。首先这是因为这个外星人没有按照小女孩的想象,以长着"四条胳膊,眼睛长在肉柄上的小绿人"形象出现,而是变形为一只漂亮的兔子,长着"黄褐色的皮毛,黑色的大耳朵尖,长长的后腿",这让天性接近和喜爱野生小动物的小女孩对他产生了亲切感。当然,帕斯外星人要比地球人先进得多,不仅精通地球上所有的语言,而且具有令地球人难以理解的变形能力。这个外星人可以变成老虎、狗、羊或者任何他愿意变的动物,但他却把自己变成了一只野兔,因为他知道在地球上,野兔被看作具有魔法的动物,是"魔法师",能在月光下起舞、游戏,而且在满月之时能够在月球上呈现自己的轮廓。这个外星人的确具有非凡的魔力,但更重要的是,他具有贴近自然的童心和善心,在他短暂的逗留期间使小女孩的家庭和她本人的人生获得幸福的改变。其中富有情趣的是,外星人在与小女孩哈莉特的接触中,每每变化为不同的动物,如小麻雀、小黄雀、蜗牛、刺猬、奶牛,等等,然后才现身为小女孩所熟悉的漂亮野兔,而且每每给她带来不同的惊喜。

第三节　重要主题：人类与动物如何相处与沟通

约瑟夫·鲁迪亚德·吉卜林（J. Rudyard Kipling，1865—1936）的《林莽传奇》（*Jungle Books*，1894—1895）是独具特色的幻想性动物小说，作者致力于描写那些野性十足，具有强大破坏力的大型野兽，它们活动的区域是位于异域他乡的原始莽林。这些故事体现了充满野性力量的冒险和暴力行为。难怪有批评家认为吉卜林是在英国帝国主义的历史语境中创作了这些野性动物故事。《原来如此的故事》（*Just-so Stories*，1902），则是另一种类型的动物故事，原本是他为回答女儿充满稚气和好奇的问题而创作的，后来汇聚成著名的动物推源等类型的童话故事。这些故事具有浓郁的民间童话色彩，有生动活泼、趣味盎然的对白，对孩子们希望了解的动物进行奇思妙想般的故事性解答。

约瑟夫·鲁迪亚德·吉卜林1865年出生在印度孟买，父亲洛克伍德·吉卜林是一位雕塑设计师，曾任孟买工艺学校的教师，后来担任拉合尔工艺学校校长和拉合尔博物馆馆长。吉卜林6岁时被家人送回英国接受教育，中学毕业后返回印度，在拉合尔市的一家报社做助理编辑和记者。长期在印度生活和工作的经历使吉卜林对印度各地的风土人情以及英国殖民者在印度的生活状况有相当深入的了解和认识。似乎是为了弥补自己没有受过大学教育的遗憾，吉卜林在成为名满世界的作家之后对于英国和其他国家一些著名大学授予的荣誉博士学位总是来者不拒，欣然接受。作为一个作家，吉卜林一生共创作了8部诗集、4部长篇小说、21部短篇小说集和历史故事集，还有大量散文、随笔、游记和回

鲁迪亚德·吉卜林[①]
（J. Rudyard Kipling,
1865—1936）

---

① J. Rudyard Kipling, photograph from Corbis-Bettmann. Reproduced by permission. In Literature Resource Center. Detroit: Gale, 2012. Literature Resource Center. Web. 20 July 2012.

忆录等作品。吉卜林于 1907 年获得诺贝尔文学奖，其文学成就被概括为"观察的能力、新颖的想象、雄浑的思想和杰出的叙事才能"。1936 年，吉卜林去世后被安葬于伦敦威斯敏斯特大教堂著名的诗人角。

吉卜林的文学创作具有写实性和幻想性相互映照的双重特征。一方面，他的许多有关印度题材作品的现实主义特征使他获得了"狄更斯的继承人"和"英国的巴尔扎克"的赞誉。另一方面，他的代表作《林莽传奇》及其续集讲述的又是充满了异国情调的幻想性动物故事，讲述发生在印度的热带丛林世界的各类动物及其族群的生存与竞争的拟人化奇异事件。全书由独立的中篇小说汇聚而成，其中讲述人类婴儿莫格里被狼妈妈收养，在狼群中长大，随后在丛林世界与各种动物交往、斗智斗勇的故事对于儿童读者具有强烈的吸引力。对于成人读者，那一片热带丛林不仅是动物世界，也是人类世界的投射或缩影。大熊巴鲁和西奥尼狼群的首领阿克拉把莫格里称为"小兄弟"，把莫格里从山下村庄取来的火种称为"红花"。当丛林地区出现严重的干旱时，动物族群必须遵守为保证饮水的"休战"，所有动物，包括平常相互追逐猎食的动物都要停止敌对行动，在和平状态下到水源地去饮水。当然，动物世界的"丛林法则"也是人类社会的"丛林法则"的折射。在热带丛林里，丛林法则禁止任何野兽吃人，因为这意味着带着枪支的白人会骑着大象来报复，使丛林里的野兽族群蒙受灾难。而且按照丛林法则，一只狼在结婚时可以退出他所属的狼群，但当他自己的狼崽一旦长得能够站立起来，他就必须把狼崽带到狼群大会上去，让别的狼认识和考验他。经过这样的仪式之后，狼崽们就可以自由活动。在狼崽还没有能力真正杀死一头公鹿之前，成年狼不得以任何借口杀死狼崽。而在丛林世界的弱肉强食的秩序下充满野性活力的生存竞争，既是动物故事，也是吉卜林作为大英帝国扩张时期的鼓吹者的充满自信的叙述，同时也是一种告诫：人类进入危机重重的丛林世界后该如何行动，如何成为强者和统治者。西奥尼狼群的狼爸爸和狼妈妈不仅要把一个刚会走路的人类幼儿莫格里（他的父母在丛林中遭到老虎谢尔汗的猎捕时逃散了，而他恰好爬进了西奥尼山的狼爸爸和狼妈妈一家居住的山洞里）抚养大，而且要把他训练成"一个合格的兽民"。莫格里在狼群中的狼崽们的陪伴下长大了，他认识了丛林的一切事物的含义，学会了丛林中鸟兽的语言，也学会了狼的各种本领，还能够像人猿一样在丛林的树枝间攀援跳跃。而且当他参加狼群大会时，如果他双眼死死地盯着一只狼看，那只狼就不得不垂下眼睛，不敢直视——因为这是智力更优的人类的眼睛。为了对付以瘸腿老虎谢尔汗为首的歹毒野兽们的加害，"狼孩"莫格里在黑豹巴希拉的忠告下，到山下的村庄取来了被动物们认为是种在盆子里的"红花"的火种，从而制伏了准备在狼群大会上推翻已经年老体衰的狼群首领阿克拉，杀死"狼孩"莫格里的老虎谢尔汗及其追随者。作者对这一惊心动魄的对决过程进行的描述非常精彩，引人入胜；莫格里在跟大熊巴鲁和黑豹巴希拉学艺时，被猴群劫走，结果引发了一场恶战；莫格里在牧场里做牧童时，引导水牛群在河谷出口像山洪暴发一般朝无路可退的老虎谢尔汗冲去，使之死于非命；在红狗群威胁到狼群的生存时，莫格里果断地挺身而出，拯救了整个狼群……丛林的故事是粗犷而多彩的，作者塑造了一个在丛林动物世界长大的"狼孩"莫格里形象，他的身上体现了丛林野兽的非凡活力与人类卓绝智力的结合。至于那些林中野兽，从狼爸爸、狼妈妈到西奥尼狼群的首领阿克拉、憨厚的大熊巴鲁、睿智的黑豹巴希拉、捕猎好手蟒蛇卡阿，到一意孤行的瘸腿老虎谢尔汗，等等，通过将动物的自然属性与人类的个性和社会性融合起来，作者呈现了一系列个性鲜明、令人难忘的人格化的动物形象。除了这些动物角色，读者还能领略大象、豺狗、海豹、眼镜蛇、鳄鱼、狗、麝鼠、獴、猴子等拟人化动物的独特韵味。

此外，吉卜林创作的动物习性推源故事也是很有特色的。吉卜林的女儿经常向爸爸提出一些非常稚气的问题，为了回答这些问题，吉卜林即兴给女儿讲述了许多关于动物习性由来的故事，这些想象奇特、别出心裁的故事便汇聚成著名的动物推源型童话故事《原来如此的故事》（1902）。这种向儿童解释"为什么如此"的故事可以追溯到早期先民寻求解释事物本源的故事。吉卜林的这些故事具有浓郁的民间童话色彩，有生动活泼、趣味盎然的对白，对孩子们希望了解的动物进行奇思妙想般的故事性解答。作者用幽默风趣的方式讲述大象为什么会有这么长的鼻子？豹子为什么全身上下都是斑点？骆驼的驼峰是怎样耸立起来的？犀牛坚硬粗糙的皮肤为什么有这么多皱褶，它的脾气为什么这么暴躁？体形巨大的鲸鱼为什么却长着这么细小的喉咙？猫为什么独来独往？骄傲的袋鼠的大口袋是怎么来的？犰狳为什么只生活在亚马孙河的两岸？见过玩弄大海的螃蟹吗？见过会跺脚的蝴蝶吗？等等。

第四节　温馨的动物乌托邦：迪克·金-史密斯的农场动物小说

如果说乔治·奥威尔（George Orwell，1903－1950）的《动物农场》（*Animal Farm*，1945）是当代成人本位的政治童话小说，作者通过动物童话的艺术形式来达成政治性写作，目的是为了更好地表达自己的社会政治观念，以及对于人类理想社会制度的拷问，那么迪克·金-史密斯的农场动物小说系列通过生活化、童趣化的细致笔墨描写形形色色的农场动物，为小读者展开了一幅幅充满乡村气息而又富于戏剧性的拟人化动物生活画卷，是典型的儿童本位的动物童话小说。在奥威尔的动物农场里，从公猪"老少校"到年轻的公猪"雪球"和"拿破仑"，无论是种猪还是肉用猪，这几头由农场主人琼斯先生饲养的公猪非同寻常，具有特殊的政治才能，所以成了这个农场所有动物的政治领袖——这就定下了这部政治童话小说的反乌托邦政治寓言的讽喻叙事基调。同样把猪作为自己作品的主人公或重要角色，迪克·金-史密斯的农场动物小说系列中的小猪、大猪和母猪等就把读者带进了一个个充满童趣的动物童话世界。

迪克·金-史密斯（Dick King-Smith，1922－2011）原名为罗纳德·戈登-史密斯（Ronald Gordon King-Smith），1922年3月出生于英国的格罗斯特郡（Gloucestershire）。从中学毕业后，他放弃了进入著名大学深造的机会，开始在乡村务农。1948年，史密斯在父亲的支持下买了一个小型农场，成为一个农场主。当然，在他农场里，各种各样的农场动物成为他的亲密

迪克·金-史密斯[①]
（Dick King-Smith，1922－2011）

---

① Dick King-Smith, Photograph in Literature Resource Center. Detroit: Gale, Web. 20 July 2012.

伙伴。这漫长的农场生活对他在五旬之后从事动物小说创作至关重要。20世纪70年代初，年近50的史密斯进入圣马修学院接受教师职业培训，随后又在布里斯托尔大学攻读教育学学士学位。毕业后，他到一所小学任教，同时在比较充足的课余时间进行写作。

迪克·金-史密斯发现孩子们非常喜欢他讲述的动物故事，便动笔写作，于是就有了他的第一部动物小说《小鸡智斗狐狸》(*The Fox Busters*, 1978）的问世。这一炮打响之后，史密斯就此走上了儿童文学创作的道路，以众多描写农场动物的作品而独树一帜，成为著名的儿童文学作家。迪克·金-史密斯把自己的农场动物小说称为"农场大院幻想故事"(farmyard fantasy)，一般农场中最常见的猪是他最喜爱的动物，理所当然地成为其农场动物小说的重要角色。迪克·金-史密斯在儿童文学创作领域出道虽晚，但他勤于笔耕，创作了一百多部动物童话小说，成为名副其实的当代英国动物小说大王。2009年，迪克·金-史密斯被授予大英帝国勋章，2010年又被授予"英国国家勋章"。从总体上看，迪克·金-史密斯的农场动物小说的创作源于对农场生活的深切感悟，以及对那些看似寻常，普通的农场动物的深厚感情，并由此通过幻想叙事引导读者走进一个个温馨的动物乌托邦世界。通过形象地勾勒出每部小说中特定动物角色的特点，以及展现这些看似平凡的动物角色的非凡事迹，作者戏剧性地将人间百态投射到动物世界；同时通过动物的视角反观人类的行为和缺憾，也通过对动物角色的智慧和内心情感的想象性叙事，艺术地揭示了人与动物的理想关系，表达了对大自然一切生命的敬畏和敬重。这些动物故事也是对儿童读者进行道德熏陶和审美体验的读物。那些抽象的有关尊重生命，学会理解，学会勇敢，学会关爱等品质，都从丰富多彩，充满农场生活气息的动物故事中得到形象具体的表达。人们可以用平民化、生活化、传奇化、童话化来评价作者创作的农场动物生活画卷。

就英国当代幻想性动物文学创作而言，迪克·金-史密斯的独特贡献之一是化平凡为神奇，将小猪、大猪、公猪、母猪这样非常平凡甚至形象不佳的农场动物转化为别具一格，充满童趣和哲理意味的童话角色，从而创作出生活气息浓郁，故事妙趣横生，情节起伏跌宕的农场动物小说。在《狗脚丫小猪戴格》(*Daggie Dogfoot*, 1980) 中，一头格洛斯特郡大母猪产下了一窝猪崽，其中有一只叫戴格的小猪崽身体特别瘦小羸弱，不仅皮包骨头，而且长着"狗脚丫"（小猪蹄的蹄尖是彼此内旋的，看上去像是狗的脚丫），是典型的不合格的"残疾猪"。按照常规，这个"畸形儿"应当被遗弃，因为即使他能存活下来，其生长也是相当缓慢的，不仅不能够创造"成品猪"的价值，而且会带来很多麻烦。事实上，养猪人已经好几次下了毒手，要把他除去。当他第一眼看到这只"狗猪"，就毫不犹豫地把他从地上捡起来，放进自己外套的深深的口袋里，准备带走用木棍处理掉。然而这只小猪崽却不甘就此结束上天赋予他的生命，通过发自本能的拼命抗争，几经劫难而顽强地生存下来。随着时间的流逝，狗脚丫戴格不仅活了下来，而且慢慢长大了。虽然他的身体发育远远比不上他的同胞兄弟姐妹，但他变得非常聪明，机敏。兄弟姐妹们都嘲笑这个侏儒胞弟的畸形蹄子，却不知道这古怪的蹄子也会成为一种他们不具备的优势。两周以后，养猪人把断奶的小猪崽带走了，只有狗脚丫戴格留在母猪妈妈身旁。猪圈的后面是一个高低不平的小山坡，附近还有一条溪流。小猪戴格在这里结识了母鸭弗莱，学会了游泳，而且利用其内旋的蹄子这一优势，经过勤学苦练成为前所未有的游泳高手。后来天气变化，滂沱大雨下了两天两夜，整个养猪场所在的乡间发生了大洪水，养猪人和数百头猪被困在了猪舍后面的山坡的最高处。放有粮食和猪食的棚子被水冲走了，朝着河的下游漂去。粮食短缺，无人知晓的困境很快就将变成一场灾难。在危急关头，狗脚丫戴格利用会游泳的优势，同鸭子一道，朝下游方向游去，以便寻机求救。在惊心动魄的水中历险之后，英勇无畏的狗脚丫戴格最终为养猪人和猪群的获救建立了奇功。从迪克·金-史密斯的这部幻想性动物小说中，人们还可以发现另一个特征：农场的猪群世界和养猪人的世界是两个平行的，相互交叉，但无法连通的世界。发生在猪群世界的一切都是那么鲜活，激扬着生命的动感和斑驳的色彩。那些母猪都是人性化的，是具有鲜明性格特征的妇人，被称为巴黎娜妇人、歌博斯巴夫人、史威勒夫人、乔佩夫人、梅兹玛奇夫人，等等；她们的丈夫被称为"乡绅"，是一头气势威严而话语啰嗦的大公猪。她们把农场的养猪人称为"猪人"，或者"仆人"，因为养猪人每天都给她们提供吃的、喝的，给她们换上新鲜的草垫，为她们打扫猪舍，在展出季节来临时，还有为每头参展的猪做全身刷洗和梳理。高兴了还跟他说说话，愤怒了就冲他一顿臭骂——不过这养猪人实在太蠢，一句话都听不懂。作者通过以实写虚的手法描写发生在猪群世界的故事，从母猪夫人们的对话交流到畸形儿小猪崽成长为一个游泳高手，到洪水灾难来临，小猪崽肩负起拯救养猪场全体成员的重任，一个自出生就面临被淘汰命运的残疾小猪成为一个"天降重任于斯人"的拯救者，整个故事得到戏剧化和童趣化的呈现。与此同时，在猪群世界出现的一切都是在养猪人经营的养猪场这一现实世界的参照系中发生的。从猪舍的安排，母猪产子下崽，清理不合格猪崽，母猪断奶后将猪崽移往别的猪栏喂养，打开猪栏门，让母猪到山坡走动，等等，都是现实中的养猪场的日常活动而已。正是在这样寻常的现实参照系下，作者致力于开拓猪栏里的童话世界，用想象力驾驭的神来之笔去描写"残疾"小猪崽的成长和传奇故事，进入了化平凡为神奇的幻想动物小说的写作境界。

发表于1983年的《牧羊猪》(The Sheep-Pig) 同样如此。农场主霍吉特在集市上通过"猜重量游戏"赢得了一头乖巧的小猪贝贝。小猪被带回家中养起来——当然，按照农场日常生活的逻辑，是准备养到圣诞节作为制作美味火腿香肠的。然而根据童话世界的神奇法则，聪明、勇敢的小猪贝贝的命运得到了戏剧性的逆转。在传统童话叙事中，作为主人公的小人物改变贫贱或受压迫的命运首先靠的是善良的本性，他们纯真质朴，任劳任怨，没有世俗偏见，不受权势或者所谓理性主义现实的摆布。他们尊重与善待大自然中的一切生命和事物，他们发自内心的看似微不足道的任何善良之举必然获得特别珍贵的回报。其次，童话"小人物"所拥有的战胜强敌、改变命运的巨大潜能，往往通过"魔法"的帮助而释放出来。小猪贝贝正是如此，他纯真善良，体贴、尊重、善待他人，赢得了农场上下的喜爱。农场主人把他当做自己的宠物，给予特别的照；牧羊犬妈妈把他当做亲生儿子对待，将牧羊的本领悉心传授给他，这为他日后成为最出色的牧羊猪提供了基本的条件。当然，小猪贝贝的"魔法"力量来自他与羊群及其他动物之间进行沟通交流的动物语言。这两方面因素的结合保证了小猪贝贝的大获成功，也彻底改变了他的命运。故事的高潮出现在小猪贝贝在农场主带领下参加全国牧羊犬大赛，最终战胜所有牧羊犬对手，获得冠军。这也是这部童话动物小说的精彩之笔。根据《牧羊猪》(1983) 改编拍摄的电影《小猪贝贝》(1995) 同样很受欢迎，囊括了影评界7项奥斯卡提名。1998年环球影业又据此推出续集《小猪进城》(Babe: Pig in the City)。

通过迪克·金-史密斯讲述的鸭子主人公与猪群打交道的故事，我们也能发现相似的幻想性动物小说特征。小说《聪明的鸭子》(Clever Duck, 1996) 戏剧性地投射了人间百态中具有讽刺意味的傲慢自大心态，同时演绎了一个富于传奇色彩的历险故事。农场的围栏里生活着一群自命不凡、目空一切的母猪,分别是奥贝斯夫人、斯图特夫人、波特利夫人、查比夫人、塔比夫人、斯瓦戈贝利夫人和罗利-波利夫人。另外还有一头被母猪们恭称为"将军"的固执己见、狂妄自大的公猪。这些猪目中无人,自以为是,而且傲慢无礼,总是想方设法地愚弄和贬损农场里的其他动物,把他们称为"笨蛋""傻子""白痴""弱智""糊涂虫",等等。这让聪明的母鸭达马里斯感到非常气愤,决心给这群不知天高地厚的蠢猪一个教训。于是,她同自己的启蒙老师牧羊犬罗里一起,故意帮助这群猪从围场大门偷跑出去,使它们踏上一条充满艰难和痛苦的"迁徙"之路。猪群在路上敞开肚子大吃菜根菜叶,猛喝池塘中的水,这毫无节制的大吃大喝很快就使猪群感到腹痛难忍。而长时间的跋涉又使它们身心疲惫,浑身酸痛。而且它们在经过一个板球俱乐部的比赛场地时又遭到一阵痛打,弄得遍体鳞伤。最不幸的是,它们随即落入了一个骗子手中,被囚禁在一个狭小的牢笼里,忍饥挨饿。这个骗子准备过一段时间,避过风头之后就把它们送到远处的集市上卖掉,从而赚上一笔钱。此时一直尾随着猪群行踪的鸭子达马里斯感到于心不忍,决定抛弃前嫌,向陷入困境的猪群伸出援手。鸭子把猪群的现状告诉了牧羊犬罗里,罗里也在为苦苦寻找失踪猪群的主人感到过意不去。于是鸭子和牧羊犬都认为应当把猪群目前的困境告诉农场主人。鸭子达马里斯飞到主人居室的窗前,用扁嘴巴猛击窗玻璃,并且发出一连串兴奋的嘎嘎声,随即朝着猪群被关押之地的方向飞去,一路大声叫嚷着为农场主指引道路。农场主妻子认为鸭子是想告诉农场主什么消息,但农场主却认为此事实在荒唐:"你总不会说她知道我们的那群猪在哪里吧"。鸭子往猪群被关押的地方飞去,却被那个骗子击伤了翅膀,落入河流之中。逃过大难的鸭子回到农场后仍然想方设法向主人传递有关信息,甚至竭力同牧羊犬一道试图通过一张《养猪者公报》的相关报道上的一头大白公猪的图片,提请农场主注意。但这番努力仍然没有达到目的,因为农场主代表着日常理性的认识:难道动物会像人一样聪明吗?当然,这部小说的书名就是"聪明的鸭子"。而且,经过鸭子的再三努力,农场主也感到鸭子的表现可能有不同寻常之处,正如他对妻子所说,"动物们能感应到一些我们感觉不到的东西"。终于,在一个赶集日,农场主带着鸭子和牧羊犬,再次驾车出发,一个村庄一个村庄地寻找自己失踪多日的猪群。每到一个地方,农场主都把鸭子从车上抱下来,看她会有什么反应。最后，在通往一个沿河村庄的小路上，一直保持着平静的鸭子突然开始嘎嘎地大叫起来——原来前面有一辆正准备开走的运货车，车上装载的正是农场主苦苦寻找的那群猪。在骗子的办公室里，农场主看看翅膀受伤的鸭子，再看看放在屋里角落的那把猎枪，顿时明白了发生的一切。聪明的鸭子通过自己的不懈努力使农场主的猪群失而复得，这群狂妄自大的猪也结束了自己悲惨难熬的旅行和被关押的折磨。鸭子去看望回到农场的猪群，她们居然都不知道自己是如何得救的，只有一头爱尔兰血统的母猪明白事情的真相，她对鸭子说，"我就知道你是只聪明的鸭子，一开始就知道"。农场主的妻子感到很奇怪，鸭子居然去看望猪群，而且对着一头母猪嘎嘎的叫着，而那头老母猪也哼哼地回应着，于是她对丈夫说道，"我真的非常想听懂她们在说些什么"。与此同时，鸭子对牧羊犬说，"罗里，你看那边正在不停聊天的农场主夫妇，我真想听懂他们究竟在说些什么"。这就是两个平行但没有联通的世界。通过鸭子和牧羊犬的视角，我们看到了丰富多彩的动物世界，包括动物们的精神活动和历险活动。包括鸭子、牧羊犬、大公猪、母猪群在内的动物角色之间的对话不仅栩栩如生，而且富有哲理；此外动物们的情感活动真挚感人，她们之间发生的恩怨故事精彩动人。而从处于故事参照背景的农场主夫妇的视角去看，动物们确有不可思议之处，但现实与童话应当保持理性的距离——只不过在聪明的鸭子面前，现实与童话之间的距离消融了，甚至被融为一体。代表常识的农场主的思想观念的转变表明了接受童话叙事的期待视野的确立。从总体上看，农场主的现实世界与鸭子的童话世界形成了一个互为参照的双重世界，写实性的农场背景凸显了幻想性的动物世界。

值得一提的是，迪克·金-史密斯不仅擅长于创作幻想性农场动物小说，而且在描写神秘动物方面也很有建树。他的《深湖水怪》(*The Water Horse*, 1992)将一个建立在有关尼斯湖水怪出没的传说之上的著名公众事件（从565年爱尔兰传教士的记载，到当代的目击报告和拍摄的照片等）演绎为一个温馨动人的童话故事。华尔登传媒（Walden Media）根据这部小说改编拍摄了影片《深湖水怪传奇》(*The Water Horse: Legend of the Deep*, 1995)，是继"纳尼亚传奇"之后推出的另一部儿童幻想文学大片。2008年好莱坞也根据这部小说推出了电影大片《深水传奇》(*The Water Horse*)。

余 论

对当代中国儿童与青少年幻想文学的启示

  无论在世界什么地方,幻想文学都是最受儿童和青少年读者喜爱的文学类型之一。从古到今,想象力的原动力来自于人类拓展自己经验视野的深切愿望。而想象力与一个民族的文化创新与发展是密切相关的。新时期以来,尤其在进入 21 世纪以后,中国本土作家在儿童幻想文学创作领域进行了卓有成效的探索,取得了令人瞩目的成就。我们欣喜地看到一批包括曹文轩的"大王书"系列和张之路的《非法智慧》及《千雯之舞》等在内的优秀幻想文学作品的问世。2010 年,获得第八届全国优秀儿童文学奖的幻想性文学作品包括曹文轩的幻想小说《黄琉璃》、李东华的童话《猪笨笨的幸福时光》、汤素兰的童话《奇迹花园》、金波的童话《蓝雪花》和张之路的科幻童话作品《小猪大侠莫跑跑·绝境逢生》等。在这些作品中,曹文轩的《黄琉璃》用长篇叙事表现宏大的史诗性主题,小说主题宏大,人物众多,场面恢宏,波澜壮阔。相比之下,汤素兰的《奇迹花园》营造的是富有浓郁诗情画意的童话奇境,讲述的是温馨的人间故事。李东华的《猪笨笨的幸福时光》是一个洋溢着幽默情趣的动物童话故事,具有释放生活压力的童话精神。张之路的科幻小说《小猪大侠莫跑跑·绝境逢生》可称为校园科幻历险故事。在"转基因计划"与"极限穿越器"等近似科学认知的因素后面是关于亲情、友情和正义的主题。事实上,作为作家和电影编剧的张之路在中国儿童幻想文学创作方面是很有特色的。他创作的幻想性文学作品还有《霹雳贝贝》《非法智慧》《蝉为谁鸣》《极限幻觉》《在牛肚子里旅行》《魔表》《疯狂的兔子》《妈妈没有走远》《危险智能》《我要做好孩子》《乌龟也上网》《空箱子》《我和我的影子》《野猫的首领》《还魂记》《螳螂》《小猪大侠莫跑跑》，以及长篇小说《千雯之舞》，等等。其中《千雯之舞》讲述的是世界上独特的集形象、声音和辞义三者于一体的汉字所演绎的传奇故事。作者沿着中国文字的形成、发展和变化的历史轨迹，讲述了被字仙变成小人儿的主人公如何在神奇的汉字世界里与邪恶力量展开生死搏斗，最终夺取胜利的。在征战的历程中，出现了甲骨文的领地、篆文的城堡和鼎的家族，出现了由逃难的甲骨文、金文、小篆、大篆、隶书、简化字等组成的队伍，而"象形、指事、会意，形声、转注、假借"则成为正义之师战胜邪恶之军的战斗方式，出色的想象由此可见一斑。

然而从整体上看，国内的幻想文学及儿童幻想小说的创作既难以适应时代的发展，也无法满足日益增长的青少年读者的阅读需求。纵观国内原创的"奇幻小说"和"玄幻小说"，许多作者往往简单地模仿或者挪用某些流行的西方幻想文学作品的创作模式，或者将中国本土的传说故事与流行的西方幻想文学式样进行某种嫁接，殊不知却陷入了平庸的"四不像"模式。对于我们这样一个拥有数量庞大的儿童和青少年读者的人口大国和文化大国，这种现状应当尽早得到改变。这里面自然涉及许多历史和现实的因素，但我们首先面临着一个关于"幻想文学"的认识问题。通过对英国现当代童话小说的四个历史阶段的发展状况的考察与观照，我们认为有三方面的启示值得国内相关领域的研究者和创作者思考和借鉴。

一 关于理性教育与想象力问题

维多利亚时代英国童话小说的崛起是在英国农业文明向工业文明转型这一社会历史语境和文化思想语境中完成的；也是在工业革命和儿童文学革命这双重浪潮的冲击下异军突起的。考察这段历史可以为当今社会正处于相似的历史转型期的人们提供有关理性与想象力，以及儿童与青少年教育的重要启示。工业革命导致的巨大社会变迁与动荡对于维多利亚人具有催生"重返童年"愿望的时代意义。处于转型期的英国社会面临着经世致用的实用主义和守望精神家园的理想主义的剧烈碰撞。英国童话小说的异军突起则是恪守理性教诲与追求浪漫想象这样的两极倾向激烈碰撞的结果。从 1744 年约翰·纽伯瑞（1713—1767）开始大规模出版、发行儿童图书以来，无论是 18 世纪的清教主义者还是 18 世纪末以来的保守的中产阶级群体，他们所倡导的都是对儿童居高临下进行理性教导的"严肃文学"、"宗教劝善文学"、教化小说，以及旨在提供知识信息的纯事实性图书。在当时的儿童文学创作领域，具有代表性的观点是，作者创作的目的应当是向儿童读者传递特定的道德教诲与客观事实。正如露西·艾肯在 1801 年发表的《儿童诗歌》的序言中所宣称的："在理性的魔杖面前，巨龙和仙女，巨人和女巫已经从我们的儿童歌谣中销声匿迹了。我们始终奉行的准则是，童稚的心灵应当用更实在和更简单的事实来培育。"[①] 这种思想观念是很有代表性的。然而，尽管长期受到压制和排斥，张扬想象力和幻想精神的写作倾向还是冲破了占主导地位的恪守理性和道德教诲的禁锢，通过特定意义上的儿童文学革命，迎来了英国童话小说的第一个黄金时代，而且就此形成了从 19 世纪后期的两部"爱丽丝"小说到 20 世纪末的"哈利·波特"系列小说这样的，具有世界影响的英国儿童幻想文学的主潮。

哈维·达顿指出，理性说教类图书创作与幻想文学类图书创作之间进行的对决是一场哲学意义上的信仰的冲突，是针锋相对的厮杀。[②] 而许多维多利亚时代的作家担忧的是，工业革命后的机器时代将摧毁人类的想象力、创造力和健全的尊严。在技术至上的观念下，坚持理性原则，反对幻想的理性主义者本质上奉行的是功利主义的教育原则。查尔斯·狄更斯在他的《艰难时世》（1854）中对此做出了针锋相对的回应，揭示了这种注重实利，摒弃幻想，以功利主义为生活唯一准则的世界观所导致的严重危害，辛辣地批判了将生活简化为数字与事实的功利主义行径。事实上人们在为少年儿童传授知识的同时很容易遮蔽他们的想象力。而优秀的幻想文学作品能够激荡和吸引读者的心灵，激发他们的想象力。这对于儿童及青少年精神成长的培育是至关重要的。正如爱因斯坦在《论科学》一文中所说："想象力比知识更重要，因为知识是有限的，而想象力概括着世界的一切，推动着进步，并且是知识进化的源

[①]　F. J. Harvey Darton, *Children's Books in England: Five Centuries of Social Life.* Cambridge: Cambridge University Press, 1958, p. 156.

[②]　Ibid., p. 240.

泉。"这也是爱因斯坦特别强调童话故事的重要性的原因所在。[1] 而英国女作家凯瑟琳·辛克莱（1800—1864）在她的《假日之家》（1839）的序言中针对当时的社会现状提出的警示在今天看来仍然没有过时，仍然振聋发聩，仍然值得21世纪的中国儿童教育工作者、儿童文学研究者和创作者去思考，去探寻："在这个奇妙的发明的时代，年轻人的心灵世界似乎面临着沦为机器的危险，人们竭尽一切所能用众所周知的常识和现成的观念去塞满儿童的记忆，使之变得像板球一样、没有留下任何空间去萌发自然情感的活力，自然天资的闪光，以及自然激情的燃烧。这正是多年前瓦尔特·司各特爵士对作者本人提出的警示：在未来的一代人中，可能再也不会出现大诗人、睿智之士或者雄辩家了，因为任何想象力的启发都受到人为的阻碍，为小读者写作的图书通常都不过是各种事实的枯燥记述而已，既没有对于心灵的激荡和吸引，也没有对于幻想的激励"。

英国童话小说的兴起和发展表明，幻想文学可以为启迪儿童和青少年的想象力做出特殊的贡献。当然，需要指出的是，我们应当对维多利亚时代的两极碰撞的现象进行客观的评判。重要的是，对于那种坚持理性原则和知识主义的儿童图书创作倾向并不宜全盘否定。儿童文学中的理性教育主义还是有其自身的重要价值和现实意义的。从根本上看，人类社会的发展进步体现了人类不断拓展自身经验视野的认知过程。认知和想象的关系在本质上体现了科学理性与人文精神的关系。在探寻英国童话小说的启示时，我们对现实主义文学的敬重没有丝毫动摇：无论是狄更斯对童年的现实主义的书写，还是卡罗尔对童年的幻想主义的书写，它们都是伟大而卓越的儿童文学经典之作，都是杰出作家奉献给人类下一代的、最珍贵的"爱的礼物"。我们的观点在于，把道德教育、理性原则与幻想精神、游戏精神完全对立起来，对于儿童及青少年的精神成长的培育是不全面的，也是不科学

---

[1] 参见 Jack Zipes, *Breaking the Magic Spell: Radical Theories of Folk and Fairy Tales*, Revised and expanded edition, Lexington: University Press of Kentucky, 2002, p. 1. 一位女士向物理学家爱因斯坦求教，如何才能使她的儿子成为一个成功的科学家。具体而言，她恳请爱因斯坦特告诉她，应当让她的儿子读什么样的图书。爱因斯坦毫不犹豫地说："童话故事。"那位母亲说："好的。然后呢？""更多的童话故事"。母亲接着再问："然后呢？""再读更多的童话故事。"这就是这位科学家的最终回答。

的。理性与幻想并非水火不容,而是可以相互贯通的,正如托尔金所言:"幻想是自然的人类活动。它绝不会破坏甚或贬损理智;它也不会使人们追求科学真理的渴望变得迟钝,使发现科学真理的洞察变得模糊。相反,理智越敏锐清晰,就越能获得更好的幻想"。[①] 说到底,这就是科学精神与人文精神的协调发展。

二 关于幻想文学和童话小说的认识问题

相对于直接描写人们所熟悉的经验世界的现实主义或写实性文学作品,幻想文学作品是在客观经验无法证实的意义上,通过如临其境的"在场"的方式来表现"不在场"的人物和事件。换言之,幻想文学的叙事特征是"以实写虚,以实写幻"。由于"幻想文学"(Fantasy)范畴宽泛,包罗甚广,是多种相似但却具有不同艺术追求的非写实性文学类型的统称,所以在缺乏具体语境的情况下显得尤为含混——正如《西方科幻小说史》的作者布赖恩·奥尔迪斯所言:"幻想文学作为一个描述性术语具有难以把握的广泛通用性是众所周知的"。有鉴于此,对现当代幻想文学的主要类型进行区分是很有必要的。在现当代幻想文学的三大主要类型中,相对于科幻小说和奇幻小说,童话小说最容易遭到误解或者漠视。首先需要突破和超越狭隘的民间童话文学观和泛化的幻想文学观。有些人一提到童话就将其等同于民间童话。人们之所以将民间故事与童话故事等同起来,或者将民间故事(或民间童话)与文学童话等同起来,其中的主要原因在于忽略了民间故事(民间童话)与文学童话(艺术童话)之间的区别,模糊了它们各自的历史和文学范畴;而且忽略了童话文学的发生、演进、发展的历史进程。我们认为,用"童话小说"这一称谓来指称现当代作家创作的中长篇文学童话,要比笼统地使用"现代幻想文学"(Modern Fantasy),或者儿童幻想文学(Children's Fantasy)更加准确。

现当代幻想文学的主要类型是同源异流的,它们具有共同的"乌托邦"文学特征,但在创作意图、读者对象和艺术追求等方面往往是各不相同的。童话小说是现当代作家创作的文学童话,是传统童话的艺术升

---

① J. R. R. Tolkien, *The Tolkien Reader*, New York: Ballantine, 1966, pp. 74–75.

华，是童话本体精神与现代小说艺术相结合的产物。就英国童话小说而言，它发端于儿童文学而又超越儿童文学，根植于传统童话而又超越传统童话。重要的区别在于，童话小说要体现童话对当代社会背景下的儿童成长的意义和价值，不能像一般幻想小说那样随心所欲。如果简单用"现代幻想小说"或者"儿童幻想小说"来取代"童话小说"，势必要消解现当代童话文学的历史语境，剥离这一独特文体的历史沉淀，割断它与传统童话的深层血脉关系，从而消解了童话文学传统赋予它的本体论特征（给予儿童的"爱的礼物"）、精神特质（解放心智和想象力的乌托邦精神）和艺术特质（以实写虚的叙事手法，用自然随意的方式讲述最异乎寻常的遭遇和故事），其结果是使童话小说消隐或者混同于疆界模糊的幻想小说之中。

三　童话小说的童趣化与双重性问题

C. S. 刘易斯根据自己的体会将儿童文学创作分为三种方式。第一种方式是从表层迎合儿童心理和爱好，投其所好，自认为自己所写的东西是当今儿童喜欢看的东西，尽管这些东西并不是作者本人内心喜爱的，也不是作者童年时代喜欢读的东西。在我们看来，这种"投其所好"式的迎合小读者的写作方式不仅容易导致作者本我的迷失，本真的迷失，而且容易导致幻想文学作品的浅化现象，作者写出的东西往往是流于表面热闹，但缺乏深邃内涵的。这种现象同样相当普遍地存在于我们的儿童文学创作领域。在"理解儿童，走进儿童内心"的理想化口号的引导下，我们的许多作者却低估了儿童及青少年读者的认知和审美感受能力，也忽略了童话艺术的双重性特征。由于历史的，以及童话名称本身的原因，作为幻想文类的当代童话文学很容易被人等同于包含仙女、魔法等内容的短篇低幼儿童故事，这在国内显得尤为突出。事实上，作为历久弥新的童话本体精神与现代小说艺术相结合的产物，英国童话小说发端于儿童文学而又超越儿童文学，根植于传统童话而又超越传统童话，能够满足不同年龄层次读者（包括成人读者）的认知需求和审美需求。

克利夫顿·法迪曼将儿童文学创作分为"职业性"和"自白性"两大类，他认为《柳林风声》的作者格雷厄姆"将他本人从成人生活中获得的最深沉意义的感悟倾注在他的儿童文学作品之中"。① 这正是 C. S. 刘易斯所言，童话故事是表达思想的最好方式。事实上，从格雷厄姆的生活经历和创作过程看，童话小说《柳林风声》成为其表达思想，"吐露心曲"的最佳艺术形式。就这样，具有丰富人生阅历的成人与天真烂漫的儿童之间形成了一种默契，一个卓越的故事诞生了。具体而言，作家不仅要有积极的使命感和担当意识，而且要有深邃的思想和广博的知识以及丰富的文学修养。而童话叙事是一种能将现实世界和幻想世界的最美好的东西结合起来的，具有微妙和包容特性的艺术表达方式。这两者的结合能够使那些从他们心中流淌而出的文字变成感动当下，流传久远的经典之作。

维多利亚时代优秀童话小说的作者在创作时往往在心目中有两种隐含的读者对象：作为儿童的中产阶级家庭的子女和作为成人的中产阶级读者。而纵观英国童话小说的优秀作品，这一特征首先体现在童话小说作者心目中有意、无意预设的双重读者这一出发点上，那就是（1）为儿童写作；（2）为所有具有童心的人们写作。英国童话小说是在英国儿童文学语境中产生的幻想文学，具有儿童性（童心、童趣、童乐）和儿童本位（关爱与责任）的特征，要体现童话对儿童成长的意义和价值。与此同时，童话小说能够满足不同年龄层次读者（包括成人读者）的认知需求和审美需求。托尔金的《论童话故事》不仅探讨了当代文学童话的价值与功能，而且揭示了童话与儿童的关系，尤其强调了童话与成人文学艺术不可分割的联系。托尔金指出："把童话故事降低到'幼儿艺术'的层次，把它们与成人艺术割裂开来的做法，最终只能使童话受到毁灭。"② 作为 19 世纪英国工业革命与儿童文学革命双重浪潮的产物，"爱丽丝"小说自问世以来一直受到世人及批评家的关注，成为言说不尽的经典之作，原因何在？两部"爱丽丝"小说讲述的无疑是儿童本位的童话故事，但就艺术表现的深度而言，它们无疑呈现了幻想文学的"无限的可能性"。通过小女孩爱丽丝在一个荒谬怪诞世界里的寻觅与抗争，作者将传统童话的深层结构（乌托邦精神和对理想世界的追求）及其隐性的或象

---

① Clifton Fadiman, "Professionals and confessionals: Dr Seuss and Kenneth Grahame", in Egoff, Sheila et al. eds. *Only Connect: readings on children's literature*, Toronto, New York: Oxford University Press, 1980, p. 277.

② J. R. R. Tolkien, *The Tolkien Reader*, New York: Ballantine, 1966, p. 59.

征的表达转化为直接的思想理念的自由表达，将传统童话主人公面临的"生存的困境"转化为"存在的悖论"。这些开放性的现代性与后现代性文学因素造就了两部"爱丽丝"小说的言说不尽的阐释性，使之成为跨越儿童文学领域的，能够激活人们心智想象的文化阐释的奇境和获取灵感的源泉。由英国童话小说代表性作品所铸就的双重性艺术特征对于儿童幻想文学的经典性的形成及其影响具有重要意义。这正是齐普斯所说："儿童文学也应当遵循我们为当代最优秀的成人作家所设定的相同的高水平的审美标准和道德标准。"[①] 两部"爱丽丝"小说就是一个典型的例子，其言说不尽的阐释性和能够满足不同年龄、不同层次读者的审美需求的艺术特征为人们提供了重要启示。

[①] 杰克·齐普斯：《冲破魔法符咒：探索民间故事和童话故事的激进理论》，舒伟等译，安徽少年儿童出版社2010年版，第234页。

主要参考书目

一 中文部分

德伯拉·寇根·萨克、简·韦伯:《儿童文学导论:从浪漫主义到后现代主义》,杨雅捷、林盈蕙译,台北:天卫文化出版机构2005年版。

李赋宁总主编:《欧洲文学史》(1—3卷),商务印书馆1999年版。

刘守华主编:《中国民间故事类型研究》,华中师范大学出版社2002年版。

刘文杰:《德国浪漫主义时期童话研究》,北京理工大学出版社2009年版。

刘须明:《约翰·罗斯金艺术美学思想研究》,东南大学出版社2010年版。

李琛:《阿拉伯现代文学与神秘主义》,社会科学文献出版社2000年版。

詹姆斯:《天体的音乐:音乐、科学和宇宙自然秩序》,李晓东译,吉林人民出版社2003年版。

卢梭:《爱弥儿》,李平沤译,商务印书馆1994年版。

韦苇:《外国童话史》,河北少年儿童出版社2003年版。

吴其南:《童话的诗学》,中国文联出版社2001年版。

周汝昌:《红楼梦艺术》,人民文学出版社1995年版。

吴为善:《认知语言学与汉语研究》,复旦大学出版社2011年版。

罗伯特·R.西格尔(Robert A. Segal):《神话理论》,刘象愚译,外语教学与研究出版社2008年版。

蒋风主编:《世界儿童文学事典》,希望出版社1992年版。

刘意青主编:《英国十八世纪文学史》(增补版),外语教学与研究出版社2006年版。

钱青主编：《英国19世纪文学史》，外语教学与研究出版社2006年版。
王佐良、周珏良主编：《英国二十世纪文学史》，外语教学与研究出版社1994年版。
安德鲁·桑德斯：《牛津简明英国文学史》谷启楠 等译，人民文学出版社2000年版。
克里斯托弗·哈维等：《19世纪英国：危机与变革》，韩敏中译，外语教学与研究出版社2007年版。
白冰等主编：《中外童话名著金库》，三环出版社1991年版。
蒲漫汀等编：《世界童话名著文库》，新蕾出版社1989年版。
韦苇主编：《世界经典童话全集》，明天出版社2000年版。
乔叟：《坎特伯雷故事》方重译，人民文学出版社2004年版。
《王尔德全集》（第4卷），杨东霞、杨烈等译，中国文学出版社2000年版。
《王尔德全集》（第5卷），苏福忠等译，中国文学出版社2000年版。
乔治·麦克唐纳：《北风的背后》，杨艳萍译，广西师范大学出版社2002年版。
艾伦·加纳：《猫头鹰恩仇录》，蔡宜容译，少年儿童出版社2005年版。
菲利帕·皮尔斯：《汤姆的午夜花园》，马爱农译，人民文学出版社2005年版。
托尔金：《霍比特人》，李尧译，译林出版社2002年版。
托尔金：《魔戒再现》（"魔戒传奇"第一部），丁棣译，译林出版社2001年版。
托尔金：《双塔奇兵》（"魔戒传奇"第二部），姚锦镕译，译林出版社2001年版。
托尔金：《王者无敌》（"魔戒传奇"第三部），汤九定译，译林出版社2001年版。

J. K. 罗琳"哈利·波特"系列中译本

《哈利·波特和魔法石》，苏农译，人民文学出版社2000年版。
《哈利·波特与密室》，马爱新译，人民文学出版社2000年版。
《哈利·波特与阿兹卡班的囚徒》，郑须弥译，人民文学出版社2000年版。
《哈利·波特与火焰杯》，马爱新译，人民文学出版社2001年版。

《哈利·波特与凤凰社》，马爱农、马爱新译，人民文学出版社 2003 年版。

《哈利·波特与混血王子》，马爱农、马爱新译，人民文学出版社 2005 年版。

《哈利·波特与死亡圣器》，马爱农、马爱新译，人民文学出版社 2007 年版。

迪克·金-史密斯动物小说中译本

《深水传奇》，张冰梅译，新蕾出版社 2012 年版。

《牧羊猪》，王雪莹译，新蕾出版社 2012 年版。

《马肉馅饼》，张玲译，新蕾出版社 2012 年版。

《马丁猫的宠物鼠》，陈欣妍译，新蕾出版社 2012 年版。

《校鼠弗罗拉》，吕培明、姜蕾译，新蕾出版社 2012 年版。

《哈莉特的野兔》，吕培明、厉凌哲译，新蕾出版社 2012 年版。

《鹦鹉"麦子"历险记》，吕培明、厉凌哲译，新蕾出版社 2012 年版。

《小金鹅乐乐》，杨亚妮、张晶晶译，新蕾出版社 2012 年版。

《有趣的弗兰克》，马琳琳译，新蕾出版社 2012 年版。

《小老鼠沃尔夫》，曾明钰译，新蕾出版社 2012 年版。

《聪明的鸭子》，吕培明、蒋丹译，新蕾出版社 2012 年版。

《狗脚丫戴格》，吕培明、姜蕾译，新蕾出版社 2012 年版。

《隐形狗》，魏茗译，新蕾出版社 2012 年版。

《那只小"猬刺"》，魏茗译，新蕾出版社 2012 年版。

《爱咆哮的守卫狗》，马崧译，新蕾出版社 2012 年版。

《小甲虫，大名字》，吕培明、蒋丹译，新蕾出版社 2012 年版。

《艾米莉的腿》，马琳琳译，新蕾出版社 2012 年版。

《都是因为杰克逊》，张冰梅译，新蕾出版社 2012 年版。

罗尔德·达尔作品中译本

《詹姆斯与大仙桃》，紫岫译，明天出版社 2009 年版。

《好心眼儿巨人》，任溶溶译，明天出版社 2009 年版。

《魔法手指》，代维译，明天出版社 2009 年版。

《小乔治的神奇魔药》，任溶溶译，明天出版社译 2009 年版。

《查理和大玻璃升降机》，任溶溶译，明天出版社 2009 年版。

《好小子》，任溶溶译，明天出版社 2009 年版。

《独闯天下》，任溶溶译，明天出版社 2009 年版。

《世界冠军丹尼》，紫岫译，明天出版社 2009 年版。

《了不起的狐狸爸爸》，代维译，明天出版社 2009 年版。

《玛蒂尔达》，任溶溶译，明天出版社 2009 年版。

《查理和巧克力工厂》，任溶溶译，明天出版社 2009 年版。

《女巫》，任溶溶译，明天出版社 2009 年版。

二　英文部分

1. 批评与文论

Aldiss, B. with Wingrove, D. *Trillion Year Spree: The History of Science Fiction*, London: The House of Stratus, 2001.

Baldick, Chris, *Oxford Concise Dictionary of Literary Terms*, Shanghai Foreign Language Education Press, 2000.

Beckson, Karl. ed., *Oscar Wilde: The Critical Heritage*, New York: Routledge and Kegan Paul, 1970.

Bettelheim, Bruno, *The Uses of Enchantment: The Meaning and Importance of Fairy Tales*, New York: Vintage, 1977. New York: Knopf, 1976.

Bettelheim, Bruno, *Freud's Vienna and Other Assays*, New York: Random House Vintage Books, 1991.

Bettelheim, Bruno, *Freud and Man's Soul*, London: Hogarth, 1983.

Bingham, Jane, and Grayce Scholt, *Fifteen Centuries of Children's Literature: An Annotated Chronology of British and American Works in Historical Context*, Westport: Greenwood, 1980.

Blake, Andrew, *The Irresistible Rise of Harry Potter: Kid – Lit in a Globalised World*, Verso Books 2002.

Blake, Andrew., *J. R. R. Tolkien—A Beginner's Guide*, Hodder & Stoughton, 2002.

Bottigheimer, Ruth B., *Fairy Godfather: Straparola, Venice, and the Fairy Tale Tradition*, Philadelphia: University of Pennsylvania Press, 2002.

Bradbury, MalColm, *The Modern British Novel (1878 – 2001)*. Beijing: Foreign Language Teaching and Research Press, 2005.

Briggs, K. M., *The Fairies in Tradition and Literature*, London: Routledge, 1967.

Briggs, K. M., *British Folk - Tales and Legends*, London: Routledge, 1977.

Campbell, Joseph & Moyers, Bill, *The Power of Myth*, Doubleday, 1988.

Carpenter, Humphrey, *Secret Gardens: A Study of the Golden Age of Children's Literature*, Boston: Houghton Mifflin Company, 1985.

Carpenter, Humphrey and Mari Prichard, *The Oxford Companion to Children's Literature*, Oxford: Oxford University Press, 1984, 1991.

Clute, John and John Grant, *The Encyclopedia of Fantasy*, New York: St. Martin's Griffin; Updated edition, 1997.

Cook, Elizabeth, *The Ordinary and the Fabulous*, Cambridge University Press 1976.

Cosslett, Tess, *Talking animals in British children's fiction*, 1786 - 1914 Aldershot, England; Burlington, VT: Ashgate, 2006.

Crofts, Charlotte, *Anagrams of Desire: Angela Carter's Writings for Radio, Film and Television*, London: Chatto & Windus, 2003.

Darton, F. J. Harvey, *Children's Books in England: Five Centuries of Social Life*, 3th ed. Rev. Brian Alderson. Cambridge: Cambridge University Press, 1982.

Davis, Philip, *The Victorians (1830 - 1880), The Oxford English Literary History*, vol. 8. Beijing: Foreign Language Teaching and Research Press; London: Oxford University Press, 2007.

Drabble, Margaret. ed., *The Oxford Company to English Literature*, Oxford University Press, 2000; Bejing: Foreign Language Teaching and Research Press, 2005.

Drout, Michael D. C. ed., *JRR Tolkien Encyclopedia, Scholarship and Critical Assessment*, New York and London, Routledge, 2007.

Draper, Ellen Dooling&Koralek, Jenny, *Lively Oracle: A Centennial Celebration of P. L. Travers — Creator of Marry Poppins*, New York: Larson Publications, 1999.

Egoff, Sheila et al. eds, *Only Connect: readings on children's literature*, Toronto, New York: Oxford University Press, 1980.

Forster, E. M., *Aspects of the Novel*. (1927) San Diego: Harcourt, Brace, 1985.

Franz, Marie-Luise von, *The Interpretation of Fairy Tales*, Boston: Shambhala, 1996.

Frye, Northrop, *Anatomy of Criticism*, London: Penguin Books, 1990.

Gupta, Suman, *Re-Reading Harry Potter*, New York: Palgrave Macmillan, 2003.

Harris, Jason Marc, *Folklore and the Fantastic in Nineteenth-century British Fiction*, Aldershot, England; Burlington, VT: Ashgate, 2008.

Helms, Randel, *Tolkien's World*, Boston: Houghton Mifflin Company, 1974.

Hume, Kathryn, *Fantasy and Mimesis: Responses to Reality in Western Literature*, New York: Methuen, 1984.

Hunt, Peter. Ed., *International Companion Encyclopedia of Children's Literature*, New York: Routledge. 2004.

Hunt, Peter. ed., *Children's Literature, An Illustrated History*, Oxford: Oxford University Press, 1995.

Isaacs, Neil D. and Rose A. Zimbardo ed., *Tolkien and the Critics: Essays on JRRTolkien's The Lord of the Rings*, University of Nortre Dame Press. 1968.

Kingsley, Charles, *The Life and Works of Charles Kingsley*, Macmillan Co., Ltd, 1903.

Knight, Gareth, *The Magical World of the Inklings: J. R. R. Tolkien, C. S. Lewis, Charles Williams, Owen Barfield*, Dorset: Element Books, 1990.

Kotzin, Michael *C. Dickens and the Fairytale*, Bowling Green: University of Bowling Green Press, 1972.

Leon, Edel. "Psychology and Literature", in Wolfgang Bernard Fleischmann, *Encyclopedia of World Literature in 20th Century*, New York: Ungar, 1977.

Lerer, Seth, *Children's Literature, A Reader's History, From Aesop to Harry Potter*, Chicago and London: The University of Chicago Press, 2008.

Luthi, Max, *Once Upon a Time. On the Nature of Fairy Tales*, Trans. Lee Chadeayne & Paul Gottwald, New York: Ungar, 1976.

Luthi, Max, *The European Folktale: Form and Nature*, Bloomington: Indiana University Press, 1982.

Luthi, Max, *The Fairy Tale as Art Form and Portrait of Man*, Trans. Jon Erickson. Bloomington: University of Indiana Press, 1985.

Macdonald, George, *A Dish of Orts*, Pennsylvania State University, 2006.

Manlove, Colin N., *The Union of Opposites in Fantasy: E. Nesbit, The Impulse of Fantasy Literature*, Macmillan, 1983.

Manlove, Colin N., *The Fantasy Literature of England*, New York: St Martins Press, 1999.

Manlove, Colin N., *From Alice to Harry Potter: Children's Fantasy in England*, Cybereditions Corporation Christchurch, New Zealand, 2003.

Manson, Cynthia DeMarcus, *The Fairy - tale Literature of Charles Dickens, Christina Rossetti, and George MacDonald: Antidotes to the Victorian Spiritual Crisis*, Edwin Mellen Press, 2008.

Matthews, Gareth. B., *Philosophy and the Young Child*, Cambridge: Harvard University Press. 1980

Matthews, Gareth. B., *Dialogues with Children*, Cambridge: Harvard University Press. 1984.

McCallum, Robyn. "Approaches to the Literary Fairy Tale", in Jack Zipes (ed.) *The Oxford Companion to Fairy Tales*, 2000.

McGillis, Roderick. editor, *For the childlike: George MacDonald's fantasies for children* [West Lafayette, Ind.]: Children's Literature Association; Metuchen, N. J.: Scarecrow Press, 1992.

McLeish, Kenneth, *Myths and Legends of the World Explored*, London: Bloomsbury Publishing plc, 1996.

Mendlesohn, Farah, *Diana Wynne Jones: children's literature and the fantastic tradition* New York: Routledge, 2005.

Noel, Ruth S., *The Mythology of Middle - Earth*, Boston: Houghton Mifflin Company. 1978.

O'keefe. Deborah, *Readers in wonderland: the liberating worlds of fantasy fiction: from Dorothy to Harry Potter*, New York: Continuum, 2003.

Prickett, Stephen, *Victorian Fantasy*, London: Indiana University Press, 1979.

Propp, Vladimir, *The Morphology of the Folktale*, Eds. Louis Wagner and Alan Dundes, Trans. Laurence Scott. 2nd rev. ed. Austin: University of Texas Press, 1968.

Raeper, William. ed., *The Golden Thread: Essays on George Macdonald*, Edinburgh University Press, 1990.

Richetti, John. ed., *The Columbia History of the British Novel*, Foreign Language Teaching and Research Press, Columbia University Press, 2005.

Roberts, Adam, *The History of Science Fiction*, Palgrave: Macmillan, 2005.

Rose, Jacqueline, *The Case of Peter Pan*, or, *The Impossibility of Children's Fiction*, Philadelphia: University of Pennsylvania Press, 1993.

Sandner, David, *The Fantastic Sublime: Romanticism and Transcendence in Nineteenth – Century Children's Fantasy Literature*, Westport, Connecticut and London: Greenwood Press, 1996.

Schacker, Jennifer, *National Dreams: the Remaking of Fairy Tales in Nineteenth – Century England*, Philadelphia: U of Pennsylvania, 2003.

Seymour, Chatman, *Story and Discourse: Narrative Structure in Fiction and Film*, Ithaca: Cornell University Press, 1989.

Showalter, Elaine, *Literature of Their Own: British Women Novelists from Brontë to Lessing*, Beijing: Foreign Language Teaching and Research Press, 2004.

Silver, Carole G., *Strange and Secret Peoples: Fairies and Victorian Consciousness*, New York: Oxford UP, 1999.

Silver, Carole G., "When Rumpelstiltskin Ruled: Victorian Fairy Tales", Victorian Literature and Culture 22 (1994).

Smith, Karen Patricia, *The Fabulous Realm: a Literary – historical Approach to British Fantasy, 1780 – 1990*, Metuchen, N. J.: Scarecrow Press, 1993.

Stevenson Randall, *The Oxford English Literary History*, Volume 12. 1960 – 2000. The Last of England?, Oxford University Press, 2005.

Stone, Harry, *Dickens and the Invisible World Fairy Tales, Fantasy, and Novel – making*, Bloomington: Indiana UP, 1979.

Talairach – Vielmas, Laurence, *Moulding the female body in Victorian fairy tales and sensation novels /* Aldershot, Hants, England; Burlington, VT: Ashgate, 2007.

Tatar, Maria, *The Annotated Classic Fairy Tales*, New York: Norton, 2002.

Tatar, Maria, *Off with Their Heads! Fairy Tales and the Culture of Childhood*, Princeton: Princeton University Press, 1992.

Thacker, D. C. and Jean Webb, *Introducing Children's Literature: From Romanticism to Postmodernism*, London: Routledge, 2002.

Thompson, Stith, *The Types of Folktale: A Classification and Bibliography*, Helsinki: Folk Lore Fellows Communications. 1961.

Townsend, John Rowe, *Written for Children: An Outline of English - language Children's Literature*, 6th ed. Previous ed. : 1990, London: Bodley Head, 1995.

Todorov, Tzvetan, *The Fantastic: A Structural Approach to a Literary Geanre trans Richard Howard*, Ithaca: Cornell UP, 1975.

Tolkien, J. R. R. , *The Tolkien Reader*, New York: Ballantine, 1966.

Tolkien, J. R. R. , *Tree and Leaf*, Boston: Houghton Mifflin, 1965.

Tolkien, J. R. R. "Beowulf: The Monsters and the Critics", *An Anthology of Beowulf Criticism*, ed. Lewis E. Nicholson, University of Nortre Dame Press, 1963.

Warner, Marina, *From Beast to Blonde: On Fairy Tales and their Tellers*, New York: Farrar, Straus and Giroux, 1995 (First publ. by Chatto and Windus, UK, 1994).

Weiskel, Thomas, *The Romantic Sublime: Studies in the Structure and Psychology of Transcendence*, Baltimore and London: The Johns Hopkins University Press, 1976.

Wolff, Robert Lee, *The golden key: a study of the fiction of George MacDonald*, New Haven: Yale University Press, 1961.

Jane Yolen, *Touch Magic: Fantasy, Faerie and Folklore in the Literature of Childhood*, August House, 2000.

Zipes Jack, *Fairy Tales and the Art of Subversion: The Classical Genre for Children and the Process of Civilization*, London: Heinemann, 1983.

Zipes Jack, *Don't Bet on the Prince: Contemporary Feminist Fairy Tales in North America and England*, New York: Methuen, 1986.

Zipes Jack, *The Brothers Grimm: From Enchanted Forests to the Modern World*, New York: Routledge, 1988.

Zipes Jack, *Fairy Tale as Myth / Myth as Fairy Tale*, Lexington: The University Press of Kentucky, 1994.

Zipes Jack, *Happily Ever After: Fairy Tales, Children, and the Culture Industry*, New York: Routledge, 1997.

Zipes Jack, *When Dreams Came True: Classical Fairy Tales and Their Tradition*, New York: Routledge, 1999.

Zipes Jack, *Sticks and Stones: The Troublesome Success of Children's Literature from Slovenly Peter to Harry Potter*, New York: Routledge, 2000.

Zipes Jack, ed., *The Oxford Companion to Fairy Tale: The Western Fairy Tale Tradition from Medieval to Modern*, Oxford: Oxford University Press, 2000.

Zipes Jack, *Breaking the Magic Spell: Radical Theories of Folk and Fairy Tales*, Revised and expanded edition, Lexington: University Press of Kentucky, 2002.

Zipes Jack, *Why Fairy Tales Stick: the Evolution and Relevance of a Genre*, Routledge, 2006.

2. 童话小说及其他文学作品

Abrams, M. H. general Ed., *The Norton Anthology of English Literature*, Vol. 2, New York: W. W. Norton & Company, Inc. 1979.

Auerbach, Nina and U. C. Knoepflmacher. ed., *Forbidden journeys: fairy tales and fantasies by Victorian women writers*, Chicago: University of Chicago Press, 1992.

Carter, Angela, *The Bloody Chamber and Other Stories*, Penguin Books, 1993.

Carter, Angela, *Burning Your Boats: Collected Stories*, London: Vintage Books, 2006.

Colum, Padraic, *The Children's Homer*, New York: Collier, 1982.

Colum, Padraic, *The Golden Fleece and the Heroes Who Lived Before Achilles*, New York: Collier, 1983.

Griffith, John W, and Charles H. Frey, eds., *Classics of children's literature*, New York: Macmillan, 1987.

Gardner, Martin, *The Annotated Alice: Alice's Adventures in Wonderland and Through the Looking-Glass by Lewis Carroll*, The Definitive Edition, New York: W. W. Norton & Company inc., 2000.

Garner, Alan, *The Owl Service*, Harcourt Brace & Company, 1999.

Hartland, Edwin Sidney, *English Fairy and Folk Tales*, Dover Pubns, 2000.

Kingsley, Charles, *The Water-Babies*, Wordsworth Editions, Hertfordshire: 1994.

Lang, Andrew, *The Chronicles of Pantouflia*, Godine, 1984.

Lewis, C. S., *The Lion, the Witch, and the Wardrobe*, New York: Macmillan, 1961.

Lewis, C. S., *George MacDonald: An Anthology*, London: Geoffrey Bles, 1946.

MacDonald, George, *The Complete Fairy Tales of George MacDonald*, Schocken, 1977.

Nesbit, Edith, *The Last of the Dragons and Some Others*, Puffin, 1975.

Nesbit, Edith, *The Story of the Amulet*, Puffin Books, 1959.

Nesbit, Edith, *The Phoenix and the Carpet*, Wordsworth Editions, Hertfordshire: 1995.

Nesbit, Edith, *Five Children and It*, Wordsworth Editions, Hertfordshire: 1993.

Nesbit, Edith, *The Railway Children*, Puffin, 1994.

Opie, Iona, and Peter, eds., *The Classic Fairy Tales*, Intro. Opies, Oxford: Oxford University Press, 1974.

Rushdie, Salman, *Haroun and the Sea of Stories*, London: Penguin, 1990.

Ruskin, John, *The King of the Golden River and Dame Wiggins of Lee and Her Seven Wonderful Cats*, Philadelphia and London: J. B. Lippincott Company, 1921.

Tolkien, J. R. R, *The Hobbit*, Boston: Houghton Mifflin. 1938.

Wilde, Oscar, *The Fairy Stories of Oscar Wilde* Peter Bedrick Books, 1986.

Jack Zipes. ed, *Spells of Enchantment: The Wondrous Fairy Tales of Western Culture*, New York: Viking Penguin, 1991.

Jack Zipes. ed, *Victorian Fairy Tales: The Revolt of the Fairies and Elves*, New York and London: Routledge, 1987.

Zipes, Jack et all, eds., *The Norton Anthology of Childrn's Literaure*, New York: W. W. Norton and Company, 2005.

The Complete Fairy Tales of Oscar Wilde, New American Library, 1996.

The Complete Works of John Ruskin, ed. E. T. Cook and Alexander Wedderburn. Vol. 19. London: George Allen, 1905.

The Complete Illustrated Lewis Carroll, Wordsworth Editions, Hertfordshire: 1996, 2006.

Children's Classic Tales, Wordsworth Editions, Hertfordshire: 2005.

Rudyard Kipling: The Complete Children's Short Stories, Wordsworth Editions, Hertfordshire: 2004.

后　记

本书即将付梓之际，社科出版社罗莉老师问我是否要写个后记，看有什么需要交代或者说明的。当时我不假思索地应道，就这样，不用了。有王泉根教授和曾思艺教授通读全部书稿后所写的序言，有作品本身面对读者，作为作者无论度过了多少寒暑春秋，经历了多少跋涉和探寻，只要最终完成了这项工作就足以长吁一口气了；其中滋味，甘苦自知，似乎也无须再多说些什么了。而后拿着出版社寄来的厚厚的样书，尤其是参加了在中央电视台梅地亚中心举行的第三届幻想儿童文学高层论坛，随后参加了2015"大白鲸"优秀作品作者座谈会，心中突然产生了一阵强烈的冲动，于是提起笔来追加了这一后记。

本次论坛的主题是"幻想儿童文学的国际视野、中国经验与多维叙事"。这与本书稿的研究密切相关。在题为《科幻认知与文学想象：试论少年科幻小说创作》的发言中，笔者谈及科幻小说产生的时代背景，论及为国内少年读者打造科幻叙事作品的现实可行性及其需要关注的一些问题。自2012年以来，位于渤海之滨的大连出版社提出"保卫想象力"的少儿文学创作理念，由此启动了幻想儿童文学系列工程，形成了出版界、评论界和作家群体共同努力，齐心协力推动本土幻想儿童文学创作的良好格局，且取得了令人刮目相看的成就。事实上，为推动我国儿童文学的创作，提高创作者的创作水平，满足广大少年儿童的精神需求，中宣部和中国作协于2015年7月在北京京西宾馆召开了"全国儿童文学创作出版座谈会"，表明了国家层面对儿童文学创作和出版的高度关注。来自全国各地的与会者就创作者如何回应时代的变化，提高作品的艺术水准；评论者如何坚持"说真话、讲道理"，更好地引导儿童文学创作而展开了热烈的讨论。无论在此次座谈会上，还是在2010年南京举行的"全国儿童文学创作会议"上，笔者的发言都与"现当代英国童话小说传统对国内幻想文学创作的启示"有关，都使用了本书稿的思想观念和材料。令人感到欣慰之处在于，我们在致力于实现本书研究成果的社会现实价值。而在央视梅地亚中心举行的2015"大白鲸"优秀作品作者与入选作品终审评委代表的座谈会上，笔者更是经历了一番心灵的震动和洗礼。有一位80后农民工凭着他的童话作品《十二生肖鹅卵石》而获奖。这位作者是甘肃天水人，高中毕业后辗转全国各地，在工地上或工厂里凭着双手打工谋生。后返回家乡，白天在地里埋头干农活，晚上在灯下伏首写童话，正是这种独特的童话书写让他忘却了生活的艰辛和烦恼，放飞出美丽动人的幻想。作为点评，笔者引用了北宋诗人林逋的《山园小梅》一诗："众芳摇落独暄妍，占尽风情向小园。疏影横斜水清浅，暗香浮动月黄昏。霜禽欲下先偷眼，粉蝶如知合断魂。幸有微吟可相狎，不须檀板共金樽。"无论生活状况如何，无论是否感到现实严酷，不必太过纠结，也不必羡慕"众芳"的豪华艳丽，只要守住自己的心田，用心经营自己的童话写作这一"小园，"你就可能"暗香浮动"，"占尽风情"。作者散发着土地芳芳的童话之作《十二生肖鹅卵石》就是从这"小园"里生长出来的美丽果实。这个故事发生在一个位于中国某地城郊的乡村菜园，童话的主人公是一个在小学读书的男孩，有一天他和奶奶在菜园摘菜时，发现了一种奇怪的蔬菜，上面长着十二生肖鹅卵石。他好奇地把一块鹅卵石戴在身上，属龙的他当即变成了一条神通广大的小胖龙——故事就此展开。随后笔者特意讲述了詹姆斯·马修·巴里与他的《彼得·潘》的故事，一个苏格兰"菜园派"作家如何通过童话写作，成为永恒的童年偶像"彼得·潘"的创造者。巴里出生在位于苏格兰安格斯郡的一个富于"田园风味"的小村庄。他的父亲是村里的一名织工，在他六岁时不幸因病去世，抚养全家的重担就落在母亲肩上，生活的窘迫可想而知。在上学期间，巴里患了一种罕见的"心因性侏儒症"，从此停止了生理上的发育，使他的身高受到严重影响。但巴里没有屈服于生活的坎坷和磨难，而且在锲而不舍的文学创作生涯中，始终坚守住自己土生土长的苏格兰乡村风格和题材，取得了剧作和小说创作的成功。而后通过童话幻想和童话叙事，作者为人们奉献了作为童话剧和童话小说的历久弥新的英国童话经典《彼得·潘》。当然，我们也提出了期待。童话需要幻想，更需要真正的想象力。幻想可以把各种形象和印象聚合起来，但这并不意味着可以把它们融合起来。而童话想象力可以通过特有的童话艺术对头脑里涌现出的形象和印象进行熔铸，使它们水乳交融，化为一体，达到作品的内在的一致性，或者"自洽性。"这正是 J. R. R. 托尔金在他的《论童话故事》中所阐述的观念。这也是英国童话小说的创作经验，以及英国童话小说作家从创作实践中思考、提炼而形成的幻想文学观可以为我们提供的借鉴和启示。包括托尔金的《论童话故事》和 C. S. 刘易斯的"为儿童写作的三种方式"等论述。可以说，对现当代英国童话小说主潮的研究应当尽力体现其社会现实价值，揭示对我们的儿童幻想文学创作的启示，包括对幻想文学创作特征的认识意义。

感谢王泉根教授和曾思艺教授在极其繁忙的教学工作和学术研究中，抽出宝贵时间通读书稿，并为之慨然作序。泉根教授多年来潜心研究中国文化和儿童文学，成就斐然，影响深远。他治学育人相并而行，自 1984 年以来为中国儿童文学界的人才培养做出了突出的贡献。《青春在眼童心热：王泉根先生从教 30 年纪念之师生论文集》即将出版，这就是最好的写照。长期以来，为了推动国内儿童文学研究的发展，王泉根教授致力于寻求推动与外国儿童文学研究开展对话和交流。他先后邀请了许多国外著名学者和作家来北京师范大学讲学和交流。这些活动有效地推动了儿童文学的学科建设。由王泉根教授和澳大利亚史蒂芬斯教授主编的《当代西方儿童文学新论译丛》（共六部）无疑为国内儿童文学研究提供了有价值的理论资源，让中国文学理论界意识到了"儿童文学研究理应如此深刻"。本书稿就是在泉根教授的感召下完成的研究成果。

思艺教授不仅是一个学术成就斐然的学者，还是一个"用童心写作的诗人"，此外，他还翻译了许多俄罗斯文学名著经典。他翻译的《尼基塔的童年》无疑是具有诗心、童心和张力的上乘佳品，令人赞赏。在学术研究、文学创作和文学翻译几方面，思艺教授都用力颇深，取得了突出的成就，出版了 9 部学术专著，7 部文学译著，创作文学作品 3 部，同时在国内外学术刊物上发表了 140 余篇论文，在境内外中文报纸杂志上发表了 300 余首（篇）诗歌、散文和译诗。而且，思艺教授对童话和童话理论的热情更是让人感动不已。有这样一位知己良友，可以讨教，可以谈诗论文，可以在华苑新城广场的星空下漫步交流，难道不也是人生的一大幸事吗。

感谢陆建德教授、曾艳兵教授等专家学者在本项目结题的书稿盲审中给予的高度评价和极具价值的批评建议，尤其那些批评建议对于提升本研究的水平无疑具有极其重要的借鉴意义。比如在比较分析中，对待中国文学中的"孤愤"情结，"借写作浇心中之愁，多悲苦怨恨之泪"方面，把握还应当更加准确；如在写法上，如能按问题和概念意识来构建章节，可能要比按编年史的写法给人更加深刻的印象，更加清晰的逻辑，等等，眼光高远，难能可贵。

感谢团队所有成员的齐心协力和辛勤劳动。潘纯琳博士是四川省社科院《社会科学研究》杂志社的编审。她是研究当代英国文学的，尤其对英国作家维迪亚达·奈保尔的研究用力颇深，著有《论 V.S. 奈保尔的空间书写》等专著。2009年第七届英国文学年会时，笔者所做的《英国维多利亚时代童话小说崛起的时代语境》的发言引发了她对童话文学的热情。与其说她进入童话文学研究领域受到笔者的启发，不如说是童话文学自身的魅力吸引了她。她在童话研究领域辛勤耕耘，先后主持了四川省教育厅项目"安吉拉·卡特与当代欧美童话"和四川省社科规划项目"1970—2010年间的英美童话重写与童话批评"，并在此基础上完成了教育部人文社科研究青年基金项目"英美童话重写与童话批评的互文关系：以安吉拉·卡特为个案的研究"。期待纯琳君新年新气象，在童话研究领域更上一层楼，贡献出更多成果。感谢北京航空航天大学外语学院的李英博士，她在西方戏剧理论与批评研究领域辛勤探索和耕耘，成果颇丰，出版了《田纳西·威廉斯戏剧中欲望的心理透视》和《现代西方戏剧理论与批评》等专著。感谢她在担负繁重的教学、科研任务的同时，为本书稿撰写了有关20世纪50年代和60年代英国童话小说创作的趋势及玛丽·诺顿创作研究和艾伦·加纳创作研究部分。借此机会，我还要感谢李英博士为儿童文学研究者和相关读者翻译的理论专著《青少年小说中身份认同的观念：对话主义构建主体性》。感谢四川外国语大学姜淑芹教授的大力支持，她所撰写的有关罗琳和"哈利·波特"系列的章节体现了她对于英国童话小说和幻想文学的深情厚意和研究功力。她在主持有关英国儿童幻想文学的国家社科基金课题的同时，还翻译出版了苏珊·库珀的"黑暗在蔓延"和C.S.刘易斯的"纳尼亚传奇"等幻想文学作品，为国内相关研究者提供了阅读文本。感谢天津理工大学的蒲海丰博士，作为天津市比较文学学会的副秘书长，他在担任繁重教学、科研任务，以及开展山东大学博士后相关研究工作的同时，承担了外国儿童与青少年文学翻译研究中心的一切运转工作。期待海丰在童话文学研究领域有更大建树。耀霖是我指导的硕士研究生，如今在广西师范大学出版社工作，他用心去做有关马修·巴里创作研究和C. S. 刘易斯创作研究，提出不少新颖独到的见解。

感谢社会科学出版社的罗莉女士，感谢她求真务实的专业精神和敬业精神；她对于书稿认真负责的字斟句酌，令人敬佩。感谢罗莉老师为本书稿的出版所付出的所有辛勤努力。

舒　伟

记于天津理工大学

外国儿童与青少年文学翻译研究中心